Ullstein Werkausgaben

Theodor Fontane

Briefe

Herausgegeben von
Walter Keitel und
Helmuth Nürnberger

Werke und Schriften
Band 53

Theodor Fontane

Briefe

Dritter Band

1879–1889

Fontane Bibliothek

Fontane Bibliothek
Ullstein Buch Nr. 4551
im Verlag Ullstein GmbH,
Frankfurt/M – Berlin

Ungekürzte Ausgabe
Nachdruck der Ausgabe des
Carl Hanser Verlags

Der vorliegende Band wurde
herausgegeben von Otto Drude,
Manfred Hellge und Helmuth Nürnberger
unter Mitwirkung von Christian Andree
Für die Taschenbuchausgabe durchgesehen
von Helmuth Nürnberger und Michael Stitz

Umschlagentwurf:
Theodor Bayer-Eynck
unter Verwendung eines um 1885
entstandenen kolorierten Holzstichs
von H. Lüders »Die Siegessäule im Tiergarten«
Archiv für Kunst und Geschichte,
Göpel Berlin
Abbildung auf der Rückseite:
Fontane. Der Sechzigjährige
Bilderdienst Süddeutscher Verlag München

Printed in Germany 1987
Druck und Verarbeitung:
Ebner Ulm
ISBN 3 548 04551 0

Oktober 1987

INHALTSÜBERSICHT

1879

1. *An Wilhelm Hertz*

Berlin 14. Januar 79.
Potsd. Str. 134.c.

Sehr geehrter Herr Hertz.

Natürlich eine höchst erfreuliche Mittheilung, auch die, daß Sie's noch einmal mit 1000 wagen wollen; denn ich empfinde ganz wie Sie und staune darüber, daß in einer nicht bücherkaufenden Bevölkerung, alles in allem 6 oder 7000 »märkische Wanderungen« verkauft werden konnten.

Ich sah, gleich nach Eingang Ihrer freundlichen Zeilen, meine dicken Packete, die unter anderm auch die Neu-Eintheilung des Stoffes enthalten, durch, und sah auf den ersten Blick, daß viel mehr Stoff da ist, als in dem betr. Bande untergebracht werden kann. Ich werde also im Wesentlichen nur auszuscheiden und mich mit der Frage zu beschäftigen haben: »was kann am ehsten weg?« Umarbeiten will ich zwei Kapitel: *Küstrin* und *Gusow*, die beide schwach sind. In »Gusow« will ich, unter Benutzung seitdem erschienener Monographieen, ein knappes Lebensbild Derfflingers geben und in »*Küstrin*« die ganze Katte-Tragödie von Anfang bis Ende darstellen. Das ist dann wirklich etwas Interessantes und in dieser Umfassendheit noch nicht da. In drei Tagen bin ich mit meiner für »Nord u. Süd« bestimmten, längren Novelle fertig; ist es Ihnen recht, so beginne ich gleich in der nächsten Woche mit der Zusammenstellung des Stoffs und mit Niederschreibung des neuen Küstrin-Kapitels, auf das ich mich selber freue. Darf ich darauf rechnen, daß wir, wie bei der 3. Auflage von Band I., ein paar Zeilen mehr auf die Seite nehmen? nur dadurch gewinn ich den nöthigen Raum.

In vorzüglicher Ergebenheit

Th. Fontane

[Anlage]

Die Besprechung des Romans in »Mehr Licht« hab ich erst heute, durch Ihre Zeilen darauf aufmerksam gemacht, gelesen. Es ist »toll genug«. Nur die Stelle, daß der Erzähler nicht mitsprechen darf, weil es gegen das »epische Stilgesetz« sei, erscheint mir als reine Quackelei. Gerade die besten, berühmtesten, entzückendsten Erzähler, besonders unter den Engländern, haben es *immer* gethan. Dies beständige Vorspringen des Puppenspielers in Person, hat für mich einen außerordentlichen Reiz und ist recht eigentlich *das*, was jene Ruhe und Behaglichkeit schafft, die sich beim Epischen einstellen soll. Die jetzt modische »dramatische« Behandlung der Dinge hat zum Sensationellen geführt.

Th. F.

2. *An Gustav Karpeles*

Berlin 23. Januar 79
Potsd. Str. 134. c

Hochgeehrter Herr Doktor.

Eine neue Auflage meiner »Wanderungen«, die – selbstverständlich zu meiner Freude – nöthig geworden ist, zwingt mich, auf ein paar Monate von meinen Novellen Abschied zu nehmen; ich will nämlich ein paar neue längere Kapitel in die neue Auflage der Wanderungen einschieben. Eines davon soll *Küstrin,* besonders aber die ganze Katte-Tragödie behandeln, die, so weit meine Kenntniß reicht, bisher noch nie im *Zusammenhange* dargestellt worden ist. Es steht mir *sehr* gutes Material dazu zur Verfügung. Würd es Ihnen passen, statt der Novelle *vorläufig* dies Küstrin- resp. Katte-Kapitel zu acceptiren?

Ihrer gefälligen Rückäußerung entgegensehend, hochgeehrter Herr Doktor, Ihr

ganz ergebenster

Th. Fontane.

3. *An Friedrich Wilhelm Holtze*

Berlin 23. Januar 79.
Potsd: Str. 134. c.

Hochgeehrter Herr Professor.

Es liegt mir noch ob, Ihnen für die drei Bände Wohlbrück zu danken; man findet immer Gutes darin. Ich gehe damit um, etwa im nächsten Jahr, einen *vierten* Band meiner Wanderungen herauszugeben, der wie Band II das Oder-Land, Band III das Havel-Land, so seinerseits das *Spree-Land* behandeln soll. Zweiter Titel »Teltow und Beeskow-Storkow*.« Ich denke dieser Band soll mir glücken; denn fast kann ich sagen: je pauvrer die Gegend, desto besser das Buch. Moos- und Grashalm-Collektionen geben die hübschesten Herbarien.

Vorläufig sollen – so theilt mir W. Hertz mit – neue Auflagen erscheinen, in diesem Jahre von Band II., im nächsten von Band III. Einiges gedenke ich zu diesem Behufe umzuarbeiten, so das Kapitel »*Küstrin*« das gar nichts taugt. Es soll nun aber ein Hauptkapitel werden und zwar will ich darin – was dann auch vorzüglich zu Tamsel paßt – die ganze *Katte-Tragödie* erzählen, derart daß ich alles Einleitende ganz kurz, von der Umstoßung des Urtheils an aber alles ganz ausführlich erzähle, zum Theil minutiös, bis zur Ueberführung der Leiche nach Wust.

Ich bedarf dazu vor allem v. *Beneckendorffs* Buch. Kann ich es durch Ihre Güte erhalten?

Der Verkehrs-Modus dabei beunruhigt mich einigermaßen, und ich bedaure Ihren Herrn Sohn neulich nicht gesprochen zu haben. Durch ihn hätt' ich alles Nöthige erfahren können. Ich kann doch unmöglich acceptiren, daß Haus Holtze, Vater und Sohn, je nachdem die Loose fallen, nicht blos die neuen Bücher bringt, sondern auch gar noch die alten wieder mitzurücknimmt. Etwas Licht käme in die Sache schon, wenn ich bestimmt wüßte, daß alles »drüben in Lichterfelde« ist. Von dem Augenblick an, wo ich das weiß, erlaub ich mir die Buch-Packete zur Post zu geben. Einzelnes wartet nur auf Ordre dazu.

Verzeihen Sie den langen Brief; aber er täuscht, manche Zeile hat nur 3 Sylben.

In vorzüglicher Ergebenheit, hochgeehrter Herr Professor Ihr

Th. Fontane.

* hierzu brauche ich *Wohlbrück*.

4. *An Julius Rodenberg*

Berlin, 29. Januar 1879
Potsdamer Straße 134c

Hochgeehrter Herr und Freund.

Eben habe ich Mm. über meinen Roman sprechen hören, und ich eile, ihm, bez. *Ihnen*, herzlich dafür zu danken. Es ist mild und gerecht, mit einem, wie es sein soll, bemerkbaren Vorklingen des erstren, und damit ist alles gesagt. Nichts Gelungenes, das nicht von Ihrem freundlichen Auge bemerkt worden wäre, nichts Schwaches, das nicht der bekannte Mantel freundlich zugedeckt hätte. Sie lösen die Gentleman-Aufgabe, *wohltuend* zu loben und zu tadeln (jenes ebenso schwer wie dieses) und Ihren Ausstellungen Worte zu leihn, vor denen sich auch der Eigensinnigste und Selbstgerechteste jedes Widerspruchs begeben muß. Wie fein die Bemerkung, daß das, was ein Epos sein solle, hier im wesentlichen eine Aneinanderreihung von Balladen sei. Es trifft nicht nur den schwachen Punkt, es *erklärt* ihn auch, ja, glorifiziert ihn halb. »Wir vermissen nicht den äußren Zusammenhang, wohl aber fehlt zuweilen der organische, der künstlerische« – durch diese wenigen Worte haben Sie mich in meinem bisherigen Widerstande besiegt. Denn im Vertrauen gesagt, ich nahm bis dahin das »Schwach in der Komposition« für eine bloße Schablonenbemerkung; selbst Heyse, auf den ich begreiflicherweise viel gebe, hatte mich nicht bekehren können. *Ihnen* ist es geglückt.

Was Renate angeht, so haben Sie mir aus der Seele gesprochen, und ich wünschte nur, daß die des breiteren gezeichnete Figur auf alle meine Leser ähnlich wirkte wie Ihre Skizze des Charakters auf *mich*. – Auch in dem Schlußpassus stimmen wir zusammen; es ist ein Unsinn, uns einreden zu wollen, die Welt sei so schofel und erbärmlich, wie unsre Komödien- und Romanschreiber sie darstellen. Ich kenne Gott sei Dank bloß leidlich anständige Menschen. Es kann nicht ausbleiben: eine bessere, wahrere Zeit bricht auch in literarischen Dingen an. Viel werd ich davon nicht mehr sehn; aber es ist schon ein Vorzug, in dem Glauben an sie sein Tagewerk beschließen zu können.

In vorzüglicher Ergebenheit

Th. Fontane

5. *An Wilhelm Hertz*

Berlin 4. Febr. 79.
Potsd. Str. 134. c.

Sehr geehrter Herr Hertz.

Für zwei Briefchen hab ich Ihnen zu danken; das Buch schick ich in den nächsten Tagen, aber das Thema Gutzkow ist zu verführerisch, um nicht heute noch leise berührt zu werden. Ich stimme Ihnen in allem bei. Mit Ausnahme seiner Stücke kenn ich nicht viel von ihm und müßte mir von Gutzkow-Anhängern vielleicht den Zuruf gefallen lassen: »lies ihn erst«. Aber da liegt gerade der verdammende Punkt. Ein halbes Dutzend mal hab ich ernstlichst den Versuch gemacht, mich in ihn hineinzulesen, aber es ist mir nie geglückt. Ein unbeschreibliches Etwas haftet seinem Stil an, wodurch er ungenießbar wird. Er schreibt, im Ganzen genommen, wohl- und richtig-construirte Sätze, die nur den einen Fehler haben, daß man sie nicht verstehen kann. Nur seine Kritiken kann man verstehn, weil er auf *diesem* Gebiet zu Hause war. So wie er gestalten will, ist es vorbei. Er hätte Leitartikelschreiber werden müssen, oder Rath im Cultusminister [!], ein auf die liberale Seite gefallener Stiehl; aber vom Dichter, der er sein ganzes Leben lang hat sein wollen, hatte er gar nichts. Er hat die deutsche Nation dupirt; in andern Ländern, die mehr natürlichen Sinn für die Künste haben und durch Bildungs-Drill weniger verdummt sind, hätte er 40 Jahre lang eine solche Rolle gar nicht spielen können. Er war ein Hochstelzler, was ein bischen an Hochstapler erinnert und auch *soll*, denn alles ist Schein, falsch, unächt. Es ist ein wirkliches Verdienst Julian Schmidts auf die vollkommene Hohlheit dieser merkwürdigen Erscheinung in unsrer Literatur hingewiesen zu haben. Sein Name wird bleiben, aber von seinen Werken nichts; vielleicht daß sich eins seiner Stücke (»Zopf und Schwert«) noch ein Menschenalter hält. Ich kann des Mannes nicht ohne tiefe Theilnahme gedenken, denn ich kenne kein ähnliches Beispiel von einer in gewissem Sinne glänzenden und bedeutenden, und zugleich doch ganz nutzlosen und schon bei Lebzeiten bei Seite geworfenen Existenz. Mög' es einem besser beschieden sein. Wie immer Ihr

Th. Fontane

Es war sehr nett, daß Sie den sehr mit Unrecht zurückgehaltenen Brief, doch noch geschickt haben.

Th. F.

6. An Gustav Karpeles

Berlin 5. Febr. 79.
Potsd: Str. 134. c.

Hochgeehrter Herr Doktor.

Besten Dank für Ihre freundlichen Zeilen; es war sehr schade, daß Sie nicht konnten (wir hatten es schon vorher durch Anfrage erfahren) denn es verlief besonders gut, trotzdem der hellste Stern des Abends *nicht* leuchtete: A. Menzel war durch Akademie-Sitzung und Subskriptions-Ball, den er grundsätzlich nie versäumt, behindert.

Mich nimmt noch immer meine für »Nord und Süd« bestimmte Novelle *total* in Anspruch; auch die Correktur der Abschrift, bei der ich jetzt bin, ist noch wieder eine wochenlange Arbeit. Ich bin nun 'mal ein Bastler und Pußler und kann es nun nicht mehr los werden. Aber etwa am 15. bin ich wirklich fertig; dann wende ich mich ganz und gar den für Sie bestimmten Arbeiten, erst dem Küstrin und Katte-Aufsatz, dann der Novelle zu. Um eben diese Zeit laß ich Sie auch Bestimmtres wegen der Illustrationen wissen; ich kann das erst, nachdem ich in Küstrin gewesen sein werde. Findet sich dort kein Markgraf Hans-Porträt, so muß eins im hiesigen Schloß stecken; denn die Schule Lucas Cranach war damals in märkischen Landen *sehr* thätig; das weiß ich von 20 Schlössern und Kirchen her.

In vorzüglicher Ergebenheit

Th. Fontane.

7. *An Maximilian Ludwig*

Berlin 23. Febr. 79.
Potsd.Str. 134.c.

Hochgeehrter Herr.

Hoffentlich ist mein kleines, Ihnen zugerauntes Wort nicht anders genommen worden, als es gemeint war. Es sollte – vielleicht im Zeitpunkt verfehlt – weiter nichts sein als ein scherzhafter Hinweis auf unsre alte Gutzkow- und Uriel Acosta-Fehde, nicht aber ein Hieb oder Stich gegen die eben vernommene Rodenberg'sche Rede. Diese war ganz ausgezeichnet, maaß-, takt- und gefühlvoll. R. ist mir dadurch noch lieber geworden. Uebrigens bin ich in der ganzen Frage nicht so schlimm und Rodenbergen würd' ich wahrscheinlich in *jedem** Punkte (schon die letzte Rundschau-Nummer brachte einen Gutzkow-Nachruf aus seiner Feder) zustimmen können. *Sie* stellen ihn höher, als ich beim besten Willen kann. Aber dies wird Sie nicht ganz verzweifeln lassen an Herz und Geist

Ihres aufrichtig ergebensten

Th. Fontane

* Oder sagen wir lieber »in den meisten«. Nicht über Gutzkow im Ganzen, aber über den Acosta im Speziellen denkt er günstiger als ich.

Dresden 5. März 79.
[illegible] Nr. 104. c.

Hochgeehrter Herr.

Eben hab' ich die [illegible] (13½) nach Dresden [illegible] zur Post gegeben. [illegible], [illegible] eine Theilung stattfinden soll – [illegible] – so [illegible] der 13. Kapitel „[illegible]" [illegible] die [illegible]

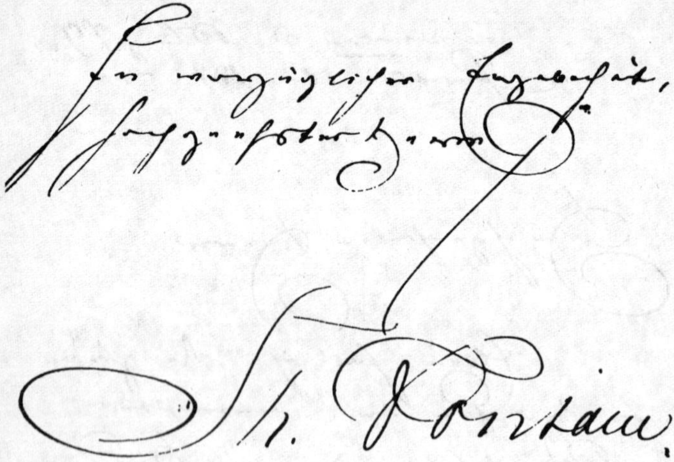

In vorzüglicher Ergebenheit,
hochgeehrter Herr,
Ihr
Th. Fontane.

An Paul Lindau, 5. März 1879 (vgl. Nr. 9, S. 15), 1. und letzte Seite.

8. An Julius Rodenberg

Berlin 23. Febr. 79

Hochgeehrter Herr u. Freund.

Es ist etwas in mir, das mir zuruft: »Du mußt es *zwei*mal sagen.« So lassen Sie mich denn nochmals aussprechen, wie vorzüglich Sie die schwere Aufgabe gelöst haben, »maß-, takt- und gefühlvoll« so schrieb ich eben an Ludwig. Verzeihen Sie, daß ich aus mir selber citire.

Der Eindruck war im ganzen Saal derselbe. Ich bezweifle nicht, daß Ihnen noch viele Danksagungen zugehen werden.

In vorzüglicher Ergebenheit

Th. Fontane.

9. An Paul Lindau

Berlin 5. März 79.
Potsd: Str. 134. *c.*

Hochgeehrter Herr.

Eben hab' ich die größere Hälfte der Correkturfahnen (13 1/8) nach Breslau hin zur Post gegeben. Wenn es dabei bleibt, daß eine Theilung stattfinden soll – und ich wiederhole daß ich Ihnen, mich unterordnend, keine Schwierigkeiten machen will – so ist dieser mitten durch das 13. Kapitel »*Flucht*« gezogene Strich die beste Trennungslinie. Einen dringenden Wunsch hab ich aber noch, den, daß mir noch eine Revision zugeht. Ich habe ziemlich viel hineincorrigirt, und möchte mich überzeugen, daß man sich in dem Randgekritzel (die Ränder waren zu schmal; ich hatte keinen Platz) auch wirklich zurecht gefunden hat. Eine gleichlautende Bitte hab ich zwar schon direkt an die Druckerei gerichtet, bin aber nicht sicher daß man sie mir erfüllt. Und so wäre mir denn ein von Seiten der Redaktion ausgehender Druck sehr erwünscht. Nachdem ich mich so sehr mit der Sache gemüht, möcht ich diese Mühen nicht zuletzt noch scheitern sehn. Zwei, drei große Blunder würden dies aber zu Wege bringen.

In vorzüglicher Ergebenheit,
hochgeehrter Herr

Th. Fontane.

10. An Julius Grosser

Berlin 6. März 79.
Potsd: Str. 134. c.

Hochgeehrter Herr.

Es versteht sich von selbst, daß ich Riehl den Vortritt gönne. Schon aus Klugheit, um hinterher einigermaßen selber willkommen zu sein. Was sich von einer leisen Verstimmung mit einmischt, richtet sich nicht gegen den Verleger, noch weniger gegen den Herausgeber und ist nur eine stumme Klage über das Thatsächliche. Was ich in diesem Fall unter dem »Thatsächlichen« verstehe, darüber schweig' ich am besten.

Vielleicht können Sie nun das Ganze in der Mai-Nummer bringen; aber ich werfe das nur so hin und will nicht neue Verlegenheiten heraufbeschworen haben.

Mit bestem Gruß an Dr. Lindau, in vorzüglicher Ergebenheit, hochgeehrter Herr

Ihr

Th. Fontane.

11. An Marie von Katte

Berlin 9. März 79.
Potsd.Str. 134.c.

Gnädigste Frau.

Darf ich mich durch einige Fragen wieder in Ihre Erinnerung bringen?

Ich arbeite an einem Katte-Aufsatz, der, ohne geradezu ins Breite zu gehn, doch wo möglich alles benutzen soll, was an Material da ist. Bücher und Briefe hab ich genug, aber über das was so recht eigentlich seine *Person*, ich meine seine äußre Erscheinung angeht, bin ich nach wie vor in Zweifel. Preuss in seinem Buche: »Friedrichs d. Großen Jugend u. Thronbesteigung« beschreibt ihn auf S. 51 in wenigen Zeilen; kennen Sie, gnädigste Frau, außerdem noch ein Buch oder eine Buchstelle, worin eine Beschreibung seiner äußren Erscheinung versucht wird?

Daran reiht sich eine *zweite* Frage.

Wie viele Bilder kennen Sie von ihm? welche halten Sie für ächt? Ich kenne drei: das Bild im Charlottenb: Schloß, im ehemal. Arbeitszimmer Fr. W. IV., zweitens das Bild in Wust, das mir durch Ihre Güte gezeigt wurde und drittens ein Bild im

Besitze von Gustav v. Putlitz, das mir in einem Holzschnitt (in der »Gartenlaube« von 1872) vorliegt. Befindet sich vielleicht auch in Vieritz ein Bild von ihm? Existiren sonst noch Katte-Reliquien? (Putlitz z. B. besitzt eine Zuckerdose)! Vor allem wie steht es mit dem Richtschwert? Ueber dies letztre (auch über die Art wie es erworben wurde) erführ' ich gern Näheres, doch hab ich nicht den Muth ohne Weiters nach Vieritz hin zu schreiben. Könnten Sie mich dort durch eine Zeile *derartig* introduciren, daß ich hoffen dürfte auf meinen Brief eine auskunftgebende Antwort zu erhalten? Pardon für diese hundert Fragen: Ihre Güte wird auch diesmal nachsichtig sein. In ausgezeichneter Verehrung, gnädigste Frau, Ihr ergebenster

Th. Fontane

12. *An Wilhelm Hertz*

Berlin 16. März 79.
Potsd: Str. 134.c.

Sehr geehrter Herr Hertz.

Ich habe mich beschwatzen lassen 17 preußische Prinzen- und Generals-Texte für die Lüderitz'sche Kunsthandlung *(Rudolf Schuster)* zu schreiben. Das Geld lockte mich ein wenig, trotzdem ich dieses traurige Artikel-Fabriciren – eine Theater-Rezension ist »hohe Kunst« daneben – ein für allemal abgeschworen habe.

Nun kommt mir aber die Sorge: ist R. Schuster auch ein sicherer Mann? oder heißt es nicht vielleicht auch in *diesem* Falle:

Vor Köckeritz und Itzenplitz,
Vor Quitzow, Kracht und *Lüderitz*,
Behüt' uns liebe Herregott!

Ich habe von R. Schuster persönlich einen guten Eindruck gehabt, aber ob seine Börse mit seiner Person gleich rangirt, ist am Ende die Frage. Auf meine Diskretion dürfen Sie rechnen.

Aus dem Schluß der vorvorigen Woche her, schulde ich Ihnen noch meinen Dank für einen reizenden kleinen Brief über die »Blätter für liter: Unterhaltung«. Auch für die Zierlichkeit, mit der Sie mir das »e« und »a« beibrachten. Ich war aber besser als mein Ruf und mein Brief.

In vorzüglicher Ergebenheit

Th. Fontane.

13. An Wilhelm Hertz

Berlin 18. März 79

Sehr geehrter Herr Hertz.

Empfangen Sie meinen herzlichsten Dank für gütige Auskunft und für zwei reizende Briefchen, die die Notiz begleiteten.

Ueber die Schleswig-Holsteiner denken wir gleich, auch in *den* Fällen, wo sie sich das Ansehen geben, liebenswürdig sein zu können. Nie wird sich die Frage entscheiden lassen, ob die Dänen mehr zu bedauern waren, daß sie mit den Schleswig-Holsteinern leben mußten, oder umgekehrt.

Heut Abend, nach voraufgegangenem Genuß von »Kabale und Liebe« – was ich immer wieder mit Vergnügen sehe; nur wenn die Briefschreibe-Scene kommt, geh ich in die Conditorei und trinke eine Halbe Sodawasser – haben mir meine Damen, deren ich jetzt drei im Hause habe, etwa 10 oder 12 Sachen aus Heyse's »Skizzenbuch« vorgelesen. Entzückend sans phrase. In Frankreich, wenn Alfred de Musset dergleichen publicirt hätte, wären 20 oder vielleicht 40,000 Exemplare davon abgesetzt worden. Uebrigens bemerk ich noch, daß ich das »Skizzenbuch« kannte; es war nur Wiederauffrischung. In vorzüglicher Ergebenheit

Th. Fontane.

14. An Gustav Karpeles

Berlin 3. April 79.
Potsd. Str. 134. *c.*

Hochgeehrter Herr Doktor.

Es wird Sie als Redakteur nicht überraschen, daß ich nicht fertig geworden bin, ebenso daß ich mich für *nicht*-schuldig erkläre. Es war Unglück: erst drei, vier Tage lang ins Theater und dann ein Frühlings- und Quartal-Schnupfen, was den höchsten Grad ausdrückt. Und ein cerveau enrhumé steigert nicht gerade den Intellekt.

Die Sachlage ist die: Brouillon fertig, in allen Theilen, und gestern hat Correktur und Abschrift begonnen. In acht Tagen denk ich Ihnen den Aufsatz *ganz bestimmt* zustellen zu können. Hoffentlich noch in time für die Juli-Nummer.

Nun die Novellenfrage. Ich wollte darüber in diesen Zeilen berichten, aber das wird zu weitschichtig. Sind Sie wieder zurück, so bitt' ich freundlichst um Ihren Besuch; wir nehmen dann das Packet vor, drin die Novellenstoffe, manche mit fertigem Anfang und manche mit fertigem Ende, hochaufgeschichtet liegen und Sie suchen sich *das* aus, was Ihnen convenirt.

Am meisten am Herzen liegt mir mein neuer Roman, dem zu Liebe ich nun doch auf den zweiten Bogen muß. Könnten Sie darüber mit den Chefs der Firma sprechen? Zeitroman. Mitte der 70er Jahre; Berlin und seine Gesellschaft, besonders die Mittelklassen, aber nicht satirisch, sondern wohlwollend behandelt. Das Heitre vorherrschend, alles Genrebild. Tendenz: es führen viele Wege nach Rom, oder noch bestimmter: es giebt *vielerlei Glück*, und wo dem Einen Disteln blühn, blühn dem Andern Rosen. Das Glück besteht darin, daß man *da* steht, wo man seiner Natur nach hingehört; selbst die Tugend- und Moralfrage verblaßt daneben. Dies wird an einer Fülle von Erscheinungen durchgeführt, natürlich ohne dem Publikum durch Betonungen und Hinweise lästig zu fallen. Das Ganze: der Roman meines Lebens oder richtiger die Ausbeute desselben.

Vor 3 Jahren kann er nicht fertig sein und ich suche nun eine gute Stelle dafür. Unter 5000 Thaler kann ich ihn nicht schreiben, die mir zur größeren Hälfte von einem Blatt oder Journal, zur kleineren für die Buchausgabe gezahlt werden müßten. Wie fängt man das an? Kann ich es *nicht* kriegen, nun so muß die Welt sehen, wie sie ohne meinen Roman fertig wird. In vorzüglicher Ergebenheit

Th. Fontane.

15. An Elise Weber geb. Fontane

Berlin 22. April 79. Potsd. Str. 134. c.

Meine liebe Lise.

Gestatte mir meinen herzlichen Glückwünschen zum 23. die vier wenig bedeutenden, aber wenigstens sich noch sauber präsentirenden Papierläppchen beischließen zu dürfen. Habe einen frohen und glücklichen Tag und laß diesen Tag den Vorläufer ihm folgender glücklicher Tage sein. Ueber unser stilles Thun und Treiben, Hoffen und Bangen, Gesellschaft und Arbeit, wird Dir Emilie wohl geschrieben haben. Es läppert sich alles so weiter; das Höchste was man mit 59 noch beanspruchen darf. Und in der That bin ich zufrieden damit und übe die Kunst, mich mit dem gegenwärtigen Tage einzuleben, statt von dem folgenden Wunderdinge zu erwarten. Wunderdinge, die immer ausbleiben.

Grüße Deinen lieben Mann; einen Kuß den Kindern. Wie immer Dein alter

Th. Fontane.

16. An Moritz Lazarus

Berlin, d. 26. April 1879.
Potsdamer Straße 134 c.

Teuerster Leibnitz.

Hoffentlich sind Sie von Leipzig zurück und das Rütli – heute bei mir – hat die Freude Sie zu sehn. Chevalier wird den Vizewirt machen, denn ich muß einmal wieder ins Theater. »Constanze« von Nahida Remy. Die Dichterin selbst nennt es »ein Schmerzenskind«, was mich aber nicht rührt.

Mit der Bitte, mich Frau Gemahlin empfehlen zu wollen, in herzlicher Ergebenheit

Th. F.

17. An Theodor Fontane (Sohn)

Berlin, d. 11. Mai 1879.

Mein lieber Theo.

Hast Du Dir selber den Prozeß gemacht und Dich zu sechswöchentlicher Haft ohne Feder und Tinte verurteilt? Wir ergehen uns abends beim Tee in Vermutungen über Dein Schweigen und sind bis zu der Annahme gediehn, »daß Du Dich unstandesgemäß verlobt hättest«. Nur Mete hält es nicht für möglich; ob auf Deine Schwächen oder Vorzüge gestützt, weiß ich nicht.

Hier ist alles beim alten: der Wind geht, Mama spricht vom Wetter, und Friedel sitzt unter Büchern. Ich selbst bin unter Arbeiten längst petrefakt worden. Nur Metes Tage wechseln, da Frau Witte vierzehn Tage oder drei Wochen hier war. Ihre jours de fête begannen meist mit Reichstagssitzung, standen bei Kranzler auf ihrer Höhe und schlossen mit Wallnertheater ab. George hat vorgestern geschrieben; es geht ihm gut und sein etwas hypochondrischer Zustand scheint überwunden. Er gibt wöchentlich elf Stunden und erhebt sich bis zu der Betrachtung: »Bar Geld lockt«. Ob er dabei auch an den Schneider denkt, der diese Anschauung unzweifelhaft teilt, weiß ich nicht. Schreibe aber über solche Dinge *nicht* an ihn; es verstimmt und hilft nichts. Alles Gute muß aus einem selbst kommen, sonst bringt man es über einen bloßen Anfall nicht hinaus.

Alles grüßt herzlich. Wie immer Dein alter

Papa.

18. An Emilie Fontane

Donnerstag d. 29. Mai 79.

Nur mit ein paar Worten begleite ich die beiden beiliegenden Briefe. Das Wetter ist gleichmäßig sonderbar: Gewitterwind, Regen, Sonnenschein, alles bunt durcheinander. Das ist die 7 Monate lang erhoffte ›schöne Jahreszeit‹. Uebrigens nicht undankbar; der Winter war schön, nur nicht für Dich. Meinen beabsicht. Besuch bei Frau v. W. hab' ich nun heute wirklich gemacht. Sie war sehr nett und mittheilsam, über Windel betrübt. Er ›schneidet‹ sie jetzt. Ich vertheidigte ihn, indem ich hervorhob: er kann nicht gut anders. Die Charlottenb. Stelle ging ihm an ›Katholien‹ verloren und dies wünscht er nicht sich wiederholen zu sehn. Außerdem aber hat er sich W.'s gegenüber so hundertfältig von seiner unprotestantischen Seite gezeigt, daß er jetzt eine Art Gêne in ihrer Gegenwart empfindet. Frau v. W. gab mir in *beiden* Stücken Recht, Elsy nur in dem zweiten. Vielleicht aber ist gerade das erstre noch ausschlaggebender; – ich find' es nicht tapfer und hochherzig, aber menschlich begreiflich und verzeihlich. Zum Schlusse wurde mir mitgetheilt, daß das Prof. v. Treitschke'sche Paar für meinen Roman schwärmt, besonders *er*, was mir natürlich noch um ein Grad lieber ist als *sie*. ›Das sei doch mal ein deutscher Roman, an dem man seine Freude haben könne.‹ Hat mir natürlich sehr wohl gethan. Es läppert sich schließlich doch so 'was zusammen. Im Urtheil *solcher* Männer: Droysen, Treitschke, Julian Schmidt, Geibel etc hab' ich bisher am besten abgeschlossen. Empfiehl mich. Wie immer Dein

Th. F.

19. An Emilie Fontane

Berlin 31. Mai 79. Potsd. Str. 134.c.

Meine liebe Frau.

Es ist noch eine Viertelstunde bis zu Tisch und ich will sie zu ein paar Zeilen benutzen. Ich bin fleißig, lese ziemlich viel und freue mich namentlich von 10 bis 2 der wundervollen Nachtluft, die dann durch das offene Fenster zieht. Lesend und schreibend – namentlich viel an meinem Romane pusselnd – verbring ich die späten Stunden. Sonst geschieht nichts; ich setze hinzu glücklicherweise. Ich besuche niemanden und mich besucht niemand; ist die Woche um, so hat man *doch* ein Dutzend Menschen gesehn und gesprochen, und das ist gerade genug. Auf meinen Abendspatziergängen treffe ich jetzt wieder häufiger meinen Freund Jacobi und habe eine Plauderhalbestunde mit ihm. Das letzte Mal im Theater – auch Minettchen war in der Loge; ich konnte ihr aber nur im Vorübergehen ›Guten Abend‹ sagen – hatt' ich auch ein Gespräch mit Dr. Grosser über Lindau. Er (Lindau) läse jetzt meinen Roman, käme aber nicht recht von der Stelle, *könne* auch nicht, denn er ginge in Gesellschaftlichkeit unter. Um 3 oder 4 oder 5 käm er nach Hause und schliefe dann natürlich bis 12; dann kämen Besuche aller Art; dann würd um 3 oder 4 zu Tisch gegangen, was sich bis um 6 oder 7 hinzöge und dann schlösse der Tag erst mit Theater und dann mit nächtlichen Kneipereien ab. Es schien mir, daß er die Sache doch als ziemlich bedenklich ansehe. Und dazu liegt auch guter Grund vor; man merkt den Blättern ordentlich an, daß er sich nicht recht drum kümmert. Nicht, daß sie schwach oder schlecht würden, – das Material ist dasselbe, aber die Hand einer guten und liebevollen Redaktion, die nirgends hervortreten aber überall leise gefühlt werden muß, *diese* fehlt. Wie schnell sich doch manche Menschen verbrauchen! Gestern war auch Pancritius eine gute Stunde hier. Er sagte mir: ›Gott sei eine Person, ein erhabener Ur-Organismus, in dem die Sterne als Blut-*Eisen*theilchen zirkulirten und zwar so daß die Fixsterne das arterielle, die Planeten das venöse Blut besorgten.‹ In diesem Sinn habe er jüngst zu einem alten Philosophen gesprochen. Ich fragte: ›was der alte Philosoph dazu gesagt habe?‹ ›O, er sagte, es sei süblim.‹ – Das find' ich auch. Lebewohl und habe frohe Festtage. Wir erwarten heute Nachmittag Theo. Wie immer Dein alter

Th. F.

20. *An Mathilde von Rohr*

Berlin 3. Juni 79. Potsd. Str. 134.c.

Mein gnädigstes Fräulein.

Wie's immer geht, wenn sich einer auf den andern verläßt, so auch diesmal; ich dachte meine Frau würde von Neuhof aus schreiben und danken, und sie hat dasselbe von mir gedacht. Dies mag diese verspäteten Zeilen erklären und entschuldigen. Der Spargel war sehr schön, was ich speziell in diesem Jahre, wo ich, rasch hintereinander fort, Brandenburger, Berliner und Eberswalder gegessen habe, kühnlich behaupten darf. Er war fleischiger, voller, und hatte mehr den ächten Spargelgeschmack. – Meine Frau ist seit dem 24. v. M. in Neuhof; die ersten Tage waren sehr trubulös und zum Erholen ganz ungeeignet, seit Ende voriger Woche geht es ihr aber um vieles besser, was sich auch in dem Ton ihrer Briefe ausspricht. Sie will bis Ende d. M. dort bleiben und dann mit mir in den Harz gehen, wahrscheinlich wieder nach Wernigerode, das uns im vorigen Jahr so sehr gefallen hat. Ein paar Wochen will ich mir dort Erholung gönnen und blos laufen und klettern, dann aber hoff' ich fleißig sein und endlich die bewußte Fräulein v. C.... Novelle schreiben zu können. Alles ist vorbereitet und der Stoff längst in Kapitel eingetheilt; das erste Kapitel hab ich schon zwei-, dreimal geschrieben, aber immer wieder verworfen. Die Einleitung, wie ich sie *jetzt* habe, scheint mir aber die richtige zu sein. Der Anfang ist immer das entscheidende; hat mans darin gut getroffen, so muß der Rest mit einer Art von innerer Nothwendigkeit gelingen, wie ein richtig behandeltes Tannenreis von selbst zu einer graden und untadeligen Tanne aufwächst. – Den Schluß von ›Grete Minde‹ werden Sie nun wohl auch empfangen haben; mög' er Ihnen gefallen. An meinem Roman erleb ich viel Freude; allerbeste Leute – freilich meist Männer – interessiren sich dafür und sagen mir allerhand Freundliches. Ich schriebe gern einen *zweiten*, der, in Bücher und Kapitel eingetheilt, und in seinen Scenen und Personen skizzirt, längst vor mir liegt. Aber unsre deutschen Buchhändler-, Verkaufs- und Lese-Zustände lassen es mir leider fraglich erscheinen, ob ich je zur Ausarbeitung kommen werde. Ich kann dieselbe nur vornehmen, wenn ich eine Einnahme von 5000 Thlr ganz sicher habe, 3000 für den Abdruck in einem Journal und 2000 für die 1. Auflage des Buchs. Aber wo das hernehmen? Ich habe nicht solche Erfolge aufzuweisen, und

werde sie, nach der ganzen Art meines Talentes, wahrscheinlich *nie* aufzuweisen haben, daß sich Redaktionen und Buchhändler veranlaßt sehen sollten, mir solche Forderung ohne Weitres zu bewilligen. Und doch sind die Summen noch niedriger berechnet, als mir nach der jetzt üblichen *Novellen*-Honorirung, wie selbstverständlich zufallen müßte. Wieder unter Sorgen und Aengsten es schreiben, wie den ersten Roman, *das* thu ich sicherlich nicht. – Wir leben hier jetzt schöne, stille, sommerliche Tage; für Martha sind sie vielleicht etwas *zu* still, aber es steht nicht in meiner Macht ihr andre zu schaffen. Kinder müssen sich ihre gesellschaftliche Stellung, ihre Freund- und Bekanntschaften selbst erobern. Ihr Pastor Pleßmann war auf einer Hochzeit in Rostock; Lise Witte schreibt uns heute davon; so sprechen sich auf Umwegen die Dinge in der Welt herum. Lepel ist ziemlich munter; sein Name erinnert mich – leider erst am Schluß meines Briefes – an Frau v. Romberg. Wir dachten viel an Sie, als wir den Tod der hochverehrten Frau in der Zeitung lasen. Es hat für mich etwas Schmerzliches und Erschütterndes, ein reiches, schönes, bevorzugtes Leben nicht nur so leidensvoll, sondern auch – was ich noch schmerzlicher finde – so *freudlos* endigen zu sehn. Denn neben dem Leide kann auch Freude, auch *irdische* Freude, blühn und diese glaub ich hat sie seit vielen Jahren entbehrt. Mitunter berührt mich die Welt, als wäre sie doch nur der Tummelplatz untergeordneter Kräfte! Wie immer in Dank und herzlicher Ergebenheit,
Ihr

Th. Fontane.

21. An Emilie Fontane

Berlin 8. Juni 79. Potsd. Str. 134. c.

Meine liebe Frau.

Es ist mir leid zu hören, daß Du mit Deinem Befinden immer noch nicht ganz in Ordnung bist; zu gutem Theil schieb' ich es auf das Wetter; es wechselt hier beständig: glühende Sonnenhitze, dann ein kalter Abend und dann wieder eine wasserschwüle Treibhausluft. So z. B. heute; jeder Schritt wird einem sauer und nach 50 Schritten ist man in Schweiß gebadet. In solchen Tagen ist Hochgebirg oder See doch ein Segen, die für reinere Luft oder frische Briese sorgen. Ich bewundere Zoellners, die nun wieder ruhig in ihrer Canal-Nähe bleiben und zufrieden sind, allfreitaglich in Wilmersdorf Kegel schieben und eine Bowle trinken zu können. Es gehört ein volles und innerlichstes Berlinerthum dazu, um das ohne Klage, vielleicht sogar mit Befriedigung hinnehmen zu können. Mir wären Kahlbaums schon im Winter zu warm.

Unsre heutige Reunion bei Heydens verlief ganz angenehm; alle Parteien waren guter Laune, von Gereiztheit oder Anzüglichkeiten keine Rede; es erinnerte an alte Zeiten. Ob Mete auf ihre Kosten gekommen ist, weiß ich nicht*; sie wird Dir wohl noch selber darüber schreiben. Eine Hauptunterhaltung drehte sich um Menzel, der gestern im Rütli wieder ›große Sätze‹ ausgespielt hatte. Du entsinnst Dich seiner Behauptung: ›Kugler habe physisch und geistig einen Wasserkopf gehabt‹; das gestrige Seitenstück dazu lautete: ›er (Menzel) habe neuerdings ein überraschend hübsches Gedicht von Friede Eggers gelesen: denn im Ganzen genommen, habe dieser doch ›wenig Grütze‹ in seinem Topf gehabt.‹ Zoellner mißbilligt solche Sätze aufs entschiedenste, und er wird wohl Recht haben; ich meinerseits meine, und sprach es auch heute aus: es hängt alles von der Vorfrage ab ›*wie groß* ist Menzel?‹ Ist er blos ein sehr guter Maler, so darf er dergleichen *nicht* sagen; ist er aber allerersten Ranges, eine epochemachende No I, ein Sanspareil, so *darf* er es sagen. In solchem Falle gesteh ich ihm das Recht zu, aesthetische Besserwissereien als impotentes langweiliges Zeug von der Hand zu weisen. Es ist wie mit unsrem Reichskanzler. Heißt er Schnökel oder Hasemann, so muß er der Glocke des Präsidenten gehorchen, heißt er Bismarck, so muß er ihr *nicht* gehorchen. Carlyle hat Recht, der *Einzelne* bestimmt alles, darf alles, wenn er der Mann danach ist. *Da*ran hängt's.

Erlebnisse seit vorgestern sind nicht zu vermelden. Hab' ich Glück, so werd ich morgen mit meinen ›Feldherrn‹ fertig, spätestens übermorgen. Ich beginne dann gleich mit meinen für Band II. noch zu schreibenden Kapiteln. Es wird weniger, als ich ursprünglich vorhatte; Tasdorf und den Minister v. Meinders – Seitenstück zu Malchow und dem Minister v. Fuchs – will ich nämlich fallen lassen, da es mir nicht geglückt ist, über *Meinders* Nennenswerthes zu erfahren. Wollt' ich nun 3 Reisen machen, 6 Kirchen absuchen und 12 Bücher durchlesen, so würd' ich vielleicht einen einigermaßen ausreichenden Stoff finden, aber auf derartig unfruchtbare Arbeiten laß ich mich nicht mehr ein. Dazu sind die Salpiusse der Weltgeschichte da,

Salpius heißt Stockfisch. Es schadet nichts, daß ich mich auch eine kurze Zeit lang – als ich die *Karbe's* in Lichterfelde (Ukermark) besuchte – mit solchen Untersuchungen abgegeben habe; aber *nun* ist es genug.

Ich freue mich sehr, daß ihr gute Nachrichten aus Coblenz habt; die junge Frau wird ihre Rolle schon zu spielen, und Gardeton und Hof-Allüren rasch zu lernen wissen.

* nein! [von Metes Hand]

Montag Nachmittag.

Nichts passirt. Gestern Abend machte ich mich noch ernstlich an Stanleys Reise durch Afrika und habe auf den beiden Riesenkarten die ganze Reise von Ort zu Ort verfolgt, wozu einem ein angehängtes Itinerarium (Reise-*über*sicht) von nur etwa 30 Seiten gute Gelegenheit giebt. Ich weiß nun ganz genau über den Gang im Großen und Ganzen Bescheid, und kann, mit Uebergehung alles Nebensächlichen, die *Hauptsachen im Detail* leicht nachholen. Es war eine sehr mühevolle Arbeit, und ich kam erst nach 2 zu Bett, ganz ermattet von der Gedächtniß-Anstrengung. Aber ich hab es *gern* gethan, einmal weil man dabei viel lernt, zweitens weil es mir für meine Roman-Hauptfigur einen ganz vorzüglichen Stoff bietet. – Mit meinen ›Feldherrn‹ werd' ich morgen fertig; beim alten *Zieten* sind nicht zwei Zeilen unverändert stehen geblieben. O Stil des deutschen Doktors und Professors. Oder gar Brachvogels! Ins Theater muß ich noch einmal. Ist mir auch noch gerade um einmal zu viel, denn ich hab's nun satt. Damen wie die Ziegler dürfen nur noch in Liegnitz gastiren; an solchen Orten versichert dann der Gymnasial-Direktor: ›Griechenland, oder besser noch Hellas, sei neu erstanden und wandle wieder unter uns.‹ Und dann steht es im Wochenblatt und jeder glaubt es. Und so auf allen Gebieten! Man muß entweder, wie Thiemus, für *einen* Menschen schreiben, oder wie Sir John Redcliffe oder Samarow gleich ›for the million.‹ Ein Mittelkurs ist eigentlich Unsinn, denn die Wissenden zählen wirklich nur nach Einern. Morgen beginnen die Festlichkeiten mit Militairmusik, Illumination und Ordensvertheilung; ich werde mich *noch* eingezogener verhalten, als gewöhnlich. Martha schreibt morgen, da *zwei* Briefsendungen besser seien, als eine. – Ergeh es Dir wieder gut. Wie immer Dein

Th. F.

22. *An Julius Grosser*

Berlin, 16. Juni 79.
Potsd. Str. 134. c.

Hochgeehrter Herr.

Besten Dank für die freundliche Benachrichtigung. Ich gedenke sehr bald meinen Koffer – blos für den Harz – zu pakken, bin aber, wenn ich Ihnen irgendwie damit dienen kann, zu einem Aufsatz für die »Gegenwart« noch vorher gern bereit. Es liegen, seit Herbst v. J. angefangen, mehrere für die »Gegenwart« bestimmte Aufsätze in meinem Kasten; ich kann *diese* aber leider nicht hervorsuchen, weil ihre Bewältigung zu schwierig ist. Eins der Themata lautet »Das Judenthum und die Berliner Gesellschaft« und ist – was Sie von mir vielleicht nicht erwarten werden – ziemlich anti-adlig und sehr judenfreundlich abgefaßt. Das Thema ist so ernst und so gut zugleich, daß ich es mir durch flüchtige Behandlung nicht verderben will.

So dann also etwas andres. Ich stelle Ihnen zwei Besprechungen zur Wahl. Die eine über L. *Pietsch's* Olympia-Buch, die andre über *Stanleys* Reise »Quer durch Afrika«. Es würde mich freuen, wenn Sie sich für *Pietsch* entschieden, dem ich diesen kl. Liebesdienst längst versprochen habe.

Mit Besprechung des Buches würde ich beginnen, sehr bald aber zu der *Person* übergehen und offen und unumwunden – ohne seine Fehler zu verschweigen – auf dies große und ganz einzig dastehende journalistische Talent hinweisen. Der Berliner ist ein Hammel, namentlich aber ein Neidhammel, sonst müßte dieser Mann in Gold gefaßt werden. Würde freilich nichts helfen; das erste was er thäte, wäre, daß er seine »Fassung« verpfändete. Aber das geht literarisch keinen was an.

Daß ich dem armen Lindau diese vier Kugeln ans Bein gebunden habe, hat mir längst leid gethan. Können Sie ihm, sehr geehrter Herr, nicht beibringen, daß er sich frei davon macht. Ich bin zu lange »dabei«, um auf all dergleichen großes Gewicht zu legen. Kommt es, gut; kommt es nicht, auch gut. Ich möcht ihm wirklich aus seiner freundlichen Zusage nicht einen Strick drehen, der ihn würgt. Und noch dazu in diesen schönen Tagen, wo man das Leben wieder lieb gewinnt.

In vorzügl. Ergebenheit

Th. F.

23. *An Otto Schroeder*

Berlin, 16. Juni 79
Potsd. Str. 134 c.

Sehr geehrter Herr.

Wie für Ihren ersten, so auch für diesen zweiten Brief meinen allerschönsten Dank; es thut ja schon wohl aufmerksam gelesen zu werden. Vielleicht ist der »aufmerksame Leser« überhaupt der schmeichelhafteste, viel schmeichelhafter als der »wohlwollende«, den in der Regel der Teufel holen mag. Mein Dank erfährt auch durch etwas Bockigkeit, auf daß [!] Sie diesmal stoßen werden, keine Abzüge. Die ersten 4 Zeilen werd' ich wohl so nehmen wie Sie sie proponieren. Ich fand das Lied in »v. Erlachs Volkslieder der Deutschen; Mannheim 1834«, eine Rückert, Tieck und Uhland gewidmete Sammlung. Es heißt darin S. 26

Den liebsten Bulen den ich hab,
Der liegt beim Wirth im Keller,
Er hat ein hölzins Röcklin an
Und heißt der Moskateller. –

eine Version, die hinter Ihrer zurückbleibt. Ueber »hölzins Röcklin« und »hölzens Röcklein« ließe sich streiten, doch geb' ich dem moderneren den Vorzug. Es wirkt für unser Ohr natürlicher, ungesuchter. »Han« für »hab« ist eine entschiedene Verbesserung, denn nicht blos, daß »der Reim« gewahrt bleibt, das fünffache Schluß-n in einer Zeile ist eine sprachlich-musikalische Schönheit. Moskateller ist out of question; das o wirkt roh, ordinär.

Daß ich die Nominativ-Form nahm – was mir poetisch gleich ungerechtfertigt erschien – geschah mit Rücksicht auf die *Wiederholung* im Munde des Puppenspiel-Direktors. Hier wollte mir der Accusativ nicht recht passen und so transponierte ich's. Wenn mich mein Gedächtnis nicht täuscht, erst bei der »Correktur«, zu deren berechtigten Eigenthümlichkeiten es ja gehört, daß dem Ganzen zu gute kommende Verbesserungen mit Verschlechterungen im Einzelnen erkauft werden.

Die drei Schlußzeilen kann ich aber nicht acceptiren. Ich habe über »Aechtheit« und »Urform« von Volksliedern – mit denen ich mich zwar nicht wissenschaftlich, aber aus poetischer Neigung von Jugend auf beschäftigt habe, namentlich mit den englischen und schottischen – *höchst* ketzerische Ansichten; könnt' ich aber auch widerlegt und zur Gläubigkeit an diese oder jene Form bestimmt werden, so würden doch auch die bewiesensten Formen noch immer keine bindende Kraft für mich haben. Denn ich citire ja alles nur um Ton und Stimmung willen, die mirs in *dieser* Zeile rathsam machen der überlieferten Form mich anzuschließen, und in *jener* Zeile mir anempfehlen, mich von ihr zu entfernen. Wer eine feine Zunge für derlei Dinge hat, wird in der Regel das Alte beibehalten, weil es fast immer das Bessere ist. Denn das Aeltere ist *an sich* schon auf dem Wege das Bessere zu sein. Aber wer andere als wissenschaftliche Zwecke verfolgt, darf sich auch andrerseits nicht die Hände binden lassen und muß es vor allem vermeiden, seinen überfeinten Geschmack in Widerspruch mit dem Geschmack des Publikums zu bringen, für das er schreibt, selbstverständlich vorausgesetzt daß es sich um ein *gutes* Publikum handelt. Die mannigfachen sogenannten »Aechtheitszüge« alter Lieder sind mitunter sehr schön, aber mitunter auch ganz und gar nicht. Die Menschen irrten damals gerade so gut wie jetzt, und die falschen Naivetäten, die nichts sind als Blunder und Ungeschicklichkeiten, such' ich zu beseitigen. Womit ich aber nicht behauptet haben will, in dem vorliegenden Fall etwas Gutes an die Stelle gesetzt zu haben. Nur *das* behaupte ich, daß der sogenannte »gebildete Leser« über meine Version ungestört wegliest, bei der ächten Lesart aber ein lautes oder stilles »Nanu« auf der Lippe hat. Und von Rechts wegen. Nochmals besten Dank. In aufrichtiger Ergebenheit

Ihr
Th. Fontane.

24. An Friedrich Wilhelm Holtze

Berlin 19. Juni 79.
Potsd. Str. 134. c.

Hochgeehrter Herr Professor.

Eben habe ich den ganzen Kantzow dreimal durchgeblättert um etwas über *Sidonie v. Borcke*, die sog: »Bernsteinhexe« zu finden, die vor gerade 40 Jahren von dem famösen Meinhold sonderbar zugerichtet wurde. Etwas Aehnliches beabsichtige ich nun auch, aber doch anders. Wo nun den Stoff hernehmen? In meiner Noth wende ich mich an Sie. Es sind drei Dinge, deren ich bedarf:

1. die *Geschichte* selbst; *wo* steht sie, da sie Kantzow nicht zu haben scheint;
2. eine Familiengeschichte der Borckes; existirt sie? Ich glaube ja;
3. »Aus der pudagla'schen Matrikel«
   (»Uth der pudglauischen Matrikel«): 57 Urkunden von 1292–1439.

Natürlich schmeichle ich mir nicht, daß Sie die Raritäten haben, aber Ihre Vertrautheit mit der einschlägigen Literatur, insbesondere auch Ihre nahen Beziehungen zu verschiedenen historischen Vereinen, werden es Ihnen vielleicht möglich machen, mir einen Rath u: eine Richtung zu geben.

Wie immer, in vorzüglicher Ergebenheit, hochgeehrter Herr Professor, Ihr

Th. Fontane

25. An Emil Kunstmann

Berlin 22. Juni 79.
Potsd. Str. 134c

Hochgeehrter Herr.

Einliegende 4 Zettel sprechen Ihnen meine ganz ergebensten Wünsche aus; darf ich darauf rechnen, Sie durch Ihre Güte erfüllt zu sehn? Ich schicke Dinstag zwischen 11 und 12 und lasse anfragen. Einzelne Titel sind vielleicht nicht ganz korrekt wiedergegeben; aber es wird überall unzweifelhaft sein, was ich meine.

»Berliner Kalender« von 1838 – so find' ich den Titel in Bartholdts Geschichte von Pommern – klingt freilich ängstlich allgemein; ich denke mir aber daß irgend etwas wie ein *historischer* Kalender jenes Jahres (1838) gemeint ist. Es handelt sich für mich um ein Bild Sidonie von Borcke's (Bernsteinhexe) das in jenem Kalenderjahrgang enthalten sein soll.

Ihnen im Voraus meinen schönsten Dank aussprechend, Hochgeehrter Herr, in vorzüglicher Ergebenheit

Th. Fontane.

26. An Emilie Fontane

Berlin 24. Juni 79. Potsd. Str. 134. c

Meine liebe Frau.

Es freut mich nach wie vor von Deinem Wohlbefinden zu hören; Neuhof ist doch kein leerer Wahn. Ich beantworte die einzelnen Punkte Deines Briefes. Nach Pommern muß ich allein reisen; Du hättest, wie Du richtig bemerkst, zu wenig davon. Ueber unsre Avantgardenschaft für den Harz berathen wir mündlich. Ich bin *sehr* dafür; ob wir aber nicht lieber gleich nach Wernigerode als vorher nach Thale gehn, dies bleibt zu erwägen. Ich möchte Dir Thale gern zeigen, aber es macht eine Differenz von wenigstens 25 Thlr. Solche Rücksichten ernüchtern einen immer wieder. Zu dem Aufsuchen von Lauterburg (Schaffenger) hab ich vorläufig keine Lust. Was Du wegen George schreibst ›er nähme bei dieser Sache nicht Rücksicht genug auf meinen Geldbeutel‹ so war gerade *dies* mein erstes unbehagliches Gefühl als ich den vorigen kurzen Brief empfing. Nachdem Du mir aber gestanden ›*Du* hättest ihn zu diesem Besuche aufgefordert‹ versteh ich nicht, wie Du ihm einen Vorwurf draus machen kannst, wenn er sich schließlich bei uns anmeldet. Und *ungefähr* so müssen die Sachen doch Deinen eigenen Angaben nach liegen. Lädst Du ihn ein, so kann er nicht erwarten, daß ihn der Aufenthalt an Ort und Stelle noch etwas kosten soll.

Was Du über Reuter und Dickens schreibst, ist richtig. Deshalb ziehen so viele Engländer Thackeray weit vor, trotzdem ich glaube daß Dickens Talent viel größer ist. Bei Reuter ist es mir nicht aufgefallen, ich bin sehr von ihm eingenommen, und was Du trivial, gröblich, kritiklos nennst, nenn ich humoristisch. Nun hast Du zwar für Humor auch ein Gefühl – glücklicherweise, setz ich hinzu, denn humorlose Menschen sind mir schrecklich – aber Du bist nebenher zu feinnervig und zu kriti*kvoll*. Ein ganzer voller Humor aber kann mit und vor der Kritik selten bestehn. Es gehört eine wenigstens momentane Kritik*losigkeit* dazu einerseits um humoristisch zu sein, andrerseits um den Humor andrer zu genießen. Von dieser Regel wird es nur ganz wenig Ausnahmen geben. Der Don Quixote gehört vielleicht zu diesen Ausnahmen (ich bin nicht ganz sattelfest in Angelegenheiten des guten Ritters) und *sicher* kann ich nur Sterne als Ausnahme gelten lassen. Aber Sterne ist auch weit mehr witzig als humoristisch und nur das Hinüberspielen des Witzes aufs Gebiet des Zweideutigen läßt manches humoristischer erscheinen, als es eigentlich ist. So viel aber, glaub ich, darf ganz allgemein gesagt werden, daß all den *genialen Massenproducenten*, gleichviel ob Engländer, Franzosen oder Deutsche, etwas Kommissiges anhaftet. Sehr feine Schriftsteller, die jede Zeile, die sie schreiben, vor Gott und Menschen verantworten können, können nicht 60 oder 70 Bände schreiben, und so stell ich denn freilich – und ich freue mich dies aussprechen zu können – in gewissem Sinne Talente wie Mörike, Tieck, Eichendorff, Keller, Storm höher als beispielsweise Scott.

[Schluß fehlt]

27. An Emil Kunstmann

Berlin 25. Juni 79
Potsd. Str. 134c

Hochgeehrter Herr Geh. Rath.

Verzeihen Sie zunächst, daß mich mein vorjähriger Wohnungs-Anzeiger in der Titel-Frage im Stich gelassen hat.

Das Nicht-Vorhandensein des v. Wedel'schen Tagebuchs beklag ich; vielleicht hab ich mit dem neuen Zettel, den ich mir beizuschicken erlaube, mehr Glück. »*P. Bibliothek*« klingt freilich etwas sonderbar. P. soll wahrscheinlich »Pommersch« heißen. Barthold schreibt in der betr. Anmerkung: »Der Hergang ist erzählt nach den zahlreichen Originalakten – von denen Sie mir gütigst schreiben – der K. Bibliothek in Berlin, aus denen sich zusammenhanglos Auszüge in der *P. Bibliothek* IV. und V. finden.«

Ich würde mich sehr freuen, diese zwei Bände einsehen zu können.

In vorzüglicher Ergebenheit

Th. Fontane.

Freitag Mittag
erlaube ich mir zu
schicken Th. F.

28. An Emilie Fontane

Berlin 28. Juni 79. Potsd. Str. 134. c.

Meine liebe Frau.

Ich schenke mir heute den Nachmittagsschlaf, um diese Zeilen zu schreiben. Wenn sie etwas müde ausfallen, so schieb' es auf die Stunde. Mit meiner Reise steht alles auf dem alten Fleck, und ich breche nicht eher auf, als bis ich weiß, daß man mir nicht die Thüre vor der Nase zuschlägt. Hab ich Pech, so können darüber noch 8 Tage vergehn; es muß aber sein, denn hab' ich *dies* nicht absolvirt, so ist vollends an keine innre Ruhe während des Wernigeroder Aufenthalts zu denken. Meine gestrigen Zeilen werden Dir etwas peinlich gewesen sein, und mit ›gefühlvollem Philisterauge‹ angesehn, läßt sich manches dagegen sagen; es ist aber lächerlich, immer mit Liebe zu operiren wo von Liebe gar keine Rede ist. Die Kinder – einer wie der andre, auch der fromme Theo – wollen sich möglichst gut *amüsiren*, und *ich* will, nach 11 monatlicher Plackarbeit, möglichst viel *Ruhe* haben. So steht die Partie. Die Kinder haben Recht, und ich habe erst recht Recht. Liebe ist gänzlich hors de concours. Uebrigens weißt Du ja, daß, wenn ich mich über solche Dinge expektorirt habe, das Gewitter vorüber ist. Ich werde niemandem mit Klagen oder Verstimmungen beschwerlich fallen.

Diese Nacht bin ich erst um 2½ zu Bett gegangen; es war heller Tag als ich einschlief. Ein Buch ›*v. Nostitz* Leben und Briefwechsel‹ das ich für meine Fräulein v. Crayn-Novelle brauche, hielt mich so lange wach. Es bietet mir vorzügliches Material. Heute früh erschien wieder mein Freund Redakteur Dominik und blieb dritthalb Stunden. Das ist viel Zeit; aber ich denke es bringt sich wieder ein. Allerlei ist eingefädelt, was mir doch vielleicht ein kleines Glückshemd zusammennäht. Wird ohne Schuld des armen Dominik ein Sterbehemd draus, soll einfach heißen, löst der Tod das Leben ab, so schadet es nicht. Alles was uns werthvoll dünkt, ist ja nicht werthvoll an sich, sondern ist in seinem Werthstand einfach durch unser Leben bedingt. Schweigt das Leben, so schweigt der Wunsch. ›Das Leben ist der Güter höchstes nicht.‹ Daß man lebt, ist nicht nöthig; nur das empfind ich immer tiefer: ›wenn man überhaupt lebt, muß man auch leben *können*.‹

In heißer Mittagsstunde fuhr ich nach dem Kurfürstendamm um bei Burger und Toberentz meinen Besuch zu machen.

Es blieb aber bei Toberentz; die schöne Käthe erschien in einem weißen Morgenrock, halb ausgeschnitten, so daß sich der römische Halsschmuck wundervoll auf ihrem Nacken präsentirte. Ich mußte an den Satz denken, worin Dir einst eine alte Waschfrau Deine Flitterwochen abmalte. Leider ist es nicht annähernd in Erfüllung gegangen, wofür ich noch nachträglich um Entschuldigung bitte. Leider, glaub ich, es geht *nie* in Erfüllung; etwas tritt immer dazwischen, und wenn Schiller in ›Hero und Leander‹ singt: ›Und der Brautnacht stille Freuden, die die Götter selbst beneiden‹ so hat ers wohl nur mit Rücksicht auf den ›Neid der Götter‹ richtig getroffen. *Die* wollen alles für sich haben und ihr Neid setzt nun die Sterblichen auf halbe Ration. Auch wohl auf Viertel. Auch ›Robert und Käthe‹ werden dies Loos getheilt haben, vielleicht um so mehr, je mehr der Gegenstand geeignet war, den ›Neid der Götter‹ wachzurufen. Wie immer Dein

Th. F.

29. An Gustav Karpeles

Berlin 30. Juni 79.
Potsd. Str. 134. c.

Hochgeehrter Herr Doktor.

Eben hab' ich die Correkturbogen zur Post gegeben; übermorgen früh, spätestens am Donnerstag, will ich auf sechs Wochen in den Harz. In diesen sechs Wochen möcht ich zwei Novellen im Brouillon fertig schaffen, um sie dann in den Wintermonaten salonfähig, oder weil das an den furchtbaren Payne erinnert druckfähig zu machen. Eine ist für Hallberger, die andre für Westermann bestimmt. Ich möchte nun über diese »andre« vorher gern ein Wort zu Ihnen gesprochen und Ihren Rath erbeten haben.

Ueberschrift: *Sidonie v. Borcke.* Sidonie v. B., Priorin zu Marienfleiß in Pommern, schön, gescheidt, encouragirt, aber zugleich auch hochmüthig, intriguant und herrschsüchtig, in Un- und Aberglauben gleich tief versunken, ist durch höfischen Einfluß und unter Geltendmachung alter Beziehungen wo sie Herzogs-Braut oder Herzogs-Geliebte war (bleibt dunkel) Priorin des vorgenannten, eben in ein protestantisches Stift umgewandelten Klosters geworden. Sie ist nah an 50, aber wundervoll conservirt, groß, stattlich, königlich. Ihr Erscheinen im Kloster drückt den Rest der alten und jungen Damen zur Nullität herab; nur einige versuchen Widerstand, werden besiegt, um schließlich *doch* zu triumphiren.

Der Inhalt der Novelle ist nun eine Schilderung des Erscheinens Sidoniens im Kloster, die sofort das l'état c'est moi anticipirt. Streng und rücksichtslos und übermüthig gegen ihre Umgebung, versagt sie sich selber nichts und ist, en petit comité, je nach Laune, Berechnung und Bedürfniß abwechselnd ältre Maria Stuart, ältre Elisabeth, ältre Katharina. Bachanale, Fuchsjagden und Verschwörungen wechseln ab mit halb geglaubtem und halb verlachtem Hocuspocus, mit Schönheitsmitteln und Reu-Anfällen, und abergläubischen Beschwörungsformeln und aufrichtigem Bangen und Beten. Dem entsprechend sind die Figuren, die sie heranzieht, die ihr dienen. Bis endlich das Maaß voll ist, und die durch sie gekränkten und beleidigten Elemente des Landes grausam ihre Revanche nehmen. Als sie merken, daß ihre Gegnerin zu stark, zu klug, zu mächtig ist, um ihr siegreich beizukommen, haben sie den genialen Gedanken, ihr aus dem Hocuspocus mit dem sie gespielt, eine Schlinge zu drehn und die relativ Arglose plötzlich auf *Hexenthum* hin zu verklagen. Und dieser Anklage, die durch eine Reihe von Zufälligkeiten unterstützt wird, erliegt sie. Die bösen Geister, mit denen sie gespielt, packen sie ernsthaft und würgen sie. Aller Ein- und Fürsprache benachbarter Fürsten unerachtet, erleidet die Tochter des ältesten und stolzesten pommerschen Geschlechtes einen schimpflichen Tod.

Hier haben Sie, hochverehrter Herr, die Skizze. Ueber das was der Stoff werth ist, der außerdem glücklich für mich liegt, bin ich mir vollkommen klar, und ich werde mir seine Behandlung nicht entgehen lassen. Aber ich kenne Publikum und Pardon, unter Umständen auch Redaktionen! »Liebe, Liebe ist mich nöthig« ist einerseits der Haupt-Chorgesang, aber diese ganze Liebe muß auf dem Patentamt eingeschrieben sein. Man könnte sagen: so *viel* wie möglich, aber auch so *dünn* wie möglich. Das wäre vielleicht das Ideal. Von diesem Ideal bin ich nun aber ziemlich weit entfernt, es geht ein paar mal in der Geschichte ziemlich scharf her, und deshalb frage ich bei Ihnen an, ob Ihnen der Stoff zusagt oder nicht. Ich habe so viel Stoffe, daß mich Ihr »nein« keinen Augenblick in Verlegenheit bringen würde. Daß ich Ihnen und den Lesern übrigens keine

Tollkirschen vorsetzen würde, brauch ich wohl nicht erst zu versichern.

In vorzügl. Ergebenheit

Th. Fontane

30. An Gustav Karpeles

Wernigerode 8. Juli 79.

Hochgeehrter Herr Doktor.

Pardon, daß ich Ihre freundlichen Zeilen vom 2. d. M. erst so spät beantworte; unruhige Reisetage, erst nach Pommern, nun hierher, liegen dazwischen.

Ich werde also die Novelle schreiben und sie Ihnen seinerzeit vorlegen; es genügt mir, daß der Stoff im Großen und Ganzen Ihre Zustimmung hat; verderb ich ihn, oder richtiger vielleicht purificire ich ihn nicht genug, so werde ich mich nicht wundern ihn abgelehnt zu sehn. Mit andren Worten: Sie haben die Vorhand, ohne Ihrerseits irgendwie gebunden zu sein. Es wird übrigens schwerlich zu großen Geschmacks- und Meinungsverschiedenheiten kommen.

Ein Bild von Pöllnitz? Ich glaube, das ist nicht leicht. Sein Onkel und Großvater waren hohe Militairs, von denen sich sehr wahrscheinlich in ähnlichen Büchern wie »Pauli's Leben großer Helden« Bildnisse vorfinden möchten. Poellnitz der Memoirenschreiber ist schwierig. Wenn nicht vielleicht der *französischen* Ausgabe seiner *wirklichen* Memoiren – was wir in deutscher Uebersetzung meist in Händen haben, ist glaub ich unächt, nachgemacht – sein Bildniß vorgedruckt ist! Ich hatte das Buch, als ich den Katte-Aufsatz schrieb in Händen, und mir ist fast als hätt ich so was wie ein Titelbild gesehn. Sicher bin ich freilich keineswegs.

Unter den Personen, die dergleichen wissen können, nenne ich Ihnen drei:

1. Geh. Hofrath Bußler
2. Prof. Adolf Menzel
3. Maler Ludw. Burger

Wissen *diese* nichts, so verlohnte sich vielleicht eine Anfrage bei Droysen, der bei seinem großen Werke über den Großen Kurfürsten alles Denkbare in Händen gehabt haben muß. Nun ist Poellnitz zwar 20 und 40 Jahre später, es grenzt [?] aber doch zusammen.

In vorzüglicher Ergebenheit

Th. Fontane.

31. An Ludwig Pietsch

Wernigerode 16. Juli 79.

Theuerster Pietsch.

Wenn Ihre Güte und Nachsicht in meinen Augen noch eines Beweises bedurft hätten, so hätten ihn mir die Zeilen gegeben, die ich eben von Ihnen erhalten. Jeder andre – vielleicht auch ich, der ich doch wenigstens bemüht bin Contenance zu halten – hätte piquirt geschrieben; *Sie* schreiben freundlich und liebenswürdig wie immer. Denn eine Mahnung ist keine Unfreundlichkeit, am wenigsten eine so berechtigte. Hören Sie nun, wie's liegt. Ich schrieb den Aufsatz gleich in den Tagen, die Ihrem letzten Besuche folgten, war aber so nerven-herunter, daß ich der Sache nicht den rechten *Chic* geben, sie nicht druckfertig machen konnte. Das sollte nun hier mein Erstes sein, aber gegen Wunsch und Willen kam ich ins Novellenschreiben hinein, und froh daß ich von der Stelle kam, was ich vorher zwei- dreimal vergeblich versucht hatte (ein höchst peinliches und ängstigendes Gefühl) riß ich mich nicht gleich wieder davon los. Es geschieht nun aber übermorgen – morgen schließ' ich ein Kapitel ab – ganz gewiß. Zweifeln Sie nie an meinem guten Willen, Ihnen für so viele Freundlichkeiten dankbar zu sein; ich bin nur oft müd und matt. Haben Sie frohe Tage in München, von wo Sie doch wohl einen Ausflug nach Ambras machen. Ihr herzlich ergebenster, im Uebrigen eingeregneter und ausgefrorener

Th. F.

32. An Julius Grosser

Wernigerode 19. Juli 79.

Hochgeehrter Herr.

Ihrer gef. Aufforderung nachkommend, habe ich das M.S. zu dem Pietsch-Aufsatz direkt zu Teubners nach Leipzig abgeschickt.

Ich denke mir – da Sie ja auch eine gute Meinung von L.P'.s Talenten haben – daß alles, was ich nach dieser Richtung hin gesagt habe, Ihnen nicht als übertrieben erscheinen wird. Daß es Leute giebt, die geringer, ja viel geringer von ihm denken, kann nur ein Anlaß mehr sein, die Lanze für ihn einzulegen. Dieser offenbaren Ungerechtigkeit entgegenzutreten, die seltsamerweise L.P. selbst nicht so empfindet, wie er sie empfinden könnte, war ja der eigentlichste Zweck meines Artikels, viel mehr als die spezielle Buchbesprechung.

Ob Sie mit *dieser* zufrieden sein werden, ist mir zweifelhafter. Ich habe viel citirt, was die Redaktionen nicht lieben, wiewohl die citirten Stellen meist die Fettaugen auf einer im Uebrigen dünnen Brühe zu sein pflegen. Sind es auch Ihnen der Citate zu viel, so bitt ich ganz nach Gefallen eine Spalte zu streichen, da ich nicht in den Verdacht bequemer und gewinnsüchtiger Spaltenfüllerei kommen möchte.

Besten Dank für die freundlichen Worte über »Grete Minde«.

In vorzüglicher Ergebenheit

Th. Fontane.

33. An Wilhelm Hertz

Wernigerode 21. Juli 79.

Sehr geehrter Herr Hertz.

Besten Dank für Ihre freundlichen Zeilen. Ich lasse nun den Grete Minde-Weihnachtsplan fallen; es wird mir nicht schwer, da *ich* wenigstens, für meine Person, gelernt habe, daß man mit nichts Einzelnem die Welt erobert. Im Ganzen freilich beinah noch weniger, weil beim Ganzen wieder Subtraktionen zu berechnen sind. Denn nicht alles glückt.

Eine Anzahl Kapitel schicke ich Ende des Monats und dann so dripplings weiter.

Mit Bedauern höre ich, daß Sie sich keine Sommerfrische gönnen wollen. Hoffentlich springt der Wind noch um. In vorzüglicher Ergebenheit

Th. Fontane.

34. An Wilhelm Hertz

Wernigerode 12. Aug. 79.

Sehr geehrter Herr Hertz.

Endlich die ersten sechs Bogen! Ich hoffte in etwa 6 Tagen mit dem Ganzen fertig zu sein, habe mich nun aber überzeugen müssen, daß ein ganzer Monat darüber hingehen wird. Wie deprimirend dies für mich ist, kann ich Ihnen gar nicht sagen. Von der Einbuße an Zeit und Geld sprech ich nicht, das ist verhältnißmäßig Nebensache; das Deprimirende liegt darin, daß Dinge die ich mit 42 Jahren geschrieben habe, und zwar sorglich und mühevoll, doch *so sehr* der Correktur bedürftig sein konnten! Ich habe dabei nicht stilistische Finessen im Auge, deren Werth zweifelhaft bleibt, nein direkte Fehler: Unverständlichkeiten und Widersprüche. Und diese Fehler wirken doppelt schwer *da*, wo die stoffliche Bedeutung, weil sie fehlt, auch nichts balanciren kann.

Aber wozu klagen und nun gar gegen sich selbst!

Weitere sechs Bogen hoffe ich bis zum 17. oder 18. schicken zu können; dann unterbreche ich mich in der Correktur, um den relativ wichtigen Gusow-Aufsatz zu schreiben, mit dem ich in abermals acht Tagen fertig zu sein hoffe. Jedenfalls werden bis Ende des Monats wenigstens 20 Bogen in Ihren Händen sein.

Wenn es sich machen ließe, daß mir, im Vertrauen auf einen absolut zuverlässigen Correktur-leser, sogar die Revision der Bogen erspart bliebe, würde ich sehr glücklich sein. Läßt sich das aber nicht beschaffen, so muß ich freilich in diesen sauren Apfel beißen; von zwei Uebeln wähle das kleinste. –

Wir frieren hier Stein und Bein, dennoch möcht ich meinen Aufenthalt nicht abkürzen, da ich fühle wie gut mir die Bergluft thut. In aufrichtiger Ergebenheit und unter Gratulationen zum neuen Enkelchen, Ihr

Th. Fontane.

35. An Wilhelm Hertz

Wernigerode 18. Aug. 79.

Sehr geehrter Herr Hertz.

Anbei eine zweite Sendung, stärker als die erste. Das Aufkleben auf Zettel, das ich selber vorziehe, mußt ich bei den Kapiteln: Quilitz, Friedland, Cunersdorf, wiederaufgeben, da sich's – in Folge des Neudrucks der verdorbenen Bogen – so unglücklich traf, daß die beiden mir durch Ihre Güte zugestellten Exemplare mit einander nicht correspondirten. Die neuen Bogen haben ein paar Zeilen mehr auf der Seite, wodurch natürlich, und zwar immer wachsend, das ganze Exempel nicht stimmt. Dies alles nur zu meiner Entschuldigung. Wo's geht, kehr ich zu dem Aufklebe-Modus zurück.

Ich schreibe nun im Laufe dieser Woche das Gusow-Kapitel, bitte Herrlich es für das Johanniterblatt rasch absetzen zu lassen und schicke dann die Fahnen. Das wird Ende des Monats sein. Bis dahin hat die Druckerei Stoff die Hülle und Fülle. An den Gusow-Aufsatz schließen sich die Marwitz-Aufsätze (Friedersdorf) und damit endigt die erste Hälfte des Bandes.

Dann kommt ein Abschnitt: *Jenseit der Oder* mit nur drei Kapiteln: Küstrin, Tamsel, Zorndorf, die beiden ersten sind aber sehr lang. Der Küstrin-Aufsatz (ganz neu) erscheint in den nächsten zehn Tagen in *Westermanns* Monatsheften und ich möchte Sie freundlichst bitten, einzelner Croquis halber, ein Auge darauf zu richten. Die doch immerhin wichtige Frage: »Wo fiel Katte's Haupt?« kann ohne Zeichnung gar nicht veranschaulicht werden, dasselbe gilt von der nur kurzen Beschreibung der Festungs-Anlage. Stimmen Sie mir hierin bei, so verbliebe nur noch die Frage, ob Sie die Westermannschen Stöcke kaufen (ich weiß nicht, ob das überhaupt geht) oder diese paar Zeichnungen lieber neu machen lassen wollen? Es wird wohl davon abhängen, wie Sie zu dem alten W. persönlich stehen. Eventuell könnt ich durch den Redakteur Dr. Karpeles, zu dem ich ziemlich gut stehe, bei W. anfragen lassen. Ich habe nur noch den Wunsch, daß Sie nicht für Wegfall der Zeichnungen überhaupt stimmen. Der ganze Aufsatz empfinge in seinem Werth einen schweren Schlag dadurch; gerade diese Lokal-Untersuchung ist ebenso wichtig, wie sie schwierig war.

Nun noch dreierlei.

1. Meinen besten Dank für Ihre freundlichen Worte. Es ist so, wie Sie sagen. Der nebenherlaufenden Verstimmung über den starken Aufwand an Kraft und Zeit, muß ich Herr zu werden suchen.

2. Um die Revisionsbogen bitt' ich ganz ergebenst.

3. Wir nehmen doch so viel Zeilen auf die Seite wie Band I. 3. Auflage? Nur so zwing' ich den reichen Stoff hinein. Mehrere Kapitel und alle Anmerkungen lasse ich über die Klinge springen.

Was Sie mir über Paul schreiben, betrübt mich, aber menschlich fast mehr als literarisch. Sie wissen, wie hoch ich ihn stelle; er ist zwar nicht im Einzelnen (die »Novellen in Versen« und Aehnliches, worin er excellirt, abgerechnet) der beste, aber im *Ganzen* ist er der am reichsten Beanlagte unter allen Lebenden. In Deutschland. Nichtsdestoweniger hab ich den Eindruck:

was er leisten konnte, *hat* er geleistet. Er kann über das, was schon da ist, nicht hinaus. Wohlhabend ist er auch. Also warum nicht Gärtner werden, Erdbeer- und Spargel-züchter! *Mir* würd' es schwer werden; aber so lächerlich es klingen mag, ich darf – vielleicht leider – von mir sagen: »ich fange erst an.« Nichts liegt hinter mir, alles vor mir; ein Glück und ein Pech zugleich. Auch ein Pech. Denn es ist nichts Angenehmes, mit 59 als ein »ganz kleiner Doktor« da zu stehn. Aber genug der Confessions. In vorzügl. Ergebenheit

Th. Fontane.

36. An Gustav Karpeles

Wernigerode 19. Aug. 79.

Hochgeehrter Herr Doktor.

Die letzte Nummer der »Monatshefte« (Augustheft) habe ich nicht erhalten; heißt es Ihre Güte mißbrauchen, wenn ich Sie freundlichst bitte veranlassen zu wollen, daß mir in nächster Woche *beide* Hefte, August und September hierher* zugehn?

Ich würde Sie mit dieser meiner Bitte nicht behelligen, wenn ich wüßte, durch welche Berliner Buchhandlung mir die Monatshefte zugestellt werden. – Seit beinah 7 Wochen bin ich nun aus Berlin fort und wenn ich auch von mir persönlich nicht sagen kann, daß ich literarisch ausgehungert sei, so fängt doch meine Frau an mir Sperenzchen zu machen und an der täglichen Verköstigung, die Vossin und Kreuz-Ztng gewährt, nicht mehr genug zu haben. Ich kann es ihr kaum verdenken und fürchte nur, daß das von ihr bereits abgeschriebene »Küstrin« die Hungersnoth auch nicht heben wird. In vorzüglicher Ergebenheit

Th. Fontane.

* Adresse blos Wernigerode a.H.

37. An Ludwig Pietsch

Berlin 13. Sept. 79.

Theuerster Pietsch.

Landschafter Helmut Raetzer aus Carlsruhe, jetzt in Rügen, bittet Sie durch mich seiner bei Besprechung der Landschaftsbilder freundlich gedenken zu wollen. Ich glaube er ist sehr talentvoll und ein Künstler in seiner Kunst, scheint mir aber dem Titel seines diesjährigen Bildes nach (ich habe es noch nicht gesehen) zu tiftlig zu werden.

Ihre freundliche Absicht Paetel's in Betreff Grete Minde eine Frage zu stellen, bitt' ich *dringend* aufgeben zu wollen. Es ist mit dem Verleger den man hat, wie mit der Frau die man hat, – man muß sich eben mit ihnen einzurichten suchen. Ich kann wegen eines bloßen: ›es wäre mir lieb wir warteten bis nächstes Jahr‹ nicht gleich die Zelte abbrechen. Außerdem weiß ich aus vieljähriger Erfahrung nach gerade nur zu gut, daß es Unsinn ist von zuletzt doch nur kleinen Einzelheiten irgend etwas zu erwarten. Mit 59 hat man überhaupt gar nichts mehr zu erwarten als Rückzug. *Sie* sind noch nicht 59 und mögen also das Hoffnungs- und Lebensbanner, was ein und dasselbe ist, hochhalten. Ihr

Th. F.

38. An Emilie Fontane

Dresden 24. Sept. 79. Lingke's Hôtel, Seestraße.

Meine liebe Frau.

Sei bestens bedankt für Deine Zeilen, die freundlicher klangen als ich erwartet.

Es geht mir gut und nicht gut. Ich kam eigentlich krank hier an und fühlte mich um so jämmerlicher, als ich diesen Hôtelgeruch von Apartement und Garküche gar nicht aushalten kann. In Folge von dreistündigem Umherlaufen und einer halben Flasche Chateau Margaux, die ich in einem first class-Hôtel zu mir nahm, ist mir aber etwas besser geworden. Ich werde heute dasselbe thun und bin schon zufrieden, wenn ich mich au niveau erhalte und keine Rückschritte mache. Uebrigens ist mein Hôtel Lingke für das was es sein will, sehr gut; es reicht nur für meine Ansprüche oder sag' ich lieber für meine Nerven nicht aus. Das Zimmer, das ich habe, sagt mir zu und Thee und Kaffe genügen mir vollkommen. Ich bin ganz appetitlos und esse nur, um doch was zu mir zu nehmen. In den 48 Stunden, daß ich fort bin hab' ich nur im Victoria-

Hôtel Suppe und zwei ganz kleine Hammel-Cotelettes genossen. Heute will ich dort an der table d'hôte essen; erst wenn ich wieder auf dem Damm bin, kann ich Lingke oder ›italien. Dörfchen‹ oder ähnliches riskiren. In England kann man überall essen, weil die engl. Küche nicht künstelt.

Arbeiten konnt' ich glücklicherweise und habe heute das erste, wichtige – weil *ton*angebende – und ziemlich lange Kapitel beendet.

Mich beunruhigt die Theatergeschichte ein bischen. Bitte, telegraphire mir morgen nach Eingang dieser Zeilen: ›R. ist zurück‹ oder ›R. ist noch nicht zurück.‹ Wolltest Du mir aber einen *großen* Dienst thun – den ich erbitte, aber keineswegs mit Sicherheit erwarte – so führst Du zu Dr. K. auf die Zeitung (bis 12 höchstens 12 1/2) und sagtest ihm: ›ich wäre nerven-herunter und säße in Dresden. Ich ließe ihn *sehr* bitten, mich am Sonnabend und auch in der nächsten Woche noch vertreten zu lassen. Wär' ich zurück, so käm' ich gleich, ihm zu danken.‹

Bin ich über all dies erst beruhigt und etwas wohler, so schreib ich einen längeren Brief. Gruß und Kuß Dir und den Kindern von Deinem

Th. F.

39. An Heinrich Proehle

Berlin 26. Sept. 79.
Potsd. Str. 134.c.

Hochgeehrter Herr Doktor.

Während ich mit der 1. Auflage Ihrer »Sagen« in Dresden saß – ich arbeite an einer Harzer Novelle und hatte mich deshalb mit Ihrem Buche, das bis etwa N°. 30 harzisch ist, bewaffnet – haben Sie freundlicherweise die 2. Auflage bei mir abgegeben. Besten Dank. Ich werde in der Vossin darüber schreiben und nicht *allzu* kurz. Inhaltlich dürfen Sie aber nichts erwarten; ich versteh ja nichts davon und habe nur das poetische Interesse.

In vorzügl. Ergebenheit

Th. Fontane.

40. An Wilhelm Hertz

Berlin 10. Okt. 79.
Potsd. Str. 134.c.

Sehr geehrter Herr Hertz.

Endlich habe ich die letzten Blätter des Buches zur Post geben können, und morgen früh wird alles in Eupels Händen sein.

Es war eine große Mühe, größer noch als ich Anfangs dachte, was ich insoweit unumwunden aussprechen darf, als es mir nicht in den Sinn kommt, Sie durch Vorhaltung mir selbst geschaffener Quälereien rühren zu wollen. Ich bitte Sie vielmehr umgekehrt, in allem was den Geldpunkt angeht, nur den Contract und nicht Ihr gutes Herz walten zu lassen, weil es mir peinlich wäre – wie dies bei Gelegenheit des Romanes geschah – einige ein solches Plus betonende Bemerkungen mit in den Kauf nehmen zu müssen.

Nur zur Vermeidung eines neuen derartigen Zwischenfalls, schreib ich diese Zeilen, die mir nicht leicht geworden sind, und von denen ich wünsche, daß Sie sie freundlichen Herzens aufnehmen mögen.

Ihr in die Nothwehr gedrängter, aufrichtig ergebenster

Th. Fontane.

41. An Martha Fontane

Berlin 16. Okt. 79.

Meine liebe Mete.

Damit Deine diesjährige Mecklenburger ›Saison‹ nicht ganz ohne Lebenszeichen von meiner Seite verläuft, raff' ich mich aus einem Wust von Correkturbogen – die beiläufig Wust behandelten – auf, um Dir mit der bekannten dicken Feder einen kl. Brief zu stiften. Es geht mir seit gestern etwas besser, wie es mir denn wohl keinen Tag *so* schlecht gegangen ist, als es Mama – so nehm' ich an – geschildert haben wird. Das ›Beautifying for ever‹ ist nicht ihre Sache. – Du bist so rücksichtsvoll, mich an halbzugesagte Verse nicht zu mahnen; ich werde sie aber doch schreiben; nur noch 8 Tage Zeit. Aber auch nicht länger. Dann habt ihr noch (Du und Karl Sch.) beinah 14 Tage. Das ist vollauf genug. Denn grade solch Zeug lernt sich leicht.

Hedwig T. ist ein kleines, gutes Thier und wohl zu leiden, aber kaninchenhaft oder seidenhasig wie die ganze Familie. Alle 4 Schwestern unter die hydraulische Presse gelegt und den Alten obenauf, kommt noch kein Tropfen Esprit heraus. Ja, den Alten habe ich in Verdacht, daß er, wie Löschpapier, einen in der Bildung begriffenen Tropfen einsaugen würde. Meine Verehrung der Familie wird aber dadurch nicht angefochten. Im Gegentheil: geistreich-sein ist blos gefährlich wie schön-sein und ruinirt den Charakter. Theo exercirt und dichtet jetzt wie toll. Ob er in sechs Wochen auf *beiden* Gebieten aus der Rekrutenzeit heraus sein wird, weiß ich nicht. – Ergeh es Dir gut, Du hast ja jetzt zwei Labsäler: Mantel und Liebe, und empfiehl mich dem ganzen verehrten Hause Witte. Wie immer Dein alter

Papa.

42. An Wilhelm Hertz

Berlin 18. Okt. 79.
Potsd. Str. 134.c.

Sehr geehrter Herr Hertz.

Besten Dank für Brief und Einlage.

Was den halbverjährten Zwischenfall angeht, den ich wieder hervorgeholt habe, so bitt' ich sagen zu dürfen, daß ich ja nun durch zwanzig Jahre hin weiß, was ich an Ihnen habe. In mitunter sehr pressanten Lagen haben Sie mir immer nicht blos treu, sondern auch mit einer unendlich wohlthuenden Leichtigkeit (nichts schmerzlicher als in solchen Momenten eine »schwere Hand«) zur Seite gestanden. Ich vergesse so was nie. Aber, Pardon, Sie haben mich mitunter auch leiden lassen, wenn auch sicherlich ohne Absicht. Ein, zwei Fälle abgerechnet. Aber da mocht' ich schuld sein.

Und nun noch ein Wort über die Stimmung, die mich jetzt beherrscht, und aus der auch wohl mein Brief hervorging. Bis in hohe Semester hinauf, bin ich – durch das Leben ohnehin nicht verwöhnt – über vieles weggekommen, aber seit einiger Zeit, insonderheit seit den schweren Unbilden, die mir vor jetzt drei Jahren bereitet wurden – die schwerste durch die Doppelgestalt Kaiser Wilhelm-Wilmowski – hat sich meiner eine wahre Wuth bemächtigt und ich bin fest entschlossen mich lieber in meine Grafschaft Ruppin, in ein zweistubiges Tagelöhnerhaus zurückzuziehen, als irgendwie Kränkendes noch länger ruhig hinzunehmen. Und wer nichts, gar nichts mehr vom Leben will, der kann allenfalls ein solches Programm mit nur einem Paragraphen entwerfen und vielleicht auch durchführen.

Und nun lassen Sie mich zum Schlusse wünschen, daß Ihnen Ihre Baden-Baden-Tage gut gethan und Ihre Gesundheit zu Ihrer und andrer Freude wiederhergestellt haben mögen. In vorzüglicher Ergebenheit

Th. Fontane.

Eben werden Hombergers »Italienische Novellen« abgegeben. Besten Dank. Es sieht wundervoll aus; apart geschmackvoll.

Soll ich eine Quittung über 1000 Mark ausstellen? Oder genügt vielleicht schon diese Anfrage? Ihr

Th. F.

43. An Martha Fontane

Berlin 24.Okt.79.

Meine liebe Mete.

Mama wollte Dir schreiben, ist aber, in Folge vieler Lauferei – zuletzt war sie bei Mathilde Runde – derartig angegriffen, daß es heute bleiben muß. Ich bin beordert, Dir dies zu melden und kann leider aus eigenen Mitteln wenig hinzuthun. Nur ein Wort über Dein Kranksein. Versäume nicht Dr. Brummerstadt wissen zu lassen, daß Du vor gerade Jahresfrist ein nervöses Fieber gehabt hast. Ich weiß leider aus eigener Erfahrung, daß diese Zustände jahraus jahrein und fast immer um dieselbe Zeit wiederkehren. Bei mir war es im Frühjahr und ich habe mich eigentlich mein ganzes Lebenlang damit geschleppt. Das soll Dich aber nicht ängstlich machen; bei mir lagen die Dinge apart schlecht und zu einem rechten Auskuriren bin ich aus bekannten Ursachen nie recht gekommen. Dir ist es hoffentlich besser beschieden.

Morgen Polterabend bei Sommerfeldts; Mama und ich werden fehlen, *ich* ganz gewiß. Friedel kann dann in seiner Schusterjungen-Rolle, oder dem ähnlichen, desto ungenirter stecken bleiben. Theo wird, wie als Dichter, so nun auch als Mime und Akteur das Haus herausreißen müssen.

Mama schreibt morgen früh.

Laß bald von Dir hören und Gutes. Wie immer Dein alter

Papa.

44. An Friedrich Witte

Berlin, 24. Oktober 79.
Potsd. Str. 134c.

Mein lieber alter Witte!

Je mehr uns der besonders herzliche Ton Deiner Einladung erquickt hat, um so schwerer fällt uns unser »es geht nicht«.

Und doch muß es ausgesprochen sein. Unser Etat ist so knapp bemessen, daß wir günstigenfalls auf *ein* Extra eingerichtet sind, dieser Herbst reißt aber in *Extras* gar nicht ab.

Georges Versetzung hierher war mit einigen Kosten verknüpft, Frieda Sommerfeldts Hochzeit dito, das Honorar für eine neue Auflage der Wanderungen ist um ein paar hundert Mark geringer ausgefallen als berechnet.

Und so manches andere noch dazu, wie es in den Wetterberichten heißt, eine »tiefste Depression« und nichts zur Balancierung als: Pine in Sicht. Du begreifst, daß man in solcher Ausstaffierung nicht wohl auf Reisen gehen kann. Der reine Banquo mit 20 Wunden. Innerliche Verletzungen ungezählt. Mete muß sich also anstrengen, um es »für uns alle zu thun«. Vor allem muß sie gesund werden.

Verzeihe mir, wenn ich hier abbreche, aber schon diese wenigen Zeilen sind mir schwer geworden. Ich bin eben momentan mal wieder ganz herunter.

Unsere Gedanken und Wünsche werden am 7. mit Euch sein, dessen seid versichert. In freundschaftlich dankbarer Gesinnung wie immer Dein

Th. Fontane.

45. An Martha Fontane

Berlin 14. Novb. 79. Potsd. Str. 134. c.

Meine liebe Mete.

In Mamas Namen Dir und den lieben Wittes allerschönsten Dank für Briefe und Kiste. Die Rostocker eröffneten heute den Reigen, die Neuhöfer schlossen ab, in der Mitte ragten Heydens auf, die fünf Mann hoch erschienen. Alles dies würde Dir Mama vermelden, wenn sie nicht seit Sonntag und jedenfalls seit Montag krank wäre, so daß ich an Pancritius schreiben mußte, der denn auch erschien und vorläufig Chinin verordnete. Eisen hat er sich noch verkniffen. Angeschwollene Milz etc., also gastrisch-nervöser Zustand, zu dem ein schauderöses Fischfricassée bei Rolands mit verdächtiger Kalbsmilch und noch verdächtigeren Krebsschwänzen den Grund legte und dann ein Damenkaffee bei Novilles, incl. anderthalbstündiger Unterhaltung mit der alten Schwechten die Vollendung gab. Mama kam bereits *so* wieder, daß sie mir versicherte, sie habe mit sich ringen müssen, dem Fräulein v. Lecoq nicht die Zunge 'rauszubläken.

Unter diesen Umständen hatte ich denn heute pro cura und nahm als Vertreter der Firma die Gratulationen entgegen. In den Pausen arbeitete ich an dem Hauptkapitel meiner neuen Novelle, oder wie Mama dem Chevalier vertraulich mittheilte ›war mit einer Katastrophe beschäftigt‹. Hoffentlich beschränkt sich alles Katastrophische für den Lauf des nächsten Jahres auf diese meine Novelle; denn nichts fataler als Lebenskatastrophen. Den heutigen Abend werd' ich mit einem Apfel aus Rostock beschließen. Ob es ein ›Rostocker‹ ist, weiß ich nicht. Sobald Mama sich einigermaßen wohler fühlt, schreibt sie. Jetzt drust sie fast den ganzen Tag; von den Gratulanten hat sie nur zwei gesprochen. Onkel Witte freuen wir uns am 20. oder 21. zu sehn. Du selbst bleibe ruhig dort, bis Du 'rausgeworfen wirst. Soll heißen bis zum 27. oder 28. Nochmals Dank und Gruß euch allen. Wie immer Dein alter

Papa.

46. An Gebrüder Paetel

Berlin, 30. November 1879
Potsdamer Straße 134c

Hochgeehrte Herrn.

Ihrer freundlichen Aufforderung nachkommend, bin ich so frei, diesen Zeilen eine Photographie von mir beizuschließen, die einzige, die ich noch habe. Sie wollen mir deshalb gütigst erlauben, in den nächsten Wochen schon, ein jüngeres Bild, mit älteren und wahreren Zügen, dem heutigen folgen zu lassen.

Mit dem aufrichtigen Wunsche, meine Berechtigung, den Mitarbeitern der »Rundschau« zugezählt zu werden, in Zukunft wachsen zu sehn, hochgeehrte Herrn, in vorzüglicher Ergebenheit

Th. Fontane.

47. An Wilhelm Hertz

Berlin 1. Dezb. 79.
Potsd. Str. 134. c.

Sehr geehrter Herr Hertz.

Ich war in der Stadt, als Ihre freundlichen Zeilen eintrafen; dies ist die Ursach, daß ich nicht gleich in einem kleinen Mittagsbillet Ihnen meine Freude über die neue Auflage von »Havelland« ausgesprochen habe. Gestern Abend schrieb ich an meinen Ruppiner Freund, ihn für Monat März – man thut bekanntlich klug den letzten pressanten Moment nicht abzuwarten – um 1000 Mark bittend, und werden Sie leicht ermessen, wie froh ich bin, ihm heute schreiben zu können: »Hahn in Ruh«. Es macht so was immer einen guten Eindruck und erwirbt einem stille Anrechte auf die Zukunft.

Paßt es Ihnen, so lassen wir den Druck am 1. Febr: beginnen; bis dahin hoff' ich nicht nur mit einem neuen Novellen-Entwurf (zwei lagern schon) fertig zu sein, sondern auch von »Havelland« so viele Kapitel durchgesehn zu haben, daß Manuskriptmangel für die Druckerei nicht eintreten kann.

Band II. hab ich eben durchblättert. Die erste Abtheilung hat einen falschen Schmutztitel; es müßte statt »Wanderungen etc« heißen »Das Oderbruch und seine Umgebungen«. Niemand wird es aber merken. Auch fürcht' ich, daß ich selber Schuld bin, nur insoweit nicht, als es vermieden worden wäre, wenn er mir die ganze Sache noch mal vorgelegt hätte. Als ich Titel etc empfing und bei der Gelegenheit auch dies »Wanderungen« etc las, nahm ich es – wie bei Band I. – als *erstes* Vorderblatt; Eupel hat es nun aber dahin gestellt, wohin es nicht gehört und das richtige weggelassen. Mais qu'importe! Mit allerbesten Wünschen für Ihr Wohlergehn, Ihr ganz ergebenster

Th. Fontane.

48. An Hermann Kletke

Berlin 3. Dezeb. 79.

Für Sie privatim noch das folgende.

Ihre freundlichen Zeilen haben mich beinah erschreckt. Wer blos obenhin sieht, der könnte Gutes aus dem allem herauslesen, ich bekenn' Ihnen aber offen, daß ich am Horizont dieses blauen Himmels allerhand Gewölk stehen sehe. Romancier und Novellist an der Vossischen werden, das klingt schmeichlerisch und verlockend genug; die Vossische Zeitung ist ein großes und reiches Blatt, sehr angenehm für seine Mitarbeiter, weil nie nörglig und kleinlich und last not least im Besitz eines Leserkreises, der, wieviel sich sonst auch gegen *Zeitungs*-Abdruck sagen läßt, für *meine* Arbeiten, nach Stoff, Anschauung und Behandlung, wie geschaffen ist. *Ich werde von jedem meiner Leser verstanden,* auch von dem beschränkten und nur halbgebildeten. Dies ist ein ungeheurer Vortheil, dessen ich zum Beispiel, wenn ich für den süddeutschen Halberger schreibe, ganz und gar verlustig gehe.

Aber nun kommt die Kehrseite. Der Novellenkattun, weil so viel von ihm gebraucht wird, wird immer schlechter werden, und das Publikum – schon in einer unglaublichen Geschmacks-Decadence begriffen – wird die Fähigkeit gut von schlecht zu unterscheiden, immer mehr einbüßen. Und wer dann die Zeche bezahlen muß, das sind *die,* die keine Fabrik begründet, vielmehr bei stiller, ehrlicher Arbeit ausgedauert haben. Ihre Existenz hängt daran, daß man noch die Lust und die Fähigkeit hat, den größren Werth ihrer Arbeit zu erkennen; von dem Augenblick an aber wo alles einfach nach der Elle geht und wo es heißt: »*dies* ist ein Stück Novelle und *das* ist ein Stück Novelle«, von diesem Augenblick an sind sie verloren. Ich kann mit einem Durchschnitts- und Massen-Fabrikanten weder jetzt noch später concurriren, muß ganz andre Preise halten und sehe draus Verwickelungen entstehn.

Ich bitte Sie herzlichst, bei etwa stattfindenden Besprechungen mit den »Besitzern«, diesen Punkt im Auge behalten zu wollen. Bei aller Neigung denselben zu Wunsch und Willen zu sein, bin ich doch ganz außer Stande, auf andre Honorarbedingungen, als die in meinem Briefe gestellten, einzugehen. Ich kann in einem Jahre nur zwei Novellen schreiben, und davon muß ich leben. Wollen Sie noch gütigst 500 rthl Buchhändler-Honorar und mein Theater-Gehalt bei Ihrer Zeitung

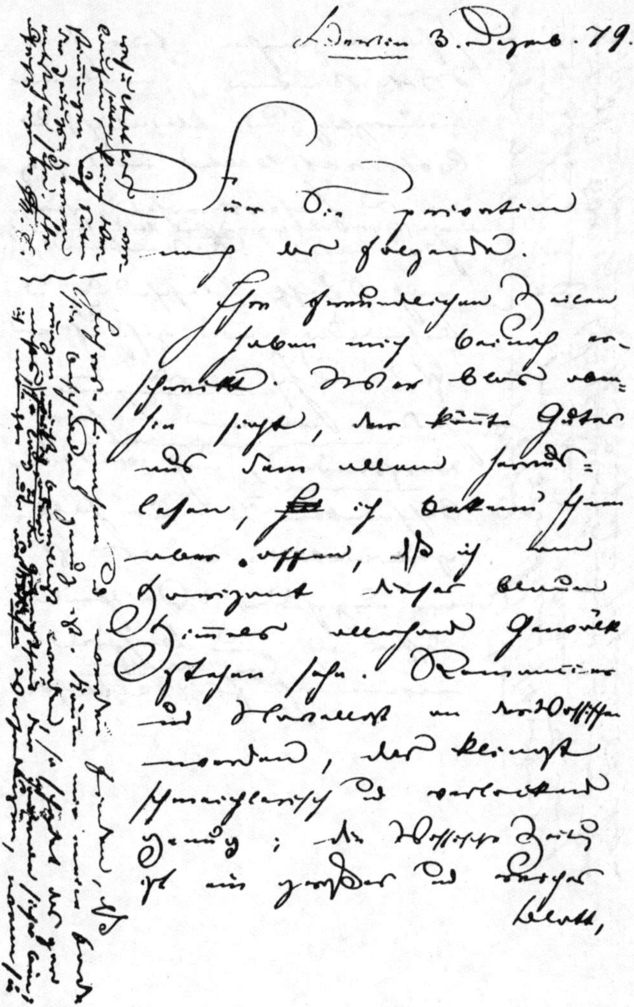
3. Dezemb. 79.

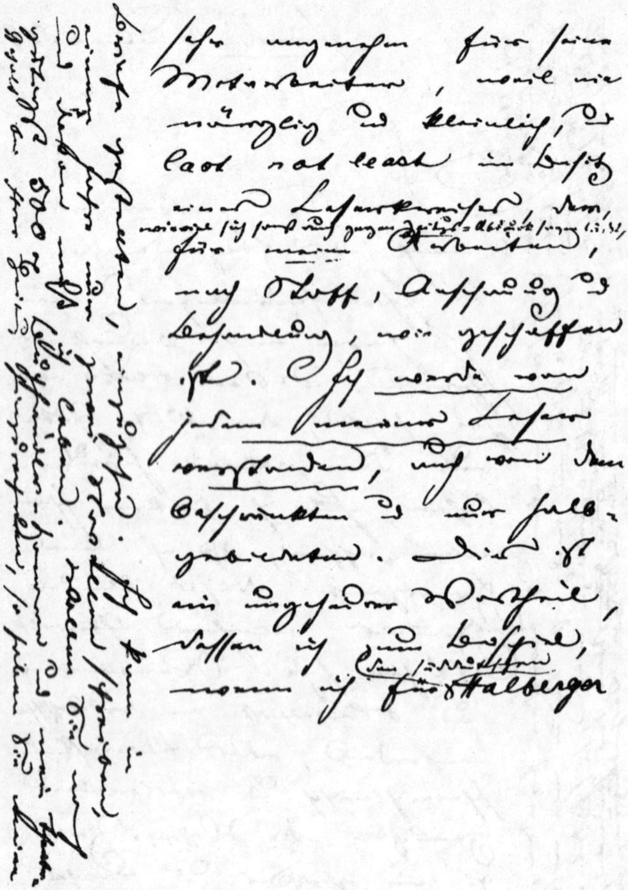

An Hermann Kletke, 3. Dezember 1879 (vgl. Nr. 48, S. 50), 1. und 2. Seite.

hinzurechnen, so haben Sie meine Jahres-Einnahme und werden finden, daß sie bescheiden genug ist. Können mir meine Forderungen nicht bewilligt werden, so schadet das gar nichts, weil ich, oder so lang ich der Geneigtheit der Journale sicher bin; ich möchte nur aus speziell *diesen* Verhandlungen, wenn sie resultatlos verlaufen sollten, keine Verstimmungen auf Seiten der Zeitungs-Herren entstehen sehn. Ihr aufrichtig ergebenster

Th. F.

49. An Hermann Kletke

Berlin 6. Dezb. 79.
Potsd. Str. 134. c.

Hochgeehrter Herr und Freund.

In Beifolgendem erlaub ich mir Ihnen einiges Weihnachtliches zu unterbreiten, leider nicht als Geschenk sondern als Bitte. Neben Proehle, der wohl den ersten Anspruch hat, erbitt ich für Lübke's »Italienische Malerei« einen Platz. Es liegt nun gar nichts mehr auf meinem Bücherbrett und ich gebe mich der Hoffnung hin, daß ich Ihnen mit ähnlichen Quängeleien kaum noch kommen werde. Oder doch jedenfalls nur mit wenigen.

Die berühmte Roman- und Novellenfrage beschäftigt mich sehr, aber nicht angenehm. Muß es denn sein? Muß denn durchaus nachgesprungen werden? Ich verspreche mir gar nichts von der Sache, selbst *dann* nicht einmal, wenn man gewillt sein sollte, die größten Opfer dafür zu bringen. Denn wo soll es denn her kommen? Kresse wächst über Nacht und in jedem Augenblick kann man eine ergiebige Morchelzucht anlegen; aber wo wollen sie denn (ich schreibe »sie« mit Absicht klein, weil ich mir denke daß »Sie« das Mißliche der Sache so gut einsehen wie ich) wo wollen sie, frag ich, die Leute hernehmen, die zwei große Zeitungen mit gutem Stoff ausrüsten? Schon die Monats- und Wochenschriften sind in Verlegenheit und zwingen es nur durch hohe Honorare. Trotzdem werden in Deutschland im ganzen Lauf des Jahres, nicht drei gute Romane und nicht zehn gute Novellen geschrieben. Wollen Sie, was zwischen No 1 u 2 liegt, noch gnädig mithinzurechnen, so können Sie die von mir gegebenen Zahlen verdoppeln. *Aber dann sind Sie auch total fertig.* Und wie soll aus verhältnismäßig so Wenigem der ausreichende Stoff für wenigstens 4 große Zeitungen (Kölnische u. Tageblatt mitgerechnet) und für ein Dutzend Welt-Journale genommen werden! In aufrichtiger Ergebenheit Ihr

Th. F.

50. *An Karl Zöllner*

Berlin 11. Dzb. 79 Potsd. Str. 134. c.

Theuerster Chevalier.

Die Zeit kreißt mit Erreignissen: gestern ein Wiedersehn mit einer alten Liebe (nach 40 Jahren), – heute Wiedersehen mit ›Tante Pinchen‹ (nach 30 Jahren), morgen Dein Geburtstag; man denkt an Uhland und fragt: ›man weiß nicht was noch werden mag.‹ Jedenfalls zunächst dieser Brief und in ihm ein Glückwunsch und in dem einen hundert andre. So wir nicht Contreordre erhalten, treten wir zwischen 5 und 6 Uhr an, um mündlich unsre Gratulationen zu wiederholen. In alter Freundschaft Dein

Th. F.

51. *An Elise Weber geb. Fontane*

Berlin 23. Dezb. 79. Potsd. Str. 134. c.

Meine liebe Lise.

Am 24. will ich wenigstens mit ein paar Zeilen in Eurer Mitte nicht fehlen. Das Einliegende, das für Hans' Teller oder Sparbüchse bestimmt ist, nimm freundlich an; vor allem aber habt alle ein frohes Fest und einen warmen Ofen.

Hier pusselt sich alles im alten Geleise weiter; Emilie wird Dir darüber vor einigen Wochen geschrieben haben. George ist viel hier, in den Festtagen natürlich ganz, was uns noch mehr erfreuen würde, wenn die Wohnung nicht so klein und eng wäre. Franzgrenadier Theo hat die Rekrutenzeit hinter sich und thaut, allem Frost unerachtet, allmälig auf; Martha wird uns zu Ostern verlassen, um eine Stelle anzunehmen; der jüngste hat traditionell das Schicksal in allen Familienberichten übergangen zu werden und ich will die Tradition nicht stören.

Bei Sommerfeldts sind nun zwei Töchter fort und Walter ist todt, aber das Haus ist nicht ruhiger geworden, kann auch nicht, da der Verkehr mit den Fürsten- und Arnswaldern ein sehr reger ist; immer ist etwas los, immer wird eine Kiste gepackt oder ein Brunnen gegraben, und wenn es ganz toll kommt, ›wird etwas erwartet‹. Neulich war ich einen Abend dort und verplauderte ein paar angenehme Stunden mit Kloedens, die sich hatten anmelden lassen. Minna sieht noch aus wie damals wo Du geboren wurdest, aber alles ins Runzlige und Lederfarbene transponirt.

Seit dem 11. d. M. sind Greve's, Mutter und Sohn, und Tante Pinchen hier. Wir konnten ihnen zufälligerweise – mit Hülfe unserer Frau Hofräthin Herrlich – beim Wohnungssuchen behülflich sein; im Uebrigen hat Martha die Familienrepräsentation übernommen, Emilie will nicht, was ich ihr nicht groß verdenke, und ich kann nicht. – Grüße Weber bestens von mir, auch Emilie Scharnweber, wenn Du sie siehst, und nimm zum Neujahr unser aller Glückwünsche. Wie immer Dein

Th. Fontane.

1880

52. *An Richard Kahle*

[Berlin, 5. Januar 1880]

Hochgeehrter Herr!

Meine Beinah-Freundin Adele Dorn hat mich gestern in einer Abendgesellschaft ankrakehlt und diese Zeilen von mir gefordert, in denen Sie gebeten werden sollen, am 30. oder 31. d. M., zum Besten eines in Beiliegendem näher charakterisierten Pensionsfonds, etwas sehr Hübsches zu deklamieren. Ich denke mir, daß Sie's tun werden, wenn Sie nicht dergleichen ein für allemal verschworen haben. Das »Comité« besteht, wie Beilage ausweist, aus lauter Hof- und Ministerial-Leuten, und auch für den Abend selbst haben gute und beste Kräfte zugesagt: Baron Senfft, der eine Löwesche Ballade – vielleicht wieder den unvermeidlichen Archibald Douglas – singen wird, außerdem Hausmann, de Ahna und andre.

Klugerweise hat man vorläufig angeordnet: »am 30. *oder* 31.«, damit Ihnen der Ausweg »*an diesem* Tage kann ich nicht« nach Möglichkeit verpurrt wird. Antworten Sie mit einem freundlichen »Ja« (auch ein seufzendes ist immer noch willkommen), so will Fräulein Adele an Exzellenz Hülsen schreiben, dessen Zustimmung ja wohl immer eingeholt werden muß.

In der Hoffnung, keine Fehlbitte zu tun, in vorzüglicher Ergebenheit

Th. Fontane.

53. An Friedrich Witte

Berlin, den 5. Januar 1880.

Mein lieber alter Witte.

Hab herzlichen Dank für Deine freundlichen Zeilen zu meinem Geburtstage, die mir besonders wohlgetan haben. Das Scherflein der Witwe kann ein Bleichrödervermögen aufwiegen und eine Minute des Minutelosen rührt und beglückt mehr, als ein ganzes Jahr, das einem der zeitreiche, gelangweilte Nichtstuer zur Verfügung stellt. Möchten sich Deine Wünsche für mich nur einigermaßen erfüllen, besonders auch nach der finanziellen Seite hin. Du erwähnst auch Hertz'ens. Meine Frau sorgt dafür, daß er meinen Freunden als kleiner oder großer Knicker erscheinen muß. Sie hat aber einfach Unrecht. Was nicht ausschließt, daß er in einem einzelnen gegebenen Falle 'mal splendider oder entgegenkommender oder minder schmierig handeln könnte. Solche Klagen werden aber gegen jeden Geschäftsmann laut. Wenn sich die Leute mehr um meine Bücher kümmerten, wenn ich statt der ewigen succès d'estime mal einen *wirklichen* Erfolg zu verzeichnen hätte, so bin ich wahrhaftig nicht der Einfaltspinsel, der sich die Butter vom Brote nehmen lassen würde.

Ich habe mir manches in meinem Leben gefallen lassen müssen, aber das darf ich sagen: nie mehr, als ich *mußte*. Das übersieht meine gute Frau immer; auf der einen Seite sieht sie in mir einen vollkommenen Proletarier, der in seinem langen bismarckbraunen Überzieher und neuen Zylinderhut wie in einer Art *Verkleidung* umhergeht, und dann erwartet sie wieder eine Haltung von mir, als wär' ich aus einer unnatürlichen Kreuzung von Cato mit Goethe hervorgegangen. Und doch heißt es: »Meine Herren, es hat zu allen Zeiten Völker gegeben, die an einen Gott glaubten, und es hat zu allen Zeiten Völker gegeben, die an keinen Gott glaubten. Meine Herren, die Wahrheit wird wie immer in der Mitte liegen.« Mit diesem »Abgang« will ich schließen.

Bleibe der alte, bewährte Freund deines alten

Th. Fontane.

54. An Paul Lindau

Berlin, 14. Januar 1880.

Hochgeehrter Herr und Freund,

Besten Dank, daß Sie der Ballade noch vor Toresschluß Einlaß gestatteten. Am Schlusse muß es heißen »Auf dem hohen Moor« etc. statt »auf dem hohen Meer«, und ich lag schon mit einer in Briefform gehaltenen Druckfehlerberichtigung im Anschlag. Hab es aber doch gelassen. Es sieht immer so wichtig aus.

Ich schreibe heute wegen einer Novelle, mit der ich im Brouillon eben fertig bin... Es wird niemand gefeiert, noch weniger gelästert, und wenn ich bemüht gewesen bin, das *Leben* zu geben, wie es liegt, so bin ich nicht minder bemüht gewesen, das *Urteil* zu geben, wie es liegt. Das heißt im Letzten und nach lange schwankender Meinung, freundlich und versöhnlich.

So viel über den Stoff. Ausdehnung etwa dieselbe wie Grete Minde, vielleicht ein Blatt weniger, wahrscheinlich ein paar mehr...

Es ist mir leid, beinah auch um meinetwillen, daß ich Sie just in diesen Tagen inkommodieren muß. Denn Ihre Gedanken müssen notwendig bei »Gräfin Lea« sein. Ich kann es aber nicht gut hinausschieben; auch werden die nächsten Wochen – und wenn sie Ihnen, wie ich hoffe, das Freudigste bringen – noch aufgeregtere sein. So hab ich mich denn entschlossen. Gruß und Empfehlung an Dr. Großer, der auch vielleicht das Antworten übernimmt. In vorzüglicher Ergebenheit

Th. Fontane.

55. An Mathilde von Rohr

Berlin 15. Januar 80. Potsd. Str. 134. c.

Mein gnädigstes Fräulein.

Seit gestern bin ich mit meiner Novelle fertig, leider auch nur wieder im Brouillon, und eile nun aufgesammelte Briefschulden abzutragen. Der erste Brief richtet sich an Sie. Wie freundlich haben Sie wieder meiner gedacht, wie hübsch und reich mich beschenkt! An meinem Tische war kein rechter Platz für die Decke und so ist sie denn meiner Frau zu gute gekommen, die ohnehin am Weihnachtsabend, so weit *meine* Hand im Spiele war, etwas knapp abschließen mußte. Sie werden mit dieser Wanderung von Mann zu Frau gewiß einverstanden sein. Wanderungen sind ja das einzige, womit ich im Leben Glück gehabt habe. Familie natürlich immer ausgenommen.

Aber nun muß ich Ihnen allerhand erzählen. In den Weihnachtstagen, ich glaube fast 3 Wochen lang, waren Lepel und Frau hier. Sie kamen aufmerksamerweise zu meinem Geburtstag und Lepel selbst war ein paar Tage später im Rütli, der sich zufällig bei mir versammelte. Prenzlau scheint ihnen gar nicht zu gefallen. Er trägt es mannhaft, aber sie scheint kreuzunglücklich über das fehlende Berlin. Nicht zu verwundern. Wenn die alte Heyse mitunter sagte: ›der ist Jude mit Jude gefuttert‹ so kann man von der Heydebreck sagen: ›sie ist Berlin mit Berlin gefuttert.‹ Uebrigens that sie mir wirklich leid. Sie ist doch nun mal wie sie ist, und zu meinen kleinen Tugenden zählt *die*, die Menschen nicht ändern zu wollen. Lieber geh ich ihnen aus dem Wege. Daß es in Prenzlau nicht gehen will, überrascht mich übrigens keinen Augenblick, und wenn ich unsren märkischen Geschmack nur einigermaßen richtig beurtheile, so ist *er* viel mehr Schuld daran als *sie*. Sie schwatzt und schreit und ist unfein, aber erstlich schreien die meisten Brandenburger und ganz gewiß die meisten Berliner, und zweitens muß man es ihr lassen, daß sie pikant und unterhaltend zu schreien versteht. Er aber ist stockig und hochmüthig, und wenn er es nicht ist, so wirkt er wenigstens so. Er wirft mir Rechthaberei vor und das was die Berliner ›Ueberzogenheit‹ nennen, aber selbst wenn er in diesem Vorwurfe Recht haben sollte, was ich bis auf Weiteres entschieden bestreite, so bin ich doch ein ganz kleiner Cadet neben *ihm*. Er wirkt ganz auf mich wie ein alter pommerscher Gutsherr aus dem vorigen Jahrhundert, der in seiner Jugend statt der Bibel zufällig Voltaire gelesen hat und in Folge davon auf die politisch halbliberale Seite gefallen ist, aber in seinem Standesgefühl ist dadurch nichts geändert worden, im Gegentheil, er hat es doublirt und zwar deshalb, weil er sich für den einzigwürdigen, weil ›aufgeklärten‹ Repräsentanten seines Standes hält. Zugleich hält er sich für den Inbegriff feiner Sitte, begeht aber beständig wahre Ungeheuerlichkeiten. Er war immer ein Querkopf und ist es geblieben. Er sagte mir mal vor sechs, sieben Jahren: ›meine ganze Weise zu sein und zu sprechen, sei ihm nicht angenehm und mache ihn nervös‹; ich hab es ihm nicht übel genommen, weil ich begreife, daß mein Auftreten und Sprechen jemanden ärgerlich machen kann; aber offen gestanden von *seinem* Auftreten find' ich es noch begreiflicher. Lebhafte Menschen, die sich jeden Augenblick geben wie sie sind, können eitel und lächerlich wirken und zuletzt lästig werden, aber sie können nie *so* bedrücken, wie die feierlich Schweigsamen, die dann und wann einen gesinnungstüchtigen und bedeutsam sein sollenden Pfeil abschießen, immer zu unrechter Zeit und immer an unrechter Stelle. Ich schreibe dies aus gar keiner Verstimmung heraus, zu der nicht der geringste Grund vorliegt, sondern gebe einfach den Eindruck wieder, den ich regelmäßig von ihm empfange, auch wenn er freundlich und bei bester Laune ist.

Da hab' ich einen ganzen Lepel-Essay geschrieben, was mir, als ich anfing, sehr fern lag. Auch ein andres kleines Ereigniß wird Sie vielleicht interessiren. Letzten Freitag erschien ein Diener von Excellenz Graf Redern und sagte mir, der Graf würde sich freuen mich am Montag zwischen 9 und 11 zu sehen; es sei in einer literarischen Angelegenheit. Meine Frau war wüthend über dieses Citirtwerden, ich beruhigte sie aber und sagte ihr, daß sie dreierlei nicht vergessen dürfe: 1. sei er über achtzig, 2. sei er Oberstkämmerer und Graf, und 3. bewohne er das schönste Palais in ganz Berlin. Kurzum Montag kam und ich ging. Er war sehr gnädig und ich kann die gute halbe Stunde, die ich bei ihm war, nicht zu den verlorenen zählen. Er ließ mich Einblicke in die Stellung eines höher potenzirten märkischen Edelmanns gewinnen, die mich wirklich lebhaft interessirten. Vielleicht bin ich auch ein dankbareres Publikum als nöthig. Er proponirte mir schließlich, ich solle seine Biographie schreiben. Natürlich war ich gleich gewillt, es *nicht* zu thun, ich bat mir aber Bedenkzeit aus und versprach ihm eine schriftliche Antwort. Die hab ich denn gestern Abend zur Post gegeben. Ich hab' in dem Verkehr mit Hof und Hofleuten ein Haar gefunden; sie bezahlen nur mit ›Ehre‹, und da diese ganze Ehre auch noch nicht den Werth einer altbackenen Semmel für mich hat, so wird es mir nicht schwer darauf zu verzichten.

Den Kreuzzeitungsartikel über James Clark *Maxwell*, den ich diesen Zeilen beilege, haben Sie natürlich längst gelesen; es ist aber oft wünschenswerth ein paar Exemplare zu haben.

Letzte Woche hab ich in N° 2 der ›Gegenwart‹ ein Gedicht publicirt: ›Die Brück' am Tay‹, in dem ich den furchtbaren Eisenbahnunfall bei Dundee balladesk behandelt habe. Vielleicht ist es Ihnen zu Gesicht gekommen; entgegengesetzten Falls schick' ich es Ihnen, auch schon der Maxwells halber. Es hat hier eine Art Sensation gemacht, vielleicht mehr als irgend 'was, was ich geschrieben habe. Sonntag über 14 Tage wird es Kahle in einem Singakademie-Concert vortragen.

In der Familie ist Gott sei Dank alles wohl, selbst meine Frau hat sich leidlich wieder erholt; ich fürchte nur, daß es nicht von langer Dauer ist. Zwei Sturmtage, und der alte Jammer ist wieder da. George, in Lichterfelde, hat gute Tage und ist beinah täglich in der Stadt, meist um Theater oder Concert zu besuchen (natürlich gratis) mitunter auch um an einer Gesellschaft oder einem Ball theilzunehmen. Ich gönne es ihm von Herzen; nur meinen Beutel darf es nicht erheblich beschweren.

In der nächsten Woche kommt Lindaus neues Stück ›Gräfin Leah‹ zur Aufführung; es behandelt die Judenfrage, wird also viel pro und contra finden. Mit andren Worten, ein kleiner Skandal steht in Sicht, vielleicht auch ein großer. Mit der Bitte mich Ihrem Herrn Bruder und Familie empfehlen zu wollen, Ihr dankbar ergebenster

Th. Fontane.

56. An Gustav Karpeles

Berlin 15. Januar 80.
Potsd. Str. 134.c.

Hochgeehrter Herr Doktor.

Pardon, wenn ich Sie mit der Ungemüthlichkeit einer Geldangelegenheit behellige. Westermanns haben mir das Honorar für meinen Küstrin- resp. Katte-Aufsatz noch nicht geschickt. Darf ich Sie freundlichst bitten, einen Anstoß dazu zu geben, immer vorausgesetzt, daß nicht andre geschäftliche Normen, vielleicht Zahlung unmittelbar vor oder nach der Messe, bestehn. Ich hätte gleich direkt nach Braunschweig hin geschrieben, wenn ich nicht noch den Nebenwunsch gehabt hätte, daß Sie bei dieser Gelegenheit auf die Höhe des zwischen uns verabredeten – hoffentlich auch in einem meiner Briefe normirten – Honorars hinweisen möchten. 100 Rtl. pro Bogen. Bei der »Rundschau« hatt' ich vor anderthalb Jahren 'mal den Aerger auf den Kleinsatz herabgesetzt zu werden, bis Rodenberg, auf den ich mich glücklicherweise berufen konnte, die Sache in Ordnung brachte. Dergleichen ist aber immer ärgerlich und Aerger ist mir das allerfatalste.

Ich gehe jetzt an die Correktur meiner seit Jahresfrist geschriebenen Novellen. Eine davon erhalten Sie ganz bestimmt. Leider ist das Corrigiren immer noch schwerer als das Schreiben und kostet mehr Zeit.

In vorzüglicher Ergebenheit

Th. Fontane.

57. An Julius Grosser

Berlin 4. Febr. 80.
Potsd. Str. 134.c.

Hochgeehrter Herr.

W. Lübke hat ein wundervolles, freilich auch sehr dickes Buch geschrieben: »Geschichte der Italienischen Malerei.« Nach früheren Mittheilungen Lübkes mußte ich annehmen, daß Pietsch entweder durch Lübke selbst oder durch Lindau aufgefordert worden sei, darüber zu berichten. Nun schreibt mir aber P., bei dem ich angefragt, dies sei *nicht* der Fall. Ich bitte darauf hin, drei bis vier Spalten für die »Gegenwart« schreiben zu dürfen und frage hiermit an, ob Sie resp. Lindau damit einverstanden sind? Ich stehe so zu Lübke, daß ich ihm diesen dicken Liebesdienst leisten möchte, beinah leisten muß. Ich würde den Artikel etwa Mitte März einsenden können.

Ihrer gefälligen Entscheidung entgegensehend, mit der Bitte mich Dr. Lindau empfehlen zu wollen, Ihr aufrichtig ergebenster

Th. Fontane.

58. An Wilhelm Hertz

Berlin 8. Febr. 80.
Potsd. Str. 134.c.

Sehr geehrter Herr Hertz.

Anbei mit bestem Gruß die zwei ersten Abtheilungen des 3. Bandes, die zusammen etwa ein Drittel des Gesammtmanuskripts ausmachen, also 10 Bogen. Den Rest schicke ich binnen heut und 14 Tagen.

Die beiden anbei erfolgenden Packete möchte ich fast empfehlen nicht zu öffnen, wenigstens das zweite nicht. Es liegt alles ganz genau und Verschiebungen würden dem Setzer die Orientirung erschweren.

Wählen Sie wieder Freund Eupel, gegen den ja wohl nichts zu sagen war, so bäte ich nur, ihn noch mal darauf aufmerksam zu machen, daß die Correkturbogen in ihrer ersten Gestalt zwar immer sehr manirlich gewesen wären, aber die Revisionsbogen oder 2. Correktur desto weniger. Mit andern Worten, meine Correkturen wurden in wenig geschickter Weise berücksichtigt und der *zweite* Correkturbogen enthielt oft viel schlimmere Fehler als der erste.

Mit besten Wünschen für Ihr Wohl, über das ich hoffentlich nur Gutes höre, in aufrichtiger Ergebenheit

Th. Fontane.

59. An Julius Rodenberg

Berlin 12. Feb 80.
Potsd. Str. 134. *c.*

Hochgeehrter Herr u. Freund.

Sie haben mich sehr beschämt. Mir einen so liebenswürdigen, so vertrauensvollen und so langen Brief zu schreiben, ist eine wahre Liebesthat. Und ich darf sagen, ich fühle mich nun Ihrer freundschaftlichen Gesinnung, über jeden Zweifel und jede Schwankung hinaus, ein für allemal sicher. Dies ist mir werthvoll, denn ich habe durchaus das Bedürfniß des Friedens, des in Uebereinstimmung-seins mit denen, deren moralischer Unterstützung man bedarf, auch wenn man sie nie sieht.

Ich mußte Ihnen dies noch aussprechen, und um so nachdrücklicher und herzlicher, als es praktisch und äußerlich zu keiner rechten Annäherung, oder sagen wir zu keinem lebendigeren Zusammenwirken kommen kann. Ich bin dabei der verlierende Theil. Und dies schreib' ich mit voller Ueberzeugung nieder. Es ist nicht gleichgültig für mich, ob ich die Rundschau habe, aber es ist absolut gleichgültig für die Rundschau, ob sie mich hat. Und daran ist nichts zu ändern. Sie verfügen über alle besten Kräfte, so sehr, daß der einzelne daneben nichts bedeutet und doppelten Anspruch auf Uebergangenwerden hat, wenn er auch seinerseits gezwungen ist, Ansprüche zu erheben, die ihm nicht erfüllt werden können. Dieser Ansprüche sind zwei: ich kann nicht lange warten, und ich muß als Minimum eine Neun-Zehntel-Gewißheit haben, daß meine Arbeit angenommen wird. Und so sind denn meine Chancen für ein Erscheinen in der »Rundschau« gering. Aber das schadet nichts. So wichtig mir diese Mitarbeiterschaft sein würde, so sind mir doch Ihre freundschaftlichen Gesinnungen werthvoller. Und mich diesen versichert halten zu dürfen, ist mir ein Resultat dieser unsrer Correspondenz.

In vorzügl. Ergebenheit

Ihr Th. Fontane

60. An Hermann Kletke

Berlin 27. Febr. 80.

Hochgeehrter Herr und Freund.

Freue mich aufrichtig Ihnen zu Diensten sein zu können, so furchtbar mir diese »Zietenhusarenschaft« ist. Eigentlich wird mir schon weh ums Herz, so wie ich dies Wort blos höre. Die »Idolatrie« von der der Abg. Brüel neulich sprach, spukt bei uns an hundert Stellen, und einer der tollsten Spuke heißt »Zietenhusaren.« Zwei meiner Söhne sind zur Zeit Soldat, aber ich bekenne offen, daß mich die alleinseligmachende Militairhose nach gerade zur Verzweiflung bringt. Spartanerthum! Bah, Maschinenthum ist es. Und jeden Tag wird es toller.

Dennoch!

Es lebe Zietenhusaren.

In vorzüglicher Ergebenheit

Th. Fontane.

Ich komme in den nächsten Tagen.

61. An Julius Grosser

Berlin 6. März 80.
Potsd. Str. 134. *c.*

Hochgeehrter Herr.

Ergebensten Dank. Also über Lübke und den Spanier; ich denke über jeden höchstens 3 Spalten. Daß mir L. Sch. entgangen, thut mir leid; es war so recht ein Stoff für mich. G. H., bei allem Respekt, ist etwas zu verschneidert. Und dazu Potsdammer. Ich schreibe dies alles nur, um eine gute Gelegenheit zu haben, durch Ihre Güte mein Entzücken über den Zola-Artikel an L. gelangen zu lassen. In vorzügl. Ergebenheit

Th. Fontane.

62. An Moritz Lazarus

[Berlin, 11. März 1880]

Teuerster Leibniz.

Es ist nicht ganz herausgekommen, was an der großen Schwierigkeit des Anfangs lag. »Fünfzig Jahre grüßen Dich heute« – dies hatte ich gleich, und es mußte bleiben, weil es nach meinem Gefühl ganz richtig einsetzt. Aber nun mußte es, statt in einem zweizeiligen Vergleich, in zwei einzeiligen weitergehn:

Fünfzig Jahre
Grüßen Dich heute,
Manche wie Bahre,
Manche wie Bräute etc.

Dies ließ sich nun freilich nicht sagen, weil die Bahre gruslig und lächerlich zugleich ist, aber in dieser Direktion lag das Richtige. Namentlich hat es den richtigen Ton. Als es zuletzt durchaus nicht gehen wollte, mußt ich die Notbrücke schlagen.

Es ist wenigstens nicht trivial.

Übrigens bin ich mit Vergnügen bereit, wenn es verworfen wird, einen andern Vers zu machen.

Es war sehr reizend gestern, comme toujours. Prof. Frank und Professor Brandes, mit denen ich vorzugsweise gesprochen, haben mir sehr gefallen. Hätt ich nicht zweimal, und sehr viel, von dem Frikassee genommen, so wär es eine ganz ungetrübte Erinnerung für mich.

In herzlicher Ergebenheit

Th. Fontane

[Auf einem weiteren Blatt:]

Fünfzig Jahre
Grüßen Dich heute,
Manche wie Bräute
Mit Blumen im Haare,
Manche wie Morgen,
Manche wie Sorgen,
Manche wie leben,
Manche wie geben,
Manche fern und manche nah,
Aber alle sind sie da.

Und aus ihres Kleides Falten
Schüttelt eine der Mittelgestalten,
Statt des Krieges Los und Graus,
Ihr »in memoriam Rütli« heraus.

[Auf einem anderen, undatierten Blatt schreibt Fontane an Lazarus:]

Vielleicht so:

Immortellen.
Und siehe, das Rütli rafft sich auf
Und redet in Ritornellen.

Rosenranken.
Sie ranken sich Dir um 50 Jahr;
Mit ihnen unsre Gedanken.

Nötigenfalls kann ich auch noch einen dritten Pfeil versenden. Ich bin eben nicht Tell.

Ihr Th. F.

63. An Gustav Karpeles

Berlin 14. März 80.
Potsd. Str. 134. *c.*

Hochgeehrter Herr und Freund.

Haben Sie besten Dank für Ihre freundlichen Zeilen. Es ist alles unvergessen und Sie haben sogar das Aussuchen. Ich habe im 2. Halbjahr 79 hintereinander weg drei Novellen geschrieben, mit deren Durcharbeitung – was leider immer länger dauert als das Niederschreiben – ich jetzt beschäftigt bin. Eine, ganz moderner Stoff, ist fix und fertig und Lindau will sie bringen; bleiben noch zwei, zwischen denen ich Sie freundlichst bitte, Ihre Wahl zu treffen. Es sind:

1. *Schach von Wuthenow*. Spielt im Sommer 1806: Zeit des Regiments Gensdarmes. Inhalt: Eitlen, auf die Ehre dieser Welt gestellten Naturen, ist der Spott und das Lachen der Gesellschaft derartig unerträglich, daß sie lieber den Tod wählen, als eine Pflicht erfüllen, die sie selber gut und klug genug sind als Pflicht zu erkennen, aber auch schwach genug sind aus Furcht vor Verspottung nicht erfüllen zu wollen.

2. *Ellernklipp*. Nach Aufzeichnungen eines Harzer Kirchenbuchs. Spielt unmittelbar nach dem 7 jährigen Kriege in einem Harzdorf. Eifersucht des Vaters gegen den Sohn. Der Sohn fällt als Opfer, bis zuletzt auch der Alte den Visionen seiner Schuld erliegt. Hauptfigur: ein angenommenes Kind, schön, liebenswürdig, poetisch-apathisch, an dem ich beflissen gewesen bin, die dämonisch-unwiderstehliche Macht des Illegitimen und Languissanten zu zeigen. Sie thut nichts, am wenigsten etwas Böses, und doch verwirrt sie regelrechte Verhältnisse. Sie selbst, ohne den Grundton ihres Wesens zu ändern, verklärt sich und überlebt das Wirrsal, das sie gestiftet.

Bitte, wählen Sie zwischen diesen beiden Novellen und lassen Sie mich freundlichst wissen, wofür Sie sich entscheiden. Ich nehme dann *die* zuerst vor, und Sie haben sie bis Ende Mai. In vorzüglicher Ergebenheit

Th. Fontane.

In der Länge ist kaum ein Unterschied; jede 4 Bogen, die erste vielleicht ein paar Blätter mehr.

64. An Gustav Karpeles

Berlin 21. März 80.
Potsd. Str. 134.c.

Hochgeehrter Herr und Freund.

Besten Dank für Ihre freundlichen Zeilen. Ich glaube, daß Sie richtig gewählt haben, oder sag ich bescheidener »von zwei Uebeln das kleinere«. Das kürzere gewiß. Die andre Novelle liegt zur Hälfte nach der kulturhistorischen Seite hin.

Ein paar Punkte muß ich aber doch vorher noch zur Sprache bringen, damit, wenn das Schiff vom Stapel soll, nicht plötzlich Hindernisse kommen.

Die Novelle ist etwa 4 Bogen lang, eher ein paar Seiten weniger. Ich erbitte dafür um nach dieser Seite hin keine Schwierigkeiten zu schaffen, 400 Rthl. Empfange auch den Abzug des Ganzen, in welcher Gestalt ich es später (aber es pressirt nicht) als Buch herausgebe. Macht das Arrangement der Nummer Kürzungen nöthig, so laß ich sie mir, bis zur Reducirung auf 3½ Bogen, gefallen. Ich bin darin gar nicht peinlich. Bliebe noch der Abliefrungstermin. Ich bin, dies darf man ja sagen, ein sehr fleißiger Mann, sehne mich beständig nach neuen Arbeiten und werde deshalb an etwas im Wesentlichen Fertigen nicht länger herumbasteln, als nöthig ist, dennoch, weiß ich aus Erfahrung, daß das Corrigiren viel viel länger dauert als das Schreiben. Hab es erst eben wieder bei der für »Nord und Süd« bestimmten Arbeit gesehn. Ich kann danach nur sagen: ich werde mich aufs äußerste beeifern, bis Ende Mai fertig zu sein; aber bestimmt versprechen kann ich es nicht. Ohnehin ist es mit den Wochen, die den Ferien vorausgehn, also das Arbeitsjahr abschließen, wie mit den Wirtschaftskassen der Frauen vom 27*ten* ab. Es ist nichts mehr drin. Nur Kraft ist noch schwerer zu schaffen als Geld.

Darf ich über diese Punkte ein paar beruhigenden Worten entgegensehn?

In vorzüglicher Ergebenheit

Th. Fontane.

65. An Emilie Fontane

Berlin 21. März 80. Potsd. Str. 134.c.

Meine liebe Frau.

Habe Dank für Deine Karte; morgen früh erwart ich die Mittheilung daß ihr gut angekommen und unter leidlicher Innehaltung gesellschaftlicher Formen empfangen worden seid. Die Bemerkung, daß die Städte und Dörfer um diese Zeit aussehn wie aus der Schachtel genommen, ist sehr gut.

Einige Briefe waren für das Geburtstagskind angekommen, einer von Witte aus Oppeln, was ich rührend finde. Anna Wittes Geschenk bestand aus einem sehr hübschen Korallen-Halsband. Geschrieben hatten noch: Lise Witte, Mathilde

Runde und George, der für heute absagte. Zur Gratulation kamen nur 3 Heydensche Damen und Marie Schreiner. Vermißt wurden Litti und Meyer. Ob sonst noch wer, weiß ich nicht. Einen *Schwarm* von Freunden und Freundinnen hat sie nicht. Theils durch eigene Schuld, theils durch Schuld der Verhältnisse. Heute Nachmittag ist sie bei Schreiners.

Rütli war gestern bei Senator Eggers; ich ging nicht hin und las lieber Correkturbogen, was sehr weise war. Denn als ich 9¾ bei Heydens eintraf, war es eigentlich immer noch zu früh. Die erste halbe Stunde – sie hatten schon gegessen – verlief gekniffen, und die zweite in allerschärfster Debatte. Das wird sich wohl jetzt öfters wiederholen, bis es sich zuletzt nicht mehr wiederholen *kann*. Ich will diesen liberalen Erhabenheitston, der zu gleicher Zeit höchst illiberal ist, nicht länger geduldig hinnehmen. Ich habe den Kampf bisher vermieden, gestern hab ich ihn sehr energisch aufgenommen und ich werd ihn fortsetzen. Ein paarmal stand das Gespräch furchtbar auf der Wippe. Meist hab ich dann hinterher ein Mißbehagen, gestern hatte ich eine Befriedigung. Es muß das alles anders werden, und glaube mir, es wird; so oder so.

Geschlafen erbärmlich; nur 5 Stunden; ich bin in einem beständigen Fieber und erst bei andrem Wetter werd' ich wieder ruhiger werden.

Heute früh traf der einliegende Brief von Karpeles ein. Ich habe mich darüber gefreut, aber doch mäßig; denn ich sehne mich eigentlich nur noch nach Ruhe, Stille, Einsamkeit. Dies Mitrennen in dem großen Ameisenhaufen macht mir keinen Spaß mehr. Ich sehne mich nach einem *wirklichen* Erfolg; kann ich *den* nicht haben, so langweilt mich das literarische Sechsdreierthum mehr als es mich erfreut. Bitte schicke mir den Karpeles'[s]chen Brief zurück.

Morgen hoff' ich endlich wieder an meiner Novelle weitercorrigiren zu können; gestern und heute war es mir unmöglich und ich mußte gröbere Arbeit vornehmen.

Unsre kleine Zöllner ist übrigens recht krank: Lungenkatarrh und zwar Rückfall. Ich halte dies für durchaus nicht unbedenklich; viel zuzusetzen hat sie ohnehin nicht. Und dabei soll in zehn Tagen die Droysensche Hochzeit in ihrer Wohnung gefeiert werden. Ich halte es für ganz unmöglich.

Lübke leidet unter den häuslichen Verhältnissen, die er hier überall vorfindet. Grimms fort, Du fort, Zoellnerchen krank,

Lucae todt – das macht einen Riß. Außerdem fühlt er wohl heraus, daß die entente cordiale früherer Zeiten geschwunden ist, nicht gegen ihn, aber in den Beziehungen der andern untereinander. So wird man ihm auch von mir nicht viel Freundliches gesagt haben. Ich bin querköpfig, eigensinnig, selbsgerecht und überschätze mein Talent. Meinetwegen. Es muß auch so gehn.

Empfiehl mich der theuren Frau, sehnt euch nicht zu sehr nach dem stehengebliebenen Kober, und bade nicht *zu* kalt.

Wie immer Dein

Th. F.

66. An Gustav Karpeles

Berlin 24. März 80.
Potsd. Straß. 134. c.

Hochgeehrter Herr und Freund.

Prof. W. Lübke aus Stuttgart, aus alter Zeit her einer der Intimsten unsres Kreises, will heute 3 Uhr bei mir essen. Ist es nicht zudringlich, wenn ich Sie bitte, mit von der Partie sein zu wollen? L. steht, glaub ich, schon in Beziehungen zu Ihrem Journal, wo nicht, so wäre er eine Acquisition.

Einer freundlichen Zusage entgegensehend, in vorzüglicher Ergebenheit

Th. Fontane

Ueberrock!

Sie finden, außer meiner Familie, nur noch Lübke, Geh. R. Zoellner, A. v. Heyden und vielleicht Herrn Emil Dominik.

67. An Emilie Fontane

Berlin 26. März 80. Potsd. Str. 134.c.

Meine liebe Frau.

Damit Du am Ostertage einen Brief erhälst, schreibe ich heute schon. Viel Stoff habe ich nicht, aber ›ein bischen Werg findet sich ja immer noch.‹

Erst gegen 10 machte ich heute meinen Räuber-Spatziergang. An der Ecke der Bellevue-Straße begegnete mir Pietsch und ich schlenderte 5 Minuten lang mit ihm. ›Wie geht es?‹ ›Gut und schlecht. Ich komme eben von einem Diner bei

Loewenfeld und will in eine kleine Soiree; heute früh um 6 bin ich aus Frankfurt a. M. gekommen.‹ ›Was war denn los.‹ ›Mein Sohn liegt im Sterben. Ich fand ihn in einer kl. Hinterstube, ohne Luft und Licht; nur noch Haut und Knochen, blutlos, wenn man ihn mit einer Nadel sticht, kommt Wasser. Ich habe ihn in ein Krankenhaus gebracht; er schrie vor Schmerz; aber nun ist er gut gebettet und hat Luft und wundervolle Pflege. Kostet monatlich alles in allem 100 Thlr; will erschrieben sein; wo soll man es hernehmen? Meine Frau auch auf den Tod; wahnsinniges Bluterbrechen. Man muß gute Nerven haben, nun ich habe sie, und darf sich nicht mit Sentimentalitäten abgeben. Wenn nur das Geld nicht wäre! Oder wenn wenigstens wieder ein Korn'scher Sohn nach Oran ginge! Am 22. März kommt mir seit Jahren immer das Glück; ich habe den ganzen Tag am Fenster gestanden und drauf gewartet. Aber es kam nicht. Guten Abend.‹

Dazwischen ein paar mal das leise Geständniß ›daß sich ein paar Judenweiber todt nach ihm sehnen.‹ Es giebt doch wundervolle Figuren. Schade, daß er nicht in Paris lebt. Dort wäre eine Art Zola aus ihm geworden.

Heute früh kam Deine Karte; ich freue mich, daß Du die Kur so tapfer mitdurchmachst, es wird Dir gut thun.

Ich lebe still hin; meine krankhafte Aufregung hat sich gegeben, doch trau ich dem Frieden nicht recht. Ich habe so sehr das Ruhebedürfniß, und gerade *das* wird mir versagt; es zehrt immer 'was an mir. Es mag andern nicht besser gehn, oft viel schlechter, aber sie haben mehr zuzusetzen, haben dickere Haut. Dicke Haut ist noch besser als gute Verdauung.

Einige Besucher unterbrechen gelegentlich meine Stille. Zöllner war heute hier; wir kamen überein den Rütli ausfallen zu lassen, da eine große Bachsche Musik in der Garnisonkirche ist. Ich werde mich derweilen mit ›Zieten-Husaren‹ beschäftigen; von einem ächten Preußenstandpunkt aus, ist das wichtiger als Passionsmusik. Der preußische Standpunkt ist einer der dummsten und langweiligsten in der Weltgeschichte. Das Meiste daran wirkt pauvre und prosaisch, und zum Schluß: Dickethun ist mein Reichthum.

Nach Zoellner kam Frau Maruschka Bittner, ich sah sie aber nicht, da Mathilde sagte: ich sei nicht zu Hause. Der armen Frau wird wohl auch das Herz schwer sein; ich glaube, sie hat seit einem Vierteljahr nur ein oder zweimal gespielt. Das ist nicht gut für ihre Künstlerschaft und noch weniger gut für ihren Beutel. Mit dem armen Hellmuth-Bräm, der doch ein wirklicher Künstler ist, steht es nicht besser. In dem ›Bibliothekar‹ giebt er eine kleine Bedientenrolle, blos um doch mal zu spielen. Ueberall Jammer. Ich glaube, Glück existirt nur noch bei Juden und Bourgeois, bei Leuten, die Geld haben und niedrig genug stehn, in einem bloßen sich Zieren-können ihre Befriedigung zu finden.

Am Dinstag oder Mittwoch war ich auch bei Fräulein v. Kahle, um mir die Büste von Eva Dohm anzusehn. George begleitete mich. Er sagte nachher sehr richtig: ›es mag eine gute Büste sein; aber daß es nicht Eva Dohm ist, darauf leb ich und sterb ich.‹ Keine Spur von Aehnlichkeit. Danach ist mir denn doch der Muth vergangen, 20 Sitzungen an mein Thonbild zu setzen. *So* viel liegt mir nicht dran, als ›männliche Portraitbüste‹ mit im Katalog zu stehn.

Sonnabend 27. März

So weit gestern Abend. Der heutige Tag hat nichts gebracht als die beiliegenden Zeilen des *Herrn* Bittner. Die Frau erwarte ich danach morgen Vormittag. George war gestern hier und auch heute; er lebt nur noch für Zola und geht in seiner Schwärmerei offenbar zu weit. Das Talent ist kolossal und gar nicht zu überschätzen; es ist mir aber ganz unzweifelhaft, daß die *Kunst* andre Aufgaben hat. Es ist ein Unterschied, ob ich die Morgue male, oder Madonnen, auch wenn das Talent dasselbe ist.

Zwei Ausschnitte schließe ich bei. Du brauchst mir nichts davon zurückzuschicken. Martha ist zu Tante Merckel und mit ihr in den Dom. Lebe wohl, empfiehl mich, habe ein leidlich frohes Fest. Wie immer Dein

Th. Fontane.

68. An Julius Grosser

Berlin 26. März 80.
Potsd. Str. 134. *c.*

Hochgeehrter Herr.

Ich bin krank, eigentlich schon seit Wochen, was mir den Abschluß meiner Arbeit sehr erschwert.

Ich möchte mir darauf hin folgenden Vorschlag erlauben.

Ich schicke Ihnen – das Fest soll noch ungestört an Ihnen vorübergehn – die ganze Geschichte in zierlicher und leicht lesbarer Reinschrift am Dinstag früh, Sie thuen einen Blick hinein und schicken, wenn das Ganze im Wesentlichen Ihre Billigung gefunden hat, die erste Hälfte, die schon wieder übercorrigirt und fix und fertig ist, nach Breslau, die zweite Hälfte aber an mich zurück, deren Correktur ich dann mit vollkommener Muße vornehmen kann.

All dies hat natürlich nur einen Sinn, wenn ich eine Chance habe, noch in die *Mai*nummer zu kommen. Kann dies nicht sein, muß ich, weil schon andere Zusicherungen vorliegen, bis Juni oder Juli warten, so pressirt auch die Einsendung meines Manuskripts nicht und ich kann meine Leber-Affektion in aller Seelenruhe durchmachen.

Ich will Sie nicht in eine Correspondenz verwickeln, am wenigsten am Oster-Sonnabend, und bitte nur um eine ganz kurze Benachrichtigung, ob ich zum Dinstag schicken soll oder nicht.

In vorzüglicher Ergebenheit

Th. Fontane.

69. An Julius Grosser

Berlin 29. März 80.
Potsd. Str. 134. c.

Hochgeehrter Herr.

Inzwischen habe ich das Aprilheft von Nord und Süd erhalten. Meine Anfrage erledigt sich dadurch und ich schicke nun in 8 Tagen das Ganze.

In vorzüglicher Ergebenheit

Th. Fontane.

70. An Julius Grosser

Berlin 4. April 80.
Potsd. Str. 134. c.

Hochgeehrter Herr.

Besten Dank für Ihre Zeilen vom 2. d. und alles Freundliche was Sie darin aussprechen, alles Gute was Sie darin hoffen. Mög' es sich erfüllen. Der Gegenstand, an dem es offenbar werden soll, erfolgt anbei. Daß es ein Bogen mehr geworden ist, als ich anfangs berechnete, das wird verziehen werden, wenn das ganze nur verzeihlich ist. Der Titel »L'Adultera« bezieht sich nicht auf meine Heldin, sondern auf einen berühmten Tintoretto dieses Namens, mit dem die Geschichte (im 2. Kapitel) beginnt und auf der letzten Seite schließt. Die Beziehungen ergeben sich von selbst. Ich bedurfte dieses Apparats, um die Geschichte nicht blos aufhören, sondern auch kunstgemäß (Pardon) abschließen zu lassen.

Ich habe den einzelnen Kapiteln, auf Rath meiner Familie, nur Zahlen gegeben; »Ueberschriften seien altmodisch.« Für den Fall aber daß Sie anders drüber denken, leg' ich meine Ueberschriften bei. Mir ist das eine so recht, wie das andre.

Unter Gruß und Empfehlung an Dr. Lindau, in vorzüglicher Ergebenheit

Th. Fontane.

71. An Emilie Fontane

Berlin 5. April 80. Potsd. Str. 134.c.

Meine liebe Frau.

Deinen lieben Brief vom 4. (gestern) erhielt ich heute früh, etwas verspätet. Es thut mir leid, daß es euch nicht gut geht, aber ihr dürft nicht die Köpfe hängen lassen, es kann kaum anders sein: windig, regnicht und wahrscheinlich eine Art Kur-Krisis. Dazu das Fehlen gewohnter geistiger Anregungen. Ich schreibe heute noch an die Schmidt'sche Zeitungs-Expedition und werde dafür sorgen, daß Du, hoffentlich von Mittwoch Mittag an, die Vossische regelmäßig erhälst. Ich kann sie entbehren und meine eignen unsterblichen Artikel – am Sonnabend den 10. wird wohl der große Zieten-Husaren-Artikel drinstehn – in Pege's Exemplar nachlesen. Auch werd' ich Dir die neusten Hefte von ›Nord und Süd‹ etc. etc. schikken. Die moderne Zeit hat so viel Schlechtes, warum soll man nicht von *dem* profitiren, was sie Gutes hat.

Ich bin auch ein bischen erkältet, ein bischen überarbeitet und ein bischen gastrisch. Die Erklärung stammt von Krigars Geburtstag her, wo drei Fenster und 6 Thüren aufstanden; überarbeitet hab ich mich, um endlich, gestern Abend noch, die berühmte Novelle einsiegeln zu können und das Gastrische stammt von einem Plum-pudding her. Darin ist Rolipoli besser; nicht ganz so ›substantial‹.

Zu Krigars Geburtstag gratulirte Martha und fiel in ein Herren-Frühstück hinein, an dem sie eine Viertelstunde theilnahm. Ich hatte einen Glückwunsch mitgeschickt. Um 6½ ging ich in den Rütli (bei Menzel). Ich fand noch den alten Mittagsbestand vor, Geh. R. Klix immer noch tapfer da und mit ihm 3 askanische Oberlehrer, die natürlich hinter ihrem obersten Chef nicht zurückbleiben wollten. Allmälig verkrümelte sich aber alles, einige sichtlich schlachtenmüde, und nur Menzel, als Rütliwirth, hielt aus, unterstützt durch 3 frische Kräfte: Zoellner, Senator und ich. Es entspann sich nun eine wundervolle Scene, so wundervoll, daß wir uns, beim Nachhausegehn, auf der Treppe gerührt in die Arme sanken und gegenseitig erklärten: ›das sei zehn Dhaler werth gewesen.‹ Menzel ergriff nämlich die Gelegenheit (es war von Blomberg die Rede) uns und sich zu beglückwünschen, ›daß der Rütli seit drei, vier Jahren viel, viel besser geworden sei.‹ Dabei vergaß er, daß der Senator, als Friede's Bruder, mit zugegen war und schüttete nun in starken, leidenschaftlichen Worten sein Herz aus ›über die Imbecilitäten zurückliegender Rütlitage.‹ Es fielen aber dabei viel viel stärkere Worte noch, die den jahrelang aufgespeicherten Groll verriethen und mir zugleich zeigten, wie nur allzurichtig ich damals die Situation beurtheilt habe. Es wurde mir von den andern gelegentlich bestritten; nun wird es keiner mehr bestreiten. Ich würde, weil ich annehme daß Du den Inhalt meiner Briefe Frau Krigar mittheilst, über all dies kein Wort schreiben, wenn ich nicht völlig auf Menzels Seite stünde. Diese Friede'schen Klugschmusereien waren nicht auszuhalten und ich weiß, daß mir oft vor Verlegenheit das Blut zu Kopfe schoß. Es war alles im *Ton* so grenzenlos verfehlt. Auf das Materielle geh ich gar nicht ein. Es mußte natürlich Friede'n freistehn, gelegentlich auch 'mal eine antimenzelsche Richtung zu vertreten, oder richtiger ihre ausschließliche Berechtigung zu bestreiten, aber nach meiner Meinung mußte dies immer mit Ernst, mit Respekt und mit *Bescheidenheit* geschehn. Ueber das Schöne darf schließlich jeder sprechen, der dem Dienst des Schönen ernsthaft nachgegangen ist. Aber Friede, der, mit Ausnahme von ein paar höchst fragwürdigen Redensarten aus Hegels oder Vischers Aesthetik, nur sehr wenig wußte und noch viel weniger konnte, der eine dünne Natur und zwei, drei reizende plattdeutsche Gedichte abgerechnet (in denen alles Gute, Gescheidte, Tüchtige, was in ihm war, ein paarmal glücklich aufblühte) ein ganz kleines Talent, ein bloßer gebildeter Durchschnittsmensch war, – Friede, sag ich, hatte kein Recht, sich mit bevaternder Superioritätsmiene neben Menzel zu stellen und zu sagen: ›nein, Engel, da sind Sie mal wieder ganz auf'm Holzweg‹ oder ihn mit den Worten: ›nein, Rubenschen, davon verstehn Sie nun 'mal nichts‹ etc. zu klopfen, zu patscheln und zu umarmen. Er stellte sich nicht *neben* ihn, sondern in seiner Eigenschaft als Kritiker und Aesthetiker *über* ihn. Und das war einfach unverschämt. Menzel muß jahrelang ganz unsagbar darunter gelitten haben. Ich gehöre keineswegs zu denen, die der Kritik den Mund stopfen wollen; aber die Kritik muß klug und bescheiden geübt werden und muß sich bei jedem Wort *ihrer Grenzen bewußt bleiben.* Wer eine Kunst nicht selber übt, hat sein Lob und seinen Tadel an bestimmter Stelle schweigen zu lassen, nämlich da, wo das mangelnde Können auch sein Wissen lahm legt. Daß die Maler *aller* Kritik von Nicht-Malern überhoben sein möchten, ist ein Unsinn und eine Anmaßung. Ueber viele Dinge steht es dem Aesthetiker, dem Schönheitsverständigen allerdings zu, seine Meinung zu sagen. Aber nicht mit ›lieber Engel‹ und in überheblichem Tone, am wenigsten *dann,* wenn der Künstler absolut 1. Ranges und der Kritiker im günstigsten Falle 2. Ranges ist.

Wir waren alle drei durch das kleine Vorkommniß erregt und erheitert, zu seinem Ruhme sei es gesagt auch der Senator, der alles von der humoristischen Seite nahm.

Diese Woche ist nun ganz der Erledigung von Geschäften gewidmet, was mir, nach so angestrengter geistiger Arbeit, wie ein kleines Vergnügen erscheint. Die Reihenfolge ist: Eupel (an den vor einer Stunde die letzten 8 Kapitel abgegangen sind; also was M. S. angeht fertig) ›Zieten-Husaren‹, Brief und Kritik an Dr. Treutler, Briefe an P. Heyse, Felix Dahn und Dr. Toeche, Kritik über Lübke's Buch und Kritik über den spanischen Roman. Außerdem allerlei lesen, namentlich eine 3 Bogen lange Kritik über Zola, die ich Dir dann sofort auch schicke. Besuche bei: Pine (die mir sonst stirbt), Bleibtreus, Frau v. Noville, Wangenheims.

Der Brief von der Stockhausen, so freundlich er ist, macht einen müden Eindruck. Auch weiß ich nicht 'mal, ob ich *darauf* hin reisen würde. Sie faßt Nassau als *halben* Weg, es ist aber so gut wie der ganze und von Nassau bis Frankfurt ist doch schließlich nur noch ein Katzensprung. Ich habe die Frau *sehr* gern, bin ihr aufrichtig zugethan, aber es geht durch alles ein gewisses sich auf den persischen Prinzen hin ausspielen, was mich verdrießt. Du kannst am besten sehn, was ich meine, wenn Du Frau Kr. mit Frau St. vergleichst. Ich will *ihn* (St.) als eine No 1 gelten lassen, wiewohl es mir etwas schwer ankommt, aber verglichen mit Menzel ist er doch nur ein Cadet. Und wie ganz anders *menschlich* ist der Krigar-Menzelsche Hauston. Berühmte Leute sollen Selbstbewußtsein haben und gut und frei leben, aber zwischen gut und frei auf der einen Seite und en prince auf der andern, ist immer noch ein Unterschied. Es verdrießt mich; es ist so viel von Menschen-Anbetung dazwischen, was ich nun mal schlechterdings nicht aushalten kann und wobei mir immer sofort ein pommersch-christlich-reactionairer Zustand als erstrebenswert erscheint. – Ich werde nun in dieser Woche öfters schreiben, um ein bischen für eure Unterhaltung zu sorgen. So weit es reicht. Ich glaube, Du hast der St. etwas von Lübkes Liebhabermätzchen vorgeklagt und das kann ich nicht klug und gescheidt finden. Ueberhaupt bist Du mir in *diesem* Punkt unverständlich. Du bist so gescheidt und hast so scharfe Augen, aber in der Beurtheilung der Menschen und der gerade herrschenden Situation machst Du beständig die größten Fehler. Du willst etwas sagen und nun sagst Du's, ohne jede Rücksicht darauf, ob es paßt oder nicht paßt. Und zwar immer ›aus Gemüthlichkeit‹, trotzdem Du keineswegs zu den ›gemüthlichen Naturen‹ gehörst. Pardon! Seid alle herzlich gegrüßt. Wie immer Dein

Th. F.

72. *An Emilie Fontane*

Berlin 7. April 80. Potsd. Str. 134. c.

Meine liebe Frau.

Gott sei Dank bin ich mit dem Zieten-Husaren-Aufsatz so gut wie fertig; ich habe das 670 Seiten dicke Buch des Lieutnants v. Ardenne (Deines Tischnachbars bei Lessing) danach auch noch Droysen und W. Hahn durchlesen und mit einem immer dicker werdenden Kopf Notizen und Auszüge machen müssen. Nun sind Friedel und Martha beim Abschreiben der von mir notirten Stellen. Morgen Mittag ist, denk ich, alles ins Reine geschrieben und kann abgeschickt werden. Ich erzähle Dir das so ausführlich, weil man daran das lächerlich Miserable des literarischen Erwerbs studiren kann. Ich kaufe ein Buch, das wenigstens 4 Thaler kostet, arbeite drei Tage lang und lese drei Tage lang bis Nachts um 2, zwei Kinder schreiben viele, viele Seiten ab und zum Schluß mache ich mich an eine Correktur und Glattfeilung des Ganzen und dafür erhalte ich 20 oder wenn es hoch kommt 24 Thlr. Wobei ich mein Wissen und mein Talent noch gar nicht rechne; weiß nämlich einer von diesen Sachen wenig oder nichts, so kann er freilich auch denselben Aufsatz schreiben. Aber wie? Ich würde sagen zum weinen, wenn nicht der Masse des Publikums ›gut‹ oder ›schlecht‹ ganz gleich wäre. Ebenso wenig wie die Menschen das Bedürfniß des Schönen haben, eben so wenig haben sie das des Klaren und Durchsichtigen. Wenn sie etwas nicht verstehn, so ist es auch noch so.

Morgen fange ich nun an, den spanischen Roman zu lesen und das soll bis zum Sonnabend hin meine Freude und meine Erholung sein; dazwischen, da man nicht den ganzen Tag ein und dasselbe machen kann, will ich die Treutler'sche Arbeit durchsehn und diese Sache endlich erledigen.

Die Kinder, an die ich Deine Grüße bestellt, werden wohl in den nächsten Tagen schreiben. George, der erst am *1. Juni* das Maigeld erhält, muß noch 8 Wochen lang darben; doch trägt er es musterhaft. Darin Vaters Sohn. ›Es muß auch so gehn.‹ Theo, ein lieber Kerl, ist doch ein wunderbarer Knopp; ein Glück, daß er Jurist geworden ist, wohin all diese Verschraubtheiten und Eigensinnigkeiten und Leblosigkeiten, die sich Recht oder Prinzip oder Consequenz nennen, wundervoll gehören. Wie niedrig stehen doch all diese Dinge! Und wie himmelhoch steht daneben die heitre Freiheit, die heute dies thut, und morgen das, *blos immer das Richtige.* Wenn Du wiederkommst, muß ich Dir einige Anekdoten erzählen, aber unter der Bedingung, ›daß ich sie *Dir* erzähle.‹ Es ist schrecklich, daß Du Dich mit solchen Geschichten immer auf den Markt setzt und sie dem Betreffenden, der sie grade *nicht* hören soll, zum Besten giebst. Es ist das *zu* kleiner Stil und nimmt einem jegliche Lust zu confidentiellen Mittheilungen. Schafft auch jedesmal Verlegenheiten. Wenn Du sagen willst ›das ist *meine* Freiheit‹, so will ich das gelten lassen; nur kann ich nicht gelten lassen, daß *diese* Freiheit das *Richtige trifft,* und darauf kommt es an. – Martha war gestern auf einem Kaffe bei Heydens, wo man über einen von Dir empfangenen Brief schwärmte. Heute ist sie zu Tisch bei der alten Frau Schroeder. Zwischen durch sucht sie Stellen, findet aber keine. Auch hierüber ist nicht zu sprechen. Friedels Schule fängt morgen wieder an; Felix Schütte ist fort nach Prenzlau; mir ist immer als müßt' er bei der Lepel in Pension sein.

Gestern Nachmittag machte ich auch einen Besuch bei Pine. Sie war wieder allein und krank im Bett. Eine furchtbare Existenz. Das die Alten vom Baume schütteln, bis sie ins Wasser fallen und ertrinken, ist eigentlich gar nicht so übel. Es ist der kürzere Qualenweg. Sie sagte mir: früher, so lange Röschen einen Hausstand hatte, sei es gegangen; da habe man ihre Gegenwart kaum gefühlt; jetzt aber, wo sie die dritte Person sei, für die beständig der dritte Theil des Ganzen gezahlt werden müsse, sei es schlimm. Ich glaub es, und find' es beklagenswerth. Dazwischen quatschte sie dann wieder ›von ihrem lieben Alten‹ zum Uebelwerden. Es ist doch nichts schrecklicher als ewige, gewohnheitsmäßige, längst zur Natur gewordene Lügerei. Alles ist immer nur halb und viertel richtig, meist einfach nur dadurch, daß die *Hauptsachen* verschwiegen werden. So sind auch ›Caroline Bauers Memoiren‹, die jetzt wieder, durch einen neuen Skandal, von sich reden machen. Es liest sich alles ganz gut, aber das Unerquickliche ist: sie spielt die Casta Diva und war doch weiter nichts als ein auf Vortheil und Liebschaften gestelltes Theaterbalg. Immer lächelnd und immer berechnet[!]. – Von morgen ab schickt Dir Schmidt (Zeitungs-Spediteur) die Zeitung. Einige Blätter und Bücher nächstens. Ergeh es euch gut. Wie immer Dein alter

Th. F.

73. An Ludwig Pietsch

Berlin 20. April 80

Theuerster Pietsch.

Eben verläßt mich ein junger Herr v. Jagow, der bei den Garde-Ulanen stand, 3 Jahre Kriegsakademiker und zuletzt 2 Jahre militärisch attachirt in Paris war und nunmehr gewillt ist, in die bekannten böhmischen Wälder zu gehen, mit andern Worten Schriftsteller zu werden. Er hat über französische Stücke und Romane geschrieben, über Augier, Zola, Sarcey, die er auch persönlich kennen gelernt hat, und will sich jetzt selbst à la Putlitz, Moser etc. als Lustspieldichter etabliren. Journalistische Thätigkeit soll aber vorläufige Sicherheit der Existenz schaffen und ich hab' es ihm als eine Möglichkeit geschildert, daß Sie Ihn bei der *Schlesischen* empfehlen, bez. einführen würden. Erwäg ich den Eindruck, den ich von dem jungen Mann gehabt habe (31 Jahre alt) seinen Bildungsgang: Kriegsakademie und Paris und schließlich den Umstand daß einige seiner Aufsätze in ›Magazin für die Lit: d. Ausl:‹ gedruckt wurden, so glaub ich, daß solche Empfehlung unriskant ist. Alles andre werden Sie aus dem Munde des liebenswürdigen jungen Mannes hören; er will sich Ihnen morgen (Mittwoch) zwischen 11 und 12 vorstellen. Guten Gruß und Empfehlung an die verehrten Damen,

wie immer Ihr
Th. Fontane.

74. An Ludwig Pietsch

Berlin 24. April 80.
Potsd. Str. 134. c.

Theuerster Pietsch.

Eben beim Frühstück hat mir meine Frau Ihre Besprechung meines Romanes vorgelesen; man hat nicht immer so süße ›Einstippe‹. Seien Sie aufs herzlichste dafür bedankt. Sonderbar zu sagen, daß mein Dank durch die beständig nebenher laufende Bewunderung in seinem Vollgefühl gehemmt wurde. ›Du könntest das nicht‹ so klang es immer leise mit und deprimirte mich ein wenig. Welcher freundliche Herzenszug und welche grundgesunde Natur gehören dazu, zweimal dasselbe Buch zu besprechen und *so* zu besprechen. Keine Spur von Ermüdung oder gar Widerwilligkeit, in Wohlwollen, in Lust und Liebe sprudeln die Worte.

Besonders dankbar bin ich Ihnen auch *da*für, daß Sie auf die Schwächen des Buches hingewiesen haben. Ich war mir derselben selbst bewußt und wollt' es deshalb ein ›Zeit- und Sittenbild aus dem Winter 12 und 13‹ nennen, Hertz aber meinte, ›dann kaufe es niemand.‹ Ich bin überzeugt, daß er darin Unrecht gehabt hat, auch in Bezug auf den äußren Erfolg. ›Isegrimm‹ stell ich *sehr* hoch; ich halt' es in der ersten Hälfte für das Beste und Bedeutendste was W. Alexis geschrieben hat, überhaupt für bedeutend, und jedenfalls für viel bedeutender als Scott, ein paar Ausnahmestellen (Jenny Deans etc) zugegeben. Ob es W. Alexis aber in dem Zeitton getroffen hat, ist mir zweifelhaft. Ein jeder wird glauben müssen ›es sei alles so ernst und düster und fanatisch gewesen‹, ich *selbst* würd' es glauben, wenn ich ein Fremder wäre; meine Eltern aber und die gesammten Swinemünder Honoratioren (unter denen ich meine Jugend-Eindrücke empfing) haben mir immer nur erzählt, *wie* kreuz fidèl man damals gewesen sei, alles *entente cordiale* mit den lieben, kleinen Franzosen, alles verliebt und alles lüderlich. Was Alexis schildert, existirte auch, aber es war die Ausnahme. Uebrigens haben Alexis und ich aus derselben Quelle geschöpft: ›Marwitz Memoiren‹. *Er* hat aus Marwitz den ›Isegrimm‹ gemacht, *ich* den Vitzewitz. Auch darin zeigt sich der Unterschied unsrer Naturen. Er war Melancholicus, ich bin ganz Sanguiniker.

Nochmals, theuerster Pietsch, vielen, vielen Dank, dem sich die ganze Familie anschließt. Wie immer Ihr

Th. Fontane.

75. An Julius Grosser

Berlin 18. Mai 80.
Potsd. Str. 134.c.

Hochgeehrter Herr.

Beifolgend endlich die beiden Kritiken über Lübke und Galdos, zu deren Einsendung ich früher die Erlaubnis erbeten habe. Wenn Sie Lübke bald bringen könnten, wär' es mir lieb, – Galdos ganz nach Gefallen.

Mit der Bitte mich Haus Lindau empfehlen zu wollen, in vorzüglicher Ergebenheit

Th. Fontane.

76. An Bernhard von Lepel

Berlin. 26. Mai 1880
Potsd. Str. 134. c

Mein lieber alter Lepel.

Die Geburtstage haben das Schlimme, daß man an ihnen geboren wurde, aber das Gute, daß man sich Briefe schreibt und von einander hört. Empfange meine herzlichsten Glückwünsche zum 27., die wohl darin gipfeln, daß die Episode Prenzlau hinschwinden und der Normalzustand Berlin so bald wie möglich an die Stelle treten möge. Wie es jetzt Mode ist zu sagen: »ich habe einen Vogel etwas Derartiges zwitschern hören.« Dieser Vogel aber war, wenn ich nicht irre, Fräulein v. Rohr. Also ein grauer Arras.

Was schreib ich Dir noch, mein lieber Lepel? Es ist so viel passirt und auch wieder gar nichts. Will man von Hugo, Karl und Bertha erzählen, so liegen Welten vor und will man sich den Kleinkram und das Alltägliche schenken, so fehlt es an allem oder die Zeitungen haben es einem weggeschnappt wie »v. Bock dem v. Kalb das Bonmot wegschnappte«. Der Rütli lebt noch, mitunter wirklich, mitunter vegetirt er nur; alles wird alt und reizbar und verdrießlich. Der jüngste ist eigentlich Bormann mit 78; er hüpft so kasch auf seinem Zweig umher, wie in seinen jüngsten Tagen. Vielleicht auch Zoellner. Aber bei ihm ist es mehr Angewohnheit. Von Barkhusen, Heyden und mir ist gar nicht zu reden, Menzel fehlt, und Lazarus ist zu oft in Leipzig.

Wohin wird euch die Sommerfrische führen, wenn nicht der Prenzlauer See für den Vierwaldstätter aufkommen muß? Vielleicht wählt ihr Berlin, in dem es im 12. Monat nur *dann* schrecklich ist, wenn man die 11 andern auch darin zubringen mußte. Wir gehen wieder in den Harz, *ich* vielleicht auch nach Ober-Ammergau, um mich in meinem Katholicismus immer fester zu machen oder in Canossa Quartier zu bestellen.

Meine Frau vereinigt ihre herzlichsten Wünsche für Dich mit den meinigen. Empfiehl mich der Dame des Hauses angelegentlichst. In alter Freundschaft Dein

Th. Fontane.

77. An Paul Lindau

Berlin 3. Juni 1880.

Hochgeehrter Herr und Freund,

Beiliegendes ist Abschrift eines Briefes, den ich eben an Grimm geschickt habe.

Mein Plan ging anfänglich dahin, W. Hertz, der mit Grimm sehr befreundet ist, ins Vertrauen zu ziehn und zum Vermittler zu wählen, und so schrieb ich gestern die Zeilen, die couvertiert beiliegen. Im Familienrate wurde jedoch beschlossen, diese Zeilen nicht abzuschicken... Die Zeilen *mußten* direkt an Grimm gehen. Ich sah dies alles ein und raffte mich heute früh zu No. 2 auf. Bei Einsendung von No. 1 an *Sie* gab ich blos einer kleinen Eitelkeit nach, weil ich auf die Wendung »Die drei Rächer seiner Ehre« stolz bin.

In vorzüglicher Ergebenheit und mit dem Zurufe »take it easy«, wie immer Ihr

Th. Fontane.

78. An Gustav Karpeles

Berlin 3. Juni 80.
Potsd: Str. 134.c.

Hochgeehrter Herr Doktor.

»Ellernklipp« liegt in verschiedenen Kapiteln links und rechts auf meinem Tisch; ich bin sehr fleißig dabei, komme aber nur langsam von der Stelle, da sich das Theater in Gastspielen überschlägt. Andre Störungen fahren auch dazwischen, Einladungen auf Güter und Schlösser, die ich acceptiren muß und auch *gern* acceptire, da der Besuch mir jedesmal reiche Ausbeute verspricht. So werd ich in spätestens 14 Tagen bis an die Nordspitze von Ostfriesland (dicht bei Norderney) kommen und dann die Gelegenheit benutzen, das etwa nur noch 20 Meilen entfernte Amsterdam etc. zu besuchen. Ein lang von mir gehegter Wunsch! Ich bin dann aber entschlossen bei meiner Rückkehr bestens nach zu exerciren *und nicht eher in den Harz zu gehn, als bis ich die Novelle an Sie abgeliefert habe.*

Im Harz will ich dann die Novelle *»Eleonore«* schreiben, die ich Ihnen früher einmal in lapidarer Charakteristik als *Adelheid*-Novelle vorgestellt habe. Ich lasse sie, zu leidlicher Cachirung, in *Hannover* spielen, das ich dann auch auf meiner Reise nach Ostfriesland besuchen und um seinen »Lokalton« nach Möglichkeit befragen will.

Ich proponire Ihnen dann diese Novelle nochmals in aller Form und Feierlichkeit, aber nicht eher als bis »Ellernklipp« in Ihren Händen ist.

In vorzügl Ergebenheit

Th. Fontane

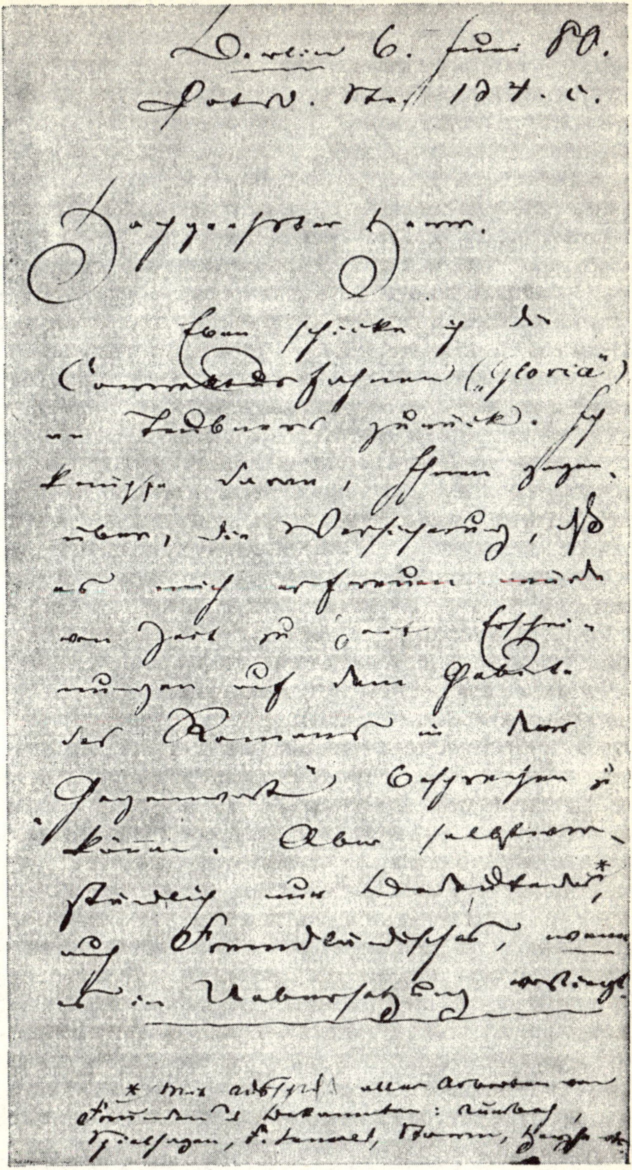

Berlin 6. Juni 80.
Potsd. Str. 134. c.

Hochgeehrter Herr.

Ich schicke Ihnen die Correcturbogen („Gloria") mit Dank zurück. Ich begrüße darin, Ihnen gegenüber, die Versicherung, daß es mich erfreuen würde von Zeit zu Zeit Erscheinungen aus dem Gebiet des Romans in der Gegenwart besprechen zu können. Aber selbstverständlich nur Deutsches*, auch Fremdländisches, wenn es in Uebersetzung vorliegt.

* Mit Ausschluß aller Arbeiten von Freunden und Bekannten: Auerbach, Spielhagen, P. Lindau, Storm, Heyse etc.

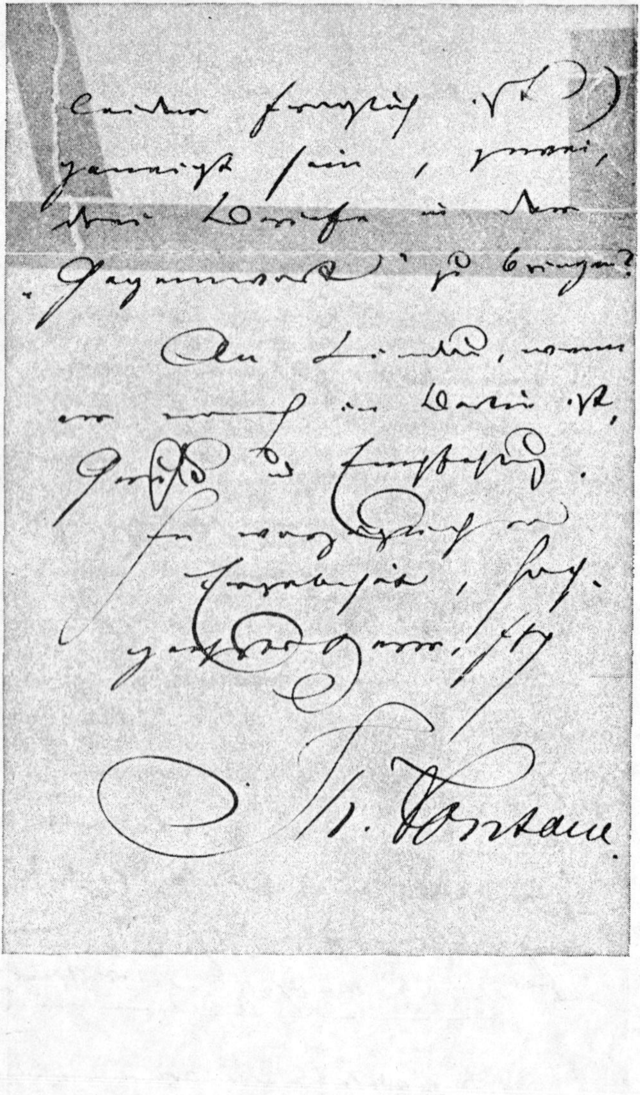

[illegible]

„Gegenwart" zu bringen?

An Lindau, wenn er noch in Berlin ist, Gruß und Empfehlung.

In vorzüglicher Hochachtung, Ihr ergebenster

Th. Fontane.

An Julius Grosser, 6. Juni 1880 (vgl. Nr. 80, S. 85), 1. und letzte Seite.

79. An Hermann Grimm

Hochgeehrter Herr Professor,

Es fehlt mir gänzlich der sechste preußische Sinn, *der* für Rangverhältnisse und »Immer mit dabei sein«, und so nahm ich die kleine Störung der gestrigen großen Feier von Anfang an als keine persönliche, sondern ausschließlich als eine Lindau-Frage. Freilich auch als eine Prinzipienfrage. Durfte neben Rodenberg, Kletke, Frenzel, der Herausgeber von »Gegenwart« und »Nord und Süd« übergangen werden? Ich habe mir diese Frage *nicht* im Sinne des Comités beantworten können und zog es deshalb vor, dem gestern früh, in zwölfter Stunde noch gefaßten kollegialischen Beschlusse treu zu bleiben.

Ihnen, hochgeehrter Herr Professor, für Ihren Besuch und Ihre freundlichen Zeilen aufrichtig dankend, in vorzüglicher Ergebenheit

Th. F.

Berlin, 3. Juni 80.

80. An Julius Grosser

Berlin 6. Juni 80.
Potsd. Str. 134.c.

Hochgeehrter Herr.

Eben schicke ich die Correkturfahnen (»Gloria«) an Teubners zurück. Ich knüpfe daran, Ihnen gegenüber, die Versicherung, daß es mich erfreuen würde von Zeit zu Zeit Erscheinungen auf dem Gebiete des Romans in der »Gegenwart« besprechen zu können. Aber selbstverständlich nur Bedeutendes*, auch Fremdländisches, *wenn* es *in Uebersetzung vorliegt.* Denn Bücherlesen in fremden Sprachen, selbst wenn ich die Sprache (wie das Englische) leidlich gut spreche, ist mir zu mühsam.

Unmittelbar nach Schluß des Theaters will ich nach Ostfriesland und von dort nach Amsterdam reisen. Würden Sie, wenn ich zum Schreiben käme (was leider fraglich ist) geneigt sein, zwei, drei Briefe in der »Gegenwart« zu bringen?

* Mit Ausschluß aller Arbeiten von Freunden und Bekannten: Auerbach, Spielhagen, F. Lewald, Storm, Heyse etc.

An Lindau, wenn er noch in Berlin ist, Gruß und Empfehlung.

In vorzüglicher Ergebenheit, hochgeehrter Herr, Ihr

Th. Fontane.

81. An Philipp zu Eulenburg

Berlin, d. 9. Juni 1880.
Potsdamer Straße 134 c.

Hochgeehrter Herr Graf.

Es war kein Theater, und ich bin um den Graus gekommen, sich Odoardos Dolch in Emilias Brust senken zu sehn. Fräulein Swoboda ist in zwölfter Stunde noch wegen Kontraktbruchs von Prag aus an ihrem Auftreten verhindert worden.

Mir kam dieser Zwischenfall sehr erwünscht, und nachdem ich zwei Stunden lang dem eben aus Paris zurückgekehrten L. P. über die Neuigkeiten des diesjährigen »Salon« gelauscht hatte, machte ich mich an die Arbeit, um gleich alle Liebenbergiana aufzuzeichnen. Wirklich zu zeichnen, erst Haus und Innenpark, dann Außenpark, dann Grundriß des alten Hauses, dann den des Anbaus. Ich glaube, daß nichts fehlt und alles richtig ist. Nur mit der Zimmerverteilung des alten Hauses bin ich nicht recht in Ordnung gekommen. Es verlohnt sich aber nicht, Sie damit zu inkommodiren, da wohl einige Details in den Zimmern (Bilder, Erinnerungsstücke, Kuriositäten usw.) in Betracht kommen, aber nicht die Lage der Zimmer selbst.

Auch den Erzählungsstoff selbst habe ich gleich geordnet und glaube, daß mir unter Heranziehung des Artikels im Wagenerschen Lexikon wie unter gleichzeitiger Benutzung von Mülverstedt und Berghaus, nichts Wesentliches für meine Arbeit fehlen wird. Ich hatte, so lang ich bei Ihnen war, den entgegengesetzten Eindruck. Als ich aber das in vierundzwanzig Stunden Erlebte und Gesehene durchging, fand ich mich viel besser darin zurecht, als ich erwartet hatte.

Ich erlaube mir, einen Fragebogen beizuschließen. Die Beantwortung, was mir ein Trost ist, wird Ihnen wenig Mühe machen. Es ist sehr wahrscheinlich, daß ich meine Mußezeit im Harz benutze, den Aufsatz zu schreiben. Kurz wird er nicht; ich denke sechzehn bis zwanzig Seiten. – Mit der Bitte, Ihrem hochverehrten Elternpaar meinen Dank für die verlebten anregenden und lehrreichen Stunden wiederholen, zugleich aber dem ganzen Hause wie auch dem Grafen Moltke mich angelegentlichst empfehlen zu wollen, hochgeehrter Herr Graf, Ihr ganz ergebenster

Th. Fontane.

82. An Martha Fontane

Berlin 25. Juni 80. Potsd. Str. 134. c.

Meine liebe Mete.

Wie ein Rabenvater komm ich mir vor, daß ich in 5 Wochen keinen einzigen Brief an Dich geschrieben habe! Aber das ›Geschäft‹ geht stärker denn je, und ich bin, gegen meine Gewohnheit, Abends oft recht angegriffen, weil mich Schwüle, Fliegen und vielleicht auch der schon überhitzte Kopf um meinen Nachmittagsschlaf bringen. Und der unausgeschlafene Mensch ist eine Null, oder wenn der Mensch überhaupt eine Null ist, die Null einer Null.

Im Hause treibt das Noth-Floß unsres Lebens ruhig weiter und unsre vier Wände haben einen richtigen Spree-Ufer-Charakter, ganz wie es sich für den großen ›Wanderer‹ ziemt. Sand, Torf, Kusseln, und mal ein sinternder Hoffnungsbach und noch öfter Raupenfraß in der Haide. Man gewöhnt sich auch an *das* und findet es schließlich nicht schlimmer als andres. Und wirklich, die Dinge machen es nicht, sondern unsre Stellung dazu.

Von unsren kleinen gesellschaftlichen Erlebnissen wird Dir Mama geschrieben haben. Bei Bleibtreus war es wie immer. Es giebt Gesellschaften, die wie das ›kranke Pferd‹ wirken, das vor 30 Jahren und länger, in meines Papas Aptheken-Stube [!] hing. Alles Ungehörige, um nicht zu sagen Unausstehliche, findet sich da concentrirt zusammen, als ob das ›kranke Pferd‹ ad oculos demonstrirt werden sollte. Zum Glück war der Maler Gesellschapp da, eine liebenswürdige Künstlernatur. Das Einzige, was ich an ihm auszusetzen fand, war, daß er 70,000 Thlr für Ausmalung der Kuppel in der Ruhmeshalle bekommen soll. Dies hören und *nicht* neidisch werden, geht über die menschliche Kraft. Uebrigens stammt die Zahlenangabe aus dem Heyden'schen Hause, woraus ich schließe, daß es wohl nur Mark sein werden.

Am Tage nach Bleibtreu – klingt fast wie am Tage nach Hochkirch oder Kolin – lernt' ich Frau Prof. v. Treitschke kennen, die mir sehr gefallen hat; eine feine, kluge, liebenswürdige Frau.

Ein paarmal war Onkel Scherz bei uns, der jetzt immer, wie es ein richtiger Onkel soll, mit einer Baiser- oder Windbeutel-Tüte kommt. Er war lieb und freundlich wie immer und behandelte mich besonders gut, weil ihm der alte Graf Eulenburg inzwischen gesagt hatte: ›er habe 2 Tage lang des ›Vorzugs‹ genossen, mich in Liebenberg als Gast zu sehn.‹ An welchen Dingen doch unsre Schätzung in den Augen selbst lieber und wohlwollender Menschen hängt!

Warst Du bei Frau v. Ebersten? Wo nicht, so mache den Besuch ja bald.

Letzten Sonntag war Tante Pine hier und sprach von der hohen Achtung in der ihr Seliger in Amerika gestanden habe, was ein bedenkliches Licht auf die Moral oder den Intellekt der Amerikaner oder aber ein glänzendes Licht auf die schauspielerischen Leistungen des Verstorbenen wirft. Und dabei war er ein Eisenbahn-Kassenbeamter! Ich denk ihn mir nicht anders als wie mit Sandrax und einem Radirmesser.

In denselben Stunden wo Pines Seele schmetterlinghaft im verklärten Blau schwebte, war ich bei Hauptmann Walleiser im Invalidenhause. Ich blieb über 3 Stunden und hatte nur angenehme Eindrücke. Sein Schicksal, sein Charakter, seine Bildungs- und Umgangsformen, – alles fesselte mich. Er scheint einer künstlerisch und literarisch dilettirenden Familie anzugehören, was immer ein Vorzug und eine Empfehlung ist. Solche Carrikaturen wie Frau Gräfin Bredow-Goerne (die mich vor 14 Tagen ganz naiv nach Goerne hin eingeladen hat) giebt es doch nur wenige. Und in der Regel geht dieser künstlerische Hang und Drang mit Wohlwollen, Rücksicht und helleren Herzenseigenschaften Hand in Hand. Ich glaube, daß Du es gut getroffen hast. Innerhalb der nächsten Wochen wird Frau v. Mandel noch mal nach Berlin kommen und ich werde dann ihre Bekanntschaft machen. Hptm. Walleiser erzählte mir übrigens viel von meinem alten Kreuzzeitungs-Collegen Goedsche (Sir John Redcliffe; er nannt' ihn immer – aber das bleibt unter uns – Redwitz) in dessen Kurhaus zu Warmbrunn er Jahr und Tag gelebt hat. G. ist ganz arm gestorben. Eine ganz anständige Sägemühle hat ihn um *das* wieder gebracht, was er in seinem literarischen Schnapsladen erschwindelt hatte. Sein Literaturbetrieb war eine Art Bauernfängerei. Denn er war gerade gescheidt genug, um zu wissen, *wie* schlecht und gemein seine Thätigkeit war.

Abends lese ich Kammerberichte und denke dann an Witte-Rostock. Nie hab ich so sehr die Wahrnehmung gemacht, daß viel Lesen dumm macht. Als ich anfing, hatt' ich eine ohngefähre Vorstellung von der Sache; jetzt empfind ich deutlich, daß alles Schwindel und unehrliches Spiel ist, unehrlich von beiden Seiten. Denn die süßen Redensarten des immer edlen, immer gerechten preußischen Staats, der kein Wasser trüben kann, kenn' ich nach gerade auch. Er hat sich 'rauf intriguirt und wird auch wohl dabei bleiben. List und Gewalt. – Mama wollte mir heut aus dem Juliheft von Nord und Süd ›Die Eselin‹ von Paus Heyse vorlesen, ist aber nicht dazu gekommen. Ihrer Meinung nach wär' ich in der glücklichen Lage, wenigstens nicht als Esel daneben zu stehn. Nous verrons.

Gruß und Empfehlung allen theuren Witte's. Dir einen herzlichen Kuß von Deinem alten

Papa.

83. An Emilie Fontane

Emden 18. Juli 80. Ewerts Hôtel.

Meine liebe Frau.

Ein halbes Dutzend rothbraune Giebel, mit einer Thurmspitze dazwischen, kucken mir über einen Hof weg, gegen den unser früherer in der Königgrätzer Straße den Charakter einer Riesen-Arena hat, ins Fenster, und hieran, wie in vielem andren, merkt man die Nähe Hollands. Beständig treten mir die Andreas Achenbachschen Ostende-Bilder vor die Seele. Meinen Thee gestern Abend erhielt ich auf einem porzellanenen Untersatz, darin ein Oellämpchen von der Größe eines Nachtlichts brannte. Es stank entsetzlich; ich blies es aus und stellte es in's offne Fenster, um es verduften zu lassen. Aber in dem zuglosen Hofe stand die Luft und so mußt' ich persönlich damit fertig werden.

Um 7³/₄ wollt' ich gestern aus Bremen fort, aber im letzten Moment hieß es: ›die Maschine leckt‹ so daß erst eine neue Maschine geheizt werden mußte. Dies dauerte fast eine Stunde, so daß es ein Wunder ist, daß wir den Anschluß an einen andern Zug nicht versäumten und immer noch einigermaßen rechtzeitig hier eintrafen. Gerad um Mitternacht. ›In einer so

›kleinen Stadt‹ wie Bremen‹ bemerkte ein mitreisender Bremenser spöttisch ›darf dergleichen vorkommen‹. Bremen hat beiläufig über 100 000 Einwohner. Dabei sei bemerkt, daß ich mich doch mehr und mehr zum Preußen- und Berlinerthum zu bekehren anfange. Freilich spät, aber besser spät als gar nicht. Das *alte* Berlin und das *alte* Preußen war allerdings etwas Entsetzliches und wo sein Pferdefuß (Schweine-Klaue wäre richtiger) zum Vorschein kommt, find' ich es noch furchtbar. Aber seit 40, seit 48 und namentlich seit 70 ist alles anders geworden und wir haben nun selbst *die* Gegenden in Deutschland weit überflügelt, die früher Vorbilder für uns sein konnten. Dresden wirkt jetzt wie ein pauvres, zurückgebliebenes Nest. Hamburg ist uns an Gewaschenheit und Sauberkeit immer noch voraus, aber dafür fehlt doch vieles vieles andre. Wasser allein thut es nicht.

Als ich gestern Mittag meine Briefe (einen auch nach Lützburg hin) zur Post gegeben hatte, besuchte ich Börse, Rathhaus, Rathhauskeller. Es war mir alles sehr interessant. Die Börse, erst 12 oder 14 Jahr alt, ist sehr schön und gefällt mir besser als Hitzigs in Berlin, die, glaub ich, überhaupt nicht zu seinen Glanzleistungen gehört. Der große Rathhaussaal voller Bilder, Holzschnitzereien und Schiffsmodelle, fesselte mich über eine Stunde. Ein Rathhausdiener machte den Cicerone: ›diese Stühle sind aus dem Jahre 1761, diese Uhr ist beinah 500 Jahr alt, diese Kaiserbilder sind aus dem Jahre 1524.‹ Ich sagte ihm: ›die Stühle sind aus dem Jahre 1810, die Uhr ist höchstens 250 Jahr alt und die Kaiserbilder sind nicht von 1524 sondern von 1824.‹ Es ist unglaublich, was einem in Schlössern und Kirchen und Rathhäusern alles vorgequatscht wird. Du wirst natürlich auf die Seite des Rathhausdieners treten. Und warum nicht? ›Warum soll es nicht die Königin Lowise sind?‹ Es war aber *doch* Napoleon.

Im Rathhauskeller hatt' ich nur ein mäßiges Vergnügen und nur der Wein, den ich trank, war sehr schön, sowohl der junge, wie der alte. Dabei beides sehr billig. Eine halbe Flasche Marcobrunner 15 Sgr ein Spottgeld für so guten Wein, und ein Glas 1727er Rüdesheimer nur 8 Sgr. Die meisten Menschen machen sich nichts aus so altem Wein, deshalb wird er zu so billigem Preise weggegeben. *Mir* schmeckte er ausgezeichnet und ich wünschte wohl ein ›Verehrer‹ (die ja zeitlebens so viel für mich gethan) schenkte mir 50 Flaschen davon. Ich aß einen halben Hummer, womit ich den ganzen Tag auskam. Danach ließ ich mich in den Kellern umherführen. Mir trat der Tag wieder vor die Seele, wo ich 1844 auf meiner ersten Londoner Spritzfahrt in den Docks-Kellern umhergeführt wurde. Sind 36 Jahre. Dazwischen liegt das Leben. Und doch kam ich mir nicht 'mal sehr verändert vor. Arm, unsicher und selbstbewußt, gerade wie damals. Und nun wird es auch wohl so bleiben. In dem einen Keller liegt in 12 Stückfässern der ›Apostelwein‹, jedes Faß hat einen Apostelnamen. Der ›Judaswein‹ ist natürlich der beste. – Morgen also fahre ich nach Norden und von da nach Lützburg. Ich schreibe erst wieder am Dinstag und Du wirst den Brief kaum vor Donnerstag empfangen.

Ergeh es Dir gut. Herzlichste Grüße Dir, George, allen, von Deinem

Th. Fontane.

84. An Emilie Fontane

Hannover. Montag d. 26. Juli 80. Karsten's Hôtel.

Meine liebe Frau.

Mitten in der Nacht (1½) bin ich gestern oder richtiger heute hier angekommen. Die Fahrt über Bremerhafen oder Wilhelmshafen, die ich gern gemacht hätte, verbot sich, weil gestern (Sonntag) nur *eine* Gelegenheit war, von Norderney fortzukommen: *die* per Dampfschiff über Emden. Ich war mit Norderney fertig, das mir übrigens schließlich in seiner großartigen Strandpromenade sehr gefallen hat. Ich hatte bis zu dem Momente, wo ich Dir die Bleistiftszeilen schrieb, nur die Stadt und ihre nächste Umgebung gesehn.

Also wieder über Emden. Die *See*fahrt (*hin* nach Norderney hatte ich den *Land*weg genommen, der dann blos zuletzt mit einer ›Ueberfahrt‹ über das Watt endigt) dauerte 4 Stunden und war sehr schön. Alles blieb leidlich gesund und nur eine einzige Dame, dicke Maschine, wurde seekrank. Und zwar in demselben Moment, wo das Schiff sich in Bewegung setzte. Sie litt unsagbar und war leidlich tapfer dabei. Wer so organisirt ist, muß zu Hause bleiben, was sie sich auch vornahm. Aber es ist damit wie mit den Entbindungen. Nächsten Sommer wird sie doch wohl wieder hingehn.

Auf der Fahrt von Emden nach Bremen, wohin ich auch

noch wieder kam, machte ich die Bekanntschaft eines Herrn v. Rauch, der, früher Offizier, wenn mich nicht alles täuscht, unter die Maler gegangen ist und in Düsseldorf am Verfall deutscher Kunst mitarbeitet.

Hannover macht einen vornehmen Eindruck, aber doch sonderbar; in mancher Beziehung wie München: groß, weit, leer, forcirte Gothik (die mir doch nicht recht scheinen will) überhaupt etwas 'rauf Gepufftes, wie jemand der sich über seine Kräfte anstrengt und dem die Puste ausgeht.

Die Nacht verbrachte ich anfangs sehr trübselig. Es herrschte in meinem Zimmer ein penetrant ammoniakalischer Geruch, vor dem ich nicht einschlafen konnte und wenn ich schlief, gleich wieder aufwachte. Endlich entdeckt ichs; es war vergessen worden ›auszugießen‹, dem Bodensatze nach zu schließen, wohl seit 3 Tagen schon. Que faire? Ich schritt zu einem Verdünnungsprozeß. Aber es wurde nur schlimmer: ›do'nt touch it‹ ist die Devise solcher Beau-reste. So mußt' ich denn auf irgend eine Weise *das* ausführen, was das Dienstmädchen vergessen hatte, und geräuschlos Fenster und Jalousieen öffnend und den Vorbeimarsch einer Patrouille abwartend, schoß ich alles in goldenem Bogen (der Mond schien) bis mitten auf den Damm. Nachspülen; denn ich traute dem Frieden nicht und noch weniger dem Bodensatz, und nun wusch ich mich und legte mich beruhigt nieder. Das war meine ›entrée joyeuse‹ in die Welfen-Hauptstadt, von der ich mir ›als Christ, als König und als Welf‹ einen reinlichen poetischen Eindruck versprochen hatte. Das alte Lied. Zärtliche Brautpaare haben an ihrem Hochzeitstage, trotzdem Schiller sagt: ›Und der Brautnacht hohe Freuden, die die Götter selbst beneiden‹ in der Regel einen kolossalen Schnupfen. In den schwereren Fällen Kolik. – Lebt wohl. Morgen, bald nach 3, will ich hier fort und denke etwa 8 Uhr Abends auf dem Lehrter Bahnhof in Berlin einzutreffen. Braunschweig schenk' ich mir. Auf ein frohes Wiedersehn.

Wie immer Dein

Th. F.

85. *An Hans Hertz*

Berlin 30. Juli 80.
Potsd. Str. 134.c.

Sehr geehrter Herr Hertz.

Anbei mit bestem Danke das eine Contrakt-Exemplar zurück. Ich freue mich im voraus nicht blos des Erscheinens, sondern auch der hübschen Ausstattung. Empfehlen Sie mich aufs beste dem Papa; von Wernigerode aus schreib' ich ausführlich an ihn. Ich breche heut oder morgen auf, geh aber erst noch nach Loewenberg und Hoppenrade, um den Stoff zu vervollständigen, den ich mir in den letzten Wochen aus Ostfriesland geholt habe. In vorzüglicher

Ergebenheit

Th. Fontane.

86. *An Karl Bleibtreu*

Berlin 4. August 80.
Potsd. Str. 134.c.

Sehr geehrter Herr und Freund.

Willkommen wieder daheim! Auch der Engländer, wie so vieles andre, kann nur in kl. Dosen genossen werden; was sie leisten, ist groß, was sie sind, ist unerquicklich und bedrücklich. Und dabei roh und verrannt, wenigstens oft, allem Messer- und Gabel-Cultus zum Trotz. Der Deutsche ist freilich auch ein gemeines Biest, aber »in the long run« ist er doch der beste. Er weiß wenigstens was und ist in der Regel natürlich und ungeziert. Die andren spielen immer Komödie, die Franzosen die Helden- und die Engländer die Tugend-Komödie. Und eines ist so lächerlich und widerlich wie das andre.

Ihren Aufsatz über die Byron-Ausstellung habe ich mit wirklichem Behagen gelesen. Jeder Satz ist interessant; daß Sie, wie auch in Ihrem Byron-Buch, beständig zu viel sagen, ist ein Vorwurf, den Sie sich gefallen lassen können. Andre sagen beständig zu wenig, weil sie weder was wissen, noch eigene Gedanken haben.

Der kurze Aufsatz über Lindau ist sehr geschickt und eher amüsant, ein Anerkenntniß, das ich aussprechen muß, trotzdem ich eigentlich auf dem Standpunkt der in dem Aufsatz citirten Dame stehe.

Mit besten Wünschen für Ihr Wohl und unter herzlichen Empfehlungen an das ganze Haus Bleibtreu,
Ihr

Th. Fontane.

87. An Martha Fontane

Berlin 4. August 80. Potsdammer Straße 134.c.

Meine liebe Mete.

Ich will doch nicht von hier fort, ohne Dir zuvor als 60jähriger Turner und Springer ein ›Gut Heil‹ zugerufen zu haben. Ich glaube, daß Du's gut getroffen hast; einige short-comings und draw-backs fehlen *nie.* Es giebt kein unbedingtes und ungetrübtes Glück, das länger als 5 Minuten dauert. Das Tollste sind Flitterwochen in einem englischen Seebade. *So* langweilig, daß Zankscenen eine Erlösung werden.

Einen Punkt will ich hier eigens noch berühren. Wer dient, muß gehorchen und schweigen können. Das ist nicht blos militairisch, das ist überhaupt gültig in der ganzen Welt. Als ich noch auf der Kreuz-Ztng war sah ich dem seligen Beutner (aber er lebt noch) an, daß ihm Widerspruch verhaßt war; von dem Augenblick an widersprach ich nicht mehr. Es ist mir auch nicht sauer geworden. Also gehorchen und schweigen. Aber ich brauche Dir wohl nicht erst zu sagen, daß dies nichts zu schaffen hat mit timider, sklavisch-unwürdiger Unterordnung. In entscheidenden Momenten, wo das Beste, was man hat, auf dem Spiele steht, muß man sprechen, ordentlich, fest, bestimmt, muthig. Aber die Lebenskunst besteht darin, sein Pulver nicht unnütz und nicht in jedem Augenblick zu verschießen.

Laß keine Briefe umherliegen, weder solche die Du schreibst, noch solche die Du empfängst. Solche, die einem irgendwie Verlegenheiten schaffen können, muß man gleich verbrennen oder in kleine Stücke zerreißen. Faß' alles ernst und freudig und mit ganzem Herzen an, bringe, so lang es geht, Dingen u. Personen Liebe entgegen, das erwirbt einem auch Liebe und wenn dies ausnahmsweise mißglückt, so hat man doch die Ruhe des Gemüths, die des Lebens Bestes ist. Und nun lebe wohl und ergeh es Dir gut und beherzige was Annemarie, der ahnungsvolle Engel, ihrer Freundin ins Stammbuch schrieb.
Wie immer Dein alter

Papa.

88. An Emilie Fontane

Wernigerode 8. Aug. 80.

Ich schreibe nur, um Dir Marthas Brief zu schicken, den ich gestern erhielt und der mich erfreute. Vielleicht daß Du ihn tadelnswerth findest. Gott, was ist nicht alles tadelnswerth! Aus Deinen vor zwei Stunden erhaltenen Zeilen einen schönen Seelenglanz empfangen zu haben, kann ich nicht sagen; Du hast ganz recht, die Menschen sind verschieden, auch wir, und es fragt sich schließlich blos, wer durch seine Lebens- und Anschauungsweise der Welt mehr Freude gemacht hat. Ich kann die Antwort darauf ruhig abwarten. Im Uebrigen werd' ich, wenn ich allein bleibe, am 26. d. M., also nach Ablauf von gerade 6 Wochen, von denen ich nur vier oder fünf Tage in Berlin war, trotz dreifacher Reisen, theurer Hôtels und hoher Trinkgelder, nur ein ganz Geringes über 100 Thlr ausgegeben haben, was mir ein *anständiger* Mensch erst nachmachen soll und seinen alleinigen Grund in meiner Anspruchslosigkeit und Bedürfnißlosigkeit hat. Jedenfalls ein Resultat, das mich vor Weisheits-Auseinandersetzungen, auch wenn sie noch so billig sind, schützen sollte. Du glaubst so praktisch zu sein; ich bin auch praktisch, sogar sehr, aber auf meine Weise. Wenn ich von morgen ab den Pfennigfuchser oder auch nur den ängstlichen Berechner spielen wollte, wär ich sehr unpraktisch. *Der* ist praktisch, der das *ihm* Passende thut und erreicht. Ich lebe hier still weg; an die Correktur geh ich erst, wenn ich von Karpeles einen zusagenden Brief habe. Schreibt er ›nein‹, was ich für sehr gut möglich halte, so mag die Novelle lagern. Es wird sich schließlich schon wer finden. Ueber Schottländer, der mir ein trauriges Subjekt scheint, will ich mir erst Sorge machen, wenn Herr v. Ostini mit ›ja‹ geantwortet hat, was wohl nicht geschehen wird. Ergeh es Dir gut; die Vordertreppe wird ja wohl mal wieder frei werden. Wie immer Dein

Th. F.

89. An Martha Fontane

Wernigerode 8. Aug. 80. Villa Kagelmann.

Meine liebe Mete.

Dein Brief, den ich eben an Mama schicke, hat mich sehr erfreut. Ist es so und bleibt es so, dann ist es ein Ideal und zählt mehr zu dem Beglückenden als zu dem Bedrückenden des Lebens. In einem schönen Sinne dienen, d. h. also Pflichten übernehmen und erfüllen und dabei der Anerkennung aller Nächstbetheiligten sicher sein, ist etwas Hocherfreuliches und diese Freude, denk ich, soll Dir zu Theil werden. Sei nur ja auf Deiner Hut; bald gewöhnt man sich an das Gute, nimmt es als selbstverständlich hin und hat eine Neigung *das* zu betonen was fehlt. Es gehört zu den ersten Regeln der Lebensklugheit, über dies Fehlende, wenn es nicht schwerer wiegt als das Gute was da ist, hinweg sehn zu lernen.

Ich lebe hier still und einsam und langweilig und glücklich. Es wäre das Glück noch größer, wenn mich nicht der Novellen-Schacher und die kleine, kümmerliche Rolle, die man dabei spielt, beständig ärgerte. Vielleicht aber hab ich Unrecht und vergesse zu sehr, daß ein Leben ohne solche Kriegführung, ohne solchen Kampf widerstreitender Interessen gar nicht möglich ist. Andrerseits ist mir *so* viel gewiß, daß ich durch meine persönliche Haltung einen Anspruch darauf hätte, gleichsam als Ausnahmefall, dieser Häßlichkeiten und Unwürdigkeiten überhoben zu sein.

Unter mir, in der Parterre-Wohnung, wohnt ein Reichsgerichtsrath v. *Graevenitz,* alter liebenswürdiger Herr mit Frau und Tochter, der, zu seinem humoristischen Entsetzen, gestern als Kreisgerichtsrath im Blättchen stand. ›Drei Stufen niedriger‹ rief er seufzend. Seine Tochter ist mit einer Alice v. Mandel befreundet, die, wenn ich recht gehört habe, mit einem Staatsanwalt Braunschweig in Konitz verheirathet ist. Die Welt ist so klein! Höchst wahrscheinlich doch eine nahe Verwandte des Mandelschen Hauses. Ergeh es Dir ferner gut und behalte die rechte Freudigkeit. Wie immer Dein alter

Papa.

Anna Witte's Brief war klug, gütig, herzlich, wie alles was von ihr kommt, wenigstens wie alles was *wir* (speziell Du) von ihr erfahren. Aber der Brief ist mir nicht als etwas Besondres aufgefallen. Eine besondre große Liebenswürdigkeit war nur *das,* daß der Brief Dich gleich bei Deiner Ankunft begrüßte.

Th. F.

In Deinem letzten Briefe hat mich sehr Herr v. Mandels Aeußerung interessirt: ›daß der preuß. Staat durch sein alles

Wichtignehmen groß geworden sei.‹ Dies unterschreib ich de tout mon coeur, und der historische Sinn, den ich habe, läßt mich mit Achtung von dieser Seite unsres Staats- und Volkslebens sprechen, so weit all *das der Vergangenheit angehört*. Es war hier, auf dem Terrain zwischen Oder und Elbe wenig oder nichts gegeben und die beiden organisatorischen Genies Fr. W. I. und Fr. II. schufen durch künstliche Werthe wirkliche Werthe, wie finanzielle Genies immer verstanden haben aus Papierwerthen Goldwerthe zu machen. Beide genannte Könige nahmen einen ganz gewöhnlichen oft einen ruppigen Kerl und sagten: Du bist nun Rendant oder Steuer-Inspektor oder Postmeister oder auch Gesandter. Alle vier, in den weitaus meisten Fällen, *blieben* ruppige, rohe, selbstsüchtige Subjekte, der Rang aber der ihnen verliehen worden war, die bevorzugte Stellung deren sie sich erfreuten, die pekuniären Vortheile die ihnen zuflossen, gaben ihnen ein starkes Standes- und zuletzt auch ein persönliches Selbstgefühl, das in der 2. und 3. Generation segensreiche Frucht trug. Es war also inzwischen nicht blos ein Staatswesen, sondern, was ich höher veranschlage, eine Gruppe kluger, rechtschaffener und selbst edeldenkender Familien geboren worden. Alles blos aus dem ›Wichtig-nehmen‹, aus dem unausgesetzt genährten Gefühl heraus, ein K. Postsekretär, ein K. Wegebaumeister, ein K. Kanzleirath etc. seien höchst wichtige Personen.

Aber alles hat seine Zeit. So lang es galt aus einem furchtbaren Rohmaterial erst ein brauchbares Staats- und in weiterer Entwicklung auch ein einigermaßen genießbares Menschenmaterial herzustellen, war dieser Prozeß des ›Wichtignehmens‹ nicht blos selber wichtig sondern auch überaus erfreulich und beinah *schön*.

Nun aber sind wir aus dem Gröbsten heraus und es muß nun mit dem Scheinwesen ein Ende haben. Ein Lieutenant darf eben nur ein Lieutenant sein und muß darauf verzichten, selbst wenn er bei Zieten-Husaren steht oder gar wohl einen großen Todtenkopf an der Pelzmütze trägt, ein Halbgott oder überhaupt irgend was Exceptionelles sein zu wollen. Aber wir arbeiten immer noch mit *falschen Werthen* und stecken immer noch im ›Wichtig-nehmen‹ drin, wo längst schon nichts mehr wichtig zu nehmen ist. Wir müssen jetzt anfangen mit *wirklichen* Größen zu rechnen und die Dinge zu nehmen als das was sie *sind*, nicht als das was sie *scheinen*. Kraft und Vermögen, sie mögen nach einer Seite hin liegen, wohin sie wollen, sind immer eine *wirkliche* Macht, Titulaturen, Orden und andre Wichtigthuns-Attribute sind aber Alfanzereien, gehören der *Vergangenheit* an und haben mit Freiheit und Gesittung nichts zu schaffen. Wie immer Dein alter

Papa.

(Du mußt selbst beurtheilen, ob Du Herrn v. M. dies alles vorlesen darfst oder nicht.

Th. F.)

90. An Wilhelm Hertz

Wernigerode 9. Aug. 80.
Villa Kagelmann.

Sehr geehrter Herr Hertz.

Würde hier nicht ewig, als ob das Leben eine Kirmes wäre, gepaukt und klarinettirt, so könnt' ich anfangen »von diesem stillen Platze aus«; aber es verbietet sich, und so schreib ich denn blos von Wernigerode aus »500 Fuß überm Meeresspiegel.« Alles andre, wenigstens so weit Comfort mitspricht, ist »unterm«.

Ihr Herr Sohn wird Ihnen vielleicht schon Andeutungen gemacht haben, warum ich mich, aller Pflicht und Schicklichkeit zum Trotz, durch so viele Monate hin nicht habe sehen lassen. Ich war grenzenlos verstimmt und in dieser Verstimmung geradezu menschenscheu. Dazu halb im Widerspruch damit die kindische Schwachheit alles immer sagen zu wollen und doch wieder das Einsehen, daß dies das Dümmste von allem ist. Da wird man denn ein Einsiedler und führt im Stillen seine tapfren und weltrichtenden Gespräche. Dies Geständniß war ich Ihnen und mir schuldig. Und nun nichts mehr davon. Es ist zwar in diesen letzten Wochen alles nicht viel besser geworden und wenn der Laubfrosch eine Viertelstunde lang mal oben sitzt, so verkriecht er sich in der nächsten Minute desto sichrer, aber es ist der alte Segen des Herauskommens und des Athmens in frischer Luft, daß dies Athmen in der Regel auch zu einem Aufathmen wird. Es ändert sich nichts, aber die Gläser durch die man die Dinge sieht, werden rosiger oder verlieren wenigstens von ihrem Grau. Heute Nachmittag im »Mühlenthal« wo ich meinen Kaffee zu trinken und alte Zeitungsbeilagen zu lesen pflege, fand ich auch ein Heft von Hallberger's »Illustrirter Romanzeitung«, ich glaube à Heft 10 *Pfennig*. Aber Du himmlischer Vater, es ist immer noch zu theuer. Wie kann ein vielfacher Millionair so was herausgeben! In Berlin würd' ich daraus den Welt-Untergang construiren, hier construir' ich noch nicht einmal den Untergang moderner deutscher Literatur. Etwas Gutes wird immer noch geboren, und vielleicht war es nie viel besser. Denn wir nehmen unsren Klassikern gegenüber eine höchst befangene Stellung ein, wenn auch nur darin, daß wir auch aus dem Langweiligen und Mittelmäßigen durchaus etwas machen wollen und literarisch (um mit dem Abgeordneten *Bruel* zu sprechen) ebenso gut »Idolatrie« treiben, wie politisch. Uebrigens bin ich, beiläufig bemerkt, in Bezug auf unsre Dynastie ganz seiner Meinung. Aber man darf das in unsrem »freien Lande«, wo man bei dem Worte Katholizismus eine Gänsehaut kriegt, nicht sagen, wie so vieles andre nicht.

Soll mit dem Druck von »Grete Minde« begonnen werden? Mir ist jeder Tag recht, aber vielleicht läßt sich's auch noch 14 Tage hinausschieben, dann bin ich wieder in Berlin. – Mit aufrichtigsten Wünschen für Ihr Wohl, wie immer Ihr

Th. Fontane.

91. An Emil Dominik

Hochgeehrter Herr und Freund.

Hätten Sie wohl die Güte, der nachstehenden ergebensten Anfrage, die sich, ohne der Mildthätigkeit Schranken zu setzen, vor allem an die Genealogen des *Hauses Bredow* richtet, einen Platz zu gönnen?

Herrschaft Löwenberg
ehemalig Bredowscher Besitz.

In der Mitte des vorigen Jahrhunderts besaßen zwei Brüder Bredow und zwar Johann *Friedrich* oder nach einer andern Kirchenbuch-Angabe Johann *Heinrich* von Bredow und *Carl Samuel Ludwig* von Bredow die aus den Gütern Löwenberg, Hoppenrode [!], Teschendorf, Grüneberg, Kerkow, Neuendorf und Schleuen bestehende Löwenberger Herrschaft. Die genannten Brüder waren Söhne des Domprobstes Johann Heinrich von Bredow und starben 1782 bez. 1788 beide kinderlos.

Das große Bredow-Erbe kam im letztgenannten Jahre (1788) an eine Dame, die bis diesen Tag in der Löwenberger und Hoppenroder [!] Gegend unter dem Namen der »*Krauten*-Tochter« fortlebt. Ihre Eltern waren: Karl Friedrich *von Kraut*, Hofmarschall des Prinzen Heinrich, und Ilse Sophie von *Platen*.

Es liegt mir nun daran, festzustellen, auf welchen Verwandschaftsgrad hin die *Krauten*-Tochter (eigentlicher Name: Louise *Charlotte* Henriette von Kraut; dreimal verheiratet und zwar 1. an den englischen Gesandten Mr. Elliot, 2. an den Baron George von Knyphausen und 3. an den Rittmeister von Arnstedt) ich sage auf welchen Verwandtschaftsgrad hin diese Krauten-Tochter das große Löwenberger Bredow-Erbe antreten konnte.

Ihre Mutter war eine *Platen* – *keine* Bredow wie Thièbault irrthümlich angiebt – und so mein ich dann, daß die Mutter des Hofmarschalls, also des Karl Friedrich von Kraut, eine Bredow gewesen sein muß. Aber es fehlt mir hierüber die Gewißheit.

Es liegt mir nämlich hinsichtlich der Familie *Kraut* kein anderes zuverlässiges Material vor als das, was die Grabkapelle der Kraut's in der Berliner Nicolai-Kirche bietet, deren lateinischen Inschriften ich in vielleicht nicht ganz korrekter Uebersetzung der Titulaturen folgendes entnehme:

Christian Friedrich von Kraut, Geheimer Etats-Minister, geb. 14. Juli 1650, gest. 10. August 1714.

Johanna Concordia von Kraut, geborne von Drosten (Gemahlin des Etats-Minister) geb. 1679, gest. den 21. Oktober 1714.

Johann Andreas von Kraut, Geheimer Kriegs- und Domänen-Rath und Vice-Präsident der Kriegs- und Domänen-Kammer (Bruder des Etats-Ministers) geb. 17. Juli 1661, gest. den 24. Juni 1723.

Anna Ursula von Kraut, geborne Schindler (Gemahlin des Geheimen Kriegs- und Domänen-Raths) geb. den 27. November 1662, gest. den 7. Juli 1720.

Franz Andreas von Kraut, (Sohn des Geheimen Kriegs- und Domänen-Raths) geb. den 9. April 1686, gest. den 22. Mai 1716.

Auch hier also nirgends der Name *Bredow*; ich möchte jedoch vermuthen, daß der letztgenannte *Franz Andreas* von Kraut und wenn nicht dieser, so doch vielleicht ein Bruder desselben, an eine Bredow und zwar an eine Schwester des Domprobstes verheirathet war, aus welcher Ehe dann der vorgenannte Hofmarschall von Kraut, der Vater der »Krauten-Tochter« geboren wurde.

Ich würde sehr erfreut sein, durch Vermittlung des »Bär« über diesen für mich wichtigen Punkt aufgeklärt zu werden, übrigens nur in Aufsatz- und nicht in Erbschafts-Angelegenheiten.

Wie immer Ihr ergebenster

Th. Fontane.

Wernigerode, 13. August 1880.

92. An Gustav Karpeles

Wernigerode 18. Aug 80.
Villa Kagelmann.

Hochgeehrter Herr und Freund.

Eben als Ihre freundlichen Zeilen eintrafen, wollt' ich schreiben und mich entschuldigen, daß ich erst 10 bis 12 Tage später mit meiner Novelle vor Ihnen erscheinen kann. Es hapert mitunter mehr, als man, in Hoffnungsduselei, annehmen zu müssen glaubte. Volle acht Tage habe ich gebraucht, um das in Abschrift vor mir liegende erste Kapitel in Ordnung zu bringen. Und ein paar Stellen genügen mir auch *jetzt* noch nicht und müssen, nach erneuter Abschrift, wieder unter die Feile.

Nun müssen Sie aber nicht fürchten, daß das so weiter geht; das erste Kapitel ist immer die Hauptsache und in dem ersten Kapitel die erste Seite, beinah die erste Zeile. Die kleinen Pensionsmädchen haben gar so unrecht nicht, wenn sie bei Briefen oder Aufsätzen alle Heiligen anrufen: »wenn ich nur erst den Anfang hätte.« Bei richtigem Aufbau muß in der erste [!] Seite der Keim des Ganzen stecken. Daher diese Sorge, diese Pusselei. Das Folgende kann mir nicht gleiche Schwierigkeiten machen und so denk' ich, ich verspreche nicht zu viel, wenn ich sage: »ich werd es am 31. d.M. eingeschrieben zur Post geben.«

In Prag Ferien!

Ist das statthaft:

Nach dem, was mir noch vom »braunen Roß« und dem »goldenen Stern« in Erinnrung ist, würd' ich beide nicht zu den klimatischen Kurorten zählen; es ist in den Corridoren dieser alten Hôtels so 'was ammonikalisch-Hofbräu-artiges auf alle Ewigkeit hin zu Hause. Und man kann doch nicht immer in der Moldau liegen, auch wenn sie nicht, wenigstens um die Nepomukbrücke herum für meine sensitive Haut einen ewigen Schudderton hätte. Ich kann nirgends von historischen Reminiscenzen absehn und würde mich nie haben entschließen können, im Tower mein Beilager zu halten. Aber Pardon für das Geplapper.

Wie immer Ihr ergebenster

Th. Fontane

93. An Emilie Zöllner

Wernigerode. Am Geburtstage [20. August 1880].

Theuerste Freundin.

Meine Frau bleibt dabei, es hieße Pilgrams*hayn*, während ich gestern Pilgrams*dorf* geschrieben habe. Hat *sie* Recht, so kommt unser Brief schwerlich an und sollen diese Zeilen nur ›auf Ehre‹ versichern, daß er geschrieben wurde. Sicherheitshalber laß ich sie (diese Zeilen) den Weg über Berlin nehmen, denn ein Berliner Briefbote weiß alles und dirigirt alles richtig. In herzlicher Ergebenheit

Th. Fontane.

94. An Elise Weber geb. Fontane

Wernigerode 31. August 80.

Meine liebe Lise.

Emiliens Gratulationskarte wird Dir zugegangen sein; ich will aber doch auch meinerseits noch aussprechen, wie sehr ich mich des glücklich von Statten gegangenen Stapellaufs gefreut habe. Laß uns, sobald es Deine Kräfte erlauben, in einer Zeile wissen ›ob sich Mutter und Kind den Umständen nach wohlbefinden‹. Unter besten Grüßen an Weber, wie immer Dein

Theodor

95. An Gustav Karpeles

Wernigerode
9. Sept. 1880.
Villa Kagelmann

Hochgeehrter Herr und Freund.

Nun endlich!

Sie werden aus den Correkturen sehn, daß es noch eine heillose Arbeit war und daß ich es, trotz größten Fleißes, nicht schneller schaffen konnte. Mög es Ihnen und Ihren Lesern einigermaßen gefallen: *ich* habe das Meine gethan und kann nicht drüber hinaus. Womit unter Umständen freilich wenig gesagt ist.

Nach meiner Meinung erfolgt die Theilung am besten am Schluß des 10. Kapitels.

Paßt das aber aus irgend einem Grunde nicht, so meinetwegen auch am Schlusse des 9.

Ueber allerhand andres schreib ich morgen. Wie immer in vorzügl. Ergebenheit

Th. F.

96. An Gustav Karpeles

Wernigerode
d. 10. Septemb. 1880.
Villa Kagelmann.

Hochgeehrter Herr und Freund.

Es ist nun hoffentlich alles in Ihren Händen, und ich erwarte nur dann eine Zeile, wenn dies nicht der Fall sein sollte.

Zwischen den Convoluten des 1. Packets werden Sie – wenn ich ihn nicht unwissentlich doch vielleicht herausgenommen habe – einen antiquirten Brief gefunden haben, der noch für die *Prager* Situation bestimmt war. Es war mir sehr lieb, daß Sie noch im letzten Moment andre Bestimmungen trafen; der Brief aber wird das *eine* Gute gehabt und Ihnen gezeigt haben, wie sehr ich bemüht war, nach der Möglichkeit wenigstens, Wort zu halten. Ein Pußler wie ich bin, irr' ich mich leider bei meinen Vorangaben jedesmal. Fühle auch, daß ich's nicht bessern kann.

Ueber den historischen Aufsatz sprechen wir mündlich bei meiner in etwa 8 Tagen erfolgenden Rückkehr. Ich werde den Essay »Prinz Heinrich«, den ich bei meiner neulichen Anfrage im Auge hatte, wohl an das Sonntags-Blatt der Vossin geben müssen, weil man mir's etwas verübelt, für *die* Zeitung, zu der ich doch durch lange Mitarbeiterschaft zunächst gehöre, so wenig zu schreiben. Ich proponire Ihnen aber etwas andres. Und darüber plaudern wir.

Hier ist es wundervoll, und ich denke mit Schrecken an das Ende dieser schönen Tage von Aranjuez.

Es kann mich auch nicht trösten, den Pater Domingo bald dieselbe Bemerkung machen zu hören, trotzdem Kahle *so* jesuitisch dabei aussieht, daß man auf der Stelle Falkianer und Culturkämpfer werden könnte. Wovor mich Gott in Gnaden bewahren wolle. Wie immer in vorzügl. Ergebenheit

Th. F.

97. An Detlev von Liliencron

Wernigerode
11. September 1880.
Villa Kagelmann

Hochgeehrter Herr Baron

Verzeihung, daß ich Ihre freundlichen Zeilen erst so spät beantworte; – ich hatte mich in dieses Harzthal zurückgezogen, um eine Arbeit zu beenden und wollte mich dabei nicht gern unterbrechen, am wenigsten durch Verselesen, was, nach meinem Dafürhalten, nicht die leichteste, sondern, umgekehrt eine allerschwerste Lektüre ist.

Heute habe ich die Durchsicht nun beendet, und eile Ihnen ein paar Worte zu sagen. Das Deskriptive scheint mir Ihr Gebiet und innerhalb des Deskriptiven wieder jene höhere Gattung, die nicht blos ganz allgemein das Lebenswahre sondern ganz speziell das *Charakteristische* giebt. Bismarck sagt einmal in einem seiner Briefe: »die Kunst landschaftlicher Schilderung besteht nicht darin eine ganze Landschaft getreulich abzumalen, sondern vielmehr *dar*in den *einen* Punkt zu entdecken, wodurch sich *diese* Landschaft von jeder andern unterscheidet.« Dies ist wundervoll wahr und beschränkt sich nicht blos auf Landschaften, sondern auf jede gegebene Situation.

Sie werden dem Satze zustimmen, weil Sie jeder Ihrer Schilderungen an irgend einer Stelle diesen Zug des Aparten zu geben wußten. Es haben mir aus dieser Reihe ganz besonders gefallen: Italienische Nacht II; Inschrift; Erinnerung; Am

Strande (besonders der Anfang) und Broadway, – überhaupt fast alles im einfachen 5 füß. Jambus Geschriebene. Noch nenne ich die Heidebilder 2, 3 und 5, und aus einer andern Gruppe: Gleichgültigkeit, An einen Freund, Blümekens, Dorfkirche im Sommer (*sehr* hübsch), Four in hand, Reinigung, »Du hast wohl einen Wunsch« etc, und das Ghasel bis »tranken.« Bogen 16 u. 17 scheinen mir, mit Ausnahme der zwei vorgenannten Sicilianen, weniger Gelungenes zu enthalten als mancher andre Bogen. Aber vielleicht daß Lindau anders denkt. – Empfangen Sie, hochgeehrter Herr Baron, meinen ergebensten Dank, und die Versichrung vorzüglicher Ergebenheit Ihres

Th. Fontane.

98. An Hermann Klingner

Wernigerode 12. Septemb 80.
Villa Kagelmann.

Hochgeehrter Herr Amtsgerichts-Rath.

Empfangen Sie meinen ergebensten Dank für die an die Redaktion des »Bär« gerichteten und mir sicher nachgeschickten Zeilen. Es ist mir alles höchst werthvoll, am meisten das unter 2. gegebene. Durch Pastor Tannhäuser in Loewenberg hatte ich mittlerweile schon erfahren, daß sich, übergekritzelt und kaum leserlich, in seinem Kirchenbuche bei Gelegenheit des Absterbens des Hofmarschalls die Klammer-Notiz gefunden habe: »Mutter-Bruder der beiden noch lebenden Herrn v. Bredow«, aber all das gab sich doch derart, daß es jedenfalls der Bestätigung und wo möglich auch der Erweiterung bedurfte. Beides hab' ich nun durch Ihre Güte. Ich bin Ihnen *sehr* dankbar und kann nun erst meinen Aufsatz über »Hoppenrade« und die Heldin desselben: die *»Krauten-Tochter«* schreiben. In alle Verhältnisse kommt nun mit einem Male Licht.

Wer erst den kleinen Finger hat, will auch die ganze Hand, und so werden Sie sich, hochgeehrter Herr, nicht wundern, wenn ich diese Zeilen mit dem Wunsch und der Hoffnung schließe, vielleicht noch Weitres durch Ihre Güte zu erfahren. Denn mein Aufsatz verfolgt die »Krauten-Tochter« (Frau v. Arnstedt) durch ihre drei Ehen und ihre Wittwen- richtiger Trennungsschaft hindurch bis an ihr Ende und es ist sehr wahrscheinlich, daß die Granseer Akten aus den schlimmen Zeiten der Gnädigen, etwa von 1806 bis 20 (wo sie starb) noch allerhand Interessantes enthalten.

Außerdem möcht' ich Sie noch mit einer juristischen Frage inkommodiren.

Die zusätzliche Bestimmung zu dem Testament der »Dompröbstin« ist zwar vollkommen klar und scheint mir alles in einer Weise zu regeln, die nachher auch thatsächlich innegehalten worden ist, – dennoch kommt mir die Frage, ob die »Dompröbstin« überhaupt so testiren *durfte?* War nicht durch eine Eheschließung, aus der zwei Kinder: die beiden imbecilen Bredows geboren wurden, ein nicht wegzutestirender Bredowscher Erbanspruch geschaffen worden? Ich kenne die einschlägigen Gesetze nicht und weiß nicht, ob eine Frau von Vermögen so vorgehen darf oder nicht, möchte aber die Vermuthung aussprechen, daß dies mindestens immer als ein strittiger Punkt angesehn worden ist. Nur so kann ich mir's erklären, daß Anfang der 20er Jahre – gleich nach dem Tode der Frau von Arnstädt – ein Prozeß zwischen den Bredows und den Erben der Frau v. Arnstädt entstand, in dem die Bredows (vielleicht nicht ohne Grund) bemüht waren, die große Loewenberger Erbschaft zurück zu erobern. Sie unterlagen, weil ihnen ein überaus gewitzigter Gegner: der Kammergerichtsrath v. Wülknitz (Schwiegersohn der Frau v. Arnstädt) gegenüberstand, – doch scheint der Kampf ein langer und erbitterter gewesen zu sein, woraus ich schließe, daß es mehr als einmal sehr kipplich gestanden hat.

In vorzüglicher Ergebenheit, hochgeehrter Herr Amtsgerichtsrath,

Ihr

Th. Fontane.

99. An Ludwig Pietsch

[Berlin,] 6. Oktob. 80.

Eben erst (*Mittwoch* früh) legt mir meine Fr[au] Ihren Bericht über das Sonnabendfest vor.

Brillant.

Beneidenswerthes Talent! – Es ist nichts komischer, wie wenn es mitunter heißt: ›was früher Rellstab war, ist jetzt Pietsch.‹ Die Differenz ist noch viel größer als die Vossin von damals und von heut. Es ist die Differenz von Moewes Blumengarten und der Concerthalle des Central-Hotels. Ihr alter Talent-Verehrer

Th. F.

100. An Hermann Kletke

Berlin 10. Okt. 80
Potsd. Str. 134. c.

Hochgeehrter Herr und Freund.

Der kl. Aufsatz, der heut in der Voss. Ztg. von mir steht, ist Veranlassung zu diesen Zeilen. Ich möchte nicht, daß Sie des Glaubens wären, ich hätte meine Ihnen gemachte Zusage vergessen. Ich arbeite seit Wochen an einem großen märkischen Kapitel: *Liebenberg*, ehemals von den Hertefelds jetzt von den Eulenburgs bewohnt, und hoffe Ihnen dasselbe in 14 Tagen zustellen zu können.

In vorzüglicher Ergebenheit

Th. Fontane

101. An Henriette von Merckel [?]

Berlin 21. Okt. 80.
Potsd. Str. 134. c.

Gnädigste Frau,
Hochverehrte Freundin.

Meine Frau will es nicht wahr haben, ich aber bleibe dabei: es kam von Ihnen, es war Tells Geschoß!

Hab ich Recht, so wissen Sie bereits, um was es sich handelt, andren Falls, und dieser andre Fall ist wenigstens möglich, gebietet sich eine Aufklärung.

Letzten Sonnabend feierten wir unsren »30 jährigen Krieg« und im Laufe des Vormittags traf eine Kaiser-Wilhelms-torte ein, die die Aufschrift führte »An Gottgetreu und Frau.« Nur Sie, hochverehrte Freundin, hatten, glaub ich, die Doppelkenntniß von »16. Oktober« und »Gottgetreu«, und so steht die Thäterschaft zu *Ihren* Häupten. Aber wie eine Lichtwolke. Und zu Füßen des Bildes (freilich nicht als Donator) kniet

Ihr

Th. F.
alias Gottgetreu

102. An Wilhelm Hertz

Berlin 2. Novb. 80.
Potsd. Str. 134. c.

Sehr geehrter Herr Hertz.

Da Sie's so wollen, so meinen besten Dank. Es lag mir daran, meine Bitte *so* zu stellen, daß an arriere-pensée's nicht gut gedacht werden könnte; deshalb schickte ich, statt zu schreiben. Im Uebrigen aber gehöre ich zu denen, die sich gern etwas schenken lassen. – Das kleine Buch ist sehr hübsch und ich habe den herzlichen Wunsch, daß es das Publikum einigermaßen auch finden möge.

Mit aufrichtiger Freude habe ich von Ihrer Rückkehr und Ihrem guten Total-Befinden gehört; daß es noch dann und wann muckert, nehm' ich nur wie Echo in den Bergen.

Ueber Wilm's Tod sprechen wir mal mündlich; ich hab ihn von Jugend an sehr hoch gestellt; er hatte die Beschränktheit der Größe und war nur scharf mit dem Messer in der Hand. Natürlich auch ein Apothekerssohn. Alles Bedeutende wurzelt zuletzt in Radix-Ipecacuanhae etc. Uns wenigstens kleidet dieser Glaube.

[Schluß fehlt.]

103. An Hermann Klingner

Berlin 8. Novb. 80.
Potsd. Str. 134. c.

Hochgeehrter Herr.

Aufs Neue hat mich Ihre Güte zu lebhaftem Danke verpflichtet. Es ist alles wundervoll, und ich komme mehr und mehr aus dem im Dunklen-Tappen heraus. Allerdings schwindet mir die ursprüngliche Anlage des Aufsatzes unter den Händen hin, und aus einer bloßen Duell- und Liebesgeschichte, wird ein *Zeitbild,* in dem zahlreiche Personen und Interessen mitspielen. Ich wollte anfänglich weiter nichts, als eine Beschreibung von Hoppenrade geben und hinzusetzen: »Hier, in Hoppenrade, erzählte mir eine alte 80jährige Frau von der Krauten-Tochter, um derentwillen ein Duell zwischen Mr. Elliot und Baron Knyphausen stattgefunden habe. Diesem Duell forschte ich nach und erfuhr das folgende.« Und nun wollt' ich die verschiedenen, höchst wunderbaren Phasen des Elliot-Knyphausen-Zweikampfes schildern. Ich glaub auch, daß wenn ich damals irgend einer Loewenberger Kirchenbuch-Notiz ein paar kurze Angaben über die *Abstammung* der Krauten-Tochter hätte entnehmen können, so hätte mir das genügt, und die Welt hätte weiter nichts erfahren, als eine freilich mit allen Chikanen ausstaffirte Liebesgeschichte. Daß ich eine solche Kirchenbuch-Notiz *nicht* fand, daß ich monatelang nicht feststellen konnte, wer die Krauten-Tochter eigentlich gewesen sei, diesem glücklich-unglücklichen Umstande verdank' ich die ganz neue Gestalt meiner Arbeit. Das Suchen nach dem Genealogischen, führte mich, an Ihrer Hand, in das Prozessualische, und die Akten gaben ungeahnte Schätze heraus. Neben der Duellgeschichte, und dieselbe weit überdauernd, läuft jetzt eine *Familienfehde* her, in deren Mittelpunkt abermals die Krauten-Tochter steht und von der sie fühlbarer getroffen wurde, als von den paar Pistolenschüssen, die Gemahl und Liebhaber auf einander abfeuerten.

Ich habe nun auch – was mir für meinen Aufsatz sehr wichtig ist – die *Stelle* gefunden, wo der Prozeß, ohne den Gang der eigentlichen Erzählung zu stören, in *einiger* Ausführlichkeit behandelt werden kann. Diese Stelle ist das Jahr 1802. Im Jahre 1790 vermählt sich die Krauten-Tochter mit Rittmstr. v. Arnstädt am Hofe des *Prinzen Heinrich*, der überhaupt allerorten den historischen Hintergrund bildet. Und nun brechen für die, durch wunderbare Schulen gegangene, immer noch schöne Frau, zehn glückliche Jahre an. Verhältnismäßig glücklich. Da stirbt der Prinz (1802) und nun bricht es von allen Seiten herein. An der Spitze »der Prozeß«, den ich, indem ich ihn in aller Kürze vorführe, zugleich allerhand Lichter auf längst Voraufgegangenes zurückwerfen lasse.

Könnt ich die Abschrift des Testaments der Dompröbstin erhalten, so würd' ich Ihnen sehr dankbar sein. Der Geldpunkt schafft eine kleine Verlegenheit, vielleicht ist es das Beste, der Schreiber schickt die Abschrift und ich benehme mich mit ihm.

Darf ich bitten, mich Ihrem Lindower Herrn Kollegen empfehlen zu wollen! Oder ist es nötig, daß ich ihm persönlich danke?

Den Aufsatz, der wahrscheinlich in »Nord und Süd« erscheinen wird, erhalten Sie, mit erneutem Ausdruck meines Dankes, gleich nach dem Erscheinen zugeschickt. – Auf den beiliegenden Blättern hab' ich mir erlaubt, eine Frage zu stellen. Vielleicht nimmt Ihre Güte sie auf. Wülknitzens Prozeß-

Triumphe fallen, glaub ich, in die 30er und 40er Jahre, vielleicht noch später. Ich muß Major v. Blüchersche Briefe nachsehn, aus denen ich es einigermaßen feststellen kann. –

In vorzüglicher Ergebenheit

Th. Fontane.

104. An Philipp zu Eulenburg

Berlin, d. 10. November 1880.
Potsdamer Straße 134c.

Hochgeehrter Herr Graf.

In dem Hurly-burly der Abreise wird in der Angst und Sorge um die eigne werte Person immer was vergessen, diesmal Ihre Novelle beziehungsweise Märchen. Es ist mir peinlich, auf dieser Unachtsamkeit ertappt zu werden, und so eil' ich mich, durch ein offnes Schuldbekenntnis die Sache nach Möglichkeit auszugleichen. Darf ich bitten, mir alle drei Arbeiten oder vielleicht auch eine vierte noch recht bald schicken zu wollen. Ich lese sie dann gleich und schreibe noch unter dem frischen Eindruck an W. Hertz. Ich würde mich sehr freuen, wenn meine Worte zunächst wenigstens dahin wirkten, daß er begierig wird, alles selbst zu lesen. Er ist nicht ohne Urteil und dem Zuge, der Ihre Arbeiten charakterisiert, nicht abgeneigt. Was bei der heutigen allgemeinen Sachlage schon ein Verdienst ist.

Mein Unwohlsein hat mich nicht gehindert, die wenigen Stunden dankbar zu genießen.

Mit der Bitte, mich dem verehrten Zirkel in der großen Halle und dadurch eigentlich den Vertreterinnen aller Nationen: Deutschland, Österreich, Schweden, Frankreich empfehlen zu wollen, hochgeehrter Herr Graf, in vorzüglicher Ergebenheit

Th. Fontane.

105. An Martha Fontane

Berlin 11. Novb. 80. Potsd. Str. 134. c.

Meine liebe Mete.

Die große Nachricht hat mich sehr erfreut und meine Mannesseele freut sich darüber, daß die bezähmten Widerspänstigen oder wenn es besser klingt, die Donna Dianas nicht aussterben. Auch der unsrigen ist ihr Don Cesar erschienen und Richard Mengel klingt nicht viel schlechter als Prinz von Urgel.

Nur das ›Prinz‹ fehlt; dafür ist er ein Glücksprinz, was eigentlich die höchste Prinzengattung ist und *die,* die mir am besten gefällt.

Es ist auf das Poetische hin angesehn – was mir ja am höchsten gilt – eine ganz normale Partie, ja mehr, eine wundervolle Partie. Ein roth-blonder Germane landet von der Colberger Küste her an der Küste von Dobberan oder noch besser am Heiligen Damm und hört von einem Feste, das an einer andern Stelle des Strandes gegeben wird. Er zieht aus, um diesem Feste beizuwohnen. Und als er in den Saal tritt, in dem schon die Geigen klingen, neigt sich die Prinzessin und flüstert ihrer Mutter zu: ›Sieh‹. Und siehe, die Königin nahm ihr Lorgnon und sah ihn auch. Und als sie ihn betrachtet hatten, wußten sie, daß er es sei. Den dritten Tag aber fuhren sie gen Schnatermann, da bestätigte sich's und auf allen Grasspitzen wiegte sich's und kicherte, bis sie wieder an den Kahn kamen. Und das Wort war gesprochen, ohne daß es gesprochen war. Und der Mond schien und sie waren glücklich und der König sprach: ›Liebet Euch; aber wartet noch eine Weile, bis ich aus dem Lande der Waräger wieder heim bin; ich bring Euch eingelegte Arbeit mit aus Nowgorod und Tula, und dann begehen wir das Fest.‹ Und so geschah es, und sie wurden ein glückliches Paar, und am Spill leuchteten die Feuer und alles Volk freute sich und sang und streute Blumen.

Es ist eine poetische Verlobung, und ich freue mich von ganzem Herzen, daß Erscheinung, Persönlichkeit, rasch erwachte Neigung, einen solchen Triumph gefeiert haben. In meinen Augen ist es das Natürliche und der Sieg des Natürlichen erfüllt mich immer mit Behagen. Das blos Verstandesgemäße, das Berechnete, das Conventionelle widerstreitet meiner Natur und so noch einmal: Heil! Aber etwas Ueberraschliches bleibt bei der Sache, die alle drei Witte's in einem neuen Lichte erscheinen läßt. *Ich* darf es mir erlauben, über solche Partie entzückt zu sein, aber das in den realen Dingen des Lebens ganz auf die Realia gestellte Haus Witte, vermag ich in dieser Schäfer und Prinzessin-Ballade kaum wieder zu erkennen. Er muß ein wirklicher Sieger sein (›Hark, the conquering hero comes‹) daß er nicht blos das Herz der Tochter im Sturme nehmen, sondern auch den in seiner Mittellosigkeit begründeten ›natürlichen Widerstand‹ der Eltern im Umsehn zerstreuen konnte. Dies ist seine eigentliche Großthat, der Sieg seiner Siege. Väter sind eigentlich nur noch dazu da, um schließlich in Widerspruch mit ihren Lieblingssätzen zu gerathen. Und es ist auch gut so. Ich schreibe noch ein paar Zeilen an Lise.

Ergeh es Dir gut und sei nicht zu aufgeregt. Dein alter

Papa.

Mein Brief an Lise wird sich auf ein paar freundlich herzliche Gratulationsworte beschränken. Mehr kann ich vor der Hand nicht leisten. Aeußerlich angesehn ist es *keine* glänzende, ja beinah eine gewagte Partie, denn Güterkäufe sind immer etwas Mißliches. Alle seine Tugenden stecken also in seiner Persönlichkeit: Erscheinung, Charakter, Barbarossathum. Da ich nun aber diese siegreiche Persönlichkeit vorläufig nicht kenne, so muß ich mich auch in meiner Beglückwünschung einigermaßen reservirt verhalten.

Th. F.

106. *An Hermann Pantenius*

Berlin 18. Novb. 80
Potsd.Str. 134. c.

Hochgeehrter Herr.

Gestern erhielt ich Ihr »Im Gottesländchen« (wundervoller Titel) und eile Ihnen meinen Dank dafür auszusprechen. Ich mache mir ein Vergnügen daraus, im Januar oder Februar, etwas Eingehenderes darüber zu sagen, versprechen Sie sich aber von einer weihnachtlichen Obenhin-Anzeige mehr praktischen Erfolg, so steh' ich mit *solcher* auch jetzt zu Diensten. Unter Empfehlungen an Dr. K., in vorzügl. Ergebenheit

Th. Fontane

107. *An Philipp zu Eulenburg*

Berlin, d. 21. November 1880.
Potsdamer Straße 134 c.

Hochgeehrter Herr Graf.

... Was das Staatsministerium gestern (Sonnabend) geleistet hat, ist mir denn doch *zu* wenig. Ich liebe die Juden, ziehe sie dem Wendo-Germanischen eigentlich vor – denn es ist bis dato mit letztrem nicht allzuviel – aber *regiert* will ich nicht von den Juden sein.

In vorzüglicher Ergebenheit

Th. Fontane.

108. An Mathilde von Rohr

Berlin 1. Dezb. 80. Potsd. Str. 134. c.

Mein gnädigstes Fräulein.

Wie lange, daß ich nicht mit Ihnen geplaudert habe! Der Abend ist still, das Tagewerk gethan, und so bitt ich mich eine halbe Stunde lang mit Ihnen unterhalten zu dürfen. Nichts von den großen Dingen, nicht einmal von der ›Judenfrage‹, so sehr mich diese bewegt und geradezu aufregt. Nur so viel: ich bin von Kindesbeinen an ein Judenfreund gewesen und habe persönlich nur Gutes von den Juden erfahren, – dennoch hab' ich so sehr das Gefühl ihrer Schuld, ihres grenzenlosen Uebermuths, daß ich ihnen eine ernste Niederlage nicht blos gönne, sondern wünsche. Und das steht mir fest, wenn sie sie jetzt *nicht* erleiden und sich auch nicht ändern, so bricht in Zeiten, die wir beide freilich nicht mehr erleben werden, eine schwere Heimsuchung über sie herein. Haben Sie in der gestr. Kreuz-Ztng. die Geschichte gelesen, die Herr v. Uechtritz über einen Benno Cohn mittheilt? Es verräth dies ein Maaß von Frechheit, das sich nur in Folge deutscher Langmuth und Schwäche, *so* hat anhäufen können.

Aber genug davon. Ich erzähle Ihnen lieber etwas von Haus und Familie. Mit meiner Frau geht es nicht recht; sie ist vor der Zeit alt geworden; eben erst 56, wirkt sie als ob sie 66 wäre; sie hat gar keine Kraft mehr und hat ganz jene Beweglichkeit und Energie eingebüßt, die ihr früher eigen war. Um 9 oder 9½ legt sie sich in meinem Zimmer aufs Sopha und schläft, während ich bis 2 an meinem Tisch sitze und schreibe oder lese, ganz fest; ein offenbarer Zustand großer Nervenerschöpfung. – Es thut mir leid, daß es ihr körperlich nicht besser geht, im Uebrigen paßt es vollkommen zu meinem eignen Thun und Treiben. Sie glauben gar nicht, was ich jahrelang unter der Gesellschaftslauferei gelitten habe! Wer viel arbeiten *muß*, weil er von seiner Arbeit lebt, der hat nicht Zeit, um 7 oder 7½ sich anzuziehn, und um 9 in irgend einen [Schluß fehlt.]

[Anfang fehlt.]
Essen ist *zu* schlecht. Ich konnte in ganz Wernigerode kein geniesbares Cotelette auftreiben und lief immer auf den *Bahnhof* hinaus, um einigermaßen meinen leiblichen Bedarf zu dekken. Uebrigens trug ich selbst ein wenig die Schuld. Alles ißt

nämlich um 1 Uhr in den Hôtels, und bei solcher Table d'Hôte, schlecht wie sie ist, kann man wenigstens bestehn. Um 1 Uhr zu essen, war mir aber unmöglich, ich hätte dann nur bis 12 Uhr arbeiten können und wäre mit meiner Novelle sitzen geblieben. Apropos Novelle. Grete Minde ist vor einigen Wochen bei Hertz erschienen und die Kritik nimmt sich der kl. Arbeit wieder freundlich an. Aber ich habe in literar. Dingen kein Glück, und werde schließlich wieder froh sein müssen, wenn sich die Auflage einigermaßen verkauft. Und ich bin an Nicht-Erfolge so gewöhnt, daß ich's kaum noch anders wünsche.

Seit Monaten beschäftigen mich lange märkische Kapitel, die ›Liebenberg‹ zum Gegenstand haben. Liebenberg gehörte früher dem ›alten Hertefeld‹, den Sie noch sehr gut gekannt haben müssen und kam Anno 67 an die Eulenburgs und zwar an den jüngeren Bruder des *früheren* Ministers des Innern, der oft bei der Gräfin Schwerin war. Der jüngere Bruder war viele Jahre lang Adjutant beim alten Wrangel und ist durch seine Frau, eine kluge und liebenswürdige Dame, eine Freiin von Rothkirch (*Enkelin* des alten Hertefeld), in den Besitz von Liebenberg gekommen. Die Gräfin Eulenburg, geb. Rothkirch, muß auch im Schwerinschen Hause verkehrt haben, denn sie kannte den ganzen Kreis, auch Frl. Mathilde v. Rohr, und das bekannte Bild der Gräfin Schwerin hängt in dem einen Zimmer. Man ist in Liebenberg, wo ich innerhalb dreier Monate dreimal war (natürlich immer nur 1 oder 1½ Tag) sehr gütig gegen mich, und zwar alle, alt und jung; ich machte sogar eine Enkel-Taufe dort mit, höchst interessant. Doch es ist möglich, daß ich Ihnen davon schon geschrieben habe. Von höchstem Werthe für mich, war, im Sommer, mein Aufenthalt in Ostfriesland, wohin ich wegen der Frau v. Arnstädt (gest. 1819) gereist war. Aber mir fällt ein, *da*von wissen Sie ganz bestimmt, denn ich schrieb ja an Sie, um durch Major Blücher allerhand Näheres zu erfahren. Und er hat mir auch wirklich *sehr* viel Interessantes mitgetheilt. Interessantes und Wichtiges. Manches was seinen Mittheilungen fehlte, hab ich mittlerweile aus Kirchenbüchern und *Prozeßakten* erfahren und zwar mit Hülfe eines sehr liebenswürdigen Amtsgerichts-Raths Klingner in Gransee, der mich einerseits über die Verwandtschaftsgrade und dann über den Gang des großen Prozesses zwischen den Bredows und Arnstädts (und später Wülknitz) aufgeklärt hat. – Aber nun muß ich schließen, sonst erlischt

Ihre Lust zu lesen. Mit aufrichtigsten Wünschen für Ihr Wohl und mit dem Wunsche mich Frl. v. Bülow empfehlen zu wollen, in dankbarer Ergebenheit Ihr

Th. Fontane.

109. An Elise Weber geb. Fontane

Berlin 22. Dezb. 80. Potsd. Str. 134. c.

Meine liebe Lise.

Das bevorstehende Fest giebt mir Veranlassung, Dir und den Deinen, nach alter guter Sitte, meine Glückwünsche zu Weihnacht und Neujahr auszusprechen. Ich schließe auch den herkömmlichen Zettel bei, mit der Bitte, den einen oder andern Wunsch Deines Hans damit erfüllen zu wollen. Der jüngere gehört wohl noch zu den glücklich Wunschlosen.

Unser Leben hier ist das alte, nur noch stiller als gewöhnlich. Wir haben uns ganz aus der Welt zurückgezogen und sehen nur noch die Kinder, die 4 Mann hoch, Leben genug ins Haus bringen. Mitunter mehr, als uns, in zwei niedrigen Stuben, lieb sein kann. Es versteht sich von selbst, daß trotz dieser Zurückgezogenheit von der Welt, zu der mich Neigung und Verhältnisse gleichmäßig bestimmen, die alte Ur-Legende fortlebt, ich führte eigentlich ein Leben wie in Tausend und einer Nacht, dinirte mit Excellenzen und soupirte mit Künstlern, und wäre nur nie zu sprechen, wenn jemand von der ›Familie‹ mich sehen wolle.

Das Letztre ist freilich richtig, aber die Gründe sind es dafür desto weniger. Es paßt den Leuten nicht, sich eine Vorstellung von den *wirklichen* Verhältnissen zu machen; wer, wie Tante Pine, einen blos Karte-spielenden Bummel-Mann gehabt hat, hat keine Idee davon, daß es ein Ding in der Welt giebt, was arbeiten, Pflicht und Gewissen heißt. Uebrigens hab ich es lange aufgegeben, mich darüber zu ärgern.

Emilie ist immer krank und vor der Zeit alt geworden. Martha'n haben wir schon seit 14 Tagen hier; sie erkrankte und ist jetzt hier bei Koblancks sel. Nachfolger in Behandlung. Es geht wieder besser und sie hofft Anfang Januar ihre Stelle wieder antreten zu können. George kriegt nun schon ganz die Mienen und Allüren eines angehenden Hauptmanns. Alles grüßt bestens und vereinigt seine Wünsche mit den meinigen. Empfiehl mich Weber. Wie immer Dein alter

Th. Fontane.

110. An Philipp zu Eulenburg

Berlin, 23. Dezember 1880.
Potsdamer Straße 134 c.

Hochgeehrter Herr Graf.

Ergebensten Dank für Ihre freundlichen Zeilen vom gestrigen Tage. Die Notiz hab ich gleich an Freund Dominik gelangen lassen. Was daraus wird – vorläufig aus der bloßen Notiz, von aller *Wirkung* derselben abgesehn – müssen wir abwarten. Es stimmt nämlich in dem »Bär«-Lager nicht alles mehr. Dominik hat mit den Herausgebern einen großen, halb auf Politik und halb auf die Frage Takt oder Nichttakt hinauslaufenden Streit gehabt, in dem ich Partei genommen und mir möglicherweise die Ungnade meines alten Gönners zugezogen habe. Schon recht. Wenn Eheleute sich zanken, soll man nicht putschen, aber ebenso wenig »vom höheren Rechtsstandpunkt aus« erhabene Wahrheiten sprechen wollen. Die Sache hat ein Allgemeininteresse; deshalb will ich Ihnen davon erzählen. Sie entsinnen sich der unglaublichen Szenen in unsrer Stadtverordnetensitzung, wo mehrere Herren für den Liqueurfabrikanten Kantorowicz eintraten und die große Trommel sittlicher Entrüstung rührten. All dieser Unsinn ärgerte meinen Dominik, und er schrieb einen heftigen Artikel, in dem er jene Phraseurs geißelte. Diesen Artikel wiesen nicht nur die Herausgeber (die Buchhändlerfirma), sondern auch die »Patrone« des »Bär« zurück. Dominik klagte mir nun seine Not und erwartete, ich würd' ihm recht geben. Aber da war er ganz irr. Ich schrieb ihm: »Alles hat seine Konsequenz, und wenn ein Sozialdemokrat in den Spalten eines ihm anvertrauten Parteiblattes morgen Bourgeoisartikel schreibt, so find ich es nur in der Ordnung, wenn sich die Sozialdemokraten das verbitten. Der »Bär« ist ein *Stadt*blatt. Auf seiner ersten Seite stehen sechs oder sieben Stadträte, Stadtvorsteher usw. als Mitarbeiter und fortschrittlich-liberale Taufpaten verzeichnet, und in eben *diesem* Blatte wollen Sie Front machen gegen *die* Leute, die nicht bloß in der Stadtverordnetenversammlung, sondern auch in Ihrem eignen »Bär« das große Wort führen?! *Das* geht nicht.« Hierauf hab' ich nur eine Karte mit ein paar Zeilen als Antwort bekommen, und alle Korrespondenz, die sonst sehr lebhaft war, ruht seit über vier Wochen. Ich bin nun neugierig, ob meine heutigen Zeilen eine bessere Stimmung vorfinden werden. Wenn nicht, denn nicht. Übrigens ist Dominik selbst ein Liberaler.

In der Kreuzzeitung hatt' ich die kurzen Notizen über das Befinden Ihres Herrn Onkels gelesen, war also nicht überrascht, aus Liebenberg (in der Kreuzzeitung »Lieberose«) nichts zu hören.

Ihnen allen in Liebenberg ein so frohes Fest wünschend, wie es die Familiensorge zuläßt, zugleich mit der Bitte, mich allerseits empfehlen zu wollen, hochgeehrter Herr Graf, Ihr ganz ergebenster

Th. Fontane.

1881

111. An Martha Fontane

Berlin 16. Januar 81. Potsd. Str. 134.c.

Meine liebe Mete.

Mitternacht ist zwar schon heran, aber das Glas Thee mit dem silbernen Untersatz noch nicht ausgetrunken; ich kann also noch ein bischen mit Dir plaudern. Es hat uns alle *sehr* erfreut, so gute Nachrichten von Dir zu bekommen, und wenn mich nicht alles täuscht, so werden nun wieder gesundheitlich beßre Tage für Dich anbrechen. Solche Nervenpleite hat immer ihre Zeit, meist 7 Wochen, und wenn *die* vorüber sind, so stellt sich ein leidlicher Zustand wieder ein. Es war ein Unglück für Dich, daß Deine Nerven-Baisse mit der Schlacht- und Wurst-Hausse zusammenfiel; es giebt Zustände, wo eine einzige Schweine-Griebe den stärksten Mann umwerfen kann. Gieb nur ja die Spatziergänge nicht auf: Luft und Bewegung sind die eigentlichen Geheimen Sanitäts-Räthe, und an denen, die sich so nennen, ist *das* das Beste, daß sie dies mehr und mehr einzusehen beginnen.

Wir leben hier im alten Geleise, still und arbeitsam, und erschrecken, wenn wir aufgestöbert werden. Am Donnerstag war ich im Theater; ein wunderbares Stück: ›Des Hauses Ehre‹ wurde gegeben, darin nur 3 Personen in drei Stunden auftreten: ein alter Ehemann, eine junge Gattin und ein Liebhaber. Allerdings kann man sagen, es sind dies Himmel, Wasser und Erde, woraus die Welt besteht. Der Verf. (jetzt todt) hieß Carl Hugo und pflegte bei Kroll den Tell in Frack und weißen Glacéhandschuhen zu recitieren; im linken Arm aber hielt er eine Armbrust. Also verrücktes Genie.

Den Tag darauf besuchte mich Graf Eulenburg und blieb wohl anderthalb Stunden; gestern Abend ist er nach Paris abgedampft. Er war wieder sehr liebenswürdig, erzählte mir allerhand Interna, und auch manches über seinen 71er Aufenthalt in Paris. Er stand damals bei den Gardes du Corps, legte seine Uniform ab, zog ein mäßiges Civil an und ging gerade in den Tagen, als die Versailler Truppen mit den Communards ihre Straßenschlacht schlugen, nach Paris hinein und nahm auch 5 Tage lang Quartier im Grand Hôtel. Er versicherte, sich ganz ungenirt gefühlt zu haben, mit Ausnahme eines Falls, wo er mitten in einen Haufen fliehender Communards hineingerathen und von den salvengebenden Truppen verfolgt worden sei. Mir that es leid, daß Mama nicht dabei war, als er erzählte; sie hätte sich überzeugen können, daß es *viele* Personen giebt, ›die nach Dom Remy gehen‹. – Theo war gestern zum Juristen-Ball, heute von Mittag ab bei Sommerfeldts. Der Vorfall bei Heydens hat ihn nicht weiter geschmerzt; schließlich ist es für uns gênanter, als für ihn. – Gestern kleiner Rütli bei mir mit viel Juden-Debatte, heute Besuch von Dr. Rob. Koenig, der wie ein Ohrwurm war. Morgen Geburtstagsfeier bei Wangenheims. Du siehst, alles beim Alten. Ergeh es Dir gut. Empfiehl mich dem verehrten Paar, und grüße Deine Kinder. Wie immer Dein alter

Papa.

112. An Wilhelm Friedrich

Potsd. Str. 134. c.
Berlin, 17. Febr. 81.

Sehr geehrter Herr!

Empfangen Sie meinen ergebensten Dank für die Nummern des »Magazins«, die mir Ihre Güte zugehen liess.

Wegen der »Adultera« hatte ich den Tag vor Eintreffen Ihrer freundl. Zeilen mit W. Hertz hierselbst gesprochen. Er empfindet, wie ich selbst, dass der Titel als *Buch*titel zu schreiig ist, und so sind wir überein gekommen, die »Adultera« mit einer andern Novelle zusammen, unter einem erst zu bestimmenden bescheidneren Titel erscheinen zu lassen.

In vorzüglicher Ergebenheit
Th. Fontane.

113. An Wilhelm Hertz

Berlin 20. Febr. 81.
Potsd. Str. 134.c.

Sehr geehrter Herr Hertz.

Anbei das eine der beiden Contract-Exemplare, die Sie die Güte hatten mir gestern zu schicken, mit meiner Unterschrift und meinem Danke zurück. Zugleich die Versicherung, daß mich Ihre Begleit-Zeilen aufrichtig erfreut haben und daß ich es zu den Glück- und Erfreulichkeiten meines Lebens zähle, neben Ihrer Geneigtheit es mit mir zu wagen, in Ihnen auch immer eines wohlwollenden und anerkennenden Lesers sicher gewesen zu sein. In unsren modernen Zeiten werden sich nicht allzu viele Schriftsteller dieses Vorzuges rühmen dürfen. – In aufrichtiger Ergebenheit

Th. Fontane.

114. An Philipp zu Eulenburg

Berlin, d. 25. Februar 1881.
Potsdamer Straße 134 c.

Hochgeehrter Herr Graf!

Seit etwa acht Tagen liegt das Büchelchen, das ich Ihnen hiermit zu freundlicher Durchsicht überweise, vor mir und harrt auf Absendung. Es schien mir aber die denkbar ungeeignetste Woche, Ihnen mit einem Idyll zu kommen, als ob Bismarck nie gelebt und nie mit dem Säbel in der Faust als sabreur unter den Eulenburgs umhergemetzelt hätte.

Außer der Judenfrage hat mich seit vielen Jahren nichts so aufgeregt, wie die Eulenburgfrage. Wie gerne spräch' ich mit Ihnen darüber! Ihr Familiengefühl wird verletzt sein, und ich finde die *Form* des Vorgehens etwas stark. Das Vorgehen selbst aber begreif' ich, und zwar aus verschiedenen Gründen, die nicht bloß in der Sache liegen. Denn er ist ein strenger und *eifersüchtiger* Gott! Aber genug, ich schreibe mich sonst in die kitzlichsten Fragen hinein.

Darf ich bitten, mich der Frau Gräfin empfehlen zu wollen, wenn sie schon in Paris ist.

In vorzüglicher Ergebenheit

Th. Fontane.

115. An Gustav Karpeles

Berlin 3. März 81.
Potsd. Str. 134. *c.*

Hochgeehrter Herr Doktor.

Gestern Abend spät hab ich die Correkturbogen nach Braunschweig hin zur Post gegeben, habe auch gleichzeitig um Revision gebeten, eine Bitte, die mir hoffentlich erfüllt werden kann.

Ich schreibe heut, um einen Seufzer auszustoßen über die »Verbesserungen«, denen ich ausgesetzt gewesen bin. Ich hoffe, daß wir für die Zukunft, zunächst also für die 2. Hälfte der Novelle, den berühmten modus vivendi finden werden. Ich opfre Ihnen meine »Punctum's«, aber meine »und's«, wo sie massenhaft auftreten, müssen Sie mir lassen. Ich begreife, daß einem himmelangst dabei werden kann, und doch müssen sie bleiben, nach dem alten Satze: von zwei Uebeln wähle das kleinere.

Warum müssen sie bleiben? Es stört, es verdrießt etc. Und doch! Ich bilde mir nämlich ein, unter uns gesagt, ein Stilist zu sein, nicht einer von den unerträglichen Glattschreibern, die für alles nur *einen* Ton und *eine* Form haben, sondern ein wirklicher. Das heißt also ein Schriftsteller, der den Dingen nicht seinen alt-überkommenen Marlitt- oder Gartenlaub-Stil aufzwängt, sondern umgekehrt einer, der immer wechselnd, seinen Stil aus der Sache nimmt, die er behandelt. Und so kommt es denn, daß ich Sätze schreibe, die 14 Zeilen lang sind und dann wieder andre, die noch lange nicht 14 Sylben, oft nur 14 Buchstaben aufweisen. Und so ist es auch mit den »und's«. Wollt' ich alles auf den Und-Stil stellen, so müßt' ich als gemeingefährlich eingesperrt werden, ich schreibe aber Mit-und-Novellen und Ohne-und-Novellen, immer in Anbequemung und Rücksicht auf den Stoff. Je moderner, desto undloser, je schlichter, je mehr sancta simplicitas, desto mehr »und«. »Und« ist biblisch-patriarchalisch und überall da, wo nach dieser Seite hin liegende Wirkungen erzielt werden sollen, gar nicht zu entbehren. Im Einzelfall (dies gesteh ich gern zu) kann es an der unrechten Stelle stehn, aber dann muß der ganze Satz anders gebildet werden. Durch bloßes Weglassen ist nicht zu helfen. Im Gegentheil. – Ich lebe der Hoffnung, daß Sie diesem allem ein freundliches Gehör schenken.

In vorzüglicher Ergebenheit

Th. Fontane.

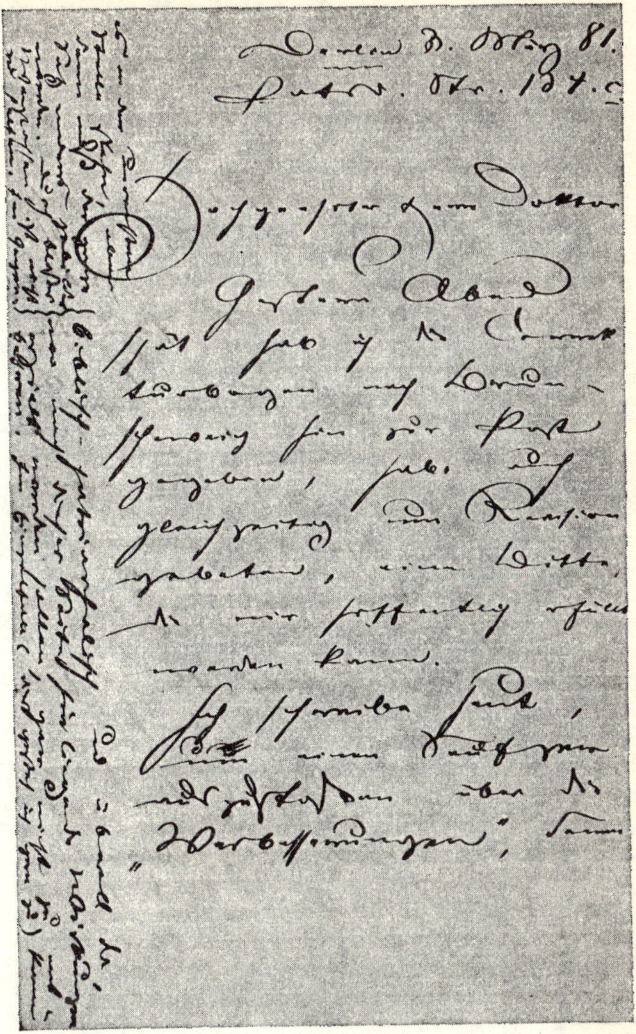

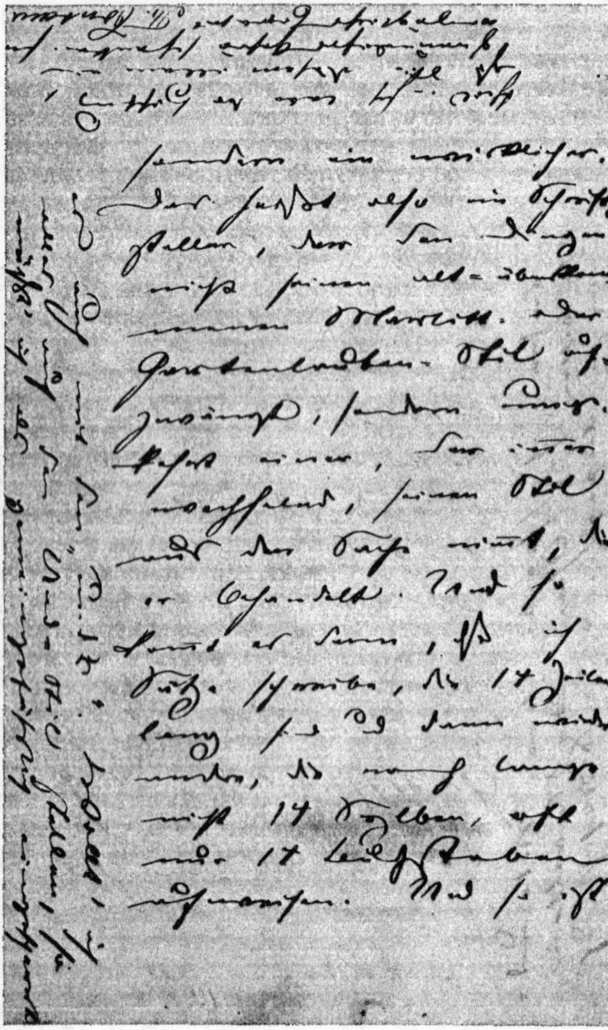

An Gustav Karpeles, 3. März 1881 (vgl. Nr. 115, S. 120), 1. und letzte Seite.

116. An Philipp zu Eulenburg

Berlin, d. 12. März 1881.
Potsdamer Straße 134 c.

Hochgeehrter Herr Graf.

Ihre freundlichen Zeilen vom 6. d., die mich aus den verschiedensten Gründen in meinem Gemüte beschäftigt haben, hätte ich rascher beantwortet, wenn ich nicht krank wäre, so nervenangegriffen, daß mir auch Briefschreiben einen leisen typhösen Kopfschmerz zuzieht. Es ist aber nichts Schlimmes, nur immer lang andauernd, was für jemand, der von seiner Feder leben soll, nicht erfreulich ist. Es hat aber auch sein Gutes: ich liege viel auf dem Sofa und lasse mir Dinge vorlesen, zu deren Kenntnisnahme ich in gesunden Tagen nie kommen würde.

Wie beklage ich es, daß Ihnen die ersten Wochen und Monate so freudelos verlaufen sind! Mit dem Wegfall der Angst und Not um das erkrankte Töchterchen wird es ja besser werden, aber das Unbehagen über wenig erquickliche Menschen und Zustände wird bleiben. Ich möchte dabei den ganz allgemeinen Satz aufstellen, daß uns unsre wachsende politische Bedeutung, unsre ascendance auf den verschiedensten Gebieten, allmählich um alle Freudigkeit an Paris und London und überhaupt um die krankhafte Lust am Fremdländischen bringen wird. Unzweifelhaft ist dies ein Fortschritt und, mit Hamlet zu sprechen, devoutly to be wished, aber nach dem alten Satze, daß nichts in der Welt umsonst ist, und daß jeder Vorteil seinen Nachteil bringt, werden wir den altehrwürdigen deutschen Reiseenthusiasmus auf dem Altar unsres immer mehr erstarkenden Nationalbewußtseins opfern müssen. Paris ist für uns nicht *das* mehr, was es, von Louis XIV. an, durch zwei Jahrhunderte für uns war. Wir empfinden jetzt, wenn wir fort sind, nur alles das, was uns *fehlt*, und finden nichts mehr, was wir, als siegreiches Gegengewicht gegen unser Unbehagen, in die Schale werfen könnten. Ich entsinne mich noch deutlich meiner Londoner Tage vor fünfundzwanzig Jahren. Es war oft unerträglich trist und langweilig, profoundly dull, aber die Sehnsucht nach der Heimat oder, wie ich damals, mich selbst persiflierend, zu sagen pflegte »nach der Semmel« (denn London hat keine Semmeln), diese Sehnsucht wurde durch ein starkes Gefühl immer wieder balanziert: London war groß, Berlin war klein, leider auch klein*lich*. Ich hatte dies Gefühl so stark, daß ich mich von allen Verstimmungen und Heimwehanwandlungen immer rasch wieder erholte. Aber das sind jetzt tempi passati. Durchaus ebenbürtig sind wir mittlerweile mit in die Front gerückt, und von ewiger Bewunderung oder gar ödem Anstaunen kann gar keine Rede mehr sein. In erster Reihe verdanken wir das freilich unseren Siegen, aber kaum minder einem plötzlich erwachten kritischen Mut, der ernsthaft an die sogenannten Vorzüge herantritt und sich die Frage vorlegt: »Ja, wo stecken denn hier nun eigentlich die Vorzüge? *Ist* Sardous Daniel Rochat zu bewundern? *Ist* Zola allen dagewesenen Romanciers überlegen? *Ist* Meissonier oder Neuville bedeutender als Menzel? *Ist* Victor Hugo ein Redner? *Ist* es geschmackvoll, wenn ein Senatspräsident die Tatsache, daß Victor Hugo eben Platz genommen hat, der Versammlung mit den Worten anzeigt: »das Genie hat sich gesetzt?« Ja freilich: das Genie hat sich gesetzt, und wir können es sitzen lassen. Alle diese Dinge sind für uns entzaubert, und wenn wir Sehnsucht nach Liebenberg oder der »großen Lanke« empfinden, ist nichts da, was uns (wie früher) die Sehnsucht wegdisputieren könnte. So müssen wir für unsre Größe bezahlen und für die Größe des Kanzlers, der uns zu unsrer eignen Größe recht eigentlich erst verholfen hat. Den Eulenburgs ist dabei noch ein Opferplus angesonnen oder, da sich jetzt alles um Steuern dreht, eine Übersteurung oder doch ein Steuerzuschlag auferlegt worden. Graf Botho mußte fallen. Es ist mir so gewiß, wie zwei mal zwei vier, daß es eine reine Rivalitätsfrage gewesen ist. Und weil ich es so ansehe, deshalb stehe ich gegen Ihren Herrn Vetter. Man muß nicht mehr wollen, als man kann. Wer mit einem Riesen anbinden will, muß selber einer sein. Ohne Kampf, unter Anwendung kleiner Mittel, sind freilich zu allen Zeiten Riesen gestürzt worden; aber was ein Intrigant kann, kann ein Ehrenmann nicht, eben weil er *der* ist, der er ist. Ihr Herr Vetter glaubte sich im Bewußtsein seines Rechts und seiner Loyalität berechtigt und vielleicht sogar verpflichtet, in einen Zweikampf mit dem allmächtigen Minister einzutreten, und übersah dabei die tatsächlichen Machtverhältnisse. Daraus mache ich ihm, bis zu einem gewissen Punkt, einen Vorwurf. Ein Engländer, der in Bezug auf die Erdentstehungstheorie gefragt wurde »ob er es mit Sir Roderick Murchison oder mit Moses halte«, antwortete: »Wenn ich die Wahl habe zwischen

Sir Roderick Murchison und Moses, bin ich *immer* für Moses«. In entsprechender Alternative wird der Kaiser *immer* für Bismarck sein. Dies muß jeder wissen. Der Kaiser wäre nicht Kaiser Wilhelm, wenn er anders wäre. Dies ist der Kardinalunterschied zwischen ihm und seinem Bruder Friedrich Wilhelm IV., der keine großen Leute neben sich ertragen und deshalb auch keine Dankbarkeit für die Großtaten andrer in seinem Herzen großziehen konnte. Der Kanzler ist ein Despot; aber er darf es sein, er *muß* es sein. Wär' er es nicht, wär' er ein parlamentarisches Ideal, das sich durch das Dümmste, was es gibt, durch Majoritäten, bestimmen ließe, so hätten wir überhaupt noch keinen Kanzler und am wenigsten ein Deutsches Reich. *Das* ist andrerseits freilich richtig, daß neben einem solchen Despoten nur unselbständige Naturen oder Kräfte zweiten und dritten Ranges dienen können, und daß jeder freie Mann wohltut, bei Zeiten seinen Rückzug anzutreten. Der freie Mann tut dabei, was ihm ziemt; aber der Kanzler tut *auch*, was ihm ziemt, wenn er sich dadurch in seinem Tun und Lassen nicht beirren läßt. Ihr Herr Vetter hat vielleicht den Fehler gemacht, daß er die Gegnerschaft erst laut und offenkundig werden ließ, statt schon zu gehen, als sie noch still, aber *ihm* sicherlich schon erkennbar war.

Dem Eintreffen Ihrer kleinen Erzählungen seh' ich mit Spannung entgegen.

Mit besten Wünschen für Ihr und der Frau Gräfin Wohl, der ich mich zu empfehlen bitte,

in vorzüglicher Ergebenheit

Th. Fontane.

117. An Wilhelm Hertz

Berlin 16. März 81.
Potsd. Str. 134.c.

Sehr geehrter Herr Hertz.

Pardon, daß ich Ihnen heute erst für Ihre gütige und ausführliche Beantwortung meiner Anfrage danke. Es waren grenzenlos unruhige Tage für mich: am Montag Abend, in »Wanderungs«-Angelegenheiten, eine 4 stündige Sitzung bei Frau Oberst v. Münchhausen, geb. v. *Scharnhorst*, die die große Güte hatte, mir über ihre in »Gröben und Siethen« – zwei wundervoll gelegene Güter im Süden von Groß-Beeren –

verlebte Jugend ausführlich zu berichten, und gestern ein den ganzen Nachmittag und Abend wegnehmendes (ich vermeide das natürlichere »wegfressendes«) Diner bei meinem reichen Zeitungs-Lessing, wo mich die Familie des Prof. Gude in all ihren Mitgliedern entzückte. Skandinavien ist kein leerer Wahn. Sie wollen hieraus gütigst ersehn, daß dies meine ersten freien Minuten sind, da ich den gestrigen Vormittag natürlich dazu benutzte, alles über Groeben und Siethen Gehörte, und es war nicht wenig, zu Papier zu bringen. Und so bin ich denn wohl exculpirt.

In vorzügl. Ergebenheit

Th. Fontane.

118. An Wilhelm Hertz

Berlin 20. März 81.
Potsd. Str. 134.c.

Sehr geehrter Herr Hertz.

Darf ich Sie mit ein paar Fragen belästigen?

1. Existiren auf Ihrem Lagerboden vielleicht noch ein paar Exemplare (oder auch nur *eins*) von der 1. oder 2. Auflage des Ersten Bandes der Wanderungen? Oder wenn dies, wie ich fürchte, *nicht* der Fall sein sollte, hätt' ich Chancen, diesen Band I. in erster oder zweiter Auflage antiquarisch auftreiben zu können? Ich würde gern ein paar Thaler daran setzen und doch noch Zeit und Geld gewinnen.

2. Haben Sie eine Ahnung, unter welchem Titel Prof. Friedlaender die »Schadowiana« publicirt hat, von denen er in einem Briefe, den ich mir beizuschließen erlaube, spricht?

3. Können Sie sich vielleicht persönlich noch erinnern oder doch durch Freunde aus den 40er Jahren her erfahren, ob der alte Schadow platt gesprochen hat (etwa wie A. v. Werner *jetzt* noch) oder nicht?

Die Familie zeigt in diesem Punkt eine geradezu lächerliche Empfindlichkeit*. Ich würde stolz sein, wenn mein Vater ein Schadow-Platt gesprochen hätte. Um das zu können, dazu müßte man eben ein alter Schadow sein. Ich gebe in dieser Angelegenheit nur *dann* nach, wenn ich von allen Seiten her erfahre: »nein, er hat *nicht* platt gesprochen«. Bis dato hab ich von Nicht-Verwandten immer nur versichern hören: »er hat gerade so gesprochen, wie Sie (ich) ihn haben sprechen lassen.«

Den Friedländerschen Brief darf ich mir wohl zurück erbitten.

In vorzügl. Ergebenheit
Th. Fontane.

Eben seh ich im Convers. Lexik. nach und finde darin den Titel. Dadurch erledigt sich diese 2te meiner Anfragen.

* Deshalb mag ich mich auch nicht, um Frage 2 willen, an Friedländer wenden.

119. An Professor Henning

Berlin 21. März 81.
Potsd. Straße 134.*c*.

Hochgeehrter Herr Professor.

Darf ich Ihnen mit einer ganz ergebensten Anfrage kommen? Hat der alte Schadow, wenn er sich gehen ließ oder gemüthlich wurde, berlinisch gesprochen oder nicht? Es schwebt darüber ein Streit, und ich denke mir, daß Sie, hochgeehrter Herr Professor, zu der kleinen Schaar derer gehören werden, die den Streit schlichten können.

Einer geneigten Antwort entgegensehend, in vorzüglicher Ergebenheit

Th. Fontane.

120. An Gustav Lüderitz

Berlin 23. März 81
Potsd. Str. 134 c

Hochgeehrter Herr Professor

Es schwebt ein Streit, ob der alte Schadow gelegentlich und wenn er sich gehen ließ, *berlinisch* gesprochen habe. Professor Henning schreibt mir: niemand könne die Frage besser beantworten als Sie, hochgeehrter Herr, und so bitt ich dann freundlichst um Ihr ja oder nein in der Sache. Was H. hinzufügt: Schadow habe vor allem »schadowsch« gesprochen, halb berlinisch, halb märkischplatt, scheint mir sehr richtig.

In vorzügl. Ergebenheit,

Th Fontane

121. *An Wilhelm Hertz*

Berlin 27. März 81
Potsd. Str. 134.c.

Sehr geehrter Herr Hertz.

Ergebensten Dank für das Buch. Ich habe, ganz gegen Erwarten, auch noch ein verstaubtes, ungebundenes Exemplar auf unsrem Bücherboden gefunden und kann nun ans Aufkleben der einzelnen Seiten gehn, was einem die Correktur außerordentlich erleichtert. Kurz *vor* und kurz *nach* Ostern will ich noch ein paar unerläßliche Ausflüge in den Teltow und das Land Beeskow-Storkow machen.

In der Schadow-Angelegenheit hab ich alles in allem 12 Briefe empfangen, die, mit Ausnahme eines, der von dem vor Geckenhaftigkeit halb übergeschnappten Steffeck herrührt, alle darin übereinstimmen: er sprach, wenn ihm wohl wurde, berlinisch-platt.

Die Familie ist in diesem Punkt fast so geckenhaft wie Steffeck und hat unter der Hand – aber in längst zurückliegender Zeit – eine kleine Leibtruppe geworben, die nun den Kampf zu Gunsten eines *hochdeutschen* alten Schadow durchfechten soll. Sie werden aber unterliegen.

In vorzügl. Ergebenheit

Th. Fontane.

122. *An Emil Dominik*

Berlin, 27. März 1881

Hochgeehrter Herr und Freund.

Ihre gute Meinung von mir schreibt mir in dem Texte, womit Sie in Nr. 26 des »Bär« Ihr Bismarck-Porträt begleiten, eine Charakteristik unseres großen Kanzlers zu, die leider nicht von mir herrührt. Was Sie dort aus mir zitieren, ist selber nur wieder Zitat und zwar aus einem »Gegenwart«-Aufsatze, der seinerseits – als Übersetzung eines, wenn ich nicht irre, in einer schottischen Revue veröffentlichten längeren Bismarck-Artikels – auch nur wieder ein Zitat war. Und auch die schottische Revue, so glaube ich, wird den dem Verdienste zuständigen Kranz im letzten ablehnen und in eine vierte Hand weitergeben müssen. In *welche,* darüber sind nur Mutmaßungen gestattet; aber ich treffe wohl das Richtige, wenn ich annehme, daß nur von einem nahen Standpunkt aus ein so scharf und zugleich so liebevoll gezeichnetes Bild gegeben werden konnte.

In herzlicher Ergebenheit
Ihr Th. Fontane

123. An Eduard Engel

[Berlin, 17. April 1881]

Natürlich hab' ich auch Raabe gelobt, auch aufrichtig und dem Raabeschen Talent gerecht werdend; ein so begabter und auch in die *Kunst* seines Metiers so tief eingedrungener Mann wie R. wird nie Blech schreiben, er wird einem ordentlichen Leser auch *dann* noch etwas bieten, wenn dieser Leser ungeduldig wird und vielfach in den Schrei ausbricht: ich kann es nicht mehr aushalten! Aber zu diesem Schrei gibt er doch auch redlich Veranlassung, und wenn ich viel von ihm lesen müßte, so würd' er vielleicht zu denen gehören, die gerecht zu beurteilen mir auf die Dauer unmöglich würde. Er gehört nämlich … zu jener mir entsetzlichen deutschen Menschengruppe, die mit *allem* unzufrieden sind, alles erbärmlich, verlogen und *quatsch* finden, nur den einen wirklichen und unzweifelhaften *Quatschkopf* nicht, den sie sich selber erfunden haben. Und solche Menschen in ihrer Mischung von Sentimentalität und furchtbarstem Dünkel sind mir ungenießbar. »Wer nicht so will wie ich, ist ein Schaf und eigentlich auch ein Lump.« Ob ich W. R. darin getroffen habe?

124. An Bernhard von Lepel

Potsdam. 20. April 1881
Pfarrhaus der Friedenskirche

Mein lieber Lepel.

Habe herzlichen Dank für Deine freundlichen Zeilen, die mir hierher nachgeschickt wurden. Ich hause nämlich seit Montag bei Pastor Windel auf Besuch. Die Unruhe des Lebens hier – Unruhe in dem sonst so stillen Potsdam und noch dazu in der Friedenskirche – läßt mich nicht zum schreiben kommen, am wenigsten heut, wo Wangenheims, meine Frau und Tochter und noch verschiedne andre Personen zu Tisch erwartet werden. Und vorher muß ich noch 3 Besuche machen, einer davon bei Ludoviken! »So fleh ich Dich denn um drei Tage Zeit,« – – – morgen Abend kehr ich in mein Berliner Heim zurück und beantworte Dir Deine Fragen. Eigentlich auch *das* nicht recht, denn es giebt nicht recht was zu antworten.

Ich habe eben Deinen Brief noch mal durchgelesen und finde nun, daß ein zweiter Brief doch eigentlich unnöthig ist. Es läßt sich alles gleich sagen. Die Rütli-Debatte unterblieb; ich darf jetzt hinzusetzen: glücklicherweise. Ich hätte natürlich die Kastanien aus dem Feuer holen müssen – andre Finger geben sich dazu nicht her – und hätte mich gründlichst verbrannt und meine freundschaftlichen Beziehungen zu Lazarus, die mir lieb und werth sind, in Frage gestellt. Haben wir einen christlichen Staat, so hab *ich* Recht, haben wir blos einen »Staat«, so hat Lazarus Recht. Und da kein Mensch recht weiß, ob wir in einem »Staat« oder in einem »christlichen Staat« leben, so kann der Streit nicht recht entschieden werden.

Ich habe viele Bände Vehse von Dir, die Du mir zur Aufbewahrung gabst, einen Einzel-Band aber habe ich nicht. Ich brauche den Vehse häufiger, krieg ihn aber seit 7 oder 8 Jahren regelmäßig aus der Herrenhaus-Bibliothek, die mir überhaupt von großer Wichtigkeit, weil leicht zugänglich ist. – Empfiehl mich der verehrten gnädigen Frau. Wie immer Dein alter

Th. Fontane.

Ueber Scherenberg denk ich, trotz seiner spätren Verrücktheiten, im Ganzen eben so günstig wie Du. Einiges ist ganz ersten Ranges. Er war wirklich ein Dichter. Uebrigens lebt er noch. Du brauchst nur seine Vornamen richtig anzugeben und dann: Schöneberg bei Berlin. Die Nummer kann ich Dir nicht angeben, da ich hier keinen Wohnungs-Anzeiger habe.

125. *An Philipp zu Eulenburg*

Potsdam, d. 23. April 1881.
Pfarrhaus der Friedenskirche

Hochgeehrter Herr Graf.

Seit acht Tagen bin ich hier im Pfarrhaus der Friedenskirche und verlebe glückliche Tage. Ihren lieben Brief vom 7. nahm ich mit herüber, um ihn gleich zu beantworten. Das Friedenskirchenleben war aber, aller Friedlichkeit unerachtet, wenig still, und so wollte sich die rechte Stunde nicht finden lassen. Aber jetzt *soll* sie da sein.

Ich beklage von Herzen, daß Ihnen die Pariser Tage bisher

so wenig Glück bedeutet haben. Aber jeder Köcher schießt sich schließlich leer, und es werden Ihnen wieder friedliche und helle Tage kommen. Auch in Paris noch. Als wir in unsre jetzige Wohnung einzogen, ging uns alles verquer. Einer der Handwerker, der meine Frau darüber in Sorge und fast in Tränen sah, sagte zu unsrem Mädchen: »Jott, *die* Madam kann lachen. Wen't *so* anfängt, wird et immer jut«. Und er hat wenigstens nicht ganz unrecht gehabt.

Ich habe die letzten Wochen sehr unruhig verbracht, fast immer auf Reisen, weil zu Weihnachten ein vierter Band meiner »Wanderungen« erscheinen soll, zu welchem Zweck ich noch allerhand sehen mußte. Ich war in dem fabelhaften Lande »Beeskow-Storkow« und später in Gröben und Siethen, zwei in der Nähe von Trebbin gelegenen Gütern, die – von ihrer entzückenden Lage ganz abgesehn – dadurch ein Interesse haben, daß die ostpreußischen Groebens dort herstammen, denen dadurch drei Jahrhunderte hin die Schlabrendorffs und zuletzt zwei Scharnhorst'sche Damen, Mutter und Tochter, im Besitze folgten.

Gegen Bismarck braut sich allmählich im Volk ein Wetter zusammen. In der Oberschicht der Gesellschaft ist es bekanntlich lange da. Nicht seine Maßregeln sind es, die ihn geradezu ruinieren, sondern seine Verdächtigungen. Er täuscht sich über das Maß seiner Popularität. Sie war einmal kolossal, aber sie ist es nicht mehr. Es fallen täglich hunderte, mitunter tausende ab. Vor seinem Genie hat jeder nach wie vor einen ungeheuren Respekt, auch seine Feinde, ja diese mitunter am meisten. Aber die Hochachtung vor seinem Charakter ist in einem starken Niedergehn. Was ihn einst so populär machte, war das in jedem lebende Gefühl: »Ah, ein großer Mann.« Aber von diesem Gefühl ist nicht mehr viel übrig, und die Menschen sagen: »Er ist ein großes Genie, aber ein kleiner Mann.« Dadurch, daß er seine mehr und mehr zutage tretenden kleinlichen Eigenschaften mit einer gewissen Großartigkeit in Szene setzt, werden die kleinlichen Eigenschaften noch lange nicht groß. Wenn ich einen um einen Sechser verklage und nicht eher ruhe, als bis ich ihn im Zuchthause habe, so ist der Apparat zwar sehr groß, aber der Sechser bleibt ein Sechser. In alten englischen Balladen kommt mit Vorliebe die Wendung vor »O, Percy, mir sang ein Vogel ins Ohr usw.« Wenn ich doch der Vogel wäre, der der Lady Percy etwas Warnendes zusingen könnte, damit sie's an die rechte Adresse brächte, was der Vogel gesungen.

Mit der Bitte, mich der Frau Gräfin empfehlen zu wollen, in vorzüglicher Ergebenheit, hochgeehrter Herr Graf

Th. Fontane.

126. An Wilhelm Hertz

Berlin 11. Mai 81.
Potsd. Str. 134.c.

Sehr geehrter Herr Hertz.

Ergebensten Dank für die 300 Mark, die Sie so freundlich waren mir zu schicken.

Auf meinen letzten Wanderungen – wiederholentliche Fahrten nach den Schwesterdörfern Groeben und Siethen – habe ich Ihrer jedesmaal gedacht, weil ich das Gefühl hatte, daß eine Theilnahme daran, Sie vor tausend anderen interessirt und vielleicht selbst, wie mich, gerührt oder doch bewegt haben würde. Siethen ist nämlich das Dorf, in dem Frau von Scharnhorst, Wittwe des jüngsten Sohnes des berühmten Scharnhorst, über 40 Jahre lang lebte und in Gemeinschaft mit ihrer Tochter Johanna Scharnhorst nicht nur Stiftung über Stiftung – aber immer ihren doch nur bescheidenen Mitteln angemessen – ins Leben rief, sondern auch, unter dem stillen Einfluß *wahrhaft* christlichen Thuns, beide Dörfer auf eine seltene Stufe des Anstands, guter Gesinnung und guter Sitte hob. Ich denke mir, daß Sie in zurückliegenden Stahl-Gerlachschen Tagen oft von diesen beiden Damen und auch von Johannas schöner Cousine *Agnes* v. Scharnhorst, jetzt Frau v. Münchhausen in Erdmannsdorf, gehört haben müssen.

Kommen Sie nach München so herzlichsten Gruß an Paul und Frau.

Mit besten Reisewünschen Ihr aufrichtig ergebenster

Th. Fontane.

127. An Bernhard von Lepel

Berlin. 26. Mai 1881
Potsd. Str. 134.c

Mein lieber alter Lepel.

Nur ein *»j'y pense«*, oder in freier Uebersetzung: »Ich denke dran, mein tapferer Lagienka.« Ach das klingt so vorsündfluthlich, und doch lebten wir schon lange, als es gedichtet und zuerst gesungen wurde. Aber haben wir schon lange gelebt, so wollen wir auch länger noch! Hoch, hurrah! Wie immer

Dein
Noel.

128. An Eduard Engel

[Berlin, Juni 1881]

[Anfang fehlt.]

... Ihre Worte über Raabe und ganz speziell über das ›Horn von Wanza‹, das ich vor einem Vierteljahre gelesen habe, sind mir ganz aus der Seele gesprochen. Die ersten Zweidrittel der Erzählung sind *so* gut, *so* bedeutend, wie ich auf dem Gebiete der erzählenden Literatur überhaupt kaum etwas kenne. Das letzte Drittel fällt sehr ab. Über die Rede des Seifenfabrikanten denke ich nicht so gut wie Sie; echt ist sie, aber doch mit einem starken Beisatz von Langweiligkeit. Es fehlt hier die »perspektivische Verkürzung«, von der Sie, wenn auch nicht mit diesem Wort, an anderer Stelle sprechen. Mich haben die ersten Szenen (schon auf der Chaussee, in der öden Dorfkneipe) zwischen dem jungen Studenten und dem Burgemeister, dann die Rathausszene, wo wir des Nachtwächters Jugendgeschichte erfahren, und endlich die Schilderung der Hochzeitsreise der Frau Rittmeister Grünhage am meisten entzückt. All diese Dinge sind ganz ersten Ranges, und weder Dickens noch andere Humoristen, die ich kenne, haben *das* geleistet. Hätte Raabe mehr Kritik, so wäre er absolut No. 1; aber freilich – »wär er besonnen, wär er nicht der Tell«.

[Schluß fehlt.]

129. An Hermann Wichmann

Berlin, 2. Juni 1881.
Potsd. Str. 134 c.

Theuerster Wichmann!

Es war ohnehin meine feste Absicht, in diesen Tagen an Sie zu schreiben und Ihr liebenswürdiger Brief hat nur Feuer dahinter gemacht. Sie sind doch ein ausgesprochen schriftstellerisches Talent und eigentlich nur »zu spät dazu gekommen«. Sie gehen unkritisch vor und lassen sich auch die Kritik

Anderer weder gefallen, noch durch dieselbe beeinflussen und in dieser Kritiklosigkeit, Pardon, steckt Ihre Schwäche; aber die darstellende Kraft, auf die es doch zuletzt eigentlich ankommt, das lebendige Sehen und das lebendige Wiedergeben, *das* haben Sie weg trotz einem. Ihre Schilderung des alten Spelunken-Roms, in dem Sie Monate lang oder vielleicht Jahr und Tag gelebt haben, hat mich entzückt, ebenso Ihre Moleschott-Charakteristik, in der wohl nur die kritische Scheere das Eine oder das Andere wieder wegschneiden müsste.

Und nun beschuldigen Sie mich nicht der Zudringlichkeit oder der unaufgeforderten Rath-Ertheilung, daß ich so zeitungsrecensentenhaft an Ihren liebenswürdigen Brief herangetreten bin, aber ich denke mir, dass Personen wie wir doch nicht bloss, als ob es sich um einen alten Tanten-Geburtstag handelte, Gratulations- und Anstands-Briefe mit einem Nichts von Inhalt zu wechseln haben, sondern dass ein solcher 10 Seiten langer Brief mit einer Fülle von Lokal- und Menschen-Schilderung, auch als ein »Manuskript«, als eine kleine literarische Arbeit angesehen sein will. Und über eine solche darf man sprechen.

Ich soll Ihnen etwas von hier aus vermelden. Ja, was? Ich nehme an, dass Sie Berliner Blätter lesen, wenn auch nur ganz gelegentlich, und wer alle 8 Tage eine Zeitung liest, ist bekanntlich immer au courant. Sie werden also von dem R. Wagner-Enthusiasmus und -Schwindel, von Spielhagen's wegen Unsittlichkeit confiscirter Roman-Nummer, von Anton v. Werners Fehde mit dem Cultus-Ministerium, bez. mit Bode, Jordan Meyer, Schöne (übrigens alles ein und derselbe Fall) gehört haben.

Davon also nichts. Es kommt nun der engere Kreis. Von Kühling höre und sehe ich nichts; das Portrait, das er vor Jahr und Tag von Anna Zoellner gemalt hat, ist recht hübsch. Ich hätte ihm auf diesem Gebiete soviel gar nicht zugetraut. Mit Aug. Reichensperger war ich neulich in einer kleinen Gesellschaft zusammen; er wird alt, ist aber immer gleich beredt und gleich liebenswürdig und geräth nur mehr und mehr ins Ridikule durch seine Feindseligkeit gegen die Berliner Architektur. Es wäre furchtbar, wenn wir plötzlich gothisirt und verreichenspergert werden sollten. – X, so höre ich eben, will trotz seiner 3 oder 84 nach England gehen, um daselbst einen grossen Contrakt mit einem englischen Verleger abzuschliessen. Ob letzterer auf seine Rechnung kommt? Ich glaube, X.'s Tage sind auch *litterarisch* gezählt. Mein Urtheil über ihn ist zwar ausschliesslich frauenhaftes Urtheil, d. h. sentimental, da ich unendlich wenig von ihm gelesen habe, – Alles aber, was ich von seiner Schule und Richtung weiss, ist mir durchaus contre coeur.

Es ist mir doch lieb, heute am 6. Juni diesen am 2. geschriebenen Zeilen noch ein Wort hinzufügen zu können. Im letzten Rütli vorgestern kam zufällig das Gespräch auf X. und ich hörte erst nun, dass sein neuestes Werk allgemein bewundert würde. Lazarus z. B. hat erklärt, so was Glänzendes noch gar nicht gelesen zu haben. Ist dies auch übertrieben, so giebt es mir doch zu denken. Ich glaube nicht an diese Formen des Liberalismus und ihre besondere und vorzugsweise Berechtigung und ich glaube fast noch weniger daran, dass man aus Archiven das Material zur Geschichtsschreibung holen muss. Dies vornehme Herunterblicken auf Alles, was nicht in Akten und Staatspapieren steht, ist in meinen Augen lächerlich – die wahre Kenntniss einer Epoche und ihrer Menschen, worauf es doch schliesslich ankommt, entnimmt man aus ganz anderen Dingen. In 6 altenfritzischen Anekdoten steckt *mehr* vom alten Fritz, als in den Staatspapieren seiner Zeit.

Zoellner sah ich gelegentlich, aber doch auch selten, da selbst die Rütli-Begegnungen mit ihm nur ausnahmsweise stattfinden. Der Sonnabend ist nämlich fast immer Theater-Abend und zwingt mich auf meinen Parquetplatz. Er, Zoellner, ist ganz der alte, quick, beweglich und kein Spielverderber, *sie* verfolgt nach wie vor das altpreussische Prinzip: nur nicht krank sein, nur nicht ausspannen, nur nicht den Pensions-Gedanken aufkommen lassen. Anna ist eine elegante Dame geworden, nach meiner Meinung ganz hübsch, nach anderer Meinung sogar sehr hübsch. Karl, nach Absolvirung seines Abiturienten-Examens, ist in's Baufach eingetreten, und arbeitet im Bureau von Baumeister Martens, Schwiegersohn von dem trefflichen, zu früh verstorbenen Gropius.

Ihre früheren Nachbarn von Potsdamer Strasse 119 oder 120 her, Familie v. Heyden, hat einen kleinen Landbesitz bei Berchtesgaden an sich gebracht, den der älteste Sohn verwaltet und den der Rest der Familie als Sommeraufenthalt, als Vallombrosa benutzt. Der Rest der jungen Welt ist herangewachsen, zwei der Söhne sind Fähnriche, dicht vorm Offizier, und der jüngste »hat sich das Malen angewöhnt«. Er ist Thiermaler und nicht ohne Talent.

Berlin selbst hat sich ganz ausserordentlich verändert und ist jetzt eine schöne und vornehme Stadt. Wir verdanken das allem Möglichen, aber doch weitaus am meisten dem Asphalt und den Pferdebahnen. Nicht nur ist der Verkehr in einem ganz unglaublichen Grade gewachsen, er hat vor Allem auch sein Ansehen geändert. Die Droschken sind wohl noch da, allein man bemerkt sie wenig, weil oft in einer einzigen Minute 6 oder auch wohl 10 elegante Pferdebahnwagen an einem vorüberfahren. Alles ist Leben, Frische, Wohlgekleidetheit. Ich freue mich, diese vernobelte Zeit, an die ich kaum geglaubt, noch erlebt zu haben.

Was endlich Haus Fontane selber angeht, so hat sich nicht viel verändert. Der älteste Sohn, nun schon 30, ist Cadettenlehrer in Lichterfelde, der zweite Kammergerichts-Referendar, der dritte soll zum Herbst als Buchhändler eintreten. Am liebsten in London. Oder es könnte auch Rom sein. Können Sie mir darin einen Rath oder Wink geben? Die Tochter ist Erzieherin in einem adligen Hause nicht weit von der schlesischen Grenze. Allen geht es gut. Meine Frau kränkelt, aber doch weniger als in den letzten Jahren, und ich selber sitze wie immer an meinem Schreibtisch, sehe wenig Menschen und schreibe Kritiken, Novellen, Wanderungen. Also das Alte.

Und nun leben Sie wohl, empfehlen Sie mich der hochverehrten Frau und grüssen Sie die jungen Fräuleins, Johannes und den »Wütherich«.

In herzlicher
Ergebenheit
Th. Fontane.

Eine Hauptsache habe ich nun doch noch vergessen und ich muss den Brief wieder herausnehmen und ihn neu couvertiren.

Wir haben gestern Abend Ihren Aufsatz mit grossem Interesse gelesen. Der »edle Räuber« ist zwar eine typische Figur, aber das Ganze hat doch soviel Lokalcolorit, ist so sicilianisch getönt, dass auch ein Neuheitsreiz gewonnen wird.

Einen ganz besonderen, nach einer ganz anderen Seite hin liegenden Eindruck hat Ihre politische Schlussbetrachtung auf mich gemacht. Haben Sie Recht, so ist das schlimm und man kann dann bloss sagen: »Italien ist moderner geworden, aber nicht besser.« Vielleicht ist das Jobber-, Betrugs- und Ausbeutesystem, auf das Sie hinweisen, aber nicht specifisch modern-*italienisch,* sondern überhaupt *modern* und findet sich überall. Selbst hier, wo man auf Ehrlichkeit so stolz ist, liegen die Dinge im Argen.

Ihr

Th. F.

130. An Martha Fontane

Berlin 3. Juni 81. Potsd. Str. 134.c.

Meine liebe Mete.

Seit 4 Wochen heißt es in meinem Tagebuch täglich: ›Gearbeitet, – Groeben und Siethen‹, aber seit gestern fehlt diese Zeile, Groeben und Siethen ist fertig und ich fange nun an den Briefberg oder die Briefschuld abzutragen, die vor mir liegt. Auch Dir ein paar Zeilen, meine liebe Mete. Heute früh kam Dein Brief mit der schönen Spargelsendung und dem von Dir beigeschlossenen Briefe von Frau Schreiner. Es ist ein eignes Talent ausgiebig und was die Hauptsache ist aufrichtig danken zu können. Von den Spargeln sind die dicksten zu ›Geheimraths‹ ci-devant Hofraths gewandert, die wegen mannigfach bewiesener Freundlichkeiten, mal königlich belohnt werden mußten. Der eine Riesenspargel sah ohnehin wie ein Scepter aus.

Es freut uns stets, von Deinem Wohlbefinden zu hören, am meisten wenn Friede mit Ella herrscht. Wir können alle keinen Aerger ertragen und das ist eine Art Lebensunglück. Man *muß* Aerger aushalten können; wenn man es nicht kann, wenn man ihm überall aus dem Wege geht, so erreicht man nichts. Bei Frauen mag dies nur halb zutreffen oder noch weniger als halb, bei Männern ist es wichtig. Wer nicht zum Turniere kommt oder gleich nach dem ersten Anreiten erklärt ›ich steche nicht weiter‹, der kann auch den Kranz nicht gewinnen, den schließlich doch jeder gewinnen möchte. Wenigstens in der Jugend. Jetzt ist er *mir* etwas Gleichgültiges geworden. Ich bin nur noch Zuschauer und amüsire mich über das Spectacle das aufgeführt wird.

Witte's sind also hier und wir waren gestern Abend mit ihnen bei Krolls, dem Tummelplatz der Demimonde. Lise, als sie mit Bertha Wilmsen durch die Laubengänge ging, wurde ›gerempelt‹, was – wie ich bei der Gelegenheit erfahren habe – als erste vertrauliche Annäherung gilt. Die Sitten wechseln und die Unsitten natürlich auch. Zu meiner Zeit gab es andre Formen, welche weiß ich nicht mehr, aber *das*, weiß ich, daß ›rempeln‹ nicht dazu gehörte. Natürlich fallen diese Fühlungen, diese Mittelzustände von Stoß und streifen weg, sowie ein Herr die Dame führt, ich bat also um ›hook on‹ und zierte mich mit Lisen am Arm im Park umher. Hinterher mit ›Tante Anna‹, die sehr liebenswürdig, sehr gesprächig war und sich außerordentlich erholt hat. Es war rührend, sie so dankbar und freudig und natürlich ganz unsentimental über das wiedergewonnene Leben sprechen zu hören. Dabei wurd' ich in die zurückliegenden Vorgänge vollkommen eingeweiht und ich könnte darüber schreiben, einzelnes auch illustriren. Es giebt Frauen, die alles sagen dürfen und nun gar *mir*. Auch Ohren-Lucaes waren zugegen und da *er* vorhat zu einem Gelehrtencongreß nach London zu gehen, so kamen wir aus den Vocablen gar nicht heraus. Ueber die Aussprache von Sutherland und Loch Katrine fochten wir eine ›Glockenstunde nach der Uhr von Shrewsbury‹. Morgen reisen alle Wittes nach Trienke und sind etwa um 4 oder 5 dort. Genau vierundzwanzig Stunden später wird der mächtige Parlamentarier, so denk ich, um nicht aus der Uebung zu kommen, seine erste Rede halten und die heilige Allianz der Häuser Mengel und Witte besiegeln. Ein Kuß des Brautpaars wird wohl das Gegensiegel bilden.

Hier ist alles beim Alten. Theo hat den Vicefeldwebel aus und den Referendar wieder angezogen, George will morgen auf zwei, drei Tage nach Fürstenwalde, Friedel nach dem Grünewald. Mathilde scheuert zu Pfingsten und wird wohl am Pfingsttage selbst irgendwo einregnen, *ich* bleibe zu Haus und arbeite und Mama schreibt meinen letzten Aufsatz ab unter der bekannten Betrachtung: ›ist *das* ein Leben, ist *das* ein Pfingstfest.‹ Ich lächle und find es nicht so schlimm.

›Ellernklipp‹ schick ich Dir, so wie wir ein paar Exemplare haben. Westermann scheint es wie Gold behandeln zu wollen, aber schwerlich wenn es ans Bezahlen geht. Es wird alles furchtbar geschäftlich abgemacht und innerliches Engagement und aus diesem Engagement heraus ein generöses Handeln sind unbekannte Dinge. Der Gewöhnlichkeit gehört die Welt.

Es tangirt mich aber nicht, so lang ich ein Bett und ein Glas Thee habe.

Mama ist zum Kaffe bei Wangenheims und wird sich wohl schwer gelangweilt haben; Diners sind gut, Kaffes schlimm.

Und nun leb wohl und habe frohe Festtage. Wie immer Dein alter

Papa.

131. An Mathilde von Rohr

Berlin 6. Juni 81. Potsd. Str. 134.c.

Mein gnädigstes Fräulein.

Die Dobbertiner Spargel sind längst verzehrt und wenn meine Frau mittlerweile nicht geschrieben hat – was ich bezweifle, denn sie hatte vorige Woche eine große Arbeit von mir abzuschreiben – so läßt der Dank dafür noch immer auf sich warten. In diesen Zeilen aber soll er als Erstes abgestattet werden.

Es sind Wochen und vielleicht Monate schon, daß ich zuletzt von ihnen hörte. Gleich nach Ostern war ich in Potsdam bei Dr. Windel und wollte natürlich auch Frau v. Ciesielski besuchen, aber ich bin überhaupt zu keinem Besuch gekommen, selbst bei Hesekiels, bei denen ich nothwendig vorsprechen mußte, erschien ich erst 2 Stunden vor meiner Wiederabreise. Der ganze Potsdamer Aufenthalt war kürzer und namentlich unruhiger als gewünscht. Ich traf Oster-Montag am Abend ein und reiste Sonnabend Nachmittag wieder ab. Ergiebt nur 4 Tage. Und wie vergingen die? Gleich am Dinstag-Nachmittag mußt' ich nach Berlin ins Theater und da das neue Stück *sehr* lange spielte, war ich erst um Mitternacht wieder in der Friedenskirche. Am Mittwoch hatte ich dann die Kritik zu schreiben, was bis 6 dauerte, um welche Zeit Friedel schon im Nebenzimmer wartete und nun holter die polter aufbrach, um die Kritik noch rechtzeitig auf die Vossische Zeitung zu schaffen. Am Freitag kamen Wangenheims, meine Frau und Martha (die gerade in Berlin war) auf Besuch und nahmen wieder einen Tag fort, so daß ich, außer den sehr gemüthlichen Abendspatziergängen in Marly-Garten und Sanssouci, nur den Donnerstag zur Verfügung gehabt habe. An einem Abend, ich weiß nicht mehr an welchem, waren wir bei Graf Egloffsteins, wo furchtbar viel Gräflichkeit und Christlichkeit versammelt war. Es ging noch ganz leidlich ab, und eine alte Gräfin Dohna, ferner eine Frau v. Burgsdorff gefielen mir ganz gut, trotzalledem mache ich dergleichen höchst ungern mit. Es ist reine Zeitvergeudung. Wie's in solchem Zirkel überhaupt aussieht, das weiß ich, und im *Besonderen* lernt man herzlich wenig dazu. Führen mich bestimmte literarische Zwecke in solche Häuser, so nehm ich das Unbequeme nicht blos geduldig mit in den Kauf, so fühl' ich es auch gar nicht; die stündliche Wahrnehmung, daß ich *das* erreiche, was ich erreichen will, erhält mich bei guter Laune. Ich kriege, wie die Berliner sagen ›meinen Preis heraus‹. Fehlen diese Zwecke aber, so krieg ich ihn *nicht* heraus und aergre mich meine Zeit so nutzlos veranlagt zu haben. Dazu kommt noch ein kleiner Neben-Aerger, der, je älter ich werde, immer stärker wird. In der Regel verlaufen die Dinge so, daß man zwar mit exquisiter Artigkeit behandelt, dem Ganzen aber doch ein Ton und Wesen gegeben wird, aus dem man die einem zu Theil werdende bedeutende gesellschaftliche Auszeichnung erkennen soll. Dies ist mir nun im höchsten Maaße langweilig und ridikül; ich empfinde nichts von einer Auszeichnung, bin vielmehr so kolossal arrogant mir umgekehrt einzubilden, die Leute müßten froh sein mich kennen gelernt zu haben. Denn erstlich hab ich doch auch so was wie einen Namen oder Nämchen, was aber viel wichtiger ist, ich habe viel erlebt und gesehen und kann darüber, wenn mir nur einer zuhören will, was aber freilich selten der Fall ist, in eingehender, bilderreicher und espritvoller Weise sprechen. Es ist nichts Auswendiggelerntes, nichts Schablonenhaftes in mir, ich bin *ganz selbständig* im Leben, Anschauung und Darstellungsart, und halte mich deshalb für interessant und apart. Aber die Menschen wollen im Ganzen genommen wenig davon wissen. Es geht mir mit meinem Wesen, Charakter und gesellschaftlichen Auftreten wie mit meinen Büchern, einige sind sehr davon eingenommen, aber die große, große Mehrheit läßt mich im Stich.

Ich habe mich auf der letzten halben Seite aus meinem eigentlichen Thema herausverirrt, – ich wollte von meinem Selbstgefühl den sogenannten vornehmen Kreisen gegenüber sprechen und habe mich schließlich als Selbstgefühls-Mensch überhaupt decouvrirt. In solchen Bekenntnissen macht man sich ja leicht lächerlich und ich werde dieser Gefahr wohl nicht ganz entgangen sein; aber etwas kann vielleicht mit meinem

Selbstgefühl versöhnen: das heitre Zugeständniß all der Niederlagen, die dasselbe beständig erlebt.

Es ist nun aber Zeit von andrem zu sprechen. Erst von der Familie. Mit meiner Frau geht es leidlich; daß sie den Schmerz nicht verwinden kann arm zu sein, ist ein alter Schaden, auf den ich unmöglich noch viel Gewicht legen kann; verglichen mit den Verhältnissen, aus denen heraus ich sie geheirathet habe, lebt sie jetzt wie in Abrahams Schooß. Ich kann momentane Geldverlegenheiten, die bei Lichte besehen kaum welche sind*, nicht als ungeheures Lebens-Unglück ansehn; wir haben seit Anno 55 also seit 26 Jahren alljährlich über 2000, eine kurze Zeit lang gegen 3000 und als Durchschnitt 2500 bis 2700 Thaler ausgegeben, – ich kann dies unmöglich ein jämmerliches Leben nennen. In Wahrheit leben wir, bei gleichzeitig äußerster Bescheidenheit, auf einem großen Fuß, in *dem* Sinne auf einem großen Fuß, daß wir uns nichts versagen, was uns *sehr* wünschenswerth erscheint. Wenigstens paßt das auf mich. Natürlich wünscht sich ein vernünftiger Mensch nur das Zulässige, das Mögliche, das Wohlmotivirte. – Mit den Kindern geht es gut. George wird seine 5 Wochen Ferien wohl in London zubringen, weil ihm sehr wahrscheinlich eine kleine Summe Geldes zur Ausführung dieses für ihn wichtigen Aufenthaltes bewilligt werden wird. Theo war 8 Wochen in Magdeburg und ist als Vice-Feldwebel retournirt, wird also wohl im nächsten Sommer Reserve-Offizier werden. Friedel hat sich für den Buchhandel entschieden und weiß nur noch nicht wohin? Ich gäb' ihn gern nach London, vorausgesetzt daß dergleichen überhaupt möglich ist. Martha genießt die schöne Jahreszeit in Klein-Dammer und freut sich auf die Ferienwochen, die sie mit uns in Wernigerode verbringen will. Mit ihrer Gesundheit geht es besser als im Winter.

Die Freunde sehen wir selten. Wäre nicht der Rütli, so

* Es kommt vor, aber *sehr* selten, daß wir keine 50 Mark im Hause haben. Ich brauchte nun blos an irgend einen Verleger, am einfachsten und leichtesten aber an den mir befreundeten Kassen-Rendanten der Vossischen Zeitung zu schreiben und würde *auf der Stelle* jede beliebige Vorschuß-Summe ausgezahlt erhalten. Ich unterlasse dies aber aus *Klugheit und Feinfühligkeit*, und bestreite, daß man einen solchen Zustand der Dinge, den man jeden Moment ändern kann, als ›Geldverlegenheiten‹ bezeichnen darf.

könnte von Verkehr kaum noch die Rede sein. Senator Eggers hat sich wiederverheirathet, eine allerliebste kleine Frau; Bormann ist 79 und dabei frisch wie der Fisch im Wasser, – er war vorige Woche 3 Tage lang in Weimar (Schiller-Stiftung) und berichtete darüber mit jugendlicher Lebendigkeit, er giebt auch immer noch jungen Prinzessinnen Unterrichtsstunden. Menzel hat seine gute Zeit; im Winter, wenn er viel bei Hofe ist, mitunter täglich, wird er schwer traitable, jetzt aber ist er wieder Mensch unter Menschen. Heyden macht auch die Hof-Carrière und vertrödelt mehr Zeit damit, als wünschenswerth. Um es gröblich auszunutzen, dazu ist er viel zu anständig. Zoellners sind munter; *sie* ist, glaub ich, sehr glücklich Frau Geheimräthin zu sein, eine liebe, treffliche Dame, aber äußerst conventionell und ganz in den alten preußischen Anschauungen, die mir so lächerlich sind, befangen. Fräulein *Anna* entwickelt sich zur beauté, der Sohn (Karl) ist als junger werdender Architekt in ein Bau-Büreau getreten. Der Alte ist unverändert; einige sagen: er sei klapprig geworden; ich kann es aber nicht finden.

Bei klapprig fällt mir natürlich Lepel ein. Er war vor ungefähr 14 Tagen hier, kam auch in den Rütli. Der unglückselige ›Moses‹ der fast ebenso verhängnißvoll für sein Leben geworden ist wie die Frauen, nimmt ihn wieder ganz in Anspruch. Es traf sich zufällig, daß Heyden, der davon nichts wußte, lauter in der Kunst- und Kunsthändler-Welt vorkommende Schwindelgeschichten erzählte. Lepel wird wenig Trost daraus geschöpft haben. Im Uebrigen war er, um ihm seine Ehre zu geben, merkwürdig gut im Stande. Leider bildet er eine sonderbare Sprechweise, die quick, pikant, ironisch und humoristisch und noch Gott weiß was alles sein soll, immer mehr aus. Ist er nun sehr guter Laune (was diesmal der Fall war) so daß das Humoristische seiner Rede prävalirt, so geht es mit diesen pfeilartig vom Bogen geschossenen Piquanterien, in der Regel aber wirken diese sein sollenden Geistreichigkeiten als fiele einem Mückenstaub auf die Haut, man reibt sich, juckt sich, kratzt sich und wird um so verdrießlicher, je weniger man erkennen kann, wo's denn eigentlich herkommt. Lepel ist ganz Kürassier und diese Husaren-Gastrolle kleidet ihm nicht.

Mir geht es leidlich. Ich habe in diesen letzten 6 Wochen einen großen Aufsatz geschrieben: ›*Groeben und Siethen*‹, zu dem mir, außer Dorf und Kirchenbuch, vor allem Frau v.

Münchhausen geb. v. Scharnhorst und Graf Siegmar Dohna, Zwillingsbruder der verstorbenen Frau v. Chaumontet und jüngerer Bruder der alten vorerwähnten Gräfin Dohna in Potsdam, den Stoff gegeben haben. Im Harz hoff ich zwei Novellen schreiben d. h. entwerfen zu können, – im Winter corrigir' ich dann beide und namentlich auch den Schack-Frl. v. Crayn-Stoff, der nun schon 2 Jahr im Brouillon in meinem Kasten liegt. Mit den aufrichtigsten Wünschen für Ihr Wohl, mein gnädiges Fräulein, Ihr dankbar ergebenster

Th. Fontane.

132. An Julius Grosser

Berlin 9. Juni 81.
Potsd. Str. 134. c.

Hochgeehrter Herr.

Anbei endlich das märkische Kapitel, dem Ihre Güte einen Platz in »Nord und Süd« in Aussicht gestellt. Es wird 2¹/₄ Bogen sein. Darf ich mir pro Bogen 300 Mark erbitten und zugleich Abdruck bis spätestens zum 1. Oktober proponiren, da das Kapitel einem etwa zum 15. November erscheinenden 4. Bande meiner »Wanderungen durch Mark Brandenburg« eingefügt werden soll.

Erscheint es Ihnen wünschenswerth den Artikel zu halbiren, so, glaub ich, muß die erste Hälfte mit »Gräfin Schlabrendorf« abschließen und die zweite Hälfte mit »Frau v. Scharnhorst's« beginnen.

Entscheiden Sie sich für diese Halbirung, so möcht' ich bitten, noch ein kleines Appendix-Kapitel, aber unter dem selbständigen Titel: *Die Begräbnisstätte der Scharnhorst'«* anfügen zu können, nur 3 bis 4 Seiten lang. Ich ordne mich in diesem Punkt aber Ihren vielleicht abweichenden Entschlüssen unter.

Mit der Bitte mich Dr. Lindau empfehlen zu wollen,
in vorzüglicher Ergebenheit

Th. Fontane.

Ihnen den Ueberblick über die Arbeit zu erleichtern, [leg' ich einen Orientirungs-Bogen bei.

Th. F.]

133. An Gustav Karpeles

Berlin 11. Juni 81.
Potsd. Str. 134. c.

Hochgeehrter Herr Doktor.

Ich möchte »Ellernklipp« zu gleich minimaler Erhöhung meines Ruhms und meiner Kassenbestände gern zu Weihnachten erscheinen lassen. Ist es nöthig, dazu noch erst eine Erlaubniß bei Westermanns einzuholen?

In vorzügl. Ergebenheit

Th. Fontane.

Ueber Raabe, spez. über »Horn von Wanza«, findet sich heut eine brillante Besprechung in Dr. Engels Magazin f. d. *Lit. d. Ausl. Ich* hätte ihn *noch* mehr gelobt. Uebrigens sind die »Alten Nester« viel schwächer und nur stärker in den Raabeschen Fehlern.

134. An Karl Zöllner

Berlin 11. Juni 81. Potsd. Str. 134.c.

Mein lieber Chevalier.

Die selige Birch ist heute wieder auf dem tapis. Kann ich irgendwie, so komm ich vorher auf eine Stunde, komm ich aber *nicht*, so verzeih mir. Ich bin nämlich sehr angegriffen und werde vielleicht ›allen *Strapatzen* nit entbehren können‹. Darunter, nach dem alten Witz, bekanntlich auch der Schlaf.

Wie immer Dein

Th. F.

Alles falsch. Der alte Witz schließt umgekehrt damit ›*nur* den Sloaf nit.‹ Aber es is ja allens janz ejal.

135. An Gustav Karpeles

Berlin 16. Juni 81.
Potsd. Str. 134.c.

Hochgeehrter Herr und Freund.

Besten Dank für Ihre freundlichen Worte, die man immer brauchen kann, und doppelt, wenn sie von einer Redaktion oder doch wenigstens von einem Redakteur kommen. Denn »Redaktionen« ist allerdings noch die Steigerung und der reine unsichtbare Gott in Wolken, das Fatum, das den Untergott in seiner Liebe desavouiren kann.

Ellernklipp wird zu Weihnachten bei Hertz erscheinen; er war zu meiner Freude gleich bereit. Denn von »Gesucht*werden*« ist bei mir keine Rede, so daß immer noch erst ein »petitum« gestellt werden muß. Unbequem genug.

Ich möchte nun wohl die Kapitel-Ueberschriften wiederherstellen und wenn auf der Braunschweiger Druckerei der betr. Bogen noch existiren sollte, so wär' ich sehr dankbar, wenn ich ihn durch Ihre freundl. Vermittlung zurück erhalten könnte. Oder soll ich selber schreiben?

In vorzüglicher Ergebenheit

Th. Fontane.

Aus dem Gedächtniß die Ueberschriften wiederherzustellen, würde mir zwar einigermaßen glücken, aber mühsam und nicht so gut.

136. An Wilhelm Hertz

Thale a. H. 24. Juni 81.
Hôtel Zehnpfund.

Sehr geehrter Herr Hertz.

Jeden Tag in Berlin erwartete ich den nun beigeschlossenen Zettel und schob deshalb meinen Dank für Ihre freundlichen Zeilen vom 19. hinaus. Erst im Moment der Abreise, gestern früh, erhielt ich ein Briefchen von Dr. Karpeles, Redakteur d. W.schen Monatshefte, und *in* dem Briefchen die Kapitel-Ueberschriften, die wieder herzustellen mir doch sehr gerathen erscheint. Ich bin immer, auch im Leben, für Ruhepunkte; Parks ohne Bänke können mir gestohlen werden. – Hier ist es schön und erquicklich wie immer. Um die Harz-Reise im Januar könnt ich Sie noch nachträglich beneiden. In vorzüglicher Ergebenheit

Th. Fontane.

137. An Gustav Karpeles

Thale a. H. 24. Juni 81
Hôtel Zehnpfund.

Hochgeehrter Herr und Freund.

Allerschönsten Dank für die Kapitel-Ueberschriften, nicht mindren für die freundliche Schlußwendung Ihres Briefchens. Ich empfing es im Moment meiner Abreise, wie ich vor grad' einem Jahr Ihren freundl. Besuch im Moment meiner Abreise empfangen durfte, und wünsche lebhaft, daß sich alles Weitre gleich glatt wie damals abwickeln möge. Das vivat sequens hat einen wirklichen Werth für mich, woraus ich Ihnen gar kein Hehl mache. Wenn Westermann manirliche Schriftsteller braucht, so brauchen die manirlichen Schriftsteller noch viel mehr Westermann. Denn während dieser unter einem Dutzend – *mehr* freilich sind in ganz Deutschland nicht heraus zu bringen – das Aussuchen hat, hat das Dutzend Schriftsteller nur unter einem Viertel-Dutzend von Journalen die Wahl: Westermann, Rundschau, Nord und Süd. Alles andre steht auf erheblich niedrigerer Stufe und fällt mehr oder weniger ins Vulgaire. Und wie verhält sich's nun mit der großen Dreiheit? Für Nord und Süd hat Bürger eigens die Zeilen gedichtet »Lenore, ach mit Beben, Ringt zwischen Tod und Leben« und mit meinem Freunde Rodenberg, trotzdem ich ihm – sehr gegen meine Natur und Neigung – geradezu die Cour gemacht habe, weil ich sein Journal für sehr gut und ihn selbst für einen sehr guten Redakteur halte, hab ich nie auf einen grünen Zweig kommen können. Sie ersehen daraus, wie viel *W's* für mich bedeuten; ich halte dabei mit nichts zurück, indem ich der Hoffnung lebe, daß Sie, um solcher Confessions willen, mir keine Daumschrauben ansetzen werden.

Und nun zu den »sequens«, womit es übrigens noch gute Wege hat; ich möcht' es nur, in diesem Sommer noch, im Brouillon niederschreiben können. Fertig ist es nicht vor Jahresfrist, weil ich 2 andre Arbeiten, eine für Hallbergers', eine andre für meine gute Vossin, die auch den Novellen-Durst gekriegt hat, vorher beenden muß. Es handelt sich um eine *politische* Novelle, etwas ganz Neues und Eigenartiges, das einigermaßen an den Adelheid v. Mühler-Stoff erinnert, den wir mal durchgesprochen haben; weicht aber auch wieder ab, ist viel reicher in den Figuren und vermeidet die Briefform. Der Titel soll sein: *Storch von Adebar* und die Tendenz geht dahin, den *pietistischen* Conservatismus, den Fr. W. IV. aufbrachte und der sich bis 1866 hielt, in Einzel-Exemplaren (Potsdam) auch *noch* vorhanden ist, in seiner Unächtheit, Unbrauchbarkeit und Schädlichkeit zu zeichnen. Die Hauptträgerin dieses Conservatismus ist die »Störchin« und ihr eigentlichstes Opfer ihr Gatte, der alte Storch, ein guter, kreuzbraver Kerl, der, in andren Zeiten und unter andrem Einfluß, sich und andren zur Freude gelebt hätte und nun an dem Widerstreit seiner Natur und des ihm Eingeimpften tragikomisch zu Grunde geht. Ich habe all diese Dinge erlebt, diese Figuren gesehn, und freue mich darauf, sie künstlerisch gestalten zu können. Die Gegenfigur zu Storch ist Graf Attinghaus, sein Gutsnachbar und vieljähriger Freund, ein idealisirter Bennigsen. Wie denken Sie darüber? Ich lege Ihnen einen »Theaterzettel« bei, aus dem Sie den Rest errathen mögen. Honorarbedingungen wie bei »Ellernklipp«.

In vorzügl. Ergebenheit

Th. Fontane.

138. An Emilie Fontane

Thale a.H. 24. Juni 81. Hôtel Zehnpfund.

Meine liebe Frau.

Es geht mir gut und wenn ich erst aus der Table d'hôte-Fremdheit heraus bin, so wird es sich noch besser machen. Auch meine Wade fängt an sich zu erholen und ich humple weniger. Dabei furchtbar müde; ich möchte in einem fort schlafen, was mir ganz recht ist. An Stilke hab ich deshalb abgeschrieben und die Arbeit erst für nächsten Sonntag, den 3. Juli versprochen.

Heut regnet es; es ist so erquicklich und ich sitze am Fenster und sehe den Wolken und dem stillen Treiben auf der Dorfstraße zu. Dabei las ich viel, Turgenjew und Lessing abwechselnd. Gestern eine der berühmten T.schen Jägergeschichten. Er beobachtet alles wundervoll: Natur, Thier und Menschen, er hat so was von einem photographischen Apparat in Aug und Seele, aber die Reflexionszuthaten, besonders wenn sie nebenher auch noch poetisch wirken sollen, sind *nicht* auf der Höhe. Diese Geschichten sind alle 30 Jahre alt und es ist ganz ersichtlich, daß ihm damals noch die Reife fehlte, die er jetzt hat. Diese Reife find ich denn auch wirklich in ›Rauch‹, das etwa 65 oder 66 geschrieben wurde (67 erschien es in einem russischen Journal, das 6000 Rubel dafür bezahlte, was etwa 600 Rubel für den Nord und Süd-Bogen, also erheblich über 2000 Mark und etwas mehr als das Doppelte vom höchsten Storm-Honorar betragen würde) – diese Reife sag ich find ich in ›Rauch‹ geradeso wie in ›Neuland‹, aber ich werde dieser Schreibweise nicht froh. Ich bewundre die scharfe Beobachtung und das hohe Maaß phrasenloser, alle Kinkerlitzchen verschmähender Kunst, aber eigentlich langweilt es mich, weil es im Gegensatze zu den theils wirklich poetischen, theils wenigstens poetisch sein wollenden Jäger-Geschichten so grenzenlos prosaisch, so ganz *unverklärt* die Dinge wiedergiebt. Ohne diese Verklärung giebt es aber keine eigentliche Kunst, auch dann nicht, wenn der Bildner in seinem bildnerischen Geschick ein wirklicher Künstler ist. Wer *so* beanlagt ist, muß *Essays* über Rußland schreiben, aber nicht Novellen. Abhandlungen haben ihr Gesetz und die Dichtung auch.

Die Kreuz-Ztg erhielt ich heut; ich genire mich aber sie zu zeigen oder gar in Gegenwart andrer zu lesen. Ich glaube, da liegt was drin, nämlich das, daß ein anständiger *und* gescheidter Mensch (Pardon für dies naive Certifikat) sie doch wirklich nicht lesen *kann*. Beinah nicht *darf*. Und diese Leute wollen das Land regieren! Bibelsprüche sind sehr was Gutes und Schönes, aber blos mit'm Bibelspruch läßt sich das Geschäft nicht mehr machen. O High-Torythum der Rohrs, Bredows und Ledeburs. Und nun leb wohl und laß Gutes von Dir hören. Wie immer Dein alter

Th. F.

139. An Emilie Fontane

Thale a.H. 25. Juni 81. Hôtel Zehnpfund.

Meine liebe Frau.

Habe Dank für Deine freundlichen Zeilen und die beigeschlossenen Briefe. Daß Du die Durchsicht der alten Correspondenz vorgenommen, ist gut, aber vertiefe Dich nicht zu sehr darin; es hat etwas von dem träumerischen Rausch, der einen jedesmal überkommt, wenn man Grabsteine liest, die von gelben Studentenblumen und allerhand andrem Blumen-Unkraut überwachsen sind. Ein Genuß und eine Trauer, und es ist schwer zu sagen, wovon mehr. Bei mir kommt in solchen Momenten Gott sei Dank immer noch ein Gefühl dankbarer Befriedigung hinzu, das Bewußtsein, den Kreislauf der Leben heißt, im Ganzen genommen freud- und nutzvoller erschöpft zu haben, als tausend andre.

Die drei beigeschlossenen Briefe haben mich alle sehr interessirt und auch erfreut. An Georgens ist noch *das* hervorzuheben, daß er im Englischen doch ziemlich taktfest sein muß; wer solchen Brief schreiben kann, muß in 8 Wochen Conversation nothwendig viel lernen und ich glaube, er untertaxirt die Wirkung eines solchen Aufenthalts. Er wird weder groß Grammatik, noch Aussprache, noch sonst Finessen lernen, – das alles ist aber auch vollkommen gleichgültig, *dazu* sind Studien und Bücher im Ganzen genommen ebenso gut, oft besser. Er wird sich aber rascher ausdrücken und mit seinem schon mitgebrachten Wissensbestand flinker operiren lernen; alles ›more fluently‹, *darin* allein liegt der Vortheil und gerade *diesen* Vortheil veranschlage ich sehr hoch. Was die Geschenk-Anfrage angeht, so kommt es nur darauf an, ihm (Schweitzern) einen Wunsch abzulauschen. Was freilich für George (ich selbst bin nicht besser) seine Schwierigkeiten haben wird. Das bloße *Drauflosschenken* ist diesem wohlhabenden und wohlwollenden Manne gegenüber der reine Unsinn und nicht einmal fein. Es sieht so sehr absichtlich aus. Ich werd' ihm darüber schreiben, es eilt aber nicht. Wichtiger ist, daß *wir beide* mal an Schweitzer schreiben und ihm danken; auch muß er (George) immer liebenswürdig sein. Dies ist viel wichtiger als ein Geschenk.

Mete's Brief ist hübsch wie immer, ebenso Anna Witte's Brief an Mete. Deinen Reiseplänen stimm ich vollkommen zu; nur daß Friedel gar nicht nach Kl. D. soll, scheint mir nicht recht; er könnte ja Meten, wenn diese zurückkehrt, auf eine Woche begleiten, selbst *dann* noch wenn der älteste Mandelsche Sohn nicht mehr im Hause wäre. – Mit meinem Fuße geht es rasch besser, morgen oder übermorgen werd ich wieder springen können. – Ich machte hier gestern die Bekanntschaft des Landraths v. (Le) Lavière und Frau, mit denen ich mich anfreundete. Sie besitzen Groß Wansleben oder wohnen daselbst und scheinen *sehr* wohlhabend zu sein. Sie, die Gnädige, kannte unsre Zoellner und Hannchen Lucae gut, besonders die erstre, vielleicht eine Schulbekanntschaft; *er* scheint die oberposträthliche Schneiders-Tante von der Zoellner – gut gekannt zu haben. Heute Nachmittag sind beide leider wieder abgereist, erst nach Baden-Baden, dann nach Gastein, dann nach Scheveningen. Er ist aber sehr elend. Sie wirkt, als wäre sie mal sehr becourt worden, mit allen Chicanen. Wie immer Dein alter

Th. F.

Ich habe heute Nachmittag nicht geschlafen, drum ist der Brief etwas holprig.

140. An Emilie Fontane

Thale a.H. 27. Juni 81. Hôtel Zehnpfund.

Meine liebe Frau.

Heute früh hatte ich ein paar Zeilen erwartet; ich find es aber andrerseits natürlich, wenn sie ausbleiben. Du hast jetzt eine ziemlich starke Correspondenz: George, Martha, ich, dazu wünsch ich Dir von Herzen, daß meine Abwesenheitswochen Dir Gelegenheit zu kl. Ausflügen etc. geben, die vielleicht unterbleiben, wenn ich da bin. Das Ordnen der alten Briefschaften ist außerdem anstrengend und zeitraubend.

Seit heute fühl' ich mich wohler; in den ersten Tagen steckte mir noch Berlin halb typhös im Leibe. Ich habe mehr Appetit und bin ich nicht mehr so abattu, will deshalb auch in einer halben Stunde nach dem Waldkater hinaus, um meine früheren Lese-Nachmittage bei Thee und Boderauschen wieder aufzunehmen. Mit ›Rheingold‹ soll heute der Anfang gemacht werden und dann an jedem neuen Nachmittage einen neuen unsterblichen Text. Ich bin sehr neugierig wie's auf mich wirken wird.

Das erste Drittel meines für Stilke bestimmten Aufsatzes hab ich heute durchcorrigirt und ich schick es Dir morgen, so daß Du's am *Mittwoch* früh in Händen hast. Wenn es Deine Zeit erlaubt, so bitt ich Dich, es wo möglich am Mittwoch noch abzuschreiben, denn am Donnerstag früh soll schon das *zweite* Drittel in Deinen Händen sein. Nur *so* kann ich die Geschichte bis zum Sonntag oder Montag früh zwingen, denn ich muß ja doch Deine Abschrift auch noch wieder durchsehn. Wenn mich nicht alles täuscht, so macht es sich in seinem leichten novellistischen Plauderton ganz nett; wenn es wahr ist, was Hertz mir mal sagte: ›es läge an *mir* und nicht an der

Mark‹ so ist hier vielleicht ein Musterstück davon geben [!]. Jedenfalls kann von Mark-Verherrlichung keine Rede sein. – Mein Urtheil über Turgenjew kann ich dahin zusammenfassen: eine künstlerische Meisterhand, aber keine poetische Seele. Schließlich ist er *auch* ein Russe und grenzt an die Gesellschaft, die er perhorrescirt. Aber ein solcher Künstler sein, ist immerhin sehr viel. – Ich verkehre hier jetzt mit einem jungen Berliner Kaufmann aus der Schilling-Straße, der Schultze heißt. Er ist mit den Graupen-Schultzes und namentlich mit dem Mehl-Schultze verwandt und hat den Stolz aller tz Schultzes auf eben dies tz. Er sagte mir, das wäre die Aristokratie dieses sonst wie er zugeben müsse unaristokratischen Namens. Er ist so prosaisch, wies Schultze (mit oder ohne tz) und Schilling-Straße und die Vetterschaft von Mehl- und Graupen-Schultze vermuthen lassen, ist aber durch Schwindsucht und Herzklappenfehler doch auf eine höhere Stufe gehoben. Seine Krankheit ist Ursach, daß er sich seit fast drei Jahren in der Welt umhertreibt, meist in der Schweiz, in theuren Pensionen, was nun den ursprünglichen Schultze-Kiesel dadurch etwas abgeschliffen hat. Gruß und Kuß euch allen. Wie immer Dein

Th. F.

141. An Emilie Fontane

Thale a.H. 28. Juni 81. Hôtel Zehnpfund.

Meine liebe Frau.

Habe Dank für Deine freundl. Zeilen vom gestrigen Tage. Die Mittheilungen haben mich alle interessirt. Um bei Spielh. zu beginnen, so mag er wohl verstimmt und angegriffen sein, ich bin ihm aber 2 mal im Thiergarten begegnet und habe bei diesen kurzen Begegnungen nicht den Eindruck gehabt, als ob er ganz besonders herunter sei; er ist eben *immer* nervös und angegriffen. Bleibtreus haben das Eine mit Heydens gemein, daß sie nicht blos sensationelle Nachrichten lieben, sondern unter Umständen auch *das,* was an Sensation fehlt, aus eignen Mitteln bestreiten. Will denn Engel *gegen* Spielh. schreiben? Dazu scheint mir der Augenblick nicht angethan; den todten Percy pikt man nicht; andrerseits freilich ist diese jetzt bei so vielen Schriftstellern hervortretende Sucht das Häßliche, das Niedrige, das Gemeine, und noch dazu aus Partei- und Geld-Rücksicht, zu schildern, ein Verwerfliches von

Anfang bis Ende. Das was die Kunst als *Kunst* soll, wird von ihren Jüngern immer mehr und mehr vergessen. Seine 8000 Thlr gönn ich ihm übrigens; ich mag sie gar nicht, wenn ich so vieles was dran bummelt und bammelt mit in den Kauf nehmen soll.

Die wieder zu Tage getretene ›Reserve‹ des Hauses Timm hat mich amüsirt; zum Theil ist es Angewohnheit, zum Theil Apathie, zum Theil aber auch Sorge, daß mal wieder was aufgedeckt werden könnte, was zum Zugedecktbleiben bestimmt ist. Man muß sich aber darüber nicht ärgern; die Menschen sind verschieden und das beständige ›offne Spiel‹ ist vielleicht ebenso anfechtbar. – Das aus Ebers citirte Bild ist einfacher Blödsinn. Eigentlich complicirter Blödsinn und dadurch noch schlimmer. Auch ein Schriftsteller, den Gott in seinem Zorn erschaffen hat.

Ich beschränke mich darauf, Vormittags drei Stunden zu arbeiten; Nachmittags geh ich dann in den Waldkater und lese. Gestern hab ich mit ›Rheingold‹ begonnen, heute soll die ›Walküre‹ folgen. Es interessirt mich doch; im Detail ist vieles kindisch, geschmacklos, prätensiös, aufs Ganze hin angesehn scheint es aber doch eine groß angelegte Sache, gedankenhaft, und für musikalische Behandlung eminent geeignet. Es ist etwas mystisch, tiefsinnig Märchenhaftes in diesem Stoff und die Behandlung hat ihm diesen Charakter gelassen. Der oft gemachte Vorwurf ›es seien keine Menschen‹ hat keine rechte Bedeutung; es sind menschliche Leidenschaften und Charakterzüge die uns vorgeführt werden: Angst, Muth, Schlauheit, Intrigue, vor allem (Wagners persönliche Hauptleistungen) Goldgier und Liebesgier. Er ist ganz Wotan, der Geld und Macht haben, aber auf ›Lübe‹ nicht verzichten will und zu diesem Zwecke beständig mogelt. Auch hier lebt der Dichter in seinen Gestalten und man muß danach sagen: er schließt schlecht ab. – An George schreib ich erst, wenn ich mit der Correktur meines langen Aufsatzes fertig bin. Grüße die Kinder, auch Meten wenn Du noch an sie schreibst. Theon stift' ich 15 Mark, um wenigstens die Fahrt nach Wittenberge bestreiten zu können; für das andre muß er aufkommen. Ich bin jetzt hier der älteste Gast und präsidire bei Tisch, was gewiß ein Anblick für Götter ist. Wie immer Dein alter

Th. F.

142. An Emilie Fontane

Thale a.H. 9. Juli 81.

Meine liebe Frau.

Dies sind nun also die letzten Zeilen von hier aus; es war sehr nett, aber die Gesellschaft doch *zu* ledern. Ich bin weder wählerisch, noch auch ängstlich zurückhaltend, am wenigsten üb ich die traurige Dämelkunst des Abfallenlassens, aber von der Seite meiner Partner muß doch auch ein klein wenig guter Wille sichtbar werden. Bleibt der aus oder ist die Ungeschicklichkeit *zu* groß – was am Ende auch ein Verbrechen ist – so geb ich die Geschichte auf.

Wir hatten hier heut ein Gewitter ohne voraufgegangene Schwüle; fast scheint es aber als ob diese durch das Gewitter herangetrieben und nun geblieben wäre.

Ich will heute noch einmal in den ›Waldkater‹ und auch dort Abschied nehmen; dann pack ich, wozu bereits die Vorbereitungen getroffen sind. Die Hauptsorge macht mir meine zerbrochene Kiste.

Gestern und heut hab ich wieder eine kleine Turgeniewsche Geschichte gelesen. Immer dieselbe Couleur in grün. Ein Taubstummer, der erst seine Geliebte und dann seinen kleinen Hund ›Mumu‹ verliert. Danach heißt die Geschichte: Mumu. Die Geliebte wird an einen versoffenen Schuster verheirathet und Mumu wird ertränkt, ja der Taubstumme thut es selber; das ist so zu sagen Mumus letzte Ehre. Der Künstler in mir bewundert alle diese Sachen, ich lerne draus, befestige mich in meinen Grundsätzen und studire russisches Leben. Aber der Poet und Mensch in mir wendet sich mit Achselzucken davon ab. Es ist die Muse in Sack und Asche, Apollo mit Zahnweh. Das Leben hat einen Grinsezug. Er ist der richtige Schriftsteller des Pessimismus und man kann an diesem ausgezeichneten Talente wahrnehmen, welch häßliches Ding diese pessimistische Weltanschauung ist. Er hat Esprit und Geist, aber durchaus keinen erquicklichen Humor, überhaupt keinen Tropfen Erquicklichkeit. Das Tragische ist schön und selbst das blos Traurige will ich mir unter Umständen gefallen lassen; er giebt uns aber das Trostlose. – Grüße die Kinder und Tilla. *Wann* ich komme, weiß ich nicht; muthmaßlich zwischen 7 und 8. Wie immer Dein

Th. F.

143. An Wilhelm Raabe

Wernigerode, 13. Juli 1881.
Lindenberg-Straße.

Hochgeehrter Herr.

Empfangen Sie meinen besten Dank für Ihre freundlichen Zeilen, die mir nach Thale, wo ich mich seit Ende Juni befand, nachgeschickt wurden. Daß dieser Dank so verhältnismäßig spät erfolgt, wollen Sie damit gütigst entschuldigen, daß mich eine sehr pressante Arbeit: eine Reihe von Aufsätzen, mit denen die »Gegenwart« das neue Vierteljahr beginnen wollte, (und schließlich unterblieb es dennoch) bis an den Waldkater und den Bodekessel verfolgte.

Seit drei Tagen bin ich hier in Wernigerode, wo ich, seit einer Reihe von Jahren, meinen Sommeraufenthalt zu verbringen pflege, dem Lärm der großen Stadt entrückt, der mir immer störender und selbst in dem, was anregend darin ist, immer gleichgültiger wird. Ich lese hier viel, die beste Form persönlichen Verkehrs, und freue mich darauf, im Laufe der nächsten Monate die Bekanntschaft mit Ihnen fortsetzen zu können. Ihre *früheren* Arbeiten sind mir unbekannt geblieben, und ich will nun tüchtig nachexerzieren. Es ist so hocherfreulich, einem Individuum zu begegnen und seiner Eigenart; alles was jetzt den Tag und die Journale beherrscht, ist physiognomielos, kann von Müller aber auch von Schultze sein. Spaltenfutter und damit Basta.

Daß es Ihnen vergönnt sein möge, uns noch manches Aparte zu bringen, ist der aufrichtige Wunsch Ihres hochachtungsvoll ergebensten

Th. Fontane.

144. An Karl Zöllner

Wernigerode 13. Juli 81 Lindenberg-Straße.

Mein lieber Chevalier.

Das ganze Haus ist ausgeflogen, um in Knauf's Hôtel – es klingt schon so wernigerodisch-ritterlich – ein Concert zu hören. Nur Mathilde Einzahn und ich sind zurückgeblieben und beschäftigen uns standesgemäß: sie palt Schoten und ich schreibe Briefe.

Haus Fontane ist sehr in eurer Schuld, denn ohne richtigen Abschied haben sich *er* und *sie* aus dem Staube gemacht; aber jeder wird mit seinem Maße gemessen und was bei Heydens ein Verbrechen wäre, ist bei Fontanes eine ›lässige Sünde‹. Diese katholische Wendung verdank ich dem Studium des Pater Gury'schen Erziehungsbuches für junge Jesuiten, das unsern Lazarus vor 12 oder 15 Jahren mit solchem Entsetzen erfüllte. *Ich* las es mit Vergnügen und habe viel daraus gelernt.

Nicht ganz das Gleiche kann ich von den 4 Richard Wagnerschen Textbüchern sagen, die ich im Waldkater am Fuße des Hexentanzplatzes durchgelesen habe. Diese Lokalitäten paßten trefflich zu der Lektüre, denn es ist *sehr* viel vom Kater und *sehr* viel von der Hexe drin. Ich glaube zu wissen, daß Dich die ganze Frage interessirt, deshalb schreib ich Dir darüber. Voraus schick ich das: es ist eine wirkliche Arbeit, ernst gemeint, kein Schwindel und im Einzelnen poetisch und fast erhaben. Dennoch bin ich der Sache nicht froh geworden, im Ganzen gewiß nicht, aber auch im Einzelnen kaum, weil die schöne Wirkung der einen Seite durch die häßliche Wirkung der nächsten immer wieder aufgehoben wurde.

Was er gewollt hat, ist über die Banalität eines gewöhnlichen Operntextes hoch erhaben, überall erkennt man den Mann von Geist und poetischer Mit- oder Anempfindung, überall möcht er philosophisch das Welträthsel lösen oder doch das Wort sprechen, das uns dieser Lösung näher führt und überall zeigt sich ein ordnender Geist, dem die Kunst der Composition kein leerer Wahn ist. Er behält immer sein Ziel im Auge und stellt es durch überaus geschickte Recapitulationen, in denen er geradezu excellirt, auch seinem Leser oder Hörer immer wieder vor die Seele. Dazu behandelt er Vers und Sprache, wenigstens gelegentlich, mit wirklicher Meisterschaft und erzielt mitunter große Detail-Wirkungen durch Impromptus und eine glänzende Behandlung der Antithese.

Und doch!

Ueber die furchtbare Menge der Quasseleien, Albernheiten, Unverständlichkeiten und Geschmacksverirrungen geh ich hin, ebenso über den totalen Mangel an Witz und Humor, trotzdem sich dieser letztre Mangel dadurch so fühlbar macht, daß W. beständig Anläufe nimmt, witzig und humoristisch sein zu wollen. Ich geh über all dies hin, einerseits weil es durch gelungene Details einigermaßen balancirt wird, andrerseits weil ich deutlich fühle, daß es mir hinschwinden oder als ganz bedeutungslos erscheinen würde, wenn ihm zweierlei geglückt wäre, einmal *während* des Lesens mich in die Aether-Sphäre der Kunst zu erheben und zweitens *nach* dem Lesen mir das Gefühl zu hinterlassen: die gestellte große Aufgabe wurde gelöst, das vorgesteckte und wie ich zugestehe auch im Auge behaltene Ziel wurde *erreicht*.

Aber beides ist ihm in einem eminenten Grade *nicht* geglückt.

Von ›Aether‹ ist keine Rede, überall zappeln die niedrigsten Triebe, die commissesten Gemeinheiten, wie sie nur ›Götter‹ leisten können, um mich herum, allerniedrigste Triebe, die *da*durch so widerwärtig wirken, daß man Richard Wagner immer persönlich mitzappeln sieht. Der Sanspareil in dieser Genossenschaft ist immer *er*, und so wird das objektiv schon Häßliche durch das subjektive Mitengagirtsein des Dichters noch viel viel häßlicher.

Und nun das große Ziel, das Welten-Räthsel und das erlösende Wort, worauf läuft es hinaus? auf Richard Lucae's so gern citirtes Wort: ›Vater, koof mir' nen Appel.‹ Ja, leider noch nicht mal auf *diesen* Satz, der wenigstens an schöner Klarheit nichts zu wünschen übrig läßt. Bei Wagner liegt es aber so, daß man nicht recht weiß, ob er nicht statt des ›Appels‹ doch eigentlich einen sauren Hering meint. Es ist, aller glänzenden Recapitulationen unerachtet, doch in einer totalen *Confusion* stecken geblieben, deshalb stecken geblieben, weil er sich eine Aufgabe stellte, die entweder überhaupt nicht zu lösen war, oder für die wenigstens *seine* Kräfte, so respektabel sie an und für sich waren, nicht ausreichten.

Und welches war nun diese Aufgabe? Die Verschmelzung zweier Sagen oder Fundamentalsätze, von denen jeder einzelne gerade Schwierigkeiten genug bot. *Erster Fundamentalsatz:* An der Gier, an dem rücksichtslosen Verlangen, hängt die Sünde, das Leid, der Tod. Wer den Goldring der Nibelungen hat, hat ihn immer nur zu Unheil und Verderben. *Zweiter Fundamentalsatz.* Die Götter sind gebunden und regieren nur durch Vertrag. Auch dem Himmel kann gekündigt werden. Wächst der Mensch, so sinken die Götter; der eigentliche Weltenherrscher ist der freie Geist und die Liebe.

Ich habe gegen beide Sätze nichts einzuwenden, aber wenn man sie des Schwulstes und der Dunkelheit entkleidet, worin sie sich bei Wagner geben, so bleiben zwei ganz gewöhnliche Sätze übrig. Satz 1 ist die alte Eva-Geschichte, sündiges Verlangen und die bekannten Consequenzen. Satz 2 hat durch Feuerbach einen viel prägnanteren und viel geistreicheren Ausdruck empfangen: ›Ob Gott die Menschen schuf, ist fraglich, daß sich die Menschen ihren Gott schaffen, ist gewiß.‹

So denn noch einmal, die beiden Sätze, mit denen Wagner operirt, sind zwar keineswegs neu * aber doch durchaus acceptabel. Unacceptabel wurden sie erst durch ihre Verschmelzung. Hätt es Wagnern beliebt, seine vier Operntexte auf den einen oder andern dieser beiden Sätze zu stellen, besonders auf den erstren, der mir der geeignetere scheint, so, glaub ich, wäre er bei seinem großen Talent der Mann gewesen, die Sache siegreich durchzuführen; an der gleichzeitig und nebeneinanderher zu lösenden *Doppel-Aufgabe* aber ist er gescheitert und hat seinem Leser als letztes Angebinde nichts weiter hinterlassen, als Kopfweh und Verwirrung und Unbefriedigtsein.

Ich bin der Mann der langen Briefe, dieser aber ist doch einer der längsten geworden. Heine sagte zu dem älteren Dumas: ›lieber Dumas, Sie haben gut schreiben, aber wer soll es lesen?‹ Auch *das* also ist schon dagewesen. Empfiehl mich meiner lieben und hochverehrten Freundin und schreibe mir mal zehn Zeilen in dem berühmten Lapidarstil, zu dessen ausgesprochenen Bewunderern immer gehört hat und noch gehört, Dein alter

Noel und Markgraf.

* auf dies Neu-sein oder Nicht-neu-sein leg' ich an und für sich gar kein Gewicht, ja alles Neu-sein-wollen erregt zunächst nur meinen Verdacht. Wenn ich hier nichts desto weniger auf die Frage ›neu oder nicht‹ Gewicht zu legen scheine, so geschieht dies nur, weil die Wagner-Apostel, nicht müde werden von ›neuem Evangelium‹, ›neuer Weltanschauung‹, ›neuem Lebensinhalt‹ etc. zu faseln.

145. *An Gustav Karpeles*

Wernigerode 30. Juli 81.
Lindenberg-Straße.

Hochgeehrter Herr Doktor.

Meine Sommerfrische besteht diesmal leider in noch mehr arbeiten-müssen als gewöhnlich, und ist dieses aufgepackte

Plus auch Ursach, daß ich Ihre freundlichen Zeilen vom 24. d. erst heute beantworte.

Der Storch ist weg. Seine Geschichte lautet kurz wie folgt. Ich traf Anfang Juni Grosser in der Thiergarten-Straße, promenirte mit ihm und kam auch auf meinen Storch, den ich ihm anbot. Er war sehr mit einverstanden und »wollte mir schreiben«. Er schrieb aber *nicht*, so daß ich annahm, er habe sichs anders überlegt. Aus dieser Annahme heraus, schrieb ich an *Sie*. Hätt ich in den nächsten Tagen nun eine zusagende Zeile von Ihnen empfangen, so hätte der gute Storch nächstes Frühjahr auf *Ihrem* Dach genistet, aber da Karpeles im Antworten gerade so säumig war wie Grosser, so stellte sich der Urzustand der Dinge wieder her. Vierzehn Tage nämlich nach Abgang meines Briefes an Sie, tauchte Grosser aus der Versenkung wieder auf, schrieb mir allerlei Freundliches, und die Sache war abgemacht. Eine Woche später traf auch Ihre freundliche Zusage bei mir ein, die mich *sehr* erfreut hat und Ihnen nicht geschenkt werden soll, wenn auch der Storch für diesmal außer Stande ist, Nutzen davon zu ziehn. Ich würde, bei der größeren Verbreitung und Lebenskraft die Westermann hat, diesen Ausgang leise beklagen müssen, wenn ich nicht andrerseits ein ziemlich starkes Gefühl davon hätte, daß »Nord und Süd« ein geeigneteres Publikum für *solche* Novellen aufweist. Ueberhaupt ist »Nord und Süd« – an dem nur seine Schwindsüchtigkeit ängstlich ist; aber Schwindsüchtige sind ja oft nett und liebenswürdig – in seinem Ton und seinem Publikum am günstigsten für mich gelegen; sein Ton hat etwas in gutem Sinne Lindausches, trotzdem sich Lindau nicht allzu viel drum kümmert, und sein Publikum ist berlinisch, residenzlich, großstädtisch, eine Sorte Menschen die mir wichtiger und sympathischer ist, als die marlittgesäugte Strickstrumpf-Madame in Sachsen und Thüringen. Es ist sonderbar wie *sehr* verschieden doch immer noch *die* Blätter sind, die man als gleichartig anzusehen gewohnt ist. Die »Rundschau« hat einen stark doktrinairen Anflug, und »Westermann« neigt ein bischen mehr als nöthig nach »Ueber Land und Meer« hin. Das heißt Geschmack und Stimme des Publikums werden ängstlicher behorcht als nöthig. Als nöthig vom *Schriftsteller*-Standpunkt aus. Ich lass' aber auch den andren gelten.

Rebecca Gerson v. Eichroeder ist ein reizendes Geschöpf und viel viel mehr eine Verherrlichung des kleinen Judenfräuleins als eine Ridikulisirung. Dies tritt sogar so stark hervor, daß es mich etwas genirt. Ich kann es aber nicht ändern; die ganze Geschichte würde von Grund aus ihren Charakter verlieren, wenn ich statt Rebeckchen eine Geheimrathsjöhre einschieben wollte. Noch weniger geht ein reiches Bourgeoisbalg; reiche Jüdinnen sind oft vornehm (worauf es hier ankommt), Bourgeoisbälge *nie*.

Uebrigens hab ich in diesen Tagen, mitten unter andern Arbeiten, eine kl. Novelle entworfen, die vielleicht als Remplaçant dienen kann. Ich schreib Ihnen bei Gelegenheit drüber.

In vorzüglicher Ergebenheit

Ihr

Th. Fontane.

146. An die Redaktion »Der Bär«

Das berühmte Bild Carl Blechens »Ein Semnonenlager auf den Müggelsbergen« ist oder war wenigstens die Perle der früher im Besitze des Commerzienrathes *Brose* befindlichen Blechen-Collektion. Ich sah das Bild vor etwa 20 Jahren, wie sowohl hundert andre – die kleinen Blätter mitgerechnet –, die damals der Sammlung angehörten. Ob sich diese letztre noch an frührer Stelle befindet und zwar *in* oder *neben* dem alten Hause der Bischöfe von Lebus in der Klosterstraße, vermag ich in diesem Augenblicke von hier aus nicht festzustellen.

Th. Fontane

Wernigerode
21. August 81

147. An Mathilde von Rohr

Wernigerode 25. August 81. Lindenberg-Straße.

Mein gnädigstes Fräulein.

Am 5. Juli als meine Frau von Thale abreiste, war ihr letztes Wort: ›vergiß auch nicht zum 9. zu schreiben.‹ Ich vergaß es aber doch und bitte wegen meiner Unachtsamkeit um Entschuldigung.

Heute nun bitt ich zuerst meinen Dank für Ihre freundlichen Zeilen vom 9. August, für den beigeschlossenen Brief Ihres Herrn Neffen und für den ›Lupold v. Wedell‹ aussprechen zu dürfen. Meine Frau hat mir den größten Theil dieses Romans und jedenfalls alles auf Sidonie v. Borcke Bezügliche vorgelesen. In Collision mit Brachvogel werd' ich nicht kommen, *er* nämlich schildert ihr ganzes Leben, ich hingegen fange mit *dem* an, womit er aufhört: mit ihren letzten, in Marienfließ zugebrachten Jahren, denen dann ihr Feuertod (*nicht* ihre Enthauptung) folgte.

Noch kannte ich nichts von Brachvogels Romanen, und so mögen Sie sich leicht vorstellen, wie mich die Sache interessirte. Sein Talent zeigt sich auch hier, stofflich ist es gut gewählt, nichts ist langweilig und er versteht es durchaus den ächten alten Romanfaden zu spinnen: alle Sorten Liebe, höhre und niedre, Maitressenwirthschaft, Intriguen, Edelmuth, Frauenwürde, Reise-Abenteuer, Jüdin, Türkin, Geister-Erscheinungen, Haß, Rache, Versöhnung – *alles* ist da, und so läßt sich denn in gewissem Sinne von einem interessanten Romane sprechen. Aber es gehört ein naiver Standpunkt und ein naiver Geschmack dazu; *ich* habe beides, und so kann ich dergleichen lesen oder mir wenigstens vorlesen lassen, meine Frau aber fand es greulig und von ihrem Standpunkt aus hat sie Recht. Sie verlangt in solchem Buche Bildung, Klarheit, Consequenz und künstlerische Form, vor allem originelle, selbständige Menschen und Gedanken. Von all dem ist wenig oder gar nichts drin; es ist Küchen-Lektüre. Das handwerksmäßige Können, das technische Geschick, die Arrangir- und Schreibe-Routine mit der dies alles in Scene gesetzt ist und vor der *ich* einen gewissen (freilich keinen großen) Respekt habe, macht auf Personen die von der Kunst auch *wirkliche* Kunst verlangen, gar keinen Eindruck. Ich meinerseits weiß auch noch das rohe Talent als Talent zu würdigen, aber ich muß einen Standpunkt gelten lassen, ja ihn schließlich als den einzig richtigen erklären, der von rohen Talenten nichts wissen will. Es giebt freilich eine ›rohe Kunst‹ in dem Sinne von Anfänger-Kunst, in dem Sinne von Kunst uncivilisirter oder halbcivilisirter Nationen, unter Culturvölkern aber darf eine Kunst nicht mehr roh sein. So wie sie sich als solche giebt, ist es mit ihr als Kunst vorbei. Bitte, sehen Sie hierin nicht blos eine private Meinung über Brachvogel; ich glaube, daß er *ohne Ausnahme*, von allen die ihr Metier ernsthaft betreiben, in derselben Weise beurtheilt wird. Es giebt heutzutage keine bloßen ›Talente‹ mehr, zum wenigsten bedeuten sie nichts, gar nichts. Wer heutzutage eine

Kunst wirklich betreiben und in ihr was leisten will, muß natürlich vor allem auch Talent, gleich hinterher aber Bildung, Einsicht, Geschmack und eisernen Fleiß haben. Zum *künstlerischen* Fleiß aber gehört etwas andres als Massenproduktion. Storm, der zu einem kleinen lyrischen Gedicht mehr Zeit brauchte als Brachvogel zu einem 3 bändigen Roman, ist zwar mehr spatzieren gegangen als der letztre, hat aber als *Künstler* doch einen hundertfach überlegenen Fleiß gezeigt. Der gewöhnliche Mensch schreibt massenhaft hin, was ihm gerad' in den Sinn kommt, der Künstler, der ächte Dichter, sucht oft 14 Tage lang nach *einem* Wort. –

Neugierig bin ich, ob Graf Bernstorff wieder gewählt wird. Die Dinge haben sich seit 66 sehr geändert, und auch der mecklenb. Adel wird wohl schließlich einsehn, daß es zu nichts führt gegen den Strom zu schwimmen. Hat denn Graf B. von seinem Vater, dem Gartower, nichts geerbt oder lebt der Alte noch? – Die v. Crayn-Novelle nehm ich nun in diesem Winter vor und denke doch mit der Correktur bis spätestens zum Mai fertig zu sein. In Verehrung und Dankbarkeit Ihr

Th. Fontane.

148. An Salo Schottländer

Berlin, d. 11. September 1881.
Potsdamer Straße 134c.

Sehr geehrter Herr.

Anbei der unterzeichnete Kontrakt.

Was den Titel angeht, so proponier' ich Wiederherstellung der alten und ursprünglichen Überschrift:

Melanie Van der Straaten.

Zu »L'Adultera« ließ ich mich bestimmen, weil das Spiel mit dem L'Adultera-*Bild* und der L'Adultera- *Figur* eine kleine Geistreichigkeit, ja, was mehr ist: eine rundere Rundung in sich schließt. In dieser Gegenüberstellung und Parallele lag etwas Verlockendes, das mich anderweite Bedenken zurückdrängen ließ. Aber freilich, diese Bedenken sind mir immer wiedergekommen und haben ihren Grund darin, daß es mir aufs äußerste widerstand und noch widersteht, einer noch lebenden und trotz all ihrer Fehler sehr liebenswürdigen und ausgezeichneten Dame das grobe Wort »L'Adultera« ins Gesicht zu werfen. Es ist zwar alles verschleiert, aber doch nicht so, daß nicht jeder die Gestalt erraten könnte. Vielleicht lassen wir auch dem Buche den neuen Titel. Ich geb aber hierin gerne nach; denn man kann nicht immer seinen Sentiments gehorchen, auch seinen besten nicht.

In vorzüglicher Ergebenheit

Th. Fontane.

149. An Georg Stilke

Berlin, 30. September 1881.

Sehr geehrter Herr Stilke.

Ich schicke Ihnen die Nummer mit dem Mayerschen Artikel über Herwegh etc. wieder, damit Sie sich nicht vielleicht einen ganzen Jahrgang zerreißen.

Was den Artikel selbst angeht, so find ich ihn – pardon, daß ich so brüsk widerspreche – furchtbar schwach. Er steht erheblich *unter* dem von Schmidt-Weißenfels, welcher letztrer bloß roh und unziemlich, aber inhaltlich gar nicht so übel war. Dieser Mayersche Artikel aber ist das reine Nichts und wird durch die Prätension mit der er auftritt, noch viel verwerflicher. Er hat ja gar keinen Inhalt. So viel verpflicht ich mich über jeden Menschen zu sagen, den ich irgendwo mal habe die Nase zum Fenster 'rausstecken sehn. Ich beschreibe dann seinen Schlafrock und seine Zippelmütze, die Dachrinne neben ihm und den Lindenbaum und paraphrasiere das was im Brockhaus über sein Leben und seine Werke steht.

Seien Sie mir nicht böse, aber ich mußte Ihnen das sagen. Diese verdammte Sorte von Null-Artikeln hat der selige Gartenlauben-Keil – überhaupt eine furchtbare Nummer – in unsre Journalistik eingeführt. *Andres* in der Nummer hat mich interessiert z. B. die letzten anderthalb Spalten von Lindaus Kritik und der Aufsatz von Ebe. – Beginnen Sie morgen ein neues glückliches Redaktionsjahr. Mit diesem Wunsche Ihr ganz ergebenster

Th. Fontane.

150. An Karl Bleibtreu [?]

[Berlin,] 24. Oktober 1881.

Sehr geehrter Herr.

Ihr Stück hab' ich nun gelesen, und ich säume nicht länger, Ihnen darüber zu schreiben. Ich bedaure, daß es Ihnen wenig zu Dank und Freude sein wird. Lassen Sie mich noch erst ein Wort vorausschicken. Sie wissen, daß ich an Ihr Talent und den Ernst und die Energie Ihrer Arbeit glaube; wissen auch, daß mir nichts verhaßter ist, als der Altmannsstandpunkt, der alles am besten zu wissen glaubt. Die Jahre bedeuten gar nichts. Wer dumm ist und nichts gelernt hat, faselt mit siebzig noch gerade so wie mit siebzehn. Ich berühme mich also nicht *der* Weisheit, die mancher aus nichts andrem als aus seinen Jahren herleitet, und habe Ihnen von diesem meinem freien Standpunkt, dem es nicht einfällt, vorweg recht haben oder die Dinge besser wissen zu wollen, so hoffe ich, hinlängliche Beweise gegeben. So hab' ich mich Ihrem Byronurteil beispielsweise stets untergeordnet, einfach davon ausgehend, daß ich von meiner Achtel- oder Zwölftelkenntnis aus kein Recht besäße, Sie, der Sie, wenn auch nicht ein superiores Urteil, so doch jedenfalls eine superiore Kenntnis mitbrächten, rektifizieren zu wollen. Wenn man über Dinge sprechen will, muß man sie zunächst *kennen*, und Methusalem kann unter Umständen hinter einem Einsegnungsmädchen rangieren. Handelt es sich aber um Welt und Menschen und Leben ganz im allgemeinen, so ist der Moment da, wo Methusalem sprechen darf.

Und dieser Moment ist durch Ihr Stück gegeben. Ich muß hinzusetzen, auch durch Ihren Aufsatz, der mir stofflich, historisch-inhaltlich durchaus gefallen hat.

Ich finde, rund herausgesagt, die Art und Weise, wie Sie Welt und Menschen ansehen, ganz verkehrt. Es ist alles total schief gewickelt. Solche Menschen gibt es nicht. Ihr Graf N. ist undenkbar, Ihre Gräfin G. ist eine prätentiöse Phrasenliese, und Ihr Lord B. ist der unerträglichste Blagueur, der mir vorgekommen ist. Man fühlt sich abgestoßen durch diese ganze Menschheitssorte, und nur der Polizist in dem Stück ist als einigermaßen sach- und standesgemäß hinzunehmen. Alles, was aber »Held« sein soll, berührt am wenigsten sympathisch. Ich glaube, es traf sich nicht glücklich für Sie, daß sich Ihnen gerade dieser Welt- und Gesellschaftsabschnitt so besonders erschloß. Die Folge davon war, daß Sie mit Anschauungen ins Leben treten, mit denen man vielleicht nicht einmal aus dem Leben austreten darf. In einem wissenschaftlichen Buche, das einen an und für sich richtigen Satz konsequent weiter entwickelt, laß ich mir als letzte Konsequenz alles gefallen, auch den ganzen sozialdemokratischen Katechismus und die Streichung der zehn Gebote. *Sie* aber, pardon, daß ich damit unumwunden herausrücke, kommen mit allerhand Ungeheuerlichkeiten wie der Blitz aus heitrem Himmel. Am charakteristischesten in dieser Beziehung ist der ganze Schlußsatz Ihres Aufsatzes. All und jedes, was Sie da sagen, halt' ich für grund-grund-falsch. Welche Auffassung von Tripelallianz, von William Pitts Torypolitik, von Navarino und von Zeitenunterschied! Ich wiederhole, von bestimmten und durchaus stichhaltigen Sätzen aus kann der, der durchaus will, bei solchen Resultaten schließlich anlangen. Aber, unvermittelt durch solche Sätze überfallen, erschrickt man vor ihnen wie vor Abnormitäten. Und derselbe Geist spukt in Ihrem Stück. Weg damit. Einfachheit, Schlichtheit, Wahrheit, Anspruchslosigkeit – da liegen Glück und Schönheit. Sie müssen durchaus aus einem Genialitätsirrgarten heraus.

In herzlicher Ergebenheit Ihr

Th. Fontane.

151. An Heinrich Oberländer

Berlin, 27. Oktober 1881.

Hochgeehrter Herr.

Ich wollte nicht, daß eine Ablehnung Sie während der Spieltage verstimmen sollte; deshalb antworte ich erst heute.

Sie haben ganz Recht: das Herkommen fordert eine Besprechung der gleichgiltigsten und oft erbärmlichsten Gastspiele (was soll einer noch über die Ziegler sagen?), während viel interessantere Wandlungen, die der alltägliche Tag mitheraufführt, unbesprochen bleiben. Könnt' ich all das nach meinem Gefallen regeln, so würd' ich viel dummes Zeug unbesprochen lassen und dafür einer so freundlichen Aufforderung wie der Ihrigen gern genügen. Es läßt sich das aber nicht tun, da weder die Vossische Zeitung, noch die Kollegenschaft von den andern Blättern, mit solchem Vorgehn einverstanden sein würde. Wie man im Staat keine allzu diensteifrigen Beamten liebt, weil sie zuletzt auch für die Vorgesetzten unbequem werden, so auch auf dem kleinen Gebiet der Theaterkritik. Es herrscht ein »Komment«, von dem abzuweichen sich verbietet. – Irgend ein Gastspiel wird mir gewiß über kurz oder lang Gelegenheit geben, Sie als Falstaff zu sehn und dann soll diesmal Versäumtes nachgeholt werden.

In vorzüglicher Ergebenheit

Th. Fontane.

152. An Hermann Scherenberg

Berlin, d. 19. November 1881.
Potsdamer Straße 134c.

Hochgeehrter Herr und Freund.

Ihre Zustimmung und zugleich auch die des gesamten Familienbestandes vorausgesetzt, schreib' ich also den Aufsatz über Christian Friedrich Scherenberg. Ich rechne dabei ferner noch auf eine mir in jedem Anbetracht zugestandene Freiheit, Freiheit ebenso sehr im Hinblick auf die Zeit (heut oder in einem halben Jahr) wie im Hinblick auf mein abzugebendes Urteil. Denn so sehr ich nach allen Seiten hin von ihm eingenommen war, so hab ich doch seine Schwächen und Fehler auch jederzeit herausgefühlt. Sie waren indessen alle *so*, daß das Bild eher dadurch gewinnt als verliert. Das Langweiligste von der Welt ist bekanntlich die reine, weiße, durch nichts gefärbte Vorzüglichkeit.

Sind Sie mit diesem allem einverstanden, so möcht ich freundlichst bitten, mir alles zuzustellen, was an Material da ist, auch das Geringste, da gerade das Geringste mitunter das Beste ist. So weit ich's mir berechnen kann, werd' ich, nach vorgängiger Sammlung und Gruppierung des Stoffs, etwa im Mai mit der eigentlichen Bearbeitung beginnen können.

In vorzüglicher Ergebenheit

Th. Fontane.

153. An Alfred von Reumont

Berlin 21. Noveb. 81.
Potsd.Str. 134.c.

Hochgeehrter Herr Geheime Rath.

Ein Resultat ist rascher da, als ich erwartete, aber nicht das gewünschte. Geh.Rath Bußler schreibt mir eben: »Ich bin ganz außer Stande, Nachweis zu führen, was aus den Rheinsberger Bildern aus der Prinz Heinrich-Zeit geworden ist. *Das* aber kann ich sagen: im Besitze des Kaiserl. Hofes befindet sich *kein* Bild der Comtesse de Sabran.« Nach dieser Bußler'schen Erklärung, der wissen muß und ich glaube auch wirklich weiß, was in den Königlichen Schlössern steckt und nicht steckt, scheint mir weitres Suchen aussichtslos. Ich glaube zu wissen – denn gerade mit der Prinz Heinrich-Zeit hab ich mich auch in den letzten Jahren noch wieder viel beschäftigt und gründlicher als früher – daß diese Dinge, der großen Mehrzahl nach, in alle Welt zerstoben und verflogen sind. Einiges steckt noch in Rheinsberg, zum Theil in der *Stadt*, andres auf den Gütern der prinzlichen Mignons in Meseberg, Koepernitz, Hoppenrade, manches gerieth in die Wreechsche, Tauentzinsche, Knyphausensche Familie hinein etc etc. Das *Meiste* blieb aber wahrscheinlich zunächst in Rheinsberg, kam an den unmittelbaren Erben Prinz *Ferdinand* und 1813 als dieser starb an den Prinzen *August*. Unter diesem, wenn Sie den Berlinismus verzeihen, wird sich wohl viel »verkrümelt« haben. Pietät war nicht da und alle Controle in *diesen* Dingen hörte auf, so kleinlich und geizig man in andern war. Ich glaube, daß weitres Suchen wenig Aussicht auf Erfolg verspricht. In Ergebenheit

Th. Fontane.

154. An Wilhelm Hertz

Berlin 22. Novb 81.
Potsd. Str. 134.c.

Sehr geehrter Herr Hertz.

Wahrscheinlich hab ich mehrere Blätter resp. Personen aufzuzeichnen vergessen. Zwei sind mir über Nacht eingefallen:

Dr. Jensch bei d. Magdeb. Ztng.

Herr v. Koscielski bei d. Schles. Ztng.

Die Schles. Ztng. hab' ich zwar als solche genannt, ich kann aber auch an Herrn v. K. *persönlich* heran, weil ich diesen Sommer mit ihm correspondirt habe. –

Die Magdeb. Ztng. ist viel wichtiger als die Kölnische, welche letztre aus zehn Gründen gar keine Bedeutung für meine Bücher hat. Da lieber »der Bote aus dem Riesengebirge« oder ähnliches.

Auch an *Gildemeister* könnt' ich mich – wegen der Weser

Ztng – persönlich wenden. Aber, wenn Sie sich nichts davon versprechen, lieber nicht. Der Nachtheil ist in der Regel sicher, der Vortheil prekär. Uebrigens nehm' ich den Gildemeister-Fall von dieser Regel aus. G. ist nicht der Mann, je etwas von *mir* zu wollen.

In vorzüglicher Ergebenheit

Th. Fontane.

155. An Wilhelm Hertz

Berlin 27. Novb. 81.
Potsd. Str. 134.c.

Sehr geehrter Herr Hertz.

Empfangen Sie meinen besten Dank für die verschiedenen Gutthaten, die mir Ihre letzten freundlichen Zeilen vermeldeten. Was König und Engel angeht, so bitt ich »Ellernklipp« fortzulassen und die von mir gemachte Blaustiftnotiz zu durchstreichen oder eine Zubemerkung zu machen.

Durch ein »Zuviel« derart entwerthet man nur Arbeit und Gabe. Dr. E. hat außerdem schon (im Sommer) ein Westermann-Exemplar von mir bekommen, so daß ihm sein muß, als soll' er allerpersönlichst von »Ellernklipp« herabgestürzt werden.

In vorzüglichster

Ergebenheit

Th. Fontane.

Mit diesen Zeilen zugleich geb ich ein Exemplar an Prinz Friedrich Karl zur Post, bei dem ich am Donnerstag (in Dreilinden) zu Tische war. Sehr gnädig, sehr liebenswürdig. Vielleicht daß ich in Hesekiels seit 7 Jahren erledigte Hof-Toast-Stelle einrücke.

Ihr

Th. F.

156. An Theophil Zolling

Berlin 2. Dezeb. 81.
Potsd. Str. 134.c.

Hochgeehrter Herr Doktor.

Es war eine Theekesselei von mir, daß ich an Stilke wegen einer Besprechung meiner Novellen schrieb und dadurch Stilke, Sie und schließlich mich selbst in Verlegenheit brachte. Ich revocire also feierlichst und bitte Sie freundlichst »Ellernklipp« in denselben Abgrund stürzen zu wollen, in dem ein Theil der Geschichte ohnehin schon begraben liegt.

Ich begreife mich nachträglich nicht, wie ich so thöricht sein und die Summe vieljähriger Erfahrungen ignoriren konnte. Besprechungen helfen überhaupt nicht viel, und die wenigen, *die* helfen, müssen frei geborne sein. Auch der leiseste Zwang macht das Wort todt oder nimmt ihm doch seine zündende, seine lebengebende Kraft. Von Freundschaftsbesprechungen, auch den wohlmeinendsten, hab' ich noch nie Erfolg gesehn. Und so bitt' ich denn herzlich, es ruhen zu lassen, vor allem aber in diesen Zeilen nicht nach einer »Spitze« suchen zu wollen. Es wäre das meinerseits ein sehr schlechter Dank für Ihre freundliche Bereitwilligkeit, mir einen kleinen Dienst erweisen zu wollen.

In vorzüglicher Ergebenheit

Th. Fontane.

Gruß u Empfehlung an Herrn G. Stilke.

157. An Franz Lipperheide

Berlin 19. Dezb. 81.
Potsd. Str. 134. c.

Hochgeehrter Herr.

In Beifolgendem schicke ich Ihnen alles was ich zur Hand habe:

1. In »Nord und Süd« ein nach einer Photographie in Cabinetsformat gefertigtes Bild;
2. eine Photographie in kleinerem Format, von Loescher und Petsch ebenfalls 1879 angefertigt;
3. ein »Daheim« mit Bild;
4. ein »Ueber Land und Meer« mit Bild.

Nach meiner Meinung reicht das Material nach der einen wie nach der andren Seite hin aus. Irr' ich hierin, so schick ich Weiteres, bin eventuell bereit den sauren Photographengang, der immer einen Vormittag und hinterher auch noch anstandshalber ein Dutzend Exemplare kostet, noch einmal zu machen.

Das Bild in Cabinetsformat (s. Nord u. Süd.) war *nicht* sehr gut, auch nicht in der Photographie; das Bild in kleinrem Format ist viel besser.

Reichen die biogr: Notizen nicht aus, so schick' ich noch Abschrift von einem kl: Artikel, den Brockhaus, gekürzt und verballhornisirt, ins Convers. Lexikon hinübergenommen hat.

In vorzügl. Ergebenheit Th. Fontane.

Eben hab ich den »Daheim« Aufsatz noch wieder durchgelesen. »Sänger der Mark« ist schrecklich, aber der Aufsatz selbst ist an Freundlichkeit nicht wohl zu übertreffen.

158. An Moritz Lazarus

Berlin, d. 19. Dezember 1881.
Potsdamer Straße 134 c.

Teuerster Leibniz.

Heyden hat durchgesetzt (Chevalier würde sagen: er gibt vor, durchgesetzt zu haben), daß in diesem Dezember an die Stelle der langweilig gewordenen Transparentbilder eine kunstgewerbliche Weihnachtsmesse getreten ist, ein Kleinkram von Fächern, Holzkästchen und Briefmappen, die durch irgendeinen Pinsel vorher geweiht oder doch ihrer Alltäglichkeit entrückt wurden. Die Sache hat so glänzend reüssiert, daß, statt der üblichen 1500 Mark, über 6000 Mark eingekommen sind. Sehr erfreulich für Witwen und Waisen. Auch glaub' ich wirklich, daß in diesem Falle das volle Verdienst der Anregung bei Heyden zu suchen ist. Er versteht sich auf solche Sachen. Daß dabei mal wieder eine »Aera«, wenn auch bloß die der Transparentbilder, begraben worden ist, erfreut mich noch nebenher. Ich hab immer eine ganz besondere Freude, wenn Institute, Schöpfungen, überhaupt Dinge, die nicht leben, nicht sterben können und schon bei Lebzeiten als ihr eigen Gespenst umgehn, endlich die längstverdiente Ruhe finden. Ein Satz, bei dem mir natürlich der *Tunnel* einfallen muß. Er lebt noch; unglaublich aber wahr. Leo Goldammer, der Bäcker, präsidiert, und der alte Kupferstecher Lüderitz ist Vize. Daneben existieren noch zwei Mitglieder. Eins davon Graf Wartensleben, der natürlich das restierende vierte Mitglied, ich weiß nicht, paralysiert oder auffrißt, und wenn es ein Gott wäre.

20. Dezember.

Von Heyden bis zu Menzel ist nur ein Schritt. Ob ein kleiner oder großer, stehe dahin. In Menzels Augen ist die Frage wohl gelöst und in Heydens neuerdings auch. Dessen war der vorletzte Rütli Zeuge, wo Heyden, in Percys Abwesenheit, behauptete: 1. was ich *will*, steht ebenso hoch, wie das was Menzel will, und 2. was ich *leiste*, vielleicht auch. Er vermied die Worte: »was ich *kann*.« Denn zwischen Leisten und Können ist doch noch ein wesentlicher Unterschied. Diese kühn auf den Teppich geworfenen Sätze kamen nun zur Diskussion, und der Rütli, dies muß ich sagen, bedeckte sich mit Ruhm. Am meisten Heyden selbst, indem er ohne Empfindlichkeit hinnahm, was ihm entgegnet wurde. Wir einigten uns alle dahin: dergleichen zu *denken*, ist erlaubt. Wer sich selbst in die zweite Reihe stellt, kommt nie in die erste. Selbsterhaltung fordert Selbstgefühl. Also man denk' es. Aber soll man es *aussprechen?* Dies wurde natürlich verneint; unter gutmütigem Lachen auch von Heyden, bis er mit einem Male wieder andern Sinnes wurde: »Nein, nein. Es bloß denken, macht klein und eitel. Spricht man es aber aus, so werden einen viele für einen Narren halten. Aber man wird nur um so bestrebter sein, sein Wort einzulösen und bis an die Marke zu kommen, die man sich selber vorgezeichnet hat.«

Aber ich wollte ja von Menzel erzählen. Augenscheinlich fühlt er sich jetzt wohler unter den Rütlionen und erscheint deshalb regelmäßiger. Und weshalb? Alles ihm Unbequeme hat er ausscheiden oder wegsterben sehn. Erst Lübke, dann Kugler, dann Eggers, dann Blomberg. Ein von Kunsthistorie purifiziertes Rütli blieb übrig. Ich verdenk' es keinem Maler, also auch Menzel nicht, wenn er der Wissenschaft das Recht des entscheidenden Mitsprechens abspricht. Aber die Kunsthistoriker können einem andrerseits nachgerade leid tun. Wenn ich an meine jungen Jahre zurückdenke! Damals lebte der alte Geheimrat Professor Dr. Tölken, Ritter pp., ständiger Sekretär der Königlichen Akademie der Künste. Mitunter kam er in die Rosesche Apotheke, wo ich damals Lehrling war, und bat um einen Magenbittern. Ich mischte ihm dann das Feinste zusammen, was es in beiden Hemisphären gab, und sah ihn mit einer Ehrfurcht an, als ob er wenigstens ein Isispriester wäre. Käm' er heut in die Rosesche Apotheke, so würd ich ihm einfach einen Gilka einschenken. »So kommt man 'runter.«

Unter Gruß und Empfehlung an Sie alle, besonders aber an die hochverehrte Frau, Ihr herzlich ergebenster

Th. Fontane.

159. An Franz Lipperheide

Berlin 21. Dezb. 81.
Potsd. Str. 134.c.

Hochgeehrter Herr.

Besten Dank für Ihre gefälligen Zeilen. Ihr Vorhaben, hinsichtlich meiner Biographie, deckt sich ganz mit meinen Wünschen, was ich freilich, im Hinblick auf einen in meinem vorletzten Briefe gebrauchten Passus, mit einiger Beschämung aussprechen muß.

Wahrscheinlich handelt es sich nur um einen kleinen Aufsatz von kaum einer Spalte Länge; soll aber vielleicht meine »Wanderer«- oder vielleicht auch meine Kriegsgefangenschaft (zwei dankbare Themata) betont werden, so steckt eine Fülle von Stoff ad 1. in den beiden ersten Vorworten zu Band I. Grafsch. Ruppin. und in dem Schlußwort zu Band IV., Spreeland; ad 2. existirt ein eignes kl. Buch »Kriegsgefangen«.

In vorzüglicher Ergebenheit

Th. Fontane.

Soll der *Poet* betont werden, so giebt es einen hübschen kl. Aufsatz von O. F. Gensichen, der *diese* Seite behandelt. Ich würd' ihn allenfalls auftreiben können.

160. An Elise Weber geb. Fontane

Berlin 22. Dezb. 81. Potsd. Str. 134. c.

Meine liebe Lise.

Das Fest ist vor der Thür, und da will ich denn unter den weihnachtlich Anklopfenden nicht fehlen. Ist auch der Quersack ganz unruprechtsmäßig dünn, so wird man doch in sonstiger Erscheinung dem alten Jungen immer ähnlicher und bringt sein Theil Weiß mit, auch ohne Schneeflocken im Bart. Möge das Fest Dir, Weber und natürlich vor allem den Kindern in herzlicher Freude vergehn; wenn man, wie seit gestern, von *denen* in den Zeitungen liest, die vier Weihnachtsfeste hintereinander im Polarmeer zugebracht haben und wahrscheinlich nichts aufgebaut kriegten als einen neuen Eisberg und einen neuen Eisbären, so beschließt man unwillkürlich mit einem Thorner Pfefferkuchen und einem Königsberger Marzipanherzen zufrieden [zu] sein. Für mich persönlich wenigstens kann ich einstehn. Erfülle mit dem Beifolgenden ein paar Wünsche der Kinder, so weit sie noch nicht erfüllt sind, und sei, sammt all den Deinen, herzlich von uns gegrüßt. Wie immer Dein alter

Th. Fontane.

161. An Siegfried von Quast

Berlin, 26. Dezember 1881.

Hochgeehrter Herr v. Quast.

Ehe ich auf einem Vierbogen in aller Form dem »Vereine« mein Gerührtsein ausdrücke, will ich Ihnen für eine Sache danken, die – wenn nicht der Landrat v. Quast auf Radensleben gewesen wäre – schwerlich jemals das Licht der Welt, am wenigsten aber am Weihnachtsabend erblickt hätte.

Der alte Hesekiel, wenn er mit mir wie Falstaff mit seinem Pagen am Kanal entlang promenierte, pflegte, sobald wir aus dem Trouble heraus waren, konservative Weisheitssätze zum Besten zu geben. Einer lautete: Sieh, Fontane, was so gewöhnlich als Auszeichnung gilt, ist keine; Titel und Orden, und vor allem Avancements nach der Ochsentour sind etwas ganz Bedeutungsloses; was aber Bedeutung hat, das sind: Ehrenbürgerschaften, Ehrendoktorernennungen, überhaupt Anerkennungsäußerungen aus dem Munde von *Korporationen.*«

An diese Sätze wurde ich vorgestern früh erinnert. Nochmals besten Dank.

In vorzüglicher Ergebenheit

Th. Fontane.

162. An Elisabeth Brose

Berlin 27. Dezb. 81.
Potsd. Str. 134.*c.*

Gnädigste Frau.

Angeregt durch die Blechen-Ausstellung, ist der Wunsch in mir lebendig geworden, über den berühmtesten Sohn der Stadt Cottbus ein märkisches Kapitel zu schreiben. Darf ich, gnädigste Frau, ganz ergebenst bei Ihnen anfragen, ob Sie vielleicht geneigt sein würden mir durch Mittheilungen über Blechens Persönlichkeit oder aber durch von ihm herrührende Briefe, die möglicherweise durch Ihren Herrn Gemahl gesammelt und registrirt wurden, meine Arbeit zu erleichtern?

In vorzüglicher Ergebenheit, gnädigste Frau, Ihr

Th. Fontane.

163. An Wilhelm Hertz

Berlin 2. Januar 82.
Potsd. Str. 134.c.

Sehr geehrter Herr Hertz.

Aus dem alten Jahre her, habe ich Ihnen noch für Zusendung der Weser-Ztng. zu danken, in der ein Wohlmeinender nicht umhin kann, sein Lob mit einer Abkanzelung einzuleiten. Von *seinem* Standpunkt aus hat er unbedingt Recht, aber ich habe *auch* Recht gehabt, daß ich, ohne Rücksicht auf solche Reprimanden, die nicht ausbleiben konnten, an Klärung und Ordnungmachung ging. In ganz kurzer Zeit wird der Tadel schweigen, dem in Zukunft – da, wenn auch Zusätze, so doch keine Hin und Herschiebungen mehr kommen werden – all und jede Veranlassung fehlen dürfte. Die Welt kann sich dann des Besseren ohne trübe Nebengedanken freun.

Zugleich mit diesen Zeilen schick ich einige Correkturbogen von »L'Adultera« (die in »Melanie van der Straaten« umgetauft wurde) an Schottländer in Breslau, der in 4 oder 6 Wochen diese Novelle als Buch bringen will. Die Abmachungen darüber datiren schon aus dem Spätsommer. Ich stand damals auf dem Punkt, Ihnen die ganze Geschichte mitzutheilen, aber ich ließ es, weil ich fürchtete, daß diese Mittheilungen von Ihnen verkannt werden könnten. Und vielleicht werden Sie mir darin Recht geben. Schottländer, gleich in seinem ersten Briefe hervorhebend, daß er, in solchem Weiterbenutzungs-Falle, die Hälfte des Nord und Süd-Honorares als Honorar für die Buch-Ausgabe zu zahlen pflege, bot mir, auf diese Rechnung gestützt, 1000 [Mark]. Ich hätt' also meine Mittheilungen hiermit beginnen müssen, was einer Pression so ähnlich gesehn hätte wie ein Ei dem andern. Und hiervor erschrak ich. So sagt' ich denn zu, neben dem verdoppelten Honorar auch noch durch die Betrachtung bestimmt, daß Ihnen an erneuten *der*artigen Versuchen mit mir schwerlich viel gelegen sein könne. Denn ich habe nun mal kein Glück, und die »Wanderungen« sind nichts als die Ausnahme von der Regel. In der Hoffnung Ihrer Zustimmung zu begegnen,

in vorzüglicher Ergebenheit

Th. Fontane.

164. An Wilhelm Hertz

Berlin 14. Januar 82
Potsd. Str. 134.c.

Sehr geehrter Herr Hertz.

Darf ich freundlichst bitten, mir wo möglich heute noch ein recht hübsches Exemplar meiner Gedichte schicken zu wollen. Es kam gestern Abend bei Prinz Fr. Karl, der seit einem Vierteljahr mein besondrer Gönner ist, das Gespräch darauf und es ergab sich, daß der Prinz, der meine sämmtlichen Feldherrngedichte vom alten Derfflinger an bis zum Prinzen Louis Ferdinand auswendig wußte, von der Existenz andrer Gedichte von mir keine Ahnung hatte. Selbst die Einzugs-Gedichte schien er nicht zu kennen. Ich hab also vor, ihm unter die Arme zu greifen.

In vorzügl. Ergebenheit

Th. Fontane.

165. An Fr. Bruckmann

Berlin, d. 21. Januar 1882.
Potsdamer Straße 134c.

Hochgeehrter Herr.

Empfangen Sie meinen ergebensten Dank für Ihre geehrte Zuschrift vom 19., wenn ich mich auch außerstande sehe, dem gefälligen Antrage, den mir dieselbe bringt, zu entsprechen. Wer hätte nicht Liebe und Verehrung für unsren fast fünfundachtzigjährigen Kaiser? Aber sein Leben zu beschreiben, ist schriftstellerisch keine sehr lohnende Aufgabe. Was irgendwie gesagt werden kann, ist hundertmal gesagt, und es zum hundertundeinten Male zu sagen, hat, um mich milde auszudrücken, nichts Verlockendes. Es tritt dies so stark hervor, daß Sie der daraus entstehenden Schwierigkeit auch nicht leicht Herr werden. Die Könner werden es nicht wollen, und die Woller werden es nicht recht können. In vorzüglicher Ergebenheit, hochgeehrter Herr,

Th. Fontane.

166. An Julius Grosser

Berlin 22. Januar 82.
Potsd. Str. 134.*c.*

Hochgeehrter Herr.

Die Blechen-Ausstellung hat mich angeregt ein Blechen-Kapitel zu schreiben, aber nicht auf Kunstkritik sondern auf Biographie hin. Ich erzähle sein Leben, seine Schicksale, wozu mich ein nach langem Suchen zusammengefundenes Material befähigt. Es ist alles neu. Der Aufsatz, wenn er fertig vorliegt, wird etwa 2 Bogen in »Nord und Süd« füllen; darf ich hoffen ihn von Ihnen angenommen zu sehen? Sie wissen ja, wie ich dergleichen mache und kennen die Vorzüge und Fehler meiner Behandlungsweise. Vor Ende März würd' ich übrigens den Aufsatz nicht schicken können; mit dem Abdruck eilt es nicht.

Und nun noch die ergebenste Anfrage, ob es auch statthaft ist, daß ich mich immer an *Sie* statt an Lindau wende? Wie ich Lindau zu kennen glaube, ist er über solche »Chef«-Fragen etc. weg; irr' ich aber hierin, so bitt' ich um einen freundlichen Wink, damit ich nicht ohne Noth und Absicht Anstoß gebe.

Meine Empfehlungen an College Frenzel. In vorzüglicher Ergebenheit, hochgeehrter Herr, Ihr

Th. Fontane.

167. An Julius Grosser

Berlin 31. Januar 82.
Potsd. Str. 134 c.

Hochgeehrter Herr.

Besten Dank für Ihre freundlichen Zeilen. Es war ein Fehler meinerseits, Ihnen den Blechen-Aufsatz für Nord und Süd anzubieten; er ist specifisch berlinisch, schildert Berliner Figuren der 30er und 40er Jahre und gehört durchaus in die Vossische.

Mit dem Storch steht es schlecht. Die wilden Gänse sollen zwar schon über unsre Stadt hingeflogen sein und möglich, daß auch die Störche bald folgen, nur nicht meiner. In Substanz ist er da, aber die Substanz ruht noch im Ei, und wird noch lange ruhn. Ich habe sechs oder sieben Novellen im Brouillon fertig und muß nun erst an das Glatt- und Saubermachen dieser im Kasten liegenden Dinge gehn, bevor ich mich Neuem zuwende. Darf ich Ihnen eine dieser Novellen proponiren? Sie heißt »*Schach von Wuthenow*«, spielt in der Zeit von 1805 auf 6 und schildert den *schönsten* Offizier der damaligen Berliner Garnison, der, in einem Anfall von Uebermuth und Laune, die liebenswürdigste, aber häßlichste junge Dame der damaligen Hofgesellschaft becourt. *So*, daß der Skandal offenbar wird. Alles tritt auf die Seite der Dame, so daß sich v. Schach anscheinend freudig zur Hochzeit entschließt, nachdem er vorher durch allerlei Kämpfe gegangen. Die Kameradschaft vom Regiment Gensdarmes aber lacht und zeichnet Carrikaturen, und *weil er dies Lachen nicht ertragen kann*, erschießt er sich unmittelbar nach dem Hochzeitsmahl, an dem er in heiterer Ruhe theilgenommen. Alles ein Produkt der Zeit, ihrer Anschauungen, Eitelkeiten und Vorurtheile. Uebrigens alles Thatsache.

In vorzüglicher Ergebenheit

Th. F.

168. An Friedrich Bruckmann

Berlin, d. 1. Februar 1882.
Potsdamer Straße 134c.

Hochgeehrter Herr.

Ihre Güte beschämt mich, schafft mir aber auch eine kleine Verlegenheit. Wenn ich nicht die Disposition über meinen Lebensrest ändern will, kann ich nicht »ja« sagen. Was ich noch tun möchte, muß ich jetzt tun oder nie. Dennoch läßt sich vielleicht irgend was für die Zukunft vereinbaren. Man kann nicht Novellen schreiben bis in alle Ewigkeit hinein. Man soll es auch nicht. Über kurz oder lang wird mir das Gefühl kommen: »Nun ist es genug. Was du auf diesem Gebiete zu sagen hast, hast du gesagt!« Und von diesem Augenblick an werd' ich gern der Ihrige sein. Glauben Sie wirklich, daß ich der rechte Mann für die Sache bin, so wird Ihnen das Hinausschieben des Unternehmens auch nicht schwer ankommen, um so weniger, als es sich nur um drei, vier Jahre dabei handeln kann. Ich stehe dann gern zu Diensten und würde mich aufrichtig freuen, mein literarisches Leben mit einem solchen Werke abschließen zu können. Allerdings wäre Grundbedingung dabei, daß Sie auf einen bloßen bestellten Text, der sich um zufällig Vorhandenes herumzuschlängeln hat, verzichteten. Ich würde vielmehr irgendeine bestimmte Schreib- und

Auffassungsweise mit Ihnen vereinbaren und danach entweder ein historisches oder ein ausschließlich kultur- und kunsthistorisches oder aber ein novellistisch-anekdotisches Buch schreiben. Alles durcheinander »manschen« geht nicht.

In vorzüglicher Ergebenheit

Th. Fontane.

169. An Emil Dominik

Berlin, den 13. Februar 1882.
Potsdamer Straße 134c.

Hochgeehrter Herr.

Ich freue mich sehr, daß Ihnen die Wereschtschaginausstellung auch ein solches Entzücken bereitet. Einfach stupend. Unsern Malern gereicht es zur Ehre, daß sie sich, soviel ich gehört habe, neidlos unterwerfen. Der eine oder andre vielleicht mit einem stillen »Aber« im Herzen, mit einem »Aber«, das nicht notwendig in kleiner Gesinnung oder Laune wurzelt, sondern möglicherweise seine Legitimation beibringen kann. Über das kolossale Können herrscht kein Zweifel. Aber wie steht es mit dem innersten Leben, mit der Seele dieser Schöpfungen? Es ist jetzt Mode, derartige Fragen als albern abzulehnen, und doch sollt es mich nicht wundern, wenn eben diese Fragen, unter der Pression des Augenblicks, gerade von denen wieder aufgenommen würden, die sich, solange sie die Siegreichen und auf ihrem eignen Gebiete nicht Überholten waren, in der Verspottung solcher Themata gefielen. Sie werden sich jetzt wohl oder übel hinter die Frage flüchten: ist das vollendete Können alles, und es ist gleichgültig, ob ein Engel oder ein Teufel, ein Kluger oder ein Dummer, ein Feiner oder ein Grober den Pinsel führt? Ist aber diese Frage mal gestellt und in ihrer Berechtigung zuzugeben, so wird auch die seither gewaltsam zurückgedrängte Frage nach dem poetischen Wert der Kunstwerke wieder lebendig werden. Es gibt kein Kunstwerk ohne Poesie, wobei nur zu bemerken bleibt, daß die *vollendete Wiedergabe der Natur* auch allemal einen höchsten Grad poetischer Darstellung ausdrückt. Nichts ist seltener als dieser höchste Grad, der absolute Gegenständlichkeit bedeutet. Die Regel ist, daß der Künstler in seinem Nachschaffen eben kein Gott, sondern ein Mensch, ein Ich ist und von diesem »Ich« in seine Schöpfung hineinträgt. Und von dem

Augenblick an, wo das geschieht, dreht sich alles um die Frage: »*Wie ist dies Ich?*« Nach meinem unmaßgeblichen Dafürhalten ist das »Ich« Wereschtschagins kein höchstes Ich. Etwas in ihm ist sonderbar. Es ruht etwas in seiner Seele, das nicht gesund ist. Daher sind alle seine Bilder mehr sensationell als poetisch. Auch die, die poetisch sind, sind wenigstens angekränkelt. Sein ganzes Auftreten erinnert mich – nur zehnfach potenziert – an das Auftreten Freiligraths. Das große Palmenbild wirkt direkt freiligrathisch. Die wenigsten wissen noch von der Freiligrathzeit. Aber die, die jene Zeit miterlebt haben, wissen, daß nicht bloß alles den »Wüstenkönig« und das »Gesicht des Reisenden« deklamierte, sondern daß die Jugend wie von einem Fieber geschüttelt war und alles nach der Kapstadt wollte. Wer damals von der »ewigen Schönheit Goethischer Lyrik« gesprochen hätte, hätte sich in dem Kreise der Freiligrathenthusiasten, zu denen auch Männer wie Chamisso gehörten, einfach lächerlich gemacht. Und doch! Wohl lernen unsre Jungen auch jetzt noch den »Wüstenkönig« und freuen sich daran, aber im ganzen genommen ist die farbenprächtige, sensationelle Dichtungsweise Freiligraths ein überwundener Standpunkt, und der alte Weimaraner Geheimrat lebt weiter. Das einfach Schöne hält aus. Wie immer Ihr

Th. Fontane.

170. An Martha Fontane

Berlin 17. Febr. 82.
Potsd. Str. 134.c.

Meine liebe Mete.

Längst hätt' ich Dir mal geschrieben, wenn mir nicht so ›poorly‹, so hinfällig zu Muthe gewesen wäre; ich fühlte deutlich, daß ich weder eines heitren, noch eines erquicklich ernsten Tones fähig sei und den unerquicklich ernsten, den Unken-, den Heulhuber-Ton anzuschlagen, ist nicht meine Sache. Mir ist nichts widerwärtiger als klagen oder auch nur innerlich unzufrieden sein; das Letztre läßt sich freilich nicht immer vermeiden, aber wenn man nur einigermaßen guten Willen hat – ich gebe zu, daß manche Naturen ihn nicht haben *können* – so läßt sich dieser meist aus Undank und Unbilligkeit geborne böse Feind fast immer besiegen. Nur von einem Kranken kann man diese Kraftanstrengung nicht verlangen.

Aus Deinem heute früh eingetroffenen Brief haben wir ersehn, daß es Dir momentan etwas besser geht. Es ist weder Bequemlichkeit noch unsinniger Optimismus, wenn ich Dir bei dieser Gelegenheit ausspreche, daß ich die Situation nicht so schlimm ansehe, wie Du, und mitunter auch Mama. Natürlich bist Du nervös; wie könnt' es anders sein, sind es die Herren Eltern doch auch. Aber ich sehe darin kein sonderliches Unglück; bin ich doch für meine Person 62 Jahre dabei geworden und hab ich doch, aller Nervosität unerachtet, im Wesentlichen *das* vom Leben gehabt, was andre Leute davon zu haben pflegen, und auch noch ein bischen mehr. Ich weiß auch, daß ich mich im Sommer 50, vor Wut weinend, aufs Bett geworfen habe, weil ein viertelstündiger Gang durch die Luisenstraße-Sonne mich todtmatt gemacht hatte; seitdem sind 32 Jahre vergangen und unzählige Kraftmeier von damals schlottern, humpeln und husten jetzt um mich her. Auch *Du* wirst Dich erholen. Das Frühaufstehn in Dammer, das immer auf dem Qui vive sein müssen, die schlechte Verpflegung, Unachtsamkeiten und Unsinnigkeiten in Bezug auf Kleidung und Diät, unrichtige Lebensanschauungen, und Aengstlichkeiten und Unsicherheiten im Gemüth, haben Deine gegenwärtigen Zustände herbeigeführt, aber wenn die Ursachen schwinden, werden allmälig auch die Wirkungen schwinden. Ich glaube mich auf psychische Zustände und auch auf Körperzustände, die mit dem Psychischen zusammenhängen, wundervoll zu verstehn, denn ich habe sie seit über 30 Jahren an mir und Mama studirt; ich darf sagen, ich weiß in dieser Materie Bescheid, und für *mich* steht es vorläufig fest, daß Du, wenn Du Dich morgen glücklich verlobtest und übermorgen mit Mama, mir und einer schweren Reise-cassette nach Italien reistest, schon in München gut, in Verona *sehr* gut schlafen und in Rom als eine Genesene Crokus und Anemonen pflücken und beides, unter Versicherungen überschwenglichen Glückes, in die Heimath schicken würdest. Ich weiß wohl, daß es auch Ausnahmen von dieser Regel giebt, und daß manche ›nur so hinschwinden‹; aber zu diesen Aetherischen gehörst Du keineswegs und vorläufig halt' ich mit tiefster Ueberzeugung an der Ansicht fest, daß Du, wie Du da bist, ein Produkt der ›Verhältnisse‹ bist. Mit dem Augenblicke, wo sich diese Verhältnisse bessern, werden sich auch Deine Zustände bessern, und zwar wiederum ganz nach den Verhältnissen, entweder allmälig oder auch im Nu. Mit andern Worten: mäßiges Glück, mäßige Kur, wunderbares Glück, wunderbare Kur. Dies alles soll aber nicht heißen, daß ich Deinen gegenwärtigen Elendszustand im Geringsten bezweifelte, Du *bist* elend, aber trotzdem! Ich habe Deine Mama krank und unglücklich auf dem Bette liegen und durch einen Geldbrief oder einen schmeichelhaften Besuch oder ein Eis-Baiser auf der Stelle wieder zu Kräften kommen sehn. Und in dem allen war durchaus keine Komödie. Nervöse Menschen stellen alles auf den Kopf und können sich einen verdorbenen Magen durch Hummersalat oder Aalpastete kuriren, immer vorausgesetzt daß sie plötzlich einen Heißhunger auf das eine oder andre kriegen. Was sie vor allem brauchen ist Sonnenschein, Liebe, Glück, aber jeden Tag anders, jeden Tag neu, und wenn sich das alles wie beim Koch oder in der Apotheke bestellen ließe, so wären die nervösen Leute nicht blos die nettesten und heitersten, sondern auch die *gesundesten.*

Mit mir geht es etwas besser, aber immer noch nicht gut, was ich unter anderm auch *daran* sehe, daß ich noch immer keine Lust habe, beim Prinzen Champagner zu trinken; gäb es statt des Champagners Schwarzhof- oder Brauneberger und statt der Parmesan-Stangen Kümmelbrötchen, so hätt' ich mich vielleicht schon wieder gesund gemeldet. Leider kann ich immer noch nicht arbeiten, nur dann und wann ein Brief. – Das Diner bei W. Gentz, von dem Dir Mama vielleicht geschrieben hat und das eine Huldigung gegen den russischen Maler Wereschschàgin war, verlief sehr angenehm; leider mußt' ich um 8 ins Theater, um wenigstens die beiden Schlußakte von ›Kabale und Liebe‹ zu sehn. – Eins wollt' ich Dir noch schreiben; mache Dir, wenn Du Zukunftsbilder malst und bei dieser Gelegenheit auch das Thema ›Ausstattung‹ überdenkst, *darüber* keine Sorgen. Ich habe dies mit Mama durchgesprochen und wir werden das Nöthige zu beschaffen wissen, indem wir uns zu Zinszahlungen verpflichten und zwar mit aller Freudigkeit. Nur das entsprechende Kapital aufzutreiben, würde uns einfach unmöglich sein. Und nun lebe wohl und habe am Sonntag einen frohen Tag. Ich schreibe morgen an Witte. Empfiehl mich allerseits. Wie immer

Dein alter Papa.

171. An Alfred Friedmann

Berlin 19. Febr. 82
Potsd. Str. 134c

Hochgeehrter Herr.

Empfangen Sie meinen aufrichtigsten Dank für Ihre feine, liebenswürdige, von Satz zu Satz den Poeten und »den der's versteht« verrathende Besprechung meines »Ellernklipp«. Es nimmt meinem Danke gar nichts – es kommt ja nur auf die subjektive Wahrheit, auf das Wohlwollen und die Wärme an, mit der man besprochen wird – wenn ich Ihnen offen bekenne, daß ich nur halb und bedingungsweise mit Ihnen einverstanden bin. Rodenberg sagte mal über mich: »immer wenn er aus dem Modernen in die Historie hinein geräth, geräth er auch ins Balladeske.« Das war sehr fein und sehr richtig. Dies Balladeske herrscht auch in Ellernklipp vor; aber das Balladeske, das hintergründlich-verschwommen, ossianisch-nebelhaft sein *kann*, braucht es nicht zu sein und ist es nicht immer. Auf Storm (den ich übrigens *sehr* hoch stelle) würde, meiner Meinung nach, Ihre Charakteristik meiner Figuren passen; Storm deutet in Ekenhof, Renate, Aquis submersus nur an, und *will* nur andeuten, mein Haidereiter aber erhebt die Prätension, ein so faßbarer Kerl zu sein, wie nur je einer über die Haide gegangen ist. Ebenso hab ich in Hilde, und zwar bis in *die kleinsten Details gehend*, ein vornehm-bleichsüchtig-languissantes Menschenkind und den halb räthselhaften Zauber eines solchen schildern wollen. Ich hege das Vertrauen zu Ihnen, daß Sie dies offne Bekenntniß eines Dissenses gut aufnehmen und darin eher eine Bestätigung als eine Abschwächung meines Dankes erblicken werden. In vorzüglicher Ergebenheit hochgeehrter Herr,

Ihr

Th. Fontane

172. An Martha Fontane

Berlin 23. Febr. 82. Potsd. Str. 134.c.

Meine liebe Mete.

Habe Dank für Deine heutigen Zeilen. Es hat mir ganz fern gelegen, mit meinem Briefe Sätze ewiger Weisheit aufstellen zu wollen; ich gab starke Sentiments, die, nach meiner eignen Stellung dazu, ganz, halb oder auch nur ein Viertel richtig sein können. Es genügt mir völlig *das* Maaß von Zugeständniß, das Du heute machst. Unzweifelhaft bist Du krank, in Folge der schweren Oktober-Attacke vielleicht immer noch recht ernstlich krank, aber all dies – und mehr sollte mein Brief nicht sagen – ist ein acuter Zustand, der kam und wieder gehen wird, während das, was ich zu schildern versuchte, Deine Natur, also ein Bleibendes ist. Und auch *das* möcht' ich noch hinzusetzen dürfen, daß die Heilung eines acut aufgetretenen Leidens rascher und vollständiger erfolgen würde, wenn die Gesammt-Organisation, die ich nach wie vor nicht als eine besonders schlimme ansehen kann, die Vortheile seelischer *Ruhe* genösse, statt durch unruhige Vorstellungen beständig ins Vibriren gebracht zu werden. Und hieran knüpfe ich dann noch eine letzte Versicherung. Es ist weder Mamas noch meine Art, Geheimnisse ergründen zu wollen, aber *so* viel liegt auch ohne Horchen und Forschen für uns klar zu Tage, daß Du berechtigt bist, einen ›Schritt‹ von jener Seite zu gewärtigen. Unterbleibt er doch, so betrübt uns das um Deinet- aber nicht um unsretwillen, und unter allen Umständen ist es ganz unmöglich, *Dir* daraus einen Vorwurf zu machen. Du kannst Dich über *diesen* Punkt absolut beruhigen. Für mich bürg ich, aber auch für Mama; jedenfalls würd ich einen Heidenspektakel machen, wenn man Dir aus einem Unglück auch noch einen Verbrecher-Strick drehen wollte. Wie immer Dein alter

Papa.

173. *An Theophil Zolling*

Hochgeehrter Herr Doktor!

In Ihrer Besprechung meines »Ellernklipp« fragen Sie: Warum heiratet Hilde den Heidereiter, da sie doch »einen Willen hat«. Ich könnte hierüber eine neue psychologische Novelle mit philosophisch-didaktischem Anstrich schreiben; aber erschrecken Sie nicht. Nur soviel. Ich glaube, daß die Frage, die Sie stellen, durchaus berechtigt ist, und glaube zweitens, daß es Talente gibt, die diesen Fehler, wenn es einer ist, – denn die Berechtigung zur Frage läßt allenfalls auch noch die Beantwortung zu meinen Gunsten zu – vermieden hätten. Aber das eine fühl' ich sicher, daß *ich*, wenn ich den Fehler hätte vermeiden wollen, einen größeren begangen hätte. Jeder bleibt im Bann einer besonderen Beanlagung und Schulung, namentlich wenn er sich die letztere selbst gegeben d. h. also sie ganz und gar auf seine Beanlagung hin eingerichtet hat. Ich war, von meinem 16. Lebensjahre an, Balladenschreiber, habe mich später daraufhin einexerziert und kann deshalb, meiner Natur und meiner Angewöhnung nach, von der Ballade nicht los. Die Ballade liebt Sprünge; ja diese Sprünge sind ihr Gesetz, ihre Lebensbedingung. Sie geht davon aus: Lücken und Unbestimmtheiten, selbst wenn sie sich bis zum Fehler steigern, sind immer noch besser als Plattheiten und Alltäglichkeiten, die viel mehr als Nacht und Dunkel der Tod der Poesie sind. Dies balladeske Gefühl leitet mich bei allem, was ich schreibe, und ich fühle deutlich, daß ich mich, trotz der Salto mortales, die diese Führung mit sich bringt, doch keiner anderen anvertrauen darf. Aber freilich an dem für die Erzählungsliteratur geltenden Gesetz, das mir sehr wahrscheinlich entgegensteht, wird dadurch nichts geändert...

Mit herzlichem Dank und Gruß

Ihr

Theodor Fontane

Berlin, 25. Februar 1882

174. An Wilhelm Hertz

Berlin 27. Febr. 82.
Potsd. Str. 134.c.

Sehr geehrter Herr Hertz.

Wenn ich nicht irre – Ihr Herr Sohn, mit dem ich seinerzeit darüber correspondirt, wird es entscheiden können – hab ich noch 4 Spreeland-Exemplare zu gut. Trifft es zu, so würd' es mich freun, wenn ich 4 gebundne »Ellernklipp's« statt dessen erhalten könnte, trifft es aber nicht zu, so bitt' ich freundlichst mir diese 4 Exemplare in Rechnung stellen zu wollen, ein A[illegible] druck, den ich ungern gebrauche, weil es durch Ihre Gü[illegible] der Regel nicht geschieht.

Wir sprechen noch mit Vergnügen von dem neulic[illegible] und ziehen Parallelen zwischen Sanscrit und Juge[illegible] bevorzugt sind doch Lieutenants, 6 Fuß hohe Rit[illegible] und all die andern aus der Familie Don Juan, u[illegible] ich alles zurück, was ich, als ich selber noch tanzte, zu Gunsten lyrischer Dichtung und zu Ungunsten hübscher, lachender und gewaschener Herzenssieger gesagt habe. Der Bücher- und Literaturwurm, und wenn er noch so gut und auch so gescheidt ist, ist doch immer nur eine Freude für sich selbst, für sich und eine Hand voll Menschen. Die Welt geht drüber weg und lacht dem Leben und der Schönheit zu. Die Ausnahmen sind selten und oft blos scheinbar. Heyse's Triumphe sind immer noch mehr seiner Persönlichkeit als seinem Dichterthum zuzuschreiben.

In vorzügl. Ergebenheit

Th. Fontane

175. An August Förster

Berlin 16. März 82.
Potsd. Str. 134. c.

Hochgeehrter Herr Direktor.

Bei Besprechung der dritten Gastrolle des Herrn Conrad, hab' ich meinen Fehler wieder gut zu machen gesucht. Von Fehler muß ich allerdings sprechen, weil ich, wie ich nun sehe, von falschen Voraussetzungen ausging. Ich glaubte ganz ernsthaft, daß Friedrich Haase, durch die Macht von Tradition und Schule, bis diesen Tag in Leipzig nachwirke, etwa wie Fr.W.I., trotz der 150 Jahre die zwischenliegen, in Preußen immer noch nachwirkt. Zu dem allen kam, und nicht als Letztes, daß ich Sie, hochgeehrter Herr Direktor, nicht zu den eigentlichen Realisten zählen zu müssen glaubte. Freilich hab ich Sie nur in wenig Rollen gesehn. Der »Erbförster« war realistisch, »Nathan« (vielleicht zu seinem Heile) *nicht*. So glaubt' ich auf Sie, bz. Ihren Einfluß, nicht recurriren zu dürfen, wenigstens nicht bei Herrn Conrad. Aus all diesem indessen, bitt ich Sie, hochgeehrter Herr Direktor, nichts weiter herauslesen zu wollen, als den Versuch meinen Irrthum zu erklären.

In vorzügl. Ergebenheit

Th. Fontane.

176. An Bernhard von Lepel

Berlin. 22. März 1882
Potsd. Str. 134. c

Mein lieber alter Lepel.

Der 22. soll nicht zu Ende gehn, ohne daß ich Dir für Deinen Festklang zu diesem Tage gedankt hätte. Sonst war es die Franzkaserne, jetzt ist es Prenzlau; bei Dir aber heißt es in Gerechtigkeitsgefühl: »was dem Einen recht war, ist dem Andern billig.« Als mir meine Frau die Verse heute früh vorlas, mußt' ich in Dankbarkeit und Wehmuth der alten Zeiten gedenken, wo wir an einem Reime auch fast »sieben Jahre jammerten«. Uebrigens denk' ich darüber noch gerade so wie damals und bin nach wie vor der Meinung daß von Zeitvergeudung dabei gar keine Rede sein kann, auch dann nicht, wenn das erstrebte Ziel unerreicht bleibt. Auch schon das Streben darf jedes Opfer verlangen.

Nochmals besten Dank. Empfiehl mich.

Wie immer Dein

Th. F.

177. An Wilhelm Hertz

Berlin 28. März 82.
Potsd. Str. 134.c.

Sehr geehrter Herr Hertz.

Sie werden zu meinem guten Herzen und zu meiner guten Lebensart das Vertrauen haben, daß es *so* nicht liegen kann. Alles ist Misverständniß, freilich durch eine selten unklare Schreibweise meinerseits verschuldet. Ich hatte gleich ein Gefühl davon, als ich den Brief in den Kasten steckte. Prof. Oldenberg hat mir sowohl bei Tisch als nachher auf dem Heimweg einen durchaus angenehmen Eindruck gemacht und wenn ich überhaupt über ihn zu urtheilen hätte, so hätt ich ihm nur kluges, anspruchsloses und natürliches Wesen nachzurühmen. Nur häßlich fand ich ihn und aus diesem Eindruck entsprang das, was ich geschrieben habe; der einfache Gegensatz zwischen ihm und dem schönen, schlanken Fräulein Heyse gab mir den Anstoß zu ganz allgemeinen Betrachtungen, von denen ich jetzt wünschte, sie nicht gemacht zu haben. Es ist eine Lieblingsbeschäftigung von mir, im Gespräch mit den Meinen auf die relative Gleichgültigkeit von Kunst, Wissen, Gelehrsamkeit, insonderheit von Lyrik und Epik (also mich selbst persiflirend) hinzuweisen und die Vorzüge zu feiern, vielleicht zu übertreiben, deren sich die schönen, lachenden Menschen erfreuen, denen die Herzen ihrer Mitmenschen immer wieder und wieder zufallen. Als junger Mensch dacht' ich gerade entgegengesetzt, Hübschheit war nichts, Talent, Genie war alles, Bruno Bauer erschien mir bemerkenswerther als Fürst Lichnowsky. Von dieser Anschauung bin ich später zurückgekommen, und Prof. Oldenberg wurde (leider) Veranlassung, dies mein Steckenpferd mal wieder zu reiten. Bitte, betrachten Sie die Sache *so*, wie sie sich hier in dieser Erläuterung giebt.

In vorzüglicher Ergebenheit

Th. Fontane

178. An Wilhelm Friedrich

[Berlin, 1. April 1882]

Auf meiner gestern zur Post gegebenen Karte, hab ich versäumt Ihnen für Carmen Sylva's »Jehova« zu danken. Ich thu es nun. Es scheint sehr schön und ganz eigenartig (ich habe nur so hineingekuckt) und verdiente gewiss eine liebevoll eingehende Besprechung. Leider steck ich *so* in andern Arbeiten, dass ich keine Zeit dazu finde. *Vielleicht* im Sommer, im Harz, wenn die Stimmung dazu da ist.

In vorzüglicher Ergebenheit

Th. F.

179. An Bernhard von Lepel

Berlin. 1. April 1882
Potsd. Str. 134. c

Mein lieber alter Lepel.

Eine bessere Nachricht hat mir die alte Kreuz-Ztng seit lange nicht gebracht: »v. Lepel, Major.« Ich habe mich *sehr* darüber gefreut, auch alles was im Rütli zugegen war, freilich ein kleines Häuflein. Immer mehr schließ' ich mich Frau v. Wangenheims Ansicht an, es gäbe in Berlin zweierlei Gutes: die Feuerwehr und die Droschkenkutscher. Wenigstens *der* war der rechte Mann, der Dich schon vor 10 Jahren in den Stabsoffizierrang hob, und wenn er damals schon kühn und seines Mannes kundig, von »Oberst« sprach, so soll das ein Prophetenwort gewesen sein. Dem *Fürsten* Piccolomini!

Empfiehl mich angelegentlichst, wie immer Dein

alter

Noel.

180. An Karl Zöllner

Berlin 28. April 82. Potsd. Str. 134.c.

Theuerster Chevalier.

Herzlichen Dank für Deine Karte; sie kam a tempo mit Tante Lisen, die, nachdem wir uns hatten verleugnen lassen, gegen Mathilde Einzahn ihren Schmerz über ›Mißverständnisse‹ äußerte. Sie wäre gekommen ›um sich zu entschuldigen‹. Dies entwaffnete mich, um so mehr als ich jedem Menschen *das* am höchsten anrechne, was ihm nach seinem Charakter am schwersten wird und so fuhr ich ans *Engel*-Ufer 21 wo unter Thränen, drei auch von meiner Seite, eine Versöhnung stattfand. Die Consequenz davon ist, daß ich nun morgen doch zur Hochzeit muß, was mir in *so* weit auch ganz lieb ist, als ich nicht gern der Mann der Störungen bin. Die traurige weitere Consequenz ist: wieder kein Rütli bei Noel! Du siehst aber, es ließ sich nicht anders thun. Ich schreibe nach allen Seiten hin: Heyden, Eggers, Menzel, Bormann ab, was ich um so unlieber thue, als ich auch für den nächsten Sonnabend nicht einstehen kann. Leichtmöglicherweise ist Gastspiel, deren noch 2, also sechs Vorstellungen in Aussicht stehn; stellt sichs aber anders, so bin ich nächsten Sonnabend wahrscheinlich in Krentzlin bei Scherz. Weiteres mündlich. Empfiehl mich meiner theuren verehrten Chevalière. Wie immer Dein

Noel.

181. An Wilhelm Hertz

Berlin 22. Mai 82.
Potsd. Str. 134.c.

Sehr geehrter Herr Hertz.

Besten Dank für Band I. und II. der Wanderungen und die längere Europa-Kritik (vielleicht noch G. Kühne?) die mir Ihre Güte hat zugehn lassen.

Eigentliche Veranlassung meines Schreibens ist aber folgende. Drei oder viermal bin ich jetzt dem jungen Baron Puttlitz begegnet, ebenso oft hat er mich in der freundlichsten Weise gegrüßt und ebenso oft hab ich diesen Gruß erst erwidern können, wenn Herr v. P. schon drei Schritt vorbei war. Ich fühle, daß, Pardon für das Wort, dieser nachzoddelnde Gruß etwas Sonderbares haben muß, namentlich in seiner 3fachen Wiederholung, weshalb ich Sie freundlichst bitten möchte,

Herrn v. P. bei Gelegenheit meine Betrübniß darüber auszudrücken. Ich nehme an, daß Sie ihn von Zeit zu Zeit sehen. Manches büßt man ein, oder vielleicht auch vieles, aber den guten Ruf der Artigkeit möcht ich mir wenigstens bis zuletzt erhalten sehn.

In vorzügl. Ergebenheit

Th. Fontane

182. An Bernhard von Lepel

Berlin. 30. Mai 1882

Mein lieber Lepel.

Dein Geburtstag fiel auf Rütlitag und Pfingstsonnabend, und *doch* vergessen! Man wird immer tapriger und was schlimmer ist, immer egoistischer, und vergißt in der Beschäftigung mit dem lieben Ich, die Beschäftigung mit der Welt. Die Erkenntniß ist da, aber keine Beßrung; im Gegentheil.

Das vorige Jahr hat Dir einen Wunsch erfüllt, möge Dir das nächste Jahr erfüllen, was noch fehlt. Man soll jedem seine Tage gönnen, aber im Hinblick auf einen 95er läßt sich ohne Unbill sagen: er kann nicht ewig leben. Und dann eine ungezählte Reihe von Rütlis bei »laeso et invicto militi«. So steht ja wohl drüber?

Dir und Deiner verehrten Frau herzliche Grüße von Deinem

Th. F.

und Frau.

183. An Anna Witte (Konzept)

[Juni/Juli 1882]

Hochverehrte Frau, teuerste Freundin. Meine letzte literarische Tat hier sollen diese Zeilen an Sie, hochverehrte Freundin, sein, in denen ich Ihnen, eine von unserm kleinen Standpunkt aus angesehen, allerwichtigste Frage vorlegen und Ihr Urteil, Ihren Rat erbitten möchte.

Natürlich handelt es sich um Martha, und beinah ebenso natürlich um den nebelhaft und unfaßbar am Horizont ziehenden Bräutigam in spe oder noch nicht in spe: Rudolf Schreiner.

Sie begreifen, daß uns diese Frage seit lange beschäftigt, und seit dem unglücklichen Examen-Ausgange geradezu Sorge macht. Was wir in Bezug auf das Examen, so oder so, und als eine natürliche Konsequenz desselben erwarteten, war das folgende: 3 oder 8 Tage nach glücklich bestandenem Examen wird er kommen und um Martha anhalten; mißglückt aber sein Examen, so wird er freilich nicht um sie anhalten, wird aber irgendwelche Schritte tun, um sich »im Stillen« ihrer zu versichern. Daß das erstere nicht geschehen ist, weil es nicht geschehen *konnte*, wissen wir. Aber wie steht es nun mit dem zweiten? Hat ein solches sich »im Stillen« ihrer zu versichern stattgefunden, jetzt oder vielleicht auch früher schon? Darauf kommt es uns an! Dies möchten wir gern erfahren. Hat es stattgefunden, aber auch *wirklich*, und zwar in klaren, baren Worten, d. h. also stattgefunden über den berühmten Händedruck, Korridorkuß und Fußspitzengruß *hinaus* (die samt und sonders in meinen Augen gar nichts bedeuten), so haben wir Eltern in dieser Sache weiter nichts zu sagen. Denn wir haben durchaus nichts gegen stille Verlobungen, auch nichts gegen jahrelanges Warten. Wir selber haben jahrelang gewartet.

Also noch einmal, haben irgendwelche Zusicherungen, aber auch wirklich *Sicherungen* im Stillen stattgefunden, so betrachten wir alles als abgemacht und erledigt und haben nicht nötig irgend was noch in dieser Sache zu sagen oder zu tun. Aber, ich frage nochmals, haben solche stillen Zusicherungen stattgefunden. Ich glaube, nein. Und mit Rücksicht darauf ist bis auf weiteres unsere Meinung die folgende:

Hat sich R. S. *nicht* erklärt, weder jetzt noch früher, hat er sich weder jetzt noch früher Martha's versichert, und zwar in nicht zu mißverstehender Weise versichert, so find' ich die ganze Sache, das Mindeste zu sagen, nachgerade höchst sonderbar; es liegt dann ein Maß von Indifferenz und »Seelenruhe«, von Nicht-Achtung oder wenigstens Nicht-Rücksicht, oder andererseits, wenn durchweg auf die Korrektheit und Biedermannschaft hin angesehen und ausgespielt werden soll, ein Maß von Ehrpußlichkeit, Ledernheit und Philisterei vor, wovon ich mir – es liege nun so oder so – kein Heil versprechen kann. Mit solchem amphibiolen Abwartemann sich durch's Leben zu schleppen, der immer nur zu Bier geht, und seine Kinder um Gottes willen und weil's doch mal hergebracht ist im halben Dussel zeugt, ist auch kein Vergnügen.

Wir sind also, wenn seitens R. S.'s nichts geschehen sein sollte, was als stilles, aber bindendes Verlöbnis angesehen werden kann, der Meinung, daß Martha, sobald sie nach Berlin zurückkehrt (und wenn es nur auf 3 Tage wäre) der Familie sans gêne die Pistole auf die Brust setzte und in vollkommen berechtigtem Tone fragen muß: »Kinder, was denkt Ihr Euch denn eigentlich?« oder aber wenn sie diese Frage zu tun *nicht* gewillt ist, einfach einen geordneten Rückzug anzutreten. Sie ist dies nicht bloß ihrem Glück, sondern auch ihrer Ehre schuldig. Länger zu warten, immer weiter und weiter, ohne Recht und Pflicht dazu, ist lächerlich, verächtlich.

Wir sind, wie Sie zweifellos aus diesen Zeilen herauslesen werden, einigermaßen gereizt. Aber ich glaube diese Gereiztheit ist unser gutes Recht. Liegt es so, wie's wahrscheinlich *nicht* liegt, so werde ich meinerseits nicht anstehn, hinterher gern zu revozieren; liegt es aber, wie ich fürchte, daß es liegt, so kann ich nur aufs Bestimmteste wiederholen, daß ich für solche Duscheschaft und Pappstoffelei gar keine parlamentarischen Ausdrücke habe. Ich halte (ganz im Gegensatz zu meinem Renomee) furchtbar viel von der Ehe und bin *sehr* fürs Heiraten. Es ist das Natürliche. Aber ich bin nicht *so* dafür, daß unter allen Umständen geheiratet werden muß. Bierfässer gehören in den Keller, aber nicht in die Brautstube.

Ihnen wird Martha längst reinen Wein eingeschenkt haben und *wenn* nicht, so wird sie's, denk ich, in dieser Veranlassung tun. Bitte, lassen Sie, hochverehrteste Frau, uns wissen, wie's steht, wie sich Martha (es liege nun wie's wolle) auch ferner dazu [zu] stellen gedenkt. Denn schließlich bleibt als Paragraph 1 immer das bestehen: »es ist *ihre* Sache«. Liegt ihr daran, ihre Jugend aufs Dustre und Ungewisse hin zu »verwarten«, so mag sie's tun. Ihr Glück und ihr Unglück ist aber *ihr*'s. Uns liegt ob, ihr zu raten, *sie* aber mag sich entscheiden.

184. An Wilhelm Hertz

Thale 9. Juni 82.
Hôtel Zehnpfund.

Sehr geehrter Herr Hertz.

Empfangen Sie meinen besten Dank für Ihre freundlichen Zeilen. Ich bin natürlich mit allem einverstanden, ganz besonders auch damit, den Band nicht wachsen, sondern lieber abmagern zu lassen. Das Publikum verlangt kein »mehr« (vielleicht im Gegentheil) und Sie und ich haben nur Schaden davon. Ich hoffe den Band, der jetzt genau 31 Bogen zählt, bis auf 29 zu reduciren, und zwar ebensowohl durch Kürzungen wie durch compresseren Druck. Band II., III. und IV. haben nämlich, wenn ich nicht sehr irre, zwei, drei Zeilen mehr auf der Seite. Die Anmerkungen laß ich ganz fort, gedenke aber Einiges davon, so namentlich bei Wustrau, Carwe und Rheinsberg, nach vorn mit in den Text zu nehmen, nicht einschachtelnd oder gar einprumpsend, sondern einfach als selbstständige kleine Kapitel. Man ändert eben mit den Jahren seine Stellung, auch die zur eignen Arbeit, und das was einem mit 40 als Hauptsache erschien, erscheint einem mit 60 als Nebensache. Und umgekehrt. Einfache Notizen sind besser als feuilletonistisches Gequassel, wenn letzteres nicht ganz apart reizend und gelungen ist. Und wer möchte das, nach so langer Zeit, noch von sich sagen. Das Beste in dem ganzen Bande (beschämend daß ich es sagen muß) ist das lange Gespräch zwischen Friedrich II. und Amtmann Fromm; ich fand' es zufällig auf einem Einwickelbogen, der mir ins Haus kam, und hatte Grips genug einzusehn, daß es ein wahrer Schatz für mich sei. Ich schicke bald einige Bogen. Es geht mir hier gut, wie unberufen immer, wenn ich Berlin den Rücken kehre. Mit der Bitte mich Ihrem Herrn Sohn empfehlen zu wollen, in vorzüglicher Ergebenheit

Th. Fontane.

185. An Theodor Fontane

Thale, d. 20. Juni 1882.

Mein lieber alter Theo!

Ich will Dir doch noch eigens in etwas Briefartigem für Deinen langen Schreibebrief danken, trotzdem ein Kolossalschnupfen seit Tagen in meinem Kopfe kreist. Mög' er nicht als Maus zutage treten. Wenn schon, denn schon; ein ewiger Kleinschnupfen, der so hinsiecht, ist unbequem und hilft nichts; wie Minerva muß er aus dem Haupte springen.

Zu der K.-Frage, die sich mit der ganzen Elsässerfrage so ziemlich deckt, hab' ich kaum etwas hinzuzufügen. Es läuft darauf hinaus, ob es wirklich Liebe ist; Liebe steht viel höher als Stammesgefühl und nun gar als ein obsolet gewordenes Stammesgefühl. Die Elsässer gehörten 200 Jahre lang zu Frankreich, und wenn sie nun schließlich sagen, »Erwin von Steinbach hin, Erwin von Steinbach her, die Franzosen, mit denen wir jetzt durch sechs Generationen gegangen sind, gefallen uns besser als die Deutschen«, so ist schließlich nicht viel dagegen zu sagen. Jeder von uns sieht sich im Leben vor solche Fragen gestellt, die er nach seinem individuellen Bedürfnis und nicht nach dem Urteil der umherstehenden Menge beantwortet und entscheidet. Die Menge hat immer eine langweilige Prinzipschablone, das Individuum fühlt und handelt aus dem unmittelbar Gegebenen heraus. Irgend eine Situation, die sich über die Alltagssituation erhebt, und der Ausnahmefall ist da! Du wirst davon keine Ausnahme machen. So wie sich in diese Dinge pfiffig-Berechnendes oder überhaupt Unedles mit einmischt, und ich weiß nicht, ob dies bei K. der Fall ist, werden sie häßlich; aber die einfache Tatsache, daß die Elsässer lieber französisch als deutsch sein wollen, darf uns nicht zornig machen. Nur betrüblich ist es.

Ich wünsche von ganzen Herzen, daß es Dir in Deiner neuen Stellung gut ergehen möge, jetzt und später. Von den Bedenken, die ich anfangs hegte, weil das Marine-Intendanturwesen etwas eng Begrenztes ist, bin ich ganz zurückgekommen; die Armeeintendanz ist eine große, weitverzweigte Sache, betreffs deren man sagen darf: »Geht es hier nicht, so geht es da.« Und ging es wirklich total nicht, nun, so wirst Du bei Deinem Wissen, Deinen guten Zeugnissen und Deinen Empfehlungen (wobei ich wohlweislich mich nicht mit einrechne) immer wieder an einer andern guten Stelle untergebracht werden. Der Geldpunkt kommt hinzu. Bei der großen Bescheidenheit, die Du in allem jederzeit gezeigt hast, kann ich Dir aufs Bestimmteste versichern, daß ich persönlich mir ein Vergnügen daraus gemacht hätte, das bißchen, was ich überhaupt tun konnte, auch fernerhin zu tun. Daß Du aber aus der Unterstützung durch Fremde nunmehr herauskommst, ist, wie Dir, auch mir eine wahre Herzenserleichterung. Wie ich Dir schon 'mal sagte: »Das einzig Nennenswerte, was ich für Dich getan habe, ist das, daß ich auf Onkel Sch.s freundliches und geradezu generöses Anerbieten einging.« Ich werd' ihm diese große Liebes- und Freundschaftstat nie vergessen; auch gehör' ich nicht zu denen, die sich durch Wohltaten bedrückt fühlen. Zu danken ist mir nie schwer geworden; aber ich kenne das menschliche Herz, und das von Onkel Sch. kenne ich ganz gewiß. Es mischt sich doch vielerlei mit ein, und dieser Beisatz kann mich unmöglich erfreuen, wenn es mir auch Pflicht war, so lange die

Sache spielte, darüber zu schweigen. Also nochmals Glückauf zum neuen Lebenslauf!

Mir geht es nicht sehr gut, der Kopf ist mir benommen, und von Arbeiten ist herzlich wenig die Rede. Ich habe aber, wenn auch nur im kleinen Stil, allerhand erlebt und gesehn und bin dadurch einigermaßen auf meine Kosten gekommen.

Grüße, wo Du's für gut hältst. Wie immer Dein alter

Papa.

186. An Otto Brahm

[Thale,] 23. Juni 82.

Hochgeehrter Herr Doktor.

Heute früh erst ist mir das durch Ihre Güte für mich bestimmte Zeitungsblatt zugegangen. Sind Sie selbst P. Schlenther (von dem ich schon früher Einiges in der »Tribüne« gelesen habe) oder aber ist er ein selbständiges Ich, das leibhaftig als ein allerwirklichster Paul Schlenther neben Ihnen wandelt – gleichviel, ich bin, so oder so, dem Träger dieses Namens *sehr* zu Danke verpflichtet. Das nenn ich kritisiren! Es wird mir nichts geschenkt, oder wenigstens nicht viel, und die schwachen, angreifbaren und namentlich auch die sehr in *Frage* zu stellenden Seiten meiner Arbeit werden herausgekehrt. Aber nebenher läuft doch zweierlei: das Anerkenntniß, daß man es mit einem ordentlichen und anständigen Menschen, und zweitens das Anerkenntniß, daß man es mit einem sein Metier ernsthaft übenden, anständigen Künstler zu thun hat. Den Künstler nehm ich noch mehr für mich in Anspruch als den Dichter. Also nochmals besten und aufrichtigsten Dank. Ich bin nun seit beinah vierzig Jahren Schriftsteller, aber unter den mehr als tausend Kritiken, die sich mit mir beschäftigt haben, sind keine zehn, vielleicht keine sechs, die dieser gleichkommen, und ist nicht eine, die dieser den Rang abläuft. Was über Ruben oder Rubehn gesagt ist, was ferner über meine Manier, alles sprungweis zu behandeln, und die Stationen, wo Seidel getrunken wurden, sozusagen durch Schnellfahren wieder einzubringen – alles ist richtig, alles unterschreib ich. Ganz vorzüglich ist auch der Schluß, wenn auch vielleicht nicht in der Motivirung. Der Grund der Anfechtung liegt genau da, wo für andre (z. B. mal im »Magazin«) der Grund einer besondern Anerkennung gelegen hat. Wenige haben den Muth und die Kraft, sich, behufs Zeugnißablegung, die Dinge des Lebens so anzusehn, wie sie liegen; die Mehrheit kann aus dem Conventionalismus nicht heraus und hält an elenden, längst Lüge gewordenen Phrasen fest. Die Minorität anderseits gefällt sich darin, zu *sehr* damit zu brechen, zu gründlich damit aufzuräumen und dadurch ich will nicht sagen das Recht ihrer Tendenz und der Äußerung derselben, aber doch die Fähigkeit das einfach Thatsächliche zu sehen und zu schildern, einzubüßen. In vorzüglicher Ergebenheit

Th. Fontane.

187. An Heinrich Seidel

Berlin 28. Juni 82.
Potsd. Str. 134.c.

Hochgeehrter Herr.

Empfangen Sie meinen Dank für Ihr neustes, mir gütigst übersandtes Buch. Wenn der Verleger nur einigermaßen der entzückenden Ausstattung entspricht, die er dem Buche gegeben hat, so sind Sie wirklich beneidenswerth.

Schreiben über das Buch kann ich nicht und will ich auch nicht. Ich *kann* nicht, weil ich gestern Abend, als ich nach kaum 3 wöchentlicher Abwesenheit von Berlin, wieder hieher zurückkehrte, 9 Bücher, geschrieben neun Bücher, zur Besprechung vorfand, und *will* nicht, weil ich offen gestanden als »alter Herr« keinen Beruf in mir spüre, die Bücher jüngrer Männer zu besprechen, die sich, ich sage dies ganz allgemein und nicht persönlich, um die meinigen nicht kümmern. Ich bespreche nur noch *die* Dinge, denen gegenüber mich irgendwelche Rücksichten *zwingen.* Sie wissen, welchen Respekt ich vor Ihrem Talent und besonders vor der künstlerischen Art habe, womit Sie unser schwieriges und von 99en unter 100 so furchtbar verschludertes Metier betreiben, aber auch *das* kann mich nicht bestimmen, von meinen mir aus Noth aber allerdings auch aus Aerger aufgedrungenen Entschlüssen abzugehn.

In vorzüglicher Ergebenheit

Th. Fontane.

188. An Martha Fontane

Berlin 13. Juli 82. Potsd. Str. 134.c.

Meine liebe Mete.

Habe Dank für Deinen langen und ausführlichen Brief, den ich gestern früh erhielt. Das Mittelstück ist das Hauptstück; ich bin, so weit ich mitsprechen kann, ebenfalls der Meinung, daß das *Haus* es wünschte und daß R. es auch wünschte, und daß erst in verhältnißmäßig neuerer Zeit bei letztrem ein Umschwung eintrat. Und zwar muthmaßlich ohne stichhaltigen oder vom Ehrenstandpunkt aus angesehn, auch nur verständlichen Grund. Der von Dir angeführte, ist keiner. Hat jener Abend mitgespielt, so haben wir ihm *miß*fallen, aber nicht *ge*fallen. *Miß*fallen weil seine Eitelkeit nicht zu ihrem Rechte kam. Es ist aber nutzlos und jedenfalls dem Betreffenden zu viel Ehre erweisend, wenn wir, wie Onkel Richard zu sagen pflegte, in diesem ›verhedderten Zwirn‹ von eitlen, schwächlichen und confusen Gefühlen noch weiter herumfusseln wollen, und als Endresultat bleibt nur zweierlei zu verzeichnen: 1. Daß R., wenn nicht Entschuldigungsgründe vorliegen, die ich nicht kenne, rücksichts- und gewissenlos gehandelt hat, und 2. daß Du, und wir alle mit Dir froh sein können, einer drohenden Gefahr entgangen zu sein. Denn ein Hosenmatz, der nicht weiß was er will und sich in entscheidenden Lebenslagen nicht durch Pflicht und Ehre, sondern durch Vortheil und Eitelkeit bestimmen läßt, ist allemal eine Gefahr. Und für eine neben ihm hergehende, nobler angelegte Natur einfach ein Schreckniß.

Uebrigens – und dies sei mein letztes Wort in dieser unliebsamen Affaire – verwahr ich mich dagegen, in Vorgesagtem einen letzten Richterspruch gesprochen haben zu wollen. Wie bedingungsweis auf englischen Frachtbriefen steht ›wind and weather permitting‹, so sag ich hier ›according to my knowledge‹. Höre ich jemals, daß dies oder jenes ihn exculpirt, so will ich ihm in meinem Herzen gern eine Ehrenerklärung geben. Je mehr ich mir's aber überlege: es liegt *nicht* günstig vor mir; sein ganzer ›Habitus‹, sein Lebenszuschnitt, wirken klein und von sich überzogen, und aus *Kleinheit und ›Ueberzogenheit‹* ist sehr wahrscheinlich all das entstanden, was nun vor uns liegt. Ich freue mich von Herzen dieses ›gescheiterten Glücks‹. – Anbei drei Briefe von Mama, die stellenweis von dem Thema handeln; sie sind interessant durch ihren energischen Gefühlsausdruck. Einer sich auf Theo beziehenden Stelle, thu in Briefen oder künftigen Gesprächen mit Theo, *nicht* Erwähnung, denn sie betrifft ein bloßes sentiment, das ich gegen Mama geäußert hatte. Theo, der wohl noch sehr anders zu der Frage steht, würde erschrecken, wenn er von meinen wenig in Hoffnung getauchten Gefühlen erführe. Ich kenne die Geld- und Besitzmenschen, und weiß, daß man ihnen ›ihre Kreise‹ nicht stören darf. Und nun leb wohl; herzlichste Grüße und Empfehlungen an Tante Anna. Wie immer Dein alter

Papa.

189. An Emilie Fontane

Berlin 19. Juli 82. Potsd. Str. 134

Meine liebe Frau.

Du hast Dich oft auf diesem ›champ d'honneur‹ mit Ruhm bedeckt, aber nie so wie diesmal. Das alles in 3 Tagen! Es ist eine Fleißesleistung, die an Deine 18jährige Zeit, an die Zeit der Billetfabrikation erinnert.

Sei nochmals bestens bedankt.

Ich glaube nicht, daß Du mit Deiner Ausstellung hinsichtlich Schachs Recht hast. Wär es so, so wär es schlimm, denn damit steht und fällt die ganze Geschichte. Leg es Dir noch einmal zurecht. Darauf, daß es *thatsächlich* geschehen ist und auch aus *dem* Grunde geschehen ist, den ich als Hauptgrund anführe, *dar*auf leg ich kein Gewicht. Es zeigt aber doch wenigstens *so* viel, daß dergleichen bei einem im Ganzen genommen durchaus gesund organisirten Menschen vorkommen *konnte*. Ich geh aber einen Schritt weiter und find' es vollkommen erklärlich. Er hat mit der Mutter getechtelmechtelt (was *auch* mitwirkt) und hat hinterher in einem unbewachten Moment die mindestens in Frage gestellte Schönheit Victoirens über ihre große Liebenswürdigkeit und einen gewissen ihr verbliebenen Reiz vergessen. Nun soll er sie heirathen. Er schwankt, endlich will er's, weil er's wollen *muß:* die Mutter verlangt es, sein eignes Rechtsgefühl verlangt es, der *König* verlangt es. Dies Letztre giebt den Ausschlag, er muß nun *unbedingt*. Zugleich empfindet er, daß *er*, der eitle, stolze Mann, der ohne die Bewunderung der Welt und seiner Kameraden nicht leben kann, sich für immer zur Lächerlichkeit verurtheilt sieht, wenigstens erscheint es ihm so, und nicht aus noch ein wissend, erschießt er sich, nachdem er durch den Trauakt seinen faux pas rectificirt hat. Mir leuchtet das Ganze vollkommen ein, mindestens doch so wie der Tod des Hofmanns, der sich erschoß, weil er sich bei der Whistparthie mit 2 Kaisern und einem Könige, das Mindeste zu sagen ›unanständig aufgeführt hatte.‹ Die Furcht vor dem Ridikül spielt in der Welt eine kolossale Rolle.

Ich erwarte Dich nun also Sonnabend und werde meinerseits wohl Montag oder Dienstag reisen. Ich werde nämlich die ersten sechs Kapitel doch noch *hier* corrigiren und *dann* erst abreisen. Und nun lebe wohl, hier ist alles leidlich wohl trotz der Hitze. – Der Hoppenrade-Aufsatz, nach Mittheilungen die Friedel heute von Herrn Woeller empfing, muß *sehr* gefallen haben. Ein kleiner Trost! Auch Stephany war gestern sehr liebenswürdig und wird die Correktur so zu sagen selber in die Hand nehmen. ›Wer einen Fehler stehn läßt, wird gehängt.‹ Mir geschieht dadurch ein großer Dienst, denn Du kannst denken, daß ich danach seufze, nun endlich was *andres* vor Gesicht zu kriegen.

Uebrigens hab ich heute Vormittag eine neue Novelle entworfen; wieder *sehr* diffizil, sehr intrikat. 1000 Grüße von Deinem

Th. F.

190. An Elise Weber geb. Fontane

Berlin 26. Juli 82. Potsd. Str. 134. c.

Meine liebe Lise.

In voriger Woche wollt' ich Dich besuchen, verplauderte mich aber bei Tante Pine, trotzdem ich den Eindruck hatte, nicht gerade viel Gnade zu finden.

Sie beurtheilt meine Lebens- und Zeit-verhältnisse zu sehr nach denen von Onkel August. *Der* hatte freilich immer Zeit, was ich von mir nicht sagen kann.

Gestern Abend 10 Uhr hat Friedel mein Manuskript auf die Zeitung getragen und heute Mittag 11½ will ich fort, nach Norderney.

Ich habe nicht kommen können, vielmehr 4 Wochen lang in Schwebehitze wie ein Pferd gearbeitet.

So sei mir nicht böse, daß ich wieder, ohne bei Dir gewesen zu sein, verschwinde. Habe besten Dank für Deinen lieben Brief, den ich in Thale empfing. In guten 4 Wochen, spätestens Anfang September, hoff ich wieder hier zu sein. Empfiehl mich Schwager Weber, grüße die Kinder. Wie immer Dein

Th. F.

191. An Emilie Fontane

Norderney 12. Aug. 82. Marienstraße 3.

Meine liebe Frau.

Zu meinem Thee hab ich eben für 7½ Sgr. Kuchen gegessen, was ungeheurlich klingt, aber noch lange nicht so viel war wie eine halbe Zweigroschenbretzel; in einem semmelmüden Zustand (sick of it) mußt' ich eine solche Veränderung eintreten lassen, und fühle mich auch wohl danach. Die Verpflegungsverhältnisse sind hier sehr merkwürdig; mein Hauptnahrungsmittel ist ›Gerstensuppe‹, ein nationales Gericht, unsrer Graupensuppe aus Hammelfleisch sehr ähnlich, aber noch kräftiger.

Das kleine Diner bei Kn.'s verlief gestern sehr angenehm; sie sind alle – namentlich auch *sie*, die Gräfin, – von großer Liebenswürdigkeit, einfach und natürlich, und in politischen Dingen ungeheuer ›freiweg‹. Wie ganz anders sind doch diese Leute als der märkische Durchschnitts-Adel, von dem, im Ganzen genommen, leider all das wahr ist, was Stein vor 80 Jahren über ihn gesagt hat. Sie sind eingebildet (man weiß nicht recht worauf), beschränkt, und im Ganzen genommen ruppig. Selbst von ihren speziellen militairischen Tugenden zu sprechen, ist lächerlich; jeder gesunde Mensch, der in bestimmten soldatischen Anschauungen von Jugend auf trainirt wird, giebt auch schließlich einen guten Soldaten ab. So war es schon von 2000 Jahren und so ist es noch. Die Arnims sind die einzige Familie, die als *Familie* (ausgezeichnete *Individuen* kommen natürlich auch in den andern vor) eine Ausnahme machen. Die Schulenburgs, Alvenslebens, Knesebecks – die zu den guten gehören – sind schon keine richtigen Märker mehr, sie haben den Stempel der rein deutschen Niedersachsen, die das große Gebiet zwischen Elbe und Weser inne haben. Uebrigens steht dies in durchaus keinem Widerspruch zu meinen 4 Bänden ›Wanderungen‹; ich habe überall liebevoll geschildert, aber nirgends glorificirt, nicht einmal meinen Liebling Marwitz. Ich habe sagen wollen, und habe wirklich gesagt: ›Kinder, *so* schlimm wie *ihr* es macht, ist es nicht‹ und dazu war ich berechtigt; aber es ist Thorheit, aus diesen Büchern herauslesen zu wollen: ich hätte eine Schwärmerei für Mark und Märker. *So* dumm war ich nicht.

Bei Knyphausens erschien zur Kaffestunde eine sehr reizende Baronin aus Stuttgart, stattliche Rothblondine (ähnlich wie die Lady Russel) die drastische Schilderungen von dem dortigen gesellschaftlichen Leben entwarf. ›Die Schwaben sind scheu und schwerfällig, und die fremden Elemente halten sich zurück oder machen sich geradezu rar. Da ischt z. B. der Lübke. Aber er kommet meischt nur wenn die Königin da ischt etc.‹ Als sie fort war, fragte ich, wer die Dame gewesen sei? ›Das war die Freifrau v. Berlichingen, und ihr 6jähriger ältester Sohn heißt Goetz.‹ Der junge Baron Dörnberg, der mit dabei war, setzte hinzu: ›wahrscheinlich ein scrophulöser kleiner Bengel, der nachher seinen Heldennamen verunziert.‹ Aber enfin, er ist doch immer ein christlicher, richtig getaufter Goetz v. Berlichingen; der wirkliche Schrecken fängt erst bei Percy Heymann an.

Gestern Abend war denn nun auch das Wohlthätigkeitsconcert. Ich *mußte* hin, weil es ungezogen gegen Frl. v. Dörnberg gewesen wäre, zu fehlen; so tauchte ich denn 8½ auf, wo ich sicher sein konnte, daß mein ›Prolog‹ längst das Zeitliche gesegnet hatte. Der ganze Abend machte einen allerliebsten, poetischen und vornehmen Eindruck; der große Saal sehr hübsch, die Bühne fein und zierlich, die Mitwirkenden Dilettanten, aber doch als solche lauter anständige Nummern. Am hübschesten fand ich das Klavier- und Violinspiel der beiden Comtessen Breuner, obwohl Gussow, der auch da war, nicht viel davon wissen wollte, und Herrn Alberti die Siegespalme zuerkannte. *Mir* war dieser letztre zu sehr Dreh- und Wackelsänger, und wirkte, als ob er es durch korkzieherartige Körperschraubungen aus sich herausholen müsse. Das lieb ich nicht. Mein Prolog wird wohl in den Brunnen gefallen sein; das Schicksal aller Prologe; und nun gar wenn *ich* einen gemacht habe. Mein eigentlichster Prolog war der an dem Schinkelfest-Abend, den der große Anton v. Werner, der ein lebendes Bild stellen wollte, einfach kassirt hatte. Mit wie viel Ehren bin ich schon überhäuft worden!

192. An Emilie Fontane

Norderney 17. Aug. 82. Marienstraße 3.

Meine liebe Frau.

Das ist nun der letzte Brief von hier aus. Für Deinen Brief vom 14. hab' ich mich gestern in einer Karte bedankt; was Du darin Eingangs sagst ›daß ich bei *Nicht*-Stoff in der Regel besser schriebe als bei viel Stoff‹ ist gewiß richtig, in dem bestimmten Fall aber (denn der Stoff hier ist so ziemlich immer derselbe) scheint mir die Bemerkung doch durch nicht allzu gute Laune diktirt zu sein. Aber vielleicht irr' ich auch; ich schreibe so viel, daß ich hinterher nie mehr weiß was in diesem oder jenem Briefe gestanden hat.

Im Ganzen muß ich mit meinen 3 Wochen hier sehr zufrieden sein; es ist mir nichts eigentlich Unangenehmes passirt und selbst die Sturmtage waren schön. Ja ich komme jetzt dahinter, daß das Meer *nur* an seinen Sturmtagen entzückend ist; so wie Ruhe eintritt, ist es eigentlich langweilig. Die Buchhändlerbekanntschaften, die ich hier gemacht habe, bedeuten nicht viel, sind mir aber doch eher angenehm als nicht, und die schweren Correkturtage, so sehr sie mich zeitweilig (namentlich bei meinem schlechten Befinden) gedrückt und geängstigt haben, waren doch auch wieder ein Segen. Denn man kann nicht von 7 Uhr früh bis 11 Uhr Abends auf einer Bank sitzen, Reseda riechen, und ›Heil Dir im Siegerkranz‹ zum hundertsten Male blasen hören. Also nochmals, es war sehr hübsch, und was die Hauptsache ist, die wundervolle, sauerstoffreiche Luft wird meinem Blut und meinen Nerven auch gut gethan haben. Berliner Canalluft ist nicht meine Sache. Fatal waren die Juden; ihre frechen, unschönen Gaunergesichter (denn in Gaunerei liegt ihre ganze Größe) drängen sich einem überall auf. Wer in Rawicz oder Meseritz ein Jahr lang Menschen betrogen oder wenn *nicht* betrogen, eklige Geschäfte besorgt hat, hat keinen Anspruch darauf, sich in Norderney unter Prinzessinnen und Comtessen mit herumzuzieren. Wer zur guten Gesellschaft gehört, Jude oder Christ, darf sich auch in der guten Gesellschaft bewegen; wer aber 11 Monate lang Katun abmißt oder Kampfer in alte Pelze packt, hat kein Recht im 12. Monat sich an einen Grafentisch zu setzen.

Meinen ›Prolog‹ leg ich Dir in Berlin vor; ich habe nicht Zeit ihn hier abzuschreiben; keinenfalls hat er mich hier als höheren Dichter beglaubigt, ein Nicht-Erfolg, der ein ganzes Dutzend Gründe hat. Sie herzählen, ist ganz unmöglich; zwei will ich aber nennen: die ganze Gesellschaft hier ist in *zwei* Lager getheilt, und gerade um *das* Lager, für das ich meinen Prolog schrieb, hab ich mich nicht gekümmert, nicht einmal dem Herrn v. Vincke (Bade-Direktor) meinen Besuch gemacht. Auch sind verhältnißmäßig sehr wenig Berliner hier, lauter Hannoveraner, Bremer, Hamburger, Westphalen und Braunschweiger. Die Berliner gehen in der Masse lieber in die Ostseebäder (die auch viel viel *hübscher* sind; darüber kann kein Zweifel sein) oder nach Ostende und Scheveningen. Im Ganzen aber scheint es mir, als zöge der Berliner das Binnenland überhaupt vor, und begnüge sich, was Ocean angeht, mit Schwimmbassin und Badeschrank.

Morgen schick ich auch 3 bis 4 Druck-Bogen Manuskript an Eupel; es macht mir noch wieder ziemlich viel Arbeit, aber ich werde nicht ärgerlich dabei, weil ich einsehe: es muß sein. Ich sehe klar ein, daß ich eigentlich erst bei dem 70er Kriegsbuche und dann bei dem Schreiben meines Romans ein *Schriftsteller* geworden bin d. h. ein Mann, der sein Metier als eine *Kunst* betreibt, als eine Kunst, deren *Anforderungen* er kennt. Dies letztre ist das Entscheidende. Goethe hat einmal gesagt: ›die Produktion eines anständigen Dichters und Schriftstellers entspricht allemal dem Maaß seiner *Erkenntniß*.‹ Furchtbar richtig. Man kann auch ohne Kritik mal was Gutes schreiben, ja vielleicht etwa *so* Gutes, wie man später *mit* Kritik nie wieder zu Stande bringt. Das alles soll nicht bestritten werden. Aber das sind dann die ›Geschenke der Götter‹, die, weil es Göttergeschenke sind, sehr selten sind, *einmal* im Jahre, und das Jahr hat 365 Tage. Für die verbleibenden 364 entscheidet die Kritik, das Maaß der Erkenntniß. In *poetischen* Dingen hab ich die Erkenntniß 30 Jahre früher gehabt als wie in der Prosa; daher les ich meine Gedichte mit Vergnügen oder doch ohne Verlegenheit, während meine Prosa aus derselben Zeit mich beständig genirt und erröthen macht.

Morgen und übermorgen schicke ich Dir noch eine Karte. Bitte gieb am *Sonnabend* einen Brief zur Post unter folgender Adresse:

An das Bible-Hôtel
(Herrn Th. Fontane aus Berlin bei seinem Eintreffen einzuhändigen) Amsterdam.

Und nun lebe mir wohl, und freue Dich der Ostsee *so*, wie ich mich der Nordsee gefreut habe.

Tausend Grüße den verehrten Witteschen Damen, Mutter und Tochter, auch an die in Nischnli und Schwiggerow verweilenden Gatten. Einen Kuß meiner Mete und dem tapfren Schweppermann zwei von Deinem alten

Th. F.

193. An Emilie Zöllner

Norderney 18. Aug. 82. Marienstraße 3.

Theuerste Freundin.

Wie der Faust im letzten Akt hab ich eine Stunde lang an der Meeresküste gesessen und mit dem berühmten ›verweile noch, Du bist so schön‹ der untergehenden Sonne nachgeblickt, und wie der Faust im 1. oder 2. Akt bin ich eben in meine Zelle zurückgekehrt ›darin die Lampe freundlich wieder brennt‹. ›Vergangnes und Zukünftiges (ich habe heute meinen Citirtag) zieht an meinem inneren Auge vorüber‹ und unter den vorüberziehenden Tagen ist auch ein Geburtstag, der Geburtstag meiner Freundin. Aber *wann* ist er? Kleine Geburtstagsnachschlagebücher sind leider nicht mit auf die Reise genommen, die Frau fehlt, und vor allem Tilla fehlt, ›die alles weiß‹. So schreib ich denn auf gut Glück in das dritte Drittel des August hinein, um für einen unbestimmten Tag meine allerbestimmtesten Glückwünsche zu Füßen zu legen. Verbringen Sie den Tag (und viele andre noch) unter einer alten Schloßplatane, die Lieben in der Nähe, die Berge in der Ferne, durch Gratulanten wenig, aber durch Briefe desto mehr erfreut. Der geschriebne Freund ist im Ganzen genommen der bequemste. Pardon, aber Sie kennen meine ketzerischen Ansichten.

Hier war es, mit Ausnahme der Juden, sehr schön, und das massenhaft eingepumpte Ozon wird wohl bis Weihnachten aushalten. Aber dann? Dann kommt wieder Pancritius, erzählt Geschichten von der Seydewitz, und behorcht das Herz (*meins;* das von der Seydewitz kennt er vorweg) und verordnet mehr Mosel und mehr Bewegung und – vertröstet auf den nächsten Sommer. Und so geht es weiter, bis auch *das* ein Ende hat. Aber mit diesem Traueraccord will ich nicht schließen, vorläufig hat ja der Lebende noch recht, und begiebt sich morgen über

Groningen und dem Zuyder-See nach Amsterdam, sogar nach Scheveningen, um, wenn im nächsten Winter das Gespräch darauf kommt, zwischen dem Strand von Norderney und dem von Scheveningen eine Parallele ziehen zu können. Richtig braucht sie ja nicht zu sein. Und nun, meine theuerste Freundin, mit der Bitte mich dem theuren Gatten, Fräulein Anna und dem verehrten Timm'schen Paar empfehlen zu wollen, in herzlicher Ergebenheit Ihr

Th. Fontane.

In Erinnerung an die Irrfahrten meines vorjährigen Briefs, adressir' ich einfach nach Berlin hin.

194. An Emilie Fontane

Berlin 23. Aug. 82. Potsd. Str. 134.c.

Meine liebe Frau.

Seit gestern Abend bin ich nun also wieder hier; ich kam später an, als ich erwartet hatte (erst um 9), sonst hätt ich Dir noch eine Karte gestiftet. Friedel empfing mich, Theo war in der Wohnung; sie hatten diese Rollen so vertheilt, weil sie nicht wußten, auf welchem Bahnhof ich landen würde. Von der zwischen ihnen stattgehabten Fehde wußt' ich nichts, und merkte auch nichts; erst Dein heute früh eintreffender Brief gab mir Kenntniß davon. Ich stehe *so* dazu. Es mag ganz gut sein, daß ihn einer controlirt und ihn gelegentlich auf Sachen aufmerksam macht, die nicht ganz correkt sind, die besser unterblieben, oder wenigstens besser und gentiler in Scene gehen müßten. Aber groß echauffiren kann ich mich nicht darüber; das Liebste ist mir, ich erfahre nichts davon. Erfahre ich davon, so hab' ich die ledern-langweilige Verpflichtung eine Standrede zu halten und Sachen als ungehörig zu tadeln, die vielleicht nicht lobenswerth aber ganz natürlich und ganz verzeihlich sind. Es ist mir ganz unmöglich, einen jungen Menschen von 18 Jahren als einen outcast anzusehn und zu behandeln, blos weil er bis um 12 Skat gespielt oder mehrere Seidel getrunken oder eine Harfenistin bis nach Hause begleitet und mit anderthalb renommistischen Zweideutigkeiten unterhalten hat. So lange solche Dinge nicht zum Skandal werden, muß man sie laufen lassen.

Unsre Wohnung sieht sehr gut aus, vielleicht ein wenig zu dunkel; aber ich empfinde dies mehr, als es andre empfinden werden, weil mir die helleren Farben noch im Gedächtniß sind. Sonst ist ja nichts vorgefallen, als daß Karpeles eine sehr reiche polnische Jüdin geheirathet hat, im Uebrigen klein und unscheinbar, wahrscheinlich Umschreibung für pucklig oder schief gewachsen. Solche Ehen, wie *wir* geschlossen haben, kommen gar nicht mehr vor. In einer Beziehung ist es auch recht gut, denn Armuth, die nicht *ganz* zu resigniren versteht, ist ein Verbrechen; aber andrerseits ist dies bloße Plüsch-Sopha-heirathen auch eine traurige Geschichte. Will man aus der ganzen Pastete jeden Rest von Neigung streichen, so wird nicht nur das Vergnügen, sondern schließlich auch die Bevölkerungsziffer auf ein Minimum herabgedrückt. Und die Fortdauer des Menschengeschlechts ist doch nun mal eine jener erhabenen Aufgaben, woran der einzelne mitzuarbeiten hat.

In den nächsten Wochen sollen mich nun zwei Arbeiten ausschließlich beschäftigen:

1. Durchsicht des ersten Bandes d. ›Wanderungen‹ und
2. der Dreilinden-Aufsatz.

Vom Oktober an will ich dann meine Zeit zwischen ›Graf Petöfy‹ (Hallberger) und dem Scherenberg-Aufsatz theilen. Rechte Lust hab ich zu nichts mehr; man kann in der Kunst ohne eine *begeisterte* Zustimmung der Mitlebenden oder wenigstens eines bestimmten Kreises der Mitlebenden, nicht bestehn. Ringt man sich erfolglos ab, bringt man es nie über den ledernen succès d'estime hinaus, empfindet man jeden Augenblick: es ist ganz gleichgültig ob Du lebst oder nicht lebst, und es ist wo möglich noch gleichgültiger ob Du einen Roman unter dem Titel ›Peter der Große‹, ›Peter in der Fremde‹ oder ›Struwelpeter‹ schreibst, alle bestehen aus denselben 24 Buchstaben und alle kommen in die Leihbibliothek und werden à 1 Sgr pro Band gelesen und nach Gutdünken und Zufall abwechselnd gut und schlecht gefunden, – auf *dieser* Alltags- und Durchschnitts-Stufe stehen bleiben, ist traurig, lähmt, und kann selbst *meine* Hoffnungsseligkeit nicht zu neuen Großthaten begeistern. Man ist also blos wie der Soldat auf dem Posten, wie der Wereschaginsche Russe im

Schipka-Paß, erst umwirbelt, dann bis an die Knie im Schnee und dann – ganz. Der einzige Trost, der einem bleibt, ist *der*: es liegen viele im Schipka-Paß. Es war immer so, ist so, und wird so bleiben. ›Courage, Courage‹ schließt das Schneiderlied von Chamisso. *Ich* aber schließe vorläufig mit 1000 Grüßen. Wie immer Dein

Th. F.

195. An Martha Fontane

Berlin 24. Aug. 82. Potsd. Str. 134.c.

Meine liebe Mete.

Habe Dank für Deinen lieben Brief und die freundlich eingehende Beschäftigung mit dem armen Schach. Wenn Du fürchtest, das Aussprechen von Bedenken könnte mich verstimmen, so ist das eine Sorge, die mich in Verlegenheit bringt und beinah traurig macht, um so mehr als George seinen letzten Brief an mich mit einer ähnlichen Betrachtung resp. Entschuldigung schloß. Wenn ich *so* reizbar, *so* kindisch-eitel wäre, so thät' ich am besten, ich ginge in die Ecke und schösse mich todt. *So* eitel und empfindsam bin ich aber nie gewesen, bin ich jetzt nicht, und werd' ich nie werden. Ja, ich darf es geradezu aussprechen, daß ich einen klugen, wohl motivirten und vor allem *liebevollen* Tadel, einen Tadel der das Talent und die Schreibeberechtigung in jedem Wort anerkennt, und *nun* erst zu Aeußerung seiner Bedenken übergeht, daß ich solchen Tadel lieber habe als uneingeschränktes Lob, gegen das ich immer mißtrauisch bin. Gegen die moderne Dumme-Jungens-Kritik, wo Laffen oder aber, wenn talentvoll, höchst fragwürdige Gestalten mir beibringen wollen, was Anstand, Moral und gute Sitte ist, gegen *solche* Kritik bin ich freilich empfindlich, aber nicht ihres Tadels, sondern ihrer Unart und Unverschämtheit halber. Macht man mir aber eine aufrichtige Verbeugung, nimmt man den Hut ab, und begrüßt mich herzlich oder wenigstens mit Manier, so kann man mir hinterher *alles* sagen. Und wenn ich dies Recht schon Fremden zugestehe, so meiner Frau und meinen Kindern erst recht. Wenn hiervon vielleicht ein paar Ausnahmen existiren, so muß man sich diese erst ansehn; Verschrobenheiten, auch wenn sie wohlmeinend sind, machen mich nervös und ungeduldig. Das hat aber mit Empfindelei *gar* nichts zu thun.

Der Punkt, den Du berührst, ist sehr wichtig. Wir sprechen das später mal durch. Es hängt alles mit der Frage zusammen: ›wie soll man die Menschen sprechen lassen?‹ Ich bilde mir ein, daß nach dieser Seite hin eine meiner Forcen liegt, und daß ich auch die Besten (unter den *Lebenden* die Besten) auf diesem Gebiet übertreffe. Meine ganze Aufmerksamkeit ist darauf gerichtet, die Menschen *so* sprechen zu lassen, wie sie *wirklich* sprechen. Das Geistreiche (was ein bischen arrogant klingt) geht mir am leichtesten aus der Feder, ich bin – auch darin meine französische Abstammung verrathend – im Sprechen wie im Schreiben, ein Causeur, aber weil ich vor allem ein Künstler bin, weiß ich genau, wo die geistreiche Causerie hingehört und wo *nicht*. In Grete Minde und Ellernklipp herrscht eine absolute Simplicitätssprache, aus der ich, meines Wissens, auch nicht einmal herausgefallen bin, in L'Adultera und Schach v. Wuthenow liegt es umgekehrt. Deshalb kann ich moderne Salon-Novellen meistens nicht lesen, weil alles was gesagt wird, so langweilig, so grenzenlos unbedeutend ist; will ich aber eine geistreiche Frau schildern, oder wohl gar einen Mann wie Bülow, nun so muß auch 'was herauskommen. Natürlich kann es des Guten zuviel werden und wenn Bülow alle 21 Kapitel hindurch spräche, so wär' es einfach nicht auszuhalten; von Kapitel 8 an hören diese Geistreichigkeiten aber ganz auf oder kehren nur noch sehr vereinzelt wieder. Und so denk ich, sind sie hinzunehmen, um so mehr als mir durchaus daran lag auch wirklich ein Zeitbild, ein Stück Geschichte zu geben. Ohne ein bestimmtes Maaß von ›Voraussetzungen‹ läßt sich überhaupt nicht schreiben, und je geschulter die Menschen werden, je größer wird der Kreis dessen, worüber man plaudern darf. – Und nun Ade; alles andre in dem Briefe an Mama. Dein alter

Papa.

196. An Emilie Fontane

Berlin 27. Aug. 82. Potsd. Str. 134.c.

Meine liebe Frau.

Habe Dank für Deine freundlichen Zeilen vom 25. (Freitag). Was Du hinsichtlich der Kinder, Martha und Theo, schreibst, hat mich beschäftigt, und ich wünschte wohl, daß es anders lauten könnte. Aber ich bitte Dich, alle Kämpfe dagegen aufzugeben. Es giebt Dinge, die sich einfach nicht ertragen lassen, und empfindet man, daß es *so* liegt, so muß dagegen angekämpft, und irgendwie Hülfe geschafft werden. So wie's aber nur gerade noch geht, muß man's laufen lassen. Dasselbe Prinzip, das wir, seit einer ganzen Reihe von Jahren, Mathilden gegenüber beobachten, muß auch den Kindern gegenüber in Anwendung kommen. Natürlich muß eine gewisse Subordination herrschen, man muß, wenn es noth thut, befehlen und seinen Befehl auch durchsetzen können, aber mit dieser mäßigen Respektstellung muß man sich begnügen. Am allerwenigsten muß man an den Charakteren herumbasteln wollen; es führt zu gar nichts, außer zu Verstimmung und Aergerniß. Wie sich ein Mensch giebt, das ist nicht ein Zufall, auch meistens nicht ein Erziehungsfehler, sondern der Ausdruck seiner Natur, und ebensowenig wie Dir einer die Sturmkrankheit oder mir das halb scheue halb soupçonnöse Wesen wegdisputiren wird, ebenso wenig kannst Du Martha ihre verbockte Hochmuthsanlage, Georgen seinen Egoismus, und Theo'n seine Verranntheit und Verschrobenheit nehmen. ›Ich habe *zwei* Böcke‹ sagte Martha; ›Was soll ich mit diesem Groschen machen?‹ sagte George; so sind sie geblieben, und Theo steht immer noch mit dem Papierpfeil vor mir, glühroth und augenfunkelnd, und schmettert die Schwadronen nieder. Wir Alten können uns über diese Dinge unterhalten, und, wenn es zu arg kommt, können wir auch darüber klagen und sie wegwünschen; aber nur keine Scenen, nur keine Erziehungskunststücke. Man darf nur *so* viel thun, wie die *Nothwehr* erheischt; wird es *zu* toll, so sagt man einfach: ›bis hierher und nicht weiter‹; aber man muß dabei nie mehr wollen, als Bekämpfung des Einzelfalls. Also nochmals: laufen lassen; nichts ändern wollen, sondern einfach darauf aus sein, sich nicht die Butter vom Brote nehmen zu lassen. Theo hat den P. Schlentherschen Aufsatz an Stephany *nicht* abgeliefert ›weil ihm Schlenthers Brief an mich nicht respektvoll genug vorgekommen ist.‹ Unsagbar dämlich; eine Art Scherzsche Control- und Erziehungswuth; und dabei für mich, für dessen ›Ehre‹ er eintrat, in höchstem Maaße génant. Aber ich habe kein Wort gesagt, auch über den an Dich gerichteten Brief nicht, und ich bitte auch *Dich*, jedes Gespräch darüber zu unterlassen. Man hat dabei nur zweierlei sicher: den *eignen* Aerger und den des andern. Gebessert wird gar nichts, auch nicht einmal eine momentane Bekehrung, eine veränderte Anschauung herbeigeführt. *Ich* wenigstens habe noch nicht erlebt, daß Theo auch nur im Geringsten von einem Fehler oder einer Dummheit überzeugt worden wäre; ich wette, daß er seinen furchtbaren, vor 1 oder 2 Jahren an ›Tante Helenen‹ geschriebenen Brief noch *jetzt* für etwas Gelungenes und die durch mich gehinderte Absendung für ein Malheur oder eine Laune hält. Sieht man von ganz wenig Ausnahmefällen ab, so läuft überhaupt unser ganzer Verkehr im Leben entweder auf ein reines schändliches Komödienspiel, oder da, wo im Ganzen genommen Ehrlichkeit herrscht, auf Compromisse, Waffenstillstände, stillschweigende gegenseitige Abmachungen hinaus. Und wie ich Dir schon neulich schrieb: ›man steht zu seinen Kindern nicht anders, als wie zu andern Menschen‹. Also nochmals: selig sind die Friedfertigen. In der That, wer nicht seiner Natur nach auf Kampf gestellt ist, muß allen Streit und alle Conflikte fliehn, sonst wird er unglücklich.

Am Freitag Abend war ich im Theater, heute muß ich wieder hin. N° 24 ist jetzt nicht Eckplatz mehr; ich werd also wohl das Vergnügen haben, an Hülsen schreiben zu müssen. – Gestern auf meinem Mittagsspatziergange traf ich Karl Bleibtreu, und wir gingen eine Stunde. Wie unerquicklich ist doch diese junge Generation! Eitel, aufgeblasen, lächerlich egoistisch, ohne jede Spur von Lebensart und guter Sitte. Ob unsereins vor 40 Jahren ebenso war? Ich bezweifle es doch. Heute früh schickte mir Rodenberg die einliegende Besprechung; wieder sehr fein. Ich habe nicht viel für ihn übrig, aber es ist doch ein ordentliches Labsal, einen gebildeten und artigen Mann so sprechen zu hören. *Auch* in ›Wanderungs‹-Angelegenheiten besuchte mich heute Vormittag ein emeritirter Pastor Dreising, der lange Geistlicher am Potsdammer Cadettencorps war; ein liebenswürdiger alter Herr, der mir Einiges von Klein-Machenow (wo er geboren wurde) erzählte. – Sonst ist hier nichts passirt, meine von Norderney mit heimgebrachte Erkältung will immer noch nicht aus dem Körper heraus, und so wird mir das Arbeiten ziemlich schwer. Ende September werd ich wohl noch mal nach Thale gehn. Kommst Du mit? Ich würde dann eine kleine Wohnung, Zimmer und Alkoven zu finden suchen, und nur im Hotel oder auch im Waldkater essen und viel Partieen machen.

Empfiehl mich meinem teuren, hochverehrten Frl. v. Rohr und schreibe mir, ob sie mit Sch. v. W. auch nicht *zu* unzufrieden ist. Ergeh es Dir gut. Wie immer Dein alter

Th. F.

197. An Julius Rodenberg

Berlin 27. Aug. 82.
Potsd. Str. 134. c

Hochgeehrter Herr Doktor.

Empfangen Sie meinen herzlichen Dank für die reizende Besprechung, die zu den alten Tugenden der Rodenbergschen Schreibweise noch *die* des eignen Engagirt- und vollkommenen Zuhause-Seins auf dem betr. Gebiete gesellt. Man merkt, daß es der Schilderer von »Neu-Cölln am Wasser« ist, der spricht, ein Mann, der jeden Augenblick auch diese »Wanderungen« hätte schreiben können, wenn er gewollt hätte. Wie schön sind zudem die von Ihnen citirten Strophen aus Canitz und Paul Gerhardt, die mir neu waren. Es hat doch immer tüchtige Leute gegeben, und in dem oft obenhin behandelten 17. Jahrhundert nicht zum wenigsten. Freiherr v. Meusebach hatte nicht ganz unrecht, wenn er von der dem 30jährigen Kriege beinah unmittelbar folgenden Epoche sagte: »*Da* sitzen die Musikanten.«

Nochmals besten Dank.

In vorzügl. Ergebenheit
Th. Fontane.

198. An Paul Becher

Berlin, den 1. September 82.

Hochgeehrter Herr Hauptmann!

Empfangen Sie meinen ergebensten Dank für Ihre gef. Zuschrift vom 30. v. M., für die ich Ihnen um so verpflichteter bin, je weniger bequem sich von Marschquartieren aus schreiben läßt:

Ihrer freundlichen Aufforderung folgend, erlaube ich mir den Schluß meines »24er-Kapitels« in einer an ein paar Stellen schon korrigierten Abschrift Ihnen vorzulegen. Es nimmt sich alles schrecklich dünn und unbedeutend an, und nach *der* Seite hin wird nichts zu bessern sein. Das Kapitel, auf die Zwecke meines Buches hin angesehen, ist schon ungebührlich lang, und so verbot es sich und verbietet sich auch noch jetzt, dieser mutmaßlich glänzendsten Leistung des Regiments (Vionville), selbst das Jahr 13 mit eingerechnet, auch nur einigermaßen gerecht zu werden. Ich werde in einer Anmerkung auf *die* Werke hinweisen, die die Vionville- und Le-Mans-Kämpfe gründlich und ausführlich behandeln, und bitte ganz ergebenst, mir die Titel dieser Werke angeben zu wollen.

Auf den mir gütigst zugesagten, bisher nur im Manuskript existierenden Aufsatz: »Kronprinz Friedrich in Ruppin« freu ich mich sehr und danke Ihnen aufrichtigst, daß Sie mir denselben zur Benutzung überlassen wollen. Der Druck des Buchs ist zwar bis dicht an die betr. Stelle vorgeschritten, es liegt mir aber *so* viel an dem Besitze gerade dieses Aufsatzes (denn alles auf den großen König Bezughabende bleibt doch schließlich immer das Beste), daß ich auf der Druckerei gern Halt blasen lasse und geduldig bis Mitte des Monats warte. Nochmals besten Dank. In vorzüglicher Ergebenheit, hochgeehrter Herr Hauptmann, Ihr

Th. Fontane.

199. An Paul Becher

Berlin, 19. September 1882.
Potsdamer Straße 134c.

Hochgeehrter Herr Hauptmann.

Mit herzlichem Danke send' ich beifolgend das mir gütigst anvertraute Manuskript zurück. Ich hatte, da der Satz beziehungsweise Druck fortschreiten mußte, mit dem Buchdrukker eine Lücke von sechs und einer halben Seite vereinbart, und auf Ausfüllung dieser Lücke mußt' ich mich nun beschränken. Ich habe die Feldpredigergeschichte genommen, den Brief an Grumbkow über die Frage »solide oder nicht« und schließlich einiges über Rekrutierungs- und Geldnotangelegenheiten. Ich hoffe dadurch meinem Buche etwas Lesenswertes und selbst Pikantes hinzugefügt zu haben und schulde Ihnen den Dank dafür.

Daß man durch die Lektüre dieser Briefe in seiner Bewunderung des großen Königs bestärkt würde, läßt sich freilich nicht behaupten. Gewiß war er das Opfer der Verhältnisse, und die Geschichte muß bei dem Urteil, das sie fällt, über Häßlichkeiten hinwegzusehn wissen, aber das ästhetische und selbst das natürliche Gefühl kann es nicht. Erst dreitausend

Dukaten nehmen und dann »aus Dankbarkeit« Schlesien dazu, macht keinen schönen Eindruck. Groß mag es sein, hübsch ist es nicht. In vorzüglicher Ergebenheit

Th. Fontane.

200. An Wilhelm Hertz

Berlin 8. Okt. 82.
Potsd. Str. 134.c.

Sehr geehrter Herr Hertz.

Seit gestern von meinem Ausfluge wieder zurück, hab ich mich heute dabei gemacht, das Gequatsche durchzusehn, das sich schwarz auf weiß in einem Haufen Zeitungsblätter vorfand. Es macht einen trübseligen Eindruck. Das nennt man in Deutschland Kritik! Was Rodenberg geschrieben (ich habe es nicht zur Hand) ist unter dem neuerdings Erschienenen das weitaus Beste, zum Theil sehr gut, vielleicht aber nicht brauchbar für den in Rede stehenden Zweck. Ganz dunkel entsinn ich mich, ein oder zweimal einer Kritik begegnet zu sein, die darauf aus war, die *Bedeutung* und *Eigenart* der ganzen Geschichte festzustellen, – ich hab' aber keinen Schimmer mehr, *wo* das war. Und doch kommt es darauf an, *derartiges* zu finden und wenn es *nicht* gefunden wird (was mir sehr wahrscheinlich) es neu zu schaffen. Am besten könnt' ich es selbst schreiben, aber ich mag nicht, es widersteht mir geradezu. *Zwei* Dinge müßten nach meiner Meinung vor allem hervorgehoben werden:

1. daß es, durch Verquickung von Geographischem und Historischem, eine ganz *neue Art* ist Geographie und Geschichte zu lehren, eine neue Art, die, allem Systematischen ein Schnippchen schlagend, darauf aus ist, spielend und in novellistischer Form, die Geschichte dieses Landes von Czernebog bis Bismarck oder von Juthriegotz bis Gütergotz (Bleichroeder) zu erzählen. –

2. müßte hervorgehoben werden, wie man nicht blos Mark und Märker daraus kennen, sondern auch, aller Ruppigkeit und Unausstehlichkeit unbeschadet, unter der Vorführung dieser Pflichttrampel und Dienstknüppel einsehen lernt, daß diese letzte Nummer Deutschlands berufen war seine erste zu werden. –

Ich lege 2 Blätter bei, aber auch *sie*, in den blau-angestrichenen Stellen, bedeuten nicht viel. In vorzügl. Ergebenheit

Th. Fontane

201. An Otto Brahm

Berlin, 29. Oktober 1882

Hochgeehrter Herr Doktor.

Haben Sie besten Dank für den Heyse-Aufsatz, den Ihre Güte mir hat zugehen lassen. Schon zu Beginn der Woche – die Westermann-Nummer kam diesmal sehr früh – hatte ihn mir meine Frau aus dem Hefte selbst vorgelesen.

Ich bitte, Ihnen ein paar Worte darüber sagen zu dürfen; selbst wenn Ihnen diese Worte (was ich kaum fürchte) direkt mißfallen sollten, werden sie Ihnen immer noch lieber sein als andre Redensarten, an denen nichts echt ist als die Verlogenheit.

Das Maß von Fleiß und Sorgfalt, das Sie diesem und dem G.-Keller-Aufsatz gewidmet haben, kennen Sie selbst am besten und wissen auch wohl (dergleichen spricht sich rasch rum), daß ich, von Ihrem ersten Auftreten in der Vossischen an, immer zu Ihren Verehrern gehört habe. Sie sind wie zum Kritiker geboren: scharf, klar, fein und, was bei dieser glücklichen Dreiheit kaum ausbleiben kann, ein brillanter Stilist. Alles, was Sie schreiben, les ich mit Vergnügen, wie man einen klugen Menschen gern sprechen hört. Auch Ihrem Heyse-Aufsatz, vielleicht mit Ausnahme der letzten Spalten (wo ich die Knappheit vermisse, die sonst Ihre Schreibweise auszeichnet), bin ich mit aufrichtigem Vergnügen gefolgt und habe mich an der Kunst und dem Geschmack gefreut, womit Sie den schon in seiner Massenhaftigkeit und Mannigfaltigkeit überaus schwierigen Stoff angefaßt und bewältigt haben. Ja, ich bin mit meinem Lobe noch nicht fertig, finde die Grundauffassung Heyses durchaus richtig und stimme, wenigstens vielfach, auch dem *Detail* zu, das der Aufsatz bringt. Dies Wort »Detail« wähl ich absichtlich, weil ich das Wort »Urteil« oder auch nur »Einzelurteil« vermeiden möchte. Sie sehen nun schon, worauf ich hinaus will; Sie haben Heyse sorgfältig untersucht und der im Nebenzimmer ängstlich wartenden Familie *das* mitgeteilt, was diese, Pardon, schon wußte. »Ja, er fiebert, die Zunge ist belegt, der eine Leberlappen ist etwas angeschwollen, das Herz hat keinen ganz regelmäßigen Schlag« etc., aber die Schlüsse daraus haben Sie nicht gezogen und haben der Familie nicht mitgeteilt, ob er leben oder sterben muß, Und darauf kommt es doch an. Sie verweilen mit Vorliebe bei der Novelle »Die

Reise nach dem Glück«. Mir persönlich konnte nichts Liebe-res passieren, denn die Heysesche Doktrin oder Lebensauffassung läßt sich an keiner seiner Arbeiten so rein demonstrieren als an dieser. Zu dieser Demonstrierung schreiten Sie dann auch, präparieren das Objekt, spießen es auf und zeigen es uns. Aber dabei bleibt es. Sie nehmen persönlich keine Stellung zu der Geschichte, Sie finden sie weder wundervoll noch wundersam, weder zu glorifizieren noch zu stigmatisieren, Sie sagen nur einfach: »Seht her: so *ist* sie.« Das ist aber zu wenig. Wir dürfen von jedem, der sich an Heyse heranmacht, ein persönliches Farbebekennen in diesen wichtigen Fragen erwarten und verlangen, erwarten im Interesse des Essayverfassers, verlangen in *unsrem*. Geht der Verfasser einer Beantwortung der hier in Rede stehenden Fragen, einem Stellungnehmen zu denselben aus sachlichen oder persönlichen Gründen aus dem Wege, so war er nicht glücklich, als er sich überhaupt für diesen Stoff entschied. Es ist schon *sehr* viel über Heyse geschrieben worden, und Aufschlüsse über sein Wollen hat er genugsam selbst gegeben; wer sich noch an Heyse ranmacht, kann es nur tun in Liebe oder Haß. In Ihrem Aufsatze ist nicht Liebe, nicht Haß; Sie sagen im einzelnen eine Menge hübscher, geistvoller, witziger, auch sehr zutreffender Sachen (z. B. daß die Überschätzung der »L'Arrabbiata« eine Ungerechtigkeit gegen offenbar höher stehende Arbeiten involviere), aber das eigentliche Wort, das Wort, auf das es ankommt, wird *nicht* gesprochen. Ich stehe persönlich *so* zu Heyse, daß ich ihn für das größte, noch mehr für das *reichste* Talent halte, das wir zur Zeit in Deutschland besitzen, dessen Bedeutung aber durch einen falschen Tropfen in seinem Blut immer wieder in Frage gestellt, in vielen seiner Produktionen einfach vernichtet wird. Wär *ich* der jüngere, könnt ich, ihn überlebend, in die Lage kommen, über ihn zu schreiben, ich würd ihn in meinem Essay *sehr* hoch und *sehr* tief stellen und das Perverse und schließlich doch auch sehr Unkonsequente seiner Lebensanschauungen und seines Liebeskatechismus zu beweisen suchen. Heyse, den ich sehr liebe, weiß auch, daß ich so über ihn denke. Sehr ferne liegt mir aber dabei die Anmaßung, daß meine Stellung zu diesen Fragen »der Weisheit letzten Schluß« repräsentiere. Beständig wechseln die Anschauungen, auch die sittlichen, und so mag denn Heyse sein Evangelium predigen, wie er will. *Die* aber, die seine Predigt mit angehört haben und dem Volke, das mit zugegen war, auf dem Heimwege noch einmal davon erzählen wollen, müssen mit ihrer Meinung, ob er gut oder schlecht, rein oder unrein, christlich oder unchristlich gepredigt habe, nicht hinter dem Berge halten.

In aufrichtiger Ergebenheit

Ihr Th. Fontane

202. An Eduard Engel

Berlin, 2. November 1882

Hochgeehrter Herr und Freund.

Empfangen Sie meinen schönsten Dank für Ihre freundlichen, an W. Friedrich gerichteten Zeilen, die mir denn auch ein sehr angenehmes Anerbieten des genannten Herrn eingetragen haben. Angenehm in bezug auf die Summe (1000 Mark), die er mir bewilligt, und angenehm in bezug auf die Raschheit, mit der er vorgehen will. Er schreibt aber nichts über die Zahl der zu druckenden Exemplare, nichts über eine evtl. 2. Auflage, und sowenig kleinlich ich in derlei Dingen bin (schon deshalb nicht, weil man sich durch Annahme oder Betonung zweiter Auflagen eigentlich immer lächerlich macht), so *müssen* solche Dinge doch vorher geregelt werden, sonst sind Streitigkeiten oder wenigstens stille Vorwürfe beinah unausbleiblich.

Zum dritten und letzten hab ich auch noch gefordert, daß nach 5 Jahren das Verfügungsrecht über die Novelle wieder an mich zurückfalle. Schottländer hat mir dies bewilligt, ob es auch W. Friedrich tun wird, muß ich abwarten. Ich kann jedenfalls von dieser Forderung nicht abgehen, da mir daran liegen muß, *das, was ich geleistet, mal zusammenzufassen.* Ich glaubte diesen Platz bei Hertz gefunden zu haben, und mit Kummer hab ich mich von ihm losgerissen. Ich weiß, welche Vorzüge sein Verlag hat, und vieles darin berührte mich sympathisch. Es ging aber nicht mehr; ich bin aufs äußerste verbittert, wozu *er* mir zwar jedes Recht absprechen wird, *ich* erkenn es mir aber zu. Und zu meinen kleinen Eigentümlichkeiten gehört auch *die,* in allen Konfliktsfällen das Recht des mir Gegenüberstehenden zu doublieren, das meine zu halbieren! Aber selbst nach diesem Doppelverfahren hüben und drüben find ich immer noch, daß sein flaues Benehmen gegen mich ein Unrecht involviert. Auf *den* Quatsch, daß ein Buchhändler nicht zaubern könne, geh ich nicht ein; zaubern kann er freilich nicht, aber was *eine* anständige Firma zahlen kann, kann auch die *andere* zahlen. Und so liegt es mit vielen andren Punkten noch. Aber ich habe mich wieder verplaudert, und so kommt denn die Hauptsache richtig wieder an den Rand. Was ich Ihnen schreiben wollte, ist das: ich ziehe mich von Hertz zurück und würde mich freuen, wenn ich nach Abbruch der Zelte *hier* mein Lager *überhaupt* woanders aufschlagen könnte. Komm ich in die rechten Hände, so ist mit mir, trotz meiner hohen Semester, immer noch was zu machen, das weiß ich. Aber diese »rechten Hände« müssen die Hände eines Gentleman sein, müssen Hände sein, die nicht jedes Fünfmarkstück wie ein Staatsvermögen ansehn, und müssen vor allem Hände sein, die mich *kajolieren*. Das hat Hertz früher getan; jetzt nicht mehr; laß er's bleiben. Mit andern Worten: ich stehe nicht bloß als Novellist und Romancier, ich steh auch als »Märker« (auf welchem Gebiet ich auch mein letztes Wort noch nicht gesprochen habe) zur Verfügung, und wenn W. Friedrich ein Vertrauen zu mir fassen, einen Glauben an mich gewinnen könnte, so wäre *mir* geholfen, und *ihm* vielleicht nicht zum Schaden.

In herzl. Ergebenheit

Ihr Th. F.

203. An Wilhelm Friedrich

Berlin 2. Novb. 82.
Potsd. Str. 134. c.

Sehr geehrter Herr!

Wie Sie angenommen, war mir der Empfang Ihrer gef. Zuschrift vom gestrigen Tage eine Freude. Nur, bei aller Vorliebe für Kürze, find' ich den Kontrakt etwas zu lapidar abgefasst. Danach würd ich die Novelle für 1000 Mark ein für allemal aus der Hand geben, und das kann ich nicht.

Ich proponiere den Druck von 1250 oder 1500 Exemplaren und hätte nur, namentlich wenn fünfzehnhundert Exemplare von Ihnen beliebt werden sollten, den lebhaften Wunsch, dieselben als eine 1. und 2. Auflage vor dem Publikum erscheinen zu sehn. An eine solche Festmachung über die Zahl der zunächst zu druckenden Exemplare würde sich dann, wenn meine

Wünsche gelten sollen, eine Bestimmung hinsichtlich einer *wirklichen* 2. Auflage zu knüpfen haben. Ich bin zu alt und aller Ungeschäftlichkeit unerachtet auch zu erfahren, um mich über alle solche Dinge grossen Illusionen hinzugeben, aber, »man kann's nicht wissen«, sagte eine alte Judenfrau, die ein kleines Kreuz heimlich auf der Brust trug, und »man kann's nicht wissen« sag auch *ich*.

Und schließlich ist mir noch ein dritter Punkt von Wichtigkeit: Rückfall des Verfügungsrechtes an mich nach Ablauf von 5 Jahren. Schottländer hat mir in einem über L'Adultera abgeschlossenen Kontrakt dies bewilligt. Lassen Sie mich übrigens gleich an dieser Stelle hinzusetzen, dass es mir sehr erwünscht sein würde, nach Ablauf solcher 5 jährigen Frist darüber hinwegsehen und in der Verbindung mit einer hochachtbaren und zugleich meinen Wünschen einigermassen freundlich entgegenkommenden Firma *verharren* zu können. Nur ein bestimmtes Mass von Freiheit muss ich behalten. Ich habe zu sehr darunter gelitten, mich in vergangenen Jahrzehnten aus der Hand gegeben zu haben.

In vorzüglicher Ergebenheit,
hochgeehrter Herr
Th. Fontane.

204. An Wilhelm Friedrich

Berlin, 5. Novb. 82.
Potsd. Str. 134. c.

Sehr geehrter Herr!

Die Titelfrage hat mich seit gestern beschäftigt. Der beste ist und bleibt *der*, den ich der Novelle von Anfang an gegeben habe. Die jetzt vorherrschende Mode statt Name oder Ort eine *Sach*bezeichnung eintreten und dadurch den Inhalt errathen zu lassen, find' ich nicht glücklich. Aber ich unterwerfe mich und stelle folgende zur Auswahl:

1806 Vor Jena Et dissipatis sunt Gezählt, gewogen und hinweggetan Vor dem Niedergang (Fall, Sturz). Als zweiter Titel würde immer folgen: Erzählung aus den Tagen des Regiments Gensdarmes.

1806 ist gut. Dass es an Rellstabs 1812 erinnert, ist kein Unglück. »Vor Jena« wäre noch besser. Ich glaube jedoch, dass ein Hesekielscher Roman diesen Titel bereits führt. »Gezählt, gewogen und hinweggetan« ist auch gut, aber etwas zu lang, etwas zu feierlich und etwas zu anmasslich. Namentlich dies Element der Anmasslichkeit, nicht der persönlichen sondern der *Zeit*anmasslichkeit, möcht ich vor allem vermeiden. Denn schliesslich war die Zeit lange nicht *so* schlecht wie sie gemacht wird, und die ganze Geschichte läuft au fond darauf hinaus, dass die Landwehrrüpel und die dummen Jungen, die lieber Held spielen als Regeln lernen wollten, mehr Glück gehabt und hinterher auch noch die Geschichtsschreibung besorgt haben, wobei sie dann natürlich nicht zu kurz gekommen sind. Stünd ich anders zu dieser Frage, so könnt' ich leicht etwas von »falscher Ehre« etc. in dem Titel zum Besten geben, aber zu solcher Bravade kann ich mich nicht verstehen.

Ich freue mich, dass das Buch doch noch zum Weihnachtsfeste da sein soll. Mir mit »Erfolgen« zu schmeicheln, hab ich längst verlernt, aber andrerseits weiss ich doch auch, dass ich eine kleines Publikum habe, das *fest* zu mir hält und nun seit Jahren daran gewöhnt ist, in der Woche vor Weihnachten drei oder vier Mark an seinen »vaterländischen Schriftsteller« zu setzen. Haben mir die betr. Geschäftsleute nichts vorgelogen, so zählt das Publikum doch immer nach hunderten. Mögen mich die Thatsachen schliesslich nicht Lügen strafen!

»Gezählt, gewogen und hinweggetan« ist doch wohl am besten. Im Falle Sie derselben Meinung sind, würd' ich in das vorletzte Kapitel (Brief Bülows an Sander) diese Worte aufnehmen und dadurch den Titel eigens noch rechtfertigen.

In vorzüglicher Ergebenheit
Th. Fontane.

205. An Wilhelm Friedrich

8. Nov. 1882.

Besten Dank für das Cirkular, das Ihre Güte mir hat zugehn lassen. Es ist mir *sehr* angenehm, dass Sie's bei dem alten Titel haben bewenden lassen, von allem andren abgesehn, wird auch *Verwirrung* dadurch vermieden. Uebrigens war mir nachträglich, gleich nach Absendung meines letzten Briefes, noch etwas relativ Gutes eingefallen: »Vanitas Vanitatum«.

Hochachtungsvoll
Th. Fontane.

206. An Wilhelm Friedrich

Berlin 17. Novb. 82.
Potsd. Str. 134. c.

Hochgeehrter Herr.

Gleichzeitig mit diesen Zeilen geb ich die letzten 3½ Correkturbogen samt Inhaltsverzeichnis (und zwar unter Adresse der *Druckerei*) zur Post. Morgen früh wird alles in rechten Händen sein. Schneller, wie schon gestern ausgesprochen, liess es sich nicht tun.

Bitte lassen Sie Ihr Auge noch über die Correktur hingleiten, namentlich auch die des letzten halben Bogens.

In vorzüglicher Ergebenheit
Th. Fontane.

207. An Karl Fontane

Berlin, 21. November 1882.

Mein lieber Vetter.

Meine Bedenken, die ich diesen Sommer gegen August äußerte, waren doch nicht so stark, wie sie Dir hinterher vielleicht vorgestellt worden sind; jedenfalls ließ ich sie, bei länggrem Nachsinnen über die Frage, bald fallen und *vollständigst*, als ich einige Zeit darauf von dem verhältnismäßig hohen Gehalte hörte (man nannte mir 3000 Taler) das Dir bewilligt worden ist. In der Summe selbst steckt nicht *das*, was mich bekehrte, sondern in dem was ich sofort *dahinter* erblickte. Ich sagte mir ganz einfach: ein Mann, den man mit einem so vorzüglichen Gehalt an die Spitze eines so guten Blattes beruft, muß notwendig durch seinen Charakter und seine Talente beste Garantieen geboten haben, und wer Charakter und Talente genug hat, um so hoch eingeschätzt zu werden, der *darf* sich auf seine eignen zwei Beine stellen und hat's nicht länger nötig, sich in der bescheidnen und bevormundeten Stellung eines Regierungssekretärs weiter zu quälen. Und so darf ich denn sagen, ich bin nachträglich mit allem einverstanden.

Und nun die Mitarbeiterschafts-Frage! Viel wird nicht möglich sein. Am besten ist, ich erzähle Dir, wie die Partie in diesem Augenblicke steht. Daraus ersiehst Du zugleich, wie sie *überhaupt* steht, denn Änderungen werden sich in meinem Leben nicht mehr vollziehn. Ich arbeite vom 1. Januar 83 ab an einer für Hallberger bestimmten, im ersten Entwurf bereits fertigen, längeren Novelle und nebenher laufend an einer Scherenberg-Biographie. Bin ich mit diesen beiden Arbeiten bis zum 1. Oktober fertig, so kann ich noch von Glück sagen. Ich setze mich dann aufs Neue hin, schreibe, während des Schluß-Vierteljahrs vom 1. Oktober bis 31. Dezember, eine neue Novelle im Brouillon fertig, und beginne danach vom 1. Januar 84 ab genau dasselbe Leben. Ein Vierteljahr gehört immer dem ersten Niederschreiben einer langen Novelle, bez. eines langen Aufsatzes und die verbleibenden dreiviertel Jahre brauch ich, um das in dem voraufgegangenen Vierteljahr Entworfene fertig zu machen. Du willst gütigst zweierlei hieraus ersehn: 1. wie *wenig* Arbeiten ich alljährlich vollende, und 2. wie grausam lang diese wenigen Arbeiten sind. Es sind immer Bücher. So was Langes zu bringen, damit kann aber weder Dir noch Deinen Lesern gedient sein. So weit die Regel. Ein Zufall fügt es, daß in diesem Augenblick eine Ausnahme vorliegt. Ich habe so nebenher durch den ganzen Sommer hin den Stoff für einen Dreilinden-Aufsatz (Dreilinden, Jagdhaus des Prinzen Friedrich Karl) eingesammelt und will diesen Stoff nun endlich bearbeiten; in der Woche vom 24. bis 31. Dezember soll er in der Vossischen erscheinen, und bin ich, falls Du mich dazu autorisierst, gern bereit bei Stephany anzufragen, ob die Posener-Zeitung a tempo (oder vielleicht 24 Stunden später) die betr. Kapitel zu publizieren berechtigt sein soll. Einen Vorteil für mich kann ich aus dieser Manipulation *leider* nicht herausschlagen, ich würde vielmehr umgekehrt die Pflicht haben, Stephany die Summe zu nennen, die die Pos. Ztg. daran wenden will, und würde daran zugleich die Bitte knüpfen müssen, mir seitens der *Vossin* von dem abgemachten Honorar gerade so viel abzuziehn, wie mir durch die Posener bewilligt wird. Es ist dies nicht etwa eine Großmutskomödie, die sich, der reichen Vossin gegenüber, für einen armen Teufel wie mich, wenig ziemen würde, sondern ist einfach durch besondere Verhältnisse geboten. Man hat mir nämlich für die Spalte von 120 Zeilen 50 Mark bewilligt, aber allerdings mit dem Bemerken »daß man dadurch für Aufsätze (im Gegensatz zu »Novellen«) keinen Präzedenzfall schaffen wolle.« Mit andern Worten, man hat doch einen kleinen Schreck gekriegt. Wollt' ich nun schließlich noch bitten, dem ohnehin schon hohen Honorar, auch noch ein *zweites* kleines Honorar von der Posener hinzufügen zu dürfen, so würde man mich mindestens für *sehr* happig oder vielleicht auch für etwas noch Schlimmeres halten, weshalb es unerläßlich ist, den vorerwähnten partiellen Verzicht gleich mit anmelden zu dürfen. Was den Aufsatz selbst angeht, so brauch ich, einem Eingeweihten wie Dir gegenüber, wohl kaum hervorzuheben, daß ihm ein nicht gewöhnliches *stoff*liches Interesse zur Seite steht. Ein im Walde gelegenes halb »verwunschenes« Haus und ein Prinz darin mit seiner Tafelrunde bei Lichterglanz und Fanfaren. Alles wie aus dem Märchen, alles Geheimniß. Empfiehl mich Deiner verehrten Frau. Wie immer Dein alter Vetter

Th. Fontane.

208. An Mathilde von Rohr

Auch von mir, mein gnädigstes Fräulein, Gruß und Empfehlung und erneuten Dank für den *Stoff*, der in beifolgendem Buch seinen wohlgemeinten, wenn auch unvollkommenen Ausdruck gefunden hat. Wenn die Novelle vielleicht ein kleines Glück macht (auf großes zu hoffen, hab ich längst verlernt) so schieb' ich es darauf, daß es mir mit Allem gut gegangen ist, was von *Ihnen* kam. In vorzügl. Ergebenheit

Th. Fontane.

B. 22. Noveb. 82.

209. An Ludovica Hesekiel

Berlin 23. Novb. 82. Potsd. Str. 134. c.

Meine hochverehrte Freundin.

Gestatten Sie mir Ihnen und den lieben Ihrigen in Beifolgendem das jüngste Kind meiner Laune präsentiren zu dürfen. Und sehen Sie's gnädig an, insonderheit auch *dann*, wenn vielleicht, von der Kreuz-Ztng aus, der Wunsch einer Besprechung des Buches geäußert werden sollte. Sie dürfen es flottweg auch tadeln; Ihre Liebenswürdigkeit giebt mir die Gewißheit, daß selbst dieser Tadel noch angenehmer und schmeichelhafter ausfallen wird als das mit Widerstreben abgegebene Lob einiger Neidhammel.

Mit der Bitte, mich allen Damen des Hauses empfehlen zu wollen, in herzlicher Ergebenheit Ihr

Th. Fontane.

Was ist aus Herrn Binder-Ivenbeck und seinen Plänen geworden? Niemand hat sich bei mir gemeldet. Ich habe auch mal Siamesen oder wenigstens ähnliche Figuren ins Haus nehmen sollen und danke Gott, daß nichts draus geworden ist. Wenn einem nicht ein Hotelier im Leibe steckt, muß man von solchen Scherzen fern bleiben.

Th. F.

210. An Julius Grosser

Hochgeehrter Herr.

Der arme Schach, alles Unheils eingedenk, das er in diesem Sommer angerichtet hat, präsentirt sich Ihnen hier reumüthigst. Meine Danksagungen für die freundlichen, im Novemberheft von Nord und Süd mir gespendeten Worte, begleiten ihn. In vorzüglicher Ergebenheit

Th. Fontane

B.
23. Novb. 82.

Ist es paßlich, an Lindau und Schottländer auch noch ein Exemplar zu schicken? Oder sind das Ueberflüssigkeiten, die mir blos Exemplare kosten?

211. An Friedrich Sundermann

Berlin, 23. November 1882.

Sehr geehrter Herr.

Seit vielen Wochen lieg ich mit einem Briefe, der Ihnen noch einmal aussprechen sollte, wie hocherfreul. mir die Begegnung mit Ihnen gewesen ist, im Anschlag. Es kam aber nicht dazu, weil die Herausgabe zweier Bücher meine Zeit und Kraft ganz in Anspruch nahm. Nun ist eins davon eben erschienen und ich säume nicht länger Ihnen dasselbe mit meinen besten Grüßen und herzlichsten Wünschen für Ihr und der Ihren Wohl zu übersenden. Kommt nichts dazwischen, so werd ich wohl Norderney nächsten Sommer wieder besuchen. Es hat mir sehr gefallen.

In vorzüglicher Ergebenheit
Th. Fontane

212. *An Wilhelm Friedrich*

Berlin, 28. Novb. 82.
Potsd. Str. 134. c.

Hochgeehrter Herr.

Ergebensten Dank für Ihre freundl. Zeilen vom gestrigen Tage. Hoffentlich glückt es mit Gsellius. So weit meine Kenntnis in diesen Dingen reicht, macht er alljährlich das Weihnachts-Hauptgeschäft, neben dem – soweit der *direkte* Berliner Verkauf in Betracht kommt – alle andern Sortimenter verschwinden. Alle Berliner, auch die Reichen und Vornehmen, sind aus der alten, armen Zeit her, »kleine Leute«, die mit lächerlicher Geflissentlichkeit einem kleinen Vortheil von $2^1/_2$ oder 5 Sgr. nachgehen. Es kann auch *noch* weniger sein. Und so drängt denn wie ›in Hungersnoth um Brod an Bäckerthüren‹ in der Weihnachtszeit alles zu Gsellius, von dem es heisst, dass er alles um eine Mark oder halbe Mark billiger verkaufe als andre Leute. Von Mittag an ist sein Verkaufslokal gestopft voll, und man muss eine Viertelstunde warten. D. h. *ich* nicht, ich zahle lieber fünf Sgr. mehr und hab es gleich.

Die Neigung solche »Bilder aus Berlin« oder einen »illustrierten Führer durch Berlin« etc. etc. zu publiciren, liegt seit einigen Jahren in der Luft. Vor etwa 5 Jahren machte mir Herr Schloemp, ich glaube in Leipzig, ein derartiges Anerbieten und seitdem drei, vier andre. Darunter auch eine große süddeutsche Firma, ich glaube Bruckmann, doch bin ich meiner Sache nicht ganz sicher, weil ich mit Br. über mehrere Gegenstände von sehr *verwandter* Art: Mark, Hohenzollern etc. correspondiert habe. Nur soviel ist gewiss, es ist Mode-Thema, das jeden, der derartiges vorhat, bei mir anfragen lässt: »That's the man«, denkt jeder. Aber ich werde dergleichen nie schreiben, oder sag ich lieber mit mehr Vorsicht und Bescheidenheit: höchst unwahrscheinlicherweise! Es ist mir einfach zu langweilig, und da ich mich bei meiner Produktion immer nur durch meinen Geschmack und meine Lust habe bestimmen lassen, so werd ich mich nicht leicht in Schloss, Thiergarten oder Museum literarisch verirren. Eine alte, von Niemandem gekannte Dorfkirche zu beschreiben, macht mir noch jetzt einen kleinen Spass, 1000 mal Beschriebenes oder zum 1001ten Mal dem Publikum vorführen, widersteht mir.

Gestatten Sie mir noch etwas hinzuzusetzen. Ich weiss ganz bestimmt, dass dergleichen *viele* Male versucht worden ist, und *nie* ist es zu Stande gekommen. Das muss einen Grund haben, da es gewiss an glänzenden Anerbietungen nicht gefehlt hat, wenigstens wurde mir eine gemacht, die (Namen und Details hab ich vergessen) *sehr* glänzend war. Ja, es *hat* einen Grund, und dieser Grund ist *der,* dass die wenigen, die's können, nicht Lust haben, an eine mühsame und literarisch wenig erbauliche Sache ihre Zeit und Kraft zu setzen, und dass andrerseits die vielen, die's für viel Geld wohl machen möchten, weder den dazu nötigen Namen noch am allerwenigsten das dazu nötige Talent besitzen. Ich bin hiervon *so* stark durchdrungen, dass ich mir das zudringliche Wort erlauben möchte: »geben Sie's auf!« Lindau würd' es können, ebenso Rodenberg (Deutsche Rundschau) und W. Lübke in Stuttgart, – aber ich glaube nicht, dass sich wer von diesen Dreien dazu versteht. Lindau würd' ein Vermögen fordern, ebenso Hopfen, und beide würden *sehr* lange mit dem M. S. warten lassen. Rodenberg und Lübke wären beide zuverlässig, würden aber dergleichen, *wenn* sie's schrieben, immer zu Nutz und Frommen der mit ihnen liirten Firmen schreiben. Also Paetel und Ebner und Seubert.

In vorzüglicher Ergebenheit
Th. Fontane

213. An Wilhelm Friedrich

Berlin 4. Dezemb. 82.
Potsd. Str. 134. c.

Hochgeehrter Herr.

Besten Dank für Ihre gefl. Zuschrift vom 2. d. M. Leider hab ich nichts derart! Es war mir interessant zu hören, dass Max Ring jetzt etwas Berlinisches schreibt. Die Niedersachsen haben ein Sprichwort: »wenn man dem Glücksrade nur beharrlich nachläuft, fällt einem schliesslich wenigstens eine Speiche zu.« M. Ring ist solche Speiche. Faute de mieux kann man ihn sich gefallen lassen. Er deckt gerade das Bedürfnis, und mehr ist heutzutage nicht nötig.

Ich habe wegen des »Schach« noch ein Wort vergessen, und dies nachzuholen, *des*halb schreib ich. Existieren gebundene Exemplare? und *wenn* sie existieren, sind einige davon versandt worden? Ich nehme vorläufig an, sie existieren *nicht,* und knüpfe daran die Frage bez. den Vorschlag, ob Sie nicht etwa 100 Exemplare *so rasch wie möglich binden* lassen und an Gsellius, Weber und Spaeth (letztre Handlung, Königstr. 52, wird mir als gsellius-ebenbürtig gerühmt) je nach Verlangen schicken wollen? Pardon, wenn ich mich in solche Dinge, die mich nichts angehn und in Betreff deren ich wenig weiss, einmische; Sie werden aber keine Zudringlichkeit darin erkennen und mir glauben, dass ich nicht blos mir und dem Buche, sondern auch Ihnen von Nutzen zu sein wünsche. Meine Geschäftskenntnis ist null, aber meine Berliner *Lokal*kenntnis ist *nicht* null, und aus dieser Lokalkenntnis heraus glaub ich ganz äusserlich, ohne jedes fachmässige Eingeweihtsein zu wissen, dass allweihnachtlich (wie ich Ihnen glaub ich vor 3 Wochen schon schrieb) eine bestimmte Zahl von Menschen bei Gsellius, und vielleicht auch bei Spaeth (aber da *weiss* ich es nicht) vorspricht, die mit Vergnügen, ja mit einer Art *Erwartung* davor, ein Buch von mir zu kaufen wünscht. Mein Publikum ist nicht gross, aber *das*, das ich überhaupt habe, hält in grosser Treue zu mir. Diese Getreuen zahlen aber gern 1 Mark mehr für ein gebundenes Exemplar, da ein *un*gebundenes eigentlich gar kein Weihnachtsgeschenk ist, oder doch nur ein halbes. Dies wollt' ich Ihnen gern geschrieben haben. Unerlässlich aber, wenn Sie darauf eingehn, erscheint mir eine vorgängige Anfrage bei den betr. Firmen, sonst sitzen Sie vielleicht mit 100 gebundenen Exemplaren da, und kein Mensch will sie haben.

In vorzüglicher Ergebenheit
Th. Fontane.

214. An Ludovica Hesekiel

Berlin 10. Dzeb. 82. Potsd. Str. 134.c.

Hochverehrte Freundin.

Haben Sie herzlichen Dank für Ihre Besprechung meines Schach in der gestrigen Kreuz-Zeitung, die ganz meinen Wünschen und Erwartungen entsprach; *Sie* selbst konnten sich nicht anders dazu stellen und noch weniger die Zeitung. Mein Dank ist um so größer und aufrichtiger, als es mir, nach Absendung des Buches, schwer auf die Seele gefallen ist, Sie überhaupt um eine solche Sache gebeten zu haben. Ich mußte das nicht thun, und *hätt'* es wohl auch nicht gethan, wenn mich nicht das Historische, das Zeitbildliche darin und andrerseits Adami's schon *vor*her (nach dem ersten Abdruck in der Vossin) eingeheimstes Lob dazu verführt hätte. Es soll aber nicht wieder vorkommen. Mit der Bitte mich allen Damen Ihres Hauses bestens empfehlen zu wollen, wie immer Ihr ganz ergebenster

Th. Fontane.

215. An Karl Zöllner

Berlin 11. Dezb. 82. Potsd. Straße 134.c.

Theuerster Chevalier.

Um 3 Uhr tret' ich zur Cour an.

Da man aber nicht wissen kann, wie das Schicksal spielt und ob nicht eine Sitzung oder ein Begräbniß (zwischen diesen beiden pendelt ein Akademie-Sekretair beständig hin und her) anberaumt wird, so will ich meinen mündlichen Glückwünschen unter allen Umständen diese schriftlichen vorausschicken. Die Feder ist ohnehin längst ›das bessere Theil‹ geworden.

Ich bin noch aufgeregt von ›Opfer um Opfer‹ und der Fortsetzung dieses Opfervergnügens durch mich persönlich. Eben hab ich eine Kreuz-Zeitungskritik gelesen, die den Dichter retten und eine Hirschkuh unterschieben will. Aber es ist blos ein Schaf. Wie immer Dein

Noel.

216. An Wilhelm Jensch

Berlin, 13. Dezember 1882.

Hochgeehrter Herr Doktor.

Ergebensten Dank für die freundliche Besprechung meines Schach, die mir Ihre Güte hat zugehen lassen. Urteile von Nicht-Zeitungsleuten und ganz besonders aus der Schulwelt-Sphäre (wo schließlich doch allein, oder fast allein, das Wissen, das Verständnis, die Liebe für die Sache sitzt) sind mir immer besonders wertvoll und ich zähl' es zu den Glücklichkeiten meines Lebens, daß mir speziell aus drei Kreisen, aus dem der Offiziere, der Prediger und der Professoren und Doktoren am meisten Anerkennung zu Theil geworden ist. Von wenigen aber so freundlich und andauernd wie von Ihnen.

Band I und III schick' ich in den nächsten Tagen, vielleicht schon morgen.

In vorzüglicher Ergebenheit

Th. Fontane.

217. An Elise Weber geb. Fontane

Berlin 17. Dezb. 82. Potsd. Str. 134.c.

Meine liebe Lise.

Habe, so gut es geht, ein frohes und glückliches Fest und freue Dich der Freude der Kinder, zu der einliegendes Scherflein ein Geringes beitragen möge.

Seit Langem will ich zu Dir kommen, aber ich bin seit dem Tage, wo Tante Pine eingebuddelt wurde (beinah läßt sich's so nennen) nicht wieder in der Koepnicker-Straßengegend gewesen. Arbeitsmaschine, so tret ich auch *an* das Fest und *in* das Fest.

Mit herzlichen Wünschen für Dein Wohlergehn, Dein

Theodor.

218. An Hermann Scherenberg

[Berlin, Ende 1882?]

Hochgeehrter Herr und Freund.

Eben hab ich acht Bände Tunnelprotokolle wieder an den »Verein« zurückgeschickt und, bei dieser Gelegenheit wieder ganz in die Scherenbergiana hineingeraten, halt' ich es für angezeigt, über den ganzen Stand der Sache mit wenig Worten zu berichten.

Den Stoff hab' ich nun voll beisammen, und die Lust, das Leben des alten Freundes nach dem Maße meiner Kraft darzustellen, ist unabgeschwächt. Wenn trotzdem bis zu Beginn der eigentlichen Arbeit noch ein gutes halbes Jahr (bis September) und bis zum Schluß der Arbeit ein ganzes vergehen wird, so bitt' ich, mir darüber nicht zu zürnen. Als ich's übernahm, hatt' ich vier lange Novellen (im Brouillon) im Kasten, und jeder einzelnen entsprach ein Engagement. Zwei davon sehr pressanter Natur. Es war unerläßlich, das alles erst abzuarbeiten. Die letzte Nummer ist nun an der Reihe. Bin ich damit zu Ende, so beginn ich das Lebensbild, auf dessen Darstellung ich mich aufrichtig freue.

Darf ich freundlichst bitten, auch Fräulein Nichte gelegentlich hiervon in Kenntnis setzen zu wollen.

In vorzüglicher Ergebenheit

Th. Fontane.

219. An Mathilde von Rohr

Berlin 3. Januar 83. Potsd. Str. 134.c.

Mein gnädigstes Fräulein.

Die Festtage liegen zurück, das Rehziemer ist verzehrt und die Marzipankiste für die Zeiten eines beßren Magens bei Seite gestellt, – da geziemt sich's nun Briefe zu schreiben und Dank auszusprechen, zuvörderst an Sie, mein hochverehrtes gnädigstes Fräulein, denn ich bin mit allem Möglichen tief in Ihrer Schuld.

Ein längerer Brief von Ihnen, den ich schon etwa Mitte Dezember erhielt, hat mich sehr beglückt. Sie sprachen sich darin über meinen Schach aus und in einer Weise, die weit über meine Erwartungen hinausging. Alles Lob thut wohl; an *Ihrer* Zustimmung aber mußte mir in diesem Falle ganz besonders gelegen sein, schuld' ich Ihnen doch den ganzen Stoff; ohne *Ihre* Erzählung existirte auch die meinige nicht.

Mit dem Beifall, den Schach im Publikum und in der Presse gefunden hat, kann ich zufrieden sein, *eine* der Kritiken (im ›Magazin f. d. Literatur des In- und Auslandes‹) geb' ich gleichzeitig mit diesen Zeilen zur Post. Fast noch wichtiger ist mir *das*, daß mir Landgerichts-Direktor Lessing, der reiche Besitzer der Voss. Ztng., einen liebenswürdigen Brief geschrieben, mir seinen Dank ausgesprochen und für nächsten Sommer, 83, etwas ähnlich Novellistisches von mir eingefordert hat, aber über dies schließlich doch immer nur bescheidene Maaß von Glück und Anerkennung werd' ich schwerlich hinauskommen. Ein *wirklicher* Erfolg war mir nie beschieden und wird mir auch nicht mehr beschieden werden. Ich muß mich einrichten mit Lebenslotterie-Gewinnen von 50 Thalern. Je länger ich das Leben beobachte, je deutlicher seh' ich, daß dem Einzelnen mit einer eisernen Consequenz des Schicksals das Eine gegeben, das Andre versagt wird; der eine spekulirt immer glücklich, der andre immer unglücklich; der eine liebt immer glücklich, der andre immer unglücklich; der eine reist dreimal um die Welt ohne Unfall, der andre trifft es bei jeder Ausfahrt so, daß ein Rad bricht oder ein Pferd durchgeht oder doch wenigstens daß es mit Mollen gießt. Und nach diesem Unwandelbarkeits-Gesetz ist auch über mein Bücher-Glück und Unglück ein für allemal entschieden: ich werde immer einen mäßigen Anstands-Erfolg erzielen; aber nie mehr. Auch bei Schach wird sich dies wieder zeigen; die 2. Auflage war schnell da, aber darüber hinaus wird es wohl nicht kommen. Der Buchhändler und das Publikum wenden sich schnell andern Göttern zu. Alles lebt nur auf 8 Tage.

Die Festtage, trotzdem uns nichts eigentlich quälte und drückte, waren nicht recht froh. Meine Frau schob es darauf, daß ich *alle die Festtage durch* bis zum 31., wo ich dann um 7 Uhr ins Theater (Sylvester-Vorstellung) stürzte, angestrengt arbeiten mußte; aber das ist Täuschung. Der eigentliche Grund, der keine rechte Lustigkeit aufkommen läßt, ist der, daß in unsren sämmtlichen Herzen keine Lustigkeit existirt; alles ist unter dem Druck von irgend etwas Lästigem, Unangenehmen; die Kinder – mit alleiniger Ausnahme von Friedel, der einen gütigen, theilnahmevollen, liebenswürdigen Charakter hat – sind, im letzten Winkel ihres Herzens, alle über ›die kleinen Lebensverhältnisse‹ verstimmt; alle drei sagen sich beständig ›Gott, es ist doch aber auch ein Pech, daß *wir* gerade so arme Eltern haben müssen‹; sie übersehen das tausendfältig Gute, das sie haben, und kommen zu keiner ächten und tiefen Anerkennung meiner Bestrebungen, weil ihnen die relative Resultatlosigkeit dieser Bestrebungen unbequem ist. Meine Frau ist darin viel verständiger und viel liebenswürdiger geartet (überhaupt die Beste von der ganzen Gesellschaft, mich mit eingerechnet) und leidet nur ihrerseits wiederum unter ihrer großen körperlichen Gebrechlichkeit. Ich, trotz aller Arbeit (oder vielleicht *durch* die Arbeit) bin der einzig oft wirklich Heitre, und würde dieser Heiterkeit auch Ausdruck geben, wenn mich nicht die tief-innerlichste *Nicht*-Heiterkeit der Kinder um diese meine Heiterkeit brächte. Das Maaß von Verkehrtheit und Undankbarkeit, das darin liegt, aergert mich. Keins der Kinder hat je scharf zugefaßt und gesagt: ›*so* soll es sein; *das* übernehm' ich, *das* ist nun *meine* Sache‹ – alle leben ganz ausschließlich nach ihrem Penchant. Dieser Penchant ist nicht schlecht, sie verlangen keine Dummheiten, sie sind nicht faul – aber jeder folgt nur seiner Laune, seiner Natur, keiner hat eine höhere Vorstellung von *Pflicht.* Sie thuen dies und das, auch Gutes und Verständiges, aber so wie es anfängt, ihnen im Kleinsten unbequem zu werden, ist es damit vorbei. Vielleicht war ich ebenso, vielleicht sind die meisten Menschen so; aber jedenfalls giebt es auch andre, die voll *Kraft und Muth* nicht blos der eignen Neigung, sondern auch einer wirklich schönen, über das *Ich* hinausgehenden Aufgabe leben. Die Beobachtung dieser Dinge rund um mich her, ist mir mitunter schmerzlich, und kann einem das ganze Menschenthum, man selbst mit eingerechnet, verleiden.

Die Arbeit, die mich während der Feiertage und auch schon die Wochen vorher beschäftigte, hieß ›Dreilinden‹, das vielgenannte Wald- und Jagdhaus des Prinzen Friedrich Karl. Ich bin neugierig wie der Prinz die Arbeit aufnehmen wird; er reiste gerade ab, als das 1. Kapitel erschien.

In den nächsten Tagen fang' ich nun an meine Novelle ›Graf Petöfy‹ (für ›Ueber Land und Meer‹ bestimmt) zu corrigiren; es wird wohl – selbst wenn ich leidlich gesund bleibe – bis in den Mai hinein dauern. Ende Mai geh ich dann wieder in den Harz, wohin ich mich immer wieder sehne.

Meine Frau und Martha empfehlen sich Ihnen angelegentlichst. In Dankbarkeit und herzlicher Ergebenheit, mein gnädigstes Fräulein, Ihr

Th. Fontane.

220. An Otto Brahm

Berlin 7. Januar 83.
Potsd. Str. 134.c.

Hochgeehrter Herr Doktor.

Besten Dank für Zusendung der freundlichen Besprechung meines Schach. Denn freundlich ist alles, was d. Kritiker schreibt, und deshalb auch mein Herz befriedigend, wiewohl ich mich seiner Ausstellung gegenüber in derselben Lage befinde, in der *er* sich meinem Schach gegenüber befand: ich kann ihm nicht folgen. Auch ist er der erste, der *dies* tadelt. Ein halbes Dutzend Väter hat mir geschrieben: »Lieber Freund, so *war* es nicht blos 1806, so ist es noch; eine falsche Ehre, die dann schließlich mit dem Pistol in der Hand den Ausweg sucht, durchdringt *noch* den ganzen Stand.« Und diese Bemerkung ist richtig. Schach, die Figur wie die Novelle, krankt an einer *andern* Stelle. Die Verführungsgeschichte plausibel zu ma-

chen, ist mir nicht zur Genüge geglückt; Schach, all seiner Liaisons unerachtet, ist au fond als Ehrpußlichkeits-Peter geschildert und solchem kleidet die betr: Liebesscene nicht. Da liegt's. Ueberhaupt: ich kann wohl schildern, was einer Liebesgeschichte *vorhergeht* und auch das was *folgt,* ja, für das Letztre hab ich vielleicht eine gute Begabung, die Liebesscenen selbst werden mir nie glücken. Darin muß ich mich nun mal finden. – Ihre Besprechung von Fr. Haases »Ungeschminkten Briefen« hat uns alle *sehr* interessirt; auch verdient er's gewiß in seinem Hochmuth, seiner Eitelkeit und besonders in seiner Verranntheit; dennoch sind Sie, glaub ich, im Einzelnen *zu* streng mit ihm verfahren.
[Schluß fehlt]

221. An Wilhelm Friedrich

Berlin 19. Januar 83.
Potsd. Str. 134. c.

Hochgeehrter Herr.

Als ich vor drei, vier Tagen schrieb, verfolgte ich nur den Zweck, erstens überhaupt ein Lebenszeichen und zweitens Ausweis über den Verbleib bez. die Wirkung der Rezensions-Exemplare zu geben. Ich danke bestens für Ihre freundlichen Zeilen, bitte jedoch – wenn Sie nicht etwas besonders Schönes von Kritiken haben, was ich übrigens stark bezweifle – von jedem Austausch dieser Nichtigkeiten Abstand nehmen zu wollen. Entweder sind es nur Notizen oder längere Redensarten, die in ihrem Lob wie Tadel gleichmässig blechern auftreten. Das Lob in der Regel *noch* dümmer als der Tadel. Die gesammte deutsche Presse verfolgt mir wie andern gegenüber, beständig den Zweck, einen bestimmten Schriftsteller an eine bestimmte Stelle festnageln zu wollen. Es ist das das Bequemste. *Mein* Metier besteht darin, bis in alle Ewigkeit hinein, »märkische Wanderungen« zu schreiben. Alles andre wird nur gnädig mit in den Kauf genommen. Auch bei Schach tritt das wieder hervor, und so lobt man die Kapitel: Sala Tarone, Tempelhof und Wuthenow. In Wahrheit liegt es so: von Sala Tarone hab ich als Tertianer nie mehr als das Schild über dem Laden gesehn. In der Tempelhofer Kirche bin ich nie gewesen und Schloss Wuthenow existiert überhaupt nicht, hat überhaupt nie existiert. Das hindert aber die Leute nicht zu versichern: »ich hätte ein besondres Talent für das Gegenständliche«, während doch *alles*, bis auf den letzten Strohhalm, von mir erfunden ist, nur gerade *das* nicht, was die Welt als Erfindung nimmt: *die Geschichte selbst.*

Wie immer Ihr Th. Fontane

222. *An Franz Lipperheide*

Berlin 21. Januar 83.
Potsd. Str. 134.c.

Hochgeehrter Herr.

Darf ich Ihnen beifolgend eine kleine Arbeit meiner Tochter übersenden, mit der ergebensten Anfrage, ob Sie sie für geeignet zum Abdruck in Ihrer Ill. Frauen Ztg. halten? In der blossen Einsendung durch mich, steckt natürlich auch der Wunsch einer Empfehlung. Ob die Arbeit selbst einen solchen Wunsch rechtfertigt, werden Sie rasch ermessen. Vorbehaltlich Ihres unpartheiischen Urtheils, find' ich das Geschichtchen schlicht, einfach, unsensationell (vielleicht zu sehr) aber klar und ruhig, und von einer gewissen Reife.

Sollten Sie's des Abdrucks für werth erachten, so würd' ich event. gern bereit sein, es in seinen Details noch einmal scharf durchzusehn. Lieber ist mir's freilich, es thut's ein andrer. *Vorher* hab' ich nicht dran rühren wollen.

In vorzüglicher Ergebenheit

Th. Fontane.

223. *An Ludwig Freytag*

Berlin, 21. Januar 1883.

Hochgeehrter Herr Doktor.

Ich habe gleich heute noch – eben sollte ein Paket an Stephany abgehn und ich war froh die Gelegenheit noch mitbenutzen zu können, denn Chefredakteure sind diffizil und lassen sich nicht gern wiederholentlich stören – die Notiz, 20 Druckzeilen, geschrieben und wünsche, daß sie die Zeitung bald bringt. Über Handtmanns Buch habe ich immer gehört, daß es nicht viel tauge und gewiß wäre es klüger gewesen, ich hätte das Buch einfach genannt, statt es auch noch so voll zu loben. Klüger, aber – undankbar. Denn so gewiß mir selber eine Ahnung davon gekommen ist, daß das Buch als *Sagen-*

buch wissenschaftlich wertlos ist, so habe ich doch – auch abgesehen von *dem*, was ich in meinem Buche benutzte – sehr viel halbhistorischen Stoff darin gefunden, u. a. über die Familie Mörner in der Neumark, *so* viel, daß ich doch tapfer zu einem uneingeschränkten Lobe schritt. Schließlich lobt man immer das, oder doch fast immer, was einem persönlich Freude machte.

In vorzüglicher Ergebenheit
Th. Fontane.

224. An Mathilde von Rohr

Berlin 9. Febr. 83. Potsd. Str. 134.c.

Mein gnädigstes Fräulein.

Frau und Friedel haben schon geschrieben und ich will nicht zurückbleiben; schuld' ich Ihnen doch noch meinen Dank für einen langen und wie immer liebenswürdigen Brief vom 12. v. M. Dieser Brief enthielt nicht blos viel Freundliches, sondern auch viel Tröstliches und redete mir zu. Solcher Zusprache ist man immer bedürftig. Gewiß liegt es bei mir so, wie bei allen andern Menschen: das Gute, das man hat, nimmt man als selbstverständlich hin und von dem was einem fehlt, macht man mehr, als man bei richtigerer und dankbarerer Betrachtung daraus machen sollte. Dies sag' ich mir oft; aber es immer gegenwärtig haben, ist schwer. Manches läßt sich wirklich kaum verstehn und die Bitterkeit wird nur durch Unterwerfung bekämpft. ›Es *soll* so sein.‹ Aus diesem Satze läßt sich freilich nicht immer Trost schöpfen, und Hunger und Durst bleiben sie selbst und quälen einen weiter. Aber gegen die kleineren Leiden des Daseins – und nur von solchen bin ich bis jetzt heimgesucht worden – ist es ein großes Hülfsmittel. Im Ganzen darf ich auch sagen, daß ich in dieser ›Resignation‹ Fortschritte mache und mich mit dem bescheidnen Theile, das mir zugefallen, mehr und mehr einlebe.

———

Unter meinen Aufzeichnungen find' ich unter der Ueberschrift ›*Fräulein v. Rohr*‹ zwei Notizen:

1. Briefe des Herzogs von Weimar an Frau v. Crayn, und
2. Briefe von Julie v. Voß an Gräfin Dönhof.

Ist Aussicht vorhanden, etwas davon zu bekommen? Wahrscheinlich sind die erstren wichtiger; die der *Voß* aber interessiren das Publikum mehr; sie ist nun mal eine *pikante*-historische Person, trotzdem sie persönlich nichts weniger als ›pikant‹ gewesen sein soll, vielmehr eine sentimentale Heul-Lise.

Vielleicht erfahr' ich durch Ihre Güte gelegentlich etwas über den Stand dieser Brief-Angelegenheit. In aufrichtiger Dankbarkeit und Ergebenheit, Ihr

Th. Fontane.

225. *An Friedrich Witte*

Berlin, 18. Febr. 83
Potsd. Str. 134 c

Mein lieber Witte.

Der 19. klopft an, und ich wickle mich aus meinen fünf Röcken heraus, unter denen ich bis diesen Augenblick gelegen, um ihn an der Tür zu begrüßen. Unter den Kalendernotizen, die sich mit Andreas Hofers Erschießung und Leos XIII. Papstwahl begnügen, fehlt noch Dein Name, aber der Tag ist nah, wo Du mit dem Fakt Deiner Geburt zwischen den beiden Notizen Deine Stellung nimmst und dem ganzen Kalenderblatt ein gemütlicheres Ansehn gibst. Alles, was Dich in den Stand setzt, diese Wirkung zu üben, bleibe Dir erhalten: Gesundheit, Frische, Glück im Haus und in Deinen Unternehmungen. Als Nächstes aber wünsch ich gute Nachrichten aus Schwiggerow. Lise selbst schreibt ja tapfer genug, und Tapferkeit ist der halbe Sieg.

Über unsre Zustände werden wohl Martha und meine Frau in Beiliegendem geschrieben haben. Da ich eben habe versprechen müssen, die betr. Zeilen nicht zu lesen, so schließ ich auf einige Übertreibungen nach der Leidensseite hin. Im übrigen geht es mir wirklich nicht gut, und das Gefühl des Überflüssigseins im oberen Haushalt der Natur wird immer stärker in mir. Die berühmte Frage: »wozu noch?« wächst.

Aber keine pessimistischen Betrachtungen, am wenigsten in einem Geburtstagsbriefe. Gruß und Empfehlung Dir und der verehrten Frau von Deinem alten

Th. Fontane

226. An Paul Heyse

Berlin, 14. März 83.
Potsd. Straße 134. *c.*

Mein lieber Paul.

Dich noch vor Deiner Abreise zu sehn, verbot sich mir; ich war nervös sehr herunter und hatte zudem eine Scheu, Dir Deine wenigen Ruheminuten (wenn es dergleichen überhaupt für Dich gab) zu verkürzen.

Aber Versicherungen alter, unveränderter Anhänglichkeit und Hochschätzung, die Dir mündlich auszusprechen mir versagt blieb, sollen wenigstens brieflich an Dich gelangen, und, so die Post ihre Schuldigkeit thut, an Deinem Geburtstagsmorgen. An die Stelle gemüthlicher Plaudereien, wie sie mich wenigstens auf manchem unvergeßnen Spazirgange nach Nymphenburg und Menterschweig und dann auch später noch in unsrem Thiergarten erquickt haben, ist längst Schweigen getreten, ein Schweigen, das auf meiner Seite nicht immer das Richtige gewesen, ja mitunter selbst eine schuldige Rücksicht oder die Erfüllung herkömmlicher Formen außer Acht gelassen haben mag. Ich bitte Dich, wenn ich es hierin treffe, dies alles so milde wie möglich beurtheilen und Versäumnisse derart aus meinem nicht allzu bequemen Lebenszuschnitt und aus vielen vielen Momenten, wo das Federchen den Kameelsrücken zerbricht, erklären zu wollen. Du siehst, ich bin wenigstens anspruchslos in Bildern. Unter allen Umständen sei versichert, daß wenige leben, die treuer zu Dir und Deinem Schaffen stehn, als der Gefertigte sammt Weib und Kind und Magd. Ja, auch *diese;* denn 20 Jahre Dienst in einem Literaturhause ziehen ihre Consequenzen. Man wandelt nicht ungestraft etc.

Empfiehl mich Deiner hochverehrten Frau, so wie Fräulein Clärchen. In herzlicher Ergebenheit Dein

Th. Fontane.

227. An Heinrich Kruse

Berlin, 19. März 1883.

Hochgeehrter Herr Doktor.

Daß bisher keine Kritiken, oder so gut wie keine, über Ihr neuestes Stück erschienen sind, hängt, glaub ich, damit zusammen, daß wir überhaupt keine Buchkritiker von Beruf haben. Es müßte Buchkritiker so gut geben wie Theaterkritiker, ja, sie wären viel wichtiger als diese. Verschaffen Sie mir eine solche Stelle, eine Stelle, die mir amtlich auferlegt, über ein paar Spezialitäten unserer Literatur, etwa über Lyrik oder Roman oder Drama sei's monatlich oder vierteljährlich zu berichten, sichern Sie mir dafür ein auskömmliches Gehalt (nicht Honorar) und halten Sie sich von dem Augenblick an versichert, daß es mir eine besondre Freude sein wird, die Arbeiten eines so hervorragenden und von mir so aufrichtig geschätzten Dichters wie Heinrich Kruse regelmäßig und prompt zu besprechen. Es ist mir aber unmöglich, immer wieder und wieder an Arbeiten heranzutreten, die mich, der ich freilich ein langsamer Pußler und Bastler bin (aber ich *bin* es nun mal) an die drei, vier und fünf Tage beschäftigen und mir als endlichen Lohn 10 Mark einbringen. Davon kann ich nicht leben, und habe deshalb mit derartiger Beschäftigung Schicht gemacht. Findet sich nichts desto weniger etwas Buchkritisches von mir in diesem oder jenem Blatte vor, so lag einfach ein aus den Verhältnissen geborener Zwang vor, dem ich mich unterwerfen mußte. Sie wollen diese offene Erklärung gütigst auch einem Zwang der Verhältnisse zugute halten.

In vorzüglicher Ergebenheit

Th. Fontane.

228. [An Hugo Lubliner]

Berlin 21. März 83.
Potsd. Str. 134. c.

Sehr geehrter Herr.

Ich habe den ganzen Tag über (bis 10 Abends) an meiner Aspasia-Kritik gebastelt und in Ihren Brief nur flüchtig hineingeblickt. Nun kann ich nicht mehr; aber morgen früh soll es geschehn.

An einer Stelle heißt es: Ihre Stücke seien keine aneinander gereihten Scenen oder so ähnlich. Ich stehe nicht an, ohne Weitres zu bekennen, daß ich, indem ich von »Aneinanderreihung« sprach, das Richtige *nicht* getroffen habe und erbitte mir auf diesen Fehler hin Ihren Pardon. Aber *dabei* muß ich bleiben, daß ich von einer Schule der Modernen (Moser, Lindau, Lubliner, Wildenbruch, Gensichen) sprechen darf, denen die Herausarbeitung wirksamer Scenen wichtiger ist als der correkte Gang der Handlung und die correkte Gestaltung der Charaktere.

Sie haben Stücke geschrieben, in denen dieser Fehler mehr zurücktritt, andre darin er in den Vordergrund tritt und *das* hab ich in meiner gestrigen Notiz sagen wollen, werd' es auch, bis ich eines Beßren belehrt werde, immer wieder sagen. Den lapsus im Ausdruck müssen Sie verzeihn. Alles andre in Ihrem Brief ist mir noch süßes Geheimniß. Heute nur das noch: Sie sind zu reizbar und haben den Schaden davon. Wildenbruch ist ein Mann, den ich nach seiner ganzen gesellschaftlichen Stellung, wenn ich nur irgend gekonnt, sehr gern gelobt hätte, mit Felix Dahn war ich in alten Zeiten nahezu befreundet, mit Gensichen bin ich verwandt und bekannt, und nun lesen Sie oder erinnern Sie sich wenigstens, was ich über die Drei geschrieben habe. Kritik ist Kritik, und mir wird auch nichts geschenkt. Trotzdem ich ein alter Herr und nun grade 45 Jahre »dabei« bin, trotzdem ein angestrengtes und wenn ich mich nicht täusche leidlich anständiges Leben hinter mir liegt, hab ich mir in neuster Zeit noch von jungen Bengeln, die meine Enkel sein könnten, Sachen sagen lassen müssen, als ob ich von Aesthetik und Ethik nichts wüßte und die 10 Gebote aus Altersschwäche vergessen hätte. Gefreut hab ich mich auch nicht, aber – geschwiegen.

Ihr ganz ergebenster

Th. Fontane.

229. An Bernhard von Lepel

Berlin. 25. März 1883
Potsd. Str. 134. c

Mein lieber Lepel.

Trotz der frohen Aussicht, Dich in ein paar Tagen wiederzusehn, will ich Dir doch heute schon für Deinen lieben Brief und das hübsche Gedicht zu Kaisers Geburtstag danken. Irr' ich nicht, so hast Du's für eine frühere Gelegenheit – vielleicht schon zum 22. März 71, also zwei Monate nach der Kaiserproklamation – geschrieben, wenigstens klingt es mir, wie ein Lepelton, den ich schon mal vernommen. Es muß kolossal gewirkt haben und die Prenzlauer haben Kopf gestanden; ich freue mich aufrichtig auf eine Schilderung davon aus Deinem Munde.

Hier sind wir jetzt unter dem Eindruck zweier sehr verschiedner Begebenheiten: Ottowald war gestern im Rütli und Sobbe hat gestanden. In Berlin nimmt alles rasch eine fidele Form an; wo man gestern auch ging und stand, liefen kleine Jungens neben einem her und schrien als ob es sich um Zimmtpretzeln handelte: »Neues, Neues vom Mörder!«

Von der Reise-Genossenschaft des Prinzen Friedrich Karl hat einer, wie Du vielleicht schon in der Kreuz-Ztg gelesen haben wirst, »ausspannen müssen«. Oberst v. Natzmer. Ich entsinne mich eines kleinen humoristischen Vortrags von Dir, wo Du mich über die kolossale Bedeutung des »Ausspannens« in der militairischen Welt aufklärtest, und kann ich danach nur sagen: Oberst v. Natzmer thut mir leid. Ein Glück für ihn, daß er den Tag von Beaune la Rolande als Heldenthat hinter sich also so zu sagen aus dem Kapital was zuzusetzen hat. Empfiehl mich der verehrten gnädigen Frau. Wie immer Dein alter

Th. Fontane.

230. *An Mathilde von Rohr*

Berlin 25. März 83. Potsd. Str. 134.c.

Mein gnädigstes Fräulein.

Empfangen Sie meinen herzlichsten Dank für Ihre freundlichen Zeilen vom 20. d. M.; Frl. Jeannette v. Bülow ist nun hoffentlich zurückgekehrt und hat Plauderstoff für die Festtage mitgebracht. Daß Sie, von Stavenow aus, so gute Nachrichten noch kurz vor Absendung Ihres Briefes empfingen, hat mich herzlich erfreut; ich habe die ›schöne Amélie‹ noch immer lebhaft in der Erinnerung und würde solchen Unglücksfall mit beklagt haben. Von Lepel hatte auch *ich* gestern oder vorgestern einen Brief, worin er mir Freundliches über meinen Aufsatz sagt. Ich kann Ihnen ehrlich versichern, daß mir das bischen Lob an und für sich ziemlich gleichgültig ist, – die bloße Thatsache aber, daß L. Veranlassung genommen hat mir nach etwa 20 Jahren mal wieder ein freundliches, ungereiztes, unquängliches Wort zu sagen, hat mich aufrichtig erfreut. *Da*rin besteht für mich der Werth der Sache. Was das Lob selbst angeht, so bin ich mißtrauisch. Ich denke mir, daß er in Prenzlau – wo ja die ›64er‹ des *Prinzen* Regiment sind – allerlei Gutes über den Aufsatz gehört hat und in Folge davon ist er mit einem sehr guten Vorurtheil an die Sache 'rangegangen.

Denn sonderbar, so klug und gescheidt Lepel ist und so gewiß er vor Hunderten und Tausenden das Zeug dazu hat gut und fein und zutreffend zu urtheilen, ist er doch durch andre Menschen *sehr* bestimmbar. Auf das Gerede der unbedeutendsten Menschen geht er ein und trägt es einem mit einer gewissen Wichtigkeit vor, als ob es was sei.

Nun die Briefe! Ich kann nur wiederholen, daß mir beide von hohem Werth sind, zumeist *die* von Julie v. Voß, die, so denk' ich mir, auch wohl am ehesten aufzutreiben sein werden. Wer war eigentlich Erbe von Gräfin Schwerin? Ich denke mir zunächst Frau v. Romberg und von dieser wird wohl alles an den Sohn, Baron Romberg, übergegangen sein. Daß dieser sich sehr um *diese* Papiere gekümmert haben sollte, ist freilich nicht wahrscheinlich; auch ist wohl nachträglich, weder bei ihm noch bei ihr, ein Interesse dafür vorauszusetzen. Ein Wort von Ihnen wird aber *doch* wirken; Sie müssen Beiden nur in die Seele zu reden wissen. Im Ganzen weiß man von Julie v. Voß sehr wenig, selbst die Memoiren der alten Oberhofmeisterin, so wichtig und so gut sie gerade an dieser Stelle sind, gehen doch nicht sehr in die Charaktertiefe, wenn schon ich andrerseits einräumen muß, daß das Wenige was sie über die Vorgänge im Herzen ihrer Nichte sagt, sehr wahrscheinlich das einzig Richtige ist. Sie hatte weder einen hohen, idealen, dianahaft keuschen Charakter, noch war sie schlau berechnend und mit sanften Mienen intriguirend, – sie war einfach eine hübsche, blonde, etwas skrophulöse, etwas eitle und schließlich auch etwas verliebte Dame, die Tugend und Vortheil zu vereinigen trachtete. Liest man zwischen den Zeilen, so giebt das die alte Tante auch eigentlich zu.

Wegen des Herrn v. Wilke hab ich die Ranglisten seit 1870 durchgesehn. Zur Zeit steht überhaupt kein Herr v. Wilke in der Armee mehr; wohl aber existirt in Berlin ein Lieutnant *außer Dienst* v. Wilke, Templinerstraße 1, zwei Treppen hoch. Dieser könnte es sein, ist mir aber doch nicht wahrscheinlich. ›Templiner-Straße‹ nach dem Wedding hin, klingt sehr kümmerlich. v. Wilke's (mit einem einfachen k) giebt es also in der Armee *nicht* mehr, wohl aber vier oder fünf v. Wil*ck*e's mit einem ck. Die meisten davon sind ganz jung, einer aber ist

Major a. D. und wohnt S. W. Wartenburg-Straße 20 III. Dieser könnte es sein. Dieser Major stand aber nie im Train, sondern war Rittmeister bis 1875 in einem rheinischen Ulanen-Regiment. Allerdings ist *das* möglich, daß er nach 75 noch eine kurze Zeit im Train gestanden und dann seinen Abschied genommen hat. Ich glaube auf *diesen* würde zu regardiren sein. Meine Frau empfiehlt sich Ihnen; Martha reist übermorgen nach Mecklenburg. In dankbarer Ergebenheit, mein gnädigstes Fräulein, Ihr

Th. Fontane.

231. An den Verlag F. A. Brockhaus

Berlin, 5. April 1883
Potsd. Str. 134c

Hochgeehrter Herr.

Empfangen Sie meinen ergebensten Dank für Ihre gef. Antwort auf meinen Brief, den an Sie gerichtet zu haben, ich gleich nach Absendung desselben aufrichtig beklagte. Man erscheint durch solche Schritte leicht zudringlich oder wichtigthuerisch. Ich beglückwünsche mich, durch Ihre Güte solcher Unterstellung entgangen zu sein.

Was den Inhalt meines ersten Briefes angeht, so bitt ich nochmals versichern zu dürfen, daß ich an Dinge wie Richtung, Gesinnung, Tendenz keinen Augenblick gedacht, sondern wirklich nur das Alleräußerlichste: Namen und Zahlen im Sinn gehabt habe. Daß das Alleräußerlichste, gerade bei Nachschlagebüchern, unter Umständen auch das Wichtigste ist, darin sind wir wohl einig.

Es schwebten mir, als ich mir meine Bemerkung zu machen erlaubte, speziell preußische, meist auf die Epoche von 63 bis 66 bezügliche Artikel vor; darüber hinauszugehn, schien mir unthunlich, weil ich kein rechtes Erfahrungsfundament dafür hatte; heut aber, wo ich nicht mehr fürchten darf mißverstanden zu werden, darf ich vielleicht aussprechen, was ich nach meinen, auf einem bloßen Spezialgebiet gemachten Wahrnehmungen auch aufs Ganze hin angesehn recht eigentlich meinte, *das* nämlich, daß die *letzte Durchsicht* in gewissem Sinne die Hauptsache von der ganzen Geschichte ist und daß diese letzte Durchsicht, wenn ein Idealzustand herzustellen wäre, von den allergescheitesten Leuten, insonderheit von den glänzendsten

Spezialisten besorgt werden müßte, von Leuten also, die nicht nur den ersten Artikelschreiber (wenn dieser nicht selber eine Groß-Autorität) unter ihr kritisches Auge zu nehmen, sondern vor allem auch die auf dem langen Wege vom ersten bis zum letzten Abzug erst entstandenen, neu hinzugekommenen Fehler auszumerzen hätten. Für solchen relativ unfehlbaren *Groß-Controleur,* davon jedes Gebiet einen haben müßte, wollt ich plädiert haben. Einfach aus dem Umstande, daß ich mir dies nicht rundweg zu sagen getraute, sind in meinem vorigen Briefe einige Unklarheiten entstanden. – Der 13. Aufl[age] freu ich mich; ich habe hier bei Bath drauf subskribirt. Pardon, für das nochmalige mich Ihnen vorführen.

In vorzüglicher Ergebenheit.

Th. Fontane

232. *An Otto Brahm*

Berlin, 11. April 1883.

Sehr geehrter Herr Doktor.

Habe sehr bedauert, gestern um das Vergnügen Ihres Besuches gekommen zu sein; ich hätte sehr gern ein paar Worte über meine Monstre-Kritik, über den »Essay über Ihren Essay« gesagt, woraus Sie schließen werden, daß ich ein Stück schlechtes Gewissen habe. Wirklich ist es so. Was ich über Kellers Märchenton gesagt habe, der »göttlich-schön« aber gelegentlich auch *sehr* vom Übel ist, *das* kann ich vor Gott und Menschen verantworten, und täuscht mich nicht alles, so sind wir *darin* im Wesentlichen auch einig. Ich habe eigens noch mal die »sieben Legenden« durchgelesen und kann nur wiederholentlich sagen, so bedeutsam und selbst so liebenswürdig sein großes erzählerisches Talent hier auftritt, so ist das Ganze doch »doll«. Eben kellersch schiefgewickelt.

Aber nun *Brahm* und seine kritische Methode! There's the rub! Ich kann freilich nicht zurücknehmen, daß der Modus, nach dem die junge spintisierende Schule verfährt, mir angreifbar erscheint, aber ich habe ein starkes Gefühl davon, daß ich bei diesem Angriff nicht besonders glücklich gewesen bin. Ich habe zwei Punkte besonders betont, erstens daß man von den Dingen, um die sichs handelt, nicht genug erfährt und zweitens daß Sie das Gebe-, Nehme- und Wiedergebe-Prinzip haben. Zu diesen Ausstellungen war ich, von meinem Standpunkt aus, berechtigt, aber was ich, behufs Beweisführung, an *Beispielen* herangeschleppt habe, läßt viel zu wünschen übrig. Dies wollt ich Ihnen gern offen bekannt haben. »Romeo und Julia auf dem Dorfe« bedarf keiner Erklärung oder Inhalts-Auftischung, weil alles was zu wissen not tut, eigentlich schon im Titel steckt, und die hinsichtlich des »Grünen Heinrich« aus Ihrem Essay zitierte Stelle deckt nur ganz notdürftig (man könnte auch sagen kaum) das Bedürfnis. Jedenfalls hat sie durchaus nichts Frappantes. Ich beklage diese Mängel, und bitte Sie schließlich nur davon ausgehn zu wollen, daß sie nicht aus Lust an Bemängelei, sondern aus Angegriffenheit und starker Nervenpleite hervorgegangen sind. Ich arbeitete, als ich vor etwa 6 Wochen den ersten Entwurf der Kritik schnell niederschrieb, nur mit halber Dampfkraft und hatte namentlich eine Scheu vor »Belege-suchen« was mich immer furchtbar angreift, weil man, und wenn man einen ganzen Bogen voll exzerpiert hat, schließlich nie ganz damit zufrieden ist. Aber freilich, es ist ein Unterschied zwischen »nie ganz zufrieden« und »unzufrieden«.

In aufrichtiger Ergebenheit
Ihr
Th. Fontane.

233. An Unbekannt

Berlin 23. April 83.
Potsd. Str. 134.c.

Gnädigste Frau.

Empfangen Sie meinen ergebensten Dank für Ihre freundlichen Zeilen. Daß Sie den Lockungen des »Bär« widerstanden, war nicht gut; seine Honorare sind klein, aber aus manchem Grunde doch acceptabel. Wollen Sie's nicht bei der »Täglichen Rundschau« versuchen? Der Chefredakteur der Posener Zeitung, Carl Fontane, ist mein richtiger Vetter, ein liebenswürdiger Mann, der an der Verkleidung schwerlich Anstoß nehmen wird.

In vorzüglicher Ergebenheit, gnädigste Frau, Ihr

Th. Fontane.

234. An Martha Fontane

Berlin 5. Mai 83. Potsd. Str. 134.c.

Meine liebe Mete.

Während ich diese Zeilen schreibe, dampfst Du wohl nach Schwiggerow zurück, das Du nun in halbem Pfingst- und Taufschmuck vorfinden wirst. Es geht mit diesem Frühjahr wie mit dem Leben überhaupt: man hat sich in allerlei Verzweiflungen hineingesprochen und wenn man schließlich zusieht, sieht es nicht schlechter aus als sonst. Die letzten Rechnungen ähneln sich überall sehr. Wir dachten hier schon an Vereisung event. an Untergang durch Sturm (*wer* sich dieser Anschauung zuneigte, braucht nicht erst versichert zu werden) und jetzt, wo Gott den Schaden besieht, grünen die Bellevue-Straßen-Kastanien um kein Haar schlechter als im vorigen Jahr und sitzen die Paare und Pärchen bei Josty gerade so glücklich und gelangweilt wie früher. Die meisten sehen aus, als trügen sie zu enges Schuhzeug und warteten auf den Moment, wo sie daheim und in bloßen Strümpfen das Glück des Tages vergessen können. Mitunter drängt sich mir die Frage auf, ob Gott wirklich die Menschen quält und ob sie's nicht blos selber sind, die sich das Leben so schwer machen.

Gestern waren wir bei Lessings zu einem wundervollen Diner, trotzdem es nur Familien-Diner war, lauter Lessing's und deren unmittelbarer Anhang, so beispielsweise zwei große schöne Söhne des verstorb. Akademie-Direktors Lessing (des berühmten) in Karlsruhe, so wie das Gude'sche Ehepaar, dessen älteste Tochter auch einen Lessing, den Bildhauer, geheirathet hat. Nach Tisch hatte ich ein langes Gespräch mit beiden Gude's und war in der angenehmen Lage mit meiner neu eingeheimsten Kenntniß norwegischer Literatur, namentlich mit Elster und Alex. Kjelland (der fast wie Kelland ausgesprochen wird, das j hört man kaum) paradiren zu können. Daß ein Gespräch einem den Gefallen thut, gerade *die* Punkte zu berühren, über die man sich kurz vorher informirt hat, ist sehr selten; von Paul Heyse pflegte Fr. Eggers zu sagen: ›mit zu seinen größten Talenten gehört *das*, daß er das Gespräch vorzuschreiben und dann regelmäßig mit *dem* zu brilliren weiß, was er an demselben Vormittag gelesen hat.‹ Frau Gude – *keine* geborene Gräfin Wachtmeister wie ich früher glaubte, sondern eine Baronesse Anker – sagte mir viel Verbindliches über L'Adultera, was mir aufs Neue bestätigte, daß die Geschichte für natürliche und anständige Menschen keine Spur von Bedenklichem enthält; sie nehmen es einfach als *das*, als was ich es gegeben habe: ein Stück Leben, ohne jede Neben-Absicht oder Tendenz. Wär' ich nur 10 Jahre jünger, so wäre ich auch sicher, daß ich damit durchdringen und in *so* weit sogar besser als Turgenjew und Zola (wenn auch selbstverständlich mit geringrem äußerem Erfolge) reussiren würde, als meine Schreibweise von zwei Dingen völlig frei ist: von Uebertreibungen überhaupt und vor allem von Uebertreibungen nach der Seite des Häßlichen ist. Ich bin kein Pessimist, gehe dem Traurigen nicht nach, befleißige mich vielmehr alles in jenen Verhältnissen und Prozentsätzen zu belassen, die das Leben selbst seinen Erscheinungen giebt. – Mit meiner Gesundheit geht es nicht gut; ich kann mich nicht erholen, alles, es sei körperlich oder geistig, wird mir sauer. Sehr wahrscheinlich geh ich schon nach 8 Tagen in den Harz, um endlich wieder arbeitsfähig zu werden, denn in 4½ Monaten keinen Strich, ist etwas zu wenig für einen Hausvorstand und Familienvater. – Frl. v. Rohr war neulich einen Abend bei uns, sehr freundlich und sehr müde; müde Menschen müssen zu Bett gehn; dies ist eine der Ungeheuerlichkeiten, ja Rohheiten unsres gesellschaftlichen Lebens, daß man, wenn man nicht mehr Zipp sagen kann oder Zahnweh oder einen Strom- oder Trompetenschnupfen oder eine furchtbare Migräne hat, immer noch grade gut genug ist, um in Gesellschaft zu gehn. Das ganze, dem Schönheitlichen und Aesthetischen entfremdete Wesen des Germanen spricht sich darin aus; zugleich der krasse Selbstsüchtling. Selbstsüchtigsein ist nicht blos verwerflich, es ist auch häßlich und die wahre Schönheit, die wohlthut und erquickt, ist immer nur bei der Güte, die wenn nicht das Ich zu vergessen, so doch wenigstens das andre Ich zu *sehn* und zu respektiren weiß.

Habt alle ein schönes Tauffest; empfiehl mich der jungen Mutter und allen Wittes und Mengels von diesseits und jenseits der Oder. Wie immer Dein alter

Papa.

235. An Wilhelm Friedrich

Berlin 10. Mai 83.
Potsd. Str. 134. c.

Hochgeehrter Herr.

Empfangen Sie meinen besten Dank für die Zusendung von 500 Mark, die gestern und heut hier eintrafen. Zugleich lassen Sie mich bei dieser Gelegenheit den Wunsch aussprechen, daß die Resultate hinsichtlich Schach's nicht allzu sehr hinter Ihren Erwartungen zurückgeblieben sein mögen.

In vorzüglicher Ergebenheit
Th. Fontane.

236. An Martha Fontane

Berlin 13. Mai 83. Pfingst-Sonntag.

Meine liebe Mete.

Wir haben Pfingsten auf unsre Art gefeiert, speziell *ich*. Bis zu Tisch hab ich eine lange Kritik über Bodenstedts ›Alexander in Korinth‹ geschrieben, ein Stück das Hülsen sonderbarerweise am Pfingstsonnabend als Novität brachte, wo der Berliner mit seiner Sehnsucht bereits in Werder oder Saatwinkel weilt, am Nachmittag aber hab ich mich ins Bett gelegt und mir aus Heyse's neustem Bande ›Buch der Freundschaft‹ eine Novelle: Nino und Maso nach einer sienesischen Chronik vorlesen lassen, die *euch* d. h. Frau Anna, Frau Lise und Fräulein Martha wohl gefallen wird weil sie von der Zauberkunst, der witchcraft einer Madonna Violante handelt, die *mir* aber, trotz meiner Bewunderung der Technik, die gerade hier wieder sehr groß ist, nicht gefallen konnte, weil ich es alles für falsch und namentlich für unendlich prätensiös halte, nur geschrieben zu dem Zweck, um eine dicke oder dünne Juden-Madam an ihre witchcraft und einen Fähnrich oder Studenten an die Verzeihlichkeit der in ihm lodernden ›Leidenschaft‹ glauben zu machen. Denn wer kann schließlich der ›Zauberei‹ widerstehn! Kaum Theo, der uns übermorgen auf 6 Wochen nach Frankfurt a. d. Oder hin verläßt. Lischen und Mama waren heute Vormittag in der Hygiene-Ausstellung, wo unter anderm auch Jung'sche Kümmelbrötchen vor dem Auge des versammelten Volks gebacken und à 5 Pf das Stück verkauft wurden, und Lischen und Friedel sind heute Abend im ›Propheten‹, während Mama und ich in Stille schwelgen.

Du frägst in Deinem letzten Briefe an, ob Du kommen oder

bleiben sollst? Du kannst es damit halten ganz nach Deinem Ermessen; bleibst Du, so ist die Sommerfrage bis auf Weitres damit erledigt, kommst Du aber wieder, so tritt ein Zustand ein, der ein paar Worte erheischt. Und weil es *ruhige* Worte sein müssen, schreibe *ich* statt Mamas. Wenn Du kommst, so freuen wir uns, jeden Tag und jede Stunde, sind aber der Meinung, daß dann nach 3 oder 5 Wochen nicht wieder nach Schwiggerow oder Rostock oder Warnemünde gereist werden kann. Es ist durchaus nöthig, alle diese Dinge auf einen bestimmten Etat zu bringen und hinterher Etats-Ueberschreitungen zu vermeiden. Mit dem berühmten: ›na, *das* hätte sich schließlich auch noch leisten lassen‹ kommt man nicht weit. Im Einzelnen ist es immer richtig, im Ganzen ist es immer falsch. Die Kosten, die durch solches Hin- und Herreisen verursacht werden, sind als Einzel-Ausgabe sehr wohl zu tragen, es ruinirt uns schließlich nicht, ob *ein*mal zehn oder 15 oder selbst 20 Thlr mehr oder weniger ausgegeben werden, aber es ruinirt uns die *Viel*heit der Fälle. Und diese Vielheit ist in einem eminenten Grade da: *ich muß* nach dem Harz um endlich wieder zu Kräften zu kommen, Mama muß sich doch endlich mal wieder statt ihrer gefärbten Loden ein neues Kleid anschaffen, Theo, bei seiner momentanen Uebersiedlung nach Frankfurt, braucht dies und das, Friedel ist eben neu-eingekleidet, George kommt auf 5 Wochen und will doch leidlich verpflegt sein, Du selbst wirst auch Verschiedenes brauchen, – wo soll das alles herkommen, wenn ein alter Herr, dem es ohnehin blutsauer wird, auch noch 4 Monate lang arbeits- will also sagen erwerbsunfähig gewesen ist. Dadurch, daß Dir solche Mittheilungen allemal ein tiefes aesthetisches Unbehagen wecken (woraus ich Dir keinen Vorwurf mache, es geht mir ebenso) *da*durch wird die Situation nicht besser. Es giebt kein andres Mittel, als das alte ›sich nach der Decke strecken‹. Mama und ich haben diese schwere Kunst gelernt und ihr müßt sie auch lernen. Nur dem Siege der Pflicht über die Neigung, nur dem Verzichten-können, nur der Erkenntniß und dem Handeln danach ›*dies* geht noch gerade und *dies* unmittelbar Danebenliegende geht schon nicht mehr‹ nur dieser, ich darf uns beiden das Zeugniß ausstellen, klugen und gewissenhaften Innehaltung bestimmer Normen, verdanken wir es, daß wir ehrlich gelebt, unser Haus ordentlich bestellt und unsre Kinder anständig erzogen haben. Mamas Verdienste nach *dieser* Seite hin sind *sehr* groß; ich hab' es mir sauer werden lassen, aber das Haushalten, das Auskommen mit dem mühvoll und spärlich Erworbenen, ist schwerer und namentlich auch niederdrükkender als das Erwerben selbst. Mama redet zu viel, schießt dann weit über das Ziel hinaus und hat einen schwarzseherischen Zug, der bis zum Undank gegen das ihr Gewordene ausartet und mich oft reizt und verletzt, aber in ihrem Thun ist sie nicht blos von großer Pflichterfüllung, sondern auch von großer Güte, viel gütiger als ich, und namentlich durchaus nicht kleinlich. Ihre Kleinlichkeit, soweit solche sich zeigt, ist nicht etwas ihr Angebornes, sondern immer erst eine Folge von Verstimmung und diese Verstimmung, versteht sich Ausnahmen zugegeben, ist nicht Laune, sondern ein ganz natürliches und oft berechtigtes Produkt von allerlei Störungen, die mitleidlos auf sie eindringen. Sie ist nur darin eine vollkommene Frauennatur, daß sie, *wenn* sich erst mal das Gewölk zusammengezogen hat, keinen Unterschied macht und das Verstimmungs-Unwetter über Gerechte und Ungerechte gleichmäßig niederbrechen läßt. *Da*rin liegt dann oft ein Unrecht und der schuldlos Betroffene mag über Ungerechtigkeit seufzen, aber daß sich das Verstimmungsgewölk überhaupt zusammenzog, das hatte seinen guten Grund und in diesem Grund auch sein Recht. Immer nachgiebig sein, immer Sorgen und Aergernisse lächelnd überwinden, das leistet niemand. Ihr habt alle die Pflicht, dies beständig im Auge zu haben und gerade weil ihr klug seid auch in den sogenannten ›Verstimmungen‹ nach dem guten Grunde derselben zu suchen und diesen Grund möglichst aus dem Wege zu räumen. Ich darf sagen, daß ich mich selbst seit Jahr und Tag nach dieser Seite hin in Zucht und Beobachtung genommen, nach dem Recht des andern gesucht und dies Recht auch gefunden habe.

Von dem ›schwarzseherischen Zuge‹ Mamas hab ich schon gesprochen; sie scheint mir auch diesmal wieder – ich schließe das aus Deinen Antwortsbriefen – nach dieser Seite hin mehr geleistet zu haben, als nöthig. Wir frühstücken immer noch, essen immer noch Mittag- und Abendbrot und können den sogenannten ›Steuermann‹ immer noch bezahlen, wenn er seine zwei Zettel präsentirt. Aber auf daß dies alles weiter geschehen könne, daß alles in Ordnung bleibt, – daraufhin und zu *dem* Zweck ist ein beständiges Aufpassen nöthig und ein stop-sagen an rechter Stelle. Dahin gehört auch die Reise-

Frage, genau so wie man deutlich empfindet: ich kann für die Morcheln oder den Spargel nicht 20 Sgr. ausgeben. Sie *ein*mal auszugeben, wäre von keinem direkten Schaden, aber von Prinzip wegen muß ausgesprochen werden: ›nein, das geht nicht.‹ Die Plötzlichkeit des ›nein‹ wirkt dann wie Willkür, ist es aber nicht.

Grüße Lise, küsse baby, habt frohe Tage. Wie immer Dein alter

Papa.

237. An Bernhard von Lepel

Berlin 28. Mai 1883
Potsd. Str. 134. c

Mein lieber alter Lepel.

Man wird immer klappriger und das Vergessen rückfällig oder gewohnheitsmäßig. Eigentlich nicht das Vergessen sondern das Verwechseln, und das ist das Allerschlimmste; wenn man Moltke sagt, meint man Bismarck und umgekehrt. Mir geht es jetzt so mit Mai und Juni, wenigstens was speziell Deinen Geburtstag angeht. Es ist noch keine Woche, daß ich mir zuredete: »vergiß auch, wenn Du in Thale bist (wohin ich Ende dieser Woche abgehe) nicht Lepels Geburtstag« und mit diesem Merk und dieser Kerbe war das Verhängniß schon besiegelt.

Was wünsch' ich Dir noch post festum? Nun, vor allem nie post festum zu kommen an dem Tische, wo die Glücksnummern, die Gewinne vertheilt werden. Was diese Gewinne noch für uns sind? nach *meinem* Geschmacke Ruhe, keine Menschen, wenig Arbeit, – Schlaf, ungestörte Betrachtung und dito Verdauung. Ich glaube, Du thust es nicht ganz so billig, und auch das Plus wollen Dir die Götter in Gnaden bescheiden.

Letzten Sonnabend hatten wir einen anmuthigen Rütli-Nachmittag bei Barkhusen; nur noch Zöllner und Lazarus zugegen und eine lange Diskussion über das »Schadow u. Rauch-Buch« das K. Eggers geschrieben hat. Aber solche Rütlis sind sehr selten geworden, alles steht auf dem Aussterbe-Etat, nicht zum Wenigsten das hohe Rütli. Meine Frau vereinigt ihre Glückwünsche mit den meinigen; empfiehl mich der Deinen angelegentlichst. In alter Freundschaft

Dein
Th. Fontane.

238. An Paul Heyse

Berlin, 5. Juni 1883
Potsd. Str. 134.c.

Lieber Paul.

Ich schicke Dir beiliegend zwei Ausschnitte, die mir »Ludchen« (Ludovica Hesekiel) heut Nachmittag hat zugehn lassen.

Ich denke mir, daß es ausreichen wird; in dem verhältnismäßig längren Artikel von Diezmann ist manches ganz gut, namentlich auf S. 152 und der Schluß. Daß sein (Hesekiels) Royalismus nicht prätentiös gewesen sei und anders Denkende nie beleidigt habe, ist eine sehr gute und sehr zutreffende Bemerkung. Der Zeichner und Maler Scholz vom Kladderadatsch sagte hier mal in einer humoristischen Festrede: »Meine Herrn, vergessen wir nicht, vor Gott sind wir alle Berliner.« Dieser Satz läßt sich auch, die schwärzesten Reactionäre mit eingerechnet, wenigstens in Preußen dahin modeln: »vor Gott sind wir alle *liberal.*« Solche Dunkelmänner, wie sie mitunter in Romanen vorkommen und die nicht Kinder, sondern Väter der Nacht zu sein scheinen, sind mir im Leben nicht vorgekommen; jedenfalls aber gehörte Hesekiel ihnen nicht zu.

Das Meyer'sche Schriftsteller-Lexikon enthält auch einen kleinen Artikel über H., ausreichend und dumm wie alles, was in diesem Buche steht.

Mit H. Smidt wird es wohl mißlich werden, trotzdem ich mich des Hans Kugler'schen Satzes entsinne, der, gefragt, *welchen* Roman von H. Smidt er sich zu Weihnachten wünsche, mit einer Art Unwillen antwortete: »Ach, was; von Herrn Smidten is *alles* schön.«

Ludchen verspricht viel, es wird aber nie was draus, und so möcht' ich Dir vorschlagen: Du schriebest an eine der Firmen, wo seine Sachen erschienen sind, z. B. die Devrient-Novellen. Empfiehl mich Deinen Damen.

Wie immer Dein Th. Fontane.

Donnerstag früh reise ich in den Harz. Meine Adresse ist dort: Thale a/H, Hubertusbad.

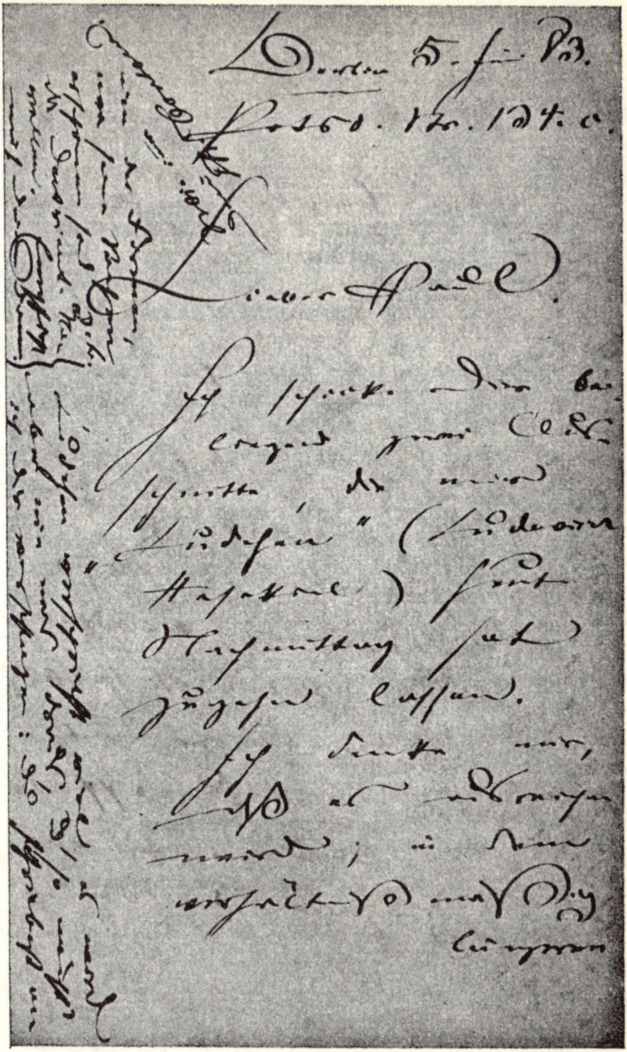

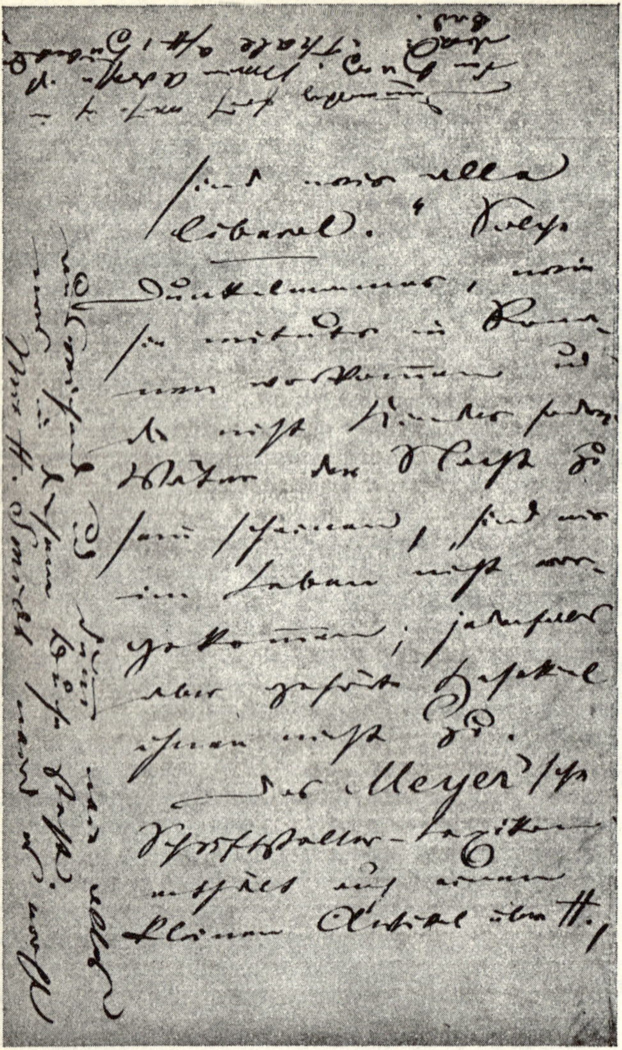

An Paul Heyse, 5. Juni 1883 (vgl. Nr. 238, S. 248), 1. und letzte Seite.

239. An Emilie Fontane

Thale a./H. 8. Juni 83. Hubertusbad.

Liebe Frau.

Das 3000 Mark Packet ist heute früh gesund hier eingetroffen; sei bedankt und Friedel auch.

Es geht mir gut.

Ich lebe hier eigentlich wie im Himmel, und wenn es so fortgeht, hab ich alle Ursach der Familie Hertz sehr dankbar zu sein. Die Veranda des Hauses in dem ich wohne, ist in den Park hineingebaut und auf eben dieser sitz' ich von 8 Uhr früh bis um 2 Uhr. Dann Diner in der Veranda des mir gegenübergelegenen eigentlichen Hôtels, Kaffe, Plauderei bis 6. Dann wieder zu mir, wo nun eine der vielen *Um*kleidungen, aus denen sich auch hier mein Leben zusammensetzt, vorgenommen wird. Zeitung; Brief geschrieben; auf den Bahnhof, wo ich den Zug abgehen sehe. Gestern eine Schule, 120 kl. Mädchen von zwölf bis sieben Jahr. Studie für einen Novellisten. Nach Rückkehr von meiner Promenade begann ich gestern Zola zu lesen; ich werde wohl über einen Band nicht hinauskommen, oder vielleicht les' ich auch alle Bände aber von jedem nur zwei, drei oder vier Kapitel (die Kapitel sind *sehr* lang, mitunter 50 Seiten, also sagen wir *zwei* Kapitel.) Als Mann von Fach interessirt mich die Sache sehr, aber von Bewunderung keine Rede. Solche Arbeit wie die ›Grenzen der Menschheit‹ von Heyse ist reine klassische Kunstblüthe daneben. Die Vorrede zu La fortune des Rougon ist Unsinn und Anmaßung, also schließlich der reine Mumpitz. Nun kommt das 1. Kapitel. Was hierin erzählerisches Talent ist, erkenn ich gern an, – manches (aber auch nur manches) ist scharf beobachtet, die Darstellung lebhaft, farbenreich, fesselnd, aber nichts destoweniger alles nur Schmöker. Höchster oder auch nur hoher Schmöker sein, ist vielleicht das Roman-Ideal, aber mittlerer Schmöker mit ein paar Spitzen ist mir nicht genug. Er erinnert mich beständig an Gödsche: Sebastopol, Nena Sahib etc. Es wimmelt von Fehlern, Wuscheleien, Ungehörigkeiten und Unsinnigkeiten, lesbar, auch für unserein, aber ohne *Kunst* und ohne Bildung. Er *thut* gebildet, ist es aber nicht.

Heute von 8 bis 2 hab ich sehr fleißig gearbeitet: einen ganzen Aufsatz geschrieben; morgen will ich dem Packet den Bauch aufschneiden und irgendein Kapitel vornehmen, auch vielleicht noch eine Kritik über das eine oder andre der sonderbaren Bücher schreiben, die ich mit hierhergenommen habe. – Vor einer Stunde erhielt ich einen sehr liebenswürdigen Brief von Paul Heyse aus München, ich schick ihn Dir, wenn ich drauf geantwortet haben werde. Erinnre mich zur rechten Zeit, damit ich Heydens Geburtstag nicht vergesse, – eine Beschreibung über das Fest beim Herzog v. Ratibor hab' ich eben gelesen und zwar in der ›Post‹ die hier Leib- und Magenblatt ist, so daß ich dies nie von mir gelesene Blatt hier kennenlernen werde. Gesehn u. geplaudert hab' ich hier schon sehr viel, bei der grenzenlosen Vereinsamung in der ich lebe und die ich *für Alltags* weder ändern kann noch will, ist mir diese Auffrischung zu gönnen. Grüße allerseits. Wie immer Dein

Th. F.

240. An Paul Heyse

Thale a. H., 11. Juni 1883
Hubertusbad

Lieber Paul.

Habe Dank für Deine freundlichen Zeilen vom 7., die ersten, die ich hier empfing.

Noch in den letzten Tagen in Berlin erhielt ich wiederholentlich von »Ludchen« die Zusage, »sie werde das H.-Smidt-Material beschaffen«, ich kenne sie aber zu gut, um das Geringste davon zu erwarten. Sie kann nie »nein« sagen und das »Ja« hinterher nie leisten, ist überhaupt eine Huschel-Lise, die das Erfinden mehr im Leben als in der Kunst übt. Charakteristisch für sie ist ein Gespräch, das sie vor Jahresfrist mit meinem ältesten Sohne, dem bekannten »Glücklich, Papa«, über G. Keller führte.

George: Keller ist doch mit der Beste.

Ludchen: Nu ja. Wenigstens *eine* Novelle hat er geschrieben, die sich sehen lassen kann.

George: Welche?

Ludchen: »Die Leute von Seldwyla«.

In dieser Geschichte leibt und lebt sie, tapfer drauflos, nur keine Antwort schuldig bleiben, der andre wird es wohl auch nicht wissen.

Ich denke mir übrigens, daß Du mit Hülfe von Öttingers

»Moniteur des Dates« und einem Buchhändlerkatalog, der Smidts Sachen namhaft macht, leicht eine biogr. Skizze zusammenstellen kannst. Er war Seemann (ich glaube, in Altona geboren), kam Ende der 20er Jahre nach Berlin, denn er erlebte noch die letzten Tage von Ludw. Devrient, schrieb Novellen u. Gedichte für Berliner Blätter, namentlich wohl für den »Gesellschafter«, trat in den Tunnel und war 30 Jahre lang Mitglied, nachdem er 1850 oder 52 Erster Bibliothekar im Kriegsministerium geworden war, Scherenberg gleich darauf Zweiter. Diese gemeinschaftliche Bibliothekarschaft, in deren Schrecknisse mich Scherenberg damals einweihte, ist das Niedrigste, ja ich muß den Berolinismus gebrauchen, das Ruppigste, was ich in meinem langen Leben von Schriftstellertum und Spezialkollegenschaft kennengelernt habe. Scherenberg, der viel aushalten konnte, hielt es doch nur ein Jahr aus. In einer Scherenberg-Biographie werd ich nächsten Winter die Details erzählen. Übrigens glaub ich, daß es 2 Personen gibt, mit deren Hülfe Du sofort ein curriculum vitae, wie's die preuß. Behörden ja immer fordern, erhalten könntest: General Baeyer und der bayr. Militärbevollmächtigte. Der eine oder andre brauchte nur zu schreiben, so würde man in den Kriegsministerial-Akten nachschlagen und den Lebenslauf wahrscheinlich finden.

Und nun noch »welche Novelle«? Ich denke mir »Grete Minde«, doch ist mir auch jede andre Wahl recht. Daß das eigne Dispositionsrecht, für Fälle, die doch wenigstens mal kommen könnten, nicht tangiert wird, nehm ich an. Meine so sehr kl. Erfolge sind Ursach, daß ich von all solchen Dingen nichts weiß; in Kursfragen sind nur *die* bewandert, die Wertpapiere haben. Was soll mir dergleichen?

In der letzten Nummer des »Magazins« war eine Besprechung Deines »Buches der Freundschaft« von Hans Wachenhusen. Ich hatte dabei so ziemlich denselben Eindruck wie bei der Besprechung in der »Gegenwart«. Unsrer modernen Kritik ist ganz das Unterscheidungsvermögen für die verschiednen *Stände* verlorengegangen. Égalité, fraternité! »Frère cochon«, pflegte [?] Fournier, der berühmte Ohrfeigen-Fournier, zu sagen. Ob *Du* schreibst oder Hans Wachenhusen oder Mützelburg oder der sel. Goedsche (Sir John Retcliffe), macht gar keinen Unterschied. Jedem wird ungefähr dasselbe Maß von Lob und Tadel zugemessen. Die Verrohung macht Riesenfortschritte. Dieser traurige Zustand ist natürlich durch vieles bedingt, am meisten aber vielleicht *da*durch, daß sich die sogenannten Gebildeten und am meisten die staatlich Offiziösen aller Arten und Grade grundsätzlich von diesen Dingen fernhalten und dadurch selber in einen so niedrigen Zustand hineingeraten sind, daß mir das Urteil einer kleinen niedlichen Nähmamsell immer noch lieber ist als das eines Geheimrats oder Unterstaatssekretärs. All diese quatschen nur noch und geben ihren Hochmuts-Unsinn für höhere Weisheit aus. In der Regel schließen sie dann mit einem Alltagszitat aus Horaz oder Dante, um zu zeigen, *wie* hoch drüber sie stehn. In alter Freundschaft Dein

Th. Fontane

241. An Emilie Fontane

Thale a. H. 12. Juni 83. Hubertusbad.

Liebe Frau.

Es geht mir seit heute wieder besser, Thee und Hungerkur haben ihre Schuldigkeit gethan.

Ueber Theo's Brief hab' ich mich sehr gefreut, er ist unterhaltlich, liebenswürdig, natürlich, – das Letztre ist immer die Hauptsache. Ja die ›kleine Welt‹. Hier in Thale liegen die Dinge zwar nie so, weder diesmal noch sonst, aber das ist Täuschung, es fehlt nur der Ule, der mit einem Male die große Verbindung herstellt. Die Festnummer der ›Fliegenden Blätter‹ mag sehr witzig sein, man kann aber als Uneingeweihter nicht recht folgen; im Ganzen möcht' ich die Vermuthung aussprechen: ein undankbares Geschäft – große Kosten, große Mühe und wenig Wirkung. Vielleicht irr' ich aber. Wenn Theo an Martha schreibt, wär' es wünschenswerth, er berührte den wunden Punkt *nicht*, es hilft zu gar nichts und verstimmt blos. So was muß auf eignem Mist wachsen; wenn die Einsicht *da* nicht kommt, kommt sie überhaupt nicht.

In meinem Leben hier hat sich nichts verändert; vier Stunden arbeite ich, dann zu Tisch, dann plaudern, dann lesen, dann Spatziergang, dann Thee. Heut bin ich von der Veranda wieder in die Stube gezogen, – es war doch *zu* kalt.

Hat denn Hptm. v. Kalckstein nicht geantwortet? Etwas sonderbar. An Heyden hab' ich gestern geschrieben, schicke den Brief aber heut erst ab; hoffentlich hast Du morgen einen angenehmen Tag. Mit Zola rück' ich jetzt rascher vorwärts, weil die Fehler, die mir anfangs haarsträubend erschienen, fast ganz verschwinden; die zuletzt gelesenen Kapitel sind wie die mir bekannten aus ›L'assommoir‹, gewandt, unterhaltlich, oft witzig und erheiternd, alles in allem aber doch eine traurige Welt. Darauf leg' ich indeß kein großes Gewicht, das ist Anschauungs- nicht Kunstsache. In Anschauungen bin ich sehr tolerant, aber Kunst ist Kunst. Da versteh ich keinen Spaß. Wer nicht selber Künstler ist, dreht natürlich den Spieß um und betont Anschauung, Gesinnung, Tendenz.

Ich spreche hier sehr viel, nehme aber doch wieder wahr, daß ich ein weitaus besserer Hörer als Sprecher bin. Der alte Sieben spricht erheblich mehr als ich und der Schwiegersohn *viel* mehr als ich; da hör' ich denn zu und erfahre hier mehr von Berlin als in Berlin selbst.

Lege doch in Deinen nächsten Brief eine Nähnadel mit einem schwarzen Zwirn- oder Seidenfaden ein, aber erst in eine Kapsel gesteckt; alle modernen Hosennähte sind nur geheftet und haben die Eigenthümlichkeit immer an den bedenklichsten Stellen zu reißen, wo Hülfe ebenso nöthig wie schwierig ist. Denn gerade mit Rücksicht auf die Stelle, kann man sich nicht vertraulich an ein kleines rothköpfiges Dienstmädchen wenden. Es wäre schon fast wie Antrag. Soll ich Theo's Brief wieder zurückschicken? Gruß an Friedel und Tilla. Wie immer Dein alter

Theo.

242. An Emile Fontane

Thale a. H. 15. Juni 83. Hubertusbad.

Liebe Frau.

Besten Dank, auch für das was Du ohne Noth als ›Quatsch‹ bezeichnest, es ist alles ganz verständig und wahrscheinlich, mit einigen Einschränkungen, auch richtig. Ich kann liebevollen Tadel sehr gut vertragen, ja er braucht noch nicht mal liebevoll (wie es der Deine ist) zu sein; nur Tadel der nicht blos unliebevoll, sondern auch unverständnißvoll und eigentlich unehrlich ist, *den* kann ich nicht vertragen, am wenigsten dann, wenn er sich auch noch mit Anmaßung oder doch wenigstens mit Ueberlegenheits-Allüren paart. Ueberlegenheit: Wer hat *die?* Die ganz Wenigen, die sie vielleicht haben dürften, die wissen wie schwer Kunst ist und machen, im Letzten und Innersten bescheiden, keinen Gebrauch davon. Ich habe jetzt den ersten Band Zola durch. Hundert Tollheiten, Unsinnigkeiten, Widersprüche hab' ich notirt, dabei ist das Ganze seinem Geist und Wesen nach tief anfechtbar (*nicht* vom Moral-Standpunkt aus) und doch bin ich voll Anerkennung und vielfach auch voll Bewunderung. Wenn mich einer *so* tadeln wollte, wie ich Zola tadle, so wollt' ich ihm den Droschkenschlag aufmachen. Die Hand ihm küssen, ist mir, bei der Unsicherheit der Hände, um einen Grad zu viel. Einiges von Deinen Ausstellungen wird sich erledigen, aber nicht viel. Egon und Franziskas Verhältniß spukt schon in den ersten 12 Kapiteln stark vor; er macht sich nicht viel aus ihr, aber sie liebt *ihn* vom ersten Augenblick an, was sich darin zeigt (und dies ist durch die ganze Arbeit durchgeführt) daß sie in seiner Gegenwart immer nervös ist und sofort in eine pointirte, halb leidenschaftliche Sprechweise verfällt. Im Uebrigen weiß ich sehr wohl, daß ich kein Meister der Liebesgeschichte bin; keine Kunst kann ersetzen, was einem von Grund aus fehlt. Daß ich aber den Stormschen ›Bibber‹ *nicht* habe, das ist mein Stolz und meine Freude: Storm ist ein kränkliches Männchen und ich bin gesund trotz meiner äußren Kränklichkeiten. ›Her‹ und ›hin‹, ›wurd'‹ etc. das sind Bagatellen. Alles hängt natürlich an den Charakteren Franziskas und des alten Grafen; Du stellst Dich zu Beiden nicht richtig, was aber freilich partiell wenigstens meine Schuld sein mag. Im Ganzen schilderst Du den Charakter F.'s richtig, *aber so soll sie sein.* Und was den alten Grafen angeht, so will er nichts als unter ›Beobachtung aller Dehors‹ eine geistreiche pikante Person um sich haben. Er berechnet nicht klug genug, daß dies seinem im Ehrenpunkte schließlich doch sehr diffizilen Charakter gegenüber, auf die Dauer nicht geht, und *an diesem Rechenfehler geht er zu Grunde.* Einen Tugendspiegel heirathen zu wollen, davon ist er weit ab. Du sagst ›Du seiest großes Publikum‹, dies aber drückt Deine Stellung solchen Dingen gegenüber doch nicht scharf genug aus. ›Großes Publikum‹ bist Du *des*halb nicht, weil Du en détail einen sehr feinen künstlerischen Sinn hast, aber Du bist allerdings wie die meisten Frauen eine conventionelle Natur. Im Leben ist dies ein Glück, aber zu Beurtheilung von Kunstwerken, deren Zweck und Ziel ist, sich *über das Conventionelle zu er-*

heben, zur Beurtheilung solcher Kunstwerke reicht natürlich der Conventionalismus nicht aus. Er ist das Gegentheil ihrer selbst. So richtig Du alles verstanden hast, so seh ich doch, daß Du meinen Intentionen gar nicht gefolgt bist und nicht blos die Geschichte, sondern auch die beiden Hauptpersonen mit einer der landläufigen Novellenliteratur entnommenen Alltags-Elle ausmißt. Natürlich werden das die *andern* Leser erst recht thun. Du wirst es aber begreiflich finden, wenn ich sage, daß dies gar keinen Eindruck auf mich machen kann; das Kunst- und Erkenntniß-Vermögen jener ›andren‹ (the Million) liegt eben weit hinter mir. Leider bin ich äußerlich nicht in der Lage, dies alles vornehm leicht nehmen zu dürfen, aber wenn ich nur noch 7 Jahre lebe, was doch möglich, so werd' ich *doch* durchdringen. In einigen Köpfen fängt es bereits an zu tagen.

Marthas Brief ist sehr nett; ich freue mich auch aufrichtig, daß beide Freundinnen ihre Einsamkeitstage so nett unterbrochen sehn. Aber Wildunger soll sie nur weiter trinken; das wirkt immer erst nach. – An Frau v. H. hab ich eben geschrieben; wenn es irgendwie paßt, so sag' ihr doch, sie sollte mir nicht antworten. ›*Eine* boucle ist genug.‹ Es genügt, wenn *er* eine Zeile schreibt. Braucht aber auch nicht. Daß der Geburtstag so hübsch war, hat mich gefreut. Aber ›Hausmachen‹ ist nicht immer so nett. Gruß euch allen. Wie immer Dein

Th. F.

243. An Theodor Fontane (Sohn)

Thale a. H., d. 21. Juni 1883.

Mein lieber, alter Theo.

Habe Dank für Deinen langen und liebenswürdigen Brief, der vorgestern hier eintraf und noch am selben Tage die halbe rückläufige Bewegung nach Berlin hin machte. Wie sich von selbst versteht, wird Dir Mama die gewünschte kleine Summe schicken; wir wissen ja, daß Du nicht »zu den jungen Leuten aus der Potsdamer Aristokratie gehörst«, deren einer, wie ich eben im Börsen-Courier gelesen habe, 400000 Mk. an einem Abend an Herrn »Kaufmann Reuter« verspielt hat. Und doch könnte man sich beinah' wünschen, solchen Sohn zu haben; denn über welch' Portemonnaie muß der Vater verfügen, dessen Sohn 400000 Mark an einem Abend verspielen kann!

Einige Punkte in Deinem Briefe haben mich ganz besonders amüsiert, »der vorzeitige Storch« und daß »ihr an Stelle Friedrichs des Großen die Kunersdorfer Schlacht gewonnen hättet«. In diesem scherzhaft zugespitzten Satze liegt viel Wahrheit; denn eigentlich ist das der Standpunkt, den jeder Nachgeborne, der Klügste und der Dümmste, mit rührender Naivetät einnimmt. Warum machte Luther die Reformation? Warum wurde der 30jährige Krieg nicht vermieden? Warum führte Schiller-Goethe die deutsche Literatur auf Abwege? Wir wissen jetzt ganz genau, daß man das alles viel klüger hätte anfangen müssen. Aber nach 50 Jahren! Dann werden wir angeschrieben. Du wirst vielleicht noch lesen, daß Bismarck ein Cretin gewesen sei.

Daß Du auch an Deinem neuen Wohnorte wieder »Liebling« bist, habe ich gern vernommen. Es muß Dir also durchaus 'wo sitzen (auch der Brauereibesitzer und Reserve-Hauptmann oder Premierleutnant *Goldschmidt* schwärmte mir neulich zum zweiten Male etwas von Dir vor), und Du magst Dich nachgerade überzeugt halten, daß Mama und ich uns dieser Deiner Triumphe mitfreuen, wenn Du auch nicht so nach unserm Geschmack bist, daß wir uns in diesem hochgradigen Enthusiasmus andrer zurechtfinden oder ihn übertrumpfen können. Vielleicht liegt es darin, daß wir uns beide (Mama und ich) einen Idealjüngling zurechtmachen, der (darin ist Mama besonders groß) alle Tugenden in sich vereinigt, anstatt den Maßstab aus der Welt der Wirklichkeiten zu nehmen. Übrigens entscheidet auch auf diesem Gebiete der Erfolg, und bringst Du »als Krönung des Gebäudes[«] auch noch eine reizende Schwiegertochter ins Haus, so garantier' ich Dir Mamas völlige Unterwerfung. Und ich humple dann nach.

Ergeh' es Dir gut, mein alter Kerl, und sei der Abschluß in Frankfurt so gut wie der Anfang. Wie immer Dein alter

Papa.

244. An Emilie Fontane

Thale a. H. 22. Juni 83. Hubertusbad.

Liebe Frau.

Die Familiencorrespondenz à quatre und zufällig auch nach allen 4 Seiten der Windrose hin, muß freilich etwas Verwirrendes haben, – schließlich aber ist es kein Unglück wenn man eine Sache 2 mal erfährt.

Du schreibst befriedigt über die verhältnißmäßig viele Zeit, die Dir jetzt zur Verfügung steht und schiebst es auf meine Unpünktlichkeit oder doch auf meine sonderbare Tages-Eintheilung. Ich glaube, daß es Dir dabei wie so oft geht: Du hast ein richtiges Gefühl oder machst eine richtige Beobachtung, und nur in der Motivirung oder Erklärung bist Du nicht glücklich. Daß ich um 3 und um 10 esse, kann wirthschaftlich unbequem sein, frißt aber Deine Zeit nicht weg. Daß diese doch mitunter weggefressen wird, liegt einfach darin, daß ich vielfach Anliegen an Dich habe, die natürlich wegfallen, wenn ich nicht da bin. ›Bitte, besorge mir das‹, ›bitte, mache doch den Besuch‹, ›bitte, lies mir doch was vor‹, ›bitte, schreibe mir doch was ab‹, – so geht das oft tagelang; das ist aber nicht Unpünktlichkeit. Ich *bin* unpünktlich, aber bei dem stillen, zurückgezogenen Leben, das wir seit Jahren führen, spielt die Unpünktlichkeit keine Rolle. Sie kann sich einfach nicht zeigen.

Marthas Brief und Karten sind wieder vorzüglich; sie hat ein ganz entschiednes schriftstellerisches Talent, beobachtet scharf, ist geistvoll und hat für alles einen natürlichen Ausdruck. Sie thut mir leid; wäre sie als reiche Dame geboren, so wäre sie tadellos, so aber fehlt ihr doch das zu Leben und Glück Unerläßliche: die gegebene Situation einfach zu begreifen. Jedes Land, jede Gesellschaft, jedes Lebensalter, jedes Verhältniß, jedes Portemonnaie, fordert ein ganz bestimmtes Benehmen und die jedesmal entsprechende Haltung zu treffen, ist die recht eigentliche Lebens-Klugheit. Ein Officier, der Anno 70 gleichzeitig mit mir gefangen war, fuhr in Limoges, wo man ihn internirt hatte, viere lang. Endlich mußt' er sich sagen lassen ›das sei unpassend; ein Gefangener sei eben ein Gefangener und nicht Sportsman.‹ Der junge Bleichroeder darf Mitglied vom Jockei-Club sein, der junge Fontane nicht. Was ich an Martha beklage, ist das, daß ihr diese simpelste Lebensweisheit nicht aufgegangen ist. Die Kleinheit unseres Lebenszuschnitts ist ihr unerträglich, und wenn ich mich in diesem Gefühl auch noch einigermaßen zurecht finden kann, so doch nicht in der Art, wie sich dies Gefühl in Scene setzt. Ich vermisse darin ein ruhiges Erkennen dessen, was *die Pflicht fordert.* Hätte sie dies Erkennen, so würde sich auch ihr Handeln danach modeln. Sie hat sich einfach in den Kopf gesetzt ›Dame zu sein‹, ohne sich zu fragen, ob das so ohne Weitres geht. Dame *bleiben*, kann man immer, aber Dame *spielen* ist von den äußren Verhältnissen abhängig, die man nicht immer in der Hand hat. Es fällt mir nicht ein, in ihrer Handelweise etwas ändern zu wollen, im Gegentheil, ich freue mich von Herzen ihrer guten Tage, was ich vermisse, ist das Zeigen – auch für die Zukunft – eines ächten, zuverlässigen *guten Willens*. Uebrigens hängt alles im Leben an einem seidnen Faden, und ein höhrer Wille spottet jeden Augenblick unsrer Betrachtung und Berechnung. Pickt sie irgendwo in Mecklenburg einen reputirlichen Mann auf, der ihr jeden Tag Weingelée vorsetzen kann, so hat *sie* Recht gehabt. Man verzapft so gut man kann seine väterliche Weisheit und schließlich ist doch auch diese belämmert.

Deine Mittheilungen über Scherz haben mich sehr interessirt; wenn die Einladung nicht blos Redensart war, so kann George sie annehmen. Schließlich ist es doch immer noch unterhaltlicher und namentlich standesgemäßer als bei der kleinen Bourgeoise in F. – Morgen über 8 Tage will ich reisen; ich denke, daß mir der Aufenthalt gut gethan und mir wenigstens die Kräfte gegeben hat, in Berlin 3 Wochen lang stramm arbeiten zu können. In der Nordernei will ich dann meine neue Novelle schreiben. Heydens Brief erinnert stellenweis an den von George. Wie immer

Dein Th. F.

245. *An Emilie Fontane*

Thale a. H. 23. Juni 83. Hubertusbad.

Liebe Frau.

Heute früh kam die beiliegende Karte. Mir ist es sehr lieb, der Einladung nach Glienicke hin entgangen zu sein. Ich träumte so was von einem Marquis Posa, habe mich nun aber überzeugt, daß es all diesen Herrn nicht an Offenheit, Freiheit, Anregung, sondern nur an Lobposaunung und Liebedienerei liegt, und dazu bin ich nicht da. Dazu höchstens ›Rittmeister-Rang‹ ist mir auch zu wenig. Uebrigens laß ich die ganze Geschichte als eine interessante und lehrreiche Episode in meinem Leben gelten.

Gleichmäßig verlaufen hier die Tage. Die Plaudereien mit dem alten Sieben haben einen gewissen Werth für mich, weil sie mir einen Einblick in die eigentlichen Berliner Bourgeoiskreise gönnen, die doch wieder sehr anders sind als die Kaufmanns- und Banquierkreise, wobei ich noch gar nicht an Bleichroeder denke. Die Leute, von denen er mir erzählt, sind Schlächter, Brauer, Bäcker, Conditoren, Hôteliers, Restaurateure. Dann wird mir immer wieder ein Wort lebendig, das vor gerade 36 Jahren der Apotheker Jung als ich in sein Geschäft eintrat, zu mir sagte: ›Sie treffen hier ein andres Publikum; keine Geheimräthe; Gott sei Dank.‹ Er hatte Recht und Unrecht, und bis diese Stunde weiß ich nicht, wofür ich mich entscheiden soll. Wäre der Beamte nicht so kümmerlich und wäre der Bourgeois nicht so protzig, engherzig und ungebildet, so würd' ich sagen, einer ist so gut wie der andre. So kann ich nur sagen: einer so schlecht wie der andre. Leute wie Witte laß ich mir gefallen und Leute wie den Geh. Justizrath Hertz (Bruder des Buchhändlers) auch. Aber der Pfefferküchler Hildebrandt ist mir zu wenig und der alte Geheimrath Jacobi sammt Mutterchen, mit denen ich hier lebe, auch. Sie wirken alle wie kleine Lehrersleute aus Kyritz oder Pyritz.

So still die Tage hier vergehn, so hat diese stille Welt doch auch ihre Aufregungen. Heute Nachmittag hat sich unser nächster Hubertusbader Nachbar Dr. Jahn erschossen. Du entsinnst Dich des ›verwunschenen Schlosses‹ im Walde, mit wildem Wein und Papagei-Volière, – es sah aus, als ob Frieden und Poesie ihr Heim darin haben müßten. Und wie war es? Welche furchtbaren Dinge haben sich seit Jahren darin abgespielt? Sie, die Frau, war reich; ihr erster Mann starb und bald nach dem Tode heirathete sie diesen Jahn, einen strammen Hauslehrer ihres einzigen Sohnes. Das ist nun zehn, zwölf Jahre her. Von seiner Frau Gelde kaufte er sich den Doktortitel, der Sohn kam in Pension, sie (bald elend werdend und viel älter als er) langte bald bei Morphium-Einspritzungen an, während er den Lebemann, den Süffel und den Lüderjahn spielte. So weit das Geld nicht fest gemacht war durch die Vormünder des Jungen, hat er alles verkriescht und sich in den letzten Wochen auch noch eine Scheidungsklage wegen Ehebruch zugezogen. Erfolgte die Scheidung, so war er ein Bettler. Er machte sich dies klar, hat diese ganze Nacht noch durchgekneipt und heute Nachmittag der Tragikomödie ein Ende gemacht. Wie viel Schreckliches muß in dem ›Märchenhause‹ vorausgegangen sein! Wenn ich etwas ganz in Rosen und Vergißmeinnicht liegen sehe, wird mir schon immer angst und bange. Da doch lieber niedrige Stuben und einen schiefgebauten Ofen. – Habe morgen in unserm Bourgeoishause einen möglichst angenehmen Tag und erkälte Dich nicht auf dem zugigen Balkon. *So* schön ist die Koepnicker-Straße nicht. Ergeh es Dir gut, grüße Friedel u. Tilla. Wie immer Dein alter

Th. F.

246. An Emilie Fontane

Thale a. H. 25. Juni 83. Hubertusbad.

Liebe Frau.

Dein lieber Brief, der heute kam, war ja eine förmliche Leistung. Daß Du so viele Besuche machst, ist mir äußerst angenehm, erstens zerstreut es Dich und regt Dich an, zweitens ist es auch klug und weise. ›Wer sich der Einsamkeit ergiebt, Ach, der ist bald allein.‹ Zuletzt kann die Menschheit immer eher ohne den Einen, als der Eine ohne die Menschheit fertig werden. Das mit Müller-Grote hat ein bischen was Aengstliches, er verbohrt sich entweder (persönliche Gefahr) oder steckt sich in zu vieles hinein (geschäftliche Gefahr). Sprich aber darüber zu niemand; dergleichen wird dann aufgebauscht und schadet. Daß Du den Sonnabend Abend zu Noville's *nicht* gingst, war recht gut; ›eine Boucle ist genug‹, – jetzt Lieblingscitat, wie Du bemerkt haben wirst. Sehr lieb war mir's auch von Deiner Begegnung mit Zöllners zu lesen; ich glaube zwar in dem betr. Punkt noch *viel* mehr Recht zu haben als ich auszusprechen wage, dennoch muß um vieles Lieben und Guten willen, die Sache von der denkbar mildesten Seite her angesehn werden. Den Sonntag Mittag hast Du nun hinter Dir; ich bin neugierig davon zu hören; hoffentlich hast Du gute Eindrücke gehabt und nicht zu kleine Stücke. Das Lob der Desteuque über Martha kann mich nicht verwundern; es hat alles seine Richtigkeit. Dringt sie mit ihrer Art durch (was sehr gut möglich ist) so hat *sie* Recht gehabt. Alle Weisheit ist nur so lange weise, bis sie widerlegt wird. Gleichzeitig mit Deinem Briefe kam auch ein Briefchen von Frau v. Heyden. Wenn Du sie noch siehst, so sag ihr, daß mich so viel Güte beschämte. Die ganze Türckheim-Geschichte – heute stand der bewilligte Abschied in der Zeitung – ist dunkel; was Du darüber schreibst, verdunkelt es noch mehr. Schack ist ein ganz feiner Dichter, Schule Platen, alles tüchtig, durchdacht, gefeilt, korrekt, wirklicher Künstler, – es fehlt ihm nur eins: Kraft, und weil er keine Kraft hat, ist alles nur gemacht, aber nicht gezeugt. Nichts hat Originalität und *bestimmte* Dichterphysiognomie; alles was er schreibt, könnte auch ein andrer gemacht haben. Vergleiche damit Lenau, den man auf 500 Schritt erkennt.

Meine Tage vergehen hier in alter Weise. Wenn Du mich sähst, würdest Du erstaunt sein über meine Schwatzhaftigkeit, vielleicht ist es des Guten zu viel. Es sind hier 4 Partieen, bei denen ich, nach Tisch, an den verschiedenen Kaffetischen 'rumspreche, wie ein Doktor oder ein Attaché, der seine Morgenbesuche macht. Erst der alte Sieben mit Tochter und Schwiegersohn, dann die geheimräthlichen Jacobi's aus Marienwerder, dann ein junges Ehepaar aus Riga und schließlich ein eben solches aus Leipzig. Da red' ich mir dann den Mund fusslig. Die Siebensche Tochter mit Mann ist heut abgereist, eine allerliebste junge Frau, dicht vor der Entbindung. Die Ferien künden sich an, das Haus wird voller. Morgen früh zwischen 5 und 6 wird Dr. Jahn eingescharrt, so muß man es nennen; man hat die Stunde so früh gewählt, um es minder auffällig zu machen, wenn niemand folgt. Der alte Sieben erzählte mir heute ›Räubergeschichten‹ von ihm; als er fertig war, sagte ich: ›Hören Sie, nehmen Sie mir's nicht übel, an dem allem kann ich *gar* nichts finden.‹ Es waren lauter Bagatellen und mir wurde wieder in schrecklicher Weise dabei klar, wie frei man in einer großen Stadt und wie jämmerlich unfrei man in kleinen Nestern lebt. Dabei sind die Menschen keineswegs besser, im Gegentheil. Nur das ›Decorum‹ spielt eine große Rolle. Sei so dreckig wie Du willst, wenn nur das Vorhemde blank und das Beinkleid zugeknöpft ist. Das Letztre ist, glaub ich, die Hauptsache. – Seit vorgestern Abend bin ich auch mit La conquête de Plassans fertig und habe gestern Nachmittag viel darüber geschrieben. (Vormittag halt' ich mit Gewissenhaftigkeit meine Correkturstunden.) Das Talent ist kolossal, bis zuletzt. Er schmeißt die Figuren heraus, als ob er über Feld ginge und säte. Gewöhnliche Schriftsteller, und gerade die guten und besten, kommen einem arm daneben vor. Storm die reine Kirchenmaus. Und doch, im Letzten ist er halb Pietsch halb Goedsche. Von jenem hat er die Fülle und die Farbe der Schilderung, von diesem das Ungezügelte, das Durchgängerische, die wild gewordne Fähnrichsphantasie. Hesekiel sagte seinerzeit sehr richtig: ›Goedsche, Du hast mal wieder zu viel Zahntinktur getrunken.‹ Ich hoffe, über Zola schreiben zu können. Was bis jetzt über ihn gesagt ist, ist alles dummes Zeug, geradezu kindisch. Nichts liegt hier so danieder, wie die Kritik. Die Betreffenden wissen gar nicht worauf es ankommt. Einer der Besten ist noch, wenn er sich zusammennimmt, der verrufene Blumenthal; der ist nicht blos witzig, was in Bezug auf Kritik gar nichts bedeutet, sondern auch wirklich *kritisch* beanlagt. Lindau hat gar keine Kritik; er schreibt reizend, ist geistreich, in hohem Maße unterhaltlich, aber in der Hauptsache trifft er den Nagel nie auf den Kopf. Nur die kleinen Goldnägelchen, die blos durch das Fournirholz gehn, *die* trifft er. Er ist nicht Kunstschlosser, sondern Tapezier. Vielleicht hängt es damit zusammen, daß sein Arnheim nicht in Ordnung ist. Heute will ich noch den dritten Zolaschen Roman anfangen. Ergeh es Dir gut. Gruß an Friedel und Tilla. Wie immer Dein

Th. F.

247. An Emilie Fontane

Thale a. H. 29. Juni 83. Hubertusbad.

Liebe Frau.

Dies sind nun also die letzten Zeilen meines diesjährigen Thalenser Aufenthalts! Für Deinen eben erhaltenen Brief besten Dank. – Es ist mir sehr lieb, daß Du Dich entschlossen hast Tante Lisen einen Besuch zu machen; gut wird der gehabte Eindruck kaum gewesen sein, ich will mich schon freun, wenn er wenigstens erträglich war. – Daß Martha nach Warnemünde geht und das junge Paar seinem muthmaßlich eigentlichsten honey-moon (denn mit dem ersten ist es immer nicht viel) überläßt, kann ich nur sehr billigen. Daneben stehn und sich den Mund wischen, ist nicht sehr angenehm, wenn man 23 ist. Der Plan bei Fräulein Desteuque wegen Stunden anzufragen, hat natürlich meine vollste Zustimmung. Natürlich denk' ich dabei, und zwar nicht blos in erster Reihe sondern ganz ausschließlich, an Martha selbst. *Wir* würden es schließlich auch *so* aushalten und an dem Wegfall eines selbstverdienten und für Garderobe zu verausgabenden Extra's nicht zu Grunde gehn, aber sie selber wird sich auf einen Schlag ganz anders fühlen. Bestimmte Beschäftigung ist an und für sich schon ein Segen, kommt nun noch ein Gefühl der Pflichterfüllung und einer dadurch gewonnenen Freiheit und Selbständigkeit hinzu, so hat man zwar nicht alles Glück, aber doch ein gut Theil davon. Martha hat bis jetzt unser Leben, ihr Leben, das Leben überhaupt nicht richtig angesehn, kommt sie in das richtige Fahrwasser, so kann sie bei ihrer reichen Begabung ein Pracht-Exemplar werden. Stolz, Selbstgefühl, hoher Ehrbegriff, Noblesse – das sind alles wunderbar schöne Sachen, aber schon ein bischen zu viel davon ist ein Unglück und lächerlich dazu.

Mein letzter Brief war nicht in einer besonders resignirten Verfassung geschrieben; ich wollte nur zum Guten reden und Dir (was ich auch heute noch thue) das Zugeständniß machen, daß die beständig von Mann und 4 Kindern an Dich gestellten Forderungen, Dich ungeduldig und mitunter in hohem Maaße verstimmt machen dürfen. Wenn immer von unsrer ›traurigen Lage‹ gesprochen wird, so reizt mich das, denn unsre Lage ist als Lage keineswegs traurig, mit der Durchschnitts-Elle gemessen eher im Gegentheil, wird sie aber von denen die Ansprüche machen, mich selber mit eingerechnet, als eine sans phrase gute angesehn, so ist das nicht nur eben so falsch, sondern auch der direkte Weg, um eine bescheiden auskömmliche Lage in eine wirklich ›traurige‹ zu verwandeln. Und die Furcht davor überkommt Dich mitunter, und auch mit Recht.

Ich war also nicht resignirt, aber in besonders guter Verfassung war ich auch nicht; in der folgenden Nacht kriegt ich eine kleine Kolik und habe deshalb gestern gehungert und nicht gearbeitet. Ich trank Thee, Sauerbrunnen und las. Das hat mich dann leidlich wiederhergestellt. Heute setze ich die Kur fort, will aber doch ein Weniges genießen. Dies zweitägige Ausspannen hat mir den Schluß meines Aufenthalts hier wieder sehr angenehm gemacht; ich saß im Freien, Rosen und Jasmin um mich her, und athmete. Solche schönen Tage hab' ich immer nur, wenn ich krank bin und nicht Zipp sagen kann. Ich las unter anderm auch das 4aktige Trauerspiel ›Angela‹ (nach Spielhagens Roman) das ich hier mit hergenommen hatte. Die Bearbeitung ist ganz geschickt gemacht, eigentlich absolut untadlig, aber die Spielhagenschen Hauptfiguren – die Nebenfiguren sind immer ganz gut – sind mir so odiös, daß mir jedesmal übel und weh dabei wird. Immer die Vorstellung, daß ein Dichter, ein Maler oder überhaupt ein Künstler etwas Besondres sei, während die ganze Gesellschaft (und so war es *immer*) auf der niedrigsten Stufe steht, so niedrig, daß die Meisten übergelegt werden müßten. Von dieser Regel giebt es nur sehr wenig Ausnahmen, Scott z. B., aber Byron ist schon wieder entsetzlich. Man muß den Künstlern gegenüber, wenn es wirkliche Künstler sind, Verzeihung üben und fünfe gerade sein lassen, aber ihre Mischung von Blödsinn, Sittenfrechheit und Arroganz auch noch zu *feiern*, ist mir widerwärtig. Schon die bloßen Redensarten ›meine Kunst ist mir heilig‹ (namentlich bei Schauspielerinnen) bringen mich um. Also morgen Abend auf hoffentlich frohes Wieder-sehn. Wie immer Dein

Th. F.

248. An Wilhelm Friedrich

Berlin 13. Juli 83.
Potsd. Str. 134. c.

Hochgeehrter Herr.

Empfangen Sie meinen ergebensten Dank für Ihre geehrte Zuschrift vom gestrigen Tage.

Schon seit dem 30. v. M. bin ich wieder aus dem Harz, in dem ich, nach des Winters qualvoller Länge, regelmäßig eine Sommer*vor*kur durchzumachen pflege, nach hier zurückgekehrt und stehe jetzt auf dem Sprunge nach Norderney. Dass man sich in seinem vermögungslosen Zustand und bei dem Jammerertrage seiner Feder einen solchen Luxus immer noch gönnen kann, ist eigentlich ein Mirakel. Und das führt mich zu dem Ausdruck meines lebhaftesten Bedauerns über den abermaligen Misserfolg meiner Anstrengungen, den ich nun, durch Ihre Zahlenangaben, schwarz auf weiss habe. Wer von uns Beiden der Beklagenswerthere dabei ist, ist schwer zu sagen. Ich möchte aber leider beinah sagen dürfen, *ich*. Sie sind jung und was Ihnen A. heute nicht leistet, leistet Ihnen B. morgen; aber am Ende eines Lebens auf eine 40jährige vergebliche Zappelei zurückzublicken, ist ein schlechtes Vergnügen. Tausendmal hab' ich mir gelobt, gleichgültig dagegen zu sein (au fond *ist* es gleichgültig) aber wenn einen dann die Zahl 510 anstarrt, 510 auf 60 Millionen Deutsche, die über die Welt hin wohnen, so kriegt man ein Zittern und das Herz sinkt einem, um nicht einen drastischeren Ausdruck zu wählen.

Wenn Ihr Weg, hochgeehrter Herr, Sie nach Thale führt, empfehl' ich Ihnen Hotel Hubertusbad, es ist schattiger und ruhiger als das im Uebrigen auch sehr gute Hotel Zehnpfund. Ich beklage um solche Reisebegegnung mit Ihnen gekommen zu sein, von der man in der Regel mehr hat (oft auch selbst *geschäftlich* im unbefangenen Durchsprechen und Anbahnen von allerhand Fragen und Unternehmungen) als von *officiell* geschäftlichen Begegnungen, wo jeder auf dem Qui vive ist. Ihnen frohe Reisetage wünschend, in vorzüglicher Ergebenheit

Th. Fontane

249. An Emilie Fontane

Nordernei 19. Juli 83. Marien-Straße 3

Liebe Frau.

Die Regenstunden in Emden nahmen also endlich ihr Ende und um 1½, ziemlich pünktlich, ging das Schiff. Natürlich ein ›Kaiser Wilhelm‹, aber ein Klapperkasten, der nicht 86 Jahr alt werden wird. Etwa 20 Passagiere an Bord. Ich befreundete mich erst mit einer sächsischen Familie aus Weißenfels, dann mit einer jüdisch-polnischen aus Posen oder Warschau. Der sächsische Herr mit Frau u. drei Kindern hatte den amüsanten, mir äußerst sympathischen Zug, den fast alle Sachsen haben: gut gelaunt, etwas witzig, etwas humoristisch und voll schelmischer Selbstironie. Er bestellte sofort 5 Tassen Kaffe. Als diese kamen, beiläufig wahre Riesenexemplare (sogenannte Bowlen) sagte ich ihm: ›ich hätte ihn gleich wiedererkannt, aber Gewißheit hätte mir erst der Kaffe gegeben; gestern Abend 5 große Tassen in Leer, heute 5 noch größere an Bord.‹ Er lachte und sagte: ›Gott, ich bin ein Sachse; dem müssen Sie in *diesem* Punkte schon was zu gute halten.‹ Als ich ihm darauf erwiederte: ›ich hätte es kaum herausgehört; er mache von seinem Sächsisch einen sehr diskreten Gebrauch‹, antwortete er: ›Gott, wir sind auch nicht von den Schlimmsten; wenn wir nach ›Leipz'g‹ kommen, so lachen wir.‹

Die jüdisch-polnischen Leute verfügten über einen reizenden Sprachenfond (auch wohl über andre Fonds); unter sich sprachen sie polnisch, was beiläufig sehr schön klingt, mit der Erzieherin französisch, und mit dem Rest der Menschheit deutsch. Die alte Dame war sehr verbindlich gegen mich. Was früher die jungen Damen an mir versäumt haben – worüber ich jetzt sehr milde und beinah dankbar denke – holen die alten nach. Beiden liegt wohl ein richtiger Instinkt zu Grunde: die jungen fühlten heraus, daß Liebe nicht meine Force war, und die alten fühlen jetzt heraus, daß ich ein artiger und amüsabler alter Herr bin. Irgendwie kommt man immer auf seine Kosten.

Die Fahrt ist langweilig und eigentlich eine Geduldsprobe, besonders deshalb, weil man, wenn man schon da zu sein glaubt, festsitzt und halbe Stunden lang, oft viele Stunden lang, auf Fluth warten muß. So ging es auch gestern, aber doch nicht so schlimm wie im vorigen Jahr. Bald nach 6 konnt' ich die Kirche, das Conversationshaus, die Knyphausensche Villa deutlich erkennen und um 7½ legten wir an dem Pier an. Ein Junge nahm mein Plaid und so steuerten wir auf die Marienstraße zu. N° 3, in dem im vorigen Jahr ein beständiges Trepp auf und ab war, hatte etwas von einem Mausoleum; ich ließ mich durch diesen Eindruck aber nicht stören und miethete von einer kleinen ›Schließerin‹ aus West-Accummersiel die vorjährige Wohnung unter den vorjährigen Bedingungen. Sie, die Schließerin, war durch Frau Capitain Warneke bereits unterrichtet und zeigte sich freundlich, artig, verständig, was ich so gern habe.

Nach einer kleinen Säuberung ging ich nun in die Stadt, um einige kleine Einkäufe zu machen, zwei Karten zur Post zu geben (eine an die Kreuz-Ztng.) und in Schuchardt's Hôtel zu Abend zu essen.

Erst in die Apotheke. Hier traf ich Herrn Apotheker Ommen in Person, einen stattlichen Friesen von Bildung, Manieren und Distinktion. Eine Inselgröße. Ich bat um ein Fläschchen Esprit de Menthe und bestellte mir für heut ein großes Oxycroceum-Pflaster. Bei der Gelegenheit nannte ich ihm meinen Namen und begann diesen wie gewöhnlich zu buchstabiren. Er lehnte dies aber mit einer verbindlichen Handbewegung ab und sagte nur, halb fragend halb sich verneigend ›*Theodor* Fontane‹ mit Betonung des Vornamens. Als ich nun meinerseits nickte und so zu sagen meinen Prinzen-Stern zeigte, murmelte er allerlei dunkle Huldigungsworte, so daß ich die Apotheke mit dem Gefühl verließ, den größten Triumph meines Lebens erlebt zu haben. Und dies ist nicht etwa scherzhaft, sondern ganz ernsthaft gemeint. Du weißt, wie mißtrauisch und ablehnend ich in diesem Punkte bin. Dies war aber *wirklich* 'was und wiegt mir drei Orden auf, denn Anerkennung, Freude, ja selbst Respekt (*der* Artikel also in dem man ganz besonders und bis zur Ungebühr zu kurz kommt) sprachen sich in dem Benehmen des Mannes aus. Dies lange Schreiben darüber mag etwas Komisches haben, ich befinde mich aber in der Lage eines jungen Mädchens, die sich gestern Abend verlobt hat und ihrer Freundin über diesen Lebensakt berichtet.

Bald nach 9 war ich wieder zu Haus und wollte mich eben an das Auspacken meines Koffers machen, als Frau Capitain Warnecke erschien, um mir ihre Aufwartung zu machen und nach meinen Wünschen zu fragen. Sie bewohnt nämlich ein andres, größres Haus, mit einer Milch- und Ackerwirthschaft und läßt die ›Dependance‹ in der ich wohne, durch die vorgenannte kleine Schließerin aus West-Accummersiel verwalten. Ich bat sie, die Capitana, Platz zu nehmen, und wir hatten nun ein längeres Gespräch, das sich, nach Abmachung des Geschäftlichen, allerlei delikaten Fragen zuwandte: Ehe, Wittwenstand, kränklicher Mann, Vermögensverhältnisse, Tod und Sterben. Sie sagte mir, daß sie erst seit 2 Monaten verwittwet sei und nun mit ihren Kindern allein stehe. Der Mann habe sich auf einer Indienfahrt eine schwere Krankheit, die ›indische Ruhr‹ zugezogen und habe neun Jahre lang daran gelitten; sechs Jahre lang habe er noch seinen Capitainsdienst thun können, aber während der letzten drei Jahre sei er immer krank gewesen; alle Bäder, darunter auch Aachen, hätten nicht geholfen; zuletzt sei Frerichs consultirt worden, der verordnet habe: frische Luft, bestes Fleisch und guten Rothwein. Eine Verordnung, die mich für Frerichs einnimmt, denn die ganze Medizinschluckerei ist Unsinn. Auf diese Verordnung hin, zogen die Warneke's nach Nordernei, um ›frische Luft‹ zu haben, der Kranke aber, der sehr reizbar war, *ärgerte* sich beim Hausbau und dies war sein Tod. Der Glanzmoment der Unterhaltung war, als ich zu trösten anfing. Sie hatte geweint, übrigens sehr mit Manier, und dann hinzugefügt: ›die Krankheit sei schwer für ihn, aber freilich auch für andre gewesen.‹ *Hier* setzte ich nun ein und sagte: ›für einen Fremden sei es mißlich solche Punkte zu berühren, aber da sie jetzt selber darauf hindeute, so müßte ich ihr sagen: ›in diesem allem läge doch zuletzt auch der Trost; wenn man niemandem mehr zu Liebe leben könne, weder sich selbst noch andren, so sei der Tod zwar hart aber doch das Beste.‹ Und so führte ich denn das alte Thema ›daß Väterchen abkommen könne‹ durch, und fand eigentlich unbedingte Zustimmung. Sie hat jetzt eine Milchwirthschaft, meliorirt ihren Acker und sehr wahrscheinlich auch sich selbst. Denn bei einem Manne mit der ›indischen Ruhr‹

kommt man blos 'runter. Viel Wäsche und wenig Vergnügen. – Es ist windiges Wetter und eine tüchtige Erkältung hab' ich weg; ich will deshalb ein paar Tagelang in meiner Arbeit pausiren. Solche halbe Krankheitszeit ist immer meine beste. Bitte schicke mir in einem Doppelbrief eine Kapsel mit Oblaten und das Charpiepäckchen, das ich mit in Thale hatte. Und nun Ade. Habe gute Tage, grüße die Kinder. Wie immer Dein alter

Th. F.

250. An Emilie Fontane

Nordernei 21. Juli 83. Marienstraße 3.

Liebe Frau.

Gegen Abend von einem langen Spaziergange (ohne t; wie gelehrig!) nach Hause kommend, fand ich die beiden Blätter mit dem Aufsatze Daudet's über Gambetta vor. Ich bin Dir sehr dankbar, wenn Du mir dergleichen schickst und ich habe jede Zeile mit Vergnügen gelesen. Aber doch mit einem mäßigen Vergnügen; das Ganze wirkt unfrei, ganz wie bestellte Arbeit, und wenn *nicht* um Geldes willen, so doch mit irgend welchen Hintergedanken geschrieben. Vielleicht nur um Gambetta zu versöhnen oder ihm anzudeuten, daß er mit Numa Roumestan *nicht* gemeint gewesen sei. Dieser Mangel an Freiheit ist aber nicht der einzige Fehler, zwei andre sind schlimmer: der Aufsatz hat eigentlich gar keinen Inhalt und in Bezug auf Stil ist er kaum zweiten Ranges. Dies kann nicht genug betont werden. Wenn wir doch endlich einsehen wollten, daß es mit dieser ewig proklamirten Ueberlegenheit der andern Nationen auf künstlerischem Gebiet herzlich wenig auf sich habe. *So* schreiben wir auch, und viele von uns schreiben besser. Es ist geschrieben, wie Spielhagen schreibt, ganz gut, ganz gebildet, ganz ausreichend, aber für *den*, der schärfer zuzusehn versteht, von Fehlern wimmelnd. Namentlich die Uebergänge, in denen die eigentliche Kunst des Stils besteht, sind schwach. Nicht immer, aber vielfach. Auf die Inhaltlosigkeit würd' ich kein Gewicht legen, wenn nicht der Stoff ›Gambetta‹ und der Behandler des Stoffs ›Alphonse Daudet‹ hieße. Noblesse oblige. *Ich* dürfte solchen Aufsatz über Maron schreiben; enthielt er dann nicht viel, so konnte gesagt werden: ›nun, was wollt' ihr am Ende? es ist blos Maron über den blos Fontane schreibt.‹

Weder Maron noch Fontane haben einen Weltnamen, Daudet und Gambetta aber haben ihn.

Es ist mir während der 3 Tage, daß ich nun hier bin, nicht allzu gut ergangen. Am Donnerstag war es mau, gestern (Freitag) *sehr* mau, und erst seit heute geht es mir wieder besser. Ich mußte mich auch im vorigen Jahr erst acclimatisiren. Das berühmte Packet ist glücklich angekommen und wie eine Gans von hinten her ausgenommen worden; gestern habe ich scharf, heute nur am Vormittage gearbeitet. Diese Vormittage gedenke ich aber durch Früh-aufstehn zu verlängern; ich kann mich dann am Nachmittage mit um so größrer Gewissensruhe dem Nichtsthun hingeben.

Spielhagen habe ich an allen drei Tagen gesehn und gesprochen, am Donnerstag vor seiner Wohnung, am Freitag auf der Strand-Promenade, heute vor Schucharts Hôtel, wo ich die Stunden von 2 bis 4 mit Diner und Zeitungslesen zuzubringen pflege. Gestern (auf der Promenade) war er in Gesellschaft von Buchhändler Westermann, heute in Gesellschaft von Frau und zwei Töchtern. Die beiden andern sind anderswo in der Welt, die eine in Pyrmont, die andre in Thüringen oder Schlesien. Er lebt auch hier auf einem forschen Fuß, hat eine Wohnung in einem schönen Hause der schönsten Gegend und ißt zu vieren bei Oterendorp, was ungefähr Hiller oder Borchardt (aber nicht dem Wernigeröder) entspricht. Sein und seiner Damen Benehmen ist sehr fein und liebenswürdig; vielleicht übt er Gnade, weil er keine Gefährdung durch mich erwartet. Und er hat auch Recht. Aber wär' ich zehn Jahre jünger, so wollt' ich ihm zeigen was eine Harke ist. Das Publikum ist kolossal dumm, aber zuletzt ist es doch auch wieder gescheidt und hält nicht aus bei seinem Götzen. Nachdem ihnen so und so viele Ochsen geschlachtet wurden, kommen sie selber dran, und die, die vom Opferthiere pflichtmäßig essen, merken dann keinen Unterschied. Oben auf der Liste stehen jetzt J. Wolff und Wildenbruch. Ebers ist schon halb gebraten.

Von Frau Spielhagen hab ich wieder einen sehr angenehmen Eindruck empfangen; aber auch die Töchter sind nett, durchaus nicht habrig und überbildet. Westermann (der sogenannte ›junge‹, der Alte starb vor 3 Jahren) ist ein schöner Mann von der Haltung und den Allüren eines adligen Rittergutsbesitzers. Wir wechselten nur wenige Worte, natürlich sehr artig, und dabei hatte es sein Bewenden.

Heute Vormittag empfing ich Besuch von dem Oberlehrer Schulte aus Fürstenwalde, der, wie Du Dich entsinnen wirst, die Bücherbesprechungen für die Vossin leistet. Er ist auf 14 Tage mit Frau und zwei Kindern hier, was ihm durch eine Reise-Gratifikation (100 Thaler) seitens der Zeitung ermöglicht ist. Ich habe mich seinet- und der Zeitung wegen darüber gefreut. Er ist ein netter, sehr gebildeter Mann, der schließlich als ›Bücherbesprecher‹ ein besseres Leben führt wie früher als Oberlehrer. Natürlich kommt der Hinkefuß der kleinen Stadt und der kleinen Verhältnisse überall zum Vorschein, und ich frage mich dann ›ob ich wohl auch so wirke?‹ *Sonntag d. 22. Juli.* Heute früh kam Deine Karte; morgen erwarte ich einen etwas längren Brief, bin aber nicht böse, wenn er ausbleibt. Denn wenn man nicht eine Schreibepassion hat oder das Unterhaltungsbedürfnis der Einsamkeit, so darf man sich füglich fragen: ›ja, was schreiben?‹ Heute Vormittag besuchte mich abermals Herr Schulte; morgen reist er mit Frau und Kindern wieder ab. Anfangs war *er* unwohl, dann sie (starker Magenkatarrh) und so wollen sie denn, statt noch einen Abstecher ins Westphälische zu machen, wo seine Eltern leben, direkt nach Fürstenwalde zurückkehren. Welch mäßiges Vergnügen! Wenig Geld, 4 Personen, erst *er* krank, dann *sie.* Hätten sie mehr Geld und mehr Zeit, so wären sie wahrscheinlich gar nicht krank geworden oder hätten wenigstens besseres Wetter und bessere Gesundheit abwarten können. Die reichen dicken Juden, die hier herumlaufen, sehen alle sehr wohl aus. Und nun gar erst die Jüdinnen! Sie platzen fast und quietschen vor Vergnügen. – Das Wetter war heute toll, so daß an ›Im Freien sein‹ gar nicht zu denken war; Sturm, Regen, Kälte. Mir ist es übrigens gleichgültig und wäre mir noch gleichgültiger, wenn ich mehr nach meinem Penchant leben und statt zu arbeiten blos lesen könnte. – Knyphausens sind noch nicht hier, überhaupt keine Bekannte. Das vorige Jahr war es, als ob ich im Thiergarten spazieren ginge; davon diesmal nichts. Vielleicht kommt es noch. Uebrigens of no importance. Herzliche Grüße Dir, George, Friedel und den Extraneern. Wie immer Dein

Th. F.

251. An Emilie Fontane

Nordernei 27. Juli 83. Marienstraße 3.

Liebe Frau.

Heute wieder Sturm und Regen; so kürzte ich meinen Spaziergang etwas ab und war schon um 7 wieder zu Haus. Einige Minuten später erschien Frau Capitain Warneke, die ich die ganze Woche über nicht gesehn hatte, um sich nach meiner Zufriedenheit zu erkundigen. Ich bewundre dann immer den Takt, die gute Sitte, die feinere Lebensklugheit der Leute, lauter Dinge, die der Berliner mit all seinen Tugenden und Vorzügen, die ich ihm gern lasse, nicht hat, – nicht einmal die ›feinere Lebensklugheit‹. Er weiß wohl seinem Vortheil nachzugehn, aber selbst *da*bei wirkt er unverbindlich. Der niedersächsische Stamm: Altmärker, Halberstädter, Magdeburger, Hannoveraner, Braunschweiger, Westphalen, Schleswig-Holsteiner, Hanseaten, Oldenburger, Ostfriesen – ist allen andern Stämmen physisch und moralisch überlegen und es ist kein blos glücklicher Zufall sondern ein richtiges und erfreuliches Beispiel von Ursach und Wirkung, daß er die ganze Welt erobert hat. Die Schwaben wollen mit ihm wetteifern, sind auch sehr respektabel, verschwinden aber neben den Niedersachsen. Um dies nachzuweisen, ist es nicht einmal nöthig die englisch-amerikanische Geschichte heranzuziehn; selbst Lindau ist ein Niedersachse. Nach der Analogie von Auerbach als – Schwabe.

Also Frau Capitain Warneke kam; sie war etwas weniger in Trauer, denn 8 Tage machen schon was aus, und erzählte mir auf mein Zureden Einiges von ihren Reisen. Sie hat die ganze Welt gesehn: New-York, San Francisco, Cap Horn, die Sandwichs-Inseln, Australien, China, Java, Capstadt etc. und hat über diese vieljährigen Reisen Tagebuch geführt. Als ich fragte ›ob es nicht eigentlich langweilig sei‹, sagte sie: ›o, nein; es kommt nur drauf an, *wie* man reist; wenn man nur aus einem Hafen nach dem andern fährt, dabei kommt nicht viel heraus, aber wir haben wirklich was gesehn: von San Francisco aus reisten wir 60 Meilen weit ins Land hinein bis zu den digging's, in Australien ebenso, und von Baltimore gingen wir nach Philadelphia zur Weltausstellung etc. etc.‹ Sollte mans glauben in Nordernei solcher Capitains-Wittwe zu begegnen. Sie will nun ihr Tagebuch ausarbeiten und eine Reinschrift davon ihren Kindern hinterlassen. So vieles ist ärmer als man gewöhnlich annimmt (z. B. die ganze Beamten-Misere) aber vieles ist auch reicher.

Zu der ›Armuth‹ gehören auch zwei lange Artikel der Kreuz-Ztg., der eine (von dem ich schon schrieb) ›aus dem *Taschenbuch* eines preußischen Offiziers‹ der andre ›Ein Sommerfest auf der Pfauen-Insel‹. Bei beiden sieht man in Abgründe, namentlich auch deshalb weil sie so prätensiös auftreten. Daß sie langweilig und ledern geschrieben sind, versteht sich von selbst, auf so was leg' ich gar kein Gewicht, aber die Gesinnung, die *Lebensanschauung*, die aus beiden spricht, ist so traurig und so ridikül. Das Schlimmste aber ist (und nur deshalb schick' ich Dir die Sachen und bitte Dich Notiz davon zu nehmen* daß die ganze Gesellschaftssphäre, der diese Artikel entstammen, die darin niedergelegte Lebensanschauung theilt. Jeder Einzelne glaubt: ›es sei wirklich was damit‹ und hat nicht die kleinste Vorstellung davon, daß sowohl nach der Erscheinungs- wie nach der Geistes- und Talent-Seite hin, dies alles durch andre Gesellschaftsschichten weit überholt ist. Junge Kaufmannstöchter in New-York sind viel eleganter, und jede kleine Künstlergenossenschaft verzapft denn doch schließlich einen ganz andern Wein. Es wirkt alles pauvre und 'raufgepufft; keiner glaubt mehr dran.

* ich schicke sie nun doch nicht

Sonntag d. 29.

Das Wetter wird immer toller und Deiner heute eingetroffenen Karte konnte ich die Kunst ›how to catch a sunbeam‹ auch nicht entnehmen. Es blieb also grau, regnicht, stürmisch. All dies ficht mich aber nicht sehr an und um noch einmal englisch zu citiren ›some days *must* be dark and dreary‹, – davon bin ich tief durchdrungen. Man muß zufrieden sein, wenn die Tage nicht ›*too* dark‹ auftreten. Wie mag es z. B. im Hause Putlitz in diesen letzten drei, vier Tagen ausgesehn haben! An ein amerik. Duell glaub ich übrigens nicht; es steckt ›diefer‹ und hat eine Geheimgeschichte. Das ›Duell‹ ist erfunden, um andres, Fataleres, zu cachiren.

Mein Leben ist hier eigentlich mit gewöhnlicher Elle gemessen fürchterlich und erinnert mich an die Gefangenschaft König Christians II. in Sonderburg, der 24 Jahre lang in seinem Gefängnißloch um einen runden Steintisch herumging, immer mit dem Daumen auf der Tischplatte (dies trifft bei mir Schreibevieh auch zu) bis zuletzt der Steintisch einen Rinnenrand hatte. Der Tisch existirt noch; ich hab ihn mit Grauen in Sonderburg gesehn.

So weit war ich gekommen, als Dein Brief von gestern (Sonnabend) noch ganz spät, 9 Uhr Abends, eintraf.

Ich bedaure sehr den Aerger, den Du gehabt hast; die ganze Geschichte ist eine Sommercalamität und wirkt allseitig störend und bedrücklich. Ich komme auch schlecht dabei weg, denn aus Verstimmung oder doch Unbehagen heraus lassen sich Deinerseits keine sehr heitren Briefe schreiben, die zu empfangen man mir hier in dieser Einöde gönnen könnte. Dies ist aber doch das Wenigste; *hier*, weit ab vom Schuß, kann ich es am Ende aushalten und habe zu der Langeweile der Einsamkeit doch auch die vielen Vortheile der Einsamkeit, noch dazu einer *Norderneier* Einsamkeit, die, wenn ihr auch alles fehlt, doch schließlich ihr Ozon-Quantum u. ihren Strand behält. Aber mit Schrecken denk ich an Ende August und den ganzen September. Im September wollt' ich, seefrisch, meine neue Novelle schreiben und fürchte nun durch diesen fatalen Zwischenfall darum zu kommen. Fasse dies aber nicht *so* auf, als ob ich annähme oder wohl gar wünschte ›es hätte vermieden werden können‹. Unter Umständen *muß* ein Zahn ausgezogen werden, aber natürlich hat man ein Recht zu sagen: ›die ganze Geschichte kommt mir sehr unbequem.‹ Alles in allem ist es ein Glück, und nur die ›Durchgangs-Epoche‹ mißfällt mir und macht mir gradezu Sorge. Denn der Streit, über den Du schreibst, wird nicht der letzte gewesen sein. Ich glaube, daß es *gleich am ersten Tage* das Beste gewesen wäre zu sagen: ›hier Dein Lohn, Dein Kostgeld, auch noch ein Extra; aber Trennung‹. Nun läppert es sich so hin. Vielleicht übrigens, läßt es sich *noch* thun, nur müßte es ohne Scene geschehn, unter ruhiger Hervorhebung, daß es so für beide Theile am besten sei. – Begreiflicherweise hab ich auch keine rechte Stimmung über andre Dinge zu schreiben, von denen man im Voraus weiß, daß sie kein rechtes Echo finden können. Draußen gießt es wieder wie mit Mollen; ein entsetzlicher, unsagbar langweiliger Aufenthalt, denn ich habe auch nichts zu lesen. Aber schließe daraus nicht, daß ich unzufrieden mit dem Aufenthalt überhaupt bin. Auch in dieser seiner gräßlichsten Gestalt ist er mir noch immer eine Wohltat und dadurch trotz aller Freudlosigkeit eine Freude. *Die Luft ist himmlisch* und ihr allein verdank' ich es, daß ich meine Arbeit fertig kriege. In Berlin läg' ich längst krank auf der breiten Seite. Ueber Metens und Direktor Claus' Brief schreib ich morgen oder übermorgen. Sehr erfreut war ich zu hören, daß ihr bei Zychlinski's wart. Grüße George, Friedel, Theo; einen kleinen Wunschzettel leg ich bei. Halte die Ohren steif. Wie immer Dein

Th. F.

252. *An Martha Fontane*

Nordernei 4. Aug. 83. Marienstraße 3.

Meine liebe Mete.

Habe Dank für Deinen lieben Brief vom 30. v. M. und seine Dobbertiner Beilage. Wenn man den betr. Passus in der letztern liest, so sollte man meinen alle Brummerstädtschen Untersuchungen seien überflüssig; unsre liebe Freundin in D. hält glaub ich alle Nervenleiden für Schwindel. *Den* Trost schöpf' auch ich aus der Untersuchung: wo so viel vorliegt, bleibt für das einzelne Leiden nicht viel übrig. Wilms sagte mir mal (long long ago!): ›der einzige wirkliche Schutz gegen Krankheiten ist Krankheit.‹ Brillant und wahr. Ein Typhuskranker hat noch nie an Asthma gelitten und ein scharfer Asthmatikus hat keinen Typhus. In der moralischen Welt ist es ebenso: wer geizig, frostig und gefräßig ist, kann nicht *sehr* geizig sein, denn er heizt kolossal ein, weil ihn friert und verzehrt einen Kalbsbraten weil er hungert und giert.

Wie Du das Spill und das Rostocker Ende hast, so hab' ich hier die Mühle und die Marienhöhe, nur ›Tante Anna's Arm‹ fehlt mir ganz entschieden. Ich lebe hier wie in Isolirhaft und hätte wenn ich nicht zufällig den Spielhagens begegnet wäre, in drittehalb Wochen noch keine hundert Worte gesprochen. ›Wo alles liebt, kann Karl allein nicht hassen‹, – aber mir geht es schlechter als Karl'n, und wenn ich auch nicht hasse, so kann ich doch an der Welt voll Fidelité, Lust und Liebe, die sich hier beständig um mich her bewegt, nicht theilnehmen. Ich war immer ein Singleton und bleib' es bis zuletzt. Blick' ich zurück, so hat mein Leben hier viel Aehnlichkeit mit dem, das ich vor 31 Jahren in London führte. Bewundernd ging ich vom Hyde-Park nach Regents-Park, entzückt stand ich auf Richmond-Hill und sah den may-tree blühn, die Luft, die ich athmete, die Reichthumsbilder, die ich sah, – alles that mir wohl, aber ich ging doch wie ein Fremder oder als ein nicht zu voller und ganzer Theilnahme Berechtigter durch all die Herrlichkeit hin. Immer blos Zaungast. Und so ist es hier wieder. Zum Glück balancirt der Himmel alles und die Blinden sehen mit ihren Fingerspitzen. Die Dinge beobachten gilt mir beinah mehr als sie besitzen und so hat man schließlich seinen Glück- und Freude-Ertrag wie anscheinend Bevorzugtere.

Von Mama hatte ich gestern einen langen Brief, *acht* Seiten, was glaub ich in unsrer langen Ehe keine 4 mal vorgekommen ist. Sie hat eine reizende Art zu schreiben, eine Mischung von Natürlichkeit, Unwissenschaftlichkeit, und leiser Ironie theils über sich theils über die ›Wissenschaftlichkeit‹. Man kann an Mama studiren, daß das Gefälligste, vielleicht auch das Beste was der Mensch haben kann die Natürlichkeit ist. Aber wir sind so grenzenlos verbildet, daß dem regelrechten Preußen ›Abiturient und Reserve-Offizier‹, der Sinn dafür verloren gegangen ist. – Die Geschichte mit Mathilde ist der vielcitirte ›Mehltau‹ der auf diesen Sommer fällt. Aber umsonst ist nichts und alle Befreiungskriege fordern Opfer. – Heute Nachmittag will ich bei Knyphausen's meinen Besuch machen und eine halbe Stunde lang auf den Höhen der Menschheit wandeln. Im Ganzen ist die Luft in der Oberschicht nicht die schlechteste. – Onkel Witte turnt nun wohl schon in Warschau umher; Mama schrieb mir gestern gerührt und entzückt von seiner Liebenswürdigkeit. Empfiehl mich der glücklichen Besitzerin dieses Pracht- und Normalmenschen-Exemplars und habe frohe, heitre Tage zu Wasser und zu Lande. Wie immer Dein alter

Papa.

253. An Emilie Fontane

Nordernei 8. Aug. 83. Marienstraße 3.

Liebe Frau.

Heute bin ich 3 Wochen hier und der Tag leitet sich durch einen Brief von Dir, auf den ich nicht einmal gerechnet hatte, angenehm ein.

Du beklagst Dich über meine Weitschweifigkeit. Ja, was ist darauf zu sagen? Eigentlich auch nichts, was nicht schon längst gesagt wäre. Alles in allem ein wundervoller Stoff, um *aufs Neue* in Weitschweifigkeit zu verfallen. Du weißt, daß ich auf solche Kritiken immer gleich eingehe und so bestreite ich auch diesmal nichts oder doch nicht viel. Es ist aber doch ein Unterschied, ob ich nervös und dröhnig nach einem gleichgültigen Wort suche oder ob ich weitschweifig bin d. h. über den linken Hinterfuß eines Flohs eine Abhandlung schreibe. Das Dröhnen ist unter allen Umständen eine Tortur für die Hörer und sans phrase ein Fehler, eine Ungehörigkeit; die Weitschweifigkeit aber die ich übe, hängt doch durchaus auch mit meinen literarischen Vorzügen zusammen. Ich behandle das Kleine mit derselben Liebe wie das Große, weil ich den Unterschied zwischen klein und groß nicht recht gelten lasse, treff ich aber wirklich mal auf Großes, so bin ich ganz kurz. Das Große spricht für sich selbst; es bedarf keiner künstlerischen Behandlung um zu wirken. Gegentheils, je weniger Apparat und Inscenirung, um so besser. Ich kann also unter Einräumung des Thatsächlichen den Fehler, der in dem ›Auspulen‹ stecken soll nur sehr bedingungsweise zugeben. ›Wär' ich nicht Puler, wär' ich nicht der Tell.‹ Daß diese Pul-Arbeit vielen langweilig ist und immer war, davon hab' ich mich in meinem Leben genugsam überzeugen können; ich hab' aber nicht finden können, daß all diese Dutzendmenschen, die durch die Nase gähnten, interessanter waren als ich. Dann und wann find' ich einen, freilich selten, der Geschmack an mir findet, und da dies in der Regel keine schlechten Nummern sind, so muß ich mich trösten. Herwegh schließt eins seiner Sonette (›An die Dichter‹) mit der Wendung:

›Und wenn einmal ein *Löwe* vor Euch steht,
Sollt Ihr nicht das *Insekt* auf ihm besingen.‹

Gut. Ich bin danach Lausedichter, zum Theil sogar aus Passion; aber doch auch wegen Abwesenheit des Löwen.

Theos Brief ist sehr nett. Die Mischung von Bescheidenheit und Selbstbewußtsein ist Familienzug, Fehler oder Tugend. Wenn diese Zeilen eintreffen, ist er schon wieder heme. Grüße ihn.

Daß der Roggatz-Tag so angenehm verlaufen ist, hat mich sehr gefreut, auch *das*, daß George leidlich in Ordnung nach Wahlstatt zurückkehrt. Gestern glaub ich auch seinen Obersten u. Grafen entdeckt zu haben, wenigstens wandelte er vor Marienstraße 19 auf und ab. *Ist* er's, so ist er so zu sagen eine alte Bekanntschaft von mir, denn ich machte von Emden her die Ueberfahrt mit ihm, ein starker 50er, gedrungen, kurzhalsig, milz und leberleidend, unheiter, morbleu. – Gestern Abend traf ich die Spielhagenschen Damen am Strand; *er* kam heut Vormittag um mir Adieu zu sagen. Morgen reisen sie. Ich kann nicht anders sagen als daß sie sich sämmtlich sehr liebenswürdig gegen mich benommen haben. – Von Knyphausens kein Lebenszeichen. Es ist also vorbei. Schade... Gleichzeitig mit diesen Zeilen gehen Briefe an Stephany und Woeller ab. Ich hoffe daß Du bis Sonnabend Mittag 200 Mark empfängst. Ich reise wahrscheinlich Sonnabend oder Sonntag über 8 Tage. Grüße die Jungens und Meten. Wie immer Dein

Th. F.

254. *An Emilie Fontane*

Nordernei 12. Aug. 83. Marienstraße 3.

Liebe Frau.

Heute werd' ich mich kurz zu fassen suchen, vielleicht weil ich eine große Nachricht habe und wie ich Dir neulich schrieb, die Kürze bei mir immer nur beim ›Großen‹ eintritt. Zunächst aber besten Dank für Deine zwei Karten von Donnerstag und Freitag. Daß Theo wieder da ist, ist ganz gut für Dich, er bringt doch etwas Zerstreuung und Berliner Unterhaltungsstoff ins Haus. Daß die Katholikin ausbleibt, ist recht gut. Ich bin in nichts ein Prinzipienreiter und so recht einer, der ein Verständniß und meist auch ein liking für Ausnahmefälle hat. Das hebt aber den alten Satz nicht auf: besser ist besser. Je älter ich werde, je mehr bin ich für reinliche Scheidungen, Haare aparte und Cotelette aparte. Jude zu Jude, Christ zu Christ, und natürlich auch Protestant zu Protestant. Geschieht das nicht, so heißt es immer einmal: ›richtiger alter Jude‹, ›richtiger alter Katholik‹ etc. Ich habe vieles erlebt, das mir eine tief-innerliche Freude gemacht hat: die Herausreißung Deutschlands aus der politischen Misere, die Mündigwerdung des Volkes, die Säuberung d. h. Sauberwerdung Berlins, das Aufhören der Pfennigwirthschaft und der damit innig zusammenhängenden Gesinnungsruppigkeit etc. etc. Zu diesen Herrlichkeiten, an denen meine Seele lutscht wie an einem Bonbon, gehört auch der immer mehr zu Tage tretende Bankrutt der Afterweisheit des vorigen Jahrhunderts. Das Unheil, das Lessing mit seiner Geschichte von den drei Ringen angerichtet hat, um nur *einen* Punkt herauszugreifen, ist kolossal. Das ›seid umschlungen Millionen‹ ist ein Unsinn. Hoheitsaufgaben, die doch nicht gelöst werden können, verwirren die Menschheit nur. Ganz ganz allgemein aufgestellt sind unerfüllbare Sätze wie ›liebet eure Feinde‹ groß und segensreich. Denn der Einzelne kann sich daran in den Himmel hineinstrampeln. Und ich bewundre es dann. Aber so wie das praktische Leben für den Alltagsgebrauch danach eingerichtet werden soll, gerathen wir in die Nesseln und schreien au.

Daß Du mit meinen Kapiteln (vielleicht hat es sich inzwischen schon wieder geändert) einverstanden bist, freut mich sehr. Ach, wenn es nur erst eingepackt und auf dem Wege nach Stuttgart wäre.

Gestern früh kam Graf Knyphausen, gütig und liebenswürdig wie immer, und lud mich zu Tisch. Meine Liebe und Treue ist also diesmal belohnt worden, was übrigens vielleicht öfter vorkommt als man annimmt. Um 2 war ich in der alten Nordlands-Villa, die in ihrem Stil ein bischen an Kirche Wang erinnert, und verlebte daselbst über drei sehr angenehme Stunden. Die Gesellschaft war kolossal gräflich: sechs Grafen, eine Gräfin und sechs Comtessen. Der Quatorzième war der bekannte Graf von Habenichts, den ich Dir weiter nicht vorzustellen brauche. Nach Tisch kam auch noch Excellenz Krosigk, mein alter Gönner. Die beiden Dörnbergs, Bruder u. Schwester, sind in Pont Resina im Engadin. Die sechs Grafen (klingt schmählich balladenhaft) waren: Knyphausen, drei Wedel's (ein alter und zwei junge), Hessenstein und von dem Busche. Alle sehr nett, besonders der letztre. Bei der Gräfin hab ich einen Stein im Brett, auch bei den Comtessen. Ich muß doch ein stiller Schwerenöther sein! Gegen 6 machte ich noch meinen Spatziergang, aber doch sehr mit Vorsicht d. h. in der Nähe menschlicher Wohnungen, nachdem ich vorgestern bis auf die Haut naß geworden war. Am Abend schrieb ich an George. Ich bleibe nun noch etwa 8 Tage; Du brauchst also vor einem Ueberfall meinerseits nicht in

Sorge zu sein. Das Wetter ist toll aber schön. Ich komme mit einer Erkältung nach Haus gegen welche *die* von meinem Rechnungsrath Gottgetreu nur ein Pappenstiel ist.

Und nun lebe wohl, grüße die Kinder, insonderheit auch den Sommerlieutenant. Wie immer Dein alter

Th. F.

255. *An Emilie Zöllner*

Nordernei 17. Aug. 83. Marienstraße 3.

Theuerste Freundin,

Gefeiertes Geburtstagskind.

Um diese Zeit herum muß es sein – sagen wir den 20. vorläufig – und so wird es denn mit Rücksicht auf die unberechenbare Watt-Post gerathen sein an die darzubringenden Geburtstagswünsche zu denken. Aber welche? Normal-Eltern denken nur an ihre Kinder (*ich* danach höchst unnormal) und so beschränke ich mich darauf für Frl. Anna 'was Rittergutsbesitzliches mit oder ohne Adel, für Karl aber einen Wallot'schen Concurrenz-Sieg zu wünschen. Das Direktorat der Bau-Akademie fällt ihm dann als kleines Extra von selber zu. Der Rittergutsbesitzer, wenn ich meine eignen elterlichen Gefühle – und für die meiner Frau möcht' ich mich nach *dieser* Seite hin ebenfalls verbürgen – zu Rathe ziehe, ist aber wichtiger. ›Will denn keine verdammte Kugel mich treffen‹ rief Friedrich der Große bei Kunersdorf; ›will denn kein verd.... Schwiegersohn sich finden‹ rufe ich an jedem beliebigen Schlachttage. Aber es hilft nichts.

Hier stürmt es seit 4 Wochen, aber ›wenns Herz nur still ist!‹ Und das ist es. Mit 63 rast nichts mehr, nicht mal mehr der Alltags-Wunsch, der ja auch rasen kann und dann eigentlich schrecklicher auftritt als die Leidenschaft. Z. B. er rast nach einem Orden, oder dergleichen.

Von mir ist nichts zu melden; ich arbeite und schlucke Ozon. Ohne letztres würd' es mit erstrem schlecht aussehn. Luft ist kein leerer Wahn. Das wußte schon Marie Beaumarchais. Die Gesellschaft hier wird immer profilirter, immer ramseshafter und giebt einem die Gewißheit, daß in Tisza-Eßlar wenigstens keine Juden geschlachtet worden sind. Tausend Grüße dem Gemahl, dem ganzen Hause. Wie immer in herzlicher Ergebenheit Ihr

Th. Fontane.

256. An Paul Heyse

Nordernei, 23. [August 1883]
Marienstraße [3]

Lieber Paul.

Sowie ich wieder in Berlin bin, schreib' ich Dir ordentlich und ausführlich über beide Punkte, von denen ich Punkt 1 nur mit Hülfe von Hertz, Punkt 2* nur mit Hülfe meines Jüngsten (angehender Buchhändler) beantworten kann. Ich bin schon 5 Wochen hier, leider nur um wie ein Pferd zu arbeiten. Umgang null, trotzdem sich beispielsweise das halbe deutsche Theater ein Rendez-vous hier gegeben hatte: Barnay, Karlowa (mal der »schöne Karlowa«, jetzt Wrack), Krause, Kadelburg und zur Krönung des Gebäudes Vater Hülsen selbst, dem beiläufig das »Deutsche Theater« ernstlich Sorge zu machen scheint. Zum Ueberfluß ist auch eben noch eine Brochüre erschienen, in dem [!] ihm der »tiefste Verfall« nachgewiesen wird. Einer der besten Louis Schneiderschen literar: Witze war mal ein Aufsatz, indem er aus Berliner Zeitungscitaten den Beweis führte, daß seit 1780 in jedem Jahre mehrere Male gedruckt worden sei, »*so* schlecht sei das Theater noch nie gewesen«. Bitte mich der Gnädigsten zu empfehlen. Wie immer Dein

Th. Fontane

* Punkt 2 ist der H. Smidt'sche.

257. An Emilie Fontane

Nordernei 30. Aug. 83. Marienstraße 3.

Liebe Frau.

Habe Dank für Deinen und Metens Brief, die heute früh hier eintrafen. Wir haben beide ziemlich schwere Wochen hinter uns: *Du* Langeweile mit Unbehagen, *ich* Einsamkeit mit Ueberarbeit. Und doch war es gut so, der große Kampf mußte *dort* ausgekämpft und die große Novelle mußte *hier* zu Ende gebracht werden.

Diese letztre ist nun *wirklich* zu Ende, ja, nach der gründlichsten Correktur (Du wirst Dich wundern wie Dein schönes Manuskript aussieht) hab' ich diese 35 endgültig durchcorrigirten Kapitel in drei Tagen auch *noch* mal durchgelesen, wobei sich natürlich immer noch wieder kleine, mitunter auch große Fehler vorfanden, so daß diese letzte General-Durchsicht, die Parade vor dem Höchst-Commandirnden, nicht vergeblich war. Ich habe nur noch fünf oder 6 Wort- oder Namens-Correkturen zu machen z. B. also wie heißt in Körners Zriny die jugendliche Heldin? wer war 1874 erste Liebhaberin am Théatre français? (ich habe geschrieben Rose Cheri, aber die war es 1840, ist also jetzt Großmutter) ferner kann man sagen: l'homme de verre? (als Uebersetzung von ›Glasmensch‹) wie hieß die Insel der Phäaken? giebt es eine Taubensorte die ›Kröpfer‹ (statt ›Kropftauben‹) heißt. Dies glaub' ich sind sie *alle.* Jedes Kapitel hat seinen Umschlag mit der Aufschrift ›Fertig‹ und nur die 6 wo die vorstehenden Fragen noch zu erledigen sind, haben auf dem Convolut das noch zu entscheidende oder zu ersetzende Wort.

Ich schreibe Dir dies so ausführlich, damit Du Dich wenigstens nach *dieser* Seite hin nicht mehr ängstigst und nicht mehr ärgerst, ein Zustand den man als eine Spezialität von Dir bezeichnen kann. Andre begnügen sich meist mit *einem* davon. Dies ist aber alles in Freundlichkeit gesagt und soll Dich wenn's sein kann amüsiren nicht kränken.

Kann ich die 6 kleinen Correkturen gleich nach meiner Ankunft oder doch spätestens am Montag machen, so schicke ich denselben Tag noch das Manuskript-Packet an Dominik.

Die Arbeit ist nun ganz was sie sein soll und liest sich wie geschmiert. Alles flink, knapp, unterhaltlich, so weit espritvolles Geplauder unterhaltlich sein kann; wer auf plot's und große Geschehnisse wartet, ist verloren. Für solche Leute schreib' ich nicht. Ich fühle, daß nur ein feines, vielleicht nur ein *ganz* feines Publikum (der Thiemus'sche *eine* Leser!) der Sache gerecht werden kann, aber ich kann um dem großen Haufen zu genügen nicht Räubergeschichten- und Aventüren-Blech schreiben. Natürlich giebt es auch *höhere* Räubergeschichten und vielleicht sind *diese* das Roman-Ideal. Aber weder die Lust noch das Talent dazu liegt in mir. Und nun genug davon. ›Gehen wir zu interessanteren Dingen über‹ sagte Herr v. Behr.

Am Sonnabend will ich also reisen und da am nächsten Sonnabend nur Früh-Schiffe gehn: 6³/₄ Uhr, 7 und 7³/₄, so komm ich, gleichviel nun ob ich nach Emden oder Geestemünde fahre, schon um 12 oder 1 Uhr Mittags an diesen

Orten an. Um 8 Uhr Abends gehen dann die Schnellzüge, die sowohl von einem wie vom anderen Ort am Sonntag früh 7 Uhr 26 Minuten in Berlin, Friedrichstraße, eintreffen. Kommen also nicht Störungen so bin ich Sonntag früh 7³/4 Uhr in der Potsdammer-Straße, Johanniter-Haus. Ich bitte *dringend* daß mich niemand abholt, denn der dem Sonntagsschlaf huldigende Mensch ist mir heilig und um 6 Uhr aufstehn, können selbst Bernhard Kuglers ›neun Väter‹ nicht verlangen. Vielleicht treff ich mit Frau Witte a tempo ein.

Heute hab ich schon zwei relativ wichtige Briefe geschrieben: einen an Hülsen (den ich Dir in Abschrift beilege) einen andren längren an P. Schlenther. Das Büchelchen ist merkwürdig gut, viel besser als ich's ihm zugetraut hätte, trotzdem ich ihn immer für einen gescheidten und talentvollen Kerl hielt. Es ist überreich nicht blos an glänzenden Bemerkungen sondern was höher steht an scharfen und richtigen Beobachtungen. Wer *sehr scharf* sieht, findet meist auch einen ungewöhnlichen Ausdruck für das ungewöhnlich scharf Gesehne. Brahm in seiner Pappstoffelkritik ist ihm nicht zum zehnten Theil gerecht worden. Trotzdem ist das Ganze ich will nicht sagen ein Unsinn aber ein Ueberfluß, ein Schlag ins Wasser, eine Ungerechtigkeit. Denn aller Mängel Hülsens unerachtet ist seine Verwaltung und sein Verwaltungs-*Resultat* um kein Haar breits schlechter als das was Wien oder München oder Dresden oder Hamburg seit 30 Jahren geleistet hat. Hinter all dem lauert nur der Wunsch, auch irgendwo mal die Rolle von Heinrich Laube zu spielen. – Gestern hab' ich schon bei meiner Frau Capitain Warnkes einen Abschiedsbesuch gemacht, heute will ich zu Müller-Grote's, morgen zu Knyphausens denen ich mich doch noch mal gezeigt haben muß.

24 Stunden nach Eintreffen dieser Zeilen, treff ich wahrscheinlich selber ein. Dir und den Kindern bis dahin herzlichste Grüße. Wie mein Befinden ist, weiß ich selber nicht. Das Blut hat sich gewiß gebessert und der Bauch glaub ich ist weg, aber die Nerven sind schwerlich zu einer rechten Weide gekommen. Der Consum war zu groß. Mit Hülfe von Schlaf, den ich hier nicht hatte, hoff ich aber nachexerciren zu können. Ergeh es Dir gut. Wie immer Dein

Th. F.

Wenn Friedel morgen kommt, kann er mir vielleicht *den* Koerner-Band wo Zriny drinsteht und ein paar französ. Bücher von Augier oder Sardou wo vorne die Namen der Acteurs und Actricen mitgedruckt sind (ich muß ja ein ganzes halbes Dutzend solcher Bücher haben) besorgen.

258. An Wilhelm Friedrich

Berlin 6. Sept. 83.
Potsd. Str. 134. c.

Hochgeehrter Herr.

Ihre Güte hat mir zwei neue Sachen Ihres Verlages zugehen lassen.

Geschichte der *Italienischen* und Geschichte der *Deutschen* Literatur. Die Bücher zu besprechen oder ihrer auch nur in einer Notiz zu erwähnen, ist mir unmöglich; zu erstrem habe ich keine Zeit, zu dem andren keine Gelegenheit. Ich bin ein alter Herr, dem das Arbeiten schwer wird und der wenn er alljährlich eine Novelle, zwei Essays und seine 20 oder 30 Theaterkritiken schreiben soll, über seine Kraft hinaus beschäftigt ist. Ich kann mich deshalb auf Bücherbesprechungen nur in *aller-pressantesten* Fällen einlassen. Ein solch allerpressantester Fall ist Engel's Geschichte der englischen Literatur. Mit andern Worten nur wo freundschaftlich persönliche Beziehungen vorliegen, kann ich mich zu Buch-Kritik verstehen. Es liegt nicht an meinem guten Willen, es liegt an meinem schlechten Nervenzustand, der mir kleine Gefälligkeiten derart verbietet. Zu 4 oder vielleicht auch 10zeiligen Notizen, die weiter nichts sagen würden als »das und das ist da; geht hin und kauft es« würd' ich mich aus einem natürlichen Hange gefällig zu sein gern verstehn, wenn meine Zeitungsstellung mir ohne Weiteres ein Recht darauf gäbe. Ich würde dann am Schluss jeder dritten oder vierten Woche *einen* Tag für solche kleine Liebesdienste festsetzen, was einem schliesslich auch weniger Arbeit macht als das ewige briefliche Ablehnen, ich habe aber, von der Theaterkritik abgesehn, bei der Voss.-Ztg. auch nicht Anspruch auf *eine* Zeile Raum zu erheben und muss mir diese Zeile Raum in jedem Einzelfall erst erbitten. Das geht aber nicht, schon deshalb nicht weil man der Redaktion dadurch lästig fällt. So wollen Sie denn gütigst verzeihn.

In vorzüglicher Ergebenheit
Th. Fontane.

259. An Ludovica Hesekiel

Berlin 10. Sept. 83. Potsd. Str. 134.c.

Theuerste Freundin.

Während der Sommermonate geht auch die Schillerstiftung in die Ferien. Vorgestern las ich einen Brief, in dem wir von einem ohne Antwort gebliebenen einfach gerüffelt wurden. Es ist die Frage wer Recht hat: der Rüffler oder wir. Wir sind nicht Feuerwehr oder Esmarchsche Samariter, die auf der Stelle zuspringen müssen. Andrerseits räume ich ein daß von Juni bis Oktober eine lange Zeit ist und schrecklich lang für den der wartet.

Ich glaube, daß Ihre Eingabe angekommen ist und glaube zweitens daß die Frage von ›ja‹ oder ›nein‹ nicht schlechter steht als je zuvor. Unter allen Umständen sind Sie meiner Stimme sicher und dasselbe glaube ich von K. Frenzels Stimme sagen zu dürfen, der Schriftsteller genug ist um in jedem Augenblick über den Parteimann wegzusehn. Auch unter den andern ist kein Gegner. Ich nehme also vorläufig mit Bestimmtheit an, daß es *nicht* schlecht steht. Andrerseits weiß ich sehr wohl, daß dergleichen immer an einem seidnen Faden hängt. Vor Ende Oktober kommt es schwerlich zu Entschlüssen; auch haben wir erst von da an wieder Geld.

Von George hatten wir vorgestern einen Brief; er ist verstimmt und ich habe nicht den Muth ihm einen Vorwurf daraus zu machen. Wer 10 Jahre lang in Magdeburg und Halberstadt ein Arrangeur und Schwerennöther und dann zwei oder drei Jahre lang von Lichterfelde aus Concert- und Opern-Besucher war, kann in Wahlstatt nicht auf seine Rechnung kommen. Eine Begeistrung für die Stätte der Mongolenschlacht ist nach 600 Jahren nicht mehr aufzubringen. Jetzt sind's Runkelrübenfelder.

Herzlichste Grüße dem ganzen Hause Hesekiel von Ihrem ergebensten

Th. Fontane.

260. An Ludwig Pietsch

Berlin 14. Sept. 83.
Potsd. Str. 134. c.

Theuerster Pietsch.

Vielen Dank für Ihre schöne Arbeit über Turgenjew.

Wie selten, daß über einen Künstler oder Dichter *so* aus der Fülle des Erlebnisses, der Kenntniß und des Verständnisses geschrieben wird! Wie immer

Ihr
Th. Fontane

261. An Paul Heyse

Berlin 26. Sept 83.
Potsd. Str. 134. c.

Lieber Paul.

Du bist nun unterm Zeichen des rothen Krebses hoffentlich glücklich rückwärts gegangen und in Deinem Heim wohlbehalten wieder eingetroffen.

Die Rechtsnachfolgerin des dicken Hesekiel ist seine Wittwe (Ludovikas Mutter) Frau Hofräthin Hesekiel, Potsdam, Vor dem Jägerthor.

Durch das zur Zeit seiner Blüthe ganz auf steifen Grog gestellte Haus Smidt ging plötzlich ein »finstrer Geist« und in 3 oder 5 Jahren war *alles* todt: er, sie, die Tochter. Die nächsten Anverwandten waren in Altona lebende Schwestern von ihm, die aber sehr wahrscheinlich inzwischen auch das Zeitliche gesegnet haben, denn schon 1849 als ich schleswig-holsteinkriegsdurstig auf 8 oder 14 Tage bei ihnen zur Miethe wohnte, waren sie um 50 herum. Ich fürchte, daß Du, was in *diesem* speziellen Falle die Feststellung der Rechtsnachfolgerschaft angeht, auf Schwierigkeiten stoßen wirst.*

»Das Recht des Stärkren« les' ich also, bin aber seit Wochen krank und habe mich eben nur aus dem Bett gemacht, um ein

* Hier in Berlin befaßt sich Justizrath Horwitz vielfach mit literarischen Rechtsfragen und in Leipzig oder Dresden existirt ebenfalls ein Rechtsconsulent von gutem Ruf, der diese Dinge zu seiner Spezialität gemacht hat. Vielleicht thäte Dein Verleger gut, sich mit diesen Herren in Verbindung zu setzen. Die *müssen* dann derartiges herauskriegen.

halb Dutzend unerläßliche Briefe zu schreiben. So verzeihst Du, wenn noch eine Weile vergeht.

Es ist gewiß richtig, was Du halb im Ernst und halb im Scherz schreibst, »daß nur der Novellen-Schatz die Unsterblichkeit verbürgt«; *Du* mit Deinen zahlreichen und tapfren Bataillonen gleichst freilich der fridericianischen Armee, die, siegreich oder geschlagen, durch sich selbst fortlebt, *ich* aber bin nur ein Bückeburger in der Reichs-Armee, der als Kleintheil im Ganzen lebt und mit dem Ganzen steht und fällt. Um die Situation zu verbessern, dazu bin ich zu alt. Also »Unsterblichkeit« unter Bedingungen und mit Einschränkung. Aber bedingt oder unbedingt, was kümmert den Verleger der Ruhm seiner literarischen Commis. *Ihm* genügt es, dem »deutschen Genius im Ganzen« (seinem Arnheim) einen Dienst geleistet zu haben. Schließe aber hieraus nicht auf Verbittrung. Ich lache längst über diese Dinge! Heute abend wird »Colberg« gegeben; O. Brahm wird mich vertreten. Hoffentlich hast Du Ursach, mit dieser Vertretung zufrieden zu sein. Empfiehl mich Deinen Damen. Wie immer Dein

Th. F.

262. An Otto Brahm

Berlin, 14. Oktober 1883.

Hochgeehrter Herr und Freund.

Aus dem Haaseschen Lager, aber nicht von Haase selbst, ist mir ein Brief zugegangen, indem ich gebeten werde, bei Dr. O. Br. für den mätzchen-machenden bez. à la Schnock den Löwen spielenden Virtuosen und Berliner Liebling ein gutes Wort einzulegen. Es geht diese Bitte von einer Person aus, der ich die Gewährung derselben trotz aller Unlust mich in Sachen zu mischen die mich nichts angehn, nicht gut abschlagen kann. Wenn ich Ihnen später (sagen wir in zwei Monaten) den Namen dieser Person nennen werde, so werden Sie mir selber zustimmen. Also bitte, machen Sie's gnädig und sein Sie nicht der Wolf der das Lämmchen verschlingt.

Ihre Kritik über die »Krisen« ist vorzüglich, alles rund und nett, und vorm Richterstuhl der Ewigkeit, wie mein Freund Zöllner sich scherzhaft auszudrücken pflegt, auch gewiß nicht zu streng. Auch nicht in Bezug auf Haase. Aber ist es nötig ihn vor den Richterstuhl der Ewigkeit zu ziehn? Ließe sich sein Spiel nicht vielleicht auch mit einer etwas kürzeren Elle messen? Und endlich drittens und letztens sind einzelne Wendungen und Worte, so richtig *das* sein mag was damit gesagt werden soll, nicht doch vielleicht im *Ausdruck* um eine Nuance zu hart? Ich denke dabei beispielsweise an das Wort Mätzchen. Mätzchen, wenn ich richtig definiere, sind absolute Verwerflichkeiten, Dinge, die mit der Rolle selbst nicht das Geringste zu schaffen haben und ohne jede künstlerische Berechtigung herangezogen werden, entweder um einen unstatthaften Effekt hervorzurufen oder um Unausreichendheiten zu kaschieren. Letzteres trat bei Doering ein, wenn er stecken blieb. Er griff dann in seiner Angst und Verlegenheit zu wirklichen echten Mätzchen. Aber nun Haase! So weit ich sein Spiel kenne, greift er zu solchen außer allem Zusammenhange mit der Rolle stehenden Mittelchen nie, sondern müht sich umgekehrt um allerlei Züge, die recht eigentlich der Rolle dienen und das zu gebende Bild vervollständigen sollen. In der Suche nach solchen Zügen geht er offenbar zu weit und überlädt seine Porträts mit Strichelchen und Tüpfelchen, die besser fehlten. Aber ist es, um meine Frage zu wiederholen, im *Ausdrucke* nicht doch vielleicht zu weit gegangen, in solchem Falle von »Mätzchen« zu sprechen? Ich gebe das zu freundlicher Erwägung anheim.

Und nun bitt' ich Sie zum Schlusse herzlichst, mir diesen durchaus durch Rücksichten auferlegten Brief nicht als neunmalweisen Rededrang eines alten Herrn auslegen zu wollen. Ich hasse solches Fegen vor andrer Leute Türen und bin *sehr* contre coeur an die Arbeit gegangen. Aufklärungen über diese Rätselsprache nach nicht allzu langer Zeit! ......

In vorzüglicher Ergebenheit
Th. Fontane.

263. An Ludwig Pietsch

[Berlin, 22. Oktober 1883]

Wundervoll;
besonders erste Hälfte.
Es lebe das Licht!

Th. F.

264. An Wilhelm Friedrich

Berlin 4. Novb. 83.
Potsd. Str. 134. c.

Hochgeehrter Herr.

Besten Dank für die mir gütigst übersandten 50 Mark (W. Alexis). Mit der Bitte die etwa verspätete Bestätigung des Empfangs verzeihn zu wollen, in vorzüglicher Ergebenheit

Th. Fontane.

Ist es nicht an der Zeit, das Abonnement auf d. »Magazin« zu erneuern? Ich vergesse immer den Termin.

265. An Karl Zöllner

Berlin 4. Novb. 83. Potsd. Str. 134.c.

Theuerster Chevalier.

Die vielen Wochen, in denen ich mit halbem Dampf (und oft mit weniger) gearbeitet habe, hab' ich zum Pusseln und Zusammentragen von Stoff für ein 4 bändiges Parallelwerk zu meinen ›Wanderungen‹ benutzt.

Dreiviertel oder mehr – denn es ist schon ein ›alter Schaden‹ – hab' ich glücklich beisammen, aber an einzelnen Stellen hapert's. Sprächest Du wohl mal mit Droysen darüber, wo sich mir

1. Rochus v. Lynar,
2. Lampertus Distelmeyer

und 3. die Schlacht bei Warschau

voll erschließen würden? Ich glaube, daß Droysen's eigne Werke viel darüber bringen. In Betreff der Schlacht bei Warschau hab' ich mal so was gehört. Er soll hinsichtlich derselben eine Art Entdecker gewesen sein. Wie immer Dein

Noel.

266. An Wilhelm Hertz

Berlin 4. Novb. 83.
Potsd. Str. 134.c.

Sehr geehrter Herr Hertz.

Pardon daß ich Ihnen erst heute für das schöne Buch danke, das Ihre Güte mir vor einigen Tagen schon zugehen ließ. Ich wünsche dem Dichter wie dem Verleger, daß der Erfolg des Buches seinem Werth entsprechen möge, wie dieser aber auch ausfalle, das Verdienst wird Ihnen und Ihrer Firma bleiben, ein solches Buch voll Inhalt und Wahrheit gebracht zu haben. Der Tag gehört der Phrase, die Zukunft dem Wort.

Durch Ihren Herrn Bruder weiß ich, daß Sie von Montreux zurück sind; möge die Bergluft einen Winterlang nachwirken.

In vorzüglicher Ergebenheit

Th. Fontane.

267. An Karl Zöllner

Berlin 2. December 83. (Sonntag.)

Anbei, theuerster Chevalier, die beiden Nummern mit meinem besten Danke zurück.

Ich habe mir alles Satz für Satz ernsthaft angesehn und bin der Meinung daß K. Fr. in *allem* Recht hat. Nirgends ist ein Abzug zu machen. Ob es klug war, speziell auch für K. Fr., solche Wahrheiten auszusprechen, *das* ist eine andre Frage. Genauere Betrachtung wird aber auch nach *dieser* Seite hin ein für Fr. nicht ungünstiges Resultat ergeben. Denn worin steckt denn schließlich die Dummheit oder Unklugheit? Doch in nichts Andrem als daß er in Bezug auf *alle* Künste sagt: ›wenn die Presse nicht beständig Lärm schlägt, so kümmert sich eigentlich kein Mensch mehr drum oder doch nur eine verschwindende Minorität.‹ Und dieser Satz ist nicht nur wahr, sondern auch absolut inoffensiv 1. weil er sich gegen *alle* Künste richtet und 2. und hauptsächlichst von einem Menschen ausgesprochen wird, der in erster Reihe *auch* Künstler ist und so viel Bücher geschrieben wie Werner Bilder gemalt hat. Werner hat mehr Geld dafür gekriegt, ob seine Bilder aber besser sind als Frenzels Bücher ist doch noch sehr die Frage. Wie immer Dein

Noel.

268. An Bernhard von Lepel

Berlin. 5. Dezember 1883
Potsd. Str. 134. c.

Mein lieber alter Lepel.

Sei schönstens für Deinen lieben Brief bedankt, der mir nicht blos geschmeichelt sondern was schließlich doch noch besser ist mich herzlich erfreut und erheitert hat, namentlich die Stelle wo Du schreibst: »Du hättest es mir nicht eingebrockt« wo ich in ein lautes Lachen kam.

Aber nun die Sache selbst! Es geht nicht, mein lieber alter Lepel, ich bin zu sehr Wrak, zu verbraucht, und der Springkraft, die ich mir bis vor kurzem noch bewahrt hatte, nun mit einem Male bin ich sie los. Solchen Vortrag halten ist mir wie Haus bauen oder mit Steamer und Pacific-Bahn nach Californien fahren. Ich kann es nicht mehr. Erhole ich mich aber noch mal, so melde ich mich bei Dir. Weitres wenn ich Dich zum Feste sehe. – Während der letzten Wochen habe ich Deinen Namen oft niedergeschrieben; ich arbeite nämlich (endlich) an einem Scherenberg-Aufsatz, der ein kl. Buch wird. Mit der Bitte mich angelegentlichst empfehlen zu wollen wie immer

Dein

Th. Fontane.

269. An Friedrich Stephany

Berlin, d. 6. Dezember 1883.

Hochgeehrter Herr und Freund.

Was haben Sie denn zu der Fehde Karl Frenzel und Anton v. Werner gesagt? Es ist freilich nur ein Sturm im Glase Wasser, und die Tonkin- oder die Sudanfrage ist wichtiger. Aber so wichtig eine Kleinkramfrage sein kann, so wichtig ist sie. Die Frage wird auch nicht wieder einschlafen, denn sie birgt etwas von Revolutionskraft in sich und wird nicht eher ruhen, als bis die seit zwanzig Jahren immer maßloser gewordenen Prätensionen der Farbenklexerwelt auf ein richtiges und verständiges Maß zurückgeführt sein werden. Siehe den Wernerbrief als Belag. Ist das eine Sprache! Man mag über Frenzel denken, wie man will: unter allen Umständen ist er ein *sehr* kluger, sehr gescheiter, sehr unterrichteter kleiner Mann, der sich die ganze Wernerweisheit längst an den Schuhsohlen abgelaufen hat. Und diesen Mann nimmt sich der von der Tarantel gestochene Pittore vor und hält ihm einen Vortrag über Kunstästhetik. Macht ihm sozusagen seinen Standpunkt klar. Doll. Die Kunstkritiker haben viel auf dem Gewissen, aber verglichen mit dem Gequatsch, das die Maler selbst loslassen, sind es Halbgötter. Solch Affront, der in der Person Frenzels der ganzen Presse geschieht, ist auch nur in Deutschland möglich. In Paris würde einem Maler, der sich *so* zu schreiben unterfinge, gut heimgeleuchtet werden.

Ihr

Th. Fontane.

270. An Friedrich Stephany

Berlin, 9. Dezember 1883

Hochgeehrter Herr und Freund.

Herzl. Dank für Ihre freundl. u. sehr interessanten Zeilen. Ich könnte, die Bitternisse meines Herzens ausschüttend, mit einer ganzen Welt voll Grimm u. Anklage dabei sekundieren, aber ich mag Sie nicht in eine Correspondance verwickeln u. dann – was hilft es? Das entscheidende Wort haben Sie schon gesprochen: »Jeder wird so gut u. so schlecht behandelt, wie er's verdient.« Dem einzelnen gegenüber mag es nicht immer ganz zutreffen, aber *Gesamtheiten* gegenüber gewiß. Sechste Großmacht! Ja, so könnte es sein, mehr noch, es *ist* so, trotz der Pariaschaft, in der das Ganze wie der einzelne nach wie vor beharrt; aber wie kleinstaatlich schwach sind wir doch zugleich in unsrer Großmachtstellung. Wir sind Karl Moor oder meinetwegen auch der Mahdi. Furcht ist da, aber nicht Respekt, u. der letzte Steueroffiziant gilt im offiziellen Preußen mehr als wir, die wir einfach »catilinarische« Existenzen sind. Als ich vor jetzt gerade 33 Jahren zur offiziellen Presse gehörte (unter Manteuffel), war es mir beständig fühlbar, daß sich die Ministerialboten für ganz andre Kerle hielten als *uns*, die wir doch ein »literarisches Bureau« bildeten. Als »kleine Beamte« Zeitungen *holen* war ein anständigerer Dienst als unsre Zeitungen *lesen* oder machen. Und viel besser wird es seitdem auch nicht geworden sein. »Es ist eine Tränenwelt«, sagt ein Schuster in Jul. Wolffs neustem Roman.

Ihr Th. F.

271. An Emil Dominik

Berlin 12. Dezb. 83
Potsd. Str. 134c

Hochgeehrter Herr und Freund.

Herzlichen Dank für Brief und Beilage. Das über Frenzel Gesagte stimmt im Wesentlichen, ist aber ein Lied das nach gerade die Spatzen pfeifen; keine Spur neu. Der arme Frenzel kommt seit 14 Tagen aus dem Attackiertwerden gar nicht mehr heraus; der Streit »v. Werner–Frenzel« nimmt immer größre Dimensionen an; hätten wir ein bischen mehr Corpsgeist, wäre unsre Presse speziell nach dieser Seite hin nicht so grunderbärmlich, so müßte der Streit mit einem totalen Maler-

Kladderadatsch endigen; aber davon sind wir noch weit ab. Wir stehen auf dem alten deutschen Standpunkte, daß wenn der Sondershausener eins abkriegt, so freut sich der Rudolstädter. – Ihr Besuch freut mich zu jeder Zeit; nur nächster Sonnabend ist eine Ausnahme: Kritiktag, Karolinger. Wenn ich die Freude habe Sie wiederzusehn, sprechen wir auch über die beiden Romane von Freytag; sie zählen zu dem Besten was wir haben, die Fehler sind tolerabel, die Tugenden sehr groß. Aber wie's immer geht: *er* tödtete W. Alexis dessen bester Roman: »Isegrimm« gleichzeitig mit Soll und Haben erschien; nun *wird* er getödtet und durch *wen*? Durch kulturhistorisch sein wollendes dummes Zeug, dessen letzter Ausläufer der »Sülfmeister« ist. In herzlicher Ergebenheit

Th. F.

1884

272. *An Mathilde von Rohr*

Berlin 2. Januar 84. Potsd. Str. 134.c.

Diese Zeilen, mein gnädigstes Fräulein, die Ihnen meinen herzlichen Dank für Ihre Glückwünsche aussprechen sollen, treffen Sie hoffentlich schon wieder bei gutem Wohlsein an, wiewohl das scharfe Frostwetter das sich inzwischen eingestellt hat, für katarrhalische Affektionen nicht gerade das beste ist.

Das Fest, wie auch meinen Geburtstag, verbrachten wir still zu Haus; ein wahres Glück; ich habe nicht die geringste Neigung mehr in großen oder kleinen Gesellschaften umherzustehn, erst mit dem Hut und nachher mit einer Tasse Thee in der Hand, allerlei gleichgültiges und dummes Zeug zu hören oder was noch schlimmer ist selber zu sprechen und sich schließlich an einer Majonnaise den Magen zu verderben. Das ist für junge Leute oder für Offiziere und Geheimräthe, die dergleichen mit Recht als ›Dienst‹ ansehn. Ich bin ›außer Dienst‹ und will wie den Schaden auch den Vortheil davon haben.

George war zum Feste hier, Theo hatte sich von seiner Krankheit leidlich wieder erholt und Martha kam zu Zeiten, so daß wir ein paarmal allesamt (natürlich auch Friedel) zusammen waren. Wie oft und wie lange noch? Selbst wenn alles am Leben bleibt, müssen die Detachirungen in die Welt hinein bald beginnen: Theo wird sehr wahrscheinlich in eine Provinzialhauptstadt geschickt werden, Friedel will nach Genf oder Paris oder London, und Martha – wenn sie nicht die Sache *vorher* satt kriegt – verbringt das nächste Weihnachtsfest vielleicht in Chicago oder San Francisco. Sie von solchen Welttouren zurückzuhalten, wenn sie nicht selber eines schönen Tages davon abspringt, haben wir weder ein Recht noch den Muth dazu. Was können wir ihr hier bieten? Die Chancen eines *armen* Mädchens sind hier äußerst gering und der Umstand, daß sie sehr gescheidt und zugleich auch durch ein Leben in reichen Häusern verwöhnt ist, *erschwert* es ihr nur einen Mann zu finden. Was soll auch ein kleiner Landprediger oder Gymnasiallehrer wenn er sich nicht weit über den Durchschnitt erhebt, mit ihr anfangen?

Sehr hat mich interessirt, was Ihre lieben Zeilen an meine Frau über Rombergs enthielten. Natürlich ist es traurig, aber das Allertraurigste ist *das*, daß man es nicht mal zum Mitgefühl mit dem Schicksal dieses Ehepaares bringen kann. Wenn ich ohne schwimmen zu können ins Wasser springe, so ertrinke ich eben. Und wenn ich herausgezogen werde und immer wieder hineinspringe, so werden die Umstehenden zuletzt eigentlich nur noch ärgerlich. Es spricht sich in der Handelsweise dieses Ehepaares eine unerfreuliche Mischung von Dünkel und Dummheit aus. Ich glaube, beide konnten es nicht recht fassen, daß ein Romberg und ein Itzenplitz je verarmen könnten; da hatte der liebe Gott eben die Verpflichtung *durch ein Wunder* zu helfen. Ach, Du lieber Himmel, welche Vorstellung. Was ist Romberg und Itzenplitz in den großen Ordnungen Gottes! Nicht mehr als ein Sandkorn. – Darf ich bitten mich Frl. v. B. empfehlen zu wollen. Mit herzlichen Wünschen für Ihr Wohl, Ihr dankbar ergebenster

Th. Fontane.

273. An Otto Brahm

Berlin, d. 2. Januar 1884.
Potsdamer Straße 134 c.

Hochgeehrter Herr und Freund.

Lassen Sie mich Ihnen aussprechen, wie sehr wir uns über Ihren Sieg gefreut haben. Viertausend Mark sind kein Pappenstiel, und wenn schon das Geld was bedeutet, so die Ehre noch mehr. Es zählt dies zu den im Leben nicht allzu oft vorkommenden Ereignissen, gegen deren Wucht sich auch der Übelwollendste nicht verschließen kann. Als Kollege habe ich – und mit mir gewiß viele – noch die Spezialfreude gehabt, daß ein Schriftsteller den ersten und ein Professor erst den zweiten Preis errungen hat. Es ist recht gut, daß wir Professoren und Geheimräte haben, aber ihre Alleinherrschaft dann und wann gebrochen zu sehn, ist doch eine Wonne, weil ein gelegentlicher Triumph von Gerechtigkeit und *bon sens.*

Wie immer Ihr

Th. Fontane.

274. An Bernhard von Lepel

Berlin, 16. Januar 1884
Potsd. Str. 134. c

Mein lieber alter Lepel.

Empfange meinen herzlichen Dank für den schönen »Kümmel-Pascha-Fez«. Ich habe nun 4, Deiner aber ist der schönste, von einer mir besonders wohltuenden Farbe, nicht so schreiend roth wie die andern. Ich habe gleich gestern auch die besondre Aechtheit feststellen können, denn die Potsdamer-Straße wimmelt jetzt von Türken, die 12 oder 20 an der Zahl in einem in meiner Nähe befindlichen Institut untergebracht sind. Sie tragen alle, statt des rothen, einen purpurdunklen Fez.

Die Todes-Anzeige des Fräulein Therese v. Schütz las ich gestern Abend in der Kreuz-Ztg.

Die Vossin, mit der übermorgen zu schreibenden Kritik, wird Dir am Sonntag zugehn. Ich wollt' es läge hinter mir. Aller Wahrscheinlichkeit nach werde ich Manches tadeln müssen, vielleicht gerade die Hauptsache: Paul versteht eben auf diesen Punkt hin keinen Spaß, und zu wissen, daß auch das Wohlmeinendste, wenn es nicht unbedingtes Lob ist, als Quasselei, Dummheit oder Unfreundlichkeit angesehn werden wird, lähmt einem die Hand. Aber was hilft es. Gerade dafür, daß es einem gelegentlich sauer gemacht wird, wird man relativ gut bezahlt. Es *soll* kein Vergnügen sein. Mit der Bitte mich Deiner hochverehrten Frau empfehlen zu wollen, wie immer Dein alter

Th. Fontane.

275. An Moritz Lazarus

Berlin, den 17. 1. 84.

Empfangen Sie auch noch schriftlich meinen Dank für Ihre frdl. Einladung auf morgen u. den Ausdruck meines Bedauerns darüber, daß ich nicht zusagen konnte. Wenn ich der wäre, der ich sein müßte, so hätte mir nichts Liebers passieren können, als ein Tischgeplauder mit Ihnen u. unserem lieben Freunde. Solche Kritik aber wie sie morgen geschrieben werden muß an einem Vormittage zu bewältigen, geht weit über meine Kraft. Ich war nie ein »fixer Kerl« u. nun gar jetzt Angegriffen[!], furchtbar verschnupft, gestern ein Geburtstags- u. heut ein Verlobungsdiner (bei Heydens) um 6 1/2 mit fliegender Droschke ins Theater u. um 10 zur Niederschreibung einer 1. Notiz auf die Druckerei. Dabei wird mir zu Mut als ob ich bei Erschaffung der Welt mitarbeiten sollte. So denn nur herzlichste Grüße den teuren, dem ich für heut abend alle möglichen Krönungen wünsche. Wie immer in herzlichster Ergebenheit Th. F.

Mit Ihrem Buche bin ich eben durch; wir haben vielleicht nächsten Sonnabend eine kleine Rütli-Debatte darüber.

276. An Alexander Strakosch

Berlin 9. Febr. 84.
Potsd. Str. 134.c.

Hochgeehrter Herr Professor.

Ich kam gestern nicht mehr dazu, wie ich eigentlich gewollt, ein paar Zeilen über Ihre dritte Vorlesung zu schreiben. Es ist nun heute geschehn und morgen (Sonntag) früh wird es wohl die Vossin bringen. Von »Kritik« kann keine Rede sein, ich verfolge mit solcher Notiz natürlich nur die Absicht Ihnen insoweit nützlich zu sein wie ich's vermag.

Sie haben die große Freundlichkeit gehabt mit Frau Gemahlin der meinigen einen Besuch machen zu wollen. Bitte, verschieben Sie's; wir haben seit einigen Tagen Krankheit im Hause (der jüngste Sohn bettlägrig und nicht ganz leicht) so daß Betrübniß und Sorge vorherrschen. Mit der Bitte mich unbekannterweise bestens empfehlen zu wollen, in vorzügl. Ergebenheit

Th. Fontane.

277. An Wilhelm Hertz

Berlin 15. Febr. 84.
Potsd. Str. 134.c.

Sehr geehrter Herr Hertz.

Bestens dankend für die fromme Besprechung von »Ellernklipp« die Ihre Güte mir in voriger Woche zugehen ließ, bitte ich freundlichst wie ergebenst mir 5 Exemplare (gebunden) meiner Gedichte gütigst zugehn lassen und in Rechnung stellen zu wollen. Es wird jetzt Mode in Cotillons damit zu wirthschaften, daher die enorme Zahl 5.

In vorzügl. Ergebenheit
Th. Fontane.

278. An Friedrich Witte

Berlin, 17. Febr. 84
Potsd. Str. 134c

Mein lieber alter Witte.

Die Verführung ist diesmal groß, in einen gewissen Feierlichkeitston zu fallen wie zu Geburtstagen, die zufällig dem Oster-Konfirmations-Tage um eine Woche vorausgehn. »Du stehst jetzt vor einem besonders wichtigen Lebensabschnitt usw.« Ja mein lieber alter Witte, Du stehst *wirklich* davor, hast es »erreicht wie Oktavio«, nur mit reiner Hand, und wenn ein großer Friedländer gefallen ist, so fiel er nicht durch Dich. Nur seine Ruhmes-Erbschaft trittst Du an, und daß Du sie womöglich noch wachsen läßt, dazu wünsche ich Dir von ganzem Herzen *Kraft*. Die Lust und Liebe, die sonst noch dazu gehört, *die* hast Du. Also freiweg und Glück auf! Es trifft sich, daß wir uns auf dem Boden der Meininger begegnen, und während Du vor ihrer politischen Einsicht Deine Verbeugung machst, verbeuge ich mich vor ihrem ersten Bühnenkünstler, dem Herzog.

Die zurückliegenden Berliner Tage sind Dir und meiner hochverehrten Freundin hoffentlich gut bekommen. Über das »Elefantenküken« haben wir uns als Genieblitz wundervoll amüsiert; es ist nun geflügeltes Wort im engeren Kreise. Milachen ist, während ich diese Zeilen schreibe, bei Buchhändler Müller-Grote in einem Künstlerzirkel (auch Martha da) und wird morgen ihre Zeilen den meinigen beilegen. Nochmals mit tausend Glückwünschen Dein alter

Th. Fontane

279. An Alexander Strakosch

Berlin 19. Febr. 84.
Potsd. Str. 134. *c.*

Hochgeehrter Herr Professor.

Empfangen Sie meinen besten Dank für Ihre freundlichen Zuschriften. Daß ich über Ihre Vorträge, von denen ich fortgesetzt Liebes und Gutes höre, nicht mehr schreiben kann, beklage ich, – es liegt aber buchstäblich so wie ich mich in meinem ersten längren Artikel über die Lokalfrage geäußert habe. Meine gesundheitlichen Verhältnisse gestatten mir nicht Plätze zu besuchen, wo sich Nordpol und Aequator ein Rendezvous geben. Und immer nach Hörensagen schreiben, geht nicht.

Ihnen weitre glänzende Erfolge wünschend in vorzüglicher Ergebenheit

Th. Fontane.

280. [An Karl Bleibtreu]

Berlin 25. Febr. 84.
Potsd. Str. 134. c.

Hochgeehrter Herr u Freund.

Empfangen Sie meinen herzlichsten Dank für Ihre freundlichen Zeilen, die mir endlich Gelegenheit geben einem Gerücht zu widersprechen, das sich ich weiß nicht aus welchen Mißverständnissen heraus entwickelt hat.

Ich habe mich brieflich und mündlich dahin geäußert, daß ich sowohl Orelli wie Widmann fremd gegenübergestanden hätte und daß mir beide trotz meines Respekts vor ihrem Wissen, Können und Thun nicht sonderlich sympathisch gewesen wären, aber *mehr* hab' ich weder ausgesprochen noch in meinem letzten Herzenswinkel gefühlt. Was speziell Orelli angeht, so weiß ich nicht blos durch Scherenberg und Sie, sondern auch noch von andrer Seite her, daß er ein tapfrer, dem Höchsten zustrebender, *edler* und zum Ueberfluß auch noch herzensguter Mann gewesen ist, ein Entschlossenheitsmensch und ein Kind zugleich. All dessen hab' ich nie ein Hehl gehabt. Und nun frag' ich Sie, wie könnt' ich auf die Idee kommen, eine kindische Sorte von Kriegführung gegen einen nach aller Welt Zeugniß ausgezeichneten Mann geradezu vom Zaune zu brechen! Was den in Ihrem Briefe berührten Punkt angeht, so geht er mich überhaupt nichts an, und gehört auch nicht entfernt in meinen Aufsatz hinein; *das* aber möchte ich bei der

Gelegenheit und an *dieser* Stelle mit einem gewissen Nachdruck aussprechen dürfen, daß mein *großer* Respekt vor Orelli speziell auch in *dieser* Angelegenheit und seinem sans phraseherrlichen Benehmen dabei [?] wurzelt. Wer mich ein bischen kennt, wird wissen, daß dies auch gar nicht anders möglich ist.

So bitte ich Sie denn herzlichst, das verehrte Krause'sche Paar über diesen Punkt beruhigen zu wollen. Ich werde nicht *ein* Wort sagen, das Anstoß geben könnte, wobei ich freilich darauf rechne, daß ein Satz wie: »beide Herren waren herrschsüchtig und in ihren jungen Jahren von einem gewissen geistigen Hochmuth erfüllt« nicht Anstoß geben kann. Ich werde mich auf ein längres Citat aus dem »Tannhäuser« beschränken und daran anknüpfend, vor Mittheilung einiger höchst intressanter Briefe, Orelli's *kritische Machtstellung* im Tunnel schildern. Grundton: er war sehr klug, sehr brav, sehr gut, aber er zeigte gern seine Ueberlegenheit und herrschte gern. Ich denke, dies werd' ich sagen dürfen, ohne Gefühle zu verletzen. Hinzufügen möcht' ich noch, daß ich nach reiflicher Ueberlegung zu dem Entschlusse gekommen bin, über das Jahr 50 (also die Zeit unmittelbar nach dem Erscheinen von Waterloo) in meinem Orelli-Widmann Kapitel gar nicht hinauszugehn. Die ganze Anordnung geschieht nämlich chronologisch, von Kapitel zu Kapitel rückt auch die Zeit vor, und nur das Jahr 50 betrachte ich als ein Plateau, auf dem eine längre Rast genommen und Umschau gehalten wird. Hier spreche ich nun von Scherenbergs Beziehungen zum Hofe, zur Militärwelt, zu L. Schneider, zu Schramm, zu Widmann-Orelli, zu St. Paul und zu mir selbst. Jedem Einzelnen ist ein besondres Kapitel gegönnt, aber in *jedem* schreitet die Erzählung nicht über das Jahr 50 hinaus. Eine Zeitlang war ich entschlossen, mit Rücksicht auf die besondre Bedeutung von Widmann-Orelli, hier eine Ausnahme machen und eine Art Gesammt-Biographie Beider geben zu wollen. Es stört mir aber die Klarheit des Aufbaus und so hab' ich diesen Plan wieder fallen lassen.

Aus all diesem wollen Sie gütigst ersehn, wie ungerechtfertigt die Sorge vor Indiskretionen ist.

Es bleibt mir nur noch übrig, wiederholentlich den Wunsch auszusprechen, daß Ihre Güte das verehrte Paar beruhigen wolle. Vielleicht eignen sich diese Zeilen zu gef. Einsendung an dasselbe.

Mit der Bitte mich dem ganzen Hause Bleibtreu bestens empfehlen zu wollen, in freundschaftlicher Ergebenheit Ihr

Th. Fontane.

281. An Martha Fontane

Berlin 16. März 84. Potsd. Str. 134. c.

Meine liebe Mete.

Heute früh erhielten wir Deinen zweiten Brief aus *Nizza* – ich bin entschieden gegen ›Nice‹ – und da ich nicht wissen kann was die nächsten Tage an Störungen vielleicht bringen, so benutze ich die Sonntagsstille (für Mama viel *zu* still, woraus sie mir immer einen Vorwurf macht) um Dir zu schreiben und vor allem auch zu gratuliren. Zu den vielen Wünschen die ich für Dich habe, gehört mit Rücksicht auf die momentane Lage vor allem auch *der,* daß Du so froh, so heiter, so zweifelsohne wie möglich in den herrlichen blauen Himmel hinauf und auf das herrliche blaue Meer hinab schauen mögest. Glaube mir nach meinen reichen Reise-Erfahrungen überhaupt, aber speziell auch nach meinen aus zwei Aufenthalten herstammenden *italienischen* Erfahrungen, daß es nur *da*rauf ankommt, nur auf das was auf der Straße liegt, was man von jedem Hôtel- oder Wagen-Fenster aus sehen kann. Mama und ich sind vollkommen einig darüber, daß die weitaus größten Genüsse die wir in Italien gehabt haben, Fahrten aller Art: auf Eisenbahn, Dampfschiffen, Booten, in Landkutschen und Droschken und außerdem Spaziergänge waren, Spaziergänge den Corso oder den Toledo (in Neapel; jetzt Via nazionale) die Piazetta oder den Monte Pincio entlang, und daß alle Kunstgenüsse daneben verschwinden. Auch der wüthendste Bilder-Tiger kommt außerdem noch sehr bald dahinter, daß er nicht alles, nicht ein Zehntel verschlingen kann und daß man sich mit Brocken begnügen muß. *Die* aber werden keinem versagt, so wenig daß man eher umgekehrt sagen kann, sie fliegen einem wie Confetti während der Carnevalszeit an den Kopf. Welche Plätze ihr auch besuchen mögt, viele oder wenige, große oder kleine, eine reiche Ausbeute ist ganz unausbleiblich, was Du nach überstandener Campagne mit ebensoviel Dank wie Genugthuung erkennen wirst. Deine Gesundheitszustände sind leider nicht die besten, sind *die* wieder verbessert, so wird Dir alles in einem rosigen Licht erscheinen und

Dich fähig machen, an jedem Athemzuge Deine Freude zu haben. Die berühmte ›Aussprache‹ läuft Dir nicht weg und je länger der Strom gestaut wird, desto brausender stürzt er in die Tiefe. Vielleicht daß im Mai oder Juni welche zugereist kommen, um ihn hier niagarahaft niederstürzen zu sehn.

———

Was sollen wir von hier aus melden? Ueber das große Ereigniß ›Müller-Grote‹ wirst Du schon zwei vielleicht drei Berichte erhalten haben. Eigentlich war es nicht viel und doch war es auch wieder alles was es sein konnte: freundliche liebenswürdige Wirthe, gebildete reiche wohlanständige Gäste, feine Speisen und noch feinere Weine, Glanz der Einrichtung, Toaste, Musik und lebende Bilder, und doch muß ich wiederholen es fehlte 'was, ja es fehlte viel, alles. Wenn ich sagen würde, es habe bourgeoishaft oder gar geldprotzig gewirkt, so wäre das falsch, es war alles mehr bürgerlich-kleinstädtisch, vor allem aber unbedeutend, zweiten oder richtiger dritten Ranges. Welch Unterschied wenn ich damit einen Abend beim Prinzen, oder einen Nachmittag auf der Treppen-Veranda bei Heydens (mit Frau v. Türckheim) oder ein Dejeuner bei Lindau mit Auerbach, Bayard Taylor, Lasker oder auch nur einen Plauderabend bei Frau v. Wangenheim mit Windel oder einen dito Plauderabend bei Frau v. Noville mit Baron Buddenbrock vergleiche. Worin liegt der Unterschied? Ich glaube *darin* daß in guten Häusern das Unfreie, das Zurechtgemachte, das Hinaufgeschraubte, die Trivialität und das Blech wegfällt. Es wird auch allerhand dummes Zeug gesprochen, Unausreichendes, Unfertiges, Unhaltbares, aber die Ziererei fehlt, die Prätension; alles giebt sich natürlicher. Gerade da wo man Zwang fürchtet herrscht Zwanglosigkeit und umgekehrt. Ueber Wolffs beide will ich nichts sagen; ich finde sie *menschlich* beide ganz nett und auch sicher genug um wieder natürlich sein zu können. Aber wie inferior ist die Natur, die da zum Vorschein kommt. Ich kann solche Reden nicht halten wie seine Festrede war, aber ich muß auch hinzusetzen: Gott sei Dank. Es ist mit dem Sprechen-können wie mit dem Dichten, wie mit der Kunst überhaupt; wenn man's nicht ordentlich kann, so bleibe man davon, sonst verwandelt sich der Segen in Fluch.

———

Theo war bei Baron Bleichroeder ›dem Jugendfreund‹ und hat mit Else getanzt und pour combler le bonheur auch mit Frau Lindau. Heut ist er zum Verlobungs-Diner bei Lachmanns, der zweite Sohn auch wieder mit einer Elsbacher. Immer mehr Geld wird nach Berlin hineinge[hei]rathet, aber Neunzehntel davon ist jüdisches. Die Judenfrage brennt wieder in Folge des Synagogenbrand-Prozesses in Konitz und Neu-Stettin und im Reichstage haben Stoecker und Haenel kolossale Grobheiten ausgetauscht. Auch Bismarck hat zweimal fünf Spalten lang gesprochen, das erste Mal über die Lasker-Sargent-Frage (Repräsentantenhaus-Adresse) das andre Mal über Staatssocialismus und den Parlamentarismus wie er *ist* und wie er *sein soll*. Beide Reden wieder der reine Zucker. Wenn er niest oder Prosit sagt, finde ich es interessanter als die Redeweisheit von 6 Fortschrittlern. Der Einzige, der mich neben ihm interessirt, ist Eugen Richter. Ich finde das Auftreten dieses Letztren unverschämt in der *Form* und begreife den Haß den Bismarck gegen ihn hat, aber zugleich hat er doch eine Verwandtschaft mit ihm und kommt ihm in Wissen, Witz, Natürlichkeit und Schlagfertigkeit am nächsten.

In der Vossin stand gestern Abend das hier Beigeklebte; Du kannst Dir also denken wie neugierig Mama ist den ›Schalk‹ zu lesen. Ich fürchte oder hoffe, daß sie schließlich enttäuscht sein wird.

Nächsten Freitag Abendgesellschaft bei Lazarus; wir werden durch Abwesenheit glänzen.

Mit meinem Scherenberg-Aufsatz bin ich nun Gott sei Dank bald zu Ende; zwölf Kapitel sind schon abgeschrieben. Mama unterhält wie gewöhnlich die Vorstellung, daß es *nie* fertig wird. Es sei ihr aber verziehn, da sie mir seit einigen Tagen wieder mit Todesverachtung vorliest, so heute beispielsweise die H. Heine'schen Memoiren, so weit sie bis jezt in der ›Gartenlaube‹ abgedruckt sind. Es hat mich *sehr* amüsirt; alles kolossal geistreich, fein, witzig; kuckte nicht die Verlogenheit und Eitelkeit überall hervor, so wär es Nummer eins.

Meine Scherenberg-Schreiberei bringt mich mit vielen neuen Leuten in Berührung; so war ich vorgestern bei Frau Lina Duncker, geschiedne Frau des Buchhändler *Franz* Duncker, der dann ein Gersonsches Putzfräulein heirathete, um dadurch 4 oder 6 Kinder nachträglich zu legitimisiren. Besser spät als gar nicht. – Auch mit Exc. Friedberg hab ich vorgestern im

Thiergarten eine lange Scherenberg-Aussprache gehabt. Er war sehr gnädig wie gewöhnlich. Ich möchte nicht an seiner Stelle sein; wer sich in hohen Stellungen behaupten und glücklich fühlen will, muß grob und rücksichtslos sein und Fäuste haben. Und die hat *er* nicht und *ich* nicht. – Morgen ist der Tag, wo sich's über Onkel Witte entscheidet. Ich glaube daß er durchkommt, trotzdem die Gegner (Socialdemokraten) große Anstrengungen machen sollen. Und nun lebe mir wohl und habe einen frohen Tag. Wie immer Dein alter

Papa.

282. An Bernhard von Lepel

Berlin. 23. März 1884
Potsd. Str. 134. c

Mein lieber Lepel.

Es ist sehr liebenswürdig von Dir, daß Du mich wie in alten Zeiten auf dem Laufenden erhälst.

Im Ganzen und im Detail, im Aufbau und im Ornament der Zeile merkt man die gute Platensche Schule, die als Schule von keiner andern übertroffen wird. Schule Schiller wird bombastisch, Schule Heine frivol und abgeschmackt. Und so geht es weiter. Das Alliterirende macht sich gut, besonders in der 2. Strophe der zweiten Seite. Mit dem lieben Gott wär' ich für mein Theil ein bischen ökonomischer umgegangen oder richtiger, ich hätte den alten Kaiser in ein ökonomischeres Verhältniß zu ihm gebracht. Eine Bemerkung die sich namentlich auf Zeile 2 und 3 der ersten Strophe der letzten Seite bezieht. Die vierte Strophe derselben Seite wird dadurch etwas geschädigt. Er hat so zu sagen sein Fett schon weg. Mit der Bitte mich angelegentlichst empfehlen zu wollen, wie immer Dein

Th. F.

283. An Paul Heyse

Berlin, 28. März 84.
Potsd. Str. 134. *c.*

Lieber Paul.

Zunächst das Stück. Es hat mir sehr gut gefallen: ein glücklich gewählter Stoff aufs glücklichste behandelt; ich glaube, daß es vom bühnenpraktischen Standpunkt aus angesehn, zu

Deinen besten Arbeiten gehört. Alles ist so rund, es ist nichts da (Pardon) worüber man sich ärgern könnte. Was geschieht und was gesagt wird, interessirt von Anfang bis Ende – ganz besonders wirkungsvoll erscheint mir am Schluß das Auftreten Natzmers und das was er sagt – und keine Figur ist da mit der man nicht mitginge. Dennoch bin ich mir nicht sicher, ob ich Dir rathen soll, die Aufführung hier zu betreiben. Existirte noch das leider eingegangene National-Theater, das so recht eigentlich für solche Stücke da war, so würde ich sagen: »im National-Theater unbedingt«, aber das Schauspielhaus-publikum mit seinen Vorzügen und seinen Schwächen gewährt mir keine Garantie. Warum nicht? Es sind drei Dinge von sehr verschiednem Werth und Charakter, die glaub ich beanstandet werden würden:

1. Wolf wird als Leiche auf den Tisch gepackt,

2. vom dritten Akt an, die Wahrscheinlichkeitsfrage in rein äußerlichen Dingen und

3. der patriotische Stoff als solcher, das berühmte »Anno 13, 14 und 15.«

Du wirst lachen und sagen: »Haha, hier kommt er nun doch mit seinen eignen Bedenken und hebt die Zustimmung seiner ersten Seite wieder auf, aber dies ist *nicht* der Fall. Ich habe freilich diese Bedenken, aber sie sind für mich persönlich nicht derart, daß sie meine Gesammtstimmung umstoßen oder auch nur ernstlich alteriren könnten. Ein entzückender Ball hört nicht auf entzückend zu sein, wenn einem einmal auf den Fuß getreten wird. Alle diese Dinge, auch der Todte, gehen einem nicht ans Leben und am wenigsten dem Stück. Das Stück als Ganzes ist mir überaus sympathisch, es geht mir bequem ein, und nur darauf kommt es mir an wenn ich Stücke sehe. Zufälligkeiten, Einzelmomente, die das Ganze nicht berühren, stören mich nicht in meinem Grundgefühl. Also die dem Publikum unterstellten Bedenken sind nur sehr bedingungsweis auch meine Bedenken; für mich sind es Nebensächlichkeiten, die meine mit vollem Dampf gehende Freudigkeit bei Seite schiebt, für das Schauspielhaus-Publikum aber sind es vielleicht Balken, die den Zug zum Entgleisen bringen können. Namentlich der Todte. Punkt 2 ist der wenigst wichtige (moderne Publikümmer haben eine Geneigtheit sich mit Möglichkeiten zufrieden zu geben) aber der »13, 14 und 15-Punkt« ist wieder ein sehr schwieriger. Die großen und unbestrittenen Erfolge, die

Du seit Jahr und Tag wieder mit Hans Lange und Colberg errungen hast, scheinen gegen mich zu sprechen, aber wenn ich unser Parquet-Publikum recht kenne, so verdankst Du diese Erfolge recht eigentlich *Dir, nicht* dem Stoff. Du hast, von der Dichterhand abgesehn, ganz besonders auch eine graziöse Hand, und weil Du diese hast, verstehst Du dem alten schweren Brokatrock so viel modernen Chic zu geben, daß die Leute die großmütterliche Truhe drüber vergessen, aber eigentlich ist es dem Stoff nach doch außer Mode. Nichts steht in der Schätzung der Berliner so niedrig wie das »Patriotische«, man lacht oder gähnt, und wenn einzelne *doch* Triumphe erringen, so heißt es nicht weil sondern obschon. Es ist etwas in Deinem Stücke, was recht eigentlich wie »zum einschlagen« gemacht ist, aber dies sprech' ich muthmaßlich mehr aus meiner als aus der Publikums-Seele heraus. Das Publikum hat »Königin Lowise etc etc« satt und wenn Du's doch zwingst, so muß man Dir doppelt gratuliren. Im Nationaltheater war man national, im K. Theater ist man international, so daß dasselbe Stück vor denselben Menschen gespielt, rein unter dem Einfluß der Lokalität, eine ganz verschiedene Beurtheilung erfahren kann.

In den letzten Tagen haben wir in Westermann »Die schwarze Jacobe« gelesen. Es hat mir *sehr* gefallen und rangirt ebenbürtig neben »Grenzen der Menschheit«. Neue, schöne, schwierige Aufgaben glänzend gelöst. Die Geschichte mit der gestohlenen Puppe schien mir im ersten Moment unmöglich, am Schluß des Ganzen hab' ich mich aber doch dazu bekehren lassen. Eine gewisse trotzig poetische Zigeuner-Anlage hat in ihr solchen Höhegrad erreicht, daß ihr Eigenwille mit ihrem Verstande durchgeht. Oder auch Einer der sich kratzt wenn's ihn juckt, und wenn es vor Kaiser und Reich wäre.

Empfiehl mich den Damen Deines Hauses. Wie immer Dein alter

Th. Fontane.

284. An Mathilde von Rohr

Berlin 30. März 84. Potsd. Str. 134. c.

Mein gnädigstes Fräulein.

Wie für Ihre freundlichen Worte in Ihrem letzten an Friedel gerichteten Briefe, habe ich Ihnen vor allem auch für Ihre an Frau Lina Duncker gerichteten Zeilen zu danken, die bereits gut Frucht getragen haben. Ich war zweimal zu längerem Geplauder bei ihr und habe mehrere kl. Briefe mit ihr gewechselt, – eine kluge, liebenswürdige Dame, die nichts von jenem esprit fort-haften und scharfen Wesen hat (oder wenigstens mir nicht zeigte) das ihr früher nachgesagt wurde. Es läßt sich sehr *natürlich* mit ihr plaudern und das ist immer die Hauptsache, nichts Aufgesteiftes, Zurechtgemachtes. Das erste Mal, wo ich wohl fast 2 Stunden bei ihr war, war ich furchtbar angegriffen und hatte das Gefühl mich um ein paar Grade lederner und langweiliger gezeigt zu haben als nöthig, das letzte Mal aber ging es. Man weiß indeß nie wie man wirkt und dreht sich schließlich die Sache vielleicht um.

Mit meiner Arbeit bin ich nun beinah fertig, heut über 8 Tage denk' ich ist alles abgethan und bleibt dann nur noch eine letzte Durchsicht. Ich habe dann gerade 5 Monate daran gesetzt, was nicht zuviel ist, denn es sind 23 Kapitel, also ein ganzes Buch.

Lepel hatte die Freundlichkeit mir auch sein Gedicht zu Kaisers Geburtstag zu schicken; man sieht, daß es einer gemacht hat, der das Dichten als Metier versteht, er hat die nöthige Kunst weg, aber mit der Seele ist nicht viel los, es wirkt todt. Aber um Gottes willen kein Wort darüber, ich bin froh daß ich wieder auf einem leidlichen Fuß mit ihm stehe. *Mehr* kann ich auch kaum verlangen, unsre Wege gehen überall zu weit auseinander. In meinem Aufsatze über Scherenberg hab' ich seiner aber in aufrichtiger *Liebe und Dankbarkeit* gedacht und das Leben geschildert, das wir durch Jahr und Tag hin in der Kaserne geführt haben. – Wir leben hier still weiter, ganz nach meinem Geschmack, aber meine Frau will nicht viel von dieser Stille wissen und langweilt sich mitunter halb zu Tode. Mir thut das leid, ich kann es aber nicht ändern; ändern kann *sie's selber* nur. Sie könnte sich recht gut junge Dinger und alte Tanten ins Haus ziehn, *ganz ohne mich*, aber das thut sie nicht weil ihr alle diese jungen Dinger, diese Nichten und Martha-Freundinnen etc viel zu langweilig sind und nur wenn sie selber Langeweile fühlt, will sie plötzlich Menschen haben. Das geht aber nicht. Wer einmal Einsamkeit vorzieht, der muß sie dann *immer* vorziehn, sonst kommt er in eine schiefe Lage. – Martha ist seit gestern in Rom, – sie schreibt sehr glücklich und fühlt sich wohl und munter. Meine Frau empfiehlt sich. Wie immer Ihr dankbar ergebenster

Th. Fontane.

285. An Paul Heyse

Berlin, 1. April 84.
Potsd. Str. 134.*c*.

Lieber Paul.

Der 1. April ist nicht blos 1. April sondern auch Bismarck-Tag, und in diesem Zeichen wollest Du siegen.

Ich freue mich aufrichtig daß Du tapfer vorgehen willst und meiner Stimme bist Du, wenn die Kugel-Urne umgeht, sicher. Meine Bemerkungen sollten Dich auch nicht entmuthigen, ich suchte nur als kluger Feldherr nach Rückendeckung. *Dem* was Du mit Bezug auf den »falschen Todten« sagst, stimm' ich zu, der Gang der Handlung ist so lebendig, wir sind so gespannt, daß ich es für leicht möglich halte, glatt drüberhin zu kommen. Aber sicher bin ich nicht. Was andrerseits nichts bedeutet, denn wessen wäre man überhaupt sicher und nun gar auf *diesem* Gebiet.

Gestern machte ich einen Besuch bei Frau Prof. Lazarus (er in Leipzig) und hörte neben anderem auch von einem Dejeuner, das er, Lazarus, vor zwei drei Tagen bei Lindau mitgemacht hatte: nur Herzöge (regierende und nicht regierende) Grafen, Botschafter und als kleinste Nummer der griechische Gesandte, der hier wegen seiner Lyrik und seiner fragwürdigen Chemisen gleich berühmt ist. Aber warum ist man nicht Lindau? Weil man ein Schaf oder ein Biedermeier ist, was so ziemlich dasselbe bedeutet. Wie immer Dein

Th. F.

286. An Martha Fontane

Berlin 8. April 84. Potsd. Str. 134. c.

Meine liebe Mete.

Statt eines Osterstollens wenigstens einen Osterbrief. Wo wir Dich in der ewigen Stadt suchen sollen, wissen wir noch nicht, doch denk' ich vorläufig in dem Hôtel sopra Minerva. Da hast Du die Kirche in der Nähe, in der glaub ich links neben dem Altar der wunderbar schöne Christus von Michel Angelo steht (mit einem Goldschuh, weil der Vorderfuß wenn mir recht ist abgebrochen war) da hast Du Monte Citorio wo sich das römische Volk zu versammeln liebte trotzdem der Monte nicht höher und größer ist als unser Schneckenberg, da hast Du die Piazza Colonna, den Palazzo Borghese, die Post, das Café Cavour, alles so nah, daß man sich vom einen zum andern einen guten Morgen zurufen kann. Auch eine wundervolle Conditorei ist da, wo man kleine ›Bouche's‹ kriegt, Chocoladenbiscuits mit Crême-Füllung, woneben die ganze Herrlichkeit von Kranzler-Josty nur eine Rohheit oder doch höchstens ein Cultur-Anfang ist. Und schräg über von der Conditorei ist eine Wasserbude, wo statt schrecklichen Sodawassers mit noch schrecklicherem Himbeersaft, blos acqua, blos Wasserleitungswasser verkauft wird, aber welch Wasserleitungswasser, nicht aus dem algenreichen Tegler-See, sondern ein Wasser ›vom Gebirge her‹. Doch wozu Dir von *dem* erzählen, was Du vor Augen hast und in jedem Augenblicke genießen kannst; ich mach' es wieder wie vor 14 Tagen bei Lindau, wo ich den neben mir sitzenden Prinzen von Meiningen, an der Hand Onkel Wittescher Weisheit und Erfahrungen, über Meininger Zustände unterhielt, bis ich mich entsann und mich entschuldigte.

Wenn ich die letzten Blätter meines Tagebuchs durchsehe, so bin ich wie jedesmal wieder erstaunt, wieviel sich in einem kleinen stillen Leben doch immer noch zusammenläppert: mit Paul Heyse hab' [ich] correspondirt nachdem ich sein Volksschauspiel ›die Franzosenbraut‹ und seine letzte Novelle ›die schwarze Jacobe‹ gelesen habe, Richard Voß' 5 aktiges Schauspiel ›der Mohr des Zaren‹ hab' ich gesehn und besprochen und auf meine Besprechung hin seinen Dankesbesuch empfangen, Gustav Richter und Emanuel Geibel sind gestorben, Landrath v. Quast hat sich verlobt, an Stelle einer Minna haben wir eine Bertha, bei Frau Professor Lazarus und Frau v. Wangenheim hab ich 2 Stunden lang geplaudert und bei letztrer noch Fräulein Desteuque, Pater Robcano und einen Zornausbruch über die preußische Kirchenpolitik mit in den Kauf genommen. Von Frau Lazarus – die viel freundliche Worte für Dich hatte – muß ich Dir bei der Gelegenheit einen hübschen Zug erzählen. Wir sprachen über die verschiedenen Rütli-Sorten und Rütli-Bewirthungen und daß das Haus Lazarus so sagt' ich unbedingt den ersten Rang einnähme, schon wegen der wundervollen Kranzler'schen Blätterteige, trotzdem diese für einen 64er eigentlich tödtlich seien. Indessen wozu gäb' es Pepsin? Und nun schilderte ich ihnen Pepsin und Onkel Wittes Fabrik und sogar die Schweinemägen. Letztres war etwas gewagt. Vier Tage später war Rütli bei Lazarus; zunächst natürlich der übliche Berg von Blätterteig, auf meiner Tasse liegt aber auch eine Kapsel und in der Kapsel *Pepsin*. Wie gütig, wie schelmisch, wie fein. Der gesammte märkische Adel leistet das nicht. Doch ich will nicht ungerecht sein, Frl. v. Rohr brächt' es vielleicht auch zu Wege. Aber *die* ist eine Nummer für sich.

Und nun gleich noch eine andre kleine Geschichte, ohne weitren Zusammenhang mit dem eben Erzählten als *den*, daß es auch eine kleine Geschichte ist. Mama und ich waren gemeinschaftlich im Theater, um den ›Mohr des Zaren‹ zu sehn. Um 10 fragt Bertha den sein Abendbrot verzehrenden Friedel ›ob sie aufbleiben müsse oder zu Bett gehen könne?‹ ›Gehen Sie ruhig zu Bett; die Eltern haben Hausschlüssel und Drücker.‹ Und Bertha geht zu Bett. Friedel holt Mama aus dem Theater ab und erzählt sein Gespräch mit Bertha. ›Ja, das ist schlimm, ich habe keinen Drücker, und Papa kann vor 12 von der Zeitung nicht wieder da sein.‹ ›Nun dann wollen wir so lange zu dem Weihen-Stephan gehn und ein Seidel trinken.‹ Gut. Von 11½ an stehen sie aber wieder vor der Gitterthür und warten auf mich. Endlich erkennen sie mich. ›Da kommt er angehupst.‹ ›Guten Abend.‹ ›Gott sei Dank, daß Du kommst; wir können nicht in unsre Wohnung, Bertha ist zu Bett und ich habe keinen Drücker.‹ ›Und ich auch nicht.‹ Kolossale Verlegenheit. Mama merkwürdig gefaßt, weil sie noch unter dem Einfluß des Weihen-Stephan-Seidels stand. ›Ja, was machen wir nun? wir können ja bei der verschlossenen Hofthür auch nicht einmal die Hintertreppe hinauf und ›bullern‹.‹ Friedel drang nun darauf, wir sollten mit in seine Wohnung kommen, wo *ich* mich in sein Bett und Mama sich aufs Sopha legen sollte, *er* aber wolle entweder auf einem Stuhl nächtigen oder zu Karl Zöllner ins Bett kriechen. Ich dankte ihm, erklärte jedoch mein ›non possumus‹; ich habe keine Vorliebe für andrer Leute Betten. So wurde denn beschlossen, daß Mama und ich bei Friedrichs drüben ein Unterkommen suchen sollten. Um's kurz zu machen, im letzten Moment entdeckten wir bei ›Geheimraths‹ noch Licht; also wieder ins Haus hinein, treppauf und geklingelt. Der Geheimrath erschien und das Wort Hamlets als er seines Vaters Geist auf sich zukommen sieht: ›Thou comest in such a questionable shape‹ paßt auch hier. Schönheit ist auch bei Tage nicht seine Sache. Die Gattin stand ihm zur Seite. Beide übrigens voller Güte und *er* sogar voller Humor, natürlich *seine* Sorte. Mit einem Hackebeil bewaffnet, das ich in der geheimräthlichen Küche von der Wand nahm, zogen wir nun 5 Mann hoch treppauf und bullerten zunächst. Aber Bertha schlief den Schlaf des Gerechten und so blieb dann nichts als das Hackebeil. Es wurde zwischen die Boden-Thür geklemmt, um eine Klinse zu gewinnen, in die nun die Hände vom Geheimrath, von Friedel und mir hineinfuhren; eins, zwei drei und mit einem ungeheuren Ruck und Krach flog die Thür auf. Sonderbarerweise war nichts zerbrochen; die nur dünne Thür hatte elastisch nachgegeben und war einfach aus dem Schloß herausgesprungen. Und nun die Hühnerstiege hinauf, um Bertha zu wecken. Ein vollkommener Sieg war erfochten und ein mitternächtiger Schlummerpunsch war der allseitige, wohlverdiente Lohn.

Mein Scherenberg-Aufsatz ist endlich beendigt. Mama schrieb Dir neulich: ›zu Weihnachten sollte er fertig sein.‹ Eine von den bekannten Angaben. Zu Weihnachten sollten 6 Kapitel fertig sein; es sind aber jetzt 24. Das vervierfachte Honorar zu empfangen, wird Mama schließlich nicht unwillig sein. Auch *dieser* Aufsatz hat das Gute für mich gehabt, daß er mich mit neuen Menschen in Berührung gebracht hat: mit Frau Lina Duncker (getrennte Frau von Buchhändler Franz Duncker weil dieser 2 Nebenfrauen mit zusammen 5 Kindern hatte) Dr. Ludwig Schwerin, Amtsgerichtsrath Possart und Professor v. Holtzendorff, die mir einen wesentlichen Theil des Stoffes geliefert haben. Solche Bekanntschaften sind immer sehr interessant, weil sie von vornherein auf etwas Nützlichem und Reellem etablirt werden und zu blos Redensartlichem gar keine Zeit ist. Von Prof. v. Holtzendorff (München) erhielt ich gestern einen Brief, in dem er, nach Scherenberg-Auskunftsertheilung, auch auf eine *seine* Familie betreffende Angelegenheit kommt und bei mir anfrägt ›ob ich ihm nicht Auskunft über einen v. Holtzendorff geben könnte, der etwa 1720 oder 30 unter Fr. W. I. und zwar in Folge eines Streits mit eben jenem Könige nach Amerika gegangen sei, woselbst er und seine Nachkommen im Staate *Georgia* gelebt hätten bez. *noch* lebten.‹ Ich habe ihm geantwortet, daß ich von märkischer Seite her der Frage nicht beikommen könnte, vielleicht aber von amerikanischer, ich würde mich an einige junge Virginia-men wenden. Und so bitte ich Dich denn, diese Frage bei Gelegenheit Mr. Zimmermann, dem ich mich bestens empfehle, vorlegen zu wollen. Ich denke mir es kann nicht allzu schwer halten über eine Familie etwas zu erfahren, die seinerzeit in wirklichem Ansehn in Amerika gestanden und namentlich auch an dem Unabhängigkeitskampfe theilgenommen hat.

George, der Dich herzlich grüßt, ist seit vorgestern bei uns; gestern wohnte er der *ersten* Aufführung der ›Walküre‹ im K. Opernhause bei und kam entzückt nach Hause. Er kennt die Oper in jedem Ton und Takt auswendig und hat denn auch im Detail eine Menge Fehler und Auslassungen entdeckt. Er läßt sich Mrs. Dooly und Frl. Mami bestens empfehlen.

Ich lege ein paar Zeitungsausschnitte bei. Wie rührend die schlichten Worte von Cornelie Richter, wie furchtbar dagegen *das* was der alte Stuckrad sagt. Lamm-Frommheit ist schön, Schaf-Frommheit ist schlimm. Die Worte Koegels über Geibel sind vorzüglich und welch glücklicher und *neuer* Gedanke in der *Kirche* eines so herrlichen Mannes zu gedenken wie Geibel war.

Und nun lebewohl, meine geliebte Mete, und habe ein frohes, glückliches, schönes Osterfest. Die Requisiten wenigstens sind da. Empfiehl mich allerseits. Wie immer Dein alter

Papa.

287. *An Otto Roquette*

Berlin, d. 18. April 1884.
Potsdamer Straße 134 c.

Mein lieber Ottowald.

Zum Sechzigsten also! Tritt frisch und froh in das neue Jahrzehnt, und wenn es um ist, so laß uns sehn, was sich weiter wünschen läßt. Ich meinerseits nehme dabei die glückliche Ankunft beim vierundsiebzigsten ohne weiteres an. Etwas gewagt. Aber wer nicht wagt, gewinnt nicht. Hoffentlich werden sich Cottas legitimieren und ihrem Waldmeisterdichter etwas Maienhaftes überreichen oder etwas Goldenes zu der »Brautfahrt«, die längst über die fünfzigmalige Wiederkehr hinaus ist. Aber freilich Verleger! Selbst Julius Wolff, der letzte Weihnachten fünfundvierzigtausend Mark als Jahresertrag ausgezahlt erhielt, hat gelegentlich Klage zu führen.

Apropos Julius Wolff. Hast Du die Verse Paul Heyses gelesen, die sich mit der Scheffelschule beschäftigen, mit dem »Hi und Ha« und der Butzenscheibenlyrik? Alles vorzüglich, zutreffend in jedem Wort, und doch kann ich leise Bedenken gegen ein solches Auftreten nicht unterdrücken. Paul ist mir zu schade dazu. Von vielen wird es ihm doch wie Neid ausgelegt werden oder wenigstens wie Verstimmung darüber, sich äußerlich überholt zu sehn. Je älter ich werde, je mehr sehe ich ein: laufen lassen, wo nicht Amtspflicht das Gegenteil fordert, ist das allein Richtige.

Von hier ist wenig zu melden. Der Rütli lebt noch, aber wird immer kleiner. Die beiden Maler Heyden und Menzel erscheinen nur selten auf der Bildfläche, vielleicht weil ihr Interesse an diesem Kaffeegeplauder hin ist, vielleicht auch, weil sie sich untereinander vermeiden wollen. Denn Menzel lebt in einer konstanten, wenn auch stillen Künstlergegnerschaft zu Heyden, und dieser wiederum ist aus dem Menzelbewunderungsfieber heraus. So tagen denn nur Zöllner, Karl Eggers, Lazarus und ich meist in alter Gemütlichkeit und wenigstens dann und wann mit einem neuen Thema. Zöllner hat in letzter Zeit viel Begräbnisarbeit gehabt. Die Senatsmitglieder sterben wie die Fliegen und immer gerade, wenn's kalt und windig ist. In der eignen (Noelschen) Familie wird es immer stiller. Alles ist außer dem Hause, Martha sogar in Rom, und so sind die beiden Alten denn aufeinander angewiesen und lesen sich Novellen vor, gute und schlechte, und trinken Schlummerpunsch. Schon um zehn geht alles zu Bett, wo sonst der Tag erst anfing. Im Theater hatten wir, als Interessantestes, Paul Heyses »Recht des Stärkeren« und Richard Voß' »Der Mohr des Zaren«. Beider Leben aber war kurz. Bei Richard Voß bedeutet es nicht viel, denn er schreibt alle vier Wochen ein neues Werk. Empfiehl mich Fräulein Toni. Die Elloramutter grüßt herzlich.

Wie immer Dein alter

Noel.

288. An Martha Fontane

Berlin 18. April 84. Potsd. Str. 134.c.

Meine liebe Mete.

Morgen erwarten wir wieder einen Brief von Dir, aber um einen stillen Abend auszunutzen, schreib' ich schon heute. Der ›stille Abend‹ resultirt aus Tante Jenny's Geburtstag, zu dessen Mitfeier Mama gegen 6 aufbrach. *Ich* war schon über Mittag da und habe seit meinem Bräutigamstagen nicht so viel geküßt, wie in dieser Gratulations-Halbenstunde, denn es waren 18 zu Küssende da: das Geburtstagskind, der Ehgemahl, 7 Kinder 4 Schwiegerkinder und 5 Enkel. Keiner fehlte. Die ganze Sache machte einen vorzüglichen Eindruck, alles war heiter, glau, behäbig, ungeziert und von gutem Aussehn (die sogenannte ›kleine Jenny‹ eine wahre beauté) und doch hatte ich keine reine Freude. Warum nicht? Ich kann den Bourgeoiston nicht ertragen und in derselben Weise wie ich in frühren Jahrzehnten eine tiefe Abneigung gegen Professorenweisheit, Professorendünkel und Professorenliberalismus hatte, in derselben Weise dreht sich mir jetzt angesichts des wohlhabendgewordenen Speckhökerthums das Herz um. Wirklicher Reichthum imponirt mir oder erfreut mich wenigstens, seine Erscheinungsformen sind mir in hohem Maße sympathisch und ich lebe gern inmitten von Menschen die 5000 Grubenarbeiter beschäftigen, Fabrikstädte gründen und Expeditionen aussenden zur Colonisierung von Mittel-Afrika. Große Schiffsrheder die Flotten bemannen, Tunnel- und Kanalbauer die Welttheile verbinden, Zeitungsfürsten und Eisenbahnkönige sind meiner Huldigungen sicher, ich will nichts von ihnen, aber sie schaffen und wirken zu sehn, thut mir wohl, alles Große hat von Jugend auf einen Zauber für mich gehabt, ich unterwerfe mich neidlos. Aber der ›Bougeois‹ ist nur die Karrikatur davon, er ärgert mich in seiner Kleinstelzigkeit und seinem unausgesetzten Verlangen auf nichts hin bewundert zu werden. Vater Bourgeois hat sich für 1000 Thlr malen lassen und verlangt daß ich das Geschmiere für einen Velasquez halte, Mutter Bourgeoise hat sich eine Spitzenmantille gekauft und behandelt diesen Kauf als ein Ereigniß, alles was angeschafft oder wohl gar ›vorgesetzt‹ wird, wird mit einem Blicke begleitet der etwa ausdrückt: ›Beglückter Du, der Du von *diesem* Kuchen essen, von *diesem* Weine trinken durftest‹, alles ist kindische Ueberschätzung einer Wirthschafts- und Lebensform, die schließlich gerade so gut Sechser-Wirthschaft ist wie meine eigne. Ja sie ist es mehr, ist es recht eigentlich. Ein Stück Brot ist nie Sechserwirthschaft, ein Stück Brot ist ein Höchstes, ist Leben und Poesie, ein Gänsebraten-Diner aber mit Zeltinger und Baiser-Torte, wenn die Wirthin dabei strahlt und sich einbildet mich der Alltäglichkeit meines Daseins auf 2 Stunden entrißen zu haben, ist sechserhaft in sich und doppelt durch die Gesinnung die es begleitet. Der Bourgeois versteht nicht zu geben, weil er von der Nichtigkeit seiner Gabe keine Vorstellung hat. Er ›rettet‹ immer und man verschreibt sich ihm auf eine Schrippe hin für Zeit und Ewigkeit.

Sonnabend d. 19.

So weit gestern Abend. Heute früh kam nun Dein Brief mit der großen Nachricht: ›ich habe den Papst gesehn‹. Wenn Dich das und andres schon im Moment beglückt hat, so kommt die Hauptfreude doch erst nach, wenn Dir die Romtage, sei's diesseits sei's jenseits des großen Wassers, weit zurückliegen werden. Kaum minder hat mich interessirt, was Du über Mr. Z. schreibst; ich halte *diese* Form gesellschaftlicher Tournure für die höchste: Freiheit und Natürlichkeit bei Zartheit und Rücksichtnahme. Die gewöhnliche gesellschaftliche Feinheit besteht aus äußerlicher Geschraubtheit und innerlicher Rücksichtslosigkeit. Wenn ich mir für Rom Rathschläge erlauben darf, so fahrt oder geht möglichst viel umher und seht möglichst wenig Bilder. Campagna, Frascati Tivoli, Albano, Genzano, Nemi, Palatin, Esquilin, Villa Doria Pamfili (Trastevere), sechs, acht Kirchen, die vaticanische Galerie, die Galerie im Palazzo Borghese, die Farnesina, das sind – außer dem was am Wege liegt – die Dinge, die man gesehn haben muß, das andre kann man sich schenken. Fünf Tage lang in Rom und Umgebung unausgesetzt umherfahren, ist lehr- und genußreicher als das Programmmäßige sight-seeing. In Neapel, das ihr bald sehen werdet, trifft dies noch mehr zu; freilich ist dort auch die Verführung nicht so groß, um aufgespeicherter Kunst willen die Natur zu opfern. Die Natur ist da alles.

Unsre kleinen Oster-Diners bei Heyden's und Wangenheims verliefen sehr angenehm, nur George, der bei H.'s mit eingeladen war, war mit der Verpflegung wenig zufrieden. Wir sehen dann immer, wie riesig verwöhnt die jetzige junge Welt ist, so gar in Wahlstatt, in der ›dreckigen Ente‹. George erzählte von einem befreundeten Oberstabsarzt, der vor Kurzem beim Hiller ein Diner gegeben habe, 15 Personen. Die Rechnung betrug 700 Mark, also die Verpflegung jedes Gastes beinah 50 Mark. Theo bezahlt *eine* Mark bei Oswald Nier inclus. 2 Glas Rothwein. Zu meiner Zeit hungerten die Oberstabsärzte. Uebrigens finde ich 100 Franken täglich im Hôtel Quirinal zwar viel, aber doch nicht enorm viel. 100 Franken sind 25 Thaler; rechne ich 8 Thlr für die Wohnung (in Nordernei bezahlt man täglich für 2 Stuben 5 Thaler) ferner 4 Thlr für die Diners, 2 für Lunch, 2 für breakfast und 2 für tea, so kommen die 7, die noch fehlen, für Wein, sonstige Getränke, Heizung, Licht, Service sehr bald heraus. Wenn ich im Harz bin, kostet jeder Tag etwas über 10 Mark, was für 4 Personen etwa 45 Mark oder 15 Thlr betragen würde. Und nun bedenke: Rom, Osterzeit, Hôtel Quirinal und vornehme Wohnung statt ›Schlafstube‹. Wer als kleiner ›pittore‹ zu reisen versteht, kann es *überall* noch billig haben, aber reisen auf großem Fuß ist kolossal theuer.

Ueber Treutler's wird Dir wohl Mama schreiben, auch darüber, daß wir – wenn nicht mal wieder ein harter Schlag kommt – vorhaben vom Oktober oder wahrscheinlicher vom Januar an, drei, fünf oder sechs Monate in Rom zu leben,, natürlich nicht für 100 Franken täglich. Marchesi muß Rath schaffen. Hast Du denn Eva Dohm schon gesehn? Gestern begegnete ich der Desteuque; sie wirkte in einem mächtigen Sammt- und Pelzmantel (es ist hier sehr kalt) ganz wie eine französ. Schauspielerin, die die Fürstin Daschkoff oder Narischkin in einem Scribeschen Stück zu spielen hat. Sehr stattlich und sehr komisch. – Empfiehl mich den Damen und Mr. Zimmermann und habe nach wie vor schöne glückliche Tage. Wie immer Dein alter

Papa.

289. An Johanna Maria Charlotte Bleibtreu

Berlin 19. April 84.
Potsd. Str. 134. c.

Hochgeehrte Frau Professorin.

Nur am Dienstag ist Theater, Deborah, nicht gerade meine Passion, und so stehen wir denn am Mittwoch zu Diensten und würden uns sehr freun erscheinen zu dürfen. Ich hätte Dr.

Schwerin längst meinen Besuch machen müssen, aber wer hat Zeit zu Besuchen?

Mit der Bitte mich allerseits empfehlen zu wollen, in vorzüglicher Ergebenheit

Th. Fontane.

290. An Wilhelm Friedrich

Berlin 26. April 84.
Potsd. Str. 134. c.

Hochgeehrter Herr.

Empfangen Sie meinen ergebensten Dank für Ihre gef. Zuschrift vom 15. d. M. und die beiden Heibergschen Bücher. Wenigstens eins davon wollte ich gelesen haben, bevor ich Ihnen antwortete. Das ist nun geschehn: eben habe ich die Lektüre der »Goldenen Schlange« beendigt.

Ich soll darüber schreiben. Seien Sie mir nicht böse, wenn ich es ablehne; der Grund dafür liegt alles in allem mehr in einer Schätzung des Herr Verf., als in Bedenken gegen denselben. Wäre die »goldene Schlange« ein Durchschnittsbuch, rund und nett und weiter nichts, so hätte ich 30 freundliche Zeilen darüber geschrieben, nur um Ihnen zu Willen zu sein, im Uebrigen aber tief durchdrungen von der Gleichgültigkeit eines solchen Dutzendlobes. Dass ich nun aber *nicht* schreiben kann, das hängt gerade mit den Meriten des Buches zusammen, die nur wiederum nicht *so* gross sind, dass ich, hingerissen davon, der Rücksichten auf mich selbst vergessen könnte. Kritisch stehe ich dem Buche gegenüber, bemerkenswerth Schönes im Ganzen und im Einzelnen deutlich erkennend, aber doch auch von so vielen Zweifeln und Bedenken bedrängt, dass ich nur unter beständigen Abwägungen darüber schreiben könnte. Meine Kritik würde Charakter und Ausdehnung eines Essays annehmen, womit weder Ihnen noch dem Herrn Verf. muthmasslich ein Gefallen geschähe. Läg' es aber auch anders, so würd' ich *meiner*seits nicht 14 Tage Zeit (wahrscheinlich *viel* länger, weil ich den ganzen Heiberg erst durchlesen müsste) daran setzen können. Nicht können und auch nicht wollen. Denn wer setzt 14 Tage Zeit an mich? Seit 20 Jahren muss ich mir das Gequatsche beliebiger Penny-a-liner's in den Zeitungen gefallen lassen, die 10 Zeilen über mich zum Besten geben, Zeilen deren Lob noch wertloser ist als ihr Tadel, während ich allem möglichen jungen Volk die Stiefel putze, damit sie sich blank und propre in der literar. Welt herumzieren können. Mit 64 Jahren hab' ich's nun endlich satt. Und so wollen Sie mich gütigst entschuldigen.

Nur *hier* noch ein paar Worte über das Buch. Ich finde es *sehr* talentvoll, (das Schwächste sind die beständig falschen poetischen Bilder) im Ganzen gut, voll und wahr gegriffen, scharf in der Beobachtung von Menschen und Dingen, gedanken- und erfahrungsreich, flott erzählt in einem natürlichen und doch alle Plattheiten vermeidenden Stil, unterhaltlich und in seiner Tendenz richtig. Dabei (was mir bis über die Hälfte hinaus *nicht* der Fall zu sein schien) *sehr* fein componiert. Also ein ganzer Hümpel von Lob. Und ich könnte damit noch fortfahren. Dennoch bin ich der Sache nicht froh geworden, was nicht in der pessimistischen Anschauung des Verfassers, sondern in aesthetischen *Uncorrektheiten* liegt, in Uncorrektheiten, die etwas andres sind als Fehler. In dieser Beziehung hat mich seine Schreibweise ganz ausserordentlich an die Zola'sche erinnert, die mich (darin Heiberg weit überlegen) durch die Farbensattheit und Fülle der Bilder hinreisst, die aber auch kein genaues Eingehn erträgt. Erfolgt *das,* so sieht man lauter Schiefheiten und Verrenkungen und ernüchtert sich. Es ist alles nur wirksam auf *grosse Distancen* hin, mit deren Hülfe die Unzulänglichkeiten Ihren Schleier finden. Aehnlich bei Heiberg.

In vorzüglicher Ergebenheit
Th. Fontane.

291. An Emilie Fontane

Hankels Ablage 14. Mai 84. Mittwoch.

Meine liebe Frau.

Habe besten Dank für Deine freundlichen Zeilen. Hoffentlich geht es mit Deiner Gesundheit wieder besser; Husten bei diesem Wetter ist etwas sehr Fatales; ich verordne: Emser Krähnchen, Thee, Rhabarber, dann und wann Wein mit Wasser, kein Fett. Bier und Kaffe verpönt.

Wir hatten gestern etwas Regen, etwas Donner und gegen 7 zog ein starkes Gewitter herauf, es blieb aber doch nur halbe Sache, so daß die Schwüle heute noch größer ist als gestern.

Natürlich ist mir dies Wetter nicht sehr angenehm und erschwert mir das Arbeiten; dennoch bin ich herzlich froh hier zu sein, – in Berlin hätt' ich gewiß einen Knax weggekriegt. Trotz starken Abattu-seins hab' ich auch heute wieder mein Kapitel geschrieben nach dem alten Goethe-Satze: ›Gebt ihr euch einmal für Poeten, So kommandirt die Poesie.‹ Daß es gleich gut wird, ist schließlich auch nicht nöthig und eigentlich von *dem* der täglich sein Pensum arbeitet auch nicht zu verlangen. Es wird wie's wird. In der Regel steht Dummes, Geschmackvolles, Ungeschicktes neben ganz Gutem und ist Letztres nur überhaupt da, so kann ich schon zufrieden sein. Ich habe dann nur noch die Aufgabe es herauszupulen. Dies ist zwar mitunter nicht blos mühsam, sondern auch schwer, es giebt einem aber doch eine Beruhigung zu wissen ›ja, *da* ist es, suche nur und finde.‹ Meine ganze Produktion ist Psychographie und Kritik, Dunkelschöpfung im Lichte zurechtgerückt. Ein Zufall hat es so gefügt, daß ich diese ganze Novelle mit halber und viertel Kraft geschrieben habe. Dennoch wird ihr dies schließlich niemand ansehn.

Halte B. ja fest; alle Deine Ausstellungen sind berechtigt, es ist so wie Du sagst, dennoch ist sie ein Schatz: anständig, gesittet, gut aussehend, gesund, frisch, manierlich. Dies ist furchtbar viel, ja beinah alles. Das andre, wenn man nicht eine Garküche hat, steht doch erst in zweiter Linie und *muß* sich allmälig lernen lassen. Bleibt dann immer noch ein kleiner Rest, so schadet es nicht viel.

Es ist hier ganz still und so bin ich dann à mon aise. Kommen nicht noch Störungen, was ich nicht fürchte, so erhebe ich Hankels Ablage zu meiner Rückzugs-Linie in Zuständen nervöser Pleite. So ungünstig dies Wetter für mich ist, fühl' ich doch vergleichsweise den Einfluß der schönen, reinen Luft. – Im Tageblatt habe ich eben einen kl. Bericht über die Storm-Feier gelesen; sowohl Frenzels wie Storm's Reden scheinen ganz nett gewesen zu sein, nur das ganze Referat über die Feier könnte besser und liebevoller sein. Ueberhaupt, das ›Tageblatt‹ so gut es redigirt ist, ist doch nur auf kurze

Zeit lesbar. Liest man es wochenlang (wie ich in Thale) so sieht man die fortschrittliche Judenklüngelei mit etwas Witz und Schärfe schmackhaft gemacht und zum Ueberfluß mit den eingestreuten furchtbaren ›Perlen‹. – Ich freue mich Euch Freitag erwarten zu dürfen, bitte aber noch um *bestimmte* Benachrichtigung am Freitag früh, *wann* ihr eintreffen wollt. Ich halte – was ich nicht mißzuverstehen bitte – die *Nachmittags*fahrt 3.10 für besser. In acht Stunden langweilt ihr euch hier todt, aber vier Stunden ist gutes Maß. Herzlichste Grüße. Wie immer Dein

Th. F.

292. An Emilie Fontane

Hankels Ablage. 15. Mai 84. Donnerstag.

Meine liebe Frau.

Glücklicherweise hat sich das Wetter geändert; eine frische Brise weht und ich werde nun erst meines Aufenthalts froh. Auch das landschaftliche Bild gewinnt sehr unter dieser halb stürmischen Trübe; der Blick nach Schmöckwitz und den Müggelsbergen hin ist heute kostbar. Die Leute sind unverändert von großer Artigkeit, ohne Neugier und Launen. Auch die Dienst-Leute sind gut.

Deinen lieben Brief erhielt ich heut erst über Mittag, was mir fast noch besser paßt als des Morgens. Ich habe ja dann meine Arbeitsstunden hinter mir. Auch heute habe ich wieder ein Kapitel geschrieben. – ›Hankels Ablage‹ an die Stelle von Thale setzen, geht nicht, aber zum Nebenherlaufen, als Hausmittel und Beihülfe ist es vorzüglich. Kommt nicht noch ein Nackenschlag, so ist es just das was ich mir so viele Jahre lang gewünscht habe: ein Platz zu momentanem Ausspannen. – Ich freue mich, daß es wieder besser mit Dir geht. Ist das Wetter aber *nicht* gut, so kommt lieber nicht. Eigentlich ist es doch nur ein Platz für ›eine halbe Stunde‹ und nur bei normalem Wetter, also etwa an einem schönen Septembertage, kann man es 4 oder auch wohl 8 Stunden aushalten. Das Wetter war aber bis jetzt durchaus unnormal:

1. *Tag:* heiß und Ostwind;
2. *Tag:* sehr heiß und schwül;

3. *Tag:* tropisch und gewittrig;
4. *Tag* (heut): stürmisch.

Kann man nicht spazieren gehn, so hat das Ganze nur den Reiz eines Kuckkastenbildes und eine halbe Stunde lang in einen und denselben Kuckkasten sehn, ist sehr lang. Ist das Wetter aber schön, so freue ich mich *sehr* und sans phrase. Denke doch nur welche kolossale Langeweile mich hier umfängt; aber eben weil sie so groß ist, bin ich ängstlich, andre grade in den Momenten höchster Hochgradigkeit daran theilnehmen zu sehn.

Pietsch Besprechung ist unbedeutend. Im »B. Tageblatt« stand 12 oder 24 Stunden früher beinah dasselbe (nur kürzer) woraus ich den Schluß ziehen möchte: Pietsch habe den Bericht für beide Zeitungen gemacht. *Sprich aber darüber zu niemand.* Ich weiß wohl (immer vorausgesetzt daß ich überhaupt Recht habe) daß man's mit diesen Dingen nicht zu genau nehmen darf, aber ein Gefühl verläßt mich nicht, daß er die Kunst des Auf zwei Schulterntragens virtuoser betreibt, als wünschenswerth. Im Übrigen nochmals: schweige darüber. Denn mit Dingen, die man nicht beweisen kann, muß man nicht heraustreten. Man blamirt sich nur und schafft eine ›gekränkte Unschuld‹. – Der Brief Bismarcks im Kraszewski-Prozess ist *hoch*interessant. – Von Fritz Mauthner hab' ich eine Kritik gelesen über ›neue historische Romane.‹ Hat mich enttäuscht. Ich hielt ihn wenigstens für klug, aber er ist blos klugschmusig und die Schreibweise, die was zu sein prätendirt, sehr anfechtbar. – Die Ulrich hat denselben Brief, Wort für Wort, auch an das ›Tageblatt‹ und wahrscheinlich an noch viele andre Zeitungen geschickt. Ich finde dies *zu* geschäftlich und wenig artig oder sie hätte wenigstens hinzusetzen müssen: ›ich habe auch andre Herren um Hervorhebung dieser Notiz gebeten.‹ So sieht es wie ein Vertrauensakt aus und ist nichts dahinter. Herzliche Grüße Dir, Euch allen, von Deinem

Th. F.

Was macht Mete!

Bitte, bringe doch (wenn ihr kommt) den Kindern hier eine hübsche Tüte ›Allerlei‹ mit.

293. An Emilie Fontane

Hankels Ablage. 25. Mai 84. Sonntag.

Meine liebe Frau.

Es thut mir leid, daß Du erkältet bist; morgen treff' ich Dich hoffentlich wieder gut bei Wege.

Mein letztes Kapitel (eigentlich ist es eins aus der Mitte heraus) hab' ich heute glücklich beendet und will nun morgen gleich nach 2 hier fort, so daß ich schon etwa 3½ bei Dir eintreffen werde. Denn meines Koffers halber muß ich eine Droschke nehmen. Mache Deinen Nachmittagsschlaf also *vorher*, sonst fall' ich mitten hinein. Essen werde ich *hier* noch und bitte nur um Kaffe, wenn's sein kann menschliches Produkt, und am Abend um eine Satte saure Milch oder eine Weiße. Aber nicht Beides. Menschliche Schwäche könnten [!] mich hinreißen, den Doppelgenuß haben zu wollen und dann – haben wir den Salat!

Die zu schreibenden Briefe werde ich nun morgen Vormittag *hier* schreiben, so daß ich rein und schuldlos mein neues Leben beginnen kann.

Das Wetter ist heute sehr schön, windig und etwas grau, so daß der Strom Wellen schlägt, aber so ist es am schönsten. Dabei, so weit man sehen kann, Boote mit vollen Segeln, ein entzückender Anblick, aber, wie mir dabei klar wird, doch auch ein gefährlicher Sport, denn die Boote liegen ganz schräg und die Wellen schülbern hinein.

Ich hab' es hier gut getroffen, aber ganz speziell auch der *Zeit* nach. Denn die schönen Tage von Aranjuez sind nun vorüber, mein Prinz; nicht nur beginnt sich das ›Lokal‹ mehr und mehr zu füllen, auch die ›Filla‹ drin ich wohne, ist von der nächsten Woche an ganz besetzt. Und dann Adieu Partie! Schon der Vorschmack den ich habe läßt nichts zu wünschen übrig: ein ins achtundachtzigste gehender alter Herr, der mir gestern mit Stolz erzählte ›er sei dem Kaiser um hundertundfünf Tage voraus.‹ Dieser Alte, der dem Kaiser ›über is‹, ist seit gestern mein Nachbar und zeichnet sich durch zwei Eigenschaften aus: er krächzt beständig und nimmt ›eine Flasche mit ins Bett‹. Diese letztre Wendung ist von Kaeppel, weshalb ich um nähren Aufschluß bat. Meiner Auslegung nach konnte es nur eine Wärm- oder eine Schnaps-Flasche sein. Es ist aber weder das eine noch das andre, sondern eine dritte, die mich auch einmal bedrohte, und erst unmittelbar unterhalb der

Wärmflasche ihren Anfang nimmt. Im Ganzen genommen ist aber das Krächzen doch schlimmer. Das andre ist ein stilles Leiden, das jeder mit sich selber abzumachen hat.

Dabei fällt mir auch Geibel ein. Es ist mir *sehr* lieb, daß ihr da wart; die Rede selbst wird uns die ›Rundschau‹ nicht vorenthalten. Wie immer Dein

Th. F.

294. An Bernhard von Lepel

Berlin. 27. Mai 1884
Potsd. Str. 134.c

Mein lieber Lepel.

Halb vergessen, aber nicht ganz! Nimm auch noch mit 24 Stunden Verspätung meine Glückwünsche zum 27. freundlich an. Aber welche? Wenn man sich nicht mehr sieht, werden einem selbst die Wünsche des andern ein Geheimniß. Einer aber bleibt: Leben, süße Gewohnheit des Daseins. Also weiter damit.

Von Fräulein v. Rohr wirst Du gehört haben. Sie war krank hier und ist es noch, wenigstens nicht ganz »bei Wege«. Es mußte geschnitten und geschnippert werden, was zu Besorgnissen Veranlassung gab; ich glaube aber daß es überstanden und überhaupt nichts eigentlich Schlimmes gewesen ist.

Die Ausfliegezeit beginnt und das halbe Rütli steht auf dem Sprunge. Zöllner geht nach Nenndorf, Schwefelquelle bei Rodenberg in Hessen. Rodenberg, der sich nach diesem Orte nennt, (eigentlich Lewy: seine Nase besiegelt es) wird, wie ich eben aus einem Schillerstiftungs-Circular ersehe, das Festspiel zur Schiller-Feier am 11. November machen. Die Schiller-Stiftung, oder vielleicht richtiger der Berliner Zweigverein, existirt dann 25 Jahr.

Mir geht es passabel, was ich einer vorläufigen Sommerfrische, die ich in »Hankels Ablage« nahm, zuschreibe. Hankels Ablage liegt an der Görlitzer Bahn, halben Weges zwischen Schmökwitz und K. Wusterhausen. Ich war 14 Tage da und habe nie einen beßren Sommer-Aufenthalt gehabt: still, himmlische Luft, Wasser und Wald, ausreichende Verpflegung und freundliche Leute. Was will man mehr! Empfiehl mich angelegentlichst. Wie immer Dein alter

Th. Fontane.

295. An Emilie Zöllner

Berlin 5. Juni 84. Potsd. Str. 134.c.

Meine hochverehrte, theure Freundin.

Haben Sie herzlichsten Dank für Ihre freundliche Einladung nicht blos nach Pilgramshain, sondern auch auf das berühmte Schlachtfeld, wo die Königin-Dragoner (die sich als ›Pasewalker Kürassiere‹ nicht voll auf der gleichen Höhe gehalten haben) wenn ich nicht irre 66 Fahnen und Standarten eroberten. Sie haben nicht *mich* nur durch diese große Liebenswürdigkeit gerührt, sondern die ganze Familie so weit sie zur Stelle ist. Aber – es geht nicht! Es *ginge*, wenn die Pilgramshainer Tage nur 4 Wochen länger dauerten, aber so brechen sie nicht nur für Haus Timm-Zöllner sondern auch für den Endes-Gefertigten zu früh ab. Meine eigentliche Sommerfrische soll diesmal vom 1. oder 10. *Juli* ab in Krummhübel genommen werden und diese Sommerfrische mit einem 3 oder 5 tägigen Far niente in Pilgramshain beginnen zu können, wäre sans phrase wundervoll gewesen, im *Juni* läßt sich's aber nicht thun. Ich *muß* die letzten drei Juni-Wochen in Thale zubringen, weil ich dort – im ersten Entwurf – eine Novelle niederschreiben will, deren erste Hälfte in Thale, im Hôtel Zehnpfund, spielt. Ich muß dazu das *Lokal* vor Augen, aber als Zweites, eben so Wichtiges auch unbedingte Ruhe haben, nicht blos äußerliche, sondern namentlich auch innerliche. *Die* hat man aber immer nur in der Einsamkeit, als Solo-Krebs. Einmal hab' ich es bei meiner guten lieben Rohr in Dobbertin versucht, aus dem harmlosesten und freundlichsten Freundeskreise heraus, etwas zu schreiben, aber ich bin damit gescheitert. Die Menschen, unter denen man lebt, stellen sich zwischen einen und das Papier darauf man schreiben will. Natürlich klingt all dergleichen kindisch und doch ist es eine Thatsache. So denn Pardon und nochmals tausend Dank, an Sie und den besten und liebenswürdigsten der Brüder und der Obristlieutemants. Auch an die jugendliche Rothblondine herzlichen Gruß. Wie immer Ihr treu-ergebenster

Noel. (Th. F.)

296. An Emilie Fontane

Thale 10. Juni 84. Hubertusbad.

Meine liebe Frau.

Habe Dank für Deine Zeilen und die Briefsendung. An Stephany werde ich nach 8 Tagen mal schreiben. George's Brief ist sehr nett; daß ich keine Liebhaber schildern kann, ist nur allzu wahr. Aber wer kann alles? Nur sehr wenige. Die Briefe beider Jordans wirken wie eine vorbereitete Freundlichkeit gegen mich, was aber meine Dankbarkeit gegen die diversen Spender nicht hindert.

An Kroener habe ich geschrieben unter Beilegung von *vier* Novellenstoffen; ich habe also noch einen zugelegt.

Mein Befinden ist gut, aber ich friere und bin immer müde. Diese Müdigkeit werde ich respektiren und wenig arbeiten; die Nerven müssen sich ein bischen erholen.

Das Mittagsgespräch war heut ähnlich animirt wie gestern, aber viel kürzer (gestern dritthalb Stunden.) Sonstige Erlebnisse fehlen absolut.

In Potsdam kaufte ich mir gestern eine ›*Deutsche Montags-Zeitung*‹ die von denselben Leuten wie das ›Berliner Tageblatt‹ geschrieben wird. Diese *eine* Nummer enthält *elf* selbstständige lange Artikel und ein Festgedicht von Schmidt-Cabanis. Selbst dies Festgedicht ist relativ gut und eine Goethe-Leistung wenn ich an *das* denke, was die Kreuz-Ztng. in solchen Fällen bringt. Alle elf Artikel sind von klugen, geist- und talentvollen Leuten geschrieben; ein gewisser Juden-Witz, der mir nicht sehr angenehm ist, herrscht vor, aber auch das mir am wenigsten Angenehme liest sich gut und unterhält und belehrt mich. Ich schreibe dies alles im Hinblick auf die Kreuz-Ztng. und die conservative Partei. Schließlich gehör' ich doch diesen Leuten zu und trotz ihrer enormen Fehler bleiben märkische Junker und Landpastoren meine Ideale, meine stille Liebe. Aber wie wenig geschieht, um diese wundervollen Elemente geistig standesgemäß zu vertreten. Es ist mir das immer ein wirklicher Schmerz. Das conservative Fühlen unsrer alten Provinzen wäre von unwiderstehlicher Kraft, wenn die Leute da wären, diesem Gefühl zu einem richtigen Ausdruck zu verhelfen. Büchsel, war 'mal ein solcher Mann, wiewohl auch *er* einen starken Beisatz von uckermärkischer Enge, Kleinheit u. Bornirtheit hat. Es ist durchaus nöthig: man muß die ganze Welt kennen und im Besitz dieser allgemeinen Weltkenntniß zu der Erkenntniß kommen: ›in *dem* und *dem* Stück ist es bei uns am besten.‹ Das ist dann fester Patriotismus. Morgen hoffe ich auf einen Brief von Meten. Besten Gruß an Fräulein Lischen. Wie immer Dein

Th. F.

297. An Emilie Fontane

Thale 13. Juni 84.

Von Quedlinburg zurückkehrend (von 10 bis 3 waren wir dort) fand ich Deinen lieben Brief vor. Dein Urtheil über G. Richter ist *sehr* treffend, ich habe genau dasselbe empfunden, aber, milder beanlagt wie Du, lasse ich das Ganze doch viel mehr gelten. Es war ein Pech für ihn, daß er nur Trivial-Comtessen und Juden-Madames zu malen hatte. Wir haben keine rechte Aristokratie, so daß man schließlich froh ist, bei einem christlichen oder jüdischen Parvenü unterkriechen zu können. – An Graf Philipp Eulenburg hatte ich in den letzten Tagen viel gedacht; nun gerade giebt er seine Karte ab. – Daß Du beim Weihen-Stephan einen gemüthlichen Abend verplaudert hast, war ich froh zu hören. – Den Nichts-thun-Wunsch erfüll' ich Dir gründlich; noch habe ich die Feder nicht angesetzt.

Mete's Brief ist wieder brillant; schade, daß sie körperlich so leidet. Da hört ja jede Freude auf. Das Heimweh gönn' ich ihr, weil es sie vielleicht von dem Wahne heilen wird, daß Geld, Gasthöfe, Galerieen und galonirte Diener irgend einen Menschen glücklich machen können. Kümmerliche Verhältnisse sind schrecklich, kleine Verhältnisse sind ein Segen. Kleine Verhältnisse nenn' ich Professor, Pastor, Landrichter. Sie würde in Amerika nicht mal glücklich sein, wenn ihr auch die kühnsten Träume in Erfüllung gingen und sie den ›Nabob‹ (oder Californier) kriegte, der Tante Lisen entschlüpfte; ich sage ›wenn‹; aber wer garantiert ihr den ›Californier‹? Ich nicht. Vorläufig wünsche ich von Herzen, daß sie Italien hinter sich haben möge; sie wird sich sofort wohler fühlen, wenn sie wieder deutsche Luft athmet. Was sie über ›Petöfy‹ schreibt, ist richtig; höher potenzirte Menschen von Geist und Wissen sprechen *beständig* so, wie der alte Graf, Franziska Phemi und Pater Feßler sprechen. Die Trivialität unsrer Schmierer (die Weiber an der Spitze) hat es zum Axiom erhoben, daß in Novellen und Romanen nur Blech vorkommen darf. Das ist aber nicht blos trostlos langweilig, sondern auch einfach unwahr. Denke Dir doch, wir sind mit Martha im Bade, Frau Keßler-Kahle ist auch da, und Windel und Frau v. Wangenheim kommen zu einer Kaffe- oder Thee-Plauderstunde hinzu. Da wird noch viel kühner, intrikater und geistreicher gesprochen.

Montag über 8 Tage werde ich wohl an einer Tagespartie nach Goslar theilnehmen; im Ganzen hat das ›sight-seeing‹ aufgehört, noch irgendwelches Interesse für mich zu haben, Kirchen, Schlösser, Bilder sind mir langweilig geworden, aber Goslar macht doch eine Ausnahme.

An Heyden hab ich geschrieben; morgen an Frau v. Heyden. Grüße meinen alten Witte aufs schönste von mir. An Graf Eulenburg schreib' ich vielleicht, an Zöllner auch vielleicht, an Stephany gewiß. – Morgen ist die Partie nach Saatwinkel, übermorgen der ›Familienabend‹. Ueber Beides wirst Du mir schreiben, oder vielleicht auch Theo und Friedel. – Sind die Bücherpackete an Schwebel und Dr. L. Freytag schon abgegeben? Es eilt nicht, wenn's nur überhaupt geschieht. – Mit dem Stinde'schen Buche ›Buchholtzens in Italien‹ bin ich nun durch; der bon sens drin ist vorzüglich und die anscheinend bummlige Behandlung voll *Kunst*, Geist und Humor, aber Dünkel, Unverschämtheit und Gesinnungs-Knotismus haben mir die Lektüre schließlich doch verleidet. Die *Clique* d. Berl. Tageblatts (zu der furchtbarerweise auch Wildenbruch gehört) wird immer unerträglicher. Zuletzt (ein wahres Glück) fressen sie sich untereinander auf. Grüße die Kinder, Treutlers, Müller- Grote's. Wie immer Dein alter

Th. F.

Ich schicke M.s Brief wieder mit, weil die Monsignore-Stelle *zu* gut für Frau v. W. paßt.

298. An Emilie Fontane

Thale 16. Juni 84.

Es ist kalt und meine Finger sind so klamm, daß das Schreiben eine Mühe ist. Ein Glück, daß Arbeit gar nicht auf dem Programm steht, sonst sähe es schlimm aus. Gestern hatten wir Concert, aber keine Zuhörer, das schlechte Wetter hatte die Leute zu Haus gehalten und ›Vater Sieben‹, statt einen Vortheil zu haben, schloß mit einem Verlust von 42 Mark ab. Während des Concerts hatte ich auf meiner Veranda geladenen Besuch:

Hofprediger Dr. Strauß,
Frau Hofprediger Dr. St., geb. v. Alten,
Fräulein Tochter.

Es war sehr nett; *sie* erschien in einem kirschrothen Sammtjacquet mit einem drei fingerbreiten türkisch-orientalischen Collier drauf, ganz wie ein breiter *Gold-Kragen*, und ähnlich dem Schmuck den einige der G. Richterschen Aegypterinnen tragen. Es sah sehr schön aus und Frau Friedrich Raspe (Sieben's Tochter) die mir gerade mit ihrem Manne Gesellschaft leistete, kriegte bei dem Erscheinen der *so* ornamentirten geb. v. Alten einen ordentlichen Schreck. She was evidently shrinking together. Die geb. v. Alten gefällt mir übrigens ganz gut; sie ist sehr nervös, und hat – wenn ich mich nicht verrechne – ein kleines liking für mich, was ja immer captivirt. Der Verkehr zwischen dem Ehepaar ist ein sehr netter, durchaus nicht pappstofflich, und erinnert an den Ton, in dem *wir* mit einander verkehren. Also das höchste Lob.

Heute bin ich 8 Tage hier und habe das Gefühl nichts gethan und nichts erlebt zu haben. Das Letztre ist nun aber doch falsch: ich war 3 mal mit Strauß'ens zusammen, war mit Raspe und dem Bruder Insterburger (der merkwürdigerweise Blechschmidt* heißt und es auch verdient) in Quedlinburg, sehe die Gräfin Rothenburg, Frl. v. Heineccius (nicht v. Herrnhusen; diesen falschen Namen hatte ich von Blechschmidt) und Frau Dr. Frankh täglich bei Tische und habe mich mit General Willerding, Amtsrath Wanschaffe und Banquier Cohn einigermaßen angefreundet. Dazu Stinde's Buch gelesen und Nat.Ztng. und Deutsches Tageblatt ›wissenschaftlich‹ durchstudirt. Die Nat.Ztng. rangirt an Langerweile gleich hinter der Kreuz-Zeitung; natürlich ist alles feiner und gebildeter, aber man wird dieser ›Bildung‹ nirgends froh. Das Meiste ist doch auch nur Blech und literarisch keineswegs auf der Höhe; vieles schrecklich dilettantenhaft, von Fachleuten geschrieben, die keine Ahnung von ›Mache‹ haben. Das ›Deutsche Tageblatt‹ natürlich viel tiefer stehend; forcirter Patriotismus, gesinnungstüchtig aus Spekulation, ordinär im Ausdruck und fast so witzlos wie die Kreuz-Ztng. Dann und wann aber ein gutes Wort. – Hier noch zu arbeiten, habe ich aufgegeben; ich will aber doch etwas thun, und so bitte ich Dich, mir die letzten 10 Kapitel des Scherenberg-Aufsatzes, aber *blos Deine Abschrift*, zu schicken. Wo das Packet liegt, weiß ich nicht recht, – es sind aber nur zwei Stellen möglich, entweder in dem *kl.* Schrank am Fenster, im *zweiten* Fach, ganz oder beinah obenauf, oder im Bücherschrank daneben, da wo das Schreibpapier liegt. Wenn Du schickst, so packe auch noch ein Tag- und ein Nacht-hemd bei. In Bädern lasse ich nicht mehr waschen, weil sie alles ruiniren.

Wie immer Dein alter

Th. F.

* Früher wurde er mir als Schickedanz vorgestellt; er heißt aber wirklich Blechschmidt.

299. An Emilie Fontane

Thale 17. Juni 84.

Habe Dank für Brief und Geldsendung. Was die gewünschten 100 Mark angeht, so mache ich mir ein Vergnügen daraus, Dir die ganzen 250 zu Füßen zu legen. Mache damit was Du willst, nur kaufe nichts *für mich*, sonst hört ja der Witz auf und nur Rubrik und Name haben gewechselt.

An Anna Iwens werde ich natürlich schreiben. Man liest dergleichen immer wieder gern, aber die ›Blume‹ ist doch weg. Auch Lob ist werthlos. Ich habe noch keine 6 Kritiken über mich gelesen, von denen ich sagen möchte: ›*Das* ist was.‹ Das Beste war, glaub ich, *das*, was Rodenberg mal über meinen Roman schrieb.

Maler Encke ist ein sehr artiger Mann, fast noch artiger als ich.

An Hallberger's schreibe ich morgen. Die Nüchternheit ihres Briefes ist wieder kolossal. Vergleiche damit die Kroener'schen Briefe, die ich diesen Zeilen beischließe. So furchtbar oft quält mich der Gedanke: ›*forderst* Du nicht zu viel? zu viel an Kunstleistung, an Gesinnung, an Freundschaft, an Form und Artigkeit, an Geld.‹ Wenn man dann aber erlebt, daß einem das *alles* sehr wohl erfüllt werden kann, ohne daß ein Mirakel geschieht, so sieht man sehr deutlich, daß unsereins (denn ich glaube wir sind beide darin gleichgeartet) *nicht* zu viel fordert und daß nur Kümmerlichkeit und Ruppigkeit, auch Hochmuth und Charaktergemeinheit einem das versagen, was einem zukommt. Denke blos an meine Schicksale mit W. Hertz, mit Hitzig, mit Beutner, mit Homeyer und ganz speziell mit meinen nächsten Freunden, die mich 2 mal in einer erbärmlichen Weise im Stich gelassen haben: erst Hitzig und dem Ministerium gegenüber (denke an die 400 Thlr die ich zurückzahlen mußte) und dann meinen *Arbeiten* gegenüber. Wenn blos Dummheit dahinter steckte, ging' es noch, aber leider liegt es anders. Der Neid spielt eine kolossale Rolle. Die Menschen wollen den Mitmenschen – besonders wenn er nie ›Portenser‹ war – möglichst klein sehn, um ihn dann mit 5 Mark und einer zur Unterzeichnung herumgehenden Liste ›retten‹ zu können. Es klingt das hart, aber es *ist* so. Von meinen lieben Wangenheims (die ich herzlich zu grüßen bitte) werde ich dergleichen nie sagen.

Hinsichtlich Metens, Georgens etc. sind gar keine bestimmten Pläne zu machen, ich kann deshalb auch nicht an George schreiben, denn ich weiß nicht was. Richte das alles ganz *so* ein, wie's die Verhältnisse und Deine eignen Neigungen fordern. Natürlich muß jemand da sein, wenn Mete kommt. Das ist das Eine. Aber ganz abgesehn von Metens Kommen, es fällt mir nicht ein, Dich mit Krummhübel oder irgend einem andern Nest quälen zu wollen. Zweierlei hab' ich ausgesprochen und spreche ich wieder aus: ›Einsamkeit, so weit *meine* Person in Betracht kommt, ist auf die Dauer bedrücklich, und 5 Wochen Bergluft sind auch für *Dich* kein leerer Wahn‹ aber *ich* werde nicht an der Einsamkeit und *Du* wirst nicht an der fehlenden Bergluft sterben. Alle solche Geschichten und Abmachungen sind schließlich keine Lebensfragen. Also laß George ruhig nach Berlin kommen, gleichviel ob auf längre oder kürzre Zeit.

Was Du mir über die beiden Festlichkeiten bei M. Grote's und Tante Merckel geschrieben hast, hat mich *sehr* interessirt. Ich stimme der Schilderung der Personen und Zustände völlig bei. Excellenz ist gescheidt, charaktervoll und gütig, aber allerdings ›langstietzig‹. Man wird der ganzen Geschichte schließlich nicht recht froh. Die ›she-Excellenz‹ ist rührend und reizend in ihrer Liebe zu dem Mann. Auch die liebe, gute M. Grote hast Du vollkommen richtig charakterisirt. Alle drei Monat mal kann man sich daran erfreun, kommt es öfters, so ist es öd' und langweilig. Daß Theo und selbst Friedel sich wieder legitimirt haben, hat mich sehr erfreut. Das Opfer, das Theo gebracht, war aber, glaub ich, nicht groß. Das menschliche Herz ist sehr complicirt.

Das Leben hier ist nach wie vor sehr angenehm; eigentlich fehlt einem nichts und wenn doch vielleicht etwas fehlte, diese oder jene Kleinigkeit, so fehlt dafür auch die Großigkeit: *Aerger*. Und wer viel gereist ist, weiß was das sagen will. In den meisten Fällen heißt reisen, sich ärgern, und wäre nicht der Wechseltrieb im Menschen so stark, der Hang mal was andres zu sehn und zu erleben, so reiste kein Mensch. – Ueber die Gräfin Rothenburg, Schwiegertochter der *alten* Gräfin Rothenburg, bin ich durch Strauß – der charakteristischerweise die genealogischen Kalender auch auf Reisen mit sich führt – ausreichend unterrichtet. Es wäre mir aber doch lieb, ich empfinge, von Wangenheimscher Seite her, Verhaltungsbefehle; namentlich auch wegen Frau Dr. Frankh. – Die Strauße sind heut abgereist. – In Hôtel Zehnpfund war vom Sonnabend auf Sonntag wieder großer Commers ›alter Herrn‹. Einer hatte 123 Semester, war also 82 Jahre alt. In der Nacht beschäftigten sich einige damit (meistens Herrn zwischen 40 u. 50) im Hôtel herumzugehn und die vor die Thüren gestellten Stiefel zu verwechseln. In Folge davon am andern Morgen ›Versammlung in Pantoffeln mit Stiefel unterm Arm‹ um nun die richtige Vertheilung stattfinden zu lassen. Die Menschen bleiben Kinder und schließlich: wohl ihnen *wenn* sie's bleiben.

Die Kroener'schen Briefe brauche ich nicht mehr; bitte, bewahre sie aber gut auf. Vielleicht empföhle es sich, für solche Skripturen eine eigne Mappe anzuschaffen. Andrerseits, es verlohnt sich kaum noch. Aus der Art und dem Resultate der Unterhandlungen wirst Du ersehn, daß ich gar nicht so furchtbar anspruchslos bin. Ich bin zeit meines Lebens anspruchslos gewesen, weil ich's sein *mußte*. Ich habe immer ein Auge für die Thatsächlichkeiten gehabt, und die Thatsächlichkeiten schrieben mir Bescheidenheit vor. Ebenso ist es mit meiner gesellschaftlichen Stellung. Wie man über Dichter denkt, erhellt sehr gut aus der ausgeschnittnen Zeitungsstelle, die ich hier beiklebe. Danach habe ich mich immer benommen, denn man kann die Menschen nicht von heut auf morgen bekehren. In meinem *Herzen* aber hat es mir nie an Selbstgefühl gefehlt. Was wäre auch wohl sonst aus mir geworden? Andre (merkwürdigerweise Dich ausgenommen) haben immer nur gezweifelt und gelächelt. Gott, und in der Regel was für Nummern! Wie immer Dein alter

Th. F.

300. An Emilie Fontane

Thale [a]/H 18. Juni 84.

Besten Dank für das Packet ... nun auch für das *zweite,* das eben ankommt. Verzeih, daß ich Dich mit so Vielem inkommodirt habe, aber nun, denk' ich, sollst Du auch Ruhe haben. Ich werde künftig mehr Taghemden mitnehmen, denn waschen-lassen kann man nicht, wenigstens nicht in *Nordernei.* Was die Seeweiber dort einmal unter ihren Fäusten gehabt haben, ist ruinirt. Außerdem möchte ich mir in Zukunft wohl 3 Reise-hemden mit *sechs Paar aparten Manschetten* dazu anschaffen. Ich muß die Hemden immer nur der Manschetten halber in die Wäsche thun und das widerstrebt meiner Oekonomie.

Der Brief von der Lübke ist sehr nett. Ja, Walter Scott, dessen sie so dankbar gedenkt, ist ein Segen wie Wald- und Bergluft. Die Menschen schreiben schließlich doch so, wie sie sind. Er war ein entzückendes Menschen-Exemplar, ein ächter, wirklicher Gentleman. – Die Karte aus Leipzig (Redaktion der ›Sphinx‹) kommt mir sehr verdächtig vor. ›Wer nicht abonnirt, wird angegriffen.‹ Revolver-Presse. – Die Petition wegen Beschränkung des Klavierspiels, hat meinen ganzen Beifall, dennoch möchte ich nicht, daß wir das Blatt unterzeichneten. Es bindet einen so sehr. Fechten es die Anti-Klavierler durch, so freu ich mich dessen; aber ich mag nicht mitagitiren.

Der Brief von Zoller ist mir natürlich sehr wichtig. Ob ihnen ›Petöfy‹ sehr gefallen hat, bleibt fraglich, aber es kann ihnen wenigstens nicht mißfallen haben und die Vorstellung wird wohl – bei den Feineren wenigstens – Platz gegriffen haben, daß es, wenn nichts weiter, so doch eine ›Arbeit‹ ist.

Ueber den Fanny Lewald-Abend bin ich neugierig zu hören; ich kann sie ganz gut leiden, aber sie zählt zu den langweiligsten Menschen, die ich kennen gelernt habe.

Heute habe ich an Stephany nach Kissingen, an Anna Ivens und Hallbergers (nur 5 Zeilen) geschrieben. *Letztren* Brief schicke ich nun aber, nach Eintreffen des Zoller'schen, erst morgen ab und zwar in Begleitung eines äußerst verbindlichen an *Zoller*.

Wenn Du vielleicht in nächster Zeit einmal an Heydens schreibst, so laß einfließen, wie sehr mich der einliegende Brief von *ihm* Heyden entzückt hat. Er ist in der That ganz vorzüglich. – Von dem Scherenberg-Aufsatz werde ich wohl nicht mehr als die Hälfte (5 Kapitel) hier corrigiren; aber auch *das* ist ein Gewinn. Seit gestern pussle ich an meiner neuen Novelle (aber *nicht* die für die Gartenlaube), und dies beschränkt mir die Zeit für die Scherenberg-Aufsatz-Correktur. Morgen oder übermorgen habe ich eine Tagespartie zu Fuß vor, zum ›Herrn Praeceptor‹ fast zwei Meilen von hier. – Die Einladung nach Sonnenburg hin solltest Du doch annehmen; ich glaube, die Beobachtung dieses eigenthümlichen Treibens würde Dich interessiren. Also überleg' es Dir noch. – Meine halbe Zeit ist hier um, Sonnabend über 8 Tage denke ich wieder einzutreffen. Es ist dann auch genug. Grüße die Kinder. Wie immer Dein alter

Th. F.

Hast Du den Brief nicht erhalten, wo ich, wegen der Gräfin Rothenburg und Frau Ob. Stabsarzt Frankh, bei Wangenheims um Verhaltungsmaßregeln gebeten habe?

301. An Friedrich Stephany

Thale, d. 18. Juni 1884.
Hubertusbad.

Hochgeehrter Herr und Freund.

Ganz im Gegensatz zu meiner sonstigen, auch von Ihnen lächelnd bewunderten Briefbeantwortungspromptheit schulde ich Ihnen noch meinen Dank für freundliche Zeilen, die mir durch meine Frau hieher nachgeschickt wurden. Darin hieß es am Schluß: »vielleicht nach Kissingen.« Nun, Ihre Kissinger Tage haben begonnen, und da bin ich! Meine Wünsche für Sie kann ich kurz dahin zusammenfassen, daß es Ihnen an der fränkischen Saale so gut gehn möge wie mir hier an der Bode. Trotz der barbarischen Kälte lebe ich glückliche Tage, doppelt glücklich dadurch, daß ich mir seit vielen Jahren zum ersten Male wieder eine wirkliche Ruhe gönne. Noch habe ich keinen Strich geschrieben, und so soll's bis Ende Juni bleiben. Zu dem Behagen trägt auch die Gesellschaft bei. Die Durchschnitts-Table d'hôte ist von altersher mein Schrecken. Trifft man's aber gut, so kann es reizend sein. Sechs Mann hoch bilden wir hier eine scharfe Ecke: ein General, ein Amtsrat, ein Bankier, dazu der Wirt, ein ostpreußischer Industrieller und ich. Der Ostpreuße heißt Blechschmidt, ein guter Kerl, aber von Mutter Natur seinem Namen in einer merkwürdigen Weise angepaßt. Desto origineller ist der General, der sich wie alle »a. D.-Leute« dreimal den Tag den Strick um den Hals spricht. Wär' er ein bißchen feiner und ein bißchen weniger eitel, so wär' er ganz Nummer I. So aber kann ich ihm nur IIa geben. Zu diesen sechs Herren kommen drei Damen, eine Gräfin R., deren Dame d'honneur, ein Fräulein v. H., und eine Oberstabsarztfrau aus Potsdam, Jugendfreundin der Gräfin. Diese letztere, zweiunddreißig Jahre alt, ist eine Schwiegertochter des alten Fürsten von H., der mehrere Kebsinnen hatte, mit deren Hilfe er, wenn nicht den Ruhm, so doch das Blut des Hauses fortsetzte. Durch diesen physiologischen Vorgang entstanden auch die R., und der älteste dieses Namens heiratete ein strammes (das ist immer die Hauptsache) bürgerliches Madel, das nun als »Gräfin R.« an unsrem Tisch sitzt. Sie quietscht vor Leben und Vergnügen, und wenn der alte General auf der Höhe seiner Zweideutigkeiten steht, verklärt sich ihr fideles Gesicht. Wenn Sie noch hierher kommen sollten, so bin ich ganz sicher, daß es Ihnen gefallen wird, gleichviel ob Sie hier in Hubertusbad oder in Hotel Zehnpfund Ihr Quartier nehmen. Man ist gut aufgehoben, gut bedient und gut verpflegt, ohne durch einen anspruchsvollen Baden-Baden-Ton ennuyiert zu werden.

In der Kneipe am Markt ißt auch Menzel am liebsten, der, glaub ich, in vierzehn Tagen nach Kissingen geht. Wenn Sie den treffen, und anknüpfend an Pietsch (den er sehr liebt) und mich, ein Gespräch führen könnten, so würden Sie sehr auf Ihre Kosten kommen. Denn er spricht nie Blech. Es ist immer – auch noch da, wo's nicht so aussieht – was Apartes dahinter. Selbst seine Trivialitäten sind keine.

Wie immer Ihr

Th. Fontane.

302. An Emilie Fontane

Altenbrak a. d. Bode
19. Juni. Donnerstag. ›Zum Rodenstein‹.

Liebe Frau.

Heute von *hier* aus einen Gruß!

Nach 3 stündigem Marsch traf ich hier in Altenbrak ein und will nun über Treseburg zurück, nachdem ich mit dem *›Herrn Praeceptor‹* einer klassischen 80jährigen Figur (Kopf genau wie Roquette aber 6 Fuß groß und in tiefstem Baß sprechend) zwei Stunden lang geplaudert habe. Alles wundervoll, phantastisch-humoristische Märchenwelt: *Er,* seine ›am Zittern‹ leidende, beständig weinende Frau und seine entzückende Tochter, Förstersfrau, 30 Jahre alt, mit 5 strammen Jungens.

Alles wundervoller Stoff für meine neue Novelle (*nicht* die Gartenlauben-Novelle) die sich mir heut auf dem 3 stündigen Marsch in allen Theilen klar ausgestaltet hat. Es kann nun also damit los gehn, – ich glaube was ganz Feines. Herzliche Grüße Dir und den Kindern von Deinem

Th. F.

303. An Emilie Fontane

Thale a/H 23. Juni 84.

Auch heute nur einen Gruß! Ich habe Scherenberg corrigirt und lege einen Fragezettel für Menzel bez. für Fr. Krigar bei. Es ist mir lieber, *sie* beantwortet die Fragen, auch wenn die Beantwortung unvollkommen und selbst uncorrekt ist; *er,* bei allem Respekt vor ihm, ist mir unerträglich feierlich in solchen Sachen, überhaupt in allen Sachen in denen er mitspielt. Und *darin* ist er doch ›man ganz kleene‹. Die Besprechung über seine Piazza d'Erbe in der ›Gegenwart‹ scheint mir sehr gut. Ich glaube doch, diese Art von Malerei ist ein Irrweg, günstigstenfalls eine Curiosität. Du siehst, es will doch *keiner* auf den Zopf anbeißen; unzweifelhaft ist auch diese Leistung wieder, wie alles was dieser Mann und Künstler schafft (*Genius* ist mir zu viel) bewundernswerth, aber erfreulich oder gar entzückend ist es sicherlich nicht. Man staunt, aber bleibt ganz kalt. – Heute verläßt uns ›Herr Cohn‹ ein interessanter alter Jude (natürlich sehr reich) einer von unsrer Tafelrunde. Sonnabend folge ich. Ausflüge nach Blankenburg und Ballenstedt, die ich vorhatte, werde ich wohl aufgeben, – man hat doch zu wenig von solchen Nestern. Und in Gesellschaft ist es wieder langweilig; man schwatzt dann in einem weg und kommt zu keiner Sammlung und Betrachtung. – Das Wetter war heute etwas besser, aber schon hängt der Himmel wieder voll Wolken. Lebe wohl.

Wie immer Dein alter

Th. F.

304. An Emilie Fontane

Thale [a]/H 25. Juni 84.

Schönen Dank für Deinen und Marthas' Brief. Letztre läßt sich doch immer noch durch Zahlen imponiren. Es haftet ja dem Gelde eine zauberhafte Macht an, auch im Guten, und das Absterben des *Kleinlichen*, daran die Deutschen auch jetzt noch leiden, ist eine der großen Segnungen großen Besitzes und großer Verhältnisse. Das eigentlich Erquickliche, Glückliche, auch *Große*, liegt aber doch wo anders. Unsre großen Dichter, Philosophen, Feldherrn und Staatsmänner waren arme Leute. Was bleibt vom alten Zieten, von Kant und Schiller übrig, wenn man sie mit der Geld-Elle mißt? Ohne *Freiheit* kann sich der Mensch nirgends zu was Schönem entwickeln, hat er aber Freiheit – und Bedürfnislosigkeit sichert auch dem Armen die Freiheit – so hat er alles. Hast Du von Mrs. Dooly den Eindruck, daß sie Dir überlegen ist? Ich nicht. Es wäre auch furchtbar, wenn Goldbuddeln oder einen reichen Juden todtschlagen alles wäre!

Schmidt-Weißenfels, wenn ihr ihn noch nicht gefunden habt, steht vielleicht in dem kleinen Schriftsteller-Kalender mit dem rothen Schnitt.

Wie mußt Du unter Mathilde gelitten haben, daß ein glückliches Gefühl des Aufathmenkönnens immer noch wiederkehrt! Ob sie wohl eine Ahnung davon hat, welche Last sie war und welche Riesen-Geduld wir geübt haben?

———

Mir ist schlecht zu Muth; ich werde heut hungern und mich früh zu Bett legen. Arbeiten konnte ich nicht. Wetter schwül.

———

Blechschmidt's Frau ist angekommen, schon grau, also wohl 10 Jahr älter als er. Sie war entweder Erzieherin oder stammt aus einer Oberlehrer-Familie. Gestern setzte sie mir ohne Weitres die Pistole auf die Brust und fragte mich im selben Augenblick, wo ich mich auf einem Spaziergange zu ihr gesellte: ›Glauben Sie, daß es schwerer ist andre oder sich selbst zu erkennen?‹ Ich wurde an alte Zeiten erinnert, wo Martha Merington fragte: ›What would you prefer, to be an eagle amongst sparrows or etc.‹ Bildung ist doch ein sehr zweischneidiges Schwert. Und ist sie schartig, so ist es erst recht gefährlich.

Ich lese beständig Zeitungen; in den ersten 10 Tagen machte es mir Spaß, aber nun fängt es schon wieder an furchtbar zu werden. Die Nat.-Ztng. und die Vossische sind die beiden einzigen, die man aushalten kann. Schade, daß die Vossin politisch so klugschmusig ist. Wie immer Dein

Th. F.

305. An Martha Fontane

Berlin 8. Juli 84. Potsd. Str. 134. c.

Meine liebe Mete.

Heute früh traf ein Briefpacket aus Rostock ein, in dem sich, neben andrem, auch zwei Briefe befanden, die Tante Anna und Lise an Dich nach Wien hin geschickt hatten und die ihnen, von dort her, wieder zurück gesandt worden sind. Ich denke, es genügt daß Du von dieser Thatsache erfährst; die Briefe selbst behalten wir vorläufig lieber zurück, damit sie nicht abermals ins Blaue fliegen.

Deine Vorliebe für München theile ich ganz; es ist so frei und luftig und man empfindet in jedem Augenblick daß man eine gesunde Luft athmet, was man von den italienischen Städten nicht sagen kann. Und nun gar im Sommer! Reizend ist immer die Zeit der Wachparade (so ungefähr zwischen 12 und 1) wo dann meistens vor der Feldherrn-Halle musicirt wird. Man muß dann unter den Arkaden sitzen, Eis essen und zuhören.

Deine Begegnungen mit P. Heyse u. Tochter haben uns sehr interessirt; Mama spöttelt, daß er Dich nicht eingeladen hat, aber sie hat darin Unrecht; er ist einer der aufgesuchtesten Schriftsteller, alles was nach Italien geht, spricht bei ihm vor, und dieser Menge gegenüber Gastfreundschaft zu üben, erfordert eine gastgeberische ›Passion‹, die ist aber selten.

Wir haben hier unter der großen Hitze sehr gelitten, speziell ich; ich kann mich dabei nicht erholen und leide unter einer ungeheuren Schlaffheit, die mich selbst gegen *das* gleichgültig macht, was mich sonst wohl noch erquickt: reisen, spazierengehn, ein bischen Kunst. Dazu kommt, daß wir im Hause nun schon seit vielen Wochen ein ausgesuchtes Pech haben. Die berühmte Bertha – eine ganz auf die dumme Seite gefallene Märchengestalt – war absolut unbrauchbar und in den letzten 4, 5 Tagen krank. Als die ›neue‹ antreten sollte, kam eine Karte, sie habe sich anderweit vermiethet; in Folge davon Mama drei Tage allein, Morgens auf der Straße den Bolle-Wagen abgefangen und die Milch allerpersönlichst eingekauft etc. etc. Endlich erscheint eine ›Ernestine‹ auf der Bildfläche, nettes Mädchen, Pommeranerin, die bei Frau Schultze-Delitsch gedient hat, nach zwei Tagen aber fängt sie an zu humpeln und befindet sich seit heut in der Klinik. Die Mädchensuche beginnt also von Neuem. Mache Dir danach ein Bild. Im Ganzen benimmt sich Mama tapfer und verständig dabei und ich würde ihr theilnahmevoll zur Seite stehn, wenn sie nicht die schreckliche Eigenschaft hätte, schließlich immer mit *mir* unzufrieden zu sein. Was ich nun, in seiner ganzen Unsinnigkeit, in meinen alten Tagen absolut nicht mehr aushalten kann. Sie hat keinen Humor, keine Widerstandskraft und kein Gefühl für Gerechtigkeit. Sie glaubt sich benachtheiligt, aber was habe *ich* denn? Diese Frage findet sie nicht für gut, sich vorzulegen.

Bis zu dem Moment Deiner Rückkehr, hat sich diese Haus-Pleite hoffentlich gebessert, wenigstens habe ich den lebhaften Wunsch, daß Du fröhliche Gesichter vorfinden mögst. Theo ist Gott sei Dank sehr munter. Sonst ist alles fort. Ergeh es Dir gut. Empfiehl mich Deinen Damen und Mr. Zimmermann. Schreibe, wohin wir die Witteschen Briefe schicken sollen. Wie immer Dein alter

Papa.

306. An Philipp von Eulenburg

Berlin, d. 11. Juli 1884.
Potsdamer Straße 134 c.

Hochgeehrter Herr Graf.

Lassen Sie mich Ihnen mein aufrichtiges Bedauern aussprechen, daß ich um den mir gütigst zugedachten Besuch gekommen bin. Ich war in Thale und las an demselben Tage vielleicht, was Julius Lessing über Ihr von Gustav Richter begonnenes Porträt sagte, Worte, denen ich, offen gestanden, nicht zustimmen konnte. Ihr eigentlichstes Leben ist in dem Kopfe nicht. Ich vermisse das feine melancholisch angeflogene Lächeln. Hab ich recht oder nicht? Aber darin hab ich recht (ich verstehe mich auch einigermaßen auf biographische Behandlung), daß man Richter durch Überlob und Übereifer geschadet hat. Dergleichen – gerade wie bei Menzel – ruft nur den Widerspruch wach. Und nun gar die Kratzfüße gegen Hof und Adel: ich habe mich darüber geärgert.

Zwei-, dreimal stand ich seit etwa Jahresfrist vor einer Reise nach München und würde nicht versäumt haben, mich Ihnen und der Frau Gräfin – der ich mich zu empfehlen bitte – vorzustellen, aber es zerschlug sich immer wieder. Die weiten Reisen fangen an, mir langweilig zu werden, und ich beginne Königswusterhausen und ähnliche Nester dem Comer See vorzuziehn. Starke Zeichen des Alters und der Décadence.

Mit der Bitte, mich dem gräflichen Hause in allen seinen Mitgliedern – die Frau Mama an der Spitze – angelegentlichst empfehlen zu wollen, in vorzüglicher Ergebenheit

Th. Fontane.

307. An Wilhelm Hertz

Berlin 13. Juli 84.

Sehr geehrter Herr Hertz.

Pardon, daß ich in 3 Tagen nichts habe von mir hören lassen; ich bin aber so grenzenlos matt und müd, daß ich vor allem ernsteren Anfassen einer Sache erschrecke. Glücklicherweise pressirt es nicht und so bitt' ich denn nochmals »um drei Tage Zeit«. Eh' ich abreise (wahrscheinlich nach Rügen) schreibe ich die nöthigen Zeilen.

Wie steht es zu Haus? Es hat mich doch *sehr* beschäftigt und meine Frau auch. Gott, was ist Glück! Eine Griessuppe, eine

Schlafstelle und keine körperlichen Schmerzen – das ist schon viel.

Mit aufrichtigen Wünschen für wenigstens Passables, wie immer Ihr

Th. Fontane.

308. An Bernhard von Lepel

Berlin. 13. Juli 1884
Potsd. Str. 134. c.

Mein lieber Lepel.

Habe besten Dank für Deine Karte. Auch wenn sie ausgeblieben wäre, hätte ich – nachdem ich durch Frl. v. R. von Deinem Aufenthalt erfahren – heute an Dich geschrieben, um mich nach Deinem Wohlergehen zu erkundigen. Ich freue mich von Herzen, daß der Angriff siegreich abgeschlagen ist und daß die Veste Lepel wieder sturmfrei dasteht. Wenn's überstanden ist, ist es mitunter recht gut solchem Anfall ausgesetzt gewesen zu sein; man wendet dann 'mal was Ordentliches an sich und sieht es auf Zeit und Geld nicht an. Wenigstens *ich* knausre immer an mir herum und nur wenn periculum in Morea ist, laß ich mal was drauf gehn. Wenn du als alter Greiner von Deinem Wildbad zurückkommst, seh' ich Dich hoffentlich. Inzwischen habe ich der Welt in einem Scherenberg-Kapitel ausführlich von Dir und unsren glücklichen Tagen in der Franz-Kaserne erzählt, Hertz will es als Buch drukken und zu Weihnachten werd' ich Dir dies jüngste Kind meiner Laune überreichen können.

Ich leide hier grenzenlos von der Hitze und wäre längst fort, wenn ich wüßte wohin. Die Reiserei hat gar keinen Reiz mehr für mich, die Langeweile ist tödtlich und dabei wird man für sein schweres Geld noch schlecht behandelt. Früher fing die Menschheit erst beim Baron an, jetzt bei dem, der Champagner bestellt. Und davon bin ich weit ab. Die modernen Sommer-Hotels sind Räuberhöhlen, wo's auch »Bacc a terra« heißt. Reminiscenz. »Es fuhren durch den Apennin etc.« Aber wie sich die Menschen trotz allem was sich gegen die Liebe sagen läßt, immer weiter verlieben, so reisen sie auch weiter, und ich mache keine Ausnahme. Morgen oder übermorgen will ich nach Rügen. Vielleicht schreib ich Dir dann von einer »Inselkönigin bei der ich wohne«. Wird eine nette Nummer sein! Empfiehl mich angelegentlichst. Wie immer Dein alter

Th. Fontane.

309. An Wilhelm Hertz

Berlin 14. Juli 84.
Potsd. Str. 134.c.

Sehr geehrter Herr Hertz.

Hoffentlich finde ich nicht bloß Ihre äußre sondern auch innre Zustimmung, wenn ich für das etwa 20 Bogen-Buch, bei einer Auflage von 1000 bis 1200 Exemplaren, 1500 Mark erbitte. Begegnet dies Ihrem »ja« so habe ich eigentlich nur noch den Wunsch einer hübschen Ausstattung, etwa im Stil des eben erschienenen aber noch nicht ausgegebenen Buches »*Heinrich v. Kleist*« meines kleinen Freundes O. Brahm hinzuzufügen. Alles andre regelt sich wohl nach altem Herkommen von selbst.

Ihrem freundlichem Kopfnicken entgegensehend, wie immer in vorzüglicher Ergebenheit

Th. Fontane.

Die beiliegenden Zeilen waren schon geschrieben als über Mittag Ihr freundlicher Brief eintraf. Wer, wie ich, jahrelang »draußen« war, fühlt ganz die Wonne des Wieder zu Hauseseins nach, in der die Zukunftsfrage, die Frage »was kommt?« als etwas ganz Gleichgültiges untergeht. Unter den Seinen sterben, ist besser als einsam leben. Wie immer Ihr

Th. F.

310. An Emilie Fontane

Krummhübel 21. Juli 84. Augusta-Bad.

Liebe Frau.

Eben erhalte ich Deinen lieben Brief vom Sonntag, für den ich bestens danke. Was meine ›Stimmung‹ angeht, so schießt Du vorbei wie gewöhnlich; Du hast wie Tante Jenny ein riesiges Talent die Dinge nicht so zu sehn wie sie sind, sondern wie Du sie sehn willst. Du hast Dir aus dem Th. F. von Gottes Gnaden einen Th. F. von Emiliens Gnaden zurecht gemacht und alles was Du über mich denkst und sprichst, sind Sätze die auf Deine Phantasie-Puppe passen, aber nicht auf mich.

Indessen es schadet nichts; ich bin vielfach nicht gut dabei gefahren, aber vielfach auch sehr gut und so mag sich's balanciren. Nur der Sinn für *exakte* Beobachtung des Thatsächlichen fehlt Dir.

Es freut mich, daß Du Meten so viel siehst; sei so nett und liebenswürdig wie möglich; es läßt sich ja viel gegen sie sagen, aber schließlich ist sie doch eine reich beanlagte, interessante Person, die mich mit innigster Theilnahme erfüllt. Denn all dieser Hang und Drang ins Weite, würde nicht da sein, wenn ein ordentlicher, anständiger Doktor, Kreisrichter oder selbst Landprediger sich regelrecht in sie verliebt hätte; sie hat das Reisefieber faute de mieux.

Mein Befinden ist immer noch nicht gut, aber doch besser, trotzdem das Wetter viel zu wünschen übrig läßt und zwischen Stichsonne, Sturm und Regen wechselt. Ich gehe ziemlich viel, aber an Arbeit ist immer noch nicht zu denken, ich lese Kleist und habe gestern an Lübke geschrieben. Vergiß ja nicht *sie* zu besuchen; ich habe Beiden gegenüber immer ein kleines Gefühl der Verschuldung.

Verkehr habe ich hier zur Genüge: Schwerins, Grävenitzens, und durch Schwerins wieder verschiedene andre Persönlichkeiten: Prof. Hoppe und Frau, der bei Langenscheidt ein Supplement-Lexikon herausgiebt (Friedel kennt ihn, glaub ich) Oberlehrer Dr. Proske und Frau vom askanischen Gymnasium, Freund von Trendelenburg etc., Gymnasial-Direktor Bouterweck und Frau aus Bunzlau, der zehn vornehme Pensionaire hat, darunter auch Friedels Freund Bensen. Von diesen Pensionären erzählte gestern Abend Frau Dr. Proske, die mit Bouterwecks befreundet ist, höchst amüsante Geschichten; aber wie furchtbar Pensionaire halten müssen, selbst wenn man das Geld dabei einscheffelt und die Autoritätsstellung eines forschen Gymnasial-Direktors hat.

Hier höre ich mancherlei Freundliches über meinen Scherenberg-Aufsatz und nicht blos von Schwerin. In der ›Täglichen Rundschau‹ hat Neumann-Strelas Aufsatz über mich gestanden; Grävenitz hat die Nummer; er soll ganz gut und sehr freundlich sein. Ein bischen sonderbar ist es, daß mir Stephany keine Zeile schreibt; auch das Paschathum eines Chefredakteurs muß seine Grenzen haben. Ich habe nach Kissingen hin an ihn geschrieben, eine große Freundlichkeit, denn ich bin wenigstens ein Dutzend Jahr älter als er, dann habe ich ihn in Berlin brieflich begrüßt, und drittens und letztens ist nun ein Aufsatz von mir zum Abdruck gebracht, wie ihn die Zeitung doch nicht jeden Tag bringen kann, weil nicht viele da sind, die 7 Monate lang an einem solchen Essay arbeiten. Aber die guten Herren glauben immer, daß wenn sie einem das Salz aufs Brot bezahlen, sie hätten einen königlich belohnt. Nun vielleicht wird auch *das* noch anders. Neugierig bin ich auch auf die Haltung der Scherenberge. Die Familie nicht zufrieden zu stellen, *da*ran bin ich von meinen Wanderungen her gewöhnt und lege kein Gewicht mehr drauf. – Schreibe an George und lade ihn Dir ein; denn nach 14 Tagen wird er Thorn wohl satt haben. – Juden sind wenige hier, was merkwürdig angenehm berührt. Bescheidnes Auftreten, wenn es nur nicht kümmerlich wirkt, ist doch das Beste. Glanz ist zum Ansehn, aber nicht zum Mitmachen. Frau Dr. Schwerin wirkt nicht wie eine Jüdin sondern wie eine Chinesin; vielleicht hat sich Li Fong Pao und seine Frau deshalb so hingezogen gefühlt. – Morgen früh 7 Uhr zieh ich hier aus und übersiedle zu Frau Schreiber. Also Adresse: ›Im Frau Schreiber'schen Hause‹. Im Laufe des Tages will ich nach Schmiedeberg und mir eine Kasserolle und Spiritus-Lampe kaufen. Thee muß man sich selber machen. Wird das Wetter besser, so werd ich mal eine Partie machen bis ins Böhmische hinein und über Schreiberhau etc. zurück. Das dauert dann etwa 3 Tage. Grüße die Kinder herzlichst, auch Frau Lübke, Eichelchen, Zöllners etc. Wie immer Dein

Th. F.

Die Notiz für das ›Magazin‹ (über Storm etc.) hast Du sehr gut abgefaßt.

311. An Emilie Fontane

Krummhübel 26. Juli 84.

Meine liebe Frau.

Durch Martha erfuhr ich eben zu meiner Freude, daß es wieder besser mit Dir geht; nun noch eine Spazierfahrt, Droschke 1. Güte, aber gut eingemummelt, und Du wirst wieder im Stande sein.

Mete hat mir ein paar interessante, wichtige und *mich erfreuende* Briefe geschrieben. Ich glaube, Du nimmst sie nicht immer richtig. Sie schreibt mir heute: ›Ich bin nicht unzufrieden, im Gegentheil, aber ich würde mir *gerne meiner geistigen und herzlichen Fähigkeiten lebhafter bewußt,* – ich habe das Gefühl eines Menschen der Klavier spielen kann, aber kein Klavier hat.‹ Das trifft glaube ich zu. Sie würde sich gern ein andres ›sort‹ bereiten, sie würde Welt und Amerika Welt und Amerika sein lassen, aber wie die Verhältnisse nun mal liegen, sucht sie das Beste draus zu machen. Wenn der Weg, den sie dazu einschlägt, *ihr* Weg ist und nicht unsrer, so kann man ihr daraus keinen Vorwurf machen. Weißt Du, welcher Weg der richtige ist? *Ich* weiß es nicht. Und so hat man kein Recht, dem im Gefühle wurzelnden Entschluß eines andern Menschen, und wenn es das eigne Kind ist, entgegenzutreten. Ich bitte Dich, ihr ihre Freiheit zu gönnen und daran zu denken, daß es *ihre* Sache ist und daß *sie* die Consequenzen trägt. Wenn wir, was möglich, in Mitleidenschaft gezogen werden, so verschwindet das doch neben *dem,* was wenn es fehlschlägt, *ihr* zufällt. Ich bitte Dich, nach Möglichkeit Dein Benehmen zu ihr danach einzurichten.

Wann kommt George? Was macht mein alter Friedel, von dem ich 8 Tage lang nichts gehört habe? Wann wandert Theo gen Wittenberge? Die ›Oertchen‹-Frage hat sich hoffentlich nach den schweren Zwischenfällen mit Lola Booth dort geregelt. Was machen Zöllners? Was macht Frau Lübke? An *ihn* habe ich nach Berchtesgaden hin geschrieben, er hat aber noch nicht geantwortet. Ebenso habe ich noch immer keinen Brief von F. W. Steffens in Dresden, den ich um ein paar Petöfy-Exemplare (zur Durchsicht) gebeten habe. Schickt er keine, so muß ich demnächst an Hallbergers schreiben. – Von Roquette's Roman habe ich nun wieder zwei Kapitel gelesen; ich genire mich meine Meinung darüber niederzuschreiben. Ist das was ich mache, nicht besser (Gott verhüt' es) so verdamme ich die Stunde, die mich zum Dichter und Schriftsteller gemacht hat. Es ist der dünnste Aufguß von einem Thee, der ein Menschenalter hindurch in einem kl. Material-Laden gelegen hat. Die ›die pro August abonniren‹, kriegen die voraufgegangenen 6 Wochen nachgeliefert. *Die* können lachen. Mit meinem Befinden geht es leidlich. Wie immer Dein

Th. F.

312. An Wilhelm Friedrich

Krumhübel 3. Aug. 84.

Sehr geehrter Herr.

Empfangen Sie meinen ergebensten Dank für Ihre gef. Zuschrift vom 29. v. M. Ich habe von den zwischen uns stattgehabten Beziehungen nur die freundlichsten und angenehmsten Eindrücke empfangen und kann nur wünschen dieselben erneuert zu sehn. Andrerseits habe ich aber auch nicht das Kleinste auf Lager, das ich Ihnen präsentieren könnte, da das Wenige, was ich seit meinem »Schach« geschrieben habe, schon weggegeben ist und zu Weihnachten erscheinen soll: eine Novelle (Graf Petöfy) bei F W. Steffens in Dresden, eine Biographie Scherenbergs bei W. Hertz. Habe ich wieder etwas, so werde ich nicht unterlassen mich bei Ihnen zu melden, wenn nicht irgendwer – wie beispielsweise Hertz bei den märkischen Sachen – die Vorhand hat.

In vorzüglicher Ergebenheit

Th. Fontane.

313. An Richard Béringuier

Krummhübel, d. 3. August 1884.

Sehr geehrter Herr Doktor.

Empfangen Sie meinen besten Dank für Ihre freundlichen Zeilen und den angefügten Stammbaum, der mich aufs *höchste* interessiert hat. Eine dunkle Sage ging von »Schneiderfamilie aus Montpellier«, so daß »Zinngießer aus Nîmes« ein Fortschritt, eine Art Nobilitierung ist.

Mein Papa wußte von diesen Dingen nichts. Er hatte, als Kind seiner Zeit, keinen Sinn für Zurückliegendes. Meine Mutter aber, wenn das Gespräch auf die »Familie« kam, mokierte sich über die Schneiderabstammung – sie selber stammte von Seidenhändlern, war also Aristokratin – und nannte mir die drei Frauen meines Großvaters so, wie ich es angegeben habe:

1. verwitwete Tod oder Todt,
2. Fr. Reimann,
3. Fr. Werner.

Mein Papa stammt von der ersten Frau, also von der verwitweten Tod (nach Angabe meiner Mutter). Ich bezweifle aber keinen Augenblick, daß die Ihnen vorliegenden Papiere zehnmal zuverlässiger sind als dieser vage Familienschnack. Es ist mir sehr wahrscheinlich, daß seitens meiner Mutter eine Namensverwechslung vorliegt: »Tod und Deubel«. Deubel war richtig, aber sie nahm Tod. – Den Todestag meines Großvaters kann ich in Berlin feststellen.

In vorzüglicher Ergebenheit

Th. Fontane.

314. An Philipp zu Eulenburg

Krummhübel, 3. August 1884.

Hochgeehrter Herr Graf.

Empfangen Sie meinen ergebensten Dank für Ihre freundlichen Zeilen vom 29. v. Mts... Was die Geschichte von Löwenberg, Ort wie Ländchen, angeht, so bin ich in der angenehmen Lage gute Auskunft oder doch wenigstens eine gute Adresse geben zu können. Graf Bredow-Liepe, ein etwas wunderlicher Heiliger und in seiner äußren Erscheinung mehr schlesischer Leineweber (klein, häßlich, mit rotblonder Perrücke) als märkischer Edelmann, hat eine wie ich glaube ausgezeichnete Geschichte seiner Familie geschrieben, in der denn auch des »Löwenberger Landes« als ehemalig Bredowschen Besitzes ausführlich Erwähnung geschieht. Als ich meinen langen Hoppenrade-Aufsatz schrieb, wandte ich mich an ihn (oder nein, ich wandte mich *nicht* an ihn, sondern tat nur in öffentlichen Blättern, namentlich im »Bär«, eine Anfrage) und empfing nun einen langen Brief, worin er mir die Besitzverhältnisse des Ländchens mit musterhafter Präzision und Klarheit auseinandersetzte. Zugleich erbot er sich, mir sein Geschichtswerk schicken zu wollen. Ich bat darum, erhielt aber keine Antwort. Warum nicht? Darüber habe ich nur Vermutungen, mit denen ich Sie nicht behelligen will. Jedenfalls ist ein Geschichtswerk *da,* das die Verhältnisse, die Sie, hochgeehrter Herr Graf, kennen lernen wollen, gründlich und ausführlich behandelt. Denn Graf Br. ist *sehr* gescheit und auch in diesem Punkt aus der Familie herausgefallen. Er also ist's, der unter allen Umständen helfen kann. Aber wird er *wollen?* Dies ist mir zweifelhaft, denn er ist im Stande die Eulenburgs als Eindringlinge anzusehn. Landrat v. Quast würde hier glaube ich leicht und glücklich vermitteln können. Scheitert aber alles, so bleibt immer noch faute de mieux mein Hoppenrade-Aufsatz übrig, der die betr. Sache nach Graf Bredowschen Angaben behandelt. Übrigens – was Ihnen vielleicht noch unbekannt – hat Pastor Muck in Löwenberg *auch* diese Dinge behandelt, ganz vor Kurzem erst, was ihn veranlaßte, sich an mich zu wenden. Ich verwies ihn, wie recht und billig, an Graf Bredow, er zog aber schließlich meinen Aufsatz vor, weil er sich, so nehme ich an, keinem Refus von Seiten des Grafen aussetzen wollte.

Darf ich bitten, mich der Frau Gräfin wie dem ganzen Hause Sandel angelegentlichst empfehlen zu wollen.

In vorzüglicher Ergebenheit, hochgeehrter Herr Graf,

Ihr

Th. Fontane.

315. An Ludovica Hesekiel

Krummhübel 9. Aug. 84.

Meine hochverehrte Freundin.

Es ist kaum eine Woche, daß ich auf einem Nachmittagsspaziergange mit dem verehrten Dr. Schwerin'schen Ehepaar ein langes Hesekiel-Gespräch hatte und ihnen zu ihrem ersichtlichen Ergötzen von alten Kreuz-Ztngs-Tagen erzählte, zahlreiche Hesekiel-Anekdoten einstreuend. Alles was ich sagte, war von Zuneigung und mehr noch von Interesse diktirt und ich schloß damit ›daß ich mich auf meine Hesekiel-Biographie mehr freute als vor Jahr und Tag auf meine Scherenberg-Biographie, was auch ganz natürlich sei, weil das Hesekielsche Leben bunter und mannigfacher und namentlich reicher an humoristischen Zwischenfällen verlaufen sei‹.

Den andern Tag traf bei Schwerins ein Brief von Frl. Jenny Hirsch ein, der mittheilte, wie die von mir verehrte und geliebte Familie Hesekiel durch ein paar Bemerkungen in meinem Scherenberg-Aufsatze verletzt und betrübt worden sei. Aber gestern Abend erst erfuhr ich von diesem Briefe, sonst würden diese Zeilen eher geschrieben worden sein.

Meine hochverehrte Freundin, wie ist es möglich, speziell in einem Schriftstellerhause möglich, daß so harmlose Bemerkungen so schief angesehn werden konnten! Wenn *das* schon kränkt und verletzt, was soll dann die Familie Scherenberg mit mir anfangen? Die muß mich dann zu Galgen und Rad verurtheilen. Von ihm, meinem Helden Chr. Friedrich Scherenberg, erzähle ich in beinah jedem Kapitel tolle Sachen: im 1.

ist er faul und bummlig, im 2. kümmert er sich nicht um seine Frau, was sie schließlich mit Untreue vergilt, im 3. lebt er von Thiergarten-Pilzen, im 4. übersetzt ihm Frau Friedberg die französ. Stücke, für die er das Honorar einsteckt, weiterhin nenne ich ihn zweideutig und undankbar, schildre seinen krassen Egoismus und beschuldige ihn der Komödiantenrei, nachdem ich vorher von einem guten Theile seiner gefeierten Dichtungen gesagt habe ›sie hätten mich wie Beobachter an der Spree-Poesie berührt‹. Und nun vergleichen Sie damit was ich über Ihren Papa, meinen lieben alten Hesekiel gesagt habe! Was wirken soll, muß ächt und wahrhaftig sein und wenn man einen Menschen andern Menschen menschlich näher bringen will, so muß man diesen Menschen menschlich zeichnen, also auch seiner ›Menschlichkeiten‹ nicht vergessen. Es ist ganz unmöglich, daß einer meine Scherenberg-Biographie liest, ohne dabei zu empfinden: das war ein hervorragender Dichter und ein aparter, vornehmer und liebenswürdiger Mensch, und dieser Eindruck wird durch das Hervorheben seiner zahllosen Schwächen eher gesteigert als gemindert werden. Ich kann nicht glauben, daß Sie anders über diese Dinge denken. Mein Herzenswunsch war, wie schon Eingangs erwähnt, der Scherenberg-Biographie eine Hesekiel-Biographie folgen zu lassen, wenn Sie aber an solchen absolut harmlosen Kleinigkeiten (die aber doch andrerseits ganz und gar zur Charakteristik dienen) Anstoß nehmen, so ist das Schreiben einer Hesekiel-Biographie für mich eine Unmöglichkeit. Vielleicht werden Sie sagen ›ein wahres Glück‹. Aber darin haben Sie Unrecht. Denn wer soll es sonst thun? Die Leute, die dergleichen unternehmen, sind mit der Laterne zu suchen und auch *dann* noch nicht zu finden. Und *wenn* Sie einen finden sollten, wer bringt die Kenntniß, die Erfahrung, die Liebe mit, die mir zur Verfügung steht?! Ich hoffe, Sie werden mir schließlich in allem zustimmen.

In herzlicher Ergebenheit Ihr

Th. Fontane.

316. An Emilie Fontane

Krummhübel 9. Aug. 84

Meine liebe Frau.

Zu meinem Bedauern ersehe ich aus Deinen heut früh eingetroffenen freundlichen Zeilen, daß es noch immer nicht recht will. Es wird auch nicht eher besser werden, als bis Du aus Berlin heraus bist: die schlechte Luft (richtige malaria) der Trouble, die Gemüthsbewegungen und zu allem auch noch die kleinen wirthschaftlichen Sorgen – die klein für den Gesunden, groß für den Kranken sind – machen eine Reconvalescenz in Berlin sehr schwer oder schieben sie wenigstens auf die lange Bank. Wie Dir's hier gefallen wird, kann ich nicht wissen, aber selbst wenn Du Dich unsterblich langweilen und die Stunden zählen solltest, körperlich wohler wird Dir hier werden. Dafür verbürg' ich mich. Außerdem (und dies muß einmal ausgesprochen werden) was ist denn seit Jahr und Tag unser Berliner Leben nach der Seite des ›Interessanten‹ hin? Etwas Langweiligeres ist doch kaum denkbar, so daß ich mit gutem Gewissen sagen kann, ich habe, drei Wochen in Thale und nun hier in Krummhübel, vergleichsweise wie ein junger vornehmer Russe gelebt, der zum ersten Male nach Paris kommt. Ich habe hier mehr Personen gesprochen, mehr Conversation gemacht, mehr Fragen berührt, mehr Lob und Freundlichkeit eingeerndtet, als in Berlin in einem ganzen Jahre. Wie lebe ich denn in der Reichshauptstadt? Arbeit bis um 3, Mittagbrot, Schlaf, Kaffe, Buch oder Zeitung, Abendspaziergang und Thee. Von 365 Tagen verlaufen 300 nach dieser Vorschrift. Du denkst ›ich wünsche es so‹. Das ist aber nicht der Fall; ich dürste nach Umgang, Verkehr, Menschen, aber freilich alles muß danach sein und speziell *die* Formen haben, die mir gefallen, sonst danke ich für Obst und ziehe die Einsamkeit vor. Aber deshalb weil ich sie relativ vorziehe, gefällt sie mir noch lange nicht. Schluß: ›So viel Vergnügen wie Du in Berlin aufgiebst, findest Du hier auch.‹ Es giebt eben nicht weniger als nichts.

Heute Mittag ist nun also unsere Mete gereist; wenn sie's nicht zu unglücklich treffen, so *muß* es ihnen in Harzburg gefallen: Musik-Kapelle, Pony-Equipagen, Esel, Geheimräthe, ›Nach Canossa gehen wir nicht‹, ›Hier trank Uhland Kaffe‹ – von dergleichen wimmelt es. Alles wie für Mrs. D. gemacht, wenn sie auch weder Canossa noch Uhland kennt, was man von Illinois auch nicht verlangen kann. – Wie hat denn George seine Zeit veranlagt? War Oper bei Kroll? Concerte im Zoologischen und in der Hygiena werden wohl alles gewesen sein. – Vorgestern (vielleicht schrieb ich schon davon) hatte ich lange Spaziergänge und Gespräche mit Bouterwecks und Schönberg = Scherenbergs, gestern mit dem Poskeschen Ehepaar (*er* Oberlehrer am Askanischen Gymnasium, sie eine Ginsberg, Verwandte unsres Berliner vis à vis, der Frau Neumann.) Am Abend war ich nach längrer Zeit mal wieder bei Schwerins; er theilte mir einen Brief von Frl. Jenny Hirsch mit, worin es hieß, die sämmtlichen weiblichen Hesekiels seien betrübt und verletzt über die Art, wie ich in meinem Scherenberg-Aufsatze ihres Vaters gedacht hätte. Dies ist Unsinn, besonders wenn man daneben hält, wie ich meines eignen Helden: ›Scherenberg‹ gedacht habe. Sie sind doch ganz kleiner Stil, so recht ächte sächsische Naturen. Immer Kuchen und Blümchenkaffe, oder was dasselbe sagt: dünn und süß. Ich habe nun heut an Ludchen geschrieben, *sehr* liebevoll, aber auch sehr decidirt. Was haben solche Kaffetitscher für Anschauungen von Literatur! Und daß hunderte solcher Blaustrümpfe mit Sechser-Moral und Dreier-Patriotismus unsre Literatur ›besorgen‹, à Elle 3 Mark, *das* ist der Fluch unsrer Literatur. Es ist alles ohne Saft und Kraft. Grüße George und Friedel. Wie immer Dein

Th. F.

317. An F. W. Steffens

Krummhübel 10. Aug. 84.

Sehr geehrter Herr.

Endlich die durchgesehnen letzten Kapitel. Es war weniger zu streichen als ich erwartete, aber ich hatte gestern – auf einem Stein im Tannicht sitzend – nicht das Auge dafür. Und doch schärft die Natur den Blick.

Ich vertraue die Correktur dem Herrn Correktor und Ihrer gef. Oberaufsicht an und bitte nur mir die letzten 5 Kapitel zur Super-Revision schicken zu wollen. Dies ist wegen der Bleistiftkritzelei auf S. 802 leider unerläßlich.

Darf ich über das Druck-Arrangement noch ein Wort sagen? Wenn Sie 2 Bände zu 175 Seiten machen – auf leidlich starkem Papier sind dann die Bände dick genug – so würden dadurch statt blos 20 drei- oder selbst vierzwanzig Zeilen auf die Seite kommen und der Eindruck des Auseinandergezerrten ginge verloren. In vorzüglicher Ergebenheit

Th. Fontane.

Ich bleibe noch bis Ende des Monats hier.

Th. F.

318. An Georg Friedlaender

Hochgeehrter Herr Doktor.

Empfangen Sie den Ausdruck meines lebhaften Bedauerns, den mir so freundlich zugedachten Besuch verfehlt zu haben. Erfüllen sich unsre Wünsche – ich spreche unbeauftragt für Haus Graevenitz mit – so haben wir morgen (Dienstag) ein Rendez-vous bei Exner, das uns dann hoffentlich zu weitrem Geplauder über das »Kriegsbuch« Ihrerseits und die »Kriminal-Novelle« meinerseits Gelegenheit giebt.

Darf ich bitten mich und meine Frau Ihrer Frau Gemahlin empfehlen zu wollen.

In vorzüglicher Ergebenheit

Krummhübel 18. Aug. 84. Th. Fontane

319. An Martha Fontane

Krummhübel 18. Aug. 84.

Meine liebe Mete.

Wir waren sehr erfreut als heute Mittag Nachricht von Dir kam, Brief und Karte zugleich. Also nun doch endlich glücklich in Harzburg angelangt! Es wird euch schon gefallen und Dir speziell; die Luft ist wundervoll, weil es an einer scharfen Ecke liegt, was bei Sturm und Kälte lästig, bei Hitze höchst angenehm ist. Daß ein ehemaliger Oberkellner aus dem Thiergarten-Hôtel ›um alter Bekanntschaft willen‹ so bevorzugt wurde, spricht wieder für Mrs. D. Es ist Freundlichkeit und Wohlwollen darin.

Mama kam hier noch recht elend an, aber schon die ersten

drei, vier Tage haben Wunder gethan; es bleibt dabei ›Luft ist kein leerer Wahn‹ und ich denke mir die Zukunft der Medicin und speziell der Hygiene so, daß die Luftarten in ihren hundert Nüancen *alles* bedeuten. Und wie die Pharmacieen jetzt aus Flaschen und Büchsen bestehn, deren Inhalt unter lateinischem Namen verschrieben wird, so werden die Rezepte der Zukunft lauten: drei Wochen Lofoden, sechs Wochen Engadin, drei Monate Wüste Sahara. Auch die Malaria-Gegenden werden tageweis eingegeben werden, wie man jetzt Arsenik oder Strychnin eingiebt. Die große Wirkung der Luftmedizin liegt in ihrer Perpetuirlichkeit, – man kommt aus dem Heilmittel bei Tag und Nacht nicht heraus.

Die Familien Graevenitz, Wietersheim und Schwerin sind noch hier und bezeigen uns nach wie vor die größte Liebenswürdigkeit. Ich stelle Schwerins, die eigentlich als erste genannt werden müßten, immer zuletzt, weil sie durch diese Stellung als Adlige miteingeschlachtet werden. An die Spitze gestellt, würde dies zwar auch der Fall sein, aber in so prononcirter Weise, daß die Lüge gen Himmel schriee.

Diese Woche ist noch theaterfrei, ob auch die nächste? Mit Bangen blicke ich jeden Tag in die Zeitung. Geht auch noch vom 25. d. M. bis zum 1. September der Kelch an mir vorüber, so soll die nächste Woche zu kleinen Exkursionen, vielleicht bis nach dem vielgenannten Sankt Peter und Spindelmühl benutzt werden. In *dieser* Woche will ich noch fleißig sein; jeden Morgen schreibe ich 8 bis 10 Blätter d. h. was man so schreiben heißt.

Von Theo hatten wir gestern einen Brief noch aus Wittenberge, heute wollte er zurück. Zugleich mit Deinen Briefen kam eine Karte von George, der von seinen Freunden Gerlachs keinen Gratulationsbrief, dafür aber von *Paul* Sommerfeldt eine Gratulationskarte erhalten hatte. Er schien es nicht als eine Balancirung anzusehn.

Ergeh es Dir ferner gut; empfiehl mich Mrs. D., Mamiechen und Mr. Zimmermann. Mama wird wohl noch einige Worte hinzufügen. Wie immer Dein alter

Papa.

320. An Paul Heyse

Berlin 3. Sept. 84.
Potsd. Str. 134.c.

Mein lieber Paul.

Nach einem langen glücklichen Aufenthalt in Krummhübel unter der Koppe, bin ich gestern nach hier zurückgekehrt, wo mich, neben andrem Herzerfreulichem, vor allem meine San Francisco wieder entrissene Tochter und Deine freundlichen Worte über mich im 5. Bande des N. D. Novellenschatzes empfingen. Sei herzlich dafür bedankt. Ebenso für die Freundlichkeiten, die Du und Deine Damen für meine Tochter hatten, als sie vor zwei Monaten aus Italien zurückkehrte. Sie ging von hier aus nach Harzburg, wo ein kleiner, an der 14jährigen Tochter geübter Erziehungsakt über »Nägelknabbern« das Verhältniß rasch löste. »Nail-biting is not lady-like.« »Never mind, *I do.*« Aus diesem Keim sproßte der Baum der Freiheit auf. Mit der Bitte mich Deinen Damen empfehlen zu wollen, wie immer Dein alter

Th. Fontane.

321. An Wilhelm Hertz

Berlin 6. Sept. 84.
Potsd. Str. 134.c.

Sehr geehrter Herr Hertz.

Seit ein paar Tagen bin ich aus Schlesien zurück und will übermorgen früh – wenn mir nicht das Theater einen Strich durch die Rechnung macht – nach Rügen. Um dadurch nicht neue Hinausschiebungen entstehen zu sehen, erlaube ich mir in Beifolgendem die ersten 9 Kapitel des Scherenberg-Buches nach nochmaliger sorgfältiger Durchsicht an Sie gelangen zu lassen. Eh die Hälfte davon gedruckt sein kann, bin ich wieder zurück, denn ich will Rügen nur kennen lernen, nicht Aufenthalt daselbst nehmen. Und so denk ich denn für die Tage vom 15. bis 20. die Einsendung von weitren sechs oder sieben Kapiteln versprechen zu dürfen. Und dann schnell hinterher den Rest. Mit besten Wünschen für Ihr Wohl (die Sorgen mag ich nicht berühren) in vorzüglicher Ergebenheit Ihr

Th. Fontane.

322. *An Wilhelm Hertz*

Berlin 25. Sept. 84.
Potsd. Str. 134.c.

Sehr geehrter Herr Hertz.

Anbei nun endlich der gesammte Rest Scherenberg. Die vier, meist noch handschriftlichen Kapitel, 10 bis 13, bilden ein besondres Convolut.

Anfänglich wollt' ich bitten, mich der Correktur ja selbst der Revision zu überheben, denn sein Eignes immer wieder zu lesen, strapaziert nicht blos sondern verdummt auch, ich muß es aber doch drauf ankommen lassen, viele Kapitel, namentlich die bisher noch ungedruckten, erheischen es. Sehr froh aber wäre ich wenn ich die Revisionsbogen *so* fix und fertig erhielte, daß ich mein Auge nur aufs *Ganze,* die Neu-Gruppirung des Stoffs etc. zu richten hätte. Mit aufrichtigen Wünschen für Ihr und der Ihrigen Wohl, in vorzüglicher Ergebenheit

Th. Fontane.

323. *An Wilhelm Hertz*

Berlin 26. Sept. 84.
Potsd. Str. 134.c.

Sehr geehrter Herr Hertz.

Mit bestem Dank anbei das unterzeichnete Contrakt-Exemplar zurück.

Also Ruppin! Süße, liebe, langweilige Heimath.

Wenn ich noch einen kl. Wunsch äußern darf: dem Brahm'-schen Buche nicht *zu* ähnlich!

In vorzügl. Ergebenheit

Th. Fontane.

324. *An Martha Fontane*

Berlin 2. Okt. 84.

Meine liebe Mete.

Damit Du wenigstens weißt ›die Alten leben noch‹ in aller Eile diese Zeilen, zugleich mit bestem Dank für Deinen Brief.

Hier ist alles Ravage, glücklicherweise von der mildesten Form: Anna auf dem Rückzuge, Clara eben mit fliegenden Fahnen eingerückt, gestern Friedel mit Feierlichkeit aus der Lehrzeit entlassen, 20 Abschiede (die Jugend kann sich nicht

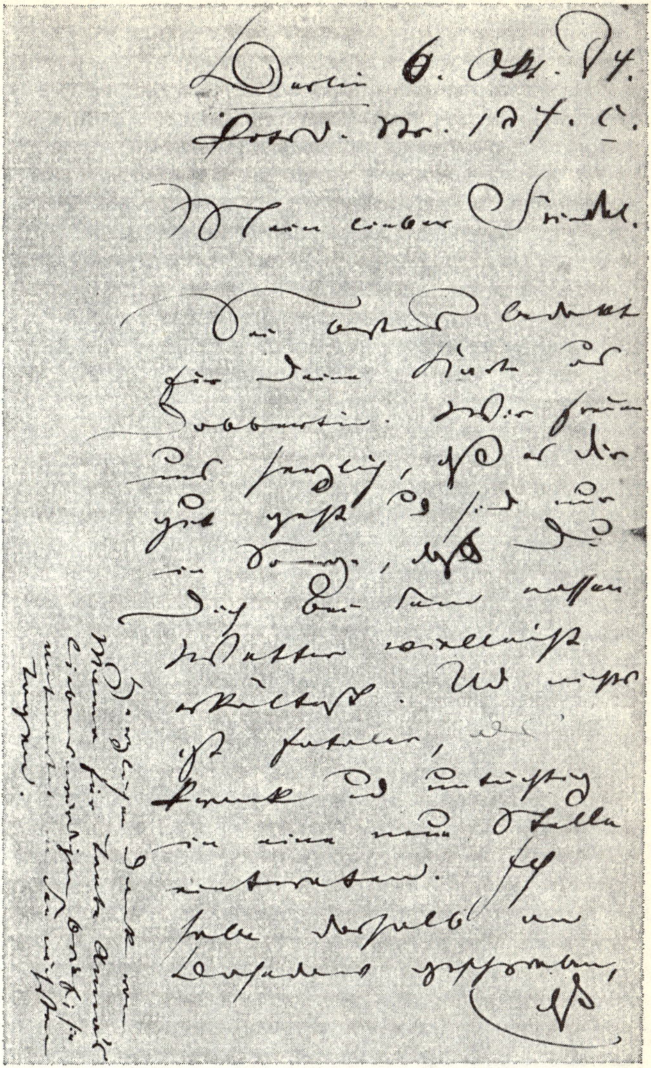
Berlin 6. Okt. 94.
Potsd. Str. 134.c.
Mein lieber Friedel.

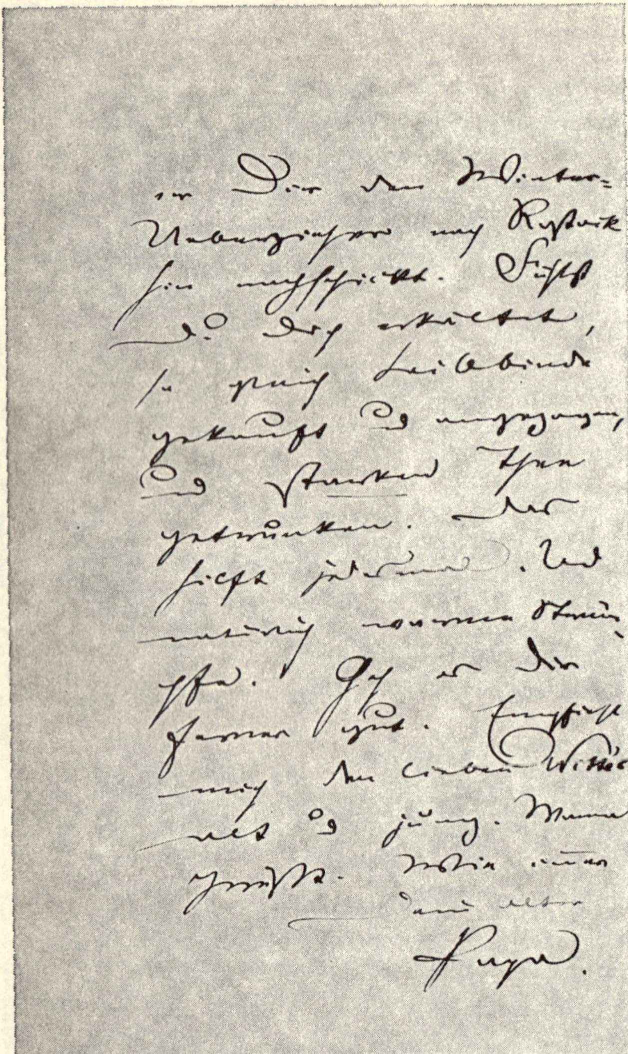

An Friedrich Fontane, 6. Oktober 1884 (vgl. Nr. 325, S. 357), 1. und 2. Seite.

genug thun), packen, Reise- und Uebersiedlungsvorbereitungen, heute früh Aufbruch nach Dobbertin. Dazu heute Nachmittag 2 stündiger Besuch des Ehepaars Keßler-Kahle, während ich einen 2 stündigen Besuch bei Dr. Schwerins machte; Miethe zahlen, Mädchenzeugnisse schreiben, Theo in Frankfurt, mit Brahm ein 1 stündiges Straßen-Gespräch über Spielhagen und sein ›Gerettet‹, das einer der hiesigen Kritiker einfach durch das andre Faustwort ›Gerichtet‹ kritisirt hat. Er selbst sprach sehr freundlich über Spielhagen, was ich nett fand, ließ aber doch die Bemerkung einträpfeln: ›er ist so nervös, daß er mitunter poetisch wird.‹ Das beste, was gesagt werden kann. Grüße Mengels und möge Gertrud so gedeihn, daß sie mit 10 Jahren in die Jacke hineinpaßt. Dann ist sie immer noch eine Mecklenburgerin. 1000 Grüße. Wie immer Dein alter

Papa.

325. An Friedrich Fontane

Berlin 6. Okt. 84
Potsd. Str. 134. *c.*

Mein lieber Friedel.

Sei bestens bedankt für Deine Karte aus Dobbertin. Wir freuen uns herzlich, daß es Dir gut geht und sind nur in Sorge, daß Du Dich bei dem nassen Wetter vielleicht erkältest. Und nichts ist fataler, als krank und untüchtig in eine neue Stelle eintreten. Ich habe deshalb an Basedow geschrieben, daß er Dir den Winter-Ueberzieher nach Rostock hin nachschickt. Fühlst Du Dich erkältet, so gleich Leibbinde gekauft und angezogen, und *starken* Thee getrunken. Das hilft jedesmal. Und natürlich warme Strümpfe. Geh es Dir ferner gut. Empfiehl mich den lieben Witte's alt und jung. Mama grüßt. Wie immer Dein alter

Papa.

Herzlichen Dank von Mama für Tante Anna's liebenswürdigen Brief; sie antwortet in den nächsten Tagen.

326. An Friedrich Fontane

Berlin, 10. Oktob. 84.

Mein lieber Friedel.

Wir freuen uns aufrichtig, daß Du heil und gesund in Deinem Jenenser Hafen eingelaufen und bei Schlächter Dornbluth ein Chambregarnist geworden bist. Denn in Schlächterhäusern ist man immer gut aufgehoben, namentlich heutzutage, wo das Schlachten meist außerhalb besorgt wird und das Quieken der Schweine fortfällt. Noch wichtiger ist es, daß Du bei Deiner Antrittsvisite einen freundlichen Eindruck gehabt hast. Wir wünschen von Herzen, daß es so bleibt.

Deine Aufenthalte in Rostock und Dobbertin scheinen Dich nur mäßig befriedigt zu haben, wobei ich dahin gestellt sein lasse, ob wirklich was gefehlt hat oder ob Du mehr erwartet hast, als Du erwarten durftest. Du bist, glaub' ich, ein bißchen zu kritisch; wenn man freundlich und anständig behandelt wird, muß man in allen Lebenslagen zufrieden sein; ein volles Behagen ist selten und kommt meist extra und wie von ungefähr; wo man drauf wartet, bleibt es fast immer aus. Das beobachte ich nun seit fünfzig Jahren.

Auch von George und Mete trafen heute früh Briefe ein. George atmet auf unter dem neuen Kommandeur, der für alles Interesse hat; dazu die Kommandeuse musikalisch. Mete kommt heute Abend aus Schwiggerow zurück. Sie schreibt sehr glücklich über ihre Mecklenburger Tage.

Deine Bemerkungen über den Scherenberg-Aufsatz sind alle ganz gut, am besten die über das ewige »unerachtet«. Natürlich ist es besser, man wechselt mit solchen Wörtern. Einklammerungen sind immer störend, aber mitunter doch gut, d. h. von zwei Übeln das kleinere, indem sie das leichtere Verstehn unterstützen. »war, war«, »hatte, hatte« usw. schreibe ich immer mit Absicht, doch läßt sich auch manches dagegen sagen.

An Langenscheidt schrieb ich, er hat aber nicht geantwortet, was ich ihm nicht übelnehme. Vielleicht hat er einen Besuch von mir erwartet. Aber ich wollte ihn nicht stören und mich nicht.

Ergeh es Dir gut, laß bald von Dir hören. Wie immer

Dein alter Papa.

327. An Mathilde von Rohr

Berlin 28. Okt. 84. Potsd. Str. 134. c.

Mein gnädigstes Fräulein.

Darf ich von Ihrer Güte zwei, drei Scherenberg-Kapitel zurück erbitten? An dem Ganzen liegt mir nichts, aber *die* Kapitel von seiner Bekanntschaft mit Lasalle an bis zu seinem 80. Geburtstag (wo er dann verstimmt aus dem Tunnel ausscheidet) *diese* Kapitel, wahrscheinlich nur drei, hätte ich gern.

Es sind nämlich manche Personen, die viel Freundlichkeit für Scherenberg gehabt haben, vergessen worden, und deren Namen und einige kurze Notizen über sie, möchte ich gern noch anbringen. Schlimmstenfalls muß ich mir das Manuskript aus der Druckerei zurückfordern, aber das stiftet allemal Confusion. – Meiner Frau Brief ist hoffentlich in Ihren Händen; uns geht es leidlich, nur das Sturmwetter schafft einiges Nerven-Elend. In Dank und Ergebenheit Ihr

Th. F.

328. An Theodor Storm

Berlin 28. Okt. 84.
Potsd. Str. 134. c.

Theuerster Storm.

Dieser langweilige Wahltag soll mich nicht abhalten, Ihnen den gestern Abend feierlich beschlossenen Dank der ganzen durch »Grieshuus« unter Thränenwasser gesetzten Familie F. auszusprechen. Es zählt zu Ihren schönsten Arbeiten und in der Kunst der poetischen Scenerie, der unendlich reichen, immer wechselnden Situationsmalerei – ein *Genre*-Bilderbuch ohne Gleichen – ist es wohl das Schönste was Sie geschaffen haben.

Storm hoch!

Mit der Bitte mich Frau Gemahlin empfehlen zu wollen, in alter herzlicher Ergebenheit Ihr

Th. Fontane.

329. An Wilhelm Hertz

Herzlichen Dank für das schöne Buch, dem ich endlich den lang verdienten Erfolg wünsche. Denn wer kann unter den

Neuren d. h. unter denen die seit 48 aufgetreten sind, mit unsrem Freunde wetteifern? Doch nur noch Storm, um dessen herrliche Lyrik die Welt sich auch nicht recht kümmert. Scheffel? Es ist zu viel Kneipen-Atmosphäre darüber.

In vorzügl. Ergebenheit

Th. Fontane.

Berlin 4. Novb. 84.

330. An Julius Rodenberg

Berlin 9. Novb. 84.
Potsd. Str. 134. c.

Hochgeehrter Herr und Freund.

Könnt' es Ihre Güte wohl so einrichten, daß ich bis morgen früh Ihr Festspiel erhielte? Ich habe heute den ganzen Vormittag an meinem Kaisertoast gebastelt, kann aber mit der ersten Strophe, die das Voraufgegangene rekapitulirt, nicht eher abschließen, als bis ich genau weiß (auch hinsichtlich der zu stellenden Bilder), was dies Voraufgegangene sein wird. Und eh die erste Strophe nicht fertig ist, ist es mit denen, die folgen sollen, immer so so. Herzlichsten Gruß.

In vorzüglicher Ergebenheit

Th. Fontane.

331. An Karl Eggers

Besten Dank. Morgen um 12 der Ihrige. Nur nicht die Flinte ins Korn geschmissen! Und Trost in dem alten Satze vom »Undank ist der Welt Lohn.« Wie immer Ihr

Th. F.

B. 15. 11. 84.

332. An Ludovica Hesekiel

Berlin 16. Novb. 84. Potsd. Str. 134. c.

Hochverehrte Freundin.

Empfangen Sie meinen herzlichen Dank für Ihre feine, liebenswürdige und auch im Tadel und Bedenken – denn all diese Dinge *sind* ›bedenklich‹ – durchaus zutreffende Besprechung meines ›Petöfy‹. Nach den mir schmerzlichen, wenn auch freilich durch mich verschuldeten Mißverständnissen dieses Sommers, eine doppelt große Liebesthat! Ich hoffe daß diese Störungen beseitigt sind, wenigstens ist aus dem Scherenberg-*Buch* alles weggelassen worden, was Anstoß geben könnte.

Noch einmal, Ihre Kritik war mir eine große Freude, zunächst weil sie so freundlich und schmeichelhaft ist (wer ließe sich nicht gerne loben) aber mehr noch, weil sie so *gut* ist. Es giebt wenige, die bei Wahrung ihres Standpunkts, anerkennende, geschmackvolle Worte zu schreiben verstehn. Eigentlich kenn' ich nur einen – Rodenberg. *Der*, der Ihrer Besprechung einen ächten Kreuz-Zeitungssatz hinzugefügt hat, gehört jedenfalls nicht dahin. Er hat es freilich auch nicht gewollt. Aber es fragt sich, ob er es aus sachlichen und persönlichen Gründen nicht hätte wollen *müssen!* Was kommt bei diesem öden Standpunkte heraus? Der sichre Untergang dessen, das gewahrt, gerettet werden soll. Ein neuer Beweis wohin der starre Protestantismus führt. Aber sagen Sie nichts davon auf der Redaktion. Ich bin friedebedürftig. In aufrichtiger Ergebenheit unter herzlichen Grüßen Ihr

Th. Fontane.

333. *An Wilhelm Friedrich*

Berlin 16. Novb. 84.
Potsd. Str. 134. c.

Hochgeehrter Herr.

Ihre Güte hat mir K. Bleibtreu's neustes Buch zugehn lassen. Darf ich es an die Redaktion der Vossin schicken oder wollen Sie anderweitig darüber bestimmen? Ich selbst – aus Gründen, mit denen ich Sie nicht zum wer weiss wie vielsten Male behelligen will – bespreche keine Bücher mehr, wenn ich nicht nach Lage der Sache durchaus *muss.* Und dieser Fall ist Gott sei Dank selten. Pardon für das abermalige Ablehnen, wozu mich die Verhältnisse zwingen. Es würde durchaus meinen Wünschen entsprechen, speziell Ihnen gegenüber mich dienstgefälliger erweisen zu können.

In vorzüglicher Ergebenheit
Th. Fontane.

334. An Arthur Deetz

Berlin 18. Novb. 84.
Potsd. Str. 134. c.

Hochgeehrter Herr Direktor.

Mir ist das Loos gefallen, am Schillerfest-Tage den Kaisertoast auszubringen. Die Verse habe ich denn auch geschrieben, aber es ist mir unmöglich sie zu sprechen. Würden Sie, hochgeehrter Herr, in Ihrer Güte dazu vielleicht bereit seien? Lassen Sie mich hoffen »ja«. Ihre Vortragsweise paßt so gut dazu. Die Verse selbst – natürlich Ottaverime – erlaube ich mir beizuschließen.

In vorzüglicher Ergebenheit

Th. Fontane.

335. An Arthur Deetz

[Berlin, 20. November 1884]

Ganz ergebensten Dank, hochgeehrter Herr, für Ihr freundliches »ja«. Morgen (Freitag) Nachmittag hoff' ich ihn wiederholen zu können.

In der 1. Strophe Zeile 7 muß es heißen statt:

Der Dichter selbst etc.

»Der *Dichter*fürst, – ihn schmückten Lorbeer-Reiser« etc.

»Der Dichter selbst« – da vorher, Zeile 3, von speziell unsrer Fest-Dichtung die Rede ist – könnte sich nur auf *Rodenberg* beziehn und das geht doch nicht, so sehr ich sein vortrefflich gelungenes Festspiel respektire.

Noch eins:

»– ihn schmück*ten* Lorbeer-Reiser etc.« geht nur *dann*, wenn dem Schiller-Darsteller für diesen Schlußmoment des Spiels wirklich ein Lorbeerkranz aufgesetzt wird. Geschieht das *nicht*, so muß es heißen: »ihn schmücken Lorbeerreiser«, was sich dann auf den ganzen Schiller als solchen bezieht, der so zu sagen seine Lorbeer-Perrücke gar nicht mehr los wird. Perpetuirlicher Lorbeer-Zustand. In vorzüglicher Ergebenheit

Th. F.

Pardon – *auch* in furchtbarer Hetze jetzt!

336. An Arthur Deetz

Berlin 23. Novb. 84
Potsd. Str. 134c

Hochgeehrter Herr Direktor.

Dreierlei!

1. Nochmals besten Dank.

2. Wenn Excellenz – wegen schlechten Aufpassens und unausreichender Honneurs-Erweisung unsrerseits – dem Vorstande noch zürnen sollte, so bitte ich herzlich zum Guten reden zu wollen. Es war neben Frau Helene v. Hülsen, so viel ich erfahren habe, ein Platz für ihn reservirt. Als er kam, war wohl Geh. R. Zöllner oder Justizrath Horwitz gerade mit dem eben erschienenen Kronprinzen beschäftigt. Sonst wäre es nicht vorgekommen. Wir sind Sr Excellenz so sehr verpflichtet, daß wir es aufs äußerste beklagen würden, gerade nach *der* Seite hin ernstlich Anstoß gegeben zu haben.

3. Beim Einpacken der Requisiten sind auch

a. Eine *Briefmappe* mit Perlen-Stickerei,

b. zwei *Bilder*, eins in Goldleisten-, das andre in Ebenholz-Rahmen, mit in's Schauspielhaus zurücktransportiert worden.

Könnten Sie veranlassen, daß mir Beides wieder zugeht? Oder kann ich es holen lassen? Die Mappe, ein Geschenk meiner Mama aus dem Jahre 1838, hat natürlich einen Werth für mich; das Bild in schwarzem Rahmen ist eine Knabenarbeit Schinkels.

Mit der Bitte mich Ihrer Frau Gemahlin empfehlen zu wollen, in vorzüglicher Ergebenheit

Th. Fontane

337. An Wilhelm Friedrich

Berlin 1. Dezb. 84.
Potsd. Str. 134. c.

Hochgeehrter Herr.

Empfangen Sie meinen ergebensten Dank für Ihre freundl. Zeilen vom 30. v. M. Ich freue mich der Aussicht, Sie Mitte des Monats begrüssen zu dürfen. Wenn ich auch nichts auf Lager habe, so lässt sich doch manches besprechen, auch Dinge, die jenseits des Geschäftlichen liegen.

In vorzüglicher Ergebenheit
Th. Fontane.

338. An Friedrich Fontane

Berlin, 1. Dezember 84

Mein lieber Friedel!

In der Weihnachtsreisefrage habe ich es übernommen, Dir zu schreiben. In erster Reihe halte ich es für besser, Du kommst nicht, es ist doch kostspielig, dabei nur kurze Zeit, Erkältung möglich, ja wahrscheinlich; außerdem soll man solche Dinge nicht zu sehr aufs Gefühlvolle stellen; ist Dir aber andererseits zu heimwehig ums Herz, so sollen Dir die 30 Mark gern zur Verfügung gestellt werden, d. h. also ohne alle nachträglichen Redensarten. Dein praktischer Sinn wird das Richtige wählen, wobei ich das Kommen eventuell ebenso gut rechne wie das Nichtkommen. Denn auch seinem Heimweh gehorchen, kann praktisch sein. Tante Witte ist heute zu Tisch bei uns, eben soll es los gehen, – wir essen einen Hasen, den *George* geschickt hat. 1000 Grüße. Wie immer Dein alter

Papa.

339. An Georg Friedlaender

Berlin 5. Dezb. 84.
Potsd. Str. 134.c.

Hochgeehrter Herr Doktor.

Endlich die Bücher! Dieselben würden eher mit meinem besten Danke bei Ihnen eingetroffen sein, wenn ich nicht die Frage wegen der »Erinnerungen aus dem Jahre 70« vorher hätte zum Abschluß bringen wollen. Wie die beiden beiliegenden Briefe von Jul. Grosser und Dr. Loewenfeld Ihnen zeigen werden, stellte ich schon im September meine Anfrage bei »Nord und Süd« wurd' aber abschläglich beschieden und hatte nun nur noch die Vossische zu meiner Verfügung. Bei dieser steh' ich gut, muß aber trotz dieses Gutstehens vorsichtig operiren, wenn ich mich eines »ja« versichern will. Das kolossale Quantum von Arbeit was der Chefredakteur eines solchen Blattes zu bewältigen hat, bringt es mit sich, daß man auf fünf Anfragen nicht *ein*mal Antwort erhält und das Ausbleiben einer Antwort erscheint einem dann gleichbedeutend mit »nein«, während es diese Bedeutung gar nicht haben sollte. So denn also warten! Und ich wartete bis zum 22. November, wo das »Schillerfest« den Chefredakteur d. Vossin auch nach Arnims Saal führte. Da hab ich ihn dann gestelllt und seine

Zustimmung erhalten; aber selbstverständlich – im Winter herrschen Reichstag und Landtag – erst für den nächsten Sommer. Und so möcht' ich Sie denn bitten, hochgeehrter Herr Doktor, gelegentlich an die Arbeit gehn und die *Spandauer* Erlebnisse niederschreiben zu wollen. Das Andre dann ein andres Mal. Sagen wir pro Sommer 86.

Alle vier Bücher haben mir viel Freude gemacht, trotzdem keines eigentlich interessant ist. An die Spitze stelle ich die beiden kl. Bücher von Bernays; sie zeigen die Macht des *Stils* und daß das was gesagt wird eigentlich gleichgültig ist, wenn es nur gut und klar gesagt wird. In dem Buche von der Assing sind die Hinzufügungen aus den Varnhagenschen Tagebüchern das Interessanteste. Dove's Essays über die Forsters und Humboldts sind lehrreich, lassen mich aber insoweit unbefriedigt, als sie nach dem in Deutschland üblichen Biographie-Rezept gearbeitet sind und sich das mir unerträgliche »beautifying for ever« zur Aufgabe stellen. Wenn man sich entschließen könnte, die Geschichte der Humboldts ächt und wahr zu erzählen und beispielsweise bei den sexuellen Uncorrektheiten ich glaube *Beider* (des Einen gewiß) zu verweilen, so würde ihr Lebensbild 10 mal interessanter werden und zwar nicht vom gemeinen Klatschbasen- sondern vom physiologisch-psychologischen Standpunkt aus. So wie es da ist, ist alles oede Redensart und selbst das Beste, das Zutreffende schwebt in der Luft, statt auf zwei menschlichen Beinen zu stehn. Außerdem welche Ueberschätzung! Was W. v. H. über Schiller gequackelt hat, ist sehr fragwürdig. – Mit der Bitte mich Frau Gemahlin angelegentlichst empfehlen zu wollen

Ihr ganz ergebenster

Th. Fontane.

340. An Ernst Schubert

Berlin 14. Dezb. 84
Potsd. Str. 134c

Hochgeehrter Herr.

Durch Freund Stephany weiß ich, *wem* ich für die Besprechung meines »Petöfy« verpflichtet bin. Empfangen sie meinen herzlichen Dank. Sie haben für alles, was mir leidlich gelungen, ein freundliches Auge gehabt und haben mir im Besonderen dadurch einen großen Dienst geleistet, daß sie den kitzlichen Punkt, den »Pakt« zwischen Franziska und Petöfy gar nicht berührt haben. Schon im Roman selbst, wo man Raum und Gelegenheit hat mit Hülfe von mal dunklen mal helleren Andeutungen eine Sache zum Bewußtsein des Lesers zu bringen, schon im Roman selbst, sag' ich, war dies überaus schwierig; als nackt hingestellte Thatsache wär' es in einer Besprechung tödtlich für mich gewesen. Nochmals besten Dank, daß sie dies zu meinen Gunsten empfanden.

In vorzüglicher Ergebenheit

Th. Fontane

Mit dem Hieb gegen den Verleger natürlich *sehr* einverstanden! Ich find es »doll«. Und noch dazu ein feiner Sachse.

Th. F.

341. An Bernhard von Lepel

Berlin. 16. Dezember 1884
Potsd. Str. 134 c

Mein lieber alter Lepel.

Meine Frau trägt mir auf, sie bei Dir wegen immer noch nicht erfolgter Beantwortung Deines liebenswürdigen Geburtstagsbriefes zu entschuldigen. Ich thu es gern, denn so fest sie sich's vorgenommen, sie konnte es *wirklich* nicht: erst eignes Unwohlsein, dann Unwohlsein der Tochter, und nun das Hauskreuz so vieler Berliner Frauen – kein Mädchen. Vor 8 Tagen hat uns unsre Katholikin und Zierlise verlassen, nachdem sie ihren ohnehin miserabel ausgestatteten Körper durch »Morgenandachten auf nüchternen Magen« vollends in die Misere gebracht hatte. Seitdem kocht, brät, wäscht und plättet »Mutterchen«, hat also nicht Zeit und Kraft zum Briefeschreiben.

Für Deine freundlichen Worte über den Scherenberg-Aufsatz sei bestens bedankt, er hat im Allgemeinen gefallen (selbst Exc. Friedberg, dem ich letzten Sonntag in die Arme lief, war leidlich zufrieden) sonst aber ist von Lob und Anerkennungeinstecken, wie in jungen Jahren, gar keine Rede mehr. Ignorirtwerden ist die Regel und wird etwas gesagt, so ist es Tadel. Es wäre gleichgültig, wenn das Gesamt-Resultat nur günstiger wäre; mehr Geld oder mehr Reputation hätte herauskommen müssen, aber beides ist mediocre geblieben. Es wäre zum verzweifeln, wenn nicht das *eine* Gute: das des »Gutbezahltwerdens« wäre! Sonderbar, das Publikum läßt einen im Stich, aber der alte Feind der schriftstellernden Menschheit, der Buchhändler, thut seine Schuldigkeit. Natürlich ist nicht W. Hertz gemeint; er ist ein ehrlicher und anständiger Mensch, aber vor dem Verhungern würde *er* mich nicht geschützt haben.

Das Fest ist vor der Thür und so ist wohl Aussicht, Dich bald zu sehn. Empfiehl uns der verehrten Frau. Wie immer

Dein
alter
Th. Fontane

342. An Carl Müller-Grote

Berlin, 17. Dezember 1884

Hochverehrter Herr und Freund.

Empfangen Sie meinen ergebensten Dank für das schöne Hebbel-Buch, das erstens wundervoll aussieht (*so* müssen Bücher aussehen) und zweitens inhaltlich was bedeutet. Sie werden Ehre und Freude daran haben, auch wenn der Absatz nicht bedeutend sein sollte. Gestern abend – ich wollte nur blättern – habe ich mich gleich hineinvertieft. Es interessiert mich aufs höchste, trotzdem mir der Mann im höchsten Grade unsympathisch ist. Seine Natur widersteht mir, seine Art sich auszudrücken ist geschraubt, geziert, aber die geistige Potenz und daneben der echte Künstlerernst ist *so* groß, daß ich ihn liebe und bewundre trotz seiner Unausstehlichkeit. Lesen Sie S. 313 die Geschichte vom kleinen Hündchen etc. Welche Haberei, welche Selbstbespiegelung. Und doch hat es wieder einen Zauber. Man kommt aus dem Zwiespalt nicht heraus.

In vorzüglicher Ergebenheit

Th. Fontane

343. An Friedrich Fontane

Berlin, 17. Dezb. 84.
Potsd. Str. 134. c.

Mein lieber Friedel.

Wir haben jetzt wieder Mädchennoth, ähnlich wie im Sommer, wenn auch nicht ganz so schlimm. Mama wirthschaftet in der Wohnung umher und hat die bekannte Wuth alles selbst zu waschen, zu kehren und zu putzen. Da fallen denn die Briefe in den Brunnen; damit Du aber nicht ganz ohne Nachricht bleibst, diese wenigen Zeilen von mir. Deine Weihnachtskiste wurde schon gepackt und wird rechtzeitig in Jena eintreffen; am heilig Abend wird Dir wohl ein bischen sonderbar ums Herz sein, aber man kommt drüber weg. Vielleicht laden Dich Baltz'ens ein; ein bischen Familie, wenn auch nicht die eigne, will man an solchem Tage doch immer sehn. – George kommt am Sonnabend Abend und wird gleich mit Lichterfelder Kameraden ein Rendez-vous im »Schützen-Lisl« haben; Theo auch dabei. Mete hat viel mit ihrer Schule zu thun und ist Nachmittags und Abends in Gesellschaft (Müller-Grote's etc) so daß ich sie jeden Tag nur eine Stunde sehe. Mit ihrer Gesundheit geht es leidlich und ihre Stellung gefällt ihr Gott sei Dank sehr. – Berlin ist in Aufregung wegen der im Reichstag abgelehnten 20,000 Mark, die Bismarck für einen Ministerialdirektor forderte. So ziemlich alle Welt – selbst Fortschrittler – stehen auf Bismarcks Seite und finden es empörend. Lebe wohl, mein alter Kerl [?]. Bald mehr. Wie immer Dein alter

Papa.

344. An Georg Friedlaender

Berlin 21. Dezb. 84.
Potsd. Str. 134.c.

Hochgeehrter Herr Doktor.

Empfangen Sie unsren herzlichsten Dank für Ihren liebenswürdigen Brief, der uns in seinem Inhalt und seinen Beilagen eine rechte Weihnachtsfreude war. Das Bild des verehrten Ehepaares ist vorzüglich und das der beiden Kinder einfach entzückend. Hirschberg, in seiner photographischen Kunst, rivalisirt siegreich mit Berlin, zum Mindesten ist es ebenbürtig. Ich hebe dies absichtlich hervor und füge aus voller Ueberzeugung die Worte hinzu: »wohl jedem, der in glücklicher unmittelbarer Umgebung in Schmiedeberg sitzt und statt auf den Berliner Kreuzberg auf das Riesengebirge blickt.« Bismarck, der so oft Recht hat, hat auch Recht in seiner Abneigung gegen die Millionen-Städte. Sie schreiben selbst »bei weniger ›Carrière‹ hätten wir mehr Wahrheit in der Welt.« Gewiß. Und nicht blos mehr Wahrheit, auch mehr Einfachheit und Natürlichkeit, mehr Ehre, mehr Menschenliebe, ja auch mehr Wissen, Gründlichkeit Tüchtigkeit überhaupt. Und was heißt Carrière machen anders, als in Berlin leben und was heißt in Berlin leben anders, als Carrière machen. Einige wenige Personen brauchen ihrem Berufe nach die große Stadt, das ist zuzugeben, aber sie sind *doch* verloren, speziell für ihren Beruf verloren, wenn sie nicht die schwere Kunst verstehn, in der großen Stadt zu leben und wiederum auch *nicht* zu leben. Ad. Menzel ist beispielsweise ein Meister in *dieser* wie in seiner eigentlichen Kunst. Gewiß war ihm Berlin eine Nothwendigkeit (Menzel 50 Jahre lang in Filehne wäre nicht Menzel mehr) aber wie hat er auch in Berlin gelebt? Von 9 bis 9 ein Einsiedler in seinem Atelier, und dann erst, wenn andre zu Bette gehn, geht er mit seinem Ordensband zu Hof oder mit seinem Klapphut zu Huth. Er war zeitlebens ein Meister in der Kunst der *Concentration* und hat deshalb eine Kunst-Carrière gemacht, ohne je ein Carrièremacher gewesen zu sein. Aber das alles ist Ausnahmefall. Als Regel steht es mir fest, die große Stadt macht quick, flink, gewandt, aber sie verflacht und nimmt jedem der nicht in Zurückgezogenheit in ihr lebt, jede höhere Produktionsfähigkeit. Schon vor 40 Jahren schrieb Macaulay: »fruchtbare Gedanken sind einem Londoner Parlamentsmitglied eine Unmöglichkeit; er geht unter im Lärm, im oberflächlichen Getreibe; der kleinste Krämer der kleinsten schottischen Stadt kann die Welt der Ideen eher bereichern, als ein Londoner der ein ›Londoner‹ ist.« Wie wahr! Die große Stadt hat nicht Zeit zum Denken, und was noch schlimmer ist, sie hat auch nicht Zeit zum Glück. Was sie hunderttausendfältig schafft, ist nur die »Jagd nach dem Glück«, die gleichbedeutend ist mit dem Unglück. Unter meinen nächsten Bekannten sind ein paar solche Jäger, alte Herren, ihre Ehegesponse natürlich an der Spitze. Es ist ein Jammeranblick. Natürlich sind es Geheimeräthe, die nun also längst das sind, was sie werden konnten. Aber die Jagd geht *gewohnheitsmäßig* weiter; Titel und Orden können es nicht mehr sein, und so ist denn aus der Jagd eine ganz triviale »Rennerei« geworden, eine Rennerei nach Quartett-Concerten, nach Premièren, nach Bazaren, wo die Kronprinzeß *vielleicht* erscheint, nach Prinzessinnen-Trousseau's, nach Cumberland, nach Stanley, nach einer Koegelschen Trauung. Alles zum lachen, wenn es nicht zum weinen wäre. Wenn ich dann zugleich an *Ihr* Haus denke, an Ihre Frau und

Kinder, an gesunde Luft und Natur, so finde ich, Sie leben im Paradiese. Dies ist meine aufrichtigste Meinung. Und was ist denn der Einzelne hier, wenn er nicht zufällig Bismarck oder Bleichroeder heißt. Ein ander Mal mehr.

In vorzügl. Ergebenheit

Th. Fontane.

[Auf einem besonderen Zettel]

Ich bin nachträglich *auch* der Meinung, daß die »*nach* Spandau« fallenden Ereignisse vielleicht noch interessanter sind als die Liebesbriefe zwischen Gaston oder Raoul und Rike. So denn nur tapfer en avant!

345. An Friedrich Fontane

Berlin, d. 23. Dezember 1884.

Mein lieber Friedel.

Mamas Weihnachtskiste ist hoffentlich schon in Deinen Händen, und von mir sollen Dir wenigstens die herzlichsten Wünsche nicht fehlen. Ich denke mir, daß Du morgen, den Tag über, noch viel zu tun haben und den Abend halb bei Deinem Chef, halb bei Baltzens (denen wir uns angelegentlichst empfehlen) zubringen wirst. Wo's aber auch sei, sei heiter und vergnügt und nimm teil an der Freude der andern. Dabei fällt dann immer auch etwas eigne Freude ab.

Hier sieht es leidlich aus; das polnische Mädchen, das wir haben, befriedigt zwar nur unvollkommen, aber als Polin kann sie wenigstens Karpfen kochen, was ja in der Weihnachtszeit etwas bedeutet. Gestern hat sie sich dadurch in momentane Gunst hineingekocht. George ist seit drei Tagen hier und in ganz guter Stimmung; heute abend übersiedelt er in die kleine Stube von Mutter Kerckow. Mete war, so lange George hier ist, bei M.s; heute abend zieht sie wieder in ihr Stammquartier ein. Theo weiß noch immer nicht, wann sein Examen stattfinden wird; ich denke mir, Mitte Januar. Mama, trotzdem sie sich sehr quälen muß, ist ausreichend bei Wege; vorgestern war sie bei Wilhelm Hertz in der Behrenstraße und kam leidlich befriedigt wieder nach Hause. Von Steffens habe ich für ein paar Freunde einige Petöfy-Exemplare besorgt; das einzige bewährte Mittel zum Absatz meiner Bücher – ich muß sie selber kaufen. *Julius Wolff* ist in vier Wochen schon wieder bis an 12- oder 15000 'ran; Gott gibt es den Seinen im Schlaf. Und wer diese Höhe 'mal erreicht hat, der kann sie nie wieder ganz verlieren, auch wenn er das Dümmste schreibt. Es wird dann wohl etwas weniger und die 15000 schrumpfen zu 10- und 5000 zusammen, aber eine gewisse Präponderanz bleibt für Lebenszeit. Nachher aber ist es egal, und in der Literaturgeschichte scheint die Sonne über Gerechte und Ungerechte; jeder kriegt seine zwei Zeilen.

Nochmals: habe einen frohen Tag, einen glücklichen Abend. Bei dem bekannten Sherrypunsch, wo wir Dich und Deine Rede vermissen werden, werden wir Deiner in Liebe gedenken. Wie immer Dein alter

Papa.

346. An Ludwig Pietsch

Theuerster Pietsch.

Herzlichste Glückwünsche zum 60., Elan und Dauerbarkeit, und bis zum 70. hin immer noch *auf*wärts!

Wie immer Ihr
ergebenster
Th. Fontane.

B.
24. Dezb. 84.

1885

347. An Friedrich Fontane

Berlin 8. Januar 85.

Mein lieber Friedel.

George reiste den 3ten; schon am 2. Nachmittags kam Lise Witte und blieb bis zum 7; unmittelbar danach Diner bei Novilles, von dem Mama, die sich während all dieser Zeit zu sehr hatte anstrengen müssen, höchst elend nach Hause kam. Sie kriegte Gallen-Erbrechen und liegt in diesem Augenblick noch krank im Bett. Du darfst Dich also nicht wundern, wenn Du noch einige Tage ohne Brief bleibst. Der Deibel ist los; ein Besuch drängt den andern, in diesem Augenblick kommt Brahm, vorher Tante Lise und vorher Frau Müller-Grote; alle muß ich empfangen, mit allen eine Stunde plaudern und dabei soll man Bücher schreiben.

Ergeh es Dir gut. Wie immer Dein alter

Papa.

348. An Paul Lindau

Berlin, 13. Februar 1885.

Ich kann nicht »nein« sagen, das verbietet mir die Rücksicht gegen Sie und die Schwärmerei für Bismarck.

Also ja.

Aber es ist eine verteufelte Situation für mich: zunächst bin ich krank, nervenherunter und erzittere vor der Tartüffe-Aufführung, der ich heut abend tot oder lebendig beiwohnen muß, zum zweiten (und dies ist fast noch schlimmer) hab ich vor etwa 14 Tagen schon einen ziemlich langen, halb humoristischen Hymnus auf Bismarck in ich glaube einer halben Stunde niedergeschrieben. Unerhörte Leistung für mich, der ich ein Pußler bin. Dies im Nu Hingeworfene und deshalb wahrscheinlich nicht ganz Üble muß ich nun beiseite schieben und für »rrr, ein ander Bild« sorgen. Wird mir das glücken?

Darf ich mir noch einen Vorschlag erlauben?

Könnten Sie sich entschließen, dem Bismarck-Bilde von 34 ein Bismarck-Bild von 84 anzureihen, ein Bild mit den mächtigen Jupiter-Brauen, so wäre *mir* sehr geholfen. Und *doch* vielleicht auch der Sache am besten gedient. Mein Hymnus – reimlose fünffüßige Jamben – läuft auf diese Jupiter-Brauen hinaus, mit denen es folgenden Zusammenhang hat.

Der liebe Gott kuckt Anno 63 auf Deutschland 'runter und findet es erbärmlich. Das tut ihm leid, er hat ein Tendre für Deutschland und beschließt zu helfen. Meditierend, wie das am besten anzufangen sei, geht er in den Environs seiner himmlischen Hauptstadt, die halb Faubourg halb Villenpark und ein klein bischen Ghetto sind, spazieren. Er kommt auch in die Straße, wo die reponierten Götter sitzen. Als er Jupiters ansichtig wird, mit dem er gut steht (von Zeit zu Zeit seh ich den Alten gern), beschließt er, *den* auf die Erde, nach Deutschland zu schicken. Gemütliches Zwiegespräch zwischen beiden: Jupiter kriegt seine Direktiven und tritt seine Mission an. Und nun beginnt er unten aufzuräumen und stellt Deutschland wieder auf seine zwei Beine. Wie der Schluß ist, hab' ich in diesem Augenblick vergessen. – Glauben Sie, daß dies paßt? Doch bitt' ich dringend wie herzlichst, nicht bloß aus Commiseration ein sauersüßes »ja« sagen zu wollen; mir ist dann ein »nein« *viel* lieber, und ich mache mich, wenn ich nur erst wieder frisch bin, gern an etwas Neues. Wie immer Ihr

Th. Fontane.

349. An Wilhelm Hertz

Berlin 16. Febr. 85.
Potsd. Str. 134.c.

Erschien, sehr geehrter Herr Hertz, Heyses »Alkibiades« schon bei Ihnen? Und darf ich, wenn ja, Sie freundlichst um Zusendung eines Exemplars ersuchen? Am Freitag wird es aufgeführt, in gewissem Sinne zu meinem Leidwesen. Immer, wenn Heysesche Stücke zur Aufführung kommen, bin ich krank, nervös herunter und kopf-verdämelt, und in diesem Zustande peinlicher Schwäche liegt es mir dann ob, über ihn zu schreiben, was ohnehin schon kein Vergnügen. Denn ich glaube, er hält alles für bare Quasselei. Vielleicht hat er Recht, aber die vielen Schwierigkeiten die für den armen und zum Ueberfluß auch noch kranken Kritiker ohnehin schon vorliegen, werden dadurch gesteigert.

Was macht »Scherenberg«? Kommt er bald?

In vorzügl. Ergebenheit

Th. Fontane.

350. An Paul Lindau

Berlin, 23. Febr. 1885.

Hochgeehrter Herr und Freund,

Beifolgend »*Jung*-Bismarck«. Ich freue mich sehr, daß ich Ihnen zu Willen sein und, ganz ohne mich zu zwingen, das Thema changieren oder doch an Stelle des Alten den Jungen setzen konnte.

Mißfallen Ihnen die Strophen oder erscheinen Sie Ihnen unausreichend, so bitte ich dringend, kurzen Prozeß damit machen zu wollen; ich bin nicht böse darüber. Für den Fall aber, daß sie Ihnen acceptabel erscheinen, bitte ich sagen zu dürfen, daß ich bemüht gewesen bin, das an und für sich und vielleicht seiner Gattung und Natur nach Phrasenhafte durch phrasenlose Behandlung über sich selbst zu erheben. Ich habe wenig Worte gemacht, bin überall knapp gewesen. Eine Version für die 3. Strophe liegt in dem dünnen Couvert.

In vorzüglicher Ergebenheit

Th. Fontane

351. An Friedrich Bruckmann

Berlin, den 8. März 1885.

Hochgeehrter Herr.

Verzeihen Sie mir, wenn ich mich in Zusagen vielleicht über das rechte Maß hinaus engagiert haben sollte. Ich habe nicht mehr recht gegenwärtig, wie die Partie steht, und hoffe nur, daß ein Rückzug mich nicht geradezu blamiert. Täuscht mich mein Gedächtnis nicht, so habe ich mich von Anfang an ganz offen dafür ausgesprochen, daß das Niederschreiben eines Buches, wie Sie's wünschen, eine Art ehrenvoller Invaliden-Arbeit sei, aber doch immer Invaliden-Arbeit. Und glaube hinzugefügt zu haben: bei bedauerlichen Gesundheitszuständen würde mich eine solche Arbeit beglücken, bei Gesundheit und Schaffensfreudigkeit aber *nicht*. Die letzten Jahre haben mir nun, fast über Erwarten hinaus, Gesundheit und Schaffensfreudigkeit wieder beschert, und dabei hat sich denn meine Lust zur Inangriffnahme einer Arbeit, die mehr redaktionelles Geschick als produktive Kraft erheischt, etwas gemindert. Hier haben Sie die Situation, die ich so freundlich wie möglich zu beurteilen bitte. Wenn ich nicht irre, habe ich in einem frühren Briefe mal gebeten: auf mich warten, mir die betr. Stelle gütigst offen halten zu wollen, darum kann ich heut nicht mehr bitten, es ist zu unsicher, und ich bin nach zu vielen Seiten hin engagiert. Ich werde mich freun zu hören, daß Sie, vielleicht unter unsren jungen Historikern, einen Ersatzmann und in ihm the right man in the right place gefunden haben.

In vorzüglicher Ergebenheit

Th. Fontane.

352. An Wilhelm Friedrich

Berlin 16. März 85.
Potsd. Str. 134. c.

Hochgeehrter Herr.

Eine große Freude war mir Conrad Telmann's Besprechung meines Romans in der letzten Nummer des Magazins. Ich spreche nach drei Seiten hin meinen Dank dafür aus und bitte den Löwenanteil an den freundlichen Haupt-Attentäter in Mentone bei sich darbietender Gelegenheit gelangen zu lassen.

Ende des Monats bin ich mit einer für Kroener (»Gartenlaube«) bestimmten Arbeit fertig und werde dann nicht säumen über Heiberg und Amyntor einige freundliche Worte zu sagen. Ich nehme vorweg an, daß mir's nicht schwer werden wird.

Herr Süssenguth sprach vorgestern bei mir vor, traf mich aber nicht, so daß ich über seine Mission noch im Ungewissen bin.

In vorzüglicher Ergebenheit

Th. Fontane.

353. An Paul Heyse

Berlin 19. März 85.
Potsd. Str. 134. c.

Mein lieber Paul.

Schönsten Dank für Dein Bismarck-Lied, das gewiß volksthümlich wird, wenn der Componist gleich Dir das Seine gethan hat. Das Lied selbst kannte ich schon, und zwar via Rom. Ich erhielt einen Brief von H. Wichmann – Sohn des Bildhauers und von Lepel mal angesungen – der es muthmaßlich im Café Cavour aus der »Augsburgerin« ausgeschnitten und seinem Briefe beigeschlossen hatte. Hier ist alles Bismarck und Bismarckfeier, trotzdem man es ruppig findet, daß er den Ottopfennig, circa 600 000 Mark, für sich allerpersönlichst einsacken will. *Mich* stört es nicht; er ist eben ganz unsentimental und verschmäht auch Generositäts-Komödien. Mich amüsirt noch das spezifisch-Märkische daran. Wie immer Dein alter

Th. Fontane

Ich freue mich, daß »Colberg« angesetzt ist; es wird ganz Volksstück.

Th. F.

354. An Elisabeth Friedlaender

Berlin 26. März 85.
Potsd. Str. 134. c.

Hochverehrte Frau.

Am 30. Dezember früh, als Ihre mich so freudig überraschenden Zeilen hier eintrafen (denn wie konnte ich denken, daß mein Geburtstag ein »historischer Tag« sei) hätte ich mir's nicht träumen lassen, daß ein Vierteljahr bis zur Beantwortung einer so liebenswürdigen Zuschrift vergehen würde. Mein Wunsch war damals, dem »Petöfy«, dem Sie so viel Huld erwiesen, ein zweites, unmittelbar in Sicht stehendes Buch nach Ihrem idyllischen Hause hin folgen zu lassen, aber der Herr Verleger hat, ganz gegen Erwarten, eine Retardirung beliebt, und so sind aus drei Wochen, auf die ich rechnete, drei Monate geworden. Seit vorgestern nun, so hoff' ich, ist das Buch in Ihren Händen und bittet um Nachsicht. Es ist ein Stück Berliner Welt darin abgeschildert, und Ihr Herr Gemahl wird viele der auftretenden Gestalten kennen, vor allem Excellenz Friedberg, vielleicht auch dessen Frau.

Das Wetter ist noch winterlich, jedenfalls nicht einladend, und doch ist die Reisezeit fast schon wieder vor der Thür; noch zwei Monat, oder wenigstens nicht viel später, und wir schnüren unser Bündel. Wir haben vor, wieder nach Krummhübel zu gehn, zu denselben Leuten, wo wir im vorigen Jahr so gut aufgehoben waren. Eh wir aber von Schmiedeberg aus bergan steigen, sprechen wir auf eine Stunde bei Ihnen vor; es liegt glücklich in der Zeit, – ich glaube 5 Uhr Nachmittag. Daß wir uns dann öfter sehn werden, hoff' ich aufrichtig; von Krummhübel nach Schmiedeberg ist ein entzückender Spaziergang und er ist es doppelt, wenn das Ziel nicht blos die Apotheke (wo ich immer Soda kaufte) sondern das Friedländersche Haus ist. Bei den Plaudereien, die dann, Gott sei Dank, in Sicht stehen, wird mir auch der Förster- und Wilddieb-Stoff in all seinen Details bekannt werden. So wenigstens hoff' ich und freue mich darauf wie auf vieles.

Empfehlen Sie mich Ihrem Herrn Gemahl und bringen Sie mich den Kindern oder doch dem Töchterchen in freundliche Erinnerung. Meine Frau vereinigt ihre Wünsche für Ihr allseitiges Wohl mit den meinigen.

In herzlicher Ergebenheit

Th. Fontane.

P. S. Von den Aufzeichnungen aus dem Jahre 70/71 habe ich nicht gesprochen; es bleibt damit beim Alten. So wie der erste Abschnitt oder auch das Ganze fertig ist, bitte ich mir das *M. S.* schicken zu wollen, damit ich es lesen und weiterbefördern kann.

Th. F.

355. An Wilhelm Friedrich

Berlin 17. April 85.
Potsd. Str. 134. c.

Hochgeehrter Herr.

Es lag mir fern, mit meiner kleinen Briefnotiz die Sache für erledigt anzusehn; ich hatte vor ein Kritikchen über H. zu schreiben und nun – wo mir das Buch so gut gefallen hat – wird es wohl eine Kritik werden. Noch vor Schluss des Monats schreibe ich sie. Nur eines möchte ich noch bemerken dürfen: eine Kritik ist kein Lobpsalm und ich werde neben die lebhafteste Zustimmung auch Fragen und Zweifel stellen. Erscheint Ihnen dieses nun unpraktisch und unvorteilhaft – ein Standpunkt den ich vollständig gelten lasse – so bitte ich um einen freundlichen Wink, ich schreibe dann blos 20 Zeilen und hebe nur kurz alles Treffliche hervor. Bleibt dieser Wink aus (ich möchte Ihnen gern einen Brief ersparen) so nehme ich an, dass Sie mit einer ernsteren Behandlung einverstanden sind.

In vorzüglicher Ergebenheit
Th. Fontane.

356. An Ernst Schubert

Berlin 17. April 85
Potsd. Str. 134 c

Hochgeehrter Herr.

Ganz durch eine Novellenarbeit absorbirt, die spätestens morgen (eigentlich am 15.) in Leipzig eintreffen mußte, bin ich, nach glücklich expedirtem Paket, erst in dieser halben Stunde dazu gekommen, Ihre Besprechung meines Scherenberg-Buches zu lesen. Ich finde sie brillant, ebenso voll Leben und Frische wie voll Wohlwollen gegen mich und beklage es aufrichtig, daß statt ihrer ein Elaborat erscheinen wird, das feierlich und gelehrt einsetzt und mir unter griechischen und lateinischen Citaten, aus meinem *eignem* Buch den Beweis führen will, daß Scherenberg kein Egoist gewesen sei. Gerade das Gegentheil. Du lieber Himmel! Da habe ich meinen Pappenheimer doch besser gekannt. Ja, man hat mitunter Pech und dahin zähle ich, daß ich durch eine Kette von Rücksichten, kleinen gesellschaftlichen Verpflichtungen etc. etc. gezwungen war, für meinen Antagonisten oder doch mindestens für meinen Besserwisser und moralischen Kopfwascher zu plaidiren. Der betr. Herr, Dr. L. Schwerin, ist ein vortrefflicher, gescheidter, liebenswürdiger Mann; voll Anerkennung und Güte gegen mich, aber publicistisch ein reines Kind trotz seiner 70 Jahre, sonst hätte er mich nicht in die Lage bringen dürfen, diesen seinen Sonderbarkeits-Artikel bei der Vossin unterzubringen. Nachdem er aber das absolut Tolle, das darin liegt, nicht selber eingesehn hatte, gab es keine Rettung mehr; ich konnte nun nicht mehr sagen »nein«, weil er geglaubt haben würde, ich hätte gegen ihn gesprochen, vielleicht gar intriguirt.

Was machen wir nun aber mit Ihrem mir so sympatischen Aufsatz? Ich könnte ihn, mit Änderung der kl. auf die Vossin bezüglichen Stelle, an das »Magazin für d. Lit. d. Ausl.« in Leipzig schicken, das Furchtbare ist nur, daß die Leute dann gleich etwas wollen, weil sie sich einbilden, einem einen riesigen Gefallen gethan zu haben. Vielleicht wissen Sie ein besseres Auskunftsmittel. Unter allen Umständen nochmals besten Dank. In vorzügl. Ergebenheit

Th. Fontane

357. An Karl Eggers

[Berlin, 18. April 1885]

Lieber Senator.

Rütli fällt heute aus. Leibniz ist in Leipzig; Chevalier u. Rubens Akademie-Sitzung. Nächsten Sonnabend kocht

Lafontaine.

358. An Paul Schlenther

Berlin 19. April 85. Potsd. Str. 134

Hochgeehrter Herr.

Empfangen Sie meinen herzlichen Dank für Ihren reizenden Artikel über mich in der »Nation«. Die ganze Familie hat sich daran erfreut und erheitert, namentlich auch über die kleinen Stiche, die so geschickt und liebenswürdig beigebracht werden, daß sie nur prickeln, nicht schmerzen. Überall bin ich mit Ihnen einverstanden, auch darin, daß ich den von Scherenberg unberührten Leser die scherenbergfreie Seele so frei und schuldlos entlasse, wie sie an mein Buch herantrat. Desgleichen einverstanden, was die »Methode« angeht: sie nicht haben, ist ein Vorzug, aber auch ein Verbrechen. Wie immer Ihr ergebenster

Th. Fontane.

359. An Paul Heyse

Berlin 24. April 85.
Potsd. Str. 134. *c.*

Mein lieber Paul.

Das M. S. ist seit gestern zur Post und heute sitze ich und schreibe Briefe, lange, schwere Schulden abtragend. – War schon Hochzeit? Oder ist sie auf Pfingsten, das Fest der Freude verlegt? Unter allen Umständen meine herzlichsten Glückwünsche. Daß wir Chancen haben, die nächste Theater-Saison mit etwas Paul Heyseschem beginnen zu können, ist hoch erfreulich. Hast Du was brandenburgisch Preußisches gewählt? Ich finde, daß Dir alles, was nach *der* Seite hin liegt, ganz besonders glückt: Elisabeth Charlotte (freilich nicht preußisch), Colberg, Hans Lange, wohin dann auch das Stück gehört, das Du Anno 70/71 schriebst und letzten Winter, wenn ich nicht irre, hier aufführen lassen wolltest. Es gefiel mir *sehr,* wenn ich auch – wahrhaftig nicht aus Eigensinn – dabei bleiben muß, daß die Geschichte mit der unächten Leiche mir etwas gewagt erscheint. Oder richtiger: *ich* persönlich kann drüber weg, nur dem Publikum trau ich so viel Forschheit nicht zu. Jedenfalls war mir das Ganze wieder ein Beweis, welche glückliche Hand Du speziell für *die* Welt und *die* Dinge hast, von denen die meisten Menschen glauben, sie wären Dir fremd und gleichgültig. Eine wahre Stoff-Fundgrube für Dich würde die Epoche von 73 bis 95 sein, die Zeit der verschiedenen Theilungen Polens. Das gäbe dann auch was Malerisches und Poetisches*, da ja die Flöhe etc., die uns den Osten strenger als nötig beurtheilen lassen, nicht mit aufzutreten brauchen. In diesem Ulk liegt wirklich ein Stück erwägungswerthe Wahrheit. Wir stehen zu sehr unter dem englischen Seifen-Einfluß und vergessen drüber, daß ungewaschene Menschen mindestens so poetisch sind wie gewaschene.

Habe Dank für Deine freundlichen Worte über Jung-Bismarck und das Scherenberg-Buch. In bezug auf das Gedicht heißt es: »Was gemacht werden kann, wird gemacht«; es ist rund und nett heraus gekommen, aber eigentlich doch nur Blech. Von Deinem Bismarck-Zweigespann zieh' ich den, der im Geschirr von Nord und Süd ging, dem andern vor.

Und nun Scherenberg! Es ist ja alles richtig, was Du schreibst, aber ich konnte nicht gut anders. Ich erhielt eine Fülle von Briefmaterial und that meine eignen Erinnerungen hinzu. Und nun ging es los. Hätte ich *nicht* aus der Erinnerung heraus geschrieben, so hätt' ich's überhaupt nicht schreiben können; ich vermied, auch nur *eine* Zeile aus seinen großen Epen zu lesen. Ich glaube, wir denken gleich drüber. Es ist alles nicht ohne eine gewisse Größe der Anschauung, mitunter auch der Empfindung, geschrieben, dabei geistreich und eigenartig; im letzten aber perhorreszire ich doch diese ganze Art von Kunst. Es ist alles von Grund aus geschmacklos, und was Wildenbruch Anno 85 im Drama ist, war Anno 45 Scherenberg im Epos. Immer das Maul voll genommen, keine Spur von Einfachheit und Klarheit. Die Gedichte sind *viel* besser und einige von solcher Potenz, daß alles aufhört und ihm seine sonstigen Sünden vergeben werden. Und nun leb wohl. Wie immer der Deine

Th. F.

* Nur alles zu vermeiden, was an Demetrius und Reichstag in Krakau erinnern könnte. Dann ist man verloren.

Daß Lindau sich sechs, sieben Bismarck-Barden zusammentrommelte, jedem verheimlichend, daß noch 6 andre *auch* aufgefordert seien, kann nur Lindaun, der solche Witzchen liebt, verziehen werden. Einige werden es aber *doch* wohl übelgenommen haben. Ich kann mir wenigstens nicht denken, daß der bocksteife Klaus Groth, der richtige Schleswig-Holsteiner, leicht drüber wegkommt. – Wundervoll war dann am Schluß der die Honorarfrage behandelnde Brief der Firma Schottländer.

Kümmerlicheres habe ich lange nicht gelesen. Und vielfacher Millionär! Ich schrieb ihm, »es wäre mir eine Ehre gewesen«.

Th. F.

360. An Mathilde von Rohr

Berlin 24. April 85. Potsd. Str. 134. c.

Mein gnädigstes Fräulein.

Nach langer Zeit mal wieder ein paar Zeilen von mir; gestern habe ich meine für d. ›Gartenlaube‹ bestimmte Novelle zur Post gegeben und benutze die 24 Stunden, in denen ich aufathme, Briefschulden abzutragen.

Mit Trauer haben wir von der schweren Krankheit Ihrer Frau Schwester gehört und freuen uns nun mit Ihnen, daß die Gefahr gehoben ist. Wenn nur Potsdam gesünder wäre; es ist gesundheitlich ein erbärmliches Nest. Unser Pastor Windel kehrt jetzt, nach 4 monatlicher Abwesenheit, wieder dahin zurück; die Malaria der ›Friedenskirche‹ wird ihm aber nicht von Vortheil sein. Das ganze Terrain ist sumpfig.

Bei uns geht es gut und nicht gut. George kommt in den nächsten Tagen nach Lichterfelde, Theo ist seit heute früh in Münster, Friedel hat in Leipzig gute Tage, – aber Martha ist seit 3 Wochen recht krank, nicht gefährlich, aber ernstlich und lange dauernd. Sie hat eine Milz-Anschwellung und befindet sich, was die Hauptsache ist, in einem jammervollem Nervenzustand. Es dauert sicher noch viele Wochen und dann wird sie monatelang Reconvalescentin sein. Sie muß also ihre Schulstellung aufgeben, – eben habe ich an die Dame geschrieben und ihr dies mitgetheilt. Es wird der Dame nicht angenehm sein (denn sie, Martha, machte ihre Sache vorzüglich) ebenso sehr aber beklagt es Martha, die sich in ihrer Stellung sehr wohl fühlte.

Nun noch zwei wichtige Sachen. Unser alter Lepel ist *sehr* krank gewesen, ja, ist es wohl noch; ein paar Karten von Frau v. L. haben mir Mittheilungen darüber gemacht. Aus Ihrem Briefe schließe ich, daß Sie noch nichts davon wußten. Vielleicht können Sie von Wiek aus Näheres erfahren.

Das Andre ist mein Scherenberg-Buch. Ich hätte Ihnen dasselbe geschickt, gerade *Ihnen*, die Sie stets so voll Theilnahme für meine Arbeiten sind, unterließ es aber, weil mir in der Erinnerung war, Sie hätten das Buch bei W. Hertz bestellt. Ist das nicht der Fall, so bitte ich um die Ehre, es Ihnen noch schicken zu können. Das Publikum ist durch die Arbeit zufriedengestellt, ob auch die Familie, ist mir zweifelhaft. Schadet auch nichts. Ich bin daran gewöhnt. Meine Frau empfiehlt sich Ihnen angelegentlichst, sie ist durch Marthas Pflege nicht nur sehr in Anspruch genommen, sondern auch *ganz kaput*, weil sich diese Nervenkrankheit mitsammt der Milz-Affektion in Niedergeschlagenheit, Gleichgültigkeit und Verstimmung äußert. *Da*durch wird es schwer. In vorzüglicher Ergebenheit Ihr

Th. Fontane.

361. An Georg Friedlaender

Berlin 28. April 85.
Potsd. Str. 134.c.

Hochgeehrter Herr.

Unsre letzten Briefe haben sich gekreuzt. Empfangen Sie herzlichen Dank für jedes freundliche Wort; nicht mehr allzu lange Zeit und ich hoffe diesen Dank mündlich wiederholen zu können. Heute noch schreibe ich nach Krummhübel und versuche, mich unsrer vorjährigen Wohnung auch für dies Jahr wieder zu versichern. – Dem gräflichen Paare bitte ich mich, wenn's paßt, respektvollst (oder so was Aehnliches) empfehlen zu wollen.

Ich schreibe heut, weil ich eben Ihre Novellette gelesen habe. Man kann von ihr sagen: »Ende gut, alles gut«. Die Schlußsituation in der Kapelle giebt dem Ganzen eine gewisse *Stimmungsweise,* die das Bedenken, das bis dahin vorherrscht, wieder balancirt. Zu dem Oftdagewesensten in der Novellistik – Pardon, wenn ich sage, unerlaubt oft da gewesen – gehört die von einem Bildhauer (der Bildhauer ist in *diesem* Punkte dem Maler noch um einen Pas vor) angeschwärmte Comtesse. Man kann sich dafür nicht mehr interessiren. Und dies Gefühl einer gewissen verlornen Liebesmüh begleitet einen während der Lektüre. Ganz zuletzt aber weicht dies Gefühl einer *andern* Empfindung und die Schlußsituation entläßt uns mit dem süßen Schauer, den wir empfinden, wenn wir das Volkslied von der Nonne lesen, die dem Leben und der Liebe wider ihren

Willen entrissen wurde. Nicht der einzelne Fall rührt uns, sondern ein allgemeines Menschheitsweh durchzittert unsre Brust und davon ist etwas in dem Tone, womit Ihre kl. Erzählung schließt. Es ist, als hörten wir aus der Ferne den aus der gräflichen Kapelle kommenden Orgelton um uns her verklingen. Das thut wohl. Aber so sehr sich das Ohr diesem Tone neigt, so reicht er doch nicht aus, aus dem Ganzen etwas Lebensberechtigtes zu machen. – Eine Veröffentlichung in Feuilletons, die sehr gern etwas Kurzes bringen, halte ich für nicht schwer durchführbar. Vielleicht in der »Täglichen Rundschau«.

Mit der Bitte mich Frau Gemahlin empfehlen zu wollen, in vorzüglicher Ergebenheit

Th. Fontane

Morgen gehe ich mit meiner Tochter (die seit 4 Wochen krank ist) nach Hanckel's Ablage zwischen Schmöckwitz und K. Wusterhausen, an der wendischen Spree. Wir bleiben dort 8 oder 14 Tage.

362. An Emilie Fontane

Hanckels Ablage. 5. Mai 85.

Meine liebe Frau.

Besten Dank für Deine freundlichen Zeilen. Ich finde Theos Brief doch *sehr* nett, viel weniger pappstofflig als ich fürchtete. Das schreckliche Hängen an Berlin macht mich etwas nervös, weil ich solch Eingenommensein von einer bestimmten Clique (denn darauf läuft es doch schließlich hinaus) schrecklich finde, – dieser Fehler ist aber so allgemein, daß man drüber nicht reden darf. Wenn ich mit 4 Assessoren, 4 Referendaren, 4 Doktoren und 4 Oberlehrern bei Moormann oder sonst wo kneipe, so kann von einem essentiellen Menschen- und Gesellschafts-Unterschied gar keine Rede mehr sein; es läuft dann alles blos auf die Möglichkeit hinaus, daß Schultze netter ist als Müller oder umgekehrt, ein Satz der für Berlin gerade so gut gilt, als für andre Städte. Die wirklichen Unterschiede fangen erst da an, wo man statt der Menschen aufgeputztes Gesindel und statt reiner Luft Ungeziefer etc. findet. – Mete hatte bis Mitternacht ein paar schlechte Stunden, dann aber schlief sie und war heute ganz gut bei Wege. Sie freut sich auf morgen, auf *Dich.* Die Luft hier war heute wieder köstlich. Martha hat mir

30 Seiten aus dem Hobrechtschen Buche vorgelesen; es ist sehr hübsch, von einem feinen und gebildeten Manne geschrieben. Das Billet also bist Du so freundlich zu besorgen. Wie immer Dein

Th. F.

363. An Wilhelm Hertz

Berlin 14. Mai 85.
Potsd. Str. 134.c.

Sehr geehrter Herr Hertz.

Besten Dank für das Blatt aus der Nat. Ztg., das mir, ohne Ihre Güte, nicht zu Gesicht gekommen wäre. Scherenberg kann lachen, daß er, zwanzig Jahre nach seinem Verschwundensein aus d. Welt, noch mal Gegenstand einer Controverse wird. Das belebt ihn wieder. Und wenn ich nicht irre, hat Goethe mal den Satz ausgesprochen »wer, nachdem er zu den Todten geworfen, noch mal ausgebuddelt wird, der lebt *nun* noch lange Zeit.«

Daß Franz Duncker so warm für seinen alten Freund eintritt, freut mich, auch ist die Charakteristik, die er von ihm giebt, und daß er mit den Reactionärs nur die Bewunderung für Fr: II. und Anno 13 gemein hatte, durchaus richtig. Dennoch kann ich der ganzen Geschichte nicht recht froh werden, überall der Pferdefuß des Parteimanns, und was Fr. Duncker von A. M. sagt: »sein Aufsatz erhebe sich nicht auf den Standpunkt des Historikers« das gilt auch von seinem eignen (Dunckers) Aufsatz. Was soll das heißen: »Waterloo und Leuthen werden sich dauernd im Gedächtniß der Nation *erhalten*«. Als ob sie noch lebten! Nicht Scherenberg, aber speziell seine großen Epen sind todt und werden es bleiben. Daß *ich* Scherenberg einen Lyriker genannt hätte, ist mir nie eingefallen. Ergebenst Ihr

Th. F.

364. An Auguste Scherenberg

Berlin, den 15. Mai 1885.

Mein gnädigstes Fräulein.

Es tut mir herzlich leid, Sie nicht gesprochen zu haben.

Daß über den Papa, seinen polit. Charakter und den größren oder geringeren Wert seiner Dichtungen ein ziemlich lebhafter Streit ausgebrochen ist, ist das Beste was ihm passieren konnte. Das frischt sein Andenken wieder auf. Ich habe *beide* Artikel in der Nat. Ztg. gelesen, den von A. M. (wahrscheinlich Alexander Meyer) und den von Franz Duncker. Beide Artikel sind gut und interessant, aber ich kann mich doch mit beiden nicht einverstanden erklären. Die *Zeit*-Schilderung, die A. M. gibt, ist famos und treffend, – es war politisch eine höchst unerquickliche Zeit – aber das aufs Einzelne, Person oder Sache, Bezügliche, ist schief und krumm; aus jeder Zeile spricht ein gereizter Politiker und die Stellung, die er dem Papa anweist, ist falsch und ungerecht. Nach *der* Seite hin trifft es Franz Duncker, der ihn verehrt und geliebt hat, natürlich viel viel besser, aber seine Stellung zu der verschiedenen Produktion des Papas halte ich doch auch für durchaus unrichtig. Über den *Wert* der »Epen« einerseits und der »Gedichte« andrerseits werde ich mich hüten, mit ihm zu streiten; das bleibt schließlich Geschmackssache und daß ich mich für einen besseren Kritiker halte, kann für ihn keine Beweiskraft haben. Aber über *einen* Punkt scheinen mir tatsächlich und nachweisbar die Akten geschlossen: ob mit Recht oder Unrecht, gleichviel, die Epen werden *nicht* mehr gekauft und gelesen, während »Ostermorgen«, »Exekution« und drei, vier andre in allen Anthologien stehn und gelernt werden. *Diese* leben also.

Ganz ergebenst

Th. Fontane.

365. An Gustav Karpeles

Berlin, 17. Mai 1885.

Hochgeehrter Herr!

Sie sind viel zu gütig; bei Lichte besehn, bin ich Ihnen mehr zu Danke verpflichtet, als Sie mir. *Ihnen und L. kann ich es nie vergessen, daß Sie mir's leicht gemacht haben, mich noch in meinen alten Tagen in der Novellistik zu etablieren!* Solche Neuetablierung ist, wie Sie wissen, immer schwer; das Publikum nagelt einen fest, der und der ist blos da und dazu da, und ich war dazu da, Kapitel über die Mark und dann und wann eine Ballade zu schreiben. Ich schicke Ihnen jedenfalls etwas und zwar bis zum 1. Juli. Ja, Sie sollen das Aussuchen haben und sich Ihrerseits entscheiden, ob Sie eine Novellette, ein märkisches oder dänisches oder schottisches Kapitel wollen.

Die *Novellette,* 4 bis 5 Seiten Ihrer Zeitschrift würde heißen: »*Eine Frau in meinen Jahren.*«

Das märkische Kapitel, eben so lang würde heißen: »*Die Grafen von Kamecke.*«

[Schluß fehlt]

366. An Ernst Schubert

Berlin 22. Mai 85
Potsd. Str. 134c

Hochgeehrter Herr.

Darf ich Ihnen Heinr. Hobitzers Brief, der mir gestern zuging, zur freundl. Berücksichtigung zustellen? Zugleich besten Dank für die reizende kleine Besprechung von Dora Dunckers »Nelly«. Heute spukt ja nun auch der Anfang der Scherenberg-Kritik in der Zeitung, der Ihre freundlicheren und Gott sei Dank ungelehrteren Worte (namentlich ohne griechische Zitate) zum Opfer fielen. Es können Sachen *zu* gut sein und meines lieben Freundes Dr. Sch. Kritik gehört ein bischen dahin.

In vorzügl. Ergebenheit

Th. Fontane

367. An Mathilde von Rohr

Berlin 23. Mai 85. Potsd. Str. 134.c.

Mein gnädigstes Fräulein.

An Stelle meiner Frau, die mal wieder ohne Mädchen ist, übernehme ich es, Ihnen unsren herzlichsten Dank für Ihren Brief und die begleitende freundliche Sendung auszusprechen. Wir haben uns den Spargel gleich schmecken lassen. Am 1. oder 2. Juni will ich nach Krummhübel, einige Tage später wird meine Frau folgen, was Grund ist, daß wir uns auf Miethung eines neuen Mädchens gar nicht eingelassen haben. Die letzte, die wir hatten, eine Pommeranerin (noch dazu aus Anklam) war sehr gut, aber zuletzt so schwach und matt, daß sie sich kaum aufrecht halten konnte, und so bat sie selber, sie zu entlassen. Was denn auch geschah. Ich überzeuge mich jetzt doch mit Schrecken, wie viel Ursach die armen Frauen zum Klagen haben; früher glaubte ich immer, meine Frau verlange zu viel und fordre so viele Tugenden und Vorzüge, wie sich eben selten vereinigt finden. Das ist aber nicht der Fall; von den 6 oder 7, die wir nun seit anderthalb Jahren gehabt haben, war die erste roh, eitel und verlogen (sonst ganz brauchbar) die zweite vor Eitelkeit dreiviertel verrückt und stockdumm; die dritte, nett und gut, kriegte den dritten Tag einen kranken Fuß; die vierte, sehr hübsch, war nur für Tanz und Liebschaften; die fünfte, brauchbar, aber ganz krank; die sechste, noch brauchbarer, aber auch noch kränker. Alle, mit Ausnahme der ersten, sind freiwillig gegangen und nicht unsrerseits fortgeschickt worden; die *gesunden* waren eitel, lüderlich und dumm, die brauchbaren waren krank. Was soll man da machen!

Unser alter Lepel ist nun nicht mehr! Er hat seinen 68. Geburtstag nicht erleben sollen. Da beinah 14 Tage lang keine Nachrichten kamen, so dachte ich, er würde sich noch mal erholen und so kam die Todesnachricht doch unerwartet. Das Ganze wirkt so familientragödienhaft auf mich, daß ich zu einem andern Gefühl nicht recht gekommen bin. Welch kümmerliches, kleines, unerquickliches Leben bei so viel Talent, Wissen und ursprünglich guten Bestrebungen. Er sagte mal zu mir: ›ja, Fontane, die Weiber haben in meinem Leben eine große Rolle gespielt, vielleicht mehr, als es hätte sein sollen.‹ Das ist das wahrste Wort, das er je gesprochen. Und wenn nun noch was dabei herausgekommen wäre! Aber alle diese Verhältnisse sind ohne rechte Forscheté, ohne wirkliche Don Juanschaft, ohne Genialität, und zeigen nur einen Mann, der nie recht wußte, was er wollte, der immer Heimlichkeiten hatte und eine instinktive Vorliebe für unerlaubte, ja strafwürdige Verhältnisse besaß. Kate Brown, Miss Atkins, seine erste Frau, seine Cousine (die spätre Caprivi), Frau v. Selchow, Frau v. Hardegg; dann endlich Anna Heydebreck – welches confuse Durcheinander. Dazu das Verhältniß zu dem schwiegerväterlichen Hause, zu Wieck, zur Familie. Bei jüngeren Jahren -- wiewohl ich *nie* auf seiner Seite stand – hab ich milder über vieles gedacht; jetzt ist es mir sonnenklar, daß *alle* Schuld auf seiner Seite war. Er war eine schwache, träge Natur, durch jedes Wort bestimmbar, auch von dem dummsten Menschen, und was ihn und sein Leben recht eigentlich zu Fall gebracht hat, war *das*, daß er nicht arbeiten konnte. Er pusselte immer und lief von einer alten Dame zur andern, dann und wann ein Gedicht vorlesend. Hätte er die *Pflicht* der Arbeit gekannt, so hätte er sich von seinem Schwiegervater nicht ernähren lassen und wäre ruhig als ein geachteter Mann und seinerseits seine brave Frau achtend, in seiner ersten Ehe verblieben. Aber er war immer absolut schief gewickelt und arbeitete für die ›Loge‹. *Da* mag er sich ein Denkmal verdient haben, sonst leider nicht. Und doch war er reich beanlagt und hatte schöne Gottesgaben. Aber wie die Engländer sagen ›sein Controll-Apparat arbeitete nicht richtig‹. – Wie immer Ihr

Th. F.

368. An Anna von Lepel

Berlin. 27. Mai 1885
Potsd. Str. 134. c

Gnädigste Frau.

Lassen Sie mich Ihnen aussprechen, daß auch *wir* heute des heimgegangenen Freundes in alter Liebe gedacht haben, uns zugleich mancher heitren Geburtstagsfeier in Potsdam, in Grunewald, in Pauls-Born erinnernd.

In den letzten Tagen empfing ich einige freundliche Zeilen von Franz v. Lepel, der wegen einer biographischen Skizze bei mir anfragte, dabei die Kreuz-Zeitung nennend. Nun ist es ja natürlich, daß die *Familie* gerade die »Kreuz-Zeitung« wünscht, aber diesem Wunsche wird schwer zu genügen sein. Nicht blos Lepel ist an der betr. Stelle schlecht angeschrieben, *ich* bin es auch, und so weiß ich nicht recht wie da zu helfen ist. Vielleicht aber findet sich noch ein Weg.

Meine Frau empfiehlt sich Ihnen. In vorzügl. Ergebenheit

Th. Fontane.

369. An Emilie Fontane

Krummhübel 1. Juni 85. 8 Uhr Abends.

Meine liebe Frau.

Vor anderthalb Stunden bin ich wohlbehalten hier eingetroffen, von Hirschberg aus bei beständigem Regen und Sonnenschein, was zur Folge hatte, daß lange Zeit ein Regenbogen über Krummhübel stand. Außerdem setzte sich gleich ein entzückender kleiner Vogel, weiß und schwarz (aber viel graziöser als die Preußen sind) aufs Fensterbrett und begrüßte mich, was mich alles beglückt hat, – ich kann den Friedensbogen und eine poetische Vogelstimme gleich gut brauchen, jenen zum Abschluß, diesen zum Anfang.

Die guten Schreiber's, er, sie, und das Normalmädchen Anna oder ›die Anna‹ wie es hier heißt, empfingen mich mit großer Liebenswürdigkeit; das die Markstücke nicht *zu* fest in der Tasche halten, hat doch auch seine Vorzüge. Ausgepackt ist bereits, alles an Ort und Stelle, der Arbeitstisch schon wieder ans Fenster gerückt.

Um Dir gleich noch eine Zeile zu schreiben (für morgen *früh*) dazu war es schon zu spät.

Es sind erst wenige Sommerfrischler hier; desto besser.

Morgen Vormittag will ich die biograph. Skizze über Lepel schreiben. Natürlich eine undankbare Arbeit. Aber ich bin daran gewöhnt. Dabei fällt mir ein, Frl. Aug. Scherenberg wollte Dich noch besuchen. Gehe diesem Besuche *nicht* aus dem Wege; ich glaube, Du wirst dabei manches hören, vielleicht auch in der Schwerin-Frage.

Mein Befinden ist schon besser; Du glaubst gar nicht, wie sehr ich unter der Berliner Luft leide, nicht immer (im Herbst und Winter gar nicht) aber vom Mai an bis die Hitze wieder nachläßt. Es ist ein völliges Malaria-Fieber. Und doch halte ich es für unklug die Sache zu ändern; in unsren Jahren muß man auch das anscheinend Gesundheitliche nur mit Vorsicht eingeben; in *einem* Stück gewinnt man und in drei andern verliert man. Also nur ruhig weiter so, ohne Gesundheitskraftkuren. – Die Hauptsache ist, daß mir meine Arbeit wieder Freude zu machen anfängt; noch freilich ist es nicht so weit, aber ich hoffe doch, daß es wiederkommt. Wenn ich doch mal einen Sonntag hätte, wo ich mich fühlte, wie Wildenbruch sich Alltags fühlt. Ich mag aber doch nicht mit ihm tauschen. Grüße die Kinder in N., N.W., W. und S. Hier kannst Du Dich als Geographin bewähren.

Dein

Th. F.

370. An Emilie Fontane

Krummhübel 3. Juni 85.

Meine liebe Frau.

Die Luft beginnt ihre gute Wirkung zu äußern, d. h. ich werde appetitlos, woran ich recht sehe, daß ich kein Fresser von Fach bin, sondern in Berlin das viele Schinkenfutter nur brauche, um meine Nerven in einigermaßen leidlicher Verfassung zu halten. So wie ich Ozon habe, brauche ich weiter nichts und lebe von der Luft. Gestern 3 kl. Zwieback zum Kaffe, Diner für 9 Sgr, 1 Tasse Kaffe, 2 Tassen Thee mit einem kleinen Stückchen Brot, c'est tout. Frau Schreiber schickte mir 4 Stückchen Brot, ich schickte aber 3 zurück, weil ich nicht ohne Noth mehr essen wollte als nöthig. Auf die Weise komme ich wieder in Ordnung und werde die kleinen Leber- und Gallen-Beschwerden los.

Ich habe gestern viel gearbeitet, ohne daß es mir sauer geworden wäre. Erst den kl. Aufsatz über Lepel, dann, am Nachmittag und Abend, habe ich die neue Novelle entworfen, so weit man etwas entwerfen kann, zu dem noch überall das Material fehlt. Von der ersten Hälfte gilt dies halb, von der zweiten – die bei den Mennoniten in Amerika spielt – ganz. Natürlich kann ich mir auch alles erfinden und die ganze Geschichte aus dem Phantasie-Brunnen heraufholen, aber besser ist besser. Ich habe nicht die Frechheit drauf los zu schreiben, ohne Sorge darum, ob es stimmt oder nicht. Wenn Du Müller-Grote *(ihn)* sehen solltest und zufällig daran denkst, so frage ihn doch ›an wen ich mich wohl am besten zu wenden hätte, um über die *Mennoniten* überhaupt und speziell über die nach Amerika (Kansas und Dakota) hin ausgewanderten, was Gutes zu erfahren.‹ Ich denke mir, man müßte nach *Dirschau* hin schreiben; in der dortigen Gegend sind nicht blos die billigen Kalbsbraten sondern auch die Mennoniten zu Haus. Ja, es früge sich wirklich, ob man nicht bei Schreiber (alles heißt jetzt Schreiber oder Schreiner) anfrüge und ihn beauftragte, statt eines Schinken ein Mennoniten-Traktätchen von Dirschau mitzubringen. Er braucht dort blos in einem Buchladen anzufragen ›Sagen Sie, haben Sie nicht Bücher und Schriften über die Mennoniten-Colonien in Amerika, bez. *wer* könnte darüber Auskunft geben?‹ Denn die Mennoniten haben ein Oberhaupt, eine Art Bischof, an *diesen* (wenn ich seinen Namen erst weiß) würde ich mich wenden und bin sicher, daß ich gute Auskunft erhalten würde. Du mußt Dir das Ganze so denken, wie die Herrnhuter Missions-Berichte, hinsichtlich deren Du ja Bescheid weißt.

Gegen Mittag kam Dein Brief. Besten Dank. An Friedel, Heiberg und Frau Dr. Hoeppner werde ich schreiben, an letztre aber erst, wenn ich ihre Adresse weiß. Die Anzeige wirkt lächerlich. Oder hättest Du Lust, von mir zu schreiben: ›Ritter des Kronen-Ordens 4. Klasse und des großherz. mecklenb. Ordens zur wendischen Krone‹. Die ganze Ordensgeschichte, wenn es nicht ordentlich kommt, hat doch wirklich etwas Kindisches. Marthas Zeilen deuten durchaus auf Bessergehn; es wird ihr wohl so gehn wie mir, man mag anfangen was man will, sieben Wochen dauerts; dann fängt man an sich zu erholen. Heute bei Tisch habe ich mich einer Küstriner Familie vorgestellt, Vater, Mutter und 2 Töchter; sie wohnen auch im Schreiberschen Hause. Sonst noch kein Verkehr d. h. keiner da. Nach Tisch plauderte der Schulmeister beinah zwei Stunden mit mir, ein ganz netter Mann, der mir auch den Novellenstoff in aller Seelenruhe vortrug. Ich verschwieg ihm aber, daß ich vorhätte darüber zu schreiben. Auch die Formation des Gebirges hat er mir mit großer Klarheit auseinandergesetzt, besser als ein geognostischer Professor. Ich gebe diesen Brief heut verhältnißmäßig früh zur Post, weil ich noch nach Arnsdorf will. – Auch mich erquickt die Ruhe; so gern ich Friedländers habe, so erschrecke ich doch vor einem Besuch. Wie immer Dein

Th. F.

371. An Theodor Fontane (Sohn)

Krummhübel, d. 4. Juni 1885.

Mein lieber Theo.

Habe Dank für Deinen lieben Brief, der von hier aus zunächst nach Neuhof und von Neuhof nach Warnemünde gewandert ist.

Daß es Dir jetzt dienstlich besser geht, habe ich zu meiner großen Freude aus Deinem Briefe ersehn. Es genügt, wenn man mit seinen Vorgesetzten leidlich auskommt; Intimitäten sind nicht nötig. Und wo gibt es überhaupt Intimitäten! Der furchtbare Lindausche Satz, daß unsre Stellung zu den Menschen durch die Frage nach unserm Vorteil und unserm Vergnügen bestimmt werde, ist au fond richtig.

Das Koloniefestspiel macht hoffentlich Fortschritte. Ich meinerseits werde mich – vielleicht hab' ich Dir's schon erzählt – mit einem durch Kahle vorzutragenden Toast ausspielen. Daß sich für uns beide 'mal die Gelegenheit zu einer Legitimierung der Kolonie gegenüber bietet, ist mir höchst angenehm; wir verdanken ihr doch sehr viel.

Seit anderthalb Wochen bin ich hier wieder allein und arbeite fleißig. Aber immer nur Verse. Daß es mir noch 'mal vergönnt sein würde, zu den Göttern oder Hämmeln meiner Jugend zurückzukehren, hätt' ich mir nicht träumen lassen. Es handelt sich dabei um ein ganzes Dutzend Balladen, so daß mein Balladenkapital, das ich Euch als einziges Vermögen hinterlasse, dadurch um ein Drittel anwächst. Wie hoch Ihr das veranschlagen wollt, muß ich Euch überlassen. Wäre der Sinn der Nation ein andrer, so würde dem vorstehenden Satz jede Bitterkeit, jede Selbstironie fehlen; wie's aber 'mal steht und liegt, ist eine alte, sieben Jahre getragene Hausweste allerdings mehr wert als eine Ballade. Die Weste bringt auf dem Trödel wenigstens 1,50 Mark ein. Übrigens ist unter den hier geschriebenen Gedichten auch ein langes Bismarckgedicht; ich glaube, daß es mir gelungen ist, was mich sehr freut, wenn es auch verlorene Liebesmüh' sein wird.

Wie immer Dein alter

Papa.

372. An Friedrich Fontane

Krummhübel, 6. Juni 1885

Mein lieber Friedel.

Mama hat mir Deinen Brief hierher nachgeschickt, aus dem ich zu meiner großen Freude ersehen habe, daß Du Leipzig mit einem guten Zeugnis verlassen, eine gute Reise gehabt und eine gute Wohnung in dem feinen und reizenden Oldenburg gefunden hast. Du wirst noch weiterhin die Wahrnehmung machen, daß alles, was an dem Küstenstriche von Nord- und Ostsee liegt, viel schöner, reicher, feiner ist als das Binnenland, ganz besonders als die Provinz Brandenburg, die nun mal – so lieb ich sie habe – den alten Popelinski-Charakter noch immer nicht loswerden kann. An der Küste hin schmeckt alles nach England, Skandinavien und Handel, in Brandenburg und Lausitz schmeckt alles nach Kiefer und Kaserne. Die drei Briefe, wegen derer Du anfragst, scheinen mir alle mehr oder weniger nötig, am nötigsten, ja unerläßlich der an Baltz, dann der an Volckmar, dann der an Emanuel. An Baltz würd ich ziemlich ausführlich und herzlich schreiben, an Volckmar kurz und höchst verbindlich, an Emanuel kurz und fidel, ihm dabei dankend für die gute Empfehlung.

Mama erwarte ich am Mittwoch oder Donnerstag hier; als ich vor 5 Tagen hier eintraf, ließ ich täglich 2mal heizen, seit vorgestern ist eine Bärenhitze, so kolossal, daß sich – es ist erst 10 Uhr früh – kein Mensch auf der Dorfstraße sehen läßt. Gestern bei Sonnenuntergang sah ich mir die Stelle an, wo Du, damals 8jährig, in die Lomnitz fielst.

Es ist noch sehr still hier, und ich genieße die Einsamkeit; vom 7. Juli an wird es wohl toll werden, wenn die Berliner Schulen erst auszuspeien anfangen. Aber wo soll man hin in der Zeit? Überall Menschen, d. h. Berliner.

Ich bin sehr gespannt, von Deinem Herrn Prinzipal und Deiner Stellung zu hören. Hoffentlich geht alles gut und Du hast glückliche Tage. Das wünscht Dir von Herzen

Dein alter
Papa.

373. An Emilie Fontane

Krummhübel 8. Juni 85.

Meine liebe Frau.

Gestern hatten wir, als ich meine Pfaffenberg-Promenade machte, Gewitter mit Sturm und Regen, aber trotzdem der Sturm anhielt und die ganze Nacht über ein schwer Gewölk am Himmel stand, ist es heute heißer denn je. Die Dorfstraße ist wie ausgestorben. Mit Trauer denke ich daran, daß Du bei solchem Wetter langweilige Besuche machen, schreiben, pakken und – halb hungern sollst. Denn gerade bei solchem Wetter muß man was Kräftiges genießen, Fleisch, Bouillon, Rothwein. Ich will froh sein, wenn Du erst heil hier bist, denn wennschon es hier auch glühend ist, so kann man sich doch in eine schattige Stube setzen und hat keine Verpflichtungen, am wenigsten Rennereien zu leisten. Und Exners Bertha sorgt für essen und trinken. Zwischen 6 und 7 wird dann das Wetter meistens schön und man kann ohne Beschwerde spazieren gehn; unter allen Umständen aber hat man Gebirgsluft und keine Canalluft. Wäre ich in Berlin in diesen Tagen gewesen, so hätt' ich mich nur können begraben lassen.

Mit meiner neuen Arbeit geht es rüstig weiter, dabei pussle ich an meinen Versen herum. Gelänge es mir noch 'mal eine neue Ausgabe zu veranstalten (aber nicht bei Hertz, was gar keinen Sinn hätte) so würde der Band wohl um die Hälfte stärker werden. Im Laufe so vieler Jahre läppert sich doch was zusammen; an kl. lyrischen Sachen (wenn auch nichts davon bedeutend ist, so ist doch alles niedlich oder auch wohl 'mal amüsant) habe ich ziemlich ein Dutzend und an Balladen ebenso viel. Aber das Meiste von diesen letztren ist erst halb fertig. Ich würde freudiger an all das herantreten, wenn ich nicht von der vollkommnen Gleichgültigkeit aller meiner derartigen Bestrebungen, auch *jetzt,* in bester Stimmung, tief durchdrungen wäre. Gestern, bei Exner, saß an einem andern Tisch ein nettes Ehepaar, er 50, sie 45, sehr gebildete Leute, die sich davon unterhielten, was sie nun, Nachmittags beim Kaffe, lesen wollten. ›O‹, sagte sie ›da werd' ich mir das Buch von der Heimburg wieder schicken lassen. Wir haben es uns, als es zuerst in der Gartenlaube stand, in Breslau vorgelesen und ich habe es dann als Buch noch mal gelesen. Es ist reizend. Weißt Du noch, wir konnten die Zeit immer nicht erwarten bis die nächste Nummer kam.‹ ›Ja, Du hast Recht, es war sehr hübsch. Aber willst Du's denn zum 3. Mal lesen?‹ ›Nu, warum nicht? Mit Vergnügen.‹ Ich glaube, daß es eine Juristenfamilie war, Staatsanwalt oder Landgerichtsrath. Ich glaube nicht, daß jemals ein Ehepaar irgendwo gesessen und über irgend was, das ich geschrieben, auch nur annähernd mit solcher Begeistrung gesprochen hat. Es fällt alles in den Brunnen. Und deshalb hat auch der Brief von Kroener solchen Eindruck auf mich gemacht. Aber er wird sich zu seinem Schaden überzeugen, daß auch *das* wieder spurlos vorüber geht. Meine Coeur Sieben gewinnt nicht. – Gestern, als ich bei strömendem Regen, vom Pfaffenberg zurückkam, fand ich Friedländers, ihn und sie, bei Exners, außerdem noch einen Oberförster mit Frau und den Betriebs-Direktor der Arnsdorf'schen Fabrik. Es war ganz nett und wir plauderten ein paar Stunden. An dem Tage, wo ich Dich von *Schmiedeberg* (nicht Hirschberg; die Fahrt ist greulich weit) abholen werde, hab' ich versprochen vorher, von 2½ bis 4½ zu Tisch bei ihnen zu sein. 4¾ kommt dann der Zug. Du wirst dadurch gar nicht inkommodirt; wir fahren gleich weiter. Grüße.

Wie immer Dein

Th. F.

374. An Georg Friedlaender

Krummhübel 9. Juni 85.

Hochgeehrter Herr Doktor.

Ergebensten Dank für Brief und Buch, aber so werthvoll mir die Zeilen von Dr. Friedländer, so wenig werthvoll sind mir die hinterlassenen Papiere des Barons de la Belle-Croix. Es ist alles Mystifikation, Buchhändlerschwindel; eine kl. Firma, die – wie die Rückseite des Umschlags zeigt – einige literatisirende Leutnants an der Leine hat, die tüchtig übersetzen, in Zeitfragen machen und militärisch-politische Probleme vom Standpunkt von Osnabrück oder Aurich aus, lösen müssen. Ich gehe die größte Wette ein, daß binnen heut und 4 Monaten in derselben Firma ein Werk erscheinen wird, das die afghanische Frage für mehrere Jahrhundert regelt und je nach der Laune des Verfassers, d. h. je nachdem er sich einen größren oder geringren Absatz davon verspricht, Gladstone, Giers, Komaroff, Lumsden für Genies und Ehrenmänner oder für Imbeciles und Beutelabschneider erklärt. Belle-Croix existirt nicht und wenn er irgendwo existirt, so lebt er und ist unschuldig an diesen »hinterlassenen Papieren«. Ich hatte schon starke Bedenken als Sie mir davon erzählten z. B. die Geschichte mit der schönen Försterstochter oder so ähnlich, alles verbrauchtestes Romanmittel. Gleich die ersten 6 Zeilen tragen den Stempel der Unächtheit an der Stirn. Ich habe unter solchen Büchern – über die ich nicht meinen ganzen Unmuth aussprechen darf, weil Sie's ja mit Vergnügen gelesen haben – so furchtbar gelitten, habe noch im vorigen und vorvorigen Jahre (Karl Bleibtreus freche Schmierereien) mich so schrecklich darüber geärgert – ich erzähle Ihnen demnächst davon – daß ich ein Zittern kriege, wenn ich solch Buch blos sehe. Nicht für ungut. Auf Wort, ich bin sonst kein Spielverderber. Aber diese Literatur, die blos der Spekulation dient, ist mir schrecklich. – Meine Frau kommt frühestens am Donnerstag, vielleicht erst Sonnabend, weil sie – wie sie mir schreibt – Freitags nicht gerne reist. Bitte mich Ihren Damen, Mutter und Gattin, ganz ergebenst empfehlen zu wollen.

In vorzüglicher Ergebenheit

Ihr Th. F.

375. An Emilie Fontane

Krummhübel 9. Juni 85.

Meine liebe Frau.

Du müßtest meine Briefe mit großer Regelmäßigkeit täglich bekommen; es stimmt aber nie. Dein[en] Brief vom Sonntag Mittag habe ich auch erst heute (Dienstag) erhalten.

Zu schreiben giebt es nichts. Mit Sehnsucht, von meiner Frau zu schweigen, erwarte ich *Wein*, denn man muß etwas trinken, was einen erfrischt und nicht so verschlappert wie Wasser und Brausepulver. Die Hitze ist unnatürlich und von einer ganz besondren Unerquicklichkeit, weil sie durchaus den Scirocco oder man könnte schon sagen den Smum-Charakter hat, was noch um einen Grad ächter und feiner ist als Samum. Alles schleicht nur so hin, den Briefträger seh ich immer mit Jammer an. Ich wundre mich, daß Du über die Berliner Luftverhältnisse nicht mehr klagst, vielleicht weil Du mir zeigen willst, daß ich sie übertreibe. Ist aber leider nicht der Fall; sie sind wirklich schrecklich.

Ich arbeite hier den ganzen Tag; aber dies arbeiten ist doch auch unnatürlich, es ist eine Art hot-house Produktion, die, wenn sie andauerte, mich gerade so ruiniren würde, wie Berlin und sein Canal. *Ein* Unterschied ist aber doch: am Canal hab ich Hunger und verdiene nichts, hier habe ich keinen Hunger und verdiene. Namentlich auch für meine Familie ein wesentlicher Unterschied.

Theo scheint ja sehr glücklich; es ist nett, daß er die Gabe hat, sich unkritisch drauf los zu amüsiren. Sehr erfreut war ich auch von dem glücklich verlaufenen Lichterfelder Kaffe zu hören. – Trotz des furchtbaren Wetters, das selbst *hier*, in der Ozonluft, mein Blut in einen halben Decompositionszustand bringt, fühle ich doch, daß mein Gesammtbefinden besser wird und daß namentlich die Leber-Gallen- und Milzzustände mich nicht mehr so quälen. Aber auch *das* verdanke ich nur der Luft; die Stockungen hören auf, das Septische schwindet vor dem Haupt-Antiseptikum: Ozon. Metens Milzzustände haben dieselbe Ursach: schlechte Luftverpflegung. – Ich erlebe hier nichts, sehe nichts, höre nichts. Will auch nicht. Ich habe den Pfaffenberg und seine verschiedenen Rasteplätze, da verträume ich glückliche Stunden. Adjè Menschheit! Wie immer Dein

Th. F.

376. An Josefine von Heyden

Krummhübel, den 12. Juni 1885.

Gnädigste Frau!

Lassen Sie mich Ihnen meine herzlichsten Glückwünsche zu morgen, dem 13., darbringen: Glück zum Aufbau des schwiegersöhnlichen, Glück zum Umbau des eigenen Hauses, Glück in Fischmichellehn und ein glückliches Wiedersehn im Herbst.

Seit dem 1. bin ich hier, hin und her pendelnd zwischen Nordpol und Äquator, 24 Stunden in Schwimm- und 24 Stunden in Dr.-Jäger-Kostüm, Flanell bis über die Ohren. Im übrigen bin ich hier der reine Polykrates und blicke auf das beherrschte Samos hin. Kronprätendenten sind zunächst noch nicht da, denn was von preußischen Rechnungsräten und sächsischen Kalkulators bis jetzt hier aufgetaucht ist, kann meine Herrschaft – die durch reichlich an die Dorfkinder verschenkte Fünf-Pfennig-Stücke einen patriarchalischen Charakter angenommen hat – nicht erschüttern. Unter Blinden ist der Einäugige König. Meine Frau erwarte ich heute nachmittag.

In vorzüglicher Ergebenheit

Th. Fontane

377. An Anna von Lepel

Krummhübel. 12. Juni 1885

Gnädigste Frau.

Herzlichsten Dank für die Karte mit so viel freundlicher Zustimmung. – Es ist alles kurz gehalten, aber ich glaube dies war geboten. Wollte ich ein volles Lebens- und Charakterbild geben, etwa in dem Stil und mit der Ausführlichkeit, wie ich in meinem Scherenberg-Buche die himmlischen Kasernen-Abende bei L. geschildert habe, so würde aus meinen Schilderungen ein Buch. Ein solches Buch zu schreiben, ist aber im höchsten Grade undankbar, die Familien sind *nie* zufrieden, ja, ich will es gern zugeben, können es vielleicht nicht sein. Nehmen wir bei L. blos seinen Ritter v. Gleichen-Fall, denn zuletzt war es ja wohl ein friedliches Nebeneinander. Darüber hingehen, läßt sich nicht, also schildern, motiviren. Ich glaube, *Sie* würden das lesen, ja möglicherweise sich daran erfreuen können, aber die Lepels nicht, am wenigsten die von mir sehr geschätzte Frau. So bleibt man denn besser von einem Eisen, an dem man sich nur die Finger verbrennt. In vorzüglicher Ergebenheit

Th. Fontane.

378. An Martha Fontane

Krummhübel 16. Juni 85. Dienstag.

Diese Karte Mamas, die mit vieler Geschicklichkeit nur Dinge enthält, die Exner – der zugleich Posthalter ist – und Krummhübel überhaupt *nicht* lesen darf, muß nun doch noch in ein Couvert gesteckt werden.

Nach Glühhitze heute endlich ein schöner, milder, weicher Tag. Ich pussle täglich an Gedichten, deren ich gleichzeitig zehn, zwölf auf dem Ambos oder unter der Feile habe. Der Ring, der sich schließt. – Heute hat die Saison begonnen; die ›schöne Marie‹, böhmische Kellnerin aus der Halbweltsphäre, hat ihren Einzug gehalten, auch Schwerins sind heute mit Sack und Pack eingezogen, aber das Verhältniß hat einen Knax weg und einmal aus meiner Unbefangenheit gerissen, ist mit mir nichts mehr anzufangen. – Von der Welt hören wir nichts, mit Ausnahme dessen was die Zeitung bringt; das ist nun freilich, seit Mama hier ist, über und über genug: Prozeß Stöcker und nun heute der Tod des Prinzen Friedrich Karl. Was sagt Witte zu dem Prozeß? Natürlich ist Stöcker ein ganz unsichrer Passagir und die Rechtsanwälte haben Recht, aber sie überspannen nicht nur sachlich den Bogen (*so* toll ist es denn doch auch wieder nicht) sie schlagen auch einen *Ueberheblichkeitston* an, der in preußischen Gerichten bisher nicht gehört worden ist. Munckel behandelt den Präsidenten à la Schafskopp. 1000 Grüße. Wie immer Dein alter

Papa.

Mittwoch d. 17. Juni

Dieser Brief sollte ›unterwegs‹ in einen Postkasten gesteckt werden; dieser ›Unterwegs-Postkasten‹ kam aber nicht und so genießen diese Zeilen des Vorzugs in meiner Brusttasche bis auf die Kleine-Koppe geschleppt worden zu sein. Denn das Denkmal, das die Graf Schaffgotsch'schen Förster ihrem durch einen Wilddieb erschossenen Kameraden gesetzt haben, steht nur 500 Schritt unter der Kleinen-Koppe auf einem Felsenvorsprung, der das ganze Hirschberger Thal mit seinen Bergen, Kuppen, Städten, Dörfern, Parks und Schlössern beherrscht. Sehr schön, auch für meine Arbeit wundervoll zu verwenden, um so mehr als sich hoch oben schon alpine Sterilität, Krüppelkiefer, Knieholz und Moorgründe mit wuchern-dem Huflattig mit einmischen. Aber für Mama war es doch viel zu viel; wir hatten auf $1^1/_2$ Stunden gerechnet und es dauerte 3 Stunden eh wir hinauf waren, immer steil an, nirgends eine gerade Linie, wo man, im Gehen, mal ausruhen konnte. Und nun kam der Rückweg, der für die arme Frau, wegen des Rucks im Körper, ebenso mühevoll und anstrengend war. Sie liegt nun heute noch im Bett; das Frühstück hat aber doch geschmeckt und so denke ich, daß sie heute Mittag bei Exners wieder wohlauf sein und wie ein alter Krieger von Anno 13, 14 und 15 mit Stolz und Freude auf ihre Erlebnisse zurückblicken wird. Das Material für meine Novelle habe ich nun zusammen. Auf dem Denkmal steht ›ermordet durch einen Wilddieb‹. Ich finde dies zu stark. Förster und Wilddieb leben in einem Kampf und stehen sich bewaffnet, Mann gegen Mann, gegenüber; der ganze Unterschied ist, daß der eine auf d. Boden des Gesetzes steht, der andre nicht, aber dafür wird der eine bestraft, der andre belohnt, von ›Mord‹ kann in einem ebenbürtigen Kampf keine Rede sein. – Ergeh es Dir gut. Gruß an Tante Anna. Wie immer Dein alter

Papa.

379. An Martha Fontane

Krummhübel 26. Juni 85.

Meine liebe Mete.

Gestern Mittag, als ich Mama nach Schmiedeberg brachte, fuhren wir bei der Post vor und fanden Deine Karte. Du hast ganz Recht, nach *so* langer Krankheit kann man nicht im Handumdrehn wieder ballfähig sein. Also Geduld! Nimm es aber mit der Kur ernsthaft, ich glaube, daß nicht nur die Bäder sondern auch der Brunnen sehr gut für Dich sind. Es sitzt allerhand Stoff fest, der in seinen letzten Schlupfwinkeln aufgesucht und aufgelöst werden muß. Das kann *ein* Becher natürlich nicht, aber viele. ›Es ging ihm nichts darüber, er leert ihn *jeden* Schmaus...‹, *so* mußt Du verfahren, dann läppert sich was zusammen.

Hier ist es nach wie vor sehr schön, aber in 14 Tagen wird sich das Bild sehr verändert haben, dann blüht der Oberlehrer und alles was ihm anverwandt und zugethan ist. Für George haben wir ein gutes Zimmer gemiethet, nicht zu theuer, aber theuer genug, denn auch hier hat der Löwe Blut geleckt und verlangt von Sommer zu Sommer mehr. – Während Du Tante

Anna ›Apotheker Heinrich‹ vorgelesen hast, hat mir Mama die Geschichten aus dem Max Hobrecht-Buch vorgelesen, mit denen wir in Hankels Ablage anfingen. Es kommt mir vor, als wär' es schon ein Jahr. Vergleichsweis ist das Buch doch recht gut und neben einer Levin Schückingschen Novelle ›Der ehrliche Mann‹, die mich seit ein paar Tagen beschäftigt hat, steht es thurmhoch da. Und dieser Schücking galt und gilt als ein sehr guter Schriftsteller! Ich komme aus dem Kopfschütteln gar nicht mehr heraus. So hab ich beispielsweis den Vers gelesen, den Wildenbruch zu ›Nord und Süd‹ beigesteuert hat. Etwas Dummeres ist nie geschrieben worden. Und solch Alfanz ist Abgott des Publikums. Herzliche Grüße an Tante Anna. Ich erwarte keine Antwort; schreibe nur an Mama, die schickt mir dann Deine Karten und Briefe. Wie immer Dein alter

Papa.

380. An Georg Friedlaender

Krummhübel 26. Juni 85

Gestern Abend starb, durch des Herrn Amtsrichters Jagdhund, mein »Muckelchen«, weißes Kaninchen erster Güte, was ich hiermit tiefbetrübt zur Anzeige bringe.

Maywald
an d. Lomnitz-Brücke
26. Juni 85.

Vorstehendes, wenigstens inhaltlich, Ihnen, hochgeehrter Herr, zu melden, habe ich übernommen. In demselben Augenblicke, wo mich der Gedanke beschäftigte: »Himmelwetter, wenn nun der Hund als Feld- oder Forst-Frevler todtgeschossen wird!« (ich habe nämlich solche Geschichte in Wernigerode mal erlebt) in demselben Augenblicke packte der Gegenstand meiner Sorge das Kaninchen und schuf mir, indem er zwischen passiv und aktiv die Rollen tauschte, eine neue.

Gegen 9½ war ich zu Hause; die langweiligste Partie war das Dorf, wo ich 50 mal Guten Abend sagen mußte, was selbst für meine Höflichkeit zu viel ist. Ich las dann noch Zeitung und »Nord und Süd« bis nach Mitternacht. Wildenbruch hat wieder einen furchtbaren Vers gesündigt, der helle Blödsinn, und dieser Mann behauptet, der wiedererstandene Heinrich v. Kleist zu sein. Wenn Kleist nieste, fiel im Verhältniß zu W., ein himmlischer Regen auf die Erde. Das Tollste ist, daß das Publikum ihm gläubig folgt. Und dann wundert man sich, daß die Sudanesen dem Mahdi nachlaufen. Nur frech. Bitte mich allerseits zu empfehlen.

Ihr Th. F.

381. An Georg Friedlaender

Krummhübel 29. Juni 85.

Hochgeehrter Herr.

Herzlichen Dank für Ihre freundlichen Zeilen und für alles was Ihre Güte für mich zu thun entschlossen ist oder schon gethan hat. Ihre Frau Mama wird Sie heute früh verlassen haben; welch Reisetag! Ein unnatürlich heißes Wetter, und wenn ich dann an die Million denke, die nach wie vor in Berlin herumkribbelt, so dreht sich mir das Herz im Leibe um. *Ich* könnt' es nicht aushalten.

Gestern aß ich bei Dr. Schwerins; ein Theil der alten Vertraulichkeit stellte sich wieder her und die heiklen Punkte – es sind deren mehrere; er ist unter anderm ein Freundschaftscultus-Fanatiker, eine entsetzliche Eigenschaft, die einen auf Thatsächlichkeit und Unsentimentalität gestellten Menschen zur Verzweiflung bringen kann – diese heiklen Punkte also wurden vermieden. Nur *nach* Tisch war es schlimm. Das Schwerinsche Haus gehört nämlich zu denen (und in Berlin erst recht) wo man beständig von Vertretern aller Nationen, Religionen und Lebensberufe tückisch überfallen wird. Eben will man eine Hörnchenspitze in den Kaffe tauchen und den Erweichungsprozeß liebevoll beobachten, so taucht ein Fabrikant oder ein Spezialarzt oder ein Oberlehrer auf, namentlich die letztren immer mit 5 Kindern und einer Tante als »Stütze der Hausfrau«. Nun geht das Geschnacke los, und das alles bei 30 Grad Celsius. Wenn ich zu Jemandem geladen bin, so muß Kirschkuchen oder Butterbrot und Käse der letzte Gang sein, aber nicht eine Kleinkinderbewahr-Anstalt. Heute werde ich nun nach Erdmannsdorff geschleppt. Es ist ordentlich grausam. Bei tropischer Hitze will ich still sitzen, aber nicht auf die Koppe steigen oder Aehnliches. Und bei der Gelegenheit wage ich auch gleich scheu die Bitte, den Reuß-Tag – erlabendes Wort, bei dem ich die Reuß durch die Luzerner Brücke schäumen sehe – erst bei wieder kühler gewordenem Wetter anbrechen zu lassen. Ich leide so sehr unter der Hitze. Läßt sie nach, so schreibe ich gleich oder telegraphire, und wir fixiren dann Tag und Stunde. *Heute* schon alles fest machen, möchte ich nicht gern. Ihre Güte wird mir verzeihn, aber ich bin nicht blos ein alter, sondern was schlimmer auch ein kränklicher Herr.

Mit der Bitte mich Frau Gemahlin angelegentlichst empfehlen zu wollen, in vorzüglicher Ergebenheit

Th. Fontane.

382. An Gustav Karpeles

Krummhübel (Schlesien)
2. Juli 85.

Hochgeehrter Herr Doktor.

Empfangen Sie meinen ergebensten Dank für Ihr freundliches Briefchen, dessen Poststempel mir Gelegenheit gab, meine russische Buchstabenkenntniß (viel weiter hab ich es nicht gebracht) aufzufrischen. Im Uebrigen habe ich Pech mit »Vom Fels zum Meer.«

Meine eigne Fortbewegung vom Fels zum Meer oder deutlicher von diesem unter der Schneekoppe gelegenen Krummhübel wieder auf Berlin zu, wird sich erst nach 2 Monaten vollziehn, Anfang September, und dann wird es mit meinen Einsendungen zu spät sein. Ich behalte die Sache aber im Auge und schicke was, so wie ich wieder in Berlin bin. Schon vor etwa 3 Jahren habe ich Dr. Kürschner eine Novelle versprochen, die auch, seit fast ebenso langer Zeit, im Brouillon im Kasten liegt, ich bin aber noch immer nicht dazu gekommen, sie fertig zu machen, was leider immer viel länger dauert, als das erste Niederschreiben. Mit besten Wünschen für Ihr Wohl jenseits der Weichsel, in vorzügl. Ergebenheit

Th. Fontane.

Ich schicke den Brief nach Berlin, weil ich mich in Crysta 6 (so hab ich's entziffert) nicht sicher zurecht finden konnte.

383. An Georg Friedlaender

Krummhübel 5. Juli 85.

Hochgeehrter Herr.

Es ist die höchste Zeit, daß ich mich für den schönen Abend bei Ihnen bedanke, den ich Ihrer Vermittlung verdanke. Nachträglich darf ich ja gestehen, daß ich einen kleinen horror vor diesem Eingeführtwerden hatte. »Noch ein Prinz mehr auf Deinem Lebenswege«. So meine Betrachtung. Aber es verlief alles anders, und so gesellschaftsmüde ich nicht nur redensartlich, sondern in Wirklichkeit bin, so froh und glücklich bin ich, diesen überaus reizenden Prinzen-Abend erlebt zu haben. Frage ich mich, was es denn nun eigentlich war, was dem Beisammensein einen solchen aparten Charme lieh, so ist es, wenn mich nicht alles täuscht, die seltene Natürlichkeit, Liebenswürdigkeit und Herzensgüte, die das prinzliche Paar auszeichnet, ihn vielleicht noch mehr als sie. C'est le ton, qui fait la musique. Wenn der Eindruck, den ich gemacht habe, nur halb der ist, den ich empfing, so will ich zufrieden sein. Alles in dem Hause wirkt behaglich, der Aufbau, die Herrichtung, alles deckt sich mit dem Wesen seiner Bewohner. Daß ich in der Julius-Wolff-Frage so sehr oppositionell war, wird man mir verziehn haben; ich kenn' ihn *zu* gut und bin meiner Sache *zu* sicher. Ich *kann* mich nicht irren. Wie schon hundertfältig (denn bei der Popularität des Mannes wird ja beständig von ihm gesprochen) kam mir, auch am Mittwoch wieder, auf der Heimfahrt die Frage: »bist du nicht zu weit gegangen? Kannst du verantworten, was du gesagt hast?« Aber, Gott sei Dank, meine bestimmte Antwort lautet: »ja.« W.'s beide Romane (dicke Bücher) habe ich von Anfang bis Ende gelesen, seine Feuilletons und Tischreden kenn' ich, seinem Auftreten in künstlerischen und literarischen Kreisen bin ich gefolgt, ich darf sagen: ich *kenn'* ihn, und weiß, daß er unsagbar unbedeutend ist. Ein unsagbar unbedeutender Mensch aber kann keine 2 bändige große Dichtung schreiben und noch dazu einen »Tannhäuser«. Unmöglich! Bitte mich Frau Gemahlin zu empfehlen.

Ihr Th. F.

384. An Mathilde von Rohr

Krummhübel 13. Juli 85.

Mein gnädigstes Fräulein.

Es war meine feste Absicht zum 9. zu schreiben, und als das scheiterte, wenigstens am Abend des 9. einen kleinen Glückwunschbrief an Sie zu richten. Aber man sitzt plaudernd bis gegen 10 im Freien und wenn man dann noch etwas thun will, so reichen die Kräfte nicht mehr aus und die Augen fallen zu.

Mittlerweile hat nun Ihre große Güte freundliche Worte an *mich* gerichtet. Meinen ergebensten Dank dafür.

Hier ist es wundervoll und ich bin jeden Tag voll Dank, daß ich mit 65, wo doch die meisten schon sehr klapprig sind, noch so schöne, glückliche Tage leben kann. Ich kann arbeiten, in die Berge gehn, mit freundlichen Menschen plaudern, und genieße dabei vor allem des Vorzugs, eine bei jedem Athemzuge mich erquickende Luft zu athmen. In Berlin kann ich eigentlich nicht leben und wenn nicht die Theaterstellung wäre, auf die ich nicht gut verzichten kann – denn es ist das Einzige halbwegs *Sichere,* was ich habe – so würde ich Berlin aufgeben und in eine kleine Stadt ziehn wie beispielsweise Schmiedeberg. Die sogenannten ›Vorzüge einer großen Stadt‹ existiren für mich nicht mehr; in der Jugend und im Mannesalter, wo man noch hofft und strebt, ist das etwas andres; jetzt ist es mir absolut gleichgültig, ja nur störend, zu einem Prinzen oder Minister zu Tische geladen zu werden. Ruhe, Ruhe; nur keine Störungen, nur keine Zapplungen und Anstrengungen, bei denen doch nichts heraus kommt. Was ich als Material zu meinen Arbeiten brauche, das habe ich *doch,* ja soviel davon, daß ich's nie abarbeiten kann. – Vorläufig bin ich hier noch allein, morgen aber treffen Frau und Sohn (George) gleichzeitig hier ein; am 15. August dann auch Martha. Von Verkehr habe ich über und über genug, ja ich würde sagen müssen ›zu viel‹ wenn die Leute, die mich in meiner Laube arbeiten sehn, nicht alle sehr rücksichtsvoll wären. Es giebt hier Hunderte von Berlinern, meistens treffliche Leute, Professoren, Oberlehrer, Doktoren. Keine pratschigen Juden. Feine Juden liebe ich, aber wenn sie gewöhnlich sind, sind sie furchtbar. – Von Familie Heydebreck-Lepel (ich sage dies im Vertrauen zu Ihrer vollsten Verschwiegenheit) habe ich, seit dem Tode unsres alten Freundes, *keinen* angenehmen Eindruck gehabt. Gott, das will Adel sein, will sich über gebildetes Bürger- und geistig hochpotenzirtes Judenthum erheben! Es ist zum Lachen. Wie furchtbar, vor allem auch im Gesinnungspunkt, im Punkte feinen Takts und vornehmen Fühlens, sind diese Leute zurückgeblieben! Ich glaube, *Ihnen* darf ich dies sagen, weil Sie dies selbst so oft und so schmerzlich empfunden haben! Wie immer Ihr dankbar ergebenster

Th. F.

385. An Martha Fontane

Krummhübel 16. Juli 85.

Meine liebe Mete.

Seit vorgestern sind Mama und George hier, aber statt in ein heitres und sonniges sind sie in ein nebliges und regnerisches Krummhübel eingezogen. Der Wetterumschlag hat auch leider Krankheit oder doch Unwohlsein mitgebracht und so sind wir denn unsres Beisammenseins noch nicht recht froh geworden, gestern war ich elend, heute ist es Mama. George ist leidlich bei Wege und gut bei Laune; die schönen Damen hier – die Mama sämmtlich häßlich findet (›nein, *da* lob' ich mir doch meine Mete![)] mit einem Tone, wie wenn sie sagen wollte: ›is zwar auch nicht viel, aber vergleichsweis immer noch Aphrodyte‹ die schönen Damen also scheinen ihm nicht gefährlich werden zu sollen, wenigstens spricht er kaum von ihnen. Er ist übrigens in 48 Stunden noch gar nicht zur Ruhe gekommen, denn gestern Mittag meldete sich Prof. Gerlach und nahm ihn bis 10 Uhr Abends in Beschlag. Er kam dadurch um ein Concert, das im ›Gerichts-Kretscham‹ von einigen Sommerfrischlern beiderlei Geschlechts gegeben wurde: Frau Geh. Räthin Moordyck sang, der junge Herr v. Graevenitz spielte die Geige, der alte Herr begleitete am Fortepiano. So viel ist von der Herrlichkeit zu meiner Kunde gekommen, denn ich selbst war ebenfalls nicht zugegen, vielmehr in Neuhoff bei Prinz Reuß, wo ich wieder ›Fürstenknecht‹ spielte. Den Tag über krank und auf Pfefferminzthee gestellt, fuhr ich gegen Abend zu ›Dörchläuchtings‹ wo außer der Familie noch Baron Rothenhan und Frau, General v. Grolmann und Frau, Dr. Friedländer und Frau und einige mir unbekannt gebliebene Menschenkinder waren. Es war wieder sehr nett. Dennoch erfüllt mich solch Auftreten mehr und mehr mit Bedenken; ich bin zu solchem Arbeiten am Trapez doch nicht mehr jung und auch nicht unbedeutend genug. Ein kleines Gefühl von Scham über die Schaustellung werd ich nicht los und ich begreife ganz die vornehme Welt, die nichts so sehr perhorrescirt, als sich vordrängen und sich ausspielen. Im Allgemeinen darf ich auch sagen, daß ich damit Schicht gemacht habe, hier aber ließ sich ein Rückfall nicht vermeiden; Friedländer hat mir dies alles eingebrockt und die große Liebenswürdigkeit derer, die den Schauplatz für diese Turnerei hergeben, läßt mich den Rückfall in diese kleinen Eitelkeiten und Ungehörigkeiten auch kaum bedauern. Ich las gestern 3 neue Gedichte vor, von denen das dritte ›Gulbrandsdal‹ am meisten gefiel. Das zweite: ›La Grande Chartreuse‹ wurde durch meine Schuld gar nicht verstanden. Ich sagte nämlich: ›es sei was Humoristisches‹ (was es au fond auch ist) in Folge dessen man erwartete, es werde auf einen Ulk hinauslaufen, in welchem der ›Chartreuse‹ (Likör) eine Hauptrolle spiele. Das blieb nun aber ganz aus, der Schluß ist sogar ernst, so daß sie ganz decontenancirt waren. Also so zu sagen – kleiner Abfall. An meinem Gedichte lag es aber nicht, dessen bin ich sicher. – Frau v. Grolmann war eine Bekanntschaft von Wangenheims her, Baronin Rothenhan eine Tochter von Herrn v. Jagow auf Rühstädt, den ich seit Jahr und Tag besuchen soll. ›Rühstädt‹: ist die Ruhstätt (daher der Name) der berühmten alten Quitzows. Um 11 fuhr ich mit George, der mittlerweile den Prof. Gerlach zur Bahn gebracht hatte, von Schmiedeberg zurück. Ich hoffe, daß nun diese Einladungen ein Ende haben, sie sind schmeichelhaft und auch nicht uninteressant, aber kostspielig, zeitraubend und anstrengend und stören mich ebenso in meiner Ruhe wie in meiner Arbeit. – Schrieb ich Dir denn schon, daß ich hier mit dem Prediger Wenig zusammen wohne, der in der Zülow'schen Schule Religions-Unterricht gab und sich Deiner sehr wohl erinnert. Ich plaudre viel mit ihm; es ist ein feiner, angenehmer Mann. – Wir freuen uns alle, daß Du die Schwiggerower Tage gehabt hast und hoffen, daß sie Dir gut gethan und Dich in Deiner Gesundheit gekräftigt haben werden. Mama schreibt, so wie sie sich wohler fühlt. George grüßt. Gruß und Empfehlung an Tante Witte und alle die ihr anverwandt und zugethan sind. Wie immer Dein alter

Papa.

386. An Martha Fontane

Krummhübel 25. Juli 85.

Meine liebe Mete.

Wir waren sehr froh einen so netten Brief von Dir zu empfangen; auch über Pancritius' Brief haben wir uns gefreut; er thut für 120 Mark das Mögliche. Daß es mit Deinem Befinden immer noch gelegentlich hapert, ist nicht zu verwundern, von einer so schweren Heimsuchung erholt man sich nicht im Nu; mitunter denke ich jetzt mit Schrecken an den

Tag, wo Du mir, Glockenschlag 3, von der Droschke her bis auf den Perron nachstürztest und dann noch, von Grünau bis Schmöckwitz, durch Wind und Wetter mit mir spaziertest. Zum Troste magst Du draus ersehn, daß doch noch ein gut Stück Leben in Dir stecken muß. Das Beste bleibt, daß sich Rostock und Warnemünde wieder so heilkräftig bewährt haben: das Meer und die Liebe, Möller und Tante Anna. Deine Hoffnung, daß es *da* besser werden würde, hat nicht getäuscht. ›Es war kein leerer, eitler Wahn, erzeugt im Gehirne des Thoren, im *Herzen* etc‹. Die Frage, ob hierher kommen oder nicht, ist leicht erledigt: willst Du und kannst Du dort bleiben, so bleibe, willst Du hierher kommen oder fordern es die Verhältnisse im Witteschen Hause, so rechnen wir darauf Dich hier zu sehn. Mit andern Worten, es ist ganz in Deine Hand gelegt und wofür Du Dich auch entscheiden magst, das Eine ist uns so recht wie das Andre. Nur über einen Punkt will ich noch ein Wort sagen, lediglich mit Rücksicht darauf, daß Dein allzulanges Verweilen in Rostock-Warnemünde doch vielleicht eine Gêne schaffen könnte, gleichviel Dir oder der theuren Frau Anna. Dieser eine Punkt ist *der*.

Wir bleiben muthmaßlich bis zum 1. September und wenn mich das Theater nicht wegruft, noch länger. Es ist also möglich, daß Du – wenn Du am 15. August kämst – bis zum 15. September, seis in meiner oder Mamas oder in unsrer Beider Gesellschaft, noch hier verweilen könntest. Aber wenn unser Camp auch vorher abgebrochen werden sollte, würdest Du, bei den lieben und guten Wirthsleuten, die wir haben, auch ohne uns bis Ende September verbleiben können. Einige gute Familien sind immer hier, bis in den Oktober hinein, und an die eine oder andre könntest Du Dich anschließen. Und nun triff Deine Wahl, ganz nach Wunsch und ›Sentiment‹.

Wir leben hier in alter Weise weiter, ganz nach meinem Geschmack und wenigstens halb oder dreiviertel nach Mamas. Bei schlechtem Wetter regt sich in ihr doch eine Sehnsucht nach der großen Stadt, *ich* bin ganz frei davon. Zum Theil mag es daran liegen, daß ich, von der mich erquickenden Luft ganz abgesehn, au fond hier viel mehr Anregung und Zerstreuung habe, als in Berlin, *so* viel, daß ich immer blos abwiegeln muß. In Schmiedeberg: Prinz Reuß, Dr. Friedländer, Banquier Grosser (derselbe bei dem Mama und ich im vorigen Jahr ein so reizendes Diner mitmachten), in Erdmannsdorf: meine Gönnerin Frau v. Münchhausen geb. v. Scharnhorst, in Fischbach: Hofmarschall v. St. Paul-Illaire, hier in Krummhübel: Schwerins, Graevenitzens, Corvettencapitain Darmer und die ganze Besatzung unsres Hauses, darunter Prediger Wenig. Auch in Arnsdorf, dem nächsten reichen Dorf, liegen ein paar Millioneser mit ihren Frauen und Schwägerinnen (darunter die Schriftstellerin Frau v. Bülow geb. Eberty, nom de guerre: *Hans Arnold*) im Anschlag. Also embarras de richesse. Nur so viel siehst Du, daß mir der Thiergarten und ein Gespräch mit Kühling oder Geh.R. Zitelmann nicht fehlen kann. Auch mit meiner Arbeit rücke ich langsam vorwärts, langsam aber ohne Verstimmung. Und das ist für mich die Hauptsache, der ich nun mal keinen Aerger vertragen kann. – Mama war unmittelbar nach ihrer Rückkehr aus Neuhoff, recht unwohl, jetzt ist sie wieder ganz gut bei Wege, nur ein bischen mit Tante Jenny-Zuständen ausgerüstet. George hätt' es mit dem Wetter wohl etwas besser treffen können, seit drei, vier Tagen Kälte, Sturm, Regen, aber während seiner 3½ tägigen Gebirgsfahrt mit dem jungen Herrn v. Graevenitz und Corvettenkapitain Darmer hat er wunderschönes Wetter gehabt und alles aufs Beste gesehn. Heut Abend ist Tanz mit Bouquets. George bleibt nur noch wenige Tage. Geh es Dir gut. Gruß und Empfehlung an Tante Anna. Dein alter

Papa.

387. An Martha Fontane

Krummhübel 4. Aug. 85.

Meine liebe Mete.

Heute empfingen wir Tante Annas Karte mit der Meldung von Deiner abermaligen Erkrankung. Hoffentlich ist es nichts Ernstes, was die mühseligen Resultate wieder in Frage stellt; auch hier ist alle Welt mehr oder weniger stark erkältet, das Wetter ist nicht günstig, am wenigsten für Nervenzustände, denn trotz der vielen Gewitter ist immer Wasser und Schwüle in der Luft. Sie nennen es hier: verdorbene Gewitter.

Dir von hier aus zu schreiben, ist nicht leicht; Du kennst die Leute nicht und bist nicht stark ausgerüstet mit Interesse für Kleinkram, zu dem Du keine persönlichen Beziehungen unterhälst. Mit Personen, die so geartet sind, plaudert sich's brieflich gerade so schwer, wie sich's mit Mama schlecht plaudert, wenn sie verstimmt ist. Es kommt nichts zu Wirkung und das Wissen davon lähmt von vornherein. Mittheilungen aus der Welt erhalten wir gar nicht, dann und wann ein[en] Brief, eine Karte von Dir oder Friedel oder George. Ein Brief von Tante Witte ist ein completes Ereigniß. Dann und wann meldet sich ein kleines Pensionsfräulein und bittet um ein Autograph. C'est tout. Darüber zu klagen, giebt uns aber nichts ein Recht, denn wir schreiben auch nicht, auch *ich* nicht, der ich bis vor Kurzem noch der ewige Briefmann war. Aber auch dieser Hang ist allmälig von mir abgefallen. Ohne applaudirendes Publikum schläft jede Produktion ein, auch die kleine des Briefschreibens. Letzten Sonnabend hatten wir hier eine ›Reunion‹ die mich sehr amüsirte, so daß ich von 8 bis 12 (es dauerte aber bis 4) tapfer aushielt. Aus Hirschberg waren 7 Lieutenants gekommen, die natürlich alles aufkratzten und belebten. Sie tanzten brillant und ließen Mama und mich mehr als einmal sagen: ›wenn doch die arme Mete je so gute Tänzer gehabt hätte.‹ Jedenfalls wurde Juristenball und Schillerfest durch das, was die ›Reunion‹ hier bot, weit übertroffen, die Männerwelt war um vieles besser und die Damenwelt um einiges. Sechs oder sieben Damen waren hübsch, einige sehr hübsch: Fräulein Moordyck (unsre Hausgenossin hier), Frl. Zelle (Tochter des Berl. Stadtsyndikus), Frl. Frenzel (Cousine der vorigen), Frl. Stobbe (Professorentochter aus Leipzig; die Mutter eine geb. Eberty) 2 Fräulein Kette aus Frankfurt a. O., Bekanntschaften von Theo und Nichten meines alten Tunnelfreundes Kette, jetzt Präsident in Frankfurt a. O. Alles verlief angenehm. Nur ein Berliner Musikdirektor, der seinen Platz im Saal (sein Tisch stand gerade in der Tanzlinie) nicht räumen wollte, gab Anstoß und erhielt am andern Tage eine Karte: ›Man kann ein Berliner Musikdirektor sein und doch den rechten Ton nicht treffen.‹ Eine Hauptzierde der Reunion war eine auffallend schöne Frau aus Berlin, die nur ihren Namen ins Fremdenbuch geschrieben hatte, märchenprinzessinhaft wirkte und sehr umkurt wurde. Den Tag darauf kritzelte eine unbekannte Hand ein einfaches ›Frau Registrator‹ vor den Namen der schönen Frau und 4 Stunden später, nachdem sie geweint und geschimpft hatte, reiste sie mit ihrem Gatten ab. Sie hatte ganz den Charakter einer abgesetzten Fürstengeliebten. – Zwei Tage vor der ›Reunion‹ hatten wir Theater. Herr Exner spielte die Hauptrolle und bewies mir wieder, daß nichts häufiger ist, als eine mittlere Theaterbegabung. Frau Exner (sehr hübsche Frau) stellte in einem lebenden Bilde die ›Germania‹. Sie sah grad' so gut aus wie Frl. de Ahna und das Bild war als ob es Karl Becker gestellt hätte. Und das alles in Krummhübel! Da wird man bescheiden. Wie klein sind oft die Unterschiede. – Nimm aus diesem Geplauder so viel Gutes Du kannst, erhole Dich bald wieder und empfiehl uns der theuren Frau Anna. Wie immer Dein alter

Papa.

388. An Martha Fontane

Krummhübel 13. Aug. 85.

Meine liebe Mete.

Der Brief neulich an Tante Anna war in der Form oder richtiger im Ton verunglückt; ich empfand das gleich, hatte aber nicht die Kraft einen neuen zu schreiben; Vormittags arbeite ich (mir nie eine Ausnahme gestattend) und Nachmittags bin ich angegriffen, wo mir dann oft *das* fehlt, was ich mir sonst zu besitzen einbilde: leichtnehmende, drüberstehende Heiterkeit. So weit wie möglich, möchte ich diesen Tonfehler repariren und bitte Dich deshalb, alles was freundlich in dem Briefe war als unsres Herzens eigenstes Fühlen und alles was herbe klang, als Ausdruck einer Indisposition ansehn zu wollen. Im Wesentlichen handelt es sich doch um die Frage: Berlin oder nicht Berlin, elterliches Haus oder nicht elterliches Haus. Nun, wenn Dir noch wieder eine volle Gesundheit beschieden sein sollte, so werden wir froh und glücklich sein, Dich – wie das ja, im vorigen Winter, zu unser aller Freude der Fall war – wieder um uns zu haben, sollte aber, was Gott verhüten wolle, Milz- und Leberkrankheit im Frau Krigar-Stil Dein Dir zugedachtes Theil sein, so muß es, zu unsrer herzlichsten Betrübniß, bei den Propositionen bleiben, die mein voriger Brief gebracht hat. Es kann sich dann nur darum handeln, Lebensformen und Lebenswege zu finden, die das harte Loos andauernder Krankheit, Dir und uns so leicht ertragbar wie möglich machen. Ich weiß, daß Wechsel und zeitweilige Trennungen das beste Mittel zu diesem Zwecke sind. Nur sich nicht immer auf dem Halse liegen, wenn weder der eine noch der andre dieser Halsliegerei froh wird. Einem in Trübsinns-Apathie Verfallenen darf man nicht zurufen: ›lache, tanze, sei heiter‹ man muß ihn gewähren lassen, das ist sein gutes Recht; aber es ist in gleichem Grade das gute Recht der Andern zu sagen: ›wir wollen Dir nicht Deine Trübsinns-Wolke stören, störe *Du* uns nicht unser bischen Licht.‹ Aus dieser Erwägung, die mir fest in der Seele steht, ist alles hervorgegangen, was ich in meinem vorigen Brief geschrieben habe. Du bist zu gescheidt, als daß Du, der Sache nach, Dich dagegen verschließen könntest. Der Kranke hat sein Recht, aber der Gesunde noch mehr, denn er hat (was bei dem Kranken hinwegfällt) zu arbeiten und Aufgaben zu erfüllen. Ich hoffe, daß diese Zeilen alles richtig stellen werden; ein Rest von Herzensweh wird wohl bleiben, aber dieser Rest ist nicht fortzuschaffen, das liegt in der Situation, nicht in uns oder speziell in mir. –

Mama kränkelt beständig, sie ist seit ihrer Abreise von Berlin noch keinen Tag gesund gewesen, – ein gastrisch-nervöser Zustand wie im vorigen Jahr, nicht so stark, aber dafür verschleppt. Herzlichste Grüße den theuren Wittes. Wie immer Dein alter

Papa.

389. An Georg Friedlaender

Krummhübel 14. Aug. 85.

Hochgeehrter Herr.

Wenigstens ein Dankeswort will ich an Sie richten, sonst ist nichts zu vermelden, entweder weil nichts Vermeldenswerthes da ist oder weil einem der Sinn für die Wahrnehmung allmälig verloren geht. Freund W. Hertz (Bessersche Buchhandlung) sagte mal: »man ist nur so lange fremd an einem Ort wie einem die Semmeln fremd vorkommen.« Dieser Zeitpunkt liegt für mich in Krummhübel weit zurück, mir ist als ob die hiesige Semmel gleich am ersten Tage mit erschaffen wäre, und parallel damit läuft denn natürlich, daß ich hier überhaupt nichts mehr höre und sehe. »Dein Sinn ist zu, dein Herz ist todt.« Die Koppe, das Kapellchen mit der Bimmelglocke, selbst die schöne Marie haben ihren Zauber verloren, und der Zeitpunkt ist da, wo das renovirte Schauspielhaus mit seinem elektrischen Licht und die Frage »wer wird Berndaln ersetzen?« mein Gemüth zu beschäftigen beginnt. Nicht lebhaft, dazu ist man zu alt und zu abgebrüht, aber doch ein bischen. Bis zum 1. oder 2. denk' ich trotz alledem hier auszuhalten. – Mit der Familie des »nicht fertig gewordenen Engels« haben wir uns näher angefreundet, alles Leute von seltener Vortrefflichkeit, von denen ich Ihnen mal erzählen muß. Uebrigens keine neue Bekanntschaft, sondern nur eine wiederaufgenommene. Freilich liegen 30 Jahre dazwischen. Schwerin's seh' ich sehr selten, heute soll ein erneuter Versuch gemacht werden und vielleicht einigen wir uns über einen »Grosser-Tag«. – Daß ich mich über *R.* mit so großer Ungenirtheit ausgesprochen habe, thut mir hinterher leid. Hätte ich gewußt, daß ihre oder Ihre Beziehungen (eine feine Frage der Rechtschreibung) so nahe wären, so hätte ich mich vorsichtiger ausgedrückt. Im Uebrigen ist einem der Mensch nicht das, was er *überhaupt* ist, sondern das, was er einem allerpersönlichst und ganz im Speziellen ist, wobei sich's treffen kann, daß einem eine fragwürdige Gestalt viel mehr ans Herz gewachsen ist als irgend ein Tugendpriester und Gesinnungstrampel. Im Verkehr der Menschen untereinander ist Liebe das Entscheidende; wer mich liebt und mir beständig die Beweise davon giebt, den liebe ich wieder und frage den Teufel danach, ob er andern gefällt oder eine sittliche Größe repräsentirt. Freilich mein Urtheil, wenn ich mich so ausdrücken darf als Historiker, bleibt unbestechlich und es kann sich ereignen, daß ich sage: »Racker und Greul, aber mein Freund«. – Gestern waren wir in Arnsdorf und sahen das ganze Haus Eberty: Frau Richter im Landauer auf dem Wege nach Schmiedeberg oder Krummhübel und dann Herrn v. Bülow und Frau in der Arnsdorfer Dorfgasse. Mit Hans Arnold sprach ich ein paar Minuten und empfing einen angenehmen Eindruck. Ich glaube, sie spricht wie sie schreibt, d. h. sie hat auch im Sprechen die beneidenswerthe Gabe, das Kleinzeug der Unterhaltung durch etwas »je ne sais quoiiges« (wie mein Freund Lucae zu sagen pflegte) mit einem gewissen Reiz auszustatten, so daß auch das Alltägliche in die Sphäre des Pikanten gehoben wird. Dies ist *wirklich* eine Gabe. Die meisten Menschen haben nur *die,* das an sich Bedeutende zu vertrivialisieren. Unter vielen Empfehlungen an Frau Gemahlin.

Ihr

Th. F.

390. An Emilie Zöllner

Krummhübel 18. Aug. 85.

Hochverehrte Freundin.

Die Liebe dringt bis an die ultima Thule (s. den König von Thule) und so auch bis Zoppot, wo unsre Gedanken und unsre Geburtstagswünsche Sie suchen, auch wenn die Brief-Adresse nach wie vor auf Berlin lautet. Ein glücklicher Tag sei der Anfang eines glücklichen Jahres. Sehen Sie das Marienburger Schloß und den Remter mit dem berühmten Pfeiler ›der alles trägt‹, so gedenken Sie meiner. Seit lange steht meine Sehnsucht dahin; wär' es nicht ein bischen weit, so beschlösse ich dies Jahr noch mit einem Ausflug an Weichsel und Nogat und sähe mir in Danzig den Memling an. Die Bilder *der* Epoche, sind mir unter allem was ich in der bildenden Kunst kenne, das Liebste und gelten mir mehr als die großen Italiener. Dies ist nicht ödes Nachsprechen, sondern etwas immer wieder Empfundenes und muß mit dem Urgrund aller Kunst, vor dem das blos technische Können hinschrumpft, zusammenhängen.

Aber keine Abhandlungen, keine vorweg genommenen Rütli-Gespräche.

Vierzehn Tage bliebe ich gern noch hier, doch fürchte ich, daß mir das Theater schon vorher einen Strich durch die Rechnung macht, wenn ich nicht vielleicht im Hinblick auf Berndal sagen darf ›dieser Mortimer starb Euch sehr gelegen‹. Es handelt sich zwar in erster Reihe lediglich um ein unbedeutendes Damen-Gastspiel, aber die Stücke, darin die Dame zu gastiren gedenkt, sind vielleicht Berndal-Stücke und so rechnet sich die hier eminent am Grabe blühende Hoffnung doch noch eine Chance heraus.

Es war hier sehr schön. Glückliche, beinah ungetrübte elf Wochen. Und elf Wochen sind eine lange Zeit. Ich wünsche Ihnen von Herzen, daß Sie auf gleich glückliche Sommertage zurückblicken mögen. Daß ich fleißig war, versteht sich von selbst; in den ersten 6 Wochen habe ich nur Verse geschrieben, Lieder und Balladen, so daß ich mit 65 wieder bei 25 und beinah bei 15 angelangt bin. Die Schlange die sich in den Schwanz beißt, der Ring, der sich schließt. Man sagt, das bedeutet das Ende. Aber wenn auch, ich habe meine Freude daran gehabt. Herzlichste Grüße dem theuren Chevalier, Ihnen und Annachen (Karl ist wohl in Berlin).

In alter Liebe und Verehrung Ihr Noel.

391. An Emilie Fontane

Krummhübel 2. Sept. 85.

Meine liebe Frau.

Schönsten Dank für Deine Zeilen, die mir Deine glückliche Ankunft und einen freundlichen Empfang meldeten.

Der gestrige Tag verlief noch ziemlich ereignißreich. Als ich eben, von Exners aus, nach Arnsdorf hinunter wollte, kam die Richter'sche Equipage mit Frau Richter, Direkt. Menzel und dem Friedländerschen Ehepaar bei Exner vorgefahren und mit meiner Arnsdorfer Promenade war es nun vorbei. Vielmehr wurde nun ein gemeinschaftlicher Spaziergang nach dem Waldhause gemacht und von dort aus über Wolfshau etc. zu Exner zurück. Unterwegs waren à la Wietersheims Pilze gesammelt worden: Ziegenbart und große Pfefferlinge, die in der Exnerschen Küche zu einem Abendbrot hergerichtet wurden; Beefsteaks und Schinkenstullen waren aber die Hauptsache. Ich trank nur ein paar Schnäpse, da ich mir meine saure Milch etc. nicht verderben wollte. Während des Spazierganges war verabredet worden, die ›große Partie‹ nun *doch* noch zu machen, Stobbe habe alles falsch bestellt etc. Görlitz, Zittau, den Oybin, könne man ja fallen lassen, dann dauere es nur 2 Tage und 1 Nacht. Es meinerseits abzulehnen, wäre sehr unartig gewesen und so werden wir denn morgen, Donnerstag, um 10 Uhr aufbrechen und hoffentlich Freitag Abend wieder in unsrem heimischen Quartier sein. Die Details sind *eben* auf meiner Stube berathen und festgestellt worden, zu welchem Behuf Frau Richter und Frau v. Bülow mit den Kindern bei mir vorfuhren. Glücklicherweise war ich nicht im Nachthemd und alle Knöpfe zu.

Das Wetter ist heute schön und der Himmel sieht aus, als würde es sich halten. Hoffentlich wird es nicht *zu* schön, was gleichbedeutend ist mit Ostwind, der mich krank macht. – Die Vossin brachte heute zwei bemerkenswerthe Todesnachrichten: Fabre du Faur ist in Wildbad und Dr. Paul Börner in Berlin gestorben. Der erste war mir lieber. – Morgen reist der erste Trupp Wietersheim und das Dorf wird nun ganz still; nur auf der Dorfstraße ziehen immer neue Schaaren.

Ergeh es Dir gut, grüße George. Dein alter

Th. F.

392. An Emilie Fontane

Krummhübel 8. Sept. 85.

Meine liebe Frau.

Habe Dank für das Briefpacket, in dem sich Dein eigner Brief so versteckte, daß ich die andern zu lesen anfing, die mir alle so merkwürdig bekannt vorkamen; erst als ich mit Heyses Brief beinah durch war, merkte ich den Zusammenhang der Sache. Dein eigner Brief wirkt durchaus nicht schläfrig, die meisten Menschen schreiben in ihren besten Stunden viel langweiliger. – Meine Stimmung ist heute viel besser als gestern und vorgestern, trotzdem ich durch Hektor schon um 5 Uhr wach geblafft wurde. Besondres Glück ist mir auch nicht passirt – wenn ich nicht ein großes Stück alten Pflaumenkuchen, gestern erstanden, dahin rechnen soll – und so finde ich keinen andren Grund für mein Wohlbefinden, als daß ich heute Vormittag ein ganzes Kapitel durchcorrigirt habe; sonst dauert es immer 3 Tage und mitunter, die langen, auch 5.

Aus Deinen Zeilen erseh ich, daß ich mit meiner Vermuthung ›schlechte Verpflegung‹ mal wieder recht gehabt habe. Wenn Dir das Kochen langweilig ist, was ich nur zu sehr begreife, so lasse doch durch die ›Taube‹ was holen. Ueberhaupt würde es sich empfehlen eine Menage, (so nennt man's ja wohl) anzuschaffen; wir könnten, wenn wir's noch erleben, solch Geschirr auch hier gebrauchen. – Was Du mir über S.'s schreibst, hat mich sehr interessirt; ich glaube ganz bestimmt, daß es mit den verbesserten Environs zusammenhängt, nur muß man unter Environs nicht blos Gegend, Haus und Möbel verstehn, wiewohl auch *die* stark mitwirken. Buffon zog sich immer wie zu einem Hoffest an, wenn er sich niedersetzte, um an seinem berühmten Werk zu schreiben; den meisten deutschen Schriftstellern merkt man den Schlafrock und die Tabackspfeife an. Der innere Mensch bildet den äußren, aber noch viel mehr der äußre Mensch den innren. Was wir ›Formen‹ nennen, wird fast allein durch die Verhältnisse bedingt, schlechte Verhältnisse schlechte Formen, und umgekehrt. Je älter ich werde, je scheuer und ängstlicher sehe ich auf den Mammonismus, das goldne Kalb ist ein Fluch, aber das Gefällige, das trivial Schönheitliche des Lebens ist Sache des Geldes. Bei S.'s mußt Du übrigens vor allem *das* in Rechnung stellen, was jetzt fortfällt. Das Fortfallen des

Häßlichen (die Herzsprung, die Höppnerei, selbst Frl. Rötscher etc.) ist noch wichtiger als das Neuhinzukommen des Schönheitlichen. Daß man Dir den Hof macht, freut mich; ich glaube, daß sie beide von Dir so eingenommen sind, wie's ihre Natur nur irgendwie zuläßt. – Es hat mich amüsirt, daß mein ›schweres Manuskript‹ 2 Mark Ueberfracht veranlaßt hat. Also vorläufig nur Kosten; ›die Woche fängt jut an.‹ – Hier ist die Luft, um das lächerliche Wort zu brauchen, balsamisch, von Schwüle keine Spur. Heute regnet es tapfer. – Ruthardt ist wieder hier; er und der alte Schwerin unterhielten mich heut bei Tisch. Gestern Abend kamen noch Richters von Arnsdorf herauf, um sich nach mir zu erkundigen. Ich glaube, ich habe einen kleinen Stein bei ihr im Brett, weil sie wohl merkt, daß sie mir gefällt. Daß ich ihr die Autographen (Dir besten Dank dafür) schicken kann, ist mir sehr angenehm. Wahrscheinlich wird man mich noch mal einladen, was mir angenehm aber auch nicht angenehm ist; ich sehne mich wirklich nach Ruhe; das vielwöchentliche Massensprechen hat mich ganz müde gemacht. – Geld brauche ich nur für den Fall, daß ich hier *plötzlich* (etwa am Sonnabend früh) fort muß; sonst eilt es durchaus nicht. – Bringt auch die nächste Woche noch keine Novität oder Gastspiel, so werde ich doch wohl noch die Kammpartie machen, aber *nicht* mit Richters. Das ewige Schwerenötherspielen, das ich nun mal, lächerlich oder nicht, nicht lassen kann, greift mich zu sehr an. Und dabei darf man nicht mal ausspannen, um nicht den Eindruck des alten Herrn zu machen. Man ist ewig das Opfer seiner eignen Eitelkeiten.

Lebewohl. Grüße George. Wie immer Dein alter

Th. F.

393. An Marie Richter

Krummhübel 8. Sept. 1885.

Gnädigste Frau.

Meine Frau, die sich Ihnen angelegentlichst empfiehlt, hat unter den letztjährigen Briefen Musterung gehalten und schickt mir heute, unter Vorantritt von Fräulein Claire v. Glümer, auch noch 7 männliche Handschriften, deren Werth ich nach dem Werth ihrer Verfasser wie folgt rangiere:

1. Adolph Menzel. (Leider nur eine Karte; soll später durch irgend was Besseres oder wenigstens Tintiges ersetzt werden.)

2. Paul Heyse.
3. Theodor Storm.
4. Klaus Groth.
5. Paul Lindau.
6. Paul Meyerheim.
7. Julius Wolff.

Viele würden J. Wolff an die Spitze stellen, aber die alte Garde macht den Schwindel nicht mit. Mich allerseits empfehlend, in herzlichster Ergebenheit, gnädigste Frau, Ihr

Th. Fontane

394. An Theodor Fontane (Sohn)

Krummhübel, d. 9. September 1885.

Mein lieber Theo.

Seit über acht Tagen sitz' ich nun wieder hier als Singleton oder Solokrebs und werde binnen ganz kurzem nicht bloß im Frau Schreiberschen Hause (das in der Saison eine Einquartierung von 27 Mann, d. h. Damen hatte), sondern in ganz Krummhübel der einzige Sommergast sein. Schon jetzt ist dieser Titel gewagt; denn selbst mutige Leute heizen bereits seit Wochen, und nur ich als »*Le brave des braves*« trotze den Elementen. Bei »*Le brave des braves*« oder Ney oder Herzog von Elchingen oder *Prince de Moskwa* fällt mir übrigens ein, daß ich mit Hilfe dieser französischen Marschallkenntnis, die ja auch *Dein* Steckenpferd ist, neulich einen erheblichen Triumph gefeiert habe. Ich führte Frau *v. Bülow*, geb. Eberty (Schriftstellername Hans Arnold) und hatte selbstverständlich das Bedürfnis, mich irgendwie zu legitimieren. Das Gespräch kam auf Napoleon, Spanien, Soult, und mit einem Male war die Frage da: »Welchen Titel hatte doch General Kellermann?« Frau v. Bülow war nämlich im vorigen Jahr mit einer Gräfin Kellermann in Meran zusammengewesen und hatte den Herzogstitel 'mal gehört, aber wieder vergessen. Gott sei Dank, ich wußte ihn und gleich danach auch die geographische Lage des Pruth, so daß ich der ganzen Gesellschaft die Karte von Südrußland inklusive Moldau usw. mit der Schirmspitze in den Sand zeichnete. Die Wirkung war groß, weil eine auch nur leidliche Kenntnis auf diesem Gebiet noch viel seltener ist, als ein leidliches Bewandertsein in der Latinität, womit es übrigens auch erbärmlich steht.

Hast Du Notiz von dem Professor Paulsenschen Buche genommen oder in Deiner Zeitung Auszüge daraus gelesen? *Paulsen*, Professor der Philosophie, Freund von Lazarus und Windel, hat über den Blödsinn unsrer Schulen ein wundervolles Buch geschrieben, das auf meinen ewig gepredigten Satz hinausläuft: ordentlich oder gar nicht. Man kehre entweder ganz zur Klosterschule zurück und lehre nur Latein und Griechisch oder lehre es (mit Ausnahme derer, die Philologen werden wollen) gar nicht. Es kostet viel Zeit und Kraft und nutzt gar nichts. »Höhere Geistesbildung, feinerer Schliff, klareres Denken, klassischerer Ausdruck in Wort und Schrift.« Und nun vergleiche man damit, was ein Durchschnittspastor, ein Durchschnittsdoktor, ein Durchschnittsgerichtsrat auf dem Gebiet des »Höheren« leistet. Es ist zum Lachen. Gott sei Dank, daß es tagt.

Ergeh' es Dir gut. Wie immer Dein

Alter.

395. An Emilie Fontane

Krummhübel 11. Sept. 85.

Meine liebe Frau.

Mit Freude sehe ich aus Deinen heut eingetroffnen Zeilen, daß Du aus dem Gröbsten heraus bist und wieder anfängst an Nic. Nickleby und sogar an die Kreuz-Ztng. zu denken. Sorge nur vor allem für ordentliche Verpflegung oder laß Dich einladen oder iß mit Zöllner's gemeinschaftlich bei Fredrichs oder Schultz oder auf dem Carlsbad. Besten Dank für die Theaterkarte, die mir Deine direkte Anfrage bei Deetz verschafft hat; die nächste Woche bleibe ich nun wohl noch, aber dann ist es genug. Ich glaube, die Leute warten nun auch schon, daß man verschwindet. Nicht unsre gute Frau Schreiber, aber die Andern sehen einen an, als wollten sie sagen: ›Gott, ist der immer noch hier? Was will er nur? Er spioniert hier wohl 'rum.‹ Noch 14 Tage und es geht mir wie Trojan, dem die Leute schließlich verlegen aber doch rund heraus erklärten: ›Hören Sie, wir wären nun 'mal gern wieder allein.‹

Das Wetter ist durchaus nicht schön und der September bleibt weit hinter seiner Reputation zurück; es wird nun auch vorm Aequinoktium kaum besser werden. Von 6 bis 9 ist jeden Morgen der schönste Sonnenschein ›ah, heut wird es‹, aber um 10 trübt sichs und nun kommen die berühmten Böen, Regenschauer und Windstöße. Die Wege sind grundlos und ein paar Stiefel steht immer zum Trocknen.

An Theo habe ich vorgestern, an Martha gestern geschrieben, heut an Professor Albert Becker. Einen Brief von Friedländer lege ich bei, woraus Du ersiehst, daß nun auch Schmiedeberg in Wegfall kommt. Prinz Reuß ist zwar wieder zurück, er hat aber wohl auch genug oder, was noch wahrscheinlicher, vermuthet mich längst wieder in Berlin. Nach Arnsdorf zu gehn, ist kaum möglich: der Weg aufgeweicht und Regen entweder im Anzug oder schon da. Da müßte dann doch der gekochte Schinken noch schöner oder das Steh-Augenpaar des hübschen Dienstmädchens noch jetperlenhafter sein.

Hat denn Wildenbruchs neue Genialitätsleistung wirklich gefallen? Nach Pietsch' Bericht ist es Unsinn. Nun weiß ich ja, daß Märchen immer ein Stück Unsinn vertreten und daß man ein geistreich phantastisches Spiel nicht mit einer nüchternen Verstandes-Elle ausmessen darf. Aber ich darf auch sagen, wenn einer weit davon entfernt ist, so bin ich es. Andrerseits bleibt aber doch der Unterschied zwischen entzückend poetischem Unsinn und einfach unsinnigem Unsinn bestehn und von W.s Leistung habe ich mal wieder den Eindruck, daß sie der letztren Gattung angehört. An dem Mann ist alles *Willkür.* Und das nennt die blöde Menge Genialität. Willkürlich behandelt er schon gegebene historische Verhältnisse und da versteht sich's dann von selbst, daß er aus der feinen Märchenwelt, die sehr klug und zart behandelt sein will, einfach eine Tollhauswelt macht. – Gestern war ich bei Schwerins von 4½ bis 9½, also fünf Stunden, und tappte mich dann, eine kleine Laterne in der Hand, den Dreck durch bis nach Hause. Sie waren lieb und gut wie immer und haben wirklich 'was Humanes, Freundliches, Hülfebereites, aber sie stecken ganz in einem altmodisch kleinen Stil, der den Verkehr mit ihnen doch sehr erschwert. Dabei hat er in seiner Latinität etc., etwas lächerlich verranntes. So sagte er z. B. ›schon im Cornelius Nepos, von dem Sie *gehört* haben werden etc.‹ Na, das ist doch toll. Er kann annehmen, daß ich ihn nicht gelesen habe, *das* will ich ihm nicht verübeln, aber daß er nicht mal ganz sicher ist, ob ich auch von Cornelius Nepos je was *gehört* habe, das geht doch über die Hutschnur. Dann kenne ich auch die zehn Gebote nicht, blos weil ich nie hebräisch getrieben habe. Natürlich nehme ich diesem guten und liebenswürdigen Manne dergleichen nicht ernsthaft übel, *so* dämlich bin ich nicht, es zeigt aber doch seinerseits eine grenzenlose Beschränktheit und – Eingenommenheit.

Du schreibst von ›Ruhelosigkeit‹. Da mußt Du auf Dich achten. Dergleichen kann man ausbilden und dann entstehen die lieblichen Frauengestalten, die die ganze Nacht umherschlurren und in alle Kästen kucken. – Das Geld habe ich erhalten; besten Dank. Grüße allerseits. Wie immer Dein alter

Th. F.

396. An Emilie Fontane

Krummhübel 13. Sept. 85.

Meine liebe Frau.

Es ist 2 und ich bin angegriffen vom Corrigiren; unter den schwierigen Kapiteln war es das letzte; was nun noch kommt, ist verhältnißmäßig leicht. Um 4 soll ich bei Schwerins sein und mit Frau Prof. Wiedmann ein ›Süppchen‹ einnehmen; ich würde mich mehr drauf freuen, wenn es nicht immer ewig dauerte; man kann nie los und soll alles immer austitschen. – Besten Dank für Deinen Brief vom Sonnabend, den Du in besonders guter Stimmung geschrieben haben mußt, so beispielsweise Metens Garderobe und das Mantellied. Von General Baeyers Tod hatte ich auch schon in der Vossin gelesen; es ist doch ein fragliches Glück so alt zu werden, namentlich wenn man ganz überholt ist und doch immer noch den Anspruch erhebt, mitrathen und thaten zu wollen. Bei Leopold v. Ranke geht es, der schreibt still und großartig seine Bücher, aber der alte Baeyer lebte doch nur noch zu dem Zweck, um alle 4 Wochen in der Zeitung drucken zu lassen: ›der Generallieutenant Baeyer Exc., Vorstand der Landesvermessung, ist abgereist oder angekommen.‹ Wenn man das Quantum von Papier, was er durch diese Notiz in 40 Jahren und 40 Zeitungen verbraucht hat, zusammenrechnet, kommt ein Vermögen heraus, das ich wohl zu haben wünschte. – Die beiden Artikel in der Augsb. Allg. Ztg. zu lesen, freue ich mich. – Der Brief vom ›Bazar‹ ist Null und eigentlich Unsinn. Ich habe ein einziges Mal einen kleinen unbedeutenden Artikel aus dem Englischen übersetzt. Das ist alles. Sie mußten schreiben ›Haben Sie nicht was Novellistisches? Wir würden uns sehr freuen; Stoff Ihnen überlassen; Honorar vorweg bewilligt.‹ Oder dergleichen. *Das* aber ist blos: ›Vater koof mir 'nen Appel.‹ Ich werde ebenso nüchtern und nichtssagend antworten. – Gestern Abend habe ich angefangen die Heim'sche Biographie zu lesen. Verfasser: Geh. Oberfinanzrath Kessler (1835). Wer kennt ihn? Und doch mußte ich mir im Lesen sagen ›ja so wie Deins ist es am Ende auch.‹ Es ist dies eine sehr wichtige Sache; damit hängt es nämlich zusammen daß jeder gebildete Mensch sagt: ›Gott, Schriftsteller kann ich jeden Tag werden.‹ Und es ist nicht ganz unrichtig. Ruthardt las mir gestern ein kleines, an die Wietersheims gerichtetes Gelegenheitsgedicht vor: Rübezahl, der ihnen einen verlorenen Schirm (natürlich einen neuen von R. gekauften) wiederbringt. Es war ganz nett und nicht viel schlechter, als ich es mache. Man ist noch lange nicht bescheiden genug und kann über den Kunstbetrieb, wenn man nicht Goethe heißt oder wie J. Wolff 45,000 Mark auf einem Brett ausgezahlt kriegt, nicht klein genug denken. Ich würde, wenn ich es könnte, es morgen aufgeben und nur noch spazierengehn, plaudern und Zeitung lesen.

Ich freue mich, daß Du vorhast, Dich nun wieder unter Menschen zu begeben; schreibe mir nur ein bischen darüber. Daß Zöllner so nett war, habe ich mit Vergnügen gelesen. Was Du über die Juden schreibst, ist richtig, man muß aber doch sehr aufpassen und vieles, was nicht sehr nett ist, mit in den Kauf nehmen. Aber freilich, wo müßte man das nicht. Und in Bezug auf einen selbst wird es wohl ebenso liegen. – Es stürmt weiter, nur der Regen hat nachgelassen. Einzige Krummhübler Neuigkeit, daß es heute keine Hörnchen gab, weil der Bäcker 8 Bleche voll Hörnchen verbrannt hat. Das kann ich durch Pflaumenkuchen-Einkauf nicht balanciren; übrigens bin ich bei 1 mal stehn geblieben, das Wetter verbietet solche Allotria. Friedels Briefe sind ganz Großvater Fontane. Herzliche Grüße Dir, George, den Freunden. Wie immer Dein

Th. F.

397. An Emilie Fontane

Krummhübel 16. Sept. 85.

Meine liebe Frau.

Besten Dank für Deinen ausführlichen Brief vom Dienstag. Gegen den Burschen kann ich mich nicht ereifern; das erinnert mich immer an die Forderungen, die Hitzig an mich stellte; wo soll man's denn herhaben? Sehr amüsirt hat mich Tante Jenny; alles ist so voll von bon sens, und wenn sie zu unsern Kindern sagt ›ohne eure Mutter wär' es nischt mit Euch‹ so hat sie ganz Recht. Die Väter können sich überhaupt begraben lassen, und ist das Spezial-Exemplar gar noch ein Künstler oder Dichter, nu, dann erst recht. Ausnahmen giebt es freilich, aber diese Väter, die dann so zu sagen das Erziehen kriegen, sind immer Erziehungskünstler und was *die* leisten, steht noch unter gar keiner Erziehung.

Die Hitze ist kolossal, aber so wie man eine schattige Stelle findet, ist es herrlich. Heute früh ging ich *nicht* nach dem Waldhaus, sondern stieg, um die lange sonnige Straße zu vermeiden, beim Kretscham hinunter und marschirte bis an den Melzergrund, an dessen Eingang ich fast eine Stunde saß. Anno 72 war das mein Hauptspaziergang und im Uebrigen auch noch die Stelle, wo ich das Einleitungsgedicht zu meinem Bande ›Havelland‹ schrieb. Ich komme darauf, weil Lehrer Loesche neulich eine Stelle daraus citirte und dabei blieb ›ja, das ist von Ihnen‹ auch als ich es bestritt. Zuletzt fand ich mich zurecht; er hatte es nämlich so citirt, als ob es ein Gedicht-*Anfang* wäre, während es eine mitten heraus genommene Stelle ist. Ja, das sind nun 13 Jahre. Was ist nach abermals 13 Jahren? Nun die Gedicht-Stelle wird wohl noch existiren und um Nauen und Friesack herum auch das Gedicht selbst. Aber der Vater vons Janze!

Gestern Abend, als ich im Mondschein auf dem Lästersteig promenirte, kriegten mich 4 Damen an, dick, alt und häßlich, deren eine (noch die netteste) sich als Frau v. Winning vorstellte. Sie leben jetzt in Liegnitz, früher aber in Glogau, wo sie mit den Glogauer Fontanes befreundet waren und sich nun nach dem Schicksale der verschiedenen Kinder erkundigten. Sie wußten auch von Deinem gelegentlichen Auftauchen bei Treutler's.

Vorher war ich mit Richters zusammen. Ich hatte mich ganz fein gemacht, um, bei Sonnenuntergang, nach Arnsdorf zu gehn und dort Abschied zu nehmen. Als ich beim Feuerwehrthurm war, erschien Frau Richter mit ihrer Tochter Ursel und ihrer Nichte Stobbe, genannt der Seraphin. Ich kehrte nun mit um, denn Richters, Stobbes und Direkt. Menzel hatten ein Rendezvous in Marienruh verabredet. Wir trafen auch schon alle versammelt, trennten uns aber bald wieder und gingen noch in den schönen Eulengrund hinein, bis zu der Stelle, wo ich Grävenitzens und Mohrdiek's (*dies* ist die richtige Schreibart) mein Bismarckgedicht vorgelesen hatte. Beiläufig famos poetischer Moment, poetischer als Grävenitzens. Auch meine Gespräche mit Frau Richter und dem Seraphin waren interessant genug. Auf dem Heimwege kamen wir auf Frau v. Bülow und die Art ihres Talents. Zuletzt nachdem mir viele Geschichtchen mitgetheilt und ein paar Bände davon *(auf meinen Wunsch)* in Aussicht gestellt waren, mußte ich mein vorläufiges Urtheil doch dahin abgeben: ›Ja, das ist eine gefährliche Form der Produktion. Lacht man, so ist es himmlisch, lacht man nicht, so ist es gar nichts.‹ Uebrigens erfuhr ich bei der Gelegenheit und so zu sagen als Seitenstück zu dem was ich bei Exners in Bezug auf die Heimburg erleben mußte, daß Frau von Bülow bereits ein ganzes Archiv von Huldigungszuschriften angelegt hat, in denen ihr von allen Sorten von Menschen die verbindlichsten Sachen gesagt werden. Und nun vergleiche damit mein mehr als 40 Jahre umfassendes literarisches Leben. Wenn ich alles zusammenzählen wollte, was mir von Dankesbriefen zugegangen ist, kämen doch noch nicht 100 heraus (also jährlich 2) und ›begeisterte‹ nicht 10. Und dabei bin ich doch ein wirkliches Stück Dichter und gelte auch dafür. Das Beste ist, man denkt gar nicht darüber nach und läßt es laufen. Schiebe den Besuch bei Frau Mohrdiek nicht allzu sehr hinaus. – In Berlin muß es furchtbar sein, ich will aber doch am Sonnabend früh fort. Auf meiner Stube hier (glühheiß) Vormittags arbeiten, ist auch kein Vergnügen. Und nun lebe wohl, grüße George, Tante Jenny etc.

Wie immer Dein Alter.

Der Brief von v. Gl. ist ganz nett, aber es fehlt was drin oder er hat von 'was zu viel. Dein

Th. F.

398. An Emilie Fontane

Krummhübel 17. Sept. 85.

Meine liebe Frau.

Das ist nun der letzte Brief; morgen nur noch eine Karte. Natürlich graule ich mich vor der Reise (von 12 bis 1 gerade in Kohlfurt!) und vor Berlin mit seinem Lärm, seinen Menschen und seiner Malaria erst recht, aber ›es muß geschieden sein‹, von allem und natürlich auch mal von Krummhübel. Und hier wäre ich dann glücklich wieder bei der Sentimentalität angelangt. Es ist aber nicht Sentimentalität; eine freundlich wehmüthige, halb humoristisch gefärbte Resignation ist doch noch was andres. Wenn *Du* übrigens mit einem Male so tapfer und so krägel geworden bist, kann ich Dir nur gratuliren. Etwas helfen solche Vorsätze wirklich und fuchst man sich in erträglichen Zeiten drauf ein, so ist man, wenn's dann ernsthafter kommt, in guter Uebung und Gewohnheit.

Des Theaterdirektors (an den ich übrigens eben geschrieben und zugesagt habe) entsinne ich mich sehr wohl, nicht aus dem Tunnel, aber aus seinen Straßburger Tagen her. Seine Sache war eine Zeitlang eine cause celèbre. Wie's zusammenhing, habe ich vergessen, aber es war so was wie Bankrutt und nun entstand die Frage, wer soll das decken? Die Stadt oder die Landeskasse oder Manteuffel oder er persönlich. Es ist auch glaub ich zu Klagen und Prozessen gekommen. Ende vom Liede: Landsberger-Allee 8.

Mit Mete scheint es ja leidlich zu gehn. Es ist ihr hartes Loos, junge Braut- und Ehepaare in ihren Liebes- und Schäferstunden zu studiren, eine Aufgabe, der sie sich mit vieler Tapferkeit unterzieht.

Morgens und Abends sitze ich jetzt auf der Bank am Melzergrund und verträume glückliche Stunden. Gestern Abend hatte ich mich mit Zeitung, Heim und Holteis Gedichten bewaffnet. Ich begann mit den letztren und war wieder betroffen von dem großen Talent. Alles ist blos hingeworfen und deshalb oft unfertig bis zur Unverständlichkeit, da aber, wo's rund 'raus gekommen ist, ist es entzückend. Das Gelegenheitliche ist das Beste. Einige 40 Gedichte richten sich an Luise Roger, seine erste Frau, alle unmittelbar nach dem Tode derselben geschrieben. Wobei mir P. Heyse mit seinen endlosen Gedichten an seine zwei (oder drei) Kinder einfiel. Man sieht, alles schon dagewesen. Aber ich entsinne mich auch aus dem Anfang der 30er Jahre her, daß Holtei wegen dieses Massenschmerzes angegriffen und ridikülisirt wurde, trotzdem einige dieser Sachen ganz vorzüglich sind und mich rührten.

Meine Lektüre wurde durch Ruthardt unterbrochen, der mir dann sein antisemitisches Herz ausschüttete.

Morgen Nachmittag packe ich und schreibe noch ein paar Zeilen an Friedländers. Schrecklich wär' es, wenn noch eine Einladung von Schwerins käme. Dann entsteht wieder Hetzjagd, die mir unerträglich ist. – Die Hitze ist heute so kolossal, daß mir die arme Frau Schreiber sagte, wenn man auf dem Felde sei, fürchte man beständig den Sonnenstich zu kriegen. Noch toller ist es oben auf dem Kamm. Und doch steigen Unermüdliche hinauf. Gruß u. Kuß Dein

Th. F.

Von Sonnabend früh an wird wieder die Vossin bei Dir abgegeben werden.

399. An Georg Friedlaender

Berlin 20. Septmb. 85.
Potsd. Str. 134.c.

Hochgeehrter Herr.

Seit gestern 5 Uhr bin ich wieder an alter Stelle, die mir wohler thut als ich erwartete. Wenig hoffen ist immer gut. Diese Zeilen sollen Ihnen und Frau Gemahlin nochmals danken; aus meinem geplanten Stillleben hat Ihre Intervention eine »Saison« mit allen Chikanen gemacht, sogar mit einem Prinzen. Alles in allem war es viel besser so, als anders; 16 Wochen Einsamkeit und Schnitzel ist nicht auszuhalten.

Bitte, schreiben Sie das für die »Vossin« Bestimmte baldmöglichst; können Sie's bis Anfang Oktober schaffen, so ist Abdruck in diesem Jahre wenigstens noch möglich, nachher nicht mehr. Was die »Novellette« angeht, so will ich sie an die Tägl. Rundschau schicken wenn Sie's wünschen, es ist mir aber fraglich, ob es genommen wird. Es läuft ganz gut mit drunter, eignet sich aber nicht zum Debüt.

Die Bücher schicke ich in den nächsten Tagen. Unter Wiederholung meiner Bitte mich den verschiedenen Kreisen im Kreis Hirschberg, mit denen ich durch Ihre Güte in Berührung kam, empfehlen zu wollen, in vorzüglicher Ergebenheit

Ihr Th. F.

Gruß und Empfehlung von meiner Frau an Sie beiderseits.

400. An Theodor Fontane (Sohn)

Berlin, 21. September 1885

Mein lieber alter Theo.

Deine Karte vom 2. ist richtig angekommen, und Mama hatte heut vor, an Dich zu schreiben; es wäre aber wohl wieder nichts geworden, denn sie geht in Wirtschaft und Herrichtung ihrer Wirtschaft auf. Zwei Drittel davon ist nötig, aber ein Drittel könnte sie sich schenken und die dadurch gewonnene Zeit anders anlegen. Im übrigen räume ich ein, daß Dritte immer sehr gut reden haben, schließlich soll doch alles in Ordnung sein, und ohne Mädchen diese Ordnung zu schaffen ist für eine 60jährige kein Pappenstiel.

Seit vorgestern (Sonnabend) bin ich auch wieder hier und erlebte gestern einen Besuch des Theaterdirektors Heßler. Er ließ mir, *gegen* Deine Ordre, auch Deine Arbeit hier, die ich kennen muß, weil ich einen Prolog schreiben und in diesem auf das, was die Bilder und das Stück bringen, hinweisen muß.

Bis zur Stunde habe ich noch nichts gelesen. Ich denke, daß es ganz gut sein wird, ein bißchen *zu* gut, aber das tut nichts, und keinenfalls hast Du von mir irgendein tadelndes oder störendes Wort zu gewärtigen. Ich habe selber, wenn auch nicht Stücke, so doch Toaste, Prologe, Festansprachen etc. genug geschrieben, um zu wissen, daß es alles ganz gleich ist. Zwischen einem Prolog von Heyse, Hopfen oder Adami ist praktisch gar kein Unterschied.

Daraufhin beschwöre ich Dich denn auch, Dich mit Feilungen, Akkuratessen nicht lange quälen zu wollen, es kommt nur darauf an, daß irgend etwas leidlich Verständiges behauptet wird.

Durch alle Deine Karten und fast auch durch Deinen Brief an Heßler zieht sich ein starkes Stück von Gelangweiltsein und Ärger über die Arbeit, die Dir zugefallen ist. Das Gelangweiltsein finde ich begreiflich, denn man geht sonntags lieber spazieren, als daß man zu Hause druckst, aber in Deinem Ärger finde ich mich nicht zurecht. Ich habe mich in meinem ganzen Leben über das Schwerste und Drückendste nicht ärgern können, wenn ich einsah, daß dies Drückendste nur eine Pflichterfüllung war. Bei dem, was wir der Kolonie schuldig sind, war es unerläßlich, daß einer von uns beiden das Stück schrieb, und Deine jüngeren Jahre und jungen

Kräfte konnten sich dem eher unterziehen als ich, der ich müde, ja *sehr* müde bin. Ihr habt die Verpflichtung, mir mein Leben, das ebenso mühevoll wie erfolglos gewesen ist, nach Kräften zu erleichtern. Daß ich Eure Mitwirkung sehr in Anspruch genommen hätte, werdet Ihr nicht behaupten wollen. Ich habe während meiner Sommerfrische eine lange Novelle durchkorrigiert, von deren Ertrag ich diesen Winter zu leben hoffe. So war ich denn wirklich nicht in der Lage, Dir diese Arbeit abzunehmen. Es muß eben jeder helfen, und, wenn es sein kann, heiter, freudig, nicht widerwillig. Laß Dir durch diese Worte nicht die Stimmung verderben, ich schwöre Dir, daß sie Dir nicht wehe tun sollen, aber ich mußte das durchaus mal aussprechen. Ich habe nun genug getan, genug gedichtet, genug geholfen, und es muß auch mir geholfen werden.

In alter Liebe
Dein alter
Papa

401. An Joseph Kürschner

Berlin, 26. September 1885.

Hochgeehrter Herr Professor.

Ihre Güte hat mir ein Blatt aus der letzten Nummer der Schriftsteller-Zeitung zugehn lassen, auch früher schon einige Nummern, gleich nach Gründung des Blattes. Ich danke Ihnen dafür, darf auch sagen, daß ich die Fehde – von einer solchen läßt sich wohl sprechen – mit einem gewissen sensationellen Interesse verfolge, etwa wie denn Hänel, Rickert, oder Bunsen ihren Kampf mit der Rechten oder mit dem Zentrum haben. Ich lese es gern, aber ich fechte nicht mit, ergreife kaum Partei und zähle überhaupt zu den »Stillen im Lande«. Daß mein Name auf der Mitgliederliste, ja, voran steht, ich weiß nicht mal ob Verein oder Verband, ist ein reiner Zufall; Dr. Ed. Engel, mit dem ich befreundet bin, preßte mich dazu. Vielleicht sollte das Alles anders sein, aber ich bin noch aus der alten Zeit. Sie verzeihen also, wenn ich nicht mittate und nicht einmal mitrate.

Die Gelegenheit benutze ich, um wegen einer Novelle (Titel: Stine) hinsichtlich deren wir vor etwa drei Jahren ein Abkommen trafen auf's Neu bei Ihnen anzufragen. Ich habe in der zwischenliegenden Zeit vier, fünf Novellen geschrieben, d. h.

im Rohzustand aufs Papier geworfen, und bin nun dabei diese Dinge fertig zu machen. Darunter ist auch Stine. Daß wir über diese Novelle uns einig sind, ist aber so lange her, daß ich nicht den Mut habe, sie Ihnen ohne Weiteres und wie selbstverständlich zuzustellen; Sie können über alles heut anders denken wie damals. Ich unterbreite Ihnen die Sache also nochmals zu neuer, freier Entschließung. Stoff: Lebensbild aus der Berliner Gesellschaft; Länge: 3 Bogen (ein paar Seiten mehr oder weniger); das Honorar von 400 Mark per Nord- und Süd-Bogen empfange ich umgehend nach Eingang des Manuskripts. Der bloßen Möglichkeit, meine Arbeit, weil sie nicht genügend oder nicht paßlich befunden worden ist, zurückgesandt zu sehn, muß ich überhoben sein. Ich erbitte mir hierüber, wenn Ihre Entschließungen sich nicht überhaupt geändert haben, noch eigens Ihre Zusicherung.

In vorzüglicher Ergebenheit

Th. Fontane.

402. An Wilhelm Hertz

Berlin 26. Sept. 85.
Potsd. Str. 134.c.

Sehr geehrter Herr Hertz.

Besten Dank für das reizende Werder-Buch und die freilich weniger reizende Scherenbergbuch-Kritik. So stellt sich die conservative Presse zu Scherenberg und mir, die wir doch als zwei »Säulen« der ganzen alten Pastete angesehn werden. Mit »Post« und »Kreuz-Ztng« bin ich fertig, wie sie mit mir, und nun kommt auch noch mein Freund Pindter und läßt mir meinen Stil und meine Schreibweise durch einen seiner Myrmidonen corrigiren. Nun meinetwegen. »Leg's zu dem Uebrigen.« Aber die Sehnsucht irgendwo Kohl zu baun und ein paar Pflaumen am Spalier zu ziehn, wird immer größer. Und hätte ich ein klein wenig mehr Glück gehabt, so wäre ich schon dabei.

In vorzügl. Ergebenheit

Th. Fontane.

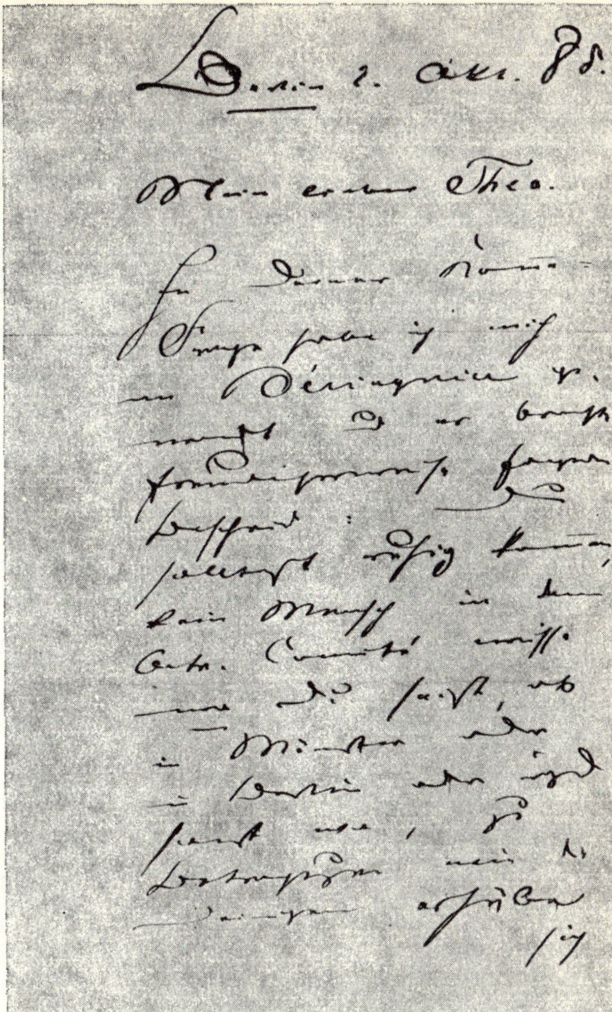
2. Okt. 85.
Meine liebe Thea.

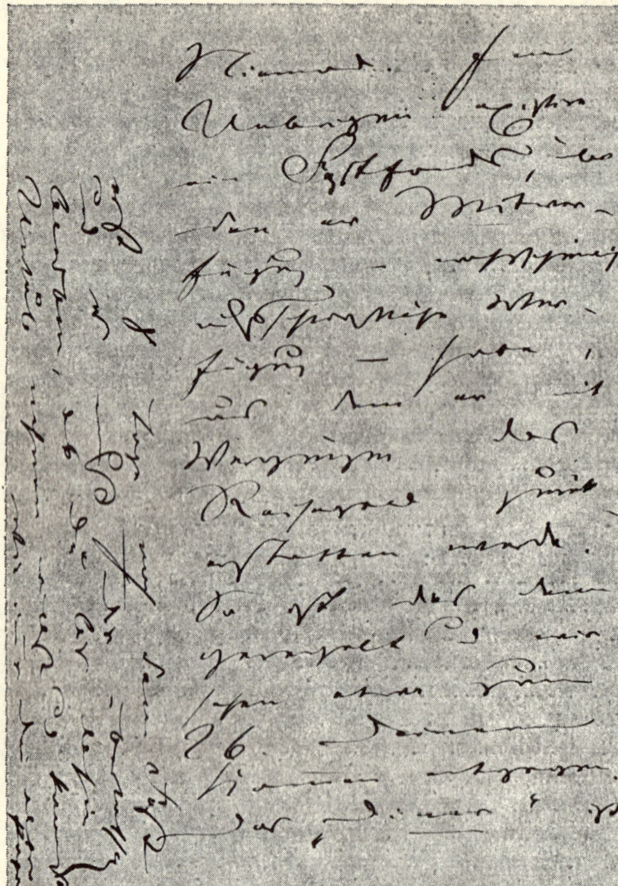

An Theodor Fontane (Sohn), 2. Oktober 1885 (vgl. Nr. 403, S. 431), 1. und 2. Seite.

403. An Theodor Fontane (Sohn)

Berlin 2. Okt. 85.

Mein lieber Theo.

In Deiner Komme-Frage habe ich mich an Béringuier gewandt und er brachte freundlicherweise folgenden Bescheid: Du solltest ruhig kommen, kein Mensch in dem betr. Comité wisse *wo* Du seist, ob in Münster oder in Berlin oder irgend sonst wo, zu Betrachtungen wie die Deinigen erhübe sich Niemand. Im Uebrigen existire ein Festfond, über den er *Mit*verfügung – wahrscheinlich ausschließliche Verfügung – habe, aus dem er mit Vergnügen das Reisegeld zurückerstatten werde. So ist das denn geregelt und wir sehen etwa zum 26. Deinem Kommen entgegen. Das *»Diner«* ist erst 8 Tage *nach* dem Fest und es muß Dir überlassen bleiben, ob Du bis dahin Urlaub nehmen willst und kannst.

Wie immer Dein alter

Papa.

404. An Richard Béringuier

Berlin, d. 6. Oktober 1885.
Potsdamer Straße 134c.

Hochgeehrter Herr!

Heute vormittag habe ich nun wieder an dem Prolog gearbeitet, und wenn ich nun nicht infolge von Schnupfen, dem man bei diesem Erkältungswetter beständig ausgesetzt ist, einen ganz verdösten Kopf kriege, so bin ich bis zum 10. oder 11. mit Prolog und Bildertext fertig. Ich bitte Sie dann, Ihnen den Prolog vorlesen zu dürfen, und Sie sagen mir gleich, was Ihnen nicht recht scheint, sei's daß vielfach etwas fehlt, oder daß etwas da ist, was besser fehlte.

Mich in die Mitgliederliste des Vereins für die Geschichte Berlins aufgenommen zu sehen, ist mir durchaus schmeichelhaft. Ich fürchte aber, daß ich diesem und andern verwandten Vereinen gegenüber durch mein Verhalten Anstoß gegeben habe. Will mein Verhalten auch nicht loben. Aber man ist zuletzt, wie man ist, und ich war immer ein Singleton, ein Einsiedler von Jugend auf. Ich bin gelegentlich Gesellschaftsmensch, aber doch meistens absolut das Gegenteil davon. In einem kleinen befreundeten Kreise schwatzt niemand mehr als ich. So wie der Kreis aber Gesellschaftszirkel oder gar ein »Verein« wird, in dem nicht mehr geplaudert, sondern öffentlich geredet werden soll, ist es mit meiner Beredsamkeit vorbei. Ich bin dann stumm und kann nicht mehr mitspielen. Aus diesem Charakterzuge sind mir viele Fatalitäten erwachsen, aber ich konnte es nicht ändern. Bitte, machen Sie, wo's not tut, meinen Verteidiger.

In vorzüglicher Ergebenheit

Th. Fontane.

405. An Georg Friedlaender

Berlin 7. Okt. 85.
Potsd. Str. 134.c.

Hochgeehrter Herr.

Daß kein Brief von Ihnen gekommen, nehmen wir als ein gutes Zeichen. No News good News. Aber die direkte Bestätigung zu hören, wird uns eine große Freude sein. Auch die Tragikomödie hat hoffentlich ausgespielt und verständigen und reputirlichen Zuständen Platz gemacht.

In der letzten Woche wurd' ich auch mittelbar beständig an Haus Friedländer erinnert, weil es Haus F. war, in dem ich Hans Arnolds nähere Bekanntschaft machte. Das neue Buch derselben hab' ich gelesen und heute früh einen Brief darüber an Frau v. Bülow geschrieben. Alles in allem bin ich danach weit über Erwarten befriedigt. Einzelnes, so die Novelle »Die junge Frau Doktorin«, bekundet die fix und fertige Schriftstellerin, mehr noch die Künstlerin, die ihr Metier vollkommen versteht; ihre eigentliche Bedeutung liegt aber nicht in *dem*, was Schriftstellerin und Künstlerin an ihr ist (das alles läßt sich bei Fleiß und mittlerer Begabung lernen) sondern in dem, was ihr eine heitre Fee mit in die Wiege gesteckt hat. Sie beobachtet vorzüglich und hat ein scharfes Auge für das Komische, vor allem aber – und das adelt diese Begabung erst – hat sie Geschmack, Gefühl und komische Erfindung. Das, was die kleinen heitren Geschichten so gut macht, ist nicht das ihr von außen her Gegebene, sondern das von ihr *Hinzugethane*. Ihre Natur und ihr Talent ist doch viel reicher als ich gedacht.

Mit vielem Dank die Bücher zurück, auch das, was Ihre Frau Mama in ihrer Güte an mich schickte. Mit der Heim'schen Biographie bin ich nicht fertig geworden und finde nun auch keine Zeit mehr, aber im nächsten Sommer, wenn mir noch ein neuer Krummhübler Aufenthalt beschieden ist, beende ich hoffentlich die Lektüre. Holteis Talent, das ich immer hochstellte, habe ich aufs Neue bewundern gelernt. Alles huschlig, flüchtig und mit schlechten Stellen untermischt, aber in dem rasch und liederlich Hingeworfenen steckt auch wieder der Zauber der Sachen.

Mit der Bitte mich Ihren Damen, sei's in Schmiede- sei's in Hirschberg empfehlen zu wollen, auch unter Gruß und Empfehlung an die Arnsdorfer Herrschaften wie immer Ihr herzlich ergebenster

Th. Fontane.

So weit gestern Abend. Heute sind wir in großer Aufregung durch den Ausgang des Graefschen Prozesses, obschon kaum was zu verwundern ist. Das Gericht mit seiner Anklage vertritt den alten Zustand der Gesellschaft, das Verdikt der Geschworenen den neuen. Ich bin von G.'s doppelter Schuld überzeugt und hätte ihn trotzdem wahrscheinlich auch nicht verurtheilt. Die gebildete Welt genirt sich nach dieser Seite hin Rigorismus zu zeigen, läßt aus Angst der Tugendboldschaft, richtiger noch der Tugend*lüge* bezichtigt zu werden, 5 grade sein, und rafft sich erst dann zu einer Verurtheilung auf, wenn die Schuld klipp und klar ist und ein Ertappen *in flagranti* vorliegt. Der Ausgang des Prozesses beweist, daß das sexuelle Gebiet ein Gebiet ist, auf dem der Indizienbeweis zur Verurtheilung nicht mehr ausreicht, weil die moderne Welt dies nicht wünscht. Für die ganze juristische Welt ist es ein furchtbar harter Schlag und der Staatsanwalt, ein, glaub ich, forscher und gescheidter Kerl, steht da wie ein Fatzke. Es ist eine sehr ernste Sache.

406. An Georg Friedlaender

Berlin 8. Novb. 85.
Potsd. Str. 134.c.

Hochgeehrter Herr.

In aller Sonntagsstille nur ein paar Worte, um Ihnen, neben meiner Freude über die Wiederherstellung des glücklichen status quo ante, auch das Nöthige hinsichtlich Ihrer Novellette zu vermelden. Schon als ich das letzte Mal schrieb, hatte ich den ablehnenden Bescheid des Dr. Fr. Lange, Chefredakteur der »Tägl. Rundschau« in Händen, hielt aber, ich weiß nicht mehr aus welchem Grunde, damals damit zurück. Lange bezeichnet die Geschichte als zu »romantisch« und in dieser ihrer Romantik als einigermaßen überholt. Es hat mich dies Urtheil auch nicht gewundert; es ist eine Geschichte ganz *gegen* den Zeitgeschmack. Ich behalte sie aber hier und werde nächsten Sommer mein Heil damit bei Stephany versuchen; in einer großen Zeitung, verzeihen Sie den Ausdruck, »verthut« sich dergleichen und die Frage »romantisch oder nicht-romantisch« sinkt zu etwas Gleichgültigem herab, deshalb gleichgültig, weil sich unter hunderttausend Lesern immer 10,000 finden, die's aus demselben Grunde nett finden, um dessentwillen es die andern ablehnen. Ueberblick' ich aber die bisherigen Schicksale, so läßt sich wirklich (auch »romantisch«) von Aschenputel und Schmerzenskind sprechen.

Von unsrem Coloniefest haben Sie wohl in den Zeitungen gelesen; es war nicht *ganz* so schön, wie's die Zeitungen ausposaunt haben und nur in einem war nicht zu viel gesagt: die Colonistentöchter waren schön und graziös und ihren Toiletten merkte man es an, daß der *Seiden*-Webstuhl an der Wiege vieler gestanden hatte. Der Atlas knisterte von allen Seiten. –

Von Frau v. Bülow hatte ich einen sehr liebenswürdigen Brief; über ihr neustes Novellenbuch schreibe ich spätestens in nächster Woche; die Kreuz-Ztg. ist bereits mit einem ziemlich insipiden Lob-Artikel voran gegangen. – Mein Buch (die Novelle) erscheint in den nächsten Tagen; sobald es da ist, schicke ich es Ihnen. Empfehlen Sie mich Ihrer verehrten Frau wie der »schönen (Papier-)Müllerin«. Einen Kuß der kleinen Mohnblume von ihrem und

Ihrem Th. F.

407. *An Friedrich Fontane*

Berlin 16. Novb. 85.
Potsd. Str. 134. c.

Mein lieber Friedel.

Seit Deiner Abreise hast Du nichts von uns gehört und es ist hohe Zeit, daß wir ein Lebenszeichen geben. Mama, wie Du Dir denken kannst, steckt seit dem 14. tief in Briefschulden und so habe ich es übernommen, Dir statt ihrer für Deinen lieben Brief zu danken und Dir ein bischen was zu erzählen. – Das Fest am 3. verlief sehr hübsch und was über junge Colonie-Schönheiten in den Zeitungen gestanden hat, war keine

Uebertreibung. Bei Tische – an der Béringuier-Tafel – hatten wir relativ gute Plätze: Mama saß neben einem Herrn Ravené (wahrscheinlich Bruder oder Vetter meines Van der Straaten in L'Adultera) während meine Nachbarin eine reiche Frau Dinglinger geb. Fonrobert war. Wir plauderten ganz angenehm und Theo spendirte zum Schluß eine pikfeine Flasche Hochheimer. Natürlich schmeckte er so wie der (Brauneberger) den wir vorher getrunken hatten, aber der Name und der Preis sind das Entscheidende und so hatten wir denn das Gefühl eines großen Moments. Nach Tisch ging ich; Mama blieb mit George und Theo, die dann noch bis in die halbe Nacht hinein getanzt und sich recht gut amüsirt haben, Theo in constantem Geplauder mit seiner ganz pikanten Marion, George im Geplauder mit einem hübschen Fräulein Bandonia, Vater Rentier und Häuserbesitzer. Mache aber in etwaigen Briefen an die Brüder keine Bemerkungen hierüber, – man kann nie wissen wie's aufgenommen wird. Am 26. oder 27. d. M. soll nun eine große Nachfeier sein, an der alle die, die bei dem Feste mitwirkten, theilnehmen werden; Mama und George werden hingehn, ich durch Abwesenheit glänzen.

Mete ist seit dem 7. oder 8. in Rostock und es geht ihr nach wie vor gut, was uns sehr glücklich macht, um so mehr als auch ihr Wesen ruhiger, weicher, zufriedener geworden ist; übermorgen kommt Onkel Witte und wird uns von ihr erzählen. – »Unterm Birnbaum« ist nun erschienen; Honorar und 20 Exemplare (darunter sogar 10 gebundene) sind in meinen Händen und man sieht, es geht alles prompt und flink. Möchte auch der Verkauf flink gehn, aber es wird wohl nicht, und dann schwindet die letzte Hoffnung auf Erfolg hin. Macht mich übrigens nicht unglücklich. – Mein Befinden ist nicht gut, was mir doppelt fatal ist, da ich noch eine längre Dichtung zu Menzels 70. Geburtstag (8. Dezember) zu Stande bringen möchte. – Unter den Gratulanten zu Mamas Geburtstag war auch Hans Wagner [?], ich glaube von Hamburg oder Bremen aus, was wir ihm als eine große Aufmerksamkeit angerechnet haben. Gestern waren wir zum Souper bei Friedr. Stephany, Staatsanwalt Heinemann mein Tischnachbar, von dem ich noch viel Interessantes in der Frage Graef – Lindau – Frenzel erfuhr. Lindau selbst will mich morgen besuchen; bin neugierig was es sein wird. Mama grüßt herzlich und wünscht Dir das Beste. So thu' auch ich, und bin wie immer Dein alter

Papa.

408. An Georg Friedlaender

Berlin 16. Novb. 85.
Potsd. Str. 134.c.

Hochgeehrter Herr.

Allerschönsten Dank für den lieben, hübschen, liebenswürdigen und nur allzu schmeichelhaften Brief, wie zugleich für den eingerahmten Goethe. Das alte Medaillon ist vorläufig noch das bevorzugte, was zu erzählen eine lange Geschichte gäbe. Wir freuen uns herzlich mit Ihnen, daß Sie nun wieder alles frisch und gesund um sich haben und die nicht-schönen Tage von Hirschberg (im Gegensatz zu denen von Aranjuez) vorüber sind.

Das kl. Manuskript bitte ich noch behalten zu dürfen; man kann nie wissen.

Anbei nun der »Birnbaum« in bequem lesbarer Gestalt. Daß keine schöne, herzerquickliche Gestalt darin ist, wer dies auch gesagt haben mag, ist richtig und keine üble Bemerkung, das Schöne, Trostreiche, Erhebende schreitet aber gestaltlos durch die Geschichte hin und ist einfach das gepredigte Evangelium von der Gerechtigkeit Gottes, von der Ordnung in seiner Welt. Ja, das steht so fest, daß die Predigt sogar einen humoristischen Anstrich gewinnen konnte. –

Mir geht es nicht gut, bin ich wieder gesund, schreibe ich mehr. Unter Gruß und vielen Empfehlungen wie immer

Ihr herzlich ergebenster
Th. F.

Ihre Frau Mama hatte die große Güte bei uns vorzusprechen und uns einen frühern Band von Hans Arnold zu schicken; meine Frau wird den Besuch in den nächsten Tagen erwidern.

409. An Elise Weber geb. Fontane

Berlin 20. Novb. 85. Potsd. Str. 134.c.

Meine liebe Lise.

Heyse, wie ein eben eingetroffener Brief von ihm berichtet, will nun doch noch *die* Novelle schreiben, zu der Du ihm vor beinah 20 Jahren den Stoff gegeben hast: die Geschichte von einer adligen Dame, die mit einem Schauspieler durchgeht, von Ort zu Ort zieht, und dann im kl. Ruppiner Georgs-Hospital, ihr Leben beschließt. Kannst Du nun vielleicht noch einige *Namen* angeben, Namen von Familien oder Ortschaften, Namen von Pastoren oder Spittelfrauen oder umliegende Lokalitäten? Das Beste wären Details zur *Geschichte als solcher*, also bestimmte Erlebnisse der Dame. Bitte, schreibe mir auf, was Du weißt. Grüße die Kinder, bez. Weber wenn er da ist. Wie immer Dein alter

Th. F.

Emilie kommt Anfang der nächsten Woche und bringt die Schüssel zurück.

410. An Paul Heyse

Berlin 20. Novb. 85
Potsd. Str. 134. c.

Mein lieber Paul.

Die eigentliche Wisserin der Geschichte ist die ehemals schöne »Tante Lise«, jetzt nur noch ein Schatten (aber dick) alter Herrlichkeit. Man sieht allenfalls noch, »wie *mächtig* war die Eiche«, aber von Schönheit nichts mehr. Glücklicherweise für Deine Novelle gleichgültig; alte Muhmen erzählen am besten. Sobald Lise meine Anfrage beantwortet hat, schicke ich Dir ihren Brief oder ihre Aussage. Denn sie lebt jetzt hier.

Nun Lokalton! Es ist lächerlich, wenn man seine eignen Bücher empfiehlt, aber ich glaube, Du findest in meinem Bande »Ruppin« alles was Du brauchst und noch ein bischen mehr. Allerdings ist es schon etwas zu spät; ist man erst im Produciren, so wirkt neu hinzukommender Stoff, und wenn es auch blos Landschaftliches und Anekdotisches wäre, nur störend. Liegt es aber zufällig günstiger, so empfehle ich Dir die Kapitel: Gantzer und Frau v. Jürgaß, die Ruppiner Schweiz, Wusterhausen a. D. (mit seinem Beguinenhause), Lindow mit seiner wundervollen Klosterlage und Groß-Menz und der große Stechlin. In diesen Kapiteln hast Du alles: Historisches, Landschaftliches, kleine Schnurren und ein richtiges Bild von dem äußersten *Kleinleben* der armen Mark Brandenburg.

Empfiehl mich angelegentlichst. Wie immer Dein

Th. F.

Natürlich ist es mir eine Ehre, das M. S. später durchzusehn.

411. An Elise Weber geb. Fontane

[Postkarte. Poststempel: Berlin W. 30. 11. 85]

Meine liebe Lise. Sei bestens bedankt, empfiehl mich auch Frl. L. v. G.; denn der Brief mit seiner Fülle von Details ist eine Leistung. Ob ich ihn H. schicke, weiß ich noch nicht; er, H., ist schon mitten in der Arbeit und da könnten die Häßlichkeiten ihn stören, unter allen Umständen ist der Brief aber *mir* werthvoll; ich kann ihn 'mal in den ›Wanderungen‹ vorzüglich verwerthen. Grüße die Kinder. Ergeh es Dir gut. Wie immer Dein

Th. F.

412. An Richard Rackwitz

Berlin 5. Dezb. 85.
Potsd. Str. 134. c.

Hochgeehrter Herr Doktor.

Besten Dank für Ihre freundl. Zeilen und das Büchelchen, das ich, wenn die Weihnachtsfluthen verlaufen sind, in Ruhe lesen werde.

Nach etwas Biographischem habe ich gesucht, – alles weg; man schickt es und kriegt's nicht wieder. So fand ich in dem betr. Bündel nur Ausschnitte, Besprechungen einzelner Sachen. Ich schicke Ihnen, was W. Lübke seinerzeit in der A.A.Ztg. über Grete Minde und Ellernklipp geschrieben hat; nehmen Sie hinzu, was in den verschiednen »Vorworten« etc. zu meinen Wanderungen und last not least in meinem kl. Buche »Kriegsgefangen« steht, so haben Sie die schönste Biographie.

In vorzügl. Ergebenheit

Th. Fontane.

Den Ausschnitt aus d. A. All. Ztg. läßt mir Ihre Güte wohl wieder zugehen.

413. An Friedrich Fontane

Berlin 11. Dezb. 85.
Potsd. Str. 134. c.

Mein lieber Friedel.

Habe Dank für Deine Karte vom 8. und die freundlichen und mich sehr interessirenden Mittheilungen über den Grote'-

schen Verlag und seine Weihnachtsnovitäten. Ich fürchte nur, daß sich das alte Lied wiederholen und *alles* gehen wird, nur meine Novelle nicht. Ich muß mich drin finden; Gott hat mir ein Talent gegeben, dafür muß ich dankbar sein, Erfolg hat er mir *nicht* gegeben und darüber darf ich nicht murren. Jedem fehlt etwas und mir nun grade *das*. Ich bin verständig genug, es nicht für eine Hauptsache zu halten; vieles andre ist wichtiger.

Meine Schicksale nach dieser Seite hin haben etwas geradezu Komisches und es bleibt immer dasselbe. So habe ich jetzt ein langes Gedicht zu Menzels 70. Geburtstag gemacht, der am 8. Dezember gefeiert wurde, am 9. war Fortsetzung des Festes (solennes Frühstück, Mama zugegen, ich nicht) und am 12., morgen, wird ein großes Künstlerfest den Schluß bilden. Ich erwartete, Menzel würde mir schreiben: »lieber Freund, alles war sehr schön, aber Ihre Huldigung war das Schönste.« Was ist nun geschehn? Alles hat mir gehuldigt, der Kronprinz, der ganze Menzelsche Freundeskreis, Pietsch, Anton v. Werner etc. und drei, vier Zeitungen (vielleicht noch mehr) haben es, trotz seiner Länge, aus der Vossin abgedruckt, nur von Menzels Seite her, habe ich in diesen 4 Tagen noch kein Wort gehört; er und die Seinen haben es noch gar nicht gelesen. Es ist auch nicht zu verwundern, so groß waren die Anstrengungen, aber es würde doch vielleicht anders liegen, wenn das Gedicht von einem andern geschrieben wäre. Bei mir ist es von vornherein Schicksalsbeschluß, daß ich einen totalen Abfall erleben muß. Im Sommer war mit meinem langen Bismarck-Gedicht dieselbe Geschichte. Gar keine Antwort. Nun es muß auch *so* gehen. – Wichtiger ist mir die Geschichte mit Müller-Grote; da sich auch von der Familie seit Marthas Abreise niemand hat sehen lassen, so muß eine Verstimmung vorliegen, zu der mir der Schlüssel fehlt. Im Uebrigen geht hier alles ganz leidlich, Mama ist munter, George glücklich in seiner neuen Hauptmannschaft und auch mir fehlt nichts. Blos zu kalt ist es mir, was mich am Spazirengehen hindert. – Neuerdings habe ich wieder mit Kroener correspondirt, weil ich *die* Novelle, die er wünscht, vor Neujahr 87 (statt Sommer 86) nicht abliefern kann. Der Verkehr mit ihm ist höchst angenehm; immer perfekter Gentleman in Gesinnung und Form. Von *diesem* Schwaben könnten unsre Berliner viel lernen, die alle mehr oder weniger sonderbar sind, entweder großmäulig oder benglig oder pfiffig oder ruplig [?] oder gar mit Gelehrsamkeits-Allüren. Das sind die schlimmsten. Uebrigens rechne ich Langenscheidt *nicht* zu diesen. Und nun Adieu.

Dein alter Papa.

Wenn Du antwortest, berühre alles was ich geschrieben, gar nicht oder nur ganz kurz.

Dein Alter.

414. *An Wilhelm Hertz*

Berlin 11. Dezb. 85.
Potsd. Str. 134.c.

Sehr geehrter Herr Hertz.

Ueber kurz oder lang soll nun also – wie mir Ihr Herr Sohn zu meiner Freude mittheilte – der Druck der 2. Auflage von »Spreeland« beginnen. Was ich damals zu sagen vergaß, möcht' ich, ehe mich der erste Correktur- oder selbst Revisions-Bogen überrumpelt, heute schon aussprechen dürfen, nämlich die herzliche Bitte, daß ich mit Correktur resp. Revision gar nichts mehr zu thun habe, so daß die Sache den Charakter gewinnt, als wäre ich schon todt. Ihre Güte wird gewiß für eine gute und gewissenhafte Durchsicht, sei's bei Freund Buchbinder in Ruppin, sei's bei einem andern, sorgen. *Ich* kann nicht mehr; es ist *zu* langweilig für mich und bei meiner vielleicht kindischen Peniblität in Drucksachen *so* zeitraubend, daß das Honorar beinah wieder draufgeht. Dreiviertel meiner ganzen literarischen Thätigkeit ist überhaupt corrigiren und feilen gewesen. Und vielleicht ist 3/4 noch zu wenig gesagt. Hätte ich die Kunst des »Festhinsetzens« zu üben verstanden, so hätte ich vielleicht auch eine Stube mit Atlas-Tapeten. Die ich übrigens nicht sehr entbehre.

In vorzügl. Ergebenheit

Th. Fontane.

415. *An Ludwig Pietsch*

Berlin 23. Dezb. 85.
Potsd. Str. 134. c.

Theuerster Pietsch. Sie haben mir durch Ihre beschämend freundliche Besprechung meiner Novelle schon am Weihnachts-

Vorabend eine Weihnachtsfreude gemacht. Daß sich etwas von Wehmuth mit in diese Freude hineinmischt, steigert sie nur. Sie sind ja jünger wie ich und stehen auch noch forsch und fest im Leben, aber auch *Sie* werden vielleicht empfinden, daß neue Menschen um uns her geboren wurden, die zu neuen Göttern und Götzen beten. Ich komme aus diesem Gefühl nicht mehr heraus und bin vereinsamt. Und es ist gerade an den *glücklichen* Tagen, wie heute, daß einem dies am lebhaftesten vor die Seele tritt. Mit einer Art Schauder denkt man an die Möglichkeit, daß man rankehaft alt werden und dann Mitleids-Obol einer von Pietät und ähnlichen Schnurrpfeifereien emancipirten Jugend verfallen könnte. Die paar Alten sollten deshalb, so weit es Charakter und Verhältnisse zulassen, zusammen halten. Ueber diese Allgemein-Betrachtungen vergess' ich aber die Hauptsache: die Besprechung. Alles Lob schmeckt und geht einem glatt 'runter, aber neben diesem süßen Alltags-Lob giebt es doch noch ein Festtags-Lob, das einen erquickt, stärkt, erhebt. Kein Zucker, sondern Wein. Sie haben Menzel und Turgenjew genannt und zu Beiden blick ich als zu meinen Meistern und Vorbildern auf. Es ist die Schule, zu der, so weit meine Kenntniß reicht, nur noch *Rud. Lindau* gehört. Heyse (so groß sein Talent) *nicht*, weil er nicht richtig empfindet. Keller und Storm, beide von mir verehrt, sind Erscheinungen für sich. Hopfen wäre famos, wenn er nicht nebenher auch noch Hopfen wäre. Er hat zu viel von sich selbst. Hasige Hasen schmecken nicht. In ›Nord u. Süd‹ stehen *sehr* interessante Turgenjew'sche Briefe. Nochmals besten Dank. Empfehlung Ihren Damen. Wie immer Ihr

Th. Fontane

416. An Karl Zöllner

Berlin 27. Dezb. 85. Potsd. Str. 134.c.

Mein lieber alter Chevalier.

Laube, wenn ein Schauspieler zu spät kam oder ungeschickt spielte, schrie ihn an: ›ja, ja, Sie haben *Unglück*.‹ Zu diesen Schauspielern und Statisten gehört auch mein lieber alter Theo. Ein vorzüglicher Kerl, der beste meiner Kinder, ein Edelstein, aber von der bekannten Sorte. *Dies* durfte ihm nicht passiren, und es ist ihm passirt, weil es ihm an Geschmack, Einsicht und Umblick gebricht, weil er ein Scheuklappenmensch ist, der ohne nach links und rechts zu blicken, auf einen Punkt los stürmt. Jeder hätte sich zu vergewissern gesucht, Fühlhörner ausgestreckt, *er* tappte drauf los. Nun haben wir den Salat. Hoffentlich nimmt er sich eine Lehre daraus. Ueber die Sache blank weg zu schweigen, schien mir nicht angebracht; so habe ich diese Zeilen geschrieben und würde mich freun, auch mündlich (bei Gelegenheit) mit Dir darüber sprechen zu können. Vorläufig liegt die Sache so für mich, daß jedes Mitgefühl (das einzige, was ich sonst wohl statt Liebe leiste) in Aerger und Mißstimmung untergeht. Treffliche aber pedantische Naturen, die abruzzenhaft vorgehn, erscheinen mir als ein großer Stilfehler. Empfiehl mich. Wie immer Dein alter

Noel.

417. An Friedrich Fontane

Berlin, 30. Dezember 1885
Potsdamer Str. 134c.

Mein lieber alter Friedel!

Habe schönen Dank für Deinen lieben Brief, seine Mitteilungen und seine Glückwünsche, die nach den verschiedensten Seiten hin ausstrahlen: Verlobung, Geburtstag, Neujahr.

Ich bin sehr erfreut, daß Dir Heiligabend und 1. Feiertag so gut vergangen ist; von Schwarz sehr fein und aufmerksam; empfiehl mich ihm, wenn es paßt.

Den Kragenumtausch wird Mama bewerkstelligen; sie schreibt Dir dann ausführlich; vorläufig ist alles Unruhe, Trouble, kolossales Quantum von Konversation.

Braut und Schwiegereltern sind sehr nett.

In einer halben Stunde muß ich ins Theater (Gastspiel) und morgen, am Silvester, wieder neues Stück.

Daß ich heute vormittag telegraphisch bei Dir anfrug, hatte darin seinen Grund, daß Mama schon seit drei Tagen, ich aber spätestens heute bis 10 Uhr einen Brief von Dir erwartete. Als er ausblieb, dachte ich, Du könntest krank sein und schickte das Telegramm. Erst 5 Uhr nachmittags kam das kleine Paket samt Brief, was die Sache erledigte. Wie Weihenstephan mitunter schlecht ist, so ist auch Stephan nicht immer zuverlässig: Dein Weihnachtstönnchen, das Du, samt Brief, am 22. aufgegeben hattest, kam erst am 26. hier an. Oder vielleicht war der Brief am 22. geschrieben; aber doch unter allen Umständen eine sehr späte Beförderung.

Nun ergeh es Dir gut, morgen im alten und dann so weiter im neuen Jahr. Wie immer

Dein alter Papa.

Besten Dank auch für Wandkalender und Pencil. An H. Wagner schicken wir die Anzeige und sogar einen kleinen Brief. Das Telegramm wird Dir natürlich ersetzt. Wie immer Dein

Alter.

1886

418. An Paul Heyse

Berlin 4. Januar 86

Mein lieber Paul.

1853 fand in der Luisenstraße 35 drei Treppen hoch eine Nach-Weihnachtsfeier statt, zu der alle unverheiratheten Freunde erschienen. Auch du. Für George, damals 2jährig, war auf einem auf zwei Stühlen liegenden Plättbrett aufgebaut. An der Front desselben entlang marschirend, die kleinen Hände napoleonhaft auf dem Rücken, sagte er mehrmals vor sich hin: »Glücklich, Papa«, was auf alle einen Eindruck machte, auch auf Dich, weshalb Du jahrelang nie fragtest: »was macht George« sondern immer nur: »was macht Glücklich Papa.« *Da*rauf waren die 2 Worte eine Anspielung. Die am sinnigsten herausgediftelten Finessen fallen immer in den Brunnen, womit ich Dir schwerlich etwas Neues sage.

Mit Freuden entnehmen wir Deinem lieben Briefe, daß Aussicht vorhanden ist, Dich über kurz oder lang hier zu sehn.

Und nun die *»Stiftsdame«*. Das Kapellchen vor dem Rheinsberger Thor in Ruppin ist ein *Spittel,* in das die Stadtbehörde, nach jedesmaligem Befinden, ein armes hülfebedürftiges Mütterchen hineinsetzt. Nichts von Statuten. Oder doch kaum. Soll es aber ein *Stift* sein, was Dir vielleicht besser paßt, so werde ich an unsre alte Freundin (Lepel- und Heyse-Schwärmerin) Fräulein v. Rohr schreiben, die zu Kloster Dobbertin in *Mecklenburg* lebt. Also ganz ächt. Da giebt es Statuten, ich habe selbst so was in Händen gehabt.

Der seinerzeit zwischen uns besprochene Brief von Fräulein v. Goerschen, Freundin von »Tante Lise«, ist übrigens eingetroffen, 4 eng gekritzelte Seiten voll und nicht übel. Für Dich aber, glaub ich, blos störend, weshalb ich ihn Dir absichtlich nicht geschickt habe. Das Häßliche prävalirt schließlich so stark, daß es Dir die Gestalt bloß verleidet und die Schaffenslust geschmälert hätte. Mir wenigstens geht es so, daß wenn ich erfahre, »Gott, das war ja alles ganz anders« so brauch ich lange Zeit, den Eindruck davon zu verwinden.

Wie immer Dein alter

Th. F.

419. An Georg Friedlaender

Berlin 6. Januar 86.
Potsd. Str. 134.c.

Hochgeehrter Herr.

Mein »Juchzer« über die Hörner-Schlittenfahrt wird bereits zu Ihnen gedrungen sein; ich bin sicher, daß Sie mit diesem reizenden kleinen Aufsatze vielen Berlinern gestern eine rechte Herzensfreude bereitet haben, am meisten den Schlesiern die hier wohnen und am allerallermeisten den zahllosen »Sommerfrischlern«, die fast noch rübezahlrischer gesonnen sind, als die, die dem guten alten Kerl direkt unterstehn. Etwa wie die Baiern jetzt noch kaiserwilhelmlicher sind als die Brandenburger. Ich bin stolz darauf, Sie bei der »Vossin« eingeführt zu haben und der Rest Ihrer Kriegsbeschreibungen und Erlebnisse wird nach diesem Zwischengericht doppelt willkommen sein. Dic Wirkung desselben würde noch größer gewesen sein, wenn Sie sich 3/4 Spalten gespart und etwa bei dem Absatze: »Aber da steht ja schon eine ganze Wagenburg etc.« begonnen hätten. Der Anlauf zu dem Sprung ist zu groß. Früher war das ab ovo gestattet, jetzt bevorzugt man das in medias res-gehen. Und dies ist offenbar ein Fortschritt. Der Inhalt muß sich mit der Ueberschrift decken; Extra's unstatthaft.

Und nun herzlichen Dank für den so liebenswürdigen und so schmeichelhaften Geburtstagsbrief, auf dessen zweiter Seite sich 'mal wieder die faust-hamlet'sche Berlin-Sehnsucht regte. »Und wenn's auch nur das Schauspielhaus wär'.« Aber glücklicherweise scheint es nur ein Anfall gewesen zu sein und ich lese in der »Hörnerschlittenfahrt« zu meiner Freude: »was

Berlin, was Friedrichsstraße!« Daß beide Gedanken in einer Minute nebeneinander wohnen können, weiß ich aus eigener Erfahrung, jeden Tag will ich in die Einsamkeit und jeden Tag fühl' ich, daß es Potsdammer Straße 134c. doch schließlich am besten ist. Eigentlich ist es ein Glück, ein Lebelang an einer Sehnsucht zu lutschen; einige sagen ja sogar, das ganze Leben sei nur dazu da, sich das Ferne, das Unbestimmte zu wünschen.

Ob ich wieder nach Krummhübel komme? Mehrere Wochen hatte ich keine rechte Lust dazu und sann über andre Plätze (etwa bei Hohenwiese hinauf) nach, ich habe mich aber »wieder gegeben« was glaub' ich ein Berolinismus ist. Schließlich ist es doch sehr schön in K., und wo fänd' ich Personen, die mich so trügen und verwöhnten wie gewisse Schmiedeberger, deren Namen ich klüglich verschweige. So wird es denn wohl wieder Krummhübel werden (jedenfallls das Hirschberger Thal) und meine Frau zählt jetzt schon die Tage; sie muß sich hier *zu* sehr quälen und abmühen und blickt auf die 2 Schreiberschen Stuben wie auf einen Ruhehafen. Die Anzeige von der Verlobung unsres Aeltesten werden Sie erhalten haben; Pfingsten soll Hochzeit sein; beide junge Leute sind sehr glücklich.

Sie schreiben mir so Freundliches über das Menzel-Gedicht und ich stecke es diesmal ohne Verlegenheit ein, weil es, glaub ich, apart gelungen ist. Uebrigens müßt' es auch mit dem Deubel zugehen, denn ich habe runde 3 Wochen dran gearbeitet. Der Erfolg war glänzend, am entzücktesten der Kronprinz, der bei Menzel, jedem der es hören wollte, erzählte, daß er es seiner Frau 2 mal beim Frühstück vorgelesen und es dann (ganz charakteristisch) »ausgeschnitten« habe. Derlei Freundliches drang von vielen Seiten her an mich heran und doch bin ich, beinah 14 Tage lang, aus dem Aerger oder richtiger aus einem sehr schmerzlichen Gefühl nicht herausgekommen. Am 7. Abends ging ich noch 'mal auf die Zeitung, um die letzte Correktur zu besorgen und erfuhr hier vom Chefredakteur: »er habe eben mit Lessing gesprochen; nun ja, es sei hübsch, sogar recht hübsch, aber eigentlich sei es doch zu viel in ein und derselben Nummer erst einen langen Menzel-Artikel und dann auch noch ein langes Menzel-Gedicht zu bringen«, kurzum man ließ mich fühlen, daß man das Gedicht nur aus *Gefälligkeit* drucke und weil es doch nun mal da sei. Ich hatte geglaubt, man würde mich umarmen (und man hätt' es *ge-*

mußt) und mir alle möglichen schönen Dinge sagen. Ja, ich mache Ihnen gern und offen das Bekenntniß, ich hatte geglaubt, man werde mir 12 Flaschen Champagner oder dergleichen ins Haus schicken. Denn Menzel war am 8. Dezember das große Tages-Ereigniß und wer das Glück hat, für ein Tagesereigniß das ausschlaggebende Wort zu finden, der muß schon vom *geschäftlichen* Zeitungsstandpunkt aus belohnt und gefeiert werden. Aber Kuchen! Dies alles war indessen blos Vorspiel. Menzel selbst gab kein Lebenszeichen und kam erst am 10. oder 11. Tage, um sich zu bedanken. Es kann Zufall gewesen sein, will sagen unbeabsichtigt, aber selbst *dann* ist es starker Taback. Wenn man jemanden *so* feiert, so muß der Gefeierte auf der Stelle Zeit zu einem Telegramm oder einer Rohrpostkarte finden und nicht zehn Tage vergehn lassen. Es wird aber wohl anders liegen und der Grund seiner Säumniß in einem gewissen Mißfallen zu suchen sein. Irgendein Wort hat ihm nicht zugesagt oder ihn geradezu verdrossen und er hat Zeit gebraucht, sich zu recolligiren. Auch *das* läßt sich verzeihn, aber sehr angenehm ist es nicht für *den*, der auf seinen ehrlich verdienten Dank wartet. Die Welt ist wunderbar. Im Uebrigen, wie sie auch sei, Ihnen und Ihrer lieben verehrten Frau die herzlichsten Neujahrswünsche von

Ihrem treu ergebensten

Th. Fontane.

420. An Mathilde von Rohr

Berlin 9. Januar 86. Potsd. Str. 134. c.

Mein gnädigstes Fräulein.

Ergebensten Dank für Ihre lieben Zeilen zu meinem Geburtstage, welchen letztren ich in leidlichem Trouble verlebt habe, denn am Abend war ein Gastspiel im Theater, das mich hinrief. Noch angestrengter war der andre Tag, wo ich die Kritik schreiben und am Abend das herkömmliche *neue* Sylvesterstück sehen mußte. Diesmal (›Tilli‹ 4 aktiges Lustspiel) sehr zu meinem Vergnügen.

Unter den Gratulanten zum 30. waren natürlich auch die neuen Schwiegereltern sammt Braut, die zu Tisch blieb und in Aßmannshäuser, den uns der gute Theo zum Geschenk gemacht hatte, tapfer mittrank. Es ist ein sehr liebes Mädchen, gütig, gebildet, hübsch, wirthschaftlich und wohlhabend, unter welchen 5 guten Eigenschaften die Wirthschaftlichkeit beinah obenan steht, speziell für George. Pfingsten soll die Hochzeit sein; das junge Paar wird eine Villa beziehn, die die Schwiegereltern in Groß-Lichterfelde besitzen und die jetzt leer steht.

Im Uebrigen verlaufen unsre Tage ruhig, wenigstens ruhig für *mich* (meine Frau ist viel im Trab) was ich als ein Glück empfinde. Ich bin nicht menschenfeindlich, aber menschenscheu; dazu kommt, daß mir die literarische Collegenschaft so wenig gefällt – *nicht* auf der Vossin, *da* sind noch die besten – sondern das sogenannte ›höhere Schriftstellerthum‹, das nur noch aus dem Bengelthum sich rekrutirt. Diese Klage ist freilich alt, die absterbende Generation hat immer so gesprochen, aber so gewiß es wahr ist, daß Nationen sich ändern, so ändern sich auch Stände. Die Franzosen, sonst so artig, sind jetzt rüpelhaft und dieselbe Bezeichnung läßt sich dem jungen Schriftstellerthum beilegen. Alle Bescheidenheit ist aus der Welt und in vielen Kreisen herrscht ein Ton, als ob man unter den Goldgräbern in Californien lebte.

Fritz Kannacher von Hobrecht habe ich gelesen; es ist kein hervorragendes, kein talentvolles, aber ein recht gutes und lesbares Buch, worauf ich – jetzt am Ende meiner Tage – wieder Gewicht zu legen beginne, nachdem ich ein Lebelang gesagt und gestrebt habe: ›nur auf die *Kunst* kommt es an.‹ Gleichzeitig mit Fritz Kannacher las ich Paul Heyses letzten Novellenband; nun, er hat nie Formvollendeteres und künstlerisch Abgerundeteres geschrieben und doch bin ich dieser seiner Kunst nicht froh geworden. Im Gegenteil. Schmerzlich genug, und um so schmerzlicher, als ich mir im selben Augenblick sage: ›ja, so urtheilen nun vielleicht andre auch über *Dich* und sagen auch von Dir, was nutzt mir die ›Kunst‹.‹ Das Einzige was einen hält, ist das gute Gewissen, nach bestem Vermögen und Erkennen, das Seine gethan zu haben. Meine Frau schreibt nächstens und erzählt Ihnen Weitres. Unter herzlichen Neujahrswünschen, Ihr dankbar ergebenster

Th. Fontane.

421. An Mathilde von Rohr

Berlin 11. Januar 86. Potsd. Str. 134. c.

Mein gnädigstes Fräulein.

Heyse schreibt eine Novelle, die in Ruppin spielt und den Gegensatz behandelt, daß eine feine adlige *Stiftsdame*, von der Theatersucht befallen (wohl auch etwas Liebe dabei) schließlich im *Georgs-Spittel* in Ruppin ein Armen-Unterkommen und endlich den Tod findet. Es reizt ihn der Gegensatz von *Stifts*dame und *Spittel*frau; dazu als verführerisches Element die Theaterpassion.

Er möchte nun gern etwas von Stift, Stiftswesen und Stifts-*Statuten* wissen, auf welchen Wunsch hin ich ihm schrieb: ›Da wird unsre Freundin und Gönnerin, Fräulein v. Rohr, helfen können.‹ Und an diese zu schreiben und zu bitten, bittet *er* mich jetzt. Ich denke mir, daß sich solche, für die Mehrzahl der Stifte geltende Stifts-Statuten in Ihren oder des Stiftshauptmanns Händen befinden werden und daß es Ihnen nicht schwer fallen wird, mir irgend was Gedrucktes der Art für unsren Freund und Dichter in München zu schicken.

Zugleich frägt er an, *wann* (vor 30 Jahren) ein Freifräulein mündig wurde?

Auch das wird Ihnen leicht sein in Erfahrung zu bringen, noch wahrscheinlicher, daß Sie's aus eignem Erlebniß wissen.

Pardon, für die vielen Fragen; aber ich kenne ja Ihre Hülfebereitschaft und Ihr Interesse für diese Dinge. Tausend Grüße u. Empfehlungen von Ihrem ganz ergebensten

Th. Fontane.

422. *An Wilhelm Hertz*

Berlin 11. Januar 86.
Potsd. Str. 134. c.

Sehr geehrter Herr Hertz.

Seit einigen Wochen wechseln Heyse und ich Karten und Briefe betreffs einer *Ruppiner*-Novelle, mit der er sich trägt (Alter Stoff aus »Tante Lisen's« Zeiten her.) Die heut erhaltene Karte spricht an einer Stelle eine mir schmeichelhafte Sehnsucht nach einem Bande »Wanderungen« aus, welchem Verlangen, unter sothanen Umständen, wohl am besten durch einen Band »Ruppin« abzuhelfen oder zu genügen wäre. Läßt Ihre Güte ihm solchen Band wohl zukommen? Ich hoffe.

Und nun noch eins. Band IV. (Spreeland) beginnt mit einem Spreewald-Kapitel und hat gleich auf der 2. oder 4. Seite eine Anmerkung über Gurkenzucht etc. Die betr. Zahlen sind aber ganz veraltet, weshalb ich neulich an den Kaufmann und Sauregurkenhändler Grohmann in Lübbenau geschrieben und auf das Fäßchen hin, das wir alljährlich von ihm beziehn, angefragt habe: »wie das eigentlich jetzt mit den Gurken- und Meerrettig-Zahlen stünde?« Er hat mir auch geantwortet, er wolle *fragen*. Aber dabei ist es geblieben. So bitte ich *Sie* denn freundlich, mir die Lübbenauer *Buchhändler-Firma*, die's doch wohl geben wird, nennen zu wollen, damit ich an *diese* schreiben und wegen der Gurkenproduktion anfragen kann.

In vorzüglicher Ergebenheit

Th. Fontane.

423. An Paul Heyse

[Postkarte. Poststempel: Berlin W. 11. 1. 1886]

Alles besorgt! Erfüllen sich meine Wünsche, so hast Du in wenigen Tagen eine Antwort aus Dobbertin und einen Band »Ruppin« aus der Behren-Straße. Das Beste darin ist ewas, das ich mal einem Einpacke-Bogen entnommen habe: Friedrich der Große, 70jährig, bereist das Dosse-Bruch und die Ruppiner-Gegend in der er als 20jähriger Prinz und Oberst gelebt hat, und ist glücklich, die Dörfer und die Menschen wieder zu sehn. Ein langer Dialog zwischen ihm und Amtmann Fromm. Es ist das Entzückendste, was man lesen kann!

Dein alter Th. F

424. An Jesco von Puttkammer

Berlin 20. Januar 86.
Potsd. Str. 134. c.

Hochgeehrter Herr v. Puttkammer.

Eben als ich mich niedersetzen wollte, den Inhalt meiner *Cécile*-Novelle kurz zu skizziren, kamen Ihre freundlichen Zeilen, für die ich bestens danke.

Die Novelle wird 7 Bogen (vielleicht ein paar Seiten mehr) von »*Nord und Süd*«-Format und Druck, wonach ich immer zu rechnen pflege, umfassen. Honorar 500 Mark pro Bogen, zahlbar nach Empfang des Manuskripts.

Dem Beginn des Drucks zu Ende Februar würde nichts entgegenstehn, da nicht blos die Abschrift der Novelle, sondern auch die nochmalige Durchsicht derselben bis dahin bis wenigstens zur *Hälfte* beendigt sein würde; 14 Tage später dann auch die Durchsicht der *zweiten* Hälfte.

In vorzüglicher Ergebenheit

Th. Fontane.

Herr v. *Gordon*, früher preußischer Offizier, jetzt englischer Civil-Ingenieur, kehrt nach 7jähriger Abwesenheit (Draht- und Kabellegung in Indien und Persien) besuchsweise nach Deutschland zurück und nimmt Wohnung im Hôtel Zehnpfund in Thale. Hier macht er, wenige Tage später die Bekanntschaft des St. Arnaud'schen Ehepaares, *er* Garde-Oberst a. D., *sie* schöne Frau par excellence, nerven- und herzkrank. Man verlebt gemeinschaftliche glückliche Tage, deren Glück durch etwas Dunkles und Verschleiertes, das über der schönen Frau liegt, in Gordons Augen eher gesteigert als gemindert wird. Als er auf dem Punkte steht sich regelrecht zu verlieben, wird er von seiner Firma nach Bremen hin abberufen und verläßt Thale mit widerstreitenden Empfindungen, schmerzlich bewegt und zu gleicher Zeit beruhigt, einer ihm drohenden Gefahr entrissen zu sein.

Zwei Monate später ist er in Berlin und führt sich in das St. Arnaudsche Haus ein. Er findet die schöne Frau (Cécile) heitrer, gesünder, frischer als früher, selbst die leise Nebeltrübe der Thalenser Tage fehlt. Ein liebenswürdiger Hofprediger, Cécile's besondrer Freund, fördert das freundschaftliche Verhältniß, von dem er sich für sein schönes, gemüthskrankes Beichtkind alles mögliche Gute verspricht. Man ist gegenseitig glücklich. Da trifft endlich Antwort auf einen Brief ein, den Gordon, anfragend, schon von Thale aus an seine Schwester Clotilde nach Liegnitz hin richtete und der – weil Clotilde mit Freunden und Bekannten in Süd-Tirol umherreiste – nicht eher beantwortet werden konnte. Dieser Brief, dem das Zettelchen einer besteingeweihten oberschlesischen Freundin beigefügt ist, erzählt die Lebensgeschichte Céciles, die darin gipfelt, aus der einen Hand in die andre übergehend, die Maitresse zweier Fürsten gewesen zu sein, erst des alten Oheims, dann seines Neffen und Erben. Verwittwet, ohne verheirathet gewesen zu sein, lernt Cécile den eben damals an die Spitze eines oberschlesischen Regiments gestellten St. Arnaud kennen und verlobt sich mit ihm. Das Regiment protestirt, es kommt zum Duell und St. Arnaud verwundet seinen Gegner, den nächstältesten Stabsoffizier auf den Tod. Er macht seine Festungsstrafe durch, nimmt den Abschied, und übersiedelt nach Berlin. Aber er steht einsam in der Gesellschaft, von der Céciles frühres Leben und das so tragisch verlaufene Duell (als Folge davon) ihn gleichmäßig scheiden.

Dies ist der Inhalt des Briefes, den zum Ueberfluß alle bis dahin gemachten Wahrnehmungen bestätigen. Gordon, sich einen dupe scheltend, lacht sich aus, und giebt, von Stund' an, seiner Werbung einen andern Ton. Cécile, eine feine liebenswürdige Natur, weist ihn ab, ihm, in rührenden Worten, das Niedrige seiner Gesinnung und seines Thuns zu Gemüthe führend. Und in der That, er ist erschüttert und geht in sich. Aber ein Verhängniß ist über Beiden, und als er, einige Wochen später, die schöne Frau, von einem frivolen und süffisanten Geheimrath, der schon vorher ein Gegenstand seiner Eifersucht war, anscheinend erfolgreich umworben sieht, läßt er jede Rücksicht fallen und fordert ihre Gunst als ob er ein *Recht* darauf habe.

Von dieser Scene hört der Oberst durch den Geheimrath und als Cécile, die bis dahin geschwiegen, den Inhalt bestätigt, indignirt ihn, nicht das Liebeswerben überhaupt, sondern die respektlose Form desselben, (respektlos gegen *ihn*), derart, daß er, nach vorgängiger Forderung, den insolenten »Drahtzieher« über den Haufen schießt. Beiläufig in Dresden, in Nähe des Großen Gartens. Er geht an die Riviera, sich allen »Weiterungen« durch Flucht entziehend und schreibt an Cécile »ihm dahin zu folgen«. Aber nicht Cécile beantwortet den Brief, sondern der Hofprediger, der über den Lebensausgang der schönen, unglücklichen Frau berichtet.

Der Grundgedanke des kl. Romans ist *der* von der unerbittlichen Macht zurückliegender Geschehnisse, die durch reinen Wandel und aufrichtige Buße vor *Gott* zu sühnen, aber *gesellschaftlich* nicht zu tilgen sind.

425. *An Adolf Kröner*

Berlin 22. Januar 86.
Potsd. Str. 134.c.

Hochgeehrter Herr.

Ihre Notiz habe ich gleich an die Vossische geschickt und bezweifle nicht, daß sie zum Druck kommt; solche kleine Bitten werden mir nie abgeschlagen; unterbleibt es *doch*, so ist es ein unglücklicher Zufall. Hoffen wir, daß diesmal sein heitrer Widerpart die Stunde regiert.

Darf ich, bei dieser sich mir bietenden Gelegenheit, noch mit einer Frage kommen? Das »*Universum*«, eine in Dresden erscheinende, mir bis dahin unbekannte Monatsschrift, hat mich um eine größere Novelle gebeten, mit dem imposanten Zusatze: »Honorarfrage gleichgültig«. Ich habe denn auch zugesagt und dem betr: Herrn *die* Novelle (»Cécile«) versprochen, mit deren Inhaltsangabe ich Sie, glaub' ich, 2 mal inkommodirt habe. So weit alles gut. Aber wie steht es mit der Zahlungsfähigkeit derer, denen die »Honorarfrage gleichgültig« ist? Wenn es nicht gegen Ihre Prinzipien verstößt, eine solche Frage wenigstens andeutungsweise zu beantworten, so bitte ich darum.

In vorzüglicher Ergebenheit

Th. Fontane.

426. An Jesco von Puttkammer

Berlin 24. Januar 86
Potsd. Str. 134.c.

Hochgeehrter Herr.

Ergebensten Dank für Ihre gef. Zuschrift vom 22., mit derem Inhalt ich in allen Stücken einverstanden bin; ich freue mich, daß sich die Dinge ohne ein langes Hin und Her gemacht haben und hege den Wunsch, daß auch das Weitere sich glatt und zu gegenseitiger Zufriedenheit abwickeln möge.

Am 20. spätestens am 22. Februar erhalten Sie die erste Hälfte des Manuskripts, etwa 14 Tage später den Rest. Es sind 26 oder 27 Kapitel, die sich am besten in 8 Abtheilungen über eben so viele Nummern vertheilen werden.

In vorzügl. Ergebenheit

Th. Fontane.

427. An Friedrich Fontane

Berlin 3. Febr. 86.
Potsd. Str. 134. c.

Mein lieber alter Friedel.

Neben der Geburtstagskiste her, deren pünktlichem Eintreffen ich nicht recht traue, sollen diese Zeilen auf hoffentlich sichreren Beinen laufen. Tritt frisch und froh in Dein neues Lebensjahr ein, thu Deine Pflicht und Schuldigkeit, bewahre Dir bescheidnen Sinn und Lust an Deinem Beruf und alles wird gut werden. An das besondre Glück der Studirten und Examinirten, der Staatswürdenträger aller Arten und Grade, glaube ich nicht recht und stehe mit meinen Sympathieen dem freien Bürgerthume näher, dem Handel und Wandel, der Kunst und Wissenschaft. Zuletzt ist jede Stelle gut, wenn man sie gut und treu ausfüllt. Ganz dumm ist die Neiderei, das Streiten um Rang und Werth; jeder ist alles und jeder ist nichts.

Von hier ist nicht viel zu berichten, wir wickeln die Tage in alter, Dir bekannter Weise ab, gehen spaziren (wenigstens ich) lesen viel und kommen dann und wann in Gesellschaft und Theater. Das Interessanteste ist immer, wenn Bismarck gesprochen hat und wenn einem dann beim Kaffee 8 Spalten vorgelesen werden. Die Getreuen aus Jever können sich ja bald wieder mit Kibitzeiern legitimiren.

George sehen wir nicht oft, er ist meistens im schwiegerelterlichen Hause an der Herkules-Brücke und nur Dienstags kommt das Brautpaar, um bei uns zu »diniren«. Die Braut ist *sehr* nett, gütig, freundlich, nachgiebig – das ist die Hauptsache.

Mama ist fleißig bei der Abschrift meiner neusten Novelle; sie wird in einer neuen Monatsschrift, die den Titel führt »Das Universum« erscheinen und zwar schon im März- oder Aprilheft. Die Bedingungen sind günstig, das liter: Ansehn nicht bedeutend, was mir aber gleichgültig ist, weil ich nicht die Erfahrung gemacht habe, daß bei berühmten Firmen und Redaktionen mehr herauskommt als bei kleinen. – Zum Schluß noch ein Wort über Karl Zöllner. Wenn er zu Deinem Geburtstage nichts schickt, und dies ist mir das Wahrscheinlichere, so bitte ich Dich, keinen Lärm zu schlagen, sondern die Sache ruhig laufen zu lassen. So wie ich aus Dresden Geld bekomme, wahrscheinlich Mitte März, frage ich Dich, wie hoch sich's noch beläuft und schicke es Dir. Ich möchte nicht, daß Eure mehrjährigen guten Beziehungen, durch solchen Zwischenfall gestört würden. Später wird er schon zur Einsicht kommen.

Wie immer Dein alter

Papa.

428. An Paul Schlenther

Berlin, d. 10. Februar 1886.
Potsdamer Straße 134 c.

Teuerster Doktor.

Eben hat mir meine Frau die zweite W.-Kritik vorgelesen. Ich finde sie vortrefflich sans phrase: klar, anschaulich, liebenswürdig und geistreich und an der entscheidenden Stelle, wo Sie das Wesen dieser Volkstragödie schildern und damit zugleich aussprechen, wie solche Stücke überhaupt sein sollen, von einer mir unendlich wohltuenden Kraft und Fähigkeit, den Nagel auf den Kopf zu treffen. Und auf diesen sicheren Hammerschlag, der weiter nichts ist als die natürliche Konsequenz eines frischen, gesunden und starken Empfindens, kommt es einzig und allein an. *Das* macht den Kritiker, *nur* das. Alles andre, vor allem das Ausmessen mit irgendeiner Elle, die Elle hieße nun Tieck oder Lessing oder gar Aristoteles, ist Mumpitz. Hinter solcher Defensive, von der aus Vorstöße »mit Binden und Bandagen« gewagt werden, lauert immer Ohnmacht. Ich freue mich herzlich, daß Sie sich selbst geben und ein Programm in der *Brust* und nicht bloß in der Brust*tasche* haben.

Gestern vernahm ich auf weiten, verwunderlichen Umwegen, daß Ihre erste W.-Kritik Anstoß oder doch mindestens zu kleinen Bedenken Veranlassung gegeben habe. Sollte dies der Fall sein, so kann ich mich in solcher Stellungnahme nicht zurechtfinden. Ich fand jene Debütkritik, nachdem mich der erste längere Absatz entzückt hatte, nicht ganz einheitlich und Ihre Position der Dichterpersönlichkeit L'Arronge gegenüber einigermaßen schwankend, dabei zugleich ein wenig strenger und herber als nötig. Aber das alles, selbst wenn ich recht haben sollte (was doch schließlich auch noch zweifelhaft bleibt), bedeutet weiter nichts als ein einzelnes Fehlgreifen in Wort und Ausdruck oder schlimmstenfalls die nicht völlige Besiegung einer sich in der Charakterschilderung darbietenden Schwierigkeit. Solch kleines, mit drunterlaufendes Manco darf nie beanstandet werden, wenn's in der Hauptsache stimmt. *Die* Kunst, schlechte Stücke schlecht zu finden und es doch *so* zu sagen, daß der Getroffene sich geschmeichelt fühlt, die Kunst wird nie gelernt werden. Das soll uns erst einer vormachen. Wie immer Ihr

Th. Fontane.

429. An Marie Walger

Berlin 16. Febr. 86.
Potsd. Str. 134. c.

Gnädigste Frau.

Besuch hinderte mich gestern zu schreiben, sonst hätten Sie diese Zeilen schon 24 Stunden früher empfangen. Es ist so, wie Sie vermuthen: Letschin, Eccius; die Villa mit dem Glaskasten soll die Kümmritzsche sein, und der »Birnbaum« stand wirklich in dem zu meiner Zeit Hirschlaffschen Gasthofe mit seinen drei pompösen Judentöchtern.

Ein Vorbesitzer, der, als meine Eltern Anno 38 nach Letschin kamen, den später Hirschlaffschen Gasthof noch besaß und dann Gott weiß wohin zog, wurde, als man, ein paar Jahre darauf, ein Gerippe unter dem Birnbaum fand, beredet und als Mörder eines Reisenden ganz gemüthlich verdächtigt! Ich glaube aber nicht, daß man ein Recht dazu hatte. Jedenfalls schlief die Sache wieder ein, denn die damaligen Letschiner hatten 2 Tugenden:

1. glaubten sie von keinem Menschen was Gutes, und wenn
2. einer einen todt gemacht hatte, dann war es auch noch so.

Vielleicht haben sie sich seitdem geändert; es wird aber wohl nicht weit her sein.

Ihres Großvaters und Vaters erinnre ich mich noch sehr genau; Ihr Papa wird wohl 1000 Partieen Whist (wenn's reicht) mit dem meinigen gespielt haben.

Empfehlen Sie mich Ihrem Herrn Gemahl, dessen 66er Reliefkarte immer noch mein Zimmer schmückt. In vorzügl. Ergebenheit

Th. Fontane.

430. An Jesco von Puttkammer

Berlin 19. Febr. 86.
Potsd. Str. 134. c.

Hochgeehrter Herr.

Gleichzeitig mit diesen Zeilen werden Ihnen die ersten 10 Kapitel meiner »Cécile«-Novelle zugehn, etwa ein Drittel des Ganzen. Ich hoffte die Hälfte schicken zu können, bin aber mit der mir immer noch viel Müh und Arbeit machenden Durchsicht und Correktur der Abschrift, nur bis Schluß von Kapitel 10 gekommen. So bitte ich denn die Novelle, statt in

zwei Hälften in drei Dritteln an Sie gelangen lassen zu dürfen. Druckstörungen sind ausgeschlossen, denn das *Ganze* liegt in Abschrift vor mir und was fehlt, ist nur die letzte Feile, die freilich zeitraubend genug ist. Ein Blick auf das M. S. giebt Auskunft darüber. Das zweite Drittel wird etwa am 3. oder 5. März, das letzte Drittel am 15 März in Ihren Händen sein.
In vorzüglicher Ergebenheit

Th. Fontane.

431. An Georg Friedlaender

Berlin 2. März 86.
Potsd. Str. 134.c.

Hochgeehrter Herr u. Freund.

Zunächst allerschönsten Dank für so viel beschämende Güte. Zwei Briefe en suite, der eine dem andern auf die Hakken tretend, das ist allein schon eine That; und nun erst der Inhalt, jedes Wort eine Liebenswürdigkeit.

Eigentlich sollten diese Dankeszeilen längst in Ihren Händen sein, aber waren *das* Tage. Während ich mitunter 3 Wochen in aller Stille zu Hause sitze, bei Thee, Vossin und Ranke (den ich jetzt lese) war von vorigem Donnerstag an der Deubel los. Es hing Gewicht sich an Gewicht und nachdem ich am Freitag einen »Commers mit Damen« inclusive geriebenem Salamander – nur der »Landesvater« fehlte – durchgemacht hatte, folgte am Sonnabend eine Landparthie nach Lichterfelde, denn das war es trotzdem es Diner hieß, am Sonntag ein Souper bei Freund Stephany (Heinemann, Ludwig Löwe, Wendelin v. Maltzahn zugegen) und gestern Montag Beginn eines Gastspiels, das auf 12 Rollen, sonst immer 3, anschwellen kann. Daß der Gast Sauer heißt, ist selbstverständlich, kann mich aber nicht trösten. Und das alles bei 10° Kälte und Nordost, der mein Todfeind ist. Gott sei Dank hab' ich's überstanden, aber es war eine Wintercampagne comme-il-faut, russischer Feldzug.

Und nun die Wohnungsfrage, die mir so recht Ihre freundschaftlichen Gesinnungen für mich gezeigt hat.

Ich stehe so dazu.

Oft bin ich an dem betr. Haus vorbeigekommen – der verrückte vorjährige Pastor, der bei Schreiber's durch das »Nebelhorn« verdrängt wurde, wohnte darin – und ich glaube zu wissen, was ja auch Heidenhain bestätigt, daß es so gut ist, wie man's nur verlangen kann. Das Mißliche liegt wo anders: alles Gebundensein ist schrecklich und unklug zugleich, denn es kommt immer anders, als man vorher gerechnet hat. Miethet man auf 8 Tage, so kann man sicher sein, 8 Wochen, oder auch 18, ruhig an der betreffenden Stelle sitzen zu können, miethet man umgekehrt auf 18 Wochen so kommt schon nach 18 Stunden was dazwischen: man wird krank, oder ein andrer wird es, oder ein Prinz will einen mit nach Italien nehmen, oder ein Buchhändler oder eine Zeitung schreibt einem: für diesen Eröffnungs- oder Trauer-Feierlichkeits-Bericht (Lokal Petersburg oder Stockholm) zahlen wir Ihnen bei freier Reise 1000 Mark. Kurzum etwas Gutes oder Schlimmes fährt immer dazwischen wenn man sich fest gemacht hat, das Schicksal haßt es daß der Mensch irgend was vorausbestimmt, er muß immer zuwartend sein, immer den Moment als eine Gnade empfangen, aber ihn nicht als selbstverständlich, als »vorausbezahlt« beanspruchen. Da geht dann leicht der Einsatz verloren und ich wäre traurig für eine vielleicht 1 wöchentliche Villeggiatur in Querseiffen 360 Mark auf ein Brett bezahlen zu müssen. Selbst der Blick auf das Schild »Gasthaus zur Annen-Kapelle« ist damit zu theuer bezahlt. Es wäre mir – meine Frau schrieb schon in diesem Sinne an Frau Richter – deshalb sehr lieb, wenn die Sache mit abwartender Vorsicht betrieben werden könnte. Vor Mitte Mai wird sich ja wohl niemand bei Mutter Kluge melden und steht es um diese Zeit mit uns noch ebenso wie in diesem Augenblicke, so würde ich dann gerne sagen: »*nu*, man los.« Denn wenn es gefährlich ist, zu flink zu sein, so ist es fast noch gefährlicher zu lange zu warten. Das Schicksal, wenn es einem die Hand bietet, verlangt auch, daß man einschlägt und nicht noch lange vornehm und anspruchsvoll oder schwächlich und pedantisch zögert. Also zunächst: Vertagung, und dann, von einem bestimmten Punkt an, tapfer zugegriffen.

Was Sie mir über L. P. geschrieben haben, hat mich auf's äußerste interessirt und – frappirt. Daß er *auf die Dauer* nichts für Sie sein würde, noch weniger für Frau Gemahlin – der ich mich aufs angelegentlichste empfehle – *das* wußt' ich, aber daß er auch eine 24stündige Probe nur schwach bestehen würde, das hat mich doch überrascht. Ich fürchtete, als ich zuerst von diesem Besuche hörte, daß ich in die fatale, weil immer kleinlich wirkende Lage kommen würde, abwiegeln zu müssen, und nun sehe ich zu meinem Staunen, daß es umgekehrt liegt, denn ich möchte doch wirklich aussprechen dürfen: Sie unterschätzen ihn. Als Charakter steht er ganz tief, ist Null, zählt nicht mit, aber sein Journalistisches ist nicht blos ersten Ranges, sondern ganz einzig in seiner Art. Dabei hat er, aller durchbrechenden Rohheit (und schlimmerem) zum Trotz, eine überaus feine künstlerische Empfindung, auf literarischem Gebiete fast noch mehr als auf dem der bildenden Künste. Wie viel Schönes hat er über Storm, Turgenjew und viele andre geschrieben. Seine Bemerkungen hinsichtlich Menzels sind unklug und wirken renommistisch, au fond ist es aber mehr. Es ist mit solchen eitlen und selbstbewußten Aussprüchen immer eine eigne Sache. Lindau sagte vor 10 Jahren mal zu mir: »Udo Brachvogel (aus New-York) war heute bei mir; er sagte mir: drüben spräche man nur von 2 Menschen, von Bismarck und mir (Lindau).« Das klingt toll und es ist nie klug, es zu sagen. Aber ich bin wie von meinem Leben überzeugt, daß es richtig war. Die gräßliche Bescheidenheits-Komödie, die wir beständig führen müssen, schafft mehr Unwahrheit in die Welt, als wenn man flott drauf los renommirte oder wenigstens sich daran gewöhnt, sein Licht nicht unter den Scheffel zu stellen.

Wie immer Ihr

Th. Fontane

Ich habe die ganzen 12 Seiten in einer halben Stunde 'runter geplaudert und kann sie nicht noch mal durchlesen. Also Pardon für allerhand Fehler.

Th. F.

[Auf besonderem Blatt]

Das Couvert mit seiner Aufschrift »*Frau* Dr. Friedländer« lagert schon ein Vierteljahr in meiner Schreibmappe und will fort. Daher benutze ich es und weiß, der Brief segelt nun unter guter Flagge.

432. An Unbekannt

Berlin, 5. März 1886
Potsdamer Str. 134c

Hochgeehrter Herr Doktor.

Seien Sie schönstens bedankt für eine 2malige freundliche Einladung.

Ich freue mich, wenn ich von solchen Réunions (die doch auf ein Stück kameradschaftliches »Zusammengehn« hindeuten) höre, aber persönlich daran teilzunehmen, dazu bin ich zu alt, – meine Generation liegt unter der Erde, und so viel herzliche Anteilnahme ich für das Neue habe, so gut ich mich sachlich darin zurechtfinden kann, so wenig persönlich. Ihren Bestrebungen, literarisch wie gesellschaftlich, die besten Erfolge wünschend, in vorzüglicher Ergebenheit

Th. Fontane

433. An Friedrich Fontane

Berlin 12. März 86.
Potsd. Str. 134. c.

Mein lieber Friedel.

Habe Dank für den Prospekt, den Du uns heute geschickt; ich wußte noch nichts davon und ersehe daraus zu meiner Freude, daß das »Universum« nunmehr [?] forsch und entschlossen vorgeht. Nur dadurch kann es siegen; es muß sich beste Kräfte à tout prix zu verschaffen suchen und *ebenbürtig* auftreten, dann werden ihm, bei seinem billigen Preis auch Abonnenten zufallen. So wie ich mein Honorar habe, bespreche ich mit Dir die Karl Zoellner-Angelegenheit und schicke Dir das, was er Dir noch schuldig ist. Dann kannst Du's ruhig gehn lassen und abwarten, ob er sich besinnt. Ich möchte nicht, daß Du mit ihm oder dem Zoellnerschen Hause wegen der paar Kröten auseinanderkämst.

Hier ist das Neuste, daß nun Martha wieder da ist und zwar seit Sonntag. Sie ist wieder wohl und wenn auch dies und das noch fehlt, so darf nicht vergessen werden, daß sie auch *vor* Beginn der großen Krankheit auf nicht allzu festen Füßen stand. Viele Besuche hat sie noch nicht gemacht, einmal weil sie sich schonen muß, zweitens weil Tante Witte und drittens weil das Brautpaar ihre Zeit in Anspruch nimmt. Am Fastelabend waren wir bei Roberts und kamen bepuncht, bepflaumkuchet und vom scharfen Ostwind durchpustet in einer ziemlich jämmerlichen Verfassung (Mama unter baldigen Eruptionen) hier an. So was ist zu scharf für alte Leute. Das Brautpaar ißt jeden Dinstag bei uns und bleibt dann bis gegen Abend; schon am 1. April will Frau Robert mit der Braut nach Lichterfelde in die Villa hinausziehn, damit George seinen täglichen Brautbesuch etwas bequemer hat: *jetzt* ist er jeden Tag, den Gott werden läßt, *drei* Stunden unterwegs. Denn blos vom Potsd: Bahnhof bis zu Roberts an der Herkules-Brücke dauert allein kleine 3/4 Stunden. – Der Eissport dauert nun schon in die 7. oder 8. Woche und das Interesse beginnt nachzulassen; als ich heute, um den See-Park herum meinen gewöhnlichen Spazirgang machte, zählte ich nur 30 Schlittschuhläufer, die 25 andren waren Arbeiter in Pelzen, die die verschneite Bahn wieder frei fegten. Mama ist unwohl, sonst hätte *sie* geschrieben, aber so wie sie wieder auf dem Damm ist, wird sie Dir was vorplaudern. Ergeh es Dir gut, mein alter Friedel. Wie immer Dein

alter Papa.

434. An Theodor Fontane

Berlin, d. 15. März 1886.

Mein lieber Theo.

Wir sind herzlich erfreut, daß Dich Georges Lorbeeren nicht haben ruhen lassen. Vivat Sequens! Dieser Sequens bist aber vorläufig Du, nicht Friedel. Abgeneigt wäre er wohl auch nicht, und als Eiskönig hat er Ansprüche.

Deine Braut, glücklicherweise auch eine Martha, hat ein liebes, gutes Gesicht. Die frühere Deklination Deiner Gefühle nach der semitischen Seite hin, so begreiflich sie mir war, war doch nicht das Richtige. Das Richtige ist: Verbleib innerhalb der eigenen Sphäre, dieselbe Nationalität, dieselbe Religion, dieselbe Lebensstellung. Nur aus dieser Gleichheit ergibt sich auch die Gleichheit der Anschauungen, die Übereinstimmung in den entscheidenden Dingen, ohne die kein rechtes Glück und keine rechte Freude möglich ist. Man muß sich verstehen. Dies oft bespöttelte Wort ist ein Weisheitswort. Über ein bißchen Katholizismus (wiewohl ich auch da bei »besser ist besser«

bleibe) wäre hinzukommen. Ich mache diese Bemerkung, weil ich an eine katholische Möglichkeit denke.

Genieße das Glück dieser Tage vollkommen, grüße Deine Braut und empfiehl mich dem hochverehrten schwiegerelterlichen Hause aufs angelegentlichste.

Wie immer Dein alter

Papa.

435. An Moritz Lazarus

Berlin, den 29. März 1886.
Potsdamer Straße 134 c.

Teuerster Leibniz.

Zum ersten Male in zwanzig Jahren oder länger habe ich in Schillerstiftungssachen einen kleinen Sieg errungen, und meine Bitte geht dahin, ihn nicht wieder umstoßen zu wollen. »Die Schlacht ist verloren«, sagte Napoleon bei Marengo, »aber es ist gerade noch Zeit genug, sie wiederzugewinnen.« Richten Sie's so ein, daß ich nicht das Umgekehrte sagen muß.

Ich las die beiliegende – an der angestrichenen Stelle unübertrefflich schöne – Eingabe der Agnes Mylius mit so herzbeweglicher Stimme vor, schilderte den Ruhm der Verfasserschaft von »Mutter, der Mann mit 'm Koks ist da«, im Gegensatz zu dem Zehnpfennigelend des humoristischen und täglich tausendfältig zitierten Dichters so lebhaft, daß man das Votum zwar nicht umzustoßen, aber wenn irgend möglich zu amendieren beschloß. Zöllner, Eggers und ich sind in der Hilfsbereitschaft einig. Kommen *Sie* noch dazu, so sind wir Majorität und können machen, was wir wollen, d. h. was uns unser gutes Herz eingibt. Beauftragt bin ich nur, Ihnen von einer Unterstützung von zwanzig oder dreißig Mark aus der Ihnen unterstehenden Extrakasse zu sprechen. Ich sehe aber nachträglich nicht ein, warum wir nicht noch einen Schritt weiter gehn und ihm *wenigstens* fünfzig Mark aus der eigentlichen Kasse bewilligen sollten.

Es liegt hier doch wirklich ein ganz besonderer Fall vor. Faucher sagte mir mal an einem unvergeßlichen Tage, wo ich in einem halben Dutzend Londoner Tavernen und Kaffeehäusern mit ihm umherkneipte: »Ja, es ist etwas Sonderbares mit dem Dichterruhm. Sehen Sie, da gibt es den Gassenhauer aus dem vorigen Jahrhundert: ›Und wenn der Große Friedrich kommt Und klopft bloß auf die Hosen, Reißt aus die ganze Reichsarmee, Panduren und Franzosen‹ – nun, was meinen Sie wohl, was der alte Gleim für'n Gesicht gemacht haben würde, wenn man ihm damals gesagt hätte: ›Ja, lieber Kanonikus, wenn Ihre berühmten Grenadierlieder vergessen sein werden, wird der Gassenhauer noch leben.‹« Das machte damals einen großen Eindruck auf mich und fiel mir bei diesem modernsten Gassenhauer wieder ein. Er wird zwar nicht hundert Jahre leben, auch nicht hundert Tage; aber es ist doch immer was, einer Millionenstadt auf vier Wochen hin ein bestimmtes Wort oder Lied in den Mund gelegt zu haben. Wie immer Ihr

Th. Fontane.

436. An Karl Zöllner

Berlin 1. April 86. (Bismarck-Tag.)

Theuerster Chevalier.

Nach einem liebenswürdigen Briefe von Leibnitz (der *Dichter* von ›Mutter der Mann mit'n Coaks ist da‹ wird 50 geschrieben fünfzig Mark aus der kl. Extra-Kasse erhalten, ein von mir erfochtener Sieg, der mich stolz macht) also nach einem liebenswürdigen Briefe von Leibnitz fällt der Rütli am 3. aus und tagt erst am 10. Königplatz 5. Bis dahin braucht aber Neumann-Strela seinen ›Frack‹, *wenn* er einen braucht, weshalb ich mit Rücksendung der betr. Schriftstücke nicht länger säumen will. Nikol kann ihm wohl die Moneten gleich zugehen lassen.

Heute war ich in der *Königsstadt* und von allem was ich da sah, aufs höchste interessirt. Könnten wir nicht am Sonnabend eine Entdeckungsreise durch die Kaiser-Wilhelmsstraße etc etc machen und dann im Rathskeller essen, wo Dieckhof die Morde ausbaldowert. Etwas unappetitlich, aber man kommt drüber hin. Wie immer Dein

Noel.

437. An Georg Friedlaender

Berlin 9. April 86.
Potsd. Str. 134.c.

Hochgeehrter Herr u. Freund.

Ein sehr flüchtiger aber sehr langer Brief – ein Unglück kommt nie allein – wird Ihnen in den Februartagen zugegangen sein und daß ich noch keine Antwort darauf erhalten habe, wenigstens keine geschriebene, erkläre ich mir aus Ihrer steten Rücksicht und Liebenswürdigkeit gegen mich: nur den armen Kerl nicht engagiren, nicht brieflich verwickeln. Dies legt mir aber eine doppelte Verpflichtung auf, Ihnen für die *Thaten* zu danken, in denen Sie mittlerweile mit Haus Fontane correspondirt haben. Ich meine den Wohnungs-Rettungs-Akt. Als ich von einem Breslauer Herrn v. Itzenplitz las – in Breslau giebt es Itzige aber nicht Itzenplitze – war mein erstes Wort: »*das* ist Tells Geschoß« oder richtiger: einer jener sagenhaften Pfeile, die nicht zum Tode sondern zum Leben abgeschwirrt wurden. Mit andern Worten, ich hielt den Itzenplitz, von dem Frau Richter schrieb, für ein Geschöpf Ihrer Laune, für ein Produkt freundschaftlich liebenswürdigen Uebereinkommens, um den »Halb-Engagirten« ein für allemal aus der Schlinge heraus zu lassen.

Wie's nun aber auch sein möge, so oder so, ich bin herzlich froh, wieder absolute Wahl und Aktionsfreiheit zu haben. Meine Frau läßt sich bei Einladungen, Aufforderungen, Abmachungen, immer vom Moment bestimmen und entbehrt ganz der Fähigkeit, sich die Tragweite eines »ja« rasch zu vergegenwärtigen, so daß Abwieglungen zu meiner täglichen Beschäftigung gehören. – Solch »Haus in Querseiffen« sicher in Aussicht zu haben, bei guten, ordentlichen, reinlichen Leuten, – ja, das ist etwas sehr Hübsches, aber nun kommt der Rugclaas wie die Plattdeutschen sagen, und die »drawbacks« um mich bis ins Englische zu steigern, nehmen ihren Anfang. Werden wir überhaupt ins Gebirge reisen können? werden wir nicht gezwungen sein, uns mit 4 (statt mit 12) Wochen zu begnügen? Werden nicht vielleicht Ratten oder Mäuse im Hause sein? Werden mich Hundeblaff und Hahnenschrei nicht zu Verzweiflung bringen? So drängen die Fragen heran. Kurzum, man muß Spielraum haben und von 8 Tagen zu 8 Tagen wechseln können. 120 Thaler will doch niemand gern umsonst zahlen; *ich*, allein, käme noch allenfalls drüber hin, aber Frauen, selbst wenn sie sehr wohlhabend sind, können für nichts und wieder nichts bezahlte 120 Thaler ein Vierteljahrlang nicht verwinden; *der* Sommer ist pfutsch und zeigt kein heitres Gesicht mehr.

Wir haben nun das Folgende vor.

Zwischen dem 10. und 15. Juni soll Hochzeit sein; unmittelbar nach der Hochzeit – fast als ob sich's um die eigene Hochzeitsreise handelte – soll zu vieren aufgebrochen werden: Frau, Tochter, Mädchen, ich. Das »Mädchen« ist wichtig; es emanzipirt uns von der Eßfrage, macht die Nähe von Exner oder Rummler zu etwas Gleichgültigem. Wir wollen in Schmiedeberg ein, zwei Tage sein und von dort aus, vielleicht unter Ihrer liebenswürdigen Führung, eine Wohnungs-Entdeckungsreise bis nach Wang hinauf machen. Ein Unterkommen in einer der noch über »Waldhaus« hinausgelegenen Bauden wäre uns das liebste; ich kann dort oben ruhiger arbeiten als in einem mit 20 Menschen besetzten Hause und habe eine viel schönere Luft. In diesem Punkte bin ich Feinschmecker geworden und habe 'rausprobirt, daß eine eigentlich feine Luft erst hinter Wollmanns anfängt. Ich denke mir, daß Sie diesem allem zustimmen werden.

Die Vossin beschäftigt sich mit keinem Landestheil so viel, wie mit dem Hirschberger Thal, immer ist ein Lehrer abgesetzt oder ein Redakteur eingesteckt worden. Politisch eine gräßliche Gegend, weil jeder Jammerlappen genau weiß, wie's Bismarck hätte machen sollen. Die letzten Nachrichten betrafen nun leider Heinrich Reuß XXIII; erst aus der Notiz, daß »der Verstorbene nach Neuhof bei Schmiedeberg« übergeführt worden sei, ersah ich, daß es sich um unsre oder bescheidener *Ihre* Reuß'ens handelt. Was lag denn eigentlich vor? Ist die Familie sehr unglücklich? Eine Frage, die überflüssig scheint, und es doch so oft nicht ist. – In nächster Woche giebt *Menzel* ein großes Dankes-Diner im Kaiserhof, da werde ich auch Pietsch sehn; so viel ich höre, sind wir die beiden einzigen geladenen Schriftsteller, was wir beide als unser gutes Recht ansehn dürfen, denn wenn sich Menzel in erster Reihe auch selbst gemacht hat, in zweiter Reihe ist er durch L. P. *das,* was er ist. Dies schon neulich berührte Thema, freu ich mich mit Ihnen im Juni durchsprechen zu können. – Habe ich Ihnen denn schon von der Verlobung auch unsres *zweiten* Sohnes geschrieben? Ein ebenfalls frohes Ereigniß, weil er zwar nicht reich aber sonst sehr gut gewählt hat, ein Fräulein Soldmann, Tochter des Oberpost-Direktors in Münster. – Was macht das Notizbuch von Förster Frey? Diesen Sommer will ich nun ernstlich anfangen und die Geschichte niederschreiben. – Im »Universum« (den Westermannschen Monatsheften verwandt) erscheint jetzt meine neuste Arbeit, an der ich schon in Krummhübel herumcorrigirte und dann den ganzen Winter durch bis jetzt, – eine riesig mühevolle Arbeit und vielleicht nicht mal geglückt. Meine Frau wenigstens betont ziemlich unverblümt eine starke Langweiligkeit. Aber schließlich, *was* ist interessant? Doch am Ende nur das, was fleißig und ordentlich ist. Alles andre ist Schwindel oder nicht besser als Polizeibericht. Im Gegentheil; *der* hat wenigstens die Phrasenlosigkeit.

Und nun allerherzlichste Grüße u. Empfehlungen an die Häuser Friedländer u. Richter von Ihrem treu ergebensten

Th. Fontane.

438. An Rudolf Genée

Berlin, 15. April 1886

Hochgeehrter Herr Doktor.

Zu meinen vielen Fehlern gehört leider auch *der*, soupçonös zu sein, aber Sie sind mir doch noch über.

Ich erzählte beim Nachhausekommen: »Dr. Genée will nichts mehr von mir wissen; er hat mir meine Kritik übelgenommen; tut mir leid, aber ich muß mich drin finden.« Jedenfalls habe ich Ihnen, trotzdem unser Erstaunen gleich war, keinen gepfefferten Absagebrief geschrieben.

Das ganze läuft auf Irrtum, Unglück, Pech hinaus. Ich sah, d. h. erkannte Sie erst – mein Wort zum Pfande –, als ich Lessing die Hand zum Abschied gab, und hätte Sie nun angesprochen, wenn Sie nicht weggesehn hätten. Daraufhin unterließ ich es. Erst aus Ihrem Brief sehe ich nun, daß ich vorher unter Ihren Blicken gewesen bin. Ich bedaure die Sache aufrichtig; Gott, ich habe schon kaum sechs Kollegen, mit denen ich auf dem Sprechfuß stehe, und nun wollen Sie aus diesem kleinen Zirkel auch noch ausscheiden!

Ich bin ein Pechvogel, und während ich aus Prinzip und Neigung gegen alle Welt artig bin, artig bis zur Schwäche, wachsen mir die geharnischten Gegner überall aus der Erde. Dies mußte ich Ihnen doch noch gesagt haben.

Ihr hochachtungsvoll ergebenster

Th. Fontane

439. An Friedrich Stephany

Berlin, d. 16. April 1886.
Potsdamer Straße 134 c.

Hochgeehrter Herr.

Mit der einzigen absoluten Promptheit meines Lebens, der briefschreiberischen, antworte ich Ihnen umgehend, zunächst, um Ihnen zu danken, dann, um, soweit es in meiner Kraft steht, Öl auf die erregten Wogen zu gießen. Ich brauche wohl nicht erst zu versichern, daß ich an dem Überheblichkeitstone des jüngsten Deutschlands, an dem Allesbesserwissen der Schererschen Schule (deren die Sache aufs Philologische hin ansehende Berechtigung mir außerdem noch zweifelhaft ist), daß ich, um meinen höchsten Trumpf auszuspielen, an der Karl-Bleibtreuerei der modernen Kritik Anstoß nehme. Zu gleicher Zeit aber leb' ich und sterb' ich der Überzeugung, daß wir in Brahm-Schlenther die besten Nummern der jungen Schule gehabt haben respektive noch haben. Von Natur gescheit, gut geschult und gebildet, fleißig, klar und gute Stilisten und in ihren besten Momenten auch mit Witz ausgestattet, sind sie all den andern, die ich kenne, literarisch, ganz gewiß aber in den landesüblichen Umgangsformen überlegen. Sie sind frei von dem Rüpeltum, dem Knotismus, die sich jetzt überall so breit machen. Auf Details gehe ich nicht ein, ist auch sehr mißlich. Tieck, Platen, Schlegels, Fichte, Schopenhauer waren alle blutjung, als sie kritisch vom Leder zogen. Nun werden Sie zwar sagen: »Ja, *die*«, aber das Kleistbuch vom kleinen Brahm kann sich neben allem sehn lassen, was die vorgenannten großen Leute geschrieben haben, und Schlenther bleibt wenigstens nicht weit dahinter zurück. Also: Gnade, Gnade! Ihr

Th. Fontane.

440. An Theodor Fontane (Sohn)

Berlin, d. 20. April 1886.

Mein lieber Theo.

Seit Tagen begleitet mich das Gefühl, daß es doch wohl an der Zeit sei, 'mal wieder 'was von mir hören zu lassen oder Dir wenigstens einen Gruß zu schicken. Dieser Mahnerstimme wird nun gehorcht. Recht 'was zu sagen, ist nicht, wofür man au fond zu danken hat; denn was furchtbar pressiert, ist selten 'was Gutes. Deine Verlobung, die ein Telegramm bedingte, war entschieden ein Ausnahmefall.

Wir treten dem Anscheine nach in ziemlich ruhige Ostern ein. Die letzte Woche verlief dafür verhältnismäßig unruhig: am Mittwoch »*Timandra*«, Trauerspiel von Graf Schack, am Donnerstag großes Diner im Kaiserhof, das *Menzel* seinen Freunden in Erwiderung auf den 8. Dezember gab, am Sonntag Frau G.s Geburtstag mit großem Souper – das ist für meine Kräfte ein bißchen zu viel. Schacks Tragödie war wohl nur angenommen, weil er seine berühmte »Galerie«, sei es der Stadt Berlin, sei es dem Kaiser in Person, als Geschenk übermacht hat; ein Geschenk, dessen Tatsächlichkeit nur bestritten wird, um ihm seine Münchner Stellung nicht zu verderben. Das Menzel-Diner höchst interessant; er selbst orakelhafter denn je in seinen Auslassungen – Delphikadett. Ich selbst kam zu einer Annäherung an Wildenbruch. Souper bei G.s nicht aufregend.

In zwei, drei Tagen wird nun Friedel als Herold der Familie in Münster eintreffen. Ich möchte ihn sehen; er ist sich der Bedeutung der Sache vollkommen bewußt, das ist das Schöne und das Heitere von der Sache. Grüße den guten Kerl recht herzlich von mir, desgleichen und in erster Reihe Deine Braut. Ihre und Deine gemeinschaftliche Photographie hat *mir* übrigens sehr gefallen; Du siehst nicht aus wie ein Beau aus Wachs im Friseurladen-Schaufenster, aber gerade das ist gut. Das Tollste, was es gibt, ist ein Beau. »Lauter tote Flächen«, sagt Menzel.

Und nun habe mit den dortigen Deinen ein frohes Fest.

Wie immer Dein alter

Papa.

441. An Paul Heyse

Berlin 22. April 86.
Potsd. Str. 134. c.

Lieber Paul.

Freund Dominik ist mein unmittelbarer Nachbar und so erwarte ich denn »von nebenan« Dein Manuskript, gleichviel ob er ja oder nein gesagt hat. Ich wünsche Dir ein ja, damit Du's los bist, aber laß Dich auch ein event. nein nicht verdrießen, – es ist, literarisch angesehn, doch ein wunderliches Blatt, ganz und gar auf der Lubliner Höhe. Den letzten Roman dieser Literatur-Säule soll D. kolossal bezahlt und als ihn, den Roman, alle Welt scheußlich fand, hinterher gesagt haben:

»ich finde ihn wo möglich noch scheußlicher, aber ich würde ihn immer wieder bringen.« Es sieht überhaupt schlimm aus; an Talent fehlt es nicht, aber alles ist derart depravirt, daß jeder der's ernsthaft nimmt als komische Figur gilt. Laß Dich in Paris, das nach wie vor wundervoll sein soll, nicht stören und verlebe frohe glückliche Tage an der Seite Deiner Dame, der ich mich angelegentlichst empfehle. Wie immer Dein alter

Th. Fontane.

442. An Paul Meyer

Berlin, 7. Mai 86
Potsdamer Str. 134 c.

Hochgeehrter Herr.

Nach der Originalfrage: »Wie denken Sie über Rußland?« bilde ich mir die zweite, nicht wohl so viel umfassende: »wie denken Sie über Fritz Mauthner?« oder besser: wie *stehen* Sie zu ihm? Ich denke mir passabel und möchte deshalb Ihnen ein paar Worte schreiben, die ich an M. direkt nicht gern richten möchte, trotzdem ich ihm, als ich sein Buch empfing, irgend eine Meinungsäußerung (wenn ich nicht irre) versprochen habe. Durch eine Mittelsperson verdünnt sich alles und vielleicht können Sie M. gelegentlich mal sagen: F. schrieb mir oder F. meinte etc. etc.

Daß das Buch, trotz einzelner glänzender Kapitel (so namentlich zu Anfang) in seinem weiteren Verlauf so häßlich wirkt, liegt nicht am Stoff, sondern an seiner Behandlung; nicht die Dinge sind schrecklich, sondern die Gläser, durch die er sie sah. Es waren Gläser, die alles verzerrten und allem eine häßlich falsche Farbe gaben; die Figuren sind nicht unstatthaft und unglaublich in sich selbst, sondern werden erst falsch durch ihre falsche künstlerische Gestaltung. Nicht die vorgeführten Sünden und Zustände verderben uns die Lesefreude, sondern die großen Fehler, die bei ihrer Vorführung gemacht werden, nicht die Charaktere verdrießen uns, sondern ihre schwache, schwankende, mangelhafte Zeichnung. Das Psychologische darin ist mißrathen und verstimmt uns; selbst die Vertheilung von Licht und Schatten, die nicht richtig erscheint, erscheint nur deshalb unrichtig, weil die psychologische Zeichnung auch der guten und liebenswürdigen Gestalten (Gruner und Martha) uns unbefriedigt läßt. Dagegen möchte ich M.

gegen den beständig erhobenen Vorwurf »dergleichen gäbe es nicht« doch in Schutz nehmen. Ich habe das Glück in besonders guter Gesellschaft zu leben, aber es sollte mir garnicht schwer fallen, aus dem Leben meiner Freunde, ganz besonders auch aus meinem eigenen, Thatsachen zusammen zu trommeln, die, grell beleuchtet, um kein Haarbreit besser aussehen würden, als das von M. Geschilderte. Auf seine Verdienste hin angesehen, verdient jeder gehenkt zu werden. Aber wie Gott gnädig ist, so soll es auch der Künstler sein, er muß nach Möglichkeit ins Gute schreiben und selbst das Verbrechen so zu gestalten und so zu beleuchten wissen, daß wir beständig *den* Punkt sehen, auf den hin wir uns mit der Gestalt versöhnen können. Das ist M. nicht geglückt.

In herzlicher Ergebenheit
gez. Th. Fontane.

443. An Georg Friedlaender

Berlin 9. Mai 86.
Potsd. Str. 134.c.

Hochgeehrter Herr.

Vielen herzlichen Dank! Der Frau Generalarzt ist Mittheilung gemacht und volle Freiheit gegeben worden; – vielleicht treffen wir sie sammt Gatten auf den Bergen wieder und haben dann wenigstens einen Doktor in der Nähe. Freilich die Admiralitätsärzte, denen er zuzählt, erfreuen sich keines Heilrufs. Wie alles in Preußen Verwaltungsleute.

Die Geschichte von der »dritten Glocke« hat mich nicht blos interessirt, sondern gerührt; es bestätigt mir meinen alten Satz, daß das Dorf- und kleinstädtische Leben zwar nicht reicher an Glück (im Gegentheil) aber reicher an originellen Vorkommnissen ist. Der Boden dafür ist günstiger.

Und das führt mich auf den Hauptpunkt Ihres Briefes, über den wir in 6 Wochen viel zu orakeln haben werden. Heute nur das: alles was ich je gesagt habe, hatte das Eine zur unumstößlichen Voraussetzung: »Schmiedeberg ist Ihnen ein *beglückendes Idyll.*« Ist es das *nicht* mehr, so zieh' ich alles zurück und beschwöre Sie umgekehrt: »nun so flink wie möglich heraus.« Glück ist überall und wenn man's hat, so soll man's halten und wenn es in Tobolsk oder gar in Ochotzk wäre. Zerrinnt es einem aber zwischen den Händen oder wird aus Brot ein Stein oder aus einem flatternden Band ein Strick, dann Sorgetragung für change of air, dann weg, fort. *Dann* ist große Stadt besser, weil sich Streit, Klatsch, Niedertracht mehr darin verthut. – Die Worte von Dove, wenn man sich in Bild und Gedanken erst zurecht gefunden hat, sind *sehr* hübsch. – Prof. Friedberg wird ja nun nationalliberaler Abgeordneter, – es wird ihm obliegen, die Partei heraus zu reißen, was schwer ist.

Für heute nichts weiter; in spätestens 4 Wochen schreibe ich wieder und kann mich dann vielleicht schon anmelden. Meine Damen danken und grüßen. Unter herzlichsten Empfehlungen an Frau Gemahlin, wie immer Ihr ganz ergebenster

Th. Fontane

Die Kritik über Hans Arnold, besten Dank dafür, ist ein bischen wie Kraut und Rüben; er sagt zu viel durcheinander. Auch in dem »Wanderer«, diesmal eine Glanznummer, haben wir alles mit Vergnügen gelesen.

P. S. In meinem gestrigen Briefe habe ich etwas Wichtiges vergessen, was misdeutet werden kann: ich habe kein Wort über Ihre nun fast abgeschlossene Arbeit gesagt. Eine 10 Pfennig-Poen ist das geringste Strafmaß, das ich mir dafür auferlegen kann. Ich freue mich aufrichtig auf die Lektüre dieser Kapitel, die Leser der Vossin gewiß auch und sehr wahrscheinlich auch die Redaktion. Redaktionen vertreten nämlich, nach meinen Erfahrungen, immer den höchsten Grad von Nüchternheit und ihnen zu gefallen, ist das Höchste was der Schriftsteller erreichen kann.

Hier alles beim Alten d. h. kolossale Nerven-Depression. Luft, Clavigo!

Wie immer

Ihr

B. 10. Mai 86. Th. F.

444. An Adolf Kröner

Berlin, d. 12. Mai 1886.
Potsdamer Straße 134 c.

Hochgeehrter Herr.

Seien Sie schönstens bedankt für diesen neuen Beweis Ihrer Güte gegen mich. Fast tat es mir schon leid, meinen Brief geschrieben zu haben. Denn ich bin alt genug, um zu wissen, daß man den Bogen nie überspannen darf. Er bricht dann nicht bloß, der Schütze kriegt auch noch persönlich einen Knax weg. Und das ist immer sehr fatal. Ihr freundliches Entgegenkommen hat mich davor bewahrt. Eins möcht ich bei der Gelegenheit noch sagen dürfen: so redlich ich mich quäle, es will mir nicht gelingen, mehr als *eine* solche Arbeit im Jahr zu vollenden, und das ist dann – neben meinem kleinen Gehalt bei der Vossin – meine Jahreseinnahme. Seide läßt sich nicht dabei spinnen, und ich bleibe Dachstubenpoet, trotzdem die Honorare fast so hoch liegen wie meine Wohnung.

Und nun die Novelle selbst. Ganz liebelos wird sie nicht verlaufen. Der Held in seinem Dakota- oder Minnesotadorf (wenigstens Minne im Lokalnamen) verliebt sich in ein schönes Mennonitenkind, und wie das Leben selbst, so verliert er auch das Letzte seines Lebens: *sie*. Trotzdem kann ich nicht wohl von einer »Liebesgeschichte« sprechen; denn das ganze Liebes- und Brautverhältnis bleibt im Idyll, im Gefühlvollen stecken. Von glühenden Küssen, so daß gleich die ganze Stube warm wird, keine Spur. Erscheint Ihnen das zu wenig, so kann ich Ihnen einen neuen brillanten Stoff, den Sie, glaub ich, noch nicht kennen, vorschlagen. Er hat aber, so schön er ist, gar keine äußerliche Aktion und bewegt sich in dem Herzensverhältnis dreier Menschen zu einander. Auch ist das vielleicht mißlich, daß der Held und Liebhaber ein Mann von dreiundvierzig mit fast schon erwachsenen Kindern ist.

Erfreut, Sie gegen Schluß des Monats zu sehen, in vorzüglicher Ergebenheit

Th. Fontane.

445. An Theodor Fontane (Sohn)

Berlin, d. 14. Mai 1886.

Mein lieber, alter Theo.

Verschiedenes liegt vor, worüber ich ein Wort sagen möchte, d. h. Nettes und Freundliches. Zunächst die Polterabend-Dichterei. Kein Mensch denkt daran, Dir aus der Verstopfung oder mindestens Nichthahnöffnung Deiner kastalischen Leitung einen Vorwurf zu machen. Selbst wenn Du ebenso viel Zeit hättest, wie Du wenig hast, kann man solche der höchsten Plackerei gleichkommenden Liebesdienste nur sehr ausnahmsweise und sehr spärlich von einem Menschen verlangen. Ich habe selbst zeitlebens so furchtbar unter solchen Forderungen gelitten, daß ich auf der Seite jedes stehe, der so mir nichts dir nichts zum Opfer ausersehen werden soll. Alle Welt hält »dichten« für langweilige Quatscherei und mehr oder weniger ungehörige Beschäftigung, die man nur Kindern und Imbeciles verzeiht, und doch verlangt jeder Bourgeois, Philister und Staatshämorrhoidarius seinen Vers, wenn's ihm gerade paßt. Darüber denken *wir* nun aber anders (speziell ich) und hüten uns, dergleichen als Forderung zu stellen. Was sich freiwillig gibt, ist gut; jemanden aber damit quälen, ihm die Pistole auf die Brust setzen: »dichte, dichte«, ist ebenso grausam wie gräßlich. So viel ganz allgemein; *hier* liegen außerdem noch die Dinge so verworren oder doch unbestimmt, daß der betreffende Dichter sich möglicherweise für den Papierkorb bemüht hätte. Mache also ein heiteres Tafelliedchen, wenn Dir so zumute ist; damit wirst Du Dir den Dank aller verdienen.

Und nun Punkt zwei. Aus allerhand kleinen Zeichen und Andeutungen, zumal in Briefen an Deine Freunde, scheint es fast, als nähmest Du an, daß wir uns Deinem Glücke gegenüber etwas mau und flau verhielten, und zwar, weil wir Dich lieber auf dem Felde der Haute finance gesehen hätten. Nichts kann falscher sein. Es liegt, Gott sei Dank, gerade umgekehrt. Deine Verlobung erscheint uns schlechtweg als eine Musterverlobung, als Ideal – uns allen, am meisten mir. Ob die Zukunft Glück oder Unglück für Dich hat, wer will das wissen, aber so viel Garantien fürs Glück gegeben werden können, so viel sind da: untadliger Ruf, Neigung, Liebenswürdigkeit, Heiterkeit. Du wirst doch nicht glauben, daß *wir*, die wir bei Sechsdreier glücklich und bevorzugt gelebt haben, mit einem Male das Glück im Mammonkultus finden sollten. Und nun gar im Hinblick auf *Dich*! Du könntest die Unbemitteltheit in Person heiraten und würdest uns doch keine Sorge machen. »Vor Peter ist mir gar nicht bange« usw. Bei Peter war es die Dummheit; was es bei Dir ist, will ich nicht sagen, um Dich nicht rot zu machen.

Alles grüßt herzlich. Wie immer Dein alter

Papa.

446. An Paul Heyse

Berlin 27. Mai 86
Potsd. Str. 134. c

Lieber Paul.

Schönsten Dank für Deine freundlichen Zeilen. Natürlich werde ich die betr. Stelle umschreiben und sie Dir zur Genehmigung vorlegen. Ich mache es in den nächsten Tagen. Fast ist es mir leid, daß ich Dir von gelegentlichem »Uebergehn in Idyll und Märchen« geschrieben habe. Nun muß ich ein paar Worte sagen, um den Satz nicht als eine bloße öde Phrase erscheinen zu lassen. Idyll ist der ganze Schluß: die Spittelweiber, die Stadt, der Bürgermeister, die Huldigungen. In der Grafschaft Ruppin wohnt ein vorzüglicher Menschenschlag, sie wissen das auch und sind stolz darauf, aber *das* leisten sie nicht. Es geht ein tief-kleinlicher, neidischer Zug durch alle Welt und nun gar erst durch die märkische. Das »Aparte« ist ihnen verdächtig oder lächerlich oder verhaßt. Eine Eroberung aller Herzen vom Spittel aus, die Spittelweiber mit eingerechnet, dazu müßte die Stiftsdame mindestens die heilige Elisabeth sein. Adlig, klug, talentvoll, reformatorisch und ein Anbeter – lauter Anklagepunkte. Selbst Wohlthun entwaffnet nicht. Aber daß Du's gemacht, wie Du's gemacht, ist doch ein Vorzug, – es wirkt schönheitsvoll und erquicklich. Dem realen Leben entnommen, ist es sicherlich nicht.

Wichtiger ist ein andrer Punkt, wo ich nicht so gut mitkann und gegen das Märchenhafte, das einsetzt, einige Bedenken habe. Das ist die Stelle, wo das Stiftsfräulein das Schloß verläßt und dem Schauspieler folgt. Hier liegt das Schönste und das Angreifbarste Deiner Dichtung dicht nebeneinander. Die wundervoll dramatische Scene, wo der Hieb mit der Reitpeitsche den lange gehegten Entschluß »weg aus diesem Hause« zur Ausführung bringt, ist Dir famos gelungen, die blitzende Gerte fährt nieder wie ein Genieblitz und ich war ganz benommen davon, so gut sitzt der Hieb. Ja die Wirkung ist so groß, daß Du einen noch seitenlang ganz in der Hand behälst. Und doch vollzieht sich gerade auf diesen Seiten das Märchen-Unheil. Die Milder-Schwärmerin könnte zur Milder gehn oder auch zu Bader, der damals sang und alt und jung entzückte, aber Planwagen, Jahrmarktskasten, Dorfkrug, Armuth, Konski, Victorine – da fängt das Märchen an, das ist die Königstochter die sich zum Schäfer gesellt und Kränze flicht und Lämmer weidet. Je höher ihr Kunstsinn, je feiner ihr aesthetisches Gefühl, desto schrecklicher ihre Lage. Dies alles aber schreib ich Dir nur, um mit meinem »Idyll u. Märchen« nicht ganz in der Luft zu schweben. Es ist und bleibt eine *sehr* schöne Arbeit, schön aus vielen Gründen, aber am meisten deshalb, weil man alles mit durchmacht, alles glaubt. Das Herz widerstreitet nirgends. Auch nicht da, wo sie dem Schauspieler folgt; es ist nur ein *Aeußerliches,* an dem man hier Anstoß nimmt.

Und nun lebe wohl, und heimse seinerzeit den wohlverdienten Lorbeer ein. Wie immer Dein

Th. Fontane.

Hast Du das schöne »Gebet« gelesen, das man, von ihm selbst herrührend, unter Rankes Papieren gefunden hat?

447. An Eduard Engel

Berlin, 6. Juni 1886

Hochgeehrter Herr und Freund.

Ihre fünf Feuilletons haben mir eine Sonntagsfreude gemacht, alles, aber einige Partien doch ganz besonders, so der Besuch in der Tertia, das korfiotische Bataillon an Bord, der Wartetag auf Zante und manches andre noch. Ich freue mich auch auf Ihr Buch im Herbst. Glücklicher Sie, der Sie, jung wie Sie sind, sich solche Ferienausflüge gönnen können! Ich bringe doch den Elan dazu nicht mehr auf und bedaure, daß meine Jugend in Zeiten fiel, wo nur der reisende Handwerksbursche (zu dem ich nie das Talent hatte) oder der wirkliche Lordos und Baronos sich solche Weltfahrten erlauben durften. Jetzt, wo's auch der Mittelstand kann, ist mir die Puste ausgegangen, und die Strecke Schmiedeberg–Hirschberg muß meine Luft- und Reisebedürfnisse decken. Heute vormittag war ich in der Wereschtschagin-Ausstellung und empfand angesichts der Bilder dasselbe, was ich am Nachmittag bei Lektüre Ihrer Kapitel wieder empfand: eine Sehnsucht, die, im Moment ihres Entstehens, unter einem schmerzlichen »Zu spät« auch schon wieder hinstarb.

Ihnen frohe Sommertage wünschend,

Ihr

Th. Fontane

In einem der ersten Kapitel, im ersten oder zweiten, kommt die Wendung vor: »Prevesa gegenüber der Sappho-Insel«, oder so ähnlich. Darin konnte ich mich nicht zurechtfinden. Liegt hier ein Druckfehler vor, oder sind doch Beziehungen zwischen der lesbischen Sappho und einer der Ionischen Inseln (Santa Maura oder Ithaka) da, die ich nicht kenne?

448. An Moritz Lazarus

Berlin, d. 6. Juni 1886.
Potsdamer Straße 134 c.

Teuerster Leibniz.

Irre ich, wenn ich annehme, daß Sie die Wereschtschaginausstellung – die nun durch die Drehersche, so kann man sie füglich nennen, tot gemacht wird – noch *nicht* gesehn haben? Treff' ich's mit dieser Annahme, so dringe ich mit diesen Zeilen in Sie, den Besuch doch ja nicht zu versäumen. Es sind nicht die Himalayalandschaften, nicht die tendenziösen Riesenpendantbilder: Verschwörertod in Rußland und Verschwörertod in (Britisch-) Indien usw. usw., sondern die *judengeschichtlichen* Bilder (Palästinabilder würde zu wenig sagen), um derentwillen ich Ihnen den Besuch so dringend empfehle. Alle sind anschaulich, lehrreich, ein paar ergreifend, namentlich zwei, die die »Salomonsmauer«, einmal mit, einmal ohne Staffage darstellen. Ich habe ziemlich viel Bilder der Art gesehn (vor dreißig Jahren in England; einige der englischen Präraphaeliten neigten dem zu), Wereschtschagin ist aber all diesen Vorgängern weit überlegen. Ich wundere mich, daß man nicht mehr davon macht. Die Berliner Kritik (auf jedem Gebiet) ist erbärmlich, weil sie keine Augen und keine Unbefangenheit mehr hat, vielleicht auch keine Ehrlichkeit mehr. »Na, mir kann's gleich sein« sagt Bismarck.

Ihr

Th. Fontane.

449. An Karl Eggers

Berlin 7. Juni 86.
Potsd. Str. 134. c.

Theuerster Barkhusen.

Am Sonnabend habe ich unter den Rütlionen gefehlt, um so mehr Grund unter den Gratulanten heute *nicht* zu fehlen.

Erfülle sich Ihnen alles, was Sie wünschen, – ein Wort, das man Ihnen gegenüber gelassen aussprechen kann, weil Sie der Mann des Maßes sind und nichts wünschen, was den Unmuth der Götter erregen könnte. Mit ergebensten Empfehlungen an Ihr Fräulein Braut wie immer Ihr

alter Noel und Lafontaine.

450. An Karl Zöllner

Berlin 14. Juni 86.

Theuerster Chevalier.

Aus der Fülle der Schwiegerväter und Schwiegermütter heraus – meine Stellung zu mir selber wird mir immer unklarer – sende ich Dir und Deinen Damen die herzlichsten Abschiedsworte. Morgen früh will ich mit Mete fort (Milachen bleibt noch), denn ich kann kaum noch Zipp sagen. Die Hochzeit verlief ›doll genug‹; der Glanzpunkt war, nach *meinem* Geschmack, Mete, die – nachdem alle andern abgelehnt hatten in diesen sauren Apfel zu beißen – *Ludovika Hesekiel* leben ließ. Ich war ganz baff und erkannte, daß Kinder klüger sein können als die Alten. Ich glaube, es hätte Dich auch amüsirt. Dir für Franzensbad schwarzen Modder und blaue Tage wünschend, wie immer Dein alter

Noel.

451. An Karl Emil Franzos

Krummhübel 19. Juni 86

Hochgeehrter Herr.

Empfangen Sie meinen ergebensten Dank für Ihre freundlichen Worte, zugleich die Zusicherung, daß ich mich mit vielem Vergnügen einfinden werde, nicht mit Novellen (ich bin damit auf Jahre hinaus engagirt) aber mit Versen, dann und wann ein Zeitgedicht, eine Ballade. Aelterwerdend, kehre ich mit Vorliebe zu den Hämmeln meiner Jugend zurück. Ihrem Unternehmen, das in seinem Programm die Trivialität und Einseitigkeit unsrer modernen Erzählungsliteratur wundervoll charakterisirt, den glücklichsten Erfolg wünschend, in vorzüglicher Ergebenheit

Th. Fontane.

Wien 7. Juli 86
Josefst. Str. 134. c.

Theuerster Dankshusen.

Am Sonntag habe
ich unter der Rettung
gestellt, um so mehr
Grund unter den
Gerüchten hatte nicht
zu fehlen. Entschuldigen
Sie schon allein, wer
Sie wünschen, – ohne
Wort, das man
Ihnen gegenüber gelassen
aussprechen kann, weil
Sie den Namen des Meisters

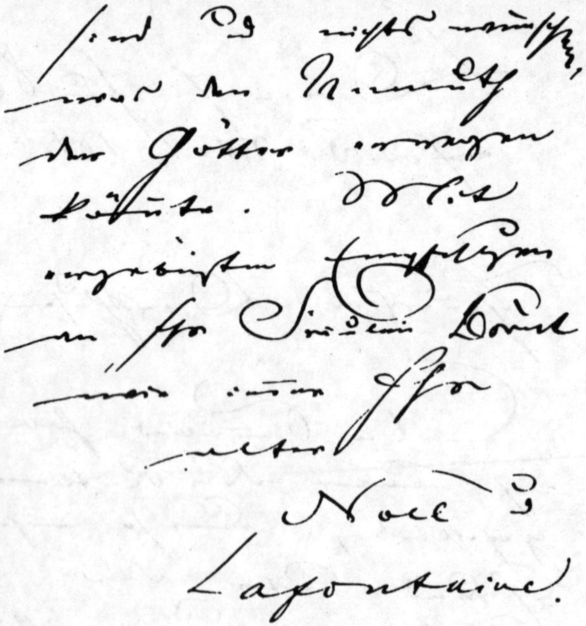

Noël

Lafontaine.

An Karl Eggers, 7. Juni 1886 (vgl. Nr. 449, S. 475), 1. und 2. Seite.

452. An Karl Emil Franzos

Krummhübel 30. Juni 86.

Hochgeehrter Herr Doktor.

Ergebensten Dank für Ihre freundlichen Zeilen, deren Novellen-Erwartung ich leider nicht entsprechen kann. Ich kann, wie ich Ihnen, glaub ich, schon schrieb, höchstens noch 4 bis 6 Brigg's vom Stapel lassen und wenn ich mich – wozu mir allein heut und hier in meiner Einsamkeit drei Aufforderungen zugingen – zu mitdrunterlaufendem kleinerem Bootbau bestimmen lasse, so schrumpfen die 4 oder 6 auf 2 oder 3 zusammen. Und das möchte ich vermeiden. Ich brauche zu allem viel Zeit. Ein kleines Gedicht schicke ich demnächst. In vorzüglicher Ergebenheit

Th. Fontane.

453. An Emilie Fontane

Krummhübel 19. Juli 86.

Meine liebe Frau.

Die Einlagen sind heute die Hauptsache: Brief von Friedel, Brief von George. Beide werden morgen beantwortet, der eine von mir, der andre von Mete, – Du kannst Dich also ruhig dem Genusse Beider hingeben. Ueber Fr. sprechen wir demnächst mündlich; ich wünsche nicht, daß er sich auf diese Wippe begiebt, aber *das* muß ich ihm doch einräumen, daß all das, was er vorhat, kein Unsinn ist und daß ihm, bei nur leidlichem Glück, die Wippe zum lift werden kann, der ihn bequem in die Bel-Etage hebt. – Georges Brief ist reizend, klug, drüberstehend und ein gut Theil von seinem altem, ihm leider erheblich verloren gegangenen Humor darin. Erinnre Dich der Schilderungen, die ich, halb scherzhaft, vor 8 Wochen über das Leben eines unbemittelten Deutschen in Brighton, Hastings oder Torquai entwarf; – nun haben wir den Salat. Das ist ja trister, wie ich es in Brighton etc. durchlebt habe, da war wenigstens Glanz, der einen als Schauspiel bezaubern konnte; selbst *das* scheint hier zu fehlen: kleinstietzige, langweilige, kränkliche, morose Leute. Natürlich konnte es auch anders ausfallen; je älter ich werde, je tiefer empfinde ich, *alles* ist Glück und Gnade, das Kleine so gut wie das Große und der verdrehte Pastor Bernhardi mit seinem Dreckweib von Frau (geb. Guticke) hatte Recht, wenn er betete: ›Gott, laß heute die Sonne scheinen; meine Frau hängt heute Wäsche auf.‹ Natürlich ist es frech und kindisch, den lieben Gott mit solchem Gebet zu inkommodiren, aber *das* ist richtig, daß wir nichts in unsrer Hand haben und daß wir von Minute zu Minute von einer Räthselmacht abhängig sind, die uns streichelt oder schlägt. Daher ist das mir Widerstrebendste und Aengstigendste das Vorsehung-spielenwollen so vieler Leute. Gott läßt sich nicht hineinpfuschen.

Mete hat sich leidlich wieder erholt, ist aber verstimmt. Sie findet, daß die Leute nicht freundlich, anerkennend und entgegenkommend genug gegen sie sind. Leider hat sie Recht. Die Dürftigkeit, Kleinlichkeit, Unbedeutendheit, oft auch Schoflinskischaft der Menschen wird mir immer klarer und sie zeigt sich unter anderm darin, daß nur sehr kluge und sehr gute und andrerseits nur ganz einfache, schlichte Menschen ein Wesen wie Marthas ertragen können. Was sie (Martha) am meisten kränkt, ist das, daß selbst die von *ihr* ausgehenden Freundlichkeiten nicht einmal erwiedert werden.

Diese von ihr gemachte Wahrnehmung ist nur zu richtig, aber sie müßte es leichter nehmen und nicht mit alten Philistern und dummen Jungen überhaupt noch rechnen wollen. Eine kluge Dame bedrückt blos solche inferiore Gesellschaft, die nur Bier trinken, Skat spielen, die Kellnerin in den Arm kneifen und mit 30 oder 35 ein möglichst reiches weibliches Wesen, die im Uebrigen sein mag wie sie will, heirathen wollen. Sie (Mete) thut mir schrecklich leid. Sie hat das Bedürfniß nach Auszeichnung und kann sie, nach ihren Gaben, beanspruchen. Und es wird ihr unter der Krummhübler und leider auch unter der Berliner Gesellschaft so wenig davon zu Theil. An Georges Hochzeit wirkte sie wie eine Fremde, so sehr, daß mir das Herz weh that. Schlimm. Aber es muß ertragen werden wie so vieles; ich kann es nicht ändern. Wie immer Dein

Th. F.

Empfiehl mich.

Bitte, schicke mir 100 Mark; ich könnte doch in Verlegenheit kommen.

454. An Emilie Fontane

Krummhübel 23. Juli 86.

Wenn ich richtig rechne, so erhälst Du diese Zeilen noch 1 oder 2 Stunden vor Deiner Abreise. Vielleicht bringst Du Dir einen leinenen Bettüberzug von Frau Johanna mit, – Frau Schillers Ueberzüge sind von einem Baumwollenstoff, der Dir möglicherweise nicht angenehm ist.

Mit der Reunion war es nichts; um 9 gingen wir hin und während ich als Eclaireur den Saal recognoscirte, stand Martha, mit 2 weißen Rosen am Busen, draußen und wartete auf meinen Bericht. Der lautete: schleuniger Rückzug. Es waren wohl 40 Damen da und höchstens 7 Herren, in welche Zahl Greise und Kinder mit einbegriffen sind. Dabei Zug, Enge, Qualm, Hitze. Gräßlich. Und an solchem Platze soll unsre arme Tochter Vergnügen suchen. Dann lieber nicht, dann lieber Verzicht.

An solchen Verzicht wurden wir auch heute Mittag wieder gemahnt: Martha M.G. schrieb wenige, übrigens sehr nette und sehr herzliche Zeilen, in denen sie ihre Verlobung mit Dr. Stöter anzeigte. Mete war als *Freundin* sehr erfreut, was sonst in ihrem Herzen gestanden haben mag, mag ich nicht wissen. Ich bewundre dann immer ihre Beherrschungskraft, ihre vollkommene Contenance. Darin ganz superior. Nur keine Sentimentalitäten.

Empfiehl mich der theuren Frau Johanna angelegentlichst und danke ihr auch in meinem Namen für so viel an Dir bewiesene Treue und Liebe. Wie immer Dein alter

Th. F.

455. An Friedrich Fontane

Krummhübel 12. Aug. 86.

Mein lieber Friedel.

Nur ein paar Worte in Erwiderung auf Deinen heutigen netten Brief.

24er und 27er sind ausgeschlossen; überhaupt – als Lebensregel – nur nicht anfragen oder gar Dienste anbieten bei Freunden, Verwandten und Bekannten. Geld pumpen und Gefälligkeiten erbitten, darf man immer nur bei Fremden. Natürlich giebt es Ausnahmen, aber da muß man seine Pappenheimer ganz genau kennen und es muß einem vorher (wie z. B. von Onkel Scherz) wiederholentlich angeboten sein.

So bleiben denn nur Garde oder 91er oder was dasselbe sagen will: Berlin oder Oldenburg. In Bezug auf diese beiden magst Du wählen. Ob Du genommen oder nicht genommen wirst, ist vorher nicht zu entscheiden, gleichviel *wo* Du Dich meldest. Also dieser Punkt schafft keinen Unterschied, auch der Geldpunkt – *wenn* Du genommen wirst – kann keine große Differenz schaffen. Also nochmals: wähle zwischen Berlin und Oldenburg ganz nach Deinem Gefallen; uns ist das eine ebenso recht wie das andre. Berlin hat Vorzüge als Berlin und weil Du uns dort hast, Oldenburg hat den Vorzug – worauf ich einigermaßen Gewicht lege – daß Du Dich, wenn Du dort bleibst, bei Deinem jetzigen Prinzipal durch kleinre und größre Dienstleistungen nach wie vor angenehm machen kannst. Es ist dies so wichtig, daß selbst die Frage, ob er diese Hülfen honorirt oder nicht honorirt, daneben verschwindet. Denn sich einem wohlhabenden und angesehnen Manne gegenüber als tüchtig, zuverlässig, gefällig und anspruchslos erwiesen zu haben, ist ich will nicht sagen immer, aber in den meisten Fällen von Vortheil. Und nun handle nach Deinem Wunsch und Ermessen. Wie immer Dein alter

Papa.

456. An Wilhelm Hertz

Krummhübel 19. Aug. 86

Sehr geehrter Herr Hertz.

Ergebensten Dank für das Honorar von 1200 Mark für die 2. Aufl. von Band IV. der »Wanderungen«. Vielleicht genügen diese Zeilen als Quittung. Etwa am 10. September denke ich in Berlin zurück zu sein; ist es dann noch Zeit ein ganz ganz kurzes Vorwort zur 2. Auflage zu schreiben?

Wie haben Sie den Sommer verbracht? Ich fürchte nicht ganz ohne Sorgen und Beängstigungen. Ein bischen Alpenluft im September macht die Seele vielleicht auf Wochen wieder frei. Und ein paar freie Wochen sind schon 'was.

Mir geht es seit Kurzem gut, nachdem ich im Juni und Juli jämmerlich gequient hatte.

Gruß und Empfehlung Ihrem Herrn Sohn.

In herzlicher Ergebenheit

Th. Fontane

457. *An Emilie Zöllner*

Krummhübel 19. Aug. 86.

Hochverehrte Freundin.

Ist es in Berlin so wie hier, so haben auch bei Ihnen die schönen Tage begonnen und mein Geburtstagswunsch geht dahin, daß sie durch ein ganzes Jahr hin dauern mögen. Dann fangen wir neu zu wünschen an und so fort bis der Wunsch schweigt.

Als ich Anfang dieses Monats nach Franzensbad schrieb, ließ Krummhübel viel zu wünschen übrig, Regen und Hitze wechselten und alle Welt war krank und verstimmt. Seit beinah 14 Tagen geht es aber besser und nur meine arme Frau nimmt nicht Theil an diesem aufgebesserten Zustande, wie ihre beiliegenden Zeilen bezeugen. Andauernde Magenkatarrhe verstimmen auch den Heitersten und Verstimmungsgeneigte erst recht. Zum Glück ist Mete mit hier, die sich sehr erholt hat und nach traurigen fünfviertel Jahren, eine kleine Ewigkeit, zum ersten Male wieder aufathmet. Sie macht das Mögliche möglich und trinkt Brunnen, badet, tanzt, klettert und kocht und ißt nicht nur Honig und Apfelmus, worauf ihre Zustände sie sonst vorzugsweis anweisen, sondern auch Steinpilze, Reitzker und Champignons mit Sahnensauce. Dazu spielt sie 4 Stunden lang Lawn Tennis und ist mal wieder glücklich, was sie schon aufgegeben hatte. Ehe meine Frau hier war, lasen wir viel: Zeller (über Strauß), Strauß alten und neuen Glauben und Ranke. Dazwischen, um auf der Höhe der Situation zu bleiben, Lindau. Das berühmte Buch von Strauß enttäuschte mich ein wenig, so glänzend es als rein literarische Leistung dasteht. Die Kritik der Christuslegende (der erste Abschnitt des Buchs) hat etwas machtvoll Ueberzeugendes, was nachher kommt, schwebt gerade so in der Luft, wie *alles* was durch Jahrtausende hin über Gott und Unsterblichkeit gesagt ist und in ferneren Jahrtausenden darüber gesagt werden wird. Der Mensch als solcher bringt in *dieser* Frage die ›Forsche‹ nicht 'raus.

Seit ich mich erholt habe, lebe ich hier wieder glückliche Tage und freue mich an allem, worauf mein Auge fällt. Ein Mütterchen, das mit dem Reisigbündel auf dem Rücken über den schmalen Steg geht, die Mädchen mit den feinen Fußknöcheln die Himbeeren oder Besinge zum Verkaufe bringen, die Gewitter die mit Sturm und Gekrach am Gebirge hin ziehn, die nach Mehl schmeckende Wassersemmel, das zähe Rindfleisch, das das Hinschwinden seiner Zähigkeit nicht auch mit dem Hinschwinden seines Geschmackes bezahlt hat, die blinde Harfenistin, die mit einer Stimme, daraus ein Elend und eine Seele spricht, kleine Lieder auf dem Hausflur singt, die Lomnitz die rauscht, die Haide die blüht, der Tourist mit aufgekrempelter Hose, die Touristin mit einer aus Shawl und Plaid bestehenden Außen- oder Lang-Tournüre, – alles unterhält mich, alles erfreut mich und macht es mir schwer, mich von dieser schönen Stelle zu trennen. Aber der Augenblick wird kommen, wie jeder, und unter meinen Trösten wird *der* sein, mich Ihnen präsentiren und Ihnen die Hand küssen zu dürfen. Unter Gruß und Empfehlung an Mann und Kinder, wie immer Ihr aufrichtig ergebenster

Th. Fontane.

458. An Georg Friedlaender

Krummhübel 1. Sept. 86.

Hochgeehrter Herr.

Eben kommt Ihr Brief vom Dienstag, für den ich bestens danke. Ich hätte mittlerweile schon Ihre freundl. Zeilen vom Sonnabend oder Sonntag, der die gute Nachricht von W. Hertz brachte, beantwortet, wenn ich nicht seit Sonntag Nacht ganz elend wäre, so elend, daß ich seitdem keine Zeile geschrieben habe mit Ausnahme der Worte: »Radix Colombo« von welcher Wurzel ich mir heute zwei Loth durch einen expressen Boten aus Schmiedeberg habe holen lassen. Auf dem Diner bei Richters war ich nicht (die Damen amüsirten sich sehr gut) heut um 6 werde ich aber bei Eberty's sein, zu welchem Besuche Rad. Colombo angeschafft wurde, um mich einigermaßen gefechtsfähig zu machen. Solche Hitze bringt mich um und ist für mich gleichbedeutend mit völliger Brachlegung meiner leiblichen und geistigen Kräfte. Daß es mit Ihrer Frau Gemahlin, der ich mich zu empfehlen bitte, wieder besser geht, freut uns alle von Herzen. Ein Glück, daß die Kinder bei dieser Temperatur gedeihn. In Berlin soll es furchtbar sein.

Ihre Mittheilungen über die Obduktion haben mich *sehr* amüsirt, besonders der »einzig berechtigte Leichengeruch«. Das Ganze ein kleines Seitenstück zu Zolas »Bauch von Paris« in dem eine Art Käse-Concert vom Baß des Limburgers bis zur Geige des Neufchatellers geschildert wird. Ich würde sagen, das Ganze gäbe ein gutes neues Kapitel für die »Erlebnisse« oder so ähnlich, wenn nicht schon verwandte Sachen in dem Zukunfts-Buche vorkämen.

Meine Tochter will morgen fort und hat vor, etwa um 11 bei Ihnen mit vorzusprechen und sich Ihnen allerseits zu empfehlen. Meine Frau reist Sonnabend, ich Sonnabend über 8 Tage. Aendert sich das Wetter nicht, so kann von Vergnügen für mich gar keine Rede sein und bleibe ich dann nur, weil ich fühle, daß mich in Berlin diese hochgradige Hitze umbringen würde. – Gestern keine Zeitung, heute keine Zeitung, – Gründe unbekannt, aber jedenfalls störend. Gestern und vorgestern hat mir meine Frau Lindaus Roman aus »Vom Fels zum Meer« vorgelesen; es läßt sich manches dagegen sagen, ist aber im Ganzen doch recht gut und viel viel besser, als ich, nach allem was ich drüber gehört, erwarten konnte. – Die Forderung: »Doktor, Amtsrichter und Reserve-Offizier« oder dem Aehnliches, ist wieder eine ächte H.sche gräßliche Weisheitsforderung, unübertreffliches Specimen jener den Bogen überspannenden, hyperfeinen Berechnungsweise, von der ich Ihnen schon früher gesprochen habe. Ich finde es einfach geschmacklos und würde versuchen es ihm auszureden.

In herzlicher Ergebenheit

Ihr
Th. Fontane.

458a. An Georg Friedlaender

[Postkarte. Poststempel: Krummhübel 1. 9. 86.]

Brief-Nachschrift. Wie wir eben erfahren, muß meine Tochter einen schon bald nach 8 aus Schmiedeberg abgehenden Zug benutzen, um um 3 1/2 in Frankfurt zu sein, – der Besuch bei Ihnen muß somit leider unterbleiben. Sie schreibt gewiß noch von Berlin aus und spricht ihr Bedauern aus; in diesem Augenblick ist sie (seit heute Mittag) in Arnsdorf.

Ihr
Th. F.

459. An Friedrich Fontane

Krummhübel 4. Sept. 86.

Mein lieber Friedel.

Ich beantworte gleich Deine gestern eingetroffene Karte. Es ist ganz gleich, bei welchem Regiment Du eintrittst, selbst die Unterschiede »streng oder nicht streng« fallen fort, da beinah alles vom Hauptmann, Feldwebel, Unteroffizier abhängt, die, wenn man Pech haben soll, beim sanftesten Regiment *sehr* scharf und beim schärfsten Regiment sehr mild und nachsichtig sein können. Die Compagnien untereinander sind in *dieser* Beziehung oft grundverschieden. Alles im Leben ist Bestimmung oder Lotto und man muß abwarten, wie's fällt. Herauscalculiren läßt sich nichts. Das Allergleichgültigste sind aber Freunde und Bekannte, – sie wollen nichts thun und können nichts thun, weil sie dadurch nur in Ungelegenheiten kommen würden. Mit Fremden fährt man immer am besten; die, an die man empfohlen wird, genirt man blos.

Mete ist am Donnerstag nach Dammer hin, Mama heute früh gereist, – in Frankfurt wollen sie sich 3 1/2 treffen und hoffen bald nach 5 in Berlin zu sein. Ich bleibe noch bis heut über acht Tage. Dann ist die kolossale Hitze hoffentlich vorbei. Ergeh es Dir gut. Wie immer Dein

alter Papa.

460. An Karl Eggers

Berlin 10. Sept. 86.

Theuerster Senator.

Alle Briefe sind mir nach Krummhübel durch die *Post* nachgeschickt worden, – die neue Rivalin »Hansa« aber schickt nicht nach und kann auch nicht, und so weiß ich denn seit gestern erst, wo ich von Kr. zurück bin, von Ihrer Hochzeit. Empfangen Sie und Frau Gemahlin auch heute noch meine herzlichsten Glückwünsche und verzeihen Sie eine Verspätung, an der ich unschuldig bin. In herzlicher Ergebenheit

Th. Fontane.

461. An Georg Friedlaender

Berlin 19. Sept. 86.
Potsd. Str. 134.c.

Hochgeehrter Herr.

Herzlichen Dank für Ihren freundlichen und ausführlichen Brief. Ich muß zunächst nochmals um meiner plötzlichen Flucht willen um Entschuldigung bitten, aber ich war ganz unglaublich herunter, seit Wochen schon, so daß sich meiner eine kleine Verzweiflung bemächtigte. »Nur rasch, rasch.« Es ist das eine ganz natürliche Reaktion bei einem Menschen, der sich in allen möglichen Lebenslagen das Unangenehme immer wegdemonstrirt und dabei bis an die äußerste Grenze geht. Wird diese nun aber überschritten, so kommt der Umschlag und ich operire dann ebenso rasch wie ich vorher langsam operirte. Schillers waren liebe, gute Leute, denen ich persönlich die freundschaftlichsten Gefühle bewahre, das »Ozon« der Villa Schiller aber ging mir über den Spaß, jedenfalls über die Kraft und die Zustände, an denen meine Frau und ich so viele Wochen gelitten haben, waren einfach Malaria-Zustände, typhöse Vetterschaft. Ich bitte Sie und Frau Gemahlin mit dieser Deprimirtheit, aus der ich eigentlich nicht herausgekommen bin, auch manches Widerspruchsvolle entschuldigen zu wollen. In den Tagen, in denen ich mich wohl fühlte, hatte ich eine aufrichtige Lust auf dem Kamm umherzumarschiren und in irgend einer Baude zu nächtigen, während der letzten Wochen aber erschienen mir jede 100 Schritt, die ich nicht nothwendig zu machen brauchte, als eine Thorheit. Und in so niedergedrückter Verfassung bin ich auch abgereist. In diesem Augenblicke geht es mir besser, aber noch keineswegs gut und wie ich schon während der letzten 14 Tage in Kr. keinen Strich gethan habe, so auch hier nicht seit meiner Rückkehr.

Mit Freude habe ich gelesen, daß es in Hohenwiese so hübsch war; Ihrer Charakterisirung der Häuser G. und R. kann ich nur zustimmen, – das ist eben der Unterschied zwischen christlichem und jüdischem Geist. Der letztere hat so viel Blendendes und Verführerisches und jeder Berliner (ich selbst in hohem Maaße) ist ihm auf länger oder kürzer verfallen gewesen. Er hat auch viel Fördersames. Im Ganzen ist er aber ein Unglück und etwas durchaus niedrig Stehendes. Darauf bezieht es sich auch, wenn ich so oft Ihnen widersprach und von der zur allgemeinen Annahme gewordenen Ueberlegenheit des jüdischen Geistes nichts wissen wollte. Die Juden haben nichts von der germanischen Schwerfälligkeit, sie sind quick, witzig, zugespitzt im Ausdruck, aber der germanische Geist ist dem jüdischen unendlich überlegen. Letztrer bringt einen auf die Dauer einfach zur Verzweiflung und kann einem das sogenannt »Geistreiche« geradezu verleiden. Es ist auch deutlich wahrzunehmen, daß die norddeutsche ja selbst die gebildete Berliner Gesellschaft aus diesem dürftigen Uebergangsstadium heraus ist. E.'s, und vor allem Frau R. (die trotz alledem genialste der Familie) stecken aber noch in diesem Stadium drin. Es ist einfach überholt, antiquirt, und wenn nicht Leute wie Lindau, Stettenheim etc. immer noch etwas Holz nachschöben, so hätte *hier* die ganze Geschichte schon längst ihr Ende erreicht. E.'s und R.'s sind aber *doch* sehr nett; Freundlichkeit, Wohlwollen, Gastlichkeit, Unterhaltsamkeit, *das* sind die Dinge, auf die es gesellschaftlich ankommt und die Frage nach der tieferen oder flacheren Observanz versinkt daneben. »Jedes Thierchen sein Manierchen« wenn nur die Manier nicht einfach als Unmanier auftritt.

Dieser Brief soll Sie nicht in eine Correspondenz verwickeln, wir wollen uns beschränken und in größren Etappen vorgehn. Ich schreibe wieder, wenn ich aus Münster zurück bin und Ihnen Ihre 4 Bände schicke. Tausend Grüße der hochverehrten Frau wie den Kindern von Ihrem ergebensten

Th. Fontane.

462. An Friedrich Fontane

Berlin 20. Sept. 86.
Potsd. Str. 134.c.

Mein lieber alter Friedel.

Dies sind nun wohl die letzten Zeilen von mir von hier aus nach Oldenburg. Heute früh kam Deine Karte aus Rastede; Mama wird den Frack schicken, wahrscheinlich heute noch, jedenfalls zu rechter Zeit.

Die Garde-Füsiliere sind, wie alle Gardetruppen, erst Sonnabend d. 18., also vorgestern, vom Manöver nach Berlin zurückgekehrt. Dies wird der Grund sein, daß Du noch keine Nachricht hast; kommt überhaupt keine, was bei der Kürze der Zeit auch möglich ist, so mußt Du, von heut über acht Tage an, Dein Heil persönlich versuchen. Scheitert es aus dem einen oder andern Grunde (vielleicht weil es dann schon zu spät ist, was ich aber nicht glaube) so mußt Du wieder eine Stellung suchen und erst zu Ostern beim Militär eintreten.

Mache Dich in den letzten Tagen bei Deinem Chef und Prinzipal nur noch recht angenehm (guter Leumund bedeutet viel) und empfiehl mich ihm angelegentlichst.

Auf ein hoffentlich frohes Wiedersehn! Wie immer Dein alter

Papa.

463. An Paul Heyse

Berlin 21. Sept. 86.
Potsd. Str. 134. c.

Mein lieber Paul.

Sehr erfreut war ich über Deinen lieben Brief, von dem ich nur gewünscht hätte, er hätte Günstigeres über Euren Toelzer Aufenthalt berichtet. Von Deiner und Deiner lieben Frau Anwesenheit daselbst hatte ich schon Tags zuvor durch Hauptmann und Schriftsteller Schultz gehört, einen wunderbaren Heiligen, übrigens nicht unamüsant, der mich, mit seinem Louis Philipps-Kopf, an die zwei letzten Zeilen eines Freiligrathschen Gedichts erinnerte:

»... sein Haupt gleicht einer Birne,
Der, den *ich* meine (Napoleon) ist es nicht«.

Gestern, Montag, kam nun das Paket. Ich habe mir das Stück gleich vorlesen lassen und beeile mich, Dir zu antworten, zugleich um Entschuldigung bittend, daß ich die mir gesteckten Grenzen beim besten Willen nicht innehalten kann. Ich käme mir einfach lächerlich vor, wenn ich über Kracht-Itzenplitz etc. irgendwas Historisches sagen wollte, in einem Stücke, das, wenn es scheitert (was ich glaube), diese Scheiterung aus ganz andern und viel wichtigeren Gründen erlebt.

Ich will, was ich gut finde, vorausschicken: der Stoff ist gut, die Tendenz ist gut, und der 2. Akt ist gut, ja dieser, auf Bühnenwirkung hin angesehn, vielleicht sehr gut. Aber die beiden Hauptträger des Stücks, die, mit denen es steht und fällt, können mich nicht befriedigen. Der Kurfürst und der Lindenberger flößen mir nicht blos kein Interesse ein, sondern verdrießen mich, machen mich nervös. Ich kann nur sagen, es ist alles wildenbruchisch oder im Stil von Richard Voß. Diesen beiden Dichtern ist es gegeben, mir beständig Kopfschmerzen zu machen, weil sie nicht blos keine Rücksicht auf Wirklichkeit und Wahrscheinlichkeit nehmen, sondern dem gesunden Menschenverstande beständig den Krieg erklären. Wenn sie die Wahl haben zwischen dem Vernünftigen und dem Unsinnigen, wählen sie jedesmal das letztre. Daß es unter Umständen was Höheres giebt als den gesunden Menschenverstand, weiß ich so gut wie irgend wer, aber es kommt drauf an, *wer* sich gegen ihn auflehnt und *wie*. Wie kann der Kurfürst die Verschwörer aus seinem Berliner Schloß entkommen lassen? Wie kann er sich halb wehrlos (und warum überhaupt?) nach Hohen-Ziritz begeben? Wie kann er sich des Unrechts gegen Götz anklagen? (Dies ist einfach eine Sentimentalität.) Wie kann er den Schlüssel, der ihm Flucht und Rettung sichert, zum Fenster hinauswerfen? Wie wunderlich sein Erscheinen und sein Auftreten in Wittstock? Eine gleiche Reihe von Fragen könnte ich hinsichtlich des Lindenbergers stellen. Er ist ein in verschrobenen Genialitäts-Allüren sich ergehender, unklarer Romantiker aus dem Anfange dieses Jahrhunderts. In den ganz ganz großen Zügen (die Details erscheinen mir immer verfehlt) könnte alles bleiben, wie's ist, aber entweder müßten der Muth und die Charaktergröße des Kurfürsten oder eine schöne, klare, von Einsicht und Edelsinn getragene Bekehrung des Lindenbergers alles zum guten Ende führen. Das ist aber nicht der Fall; ihre Charakterbilder schwanken bedenklich. Der Prinz von Hessen-Homburg hat zu Gevatter gestanden, und hinsichtlich der Zeitbildlichkeit läßt auch *er* viel zu wünschen übrig. Aber was er historisch-brandenburgisch sündigt, das bringt er menschlich wieder ins Gleichgewicht und sorgt noch für Ueberschuß. – Ich konnte dies nicht verschweigen, denn der historische Kleinkram ist ganz gleichgültig neben diesen Hauptsachen; denkst Du aber anders darüber, so bin ich sehr gern bereit, auch über die Krachte und Itzenplitze noch zu befinden. Wie immer Dein alter

Th. Fontane.

464. An Paul Heyse

Berlin 25. Sept. 86.
Potsd. Str. 134. c.

Lieber Paul. Dein Schweigen war mir ein guter Wink und so habe ich denn, in einem ziemlich langen Briefe, von meinen dem Stücke geltenden Bedenken, auch nicht das Geringste gegen die Verfasserin gesagt. Ich habe den 2. Akt gelobt und mich auf Hervorhebung dessen beschränkt, was als vielleicht *märkisch*-anfechtbar angesehen werden kann. Und dem Stücke den besten Erfolg wünschend, habe ich mich verabschiedet. Dies wollte ich Dich doch wissen lassen. Wie immer Dein alter

Th. F.

Sonntag d. 26.

Als gestern nachmittag Deine Karte kam, die mich sehr erfreute, weil ich an die Möglichkeit dachte, mein erster Schreibebrief hätte Dich verdrossen, war ich eben dabei, das Stück, das ich bis dahin vorhatte nach *Berchtesgaden* zurückzuschicken, noch einmal durchzulesen. Der Eindruck dabei war derselbe wie bei der ersten Lektüre. Mehr und mehr aber ist mir klar geworden, und mein Brief an die Verfasserin bedarf deshalb einer erheblichen Correktur, daß es doch das Historische will sagen das Unmärkische ist, was diesen nicht allzu günstigen Eindruck zu gutem Theil verschuldet. Gegen das Grundthema läßt sich nichts sagen, im Gegentheil. Ein erleuchteter Fürst findet ein Unrecht vor, das sich Recht nennt. Er beschließt an die Stelle dieses unrechten Rechts ein rechtes Recht zu setzen und unterliegt in dem Kampfe, der dadurch herbeigeführt wird. Aber das rechte Recht, das er gewollt, ist von solcher innerlichen Macht, daß es, gleich nach dem Siege der Gegenpartei, sich auch des Siegers bemächtigt, der nun bekehrt den Gedanken aufnimmt, dem er bis dahin gegenüberstand und dem Fürsten seine Krone zurückgiebt. Ein edleres Herz kann sich gegen das Recht nicht dauernd verschließen. Das ist ein sehr schöner Inhalt und spielte das Stück, am besten märchenhaft angeflogen, in irgendeiner Turandot-Gegend, so ließe sich vielleicht eine gute Wirkung damit erzielen. Aus dem Phantastischen oder dem Fremden oder dem Uncontrollirbaren aber ins Historische gestellt, kommt man aus dem Gefühl der Unmöglichkeit der Vorgänge nicht recht heraus, nicht deshalb weil es mit irgendeinem Kracht oder Itzenplitz nicht ganz stimmt (dies wäre völlig gleichgültig) sondern weil das kleinste Maß von Kenntniß jeden Zuschauer hindert, sich dem Glauben an diese Dinge, große wie kleine, hinzugeben. Und ohne Glauben keine Seligkeit.

Dies mußte ich meinem vielen Geschreibsel doch noch hinzusetzen. Lebe wohl, empfiehl mich. Wie immer Dein

Th. F.

Dein Roman, soviel ich höre, gefällt sehr. Frl. v. R. schrieb uns schon nach Krummhübel entzückt über den Anfang. Kröner bleibt mir unbegreiflich, wie konnt' er sich diesen Paradiesvogel entgehn lassen, der nun auf dem Haupt einer Rivalin wippt und singt.

* Deshalb nutzen auch Aenderungen gar nichts. – Es gereicht mir übrigens zum Trost, daß sich dieser Brief, wenn auch nicht mit dem an die Dame, so doch mit dem zuerst an *Dich* geschriebnen leidlich deckt.

465. An Karl Emil Franzos

Berlin 7. Oktob. 86.
Potsd. Straße 134. *c.*

Hochgeehrter Herr Doktor.

Heute finde ich in der Vossin die beigeschlossene Notiz von Dr. Paul Schlenthers Hand. Ich säume nicht, Ihnen dieselbe zu senden, zugleich mit der herzlichen Bitte, Dr. P. S., der jetzt einer der *Redakteure* der Vossischen ist, dauernd in das Interesse für Ihre Zeitschrift hineinziehn zu wollen. Er ist der geschickteste dazu, jedenfalls geschickter als ich, der sich nur noch nach Ruhe sehnt.

In vorzüglicher Ergebenheit

Th. Fontane.

466. An Arthur Deetz

Berlin 10. Okt. 86
Potsd. Str. 134c

Hochgeehrter Herr Direktor.

Gleich nachdem Sie gegangen waren, habe ich den Artikel »Zur Intendantenfrage« gelesen. Ich finde ihn jugendlich, von nur ausnahmsweise berechtigten Anschauungen ausgehend und für Wildenbruch (zwischen den Zeilen) Propaganda machend, im Übrigen aber merkwürdig gut und manierlich und sicherlich mit der Absicht geschrieben, nach keiner Seite hin zu verletzen. Es fehlt auch, in dem *Sie* berührenden Passus, jeder animus injuriandi. Die Stelle richtet sich lediglich, übrigens in durchaus artiger Form, gegen Hülsen und sagt nur: »H. war ein Autokrat und bewilligte seinem Direktor zu wenig Macht, Laube nahm an diesem »zu wenig« Anstoß, Deetz nicht.« Dies kann Ihnen nicht sonderlich angenehm sein, aber was daran falsch ist, ist ein Irrthum, keine Bosheit. Ich komme deshalb – weil ich trotzdem einsehe, daß solche Sätze Sie schädigen können – auf meinen zweiten Vorschlag, *den* einer einfachen Berichtigung zurück, die am wirksamsten sein wird, wenn sie auf 20 oder 30 Zeilen beschränkt und keinesfalls über 40 hinausgeht. Ich lege einen kleinen Zettel bei. In vorzüglicher Ergebenheit

Th. Fontane

Anknüpfend an den in unsrer Nr. 463 (erste Beilage) gebrachten Artikel »Zur Intendantenfrage« geht uns von unterrichteter Seite das Folgende zu: »Der Artikel ›Zur Intendantenfrage‹ behandelt unter anderem auch das bisher beanstandete Verhältnis des Direktors der K. Schauspiele zur Intendanz und hebt hervor, daß Direktor Deetz kaum mehr als ein Exekutivbeamter des Herrn v. Hülsen gewesen sei. Dies entspricht doch nicht dem Thatsächlichen. Herr v. H. hatte sich bestimmte Dinge zu alleiniger oder endgültiger Entscheidung vorbehalten (aufzählen) in andren aber hatte sein Direktor vollkommen freie Hand, und diese andren Dinge wird man schwerlich als Nebensächlichkeit ansehen wollen. Es waren (aufzählen). Dann eine Schlußbemerkung.

Entscheiden Sie sich für eine kurze berichtigende Notiz wie die umstehende, so muß dieselbe spätestens Dienstag früh in der Zeitung stehn, es liegt sonst zu viel Zeit dazwischen. Ziehen Sie's aber vor, Stephany um einen selbständigen Artikel mit Überschrift anzugehn, so ist es nicht *so* pressant. Es wird dann viel von einer richtig gewählten Überschrift abhängen. Vielleicht: »Die Stellung des Direktors am K. Schauspielhause« oder aber ganz freiweg: »Direktor Deetz und seine Stellung unter Herrn v. Hülsen«. Letzteres ist vielleicht nicht übel.

467. An Theodor Fontane (Sohn)

Berlin, d. 18. Oktober 1886.

Mein lieber, alter Theo.

Drei Karten haben wir von Eurer Hochzeitsreise erhalten: vom Drachenfels, vom Niederwald und aus Wiesbaden, und schon auf die erste hätten wir mit einem Gegengruß geantwortet, wenn wir gewußt hätten, wohin. Seit gestern seid Ihr nun wieder daheim, und wenn es schon unterwegs »selig« war, so muß es jetzt am seligsten sein. Du kannst übrigens von Glück sagen. Nicht immer verlaufen Hochzeitsreisen so hell und heiter, vielmehr sind sie ein bevorzugtes Aktionsfeld für die Heimtücken und Spielverderbereien des Schicksals. Frau v. *Lepel* (die erste) kam in Venedig aus den Heimwehtränen nicht heraus, und Lepels Versuche, diese Tränen durch Bildergalerien zu trocknen, scheiterten jämmerlich. Noch schlimmer erging es dem jetzigen Kaiser von Rußland und seiner schönen Dagmar; sie waren nach einem selten besuchten Schloß ins Innere gereist und verbrachten die Nacht auf einem Tisch sitzend, weil Bett und Zimmer ein Ameisenhaufen von Schwaben (blackbeetles) waren. Kastellan des Schlosses hätte ich am andern Morgen nicht sein mögen!

Uns ist es all die Zeit über nicht sonderlich gut gegangen. Vielleicht ist das sonderbare Klima dieses Sommers schuld, vielleicht die Malariawohnung in Krummhübel, vielleicht das Alter. Brauchte man nicht seine Kräfte, um, des lieben Brotes halber, am Trapez weiter zu turnen, so wär' es alles ziemlich gleichgültig; aber Aufgaben erfüllen sollen, ohne den richtigen Muck dazu, ist mitunter schwer.

Die *Lichterfelder* haben wir in den letzten anderthalb Wochen wenig gesehen, zum Teil wohl, weil ihre Zeit, wenn sie in Berlin sind, durch Proben zum Koloniefest (Aufführung von »Krieg im Frieden«) in Anspruch genommen wird. Ich bastle natürlich wieder an einem Prolog und insofern gern, als ich immer an die Möglichkeit einer Unterkriechung in einem Koloniehause denke. Holtei verbrachte seine letzte Zeit in einem Breslauer Kloster, warum *ich* nicht in irgend einem Maison d'Orange! Doch mit solchen Betrachtungen will ich den Brief nicht schließen, lieber mit Wünschen für Euer andauerndes Glück.

Wie immer Dein alter

Papa.

468. An Georg Friedlaender

Berlin 22. Okt. 86.
Potsd. Str. 134.c.

Hochgeehrter Herr.

Es stehen bis Ende des Monats lauter unruhige Tage in Sicht: neue Stücke, Dr. G. Engel-Feier, Geburtstage, Colonie-Feier (am 29.) so daß ich lieber heute schon schreibe. Zunächst herzlichen Dank für so viel freundliche Worte, für so viel interessante Mittheilungen. Je bestimmter Sie den Schmiedeberger Frieden als ausgeschlossen ansehn, desto besser für Ihren Haus- und Herzensfrieden. Cultivirung halber und Ausflickung zerrissener Verhältnisse ist das Thörichtste was man thun kann. Man kann nicht ganz ohne Menschen leben, aber ein paar genügen, ja, ein paar sind besser als viele. – Die Geschichte mit Pietsch, diesmal unsrer nicht Ihrer, ist wieder groß. Fanchon bleibt sich immer gleich. Sie wissen, wie sehr ich von dem stupenden Talent des Mannes eingenommen bin, aber je mehr ich's bin, desto mehr betrübt mich dies totale Deficit von Charakter, Anstand, Gesinnung. Dabei weiß ich nicht, wo das Geld bleibt; ich wette, daß er jährlich 6000 Thaler einnimmt und rechne ich das, was Pumpe und Geschenke einbringen, hinzu, so muß es viel mehr sein. Dabei ist er persönlich bedürfnißlos, wovon Sie sich letzten Winter schaudernd überzeugt haben. Wo bleibt es? Dabei fällt mir das Buchbesprechen ein. Er macht es in der That besser als ich, er ist, wie man früher in Berlin (vor Einführung der Feuerwehr) sagte »ein besserer Tuter« und darauf hin empfehle ich ihn Ihnen nach wie vor. Andrerseits ist die Widmung kein Hinderniß, ich würde, was ich ohnehin jetzt immer thue, natürlich die Theaterbesprechungen abgerechnet, meine Namenschiffre weglassen, und ist Ihnen, nach diesem Briefaustausch mit dem Sohn, ein Wiederanknüpfen mit dem Alten irgendwie unangenehm, so stehe ich gern zur Verfügung. Für das *Buch* ist es besser, L. P. schreibt.

Graebel hat noch nichts von sich hören und sehen lassen, vielleicht ist ein nochmaliger Anstoß wünschenswerth. – Aeußerst glücklich bin ich, daß ich diesen Zeilen Ihre Novellette beischließen kann. Es hing an einem Haar. Ich hatte die kleine Arbeit wieder mit nach Kr. genommen, um sie Ihnen einzuhändigen, was dann aber unterblieb; zurückgekehrt hielt ich sie, beim Auspacken, einen Augenblick zweifelsvoll in der Hand und bin nun froh, damals eine weiße Kugel gegeben und für Leben gestimmt zu haben. Sie sind momentan so gut gestellt, daß Sie das Geld einscheffeln könnten, wenn Sie viel auf Lager hätten. Sonderbar, auch *das* ist mir zeitlebens versagt geblieben, ich bin nicht einen Tag Mode gewesen und mitunter staune ich, daß ich es, trotzdem, zu wenigstens hohen Honoraren gebracht habe. – Von Sommer und Reiseplänen schreibe ich nichts; offengestanden dehnt sich die allgemeine Müdigkeit, die mich beherrscht, auch auf Reisen und Sommerfrischen aus und wäre Berlin, während der Sommermonate, nicht ein so furchtbares Nest, so würd' ich gar nicht mehr reisen. Schließlich sitz' ich hier, 3 Treppen hoch in der Potsdammerstraße, doch am comfortablesten und stillsten und läge mein Haus, statt 300 Schritt vom Canal, auf dem Kreuz- oder Windmühlenberg, so würd' ich meine Reisekoffer zum Trödler schicken.

Empfehlen Sie mich Richters und Ebertys (letztre werden gut thun, sie gehen wieder nach Breslau; Berlin ist vergnügungsreich aber ungemüthlich) vor allem aber Ihrer hochverehrten Frau. Meine Damen schließen sich von ganzem Herzen an. An Lüttichen und den Jungen Gruß und Kuß. Wie immer

Ihr aufrichtig ergebenster

Th. Fontane.

469. An Friedrich Stephany

Berlin, 1. November 1886.

Hochgeehrter Herr und Freund.

Lindau schickt mir eben seinen »Zug nach dem Westen« (den ich glücklicher- und gebildeterweise schon kenne) und teilt mir in einem Begleitschreiben mit, daß er Sie bitten würde, mich darüber referieren zu lassen. Das ist nun alles ganz gut und wenn Sie's nicht anders vorhaben, so bin ich zu solcher Besprechung auch gern bereit, aber mehr weil *Sie's* wünschen, als weil es Lindau wünscht. Lindau, für den ich, wie Sie wissen, ein ganz aufrichtiges liking habe (schließlich ist er immer noch der Beste, der Umgänglichste, der Gutmütigste) Lindau zählt zu seinen verschiedenen angreifschen Punkten auch den, daß er die Dienstleistungen anderer als selbstverständlich in Anspruch nimmt, ohne sich mit der Frage der Gegenleistung sonderlich zu beschäftigen. Wenigstens nach meinen Erfahrungen. Nun darf ich freilich sagen, meine Seele hängt nicht an diesen Gegenleistungen, weil alles Besprochen- und Gelobtwerden, selbst wenn es von den Besten ausgeht, mir ziemlich gleichgültig ist, aber ich finde das gesellschaftliche Verfahren, das sich darin ausspricht, so wenig artig. *Das* ist es, was mich verstimmt. Ich, der weitaus Ärmste von all diesen Herrn, bin dazu da, für die Vermehrung ihres Ruhms und ihrer Kasse Sorge zu tragen, wer aber, frag' ich, ist für mich da? Keiner. Daß ich mir nicht sehr viel daraus mache, können die Herren unmöglich wissen, am wenigsten nach dem, wie sie selber über diese Dinge denken, oder doch zu denken scheinen. Lindau soll, vor 20 Jahren einmal, in einem seiner Literaturbriefe geschrieben haben: »das Gedicht ›Wer kommt, wer‹ von Th. F. trifft den Ton des Volksliedes«. Nun, man soll Gott für alles danken und Lindau auch, aber es ist doch etwas wenig auf 20 Jahre verteilt.

Verzeihen Sie diesen etwas in die Länge gezogenen Klageton, aber ich darf heute schon, angesichts der eben erst beginnenden Saison 86/87, mit dem bekannten Berliner auf dem Schaffott ausrufen: »na, die Woche fängt jut an.« Rud. Genée hat mir auch schon geschrieben, daß er Sie bitten wird, mich zum Referenten über sein eben erscheinendes Berliner Theaterbuch zu ernennen. So hängt Gewicht sich an Gewicht.

In vorzüglicher Ergebenheit

Th. Fontane.

470. An Theodor Fontane (Sohn)

Berlin, d. 2. November 1886

Mein lieber, alter Theo.

Morgen wirst Du 30, ein schönes Alter, besonders wenn man gesund, in Amt und Würden und glücklich verheiratet ist. Das hast Du alles und damit so viel, daß ich Dir nichts hinzu, sondern nur Fortdauer wünschen kann. Die Engländer sprechen von einem »honey-moon« und geben damit ein bestimmtes Zeitmaß; die Deutschen sind Gott sei Dank gemütlicher und sprechen von Flitterwochen, die statt vier auch 52 und noch länger dauern können. Sei es so.

Uns geht es leidlich, trotzdem es, wie herkömmlich, an Sorgen und Verstimmungen nicht fehlt. Ich persönlich leide, wie immer von Oktober bis Dezember, unter der Unverschämtheit meiner schriftstellerischen Kollegen, die alle von mir besprochen, d. h. gelobt sein wollen, ohne je um mich einen Finger zu rühren. Nachgerade werde ich ungeduldig.

Dem Koloniefest am 29. Oktober wohnten wir bei. Die Fontanes waren stark im Felde: George und Mete spielten im »Krieg im Frieden«, ich hatte den Prolog zu leisten. Mete sprang 36 Stunden vor der Aufführung für die erkrankte Lichterfelder Martha ein und setzte mich wieder in Erstaunen durch ihre Energie, ihr Gedächtnis, ihr Spiel. Es war eine öde, langweilige Rolle, aber sie machte etwas daraus und war die einzige, die wie eine Künstlerin wirkte. Schiebe dies nicht auf Voreingenommenheit und väterliche Eitelkeit; es ist so.

Kuß, Gruß, Empfehlungen Dir, Deiner lieben Martha und den verehrten Schwiegereltern.

Wie immer Dein alter

Papa.

471. An Georg Friedlaender

Berlin 7. Novb. 86.
Potsd. Str. 134.c.

Hochgeehrter Herr.

Nur ein paar Worte, Ihnen herzlich zu danken für Brief, Buch u. Widmung, welche letztre mich mit Stolz erfüllt. Es konnte mir kaum ein mich sympathischer berührendes Buch gewidmet werden, als das Ihrige. Mögen sich viele, wie ich, dazu stellen, dann ist ein guter Absatz gesichert. Freilich, Bücher, Publikum! An dem Besten und Liebenswürdigsten geht es vorüber und das Geschmackloseste wird verschlungen. L. P. wird übrigens gewiß sehr gut darüber schreiben, etwas persönlich, etwas zu viel »mein Freund«, etwas zu viel in eignen Kriegserinnerungen (vielleicht mit Liebes-Reminiscencen) schwelgend, aber im Ganzen doch nett und namentlich praktisch nützlich. Denn das Wort Menzel's »nur dick aufgetragenes Lob hat Werth« ist leider richtig. Ohne Lärm, Geschrei, Radau geht es nicht mehr.

Ihr Schnupfen ist hoffentlich im Abzug; wenn er elementar auftritt, kann er einem selbst die Freude über ein erstes Buch verderben. Uebrigens war das Erscheinen Ihres Buches in meinen vier Pfählen von demselben Effekt begleitet, wie früher Ihr persönliches Erscheinen. Wenn Friedländers in Sicht waren, war »Villa Schiller« Rendezvous für die Gesammt-Aristokratie von Krummhübel–Arnsdorf–Schmiedeberg: Ruthardt, Graevenitz, Kette's, Schwerins, Richters, Ebertys, Grossers – alles fand sich ein und arbeitete an meiner gesellschaftlichen Schulung. Denn nichts Schwereres, als 5 widerstreitende Parten a tempo unterhalten. Ihr Buch in Sicht beschwor sofort (gestern Abend) das Richtersche Paar herauf, das hier mit einer guten aber langweiligen Geheimräthin, die gekommen war ihr innerstes Herz auszuschütten, zusammentraf und drei Stunden nach Eintreffen Ihres Buches, war unser kleines und niedriges Zimmer der Vereinigungsplatz für Sohn, Schwiegertochter, Frau Banquier Sternheim, Baron Buddenbrock, Herrn und Frau Geheimräthin Stoeckhardt und einen jungen Herrn v. Mandel, letztrer Einjähriger in der Garde-Artillerie, 6 Fuß groß, total fremd und brustschwach in der Ober-Etage. Ihm mußte ich mich widmen (und that's) und mußte Frau Stöckhardt einem Glücklicheren überlassen. Sie war reizender denn je; Martha (hingerissen) sagte nachher: »sie könne sich nicht entsinnen, eine Dame kennen gelernt zu haben, in der Anmuth, Schönheit, Esprit, chic und das vollkommenste Zuhaussein in der Obersphäre der Gesellschaft so sehr mit Natürlichkeit und Vorliebe für Schelmerei verquickt gewesen sei.« Ich muß dem zustimmen. In ihrer Art ist sie eine Nummer 1. Ich plauderte gern noch weiter: Gustav-Engel-Fest (sehr grand von Seiten der Zeitung) Coloniefest, und vor allem interessante Begegnungen u. Briefwechsel mit Lindau, aber der Raum ist weg. So denn ein andermal. Gruß und Empfehlung der verehrten Frau, einen Kuß den Kindern. In aufrichtiger Ergebenheit wie immer

Ihr

Th. Fontane.

472. An Georg Friedlaender

Berlin 8. Novb. 86.
Potsd. Str. 134.c.

Hochgeehrter Herr.

Ed. v. Hartmann schrieb mal einen Aufsatz, in dem er den Gedanken durchführte: wie sonst der Katholizismus das Leben durchdrang und den Einzelmenschen von »im Mutterleibe an« bis über das Grab hinaus in Händen hielt, stärkte, segnete, peinigte, opferte, so jetzt der Militarismus. Ihr Fall ist ein schrecklicher Beleg dafür. Was soll der ganze Quatsch? Es ist so toll, daß eigentlich nur ein Dollbregen die rechte Antwort darauf geben und unter Ausführung einer unanständigen Gebärde repliciren und der gesunden Vernunft zum Siege verhelfen kann. Ich finde es geradezu gräßlich, und außer Ihnen werde ich wohl der am meisten Empörte sein. Man erlebt etwas und beschreibt es 16 Jahre später, so viel mir gegenwärtig ist, niemandem zu Leide, und für solche rein persönlichen Aufzeichnungen soll ich einem militärischen Gerichtshof oder einem Ehrengericht verantwortlich sein? Unsinn. Ich finde, daß Staat und Behörden auf dem Punkt stehn, in ihrem Uebereifer sich beständig zu blamiren. Wenn man *solch* Buch, wie das Ihrige, nicht mehr publiciren darf ohne den »Staat« an irgend einer Stelle zu kränken, so kann mir der ganze Staat gestohlen werden. Es muß ein entsetzlicher Lederschneider dahinter stecken, Grützmacher persönlich ist wohl unschuldig, aber das Ganze hat einen kolossalen Grützmacheranstrich. Ich kann nur sagen vorwärts und zwar stramm, schneidig, »feste«. Weist man Ihnen im Einzelnen einen faux pas nach – was am Ende möglich – so müssen Sie darüber Ihr Bedauern aussprechen, kann auch keinem vernünftigen Menschen schwer werden, will man sich aber auf den Peter von Arbuez hin ausspielen und solche Veröffentlichungen ganz allgemein als Ketzerei verurtheilen, so würde ich aufmucken, nicht nachgeben und bis an die höchste Stelle gehn. Und wenn es auch da nicht hilft, im Parlament und in der Presse einen heillosen Lärm machen. Lassen Sie mich bald mehr hören. Wie immer Ihr

Th. F.

473. An Georg Friedlaender

Berlin 15. Novb. 86.
Potsd. Str. 134.c.

Hochgeehrter Herr.

Nur wenige Zeilen, um Ihnen für Ihren liebenswürdigen, ausführlichen und interessanten Brief zu danken. Interessant, aber in den Aufschlüssen die er giebt, in den Bildern die er entrollt, wenig erfreulich. Wo sind wir mit unsrem Staats- und Militair-Popanz angelangt, wenn jede natürliche, unbefangene Darstellung von persönlichen Erlebnissen, die sich geflissentlich des Uebergreifens in andre Gebiete, jeder Kritik, jeder Spur von animus injuriandi enthält, halb und halb auf Hochverrath, jedenfalls aber auf Ungehörigkeit, auf Eitelkeit, Ueberhebung und Schädigung andrer Interessen gedeutet werden kann. Sie sagen an einer Stelle: »es ist empörend« und dem kann ich nur zustimmen. In welche Abgründe von Neid, Kleinheit und Dummheit blickt man. Das Letzte ist das Schlimmste. Wie Sie sehr richtig bemerken: Sie haben *Ihre*, nicht Meie's Erinnerungen geschrieben. Er kann ja nun *seine* schreiben und Ihre übergehn. Der militärische Rechts-, Anstands- und Ehr-Begriff fängt an überzuschnappen; soll *da*nach verfahren werden, so kann man nicht mehr 3 Zeilen schreiben, ohne sich an den Galgen zu liefern.

Gruß und Empfehlung von Ihrem

Th. F.

474. An Paul Lindau

Sonntag [28. November 1886]

Eben kommt Ihr Brief, fein und liebenswürdig und nachsichtig und auch geradezu herzbeweglich – denn ich kenne das, wenn einem ein ehrlicher Mensch so was sagt, so geht einem das ganz verteufelt an die Nieren –, und so schiebe ich denn eine Besprechung der »Griechischen Frühlingstage« von Ed. Engel, an der ich eben herumbastle, beiseite, um Ihnen recht herzlich zu antworten.

Seit Freitag nachmittag, wo ich das Manuscript auf der Zeitung abgab, bin ich aus einer innerlichen Unruhe nicht herausgekommen, deshalb nicht, weil ich deutlich fühlte, doch nicht ganz das Richtige gesagt zu haben. Und so hab' ich denn im Stillen an meiner Besprechung immer weiter gearbeitet und nach einem besseren Ausdruck für den Eindruck gesucht, den ich im Sommer, als ich das Buch zuklappte, von Ihrem Roman hatte. Nehmen wir an, es würde beim nächsten Hoffest ein lebendes Bild gestellt. Germania reicht dem Kaiser Wilhelm und seinen Paladinen (s. A. v. Werner) den Eichen- und Lorbeerkranz, oder Vater Rhein steigt mit seinen Nixen incl. J. Wolffs Lurley (brr) die Stufen zu der Catharina Cornarohaft dasitzenden Colonia Agrippina hinan und bringt ihr seine hundert Gaben, und denken wir uns das alles von den »drei schönen Schwestern«, wenn sie noch schön sind, und von der Gräfin Harrach etc. etc. dargestellt und die Kostüme vom Grafen Harrach besorgt und dazu Musik wenigstens von Taubert und nachher Pfannkuchen und Kaiser-Punsch, so werden wir höchst befriedigt nachhause gehn und allem Gesehenen und Erlebten einen freudigen Dank entgegenbringen, aber inmitten dieses sich hier und da bis zur Bewunderung steigernden freudigen Dankes werden wir doch mit einem Male, – sagen wir bei Kranzlers Ecke – stehen bleiben, uns die Hände reichen und sagen: »hören Sie, so schön es war, *neu* war es eigentlich nicht«.

Und da haben Sie – und hier, bis auf Weiteres, möcht' ich sagen dürfen: voll und ganz – den Eindruck, den ich von Ihrem Roman empfing, von Ihrem Roman, der mir, ich spreche es ebenso freudig wie aufrichtig aus, in gewissem Sinne bedingungslos gefallen hat, an dem kein Untätchen ist, der Stil, Geschmack, Wahrheit und noch alles Mögliche andre hat, und an dem ich nichts auszusetzen finde als das Eine, freilich sehr Wichtige: ich kenne diese fünf Menschen schon! Weshalb interessiert uns dieser gräßliche Schweizer: Gottfried Keller, weshalb interessiert uns Storm, nicht in seinen Sentimentalitäten, sondern in seinen grotesken dänischen Etatsräten ꝛc., weshalb Raabe in seinem herrlichen »Horn von Wanza«, weshalb Paul Lindau in Herrn und Frau Bewer, in »Mein Freund Hilarius« ꝛc., warum? weil wir das alles noch *nicht* gelesen haben. Stephanie, Lolo, Georg sind aber alte Bekannte von uns.

Ich habe noch gestern nachmittag in einem kleinen litterarischen Kaffee, Lazarus und Zöllner gegenüber, in den wärmsten Worten über Ihr Buch gesprochen, Ihren Stil, Ihre Sprache bewundert, immer wieder ausgerufen: »Welcher Fortschritt in unsrer Litteratur; so sprechen Menschen, das ist Rückkehr zur Natur und Einkehr bei ihr« und habe dann den Onkel Johannes geschildert und die rothaarige Diebs- und Dienst-Magd und den unübertrefflich schönen Oberlehrer Mölldorf, den ich in meiner Kritik leider vergessen habe, all das hab' ich getan und habe dann hinzugesetzt: »Wer *das* kann, der braucht blos auf der Hut zu sein, um dem Unoriginellen aus dem Wege zu gehn und dafür das Aparte, das in eignen Stiebeln Stehende zu packen.«

Und Sie werden es packen. Es lebe »Berlin O«, wovon ich schon in Andeutungen gehört habe.

Noch eins. Als ich vor beinah 8 Jahren mein »L'Adultera« wohl oder übel schrieb, lag mir vorwiegend daran, ein Berliner Lebens- und Gesellschaftsbild zu geben, das Zuständliche, die Scenerie war mir Hauptsache. Damals, glaub' ich, hatte das auch eine Berechtigung; aber 8 Jahre haben viel geändert, uns weitergeführt, und heute sind die Gestalten, die Charaktere die Hauptsache.

Ich wünsche herzlich, daß diese Zeilen Sie erheitern. Ihr

Th. Fontane.

475. An Theodor Liedtcke

Berlin, den 7. Dezember 1886.

Sehr geehrter Herr Liedtcke.

Besten Dank für Ihre freundlichen Worte, besonders auch dafür, daß Sie den gräßlichen Druckfehler ganz ignoriert haben. Ich denke mir, das Stück wird – vielleicht gegen ursprüngliches Erwarten – eine Reihe von Malen gegeben werden. Kommt es dazu, so hat sich die Direktion bei Ihnen zu bedanken, – *Sie* sind es, der Leben in die sonst tote Bude dieses Jünger'schen Lustspiels bringt. Ja tot, aber doch eigentlich nicht toter, geschraubter, unwahrscheinlicher, als was unsre »Jünger«, die Jüngeren leisten. Zwischen den Maler-Genies, Professoren und Chefredakteuren, die jetzt in unseren Stücken alles auf den Kopf stellen, und dem altmodischen »Onkel aus Amerika« ist kaum ein Unterschied. Nur Kleid und Name sind gewechselt.

Wie immer

Ihr Th. Fontane.

476. An Wilhelm Hertz

Freitag. 10. Dezb. 86.

Eben kommt das schöne Buch, das nun zu besitzen, ich mich aufrichtig freue. Wie alles Keller'sche – mit Ausnahme seiner furchtbaren Verse; keiner kann alles – hab ich auch Martin Salander von Heft zu Heft mit größtem künstlerischen Behagen gelesen, er ist einer der Wenigen, die einen nie im Stiche lassen, gleichviel welche Wege sie gehn, an welchem Ziele sie landen. Das Martin Salander-Ziel war wohl ursprünglich ein andres, vielleicht mehr auf das »Wohlwendtsche« berechnet, aber das ist ganz gleich, wie Sterne kann er thun was er will, weil seine dichterische Persönlichkeit (er soll auch eine undichtrische haben) alles siegreich herausreißt. Nochmals besten Dank. Wie immer Ihr

Th. F.

477. An Theodor Fontane (Sohn)

Berlin, d. 13. Dezember 1886.

Mein lieber, alter Theo.

Sei schönstens bedankt für Deinen lieben Brief vom 5. Mit herzlicher Freude hören wir stets von Deinem, von Eurem Glück; häusliche Plauderabende sind das Beste. Außerdem scheint mir die politische Lage doch so zu sein, daß man jedem, der vorläufig noch warm sitzt, zurufen darf: »Nimm's mit«. Wenn die alte Geschichte vom »auf dem Vulkan tanzen« je zutraf, so in diesem Augenblick. Ich traue der Geschichte nicht von heut' auf morgen und begreife die Fortschrittler nicht, die noch nicht genug Blamage weghaben und gewillt scheinen, ihre Regierungsunfähigkeit immer deutlicher zu zeigen. Man kann an ihnen recht studieren, wie wenig bei doktrinärer Rechthaberei, bei Betonung an und für sich guter und trefflicher Sätze herauskommt, wenn der Sinn für das Natürliche, das Nächstliegende fehlt. Freiheit, Sparsamkeit, Geldbewilligung: alles wundervoll; aber daß ich morgen meinen Kaffee ohne eingestippten Franzosen (oder er mich) trinke, ist wichtiger als die ganze Dreiherrlichkeit. Ich habe das Vertrauen zu den Leitern unserer Regierung, daß sie nicht zum Spaß aus Deutschland ein Heerlager machen wollen. Sie tun, was sie müssen.

Dein Telegramm zum 4. war reizend, fein und graziös, und

ließ alles andere Gesäure (darunter auch eine Drahtleistung von mir) weit zurück. Am 2. (Polterabend) haben die drei mitwirkenden Fontanes den Vogel abgeschossen, Mete natürlich an der Spitze. Ich war nicht da, es soll aber famos gewesen sein. Wenn doch ihr Glück einigermaßen ihrer Begabung entspräche! Aber das Glück hat sie nicht 'mal in kleinen Dingen; so verknaxte sie sich, über einen Balken stürzend, unmittelbar vor der Aufführung den linken Fuß, fiel aus einer Ohnmacht (vor Schmerz) in die andere und trat dann vor, um einen von Jul. Wolff gedichteten Prolog zu sprechen, was an und für sich eine Leistung war.

Strengt Euch nur nicht mit Weihnachtsgeschenken an, jede Mark ist weggeworfen; man muß mit solchen alten Geschichten brechen, wenn man nicht Harun al Raschid oder Bleichröder ist.

Wie immer Dein alter

Papa.

478. An Wilhelm Hertz

Berlin 13. Dezb. 86.
Potsd. Str. 134. c.

Sehr geehrter Herr Hertz.

Ein vlämischer Professor in Antwerpen, will, laut heut erhaltenem Brief, für mich thun, was von meinen berlinisch-märkischen Freunden noch keiner gethan hat: er will über den Balladendichter Fontane einen Essay schreiben und bittet mich – nachdem er bisher auf Anthologieen angewiesen war – um das Ur-Stamm- und Quell-Buch, die »Balladen« resp. »Gedichte« selbst. Darf ich von Ihrer Güte ein gebundnes Exemplar erbitten, da ich zu der Komödie des »gefälligen In-Rechnungstellens« doch nicht gern schreiten möchte. – Eben kommt der kleine Brahm zu einer Plauderstunde und ich habe ihm die vorstehend verzeichnete »berlinisch-märkische Unterlassungssünde« Gott sei Dank lachend (denn ich mache mir nicht viel draus) notificirt. In vorzügl Ergebenheit

Th. Fontane.

479. An Pol de Mont

Berlin 15. Dezb. 86.
Potsd. Str. 134. *c.*

Hochgeehrter Herr Professor.

Haben Sie Dank für Ihre Karte, die mich sehr erfreut hat. Ich habe gleich Sorge getragen, ein Exemplar zu beschaffen und gebe es gleichzeitig mit diesen Zeilen zur Post. Gern hätte ich noch 6, 8 Blätter (Ausschnitte) mit meinen neueren Balladen hinzugefügt, ich hatte aber die betreffenden Zeitungen und Journale nicht zur Hand und so mußte es – mit *einer* Ausnahme, die ich diesen Zeilen beilege – unterbleiben.

Indem ich Ihnen baldige Wiederherstellung von Ihrem Unwohlsein von ganzem Herzen wünsche, verbleiben mir nur noch der Wunsch und die Hoffnung, daß Ihnen das heut servirte, complicirte Balladen-Gericht nicht als *zu* weit zurückstehend hinter den bis jetzt gehabten »Kosthäppchen« erscheinen möge. In vorzüglicher Ergebenheit

Th. Fontane.

480. An Richard Béringuier

Berlin 27. Dezb. 86.
Potsd. Str. 134. c.

Hochgeehrter Herr Doktor.

Ich freue mich aufrichtig, daß die Colonie nun auch eine »Zeitung« haben soll und mit besten Wünschen für das neue Unternehmen schließe ich diesen Zeilen meinen Bestellzettel bei.

Zugleich meinen wiederholten und wo möglich noch verstärkten Dank für das Schlußheft der Stammtafeln. Ich werde mir nun das Ganze stattlich binden lassen, ihm einen Platz unter meinen liebsten Büchern geben (und deren sind nicht viele) und es als einen kleinen Schatz meinen Kindern hinterlassen. Es ist meine aufrichtigste Meinung, daß Sie sich durch dieses Werk großen Fleißes und großer Liebe, ein ganz besondres Verdienst, nicht blos um die franz: Colonie, sondern auch um die berlinisch-brandenb. Geschichte erworben haben. In vorzügl. Ergebenheit

Th. Fontane.

481. An Adolf Kröner

Berlin, 29. Dezember 1886.

Hochgeehrter Herr.

Morgen ist mein Geburtstag, zu dem mir nichts Besseres als Ihr Weihnachtsbrief aufgebaut werden konnte. Nur das Eine, daß mir Herr v. Perfall mit seinem totgeschossenen Förster »samt Aufzeichnungen« den Vorsprung abgewinnt, ist beklagenswert, alles andre grämt mich nicht und begegnet nirgends bei mir einem Widerstreben oder auch nur Bedenken. Kürzungen, Änderungen, Einschränkungen der französischen Brocken, Wegfall der letzten Kapitel, an nichts nehme ich Anstoß, auch nicht daran, daß bis zu Beginn des Druckes vielleicht noch zwei Jahre vergehen werden. Alles leuchtet mir in seiner Berechtigung so sehr ein, oder ist mir, wo ich anders drüber denke (wie die Schlußkapitel und das Französische) doch so begreiflich, daß mir ein Feilschen über all diese Punkte, die doch schließlich nicht das Leben der Sache treffen, nur kleinlich vorkommen würde. So denn also abgemacht. Ich beginne Ende März oder Anfang April die Korrektur, setze sie bis Mitte Juni (Reisezeit) fort und frage dann bei Ihnen an, ob ich das Korrigieren und Fertigmachen auf zehn, zwölf Sommerwochen – während welcher Zeit ich eine neue Novelle schreiben würde – unterbrechen darf. Bis spätestens über ein Jahr ist das druckfertige M. S. unter allen Umständen in Ihren Händen.

Ihnen ein frohes Neujahr vor allem aber eine volle Beseitigung Ihres Augenleidens wünschend, in vorzüglicher Ergebenheit

Th. Fontane.

1887

482. An Paul Schlenther

Berlin, Anfang Januar 1887.

Vielen Dank. Wenn Sie meinen Namen haben wollen (eine Auszeichnung, in der ich mich kaum zurechtfinde), so ist es mir *sehr* recht, wenn derselbe mit auf einem Einladungsblatte figuriert, ob ich aber kommen kann, ist fraglich. Montag gewiß nicht, wo ich zu A. v. Heyden geladen bin, Dienstag noch frei, aber... Ich bin nicht mehr zu Hause in dieser Welt und erschrecke bei dem Gedanken, sechs oder noch mehr mir ganz fremden Größen vorgestellt zu werden. Das Gefühl, daß es mir keine »fremden Größen« sein dürften, steigert meine Verlegenheit. So bitte ich denn, es so machen zu wollen: 1. Ich stehe mit auf dem Papier, 2. bin aber »weil verhindert« persönlich nicht mit dabei. Das Stück am Sonntag würde ich aber *sehr* gerne sehen. Wie fange ich das an? Wie immer Ihr treu ergebenster

Th. Fontane.

483. An Mathilde von Rohr

Berlin 2. Januar 87. Potsd. Str. 134. c.

Mein gnädigstes Fräulein.

Empfangen Sie meinen herzlichsten Dank für Ihre Glückwünsche, desgleichen für das, was gestern noch, in sich immer gleich bleibender Güte, für Küche und Sonntagstisch einpassirte. Der Geburtstag verlief gut; wir hatten die Freunde gebeten, mit ihrer Gratulation erst am Abend kommen und dann bleiben zu wollen. Und so geschah es denn auch. Wir waren bei Pute und Punsch bis nach 1 Uhr zusammen; Menzel, der immer erst spät kommt, war dafür auch der letzte, der ging. Es verlief alles sehr gut, was man nicht dankbar genug anerkennen kann, denn eine so buntzusammengewürfelte Gesellschaft zusammenzuhalten und die fremden ja die beinah feindlichen Elemente bis zu gemüthlicher Conversation zu bringen, ist wirklich eine Leistung. Zöllners sind in dieser Beziehung immer eine große Hülfe, auch machte sich's gut, daß drei junge Damen: Anna Zöllner, Fräulein Conrad (die sehr beliebte Schauspielerin) und George's junge Frau mit unsrer Martha gemeinschaftlich die Bedienung der Gäste unternahmen. Unter diesen waren mein Schwager Sommerfeldt und Frau, Justizrath Robert und Frau, Herr und Frau v. Heyden und eine reiche und schöne Frau Richter (Krummhübler Bekanntschaft) – welche Aufzählung ich nur mache, um Ihnen zu zeigen, wie schwer es war, die Leute an einander zu bringen. Um 8 erschienen die Gäste und zehn Minuten vor 8 erschien, wie von ungefähr, auch Frau v. Lepel. Meine Frau gerieth in eine gewisse Verlegenheit, *ich* gar nicht, weil mich's amüsirte. Als drei, vier Gäste da waren, brach sie auf, nachdem sie aufgefordert war, zu bleiben. Immer wieder (ich bin Ihrer Diskretion in einer so heiklen Sache sicher) habe ich den Eindruck des Unheimlichen. Dieser schwarze, mächtige, wohlgenährte Kasten und ewig mit der Wittwenthräne im Auge. Wenn ich ihr Unrecht thue, will ich ihr gern abbitten. Dabei hat ihr Schmerz so was Beleidigendes; sie thut als ob der liebe Gott das Herrlichste von Glück, Idyll und Liebe zerstört habe, was je da gewesen sei, ein Glück, eine Herrlichkeit, eine Schönheitsschöpfung, die er eigentlich die Pflicht gehabt hätte, noch viele, viele Jahre zu conserviren. Das Schlimmste ist, daß sie auch den armen Lepel dadurch schädigt und daß die Freundschaft für ihn nothwendig unter der Betrachtung leiden muß: und mit *dieser* Frau soll Lepel ein Liebes- und Turteltauben-Leben geführt haben! Interessant war übrigens das, ja in hohem Maße interessant, was sie mir über Franz und Heintz und ihr Verhältniß zu einander erzählte. Es ist doch eine merkwürdige und nicht sehr erquickliche Familie. Das Christenthum kann einem da ordentlich verleidet werden.

Nochmals Dank und 1000 Glückwünsche zum neuen Jahr. In aufrichtiger Verehrung Ihr

Th. Fontane.

484. An Georg Friedlaender

Berlin 2. Januar 87.
Potsd. Str. 134.c.

Hochgeehrter Herr.

Seien Sie schönstens bedankt für Ihren liebenswürdigen und inhaltsreichen Brief, der mich außerdem in *allen* seinen Mittheilungen aufrichtig erfreut hat: endliche Beilegung der so sehr fatalen Fehde (wenn eine Maienlust so nur für *ihn**) anerkennende Briefe von Simson, Dove und andern, neue liter. Arbeiten, Vorlesung, Theater, lebende Bilder und die erneuerten freundlichen Beziehungen zum Prinzen. Dazu Gesundheit und frohe Festesstimmung in Ihrer unmittelbaren Umgebung.

* [Mit Bleistift am Rande] Mündlich Näheres.

Das ist ganz das Leben, wie ich es Ihnen wünsche, ganz das Leben, das es Ihnen schließlich als ein Glück erscheinen lassen muß, von der eigentlichen Schmiedebergerei los zu sein. Reuß, Münchhausens, St. Pauls, zu denen sich noch eben so viele gute Nummern hinzufinden, etwas Frömmigkeit, etwas Kunst und viel Anstand und gute Sitte, das ist besser als Spießbürger-Empfindlichkeit und Neidhammelei. Empfehlen Sie mich, wenn sich's macht, all den vorgenannten Herrschaften und erzählen Sie mir brieflich von allen Geschehnissen, wenn die großen Tage der Proben und Aufführungen erst hinter Ihnen liegen. Am meisten (die Beilegung des Streits abgerechnet, die natürlich die Hauptsache war) freue ich mich, daß Sie literarisch so rasch festen Fuß gefaßt haben und bei den Begegnungen mit Frau v. Bülow »Hie Welf, hie Waiblingen« aufführen können. »Hie Daheim, hie Gartenlaube.« Haben Sie sich in letztrer erst etablirt, so werden Sie sich vor Bitten um Beiträge gar nicht mehr retten können; gerade solche Schilderungen, wie Sie vorhaben, sind das, wonach Redaktionen und Publikum am meisten Verlangen tragen. Zudem zweifle ich nicht, daß Sie's sehr gut machen werden, sehr knapp, ungesucht im Ausdruck und doch mit richtigem Gefühl für die Pointe.

Bei der ganzen Sache kann ich nur beklagen, daß Sie sich durch die Journal-Mitarbeiterschaft der Vossischen entfremden. Und das ist doch nicht gut. Zeitungen (dahinter bin ich nun gekommen, nachdem ich alles durchprobirt habe) sind doch das Beste: sie erscheinen alle Tage, bringen das Eingeschickte, wenn man drum bittet und gut mit ihnen steht, oft nach 12 Stunden schon, erweisen einem kleine Gefälligkeiten, kräkeln nicht, stellen nicht ewig Anstands- und Aengstlichkeits-Bedingungen und zahlen prompt und gut. Allerdings verlangen auch sie Hätschelung und Courmacherei und hat mir L. P. beispielsweise erzählt, daß Stephany L. P.'s Kritik über Ihr Buch 4 Wochen früher gebracht haben würde, wenn Sie, selbstverständlich als einen bloßen Akt der Courtoisie, seine (Stephanys) Bewilligung zu so rascher Edirung der Zeitungskapitel als *Buch* erbeten hätten. So hat mir's Pietsch erzählt, und wiewohl er etwas flunkert, kann ich doch nicht glauben, daß er sich die Geschichte (die Ihnen mitzutheilen, ich für meine Pflicht gehalten habe) aus den Fingern gesogen hat. Ich stehe in dieser Sache ausnahmsweise ganz *gegen* Stephany; vor 30 und auch noch vor 20 Jahren waren solche Forderungen die

Regel, jetzt aber betrachtet man es als selbstverständlich, 4 Tage oder 4 Wochen oder höchstens 4 Monate nach dem Zeitungsabdruck, das, was man geschrieben hat, als Buch erscheinen zu sehn. Ob gesetzliche Normen existiren, weiß ich nicht. Die ganze Geschichte aber, wenn sie wahr ist – und sie wird wohl wahr sein – zeigt wieder wie vorsichtig man mit Chefredakteuren umgehen muß; sie haben alle etwas vom Zeus oder Zaren und schießen gleich drauf los. In Ihr Lob der L. P.'schen Kritik kann ich nur mit herabhängender Unterlippe einstimmen; sie war freundlich genug, aber recht schwach und an ein paar Stellen geradezu confuse. Wo soll es auch herkommen? Sie wissen, wie sehr ich von seinem riesigen Talente eingenommen bin, aber nach gerade geht ihm die Puste aus; wenn Herkules 40 Jahre lang Steinträger gewesen und 3 mal mit der Molle die Leiter heruntergefallen wäre, wär' er auch nicht Herkules mehr.

Mein Geburtstag verlief sehr nett. Unter den schönen Damen, die den Abend verherrlichten und sich um die Berühmtheit »Menzel« gruppirten, war auch Frau Richter. Man kann sagen, sie hatte mit den Menzels getauscht; welchem der Vorzug gebührt, stehe dahin. Als junge Frau und so lange es sich um kein Album-Aquarell handelt, würde ich doch wohl unsren Arnsdorfer mit der Devise »Kein Schlagflüsselchen gefällig« vorziehn. Die schöne Frau gefiel selbstverständlich sehr und wurde von einigen alten Herren tapfer umcourt; sie trug kupferfarbene Seide mit einem großen Bischofsschmuck darauf und sah brillant aus. Am Tag vorher war sie zum Diner bei Grossers gewesen, von Frau Stöckhardt entzückt und überhaupt sehr befriedigt, – was mich aufrichtig gefreut hat. Denn Richters Flucht nach Ägypten verdrießt sie doch sehr und muß sie verdrießen.

Ob ich Försters Brief noch finde? Beim Briefe-ordnen werde ich dran denken, aber ich bitte schon heut um Entschuldigung, wenn er ausbleibt. Grützmachers Brief schließe ich bei; sehr nett, aber doch *zu* schauderöse Handschrift, jedes Wort ein Rebus.

Der hochverehrten Frau viele herzliche Empfehlungen von

uns allen, den Kindern einen onkligen Kuß von Ihrem Ihnen aufrichtig ergebenen

Th. Fontane.

485. An Paul Schlenther

[Berlin,] *Sonntag abend* [9. Januar 1887].

Hochgeehrter Herr.

Nochmals besten Dank für den großen Genuß, um den ich ohne Ihre Güte gekommen wäre. Ich empfehle mich Ihnen gleich für die Zukunft und bitte Sie, wenn mal wieder dergleichen vorkommt – freilich die Ibsens sind dünn gesät – meiner gleich freundlich zu gedenken. Liebevoller Zwang ist das Beste, was einem passieren kann.

Ich wollte diesen Zeilen fünf Mark für mein Billet beischließen. Glücklicherweise ist mir aber noch eingefallen, daß es vielleicht viel mehr kostet, und daß ich, mit erstrebter Schuldentilgungsexaktheit, dann eine Verlegenheit geschaffen haben würde. Ihre Güte läßt mich wohl wissen, was ich mit bestem Danke einzusenden habe.

Und nun die Hauptsache. Sie werden morgen vormittag über Ibsen schreiben, und ich freue mich schon auf die Abendstunde, wo ich's lesen werde. Mich selber drängt es ebenfalls, etwas über dies merkwürdige Stück zu sagen, weshalb ich bei Ihnen anfrage, ob es Sie nicht verdrießen würde, wenn ich mich sechsunddreißig oder achtundvierzig Stunden nach Ihnen auch noch in der »Vossin« vernehmen ließe. Von einem Widerstreit der Meinungen kann dabei gar keine Rede sein. Ich bin selbst so sehr die helle Bewunderung, daß ich mit meiner Altenherrnweisheit weder Ihnen noch Ibsen sonderlich ins Gehege kommen würde. Nur den in den »Gespenstern« umgehenden gesellschaftlich-reformatorischen Schemen der Sittlichkeitsprätension oder, wenn diese (was möglich ist) fehlen sollte, dem anspruchsvoll und unberechtigt zutage tretenden Pessimismus einer trotz scheinbarer Zutreffendheit *doch* verschrobenen Weltanschauung würde ich entgegentreten. Die Bewunderung für die dichterische Arbeit bleibt: Abweichung nur im Letzten und Innersten.

Ich richte es so ein, daß Sie diese Zeilen erst um ein Uhr erhalten, wenn Sie mit Ihrer Kritik fertig sind. Ist Ihnen meine

Bitte nicht angenehm, worin ich mich leicht zurecht finden würde, so bitte ich Sie, diese Zeilen einfach in den Papierkorb wandern zu lassen. Erscheint Ihnen diese Doppeläußerung in der »Vossin« aber als ein guter, glücklicher, ersprießlicher Gedanke, so bitte ich Sie auch noch, beim Herrn Chefredakteur, dem ich mich empfehle, die Sache durchfechten zu wollen.

In aufrichtiger Ergebenheit

Th. Fontane.

486. An Paul Schlenther

Dienstag abend [11. Januar 1887].

Besten Dank! Ich habe gleich geschrieben, aber wie groß ist die Macht, die jeder neue Tag auf uns ausübt! Nun hat Bismarck gesprochen, und der ganze Sonntag, so bedeutend er war, kommt mir schon abgestanden vor. Wahrscheinlich bringt die Mittwoch-Abendnummer eine Festbesprechung aus Ihrer Feder. In diesem Falle ist es vielleicht besser, meine Bemerkungen über Ibsen bis Donnerstag früh liegen zu lassen. Darin stimme ich Ihnen bei: Ibsen ist mehr ein Optimist. Aber es ist damit wie vor dreißig Jahren mit »subjektiv« und »objektiv«. Je mehr man drüber redet, je mehr geht einem das Mühlrad im Kopf herum. Denn auf das gegenwärtig Zuständliche hin angesehn, kann man ihn auch einen Pessimisten nennen. Wie immer Ihr

Th. F.

487. An Georg Friedlaender

Berlin 12. Januar 87.
Potsd. Str. 134. c.

Hochgeehrter Herr.

Die Unruhe seit Sonnabend war groß, gesellschaftlich, politisch, theaterlich. Ibsens »Gespenster« setzten mich am Sonntag in höchste Spannung und Erregung und morgen früh werden Sie – wenn Stephany nicht anders darüber beschließt – meine Bedenken gegen das neue Evangelium Ibsen in der Vossin finden. Alle diese Vorgänge haben mich auch in meiner Correspondenz zurückgebracht und mir nicht einmal Zeit gelassen, Ihre Frage zu beantworten. Ich thue das nun in aller Kürze und behalte mir weitre Plaudereien für die nächste Woche vor.

Es giebt natürlich großartige Theatergeschichtswerke, an der Spitze *das* von dem verstorbenen *J. Klein*, den ich vor 6 oder 7 Jahren mitbegraben half, ein Begräbniß, das ich Ihnen mal beschreiben muß. Solcher Werke giebt es verschiedene, aber das bloße Lesen der Kapitel-Ueberschriften würde Sie matt und müde machen. Ich proponire, weil ich es in gleicher Situation immer so gemacht habe,

a. Einleitung.
b. Disposition. Skelett.
c. Behängung dieses Skeletts mit Conversationslexikonmaterial und
d. Ornamentirung dieses Behangmaterials mit Anekdoten aus dem Leben berühmter Künstler und Künstlerinnen.

a. und b. haben Sie in sich, d. auch (oder in Büchern und Broschüren, die Ihnen zur Hand sind) so daß es, bilde ich mir ein, nur des *Hinweises* auf das Convers. Lexikon bedarf, das Sie natürlich auch in Ihrer Bücherei haben. Das Convers. Lexikon, weil trocken in dem was es bringt, reicht für derartige Vorträge und Aufsätze nie ganz aus, aber es ist unschätzbar in der Uebersicht, in der *Material-Gruppirung* die es giebt. Das »Anputzen der Façade« macht sich nachher leicht.

Nächstens mehr. Unter Gruß und Empfehlung an die hochverehrte Frau und die Kinder, wie immer in herzlicher Ergebenheit

Th. Fontane.

488. An Emil Dominik

Berlin 25. Januar 87.
Potsd. Str. 134. c.

Hochgeehrter Herr Doktor.

Vor vier, fünf Jahren, als noch Dr. Lohmeyer das »Familienblatt« leitete (*wenn* er es leitete) habe ich der damaligen Redaktion eine kl. Geschichte versprochen: »Eine Frau in meinen Jahren«, die sogar bereits angekündigt wurde. Selbige kleine Geschichte, die all die Zeit über im Kasten gelegen, habe ich jetzt mit drei vier andern fertig gemacht und möchte sie drucken lassen. Ihnen sie zum zweiten Mal anzubieten, widerstreitet meiner Neigung, weil es etwas so ganz Kleines ist (nur 4 bis 5 Seiten von »Nord und Süd« Format) und so möchte ich Sie freundlichst gebeten haben, mich aus dem Versprechen zu entlassen. Wahrscheinlich hätte nach meinem

»Contraktbruch« nicht Huhn noch Hahn gekräht, ich habe aber in einem gleichen Falle mal Unannehmlichkeiten gehabt und der Gebrannte scheut das Feuer. Daß ich Ihnen mit etwas Andrem, Längrem, gern zu Diensten stünde, brauche ich wohl nicht erst hinzuzufügen. In vorzüglicher Ergebenheit

Th. Fontane.

489. An Georg Friedlaender

Berlin 26. Januar 87.
Potsd. Str. 134.c.

Hochgeehrter Herr.

Gestern Abend war Frau Richter ein paar Stunden bei uns und im Plaudern über Schmiedeberg und seine Annexe kam mir auch wieder in Erinnerung, daß mein letzter Brief nur ein Bröckelchen war und daß ich Ihnen noch eine weitere Antwort schulde. Mir ist es eine ganze Zeitlang nicht sehr gut gegangen, in der Ibsen-Veranstaltung mußte ich mich erkältet haben, dann kamen die Tage mit 12 und 15 Grad und warfen mich vollends nieder. Im Theater mußte ich mich vertreten lassen, was ich immer sehr ungern thue. Seit ein paar Tagen geht es wieder besser und ich freue mich Mittags der Schlittschuhläufer auf der Rousseau-Insel. Unter diesen Schlittschuhläufern ist auch der 62jährige L. P. Vorgestern traf ich ihn in einer glänzenden Soirée bei Lessings (Geburtstagsfeier der Dame vom Hause) und hörte: »schade, daß ich Ischias habe oder Rückenmärker bin, es tröstet mich aber, daß ich jeden Tag 4 Stunden Schlittschuh laufe und neulich bis 6½ früh getanzt habe.« Dann spreche ich ihm regelmäßig meine Bewunderung aus und danke Gott, daß ich um 10 oder 11 zu Bett gehe. Was verträgt sich nicht alles in einem Kopf, selbst in einem guten!

Was macht Ihr Vortrag? Wie steht es mit den Beiträgen für »Kunst für alle«, Gartenlaube und vielleicht auch für die Vossin? Sie sollten sie nicht ganz fallen lassen; ich kann nur wiederholen, eine Zeitung dienstwillig zur Hand zu haben, ist sehr viel werth. Und es arbeitet sich am leichtesten für Zeitungen, man braucht nicht lange zu warten und kriegt es gut oder wenigstens erträglich bezahlt. Wann kommen Sie nach Berlin? Der nächste Monat ist der beste, im März läßt es schon nach. Was macht der Prinz? Geht er unter in Politik? Was machen die Wahlen? Und wie werden *Sie* glücklich aus dem Dilemma herauskommen? *Ich* kann mich von der Betheiligung drücken, aber Sie müssen heran und Farbe bekennen, was für Ultras rechts und links ein Vergnügen, aber für einen freisinnigen Mittelsmann eine sehr schwere Sache ist. Dazu kommt, daß der Bismarck-Enthusiasmus, selbst bei seinen aufrichtigsten Bewunderern, immer mehr ins Wackeln kommt; er behauptet Fabelhaftes immer ins Gelache hinein und schneidet den besten Leuten flott drauf los die Ehre ab. Wie kann er den Fortschrittlern vorwerfen, sie hätten Schleswig-Holstein an Dänemark ausliefern wollen? Der reine Unsinn. In solchen Sätzen ergeht er sich beständig. Bei diesem rücksichtslosen Vorgehen trifft ers natürlich auch mal, aber das ist nicht anders, wie wenn ich mir's angewöhne, jeden Menschen, der in mein Zimmer tritt, einen Dieb zu nennen. Der Hundertste wird in die Knie fallen und ausrufen: »bitte, verrathen Sie's nicht«, aber der polizeilich-kriminalistische Modus ist doch ungewöhnlich und wenig nachahmenswerth. Man hat das Gefühl, er glaubt sich, gottgleich, alles erlauben zu dürfen und geht von dem Lindauschen Satze aus: »ein Fußtritt vom Herzog von Ratibor ist immer noch besser als ein Kuß von Bleichroeder.« Vielleicht. Aber ich verzichte auf Beides. – Heute Abend kommt Richter wieder, nachdem er sich in Nizza 14 Tage lang wieder entwüstet hat. Gruß und Empfehlung an die verehrte Frau, ein Kuß den Kindern. Wie immer Ihr

Th. F.

490. An Friedrich Stephany

Berlin, 1. Februar 1887.

Hochgeehrter Herr und Freund.

Ja Pietsch und Subskriptionsball und vieles andre noch! Ich denke ganz so wie Sie und kann doch nur sagen: »ärgern Sie sich nicht und nehmen Sie's so leicht wie möglich.« Alles was er schreibt, unter Zensur zu stellen, ist undurchführbar und ihn ganz fallen zu lassen – woran wohl auch niemand denkt – noch undurchführbarer. Er ist, wenn nicht der Stolz, so doch in eminentem Grade das »Genie« der Zeitung und zu diesem seinem, in den Erscheinungsformen gelegentlich leider kolossal *veralteten* (dies wird er mir am meisten übelnehmen) »Genietum« gehören auch all seine Tollheiten, Ausschreitungen und Zynismen. Wenn sich Lindau auf den Alcibiades hin ausspielt, so Pietsch auf den Aristophanes. Er glaubt alles sagen zu können und in der Tat, wenn er auch weit ab davon ist, der Liebling der Grazien zu sein, so ist er doch der Liebling jener Abart, die man »Berliner Grazie« nennen könnte. Und daß er dies ist, darin beruht sein Einfluß, seine Beliebtheit. Lindau und Pietsch sind der Ausdruck unsrer Berliner Gesellschaft bis hoch hinauf, und weil es so ist, weil Pietsch in seinen Subskriptionsball-Berichten und Ähnlichem eine Sprache spricht, die nur bei Einern und Zehnern Anstoß, bei Hunderten und Tausenden aber Entzücken weckt, so, glaube ich, muß man's laufen lassen und sich damit getrösten: die Welt will es so. Gewiß wäre es eine große Aufgabe, sich dagegen zu stemmen, aber welche gar nicht zu leistende Mehrarbeit würde Ihnen zufallen, wenn Sie auch *das* noch auf Ihre Schultern nehmen wollten. Après nous le déluge. Schaudervoller Satz, aber, wie die meisten schaudervollen Sätze, von einer lebenspraktischen Richtigkeit. –

Ihr

Th. Fontane.

491. An Wilhelm Hertz

Berlin 10. Febr. 87.
Potsd. Str. 134. c.

Sehr geehrter Herr Hertz.

Besten Dank für alles: Brief, Bücher, Nachricht. Mit den Büchern ist es mir ganz recht so: es kommt ja nur darauf an, daß ich überhaupt etwas hinschicke, übrigens werde ich mich hüten, mehr als ein Exemplar zu spendiren, man entwerthet sich und seine Sache blos.

Die Nachricht war mir eine große Freude, vielleicht noch größer als Sie annehmen. Von der Einnahme will ich schweigen, wiewohl auch *das* sein Angenehmes hat; Hauptsache bleibt, daß es das ganz daniederliegende Gefühl wieder ein bischen auffrischt. Meine nun grade durch 40 Jahre hin immer gleich gebliebenen Nicht-Erfolge, auf allen Gebieten, bei allen Firmen, würden mich längst um einen letzten Rest von Selbstvertrauen gebracht haben, wenn nicht die mir – ich bekenne zu meinem Staunen – bewilligten hohen Journal-Honorare, mich bei einigem Muth erhalten hätten. Denn das Geld ist doch auch ein Werthmesser, wenn auch freilich nicht der einzige.

In vorzügl. Ergebenheit

Th. Fontane.

Mit einiger Befangenheit schreibe ich noch diese Nachschrift. Wilhelm Lübke (ich unterschlage das »von« um Sie möglichst gut zu stimmen) schreibt mir so freundschaftlich liebenswürdig wie wirklich nur Lübke schreiben kann und theilt mir mit, daß er einen Tusch in der A. Allg. Ztg. vorhabe. Er steht gut mit der Zeitung und hat schon oft mein Lob eingeschmuggelt. Diesmal aber fügt er hinzu: die ganze Prozedur würde erleichtert, wenn Sie Veranlassung nehmen wollten das Buch in der A. A. Ztg. zu annonciren. Ich weiß nun nicht, ob Ihnen das paßt und noch weniger, ob Sie sich das Geringste davon versprechen, – vielleicht ist aufs *Praktische* hin angesehn, die ganze Kritik keine halbe Annonce werth. Aber angefragt wollte ich wenigstens haben, um dann an L. ein ja oder nein schreiben zu können.

Ihr

Th. F.

492. An Karl Zöllner

Berlin 22. Febr. 87. Potsd. Str. 134 c.

Theuerster Chevalier.

Die Wahlen sind Gott sei Dank vorbei; noch in 12. Stunde wollte man mich durch einen ›Eilenden‹ an die Wahlurne citiren, ich lehnte aber standhaft ab; die Verhältnisse liegen bei mir so complicirt, daß ich Ehren und Anstands halber nicht stimmen kann.

Vor ein paar Stunden empfing ich einen langen Brief von meinem Freunde Dominik, der mich, in seiner wundervollen mephistophelisch-humoristischen Abfassung, mehr interessirte als der Wahllärm. Es heißt darin (und deshalb schreibe ich diese Zeilen):

›Ich hoffe die neuen Ausstellungspublikationen zu erhalten, Herr Prof. C. Becker hat zugesagt und ich hoffe, Herr Geh. R. Zöllner wird auch für mich sein. Wenn Sie (ich) in *der* Richtung etwas für mich thun wollten, wird's Ihnen der liebe Gott lohnen. Geh. R. Dr. Zöllner kann ja alles dabei thun.‹

Schon sein Vertraun in Dich sollte belohnt werden, warum ich eigens noch gebeten haben wollte.

Sonnabend bei Barkhusen. 1000 Grüße meiner lieben Freundin. Wie immer Dein alter

Noel.

493. An Friedrich Stephany

Berlin, 23. Februar 87

[Die Anrede fehlt in der Abschrift.]

Wie mich neulich L. P.'s Artikel über die Lesseps-Feier geradezu entzückte, so heute, wenn auch in anderer Weise, der Bericht über die Feier im weißen Saal. Ich glaube, es ist eine Art von kollegialischer Pflicht, dies gelegentlich auszusprechen. Alles hackt immer auf ihn ein und ich selbst habe mitunter – wenn er, wie manche einen Quartalschnupfen, so seinerseits einen Quartalcynismus kriegt – meine schweren Bedenken. Aber um so rückhaltloser muß man loben, wenn mal wieder sein riesiges Talent rein und reinlich zu Tage tritt. Wenn der Lesseps-Artikel durch Witz, Esprit und gute Laune glänzt, so dieser heutige Bericht durch ein plastisches Schilderungsvermögen, das, außer ihm, niemand hat. Ich wollte dies gern mal sagen, aber vor allem auch Ihnen, mal wieder Guten Tag sagen. Wenn Sie wollen, eine erneute Muthung und Festigung des Lehnsverhältnisses, Ihr

Theodor Fontane

494. An Pol de Mont

Berlin 27. Febr. 87.
Potsdamer Straße 134. *c.*

Empfangen Sie, hochgeehrter Herr Professor, meinen ganz ergebensten Dank für Ihren Essay über die deutsche Ballade, den Sie anlässlich der Skalden-Klänge geschrieben und mir in einem Separatabdrucke (so vermuthe ich) gütigerweise geschickt haben. So mittelmässig das von einer ganz Unberufenen zusammengestellte Buch ist, die, glaube ich, keine Ahnung von dem Wesen einer Ballade hat, so wohlthuend und erquicklich ist Ihre den Gegenstand allgemeiner faßende Besprechung. Ueberall war ich so glücklich Ihnen zustimmen zu können, nicht zum wenigsten in der Parallele zwischen mir und

Dahn, dem ich die von Ihnen hervorgehobenen Vorzüge, besonders die grössere Sicherheit des Geschmacks, gern und neidlos zugestehe. Meine Jugend – in der die meisten meiner Balladen entstanden – fällt noch in eine Zeit, wo die von Anastasius Grün, Karl Beck und Freiligrath herstammende Bilderwuth, wie eine Kinderkrankheit grassirte. Das liegt mir nun selber weit zurück und manches damals gebrauchte Bild genirt mich jetzt. Aber es ist da und man muss es laufen lassen. Unter Wiederholung meines Dankes, in vorzüglicher Ergebenheit Ihr

Th. Fontane.

495. An Heinrich Kruse

Berlin, den 9. März 1887.

Hochgeehrter Herr Doktor.

Den ganzen Winter über bin ich krank gewesen und bin es in diesem Augenblicke wieder recht empfindlich. Ich wollte mir, als Ihr »nordisches Idyll« vor ein paar Tagen eintraf, sowohl dies wie den »Californier«, der immer noch unter meinem linken Ellenbogen liegt, vorlesen lassen, es hat aber bei dem »Idyll« sein Bewenden haben müssen, weil ich wieder von einer scharfen Attacke heimgesucht und aufs Bett geworfen wurde. So kann ich Ihnen nur über die »gute Herrin« schreiben; ich würde *auch* das vertagen, wenn ich nicht aus Ihren Zeilen ersähe, daß Sie, Beneidenswerter, nach Italien wollen.

Wenn ich mir von Ihrem dichterischen Talent – vor dem ich großen Respekt habe, größren als Sie vielleicht glauben – ein richtiges Bild mache, so haben Sie drei starke Seiten: Sie können Menschen schaffen, beschreiben brillant und sind geistreich. Ich muß noch ein Viertes hinzufügen: Sie sind Humorist. Damit ist nun beinah alles gegeben: eine Ausstattung, deren sich wenige rühmen können. Aber Sie machen nicht voll *das* daraus, was aus diesem wundervollen Material gemacht werden könnte. An Ihren Stücken, so famos in den Einzelheiten, hatte ich immer einen Kompositionsmangel zu beklagen und einen ähnlichen Vorwurf möchte ich auch dem »Idyll« machen, so schön es in vielen seiner Passagen ist. Es fehlt ihm Komposition, nicht in dem gewöhnlichen Sinne von Gesamt-Aufbau, sondern in dem Sinne von Mischung. Der Aufbau ist nicht blos kunstvoll, sondern auch schön und gelungen, nicht ein Glei-

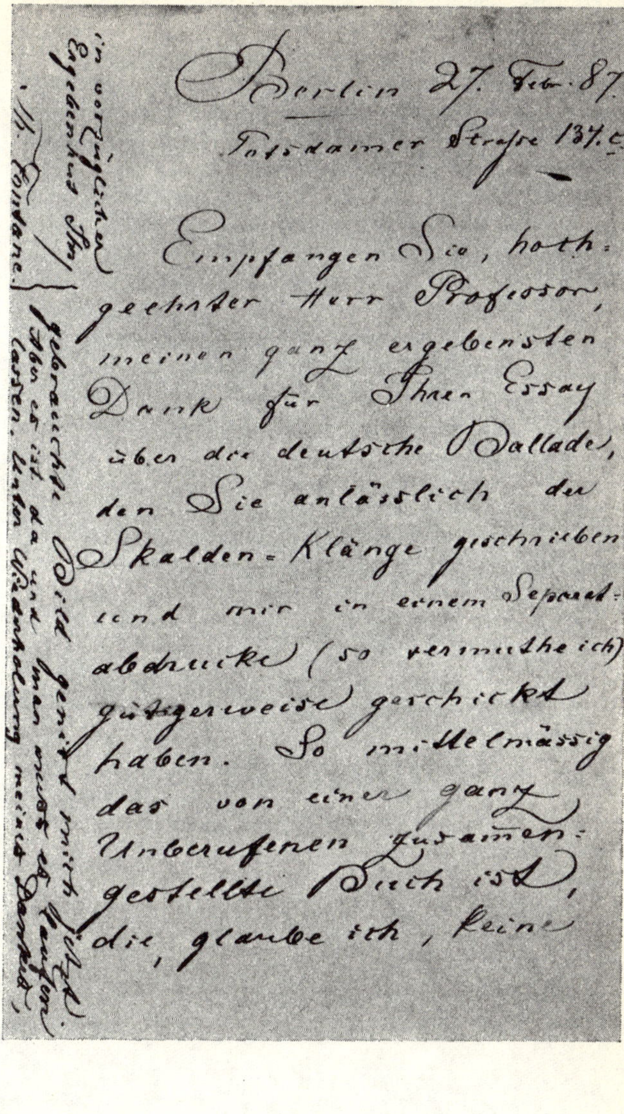
Berlin 27. Febr. 87.
Potsdamer Straße 134.c.

Empfangen Sie, hochgeehrter Herr Professor, meinen ganz ergebensten Dank für Ihren Essay über die deutsche Ballade, den Sie anlässlich der Skalden-Klänge geschrieben und mir in einem Separatabdrucke (so vermuthe ich) gütigerweise geschickt haben. So mittelmässig das von einer ganz Unberufenen zusammengestellte Buch ist, die, glaube ich, keine

gebrauchte Bild genirt mich jetzt. Aber es ist da und man muss es laufen lassen. Unter Wiederholung meines Dankes, in vorzüglicher Ergebenheit Th. Fontane.

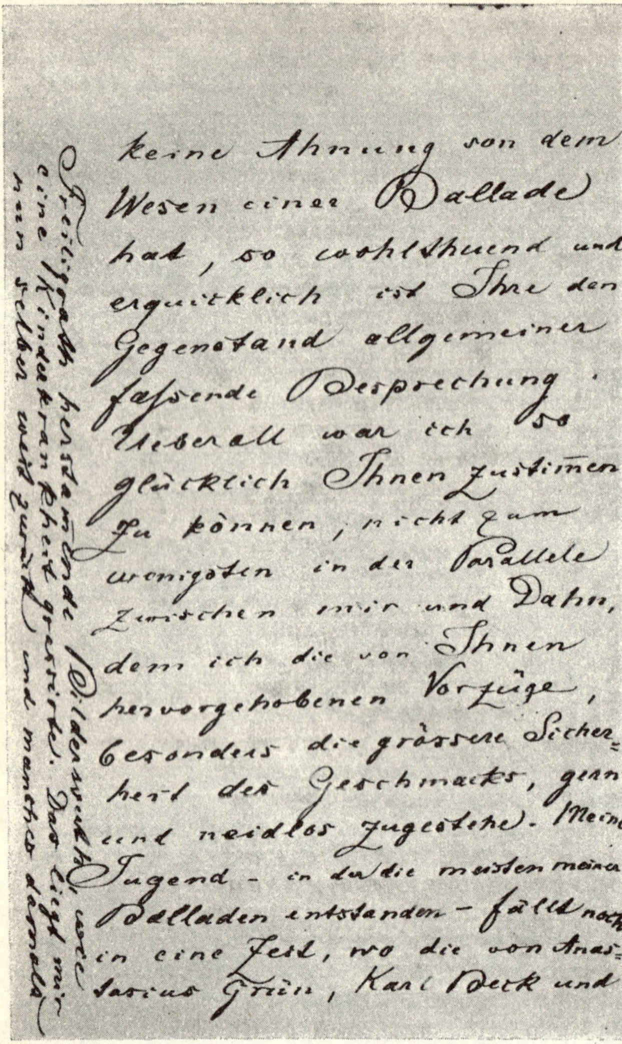

keine Ahnung von dem
Wesen einer Ballade
hat, so wohlthuend und
erquicklich ist Ihre den
Gegenstand allgemeiner
fassende Besprechung.
Ueberall war ich so
glücklich Ihnen zustimen
zu können, nicht zum
wenigsten in der Parallele
zwischen mir und Dahn,
dem ich die von Ihnen
hervorgehobenen Vorzüge,
besonders die grössere Sicher=
heit des Geschmacks, gern
und neidlos zugestehe. Meine
Jugend – in der die meisten meiner
Balladen entstanden – fällt noch
in eine Zeit, wo die von Anas=
tasius Grün, Karl Beck und

Freiligrath herstammende Bildersucht, wie
eine Kinderkrankheit grassirte. Das liegt mir
nun selbst weit zurück und manches derselben

An Pol de Mont, 27. Februar 1887 (vgl. Nr. 494, S. 519), 1. und 2. Seite.

ches kann ich von der Mischung der Teile sagen: Sie haben zu viel hineingestopft und hineingeheimnißt und dadurch – weil Klarheit und die Übersichtlichkeit der Details mehr oder weniger verloren ging – die *novellistische* Wirkung beeinträchtigt und Sie haben zweitens die Vortragstöne zu sehr gemischt, wodurch die Stil-Einheit gelitten hat. Anstatt Ihr deskriptives Talent einfach spielen zu lassen, anstatt einfach eine schilderungsreiche kleine Geschichte mit vielleicht etwas humoristischer Zutat zu erzählen, haben Sie von Ihrer zweiten Hauptbegabung, der des Geistreichen, mehr mit hineingenommen, als der kl. Dichtung förderlich ist.

»Litauen glänzt um mich im hellsten Strahl«
bis
»Und alles ist so schön als wie ein Traum«

diese ganze Stelle kann niemand schöner schreiben. Ein Gleiches gilt von:

»Die gnädige Frau kann nicht die Frösche hören«
bis
»Indeß der müde Bauer schimpft und flucht«.

Es würden sich noch ähnliche glänzende Stellen zitieren lassen, keine schöner als die, freilich dem vorzitierten Passus schon zugehörigen Reimzeilen:

Nichts stört, als nur, vom Zweig herabgeschneit,
Ein weißes Blütenblatt die Sauberkeit –

eine poetische Schönheit, um die ich Sie beneide. Aber gleich auf derselben ersten Seite mischt sich so viel gebildet Geistreiches hinein, das, bei allem Respekt vor dem Geistreichen, *hier* besser fehlte. Ovid, Scythenland, Pfingsten, Herniedersteigen des heiligen Geistes, Latium und Griechenland, »Ich fand Italiens Himmel ziemlich grau«, und dann »Sie sind (Aurikeln und Veilchen) wie erste kindliche Gefühle« – so unterbrechen Sie, um ein Ornament anzubringen, vielfach, in Großem und Kleinem, mit langen und kurzen Stellen, den einfachen Gang der Geschichte, wodurch diese leidet. Ich weiß wohl, daß es, meist in Ottaverimen geschriebene, heiter erzählende Dichtungen gibt, an denen die Abschweifungen und wenn ich mich so ausdrücken darf die Reim-Ulke das Beste sind, ich kann solche Dichtungen, wenn sie von einem graziösen Manne (Heyse) herrühren, auch sehr wohl leiden, aber Ihre feine, schöne, liebenswürdige Arbeit ist auf etwas *andres* gestellt und was dort schmückt und ziert, fehlte hier besser. – Natürlich ist über all diese Dinge zu rechten, *eins* aber empfinde ich als einen ausgesprochenen Fehler, weil – trotzdem es nur eine Zeile ist – rückwirkend die ganze Dichtung drunter leidet: »Und *der*, den Du verkannt hast und verletzt«, – diese ganze Zeile muß weg, weil sie durch das Bild, das wir von der »guten Herrin« gewonnen haben, einen schwarzen Strich zieht. Sie darf Sie nicht verletzt haben; entweder sind »Sie« Schuld oder »sie« und ob nun mit großem oder kleinem »s« geschrieben, die Wirkung der Dichtung leidet unter dieser Schuld.

Fanny Lewalds Roman habe ich noch nicht gelesen. Ich stimme Ihnen zu, ihre Geistesfrische ist erstaunlich und als Schriftstellerin kann sie sich sehen lassen, ich habe aber menschlich nie mit ihr auf einen erträglichen Fuß kommen können, weil ich sie so über alle Beschreibung langweilig finde. Wenn sie langweilig wäre aus glücklicher Naturanlage, so hätte ich nichts dagegen, jeder nach seinen Kräften, sie ist aber langweilig aus Prinzip, und wie alles an ihr doktrinär ist, so hat sie sich auf eine Gesellschafts- und Konversations-Doktrin zurechtgeschneidert, nach der sie nun spricht. Immer wenn man denkt »nun kommt es« dann schnappt es ab; sie ist mir mindestens 3 Dutzend zweite Satzhälften schuldig und ihre Konversation erinnert mich an die Jahre, wo meine Schwester mir einen Bonbon hinhielt und wenn ich zufassen wollte, ihn selber in den Mund steckte und »ätsch« sagte. Fanny Lewald beginnt ihren Satz mit einem Weltenrätsel, das sie zu lösen beflissen ist und schließt damit: »wenns regnet, ist es naß«. Aber auch das spricht sie nicht deutlich aus und läßt es zweifelhaft. –

Glückliche Tage in Italien.

Wie immer Ihr

Th. Fontane.

496. An Pol de Mont

Berlin 9. März 87.
Potsdamer Straße 134. c.

Hochgeehrter Herr Professor.

Ergebensten Dank für Ihre freundliche Zusendung. Seit Wochen krank, habe ich – weil mich *alles* Lesen, und nun gar in einer fremden Sprache, sehr anstrengt – in das Liederheft nur erst hineingeblickt und mich auf die Lektüre des Einleitungsgedichts beschränkt. Das hat mir aber sehr gefallen, hat mich in Schilderung und Ton an Klaus Groth erinnert (den ich als Dichter sehr verehre; als Mensch ist er nicht sehr nach meinem Geschmack) und hat mir, hinsichtlich des Verständnisses, weniger Schwierigkeiten gemacht, als ich befürchtete. Ich freue mich, bei wiederhergestellter Gesundheit die Lektüre fortsetzen zu können. Besonders neugierig bin ich auf das terzinenartige III. Stück. Unter Wiederholung schönsten Dankes in vorzüglicher Ergebenheit

Th. Fontane.

497. An Elise Habelt

Berlin, den 11. März 1887.

Gnädigste Frau.

Das Talent, das Sie für alles haben, spricht sich auch in dieser kleinen Erzählung aus. So viel sich in Aufbau und Ausführung (Stil, Bilder, Einzelausdrücke) gegen Ihre Arbeit sagen läßt, so hat sie doch die Hauptsache: Leben und Interesse. Stoff und Hauptsituation sind glücklich gegriffen, und Leser und Leserinnen, die gepackt sein wollen, werden Ihnen dankbar sein. – Es wird Sie die Frage beschäftigen, ob Sie weiter schreiben sollen und Sie werden von mir vielleicht eine Antwort auf diese Frage erwarten. Ich weiß nicht ob ich sagen soll »ja« oder »nein« und erschöpfe meine Weisheit in dem Satze: probieren Sie's, *wenn* es Sie mit großer Gewalt zum Weiterproduzieren treibt. In *diesem* Falle werden Sie sich durch alle Widerwärtigkeiten durcharbeiten, sonst nicht. Lohnend und erfreulich (aber auch nicht immer) ist nur der Verkehr mit den reichen Verlegern, den vornehmen Redaktionen. Aber eine vornehme Redaktion, selbst wenn sie, wie ich, von dem entschieden Talentvollen Ihrer Arbeit sehr eingenommen sein sollte, wird diese Arbeit *nicht* nehmen, weil sie äußerlich in ihrer ganzen Formgebung zu viel zu wünschen übrig läßt. *Mich* stört das nicht sehr, weil mir Talent mehr bedeutet als Form, Korrektheit, Glätte, aber vornehme Redaktionen denken nicht so und dürfen nicht so denken.

In vorzügl. Ergebenheit

Th. Fontane.

498. An Moritz Lazarus

Berlin, 12. März 1887
Potsdamer Str. 134c

Teuerster Leibnitz.

Zu meinem lebhaftesten Bedauern muß ich gerade heute, wo so viel vorliegt, im Rütli fehlen. Mein Sohn, in Lichterfelde draußen, gibt eine Gesellschaft, und da ich noch nie sein Gast war, auch einige gerade den »Alten« kennenlernen wollen, muß ich hinaus.

Die 200 Mark für Neumann-Strela habe ich widerstrebend bewilligt; gewiß wird er in keiner guten Lage sein, aber ich traue der ganzen Geschichte nicht. Entweder ist *er* ein unsicherer Passagier, oder die Hausführung läßt sehr zu wünschen übrig. Gerade seine Sorte von Befähigung, »Abschriftstellerei«, wie man jetzt sagt, ist günstig für den Erwerb des täglichen Brots. Ich mochte nur nicht »nein« sagen, weil es einem Kollegen, der schließlich auch jeden Augenblick Neumann-Strela werden kann, schlecht ansteht, den Rigorosen oder, sagen wir, Horwitz II. zu spielen.

Dem Chevalier herzlichen Dank für seine Karte. Gruß und Empfehlung von Ihrem ergebensten

Th. Fontane

499. An Alexander Gentz

Berlin, d. 20. März 1887.
Potsdamer Straße 134 c.

Hochgeehrter Herr und Freund.

Seit lange (wenn überhaupt je) habe ich keinen Brief empfangen, der einen so großen Eindruck auf mich gemacht hätte wie Ihr Brief vom 15. d. M. *So* muß man die Sachen ansehn, und wenn es für mich noch eines Beweises bedurft hätte, daß der Geist, der in Rheinsberg heimisch war, vor seinem Verlassen der Grafschaft noch einmal in *Gentzrode* und nur da Rast machte, so würde mir Ihr Brief diesen Beweis erbracht haben. Philosophie, durch einen trocknen märkischen Humor volkstümlich gefärbt – aus diesem Geist heraus ist jede Zeile geschrieben. Dazu so viel tatsächlich Interessantes: der in seiner Liebe ausharrende Schwiegersohn, der ruhige Blick in die still niedergehende Sonne (still nach den Stürmen des Tages), die gestürzten Größen, von deren Schicksal ich kein Sterbenswörtchen wußte, endlich das Grabdenkmal an der Seite meiner Mutter und die geplante Inschrift dafür.

Alles hat mich wieder lebhaft in alte Tage zurückversetzt und aufs neue zu Dank für Ihre Gastlichkeit und Güte gestimmt. Wie wundervoll der Regentag in Luch (mit Ihrem Bruder und Lepel und dem endlichen Vorsprechen bei Pastor Quohl, der wie ein Ohrwurm wurde, als er Ihren Namen hörte), wie wundervoll die Fahrt nach Fr., wo die Ruppigkeit des autochthonen Altadels uns hungern ließ, endlich wie unvergeßlich schön die Fahrt nach Molchow und Zermützelsee hin bis in den Menzer Forst und an den großen Stechlin. An diese Tage knüpfen sich die besten Kapitel meiner »Wanderungen«, und das Beste darin verdanke ich Ihnen. Erlebe ich noch eine neue (fünfte) Auflage von »Grafschaft Ruppin«, so habe ich – Ihre und Ihres Bruders Zustimmung vorausgesetzt – vorher noch zwei wichtige Kapitel hinzuzufügen: eins soll »Wilhelm Gentz« heißen und diesen neben Schinkel, General Günther usw. unter die Ruppiner Berühmtheiten einreihen. Das andere soll Kapitel II in dem Schlußabschnitt »*Gentzrode*« werden. Darin erzähle ich dann die Katastrophe und den Gott sei Dank alles wieder versöhnenden Schluß. Natürlich wird Ihnen das Kapitel vorgelegt und keine Zeile gedruckt werden, die Sie nicht gutgeheißen haben. Ich bin aber im voraus sicher, Sie werden alles gutheißen, denn alles wird Frieden und Liebe sein. – Für die reiche Sendung schönsten Dank; auch *das* wie in alten Tagen. Eine Flasche Ungar lebt noch und wird weiter aufgehoben. Empfehlen Sie mich und meine Frau den Ihrigen. Über die Grabinschrift schreibe ich Ihnen morgen. Dazu brauche ich Morgenfrische. Wie immer Ihr treu ergebener

Th. Fontane.

500. An Alexander Gentz

Montag, d. 21. März 1887.

Hier schicke ich Ihnen nun, sehr geehrter Herr Gentz, zwei Versionen, die sich an das Distichon Ihres Freundes Jahn anschließen. Inhaltlich habe ich keine Spur geändert, weil mir sein Zeilenpaar in seinen einfachen Gedanken, in Wahrheit und Schlichtheit ganz unanfechtbar scheint. Nur die Form läßt zu wünschen übrig, und vielleicht ist es mir gelungen, *diese* korrekter und klangvoller zu machen. Die zwei Versionen, die ich schicke, unterscheiden sich nicht viel. In der zweiten Zeile der einen wie der andern ist eine Antithese (blau unterstrichen) angestrebt, doch glaub ich, daß die zweite die bessere ist. Ich möchte Ihnen auch kaum raten, noch viel neue Stimmen zu befragen. Es wird dadurch selten besser. Ich glaube, daß Version II mit Ehren bestehen kann. Und damit muß man sich schon zufrieden geben; nichts schwieriger als Grabinschriften, Inschriften überhaupt. Wie immer Ihr

Th. F.

Ungunst und Wechsel der Zeit zerstörte, was wir geschaffen.
Die wir vergeblich *gekämpft*, ruhen vom *Kampfe* hier aus.

Oder:

Ungunst und Wechsel der Zeit zerstörte, was wir geschaffen.
Die wir im *Leben* gekämpft, ruhen im *Tode* hier aus.

501. An Alexander Gentz

Berlin 28. 3. 87.
Potsd. Str. 134. c.

Hochgeehrter Herr u. Freund.

Schönsten Dank und den Ausdruck meiner Freude darüber, daß Sie mich bei dem zu schreibenden Kapitel unterstützen wollen. Ich habe noch die Schilderung von dem Haide-Brand in Erinnrung und weiß, daß Sie's verstehn. – In Familiencontroversen soll man sich nicht einlassen, man verdirbt es mit beiden Parteien, aber doch möchte ich die Frage wagen: thuen Sie Ihrem Bruder nicht Unrecht? Ich fand damals sein Benehmen korrekt und nach dem, was ich später darüber erfuhr, wenn ich mich so ausdrücken darf noch korrekter; weil noch um ein paar Grade hülfebereiter. Vielleicht aber ist meine ganze Information falsch gewesen, es wird so viel gelogen und noch mehr gequatscht.

Unter allen Umständen dem jungen Paare meine herzlichsten Glückwünsche, desgleichen *Ihnen* auf Ihrem ferneren Lebenswege.

Mit ergebensten Empfehlungen an Frau Gemahlin, wie immer Ihr

Th. Fontane.

Die Heringe, nach inzwischen gemachter eigner Probe, sind delikat.

Th. F.

502. An Theodor Fontane (Sohn)

Berlin, d. 1. April 1887.

Mein lieber, alter Theo.

Der Tod der guten R. wird auch Dir durch B. gemeldet sein; trotz des breiten Trauerrandes um Brief und Kuvert, kann die Trauer nicht groß sein, denn Tante R., wie mir Frau Professor G. neulich erzählte, war für das Haus ihrer Nichte ein Schrecknis geworden. Sie wollte alles vom Standpunkt der höheren Berliner Geheimrätin aus reformieren und der armen Frau das Singen abgewöhnen, »weil sie so schlecht sänge«. Als ob es *darauf* ankäme, wenn man singen will. Nichts tyrannischer als alte Leute mit dem Liebenswürdigkeitsruf. Mitunter ist mir, als bereitete ich mich auch darauf vor.

Aber lassen wir die Toten und die's werden wollen, und wenden wir uns den Lebenden zu, den Lebenden und den Glücklichen. Mit herzlicher Freude lese ich Deine Briefe, die nicht nur von Glück sprechen – das will nicht viel sagen, jeder ist 'mal glücklich – nein, die mir in jedem Wort auch zeigen, daß Du Dich auf Glück verstehst. Und das ist die Hauptsache. Denn wenn ich auch nicht ganz bestreiten will, daß es Pechvögel gibt, so gilt doch vom Glück im ganzen dasselbe wie vom Gold: es liegt auf der Straße, und *der* hat's, der's zu finden und aufzuheben versteht. Du hast, wenn mich nicht alles täuscht, von Deinem Alten die Fähigkeit geerbt, Dich in zehn Stunden (um nicht zu sagen Minuten) an zehn Dingen freuen zu können, und wer *die* Fähigkeit hat, der ist »schöne 'raus«. Ist sie wirklich ein Erbe von mir, so kannst Du's auf wenigstens 50 000 Mk. schätzen, was mir ein Selbstgefühl und eine Beruhigung gibt.

Heut', am Bismarckstage, haben wir wie gewöhnlich gratuliert, aber nur mit drei Karten, darunter zwei weibliche; es gab Zeiten, wo wir wie ein Clan im Kanzlerpalais auftauchten oder wie der Rohrsche Ahnherr, der irgend einem alten Kaiser 24 Rohrs vorstellte. Wenn sie damals schon so lange Nasen hatten wie heute, muß ein Kilometer herausgekommen sein, und wenn sie schon so geistreich waren wie heute, muß die Tafelkonversation merkwürdige Funken gesprüht haben. Ich liebe sie aber doch.

Das Befinden hier ist leidlich, was ich, so weit *ich* in Betracht komme, meiner wachsenden Absperrung von der Welt zuschreibe. König Ludwig II. war verrückt, aber daß er keine Menschen und am wenigsten seine Bierbayern sehen wollte, kann ich ihm nicht verdenken. Ich mache aber nicht Proselyten in Einsiedelei; ganz im Gegenteil, die Jugend gehört ins Leben, weil ihr das Leben gehört.

Wie immer Dein alter

Papa.

503. An Georg Friedlaender

Berlin 3. April 87.
Potsd. Str. 134.c.

Hochgeehrter Herr.

Es lag ohnehin in meiner Absicht, heute an Sie zu schreiben; nun kam Ihr Brief und wurde mir ein neuer Sporn. Sie konnten mir nichts Interessanteres schreiben, aber auch nichts Traurigeres. Lebe ich oder träume ich, leben wir unter Wilhelm I. oder unter Fr. W. I., unter Moltke oder unter dem alten Dessauer, haben wir eben bei Sedan oder blos bei Malplaquet gesiegt, sind wir in den Händen von Werbe-Offizieren oder im Schutze freiheitlicher uns unser Recht und unsre Würde garantirender Gesetze? Ja, die Sache liegt so, daß *Sie* persönlich unter den Werbe-Offizieren besser dran gewesen wären! Im Ganzen leben wir in einer forschen und großen Zeit und ich danke Gott täglich, daß ich nicht blos 1837, wo der Pegelstand am niedrigsten war, sondern auch noch 1887 erlebt habe; wir sind aus dem Elend, der Armuth und Polizeiwirthschaft heraus, alles gut, aber neben unsrer neuen Größe läuft eine Kleinheit, eine Enge und Unfreiheit her, die die verachtete Stillstands- und Polizeiperiode der 20er und 30er Jahre nicht gekannt hat. Besonders die militärische Welt überschlägt sich; es ist der verwöhnte Sohn im Hause, der, weil er am besten reiten und tanzen kann, sich unter Zustimmung der Eltern alles erlauben darf. Der Rest der Welt, wenn er eine eigne Meinung haben will, ist nur dazu da gescholten und verdächtigt, unter allen Umständen aber angepumpt zu werden. Von dieser militärischen Welt gilt in gesteigertem Maße das, was von der ganzen Zeit gilt: im Ganzen glänzend, im Einzelnen jämmerlich. Dabei mehren sich die Zeichen innerlichen Verfalls: Selbstsucht und rücksichtslosestes Streberthum sind an die Stelle feinen Ehrgefühls und vornehmer Milde getreten und während in den Herzen Rohheit und destruktive Ideen Fortschritte machen, zeigt sich nach außen hin ein todter, bei uns nie dagewesener Byzantinismus. Dabei wird die Jugend immer fachmäßig dummer, dem Hammel, der vorspringt, springen die andern nach und an die Stelle selbstständigen Denkens ist Salamanderreiben und Nachplapperei getreten. Früher wurden Dinge »Mode«, die nur der eine mitmachte der andre nicht, jetzt faßt ein Schlagwort oder gar eine »Parole« die Menschen mit der Macht einer Epidemie, der sich der Einzelne kaum entziehen kann und die so lange dauert bis ein bestimmter Theil der Gesellschaft »ausgeseucht« ist. Aber schon ist eine neue Epidemie da und bemächtigt sich eines neuen Bruchtheils der Gesellschaft.

Ein Opfer solcher Epidemie sind nun auch Sie geworden, nicht in dem Sinne, daß Sie selbst davon befallen wurden (Gott sei Dank nicht) aber in dem in mancher Beziehung ebenso traurigen Sinne, daß Sie von solchen epidemisch Kranken in ihre Krankenstube hineingezerrt wurden. Und da sehen Sie sich nun mit Vorwürfen überhäuft, im Wesentlichen darüber, daß Sie gesund geblieben sind und nicht auch in des Militarismus Maien-Blüthe stehn. Welche Niedrigkeit, von Ihnen zu glauben, daß Sie sich die kleinen Rezensionen selbst besorgt hätten, zu glauben, daß Sie selbst der L. P. der Vossischen Zeitung seien! Ich habe leider auch zu unsren Oberbehörden *gar kein* Fiducit mehr – nicht weil es an gutem Willen, wohl aber an Zeit und Liebe für den Einzelfall fehlt – sonst bin ich wie von meinem Leben überzeugt, ein feiner, vornehmer Herr wie der Kriegsminister, würde nicht blos auf Ihre Seite treten, sondern empört sein über die grenzenlose Plumpheit, über die den eignen niedrigen Standpunkt verrathenden Anklagen, mit denen man gegen Sie vorgegangen ist. Ein Mann von geachteter gesellschaftlicher Stellung, ein Richter, aus guter Familie, dekorirt mit dem eisernen Kreuz – den stellt man vor Gericht, wenn Todtschlag, Diebstahl oder Verbrechen gegen die Sittlichkeit dem Staatsanwalt keine Wahl lassen, aber man bezichtigt ihn nicht, auf gut Glück hin und ohne jede Information, sich seine Lobartikel selbst geschrieben zu haben. Das ist, einem Ehrenmanne gegenüber, eine solche Schändlichkeit und Beleidigung, daß nicht Sie zur Rechenschaft gezogen *werden,* sondern umgekehrt, daß Sie die Verläumder zur Rechenschaft ziehen müßten. Aber sehen Sie, *das* ist gerade das Empörende, daß man recht gut weiß, daß Sie das nicht können, daß Sie Familienvater und *Nicht*-Pistolenschütze, sich diesen Affront gefallen lassen und dadurch zur allerbilligsten Heldenschaft so und so vieler junger oder auch ältrer Offiziere beisteuern müssen. Wären Sie ein Mann wie Fürst Pückler, oder hätte Fürst Pückler ein Büchelchen wie das Ihrige geschrieben, keine Hand hätte sich erhoben, keine Lippe sich gerührt, selbst Meie hätte wohlweislich geschwiegen, denn das ganze Offizierscorps hätte gewußt, der schießt mit Seelenruhe 6 von uns über den Haufen, er hat den Charakter und die Geschicklichkeit dazu! Sie können sich gar nicht vorstellen, wie mich speziell auch *dies* reizt und ärgert. Es ist unwürdig, einen Streit herauf zu beschwören und sich dann dem nach Lage der Sache zehnfach Schwächeren gegenüber, aufs hohe Heldenpferd zu setzen. Im Einzelnen werden dies auch wohl viele zugeben, aber wenn 20 oder 60 zusammen sind, siegt immer das Schlechte, das Thörichte, das Renommistische. Hammelsprung auch da. Der Münchhausensche Rath, den Spieß umzudrehn, ist *sehr* gut. Im Uebrigen wünsche ich Ihnen von ganzem Herzen endliche Beilegung dieser unerquicklichen, trübseligen Sache.

Gruß und Empfehlung Ihnen und Frau Gemahlin. Einen Kuß den Kindern. Wie immer Ihr

Th. Fontane.

504. An Alexander Gentz

Berlin 10. 4. 87.
Potsd. Str. 134 c.

Hochgeehrter Herr.

Schönsten Dank für die Riesensprotten oder Zwergbicklinge, durch die Sie uns, in fast beschämender Güte, aufs Neue erfreut haben. Ich entnehme der Kiste jeden Tag mein Frühstück; Geräuchertes war von Jugend an eine Passion von mir. Zu gleicher Zeit bitte ich mir, als einen Spezialausdruck meiner Dankbarkeit, eine kl. Kritik erlauben zu dürfen. So gut mir diese Bicklinge schmecken, so finde ich doch, dass ihr Fleisch nicht blos härter ist als bei den Sprotten, sondern auch härter als das *grosser* Bicklinge, wenn diese gut und frisch sind. Ist dies nun ein Vorzug oder doch ein Mangel? In letzterem Falle (ich, als Nichtkenner, kann mich darüber nicht schlüssig machen) richten Sie doch vielleicht Ihre geschäftl. Aufmerksamkeit auf diesen Punkt. Die Absicht, aus der heraus ich dies schreibe, wird von Ihnen gewiss verstanden. – Mit Freude haben wir ersehn, daß die Hochzeit glücklich verlaufen ist. Und so sei, was folgt.

Wie immer in vorzügl. Ergebenheit Ihr

Th. Fontane.

505. An Friedrich Stephany

Berlin, 13. April 1887.

Hochgeehrter Herr und Freund.

Ich muß Sie leider mit einer Anfrage inkommodieren.

Der große Blumenthal kriegte mich neulich an: »er werde sein nächstes Büchelchen ›*Aufrichtigkeiten*‹ an Sie senden und Sie bitten (wenn ich ihm vorher kein ›nein‹ gäbe) das Büchelchen an mich zur Besprechung gelangen zu lassen«. Oder so Ähnliches. Nun schickt er mir, in der ganzen Dummpfiffigkeit seines Stammes, einfach das Buch und überläßt es mir, die Bitte bei Ihnen zu tun, die er aus irgend einem Grunde – wahrscheinlich weil er von Ihnen ein »nein« zu gewärtigen hätte – nicht tun mag. Immer dieselbe Perfidie. Demnach bitte ich, weil ich sonst in eine lange pointierte Korrespondenz mit diesem Unglücksbraten verwickelt werde, mir, *wenn irgend möglich,* 20 bis 30 Zeilen über das Büchelchen zu gestatten. Es erinnert dies an die 50 Pfennig, die ich bei Betteleien ohne Weitres rausschicke, weil der 50 Pfennigschmerz kleiner ist als die sonst unvermeidliche Störung. Erhalte ich keine Antwort, so nehme ich an, ich darf die paar Zeilen schreiben und schicken. Schlenthers Kritik gestern Abend über Richard Voß war vorzüglich; eine der besten die er geschrieben. Aber unsre Dichter! Alles Material für Dalldorf.

Wie immer Ihr

Th. Fontane.

506. An Pol de Mont

Berlin 15. April 87.
Potsd. Str. 134.c.

Hochgeehrter Herr Professor.

Erst etwas spät komme ich dazu, Ihnen für Ihr »Zanneken Craeynest« zu danken; ich wollte es doch ordentlich lesen und das ist in einer fremden Sprache, wie nahe sie unsrem mecklenburgischen und holsteinischen Plattdeutsch stehen mag, doch immerhin schwer. Meine Tochter hat es zuerst durchexerciren und mir den Inhalt erzählen müssen und dann erst sind wir, nach hergestelltem Verständniß, an die Lektüre, will sagen an Klang und Vortrag herangetreten. Vieles bleibt einem natürlich süßes Geheimniß, aber lange Beschäftigung mit diesen Dingen bildet doch feine Nerven in den Fingerspitzen aus und unschwer fühle ich es den Sachen ab, wie's damit steht. Und so darf ich denn, trotz allem was mir zu voller Würdigung Ihrer Dichtung fehlt, wohl sagen, daß sie mir durch *die* beiden Eigenschaften imponirt, die – wenigstens innerhalb der realistischen Kunst – die schönsten und wichtigsten sind, durch Klarheit und Schlichtheit. Kein Wort zu viel und keins zu wenig. Unter Wiederholung meines Danks, in vorzüglicher Ergebenheit Ihr

Th. Fontane.

507. An Wilhelm Hertz

Berlin 15. April 87.
Potsd. Str. 134. c.

Sehr geehrter Herr Hertz.

Allmälig geht es wieder auf den Sommer los, den ich diesmal, wenn es sein kann, an die Vollendung vieler halb- und dreiviertelfertiger Balladen und Gedichte setzen möchte. »Wenn es sein kann« d. h. wenn sich W. Hertz entschließen könnte, sei's zu Weihnachten 87 oder 88 (von 89 wag' ich schon gar nicht mehr zu sprechen) eine 3. Auflage der Gedichte von Th. Fontane zu bringen. Ist dazu keine Aussicht, so werde ich mich hüten, 6 Wochen Arbeit an eine Balladenkunst zu setzen, die nicht nur selbstverständlich brodlos, sondern auch außerdem noch nutzlos ist. Denn ich bekenne ganz offen, daß mir dabei nur an meiner Dichterbeweisführung vor *anderen* gelegen ist, vor mir selber brauche ich es nicht mehr und komme mit dem geplanten und gedachten Gedicht grade so weit, wie mit dem ausgeführten. Ein zustimmendes Wort von Ihnen, würde mich sehr erfreun, aber auch ein »nein« ist in gewissem Sinne ein Segen für mich, weil es mich eine Laboratoriumsarbeit einstellen lassen würde, die, bei vorn geschlossener Apotheke, doch nur kostet und nichts einbringt, wobei ich nicht an Geld denke. Dichtergeld wird nur noch an Julius Wolff ausgezahlt, dem ich es gönne. Da doch lieber nich! Ich will gleich noch hinzusetzen, daß an das Auskunftsmittel eines zweiten Bandes unter dem nicht ungewöhnlichen Titel »Neue Gedichte« gar nicht zu denken ist; *so* viele sind es erstlich nicht und zweitens muß man im Alter sein Geschreibsel zusammen zu fassen aber es nicht in neuen Strahlen auszuschicken suchen. Mit besten Wünschen für Ihr und der Ihren Wohl, in vorzüglicher Ergebenheit

Th. Fontane.

508. An Mathilde von Rohr

Berlin 19. 4. 87. Potsd. Str. 134. c.

Mein gnädigstes Fräulein.

W. Hertz wird mir zwar schon zuvorgekommen sein und Ihnen ein ›Cécile‹-Exemplar geschickt haben, aber auch eins aus des Verfassers, Ihres dankbaren alten Freundes Hand soll nicht fehlen. Möge die Geschichte leidlich Gnade vor Ihren Augen finden; moralisch ist sie, denn sie predigt den Satz: ›sitzt man erst mal drin, gleichviel ob durch eigne Schuld oder unglückliche Constellation, so kommt man nicht mehr heraus. Es wird nichts vergessen.‹ Frau und Tochter empfehlen sich Ihnen; in vorzüglicher Ergebenheit

Th. Fontane.

509. An Heinrich Kruse

Berlin 24. 5. 87.
Potsd. Str. 134. c.

Hochverehrter Herr!

Empfangen Sie meinen besten Dank für die Ottaverimen, die Ihre Güte mir zugehen ließ. Sie voll zu würdigen, werde ich politisch gehindert. Es geht mir mit allen Tendenzgeschichten, wie mit Witzen, die mir erzählt werden, über welch letztere, wenn sie bloß witzig sind und den Punkt, auf den es ankommt, nicht richtig treffen, ich nie lachen kann. Ebenso bleiben politische Gedichte ganz ohne Eindruck auf mich, wenn ich den Standpunkt des Dichters nicht teile; sehr schöne Sachen von Freiligrath, Herwegh, Heine, selbst von Platen lassen mich kalt, blos weil ich mir sage: »ja, das liegt aber alles ganz anders« und wenn sich Ausnahmen davon finden, so ist es blos scheinbar, so sind es blos *herausgerissene Stellen,* die als solche nicht blos poetisch sehr schön, sondern in ihrer Bruchstücksbeschaffenheit, ohne Zusammenhang mit dem Rest, auch inhaltlich unanfechtbar sind.

Um mit Ihrem »Wählet« in freudig gehobener Stimmung mitzugehen, muß man die Grundempfindung teilen, aus der heraus das Gedicht entstand. Diese Empfindung habe ich aber nicht. Ich hatte sie unmittelbar nach 70/71, als ich noch unter dem Einflusse dessen war, was man uns in Deutschland seit Menschengedenken in dieser Frage weisgemacht hatte. Nachgerade habe ich mich aber davon überzeugt, daß das alles falsch war bzw. noch ist, und daß wir die Gefühle des Elsaß ganz allmählich zurückerobern müssen, wie wir sie allmählich verloren. Die Wünsche, die wir nach dieser Seite hin haben, dürfen unser Urteil über die tatsächlichen und uns unbequemen Zustände nicht bestimmen. Die Berliner Colonisten (ich mit) sind in 200 Jahren gute Preußen geworden, warum sollten die Elsässer in 200 Jahren nicht gute Franzosen werden? Natürlich paßt der Vergleich nicht ganz, wir gingen aus eigenem Antrieb, wurden nicht durch einen Eroberer gewaltsam incorporiert, dafür war aber die moralisch werbende Kraft der Franzosen, wenn wir von der Bismarck-Epoche absehen, viel viel größer.

In vorzügl. Ergebenheit
Th. Fontane.

510. An Pol de Mont

Berlin 24. 5. 87.
Potsd. Str. 134. c.

Hochgeehrter Herr Professor.

Ich schulde Ihnen noch meinen Dank für das »Klaverblad van Balladen«, das Ihre Güte mir zugehen ließ. – Im ersten Augenblicke scheint es mir immer unmöglich, mich drin zurecht zu finden, aber nach drei viermaliger Durchsicht lese ich es ohne alle Schwierigkeit und entdecke Sinn und Bedeutung selbst *der* Worte, die einen anfänglich – und das schafft dann immer die größte Schwierigkeit – in die Irre führten. So z. B. das Wort zakken. Wir haben dasselbe Wort mit der Bedeutung von Ast oder Zweig und da dauert es dann lange, bis man heraus hat, daß es »Säcke« sind. Wenn ich mir, als ein Veteran auf diesem Gebiet, ein Urtheil erlauben darf, so gebe ich »Zanneken Craeynest« sehr erheblich den Vorzug vor diesen 3 Balladen. Ich bitte, das auch motiviren zu dürfen. Alles was wir schreiben, und ganz speziell auf *diesem* Gebiete, schreiben wir unter Anlehnung an Längstvorhandenes, unter Umständen geradezu unter Nachbildung desselben. Das ist nicht blos unser Recht, das ist sogar unsre Pflicht. Aber bei diesem Anlehnen und Nachbilden ist, nach der Art und Beschaffenheit dessen, was man nachbildet, doch ein Unterschied. In Bezug auf die kleine poetische Erzählung hat sich eine mit seinen letzten Fasern vielleicht in Homer wurzelnde Norm herausgebildet, eine Klarheits- und Simplicitätssprache, die nicht mehr zu übertreffen ist; man wechselt (aber auch nur innerhalb eines engen Kreises) die Stoffe, die Behandlungsweise aber, wenn man sich nicht selber schädigen will, muß dieselbe bleiben. Es giebt eben nur *ein* Bestes und es bleibt uns nichts andres übrig, als, ihm nacheifernd, es nachzubilden. Thompson, Crabbe, Tennyson, Klaus Groth und andre Plattdeutsche, – wo sie ihr Bestes geben, sind sie sich untereinander sehr ähnlich. Es *muß* so sein. Und dahin gehört auch Ihr »Zanneken Craeynest.«

Sehr anders aber liegt es auf dem Gebiete der eigentlichen Ballade. Hier ist die Norm noch keineswegs gefunden, hier giebt es viele Wege die nach Rom führen, hier ist die Möglichkeit immer neuer und besserer Gestaltungen nicht ausgeschlossen. Und hier, auf *diesem* Gebiete, sich ein für allemal an die germanische Volksballade anschließen, diese – die nur sehr stück- und bedingungsweise als Norm gelten kann – zur Norm erheben zu wollen, halte ich nicht für richtig. Ich halte es nicht für richtig bei Ihnen und halte es nicht für richtig bei Dahn. Aus der Volksballade sollen wir das lernen, was draus zu lernen ist: Composition bei scheinbarer Compositionslosigkeit, Kunst der Andeutungen, der Fortlassungen, der Sprünge, Kunst der Wiederholungen, der Refrains, der Leitmotive, Kunst mit den kleinsten Mitteln zu wirken, Schlichtheit der Sprache, vor allem *Ton* – all das und vielleicht viel andres noch sollen wir aus der Volksballade lernen, aber wir sollen sie nicht einfach nachbilden, nicht nachbilden in *der* Art, wie ich ohne Weitres Klaus Groths »Heister Kroog« oder Ihr »Zanneken Craeynest« nachbilden würde, wenn ich verwandte Stoffe, will sagen Deskriptives mit eingelegter kleiner Geschichte, behandeln wollte. Die Ballade hat noch nicht abgeschlossen und wir dürfen uns nicht an ein Bestimmtes festnageln, dürfen nicht *eine* bestimmte Form, die noch dazu, neben ihren großen Vorzügen auch ihre Schwächen und Gefahren hat, zur Norm erheben wollen. Das thuen Sie aber in den 3 Balladen, die Ihre Güte mir schickte. Sie sind ganz »akademisch«, wenn ich darin Recht habe, daß volksthümliche Dichtung gerade so gut wie klassische Dichtung akademisch behandelt werden kann. Beim Balladenschreiben dürfen wir nur »Anleihen« bei der Volksballade machen, aber wir müssen durchaus von unsrem Eignen hinzuthun, ja dies Eigne muß die Hauptsache bleiben. Oder mit andern Worten, wir müssen dem alten Balladenton eine neue Stoffwelt, oder der alten Stoffwelt einen neuen oder wenigstens einen sehr veränderten Balladenton zuführen. Am Besten ist es, wenn wir *Beides* auffrischen und die alte Ballade nur als einen Erinnerungsklang im Ohr behalten. Alle direkten Nachbildner der alten Volksballade haben meines Wissens kein Glück gehabt, während Bürger, Goethe, Heine den Vogel abschossen und selbst die Schwaben: Uhland, Justinus Kerner, Mörike, mit *den* Sachen ihre größten Erfolge erzielten, denen sie (sich einigermaßen emancipirend) ein gut Theil ihrer selbst hinzugefügt hatten.

In vorzüglicher Ergebenheit

Th. Fontane.

511. An Paul Schlenther

Berlin, d. 2. Juni 1887.
Potsdamer Straße 134c.

Hochgeehrter Herr.

Erst gestern abend, wo Dr. Brahm eine Stunde bei uns verplauderte, habe ich in Erfahrung gebracht, daß ich die freundliche Besprechung »Céciles« in der »Vossin« Ihrer Güte verdanke. Jede Zeile bekundet Wohlgeneigtheit gegen Buch und Verfasser, am meisten vielleicht da, wo der Schwächen und angreifbaren Punkte gedacht wird. So z. B. der Längen und Breiten in der Quedlinburger Lokalbeschreibung. Dabei hat Ihre Güte darauf verzichtet, den Leser wissen zu lassen, daß das Buch von solchen »Quedlinburgereien« (Julius Wolff, deutungsreich, ist aus Quedlinburg, nicht bloß Klopstock) wimmelt. In einem Punkte sind Sie mir, glaub ich, nicht ganz gerecht geworden. »Cécile« ist doch mehr als eine Alltagsgeschichte, die liebevoll und mit einem gewissen Aufwande von Kunst erzählt ist. Wenigstens *will* die Geschichte noch etwas mehr sein. Sie setzt sich erstens vor, einen Charakter zu zeichnen, der, soweit meine Novellenkenntnis reicht (freilich nicht sehr weit), noch nicht gezeichnet ist, und will zweitens den Satz illustrieren: »Wer mal drin sitzt, gleichviel mit oder ohne Schuld, kommt nicht wieder heraus.« Also etwas wie Tendenz. Auch das, wenigstens in dieser Gestaltung, ist neu. Mein Dank wird durch diese Bemerkungen nicht beeinträchtigt. In vorzüglicher Ergebenheit

Th. Fontane.

512. An Georg Friedlaender

Berlin 15. 6. 87.
Potsd. Str. 134. c.

Hochgeehrter Herr.

Seit dem Tage wo Ihr Brief kam (Sonntag) will ich schreiben, denn der Inhalt desselben hatte mich wieder sehr aufgeregt. Aber an jedem neuen Tage verbot sich's, bis zur [?] Arbeitszeit, die streng inne gehalten werden muß und an jedem Abende, die sonst für die Correspondenz da sind, kam was dazwischen. Am Sonntage kl. Festlichkeit draußen in Lichterfelde, wo mein Sohn den Jahrestag seiner Hochzeit feierte, Montag Theater, Dienstag ein kurzer Besuch, der mir aber, durch eine spezielle Mittheilung, *jede* Stimmung nahm und heut wieder dritthalbstündiger Besuch der Herren A. v. Heyden und Richard Kahle (von 6 bis 8 1/2) so daß ich das Schreiben halb und halb schon wieder aufgegeben hatte. Plötzlich erfolgte aber Aufbruch und so habe ich denn noch eine kl. halbe Stunde. Die soll benutzt werden. Im ersten Augenblicke hatte ich 10 Pläne, ich wollte mich an verschiedene Kriegsministerial-Offiziere wenden: Major Sperling, Major v. Goßler, Oberstleutnant v. Lettow und ihnen die Sache kurz vorstellen, ja ich kam sogar auf den Gedanken, meine alten Beziehungen zu General v. Pape wieder hervorzusuchen und diesem die Frage vorzulegen: is es möglich? Aber ich habe es doch alles wieder aufgegeben und stehe auf dem Standpunkt den ich Anno 76 in verwandter Situation einnahm: es kommt nichts dabei heraus. Wenn man sich bei Beamten, Militairs, Adligen, Geistlichen nicht über ein *Individuum*, sondern über *überspannte Standesanschauungen* wie sie durch ein Einzelindividuum (oder mehrere) vertreten werden, beklagt, so kriegt man nie recht, weil jeder glaubt, »seinem Stande« nichts vergeben zu dürfen, auch wenn man zugiebt, vor einem Zuviel von Geltendmachung zu stehn. Dabei steckt in jedem Menschen ein Philisterzug und eine Philisteranschauung, die darauf hinausläuft: »na, ganz unrecht werden die Andern wohl nicht haben«, wenigstens kann ich mich nicht entsinnen, daß in meinem langen Leben bei Gelegenheit ähnlicher Kränkungen und Unsinnigkeiten auch nur jemals ein Mensch auf meine Seite getreten wäre. Das Einzige was sich verlohnt, was einen Eindruck auf das Publikum macht, sind Entscheidungen durch die Gerichte, Sie können aber kein Civilgericht anrufen oder gegen ein militärisches Gericht ausspielen. Presse, Brochüre, *ganz* wirkungslos, heute gelesen, morgen vergessen. Also Resignation. Der Einzige der was thun könnte, wäre Toeche, wenn er seinem Schwiegervater (Albedyll) die Sache vorstellte; letztrer könnte dann die Kaiserumgebung beeinflussen. Aber Toeche wird sich hüten; ich glaube nicht, daß er der Mann danach ist. Nächstens mehr. In größter Eile wie immer Ihr

Th. F.

Bis 1. Juli bin ich in Berlin; ich schreibe Ihnen, wo ich hingehe. Vielleicht bin ich vom 1. *September* ab 4 Wochen in Krummhübel.

513. An Georg Friedlaender

Berlin 17. Juni 87.
Potsd. Str. 134.c.

Hochgeehrter Herr.

Heute bei etwas mehr Muße und noch dazu mit einer eben geschnittenen Schwanenfeder, die zwar keinen Spalt, aber dafür einen Haarfussel hat, der nun Spaltdienste thun und für Grundstriche sorgen muß.

Sie werden sich über ein gewisses Abwieglungsmoment in meinen letzten Zeilen gewundert haben, aber es hängt damit zusammen, daß ich, nachdem ich ein Lebenlang ein Hoffer, ein Erwarter, ein freudiger Inangriffnehmer aller möglichen Dinge gewesen, so zu sagen über Nacht ins Resignationslager übergegangen bin. Alle reformatorische Macht ruht heutzutage beim Geldbeutel, Ideen gelten wenig, Recht gilt gar nicht. Wer reich ist oder eine bestimmte Machtstellung einnimmt, kraft welcher er helfen und fördern kann, der kann aus sich heraus, so zu sagen direkt, viel Gutes schaffen, wer aber mit nichts kommt als mit Idee, Wahrheit, Recht, wer losgelöst von eigner und Andrer Selbstsucht eine »Frage« durchfechten will, der kann nur gleich zu Hause bleiben. Es giebt nur noch persönliche, aber keine höheren Interessen, alles wird durch Furcht oder Vortheil oder Ehrgeiz bestimmt. Ihre Sache berührt eine Frage von allgemeiner Wichtigkeit, aber ehe sie nicht den Einzelnen persönlich drückt, wird der Einzelne nicht Lust haben, sich mit ihr zu befassen. Ich bezweifle nicht, daß es Hunderte von alten Militairs giebt – und je höher hinauf desto mehr – die das ganze gegen Sie eingeleitete Verfahren als einen Unsinn, eine Schnödheit und Jämmerlichkeit bezeichnen würden, aber sich damit von einem gewissen Vertheidigerstandpunkt aus ernsthaft zu befassen, dazu wird keiner Lust haben. Und so predige ich nochmals: alles ruhig laufen lassen oder – wenn dies möglich ist – dienstlich-nüchterner Appell an eine höhere Instanz, Antrag auf eine Revision des Verfahrens. Aber alles leidenschaftslos und wo möglich mit einer wirklichen Gleichgültigkeit gegen den Ausgang.

Bis zum 1. Juli bleibe ich hier, dann will ich sehn, mich in der Nähe von Berlin unterzubringen, wahrscheinlich in »Seebad Rüdersdorf« halben Wegs zwischen Erkner und Rüdersdorf. Meine Frau war gestern auf Recognoscirung da und hat es sehr schön gefunden. Ich will da tüchtig arbeiten, eine Kapitelreihe über die Quitzows; wie lang ich dort bleibe, selbst wenn es mir gefällt, ist fraglich; wahrscheinlich geh ich im August auf 14 Tage nach Rügen und vom 1. September an auf 4 Wochen nach Krummhübel. Aber alles schwankt, ich lasse mich gern treiben und warte wo die Welle mich landet. Empfehlen Sie mich der hochverehrten Frau, Gruß und Kuß den Kindern. Wie immer Ihr treu ergebenster

Th. Fontane.

514. An Martha Fontane

Berlin 1. Juli 87. Potsd. Str. 134. c.

Meine liebe Mete.

Schon über 4 Wochen bist Du fort und bis heute keine Zeile von Deinem schreibeseligen Papa. Aber das viele Schreiben war eben Schuld, daß er nicht schrieb. Uebermorgen hoffe ich mit der Novelle, bei der ich wenigstens wieder ›Geduld‹ bewiesen habe, fertig zu sein, dann ein paar Besuche (Robert, Lessing, Zöllners) und dann hinaus nach ›Seebad Rüdersdorf‹, wo Du, 8 Tage später, vielleicht auch Deinen Einzug hälst. Ich habe zwei Zimmer, so daß der Kaeppelsche Bettschirm in Wegfall kommt. Außer einer wundervollen Badestelle, findest Du auch die Mutter des Wirths, eine 85 jährige Französin, die trotz 55 jährigem Aufenthalt in Berlin, immer noch ausschließlich französisch spricht. Also Fortsetzung der Desteuque-Tage; Lettow, Massow, Witzleben werden freilich fehlen und die Sperlinge nicht von der richtigen Nummer sein. – Mama, die heute früh im Enckeschen Atelier war, holt in diesem Augenblick Tante Witte von der Bahn. Ich möchte für diese Stunde nicht Marie Bencard und vielleicht noch weniger Dr. Veit sein. Mama wird wohl ›zustimmen‹, überhaupt ein Conversationstalent von ihr (selbstverständlich den Mann ausgeschlossen) und doppelt wenn es gemüthliche Abschlachtung gilt. Ich für meine Person kann mich über die Sache nicht entrüsten, wenn laut oder still irgend ein Petöfyabkommen getroffen wird, läuft es aber, wie mein alter Papa zu sagen pflegte, aufs ›Erotische‹ hinaus, dann hat es seinen Haken. Und Onkel Sommerfeldt meinte neulich ›es liefe *immer* aufs Erotische hinaus.‹ Ob der alte Vicar darin Recht hat, stehe dahin. Von solchen Eheschließungen gilt dasselbe wie von der Kunst: auf das Detail kommt es an. Da man dies nie genau kennt, jedenfalls aber *vorher* nicht kennt, so verbietet sich ein bestimmtes Urtheil. – Meine Sommerpläne sind auch jetzt noch in der Schwebe, ich habe zwar in ›Seebad Rüdersdorf‹ bis Weihnachten gemiethet, aber vielleicht halte ich nicht 8 Tage aus. Das Lokal ist entzückend, die Wirthin eine angenehme Frau (wird auch von andrer Seite her bestätigt) und die Verpflegungsfrage kann nicht maßgebend werden für jemand, der in Krummhübel die hohe Schule durchgemacht hat, – aber was kann einen nicht alles vertreiben! Köter, Hähne, Mäuse, Menschen. Findet solche Vertreibung statt, so gehe ich noch 14 Tage nach Rügen und dann – hoffentlich von Dir begleitet – im September zu Frau Schreiber in Krummhübel. In Rüdersdorf will ich einige lange märkische Kapitel schreiben, in Krummhübel die neue, in Schleswig u. Kopenhagen spielende Novelle. – George ist recht elend und macht mir wirklich Sorge. Wenn er morgen nach München führe und das bairische Gebirge 4 Wochen lang durchwanderte, wäre er wieder in Ordnung, aber *aus sich heraus kann* er es nicht (so viel Kraft und Willen bringt er gar nicht mehr auf) und ein superiorer und Macht über ihn habender Faktor ist nicht da. Für solche Fälle war der alte Pancritius vorzüglich, aber wir haben ihn nicht mehr und ein junger Durchschnittsdoktor kann solchen alten Isegrimm nicht ersetzen. *Ich* kann solchen Einfluß üben, wenn man sich auf *meine* Behandelweise solcher Dinge, die von Diktatorsicherheit absieht, versteht, aber das sind wenige, die Lust haben auch nur zuzuhören. Und so müssen denn die Dinge gehn, wie sie gehen wollen. – Grüße und küsse das Münstersche junge Paar, empfiehl mich Soldmanns, wenn sie demnächst wieder eintreffen. Wann wird denn Theo ›Rath‹? Dies muß er mich doch noch erleben lassen. Er ist dann der erste dieses Namens. Wie immer Dein alter

Papa.

515. An Emilie Fontane

Donnerstag. d. 7. Juli 87. Seebad Rüdersdorf.

Mein Debut war hart. O diese Gerüche. Auf demselben Flur wurde grade gekocht und der ganze Fettgeruch in meine Stube, – ein Glück daß ich Soda mithabe. Alles unendlich primitiv und ›wenig für's Geld‹ dennoch, so sonderbar mir das alles vorkommt, zieh ich es Thale oder ähnlichen Plätzen vor, weil es für meine Gesundheit besser ist. Ich werde viel spazieren gehn, arbeiten und *draußen* gute Luft athmen können und darauf kommt es mir an. Freilich eine Villa in Heringsdorf wäre mir lieber, aber wenn man das nicht haben kann, ist das ganz Primitive immer noch besser als die Forschheit, zu der man die ›Forsche nicht hat‹. Grüße die Kinder, Friedel, George, Martha-Lichterfelde. Dir und ihnen alles Gute wünschend Dein Alter.

Stimme in Deinen Briefen nie ein Klagewort an; es könnte zufällig gelesen werden und man büßt dann auch noch die freundlichen Gesichter ein, die mir ja auch so wichtig sind.

516. An Emilie Fontane

Seebad Rüdersdorf 7. Juli 87.

Den ganzen Nachmittag über habe ich Mete begleitet, die während dieser Stunden so ziemlich den Gegensatz von Seebad Rüdersdorf kennen gelernt haben wird: den Kölner Dom. Das einzig Gemeinsame ist ein süßlicher penetranter Geruch, aber da bin ich doch für katholischen Weihrauch. Zu meinen kleinen Schicksalen gehört auch: regelmäßige Flucht vor Berliner Luft und welcher Eintausch! In Wernigerode, in Nordernei, in Schmiedeberg, in Krummhübel und nun hier, – überall dasselbe.

Den Nachmittag habe ich in Rüdersdorf verbracht, wo ich mein Telegramm und meinen Brief abgab. Die Fahrt hin machte ich zu Schiff, zurück ging ich, nachdem ich mir Kirche, Kriegerdenkmal (hübsch auf dem Berge gelegen) und den Bergwerksbetrieb angesehn hatte. Der Ort wirkt so wie Plaue, Wilsnack etc. Alle diese Jammernester haben irgendwo einen Charme, eine relative Bedeutung: in Plaue das Schloß sammt seinen historischen Erinnerungen, in Wilsnack die Wunderblutkirche mit ihrer immerhin interessanten Geschichte, in Rüdersdorf das Bergwerkswesen und die Wichtigkeit desselben für Berlin. Trotzdem – Du siehst, daß ich gelten lasse, was nur irgend Geltung beanspruchen kann – empfinde ich diesen märkischen Nestern gegenüber immer wieder den niedrigen Stand unsrer Provinz und seiner Bevölkrung. Berlin ist ein Ding für sich und auch in vielen kleinen Städten mögen sich gelegentlich Erfreulichkeiten finden, im Ganzen steht alles nach wie vor auf einer traurigen Tiefstufe, so daß die schlesischen

Gebirgsdörfer wahre Paradiese daneben sind. Die Leute dort (in Schlesien) haben einen natürlichen Schönheitssinn, auch die ärmsten sind beflissen alles niedlich, anheimelnd erscheinen zu lassen, dieser Sinn fehlt unsrer Provinz, alles ist arm, häßlich, trist und mit der Wohlhabenheit fängt nicht der feine Sinn sondern die Protzigkeit an. Es ist ein zuverlässiger, verständiger, intelligenter Menschenschlag, aber ohne jede Spur von dem was gefällig wirkt.

Die Häuser hier sind mit Menschen besetzt, viele Kinder, doch scheint alles ausreichend artig und manirlich zu sein. Ich glaube nicht, daß große Störungen zu befürchten stehn. Auch Mücken, krähende Hähne etc. fehlen. Fehlen auch Wanzen u. Mäuse, so will ich zufrieden sein. Ich will nur arbeiten und mich in Wald- und Seeluft ergehn und das werde ich ja wohl erreichen. Es giebt nur ein Mittel sich wohl zu fühlen: man muß lernen mit dem Gegebenen zufrieden zu sein und nicht immer *das* verlangen, was gerade fehlt. Meine Hauptwünsche habe ich auf einen Zettel geschrieben. Kommt noch nicht; ich muß mich erst mehr einleben. Wie immer Dein

Alter.

517. An Mathilde von Rohr

›Seebad Rüdersdorf‹ 8. Juli 1887.

Mein gnädigstes Fräulein.

Mit Schrecken denke ich hier in meiner Einsamkeit an die Möglichkeit, daß meine Frau – sonst so sicher in ihrem Gedächtniß – den Geburtstag vergessen haben könnte und damit wenigstens einer aus der Familie erscheint, um seine Glückwünsche darzubringen, so schreibe ich von dieser abgelegenen Stelle aus und wünsche Ihnen alles Liebe und Gute, vor allem Gesundheit, die, wenn die Jugend hinter einem liegt, so ziemlich das Beste bedeutet.

Das Theater schloß diesmal mit dem 1. Juli, weshalb ich länger als in frühren Jahren in Berlin bleiben mußte; seit gestern bin ich hier, an einem für märkische Verhältnisse reizend gelegenen Ort, der sich ›Seebad‹ nennt, weil man in einem See hier baden kann. Ebenso gut ließe sich sagen ›Seebad Dobbertin‹. Es ist sehr hübsch hier und da ich das Talent habe, mich über das was fehlt, nicht zu grämen, so hoffe ich einige Wochen in Zufriedenheit und Ruhe hier zubringen zu können. Natürlich werde ich auch wieder arbeiten, was mich aber nicht bedrückt, sondern beglückt; ich habe vor über Quitzöwel, Rühstädt, Kleetzke, mit andern Worten über die Quitzows zu schreiben und möchte bei der Gelegenheit Ihre freundliche und mir immer Glück bringende Hand und Hülfe mal wieder in Anspruch nehmen. Zu den alten Quitzowgütern gehört nämlich auch *Stavenow*. Darf ich Ihre Güte nun wohl dahin in Anspruch nehmen, daß Sie an die junge Gräfin – hoffentlich noch immer die schöne und freundlich gesinnte Amélie – bez. an deren Gemahl die Frage richten, ob sich in den Gutsakten oder im Kirchenbuch oder in der Kirche selbst oder endlich in der Dorftradition vielleicht noch etwas Quitzowsches vorfindet? Es ist nicht nöthig, daß sich's auf die alten historisch-berühmten Quitzows (1400 bis 1414) bezieht, auch Mittheilungen aus spätren Jahrhunderten würden mir sehr willkommen sein, wobei mir historisch Anekdotisches oder poetisch Sagenhaftes immer das Liebste bleibt. Trockne Sachen, wie Verschreibungen, Besitzveränderungen oder Erweiterungen haben wenig Werth für mich, aber es würde um ein Beispiel zu geben, schon einen Werth für mich haben, wenn es hieße, *der* focht unter Gustav Adolf und *der* fiel als Oberst bei Roßbach etc. etc. Begehen Sie den 9. in Frohsinn, unterhaltlicher Gesellschaft und schöner Erinnerung.

Wie immer Ihr dankbar ergebenster

Th. Fontane.

518. An Emilie Fontane

Seebad Rüdersdorf. 9. Juli 87.

Eine Bärenhitze! Die armen Reisenden, die heute fort müssen, können einem leid thun und nun erst die Schaffner. Hoffentlich wird ihre Verzweiflung durch Trinkgelder balancirt. – Es gefällt mir nun ganz gut hier und ich kann nur wünschen, daß es so bleibt; alle haben etwas Freundliches und das ist schon sehr viel; dabei wird *sehr* gut gekocht, heute vorzüglich. Eine Satte saure Milch (freilich nichts Gekochtes) mit Brot und Zucker, Blumenkohl und Kalbskotelett, und Schweinebraten mit neuen Kartoffeln und Preißelbeeren. Alles für 1 Mark; erstaunlich. Dazu habe ich heut 1/2 Flasche Apfelwein getrunken. Der erste Tag war der schlechteste, dazu die Gerüche und die Frage: wirst Du schlafen können? Es hat sich alles über Erwarten gut erledigt. Mein Befinden ist gut, nur der Kopf sehr benommen, so daß ich froh bin, relativ leichte Arbeit zu haben. Ich denke jeden Tag ein Kapitel im Rohbau fertig zu kriegen, rechne ich dann noch 14 Tage für die Korrektur, so denke ich bis etwa 7. August fertig zu sein. Weitre Pläne mag ich noch nicht machen; alles ist so sehr in der Schwebe, zunächst muß das mit der Vossin in Ordnung kommen; liegen Verstimmungen gegen mich vor, so habe ich nicht Lust für den September um Urlaub zu bitten; ich würde dann in Berlin bleiben und nur wochenweis hier nach dem ›Seebad‹ übersiedeln. Aber kein Kopfzerbrechen *darüber*!

Auch die Kinder thun mir leid, George wie Martha. Bonn ist ohnehin so heiß wie Afrika und ein vollgestopftes Plüschcoupé 1. Klasse muß zum Weinen sein. Und dann morgen auf dem Dampfschiff. Die Brise, die auf dem Strom geht, ist ganz schön, aber das beständige Sonnenflimmern. Die einzige Rettung ist Rüdesheimer oder Aßmannshäuser, aber nicht von Theos Sorte. Was *Dich* angeht, so trinke lieber Wein als Bier, wenn's aber Bier sein soll, so laß durch Ida einen Krug ächtes holen. Friedel wird ja wohl wissen wo.

Gelesen habe ich noch keine Zeile, auch keine Zeitung, habe auch kein Verlangen danach. Ich sitze viel am Waldrand und kucke auf die Felder, Gehöfte, Baumgruppen. Aber meine Freude daran ist doch viel geringer als sonst. Früher beobachtete ich das alles künstlerisch liebevoll und verwandte es im Geist für diese oder jene Arbeit. Aber die Gleichgültigkeit des Publikums dagegen, das Einsehn, daß es einem nichts hilft und daß man in der Müller-Schultzeschaft stecken bleibt (wenigstens nach Meinung der Leute) hat mir die Lust an allem verdorben, ich fechte, wie eine gute alte Truppe, nur noch Anstands- und Ehrenhalber, wenn auch die Ehrenausbeute mehr als zweifelhaft ist. Grüße Friedel. Wie immer Dein alter

Theo.

Der Erste, der heraus kommt, könnte mich durch eine kleine Fliegenklappe erfreun; die Fliegen sind unbequem.

519. An Emilie Fontane

Seebad Rüdersdorf. 10. Juli 87.

Eben komme ich von einem reizenden Spaziergange nach der Woltersdorfer-Schleuse zurück, wo ich in dem ›Gasthaus zum Kranichsberg‹ einen Gilka und eine Flasche Sodawasser genoß, beides zusammen kostete 20 Pfennige, der Gilka 5, das Sodawasser 15, dergleichen thut mir wohl, ich bin nun mal für's Kleine, da ich das Große nicht haben kann. Vielleicht wäre ich aber auch *unter allen Umständen* für's Kleine. Es giebt solche Naturen, die letzten 3 Hohenzollern gehören dahin: Fr. W. III. (*der* gewiß), aber auch Fr. W. IV. und unser alter Kaiser. Alle drei waren Leute, die Lichtstümpfchen – ein Hauptkennzeichen – aufhoben. Im Letzten hängt es mit etwas Schönem und Weisem zusammen, mit der Erkenntniß, daß alle äußerlichen Dinge nur Tand oder wenn nicht Tand so gleichwerthig sind.

Auf der Woltersdorfer Schleuse war ein großes Leben, überall (wie auch hier) Vorstadts-Ehepaare mit merkwürdig forschen und hübschen Weibern, manche *sehr* hübsch, und alle von einer kolossalen Sicherheit und Befriedigtheit. Sie wirken ganz glücklich und haben wohl auch Grund dazu: sie sind gesund, die meisten in andern Umständen, hübsche Kinder um sich her und verfügen über einen Mann, der gehorcht und für alles sorgt und nicht blos zärtlich sondern von seinem Ehegespons auch noch sehr eingenommen ist. Unendlich harmlose, zugleich aber von sich, ihrem Werth und Können stark überzogene Menschen. Woltersdorf hat eine sehr complicirte Lage, Dorf, Schleuse, Kietz, sind weit von einander getrennt und bilden so zu sagen 3 Ortschaften; der Kietz, weil auf einer Landzunge zwischen zwei Seeen gelegen, heißt *Interlaken*, so daß ich also Deinem Wunsche prompt nachkam und mich auf der Stelle nach ›Interlaken‹ begab.

Aber weshalb ich eigentlich heute noch schreibe? Ich habe gestern die 4 Bogen (64 Seiten) gelesen, die den Anfang von Lindau's ›Arme Mädchen‹ enthalten. Eine ganze Weile war ich nicht sonderlich befriedigt, von dem Augenblick an aber wo der Charakter der Regine v. Sellnitz in den Vordergrund tritt und nun der Gang in die Oper und die Logenscene zwischen ihr und dem jungen Roué (auch eine famose Figur) geschildert wird, interessirte mich die Geschichte nicht blos, sondern imponirte mir auch. Ich hätte nicht gedacht, daß

Lindau etwas so Hervorragendes schreiben könne; die Scene selbst ist tiefwahr, der Dialog wundervoll, die Wirkung bedeutend. Leute wie unser guter Ottowald werden vielleicht sagen ›daß sie so was Ordinäres und nach Bums Schmeckendes nicht lesen können‹, aber der Kleine könnte lachen, wenn er *so* etwas schreiben könnte. Dazu gehört eine andre Puste, als er besitzt. Die Aehnlichkeit mit ›Irrungen, Wirrungen‹, auch mit L'Adultera, Cécile und Stine ist mitunter außerordentlich groß, aber der Geist, aus dem heraus wir schreiben, ist ganz verschieden. Er beherrscht diese Welt ganz anders wie ich und ich stehe was wissen, Eingeweihtsein, Anschauungen etc. angeht wie ein Waisenknabe neben ihm, aber in diesem blos halben Wissen und in dem Gezwungensein dichterisch nachzuhelfen, stecken auch wieder meine Vorzüge. Hierbei fällt mir die kleine Kritik über Hopfens neuste Novelle ein, die Du heute Deiner Sendung beischlossest. Es ist ganz gut geschrieben und in Kurzem alles Nöthige zutreffend und charakteristisch gesagt. Und *doch* kann ich diese Sorte von Kritikerei nicht gutheißen. Hopfens Arbeit ist hervorragend, eigenartig, keine Dutzendarbeit. *Das* muß in erster Reihe gesagt werden. Wer aber diese Kritik liest, wird ihr nicht entnehmen können, daß es sich verlohnt, ein Buch wie dies Hopfensche zu lesen. – Ueberall hier seh' ich reizende junge Leute, die diesem oder jenem Club angehören: Bicyklefahrer, Seglerclub, Bootfahrerclub, Kegelclub. Friedel muß durchaus Anschluß bei etwas Derartigem suchen, dann hat er das, was ihm fehlt. Sind es nette Leute und gute, anständige Menschen, so bezahle ich mit Vergnügen was die Sache kostet, natürlich so lange ich kann. Morgen will ich nur noch einen Zettel zulegen. Wie immer Dein

Alter.

520. An Friedrich Stephany

Seebad Rüdersdorf, 13. Juli 1887.

Hochgeehrter Herr und Freund.

Seien Sie wieder vollkommen daheim! Hoffentlich haben Sie Kraft gewonnen für die nun wieder beginnende lange, lange Kampagne. Eigentlich ist es schon die Winterkampagne, ein Wort, das einem bei diesen Temperaturverhältnissen aber doch schwer aus der Feder will. – Es tut mir leid, daß sich das

Spiel mit der Novelle so lange verzögert hat, es könnte nun schon halb zu Ende sein; ich kann mir aber keinen Vorwurf machen, alles blieb so mitternächtig ruhig, daß ich Gespenster sah und mich mit meinem M. S. unterm Arm nicht recht heraustraute. Mit nach captatio benevolentiae schmeckenden Bemerkungen über die Novelle behellige ich Sie nicht; Schicksal nimm deinen Lauf; die Würfel fallen und ich muß abwarten 12 oder 0. An Fleiß habe ich es nicht fehlen lassen, ich habe weit über ein Jahr daran gearbeitet und wie! Vielleicht würd' es sich – wenn es nicht schon zu spät ist – empfehlen, einfach die Überschrift zu machen:

Irrungen, Wirrungen.
Von Theodor Fontane.

»Roman« sagt gar nichts und »Berliner Roman« ist schrecklich und schon halb in Mißkredit. »Eine Berliner Alltagsgeschichte« ist, glaub' ich, nicht übel, aber man könnte es nur dem 1. Kapitel vordrucken und dann in der Folge gar keine weitere Bezeichnung. Wiederholt man diese Bezeichnung nämlich, so wirkt sie höchst prätensiös.

In vorzüglicher Ergebenheit

Th. Fontane.

521. An Emil Dominik

Seebad Rüdersdorf, 14. Juli 1887

Hochgeehrter Herr.

Ihren liebenswürdigen Brief vom 4., den ich noch in Berlin empfing – erst seit dem 7. bin ich hier –, hätte ich viel früher beantwortet, wenn ich nicht gewünscht hätte, vorher über die Schicksale meiner für die Vossin bestimmten Novellen aufgeklärt zu sein. Stephany kam und kam nicht (er war diesmal 8 Wochen fort statt der herkömmlichen 6), und da sich, in seiner Abwesenheit, weder Lessing noch der stellvertretende Redakteur Dr. Liepmann bei mir meldeten, so kam mir der Soupçon: »Gott, die fangen wohl an, mau zu werden.« Hätte sich dieser Soupçon nun bestätigt, so hätte ich mir erlaubt, Ihnen die Novelle anzubieten, wiewohl ich weiß, daß man Arbeiten (auch ungelesene), die von andern eben zurückgewiesen wurden, nicht gleich wieder ins Feuer schicken soll. Es ist wie mit einer geschlagenen Truppe, der Führer hat die Courage verloren, und der Truppe selbst sitzt »der Dod um der Nase«. Nun, um's kurz zu machen, meine Befürchtungen waren ungegründet, Stephany bei seiner Rückkehr (meine Frau suchte ihn auf; ich war schon fort) sehr liebenswürdig, und so wird denn wohl der Abdruck am Sonntag oder Dienstag früh beginnen. In einem Betracht bin ich froh darüber, weil das beßre Publikum der Vossin so recht in der Lage ist, den berlinschen »flavour« der Sache – worauf ich mich schließlich doch wohl am besten verstehe – herauszuschmecken, auch hat das rasche Aufeinanderfolgen der Kapitel große Vorteile; andrerseits sag ich mir: »Gott, wer liest Novellen bei die Hitze, wer hat jetzt Lust und Fähigkeit, auf die hundert und, ich kann dreist sagen, auf die tausend Finessen zu achten, die ich dieser von mir besonders geliebten Arbeit mit auf den Lebensweg gegeben habe.« Den Geldpunkt lasse ich dabei noch unerwähnt; ich kriege nun, weil es schon ein über 4 Jahr altes Abkommen ist, 400 Mark pro Nord-und-Süd-Bogen, während mir Kröner für meine neueste, im vorigen Jahr in Krummhübel geschriebene Arbeit 600 Mark zahlt. Es ist mir dies aber gleichgültig, was ich mit Nachdruck hervorhebe, damit Sie nicht unter ironischem Lächeln sagen: »Donnerwetter, der ist teuer geworden.« Unter 400 möchte ich nicht mehr sinken, aber was darüber ist, ist mir angenehm, ohne Gegenstand der Begehrlichkeit zu sein. Wenn Sie die Arbeit lesen, Sie machen ja dergleichen möglich, und wenn's auch Geschäfte hagelt, bin ich neugierig, Ihre Meinung darüber zu hören, und ob Sie's als Fluch oder Segen ansehn, an der Geschichte vorbeigeschrammt zu sein. Nie hätte ich geglaubt, daß Ihnen die Bilderfrage je Sorge machen könnte; hoffentlich hat die Reise nach München alles erledigt. – Quitzöwel rückt trotz der kannibalischen Hitze tapfer vorwärts. – Von Novellistischem geb ich Ihnen ein paar Kleinigkeiten zur Auswahl, weil ich, solange die märk. Kapitel laufen, nicht gern mit einer größeren Arbeit daneben auftauchen möchte. Es sieht so gnietschig aus. In vorzüglicher Ergebenheit

Th. Fontane

522. An Emilie Fontane

Seebad Rüdersdorf. 16. Juli 87.

Nur ein paar Zeilen! Ich freue mich von Herzen, daß Mete so viel Freude von ihrer Reise gehabt hat und bin neugierig auch davon zu hören. Vielleicht kommt ihr Montags; bedeckter Himmel oder ein bischen Regen sind mehr ein Vortheil als ein Nachtheil; nur bei ausgesprochnem Pladderwetter ist es hier doch noch schlimmer als bei Glühsonne.

Gleichzeitig mit Deiner Karte kamen Brief und Karte von Stephany und in einem andern Couvert eine in den ›Grenzboten‹ erschiene[ne] Cécile-Kritik. Letztre ganz ausgezeichnet. Ich habe sie erst halb gelesen, deshalb schließe ich sie diesen Zeilen nicht bei. Wenn man damit die Rüpeleien und Ueberheblichkeiten in der ›Post‹ vergleicht! Tadle man mich doch, aber zum Hämisch- und Gehässigsein gebe ich Niemandem Veranlassung, weder durch meine Person noch durch meine Produktion.

Heute war hier viel Regen, auch ein schwaches Gewitter, aber die Hitze ist geblieben. Die Kinder leiden schrecklich von den Mücken. – Von den Quitzow-Kapiteln, so weit sie die sogenannte ›Quitzowzeit‹ betreffen – denn es gab eben auch später noch Quitzows, wie Du ja aus eigner Erinnerung weißt – ist nur noch eins zu schreiben, das morgen an die Reihe kommt. Aber freilich alles ist erst im Rohbau fertig und nothdürftig unter Dach gebracht. Gruß und Kuß euch allen. Ich muß noch wieder nach der Woltersdorfer Schleuse, um diesen Brief in den Kasten zu stecken. Wie immer Dein

Alter.

Ueber die ›Russen‹ sprechen wir mündlich; vielleicht ist ein Krieg näher, als wir glauben, das würde alles erklären; sonst bin ich gegen solche Ueberhastungen. Die Banquiers wissen auch nichts; sie wissen von Politik so viel, wie die Schauspieler von den Stücken.

523. An Friedrich Stephany

Seebad Rüdersdorf, 16. Juli 1887

Hochgeehrter Herr und Freund.

Seien Sie schönstens bedankt für Ihren Brief und die *erste*

Kritik über »Irrungen, Wirrungen«; ich kann nur sagen, ich wünsche von Herzen, daß die Kritiken, die folgen werden, nicht unfreundlicher ausfallen mögen. Vor dem Publikum – vielleicht weil ich es nach *der* Seite hin zu wenig kenne – graule ich mich nicht sonderlich, des Hauses Lessing aber »und aller, die ihm anverwandt und zugetan sind«, wünschte ich wohl sicher zu sein. Ja, Sie haben es vorzüglich getroffen: »Die Sitte gilt und muß gelten«, aber daß sie's muß, ist mitunter hart. Und weil es so ist, wie es ist, ist es am besten, man bleibt davon und rührt nicht dran. Wer dies Stück Erb- und Lebensweisheit mißachtet – von Moral spreche ich nicht gern; Max Ring spricht immer von Ehre –, der hat einen Knacks fürs Leben weg. Ja, das wär es ungefähr.

Wenn ich Tugendphilister dergleichen schreiben konnte, so ist das die ewig alte Geschichte: Rotköppe mit Sommersprossen und einer riesigen Sirupsstulle im Mund verschlingen Heldengeschichten, und Leute, die keine Fliege an der Wand töten können, sind literarisch von einer Beilfertigkeit, um die sie Krauts beneiden könnte. So bin ich zum Schilderer der Demimondeschaft geworden, ich hab es durch Intuition, um nicht blasphemisch zu sagen »von oben«. Schließlich ist es aber nicht so wunderbar damit, erstlich hat man doch auch in grauer Vergangenheit in dieser Welt rumgeschnüffelt, und zweitens und hauptsächlichst, alles, was wir wissen, wissen wir überhaupt mehr historisch als aus persönlichem Erlebnis. Der »Bericht« ist beinah alles, alles ist Akten- oder Buch- oder Zeitungswissen, auch in den intimsten Fragen. Ich bilde mir ein, über den Alten Fritzen einen Essay aus dem Stegreif schreiben zu können, und manche [!] sollen wirken, als ob ich bei Kunersdorf oder Torgau oder auf der Terrasse von Sanssouci mit dabeigewesen wäre; ich war aber glücklicherweise nicht mit dabei, sonst wäre ich längst tot, und der Mensch ist nun doch mal dumm genug, leben zu wollen. – Wann der Abdruck beginnt, ist mir gleich, und bedaure ich nur, durch unangebrachte Zurückhaltung eine Konfusion angestiftet zu haben. Den Korrekturfahnen sehe ich entgegen.

Wem verdanke ich die famose Kritik in den Grenzboten? Ist Ihnen der Verfasser erreichbar, so bitte ich dringend, ihm in meinem Namen zu danken. Gott, sich so liebevoll, eingängig und nicht bloß wohlwollend, sondern auch fein im Ausdruck behandelt zu sehn, ist eine wahre Herzstärkung.

Wer die Sachen *so* anfaßt, *den* Ton hat, der könnte einem selbst den schärfsten Tadel versüßen.

In vorzüglicher Ergebenheit

Th. Fontane

524. An Emilie Fontane

Seebad Rüdersdorf. 18. Juli 87.

Ich danke Dir, daß Du mir Meten auf 2 Tage geschickt hast; sie war lieb und unterhaltend wie immer, Scheherezade, vielleicht findet sich auch noch ein Geheimrath Veit für sie; Petöfy nenne ich nicht, er endigt mir zu tragisch, sonst wäre mir ein Schloß am Arpa-See noch lieber für sie, als eine Villa am Rhein. Ich würde sagen, man könnte sie da auch mal besuchen, wenn ich nicht das Gefühl des Kinderabfalls nach erfolgter Verheirathung, und mitunter auch schon vorher, in einem immer wachsenden Maße hätte. *Deinem* Besuche sehe ich nicht eher entgegen, als bis in Münster die Würfel gefallen sind; sonst bist Du doch in Unruhe hier. Wenn Du kommst, bitte ich Dich folgendes mitzubringen:

Handtmanns märkische Sagen (liegt, glaub ich, auf dem Fensterbrett)

Haases Sagen der Grafschaft Ruppin (stehen in meinem Bücherschrank da, wo alle großen und kleinen märk. Bücher in einer Reihe stehn, in der Hälfte nach rechts hin neben andern märk. Sagenbüchern)

Mein *Manuskript* oder doch die vorläuf. Notizen zu meinem Plaue-Aufsatz (liegt auf dem zugeklappten Spieltisch neben dem Bücherschrank.)

Laß mich wissen wie's George geht und seiner kleinen Frau und wie sich Haus Robert geirrt. Vor allem wünsche ich auch von Friedel zu hören, hoffentlich was Gutes. Findest Du Hübsches in der Zeitung, so schneide es mir aus, ich komme hier doch nicht zum Lesen. In den nächsten Tagen will ich auch mal an Friedländer schreiben; ich bin doch neugierig, was aus seiner Affaire geworden ist. Laß Dir doch von Meten auch die Geschichte erzählen vom ›alten braven Herrn‹. Aus der Bravheit komme ich nicht heraus, schon W. Hertz nannte mich den braven Casperle. Die Stunden bis Sonnenuntergang brachte ich, nach Metes Abfahrt, an einem Waldrande zu, angesichts zweier großer Roggenfelder, auf denen gemäht und gebunden wurde; es war entzückend, aber alles entzückt mich nur noch halb. Was George in Homburg für Mete bezahlt hat, werden wir wohl ausgleichen müssen; ich bin nicht für ruhige Hinnahme solcher Gut- und Edelthaten. Ich weiß nun nichts mehr; durch mein offenstehendes Fenster strömt der hier, und auch wo anders, ständige Mischgeruch von Jauche und Levkojen ein, erstrer prävalirend, und giebt ein Bild aller Dinge. Das Leben ist nicht blos ein Levkojengarten. Grüße die Kinder.

Wie immer Dein

Alter.

525. *An Emilie Fontane*

Seebad Rüdersdorf. 24. Juli 87.

Besten Dank für den langen Brief. Ich sehe euch also vielleicht morgen. Was will denn Müller in Jerusalem? Du schreibst es so ruhig, als ob er ein Kreuzzugs-König wäre. Von Barbarossa hat er aber wohl nur den Kyffhäuser vor der Nase. Wohl der erste Nordhäuser der zum heiligen Grabe pilgert. Das ›braune Roß‹! Natürlich hab ich mal einen Roman (›Allerlei Glück‹ 3 bändig, der nun ad acta gelegt ist) mit dem ›braunen Roß‹ Krausenstraße, angefangen; ein Kleinstädter liegt im Fenster, aber ein junger, und geht dann zu Kroll. – Apropos Müller. Müller-Sternheim, das klingt ja, als ob ihr mit der alten verdrehten Schraube [darüber: Müller-Grote] gekneipt hättet. Mir lieb, daß ich nicht dabei war. – Wenn Du kommst, so bringe doch auch meine neue, erst in der Kapitel-Eintheilung fertige Novelle mit, die den Titel führt: ›*Unwiederbringlich*‹. Ich glaube, sie liegt auf dem Schreibtisch am Fenster in einem Convolut das obige Ueberschrift trägt. Sonst wohl auf dem andern Spieltisch. Packe es aber sehr gut ein, zusammengeknifft, am besten in eine kleine Handtasche, geht es verloren, so bin ich außer Stande, diese Anfänge noch mal heraus zu doktern. Ich werde mit meinem Plaue-Aufsatz muthmaßlich vier, fünf Tage eher fertig als ich annahm und will diese Tage dazu benutzen, mich hier auf Spaziergängen noch wieder ganz in den Stoff hinein zu leben und Vorarbeiten zu machen. Ich kann es dann in Krummhübel schneller und besser schreiben. Gruß und Kuß von Deinem

Alten.

526. An Friedrich Stephany

Seebad Rüdersdorf, d. 1. August 1887.

Hochgeehrter Herr und Freund.

Ich schulde Ihnen noch meinen Dank für Ihren liebenswürdigen Brief und für die »Wandlung der Dinge«. Die Fahnen erscheinen jetzt, als ob sie zum Kaiser ins Palais sollten.

Die letzten Tage waren schrecklich, auch hier. Und doch segnete ich den Umstand, wenigstens nicht in Berlin zu sein: 30 ° C. und dann Kanal, das ist mehr, als ich aushalten kann. Ich habe hier viel Interessantes erlebt. Schade, daß ich zu alt bin, großen Nutzen daraus zu ziehen. Außerdem denke ich gar nicht daran, die Berliner Novellenschreiberei – von der die Leute in ihrer Dämlichkeit glauben, ich wäre nun ein für allemal darauf eingeschworen – noch fortzusetzen. *Eine* erscheint freilich noch, weil sie bereits fertig im Kasten liegt. Aber das Nächste, was ich schreibe spielt Anno 1400 und endet mit der Enthauptung von neunundneunzig Seeräubern. Auch nicht übel.

Ihr

Th. Fontane.

527. An Wilhelm Hertz

Berlin 8. Aug. 87.
Potsd. Str. 134. c.

Sehr geehrter Herr Hertz.

Ihre Güte wird mir freundlichst verzeihn, wenn ich, todtmüde von Arbeit (ich muß bis zum 12. für Dominik's neues Blatt ein paar Quizow-Artikel fertig schaffen) mich darauf beschränke, für Brief, Erlaubniß und Geld – 500 Mark für 2. Aufl. Grete Minde – herzlich zu danken. Die Quittung in einer Parenthese ist etwas ungewöhnlich, aber Sie werden lächeln und verzeihn. Das schwüle Wetter ist schauderös und so sehr ich was Wohnung, Bett und Tisch angeht für in Berlinbleiben bin, so sehne ich doch den Tag herbei, der mich wieder ins schlesische Gebirge führen soll.

In vorzügl. Ergebenheit

Th. Fontane.

528. An Wilhelm Hertz

Berlin 9. Aug. 87.
Potsd. Str. 134. c.

Sehr geehrter Herr Hertz.

Verlegenen Gesichtes trete ich heute an, mit der Bitte, die gute »Grete Minde« nun doch *ohne* Vorwort erscheinen zu lassen. Alle Bemühungen sind gescheitert und sie durch weitre Wochen hin fortzusetzen, so viel ist die Geschichte nicht werth. Parisius, krank und elend, diktirte vom Bett aus seiner Frau zwei Briefe in die Feder, einen an mich, einen zweiten an Eugen Richter, der mir, zu leichterer Ausfindigmachung des berühmten kleinen Grete Minde-Artikels in der Vossischen, ein Parisiusssches Buch schicken sollte. Das Buch kam auch, aber, nach endlosem Suchen, hatte Eugen Richter statt des 2. Theils drin die richtige *Jahreszahl* (weiter auch nichts) steht, den 1. Theil geschickt, drin gar nichts steht. Und so muß ich es denn aufgeben. Es aus eigner Kraft zu schreiben, was ich in besten Stunden auch könnte, dazu bin ich ganz außer Stande, weil ich mich seit 4 Wochen an einem mühevollen Quitzow-Essay ganz nervenkrank gearbeitet habe. Verzeihen Sie, mit gewohnter Nachsicht, die Umstände und Störungen, die ich verursacht habe. In vorzügl. Ergebenheit

Th. Fontane.

529. An Emilie Zöllner

Krummhübel 21. 8. 87. Villa Meergans.

Hochverehrte, theuerste Freundin.

Daß ich gerade diesmal zum Geburtstage fehlen mußte, war mir sehr leid, aber gerade am Schreibetag (19.) dampfte ich, nach glücklich überstandener Sonnenfinsterniß, hierher. So denn nun zwei Tage verspätet, meine herzlichsten, aufrichtigsten Glückwünsche. Worin sie bestehn? Möge das Bild der Heimgegangenen in immer freundlicherer Verklärung vor Sie hintreten, so freundlich, daß die Trauer hinschwindet und ein Gefühl von Resignation und Hoffnung bleibt, das mehr erhebt als bedrückt.

Aus des theuren Gatten heute hier eingetroffenem Briefe, drin der alte Humor doch wenigstens leise blinzelt, ersehe ich zu großer Freude, daß Villa Will Ihnen zu Wunsch und Willen ist (allitterirender Kalauer) und beklage nur, daß sich bis dato keine Bekannten gefunden haben. Zwar entspricht es zunächst Ihren beiderseitigen Wünschen und den Ihrigen nun ganz gewiß, aber ein bischen Menschheit ist doch gut, man spinnt sich sonst zu sehr in unliebsame Betrachtungen ein. *Hier* schwanken all die lieben alten Gestalten wieder umher, so zahlreich, daß ich es als ein Glück empfinde, von den Gebrüdern Kette – Präsident und Justizrath und beide alte Tunnelgenossen – nur noch einen und zwar die unpräsidentliche Nummer hier vorgefunden zu haben. Was ein doppeltes Glück ist, denn mit Personen, die als Auscultator (deren es damals noch gab) Thee bei einem getrunken haben und nun plötzlich in Präsidentenwürde vor einem stehn, ist der bekannte modus vivendi nicht immer leicht zu finden. Dem vornehmen Verkehr, nach Schmiedeberg und Erdmannsdorf hin, hoffe ich mich diesmal entziehn zu können; es kostet so sehr viel Geld und der Gewinn ist doch fraglich. In frühren Jahren – ich darf dies versichern – unterzog ich mich den Unbequemlichkeiten, Verlegenheiten und Kosten mit einer Art Freudigkeit, weil ich glaubte, diese neuen Bilder im Kuckkasten meinem Schriftstellermetier schuldig zu sein, aber für die drei, vier Novellen die ich noch zu schreiben habe, reicht mein Fond von Anschauungen und Erfahrungen aus. – Bitte, danken Sie meinem theuren Chevalier bestens für seinen liebenswürdigen Brief; das E. v. Hartmannsche Buch werde ich mir durch Friedel schicken lassen, denn man liest dergleichen nirgends besser als in den Abendstunden (und die langen Abende fangen schon an) einer Sommerfrische. Zudem ist mir E. v. Hartmann ein überaus sympathischer Schriftsteller, mit dem ich mich bisher – ich kenne freilich nur Aufsätze von ihm – immer in Uebereinstimmung wußte. Ergeh es Ihnen gut und thue Kissingen, als Ort und Brunnen, sein Bestes an Ihnen. Wie immer Ihr treu ergebenster

Th. F.

Mete grüßt und hat vor, ihrer lieben Tante Zöllner mit Nächstem zu schreiben.

530. An Theodor Fontane (Sohn)

Krummhübel, 8. September 1887

Mein lieber, alter Theo.

Sei schönstens bedankt für Deinen lieben Brief, dem ich in vielen Stücken zustimmen kann, freilich nicht in allen. In der Parallele, die Du zwischen »Irrungen, Wirrungen« und »Cécile« ziehst, stehe ich ganz auf Deiner Seite. Die langen Auseinandersetzungen über die Askanier werden nicht viel Freunde gefunden haben, und hinsichtlich meiner künstlerischen Absicht, den »Privatgelehrten« als eine langweilige Figur zu zeichnen, wird man mir mutmaßlich sagen, »meinem Ziele nähergekommen zu sein als nötig«. Als ich an »Cécile« arbeitete, begegneten mir allerhand Ödheiten in den Berliner und brandenburgischen Geschichtsvereinen, und weil diese Ledernheiten zugleich sehr anspruchsvoll auftraten, beschloß ich, solche Gelehrtenkarikatur abzukonterfeien. Ich hätte es aber lieber nicht tun sollen, die Novelle wäre dadurch um etwas kürzer und um vieles besser geworden. Auch darin hast Du recht, daß nicht alle Welt, wenigstens nicht nach außen hin, ebenso nachsichtig über Lene denken wird wie ich, aber so gern ich dies zugebe, so gewiß ist es mir auch, daß in diesem offnen Bekennen einer bestimmten Stellung zu diesen Fragen ein Stückchen Wert und ein Stückchen Bedeutung des Buches liegt. Wir stecken ja bis über die Ohren in allerhand konventioneller Lüge und sollten uns schämen über die Heuchelei, die wir treiben, über das falsche Spiel, das wir spielen. Gibt es denn, außer ein paar Nachmittagspredigern, in deren Seelen ich auch nicht hineinkucken mag, gibt es denn außer ein paar solchen fragwürdigen Ausnahmen noch irgendeinen gebildeten und herzensanständigen Menschen, der sich über eine Schneidermamsell mit einem freien Liebesverhältnis *wirklich* moralisch entrüstet? *Ich* kenne keinen und setze hinzu, Gott sei Dank, daß ich keinen kenne. Jedenfalls würde ich ihm aus dem Wege gehn und mich vor ihm als vor einem gefährlichen Menschen hüten. »Du sollst nicht ehebrechen«, das ist nun bald 4 Jahrtausende alt und wird auch wohl noch älter werden und in Kraft und Ansehn bleiben. Es ist ein *Pakt*, den ich schließe und den ich schon um deshalb, aber auch noch aus andern Gründen ehrlich halten muß; tu ich's nicht, so tu ich ein Unrecht, wenn nicht ein »Abkommen« die Sache anderweitig regelt. Der freie Mensch aber, der sich nach *dieser* Seite hin zu nichts verpflichtet hat, kann tun, was er will, und muß nur die sogenannten *»natürlichen Konsequenzen«*, die mitunter sehr hart sind, entschlossen und tapfer auf sich nehmen. Aber diese »natürlichen Konsequenzen«, welcher Art sie sein mögen, haben mit der Moralfrage gar nichts zu schaffen. Im wesentlichen denkt und fühlt alle Welt so, und es wird nicht mehr lange dauern, daß diese Anschauung auch *gilt* und ein ehrlicheres Urteil herstellt. Wie haben sich die Dinge seit den »Einmauerungen« und »In-den-Sack-Stecken« geändert, und sie werden sich weiter ändern. Empörend ist die Haltung einiger Zeitungen, deren illegitimer Kinderbestand weit über ein Dutzend hinausgeht (der Chefredakteur immer mit dem Löwenanteil) und die sich nun darin gefallen, mir »gute Sitte« beizubringen. Arme Schächer! Aber es finden sich immer Geheimräte, sogar unsubalterne, die solcher Heuchelei zustimmen. – Unrecht hast Du trotz Deines Balkons und Deiner Blumenzucht hinsichtlich der Blüherei; ich habe das mit den Kastanien und der Pappelwolle auf Tiergarten-Spaziergängen ausgeprobt. Überhaupt, wenn man nicht gerade die beiden äußersten Flügel, Frühling und Herbst, nimmt, das Mittlere schiebt sich immer mal durcheinander. – Daß Ihr vorhabt, die Taufe hinauszuschieben, freut uns sehr; junge Mütter können sich nie genug in acht nehmen.

Grüße Deine Martha herzlichst, auch Soldmanns. Unsre Martha ist seit gestern im Gebirge, nach Spindelmühl und Sankt Peter. Wie immer

Dein alter

Papa

531. An Paul Schlenther

Krummhübel, 9. September 1887.
Haus Meergans.

Hochgeehrter Herr.

Mit Schaudern sehe ich jetzt täglich in der Vossin was Ihnen durch die »Kumulierung der Ämter« an Müh und Arbeit auferlegt wird. Das erinnert ja an die Landpastoren, die nicht nur in Mater und Filial, sondern bei Todesfällen auch noch an einem dritten Orte predigen müssen. Höhepunkt schien mir *der* Abend, wo Sie zwei Theatervorstellungen – und eine davon wenn ich nicht irre »Faust« – abzuschlachten hatten. Einzelnes hat mich sehr amüsiert, so im Residenztheater der Vergleich mit der Wohnung, wo, wegen Umzugs, die Bilder schon von der Wand genommen sind. Auch das war mir aus der Seele gesprochen, was Sie bei Gelegenheit von Wildenbruchs »Väter und Söhne« sagten. Ich glaube, wir stehen in Beurteilung unsres großen Dramatikers, nicht mehr sehr fern von einander.

Als ich noch in Rüdersdorf war – beiläufig in seiner Art *auch* ein idealer Aufenthalt – schickte mir Stephany ein Grenzbotenheft mit einer längeren, überaus freundlichen Besprechung meiner Cécile. Waren Sie der liebenswürdige Attentäter? Oder Brahm? Wenn keiner von Ihnen beiden, so weiß ich nicht mehr, auf wen ich raten soll. Ich habe keinen, der sich, wie Auerbach sagte »eines Veteranen annimmt«. Dann und wann findet sich wohl einer, aber das ist dann auch meist danach, guter Mensch und schlechter Musikante. Daß Thérèse Raquin oder Racquin folgte, bestärkte mich in der Ansicht, *Sie* könnten es sein. Ist dem so, so schönsten Dank. Frau und Tochter, die um mich sind, wollen Ihnen empfohlen sein. In vorzüglicher Ergebenheit

Th. Fontane.

532. An Paul Schlenther

Krummhübel, d. 14. September 1887.
Haus Meergans.

Hochgeehrter Herr.

Seien Sie schönstens bedankt für die doppelte Guttat: Urlaub und Urteil. Ich bleibe nun also bis Sonntag, um unter der Berliner Devise: »Die Woche fängt gut an« vom Montag ab wieder ins Geschirr zu gehn.

Ihre freundlichen Worte über »Irrungen, Wirrungen« haben mir sehr wohlgetan, da bis jetzt nur wenige den Mut gehabt haben, sich ehrlich zu den darin niedergelegten Anschauungen zu bekennen. Die meisten, soweit sie nicht Heuchler sind, warten, gestützt »auf des Mutes bessren Teil«, erst ab, wie der Hase läuft. Nur alle Mitglieder meiner Familie, die doch vielleicht am ehesten die Nase rümpfen könnten, haben sich rückhaltlos für den »Alten« erklärt. Mein alter Theo in Münster an der Spitze, der mich in seiner Mischung von Tugend und natürlicher Verwegenheit (alle Natur ist verwegen) geradezu gerührt hat.

Wie immer Ihr ergebenster

Th. Fontane.

533. An Friedrich Fontane

Krummhübel 14. Sep. 87.

Mein lieber Friedel.

Besten Dank. Ueber den Abonnementsmodus, den die hiesigen Familien einschlagen wollen: Richters, Schwerins, Silbersteins (ein reicher Fabrikant in Arnsdorf) und vielleicht auch Friedländers, kann ich nichts sagen, – ist auch am Ende gleich, wenn sie sich überhaupt nur einfinden, was ich aber bei den 3 ersten glaube. – Sonntag wollen Martha und ich zurück, werden also hoffentlich um 5 oder 6 in Berlin eintreffen. Du brauchst Dir aber Deinen Sonntag nun deshalb nicht zu zerreißen und eine etwaige Einladung nach Lichterfelde oder sonst wohin nicht abschlagen. – Schlenthers Kritiken sind *sehr* gut; das Publikum bleibt ewig dämlich oder weiß nicht was es will. Ist er morgen Mode, so findet man jede Zeile göttlich. – Mama schreibt sehr beglückt aus Dresden, wo man sie pflegt und hätschelt. – Martha und ich wollen heute noch ins Gebirge bis Spindelmühl und erst morgen oder übermorgen zurück. Empfiehl mich Dominik.

Wie immer Dein alter

Papa.

Der Quitzövel-Aufsatz ist nun in allen Theilen fertig, auch die Gedichte, die sich ganz famos machen. Ich brauche Mamas Abschrift nur noch mal durchzusehn, vielleicht kann ich Ende der nächsten Woche das *Ganze* abliefern.

534. An Friedrich Fontane

Krummhübel 16. Sept. 87.

Mein lieber Friedel.

Es trifft sich wunderbar mit den Briefen, die Dir in die Hände fallen; *so* interessante kriege ich sonst das ganze Jahr nicht. Daß Du, statt meiner, zu dem Rendezvous gegangen bist, ist mir sehr lieb, die arme Person wäre sonst traurig gewesen und noch *mehr* bedrückt in ihrem Gemüth, als sie ohnehin zu sein scheint. Wahrscheinlich ist sie gemüthskrank oder schlechtweg verrückt; vielleicht ist der räthselvolle A... eine bloße Fiktion, ein Traumbild. Das Unglaublichste kommt vor. Brasch aus der Magazinstraße ist auch nicht übel; ich habe ihm übrigens gleich geantwortet und mich im Wesentlichen auf *seine* Seite gestellt. Vielleicht ist es auch ein Frauenzimmer. Ich werde am Ende noch Beichtiger für alle Hysterischen.

Gestern und vorgestern war ich mit Mete ins Gebirge hinein: Spindelmühl, St. Peter, Spindlerbaude, Mittagstein, Riesenbaude, Melzergrund. Es war sehr hübsch; schönstes Wetter.

Wir wollen nun Sonntag jedenfalls fort und denken bald nach 5 Berlin, Friedrichsstraße einzutreffen; zerreiße Dir den Sonntag nicht, aber Ida muß freilich zu Hause sein, auch wenn ihr freier Sonntag ist; sie kann dann die beiden nächsten Sonntage dafür haben. – Die arme N. Seebach wird außer sich sein über eine scharf tadelnde Bemerkung Schlenthers; ich fürchte aber, daß Schlenther Recht hat; es ist nicht mehr viel los mit ihr. – Am Montag mache ich spätestens 2, vielleicht gleich 4 Kapitel zurecht, die Du dann am Dienstag früh mit auf die Redaktion nehmen kannst. In drei vier Tagen muß *alles* fertig sein und mache ich mich dann sofort an die in Schl. H. und Kopenhagen spielende Novelle. Mete grüßt. Auf Wiedersehn am Sonntag. Dein alter

Papa.

Wegen Felix R. fürchte ich auch: *sehr* fatal.

Sonnabend

Lieber Friedel.

Wir kommen erst *Montag* um oder gegen 5; eine Einladung zu Grosser's auf morgen, Sonntag, hält uns noch einen Tag hier fest. Ist aber ein Gastspiel am Montag Abend, was ich morgen Mittag aus der Zeitung ersehe, so fahren wir Nacht's und sind am Montag früh in Berlin.

Dein alter Papa.

535. *An Theodor Storm*

Krummhübel, 17. September 1887.

Teuerster Storm.

Trotzdem ich hier in Haus Meergans wohne, dessen Name mich – etwa wie Strandläufer und Regenpfeifer – an die »graue Stadt am Meer« und ihren und unsren Dichter hätte mahnen können, habe ich Theodor Storms Geburtstag doch vergessen und hinke nun nach. Aber besser verspätet, als gar nicht. Mögen Ihnen noch frische gute Zeiten (70 ist ja kein Alter in Kaiser Wilhelms Tagen) und uns noch schöne Novellen beschieden sein. Ehe ich Berlin verließ, wurde ich von Kiel aus zu ein paar Feststrophen auf den Jubilar Storm aufgefordert, und nachträglich tut es mir leid, nicht das Meine getan und meinen Gefühlen der Verehrung und Liebe keinen Ausdruck gegeben zu haben. Aber Lindau ist schuld. Der forderte mich vor 2 Jahren zu einem Bismarckgedicht auf, und ich schrieb es, trotzdem ich krank im Bett lag. Und was war der Ausgang? Als endlich das betr. Aprilheft erschien, war ich samt andern in den April geschickt und »es ritten *sieben* Ritter frei, mit Schilden und mit Speeren« in Nord und Süd auf, um »des Königs Kind zu ehren«. Es hatte sich um eine durch Lindau inszenierte Wettdichterei gehandelt! Da verschwor ich es! Ergeh' es Ihnen gut, und saugen Sie sich aus der Fülle wohlverdienter Huldigungen Kraft und Gesundheit. Glück stärkt. Empfehlen Sie mich Frau Gemahlin.

In herzlicher Ergebenheit

Th. Fontane.

536. *An Emilie Fontane*

Berlin 20. Sept. 87. Potsd. Str. 134.c.

Meine liebe Frau.

Martha wollte schreiben, ist aber auf Wunsch der Lichterfelder seit 3¹/₂ draußen und so springe ich denn wieder ein; nachdem ich den Tag über ein Dutzend Briefe geschrieben und ein Quitzowkapitel zur Einsendung fertig gemacht d. h. Deine Abschrift noch einmal durchcorrigirt habe. Unter den Briefen waren solche an Stephany, Schlenther, Zeitungs-Expedition, Zeitungs-Spedition, Friedländer, Bergel, Dr. Heidenhain. Alle diese Briefe waren nicht blos nöthig, sondern sogar pressant; einige haben eine lange Geschichte, weshalb erst später mündlich davon. Bergel beispielsweise liegt im Diakonissenhause in Erdmannsdorf, nachdem er sich mit einer Jagdflinte den Fuß von oben nach unten, vom Spann bis zur Sohle, durchschossen hat. Schmerzhaft und gefährlich. Der Brief an die Zeitungsexpedition betraf – auf Aufforderung derselben – die Honorarberechnung für ›Irrungen Wirrungen‹. Es macht 3050 Mark. Da solche Berechnungen mit Sylbenzählung immer um Kleinigkeiten variiren können, so habe ich selbstverständlich – auch schon um der Abrundung willen – 3000 Mark gefordert. Ich bin nun neugierig, wie sich die ›Prinzipalschaft‹ benehmen und ob sich Lessing einen kleinen Liebesbrief abringen oder die Sache durch Zahlung als erledigt ansehen wird. Ein Glück für mich, daß die 3 Zeitungsnummern alle *lebhaft* auf meiner Seite stehen: Stephany, Schlenther, Pietsch.

Unter den hier vorgefundnen Schriftstücken war auch nicht *eine* Zeile von Interesse, mit Ausnahme der beiliegenden Karte der ›Zwanglosen‹. Jedes Wort darin ist nett und witzig, was man erst bei genaurem Zusehn ganz erkennt. So z. B. ›Königin Isabeau, i. V. (in Vertretung) Schiller, i. V. Brahm‹. Dies abschließende: ›i. V. Brahm‹ ist eine neckische Anspielung auf Brahm's erst im Werden begriffenes Schiller-Buch, das ihm ein Recht giebt ›in Vertretung Schillers‹ zu unterzeichnen. Solche kleine Niedlichkeiten finden sich noch mehrere. Für Tante Johanna lege ich auch die Droschkenkutscherkarte bei. – Die Dame, Frau Poggendorf, die mich zum Rendezvous bestellte, war heute früh 9½ hier und blieb eine halbe Stunde. Ich bin nicht klug aus ihr geworden und weiß nicht ob sie unglücklich oder verrückt oder eine Schwindlerin ist. Sie ist 46 und muß mal *sehr* hübsch gewesen sein. Wie immer Dein

Alter.

Die beiden Briefe, die ich beischließe, kamen erst *heute* Mittag.

537. An Paul Schlenther

Berlin, d. 20. September 1887.
Potsdamer Straße 134 c.

Hochgeehrter Herr.

Erst seit gestern abend ist Lear mit Cordelia wieder da. Zwischen literarischen Langweiligkeiten aller Art fand ich die

Karte der Zwanglosen »unter Larven die einzig fühlende Brust«. Wie jedes bedeutendere Geistesprodukt, gewinnt auch diese Karte durch wiederholtes Lesen. Eine Welt voll Finessen geht einem erst allmählich auf. »Die zwanglosen Töchter d'Arcs« allerliebst, aber es wird übertroffen von »Königin Isabeau i. V. Schiller, i. V. Brahm«. Dieser Schlußwitz kann nur von Allereingeweihtesten gewürdigt werden, vor denen der eigentliche Schiller, der *Brahmsche,* bereits im Verlage von W. Hertz ausgebreitet liegt. Empfehlen Sie mich dem liebenswürdigen Kreise. »Es gibt keinen Spaß, der bloß Spaß wäre«, pflegte mein verstorbener Freund Friedrich Eggers zu sagen, wenn er sich getroffen fühlte. Der Satz ist richtig. Aber es gibt doch, Gott sei dank, auch einen Scherz, der durch die kleine Beimischung von Ernst auch an Wohltuendem gewinnt, und dessen ist die Karte der Zwanglosen ein Beweis. – Ihnen noch schönsten Dank für die mehrwöchentliche Vertretung. Das Richtschwert im *Königlichen* Dienst ist nun wieder in meiner Hand.

Eben, während ich diese Zeilen schrieb, war eine Dame von sechsundvierzig bei mir, die mir sagte, »sie sei *Lene;* ich hätte ihre Geschichte geschrieben«. Es war eine furchtbare Szene mit Massenheulerei. Ob sie verrückt oder unglücklich oder eine Schwindlerin war, ist mir nicht klar geworden.

Ihr aufrichtig ergebenster

Th. Fontane.

538. An Theodor Fontane (Sohn)

Berlin, d. 24. September 1887.

Mein lieber, alter Theo.

Meinem Telegramm an Soldmann lasse ich noch diese Zeilen folgen, damit Du, wenn Du vielleicht morgen nach Münster zurückkehrst, doch einiges Nähere erfährst. Die Krankheit, Blinddarmentzündung, trat mit ungeheurer Vehemenz auf; er schrie vor Schmerz, und als ich ihn am Mittwoch zuerst sah – der Dienstag war der schlimme Tag gewesen – sah er mich bereits mit Todesaugen an. Ich hatte gleich das Gefühl: er ist hin. Trotz alledem schien es besser zu gehn und alle drei Ärzte waren nicht ohne Hoffnung. Die letzte Nacht aber setzte wieder furchtbar ein, und nach vielstündigem, schwerem Kampfe schloß heute früh neun Uhr sein Leben. Ich trat in demselben Augenblick an sein Bett, als sein Puls stillstand; der Eisenbahnzug hatte mir nicht den Gefallen getan, sich um eine Minute zu verfrühen. Mete hatte ihn während der letzten vier Nächte mit heroischem Mute gepflegt, gemeinschaftlich mit einer grauen Schwester. Die Liebesbeweise Metes und die Tapferkeit und Umsicht, womit sie ihn gepflegt, waren ihm das einzige Licht dieser schweren Tage, und er gab der Freude darüber auch Ausdruck bis zuletzt.

Es ist nicht nötig, daß Du kommst. Richte alles so ein, wie Dir's am besten erscheint. Daß Du ihm von Herzen zugetan warst, wissen ja alle.

Wie immer Dein alter

Papa.

539. *An Unbekannt*

Berlin 29. Septb. 87
Potsd. Str. 134. c.

Hochgeehrter Herr Doktor.

Empfangen Sie meinen besten Dank für den liebevollen Ausdruck Ihrer Theilnahme bei dem schmerzlichen Verluste der mich betroffen hat. In vorzüglicher Ergebenheit

Th. Fontane.

540. *An Paul Lindau*

Berlin, 3. Oktober 1887.

Hochgeehrter Herr und Freund,

Seien Sie schönstens bedankt für Ihre freundlichen Zeilen, und entschuldigen Sie, daß ich eine schwarzgeränderte Anzeige, deren es natürlich auch gab, unterlassen habe. Aber Sie verstehen ja dergleichen und empfinden mit mir, daß man nicht zurückhaltend genug sein kann. In solcher großen Stadt wird so viel gestorben, daß sich, wenn man dran ist, Schweigen und Stille geziemt. Ich denke mitunter mit Schrecken daran, daß ich, wie Radowitz, bei 19° Kälte sterben könnte und möchte schon jetzt jedem zurufen: »ich bitte Sie um Gotteswillen bleiben Sie zuhause. Gestern war ich schon wieder in Richard III., der ja mit einem offenen Sarg und einer jungen trauernden Wittwe anfängt. Es lief mir alles durcheinander, Sein und Schein, Wirklichkeit und Bild, und sinnlich und auf empirischem Wege ging mir der Inhalt der Berkeleyschen Philosophie auf, die Lehre von dem blos Visionären von Welt und Leben.

Mit der Bitte, mich Frau Gemahlin empfehlen zu wollen, wie immer Ihr

Th. Fontane.

541. An Moritz Lazarus

Berlin, d. 10. Oktober 1887.
Potsdamer Straße 134 c.

Teuerster Leibniz.

Seien Sie herzlichst bedankt für Ihre teilnahmsvollen Worte. Die Nachricht erschreckte uns wie die übrigen Freunde. Lassen Sie uns hoffen, daß sich die Genesung schneller macht, als Sie annehmen, und kehren Sie beide, nun, sagen wir, so wohl und so frisch wie möglich nach Berlin zurück. Der Rütli ist verwaist. Beim Senator ist Scharlachfieber (Emmachen; aber nicht schlimm). Heyden hat seine Sonnabendvorlesungen begonnen, und Menzel kommt oder kam nur noch, um von acht bis achteinhalb eine halbe Stunde zu schlafen. Der alte Zieten an der Tafel des alten Fritz. Auch als *Menzel* dazu berechtigt.

Unter vielen Grüßen und Empfehlungen Ihr

Th. Fontane.

542. An Georg Friedlaender

Berlin 12. Okt. 87.
Potsd. Str. 134.c.

Hochgeehrter Herr.

Die ganze vorige Woche und auch dies noch bis zu dieser Stunde stand im Dienst von »Zu guter Stunde«, weil ein längeres Warten auf M. S. nicht mehr möglich war. Und es war gut so, denn es unterbrach mich bei den Danksagungsbriefen, die schon weit über 100 hinaus waren und mich zuletzt ganz stumpf gemacht hatten. Ueberhaupt ist die Art wie der Trauerapparat arbeitet, doch sehr unvollkommen und beinah roh, roh weil er das Beste was der Mensch hat, zu bloßer Phrase, ja zur Kunstthräne und Gefühlsheuchelei herunterdrückt. Und dabei noch die widerwärtige Wahrnehmung, daß die Menschen im höchsten Maße unzufrieden mit einem sind und Asche streun und Kleider zerreißen und verlangen und einen noch nicht einmal für einen Eisblock halten. Denn der kann doch wenigstens schmelzen. Der »andre« ist mit dem »andren« nie zufrieden und zum Kolossalmuth und zur Kolossalliebe, verlangt er auch den Kolossalschmerz. Und doch ist Maß nicht nur das Schöne, sondern auch das Wahre. Sie sehen, selbst dieser schmerzliche Fall, der nun auf dem Rest meines Lebensweges neben mir hergeht, hat meine Menschenanschauung nicht geändert am wenigsten erquicklicher und beglückender für mich gemacht. Es giebt viel Freundliches in der Welt, aber das offiziell Freundschaftliche, da hapert's. Auch auf diesem Gebiete wächst das Beste in der Freiheit, Freundschaft aber ist eine Zwangsanstalt.

In der heutigen Vossin hat uns L. P.'s Besprechung eines Buches von Maler Lüders ungemein erfreut; in gewissem Sinne sind *Sie* der Held der Besprechung. Es ist jammerschade, daß das den Personen, an die sichs richtet, nicht zu Gesichte kommt. Freilich, es würde da nicht viel helfen und mit »Judenblatt« abgethan sein. Ich werde aber doch eigens noch an L. P. schreiben und in ihn dringen, dieselben Worte zu gebrauchen, wenn er über eben das Buch vielleicht auch an die Schles. Ztg. schreibt. Viele Grüße von uns allen an Sie und Frau Gemahlin. Was macht Bergel? Wie immer Ihr treu ergebenster

Th. Fontane.

543. An Theodor Storm

Berlin 12. Okt. 87.
Potsd. Str. 134. c.

Theuerster Storm.

Seien Sie schönstens bedankt für Ihre Worte voll liebevoller Theilnahme.

Alle Rütlionen, so weit sie nicht selber an die Reihe gekommen sind, haben nun diesen Zoll zahlen müssen: Sie, Heyse, Zöllner, ich. Die Arbeit rettet einen, aber auch in sie hinein drängt sich bei 70 und was daran grenzt die Frage: wozu Deine Arbeit? wozu Du selbst? Aber trotzdem weiter. Und weiter in alter Freundschaft.

Ihr

Th. Fontane.

544. *An Paul Schlenther*

Berlin, d. 13. Oktober 1887.
Potsdamer Straße 134 c.

Hochgeehrter Herr.

Besten Dank wegen Anno. Das Wort starrt einen so sonderbar an, und man erwartet noch eine Zahl oder »Anno Domini...?« ein Weltuntergangsgedicht von Freiligrath, das ich vor fünfzig Jahren im Roseschen Laboratorium immer brüllte, wenn ich Extractum Graminis rührte. Heute war Anno nicht bei mir, vielleicht morgen. In vorzüglicher Ergebenheit

Th. Fontane.

545. *An Georg Friedlaender*

Berlin 27. Novb. 87.
Potsd. Str. 134. c.

Hochgeehrter Herr.

Nun endlich! Eine stille Sonntagsstunde ist da und soll nicht unbenutzt vorübergehn. Seit Ihr lieber Brief kam, sind freilich schon viele stille Sonntagsstunden da gewesen, aber sie lassen sich nicht immer verwenden, da ist man entweder abgespannt von der Vormittagsarbeit oder hat Aerger gehabt oder erwartet einen Bekannten der sich angemeldet und jeden Augenblick kommen und die Stille stören kann. Heut ist es aber sicher-still und dabei so lautlos, als ob Schneeflocken fielen und doch liegt nur das mondscheinene elektrische Licht draußen auf den Straßen. Auf das, was wir die »große Frage« getauft haben, gehe ich heute nicht mehr ein und hoffe von Herzen, daß auch in Zukunft keine Veranlassung dazu mehr da ist; Richter war vor 14 Tagen hier und wenn wir ihn richtig verstanden und seine Berichte die wünschenswerthe historische Treue gehabt haben, so dürfen wir doch wohl annehmen, daß die neuerdings zwischen Arnsdorf und Schmiedeberg hin und her fliegende Taube zween Häusern den Oelzweig gebracht haben wird. Die großen Wasser des Zorns sind verlaufen. Möge es in Wahrheit so sein. Das ist unser aller aufrichtiger Wunsch. An einem Haare hing es und Sie hätten, was diese Zeilen Ihnen sagen sollen, nicht brieflich sondern mündlich erfahren. Martha stand auf dem Punkte, Richter nach Arnsdorf hin zu begleiten und dort 14 Tage lang der Pflege der Frau Richter und zugleich auch der eigenen zu leben. Frau Richter telegraphirte aber ab, was schließlich ein rechtes Glück war, denn die Geschichte, hervorgegangen aus dem Wunsche meiner Frau, zwei Kranken etwas Gutes anzuthun, war eigentlich eine Uebereilung gewesen. Wir können Martha kaum missen, da sie, so sauer es ihr oft werden mag, doch immer noch die Einzige ist, die die Hausrepräsentation leisten kann. Ich arbeite bis 3, wobei ich nicht gestört werden darf, weil das tägliche Brot daran hängt, dann bis gegen 4 bei Tisch, dann 2 Stunden lang zu Bett und wenn dann die Abendzeitung gelesen ist, so ist der Tag eigentlich um. An dieser Form des Lebens kann ich nichts ändern. Mit meiner Frau steht es noch schlimmer, sie kränkelt viel, sehr viel, liegt tagelang und doch muß am Ende wer da sein, der mal einen Menschen und wenn es auch nur eine Schauspielerin wäre, empfangen kann. Da brauchen wir dann Martha wie der Blinde seinen Stab. Im Theater ist ziemlich viel zu thun, wie Sie beim Lesen der Vossin bemerkt haben werden; das Letzte war der »Seestern« von meinem Freunde Philipp Eulenburg, der mich heut Mittag auch auf eine Stunde besuchte. Bei der Kritik über sein Stück half ich mir dadurch, daß ich es bei der sogenannten »kleinen Kritik«, die am Abend selbst geschrieben wird, bewenden ließ. Hätte ich mich am andern Tage in Details eingelassen, so hätte ich nothwendig sehr fatale Dinge sagen müssen, die mir nie verziehen worden wären. Eulenburg betrachtet den Abend übrigens als einen Erfolg und wird weiter schreiben. Ach, die Eitelkeiten der Menschen! Und während man sie an den Anderen wahrnimmt und belächelt, übersieht man, daß man grade eben so ist und daß man mit all seinen Anstrengungen und Einbildungen ebenso drin steckt, ebenso in die Vergessenheit hinüberschwimmt, und zwar sehr sehr rasch, wie alle andern, vor denen man sich einbildete etwas voraus zu haben. Dabei fällt mir auch Lindaus neuster Roman ein; die Kritik darüber, die heute (Sonntag) in der Vossin steht, rührt von mir her, ich habe sie aber nicht unterzeichnet, weil, wenn ich dies thue, sich gleich 18 mit ihren Büchern bei mir melden, 6 Männer und zwölf Weiber. – Die Nachrichten über Bergel habe ich mit der größten Teilnahme gelesen; hoffentlich geht es ihm wieder gut, äußerlich und innerlich. Frau und Tochter grüßen herzlich, ich aber bin unter Gruß und Empfehlung an Sie, die hochverehrte Frau und die lieben Kinder, wie immer Ihr aufrichtig ergebenster

Th. Fontane.

546. An Georg Friedlaender

Berlin 7. Dezb. 87.
Potsd. Str. 134.c.

Hochgeehrter Herr.

Diesmal sollen aber nicht wieder sechs, acht Wochen vergehn, kaum eben so viel Tage. Der Wunsch ging sogar dahin, Ihnen auf der Stelle zu danken, denn unter den vielen hübschen Briefen, die ich Ihrer Güte verdanke, steht dieser obenan, – Sie haben ja das berühmte »talent epistolaire«, aber *dieser* Sieg ist der glänzendste, Moltke, Sedan. Drücken Sie dem armen Bergel meine ganze Theilnahme aus und wenn die Frauen ihn jetzt mürbe haben und ganz bestimmt wissen, wer ihm eigentlich den Zehenschuß beigebracht hat, so stören Sie Bergel nicht, wenn er es auch zu glauben anfängt. Das Schlimmste sind immer die Halbheiten, Luther ist gut und Strauß (aber nicht der dicke Hofprediger) ist auch gut, nur muß man auf Vereinigung beider Standpunkte verzichten. So kann ich mir denken, daß Sie – und auch ich – dem armen Kerl ebenso eine Quelle der Unruhe wie des Trostes und der Freude gewesen sind. – Dann folgt in Ihrem Briefe die Geschichte von der Alten, die sich den »Spass« machte, sich aufzuhängen und dann General v. Nachtigall und dann Oberst v. d. Heyde. Was die beiden Militärs angeht, so muß Ihnen aus dem Verhalten derselben ein gewisser Trost erblühn, aber wenn ich mich in Ihre Lage versetze, so würde für mich doch ein höchst schmerzliches Gefühl das weitaus überwiegende bleiben. Literarisch und allerpersönlichst kann Ihnen diese Rechtfertigung von so ganz besonders berufener Seite her nur Freude machen, aber wenn Sie von Ihrer Person abstrahiren und den Fall als signatura temporis und nicht als blos möglich *in* Preußen, sondern auch als charakteristisch *für* Preußen ansehn, so muß man, und Sie mit, als Patriot und Mensch blutige Thränen weinen. Das ist auch immer der Standpunkt gewesen, den ich dieser unglückseligen Sache gegenüber eingenommen habe; der Schmerz, die Kränkung, die Beängstigungen, die Sie durchmachen mußten, das hat mir alles furchtbar leid gethan, aber was mich empörte, hatte mit Ihrer Person nichts zu thun und war ein Achselzucken und fast ein Grauen darüber, daß man am Ausgange des 19. Jahrhunderts *das* in einem Staate erleben muß, der stolz ist auf seine Bildung, seinen Fortschritt, seine Freiheit. Da war die Inquisition nichts dagegen. Denn die Inquisition, so glücklich ich bin ihre Zeiten nicht erlebt zu haben, handelte doch aus einem großen Prinzip heraus, es stand beständig eine Welt oder doch eine Weltanschauung auf dem Spiel; aber auf dem Punkt zu stehn, vor Gericht seine Ehre einzubüßen, weil man nach 17 Jahren erzählt, ein dämlicher Oberst habe »verblüfft« ausgesehn, das ist unerhört. Der alte W., wenn er sonst Lust hatte, konnte Sie fordern und todtschießen, aber Ehre aberkennen wollen, ist Unsinn. – Die Geschichte aus dem Gebirge wird mal ein vorzügliches Blatt in Ihren derartigen Aufzeichnungen abgeben. Aber so famos ich es finde, ja so *apart* famos, so ist es doch nur Stoff für ein einziges Blatt und die Form einer *kurzen Tagebuchaufzeichnung* die beste dafür. Eine Geschichte läßt sich nicht draus machen, es muß einfach als Bild und Erlebniß wirken. Aber 30 oder 40 solche oder ähnliche Aufzeichnungen gäben ein wundervolles Buch. Ihnen und allen Mitgliedern des Hauses herzlichste Grüße. Wie immer Ihr treu ergebenster

Th. Fontane.

547. An Theodor Fontane (Sohn)

Berlin, 9. Dezember 1887

Mein lieber, alter Theo.

Eben bin ich mit einer ellenlangen »Othello«-Kritik fertig, und meine »Eilenden« (diesmal Mama) tragen sie zur Vossin; die 16 Blätter haben mich diesmal aber nicht erschöpft, und so benutze ich noch die Stunde bis Mittag, Dir für Deinen lieben Brief zum »5. Dezember« zu danken. Es werden der Erinnerungstage immer mehr, leider auch der schmerzlichen, und der 24. September macht nun den guten und schlechten Tagen, die voraufgingen, schwere Konkurrenz. Übrigens (eine Wahrheit, die Du recht spät erst am eignen Herzen empfinden mögest) diese schmerzlichen Tage haben auch ihr Gutes, und wenn man den Tod mit Recht den großen Gleichmacher genannt hat, so hat doch auch schon der bloße Hinblick auf den Tod, das Fühlen seiner Gegenwart, etwas von dieser nivellierenden Kraft, und die Dissonanzen, die Gegensätze, weil man ihren baldigen Ausgleich nahe weiß, werden minder schwer empfunden.

Aber was sollen Dir, dem 31jährigen, diese Betrachtungen! Du stehst Gott sei Dank im Leben und hast eine junge hübsche Frau und einen kleinen netten Jungen, und wenn's Glück gut ist, bist Du binnen kurzem das Beste, was man in Preußen sein kann: ein »Rat«. Du schreibst zwar von »7 Jahre Münster«, aber wir sind hier ganz anders informiert, denn der große Litty war hier und hat ganz Berlin W unter kolossale Gerüchte gesetzt. Danach reiten unter Bronsart nicht nur die Toten schnell, wie Du schreibst, sondern auch die Lebenden, und binnen heut und übers Jahr mußt Du, als höhere staatsrettende Kraft, hier irgendwo einrücken. Unsre Arme werden Dich zärtlich empfangen. All dies ist natürlich vorläufig Ulk, und Littys Wiege, gleichviel, wo er geboren, muß zwischen Münchhausen und Till Eulenspiegel gestanden haben, aber alle Lügner und Aufschneider sagen mitunter auch die Wahrheit, ja sagen sie, was die Hauptsache ist, ohne es zu wissen. Denn wenn sie wüßten, daß es die Wahrheit wäre, so genügte es ihnen nicht, und sie sagten etwas andres. So war z. B. Hesekiel, an dem ich 20 Jahre lang diese Lügenform studiert habe. Übrigens glaube ich nicht, was Deine Stellung angeht, an ruhige, stufenweise Entwicklung, erstlich wirst Du wohl überhaupt ein Springer sein, aber wenn dies auch nicht wäre, die Kriegswolken hängen verdammt dicht über uns, und wird erst auf Memel zu marschiert, wo Litty dann seinen Vater in pontificalibus besuchen kann, so wird es wohl zu rapiden Avancements kommen, selbst wenn Vater Lachmann, der eigentlichste Verpflegungsbeamte, wieder konkurrierend einspringen sollte. Freilich, die podolischen Ochsen werden ihm diesmal wohl verschlossen sein; ein paar neue Millionen schlägt er aber doch dabei heraus. Ich gönne sie ihm und freue mich, daß ich nicht Buch darüber zu führen habe.

Hier nicht viel Neues. Martha-Lichterfelde ist oft hier, weil sie wenigstens sicher ist, sich bei unsrer grünen Lampe nicht ganz in Dalldorf zu befinden, was bei der Hängelampe von Vater Robert immer zweifelhaft ist. Übrigens fällt mir bei dem Namen »Lichterfelde«, den ich eben niedergeschrieben habe, ein – hast Du denn die Prozeßverhandlungen zwischen dem Kriegsministerium und Carstenn-Lichterfelde gelesen? Höchst interessant. Der preuß. Staat kann keinen größeren Bewunderer haben als mich (daß er mir *sympathisch* wäre, kann ich nicht sagen), aber mitunter kriegt diese Bewunderung doch einen Knacks. Wenn ich an das Ehrengericht über Friedlaender und nun jetzt an diesen Prozeß Carstenn-Lichterfelde denke, so erscheint mir dies ganze Staatswesen grotesk, karikiert und, was das schlimmste ist, nicht mal ehrlich, sicherlich nicht anständig. Und das sind denn auch in der Tat die staatlichen »Korrektheiten«, die uns in der ganzen Welt so verhaßt gemacht haben und wahrhaftig nicht mit Unrecht. Es gibt nicht zwei Sorten von Anständigkeit, und was ein anständiger Mensch nicht darf, das darf auch ein anständiger Staat nicht. Verstößt der Staat gegen diesen einfachen Satz, so gibt er nur ein schlechtes Beispiel.

Und nun küsse Frau und Kind von »Großpapa« und sei herzlich gegrüßt von

Deinem alten
Papa.

548. An Wilhelm Hertz

Berlin 12. Dezb. 87.
Potsd. Str. 134. c.

Sehr geehrter Herr Hertz.

Wie für Heyse's neusten Novellenband, so habe ich Ihnen auch noch für Robert-Tornows Büchelchen, mit zum Theil ganz allerliebsten Sprüchen, zu danken. Ueber Tornow will ich ein paar Worte sagen. Heyse ist in der glücklichen Lage dieser elenden Zeitungstrompeterei (und nun gar erst die Weihnachtstrompete!) entbehren zu können. Ihnen und den Ihrigen ein frohes Fest wünschend, in vorzüglicher Ergebenheit

Th. Fontane.

P. S. Darf ich wohl gelegentlich um ein »Ellernklipp«-Exemplar bitten? Ein Literaturprofessor in Antwerpen Pol de Mont, der die Schwäche hat über meine Balladen viel, leider vlämisch, zu schreiben, will sich jetzt an »Grete Minde« und »Ellernklipp« machen. Grete Minde habe ich ihm schon geschickt, aber von Ellernklipp habe ich kein Exemplar mehr.

Th. F.

549. An Pol de Mont

Berlin 12. Dezb. 87.
Potsd. Str. 134. c.

Hochgeehrter Herr Professor.

Ergebensten Dank für Ihre liebenswürdige Karte, desgleichen für das kleine Balladenheft, das mir durch Ihre Güte zu

Anfang des Herbstes zuging. Es kam gerade, als mein ältester Sohn, Hauptmann in unsrer Armee – der kurz vorher mit einem liebenswürdigen Amsterdammer Literatur-Professor* im Bade zu Homburg Freundschaft geschlossen hatte – plötzlich starb und unser Haus in Trauer versetzte. Da hat sich denn viel Brief- und Lese-Schuld aufgehäuft. Ich bin aber dabei sie abzutragen und in wenigen Tagen werden Sie einen Brief erhalten, in dem ich über die Balladen eingehender – wenn auch nicht so lang wie das vorige Mal – sprechen werde. Vorläufig ist heute durch meinen jüngsten Sohn, der Buchhändler ist, ein Exemplar von »Grete Minde« welche Novelle diesen Herbst eine 2. Auflage erlebte, zur Post gegeben worden. In vorzüglicher Ergebenheit

Th. Fontane.

* Privatdozent Dr. Frantzen.

550. An Karl Zöllner

Freitag d. 16. Dezb. 87.

Theuerster Chevalier.

Bitte, sprich doch morgen im Rütli mein Bedauern aus, auch gegen den Kanzler, durch ›Leben ein Traum‹ am Erscheinen verhindert zu sein.

Ueber Karl Eggers' Buch habe ich ein paar Zeilen an die Vossin geschickt; es steht nichts drin, nur das Eine, was mich jetzt beständig beschäftigt, daß dies Buch alles, was die Berliner Schriftstellerwelt seit 50 Jahren geschrieben hat, überdauern wird. Wenn Rellstab, Pietsch, Lindau, Frenzel und natürlich auch der Endesgefertigte längst in die Lüfte gegangen sind, auch Gutzkow und Heyse, wird das Dioskurenpaar

Friedrich und Karl

noch glänzen. Friedrich Karl wird dann längst vergessen sein, – Karl Friedrich aber mag selbst angeben, wie er zu dieser Frage steht. Wie immer Dein

Noel.

551. An Mathilde von Rohr

Berlin 2. Januar 88. Potsd. Str. 134.c.

Mein gnädigstes Fräulein.

Herzlichsten Dank für Ihre Glückwünsche zum 30. Der Tag verging still, vor allem der Abend, denn Zöllners, die sonst wohl für etwas Leben und Frische gesorgt hätten, sind ja selbst in Trauer. Trauer überall. Der Senator Eggers (dessen 4bändige Rauch-Biographie, ein ausgezeichnetes Werk, jetzt, nach 15 Jahren, glücklich beendet ist) hat seinen Bruder verloren, der, sonderbarerweise, zugleich sein Schwiegervater war. Der sogenannte ›Ohren-Lucae‹ ist wegen hochgradigen Nervenleidens wieder nach Nassau geschickt; mitunter denkt man, die ganze Welt ist krank und elend und staunt darüber, daß mit dem kranken Material doch Kriege geführt werden sollen. Und nun Kaiser, Kronprinz, Prinz Wilhelm – ein langes Kapitel, und in mehr als einem Betracht ein trauriges, denn, ich glaube, es ist den Parteien gelungen, doch eine Art Entfremdung zwischen Vater und Sohn und dann *wieder* zwischen Vater und Sohn herzustellen, so daß die frühere Generation immer glauben muß, die nächstfolgende warte auf ihren Tod. Vielleicht ist es auch so, ja sogar menschlich begreiflich. Wir gehen wohl sehr bewegten Zeiten entgegen; mir wär' es lieber, sie blieben aus. Mit herzlichsten Glückwünschen für Ihr Wohl, in aufrichtiger Ergebenheit Ihr

Th. Fontane.

552. An Paul Schlenther

Berlin, 2. Januar 1888.

Herzlichen Dank für Ihren General- und Spezialwunsch. Viel kann es nicht mehr werden, dafür sorgt der, der allen Irrungen und Wirrungen ein Ende macht. Mittlerweile Courage und vorwärts!

In vorzüglicher Ergebenheit

Th. Fontane.

553. An Emil Dominik

Berlin, d. 3. Januar 1888.
Potsdamer Straße 134 c.

Hochgeehrter Herr.

Ich wollte Ihnen »Stine« schicken; aber als es so weit war, sah ich, daß die Novelle noch nicht abgeschrieben war. Meine Frau wird sich nun an die Arbeit machen, und in etwa vierzehn Tagen hoffe ich Ihnen das Manuskript zustellen zu können. Es ist mir sehr angenehm, daß Sie die Geschichte vorher durchsehn und sich »ja« oder »nein« noch mal überlegen wollen. Geht es einem so schlecht, oder ist man noch so unklar über sich selbst, daß an »ja« oder »nein« alles Glück der Erde oder wohl gar Leben und Sterben hängt, so erschrickt man vor solcher Durchsicht. Hat man das Angststadium aber hinter sich, so kann es einem nur lieb sein, wenn diffizile Geschichten vorher dem Publikum gegenüber auf ihre Präsentationsmöglichkeit geprüft werden. »Stine« ist das richtige Pendant zu »Irrungen, Wirrungen«, stellenweise weniger gut, stellenweise besser. Es ist nicht ein so breites, weite Kreise umfassendes Stadt- und Lebensbild wie »Irrungen, Wirrungen«, aber an den entscheidenden Stellen energischer, wirkungsvoller. Die Hauptperson ist nicht Stine, sondern deren ältere Schwester: Witwe Pittelkow. Ich glaube, sie ist eine mir gelungene und noch nicht dagewesene Figur. Also in vierzehn Tagen.

In vorzüglicher Ergebenheit

Th. Fontane.

554. An Pol de Mont

Berlin 13. Januar 88.
Potsd. Str. 134.c.

Hochgeehrter Herr Professor.

Der Tod meines Sohnes, wovon ich Ihnen schrieb, verhinderte nur in den ersten Wochen meine Antwort auf Ihre freundliche Zusendung. Nachher war es ein andres, was mich am Schreiben hinderte. Ich konnte mich, bei den Schwierigkeiten, die mir das Sprachliche machte, in den Dichtungen nicht recht zurecht finden und stand eben auf dem Punkt ein vlämisches Lexikon zu kaufen, als mir ein Herr anbot: »er werde die Balladen in Prosa übersetzen lassen; er kenne jemand, der das sehr gut verstehe, und er freue sich diesem Sprachkundigen, einem armen Menschen, eine Beschäftigung geben zu können.« Und danach wurde dann auch verfahren. Aber der »Sprachkundige« war sehr säumig und erst in der Woche nach Weihnachten habe ich das kleine blaue Buch zurück erhalten und mit ihm die Prosa-Uebersetzungen. An der Hand derselben, bin ich nun Ihre Balladen noch einmal durchgegangen. In einer »De Erfgenaam« habe ich mich, trotz Uebersetzung, nicht gut orientiren können, was mir nicht blos am Sprachlichen, sondern am Stoff zu liegen scheint. Von dem Clair-obscure, darin jede gute Ballade mehr oder weniger lebt, hat sie etwas zu viel, d. h. etwas zu viel obscure. Alle andren finde ich, so weit ich es bei den verbleibenden Schwierigkeiten beurtheilen kann, ganz vorzüglich. Ihre Force besteht in der poetischen Situationsmalerei; ein Äußerliches oder Innerliches, das Sie besonders lockt, greifen Sie heraus und geben nun ein liebevoll ausgemaltes Bild, liebevoll ausgemalt trotz der relativen Kürze der Ausmalung, die die Ballade erheischt. Besonders sinnig und rührend ist »Noordenlicht«, am glänzendsten aber erscheinen mir die beiden Schlußgedichte: »Scilt Ende Vrint« und »De Sporenslag«, besonders das letztre, worin Sie den Ton des patriotischen Kriegs- und Siegesliedes meisterlich und mit einer ganz besonderen Frische getroffen haben.

Mein sprachliches Unvermögen erschwert mir das Urtheil, trotzdem aber glaube ich, ohne Gefahr von Irrthum, aussprechen zu dürfen, daß niemand in der germanischen Welt, existirt, auch in England und Skandinavien nicht, der den Ton der alten Volksballade *so* zu treffen wüßte, wie Sie. Sie haben es den vergangenen Jahrhunderten ganz und gar abgelauscht und können Ihren »Van Eyck« so wundervoll malen, daß er von einem wirklichen gar nicht zu unterscheiden ist. Ich bewundre das aufrichtig und in Ihrer Wissenschafts-Eigenschaft als *Professor* auch bedingungslos, aber in Ihrer *Dichter*-Eigenschaft doch nur bedingungsweis. Ich muß in dieser Beziehung bei dem bleiben, was ich mir schon in einem frühren Briefe auszusprechen erlaubte: die alten wundervollen Volksballaden und Volkslieder sollen uns Vorbild sein, wir sollen an ihnen Ton und Weise lernen, aber wir sollen sie nicht pure nachahmen und nicht unsren Hauptstolz darin setzen, es eben so gut machen zu können, wie die Volksdichter des 14. oder 15. Jahrhunderts. Alle bedeutenden Balladendichter des letzten Jahrhunderts wurzeln in der mittelalterlichen Volksballade, aber alle haben etwas Essentielles *aus sich* hinzugethan: Bürger, Goethe, Heine, die Romantiker, die schwäbische Schule (Uhland, Justinus Kerner, Mörike), Strachwitz, Blomberg, Hans Hopfen, ebenso in England: Southey, Wordsworth, Burns, Scott, Byron, letztrer wenigstens vereinzelt in seinem »Adieu, Adieu, my native shore,« das eine Nachbildung von »Lord Maxwell's Good Night« ist. An jeder einzelnen Balladenschöpfung der vorgenannten Dichter, könnte ich mit Leichtigkeit nachweisen, wo die Dichtung in der Ueberlieferung steht und wo sie neu ist. Das »Neue« steht hinter dem Alten sehr oft zurück, trotzdem aber liegt in diesem Neuen, auch in dem *verfehlten* Neuen, der Fortschritt, die Weiterentwicklung. Ohne denselben frieren wir ein und sterben inmitten der vollkommensten Kunstübung ab.

Kennen Sie das famose Gedicht von Strachwitz: »Das Herz von Douglas?« Eine Perle.

Morgen gebe ich noch eine zweite Novelle: »Ellernklipp« an Sie zur Post, ein Pendant zu »Grete Minde« und zur selben Zeit geschrieben.

In vorzüglicher Ergebenheit

Th. Fontane.

555. An Joseph Kürschner

Berlin, 20. Januar 1888.

Hochgeehrter Herr Professor.

Eine Novelle »Stine«, die, für »Vom Fels zum Meer« zu akzeptieren, Sie schon vor etwa 5 Jahren die Güte hatten, ist nun endlich fertig, der Stoff erfüllt mich aber im Hinblick auf die Forderungen, die unsre Wochen- und Monatsschriften stellen und stellen müssen, mit so großen Bedenken, daß ich nicht den Mut habe, Ihnen die Novelle ohne Weiteres zu schicken, vielmehr Sie bitte, von der Abmachung Abstand nehmen zu wollen. Ich bin ein alter Herr und leidlich beleumundet, werde also nie etwas schreiben dessen ich mich vor mir selber zu schämen habe, trotzdem weiß ich, daß sich der Durchschnittsgeschmack und die Durchschnittskritik gegen mich auflehnen und daß ich – wenigstens mit Arbeiten wie Stine – kein Schriftsteller für den Familientisch mit eben eingesegneten Töchtern bin. Und weil ich dies weiß, spreche ich, bevor ich einem Refus begegne, den ich unter allen Umständen vermeiden möchte, noch einmal die Bitte aus, mich aus dem Quasi-Kontrakt entlassen und mir die freie Verfügung über Stine (die mehr in ein Zeitungsfeuilleton paßt) zurückgeben zu wollen.

Hat das Schreckenshaupt, das ich Ihnen hier mit aller Geflissentlichkeit noch einmal entgegenhalte, aber nichts Abschreckendes für Sie, wollen Sie die Bekanntschaft der Novelle machen, so müssen Sie sie nicht bloß sehn, sondern auch coute que coute – was sich natürlich nicht auf das Honorar bezieht, denn das ist abgemacht – drucken wollen.

Wie Sie sich auch entscheiden mögen, jeder Entscheid ist mir gleich recht. Wollen Sie's wagen, gut, wollen Sie's nicht wagen, auch gut, weil es mich aus einem Unsicherheitszustand befreit, aus dem Gefühle des Gebundenseins mit doch schließlicher Aussicht auf Ablehnung.

Hochgeehrter Herr Professor, in vorzüglicher Ergebenheit

Ihr

Th. Fontane.

556. An Georg Friedlaender

Berlin 3. Febr. 88.
Potsd. Str. 134.c.

In aller Eil, die Poststunde ist nah, eine ganz ergebenste Frage, die Sie, als »Wanderer im Riesengebirge« leicht werden beantworten können. Ich will eine kl. rührsame Ballade schreiben und habe die Geschichte, vom Thüringerwald her wo sie eigentlich spielt, nach dem Riesengebirge verlegt und zwar auf die Strecke: *Seidorf-Annenkapelle.* Es ist eine Verschneiungs-Geschichte, in der zwei zarte Kinder »Brüderchen u. Schwesterchen« zu Grunde gehn, das Schwesterchen als *Heldin.* Nun brauche ich dazu genauste Lokalkenntniß oder noch richtiger korrekte Lokalbenennungen, denn das Terrain in seinen Grundzügen kenne ich ausreichend. Lokalbenennungen. Also wenn es auf der Strecke: Krummhübel-Wang spielte, würde ich sprechen von: Breitenhau (Rummler würde ich vermeiden) von der »Bank am Wäldchen«, von den Steinen, dem Wasser, der Brücke unten, vom Waldhaus, vom Kretscham, vom Kirchhof und der Kirche. Also alles was am Wege liegt und – es sei was es sei – irgend einen Namen führt, wodurch es jeder kennt. Eine Waldpartie (wie Birkicht oder Tannicht) eine Steinpartie oder ein Einzelstein mit phantastischem Namen, ein Quell-

und Brunnenplatz, Kretscham und *Bauden*-Namen – *das* wäre mir das Liebste. Vielleicht auch Namen eines Bergwassers, Teiches, Moorgrundes, Wiese. Ganz exakt braucht es gar nicht zu sein, nur so viel um den Lokalton herauszubringen. Wenn es sein kann, umgehend. Verzeihung für dies Drängen. Aber ich bin schon in der Arbeit.

Heut vor 8 Tagen war ich in einer Gesellschaft mit Baurath Boeckmann zusammen, der über Japan geschrieben und durch gedruckte Briefe einige Unannehmlichkeiten gehabt hat. Wie mit dem geriesterten Stiefel: seit Ihrer Publicirung höre ich nur noch von ähnlichen Schicksalen in ähnlicher Situation. Ich erzählte ihm Ihr Loos, er war neugierig und ich schickte ihm das Büchelchen. Wenn ich was höre, ich sehe ihn freilich sehr selten, so schreibe ich es Ihnen. Herzlichste Grüße von uns allen dem ganzen Hause Friedländer von Ihrem ergebensten

Th. F.

557. *An Georg Friedlaender*

Berlin 6. Febr. 88.
Potsd. Str. 134.c.

Hochgeehrter Herr.

Seien Sie schönstens bedankt, auch für den Bergelbrief, den ich doch in erster Reihe auch Ihnen verdanke. Dummer Ausdruck. Erst nachträglich fällt mir ein, daß er ja an *Sie* gerichtet ist, wenn auch in meiner Sache. Trotz der Aufregung, in der ich mich wegen der beinah gleichzeitig anhebenden Bismarck-Rede befand (Martha hatte ein Billet ergattert und konnte zuhören) setzte ich mich doch hin und schrieb unter dem Eindruck von »Heiden-Tilke« und »Hexentreppe« die Ballade nieder, in der natürlich nichts von Heiden-Tilke und Hexentreppe vorkommt, wie das immer der Fall zu sein pflegt. Man braucht die Namen-Anregung und das Bewußtsein, daß ein bestimmtes Quantum von Sachlichem neben einem liegt – und aus diesem Besitz-Bewußtsein heraus producirt man dann. Wie oft habe ich schon gehört: »aber Sie scheinen es nicht gebraucht zu haben.« Falsch. Ich habe es *doch* gebraucht. Es spukt nur hinter der Scene. – Was Sie über Bergel schreiben, thut mir herzlich leid. Was soll *dar*aus werden! Aber er wirkte so, daß die Nachricht »vielleicht schwindsüchtig« mich nicht sonderlich überraschte. Ja, es würde das manches in seinem

Charakter erklären. – Berlin steht vor Erregung Kopf. Aber Bismarck, während er *zur Welt* sprach und die vorläufigen Schicksale derselben vielleicht bestimmte, war persönlich sehr klapprig und sprach zwei Drittel seiner Rede sitzend.

Nochmals Dank und 1000 herzliche Grüße Ihnen allen. Wie immer

Ihr

Th. F.

558. An Elise Weber geb. Fontane

Berlin, 8. Februar 88.

Meine liebe Lise!

Gern würde ich Vorschläge machen oder Empfehlungen schreiben. Es ist aber von absolut keinem Nutzen. Dazu kommt, daß ich zu den hiesigen Redaktionen, die mir zum Überfluß auch noch feindlich gesinnt sind und dies auch zeigen, nicht die geringsten Beziehungen unterhalte. Ich kenne die meisten Chefredakteure nicht mal dem Namen nach, geschweige die Mitarbeiter. Meine Beziehungen beschränken sich auf Voss.-Ztg. und die neue Wochenschrift »Zur guten Stunde«, Beziehungen bedeuten aber nicht Einfluß, den hab' ich gar nicht. Überhaupt – und dies bitte ich Dich die Dir befreundete Dame wissen zu lassen – wer hat Einfluß auf Redaktionen? Niemand. Die Dame würde staunen, wenn ich ihr die Namen derer herzählen wollte, die sich nicht einen Refus, sondern zehn gefallen lassen müssen. Einer meiner Freunde, berühmter Mann, hat es weit über die zehn gebracht. Das hat auch alles seinen guten Grund und bedeutet weder Unliebenswürdigkeit der Redaktion, noch Mittelmäßigkeit der eingereichten Arbeit. Hundert Dinge wirken dabei mit. Ich habe eben einen fünfzig oder sechzig Seiten langen Aufsatz beendet. Ein großes märkisches Kapitel. Im Sommer, aber nicht eher (sonst bin ich von vornherein verloren), werde ich ihn bei der Vossin einreichen und vielleicht wird er da angenommen. Wird er nicht angenommen, so sitze ich damit in schlimmerer Lage da wie der Gatte Deiner Freundin mit dem Bernsteinaufsatz. Denn Bernstein hat ein allgemeines Interesse, Schloß Plaue a. d. H. nur ein märkisches. Ich schreibe dies so ausführlich, damit die Herrschaften in Oels nicht mutlos die Flinte ins Korn werfen. So geht es jedem und jeder – die berühmtesten: Heyse, Spielhagen usw. nicht ausgeschlossen – müssen es immer aufs Neue versuchen, namentlich mit ihren Stücken, und kommen aus den Ablehnungen und Kränkungen nicht heraus. Es gibt kein anderes Mittel, als immer wieder anzumahnen, heute hier, morgen da. Freilich paßt dies nicht zu jedem Charakter, aber wer es irgend wie über sich gewinnen kann, ist schließlich immer siegreich.

Wie immer der alte

Th. F.

559. An Ludwig Pietsch

Berlin, 10. Februar 1888.

Teuerster Pietsch.

Das jüngste Kind meiner Laune wird Ihnen wohl schon 2 Stunden vor Eintreffen dieser Zeilen zugegangen sein. Wenn Ihre Güte Veranlassung nehmen wollte, der Welt zu versichern, daß der Roman selbst nicht zu den *großen* »Irrungen« zählt, und jedenfalls nicht die Absicht hatte, die »Wirrungen« auf dem Gebiet der Sittlichkeit zu vergrößern (eher das Gegenteil), so würde ich Ihnen zu erneutem Danke verpflichtet sein. Es war sehr liebenswürdig, daß Ihre liebe Frau neulich vorsprach. Wenn ich meinen »Zug nach dem Westen« vornehme, was recht bald geschieht, erkundige ich mich nach Ihrer aller Befinden.

Der arme Kronprinz! Da ist man mit seinem eignen kleinen Leid doch besser dran.

In herzlicher Ergebenheit

Ihr Th. Fontane.

Wenn Sie ein paar freundl Worte sagen, so, wenn's sein kann, in der Schlesischen, woran mir, wegen meiner schlesischen Beziehungen, *sehr* liegt. In der Vossin wird wohl Schlenther schreiben, vorausgesetzt, daß Stephany nicht andre Beschlüsse faßt.

560. An Georg Friedlaender

Berlin 10. Febr. 88.
Potsd. Str. 134.c.

Hochgeehrter Herr.

Schon wieder im Feld! Und diesmal mit den viel angefochtenen »Irrungen, Wirrungen«. Daß sie (die Irrungen) sich siegreich durcharbeiten, ist mir bei der entsetzlichen Mediokrität deutscher Kritik und deutschen Durchschnittsgeschmacks nicht wahrscheinlich. Ist auch nicht nöthig. Man muß es nehmen, wie's fällt. Und vielleicht hat man ja auch Unrecht. Aber ich glaub es nicht. Unter ergebensten Empfehlungen an Frau Gemahlin und Gruß und Kuß für die Kinder (Litti weist ihn hoffentlich nicht zurück) wie immer Ihr herzlich ergebenster

Th. Fontane.

561. An Emil Schiff

Berlin, d. 15. Februar 1888.
Potsdamer Straße 134 c.

Hochgeehrter Herr Doktor.

Es erschiene mir wenig artig, wenn ich auf Ihren so liebevoll eingehenden Brief nicht ein paar Worte antworten wollte. Zunächst natürlich meinen besten Dank. Und nun die Dialektfrage! Gewiß wäre es gut, wenn das alles besser klappte, und die realistische Darstellung würde neue Kraft und neue Erfolge daraus ziehn. Aber – und indem ich dies ausspreche, spreche ich aus einer vieljährigen Erfahrung – es ist sehr schwer, dies zu erreichen, und hat eine wirkliche Vertrautheit des Schriftstellers mit allen möglichen Dialekten seines Landes zur Voraussetzung. Ich griff früher, weil ich mich dieser Vertrautheit nicht rühmen darf, zu dem auch von Ihnen angeratenen Hilfsmittel und ließ durch Eingeweihte, die übrigens auch nicht immer zur Hand sind, das von mir Geschriebene ins Koloniefranzösische oder Schwäbische oder Schlesische oder Plattdeutsche transponieren. Aber ich habe dabei ganz erbärmliche Geschäfte gemacht. Alles wirkte tot oder ungeschickt, so daß ich vielfach mein Falsches wiederherstellte. Es war immer noch besser als das »Richtige«. Kurzum, so gewiß Sie im Prinzip recht haben, tatsächlich danach zu verfahren, wird sich nur selten ermöglichen lassen. Es bleibt auch hier bei den Andeutungen der Dinge, bei der bekannten Kinderunterschrift: »Dies soll ein Baum sein.« Mit gewiß nur zu gutem Rechte sagen Sie: »Das ist kein Wienerisch«, aber mit gleichem Rechte würde ein Ortskundiger sagen (und ist gesagt): »Wenn man vom Anhaltischen Bahnhof nach dem Zoologischen fährt, kommt man bei der und der Tabagie *nicht* vorbei.« Es ist mir selber fraglich, ob man von einem Balkon der Landgrafenstraße aus den Wilmersdorfer Turm oder die Charlottenburger Kuppel sehen kann oder nicht. Der Zirkus Renz, so sagte mir meine Frau, ist um die Sommerszeit immer geschlossen. Schlangenbad ist nicht das richtige Bad für Käthes Zustände; ich habe deshalb auch Schwalbach noch eingeschoben. Kalendermacher würden gewiß leicht herausrechnen, daß in der und der Woche in dem und dem Jahre Neumond gewesen sei, mithin kein Halbmond über dem Elefantenhause gestanden haben könne. Gärtner würden sich vielleicht wundern, was ich alles im Dörrschen Garten a tempo blühen und reifen lasse; Fischzüchter, daß ich – vielleicht – Muränen und Maränen verwechselt habe; Militärs, daß ich ein Gardebataillon mit voller Musik vom Exerzierplatz kommen lasse; Jacobikirchenbeamte, daß ich den alten Jacobikirchhof für »tot« erkläre, während noch immer auf ihm begraben wird. Dies ist eine kleine Blumenlese, eine ganz kleine; denn ich bin überzeugt, daß auf jeder Seite etwas Irrtümliches zu finden ist. Und doch bin ich ehrlich bestrebt gewesen, das wirkliche Leben zu schildern. Es geht halt nit. Man muß schon zufrieden sein, wenn wenigstens der Totaleindruck der ist: »Ja, das ist Leben.«

In vorzüglicher Ergebenheit

Th. Fontane.

562. *An Theodor Fontane (Sohn)*

Berlin, d. 17. Februar 1888.

Mein lieber, alter Theo.

Das gefeierte und verurteilte Buch ist nun da und präsentiert sich Dir im beifolgenden. Wirke für dasselbe; daß Münster die Stätte dafür, ist mir freilich nicht wahrscheinlich. Vor acht Tagen war ich noch in Furcht, daß man über das Buch herfallen werde, um es zu verschlingen, aber nicht im guten Sinne; heute schon bin ich in Furcht, daß nicht Huhn noch Hahn danach kräht. Es ist ein sonderbares Metier, die Schriftstellerei, und Du kannst mir danken, daß ich Dir zugerufen habe: bleibe davon! Nur die, die durchaus weiter nichts können und deutlich fühlen, daß sie, wohl oder übel, nun 'mal an diese Stelle gehören und nur an diese, nur die dürfen es wagen. Einfach, weil sie müssen und weil ein andres Leben sie erst recht nicht befriedigen würde. Wer aber fühlt, daß er auch Beine abschneiden oder Bahnhofswölbungen berechnen oder einen neuen Stern oder ein neues Alkaloid entdecken kann, der bleibe von den Künsten fern. Unter Tausenden ist nur immer ein *Julius Wolff*, den sich nicht die Muse, wohl aber das Glück auswählt, um Ruhm und Gold auf ihn zu häufen.

Wir leben hier in alter Weise weiter – kolossal still, namentlich ich. So sehr ich für Einsamkeit bin, so ist es mir doch mitunter ein bißchen zu viel. Natürlich, wenn ich mir Gesellschaft wünsche, wünsche ich mir gute; kann ich diese nicht haben, so bin ich lieber Höhlenbewohner. Auf Mete bezieht sich aber dieses Stillleben nicht; sie turnt viel umher und ist in diesem Augenblick auf dem Wege nach Rostock. Im ganzen geht es ihr gut. Friedel arbeitet weiter an der Hebung des deutschen Buchhandels, was ja, nach Ansicht der Buchhändler, gleichbedeutend ist mit Hebung der deutschen Literatur. In Wahrheit wird es immer schofler. Martha Robert ist ein liebes, gutes Kind, wohnt reizend, hat ein gutes Mädchen und Georgens reizenden schwarzen Pudel. Trotzdem ist sie wohl wenig glücklich, was zum Teil daran liegt, daß die ganze Familie 'was Rastloses hat. Sie müssen immer 'was vorhaben; der Augenblick, der gerade da ist, ist nie gut genug, und solche Seelenverfassung läßt kein rechtes Glücksgefühl aufkommen.

Wie steht es bei Euch? Hast Du Aussicht hierher zu kommen oder riecht es nach Schießpulver? Der große Namensvetter von Klein-Otto hat mich in seiner letzten Rede keineswegs beruhigt; denn ihr Inhalt war doch eigentlich nur: »alles in allem, hütet Euch, denn wir sind sehr stark.« Hoffentlich hat er sie graulich gemacht.

Wie immer Dein alter

Papa.

563. An Friedrich Witte

Berlin, 18. Febr. 88
Potsd. Str. 134 c

Mein lieber Witte.

Das Weiseste, was ich vor der binnen 2 Stunden meiner harrenden »Weisheit Salomos« tun kann, ist, Dir Glück zum Geburtstage zu wünschen. Denn das durch Herz und Liebe Gebotene ist auch immer das Weiseste. Du wirst zugeben, daß ich über diesen Trumpf nicht mehr gut hinaus kann und so denn nur noch Heil, Heil und Auf nach Amerika! Aber heitreren Gesichts, als der alte Kammerdiener in »Kabale und Liebe« es sagt. Allerseits herzlichste Grüße. Meiner Mete einen Kuß. Wie immer Dein alter, treu ergebenster

Th. Fontane

564. An Martha Fontane

Berlin 10. März 88. Potsd. Str. 134. c.

Meine liebe Mete.

Ihr wußtet es schon 9 1/2, wir erst um 11. Der alte Witz. Der Raum ist ein überwundener Standpunkt und in Hongkong sprechen sie schon im Club von einer Sache, die der am Thatort um die Ecke Wohnende erst mehrere Stunden später erfährt. So wirst Du, speziell im Witteschen Hause, über alle Geschehnisse besser unterrichtet sein und mehr Debatten hören und Erregungen sehn, als wir hier in unsrem Mauseloch, Ein Glück daß es Zeitungen giebt, sonst säße man ganz auf dem Trocknen. Gestern Abend las uns Mama aus der Vossin die Bismarck-Rede vor, die sie 5 Stunden vorher im Reichstag gehört hatte. Ich zähle diese Rede zu dem Schönsten, Klügsten, Bedeutungsvollsten, was er *je* gesprochen hat. Denn während er anscheinend eine Trauer-Rede hält, in der er seinen Gefühlen einfach Ausdruck giebt, ist es in Wahrheit eine eminent politische Rede, durch Hervorhebung dessen, was dem Kaiser in seinen letzten Lebenstagen ein Trost und eine Freude gewesen sei: das Hinschwinden des partikularistischen Gefühls in Deutschland, die Freude am Reich, und das Schweigen der Parteiungen in der großen Wehrfrage des Landes. Beides: avis au lecteur. Die Sonderbündler und die Fortschrittler sollen dadurch captivirt werden. Ob es hilft, ist eine andre Frage. Sehr interessant ist der Erlaß des *Kaisers Friedrich* in der Trauerfrage, sein *erster* Erlaß. Man sieht an einem Strohhalm am besten, wo der Wind herkommt und die Stellung des neuen Kaisers zu dieser relativ kleinen Sache, kennzeichnet den ganzen Mann. Voll Güte, Feinheit, Vornehmheit; nur kein Zwang, nur keine Lüge! Aber doch von vornherein Verwirrung stiftend. Völker verlangen Bestimmtheiten und Befehle. Das ›ins Belieben stellen‹ geht kaum im Privatleben, im Staatsleben gewiß nicht.

Zöllners waren gestern eine Stunde bei uns; er erzählte sehr interessant von der Ueberreichung des Akademie-Diploms an Goßler, Präs. Becker, Zöllner, Menzel, Ende, Blumner. Vorher hatte Ismael Gentz mein Portrait gebracht; ich finde es sehr gut; die andern tadeln es. – Marthachen hat sich *sehr* über Deinen Brief gefreut; sie bedarf Deiner durchaus, denn die Tüten und die Quasseleien sind zu groß; sie ist *ganz* elend, so elend, daß sie wirkt wie ein erlöschendes Licht. Und dabei weiß ich wirklich nicht, wie ihr geholfen werden soll, denn es ist ja ganz unmöglich, sie dem Boden zu entreißen, drauf sie gewachsen ist. Fräulein Lieschen bleibt nun wohl noch eine Woche, um als Schönstes ihres Aufenthalts, eine große Trauerfeierlichkeit mit heimzunehmen. Dann beginnt wieder der Kater, das Velociped und Treutlers Zuckerdoktrin.

1000 Grüße allerseits und einen Kuß von Deinem alten

Papa.

565. An Martha Fontane

Berlin 13. März 88. Potsd. Str. 134.c.

Meine liebe Mete.

Mama wird Dir wohl schon für Deinen Brief gedankt haben; sie hat mir auch die erste Seite des ihrigen vorgelesen, weil sie wohl fühlte, daß ihr diese erste Seite sehr gelungen war und ich habe mit meinem Lob auch nicht zurückgehalten. Es ist auch meine ehrliche Ueberzeugung, daß der traurigste Standpunkt, den man einnehmen kann, der des Philisters, des nüchternen Besserwissers ist, der sich ›sneering‹ neben solche *elementaren* Erscheinungen stellt. Denn elementar und in ihrer Art groß ist auch eines Volkes Neugier und Schaulust, wenn ein mit Recht gefeierter 91jähriger Kaiser gestorben ist. Aber so gern ich das zugebe, so gewiß ich weiß, daß bei Kritik und Aufklärung und auf den Grund gehn, gar nichts herauskommt, so kann ich doch diese Dinge nicht gläubig *mitmachen*, Dinge von deren Hohlheit und Lüge ich durchdrungen bin. Ich weiß wohl: ›Nur der Irrthum ist das Leben und die Wahrheit ist der Tod‹ – das Tiefste, was je über Mensch und Menschendinge gesagt worden ist. Aber wie das Tiefste, so doch zugleich auch das Traurigste. Bewußt wird, von Kaiser und König an bis zum Bettler hinunter, gelogen, vor allem eine beständige Gefühls- und Scheinheiligkeits-Komödie aufgeführt; was wir Glauben nennen ist Lug und Trug oder Täuschung oder Stupidität, was wir Loyalität nennen, ist Vortheilsberechnung, was wir Liebe nennen ist alles Mögliche, nur meist nicht Liebe, was wir Bekenntnißtreue nennen ist Rechthaberei. ›Das *ist* sein Fleisch und Blut‹, ›das *bedeutet* sein Fleisch und Blut‹, – auf diesen Unterschied hin wird verbrannt und geköpft, werden Hunderttausende in Schlachten hingeopfert und eigentlich – eine Handvoll verrückt fanatischer Pfaffen ausgenommen – ist es jedem gleichgültig. Ich habe noch keinen kennengelernt, dem es *nicht* gleichgültig gewesen wäre, selbst unsre gute alte W. ist au fond mehr für Fasan und Hutzelbrod; oder gar Austern, bei denen sie jedesmal ein andächtiges Gesicht annimmt. Alles Höchste und Heiligste kommt vor oder richtiger es giebt ernste, tiefe Ueberzeugungen (die drum noch lange nicht die Wahrheit zu sein brauchen) für die gelegentlich ein Einzelner ehrlich stirbt, aber dieser Einzelne ist der Tropfen Urtinktur im Ozean. Der Ozean ist nichtiges, indifferentes Wasser. Und die Menschheit ist noch lange nicht Wasser, sondern blos Sumpf, mit Infusorien in jedem Tropfen, vor denen man, wenn man sie *sieht*, ein Grauen und Schaudern empfindet. Der alte Wilhelm, als vor Jahr und Tag das Volksansammeln vor seinem Fenster Mode wurde, sagte: ›Dieselben Menschen, wenn ein politischer Umschlag eintritt, zerreißen mich!‹ Nur *zu wahr*. Wir haben nur das bischen Kunst und Wissenschaft, das uns, in ehrlicher Arbeit, über uns erhebt und haben als Bestes die *Natur*. Alles andre ist Mumpitz, und je mehr Lärm und patriotischer Radau desto mehr. Es hat alles gar keinen Werth. Aber man muß es gehn lassen und auch schließlich noch so thun als freue man sich darüber. Denn um es zu wiederholen, das andre ist blos langweiliger aber nicht besser. Wir stecken schlimm drin; das heißt Mensch zu sein. – Daß die jungen Mädchen nach Southampton resp. London gehn, finde ich reizend. Das sind so Vorzüge, ja beinah Tugenden der neuen Zeit. Wie immer Dein alter

Papa.

II.

B. 13. 3. 88. Abends

Eigentlich wollte ich heute Mittag über die ›Proklamation‹ schreiben und über den noch viel wichtigeren Erlaß Friedrichs III. an Bismarck. Als mir Mama dies Schreiben heute früh vorlas, hatte ich den Eindruck: in der Anerkennung mau und flau (nur so grade das Nöthigste) in der *Kritik* weitgehend und eigentlich die ganze Bismarcksche Politik umfassend. Keine Aenderungen im Wahlgesetz, nicht ›offne Stimme‹ statt Zettel, keine Aenderung in den Wahlperioden, keine Maigesetze und vor allem auch keine *Aufhebung* der Maigesetze, keine Stöckerei, kein Koegelscher Orthodoxismus, kein Antisemitismus, keine beständig wachsende Zahl der Armee-*Ziffer* (er betont nur die ›Ausbildung‹ und die ›Organisation‹ der Armee) kein Staats-Socialismus, kein unbedingtes Anrecht auf Arbeit und Hülfe, keine Steuerschraube, keine ›Prämienwirthschaft‹, wahrscheinlich auch kein Tabacksmonopol, – mit andern Worten *alles* anders als es war, in feiner Form und mit vorläufiger Umgehung der sogenannten ›äußren Fragen‹, eine totale Verurtheilung oder doch mindestens Anzweiflung der gesammten Bismarckschen Politik. Daß Bismarck in Person seit gestern oder vorgestern eine ›Venen-Entzündung‹ hat, ist mir nur zu begreiflich. Soll nach diesem Programm gewirthschaftet werden, so bleibt kein Stein auf dem andern; nicht nur Bismarck, *alle* Minister erhalten eine II. b., Puttkamer an der Spitze, dann Scholz, dann Goßler, dann Lucius, nur Friedberg kommt glatt durch und erhält, übrigens wohlverdient, den schwarzen Adlerorden. Darüber Jubel in Israel. Ich sprach mich schon heute Vormittag über das Bedrohliche dieser Situation aus, Mama wollte nicht recht dran glauben, ›ach, Du redest immer‹, nun ist vor einer Stunde das Abendblatt der Vossin gekommen und nun hat sie's schwarz auf weiß. Ich habe nicht argwöhnisch oder schwarzseherisch geurtheilt, es ist klar, daß die fortschrittliche Partei die Sache grade so ansieht wie ich und in diesem sanften, stillen, reservirten Programm eine Kriegserklärung erblickt. Aber während sich der Fortschritt dieser versteckten und doch ganz deutlichen Kriegserklärung gegen B. freut, erschrecke ich davor. Bismarck kann das nicht ruhig einstecken, auch *dann* nicht, wenn der Kaiser ihn bittet zu bleiben und die Möglichkeit einer Versöhnung auf diesem oder jenem Punkte in Aussicht stellt. Das Desaveu ist *zu* stark. Bismarck kann nur bleiben, wenn er mit Bergmann gesprochen und von diesem gehört hat: ›3 Wochen, oder 6 oder 9; aber nicht mehr.‹ *Dann* kann er sich bezwingen und bis Pfingsten seiner Venen-Entzündung leben. Aber ob es kurz oder lange dauert, viele solche Experimente, die, wenn weiter nichts, mindestens eine kolossale Stärkung der Opposition bedeuten, hält der Staat nicht aus. Keinesfalls können sie zu seinem Gedeihen beitragen. ›Berlin in schwarz‹ interessirt mich gar nicht (alles Blech und Straßenkomödie), aber ›Bismarck in schwarz‹ und seine Politik auf dem Katafalk todt ausgestellt und mit Fingern drauf gewiesen, – *das* interessirt mich. Es ist wie wenn Gladstone oder Prinz-Consort Redivivus an die Regierung gekommen wäre. ›Grau, theurer Freund, ist alle Theorie.‹ Wie immer Dein alter

Papa.

566. An Martha Fontane

Berlin 14. März 88. Potsd. Str. 134.c.

Meine liebe Mete.

Natürlich fliegen 20 Zeitungen durch euer Haus, ich weiß aber doch nicht ob das B. Tageblatt dazwischen ist und *wenn*, ob ihr jeder Nummer eine besondre Aufmerksamkeit schenkt. Deshalb schicke ich das einliegende Blatt, das ich gestern Abend gekauft und das mich, als ich es las, in große Aufregung versetzte. Was ich 2 Stunden vorher in der Vossin in einer verhältnißmäßig reservirten Sprache gelesen hatte, das tritt nun hier in aller Roheit, in aller Schabernackfreude hervor. Falstaff tritt an den toten Percy heran und nachdem er sich überzeugt, *daß* er todt, piekt er mit seinem Säbel in ihm herum. Und hat nun Heldenblut an seinem Krötenspieß. Der Eindruck ist widerlich. Gestern noch der Mann, der den Erdball in Händen hielt, heute nur noch dazu da, – nach dem Größten das *politisch* in einem Jahrtausend geleistet worden ist (denn das Friedericianische ist kleiner und das Napoleonische flüchtiger gewesen) – sich von einem Judenbengel, hinter dem leider viele, viele stehn, sagen lassen zu müssen: ›er sei nur ein *›Diener‹* gewesen und könne, wenn er hübsch artig sein wolle, in seinem *Dienst*verhältniß bleiben‹. Unerhört; furchtbar! Ein Mann wie Witte, der sich, trotz Parteistellung, die Fähigkeit und die Lust einen so großen Mann zu würdigen, nie hat nehmen lassen, muß vor Ekel ausspucken über solch Judenbengelgebahren. Und das sind dann die Blätter, wonach ›Geschichte‹ geschrieben wird. Diener und wieder Diener. Niederträchtiger Undank, Undank – und das ist das Schlimmste – mit hoher polizeilicher Erlaubniß! Nun werden sie wohl alle aus ihren Sümpfen und Höhlen herauskriechen, und ihm Mätzchen machen und ihn ausätschen. Nach meinem Gefühl kann und darf er das nicht aushalten. Ueber den Hohn der Presse käme er weg, er hat die Presse nie geschont, sie immer nur verächtlich behandelt und kann sich nicht wundern, wenn sie's ihm heimzahlt. Aber was sind denn die Preßstimmen anders als das Echo dessen, was vom Thron her gesprochen wurde, leiser, aber richtender. Travailler pour le Roi de Prusse. Immer kehrt es wieder. Aber *so* doch selten. Und dabei wahrscheinlich die Annahme: ›Gott, er wurde ‚Fürst', der kleine verschuldete Deichhauptmann und besitzt den Sachsenwald und Millionen, sei er doch zufrieden; er ist *bezahlt*.‹ Der Mohr hat seine Schuldigkeit gethan, der Mohr kann gehn! Aber *noch* hat er nicht ausgespielt. Wie immer Dein alter

Papa.

Nachdem ich eben noch das Trauerceremoniell für Freitag – ganz aufrichtig ein stilistisches Meisterstück, daran Schriftsteller die Kunst der Knappheit und Klarheit lernen können – durchgelesen habe, will ich meinen Brief schließen, aber doch nicht ohne zu vielleicht nöthiger Aufhebung meines Wuth- und Jammergeschreis Einiges hinzugefügt zu haben. Daß der Brief des Kaisers an Bismarck mehr Kritik als Bewundrung ausdrückt, ist mir unzweifelhaft, ebenso daß die Presse den Brief so auffaßt. Trotz alledem ist es möglich, daß das alles so bitterböse nicht gemeint und eigentlich nur eine façon de parler ist. ›Gott, es muß doch am Ende was gesagt werden.‹ Ist es so, so wird alles was ich gesagt und geklagt habe, hinfällig. Ich glaube aber nicht, daß es so harmlos liegt und die nächsten Wochen oder vielleicht Tage schon, werden zeigen, wie der Hase läuft. Ich fürchte auf 3 Beinen. Dein alter

Papa.

567. An Unbekannt

Berlin 27. März 88.
Potsd. Str. 134. c.

Hochgeehrter Herr.

Mit dem Reimen auf Namen ist es immer mißlich und der Leser muß dem Dichter – wenn dieser ein leidlich vernünftiger und leidlich gebildeter Mann ist – den Gefallen thun, ihm und seiner Intention zu folgen. In den nächsten Wochen werden Sie ein Gedicht, betitelt Jan Bart, in »Zur guten Stunde« finden, worin sich »Du Quesne« auf »Capitaine« reimt. Natürlich ist viel dagegen zu sagen und doch möchte ich es nicht missen, denn es giebt Vollklang und Lokalkolorit und deckt sich mit der historischen Wahrheit.

Und nun Ivanhoe! Ich glaube, der selige Wohlbrück hat Recht und ich habe *auch* Recht. Ivanhö kann man nicht lesen, einmal weil es falsch ist und zweitens weil ich wohlweislich Ivanho (statt Ivanhoe) habe drucken lassen. So bleibt nur die Wahl zwischen »Eivänhu« (Wohlbrück) und »Ivanho« (Fontane). Jener reimt nach der korrekten englischen Aussprache, ich nach der deutschen Aussprache und wie sich das Wort dem Auge darstellt. – Ihnen für Ihre Zeilen, als einem Beweis freundlichen Interesses, dankend, in vorzügl. Ergebenheit

Th. Fontane.

568. An Friedrich Stephany

Berlin, 1. April 1888.

Hochgeehrter Herr und Freund.

Herzlichen Dank für die Osterfreude, die Sie mir heute früh bereitet haben. Und wenn es schon überhaupt wohltut, so selten Hübsches und Nettes, so Schmeichelhaftes über sich zu lesen, wie *dann* erst, wenn es völlig als Überraschung auftritt und wie Platen sagt: »als Erfüllung auftritt, wo man zu wünschen aufgehört.« Ich ging nämlich davon aus, daß die Parole gegeben sei »schlimm genug, daß wir damit reingefallen sind, aber es noch loben – unmöglich.« Und nun alle diese Befürchtungen umsonst und *so* umsonst! Schlenther hat nie besser und liebenswürdiger geschrieben. Und wenn ich das sage, so sage ich es nicht, weil mich das Lob kaptivierte. Lob zu hören, ist freilich immer angenehm, das hängt nun mal mit der Ichheit zusammen, aber für einen leidlich verständigen Menschen fällt doch die Qualität mehr ins Gewicht als die Quantität und das oft persiflierte Verlangen der Frauenherzen »sich verstanden zu sehn«, – für den Schriftsteller hängt an der Erfüllung *dieses* Wunsches sein höchstes Glück.

Die Kaiser-Wilhelm-Briefe sind nun beendet – es war, täuscht mich nicht alles, ein guter Griff – und ich möchte Veranlassung nehmen Ihnen für Ende Juni eine etwa halb oder $^2/_3$ so lange Arbeit verwandten Charakters anzubieten, die nicht nach der historischen Wichtigkeits- aber doch nach der literarischen Apartsseite hin weit darüber hinauswächst: Die Briefe- bezw. Tagebuchaufzeichnungen des Krönungsbotschafters Fürst Putbus über die vor genau 50 Jahren, am 28. Juni 1838 erfolgte Krönung der Königin Viktoria. Was im vorigen Jahr gefeiert wurde, war die Thronbesteigung. Die Fürst Putbusschen Aufzeichnungen sind »hochfein« in einem aristokratischen Ungeniertheits-Ton geschrieben, der überall an Fürst Pückler erinnert und nicht selten ihn erreicht. Alles frei, forsch, vornehm, von anekdotischen Erlebnissen strotzend.

Seit fast einem Jahr habe ich die Sachen und konnte mich mit dem Geheimrat, der mir das M. S. (ein in Leder gebundenes Tagebuch) anvertraute, nur *darüber* nicht einigen, wer als Verfasser zu nennen sei. Ich meinte: »Fürst Putbus muß einfach genannt werden; will das die Familie nicht, so muß die Publikation überhaupt unterbleiben, denn es einem anhalt'schen oder strelitz'schen oder wohl gar Lippe-Detmold'schen Ambassadeur zuschreiben oder von einem ›norddeutschen Berichterstatter‹ sprechen, führt nur zu Unsinnigkeiten, weil jede Seite verrät, daß es der preußische Botschafter und ein fürstlich vornehmer Herr ist, der schreibt«. Der Streit hat lange geschwebt, und schließlich hab ich die ganze Geschichte fallen lassen. Nun glaube ich aber das Ei des Columbus gefunden zu haben: man nennt *gar keinen* Verfasser und überläßt es dem Publikum, herauszubringen, wer der Schreiber sei. Damit fällt die Indiskretion der Namensnennung und der Unsinn einer Abschiebung auf falsche Schultern.

Ihr

Th. Fontane.

569. An Paul Schlenther

Berlin, d. 1. April 1888.
Potsdamer Straße 134 c.

Hochgeehrter Herr.

Der Dank für diese Liebestat soll doch nicht bis morgen früh warten. Es hieße das an dem Institut der Rohrpost unerlaubt vorübergehn.

In der ersten Hälfte war ich nicht sicher über den freundlichen Spender, aber die Schlußhälfte können nur Sie geschrieben haben.

Welche Osterfreude! Vater, Mutter, Tochter, alles gerührt – wenn man will, ein etwas lächerliches Bild, aber wie so vieles Lächerliche gut und erfreulich. Fünfzig Jahre lang habe ich mich nur bei Nullgraderfolgen, ohne Lob und ohne Tadel hingequält und mich mit dem Gedanken, ohne rechte Sonne hingehn zu müssen, vertraut gemacht: da sieht der nur noch auf Stunden Gestellte den Ball am Horizont und ruft mit dem bekannten Seligen: »Verweile doch usw.« Eine Liebestat, eine Osterfreude.

Nochmals besten Dank. Ihr

Th. Fontane.

570. An A. Fresenius

Berlin 7. April 88.
Potsd.Str. 134.c.

Hochgeehrter Herr Doktor.

Heute früh ging mir die letzte Nummer Ihrer »Deutschen Literaturzeitung« zu.

Indem ich Ihnen für die überaus freundliche Besprechung meiner »Irrungen, Wirrungen«, die Sie vielleicht veranlaßt und der Sie jedenfalls einen Platz in Ihrer Zeitung eingeräumt haben, meinen herzlichsten Dank sage, bitte ich Sie, Herrn Max v. Waldberg bei Gelegenheit aussprechen zu wollen, wie sehr mich seine Worte voll gütiger Anerkennung erfreut haben.

In vorzügl. Ergebenheit

Th. Fontane.

571. An Georg Friedlaender

Berlin 12. April 88.
Potsd. Str. 134.c.

Hochgeehrter Herr u. Freund.

Seien Sie schönstens bedankt für Ihren lieben Brief, in dem mir – fast muß ich sagen leider – die pessimistischen Allgemeinbetrachtungen noch wohler gethan haben als die freundlichen Worte, die sich an meine Person richteten. Ach, es ist leider alles so, wie Sie schreiben und je länger ich lebe – und in diesen letzten Lebensjahren, wie bei den Fallgesetzen mit beschleunigter Geschwindigkeit – drängt sich's mir auf, wie erbärmlich das Leben ist, erbärmlich durch die Menschen. Denn mein auch pessimistischer Freund Hofprediger Windel in Potsdam hatte Recht, als er mir neulich fast unter Thränen sagte: Ja, Schiller hat es getroffen »Die Welt ist herrlich überall, wo der Mensch nicht hinkommt mit seiner Qual.« Und seiner Gemeinheit und Niedertracht darf man hinzusetzen. »Ach, Saldern, wenn er die ›mechante Race‹ die sich Mensch nennt, so gut und so lange kennte wie ich, würd' er auch so denken und so sprechen wie ich« – sagte der alte Fritz in seinen letzten Lebenstagen. Ja ›mechante Race‹ diese Tage zeigen es wieder. Beobachten Sie, wie weite weite Kreise – natürlich der unglückselige »Fortschritt« mal wieder an der Spitze – jetzt von Bismarck abfallen und dem neuen Lichte sich zuwenden, trotzdem jeder weiß, daß es nur ein Stundenlicht ist. Wie würde sich die Gemeinheit erst zeigen, wenn der arme gute Kaiser Friedrich – eine edle, aber zur Trauer stimmende Gestalt durch und durch – wenn er statt der Kanüle Nerven hätte wie Stricke. Bismarck wäre schon öffentlich verhöhnt und beschimpft worden. Jeder denkt nur an sich und seinen Vortheil; Gesinnung is nich, sich damit befassen ist nur lächerlich, ist anmaßlich wie Tugend und bald auch vielleicht wie Ehrlichkeit. Es bleibt dabei – und deshalb darf man auch immer wieder darauf zurückkommen – zu dem traurig und niederdrückend Lehrreichsten was ich in meinem ganzen Leben erlebt habe, gehört *Ihre* Geschichte, die Geschichte Ihres Büchelchens. Wohin ich in der Sache blicke, nur immer 2 erlei: Dummheit und Feigheit oder richtiger *gesinnungstüchtige Großmäuligkeit*, die – wenn Sie (ich glaube, ich schrieb es schon oft) ein Pistolenschütze wie Fürst Pückler oder ein Dollbregen wie, vor 45 Jahren, ein mir befreundeter Schützen-Kapitain in Leipzig (der hintereinander weg drei seiner ihn beleidigenden Kameraden im Duell erschoß) gewesen wären, sofort in die furchtbarste Feigheit umgeschlagen wäre. All diese Jammerprinzen erlaubten sich das alles, weil sie glaubten, es sich Ihnen, einem civilen verheiratheten Manne gegenüber erlauben zu können, hätte man aber in Hirschberg und Cottbus oder wo sonst noch gewußt, daß mit Ihnen schlecht Kirschenpflücken sei und daß Sie sich in Ihrem Garten damit beschäftigten auf 15 Schritt das Coeur-As aus der Karte zu schießen, so hätte sich niemand gerührt, weder der Herr Major, noch der Herr Hauptmann, noch der Herr Steuer-Supernumerarius. Mit Ekel erfüllen mich diese Loyalitäts-, Muths- und Gesinnungsthaten, hinter deren Heldenallüren nur der Jammer lauert. Seien Sie froh, daß Sie den ganzen Menschenquark erkannt und – hinter sich haben. Nur zu wahr ist das, was Sie – zur Erklärung und dadurch zur halben Entschuldigung des Geschehenen – in Ihrem Briefe betonen: die Verdrehtheit, die darin liegt, eine Institution, die einen frischen und ritterlichen Kastengeist zur Voraussetzung hat, auf beliebige kl. Nußknacker übertragen zu wollen. Gott besser's. Wird aber wohl nicht. 1000 Grüße Ihnen allen von Ihrem treu ergebensten

Th. F.

572. An Max von Waldberg

Berlin 13. April 88.
Potsd.Str. 134.c.

Hochgeehrter Herr v. Waldberg.

Das Meiste was man von literarischer Arbeit hat, ist Enttäuschung, Neidhammelei, Verdruß, aber es kommen Tage, die alles wieder ins Gleiche bringen. »Und solch ein Tag war's« darf ich variirend sagen. Wie wohlthuend jedes Wort. Auch das mit dem Stücke-schreiben. Aber davor hat mich Gott, trotz meiner Lust dazu, in Gnaden bewahrt. Denn wenn schon der Verkehr mit Redaktionen und Verlegern seine Fatalitäten hat, wie erst der Verkehr mit Bühnenleitern, Schauspielern und – Theateragenten. Da hört alles auf! Und so werde ich einen vor 40 Jahren angefangenen »Karl Stuart« der Welt als einen Torso hinterlassen, wenn man das einen Torso nennen darf, was nie fertig war. Wundervoll haben Sie das Berliner Wesen charakterisirt. Das kann nur ein *Nicht*-Berliner. Wir stecken zu tief drin, um einen Ueberblick zu haben. Gestern Abend war der kleine Brahm bei mir, der mich mit besten Grüßen an Sie beauftragt hat. Im Mai erscheint der 1. Band seines Schillerwerkes; um dieselbe Zeit will er zur Erholung nach Baden-Baden und – Paris. Letztres ein fraglicher Erholungsplatz; vielleicht kommt er grade rechtzeitig, um Boulanger mit zum Kaiser ausrufen zu können. Unter Wiederholung meines herzlichen Dankes in vorzügl. Ergebenheit

Th. Fontane.

573. *An Otto Brahm*

[Berlin, 21. April 1888]

Ich danke Ihnen herzlich. Sie können sich unmöglich eine Vorstellung davon machen, wie einem alten Knopf, um den sich 68 Jahre lang eigentlich niemand, oder aber höchstens eine Partei-Mediocrität (bei Gelegenheit der Wanderungen etc.) gekümmert hat, wie solchem vieux zu Muthe wird, wenn er sich, in seinem vielleicht letzten Lebenssemester, erstens überhaupt noch beachtet und dann *so* liebevoll betrachtet sieht.

Daß in meinem Ibsen-Aufsatz und in »Irrungen, Wirrungen« dieselbe Tendenz lebt: »Ehe ist Ordnung«, ist mir erst durch Ihre Kritik zu Gemüthe geführt. Und diese Tendenz selbst, – ja das ist ein weites Thema, das man eigentlich nur behandeln kann, wenn man an einem schönen Sommerabend zwölf mal um den Kroll'schen Platz herumgeht. »Du sollst nicht ehebrechen«, das ist die Norm und wohl dem, der, nicht in Versuchung und nicht in Kämpfe geführt, dieser Norm entspricht; aber der Complicirtheiten modernen Lebens sind so viele, daß das Gesetz jeden Tag und jede Stunde durchlöchert wird, weil es durchlöchert werden *muß*, wodurch wir, wollend oder nicht, unsere Stellung zur Schuldfrage beständigen Wandlungen unterworfen sehen. Das zugleich ein Ideal verkörpernde Gesetz, es bleibt, aber seine Strafandrohungen und Strafbemessungen, auch die bloß gesellschaftlichen, ändern sich nach der veränderten Schuldanschauung, und die Zeit kann kommen, wo das Gesetz selbst darüber zusammenbricht. Vielleicht, wenn wir vier achten schreiben, 8888. Aber noch ist es da.
[Anfang und Schluß fehlen.]

574. An Paul Lindau

Berlin, 22. April 88.

Hochgeehrter Herr und Freund,

Ihre Güte hat es gewollt, und so schicke ich gleichzeitig mit diesen Zeilen den kleinen Roman. Möge er leidlich vor Ihrem Urteile bestehn.

Die trüben Tage, die wir jetzt alle leben, sind schlimmer als eigentliche Trauertage. Aber auf meine Arbeit und so weit wie möglich auch auf meine Stimmung dazu, lasse ich all dies Schmerzliche nicht Eindruck gewinnen. Ich las einmal in einer Biographie Walter Scotts, um 8 sei Lady Scott gestorben, und um 9 habe er sich hingesetzt, um ein Woodstock-Kapitel zu schreiben. Diesem Ideale strebe ich nach. Allerdings soll er in keiner sehr glücklichen Ehe gelebt haben.

Ich sei spröde, schreiben Sie. Ja und nein. In der Vereinsamung, in der man lebt, in der *ich* wenigstens lebe, sehnt man sich nach Umgang mit einem wirklichen Menschen (die bekanntlich sehr rar sind), und der Verkehr mit einem Manne von Ihrem litterarischen Ansehen, Ihrer gesellschaftlichen Stellung und ihren [!] liebenswürdigen Umgangsformen würde mich – jetzt ist es auch damit vorbei – vor wenig Jahren noch beglückt haben. Aber die Verhältnisse haben es seinerzeit entweder direkt verboten oder aber mich annehmen lassen (und ich glaube mit Recht), daß einem derartig versuchten freundschaftlichen Verkehr die Dauer gefehlt haben würde. Und das giebt dann blos Schlußverstimmungen und mehrt gerade *das*, das ich im Leben am meisten zu meiden suchte.

In vorzüglicher Ergebenheit

Th. Fontane.

575. An Theodor Fontane (Sohn)

Berlin, 9. Mai 1888

Mein lieber alter Theo.

Schon längst hätte ich Dir mal wieder geschrieben, wenn ich nicht, und zwar mit immer steigendem Eifer, mit der Zuendeführung meines neuen Romans beschäftigt gewesen wäre. Nun ist er, im Brouillon fertig, vorläufig beiseite geschoben. Titel: »Frau Kommerzienrätin oder Wo sich Herz zum Herzen findt«. Dies ist die Schlußzeile eines sentimentalen Lieblingsliedes, das die 50jährige Kommerzienrätin im engeren

Zirkel beständig singt und sich dadurch Anspruch auf das »Höhere« erwirbt, während ihr in Wahrheit nur das Kommerzienrätliche, will sagen viel Geld, das »Höhere« bedeutet. Zweck der Geschichte: das Hohle, Phrasenhafte, Lügnerische, Hochmütige, Hartherzige des Bourgeoisstandpunkts zu zeigen, der von Schiller spricht und Gerson meint. Ich schließe mit dieser Geschichte den Zyklus meiner Berliner Romane ab, es sind 6 im ganzen, und habe vor, wenn mir noch ein paar Jahre vergönnt sind, mit einem ganz balladesken historischen Roman, der um 1400 spielt, abzuschließen. Die Leute mögen dann sehn, daß ich auf Zoologischen Garten und Hankels Ablage nicht eingeschworen bin und daß ich imstande bin, meine Personen ebensogut eine Simplizitätssprache wie die Bummel- oder Geistreichigkeitssprache des Berliner Salons sprechen zu lassen. Ich sage: »Die Leute mögen dann sehn«, ja, »sie mögen«, aber sie werden nicht, denn das Quantum von Gleichgültigkeit, das die Menschen allem entgegentragen, was nicht Modesache ist, ist kolossal. Es ist so groß, daß es beispielsweise ein Fehler ist, sich gegen einen hämischen Angriff zu verteidigen oder auch nur einen groben Druckfehler zu korrigieren, denn von einer Zeitungsnummer bis zur andern ist schon alles wieder vergessen, der Druckfehler gewiß, aber auch die Verleumdung. Freundschaft und Liebe verschwinden immer mehr; in der Familie kommen diese Luxusartikel noch vor, weil die Familie nichts ist als ein auf 3 oder 5 (höhere Zahlen sehr selten) erweitertes Individuum, das von ein und demselben Egoismus inspiriert wird; da kommt dann noch ein annähernd gemeinschaftliches Fühlen vor, und die Berührungen mit dem Knotenstock oder mit drei Pfauenfedern, wie sie dem einen zuteil werden, treffen den andern mit. Aber sowie man über den Kreis der Familie hinaus ist, beginnt die Sahara, dann und wann eine Oase mit einem Baum und einem Quell, sonst nur Wüstengeier und die Trümmer der armen Kamele, die vor einem des Weges zogen und jämmerlich umkamen in Sand und wieder Sand. Da hast Du meine Stimmung; je mehr sie wächst, je mehr ich mich davon überzeuge, daß sie, so schlecht sie ist, immer noch nicht schlecht genug ist, denn die Natur schuf mich zum Optimisten und Heitersehen, je mehr, sag ich, ich mich gezwungenermaßen von der einzigen Berechtigung des Pessimismus überzeuge, desto mehr ziehe ich mich in meine

Klause zurück und meide die Berührung mit den Menschen, die fast immer unangenehm ist. Ein großer Teil der Schuld wird wohl auch an mir selbst liegen, ja, ich würde geneigt sein, ihn nur in mir zu suchen, wenn es nicht so viele Abschnitte in meinem Leben gäbe, die mir den Beweis liefern, daß es doch auch an der Außenwelt liegen muß. In der Fremde (England, Frankreich) sind mir die häßlichen Gefühle, die mich in unsrer Stadt Berlin bedrängen, erspart geblieben, und wenn ich im Sommer 3 Monate lang im Riesengebirge bin und in Krummhübel, Arnsdorf, Schmiedeberg, Erdmannsdorf mehr Gesellschaften mitmache als in 9 Monaten in Berlin, so bleiben mir auch an diesen Plätzen Verstimmungen und Ärgernisse erspart. Es muß also doch an der großen Stadt liegen. Es fehlt alles Wohlwollen, alles Interesse, jeder ist jedem nur im Wege, und was Lindau mal von Spielhagen sagte: »Er ärgert sich, wenn die Lucca in New York 17mal herausgerufen wird, denn Spielhagen sagt sich dann in seiner Eigenschaft als internationaler Schriftsteller: die Gesamtwelt kann nur ein bestimmtes Quantum von Enthusiasmus aufbringen, und wenn die Lucca zuviel davon wegfrißt, so muß mein Anteil notwendig geringer werden« – dies Lindausche Wort paßt auf unser Berliner Leben von Nummer zu Nummer, vor allem auf Lindau selbst, der den guten Spielhagen nur durch Einblick in die eigne freie Seele *so* gut charakterisieren konnte. Du bist nun seit ein paar Jahren Beamter und wirst wohl aus eigner Wahrnehmung, um nicht zu sagen Erfahrung, das Vorhandensein jenes schönmenschlichen Zuges, der sich Neid nennt, bestätigen können. Das oftgewählte Bild von der Beresina-Brücke wird immer wahrer. Indessen, es ist, wie es ist, und wehe dem, der sein Herz darüber mit Trauer füllen will; man kann seinen Pessimismus auch in Rot, ja in Zeisiggrün kleiden und ihn auf Heiterkeit abrichten. Mehr, man kann auch wirklich wieder heiter dabei werden, vorausgesetzt, daß man ein glückliches Temperament hat. Man erkennt zuletzt in allem ein Gesetz, überzeugt sich, daß es nie anders war, und findet für sich persönlich sein Genüge in Arbeit und Pflichterfüllung. Das den Dingen scharf ins Gesicht sehn ist nur momentan schrecklich, bald gewöhnt man sich nicht nur daran, sondern findet in der gewonnenen Erkenntnis, auch wenn die Ideale darüber in die Brüche gingen, eine nicht geringe Befriedigung. Die höchste Ruhegebung aber kommt einem aus dem memento mori, und eine Viertelstunde auf dem Lichterfelder Friedhof rückt einen immer wieder zurecht. Freilich immer noch nicht dauernd genug. Immer noch wieder Rückfälle in das, was die Frommen das Irdische nennen. Es geht auch nicht gut anders, weil einem sonst nichts bleibt als das Kloster oder das Spital. Kloster ginge, Spital nicht. Auch hierin sind uns die Katholiken um einen Schritt voraus. Armer Luther, soviel Segen und soviel Fluch.

Ich war gestern in Lichterfelde; das Grab wurde, von Gärtner und Totengräber, gerade seiner vergilbten Kranzmasse entkleidet und sah aus wie ein kleines, niedriges Sandbeet; ich konnte meinen Kranz nicht mal niederlegen und mußte ihn über den Rosenstrauch eines Nachbargrabes legen. Dann ging ich wieder auf die Robertsche Villa zu; sie wirkt auf mich jedesmal, als wäre sie gebaut für Schwermut, bedrücktes Herz und unglückliche Liebe. Nicht für eine Million zöge ich da hinein. Nur ein Dickhäuter, der einen Harem drin etabliert und neue Pläne zur Beschwindelung der Menschheit ausbaldowert, nur ein solcher kann den Trauergenius von dieser Stätte bannen, nur mit ganz Gemeinem ist ihm beizukommen. Nicht für eine Welt nach Lichterfelde in die Sommerfrische, aber irgendwo muß sie doch genommen werden, und ich habe vor, mich diesmal im Nordosten von Berlin umzusehn, an der Stettiner Bahn entlang. Nach Krummhübel gehe ich erst Ende August.

Der kleine Brahm, der mich neulich besuchte, will nach Wiesbaden und von dort nach Paris. Es ist nicht wahrscheinlich, daß er für einen verkappten preußischen Offizier gehalten wird, selbst als Füsilier würde er immer noch einer Extrastellung am linken Flügel der 12. Kompanie bedürfen. Sein Schillerbuch (sehr gut) erscheint in den nächsten Tagen bei W. Hertz. Er, Schlenther und ein junger Max v. Waldberg (früher auch ein Zwangloser), dazu Schiff und Mauthner, haben sämtlich sehr ausführlich und sehr anerkennend über »Irrungen, Wirrungen« geschrieben, so daß ich ohne Übertreibung sagen kann: ich verdanke meine verbesserte Stellung oder doch mein momentanes Ansehn im deutschen Dichterwald zu größrem Teile den »Zwanglosen«. Die Jugend hat mich auf ihren Schild erhoben, ein Ereignis, das zu erleben ich nicht mehr erwartet hatte.

Mit Hertz habe ich gestern zu meiner Freude einen Kontrakt

gemacht, und er wird zum Spätherbst ein dickes Buch von mir, »Fünf Schlösser. Altes und Neues aus Mark Brandenburg«, bringen. Natürlich ist es eine Art Fortsetzung zu den »Wanderungen«, aber doch etwas anders, und will seinen eignen Weg gehn.

Mama und Mete grüßen. Unter Gruß und Kuß an Schwiegertöchterchen und Enkel und vielen Empfehlungen an Soldmanns, wie immer

Dein alter
Papa.

576. An Wilhelm Hertz

Berlin 9. Mai 88.
Potsd. Str. 134. c.

Sehr geehrter Herr Hertz.

Besten Dank für Ihre freundlichen Zeilen vom gestrigen Tage, denen ich überall zustimme: 30 Bogen, 1500 Exemplare, 2250 Mark Honorar, wobei ich Gelegenheit nehme, mich für die »Zulage« noch speziell zu bedanken. Ich sorge dafür, daß Ihnen das Manuskript bis spätestens 1. Juli zugeht. Es werden recht gut 30 Bogen und ich werde eher zu kürzen als hinzuzufügen haben. – An den kl. Vorreden ist, Gott sei Dank, nichts zu ändern. Ich lese dergleichen immer mit Angst, weil man solche 'rausspintisirten Sachen, verwegene Stilproben, nach 10 Jahren meist quatsch oder steif findet, – ein Gefühl, das mir diesmal esrpart worden ist. Es geht wenigstens alles.

Ihnen vorläufig von Tannin und dann von Ems, vor allem aber vom Leben selbst das Beste wünschend, in vorzügl. Ergebenheit Ihr

Th. Fontane.

577. An Mathilde von Rohr

Berlin 16. Mai 88. Potsd. Str. 134. c.

Mein gnädigstes Fräulein.

Ich wüßte kaum etwas, das mir eine größere innigere Freude hätte machen können als *dies* Geschenk zu unsres Freundes morgen wiederkehrendem Geburtstag. Und dazu das liebe freundliche Bild von Ihnen, der gute Charakterkopf, und die drei Worte, die Ihre Hand noch dazu geschrieben. Das war ein schöner Tag und mancher kleine Jammer und Aerger, den diese Tage brachten, es verschwand alles daneben und der Himmel war wieder hell. Jetzt sind es 30 Jahre, fast auf den Tag, daß ich mit Lepel die Reise machte, eine der schönsten in meinem Leben, jedenfalls die poetischste, poetischer als Schweiz, Frankreich, Italien und alles was ich später sah. Das interessanteste Blatt für mich ist das mit dem Douglasschloß im Kinroß-See, zu dem ich mit Lepel im Boot hinüberfuhr und als wir 2 Stunden später, nach Besichtigung von Schloß und Insel, über denselben See hin die Rückfahrt machten und ich dabei an Rheinsberg und den Rheinsberger See dachte, stand es in meiner Seele fest, die Mark Brandenburg und ihre Schlösser und Seen beschreiben zu wollen. Was dann auch geschehn ist. Tausend Dank an Frl. v. Bülow. Vor allem aber die Versicherung dankbarster, nie ersterbender Ergebenheit – für Sie. Wir sprechen fast stündlich von Ihnen. Wie immer Ihr

Th. Fontane.

578. An Heinrich Kruse

Berlin, den 16. Mai 1888.

Hochgeehrter Herr Doktor.

Wenn mein Wunsch in Erfüllung geht, so treffen diese Zeilen so ein, daß sie Sie und die Ihrigen unmittelbar nach Ihrer Rückkehr begrüßen können.

Wozu nicht die Fontana di Trevi alles gut ist! Als ich anno 74 an dem alten Wasserkasten stand und eine Kupfermünze hineinwarf (oder vielleicht war es ein anderer Hocuspocus) um mir dadurch den Anspruch auf ein Wiedersehn zu erkaufen, war ich eines Heinrich Kruse-Grußes von jener Stelle aus nicht gewärtig. Ich freue mich zu hören, daß Ihnen alles so wohl gefallen hat und unzweifelhaft, es ist ein Glück, in den Thermen des Caracalla oder zwischen den Säulen von Pästum gestanden und auf das blaue Meer geblickt zu haben, aber ich habe keine Sehnsucht wieder hin und wenn ich dennoch auch dazu käme, so würde ich nur auf der Campagna oder im Apennin umherbummeln und den ganzen Kunstkram bei Seite lassen, nicht aus Gleichgültigkeit gegen die Kunst, sondern aus immer wachsendem Respekt. Wovon man nichts versteht (und ich verstehe immer noch mehr als der durchschnittliche »sightseer« davon) davon muß man fern bleiben. Mir tut die Zeit leid, die ich daran gesetzt habe, das M. Angelosche »Jüngste Gericht« schön zu finden und so geht es einem in Italien mit tausend Sachen. Nur von der Natur hat man einen vollen, reinen Genuß. In aufrichtiger Ergebenheit

Ihr

Th. Fontane.

579. An Mathilde von Rohr

Berlin 23. Mai 88. Potsd. Str. 134. c.

Mein gnädigstes Fräulein.

Ich habe den herzlichen Wunsch, daß diese Zeilen Sie zu einer guten Stunde treffen mögen, an einem klaren, frischen Morgen wie wir sie jetzt ja haben. Die Nachricht vom Hinscheiden Ihres Bruders, die Sie so schmerzlich bewegt haben muß, weckte auch in mir allerlei wehmüthige Betrachtungen; mein nächster Gedanke war an Sie, dann trat mir das Bild vor die Seele – wenn ich nicht irre in Husarenuniform – das ich so oft in Ihrem Zimmer, ich glaube unter den beiden Pastellbildern des Fräulein v. Sydow, gesehn hatte und zuletzt gedachte ich des Tages in Triplatz selbst, wo mich, wegen der hübschen Rohrschen Geschichten, alles so lebhaft interessirte. Nun ist beinah alles hin, was ich damals, im Ruppinschen, noch besuchen konnte, Zeuner, Knesebeck, Quast und so viele von den Stadtleuten. Nur die beiden Scherz' und – ich sind von der alten Garde noch übrig. Aber auf wie lange noch? Und wiewohl ich gern gelebt habe, jetzt, am Ende meiner Tage, bin ich doch tief davon durchdrungen, daß dies alles eine Welt der Mängel ist, viel viel mehr noch als man in jungen und mittleren Jahren annahm, und daß es nicht schlimm ist, die Unruhe mit der Ruhe zu vertauschen. Sie glauben gar nicht, in wie hohem Maße die Ueberzeugung davon während dieser letzten Jahre in mir gewachsen ist. Und nicht eigentlich erst seit Georges Tod. Denn man kann den Tod eines geliebten Menschen tief und innig beklagen und doch in Hoffnung und selbst in Heiterkeit weiter leben. Aber dieser Hoffnung und Heiterkeit – was nicht ausschließt, daß man mal herzlich lacht – entbehre ich seit geraumer Zeit schon und zwar deshalb, weil so wenig geschieht, dem man aus vollem Herzen zustimmen kann. Unsinn und Ungerechtigkeit und überall Selbstsucht und der Neid in allen Formen. Im Kleinen geschieht um einen her vieles, was einen wieder aussöhnt (sonst wär' es auch nicht auszuhalten) und unbefangene, nichts wollende Herzensgüte lacht einem hier und da entgegen, aber das politische Treiben, das Finanzielle, das wissenschaftliche, das künstlerische – wie tief unerfreulich. Ich erinnre Sie nur, um wenigstens *ein* Beispiel herauszugreifen an das Treiben der Aerzte am kronprinzlichen bez. kaiserlichen Krankenbett. Ich weiß nicht, *wer* Schuld hat, mag es auch nicht wissen, das aber weiß ich, daß ich wenig erlebt habe, was mir den Menschheitsjammer so gezeigt hätte, wie dieser Vorfall. Und so überall. Es wird so viel von Fortschritt gesprochen und die Bildung soll alles besorgen, es wird aber mit Hülfe dieser Bildung nur noch schlimmer, denn die Zahl derer wächst ins Millionenfache, die nun auch ›von Bildungs wegen‹ etwas bedeuten wollen. Und das Einsehn davon, daß es so ist und so bleiben wird, entwerthet doch stark das Jammerthal, von dem man in der Jugend ein Stück Paradies erwartet.

Morgen ist Hochzeit in Charlottenburg und wird auch einen sonderbaren Stempel tragen. Ein Glück, daß sie gleich nach der Trauung, oder doch nach dem Dejeuner, nach Erdmannsdorf fahren und 4 Wochen lang von Hof und Hofintrigue nichts sehn und hoffentlich auch nicht hören. Wenn sie dann später zurückblicken, werden diese stillen Tage wohl ihre glücklichsten gewesen sein. Außer dem Paare selbst, wird, bei diesem Erdmannsdorfer Aufenthalte, nur noch Frau v. Münchhausen auf ihre Kosten kommen; für *die* ist das was, denn auch die Frommen athmen gern Hofluft, oder wenigstens zuweilen. Ich gehe erst spät nach Krummhübel und werde von dem prinzlichen Paare wohl nichts mehr sehn.

Unser Freund Hertz reist heute nach Ems; wenn man erwägt, wie elend er vor 10 Jahren war, so darf man sagen, er hat sich wundervoll 'rausgerappelt.

Unsre guten Witte's (Rostock) werden wohl morgen ihre Rückreise von New-York antreten, – es hat ihm drüben nicht an Auszeichnungen aller Art gefehlt und die Rostocker können ihn noch kopfschüttelnder ansehn als vorher.

Und nun lassen Sie mich, mein gnädigstes Fräulein, am Schluß meines Briefes den Anfang wiederholen und noch einmal den Wunsch aussprechen, daß diese Zeilen Sie zu einer guten, freien Stunde treffen mögen. In dankbarer Ergebenheit Ihr

Th. Fontane.

580. *An Wilhelm Hertz*

Berlin 23. Mai 88.
Potsd. Str. 134. c.

Sehr geehrter Herr Hertz.

Anbei mit unsrem besten Danke die Schleichersche Rechnung zurück.

Für unsre alte Rohr wird nun wohl auch bald ein Steinkreuz gemeißelt werden, – nach Nachrichten, die wir heute empfingen, geht es zu Ende. Es war, trotz Beschränktheit und komischem Literaturenthusiasmus (denn sie konnte nicht einmal ein Gedicht richtig abschreiben) eine ganz kapitale Person, die ich geliebt und verehrt habe. Der Charakter entscheidet.

Ihnen in Ems schöne und vor allem heilkräftige Tage wünschend, in aufrichtiger Ergebenheit

Th. Fontane

581. *An Hans von Hopfen*

Berlin 27. Mai 88.
Potsd.Str. 134.c.

Hochgeehrter Herr.

Ein Brief Heyses an Storm soll anfangen: »Du hast es Dir schwer gemacht, an Dich immer neu heranzureichen oder Dich wohl gar zu übertreffen, aber es ist Dir gelungen.« Ich glaube, er schrieb es bei Gelegenheit von Storms »Chronik von Grießhuus«. Dasselbe kann ich jetzt Ihnen sagen. Ich finde es wieder ganz famos, durchaus originell, geistreich, witzig, klar, übersichtlich, frei, zutreffend, fix und fertig in der Form. Es ist keiner da, der Ihnen das nachmachen kann; vielleicht sind das *die* Dinge, wo sich alles was Sie haben, am glänzendsten bewähren kann. Es wird Ihnen wieder Anerkennung und Freude bringen, muthmaßlich mehr noch als die verwandte Arbeit, die vor Jahr und Tag hier zum Vortrag kam. Denn der Berliner, wenn es sich nicht um ein Stück von Moser oder Schönthan handelt (zu deren Verehrern ich übrigens auch gehöre) repräsentirt kein sehr angenehmes Publikum, – er hat alle Schwächen des Parisers und nichts von den Vorzügen desselben, weil der eigentlich künstlerische Sinn hierlandes doch furchtbar schwach vertreten ist. Klüngel, Coterie, Tendenz, Mode, – Verständniß wenig. Ich werde den Wechsel dieser Dinge nicht mehr erleben.

———

Ihren Robert Leichtfuß habe ich im Winter gelesen. Um die Wahrheit zu gestehn: er bleibt hinter dem »Genius und sein Erbe« meines Erachtens zurück und zwar weil die Hauptfigur nicht voll befriedigt. Er ist mehr Schwerfuß als Leichtfuß und mir denn doch ein *zu* zärtlicher Vater und wieder auch nicht zärtlich genug. Ich hätte mich schon früher zu Tiburtin besser gestellt, soll heißen zu dem, der mit T. handelt. So wirkt die Geschichte als etwas zu lang, welcher Uebelstand durch eine Fülle der glänzendsten Einzelnheiten nicht ganz ausgeglichen werden kann. Wundervoll ist das Banquier-Ehepaar in der Thiergartenstraße, er wie sie und eine Perle ist der Kunstmäcen, in dem Sie Schack portraitirt haben. Er kommt schließlich noch nicht einmal schlecht dabei weg, wiewohl einige Stellen ängstlich anheben, z. B. seine Stellung zum weiblichen Geschlecht. Ich mußte Ihnen doch auch *das* schreiben, damit es nicht den Eindruck macht, als hätte ich Ihr Buch nicht gelesen oder genirte mich, meine mit drunterlaufenden Bedenken zu äußern.

In vorzüglicher Ergebenheit

Th. Fontane.

582. An Paul Schlenther

Berlin, 4. Juni 1888.

Hochgeehrter Herr.

Zwei große Packete gehen morgen in die Welt, das eine an Dr. Liepmann, mit, wenn ich nicht irre, durch Stephany schon akzeptierten Sachen mannigfachster Art, das andre an Sie mit der höchst fragwürdigen Stine. »Thou comest in such a questionable shape.« Meine Hoffnungen auf Annahme – selbst wenn Ihre Empfehlung, was doch auch noch unsicher, der Arbeit zur Seite stehen sollte – sind sehr gering, aber alle Tage geschieht das Unwahrscheinlichste und das Wahrscheinlichste läßt einen im Stich. Und so mögen denn die Würfel fallen. Schlimm ist es für mich, daß mir die sogenannten »Familienblätter«, in denen sub rosa ganz anders geschweinigelt wird, verschlossen sind. Auch der Mut der relativ Kühnsten reicht dazu nicht aus. Schließen Sie aus diesen Worten aber nicht, daß ich in »Stine« was ganz besonders Schreckliches biete. Bei Lichte besehn, ist es noch harmloser als »Irrungen, Wirrungen«, denn es kommt nicht einmal eine Landpartie mit Nachtquartier vor. Und darauf läuft doch die eigentliche Untat hinaus!

Aus dem, was Sie uns aus Weimar erzählt, habe ich mir 2 Helden herausgenommen: einen ernsthaften (Simson: alles vorzüglich) und einen komischen, den Nordhäuser-Schnapsbrenner, der nicht mehr 10 Mark hat.

Der neuliche Theaterabend, Anno mit Vieren vom Bock, hat mich sehr erheitert, wenn ich auch hinterher ein bischen nüchterner geworden bin. Kolossal schwach, zu meiner aufrichtigen Betrübnis, habe ich Heyses Lustspiel gefunden, – für einen Mann wie Heyse doch unter Niveau, nicht glaubhafter als Oskar Justinus und noch weniger unterhaltlich.

In vorzüglicher Ergebenheit

Th. Fontane.

583. An Paul Schlenther

Berlin, 13. Juni 1888.

Hochgeehrter Herr.

Besten Dank für Ihre freundlichen Zeilen. Es kann mir nichts Besseres passieren, als »Stine« gerade jetzt an Stephany geschickt zu sehen, wo Warmbrunn und Kynast und Prinz Heinrichs Viererzug und die Leuchtfeuer auf den Bergen, für die denkbar beste Stimmung Sorge tragen.

Ein Bericht über die Ermordung Wallensteins, der sich, glaub ich, auch dort im Archiv befindet, wage ich unter den Erheiterungsmitteln nicht mit aufzuzählen.

Was Sie schreiben, ist alles nur zu richtig.

Stine, als Figur, bleibt weit hinter Lene zurück und da sie Hauptheldin ist und dem Ganzen den Namen gibt, so hat das Ganze mit darunter zu leiden. Davon wäscht mich kein Regen rein und auch der Umstand, daß die Pittelkow und der alte Graf Haldern zu den besten Figuren meiner Gesamtproduktion gehören, kann die Sache nicht wieder ins Gleiche bringen. Ich habe dabei nur einen Trost: je länger ich lebe, je klarer wird es mir, es ist auch gar nicht nötig, daß einem ein Ding in allen Teilen glückt. Es ist nur wünschenswert. Geht dieser Wunsch aber nicht in Erfüllung, und dies ist die Regel und selbst die Großen und Größten sind diesem Gesetz unterworfen, so muß man schon zufrieden sein, wenn dem mühe- und liebevoll Geschaffenen die Existenzberechtigung zugesprochen wird. Das ist schon sehr viel und dies habe ich ja auch mit meiner Stine erreicht.

Ich möchte noch ein Wort sagen dürfen. Ich schreibe alles wie mit einem Psychographen (die grenzenlose Düftelei kommt erst nachher) und folge, nachdem Plan und Ziel mir feststehen, dem bekannten »dunklen Drange«. Es klingt ein bischen arrogant, aber ich darf ehrlich und aufrichtig sagen: es ist ein natürliches, unbewußtes Wachsen. Wenn nun bei diesem Naturprozeß eine sentimentale und weisheitsvolle Lise wie diese »Stine« herauskommt, so muß das einen Grund haben, denn im Ganzen wird man mir lassen müssen, daß ich wie von Natur die Kunst verstehe, meine Personen in der ihnen zuständigen Sprache reden zu lassen. Und nun spricht diese Stine im Stine-Stil statt im Lene-Stil. Warum? Ich denke mir, weil es eine angekränkelte Sentimentalwelt ist, in die sie durch ihre Bekanntschaft mit Waldemar hineinversetzt wird. Und so wird die Sentimentalsprache zur Natürlichkeitssprache, weil das Stück Natur, das hier gegeben wird, eben eine kränkliche Natur ist. Dadurch geht freilich ein Reiz verloren, und an die Stelle von Seeluft tritt Stubenluft, aber der psychologische Prozeß, Vorgang und Ton sind eigentlich richtig. Diese Verteidigung oder Erklärung hat aber nur das Ganze im Auge, versucht eine Rechtfertigung der Himmelsrichtung, nicht eine Rechtfertigung des speziell eingeschlagenen Einzelweges, von dem ich nach wie vor selbst überzeugt bin, daß er geschickter und glücklicher hätte gewählt sein können.

Unter nochmaligem besten Dank

Ihr ergebenster

Th. Fontane.

584. An Martha Fontane

Berlin 15. Juni 88. Potsd. Str. 134. c.

Meine liebe Mete.

Es ist nun wieder wie immer: wenn Du fort bist, sterben Kaiser und Könige. Für mich hat das große Ereigniß das *eine* Gute: daß ich den Wildenbruchschen ›Menoniten‹ nicht zu sehn und was noch wichtiger ist, nicht drüber zu schreiben brauche. Gestern Abend hatten Herrlich und ich schon die feierliche Todes-Anzeige für's ›Johanniterblatt‹ redigirt. Er war dabei sehr vernünftig und hatte lichte Momente. ›Vorbereitet‹ war wohl überhaupt alles, nur unser vis à vis Neumann nicht, der eine 3 mal durchlöcherte Flagge Halbmast aufgezogen hat. Mehr ein Trauerlappen als eine Trauerfahne; vielleicht spart er zur silbernen Hochzeit.

Die Theilnahme der Bevölkerung ist glaube ich größer und ehrlicher als beim Tode des alten Wilhelm. Kann auch nicht anders sein. Jeder Vernünftige hatte damals das Gefühl: ›'s ist auch Zeit‹, während jetzt ein Fall gegeben ist, wo sich nicht das Gewöhnliche, sondern ein Schreckliches und Erschütterndes vollzieht, das Jeden daran mahnt, wie Feuer vom Himmel fallen und Sodom und Gomorrha zerstören und die neugierige[n] Lott'en – die nicht aussterben – in eine Salzsäule verwandeln kann. – Was ich eben in einer Zeitung las, ist wahr: jeder hat einen Dank auf der Lippe *da*für, daß dies Qualenleben wenigstens ohne Qual erloschen ist. Er ist eingeschlafen, und die gräßliche Phrase, ›*ihm* ist wohl‹ wird diesmal wohl eine Wahrheit sein, auch wenn *er* über Leid und Freude gleichmäßig hinaus ist. – Friedel hat viel zu thun; er muß ja nun ex officio die Welt mit ›Trauer‹ versehn und wahrscheinlich zeichnen in diesem Augenblicke bereits zweihundert Künstlerhände nichts als Palmen, Engel und Katafalke. Alles lieferungsweise. – Vorgestern waren wir bei Heydens, wo ich mich auf dem kl. Balkon natürlich riesig erkältete. Die junge Frau, neben der ich bei Tisch saß, gefiel mir ausnehmend; ich finde sie auch nicht häßlich, fast im Gegentheil. Ueberhaupt was heißt häßlich? Was mir gefällt, mein Ohr, mein Auge angenehm berührt, das ist hübsch. Einzelne Linien haben eine Art *Vor*recht, aber nicht ein ausschließliches Recht. Auch da muß man gegen Monopole eifern. – Will Onkel Witte nicht Terpenthineinreibungen versuchen? Im Winter that er es wegen Rheumatismus, aber Terpenthin ist auch ein ungeheures Blasenmittel und kann so Ablagerungen verhüten und alles wieder die rechten Wege führen.

Wie immer Dein alter

Papa.

Wann kommst Du wieder?

585. An Georg Friedlaender

Berlin 16. Juni 88.
Potsd. Str. 134.c.

Hochgeehrter Herr.

Seien Sie schönstens bedankt für Ihren lieben Brief, der mir mal wieder von Gegenden und Menschen erzählt hat, für die ich – Nitsche, Rummler, Leisner etc. miteingerechnet – nun mal eine Vorliebe habe, vielleicht weil es immer nur bei flüchtigen Streifungen geblieben ist. Mir geht das Herz auf, wenn ich daran denke, daß ich binnen heut und 2 Monaten vielleicht wieder bei Leiser sitzen und »Julien« moralisch zwingen werde, auch eine Flasche herben Ungar (oder sagen wir eine halbe) vorfahren zu lassen. Mir ist dabei nur aufrichtig schmerzlich, daß ich dann bei Leiser ohne Sie, ohne die hochverehrte Frau (der ich mich, wie Frau Mama, angelegentlichst zu empfehlen bitte) ja vielleicht selbst ohne Bergel sitzen werde. Und das will mir nicht recht ein. Man wird in solchen Sachen unglaublich klapprig und faul und lebt ganz aufrichtig der Vorstellung, daß wenn man nicht mit einer bestimmten Persönlichkeit an einer bestimmten Stelle sitzen könne, so sei's überhaupt nicht mehr die alte, richtige Stelle. Meine Hoffnung ist die, daß Sie vielleicht schon am 15. September zurück sind und daß wir dann mindestens noch eine Woche zu gemeinschaftlichen Partieen haben. Am 24. (dem Todestage meines Sohnes) möchte ich freilich wieder in Berlin zurück sein; ich bin nicht sehr sentimental und zerbreche mir nicht den Kopf über das alte Tod und Leben-Spiel, von der Stelle kommt man doch nicht, aber ein gewisses aesthetisches Gefühl schiebt doch dann und wann einen Riegel vor und verbietet mir am Todestage meines Sohnes das Harfengeklimper auf der Riesenbaude. »Fischerin, du kleine« und dazu die Augen und zähe Kipfel, die mal jung und frisch waren, als es die Harfenjule auch noch war.

Von Kaiser Friedrich spreche ich nicht; schon in den Zeitungen steht so viel, daß man halb zu Tode geödet wird. Nur dann und wann ein Goldkorn, wie die Worte »lerne leiden ohne zu klagen« und dann vorgestern, oder vielleicht gestern erst, der Moment, wo der Sterbende die Hand seiner Frau in die Hand Bismarcks legte. Kolossal ergreifend, groß, eine ganze Geschichte. Was liegt da alles drin! Liebe, Vergebung, Bitte, Vertraun. Und wie immer ist das, was das Herz thut, das Klügste. Wenn ihr, der armen Frau (denn das ist sie, so wenig sympathisch sie mir allezeit gewesen ist) irgendwer helfen kann, so ist es Bismarck. Sonst ist sie unterm Schlitten.

Daß Sie sich an der Concurrenz betheiligen wollen, freut mich und daß es eine »Amtsrichterskizze« sein soll, freut mich doppelt. Nur machen Sie sich, und wenn Sie schreiben wie ein Gott, keine Hoffnung auf einen Preis und Gewinn. Ich geh in meiner Skepsis vielleicht zu weit, aber ich bin zeitlebens ohne jede Spur von Vertraun zu solchen Dingen gewesen und was ich davon gesehn und erlebt habe, hat mich in meinem äußersten Mistraun bestärkt. Wie alles Schwindel ist, so ganz besonders auch dies. Alles was in »Sitzungen« abgemacht wird – ich will aus Rücksicht und Anstand die eigentlichen Gerichtssitzungen ausnehmen – ist von vornherein Blödsinn oder Durchstecherei, Lüge, Komödie, vor allem Nachsprecherei. Ein Großmaul hat das Wort – schon blos weil er großmäulig ist, immer mit einem Minimum von Anspruch – und diese eine fragwürdige Gestalt reißt den Rest der Bequemen und Schwächlinge mit fort. Denken Sie an die Hirschberger Ehrengerichtssitzung und die Steuer-Supernumerare aus dem Gebirge! So ist es überall und in jeder Sache. Neulich hab' ich ein Lustspiel gesehn, wo ein sächsischer Flickschneider (Herr Krause; brillant) beständig sagt: »Kind, beruhige dich, alles ist Fatum.« Es ist wirklich so. Man lacht, aber eigentlich nur, um sich den furchtbaren Ernst der Sache wegzulachen. Vor 3 Tagen hatten wir eine Schillerstiftssitzung. Ich, sonst immer der Gütigste, stimmte *gegen* den Petenten und war dazu nur zu berechtigt. Und nun folgten die Andern meinem Beispiel und das arme Luder, übrigens ein Scheusal, kriegt nichts. Wäre Frenzel mit dagewesen und hätte *vor* mir das Wort genommen, so wäre der Ausgang der entgegengesetzte gewesen und Petent hätte heute schon seine 300 Mark. Frenzel hätte sicherlich *für* den Mann gestimmt und die andern Hämmel wären nachgesprungen, zuletzt wahrscheinlich auch *ich*, denn es macht allemal einen sehr häßlichen Eindruck, wenn man in einer das Wohl eines Kollegen betreffenden Unterstützungssache sich hartnäckig gegen solche Unterstützung sträubt. Alles hängt am seidnen Faden; daß ich nicht schon seit 17 Jahren im Wallgraben von Besançon liege, verdanke ich nicht meiner Unschuld oder meinem Recht, sondern einem Zufall. Fatum sagt der Flickschneider. Und nun mit weitem Zirkelschlag auf Ihre Novelle zurück. Es ist ganz gleichgültig, ob Sie den Preis kriegen oder nicht, die Hauptsache ist, daß die kleine Geschichte geschrieben wird. Nur ja recht knapp; aber doch nicht *so* knapp, daß Verständniß und Wirkung darunter leiden.

Ich werde, während des Juli, wohl wieder in der Nähe von Berlin unterkriechen, irgendwo an der Stettiner Bahn hin. Da bleib ich denn bis Anfang August, dann 8 Tage in Berlin, und dann am 10. oder 12., wenn sich die großen Wasser verlaufen, nach Krummhübel. Ich will da eine Freynovelle, die ich schon vor 2 Jahren schrieb, korrigiren. – Meine Tochter ist in Rostock, kommt aber bald wieder und will Anfang Juli mit meines Sohnes junger Wittwe und deren Schwester nach Krummhübel; in irgend einer Giebelstube werden sie ja wohl noch ein Unterkommen finden. Vielleicht spricht meine Tochter, gleich bei Passirung von Schmiedeberg, auf eine halbe Stunde bei Ihnen vor und freut sich Littis und Hans Jürgens. An Bergel herzliche Grüße. Mit der wiederholten Bitte mich Ihren Damen empfehlen zu wollen, in vorzügl. Ergebenheit,

Th. Fontane.

586. An Theodor Fontane (Sohn)

Berlin, d. 17. Juni 1888.

Mein lieber, alter Theo.

Habe Dank für Deinen lieben ausführlichen Brief. Weiß der Himmel, wie ich dazu kam, mein pessimistisches Herz vor Dir aufzudecken; es ist immer klüger, es nicht zu tun, und die jüngere Generation mit solcher senilen Weisheit zu verschonen, ist eigentlich Pflicht.

Nun ist auch Kaiser Friedrich zu seinen Vätern versammelt. Ein wahres Glück, daß sich der Wilhelmradau nicht wiederholen soll. Alles still. Schon morgen zieht er in die Friedenskirche ein. Zunächst ist man noch unter der Herrschaft der

Zeitungsphrase; wenn aber die großen Wasser verlaufen sein werden, wird manches Schöne am Strande aufgelesen werden können. Jetzt sind es noch die Goldkörner in einem Scheffel Kleie. »Lerne leiden, ohne zu klagen«, welche große königliche Hinterlassenschaft; die Dreiminutenszene mit dem König von Schweden, wie erschütternd; wie rührend der Moment, wo er (wohlweise) die Hand seiner Frau in die Hand Bismarcks legte; wie schön und klug das Wort: »Ich wünsche seziert zu werden, damit das Gezänke der Ärzte nicht meinen Tod überdauert.« Und ähnliches wird wohl noch weiterhin aus seinen letzten Lebenstagen bekannt werden. Die Zeitungen schwenken übrigens schon ein, und Wilhelm II., der noch vor drei Tagen eine bedrohliche Erscheinung war, ist jetzt bereits ein hoffnunggebender Fürst. Noch drei Wochen, und er ist ein Stern. Das beste ist, daß kein Mensch an Krieg glaubt; er wird ja wohl 'mal kommen, aber es scheint wirklich, als ob er auf allerernsteste Fälle eingeschränkt werden solle, wie beim Duell, das, von Spielereien abgesehn, auch seltener wird. Je großartiger der Vernichtungsapparat, je größer die Verantwortung und die Sorge.

Möge der Sommer Dir, Deiner Frau und Eurem Jungen gute, gesunde Tage bringen.

Unter Gruß und Kuß Dein alter

Papa.

587. An Paul Schlenther

Berlin, d. 17. Juni 1888.
Potsdamer Straße 134c.

Hochgeehrter Herr.

Besten Dank. Ist denn Stephany der »Ereignisse« halber zurückgekommen, oder lag es überhaupt in seinem Plan, einen Vorurlaub zu nehmen und den eigentlichen erst im September folgen zu lassen? Bitte, mich ihm zu empfehlen und ihm mein Beileid auszusprechen, wenn die erste Alternative zutreffen sollte. O Chefredakteur! Einflußreiche Stellung im modernen Leben, im übrigen Hundeposten. Suchen Sie für Überreichung von »Stine« eine möglichst stille Woche aus, vielleicht die übernächste, wenn Kammer und Reichstag wieder nach Hause geschickt sind. Beiläufig: den Charakter Stines werde ich noch – so gut so was nachträglich geht – zu motivieren suchen. Meine Frau hat mir einen guten Rat gegeben, ein Einschiebsel von nur drei Zeilen, das aber doch erheblich helfen wird.

In vorzüglicher Ergebenheit

Th. Fontane.

588. An L. Favre

Berlin, 18. Juni 1888.

Hochgeehrter Herr.

Besten Dank. Ich weiß diesen Eifer zu würdigen, bin auch überzeugt, daß er sein Gutes gehabt hat und ferner haben wird, trotzdem kann ich ihm nur sehr bedingungsweise folgen. Ich würde das Durchdringen dieser Bestrebungen als ein Unglück ansehen, literarisch gewiß und dadurch schließlich auch national. Werfen Sie einen Blick auf Ranke, den wir gewohnt sind, nicht blos als einen großen Historiker, sondern auch als einen echt deutschen Mann anzusehen. Seine Schreibweise wimmelt von Latinismen die ich übrigens alle sehr gut finde. Ich unterschreibe das, was Schopenhauer in seinen Parerga's über diese Sache gesagt hat. Gewiß leidet unsre Schreibweise an Sünden und Unarten, die wir abtun sollten und ich will Ihnen gerne zugestehen, daß ich alljährlich viele hundert um nicht zu sagen tausende von Wörtern und Wendungen gebrauche, wo deutsch ebenso gut oder besser wäre. Aber die Entscheidung, wo der Strich zu machen ist, ist sehr schwer. Mit dem bloßen Purifikationsdrang (denken Sie sich Reinigungsdrang!) kommt man nicht weit. Corps de Logis ist durchaus nicht Wohngebäude, hat kaum eine Ähnlichkeit damit, Portrait ist nicht Bildnis (Bildnis greift weiter), Tableau ist nicht Gemälde und Monument ist sicherlich nicht Standbild, meist was total andres. Sie sehen, wie kitzlich die ganze Geschichte ist. Ich kann Ihren und Ihrer Freunde Bestrebungen nur das *eine* Gute entnehmen, daß man mehr auf sich achtet und daß ich dies tue, wenn auch immer noch Dinge vorkommen, wo *Sie* mit Ihren Bedenken Recht haben, darf ich versichern. In vorzüglicher Ergebenheit

Th. Fontane.

589. An Paul Schlenther

Berlin, 22. Juni 1888

Hochgeehrter Herr.

Eben kommt das Paket. Es ist ganz ehrlich, wenn ich Ihnen versichere: »Eigentlich ist es mir lieb, es wieder in Händen zu haben.« Mit dem Gelde stehe ich nicht so schlecht, daß ich das Honorar dringend bedürfte, und das Gefühl, daß der Welt durch den Nicht-Abdruck in der Vossin etwas Herrliches, ihr (der Welt) Wohltuendes vorenthalten würde – dies Gefühl habe ich erst recht nicht. Es gibt 10 oder, wenn es hoch kommt, 100 Menschen in Deutschland, die von der Erkenntnis und der freundlichen Gesinnung sind, die Männer wie Sie oder der kleine Brahm oder der liebenswürdige M. v. Waldberg solcher Arbeit entgegenbringen – das große Publikum, nun es ist nicht nötig, Worte darüber zu verlieren. Ich hätte wieder das sittliche Hallo mitanhören müssen, Familie Müller hätte sich wieder über »Schneppengeschichten« beschwert, und selbst bei Familie Lessing hätten alle wohlwollenden Gesinnungen für mich nicht ausgereicht, mir ein Bedauern über den armen alten Mann, der sich sowenig der Pflicht seiner Jahre bewußt ist, zu ersparen. Und so mag es denn so wohl sein. Schließlich werde ich es ja wohl noch irgendwann »anschmieren« können, und was dann hinter meinem Rücken geredet wird, schadet nicht viel; nur bei der Vossin und Familie Lessing, wo persönliche Beziehungen existieren, steht es anders damit. Sie aber seien nochmals schönstens bedankt für Ihr treues Zu-mir-Stehn und – ich bitte das sagen zu dürfen – beglückwünscht für Ihr freies Drüberstehn. Denn daß der alte sogenannte Sittlichkeitsstandpunkt ganz dämlich, ganz antiquiert und vor allem ganz lügnerisch ist, *das* will ich wie Mortimer auf die Hostie beschwören. In vorzügl. Ergebenheit

Ihr Th. Fontane

590. An Hans Hertz

Berlin 30. Juni 88.
Potsd. Str. 134. c.

Sehr geehrter Herr Hertz.

Den Titel-Bogen für »Havelland« habe ich noch am selben Tage zur Post gegeben.

*

Heute nun, unter dem Zeichen dieses vorgesetzten Sternes, der hoffentlich ein Glücksstern ist, das M. S. zu:

Fünf Schlösser.

Altes und Neues aus Mark Brandenburg.

Es ist alles in bester Ordnung, in Bezug auf Druck »archiprêt« wie Leboeuf sagte, der's dann freilich doch nicht war und die Zeche bezahlen mußte.

Meine kleinen Druckwünsche, lauter Bagatellen, habe ich dem M. S. gleich beigefügt; es verlohnte sich nicht, Sie damit zu inkommodiren.

Nur noch 3 (Schluß-) Kapitel von Dreilinden fehlen; es sind solche, die ich erst *jetzt* geschriebn habe – darunter die Reise des Prinzen nach dem Orient, unter Anlehnung an das bei Trowitzsch erschienene Pracht- und Reisewerk Brugsch-Pascha's – und die ich, namentlich das über die Reise, vorher in der Vossin noch drucken lassen möchte, was doch einer Einnahme von 3 bis 500 Mark gleichkommt. Wenn Sie schreiben, Gruß und Empfehlung an den Papa. Wie immer Ihr

Th. Fontane.

591. An Martha Fontane

Berlin 6. Juli 88. Potsd. Str. 134. c.

Meine liebe Mete.

Habe Dank für Deinen allerliebsten Humorbrief, der von Regen, verlornem Backzahn und Wohnungsnoth wenig merken ließ. Daß uns in diesem Jahre die Brotbaude etwas höher gehangen wird, ist kein Unglück und paßt es uns schließlich durchaus nicht, so können wir ja umziehn, – getheiltes Leid ist halbes Leid und getheilte 50 Thaler erst recht.

Mein Telegramm von heute Nachmittag wirst Du hoffentlich erhalten haben; ich hielt es für nöthig zu telegraphiren, damit Du morgen früh nicht etwa nach Schmiedeberg fährst oder beiden Damen entgegenpilgerst. Verlorne Liebesmühen derart wirken immer verstimmend, namentlich wenn man allein ist.

Ich denke mir übrigens, daß Du heute Bekannte gefunden haben wirst, – ein bischen Werg findet sich immer noch. Und wenn nicht in Krummhübel, so in Arnsdorf. Aengstige Dich nur nicht und nimm die Sachen nicht schwieriger als nöthig; so lange man noch Geld und Rückzugslinien hat, geht alles.

Ich hoffe die nächste Woche in einer mir zu gönnenden Trägheit hinzubringen. Es sind nur noch ein paar Briefe zu schreiben, am 8. an die Rohr, und ein paar Besuche zu machen, darunter einer bei Zychlinski. Sonst ist alles abgearbeitet und ich bin ordentlich neugierig auf der Brotbaude das Packet zu öffnen und die Blätter wieder vor Augen zu haben, die ich vor 2 Jahren bei Frau Schiller beschrieb. Was wird nach wieder 2 Jahren sein? Heute kam die Nachricht von Storms Tod. Aber mit Blechmusik immer weiter und immer heiter vorwärts, bis man selber fällt. Nur keine Sentimentalitäten. Was das Schmerzlichste ist, ist zugleich auch das Alltäglichste und Gleichgültigste. – Robert's, um mit etwas Heitrem zu schließen, reisen heute 1. Klasse nach Tölz, immer forsch; mir ist es lieb, daß ich nicht mit dabei bin; 100 Meilen und Extrazug und Nachtfahrt ist mir kein Vergnügen mehr. Wie immer Dein alter

Papa.

Heute Vormittag ging mir eine liter. Broschüre zu, in der ich ›unsrer *wackrer* Theodor Fontane‹ genannt werde; was man nicht alles erlebt!

592. *An Mathilde von Rohr*

Berlin 8. Juli 88. Potsd. Str. 134. c.

Mein gnädigstes Fräulein.

Wenn die Natur solche schwere Attacke überwunden hat, dann erholt sie sich noch 'mal zu neuem Leben und daß es so sein und Ihnen noch ein langes schönes Schaun in die untergehende Sonne vergönnt sein möge, nicht blos zu Andrer (das ist gewiß) sondern auch zu Ihrer eignen Freude, – das wünsche ich Ihnen zum 9. von ganzem Herzen. An Beglückwünschungen wird es Ihnen morgen nicht fehlen, denn wer, von allen denen die Sie gekannt haben, freute sich nicht von Herzen, Ihnen morgen einen Gruß und ein Glückauf senden zu können.

Hier ist alles ›auf dem Abbruch‹. Ich will in spätestens 8 Tagen fort nach Schlesien, wo sich Martha als Quartirmacherin schon seit 4 Tagen befindet, und meine Frau wird nachkommen, nachdem sie hier das Wirthschaftliche geordnet, die Teppiche 'rausgeschafft und die Kirschen und Johannisbeeren eingekocht hat. Dann wird zugeschlossen und wir hoffen

8 Wochen im Gebirge leben zu können. Man weiß ja nie wie mans trifft, aber wenn es nur leidlich ausfällt, so bin ich allemal froh, Berlin auf längere Zeit hinter mir zu haben. Nicht blos von Luft und Gesundheits wegen, sondern auch von Leben-, Verkehrs- und Umgangs wegen. Sie glauben gar nicht, in welcher Vereinsamung wir hier leben, namentlich *ich*; Martha hat ja Beziehungen und meine Frau, wenn auch wenige, so doch ein paar, aber *ich* bin ganz allein und dies Alleinsein wird wo möglich noch wachsen. Man empfindet auch daran, daß es Zeit ist, einen geordneten Rückzug anzutreten. Denn mit wem soll man noch verkehren? Ich hätte nichts dagegen, wenn mich Bismarck alle 4 Wochen zu Tisch lüde oder wenn Graf Otto Stolberg oder der Herzog von Ratibor oder Fürst Putbus oder meinetwegen auch Probst Brückner oder Prof. Zeller oder Prof. Wilh. Gentz mich in den Kreis ihrer Intimen zögen; aber billiger kann ich es nicht thun. Was soll ich mit dem jungen Nachwuchs, der sich längst daran gewöhnt hat, einen für einen todten Mann zu halten. In der großen Stadt sind die ›Alten‹ der Jugend blos im Wege. In Krummhübel, wohin ich wieder gehe, ist es in dieser Beziehung besser; man hat noch eine Daseinsberechtigung. Aber dies alles ist keine Klage; so war es immer, so wird es immer sein. Und es ist gleichgültig. Ruhe ist das Beste. Herzlichen Dank und viele Empfehlungen an Fräulein v. Bülow. Wie immer ihr aufrichtig ergebenster

Th. Fontane.

593. An Leo Berg

Berlin 8. Juli 88.
Potsd. Str. 134. c.

Hochgeehrter Herr.

Empfangen Sie meinen ergebensten Dank für Brief und Wildenbruch-Essay. Schließlich ist es immer noch ein Glück, auf 48 Seiten mit so viel Ernst und Liebe besprochen zu werden, wenn das Resultat auch Tadel ist. Ich habe seinerzeit Wildenbruch Aehnliches sagen müssen, als Harold, Opfer um Opfer, Karolinger, Christopher Marlow (immer noch sein Bestes) auf der K. Bühne gegeben wurden. Ich hätte W., schon als Prinz Louis Ferdinand-Enkel, gern gelobt, aber es ging nicht.

Auch über den Borussismus, trotzdem ich auf Preußen und

Mark Brandenburg eingeschworen bin, denke ich ähnlich wie Sie. Vieles in diesem ewigen Drill, in diesem staatlich aufgeklebten Zettel, der einem dann die Lebensstellung giebt, ist mir ein Greul, aber andrerseits (und darin weiche ich total von Ihnen ab) ist doch das vom Borussismus sich stark unterscheidende wahre Preußenthum recht eigentlich das, was der deutschen Literatur seit hundert Jahren den geschichtlichen und dichterischen Stoff und zugleich auch die Dichter gegeben hat. Es bleibt freilich ein außer- oder anti-preußischer Rest, aber er bedeutet mit Ausnahme der Lyrik, nicht viel. Natürlich nehme ich auch Lessing als Preußen; was kann preußischer sein, als Minna v. Barnhelm und Nathan?

Sie haben die Güte, mich zur Mitarbeiterschaft an einer zu begründenden dramaturgischen Wochenschrift aufzufordern und ich stehe mit meinem guten Willen zu Diensten. Aber es wird schließlich nicht viel dabei herauskommen, weil ich ganz in andern Arbeiten stecke. Bin ich aber, in einer Theaterfrage, 'mal lebhaft interessirt, so werde ich nicht ermangeln, mich zu melden. In vorzügl. Ergebenheit

Th. Fontane.

594. An Eugen Wolbe

Berlin W, Potsdamer Str. 134c, den 9. Juli 1888.

Sehr geehrter Herr! Ihr Frühlingslied habe ich gelesen. Die erste Strophe ist die beste, weil lyrisch klangvollste. Mehr läßt sich nach dem einen Liede nicht sagen. Sie müssen es weiter versuchen und sehen, wie weit Sie's auf dem glatten Boden von Kunst und Dichtung bringen.

Hochachtungsvoll und ergebenst

Th. Fontane.

595. An Martha Fontane

Berlin 12. Juli 88. Potsd. Str. 134. c.

Meine liebe Mete.

Nach mehrtägiger Unterbrechung mal wieder ein paar Zeilen. Daß Schmieden den ›Miethszettel‹ ohne Weitres 'raushängen will, hat uns sehr erfreut, – es ist unsrer lieben Martha dadurch doch eine Sorge genommen, denn daß sich die Wohnung ohne sonderliche Schwierigkeiten vermiethen wird, glaube ich.

Das große Ereigniß ist natürlich die ärztliche Anklageschrift gegen Mackenzie; ich glaube jetzt, daß sie Recht haben und nur darüber kann wohl noch ein Zweifel sein, *welche* mehr oder weniger fragwürdige Rolle mein alter Clansmann – der *nicht* aus Posen sein soll – gespielt hat. Dämel, Leichtsinn, Charlatan, Geldschneider oder ›politische Figur‹. In letztrem Falle wäre er zur Hälfte zu entschuldigen, aber schließlich darf man fragen: was hat sich ein Mann aus den Grampians in die Angelegenheiten der Havel- und Spree-Lande zu mischen? Hat er's aber nicht um der deutschen Kaiserin, sondern um der ›Princess royal‹ willen gethan, so finde ich dies eine deplacirte Lehnstreue. In dem gestrigen Abendblatt der Nationalzeitung wird er schlankweg, und zwar wiederholentlich, ein Betrüger und Schwindler genannt. Ich gebe mit diesem Briefpacket gleichzeitig eine Vossin zur Post, in der Du die ganze Anklageschrift abgedruckt findest.

Der arme Pietsch hat seit einiger Zeit mit seinen Artikeln kein Glück, immer passirt etwas, was ihn und seine Helden in den Hintergrund drängt. Ich finde, daß Storm wichtiger ist als diese Arztfehde, die schließlich doch keinen Aufschluß giebt, aber wer kümmert sich noch um ›Immensee‹ wenn solch Skandal blüht und ›Viola tricolor‹ ist das Veilchen, das bei der Gelegenheit unter die Füße getreten wird. – Ich schreibe auch über Storm und habe bei der Gelegenheit seine alten Briefe wiedervorgeholt, die zum Theil ganz vorzüglich sind, viel besser als ich's in der Erinnerung hatte.

Das Wetter ist unheimlich; dazu wird aus England Schnee und Kälte gemeldet, – hoffentlich rückt das alles nicht bis an die Sudeten vor, *ihr*, in Schlesien, seid schon Slaven, Ost-Europäer, *wir* sind hier vorgeschobenster Posten der Niedersachsen, also englisch. Die Scheidung liegt bei Görlitz, was doch besser klingt als Kohlfurt.

Der Abend mit Zöllners war sehr angenehm; an die bekannten ›Eigenthümlichkeiten‹ fange ich an mich zu gewöhnen und sie als ›charakteristischen Zug‹ zu schätzen. Alles kommt auf die Beleuchtung an. Empfiehl mich Scholz, wenn Du ihn noch siehst, desgleichen Droysens und Richters. Euch allen Gruß und *Kuß** von eurem alten

Papa.

* Wie sich Frl. Emma dazu stellt, kann ich nicht wissen.

596. An Friedrich Fontane

[Berlin,] Donnerstag. [12. Juli 1888]

Lieber Friedel.

Tante Witte hat noch nichts von sich hören lassen; wir theilen Dir mit, wenn sie noch schreibt. Das Handtuch wird Mama wohl schicken, sie ist in diesem Augenblick bei Wangenheims.

Ich wollte das Storm-Manuskript – denn ich bin ganz runter – eigentlich erst in Krummhübel fertig machen, liegt aber Herrn Dobert daran es bis Montag zu haben, so kann ich bis dahin die Hälfte schaffen. Es wird nämlich so viel, daß es doch durch 2 Nummern läuft, was vielleicht nicht sehr erwünscht ist, es wird aber dafür auch was Ordentliches, zu gutem oder bestem Theil durch Storm selbst, aus dessen Briefen ich Glanzstellen citire.

Dein alter Papa

Der kl. Freund will es mir erst bringen. Besten Dank dafür.

597. An Hermann Wiesike

Berlin 13. Juli 88
Potsd. Str. 134. c.

Hochgeehrter Herr.

Empfangen Sie meinen ergebensten Dank für Brief und Buchsendung, womit Sie mich geehrt und erfreut haben. Den Wegweiser durch Brandenburg werde ich mit ins Gebirge nehmen und mußevoll lesen, denn so viel ich mich mit Einzelpartien unserer Mark beschäftigt habe, zu einem auch nur leidlich gründlichen Studium der einst wichtigsten Stadt des Landes, bin ich nie gekommen. *Ich weiß im* Voraus, daß ich nicht nur Belehrung sondern auch Freude von diesem Studium haben werde. Mit der Bitte mich Ihrem Herrn Vater wie auch bei Gelegenheit, den Plauerhöfer Herrschaften angelegentlichst empfehlen zu wollen, in vorzügl. Ergebenheit

Th. Fontane

598. An Emilie Fontane

Brotbaude 18. Juli 88.

Meine liebe Frau.

Besten Dank für Deine Karte; take it easy, das ist alles was ich sagen kann; man muß sich um des Morgen willen das Heute nicht schon verderben; ohne ein bescheiden Theil Leichtsinn ist überhaupt nicht zu leben.

Das Wetter läßt nach wie vor zu wünschen übrig; an warmen Tagen muß es hier ideal sein, was man bei Pladderwetter auch von der reizendsten Stelle nicht verlangen kann; man ist auf die Stube angewiesen und auch in den Stuben ist es noch kalt genug. Ein Hauptgenuß, wenigstens meinerseits, ist vorläufig der Schlaf. Trotz eines kolossalen Schnupfens, der doch ein kl. Fieber mit sich bringt, habe ich gestern Nachmittag von 2 bis 4 und dann wieder von 10 bis 8 geschlafen. Schlaf, Ruhe, Luft thuen mir wohl und selbst wenn ich wenig zum arbeiten kommen sollte, schadet es nichts, weil ich fühle, daß ich einer Auffrischung der Nerven bedarf.

Alles geht hier gut und die stillen Kritiken, die wohl vorhanden sein werden, bleiben still. Nur mit Mete bin ich gesundheitlich nicht zufrieden; sie übernimmt sich und kann es auch wirklich kaum vermeiden. Es liegt zu viel auf ihr. Sie soll die Wirthschaft führen, alles anordnen, berechnen, aufschreiben; sie soll die verschiednen Parteien bei guter Laune halten; sie soll sich um Richters, Ebertys, Droysens kümmern; sie soll Einkäufe machen in Arnsdorf oder Krummhübel (von Arnsdorf bis hierher braucht man doch 2 bis 2 1/2 Stunde) soll Briefe schreiben und bei der Stickerei helfen. Das alles bringt sie in solche Nerven-Ueberreizung, daß sie nur höchstens 3 Stunden Schlaf hat. Leider ist nicht abzusehn, wie das besser werden soll, höchstens ganz zuletzt, wenn alles schon wieder abgereist ist. Ich würde das noch mehr beklagen, wenn ich nicht davon ausginge, daß die Bewegung (wenn auch zu viel) in dieser schönen Luft ihr gut thun muß. Die gute Witten ist in Bezug auf Leichtlebigkeit ein Prachtstück; Marthachen benimmt sich vorzüglich, ist von untadliger Haltung und wirkt sehr gut, namentlich auch sehr hübsch. Dr. Heidenhayn soll ganz baff gewesen sein; er ist freilich daheim nicht verwöhnt. – Von einem rechten Wohlbefinden meinerseits kann erst die Rede sein, wenn ich meinen Schnupfen los bin, vorläufig habe ich noch einen dicken Kopf und kann nicht lesen, geschweige arbeiten. Auf den nächsten Bogen werde ich wohl blos Wünsche zu schreiben haben.

1. Karte vom Riesengebirge. (Liegt zusammengefaltet in meinem Bücherschrank auf dem Brett wo auch der grüne Lichtschirm liegt, rechts daneben, ziemlich oben auf.)

2. Der letzte Laborant. (Liegt unter den verschiednen rothen Bogen auf meinem großen Schreibtisch, ganz unten, links.)

3. Tamarinden-Conserven für Tante Witte. Aus jeder Apotheke.

4. Rhabarberpulver.

5. Ein paar Buch Conzeptpapier aus den noch nicht aufgemachten Packeten.

6. Fünf, sechs Bogen Briefpapier.

Das wäre vorläufig alles.

Wichtig ist mir noch die Stephany-Geschichte. Für alle Fälle lege ich den Brief an St. doch bei. *Ist* er schon zurück, so läßt sich mit Hülfe des Briefes die Sache doch vielleicht noch arrangiren, wenn Du 10 Zeilen an St. schreibst, Deinen und meinen Brief an ihn (durch *Ida*) schickst und in *Deinen* Zeilen ihn bittest, Dir gleich, durch Ueberbringerin, Bescheid zugehn zu lassen. Aengstige Dich aber dieser Dinge halber nicht, wird es nicht gedruckt, so ist es auch noch so. Nur dafür sorge, daß die 4 Aufsätze (Prinz Fr. Karl im Orient; Prinz Fr. Karls Tod, Begräbniß, Charakter; Stolpe und Nikolskoë) bei Herrlichs deponirt werden, damit Herrlich sie – wenn Stephany jetzt nicht da ist – später an die Zeitung einsenden kann. Also kurz:

1. Stephany ist da. Dann versuchst Du Dein Heil.

2. Stephany ist *nicht* da. Dann die Aufsätze bei Herrlich deponirt.

3. Wird so oder so nichts draus, so ist es auch kein Unglück.

Gruß an Friedel. Wie immer Dein alter

Th. F.

599. An Karl Zöllner

Krummhübel, Brotbaude, d. 3. Aug. 88.

Mein lieber Chevalier.

Es ist noch nicht lange her, wo dies der schreckliche Tag war, an dem Steinmetz (nicht der General) eine Rednertribüne im Langen Saal aufstellte und der unglückliche Sekretair vor einem gelangweilten Publikum und im glücklichsten Fall vor Onkel Greiff seinen Bericht ablesen mußte, an dem er selbst wenig Freude hatte. Das ist nun vorbei; dennoch bin ich unsicher, ob Du Berlin bereits verlassen und Dir Menzel als täglichen Brunnengenossen erkoren hast und so richte ich denn diese Zeilen nach dem Matthäikirchplatz hin, eingedenk einer Mahnung unsres alten Rütli-Philosophen ›daß das immer das Sicherste sei‹. Friedel erzählt in seinem letzten Briefe von einer Begrüßung mit Onkel Zöllner und seitdem sind – hier im Gebirge wenigstens – Tage angebrochen, die jede Entfernung vom heimischen Ofen als ein Wagniß erscheinen lassen. Wir hier sitzen schon 3 mal 24 Stunden fest in der Brotbaude, heizen und sprengen mit Ozogen, weil die Luft jenen bekannten Keller- und Stallcharakter hat, der nur auf freien Bergen und in klimatischen Kurörtern angetroffen wird. Ohne Boston, das seitens der Damen von 4 1/2 an bis Schlafenszeit gespielt wird, wäre ›Tante Witte‹ mit Familienanhang wohl schon wieder abgereist. Einziger Trost: es ist überall so und am Meer oder an Quellen, die man bibbernd 6 Uhr früh trinken muß, noch schlimmer. Wir leben hier zu 8 und üben uns in der Kunst der Umgänglichkeit, was dem einen leichter, dem andern schwerer wird. Ein Ausbund von Liebenswürdigkeit ist die ›Witten‹ (wie Martha sie nennt) die, welche Schwächen sie sonst auch haben mag, die eine große Tugend besitzt, nicht launenhaft und vor allem nicht übelnehmisch zu sein. Ich habe hier arbeiten wollen, bin aber über ein bischen Correkturlesen noch nicht recht hinausgekommen. Zum Theil ist das Wetter Schuld, zum Theil die Tag-Eintheilung, wenn man bis 10 1/2 Kaffe trinkt und nach einem Schinkenfrühstück um 12 sich um 1 zu Tische setzt, so hat man nicht viel Arbeitszeit. Kämen die Zeitungen früher, so hätte man gar keine (Arbeitszeit) und so wird das Pech, daß der Krummhübler Briefträger erst nach 5 Uhr Abends hier oben eintrifft, zu einer Art Segen für mich. Pietsch hat sehr hübsch aus Petersburg berichtet; für einen Schriftsteller am hübschesten in *dem* Punkt, daß er an einer Legion von Beispielen zeigt, wie Preßleute, im Gegensatz zu dem in dieser Beziehung entsetzlichen ›offiziellen Preußen‹ in andern Ländern, speziell aber in Rußland behandelt werden. Ich werde diesen Wechsel der Dinge nicht mehr erleben, aber ausbleiben kann er nicht. – In Berichten aus Kissingen geschieht auch unsres kleinen großen Mannes sehr oft Erwähnung und er hat den Triumph, sich ganz als eine Art Fürstlichkeit behandelt zu sehn. Dennoch mischt sich in alle diese Huldigungen etwas hinein, was ihn verdrießen muß, das er aber wohl selbst verschuldet. Er behandelt sich zu feierlich, was doch immer mißlich ist. Kaiser Friedrich war doch ein Kaiser und vorher ein Kronprinz und Sieger, aber auf *diese* Allüren verzichtete er. – Hast Du was vom Senator gehört? Sein Gesundheitszustand machte mir Sorge. – Bis zum 10. sind wir hier noch zusammen, dann treten wir einen geordneten Rückzug an. Mete und ich werden wohl am längsten aushalten, weil wir am wenigsten uns einbilden ›ohne Comfort‹ (der meist keiner ist) nicht leben zu können. Empfiehl mich meiner hochverehrten Freundin, zu derem bevorstehenden Geburtstag ich mit meinen Glückwünschen antreten werde. Bis dahin wie immer Dein alter

Noel.

600. An Friedrich Fontane

Krummhübel, Brotbaude, d. 9. August 1888.

Mein lieber Friedel.

Weder Queis noch Bober, weder Neiße noch Lomnitz haben uns hier oben etwas zuleide getan, und Mama hat sich heute sogar in das eigentliche Überschwemmungsgebiet: Giersdorf, Zackenfall, Schreiberhau gewagt, wo sie mit Mete und Annemarie Witte, die seit gestern früh oben herumpinschern, zusammentreffen und in fünfstündiger Fahrt nach hier zurückkehren will. Es geht uns ganz erträglich, besonders mir, der ich nicht viel Ansprüche mache und zufrieden bin, wenn ich ein Bett und 'was zu essen und keinen Ärger und keine Schmerzen habe. Alles andre verschwindet daneben und ist bloß 'raufgepuffte Geschichte.

Zum 14. August früh schicken wir einen Kranz an Dich für Georges Grab; Mama will selber die Blumen (Heidekraut) pflücken und einen Kranz daraus flechten. Vor einem Jahr war er noch leidlich fidel – an seinem Geburtstage sogar ganz besonders – und träumte von Glück und Leben; jetzt hat er seinen Hügel und seinen Stein.

Neulich, mitten im Walde, traf ich *Hans Hoffmann* (den ich nicht erkannte) und fragte ihn: »Ist dies der Weg nach der Schnurrbartsbaude?« »Ja, Herr *Fontane*.« Nun erst kam die Erkennungsszene.

Am Sonnabend reisen Wittes ab, am Sonntag Emma Robert; dann sind wir nur noch 4, mit Fips 4 ½.

Wie immer Dein alter

Papa.

601. An Moritz Lazarus

Krummhübel 9. August 1888.

Teuerster Leibnitz.

Immer wenn ich Stobbes, Mutter oder Töchter, sehe, wird auch von »Lazarus auf Schönfeld« (klingt wie österreichischer Adel) gesprochen und dabei jedesmal die Absicht in mir wach, an Leibnitz-Lazarus zu schreiben. Und heute soll die Absicht zur Tat werden, um so lieber, als einige Dankeszeilen für die liebenswürdigen Abschiedsworte, die Frau Gemahlin an meine Frau richtete, trotz einer Mahnung von mir aller Wahrscheinlichkeit nach unbeantwortet geblieben sind. Diese Mahnung zu wiederholen, ist gegen alle Regeln ehelicher Klugheit und so schreibe ich selbst, erst um zu danken, und dann um zu plaudern.

Die Brotbaude ist ein Korb, der nicht wohl höher gehängt werden konnte: 2500 Fuß, sehr respektabel. Um uns her liegt schon Schnee, freilich nicht viel; dazu die Kirchenglocken von Wang und die Kuhglocken der Hampelbaude; fehlt nur noch der Stier von Uri, um uns ganz in die schweizerisch alpine Welt zu träumen. In der Tat ein Einsamkeitspunkt, aber eine der Koppenstraßen führt an unsrer Tür vorüber und so kommt es, daß wir an kalten Tagen, wo der Tourist im Tale bleibt, hier still und stumm wie am Nordkap und dann wieder an sonnigen Tagen wie im Prater oder beim Stralauer Fischzug leben. Dann nimmt das Geklapper der Kaffeetassen kein Ende und Berliner und Sachsen – diese beiden bilden das Hauptkontingent – stehen an dem fünfarmigen Wegweiser und kommen zu dem Resultate, daß, wie bei so vielen Studien, das

Studium dieses Wegweisers immer konfuser mache. Unsre Einsamkeit wird aber nicht nur durch vorüberflutende Touristen unterbrochen, die Flut, in Gestalt wiedergeborener Freunde, die man vor 30 Jahren sitzen ließ (wenn man nicht sitzen *gelassen* wurde) packt uns mitunter auch direkt und strudelt uns zu Tal, um daselbst an Orten, die sich ebenso durch gute Namen wie schlechten Kaffee auszeichnen, alte Erinnerungen aufzufrischen. Denn gibt es bessre Namen als »Zum goldnen Frieden« oder »Zur goldnen Aussicht!« In Berlin habe ich regelmäßig das Gefühl des Übriggebliebenseins, der Uhland'schen Säule mit der Stürzebereitschaft; *hier*, in Krummhübel, erneuert sich mir alljährlich das Gefühl, daß noch eine ganze Menge von der alten Garde lebt, nur den verschiedensten Invalidenkompagnieen von oft sehr prunkhaftem Namen zugeteilt. Mit andern Worten, alle sind Würdenträger geworden und stehen mehr oder weniger hoch am preußischen Pegel; aber keiner ist drunter, der an den Vollklang seiner Titulatur heranreichte. Die Besten sind schlicht und einfach geblieben (oder *geworden*, was ich ihnen zum Ruhme anrechne) die Nicht-Besten quasseln und verwechseln Unsinn mit Poesie. Zum arbeiten komme ich wenig; der Nebel, der zieht, legt sich mir wie eine bleierne Binde um den Kopf, aber gelesen wird ein gut Teil. Unter anderm habe ich, aus Schillerstiftungspflichteifer, Max Kretzers neusten Roman »Meister Timpe«, gegen Barzahlung von 6 Mark, mit auf die Reise genommen und kann nun in der immerwiederauftauchenden Kretzerfrage mein Gutachten abgeben. Er kommt besser, aber auch schlechter weg als ich dachte. Das Widerliche, das in seinem Romane »Drei Weiber« eine so große Rolle spielt, fehlt hier ganz, aber dafür ist dies neue Buch trostlos und langweilig und was mir das Überraschlichste ist, nach meiner Meinung ganz unrealistisch. Er hat unter'm Volk und in der Werkstatt gelebt und kann doch Beides nicht schildern. Ich lebe jetzt 55 Jahr in Berlin und habe *nicht* blos beim Prinzen Friedrich Karl zu Mittag gegessen; ich habe *auch* Volk kennen gelernt und kann nur sagen: *mein* Berliner Volk sieht anders aus. Was er gibt sind mehr angelesene als erlebte Figuren. –

Wie stehen Sie zu der Virchow-Frage? Ich freue mich, bei größter und aufrichtigster Würdigung V.'s, daß er *nicht* Rektor geworden ist. So feine Fragen lassen sich nicht nach einer liberalen Schablone beurteilen. Ein Rektor der Berliner Universität, der so zu sagen dem preußischen König und deutschen Kaiser jeden Morgen in die Fenstern kuckt, muß gut mit ihm stehn. Unter Friedrich II. hätt' er's werden können, jetzt nicht. Haben wir mal einen fortschrittlichen Kaiser, so mag sich der Spieß umdrehn. Unter Gruß und ergebensten Empfehlungen Ihr

Th. Fontane.

Können Sie vielleicht an guter, nicht zu strenge urteilender Stelle erfahren, welchen Rufes sich der junge Leipziger Verleger F. W. Steffens erfreut. Ich bin *sehr* mit ihm zufrieden, möchte aber, wegen eines größeren Planes, gern sicher gehn.

602. An Karl Zöllner

Krummhübel, Brotbaude. 17. Aug. 88.

Mein lieber Chevalier.

Sei schönstens bedankt für Deinen lieben Brief vom 8. *Août*, ein kleines Wort, das gleich für Stimmung sorgte und die Erwartungen spannte, die dann noch übertroffen wurden. Ein dankbareres Publikum wie Haus Fontane kannst Du nicht finden und wenn ich Dein Leben in einem Distichon zusammenzufassen hätte, so würde ich schreiben:

Er war ein wahrer Gesellschaftshort
Und sagte nie ein langweilig Wort.

Von nicht Vielen ist dies zu sagen und für mich selber beispielsweise, mag ich nicht einstehn. Aber es ist schon 'was die richtige Fühlung zu haben und Andre bewundern zu können; darin, wenn es sich nicht grade um Wolff oder Wildenbruch handelt, rangire ich neben dem alten Wilhelm.

Wir sitzen hier mal wieder seit 3 Tagen in Nebel und Regen und wenn ich dann denke, daß Du 6 Uhr 15 einen Becher Rakoczy schlürfst, so erfaßt mich ein tiefes Mitgefühl, mich, der ich genau um dieselbe Zeit den 4. Akt meines Schlafs beginne. Und an Tagen wie heut leiste ich mir sogar ein 5 aktiges Stück. Warum auch nicht? Ich habe mein ganzes spätres Leben nach dem Satz eingerichtet, daß 4 ausgeschlafene Stunden besser sind als 12 müde. Kaiser Wilhelm II. könnte mit meiner Zeiteintheilung freilich nicht viel anfangen und eine Beschämung erfaßt mich einer solchen Leistungsfähigkeit gegenüber, zuletzt aber beruhige ich mich wieder und sage mir, wenn ich Kaiser Wilhelm wäre, würde ich mich wohl auch zu einem andern Cultus als dem der Muße bequemen. – Wir leben hier in diesem Sommer etwas stiller als sonst, aber selbst diese Stille ist, verglichen mit unsrer Berliner Mauseloch-Existenz, noch immer ein Sturm von Ereignissen. Wir waren ein paarmal in Schmiedeberg, in Arnsdorf und Hohenwiese, machten oder erneuerten die Bekanntschaft mit einem Oberstaatsanwalt Stellmacher in Celle, Kammergerichtsrath Klingner und einem Geh.R. Stoeckhardt aus dem Maybachschen Ministerium und würden dieser sehr angenehmen Geselligkeit noch froher geworden sein, wenn nicht die Entfernungen zu groß und die Kosten zu beträchtlich wären. Die bloße Fahrt kostet immer 8 bis 10 Mark und dazu die Trinkgelder in den reichen Herrenhäusern. Denn alle die vorgenannten Herren werden natürlich nicht in ihren Baudenstuben besucht, sondern bei reichen Industriellen im Thal, deren Parkvillen als Vereinigungsplätze dienen. Klingner ist langweilig, Stellmacher ein frischer ostpreußischer Lebemann, Stoeckhardt hat eine schöne Frau. Stellmacher – seit 8 Jahren in Celle – erzählte mir sehr Interessantes über die Welfen und daß wir in 22 Jahren dem hannöverschen Adel gegenüber noch keine sechs Zoll Terrain gewonnen hätten. Eigentlich finde ich diese Haltung dumm, denn der Welfismus, wenn der liebe Gott nicht ein Kolossalwunder vorhat, ist um eins Deiner Lieblingsworte zu citiren ›eine todte Plötze‹. Alles in allem habe ich mich dieser Sommerbegegnungen von Herzen zu freun, weil sie mich auf 6 und mitunter sogar auf 12 Wochen doch wieder ins Leben stellen, was ich von meinen Berliner Tagen kaum noch sagen kann. Ein alter bewährter Freundeskreis ist unbezahlbar, aber er reicht nicht aus, wenn nicht frische Elemente gelegentlich hinzukommen. Immer mit Mutter und Tochter sitzen und sich was vorlesen, ist zu wenig und geht eigentlich nur, weil ich mir sage: ›nun, für den kl. Rest reicht es noch aus.‹

Gearbeitet habe ich hier nicht viel, auch nicht viel gelesen, nicht einmal mit Max Kretzers ›Meister Timpe‹ bin ich durchgekommen, aber ziemlich viel Briefe habe ich geschrieben, gezwungne und freiwillige. Unter den freiwilligen war auch einer an unsren alten Heyden, ein Machwerk, über das ich Dir

Meldung machen muß. Ich kam vom Hundertsten ins Tausendste und nahm zuletzt Veranlassung, ihm auch mal ein Wort über seine Stellung in der Kunstcollegenschaft zu sagen, mich dabei, nach aufrichtiger Ueberzeugung, ganz auf *seine* Seite stellend. Ich brauche wohl nicht hinzuzusetzen, daß ich mich trotzdem sehr vorsichtig ausdrückte und nichts schrieb, was ich nicht den Heydenschen Widersachern gegenüber jederzeit, ja sogar mit Aussicht auf Zustimmung vertreten könnte. Laß mich, bei der relativen Wichtigkeit der Sache, noch einen Augenblick auch Dir gegenüber dabei verweilen. Ich hob hervor, daß ich die Haltung der Kunstwelt bez. der Kunstbehörden ihm (Heyden) gegenüber *unconsequent* fände. Zweierlei sei doch nur möglich: entweder es sei nichts mit seiner Kunst, dann hätte man ihn von Anfang an ganz und gar links liegen lassen müssen, oder aber er könne 'was, dann sei die Haltung der Künstlerschaft bez. der Akademie beinah grausam und jedenfalls ungerecht. Ich wolle von seinen ersten Bildern und der ihm gewordenen französischen Auszeichnung nicht sprechen, ich wolle nur hervorheben, daß er an der Ausschmückung der National-Galerie hervorragend mitgewirkt und daß später eben diese National-Galerie eins seiner Staffeleibilder angekauft habe. Dadurch habe man sich in gewissem Sinne gebunden und ihm eine dem Künstler geltende Ehrenerklärung gegeben, zu der es nicht passe, ihn immer noch draußen stehn zu lassen. Dies der Inhalt. Ich glaube, Du wirst das von mir Gesagte gelten lassen und frage ich deshalb ganz naiv bei Dir an, ob Du Deinen Einfluß, der einzelnen Personen gegenüber (ich nenne nur Carl Becker) gewiß groß ist, nicht zu Gunsten des armen Kerls geltend machen könntest. Denn was sich auch gegen ihn sagen lassen mag (ich fürchte, daß es ziemlich viel ist) so viel bleibt bestehn, er wird *zu* schlecht behandelt und sieht sich gegen eine ganze Anzahl von Personen zurückgestellt, denen er wirklich überlegen ist, auch als *Maler*. Er *kann* so schlecht nicht sein, wie viele ihn machen wollen, oder aber alle *die*, die vorübergehend für ihn eingetreten sind, haben sich blamirt als sie ihm ihre Gunst und Empfehlung zuwandten. Daß er ein schwer zu behandelnder, ewig à la Truthahn aufkollernder Mann ist, ist nur zu wahr und habe ich auch bei *dieser* Gelegenheit wieder erfahren. Denn so rührend gütig er mir geantwortet hat, so ist doch auch diese Antwort wieder so mit großen Worten durchsetzt, daß einem ganz angst und bange wird. Aber darüber muß man hinhören und die Sache, losgelöst vom Persönlichen, wie einen Rechtsfall behandeln. Und nun genug oder schon zu viel. Wir sprechen dies in Berlin weiter durch. Habt einen frohen Tag am 20. Wie immer Dein alter

Noel.

603. An Moritz Lazarus

Krummhübel, Brotbaude.
22. Aug. 88

Theuerster Leibnitz.

Es ist ein doppelter Dank, den ich Ihnen schulde, erst für den lieben Brief (dessen verschiedene Themata den schönsten Rütlistoff bieten) dann für die freundliche Mittheilung über F. W. St. Dieselbe, so sehr ich *Ihnen* danke, hat mich doch, hinsichtlich ihres dem Nabob entsprossenen Inhalts, nur weidlich amüsirt, weil, so oft ich, Buchhändlern gegenüber, verwandte Fragen gestellt habe, die Antwort immer dieselbe ist, immer nur den Geldbeutel im Auge hat, während mir der Beutel, in dem das Herz sitzt, bzw. dieses selbst, viel wichtiger ist. Aber die Frage nach Anstand und Gesinnung steht immer erst in 7. Reihe oder steht überhaupt gar nicht, weil diese Frage nach Ansicht dieser Herrn mit der Geldfrage zusammenfällt: viel Geld hoch anständig, wenig Geld Schufterle. In Wahrheit liegt es aber ganz anders. Bleiben wir bei St.; derselbe hat sich 2mal in höchstem Maße anständig gegen mich g[!]enommen (die Reichen günstigstenfalls immer nur so so; v. Decker Ruppsack) und wenn ich trotzdem wegen St. eine Frage stellte, so geschah es nur, weil, *wenn man weiter gar nichts von einem Menschen weiß*, 2maliges gutes Benehmen immerhin täuschen kann. Auch die anscheinende geschäftliche Akkuratesse kann die Wurst sein, die nach der Speckseite geworfen wird, und ein Herr, der bis zu 1500 Mark bestrickend ist, ist schon entzaubert, wenn aus den Mark ebenso viele Thaler werden sollen. Aber auch hierbei entscheidet die Gesinnung, und wenn *diese* sich vorfindet, werden sich auch die Thaler finden. Es handelt sich um meine Berliner Novellen, die ich gern in ihrer Gesammtheit heraus geben möchte. Wird aber wohl nichts werden. Die reichen Buchhändler sind alle zu »sittlich«. In herzl. Ergebenheit Ihr

Th. F.

604. An Julius Rodenberg

Krummhübel, Brotbaude
27. August 1888

Hochgeehrter Herr.

Herzlichen Dank für Heft 11, das mir Ihre Güte zugehn ließ. Ich hätte diesen Dank schon gestern, gleich nach Empfang, ausgesprochen, wenn ich nicht von dem Wunsch erfüllt gewesen wäre, vorher noch einen Blick in das Heft zu tun. Das ist nun geschehn, und außer H. v. Steins, H. Grimms und G. Egelhaafs Aufsätzen habe ich vor allem Ihr »Unter den Linden. VIII.« gelesen. Natürlich interessiert mich letztres am meisten. Eine allerfeinste Stelle scheint mir das erste Drittel (bis »unbegrenzte Ferne«) auf S. 225 zu sein. Leider werden außer einigen Malern und uns zwei beiden nicht viele sein, die diesen »Spätnachmittagston« beobachtet haben. Neben dieser Stelle hat mir Habel und die Schilderung der Übergangsformen unsrer Berliner Gesellschaft am meisten Freude gemacht. Vor allem aber finde ich den Grundgedanken glücklich, unter dem Titel »Unter den Linden«, der nur ein kl. Feuilleton, ein bloßes Straßenbild erwarten läßt, einen historischen Essay zu geben, der alles bringt, was aus unsrer Landesgeschichte zu wissen not tut. Ich habe die voraufgehenden VII Kapitel nicht gelesen, aber ich entnehme diesem VIII., daß es so sein muß.

In vorzügl. Ergebenheit

Ihr Th. Fontane

605. An Paul Schlenther

[Poststempel: Krummhübel] 28. 8. 88.

Eben mit großem Vergnügen (und selbstverständlich mit Dank) gelesen, besonders das was Sie über Matkowsky und Krause sagen. Ja, Matkowsky ist ein Genie, aber kolossal ängstlich. Ich kann das Gefühl nicht los werden, daß mal in conspectu omnium etwas Furchtbares geschehen wird. Kainz in seinen kühnsten Momenten ein wohlerzogener Schwachmatikus neben ihm. Sonnabend Abend treffe ich wieder ein und kann meinen Platz in der Zug-Ecke wieder einnehmen. Gott sei Dank, daß der Kaiser Bau-Beschleunigung »anempfohlen« hat.

Der »Berufnere«

606. An Otto Pniower

Berlin, d. 4. September 1888.
Potsdamer Straße 134 c.

Hochgeehrter Herr Doktor.

Ihre Besprechung zu lesen, war mir eine große Freude, zunächst natürlich, weil man sich gern etwas Angenehmes sagen läßt. Aber ich darf hinzusetzen, auch deshalb, weil ich, losgelöst von meiner Person, über das Ganze hin so viel feine Bemerkungen ausgestreut finde, Bemerkungen, die den Kritiker von Beruf erkennen lassen. In *dieser* Beziehung wenigstens hat sich in unsrer Tagesliteratur vieles zum Bessren geändert, und Kritiker, wie wir deren jetzt ein halbes Dutzend haben (Namen will ich nicht nennen), existierten in meinen jungen Jahren entweder gar nicht oder gehörten den Universitäts- und Wissenschaftskreisen an. In der Journalistik verwechselte man in grausamer Weise witzig sein und Kritiker sein. Ein jammervoller Standpunkt, der übrigens auch in Politik und Kirche galt. Jetzt ist Ernst in die Sache gekommen, und ein Streben nach Wahrheit ist da. Es beglückt mich, diesen Wechsel der Dinge noch erlebt zu haben. Mit bestem Dank in vorzüglicher Ergebenheit

Th. Fontane.

606. An Otto Pniower

Berlin, d. 4. September 1888.
Potsdamer Straße 134 c.

Hochgeehrter Herr.

Seit Sonnabend abend bin ich nun wieder da, die Brotbaude hinter und das Brot, nach dem die Kunst geht, wieder vor mir. Seien Sie schönstens bedankt für Ihr mehrmaliges Einspringen, um so mehr als Ihre eigenen Theater Sie reichlich in Anspruch nehmen. Ihre Kritiken über »Numa Roumestan« und gestern über die »Hermannsschlacht« habe ich mit großem Vergnügen gelesen, nicht minder *das* (noch auf der Brotbaude), was Sie über Matkowskys Orest gesagt haben. Ich glaube, er hat viel von den großen Talenten zu Anfang dieses Jahrhunderts. Ich bezweifle aber, daß er als »Krieger für den Werkeltag« zu brauchen ist. Die »Times« hielten sich mal einen Leitartikelschreiber, captain Stirling, der, wenn ruhige Zeiten waren, im Stall stand und nur bei Extras, Schlacht bei

Waterloo, Missolunghi, Navarino usw., hervorgeholt wurde. Dann war er das Rennpferd, das sicher siegte. So sollte Matkowsky gebraucht werden. In der Tagesdroschke geht er zu sehr durch. In vorzüglicher Ergebenheit

Th. Fontane.

608. An Franz von Zychlinski

Berlin 5. Sept. 88.
Potsd. Str. 134. c.

Ew. Excellenz

wollen mir eine ganz ergebenste Anfrage gestatten. Darf sich Ihnen, an einem durch Ew. Excellenz zu bestimmenden Zeitpunkt, ein Dr. Friedjung aus Wien vorstellen, der – ich glaube Historiker von Fach, wenigstens hat er ein Buch über Karl IV. geschrieben – gegenwärtig an einer Geschichte des 66er Krieges arbeitet. Oestreichischerseits hat man ihm alle Kriegsakten zur Verfügung gestellt und mit vielen Empfehlungen (im Lande) ausgerüstet, er fühlt aber, daß er auch die gegnerische Seite studiren muß. Das Generalstabswerk kennt er gründlich, es ist ihm aber hier und da zu reservirt gehalten und so liegt ihm *sehr* daran, über manche wichtige Punkte das Urtheil höherer preußischer Militairs zu hören. Er war bei mir und ich habe – trotzdem er von jüdischer Extraktion zu sein scheint (in Oestreich ist alles jüdisch) – den angenehmsten Eindruck von ihm empfangen, höre auch, daß er sich in deutsch-östreichisch politischen Kreisen eines ausgezeichneten Rufes erfreut. Ich würde mich sehr freuen, wenn mich Ihre Güte wissen ließe: »er möge kommen.« Mit der Bitte mich den Damen Ihres Hauses angelegentlichst empfehlen zu wollen, in vorzüglicher Ergebenheit

Th. Fontane.

P. S. Alles Gedruckte kennt er beinah auswendig. Als ich Ihren Namen nannte, sagte er: »Ah, Zychlinski. Reizendes kl. Buch. Verwundet; machte sich nicht viel draus, blos wegen seiner Töchter in Sorge.« Nicht wahr, man kann als Schriftsteller nicht mehr verlangen.

609. An Detlev von Liliencron

Berlin 11. Sept. 88.
Potsd. Str. 134. c.

Hochgeehrter Herr Baron.

Sie wollen zwar nicht, daß ich schreibe, ich muß es aber doch thun, nicht blos um Ihnen für so gütige Worte zu danken, sondern auch für so vieles andre, wovon ich ein gut Theil, im letzten Jahr erst, in »Zur guten Stunde« kennen lernte. Ganz besonders erfreute mich in Nr. 49 »Unter einer Buche.« Der Gestalt nach an Heine, der Seele nach an Strachwitz erinnernd, ist es doch, eben durch die Mischung, wieder ganz eigenartig. »Die Schlacht bei Hemmingstedt« ist mir entgangen; wahrscheinlich erschien es in den Monaten, wo ich in Schlesien in der Sommerfrische war. Ich würde Ihnen aufrichtig dankbar sein, wenn Sie, hochgeehrter Herr Baron, es mir schicken wollten oder auch nur das weggeschnittne Schlußstück. Denn ich besitze »Zur guten Stunde« in 2 Exemplaren und kann mir das Gedicht, so weit es erschienen ist jeden Augenblick heraussuchen. Ich möchte *nun* aber mit diesem Heraussuchen so lange warten, bis ich den Schluß habe. Für mich sind Namenaufzählungen kein bloßer Ballast, im Gegentheil, operirt man geschickt damit, so wird eine große Wirkung erzielt. Aber die Wenigsten haben ein Gefühl dafür. Für was überhaupt? Herzlichen Dank auch für die Karte, die ich doch vorziehe diesen Zeilen wieder bei zu schließen. In vorzüglicher Ergebenheit

Th. Fontane.

610. An Otto Franz Gensichen

Berlin, 13. September 1888.

Teuerster Doktor.

Anbei mit bestem Dank die Wildenbruch'schen Gedichte zurück, von denen ich mir nun selbst ein Exemplar anschaffen werde. Ich nehme nicht Anstand zu bekennen, daß ich ihn unterschätzt habe. Ein Gedicht, das ich, außer den von Ihnen notierten, rein zufällig auch noch gelesen habe: »Trost in Hoffnungslosigkeit« hat einen starken Eindruck auf mich gemacht, fast mich gerührt. So spricht ein Dichter. Ich bezweifle darnach nicht, daß ich noch andre finden werde, die meine Meinung zu Gunsten W.'s ändern werden. Was ich bisher von ihm kannte, war erbärmlich, alles patriotisches Blech und nicht einmal blank geputzt.

Die von Ihnen freundlichst notierten, erscheinen mir sehr verschiedenwertig. »Werthers Lotte« ist sehr hübsch und so verhaßt mir dieser Goethegötzenkultus (der hier in dem Wort »Gott« in die Erscheinung tritt) so zieh ich doch meine Bedenken von neulich zurück. Jung-Edward und Jung-Olaf haben 'was, sind aber doch sehr anfechtbar. Der aus dem Bauch oder Schoß aufsteigende Mond ist mir zu echt in der Volksliedschaft. Über die andren: Homer Odysseus letzter Teil, Grab des Kyros und Hexenlied muß ich 2 Tage mit Ihnen sprechen. Griff famos und überall Talent und Schönheiten, aber er ist ein Mann, der Kritik nie gekannt hat, ohne die es bekanntlich nicht geht.

In vorzüglicher Ergebenheit

Th. Fontane.

611. An Detlev von Liliencron

Berlin, d. 15. September 1888.
Potsdamer Straße 134 c.

Hochgeehrter Herr Baron.

Gestern abend erhielt ich auf Freundschaftswegen das Verzeichnis der gefallenen Ritter mit Ihren handschriftlichen Korrekturen, und heut früh suchte ich mir die »Schlacht bei Hemmingstedt« heraus. Das war nun freilich alles anders, als ich angenommen hatte. Nicht zwei, drei Monate zurück und auch kein Gedicht, sondern gute Prosa, die sich bei solchen Sachen schließlich immer besser macht als der beste Reim. Es hat einen großen Eindruck auf mich gemacht, und ich war wieder hingerissen wie vor achtunddreißig Jahren, als ich von der Schlacht zum ersten Male las. Auch das, was die Redaktion weggeschnitten hat, ist hochinteressant. Ohne Ihren liebenswürdigen Brief wüßte ich von dem allen nichts; denn ich sehe sehr selten in die Blätter hinein, am wenigsten, wenn was von mir drin steht.

In vorzüglicher Ergebenheit

Th. Fontane.

612. An Emilie Fontane

Berlin 30. Sept. 88. Potsd. Str. 134. c.

Meine liebe Alte.

Wie viele Briefanreden hat man nun schon durchgemacht! Jetzt sind wir glücklich bei ›liebe Alte‹ angekommen, eine Form, die kaum noch Wechsel oder Steigerung zuläßt.

Hoffentlich bist Du heil angekommen und hast Dich in 24 Stunden nach alter Vorschrift wieder erholt. Hier ist alles in Ordnung, mit Ausnahme Marthas, die immer noch piept, – es wird aber nun wohl werden, der Wetterumschlag ist günstig.

Der um 6 Uhr erwartete fremde Herr, dem, wohl auch von Ida, mit so viel Spannung entgegengesehn wurde ›weil es vielleicht ein Graf war‹ kam natürlich nicht und gegen 7 machte ich mich auf nach dem Wallnertheater. Von Kritik war nur Dr Zabel zugegen, also niemand. Und nun das Stück. Anfangs dachte ich ›wie nett; trivial aber nett‹, – bald indessen ließ es nach und die kl., in *ihrer* Art ganz allerliebsten komischen Scenen langweilten mich eigentlich, trotzdem ich das Spiel graziös fand und auch ein paarmal lachen mußte. Es ist doch alles zu dumm, alle Natur *zu* sehr auf den Kopf gestellt und doch auch wieder nicht genug, nicht so, daß man mit Entzücken ausrufen könnte: ›ah, ich bin im himmlischen Bereich des höheren Blödsinns.‹ Der kl. Brahm spricht in einem reizenden Artikel, den er mir heute früh geschickt hat, über dieselbe Frage und zwar bei Besprechung des neuen französischen Stückes ›Decoré‹. Er findet es, was mich hocherfreut, entzückend und beweist dem guten Berlinerthum, daß es für solchen himmlischen gallischen Humor gar kein Verständniß habe. Wie stolz und wie glücklich bin ich, daß ›meiner Ahnen Wiege‹ in Languedoc, ja sogar in der Gascogne gestanden hat. Uebrigens bist Du auch da her; Toulouse und Montpellier liegen bei einander.

Gegen 12 war ich zu Haus und las die Zeitung. Geffcken! Wer hätte an *den* gedacht! Das feinste kleine Männchen, das ich in meinem Leben kennen gelernt habe. Wird *der* über den Bismarck-Radau mit Staatsanwalt und Kettenklirren einen Schreck gekriegt haben. – Heute habe ich ein Kapitel von ›Quitt‹ durchcorrigirt, was mein Herz ordentlich erleichtert hat. – Meine Kritik über Mauthner schicke ich heute noch an Stephany, desgleichen einen Brief an Hertz, worin ich ihm wegen der Rezensionsexemplare Vorschläge mache. Mete schickt

Dir herzlichste Grüße; sie will noch auf 2 Stunden zu Sternheims. Empfiehl mich allerseits aufs beste. Wie immer Dein

Alter.

613. An Wilhelm Hertz

Berlin 30. Sept. 88.
Potsd. Str. 134. c.

Sehr geehrter Herr Hertz.

Besten Dank für das Circulair-Exemplar, das mir am Sonnabend zuging. Ich nehme an, daß nun wohl bald, wenn auch nicht vor Mitte Oktober, die Versendung beginnen wird und bitte mir hinsichtlich der Rezensions-Exemplare ein paar Worte gestatten zu wollen. Ich wage kaum zu hoffen, daß Sie mir zustimmen werden, aber ich möchte meine Wünsche Ihnen wenigstens unterbreitet haben.

Es giebt eine ganze Anzahl von Zeitungen, die, aus mir unerklärlichen Gründen (denn ich wüßte nicht, daß ich je einem etwas zu Leide gethan hätte) einen förmlichen Haß gegen mich haben und dieser Abneigung bei jeder Gelegenheit Ausdruck geben. Die besseren darunter beschränken sich auf Schweigen oder kolossale Nüchternheit, was weniger ärgerlich, aber für den Absatz eigentlich noch unvortheilhafter ist. An der Spitze stehen die conservativen Blätter: Kreuz-Ztng., Post (diese vor allem), Reichsbote, dann das Blatt, das Prof. Herbst bei Perthes herausgiebt; in Schweigen hüllen sich: Nordd: Allg., National-Ztg, Köln: Ztng., Berl. Tageblatt, D. Tageblatt, während der Börsen-Courier, trotz entgegengesetzten polit: Standpunktes, in seinen Angriffen mit der Post wetteifert. Von den Monatsschriften schweigt »Nord und Süd«, von den Wochenschriften »Gartenlaube« (trotzdem Kröner mein Gönner ist) und Daheim. Es wäre nun mein herzlicher Wunsch, Sie ließen alle diese Blätter, oder doch fast alle – zwei, drei Ausnahmen werde ich noch nennen – schießen und beschränkten sich auf Einsendung von Exemplaren an solche Blätter, die mir wohlwollen und mir dies durch 20 Jahre hin bewiesen haben. Wozu dem Dr. Kropatscheck, der ein ganz guter Mann sein mag (ich habe sogar so 'was gehört) oder dem Dr. Kayßler von der Post, der, glaub ich, findet, daß ich weder ihm noch seinen Leuten den Hof gemacht habe, – warum diesen Leuten und vielen andern mit ihnen, Exemplare schicken, blos um sie ignorirt oder getadelt zu sehn. Wollen die Herren das, so können sie sich das Buch wenigstens kaufen. Ich bin, bei meinem letzten Roman, nach diesem Prinzip verfahren und habe es auf die Weise durchgesetzt, daß ich, mit einer einzigen Ausnahme – wo der Verleger, gegen meinen Rath, an ein *ihm* bekanntes und sympathisches Blatt geschickt hatte – nur mir wohlthuende Kritiken zu lesen, in der Lage gewesen bin. Es waren Kritiken in den besten Blättern Deutschlands und von unsren besten kritischen Köpfen geschrieben. Sie kennen mich genug, um zu wissen, daß dies nicht Feigheit und nicht Vogel Straus ist, so wenig, daß ich Ihnen offen ausspreche, eine mich ordentlich, aber ernst, gewissenhaft und liebevoll ins Gebet nehmende Kritik die liebste ist, weil ich an ihren Ton am meisten glaube, aber mir von irgend einem Schmock im Börsen-Courier oder von irgend einem Stöckerschen Predigtamtskandidaten in der Kreuz-Ztg. etc. Sottisen sagen zu lassen, dazu bringe ich freilich keine große Geneigtheit mit und wenn ich es vermeiden kann, so vermeide ich es. Daß es für das Buch von Vortheil wäre, gerade in den großen conservativen Blättern warm und nachdrücklich empfohlen zu werden, bestreite ich nicht, da ich diese Empfehlung aber nicht haben kann, so widersteht mir auch ein Bewerben darum, bei dem ich nur mit einer langen Nase heimgeschickt werde. Denken Sie anders darüber, nun, so muß es sein, vielleicht aber stehen sich unsre Anschauungen von der Sache auch näher, als ich zu hoffen wage. Ich erlaube mir, ein Verzeichniß beizulegen, darauf Ihre Güte entweder streichen oder hinzufügen wird. Ein paar von den vorstehend als schweigend oder nüchtern bezeichneten Zeitungen, befinden sich mit auf der Liste, namentlich die National-Zeitung, was damit zusammenhängt, daß einer der Redakteure, Dr. Samosch, ein besondrer Schwärmer für diese meine Arbeiten ist. In vorzügl. Ergebenheit

Th. Fontane.

614. An Emilie Fontane

Berlin 2. Okt. 88. Potsd. Str. 134. c.

Meine liebe Alte.

Mete wird Dir wohl für Deinen Brief gedankt haben; ich fahre da fort, wo sie stehn geblieben ist. Gestern Nachmittag kam Béringuier, natürlich zur schönsten Zeit, 4½ und zwang mich aus dem Bett. Das Gedicht zur Erinnerung an die beiden Kaiser muß ich machen und zu Trost und Lohn dafür noch gleich ein zweites (und zwar zum Coloniefest) das dann wieder die Colonie-Gärtnersgöhre aus der Ackerstraße mit ihrer Berliner Blechstimme sprechen soll. Mir recht. Dann zog ich mich an und wollte eben gehn, als Heiden angekündigt wurde. Da i und y im Sprechen keinen Unterschied machen, so dachte ich natürlich es sei unser alter ›Aujust‹ und wollte eben mit ausgebreiteten Armen auf ihn los, als ein großer schlanker offizierartiger Herr vor mir stand und sich als *der* entpuppte, der schon am Sonnabend um 6 Uhr hatte kommen wollen. Es war *der* Heiden, der, mit Francis Stahl zusammen, den ›Herrn Major auf Urlaub‹ geschrieben hat. Ein sehr netter Mann, Hamburger, aber durch langen Aufenthalt in Berlin enthamburgert, so daß sich die Häßlichkeiten beider Städte so zu sagen aufgefressen haben. Ich erfuhr nun, daß das Stück lediglich von *ihm* ist und früher ›Ein Mann von 50 Jahren‹ hieß, unter welchem Titel es in Dresden gefallen hat, Francis Stahl hat es dann verberlinert und mit Witzen garnirt, wodurch das Stück offenbar viel schlechter geworden ist. Wie danke ich Gott, daß ich mit Stückeschreiben nie 'was zu thun gehabt habe, nein, da doch lieber unsittliche Novellen, die im Kasten bleiben. Heiden blieb fast 2 Stunden, dann machte ich bis 9 meinen Spaziergang und als ich wieder heme war (auch Marthachen R. hatte sich mit Fips eingestellt) kam Brahm und blieb bis 12. Er wollte nichts essen, aber einem Ris à la Malte von Mete konnte er doch nicht ganz widerstehn. Es war sehr nett. Noch zum Schluß, schon Hut in Hand, erzählte er noch 2 neue Geschichten. Du weißt, daß Barnay vortrat und statt einer langen Rede nur sagte, während er die Hand aufs Herz legte: ›Ich bin sehr glücklich.‹ Nun heißt es, Blumenthal sei nach der ersten, nur spack verlaufenen Aufführung von ›Anton Anthony‹, *un*gerufen ebenfalls bei geöffnetem Vorhang erschienen und habe mit derselben Handbewegung gesagt: ›Ich bin sehr unglücklich.‹ Und nun Geschichte Nummer zwei. Rudolf Lindau schrieb an Schwägerin Anna nach Paris und theilte ihr mit ›sie möge sofort kommen; ihre persönliche Gegenwart werde den Scheidungsprozeß beschleunigen.‹ Sie telegraphirte: ›Impossible; mon Jacques est malade.‹ Uebrigens ist Paul Lindau kreuzfidèl, mehr denn je, von Geknicktheit keine Rede. Brahm und Schlenther traten mit Dr. Proelß von der Frankfurter Zeitung am ersten Nathan-Abend – wo der eine Stunde vorher von Pontresina eingetroffene Brahm 36 Mark für sein Theater-Billet bezahlt hatte – gegen Mitternacht in das Kaiserhof-Café und trafen hier Lindau und Stettenheim. Sie kneipten alle fünf bis 5 Uhr, und verabschiedeten sich dann, nachdem von Seiten Lindaus eine Einladung zum Frühstück auf 1 Uhr Mittags erfolgt war. Da fanden sich denn alle 5 wieder zusammen und champagnerten los bis zur Theaterzeit. Brahm war noch ganz entzückt von Lindaus Witz, Liebenswürdigkeit und guter Laune. Alles richtig. Aber wenn das Wort ›fauler Zauber‹ je richtig war, so hier. Ich bin fertig damit und falle nicht mehr drauf 'rein. Daß binnen 14 Tagen *Lindaus neues Stück zur Aufführung kommt*, brauche ich, zu weiterer Erklärung, wohl nicht hinzuzusetzen. Mir ist dies eine furchtbare Sorte von Klugheit.

Heute früh kam Hans Hertz, um mir Antwort auf einen langen Brief zu bringen, worin ich dem Alten, hinsichtlich der Rezensions-Exemplare, dasselbe Prinzip, wonach schon Steffens auf meinen Rath gehandelt, zur Nacheiferung empfohlen hatte: also Uebergehung aller *der* Zeitungen, die sich in feindlicher Stellung gegen mich gefallen, Kreuz-Ztng., Post und Börsen-Courier an der Spitze. Hans Hertz sagte mir, man sei gewillt darauf einzugehn, was mir sehr lieb, aber doch eigentlich auch nur in der Ordnung ist. Was habe *ich* oder was hat *Hertz* davon, wenn mir in der Post, dem feindseligsten und großmäuligsten dieser Blätter, versichert wird: ich wandle auf Abwegen. Und nun denke Dir Kayßler dabei, der in der verloddertsten Maitressenwirthschaft steckte und vielleicht noch nicht draus 'raus ist. Hans Hertz brachte mir auch das Honorar und Mete wird morgen 800 Thaler zu Herrn Sternheim bringen und außerdem die 100 an ihn zurück, die er Dir nach der Brotbaude schickte.

Heute Abend kommen Herrlichs; Ida ist in der Waschküche, Mete zu Tilla, um ihr, an ihrem ersten ›freien Tage‹ ein Gericht Bohnen und Rindfleisch und wahrscheinlich auch ein paar Spritzkuchen etc. zu bringen. Ich finde es rührend und freue mich des guten, liebenswürdigen und vornehmen Charakters; sie ist doch nicht blos die klügste, sondern auch die beste von allen; sie hat alle guten Fontane'schen Familieneigenschaften im höchsten Maß und die schlechten und bummligen nur wenig.

Die Aufregung wegen Tagebuch und Geffcken dauert fort, immerzu werden Extrablätter ausgerufen. Das Merkwürdigste ist, daß *wieder alles auf Bismarcks Seite tritt* und daß gegen Geffcken und vor allem gegen den armen Kaiser Friedrich selbst, wieder die heftigsten Anklagen laut werden. Und leider muß ich sagen: ich fürchte daß dies Volksurtheil oder richtiger dies Urtheil aller Gebildeten (mit Ausnahme der *fortschrittlichen* Judenschaft; denn es giebt bekanntlich auch sehr viel andre Juden) daß dies Urtheil sag ich, wieder Recht hat. Es muß doch etwas in ihm nicht recht in Ordnung gewesen sein; er überschätzte sich und wollte nicht einsehn, daß er neben dem großen Mann doch nur ein Nachtwächter, ein dilettantischer Stümper war. Und nun leb wohl.

Wie immer Dein

Alter.

615. An Georg Friedlaender

Berlin 5. Okt. 88.
Potsd. Str. 134.c.

Hochgeehrter Herr.

Schon seit Wochen will ich schreiben und anfragen, wie es Ihnen und den lieben Ihrigen, Frau u. Kindern, geht. Aber es sind unruhige Zeiten, wobei ich an »Tagebuch« und Geffcken noch nicht einmal denke. Mein neues Buch, dessen Correkturbogen mich schon auf der lieben Brotbaude stark behelligten, hat mir bis zur Stunde (jetzt ist es endlich fertig) viel Arbeit und Sorge gemacht und jetzt dichte ich seit 8 Tagen für meinen Freund Béringuier, der in einer Festsitzung des Berliner Geschichtsvereins das Andenken der beiden verstorbenen Kaiser, mit Hülfe etlicher Ottaverime von mir, zu feiern wünscht. Als ich ihm sagte »das sei eine große Arbeit, es daure 8 Tage« antwortete er nur: »da habe ich keinen andern Trost, als Sie auch gleich noch einen Prolog zum 28. (Coloniefest) zu bitten.« Ich mußte ja sagen, denn ich bin der Colonie, zu deren Häuptern Béringuier zählt, sehr zu Dank verpflichtet: drei Vettern von mir waren auf dem Colonie-Waisenhause und mein 2. Sohn viele Jahre lang im Seminar. »Da helpt et dann nich.«

Wie verlief Ihre Reise? Sind Sie Stöckhardts unterwegs begegnet? Was macht Bergel, Frau v. Münchhausen, Prinz Reuß? Vor allem, was macht unsre schöne Freundin (ich darf sie hoffentlich wieder so nennen) Frau Richter? Und Ebertys überhaupt und der Commerzienrath und Stobbes und das Brautpaar? Frau Stöckhardt reist morgen wieder nach Hohenwiese, um die Kinder abzuholen, die Fräulein Alice mittlerweile bemuttert hat. Fräulein Stellmacher, eine sehr nette junge Dame, die an jenem Sonntage mit in Hohenwiese war, hat sich mittlerweile verlobt, sonderbarerweise mit einem Herrn Wagenmann. Das nenn' ich Namenpassendheit. Gesellschaftlich ist hier noch nichts los, aber die Theater blühen, glücklicherweise nicht für mich. Barnay trat bekanntlich vor und sagte: »ich bin *sehr* glücklich«; Osk. Blumenthal soll am Schluß seines »Anton Anthony« (der nicht sehr gefiel) *auch* vorgetreten sein und mit derselben Handbewegung, Hand aufs Herz, gesagt haben: »ich bin sehr unglücklich.« Anna Lindau wurde brieflich zurückgerufen »weil das den Akt der Scheidung beschleunige«; sie antwortete telegraphisch: »Impossible; mon Jacques est malade.« Das sind so kleine Geschichten, die den Berliner amüsiren. Natürlich geht man im Uebrigen in Tagebuch und Geffcken auf. Ein Bekannter von uns, der, trotzdem er Assessor und Reserveleutnant, nicht ganz mittutet, wurde vor ein paar Tagen mit der Frage empfangen: »Nun, was sagen *Sie* zu dieser schamlosen Veröffentlichung.« Er war baff und schwieg. Ich werde täglich an Ihre Ehrengerichtsgeschichte erinnert, freie Menschen von natürlicher unbefangener Empfindung giebt es nicht mehr, alles steckt, zum Theil ohne es zu wissen (und das ist das Allerschlimmste) in Staatspatentheit und Offiziosität. Es ist traurig. Uebrigens bin ich weder mit der Veröffentlichung einverstanden, noch ein Schwärmer für Kaiser Friedrich. Nur ist die Veröffentlichung nichts »Schamloses« und Kaiser Friedrich, ein so schlechter Praktikus er war, war doch immerhin eine ideale Gestalt, der man ein Stück Respekt nicht versagen darf. 1000 Grüße. In vorzügl. Ergebenheit

Th. Fontane.

616. An Emilie Fontane

Berlin 8. Okt. 88. Potsd. Str. 134. c.

Meine liebe Frau. Ich schreibe heut eigentlich nur, um Dir den beiliegenden Ausschnitt zu schicken, dessen kl. Geschichte mich sehr amüsirt hat. Auch freue ich mich, daß es noch Menschen giebt, die in unsrer Hetzjagdzeit, *da*zu Zeit haben.

Diese Woche wird ziemlich unruhig für mich, da ich nun – mir übrigens sehr willkommen – zu Extra-Theaterdienst mit herangezogen werde: morgen (Dienstag) Barnay-Theater, zwei Lustspiele mit Friedrich Haase, am Donnerstag Geburtstagsfeier (vergiß nicht zu schreiben) von Frau Robert, am Freitag Fräulein Ulrich als Orsina, am Sonnabend zu Kroll, wo Anglo-Amerikaner spielen werden. Was, weiß ich noch nicht. Hoffentlich bleibe ich bei leidlicher Gesundheit. Am 5., der immer was Besondres bringt, kriegte ich heftige Schmerzen, die mir in der Niere zu sitzen schienen, – es war aber wohl nur Rheumatismus. Heute ist es um vieles besser, so daß ich mich wieder leidlich leicht bewegen kann. Gesammtbefinden glücklicherweise gut. Ich habe 3 Tage ganz wenig genossen, was mir immer gutthut. – Mein 2. Gedicht für Béringuier geht morgen ab; nun wünsche ich aber vor *solchen* Zwischenfällen gesichert zu sein, damit ich mich endlich wieder an meinen Roman für Kroener machen kann. Marthan geht es ziemlich gut (immer noch etwas erkältet); sie pflegt mich gut ab und liest mir fleißig vor; mit Brahm (sehr hübsch) sind wir bald bis zur Hälfte. Wie immer Dein

Alter.

617. An Emilie Fontane

Berlin 12. Okt. 88. Potsd. Str. 134. c.

Meine liebe Frau. Nur ein paar Worte. Wir sind überrascht, wenn auch selbstverständlich angenehm, daß Du schon am 16., unsrem Hochzeitstage, zurück willst. Vergleicht man sich mit damals, so ist man doch – ich spreche nur von mir – wenn auch an sich schon nie heldenmäßig, ein rechtes Wrack geworden. Es ist immer die alte Geschichte ›nun möcht' ich wieder Fähnrich sein‹, wie, auch vor 40 Jahren, in einem unbedeutenden sentimentalen Liede gesungen wurde. Wieder Fähnrich sein. Aber nicht noch 'mal anfangen. Nur ob ein gewisses Etablirt- und Beruhigtsein ohne Jugend und Hoffnung, oder Jugend und Hoffnung ohne Etablirt- und Beruhigtsein besser ist, – *die* Frage drängt sich einem immer wieder auf. Wenn es nicht *zu* toll kommt, ist das Jugendleben doch vielleicht schöner. Vielleicht. Vielleicht auch nicht. Man schwankt auch darin wie in allem und nur *das* bleibt: das Ganze ist eine sonderbare Geschichte.

Gestern bei Roberts war alles ganz nett und zu Kritik gar keine Veranlassung, – es war auch nicht mal langweilig. Aber ich fühlte mich wenig wohl und habe keinen Bissen genossen. Heute ist es besser, aber ich bin welk und möchte blos ausgestreckt liegen und mich in frischer Luft spazieren fahren lassen. – Heute sind 10 Bände von ›Fünf Schlösser‹ angekommen, die ich nun für die verschiednen Minister und Generäle binden lassen will. Die Ausgabe des Buchs erfolgt wohl erst in 14 Tagen. – Ich muß jetzt ziemlich viel ins Theater, was mir nicht einmal unangenehm ist, weil es mich herausreißt. – Mete grüßt herzlich; sie ist heute Abend bei Krigars. Morgen schreibt sie. Friedel hat viel zu thun.

Empfiehl mich Deinen liebenswürdigen Treutlers. Wie immer Dein alter

Th. Fontane

Diese lächerliche Namensunterschrift habe ich ganz in Gedanken gemacht, was bekanntlich heißt ohne Gedanken.

618. An Emilie Fontane

Berlin 14. Okt. 88. Potsd. Str. 134. c.

Meine liebe Frau. Dies sind nun wohl die letzten Zeilen nach Blasewitz hin, mögen sie Dich bei leidlicher Gesundheit treffen. Die letzten Tage verliefen ziemlich unruhig: Donnerstag Robert's, Freitag die Ulrich, Sonnabend ›My Sweetheart‹ bei Krolls. Wenn mich nicht alles täuscht, ist die Ulrich ganz klapprig geworden und nur noch eine Ruine; My Sweetheart fiel durch, es war schrecklich diesen Hohn zu beobachten und doch war es verdient. Wie kann man einem Berliner Publikum so was vorsetzen. Sonst ist nicht viel zu vermelden. Daß die ›Fünf Schlösser‹ angekommen sind, schrieb ich wohl schon; ich will morgen zu David Schwartz-Tochter, um wegen hübscher Einbände zu sprechen. Mit meiner Correktur von ›Quitt‹ geht es ganz leidlich vorwärts, doch will ich es nicht berufen, man sitzt dann mit einem Male wieder fest; könnt' ihr's bis Neujahr schaffen, so wär es mir sehr lieb. Die beiden Festgedichte hat Béringuier drucken lassen. Friedel, nachdem er bei uns gegessen, war heute noch mal in Schmargendorf. Mete vorgestern bei Krigars und heute mit ihr und Otto im Mittags-Concert (D'Albert). Gestern bei Kroll traf ich Lindau, er saß grade vor mir und zeichnete sich nicht nur durch herkömmliche Fidelité, sondern auch durch Unbefangenheit aus. Ich war sehr artig und unbeleidigt, aber doch reservirt. Eben war Zöllner eine Stunde bei uns und plauderte. Mehr weiß ich nicht, ein bischen wenig. 1000 Grüße und Empfehlungen den lieben Treutlers. Wie immer Dein

Alter.

619. An Gustav Karpeles

Berlin 17. Okt. 88.
Potsd. Str. 134. c.

Hochgeehrter Herr Doktor.

Es ginge wohl, aber es geht nicht; die Lust ist da, aber ich bringe die Forsche nicht mehr 'raus. Dann und wann beklage ich meine Zurückgezogenheit und gäbe was drum, wenn ich zu Nutz und Frommen einer mich plötzlich überkommenden Stimmung, eine Flasche Wein ausstechen und ein angeregtes Gespräch führen könnte. Das sind aber bloße Anfälle, ganz unberechenbar, und wenn es hieße: »jeden Dienstag oder Freitag da oder da« so wäre ich sicher, daß mich schon die bloße Festsetzung von Tag oder Stunde lahm legen würde. Man wandelt nicht ungestraft unter 68; Jahre sind das niederdrückendste Klima. Seien Sie schönstens bedankt für Ihre freundlichen Zeilen und empfehlen Sie mich der muthigen Jugend, die's wagen will und muß. Dafür ist sie Jugend. In vorzüglicher Ergebenheit

Th. Fontane.

620. An Georg Friedlaender

Berlin 24. Okt. 88.
Potsd. Str. 134. c.

Hochgeehrter Herr.

Ich war für den lieben, langen und in seinen Details so interessanten Brief vom 9. d. schon in Ihrer Schuld und nun erfreut mich Ihre Güte durch einen zweiten Brief. Sonst bin ich prompter, aber ich weiß nicht woran es liegt, ich komme mit nichts so recht vom Fleck. Die Dichterei, deren Resultate Sie so freundlich beurtheilen, ist nur zur Hälfte Schuld daran, daß ich mit allem im Rückstand bin; was ich vermisse, ist das bischen Spannkraft, das ich in der Regel aus dem Gebirge mit nach Hause bringe. Alles wird mir schwer und wenn mir die Verhältnisse es gestatteten, so schlösse ich die Bude und beschränkte mich darauf, nur alle 8 oder 14 Tage einmal ein Gedicht oder einen Aufsatz oder eine Kritik zu schreiben. Besonders auch Letztres, was in allen Fällen, wo man nicht schreiben *muß*, sondern schreiben *will*, ein ganz besondres Vergnügen gewährt. Haben Sie vielleicht gelesen, was ich, in der Montag Abendnummer der Vossin, über Ibsen und seine »Wildente« geschrieben habe? Solche Kritiken erquicken vielleicht keinen andern, aber sicherlich *den*, der sie schreibt, weil er in ihnen Gelegenheit findet, sich an die schwierigsten Fragen heran zu machen, nicht um sie zu lösen, aber doch um sie zu *stellen*. Und schon in dieser bloßen Fragestellung, die gleichbedeutend ist mit einem Absagebrief gegen das Alte, liegt eine Art Genuß. – In Ihrem ersten Briefe hat Ihr in Gastein zurückbleibender »staatsanwaltlicher College« den tiefsten Eindruck auf mich gemacht. Diese beständigen kleinen Schicksalstücken, bei denen die persönliche Schuldfrage nur erst ein Zweites und beinah Nebensächliches ist, interessiren mich immer ungemein. Es ist, als ob die Götter unser nach eignem Plan zurecht gelegtes Glück nicht wollen, sie werfen uns dann und wann eine süße Frucht in den Schooß und haben nichts dagegen (im Gegentheil) daß sie uns schmeckt, aber so wie wir das Glück zwingen oder auch nur mit Hülfe von Baedecker uns etappenmäßig ausrechnen wollen, in Innsbruck *dies* Glück und in Verona *das* und in Venedig ein stupendes drittes in einer Gondel oder Nicht-Gondel, – so darf man sicher sein, daß alles kläglich scheitert. Wie viel Thränen junger Frauen sind schon auf dem Marcusplatz vergossen worden und kaum eine dieser Frauen die nicht wenigstens (auch wenn sie blos im Hôtel war) auf der Seufzerbrücke gestanden hätte. Und das sind dann die berühmten Hochzeitsreisen, die, nach der Berechnung des Bräutigams, direkt in den Himmel führen sollten. Und so auch Ihr armer staatsanwaltlicher College. Das freut sich nun in Beuthen oder Myslowitz 11 Monate lang auf eine Reise nach Italien und schwärmt von »Assunta« und »Concepcion« und wird, ehe sich die letztre in ihrer tizianischen oder murilloschen Verklärung präsentiren kann, auf dem Vorweg-Abstecher in die Praxis der Sache, *so* gründlich 'reingelegt. – Haben Sie herzlichen Dank für alles, was Sie mir über die irdischen Größen des Hirschberger Thals, vom Prinzen an bis auf den Kupferminenkönig, mitgetheilt haben. Kleine gesellschaftliche Bedenken, die Sie gegen den Letztren äußern (zumal in Ihrem ersten Briefe) laß ich gerne gelten und ich bestreite keinen Augenblick, daß ein intimerer freundschaftlicher Verkehr dadurch ausgeschlossen wird. Aber sich 'mal sehen, ist selbst für *mich*, der ich doch ein Lebens-Abgefundener bin, immer noch von Interesse, weil man doch von dem einzig werthvollen Studium, dem Menschenstudium, nicht *ganz* los kann. Eine neue Figur interessirt immer noch wieder und in ihren Fehlern gelegentlich noch mehr als in ihren Vorzügen. Wobei mir einfällt, daß wir gestern bei Heinrich Richter zum Diner waren. Empfehlen Sie mich der hochverehrten Frau; herzliche Grüße allerseits von meinen Damen. Wie immer Ihr aufrichtig ergebenster

Th. Fontane.

621. An Wilhelm Hertz

Berlin 26. Okt. 88.
Potsd. Str. 134. c.

Sehr geehrter Herr Hertz.

Darf ich freundlichst um gef. Zusendung von noch 20 Exemplaren – *darunter 10 gebundene* – bitten, unter gleichzeitiger Beilegung einer quittirten Rechnung über die 10 gebundenen Exemplare. Den Betrag händige ich dem Boten ein.

Zugleich frage ich an, ob Sie geneigt sein möchten, an die Redaktionen von »Bär«, »Johanniterblatt« und »Berliner Geschichtsverein« (Béringuier; Toeche) sowie an die mir ganz besonders gewogenen und schreibezuverlässigen Herren: Dr. Braun-Wiesbaden, Dr. L. Freytag (Centralorgan für d. Interessen d. Realschulwesens) Geh. R. W. v. Lübke (A. Allg. Ztg.) und Schriftsteller Siegfried Samosch (Nat: Ztng.) je ein Exemplar gelangen zu lassen? Ich denke mir, daß es sich verlohnen würde, ganz besonders die beiden letztgenannten. In vorzügl. Ergebenheit

Th. Fontane

622. An Siegfried Samosch

Berlin 27. Okt. 88.
Potsd.Str. 134.c.

Hochgeehrter Herr.

Eben schreibt mir auf meine Anfrage Freund und Verleger W. Hertz, daß er an Herrn Siegfried Samosch (Nat: Ztng.) ein Exemplar meines neusten Buches »Fünf Schlösser« geschickt habe. Trifft dies zu, so bitte ich um Entschuldigung, daß die Buchsendung nicht gleich von einigen Zeilen von mir begleitet war. Ich fürchte aber fast, daß W. Hertz bei Niederschreibung von »*Siegfried Samosch (Nat. Zeitung)*« den Accent auf National-Zeitung und nicht auf S. Samosch gelegt und angenommen hat: erhält es die Nat. Zeitung, so erhält es im Redaktionsentwicklungswege auch Siegfried Samosch. Solche »Redaktionsentwicklungswege« sind aber, wie ich nur zu gut weiß, höchst mißlich und zweifelvoll und so erbitte ich denn von Ihrer Freundlichkeit mich wissen zu lassen, ob Ihnen *persönlich* das Buch zugegangen, damit ich, entgegengesetzten Falls, Ihnen aus meinem Vorrath ein Exemplar überreichen kann.

In vorzügl. Ergebenheit

Th. Fontane

623. An Julius Rodenberg

Berlin, 4. November 1888
Potsdamer Straße 134 c

Hochgeehrter Herr.

Nun komme ich Ihnen doch zuvor und the other Richmond is earlier in the field. Wir alten Wanderer von diesseits und jenseits des Tweed können uns ja diesen Exkurs ins Englische gönnen. Aber wenn gemeinschaftliche Wandrer in London und Middlesex, so noch mehr in Berlin und Mark. Nehmen Sie dies Buch von Ihrem Spezialkollegen freundlich hin. Können und wollen Sie in der »D. Rundschau« ein paar Worte darüber sagen, so ist es mir schmeichelhaft und angenehm, vor allem aber lag mir daran, Ihnen das Buch als Ausdruck meines Respekts für Ihre gesamte literarische Tätigkeit (und von wie wenigen unsrer Kollegen kann man dies sagen) überreichen zu dürfen.

In vorzügl. Ergebenheit

Th. Fontane

624. An Friedrich Haase

Berlin, 6. November 1888.

Hochgeehrter Herr Direktor.

Ich komme mit einer Bitte. Eben war eine junge, freundlich, aber freilich zugleich auch sentimental und bonnenartig wirkende Schauspielerin bei mir, die mir mit Tränen im Auge ihre Not klagte. »Sie könne nicht ankommen«. Ich wußte nichts zu sagen, als sie mir schließlich aber erzählte, sie habe das Glück und die Ehre gehabt, in Trier an Ihrer Seite (in Narziß und Königsleutnant) spielen zu dürfen, erbot ich mich, eine Anfrage an Sie zu richten, nur dahingehend, ob sie sich Ihnen vorstellen und Ihren Rat erbitten dürfe. Das tu ich denn hiermit und würde Ihnen danken, wenn Sie mir in einer Zeile schreiben wollten: »ja, sie darf kommen, dann und dann«.

In vorzügl. Ergebenheit, hochgeehrter Herr Direktor, Ihr

Th. Fontane.

625. An Julius Rodenberg

Berlin, 8. November 1888
Potsdamer Straße 134 c

Hochgeehrter Herr.

Gebrüder Paetel haben mir heute früh Ihr neuestes Buch geschickt. Ich danke dafür (wie für Ihren liebenswürdigen Brief) und freue mich aufrichtig, nun auch die voraufgehenden Kapitel kennenzulernen. Storm sagte mal vor grauen Jahren: »Gedächtnis ist Liebe«; – ich habe den Satz seitdem längst erweitert und sage: »Nichts Gutes ohne Liebe«, am wenigsten aber in Kunst und Literatur. Was nutzt einem all die Talentschmiererei, die jetzt Mode ist; man will Hingebung und Freude sehn, um sie selber zu haben. Wie's in den Wald hineinschallt, schallt's wieder heraus.

In vorzügl. Ergebenheit

Th. Fontane

Wann läutet denn dem armen Geffcken das Armesünderglöcklein? Mir wird dabei kolossal englisch-balladenmäßig zumute, was, wenn man die Percy-Sammlung liest, ganz hübsch ist – sonst aber nicht!

626. An Friedrich Haase

Berlin, 8. November 1888.

Hochgeehrter Herr Direktor.

Großen Dank für Ihre Geneigtheit, die junge Dame Dienstag 12 Uhr sprechen zu wollen, auch wenn's nichts hilft. Ich weiß aus Erfahrung, daß solche Guttaten doch nie ganz vergeblich sind, weil sie dem armen bedrückten Menschen die Hoffnung wiedergeben, ohne die man bekanntlich nicht leben kann. – Wie beklage ich's mit Ihnen, daß »der Tadel in Berlin längst in Permanenz erklärt ist«. Die Berliner wissen sich was damit, und doch ist es nichts, als ein niedriger Kultur- und Gesellschaftszustand. In alten Zeiten war der Städter »urban«, dem Berliner genügt es, daß er seinen »Urban« hat. Wie niedrig die Sache steht, kann man beobachten, wenn man aus der Gesellschaft alter Wilhelmstraßen-Gräfinnen (haben Sie vielleicht noch die Gräfin Schwerin und ihre Schwester, die Frau v. Romberg, gekannt?) in eine geistreiche oder auch nicht geistreiche Berliner Schnoddergesellschaft tritt; – *dort* nur Wohltun, Anerkennung, Erhebung, *hier* nur Ulk, Klatsch und Kleinmacherei.

In vorzüglicher Ergebenheit

Th. Fontane.

627. An Georg Friedlaender

Berlin 12. Novb. 88.
Potsd. Str. 134. c.

Hochgeehrter Herr.

Herzlichen Dank für Ihren lieben langen Brief; Sie schreiben noch Briefe, die Meisten schicken einem Telegramme, die nur zufällig in Briefform aufgegeben werden; von Ihren Briefen hat man nicht blos Anschauungen über dies und das, sondern oft auch das »dies und das« selber. So die Geschichte von der alten Jerschke. Wenn Sie sie nicht schon Ihrem im Schooße der Zukunft ruhenden Novellenschatz einverleibt haben, so möchte ich Sie bitten, mir den Stoff zu überlassen, ja vielleicht schenken Sie mir noch einen zweiten dazu. Ich will nämlich im Laufe des nächsten Jahres, vielleicht schon im Frühjahr, ein kleines Büchelchen herausgeben, das den Titel führen soll:

Von, vor und nach der Reise

drin ich kleine Geschichten der Art zusammenstellen möchte; das Meiste hab ich, aber etwa 2 Nummern fehlen noch, und da nähme ich gern was aus Ihrem Vorrath. Aber es muß Ihnen leicht werden, es zu opfern, sonst nicht; ich nehme dies aber beinah an, da Sie ja nicht blos der »reiche Mann« in Ihrem schon gegenwärtigen Besitzstande sind, sondern Ihr Vermögen alle Vierteljahr auch noch durch eine Gebirgsfahrt vermehren. Uebrigens (Pardon) komme ich dabei auf eine alte dringende Bitte bez. Rath zurück. Ist über kurz oder lang der Moment da, wo Sie mit diesen »Erinnerungen« beginnen, so gehen Sie dabei so unnovellistisch wie möglich vor; je mehr es Ihnen glückt, die Dinge halb geschäftsmäßig, vielleicht in einem künstlerisch arrangirten Aktenstil vorzutragen, je größer wird der Effekt sein. – Was Sie mir über Prinzlichkeit und Aristokratie schreiben, hat mich sehr interessirt; es ist mir ganz zweifellos, daß man in *den* Kreisen, die sich früher einfach die »Gesellschaft« nannten, gesellschaftlich besser fährt, als mit Gevatter Schneider und Handschuhmacher; nur Eines: man wird nie warm, nie gemüthlich und rückt nicht vom Fleck. Man kann sagen »das schadet auch nichts«, aber auf die Dauer fehlt einem doch was. Dazu kommt, daß es mir immer schwerer wird, Anschauungen ruhig hinzunehmen, die ich für verrückt oder 'raufgepufft oder anmaßlich halte. Dergleichen alle 3 Jahr einmal zu hören, amüsirt mich, aber mit solchen Personen zu *verkehren*, ist mir unmöglich. Nur das bleibt bestehn: lieber Einsamkeit und ein Buch und eine Zeitung, als schlechte Gesellschaft von der man nichts hat als Aerger und mitunter direkte Beleidigung. – Ich kenne Nordau's Buch nur aus längeren Auszügen; danach habe ich den Eindruck gehabt, daß er die Offiziosität, die Staatspatentheit und die bis zur Karrikatur getriebene Militäranschauung geißeln will und in all *diesem* stimme ich ihm bei. Nicht im Einzelnen, aber in der Grundtendenz. Was sehn und erleben wir nicht grade *jetzt* wieder und ich fürchte, wir sind erst am Anfang. – Der Quitzow-Abend im Theater war *sehr* interessant; ich war ganz Anti-Wildenbruch, bin jetzt aber besiegt. Ich kann meine frühre Gegnerschaft aber nicht bedauern: v. W. ist absolut kritiklos; *hier* hat es das gut Stück Genie, das in ihm steckt, 'mal glänzend getroffen; in seinen frühren Arbeiten sah ich nur ein Durcheinander von Treffern und Nichttreffern, dessen ich nicht froh werden konnte. Bitte, grüßen Sie den guten

Bergel und empfehlen Sie mich Ihren Damen, denen ich meine Theilnahme ausspreche.

In aufrichtiger Ergebenheit

Ihr

Th. Fontane.

628. An Julius Rodenberg

Berlin, 21. November 1888
Potsdamer Straße 134c

Hochgeehrter Herr.

Noch am Montag abend habe ich Ihr Buch zu Ende gelesen und schreibe nun, und mit herzlichem Vergnügen, in den nächsten Tagen darüber. *Wann* es dann Stephany bringt, steht bei den Göttern, wohin ich die Chefredakteure (Pardon) ohne weitres rechne. Neben dem vielem, was mir Ihr Buch gebracht und wodurch es mich bereichert hat: Heine, Meyerbeer, Hoffmann, Gutzkow, das russische Gesandtschaftshotel etc., war mir die geschickt und nur *zu* bescheiden – wenn man je *zu* bescheiden sein kann – eingeflochtene Biographie des Herrn Verfassers von ganz besondrem Wert. Wie reizend, in Abschnitt VII, der Schatten, der neben Ihnen hergeht, und wie rührend das Warten auf seinen Namen. Wer hätte nicht mal so gewartet? Aber weil es so menschlich wahr, deshalb ergreift es. Ihr Buch gibt mir erst Aufschluß über Ihr ganzes Leben und die besondre und kluge Wahl, die Sie getroffen. Es ist Ihnen durch diese Wahl vergönnt gewesen, in einer hervorragenden und ganz besonders guten Gesellschaft zu leben, und daß sich das nicht so bloß zufällig gemacht hat, daß Sie's *gewollt* haben, das rechne ich Ihrer Klugheit, Ihrem Geschmack und Ihrem Charakter gleich hoch an. – Den Stoff der Novelle gebe ich Ihnen in der Beilage.

In vorzüglicher Ergebenheit

Th. Fontane

[Beilage:]

Vor drei, vier Jahren schrieb mir Frau Geh. R. Brunnemann, geb. v. Meyerinck (Schwester der mal so schönen Geh. R. Böhm, die Ihnen gewiß bekannt ist), einen langen Brief aus Italien und darin – angeregt durch eine Novelle von mir – folgende Familiengeschichte.

Baron Plessen-Ivenack, auf Schloß Ivenack in Strelitz, Kavalier comme il faut, Ehrenmann, lebte seit 18 Jahren in einer glücklichen Ehe. Die Frau 37, noch schön, etwas fromm (die Strelitzer tun es nicht anders). Er Kammerherr. Als solcher wird er zu vorübergehender Dienstleistung an den Strelitzer Hof berufen. Hier macht er die Bekanntschaft eines jungen pommerschen Fräuleins, v. Dewitz, eines Ausbundes nicht von Schönheit, aber von Piquanterie. Den Rest brauche ich Ihnen nicht zu erzählen. Er ist behext, kehrt nach Ivenack zurück und sagt seiner Frau: sie müßten sich trennen, so und so. Die Frau, tödlich getroffen, willigt in alles und geht. Die Scheidung wird gerichtlich ausgesprochen. Und nun kehrt der Baron nach Strelitz zurück und wirbt in aller Form um die Dewitz. Die lacht ihn aus. Sie steht eben auf dem Punkte, sich mit einem ebenso reichen, aber unverheirateten Herrn aus der Strelitzer Gesellschaft zu verloben. Der arme Kerl, er hat die Taube auf dem Dach gewollt und hat nun weder Taube noch Sperling. Alles weg. Er geht ins Ausland, ist ein unglücklicher, blamierter und halb dem Ridikül verfallener Mann. Inzwischen aber ist die älteste Tochter, die beide Eltern gleich schwärmerisch liebt, herangewachsen, es spielen allerhand Szenen in der Verwandtschaft, Versöhnungsversuche drängen sich, und das Ende vom Liede ist: es soll alles vergessen sein. Zwei Jahre sind vergangen. Die Frau willigt ein, und unter nie dagewesener Pracht, darin sich der Jubel des ganzen Landes Strelitz mischt, wird das geschiedne Paar *zum zweiten Male getraut*. Alles steht Kopf, der Hof nimmt teil, Telegramme von Gott weiß woher, Musik und Toaste. Plötzlich aber ist die wieder Getraute, die wieder Strahlende, die wieder scheinbar Glückliche von der Seite ihres Mannes verschwunden, und als man nach ihr sucht, findet man sie tot am Teich. Und auf ihrem Zimmer einen Brief, der nichts enthält als das Wort: *Unwiederbringlich.*

Dies ungefähr das, was mir Frau Brunnemann in Damenstil und Damenhandschrift schrieb. »Ich könne damit machen, was ich wolle – ich hätte es zu freier Verfügung.« (Sie ist eine Cousine des Hauses.) Ich bin aber doch kluger Feldherr gewesen, was ihr nachträglich *sehr* lieb zu sein scheint, und habe die Geschichte nach Schleswig-Holstein und Kopenhagen hin transponiert, so daß sie jetzt zu kleinerem Teil auf einem Schloß in der Nähe von Glücksburg, zu größrem in Kopenhagen und auf der Insel Seeland spielt. Solche Transponierung ist nicht leicht. Ich ging sämtliche deutsche Höfe durch, nichts paßte mir, als ich aber Nordschleswig und Kopenhagen gefunden hatte, »war ich raus«. Nur Strelitz selbst wäre vielleicht doch noch besser gewesen und hätte meiner Geschichte den Ton des politisch Satirischen gegeben; nun klingt nordisch Romantisches mit durch. Geschrieben habe ich die Geschichte jetzt vorm Jahr, in den Wochen und Monaten, die dem Tode meines Sohnes folgten. Ich habe mich unter der Arbeit bei Trost und Frische gehalten. Natürlich ist nichts fertig, aber die Geschichte ist doch da, und was fehlt, ist nur Korrektur. Freilich immer das Mühsamste und Zeitraubendste.

In vorzügl. Ergebenheit

Th. Fontane

629. An Otto Franz Gensichen

Berlin, 22. November 1888.

Hochgeehrter Herr.

Besten Dank für Ihren hübschen kleinen Artikel, den ich mit vielem Vergnügen gelesen habe. Welcher kolossale Kindersegen! In dem Punkte waren sie alle der »starke Mann«, Ihr Großvater. Im Westen Brandenburgs hatten wir die »Gänse« im Osten die Gensichens. Da ließe sich mal ein hübsches heiteres Gedicht, ein guter Toast draus machen.

Nur in Einem weiche ich von Ihnen ab: das Oderland ist nicht Stamm und Herz der Monarchie; Brandenburg, in seinen ersten Jahrhunderten und jedenfalls bis zur Hohenzollernzeit, ist ein ausgesprochenes Elbland: Altmark, Priegnitz (Ruppin), Havelland, Zauche. Alles ist Elbe oder geht hinein. Selbst Barnim, bis dahin wo das Plateau abfällt, ist mehr Elb- als Oderland, weil die beiden flankierenden Nebenflüsse: Finow und Spree in die Havel gehn.

In vorzüglicher Ergebenheit

Th. Fontane.

630. An Heinrich Kruse

Berlin, 25. November 1888.

Hochgeehrter Herr Doktor.

Besten Dank. Ich werde mit Stephany sprechen und wenn ich seine Zusage habe, mit Vergnügen über Arabella Stuart schreiben. Vor grade vierzig Jahren habe ich den Stoff selbst mal behandeln wollen, aber episch, angeregt durch einen Roman, wenn ich nicht irre, von Mr. James. Daß Gottschall oder v. Gottschall ihn auch behandelt hat und daß sein Stück seit 5 oder 7 Jahren hier auf dem Schauspielhaus lagert, werden Sie wissen. – Unter den neuen und neuesten Arbeiten ragen E. v. Wildenbruchs »Quitzows« hervor. – Ich habe die Stücke desselben als unsinnig und phrasenhaft 7 Jahre lang bekämpft, aber das ist was. Auch hier wieder Wildenbruchiana die Hülle und die Fülle, trotzdem aber, in der Maienblüte seiner Sünden genial.

In vorzüglicher Ergebenheit

Th. Fontane.

631. An Julius Rodenberg

Berlin, 25. November 1888
Potsdamer Straße 134c

Hochgeehrter Herr.

Verzeihung, daß ich Ihren liebenswürdigen Brief erst so spät beantworte, dies Wetter macht mich krank; Longfellow tröstet zwar, »some days *must* be dark and dreary«, ich kann aber keinen rechten Trost draus nehmen und noch weniger Schreibestimmung. In *jeder* Stimmung schreiben ist vom Übel, und ich tu es nicht mehr. – An Stephany hab ich mich in ein paar Zeilen gewandt und bezweifle nicht, daß er dem berufsmäßigen Bücher-Oger, wovon ja jede Zeitung wenigstens einen hat, Ihr Buch noch entreißen wird.

Was nun die Novelle angeht – eigentlich ist es ein 1bändiger Roman –, so wünsche ich nur, daß die große Leinwand, wenn sie sich vor Ihnen entrollt, in der Wirkung nicht allzusehr hinter der Skizze zurückbleiben möge. Ein bißchen ist dies ja immer der Fall. Wie viele Stücke haben mich schon entzückt, wenn mir der Herr Verf. den Inhalt bei der Luisen- oder Rousseau-Insel erzählte, und was war es nachher!

Im übrigen – was Ihnen, wenn ich Sie recht verstanden, eher angenehm als unangenehm sein wird – ist es noch eine weit aussehende Sache damit. Ich korrigiere jetzt an einer Arbeit, auch ein starker Band, für Kroener, womit ich Ende Januar fertig zu sein hoffe. Dann will ich mich an die Korrektur von »Unwiederbringlich« machen, was aber gewiß 4 Monate in Anspruch nehmen wird und mit kleinen Unterbrechungen wohl noch mehr. Dann kommt das zweite Lagern und erst im Herbst die letzte Durchsicht. Das alles ist Ihnen doch recht, und *wenn* recht, so erwarte ich keine Antwort auf diese Zeilen. Ich melde mich erst wieder im Januar oder Februar, und zwar mit der Bitte um eine Empfehlung an Prof. Georg Brandes in Kopenhagen. Es kommen nämlich Sachen in meiner Erzählung, die 1859 spielt, vor, die durchaus einer vorherigen Gutheißung nach der persönlichen und politischen Seite hin bedürfen. Daß ich bemüht war, mich zu informieren, brauche ich Ihnen nicht erst zu versichern, aber es ist, zu meinem Leidwesen, nicht viel dabei herausgekommen. Brandes wird das alles aber wissen. Vielleicht steht mir dann eine mühevolle Umarbeitung bevor.

In vorzügl. Ergebenheit

Th. Fontane

632. An Heinrich Friedjung

Berlin, d. 27. November 1888.
Potsdamer Straße 134 c.

Hochgeehrter Herr Doktor.

Ich bin glücklich, Ihnen endlich nun doch einen kleinen Brief meines Freundes Professor Holtze schicken zu können, der zwar schließlich auch nichts beweist, *mir* aber Gewißheit gibt, daß es mit der Verfasserschaft des Prinzen nichts ist. Was ich immer sagte, dazu stehe ich jetzt fester denn je: der Prinz war ganz unfähig, etwas Kronprinzliches unbefangen anzuerkennen. Er war der Mann der Vorurteile, der Rücksichtslosigkeiten, und mitten aus der Abneigung oder der Unterschätzung heraus, ein Einzelnes lächelnd anzuerkennen, das war ihm nicht gegeben. Er hätte, besiegt durch eine kronprinzliche Großtat – die dann aber ihm persönlich angenehm liegen mußte – mit Pauken und Trompeten in das kronprinzliche Lager übergehn und dann mit derselben Ganzheit und Rücksichtslosigkeit das kronprinzliche Banner für alle Zeit hin enthusiastisch führen können – zu solcher totalen Bekehrung war er fähig, aber nicht dazu, bei Verbleib in Unterschätzung und abfälliger Kritik, eine Einzeltat rein auf ihre Gelungenheit hin anzuerkennen. – Professor Holtze lebt seit vierzig Jahren in der militärischen Welt, ist Examinator bei den großen Prüfungen, Bibliothekar der Kriegsakademie und wie kaum ein zweiter in solchen Fragen versiert. Sie können sein »Nein« (wenn auch mit Reserve abgegeben) als eine Erledigung der Sache ansehn.

Die »Revue Britannique« schicke ich morgen, Sie können sich drauf verlassen. In vorzüglicher Ergebenheit

Th. Fontane.

633. *An Unbekannt*

Berlin 27. Novemb. 88.
Potsdamer Straße 134. c.

Hochgeehrter Herr.

Der Empfang Ihrer liebenswürdigen Zeilen vom 23. d. M. war mir eine Ehre und große Freude. Daß Ihnen Graf Fantoni keine Correkturbogen zugehen ließ, beklage ich als einen Mangel an Rücksicht gegen *Sie*, meine Novelle, so weit ein rascher Einblick mich belehren konnte, hat aber kaum darunter gelitten, – das Entscheidende liegt doch immer im Ganzen, in dem eigentlichen Leben des Kunstwerks und ist dies Leben am Leben geblieben, so ist alles gut. Und daß es so ist, dafür haben *Sie* gesorgt. Meine Damen, Frau und Tochter, mit deren Französisch es besser steht als mit dem meinigen, sind entzückt, wie Sie's getroffen haben. Daß es Ihnen mit Denta glücken möge, sei mir gestattet als herzlichen Wunsch an den Schluß dieses Briefes zu stellen. Ihre Landsleute sind freilich durch das, was sie selbst schaffen, verwöhnt, trotzdem, denk' ich, müßt' es auch für Franzosen und selbst für Pariser ein Interesse haben zu sehn, wie die deutschen Käuze dergleichen machen. Hochgeehrter Herr, in vorzüglicher Ergebenheit

Th. Fontane.

634. An Paul Heyse

Berlin 4. Dezeb. 88
Potsd. Str. 134. c.

Lieber Paul.

Freund W. Hertz schickte mir neulich Deine beiden neusten dramatischen Arbeiten, aber erst heute höre ich, daß es auf Dein Geheiß geschehn und so verzeihe denn den verspäteten Dank. Ich lese die Stücke, wenn ich mit H. Kruse's etwas sonderbarer »Arabella Stuart« fertig bin, wovon er sich viel verspricht; *ich* nicht. Er ist in seiner Mischung von eminentem dramatischen Talent (Charaktere) mit eminentem dramatischen Nicht-Talent ein Unicum.

Haben wir Aussicht eins Deiner beiden Stücke, oder vielleicht beide, hier aufgeführt zu sehn? Vielleicht blamire ich mich durch diese Frage und müßte wissen, was ich nicht weiß. – Zu der großen Preismedaille beglückwünsche ich Dich, aber sind 3000 Mark nicht besser? Heute lese ich in der Zeitung von Schack. Thut er recht daran zu gehn? München verdankt ihm viel, aber er auch München. Er war etwas täglich Genanntes und Bewundertes; hier hätte nicht Huhn noch Hahn nach ihm gekräht. Einer hat, glaub ich, einmal gesagt, der Papst, wenn er nach Berlin käme, rangire neben Wrangel. Das ist noch Beschönigung; es muß heißen: unter. In herzlicher Ergebenheit Dein

Th. Fontane.

635. An Otto Arendt

Berlin, d. 6. Dezember 1888.
Potsdamer Straße 134 c.

Hochgeehrter Herr Doktor.

Sie sollen sehn, daß ich noch 'mal ein strammer Mitarbeiter werde. Denn eigentlich ist Ihr Wochenblatt ein Blatt, in das ich hineingehöre, fast *das* Blatt. Ihre Haltung Bismarck und dem Immediatbericht gegenüber kann Ihnen nicht hoch genug angerechnet werden. Das sind die Anfänge *der* Freiheit, nach der ich nun vierzig Jahre lang seufze: verehren, bewundern und *doch* eine Meinung und den Mut eines gelegentlichen »Nein« haben. So muß es sein.

In vorzüglicher Ergebenheit

Th. Fontane.

636. An Julius Rodenberg

Berlin, 10. Dezember 1888
Potsdamer Straße 134 c

Hochgeehrter Herr.

Besten Dank für Ihre Karte, der ich abfühle, daß Ihnen die Sache nicht recht gefallen hat. O meine Ahnungen! Ich schrieb schon bei Einsendung an Stephany: »R. faßt meine Besprechung hoffentlich nicht so auf, als hielte ich eine Linden-Historie nach *meinem* Rezept für besser; davon bin ich wirklich *sehr* weit ab.« Oder so ungefähr. Ich kann dies Ihnen gegenüber nur wiederholen, und was ich geschrieben, »daß Ihre Behandlung des Stoffes die dankbarere, die dem Berliner Publikum sympathischere sei, viel sympathischer und interessanter als Rohdichsche Blechmützen und Graf Redern oder gar Graf Blanckensee«, das ist meine aufrichtige Meinung.

Und am Ende, so möcht ich beinah annehmen, ist auch *dies*, was mich, als ich an Stephany schrieb, am meisten beschäftigte, gar nicht das Schlimme gewesen, sondern ganz allgemein der Bummelstil, in dem das Ganze gehalten ist, ein Stil, der, bei kleinem Reiz, immer was Mißliches hat und der mir selber, wenn ich mich an Ihre Stelle denke, vielleicht nicht ganz recht gewesen wäre. Hinterher sieht man das besser als im ersten Augenblick und nimmt sich auch vor, sich zu bessern. Aber es hilft nichts, man kann aus seiner Haut nicht heraus. Unter allen Umständen bitte ich Sie, mir auf meinen guten und besten Willen hin, der da war, Indemnität erteilen zu wollen.

In vorzüglicher Ergebenheit

Th. Fontane

637. An Paul Lindau

Berlin, 15 Dezb. 1888.

Hochgeehrter Herr und Freund.

Empfangen Sie meinen besten Dank für Ihre freundlichen und mir sehr schmeichelhaften Zeilen.

Sie haben keine Ahnung davon, welchen für Sie wirkenden »Stillen im Lande« Sie in mir haben. Wenn es nicht den »Stillen« zur Hälfte wieder aufhöbe, so könnt' ich mich auch Ihren im engeren Zirkel auftretenden Reise-Apostel nennen. Jeden dritten Tag predige ich Lindau, und zu meinen geflügeltsten »geflügelten Worten« gehört jetzt: »Nein, da war

Lindau doch eine andre Nummer«. Es ist nichts als Gerechtigkeitsgefühl, was mich so sprechen läßt oder auch nachträglich noch eine Art Schuld-Abtragung, von der ich, als die Schuld gemacht wurde, nicht wußte, daß sie da sei. Stets hab ich zu den Verehrern oder doch mindestens zu den bereitwilligen Anerkennern Ihres Talents gehört; aber erst seitdem Sie sich zurückgezogen haben, sah ich, daß mein Lob frischer und lebhafter hätte sein können. Alles, was *Sie* dramatisch angepackt haben, hat einen guten oder schönen oder gesunden Grundgedanken, und die *Art, wie* Sie's anpackten, verriet, auch in dem minder Gelungenen, den Mann von Bildung und Wissen, von Witz, von Stil und vor allem von bon sens. Und was haben wir nun seitdem gehabt! Unbildung ... Sentimentalitäten ... Unsinn ...

Die ganze Geschichte wird immer unanständiger, und der Rückzug des Talents von der Bühne her ins *Buch* (in hundertlei Gestalt) wird, nach Englands Vorbild, auch bei uns wachsen. Bei den Franzosen liegt es anders; es ist im Guten und Schlimmen ein Theatervolk. – Bei *uns* war, hausbacken-bürgerlich angesehn, Raupach der letzte (freilich auch wohl der erste) Dramatiker, der eine menschenwürdige Stellung einnahm. Er schlachtete jeden Sommer einen Hohenstaufen oder, was dasselbe sagen wollte, einen Band Raumer ein und setzte uns dann den Schinken im darauf folgenden Winter vor. Als Conradins Haupt gefallen war, machte er sich an die Illegitimen, die noch da waren. Dann starb er selbst. Alles in allem ein beneidenswerthes Dramatiker-Loos. Jetzt ist das Ganze eine Antichambrier-Kunst. In vorzüglicher Hochachtung

Ihr

Th. Fontane.

638. An Fritz Mauthner

Berlin 20. Dezemb. 88.
Potsd. Str. 134. c.

Hochgeehrter Herr.

Die ersten 7 Zeilen entzückten mich, dann ließ es stark nach und bei Schluß des 1. Kapitels fragte ich mich ängstlich: wo will das hinaus? Ich nahm nicht inhaltlich Anstoß, aber ich konnte mich nicht orientiren. Mir fehlte der Faden in dem Labyrinth. Da beschloß ich, den Rest ganz aufs Einzelne hin zu lesen, aufs *Amüsement* hin, und für jede gute Bemerkung dankbar zu sein. Immer die Theile, nirgends das Ganze. Dabei bin ich gut gefahren und habe mich sehr amüsirt.

Ich habe zwei Eindrücke gehabt, einen harmlosen und einen nicht harmlosen. Der harmlose war: es ist ein Feuerwerk. Eben steigt eine Rakete; »ah«, aber dies ah ist noch nicht von der Lippe, so umknattern mich Schwärmer, Frösche springen mir um die Beine 'rum und Sonnen drehen sich auf 3 Schritt Distance wie toll. Der nicht harmlose Eindruck war: Sie haben sich die Rockärmel aufgekrempt und durchstürmen Berlin, in einer Hand einen Pallasch, in der andern ein Rasirmesser. Der eine fällt, der andre kriegt seinen Schwadronshieb über den Kopf, ein Dritter und Vierter will Ihnen von der Seite beikommen, aber diese Unglücklichen sind vollends verloren, ritsch, ratsch, fährt ihnen das Rasirmesser über die Backe. Hotspur, dem nicht wohl ist, wenn er nicht ein Dutzend Schotten zum Frühstück verzehrt hat! Es ist alles sehr witzig, originell im Ausdruck, das vollendetste Gegentheil von dem, was man landläufig nennt, vieles nur zu gut treffend, vieles nur zu wahr und nirgends langweilig. Auch nicht eigentlich aergerlich, denn wenn man sich eben aergern will, kommt wieder etwas so Gutes, daß man sich seiner Dummheit schämt, sich einen Augenblick mit Ärgerlich-werden getragen zu haben. Vieles ist ganz ersten Ranges: das Freibillet Dr. Preisdrückers (es giebt solche Familien) die 10 Gebote, die beiden glänzenden Bilder S. 23 die Aalangler und S. 41. die todte Maus und die Ameisen. Und so vieles noch, vielleicht *sehr* vieles. Dennoch wird man der Sache nicht ganz froh, einmal weil einen diese heftige oder verbitterte oder allzu superiore fighting-Charlie-Position doch ein bischen ängstigt und zweitens weil Sie von einem ganz besondren Stil, von einer mir sonst in Welt- und Literaturgeschichte nicht vorgekommenen *Vortragsweise* beherrscht werden. In Dutzenden von Fällen paßt Ihr Nachsatz nicht zum Vordersatz: Sie wollen etwas sagen und führen den Satz so weit, daß nun mit Nothwendigkeit etwas ganz Bestimmtes kommen muß, es kommt aber nicht, sondern etwas ganz andres. Natürlich hat mich das einem Manne von Ihrer literarischen Stellung gegenüber, ernsthaft beschäftigt. Was ist der Grund? Ich glaube ihn schließlich gefunden zu haben. Den meisten Schriftstellern fällt gar nichts ein, *Ihnen* fällt zu viel ein. Auf dem langen Wege von einem

Vorder- bis zu einem Nachsatz, ist Ihnen Ihr erster Gedanke, namentlich Ihr zuerst gewollter Witz oder Sarkasmus nicht mehr gut genug und Sie vertauschen den spitzen Pfeil gegen eine Dynamitbombe, die Sie nun aber nach der entgegengesetzten Richtung schleudern und die statt einen vereinzelten, links stehenden Schultze zu treffen, 12 rechts stehende Müller's niederwirft. Es ist mit einem Male was ganz andres geworden. Zuletzt störte mich's nicht mehr, weil das Gegebene mich immer noch amüsirte, aber trotzdem kann ich es nicht gutheißen. ›Warum in das Herbe schweifen, sieh das Süße liegt so nah.‹ In aufrichtiger Ergebenheit, mit besten Wünschen zum Fest, Ihr

Th. Fontane.

639. An Gustav von Goßler

Ew. Excellenz

haben mich durch Beantragung einer Ordensauszeichnung für mich bei Seiner Majestät dem Kaiser und König abermals zu tiefstem Danke verpflichtet und meine alte und freudige Dankesschuld dem Hause Mühler und seinen Anverwandten gegenüber neu anwachsen lassen.

Indem ich dies ausspreche, dabei vor allem jener zwei mir Unvergeßlichen gedenkend, die mir, vor jetzt 40 Jahren mein Leben überhaupt ermöglicht und mein Glück geschaffen haben, bitte ich mich unterzeichnen zu dürfen, als

Ew. Excellenz

Berlin dankbar gehorsamster

20. Dezember 88.

Th. Fontane.

640. An Maximilian Harden

Berlin 24. Dezb. 88.
Potsd. Str. 134. c.

Hochgeehrter Herr.

Vielleicht kommt dieser Dank noch am Heiligabend in Ihre Hände, was mir eine rechte Freude wäre, worin sich freilich wieder mein Willen ausspricht, ich sähe diesen Dank wie etwas Weihnachtliches an. So steht es nun aber nicht und wünsche ich vielmehr lebhaft, daß der Weihnachtsbaum Ihnen ganz andre Dinge bringen möge.

Ihre Besprechung meines Buches ist so ziemlich das Liebenswürdigste, was über mich gesagt worden ist, und altmodisch in vielem, bin ich's auch darin, daß mir das persönlich Liebenswürdige noch mehr gilt als das dreimal unterstrichene Lob, als die schmeichelhafteste Anerkennung, an der es Ihre Güte ja auch nicht hat fehlen lassen. Nochmals besten Dank. Mit dem Wunsche froher Festtage, in vorzüglicher Ergebenheit

Th. Fontane.

641. An Wilhelm Hertz

Berlin 26. Dezb. 88.
Potsd. Str. 134. c.

Sehr geehrter Herr Hertz.

Der große Geschäftssturm ist nun wohl vorüber und eine kleine Frage darf anklopfen. Sie lautet: ist eine Aussicht da, daß im Laufe des nächsten Jahres 89 eine neue Auflage von Band Ruppin erscheint? Wird die Frage verneint, so ist die Sache vorläufig erledigt, wird sie bejaht, so spinnt sich die Frage weiter und lautet zum zweiten: würden Sie gestatten eine solche 5. Auflage um drei Kapitel auszudehnen? Sie stimmen mir gewiß darin bei, daß es mir in hohem Maße erwünscht sein muß, das Werk abzurunden, ganz besonders aber diesen 1. Theil, der ohnehin – schon seinem Titel nach – der geschlossenste ist. Oderland, Spreeland, sind sehr vage Begriffe, Grafschaft Ruppin aber ist etwas ganz Bestimmtes. Die drei Kapitel würden sein: Wilhelm Gentz, Mathilde v. Rohr und Gentzrode II. (Schlußkapitel.) Mathilde v. Rohr, ein wundervoller Stoff, kommt nur in Frage, wenn sie bis dahin nicht mehr unter uns weilen sollte, lebt sie länger, so kommt *dies* Kapitel in Wegfall. Also je nachdem, zwei oder drei. Das Gentzrode II. ist hinsichtlich der Abrundung das wichtigste. Damals, vor 10 Jahren, war noch alles Glanz und Herrlichkeit und Gentzrode war das Eskurial von Ruppin. Jetzt hat sich das sic transit längst vollzogen und die »Episode Gentz« in der Grafschaftsgeschichte hat ihren erschütternden Abschluß gefunden. Dies alles möchte ich nun wohl noch schreiben und erbitte mir Ihre Erlaubniß dazu. Allerdings wächst das Buch dadurch um etwa 2 Bogen: W. Gentz 10 Seiten, M. v. Rohr 6 Seiten, Gentzrode 1 Bogen, aber auch mit zwei Bogen mehr, ist es immer erst auf Höhe von Band II. Also nicht sehr schlimm. Daß ich jetzt schon anfrage, hat darin seinen Grund, daß es nachher, wenn der Druck beginnen soll, immer zu spät ist, man steckt dann in andren Arbeiten und kurzum es wird nichts. Außerdem muß ich dann auch auf die nicht ganz unerhebliche Einnahme eines Vor-Abdrucks in Journal oder Zeitung verzichten.

Ist Ihre Antwort ein »ja«, worauf ich hoffe, so setze ich mich Ende Januar, bis wohin ich eine Arbeit für Kröner fertig haben werde, mit W. Gentz und dem jetzigen Besitzer von Gentzrode in Verbindung und schreibe alle diese Dinge im Monat Februar. Zwischen durch bin ich unausgesetzt thätig für die mir bewilligte 3. Auflage der »Gedichte«, deren Neu-Inhalt das Buch ungefähr verdoppeln und dasselbe wenn nicht besser, so doch jedenfalls *ganz anders* machen wird.

Unter herzlichen Glückwünschen zum neuen Jahr, in vorzüglicher Ergebenheit

Th. Fontane.

642. An Unbekannt

Berlin, d. 28. Dezember 1888.
Potsdamer Straße 134c.

Hochgeehrter Herr.

Mit größtem Interesse habe ich die Briefe aus Fort Sill gelesen, mit Interesse, mit an Bewunderung grenzendem Staunen und mit Sorge. Wäre ich kein Eingeweihter, so würde ich sagen: welche herrlichen Briefe, welch Ernst, welche Reife, welche Phrasenlosigkeit, welche Fähigkeit, in die schwierigsten Fragen, in die Frage nach Schuld und Nichtschuld, in die Frage nach der eigentlichen Ursach eines verfehlten oder doch zum mindesten nicht glücklichen Lebens einzudringen! Als ein Eingeweihter aber muß ich mich leider ganz anders dazu stellen, und alles, was ich anstaune, mindert mehr meine Hoffnung, als es sie steigert. Wie zuviel einzeln und abgetrennt entwickelte physische Kraft nicht Gesundheit, sondern Krankheit ist, so ist es auch nicht Gesundheit, sondern Krankheit, nicht Normalität, sondern Gestörtheit des geistigen Gleichgewichts, wenn ein neunzehnjähriger junger Mensch, an dessen philosophische Trainierung Gott sei Dank niemand gedacht hat, sich in Fort Sill, Indian Territory, hinsetzt, um in *dieser* Weise sich in Fragen einzubohren. Was soll ein so eigentümlich gearteter Geist *hier*, hier in unsrer Alltags- und Durchschnittstretmühle, wo alles nach der Anciennität, nach dem Examen und der Approbation geht? Nach hier zurückgekehrt, würde er wieder ein Nichts sein, fast noch mehr ein Nichts als vorher, und würde selbst bei gutem Willen, sich in dies Nichts zu finden, alsbald doch vor der Unmöglichkeit stehen, diese Bescheidenheitsrolle durchzuführen. Denn ein bestimmtes Etwas in ihm, gleichviel ob eine gesunde oder kranke Kraft, würde ihn, und *zwar mit Recht*, in jedem Augenblicke sagen lassen: »Ich bin diesem Schafskopf von Vorgesetztem weit überlegen.« – Es gibt eine ausgezeichnete Novelle von Helene Böhlau, drin ein sommersprossiger Ladenbengel vorkommt, der, während er Heringe verkauft, die ganze Welt, seine Prinzipalität und vor allem auch das Publikum, die hübschen Dienstmädchen an der Spitze, von oben herab behandelt, und das alles bloß, weil er drei Gedichtbücher hat und aus dem ersten Teil des Faust – dessen Lesezeichen, höchst charakteristisch, eine Wurstpelle ist – lange Stellen auswendig weiß, die er nun jedesmal selig vor sich hin deklamiert, wenn er in den Keller muß, um die Sirupskanne neu zu füllen. Auf mich hat das seinerzeit einen großen Eindruck gemacht, weil ich mich in dem Ladenschwengel wiedererkannte. Alles, was vor mehr als fünfzig Jahren in der Roseschen Apotheke um mich her war, als ich Kamillentüten drehte, wurde von mir wie Kaff behandelt; nein, nicht behandelt, sondern bloß angesehn. Im Gegenteil, ich behandelte jeden artig, gütig, zuvorkommend, und das rettete mich und hat mich schließlich das werden lassen, was ich jetzt bin. Fehlte mir aber damals das heitere Gleichmaß der seelischen Kräfte, spielte ich die Hochmuts- und Wichtigkeitsrolle ohne begleitenden Humor, und ich darf hinzusetzen, ohne begleitende Bescheidenheit durch, so war ich verloren. – Und diese kleine Geschichte vom eingewurzelten und unausrottbaren Poetendünkel paßt auch auf Ihren M., nur daß er nicht den Poetendünkel hat, sondern einen andern, viel hartnäckigeren, viel gefährlicheren, der ihm den Verkehr mit Alltagsmenschen, in deren Reihen er sich hier in der Heimat zunächst doch zu tummeln hätte, ganz unmöglich machen würde. Denn er kann doch nicht gleich in eine regierende Stellung – wenn es solche hierzulande überhaupt gibt – eintreten. Und so bin ich denn wie von meinem Leben überzeugt, daß ihm, wenn ihm überhaupt noch ein Glück beschieden ist, das Glück bloß *drüben* erblühen kann, wo die Verhältnisse so liegen, daß sich auch solche Naturen in Gemäßheit ihrer Natur entwickeln können. Das Soldatenleben, in dem er jetzt steckt, ist eine wundervolle Schule für ihn, indem es ihn aus Furcht und Klugheit sich bezwingen lehrt. Diese fünf oder sechs oder sieben Jahre sind aber nicht bloß eine Schule, sie sind noch etwas Wichtigeres, sie sind einfach eine *lange Zeit*, die gerade die Zeit zwischen den Jungens- und Mannesjahren ausfüllt. Damit ist riesig viel gewonnen. Ein junger Mann von beinah dreißig darf sich manches einbilden, was sich ein achtzehn- oder neunzehnjähriger nicht einbilden und nicht erlauben darf. Und siedelt er sich dann in Indian Territory – das ich zufällig fast so gut kenne wie die Mark Brandenburg – an, so kann er auf seiner Einsamkeitsfarm unter Cherokees und Arrapahöes (so ähnlich heißen die dortigen Indianer) ein wundervolles freies Männerleben führen mit und ohne Dünkel, wahrscheinlich *ohne*, denn er wird sich bis dahin verflogen haben. Aber dieser Verfliegungsprozeß kann sich nur allmählich und nur »*drüben*« vollziehen. Hier ist er auf absehbare Zeit ein verlorener Mann, weil er sich in die prosaische Ordnung der Dinge nicht einrangieren läßt.

In vorzüglicher Ergebenheit

Th. Fontane.

643. An Clara und Julius von Stockhausen

Berlin 31. Dezb. 88.
Potsd. Str. 134. c.

Hochverehrtes Paar.

Von Ihnen Beiden einen Gruß und Glückwunsch zu empfangen, war mir eine rechte Herzensfreude und gemeinschaftlich glücklich verlebte Stunden traten mir wieder vor die Seele. Kaum ein Jahrzehnt ist drüber hingegangen, keine allzu lange Zeit, aber für mich, der ich schon damals auf der Alterswippe stand, grad lang genug, um einen der großen Lebenseinschnitte, den letzten, zu machen. Das Alter ist nun da, mit manchem Unerfreulichem, aber auch mit einem Hauptschatze:

dem der ruhigen und selbst heitren Ergebung. Frau und Tochter grüßen herzlichst. Mit den schönsten Glückwünschen zum neuen Jahre, in alter aufrichtiger Ergebenheit Ihr

Th. Fontane.

644. An Unbekannt

Berlin 31. Dezb. 88.
Potsd. Str. 134. c.

Mein gnädigstes Fräulein.

Je zweifelvoller ich mich gegen Neujahrskarten mit einem Goldrand oder gar mit einem Amor und Taubengespann verhalte, desto herzlicher erfreuen mich so liebe Zeile wie die Ihrigen. Hoch das Münchener Kind'l! In der Hoffnung an Ihrer Seite bald auf etwas Lebensvolleres als die »Letzte Liebe« eines Wiener Legationsrathes (dessen »erste« vielleicht schon nicht weit her war) blicken zu können, in aufrichtig herzlicher Ergebenheit

Th. Fontane.

1889

645. An Mathilde von Rohr

Berlin 4. Januar 89. Potsd. Str. 134. c.

Mein gnädigstes Fräulein.

Herzlichsten Dank für Ihren Brief und seine Wünsche, und um so herzlicher, weil ich weiß, daß es mit dem Schreiben nicht mehr so flink geht wie früher. Unter den Gratulanten zu meinem Geburtstage war auch Frau v. Lepel, die wieder auftauchte wie die ›Königin der Nacht‹ und vor Schmerz und Bewegung nicht sprechen konnte. Es dauerte aber keine 2 Minuten, so war das Trauergeschäft erledigt und die Sprechmaschine wieder da. Eigentlich kam es mir ganz gelegen, denn ich konnte nun eine kleine halbe Stunde still sitzen, während welcher Zeit sie mich und meine Gäste unterhielt. Sie sprach fast ausschließlich von ihrem im Sommer oder Herbst gestorbenen Bruder und gab ein Bild von ihm als ob er der klügste und edelste der Menschen und ein Liebling und eine festeste

Stütze Bismarcks gewesen sei. Es ist ja möglich, eine gewisse Klugheit haben alle Heydebrecks, aber *so* toll wird es wohl nicht gewesen sein. Alles immer übertrieben und redensartlich. Man mußte so sonderbar geartet sein, wie unser in vielen Stücken kluger und trefflicher Lepel, um eine Dame derart lieben zu können. Sie hat das Verdienst, *ihn* glücklich gemacht zu haben; an jedem andren wäre sie gescheitert. – Die Kinder, sammt dem Enkel, haben gestern ihre Rückreise angetreten; es waren, vom 12. November an, anstrengende aber doch auch angenehme und gemüthliche Tage, die Schwiegertochter nett und gewandt, unser alter Theo lieb und gut wie immer und der Enkel reizend. Selbst *ich* fand es, der ich keinen Sinn für kleine Kinder habe. – Das Aufräumen in der Armee macht auch auf Civilpersonen, jetzt wo man die Zahlen übersichtlich liest: 65 Generale und 156 Obersten und Stabsoffiziere, einen großen Eindruck; es wird aber wohl nöthig gewesen sein. Wenn ich so Umschau halte, so finde ich, daß sich die Menschen im preuß. Dienst schnell verbrauchen und daß der eine milz- und leberleidend, der andre brustkrank, der dritte nervös und etwas unsicher im Kopfe ist, der Leute mit Kolik und Blutbeschwerden aller Art und solcher die 30 Hühneraugen haben (ich kannte einen solchen; er war rein dadurch dienstunfähig) ganz zu geschweigen. Mit all solchen Herrn ist aber nicht viel anzufangen, auch wenn sie sehr gescheidt sind und Ehre genug haben, in jedem Augenblick ihre Schuldigkeit zu thun. Das ist nicht genug; ein gewisser Ueberschuß von Kraft muß da sein, sonst ist man im Kriege nicht zu brauchen und kann nicht Muth einflößen, wenn's mal schief geht und an *solche Fälle* muß man doch auch denken. Man kann nicht immer siegen. – Herzlichste Glückwünsche; tausend Empfehlungen an Sie und Frl. v. Bülow von Ihrem dankbar ergebensten

Th. Fontane.

646. An Georg Friedlaender

Berlin 7. Januar 89.
Potsd. Str. 134.c.

Hochgeehrter Herr.

Schon gestern Abend, nachdem ich, unerhört für meine Verhältnisse, eine große Stadtreise mit Visiten, Panorama-Besuch (Jerusalem u. Golgatha) Panoptikum und Sündfluth-Tableau gemacht hatte, wollte ich schreiben, kam aber nicht dazu, weil meine Frau in der Laune war, mir Ibsens neues Stück »Die Frau vom Meere« vorzulesen, eine Geberlaune, die ich doch nicht unbenutzt vorübergehn lassen wollte. Beiläufig, mein Ibsen-Enthusiasmus hat seit 8 Tagen einen Knax weg und die »Frau vom Meere« hat den Bruch nicht geheilt, sondern blos für einen Doppelbruch Sorge getragen. So daß mich diese Saison dem Leser der Vossin in einem zwiefachen Wechsel zeigen wird: den Wildenbruch-Anfeinder als einen Wildenbruch-Freund und den Ibsen-Enthusiasten als einen Ibsen-Antagonisten.

Sie gratuliren mir zu dem Orden. Ich weiß nicht, ob ich Ihnen nicht schon darauf geantwortet habe, verzeihen Sie also, wenn ich mich vielleicht wiederhole. Man kriegt die Orden für *Andre*, nur in *dieser* Beleuchtung haben sie Werth, aber *dann* auch einen wirklichen Werth. Wäre ich ein gesellschaftlich angesehner Mann, ein Gegenstand von Huldigungen oder auch nur Achtung, die man allseitig meiner Stellung oder meinem Vermögen entgegenbrächte, so bedeutete mir solche Auszeichnung, mit der ich mich übrigens kaum je vor der Welt herumzieren werde, so gut wie nichts. Angesichts der Thatsache aber, daß man in Deutschland und speziell in Preußen nur dann etwas gilt, wenn man »staatlich approbirt« ist, hat solch Orden einen wirklichen *praktischen* Wert: man wird respektvoller angekuckt und besser behandelt. Und so sei denn Goßler gesegnet, der mich »eingereicht« hat.

Daß wir Sie während der kurzen Zeit Ihres Aufenthalts in Berlin nicht gesehn haben, sollte ich füglich bedauern, aber, aller Artigkeit zum Hohne, darf ich es nicht aussprechen, denn wir waren vom 12. November an bis 3. Januar in einer sehr unrepräsentativen Verfassung. Unsre Münstersche Schwiegertochter war mit ihrem 5/4jährigen Kind auf Logirbesuch bei uns, von Mitte Dezember ab auch unser Sohn selbst, und so ungewöhnlich gut und glatt alles verlief, die Schwiegertochter sehr nett, das Kind reizend und der Sohn ein Unicum von Gutheit, so war es doch für meine beiden Damen eine kolossale Strapatze, schon allein dadurch, daß 8 Wochen lang von Nachmittagsschlaf, ohne den sie nicht gut bestehn können, des beständig zu wartenden Kindes halber keine Rede war. Da herrschte denn, auch noch unter Lachen, eine gewisse Deprimirtheit vor, die die repräsentativen Künste, die überhaupt nicht unsre Hausstärke bilden, nicht sonderlich hoch hätte springen lassen.

Seit Wochen bin ich wieder ganz Politik: Ost-Afrika, Geffcken, Morier, Samoa. Mir will alles nicht recht gefallen und so wenig ich mit dem Fortschrittsprogramm zu thun habe, so kann ich doch nicht leugnen, daß ich seit einem Vierteljahr in einem bis dahin mir unbekannt gebliebenen Grade auf Seiten meiner guten Vossin stehe. »Blinder Eifer schadet nur.« Mitunter wird man an Stimmen-hören und Verfolgungswahnsinn erinnert. Gewiß hat er schwere Feinde, gewiß ist hundertfältig eine Neigung da, sich gegen ihn zu verschwören und ihn zu stürzen und gewiß (oder doch fast gewiß) sind in Krieg und Frieden unglaubliche Dinge geschehn, Hoch- und Landesverrätherei, ganz frisch, fromm, fröhlich und frei, als müßt' es nur so sein, alles aus dem naiven Dünkel heraus, eine princess royal of England kann sich dergleichen erlauben; es trifft ja nur den »alten Ekel« und ihn los zu sein, ist wichtiger als der Verlust von zwei, drei Provinzen. »Vielleicht können wir auch Hannover bei der Gelegenheit wiederherstellen.« Sie sehen, ich steh im *Letzten* ganz auf Bismarcks Seite, es ist um die Wände 'rauf zu gehn, von dem Tag an, wo die Gräfin Reventlow ungestraft von »Euer Großvater, der Räuber-König« sprechen durfte, aber je mehr ich glaube, daß viel Strafbares, ja furchtbar Strafbares vorliegt, je mehr hätte ich gewünscht, man hätte den Zeitpunkt abgewartet, um dann mit vernichtenden Beweisen vorgehn zu können. So bleibt alles im Dunkel und was vielleicht lediglich beleidigtes patriotisches Gefühl ist, wirkt wie kleine persönliche Gehässigkeit. Dies beklage ich außerordentlich, es schädigt nicht nur Bismarcks Ruhm, sondern auch Deutschlands Ansehn. Vielleicht, daß er in einer Woche, geladen mit Stoff, vor den Reichstag tritt und mal wieder eine jener Reden hält, die im Nu um den Aequator laufen. Und nun genug von diesen Dingen, herzlichste Grüße und Empfehlungen Ihnen allen, an Groß und Klein, von Ihrem aufrichtig ergebensten

Th. Fontane.

647. An Detlev von Liliencron

Berlin, d. 22. Januar 1889.
Potsdamer Str. 134c.

Hochgeehrter Herr Baron.

Ergebensten Dank für Ihre freundlichen Zeilen, und daß Sie sich nach Kiel hin für mich bemüht. Ich hätte diesen Dank zwei Tage früher ausgesprochen, wenn ich nicht von den Schmerzen zu nervenheruntergewesen wäre. Seit heute geht es mir ein weniges besser. Im Suchen nach dem Gedicht, das ich in meinem letzten Briefe meinte – endlich fand ich es, es heißt »Unter einer Buche« – begegnete ich auch jenem andern (»Seliges Vergessen«), aus dem die Redaktion die mir gütigst mitgeteilten drei Strophen fortgelassen hat. Ja, was passiert nicht Dichtern alles. Es gibt nichts, die Wertschätzung von einem halben Dutzend hysterischer Weiber abgerechnet, vor deren Beifall einen auch ein Grauen befällt, was so niedrig stünde wie Lyrik. Man muß sich drin ergeben und ein Lamm schlachten, wenn sich mal ein verlorner Sohn findet, der für uns nicht verloren ist.

Ihre Schilderung der großen Attacke bei Müncheberg habe ich mit Genuß gelesen, besonders das Mittelstück von »Vor sechzig Schwadronen« an bis »ihm nach«. Es muß ein entzückender Anblick gewesen sein, den ich mir damals gern verschafft hätte, bin aber um wenigstens zwanzig Jahre zu alt dafür. So heißt es denn auch da: *verzichten*. Unter wiederholtem Dank und vorzüglicher Ergebenheit

Th. Fontane.

648. An Moritz Lazarus

Berlin 10. Februar 89
Potsd. Str. 134c

Teuerster Leibnitz.

Anbei mit schönstem Dank die Frenzelkritik oder doch wohl richtiger die Kritik Frenzels zurück. Es ist das Beste, was gesagt worden ist, weitaus das Beste, so daß das englische Wort paßt: *that's it*. Es ist Ausführlicheres darüber zu sagen, aber nicht *mehr;* die Sache ist damit abgetan. Übrigens (was ich ihm gönne) scheint mir Hochberg kolossal 'reingefallen. Die Evang. Kirchen-Ztg. oder ein ähnliches hofpredigerliches Kirchenblatt hat sich das Stück und den Grafen vorgenommen und die Folge davon ist, daß der »Weltuntergang« in dieser

Woche nur noch einmal erscheint und vielleicht überhaupt zum letzten Mal. Ein totaler Mißerfolg. Aber wie kann man auch! Das kommt davon, wenn man mit 18 fertig ist und kein Wort Kritik ertragen kann. In Frenzels Besprechung ist nur eine komische Stelle, die, wo er Heyse an die Apokalypse verweist. *Das* hätte auch noch gefehlt. Da wäre der Kladderadatsch vollkommen gewesen.

Wie immer Ihr

Th. F.

649. *An Moritz Lazarus*

Berlin, d. 21. Februar 1889.
Potsdamer Str. 134 c.

Teuerster Leibniz.

Es ist leider sehr unwahrscheinlich, daß ich übermorgen schon wieder »bei Wege« bin. So schicke ich denn, damit es am Sonnabend (Rütli) wieder in Ihren Händen ist, schon heute das merkwürdige Spruchbuch und das noch merkwürdigere Münchener Schilleraktenstück Ihnen zurück. Was die Sprüche betrifft, so sind die guten uralt, die neuen verrückt oder nach dem Warnemünder Satze gebildet: »En Loots is en Loots, und wat en Loots is, weet jed'een.« – Die beiden Stellen über Elise Schmidt machen einen großartig kümmerlichen Eindruck. Ich würde ihr daraufhin, wenn's ginge, gleich fünfhundert Mark bewilligen. Der kleine sächsisch-thüringische Stil kann einem nicht wundervoller demonstriert werden: sittliche Entrüstung (schon etwas Schreckliches) gepaart mit sensationsgieriger, durch einen Portier beglaubigter Topfkuckerei. Vollständiger Krähwinkel. Und dabei mag ich die sittlichen Lebensläufe dieser Tugendtempelwärter nicht untersuchen. Duboc klingt schon merkwürdig. Bürger hatte zwei Frauen. Bei den Schlegels ging alles kreuzweis, bei Tieck dito. Bei den Humboldts wußte keiner mehr, ob er nicht sein eigner Großvater oder Enkel sei. Goethe, wenn Napoleon nicht kam, wäre im Konkubinat geblieben. Grabbe war versoffen, Hesekiel auch. Von Gleim, von Iffland, von Schack schweigt des Sängers Höflichkeit (der großen historischen Beispiele ganz zu geschweigen), und nun kommen diese Urphilister und reiten den höheren Sittlichkeitsgaul. Wenn ich so was lese, möcht' ich immer gleich nach Sodom ziehn. – In herzlicher Ergebenheit

Th. Fontane.

650. An Paula Conrad

[Berlin,] *Freitag.* [8. März 1889]

Mein gnädigstes Fräulein. Es ist mir sehr leid, Sie nicht selbst gesehn und gesprochen zu haben, denn was meine Damen, besonders meine Tochter, Ihnen gesagt haben und was ich aus deren Munde so eben wiedererfahre, ist ein sehr schwacher und sogar sehr falscher Ausdruck dessen, was *ich* über Ihre Hilde denke und hier – gleich nach der ersten Vorstellung – geäußert habe.

Zunächst müssen Sie durchaus vergessen, daß ich am Schlusse meiner Kritik geschrieben habe: »Frau v. H. und Frl. Conrad waren *reizend.*« Es ist nicht ganz falsch, denn die lebenden Bilder, die man empfing, waren anmuthig, gefällig. Dennoch ist »reizend« ein ganz dummes Wort, das Sie in seinem Nichts, in seiner Phrasenhaftigkeit ganz richtig erkannt und sich mit Recht darüber aigrirt haben. Aber wie kommt dergleichen? Es ist ein Verlegenheitswort. Weiter nichts. Da setzt man sich hin und hat in 3 Stunden eine ellenlange Kritik zu schreiben, über eine, wie ich Ihnen nicht erst zu sagen brauche, sehr schwierige Materie. Das Mädchen, eingemummelt, steht schon hinter einem, mit einem Markstück in der Hand, um sich sofort auf eine Droschke 1. Klasse stürzen zu können, alles ist in Hast, Angst, Aufregung und noch immer sitzt der unglückliche alte Mann an seinem Schreibtisch und fegt über die Seite hin und ist immer noch nicht fertig. Endlich. Aber da sind ja noch die Schauspieler! Meyer phenomenal, Ludwig dito, Vollmer verfehlt, Conrad reizend, – abgemacht, weg. Es ist alles ehrlich gemeint, auch der ungefähre Ausdruck, aber alles grob, ungehobelt, unvollständig, auch im Lob angreifbar, übertrieben, alles schönen Maßes entbehrend. Das beklage ich am meisten, aber es ist nicht zu ändern, und man kann nicht mehr thun, als es zuzugestehn und so weit es geht hinterher auszugleichen. Wer diesen Zustand der Sache bestreiten will, der lügt. Alles bleibt unvollkommen.

Und nun zur Rolle.

Ich finde die *Hilde* eine ganz köstliche Figur, ächt-ibsensch und von der besten Sorte. Ein junges Ding mit dem ganzen Backfischübermuth, hartherzig, grausam, insolent und doch mit einem herrlichen Fond ächten, tiefen Gemüths, schwärmerisch, auch schwärmerisch, liebebedürftig, keck, *humorvoll* – eine reizende Person, ein ganzer Mensch. Aus diesen Elementen hat Ibsen seine Hilde gemischt und Sie haben diese Mischung gegeben, aber, nach meinem Gefühl, nicht nach den richtigen Prozentsätzen; Sie haben das herbe, naseweise, rücksichtslose junge Ding zu *sehr* und das au fond du coeur kerngesunde, liebevolle, enthusiasmusfähige und vor allem von einem glücklichsten *Humor* durchtränkte junge Ding zu *wenig* betont. Und so ist das nicht herausgekommen, was sonst Ihre Stärke ausmacht: Anmuth, Gefälligkeit, Temperament, Witz, gute Laune. Von all dem ist was da, aber nicht genug. Sie haben geglaubt, nicht mehr davon geben zu dürfen, aber das halte ich nicht für richtig. Und wenn umgekehrt; vielleicht nach Intention des Dichters, das insolente »*Balg*« in den Vordergrund gestellt werden sollte, dann war es wieder nicht Balg genug. So haben sich die beiden Elemente der Rolle bis auf einen gewissen Grad gegenseitig todt gemacht und das soll nicht sein. Es ist fraglich, ob solche Balancirkunststücke auf der Bühne überhaupt ausführbar sind, *eins* muß immer das Prädominirende bleiben und wenn eine Künstlerin von Ihrer Natur und Eigenart die Wahl hat, ob Sie nach der Seite des liebenswürdigen, anmuthigen Schelms oder nach der Seite des herben Backfisch-Balgs sich neigen soll, so bin ich bis auf Weitres für das Erstre.

Was war die Folge dieser Balancirkunststücke? Daß z. B. der Scherz mit dem »*spannend*« – in dem beiläufig der Schlüssel zum Verständniß der ganzen kleinen Person liegt – daß dieser wichtige, weil den Charakter gebende Scherz ganz verloren ging.

Und nun spielen Sie heute, wie Sie neulich spielten, und dann wollen wir, wenn es Ihnen paßt, *nachher* weiter drüber reden. Wie immer Ihr

Th. Fontane.

651. An Paul Schlenther

Berlin, d. 26. März 1889.
Potsdamer Str. 134c.

Hochgeehrter Herr.

Besten Dank für den Ibsenvortrag, den mir meine Frau eben vorgelesen hat. Die Skizzierung der Stücke finde ich weniger glücklich als die Einleitung. Jene war auch bei der Kürze der Zeit sehr schwierig. Und damit ist noch etwas im

Zusammenhang, was ich auch noch sagen zu dürfen bitte: so gut und klug und fein und an einigen Stellen so frappant das alles ist, es ist nicht das, was doch in gewissem Sinne Hauptzweck war: *erobernd.* Als 1830 »Die Stumme von Portici« in Brüssel gegeben wurde, stürmten bei dem berühmten Freiheitsliede »Dem Meertyrannen gilt die Jagd usw.« alle jungen Leute aus dem Theater in die Straßen, und die Revolution begann. Etwas von diesem auf der Stelle Wandel schaffen Wollenden und auch wirklich Wandel Schaffenden vermisse ich in dem Gesamtton. Es wirkt um einen Grad zu akademisch. Nichts für ungut. Wie immer Ihr aufrichtig ergebenster

Th. Fontane.

652. An Mathilde von Rohr

Berlin 6. April 89. Potsd. Str. 134. c.

Mein gnädigstes Fräulein.

Allerherzlichsten Dank. Es hat uns alle gerührt, daß Sie, von Ihrem Krankenlager aus, nicht nur die ganze Sache wieder so nachdrücklich und liebevoll in die Hand genommen, sondern nun auch noch über den vorläufig glücklichen Erfolg, aller Müh und Anstrengung zum Trotz, mir noch persönlich geschrieben haben.

Ich war sehr erfreut über die freundlichen Zeilen der Frau v. Elsner und habe nicht gesäumt, an Graf Bredow-Friesack zu schreiben und ihm meine Wünsche des Breiteren darzulegen, habe auch gebeten ihm die ›Fünf Schlösser‹ gleichzeitig überreichen zu dürfen, aus deren Kapiteln – namentlich Quitzöwel und Liebenberg – er ungefährt[!] meinen Schlachtplan entnehmen könne. Zum Schluß hab' ich mich noch auf Gräfin Bredow-Görne berufen und muß nun abwarten, was im hohen Rathe beschlossen wird. Genießt ›Gräfin Adele‹ eines Ansehens bei der Familie, so ist mir nicht bange. Sobald ich Nachricht aus Burg Friesack habe, laß ich Sie's wissen. Ergebenste Empfehlungen an Frl. v. Bülow, die mich durch ihren letzten Brief so sehr erfreut. Ihnen alles Beste und mindestens so wenig Beschwerde wie möglich wünschend, in herzlicher Dankbarkeit und Ergebenheit Ihr

Th. Fontane.

653. An Wilhelm Hertz

Berlin 9. April 89.
Potsd. Str. 134. c.

Sehr geehrter Herr Hertz.

Seit Frühlingsanfang, wo ich einen kl. Roman, der mich ein Jahrlang beschäftigte, an Kroener geschickt habe, sitze ich wieder emsig bei Mark Brandenburg und habe die Sachen vorgenommen, die, früher oder später, in den Grafschafts-Ruppin-Band der Wanderungen hineinsollen. Ich habe vor drei, vier Monaten, als ich in dieser Angelegenheit bei Ihnen anfragte und zu meiner großen Freude Ihr »ja« als Antwort empfing, die Vervollständigungskapitel auf 2 Bogen berechnet, überzeuge mich nun aber, daß es erheblich mehr wird. Ich fürchte 5 Bogen oder doch beinah, so daß die Gesamtbogenzahl, die Vorreden miteingerechnet, von etwa 31 auf 36 steigen würde. Das Aussehen des Buches verliert dadurch nicht, eine geringe Anschwellung kann es von Schönheits wegen sehr wohl ertragen, aber die Preisfrage! Soll es bei dem frühren Preis bleiben, so haben Sie nicht blos Nachtheil, sondern schaffen auch noch Unzufriedenheit bei denen, die für die schlankeren Bände dasselbe Geld zahlen sollen. Andrerseits den Preis entsprechend hinaufschrauben, ist auch mißlich, verwirrt, erschwert die Rechnung, schafft die runden Summen ab. Wie ist da zu helfen! Laß ich den in seiner Neugestalt aus 4 Kapiteln bestehenden Abschnitt *Gentzrode* (1. Gründung; 2. Glanz; 3. Krach; 4. Neugestaltung) fallen, so ist die Sache ziemlich einfach, ich möchte diesen wichtigen, auf dem vorzüglichsten Material beruhenden Abschnitt aber nicht gerne bei Seite thun; *er* ist es gerade, der so zu sagen ein neues Leben in die Bude bringt. Sehr froh würde ich sein, wenn Sie mir schreiben könnten: »darum keine Feindschaft nich; nur los«, wie die Würfel aber auch fallen mögen, ich mußte wenigstens anfragen, um über mein Schicksal ins Klare zu kommen. In vorzüglicher Ergebenheit

Th. Fontane.

654. An Theodor Fontane (Sohn)

Berlin, d. 16. April 1889.

Mein lieber, alter Theo.

Gleich nach Eurer Abreise von hier habe ich 'mal einen Brief geschrieben; seitdem nicht wieder. Das ist eine lange

Zeit, die ganz durch die Korrektur jener Geschichte ausgefüllt worden ist, um derentwillen Du seit Jahr und Tag Abonnent der »Gartenlaube« bist, es leider auch noch bleiben mußt und abermals auf Jahr und Tag, wenn Du des Genusses der Lektüre nicht verlustig gehen willst. *Kroener* schrieb mir, »vor Ablauf eines Jahres ginge es nicht; dies sei Annahmebedingung«, worauf ich natürlich antwortete: »Die Annahme (gleichbedeutend mit Honorarempfang) sei mir wichtiger als der Zeitpunkt des Erscheinens«. Und so wird denn Frühjahr oder Sommer 1890 herankommen, eh' Krummhübel und die Welt erfährt, wie die Geschichte mit Förster Frey, den ich in einen Opitz umgetauft, eigentlich gewesen ist. In der Tat ist mir der Zeitpunkt der Publikation ziemlich gleichgültig. Wenn man mehr als 20mal ein Buch, ein Werk veröffentlicht und immer – in jungen Jahren oft in lächerlicher, weil ganz unmöglicher Weise – die Hoffnung eines großen Erfolges, der dann stets ausblieb, daran geknüpft hat, so verlernt man es schließlich, sich mit dem Gedanken an das große Los zu tragen und freut sich, daß einem bei dem nun 50jährigen Nachlaufen nach dem Rade des Glücks, vor längerer oder kürzerer Zeit schon, ein Pflock, ein Nagel zugefallen ist. Eine Speiche, wie's im Sprichwort eigentlich heißt, ist schon zu viel.

Wir sprechen hier oft von Euch und ich für meine Person am meisten von meinem Freunde Otto. Ein allerliebstes, kluges und gutgeartetes Kind, an dem ich mich zum Großvater herangebildet habe, eine Stellung, zu der ich, wie zu so vielem andern, von Natur keine besondere Anlage mitbrachte. Ich höre noch immer sein erregtes Lachen, wenn er von diesseits an die Küchentür pochte und Mathilde mit einem Bumbum antworten mußte.

Friedel verlegt tapfer weiter; ich bin ihm das Zeugnis schuldig, daß er es an Eifer und Umsicht nicht fehlen läßt. Unsre kleine Welt hier wurde durch Lübke, der fast vier Wochen hier war, bewegt und rief manche Erinnerung an zurückliegende Jugend herauf. Alles ist alt geworden und hat leider auch das Gefühl davon; jeder fühlt sich auf dem Aussterbeetat.

Grüße und küsse Deine liebe Frau und nicht zum wenigsten den Jungen.

Wie immer Dein alter

Papa.

655. An Martha Fontane

Berlin 19. April 89. Potsd. Str. 134. c.

Meine liebe Mete.

Mama, nachdem sie mit der ihr eignen verve (hier stehe ich, ich kann nicht anders) gekocht hat, schreibt für Friedel Geschäftsbriefe, nicht ganz so viel, wie in der Lungenschwindsuchtsbrochürenangelegenheit schrecklichen Angedenkens. Bei dieser Sachlage weiß ich nicht, ob sie dazu kommen wird, oder schon gekommen ist, Dir für Deinen heut eingetroffenen Brief mit seinem gesundheitlichen Mittelbericht und seinen Studien der mecklenburgischen Volksseele bei 40 Grad (hoffentlich Fahrenheit) zu danken, weshalb ich für alle Fälle einspringe. Mit den Temperaturgraden ist es ein eigen Ding; mein Vetter August Fontane erzählte mir, er habe im Golf von Mexiko dicht neben der Maschinenheizung bis zu 63 Grad gehabt – eigentlich schon Gothasche Feuerverbrennung – andrerseits weiß ich, daß eine Temperatur von 19 Grad, z. B. bei Frau Sarah Lazarus, schon nahezu unerträglich ist. Du mußt das alles mit den 40 Graden, die grade die Mitte zwischen Frau Sarah und dem Golf von Mexiko halten, aufklären.

Ein Hauptpunkt in Deinem Briefe betrifft meine Stellung zu Deinem Kranksein. Ich kann mir wohl denken, daß mein Sprechen und Schreiben, meine gesammte Haltung so wirkt, als sähe ich das alles für nicht so schlimm an und daß Dich diese Haltung mehr oder weniger verdrießt. Ich kann Dir aber sagen, daß nicht der geringste Grund dazu vorliegt. Ich sehe Dir's oft an, wie leidend Du bist und wie traurig und unglücklich Du bist, so leiden zu müssen, und bei jungen Jahren gar kein Vertrauen mehr zu seinem physischen Menschen haben zu können. Ich sehe das alles und finde es beklagenswerth, aber ich lasse es gehn, wie's gehn will, weil absolut nichts dagegen zu machen ist. Es ist dieselbe Geschichte, wie früher mit Mamas Sturmkrankheit, wo die arme Frau oft ein wahres Jammerbild war, tief bemitleidenswerth. Ich redete ihr zu, so gut ich konnte und dann ging ich zu Bett und schlief. Nicht aus Gleichgültigkeit, sondern aus kolossaler Müdigkeit und weil ich mir sagte, Du thust nur einen reinen Unsinn, wenn Du Dich Deiner Müdigkeit gewaltsam entreißst und noch 3 Dutzend Male sagst: ›meine arme Frau, sieh, ich glaube es läßt schon nach.‹ Es giebt so vieles dem wir machtlos gegenüberstehn und dies, und wenn es das Schrecklichste wäre, muß mit möglichst guter Manier getragen werden, von dem Leidenden sowohl, wie von der Umgebung. Es ist unsre Pflicht, eine gewisse Hospitalstimmung von uns fern zu halten, und nicht in fruchtlose Heulhuberei zu verfallen. Gott sei Dank haben wir, auch die Weichlichsten unter uns, alle diesen Charakter, George war in diesem Stück wie ein Held und vorbildlich wie Kaiser Friedrich. Auch *Du* hast diese Tapferkeit. Und dahin gehört nicht minder das sich Entschlagen aller Sentimentalitäten auch von Seiten derer, unter denen ein Kranker lebt, ein sich Entschlagen, das etwas ganz andres ist, als Gleichgültigkeit oder Gefühlsmangel. Es spricht sich nur drin aus, erstens: ergeben wir uns und zweitens: *hoffen* wir. Und das ist das Beste, oft das Einzige, was man einem Kranken anthun kann. Die Flinte ins Korn zu schmeißen, dazu ist immer noch Zeit. Grüße Mengels, in erster Reihe Sankt Elisabeth. Wie immer Dein alter

Papa.

656. An Wilhelm Hertz

Berlin 19. April 89.
Potsd. Str. 134. c.

Sehr geehrter Herr Hertz.

Pardon, daß ich mich in diesen zwischen Fest- und Ruhetage eingebetteten Sonnabend mit einer Geschäftsfrage eindringe. Schließlich ist nun doch wieder der Wunsch in mir lebendig geworden, die mir gütigst zugestandene neue Auflage meiner Gedichte, zu Weihnachten, bez. zu meinem 70. Geburtstag, erscheinen zu sehn. Eine Zeitlang schien es mir – und ich äußerte mich in diesem Sinne zu Ihrem Herrn Sohne – als würde ich mit dem M. S. nicht rechtzeitig zu Stande kommen. Es hat sich nun aber, nach grade 4 wöchentlicher Bastelung, während welcher Zeit ich einige zwanzig halb, dreiviertel und siebenachtel fertige Gedichte *voll*fertig gemacht habe, zu meiner großen Freude herausgestellt, daß ich's *doch* zwingen kann, sogar ganz gut, und so wäre es mir lieb, von Ihnen zu hören, daß Sie mit dieser Rückkehr zu meiner ursprünglichen Absicht i. e. dem Erscheinen zu Weihnachten einverstanden sind. Ein »ja« würde sich für morgen früh zu einem kleinen Osterei für mich gestalten. In vorzügl. Ergebenheit

Th. Fontane.

657. An Detlev von Liliencron

Berlin 26. April 89.
Potsd. Str. 134. c.

Hochgeehrter Herr Baron.

Seien Sie schönstens und ergebenst bedankt für Ihren Osterbrief und alle seine freundlichen Worte.

Die Gedichte, auf die ich mich sehr freue, habe ich noch nicht erhalten; ich werde mich auf die in Ihrem Briefe gütigst genannten nicht beschränken und dann 8 Tage lang eine holsteinsche Doppellektüre haben, beides Lyrik, links Hochdeutsches von Detlev v. Liliencron, rechts Plattdeutsches von Ihrem Freunde Johann Meyer. Rechne ich Klaus Groth in der Zeitung hinzu, desgleichen Storms »Schimmelreiter« der in einem rothen Einband auf dem Nähtisch von Frau und Tochter liegt und Iwersens Gedichte, die zu Weihnachten eintrafen und immer noch einer kleinen Besprechung harren, – so darf ich sagen: Schleswig-Holstein hoch. Auch Paulsen, mit dem ich sehr übereinstimme – er geht mir nur nicht weit genug – kommt mir nicht aus Aug' und Hand. – Ihr Brief enthält so vieles, worauf ich mit einem ganzen Essay antworten möchte, Wildenbruch, Eulenburg und eine Stelle (ohne Namen) die ich auf Heiberg beziehe, der sein schönes und beinah bedeutendes Talent mehr und mehr verthut. Wildenbruch, den ich 7 Jahre lang mit Feuer und Schwert bekämpft habe (die muthigste That meines Lebens, denn es gab Zeiten wo man sich argen »Unliebsamkeiten« dadurch aussetzte) ist in erster Reihe ein Phraseur, ein Plusterback, wie er auch körperlich aussieht, immer mit Wind in den Backen, Kreuzung von Aeolus und Priemchenkauer. Er ist nun beinah Mitte 40 und zu alt, um *jetzt* noch aus der Phrase herauszukommen, dabei absolut kritiklos, so daß er unfähig ist, selbst den Willen dazu vorausgesetzt, seinen Cardinalfehler, an dem er, aller Triumphe unerachtet, doch immer gescheitert ist, jemals abzulegen. Dennoch – und grade seine Quitzows haben mich bekehrt – ist es was mit ihm. Ein Talent möchte ich ihn nicht nennen, das ist zu viel und zu wenig; er ist, trotz, einer guten Assessorenbildung, ein ungebildetes Genie, das mit Schwadronshieben drauf los geht und allerglücklichste Einfälle mit sublimem Unsinn mischt. Aber diese allerglücklichsten Einfälle und die Fähigkeit für dramatischen Aufbau, namentlich für die scenische Antithese, ist ihm nicht abzusprechen und so hat er Momente, wo man ihn bewundern muß. Das Ganze kolossal schwach, das Einzelne von wirklicher imponirender Stärke; nach 10 oder 15 Jahren ist er todt, so total Unvollkommenes kann nicht leben, eine glänzende Scene kann kein Stück retten. Philipp Eulenburg ist ein liebenswürdiger Mann! ein liebenswürdiges Talent. Der Kaiser hat neulich von ihm gesagt: »ich liebe ihn sehr, *denn er ist ein Mann des Friedens*«, ein Wort, das einen großen und schönen Eindruck auf mich gemacht hat, noch mehr um des Kaisers als um Eulenburgs willen. Ja, er ist ein Mann des Friedens und das Gemeine kann vor und neben ihm nicht bestehen. Aber als Dichter ist er ein blutiger Dilettant. Gott sei Dank ist er auch noch Gesandter und Besitzer des schönen Liebenberg mit 14000 Morgen und einer reichen Schwedin als Frau. – Nochmals herzlichen Dank. Nach Lesung der Gedichte schreibe ich noch einmal. In vorzügl. Ergebenheit

Th. Fontane.

658. An Max von Bredow

[Berlin,] 27. April 1889

Hochgeehrter Herr v. Bredow.

Empfangen Sie meinen ergebensten wie herzlichsten Dank für Ihre freundlichen Zeilen, die gestern früh bei mir eintrafen. Ich hänge mehr als Sie glauben können, an dieser Arbeit, an der ich, am Schluß meiner Tage, gerne die richtige Behandlungsmethode für Arbeiten derart oder doch was mir die richtige Methode scheint, zeigen möchte. Denn meine »Wanderungen«, deren auch Sie, hochgeehrter Herr v. Bredow, so freundlich erwähnen, und die mir in der Tat mehr Anerkennung als meine ganze sonstige Schriftstellerei eingebracht haben, sind doch noch lange nicht mein Ideal. Mein Ideal hat sich erst ganz allmählich herangebildet und besteht darin, ein Buch zu schreiben, das unterhaltliches Geschichts- und Geschichtenbuch und zugleich aufschlußgebendes Nachschlagebuch sein soll.

Als ich mit diesen Dingen anfing, konnte, trotz Klöden und anderer ausgezeichneter Männer, von einem allgemeinen über kleine Kreise hinausgehenden Interesse für Mark Brandenburg kaum gesprochen werden, ein solches Interesse war erst zu wecken. Und zu diesem Behufe war nichts ängstlicher zu vermeiden, als Ausführlichkeit und Gründlichkeit. So bin ich denn über vieles, namentlich Anfangs, nur so hingehuscht, in dem, ich glaube damals ganz richtigem Gefühle, daß ein bloß flüchtiges Berühren der Dinge Bedingung des Erfolges sei. Das ist seitdem sehr anders geworden und ich darf jetzt, ich will nicht sagen nach einem entgegengesetzten, aber doch sehr veränderten Prinzipe vorgehn. Erfüllt sich mir alles so, wie ich jetzt hoffe, so werde ich in der Vorrede sagen dürfen, »ihr, meine Nachfolger auf diesem Gebiete, *das* ist nach 30jähriger Erfahrung mein Testament: so, oder doch ungefähr so, muß es gemacht werden.« Das Beste freilich – und darin können mir meine Nachfolger schon heute leid tun – werde ich vorweg genommen haben, denn einen besseren Stoff als die Bredows gibt es in der Mark Brandenburg nicht; sie sind es, an denen man, typisch, märkische Tugenden und vielleicht auch (Pardon) kleine märkische Schwächen besser studieren kann, als an irgend einer andern Familie, beispielsweise den sonst so berühmten und bevorzugten von A…, wovon ich seit vielen Jahren fest durchdrungen bin. Und auch deshalb würde es mir geradezu schmerzlich gewesen sein, auf die Darstellung eines so dankbaren und aller Welt so sympathischen Stoffes verzichten zu müssen.

Und nun mein Kommen. Es ist noch zu früh im Jahre, den warmen Tagen, die wir jetzt haben, traue ich nicht, und so frage ich ganz ergebenst an, ob ich meine kleine Reise nach Hauptquartier Landin bis auf Ende Mai verschieben darf? Wenn ich durch Ihre Güte, zu voraufgehender historischer Orientierung, die Geschichte Ihrer Familie hier mußevoll durchsehen könnte, würde ich Ihnen doppelt dankbar sein.

Indem ich Sie bitte, mich, wo es geht und so weit es geht, den Mitgliedern Ihrer von mir im Stillen, in einer Art historischen Feinschmeckerei, seit lange hochverehrten Familie respektvollst empfehlen zu wollen, bin ich, hochverehrter Herr v. Bredow, in vorzüglicher Ergebenheit

Ihr

Th. Fontane.

659. An Wilhelm Gentz

Berlin, d. 10. Mai 1889.
Potsdamer Str. 134c.

Hochgeehrter Herr.

Ergebensten Dank für die verschiedenen Sendungen. Ich habe alles durchgelesen. Von den Briefen bitte ich die aus Norwegen und Stockholm benutzen zu dürfen. Die jugendlichen aus Lübeck und Kopenhagen und der Leipziger Brief Ihres Bruders Hermann bieten zu wenig, oder die Aufgabe müßte anders sein. Handelte sich's, kulturhistorisch, um die Frage, »wie schrieben junge Leute aus einer kleinen Stadt im Jahre 1840, wenn sie ein Stück Welt zu sehn kriegten?« so wäre der Brief Ihres Bruders ein Ideal. Ihre Briefe aus der Zeit sind schon viel zu gut und sind dadurch – was man doch sonst am wenigsten von Ihnen sagen kann – nicht sehr charakteristisch.

Die Geschichte von der Alexine Tinne habe ich mit dem größten Interesse gelesen, zugleich mit der Beschämung, gar nichts davon gewußt zu haben. Denn ich bin ein gewissenhafter Zeitungsleser und gehe nicht leicht an Sachen von so viel Bedeutung und Interesse vorüber. Die zweite, gewiß von Keil persönlich herrührende Überschrift: »Das Bild der Gemordeten« ist wieder großartig. Mit Speck fängt man Mäuse. – Von der Reiseberechnung notiere ich mir die großen Zahlen. – Die Karikatur kannte ich noch nicht. Menzel ist vorzüglich, der ganze Gedanke sehr hübsch. Sie kriegen alles sehr bald zurück. Denn es ist mir ängstlich, so viele Sachen um mich zu haben, die, wenn sie verloren gehn, unersetzlich sind.

Vor allem schulde ich Ihnen noch Dank für die große Mappe mit ihrem mannigfachen Inhalt. Es ist der alte Witz, daß dem Laien die Photographie, Stiche, Schnitte fast immer besser gefallen als die Originale. Den größten Eindruck haben auf mich die Landschaften mit Tierstaffage gemacht, dann der Turm, den Millionen von Vögeln umschwirren, dann das Kind in der Hängewiege, ganz besonders auch die Katzen auf dem in Sonnenstreifen liegenden Brett in der Algierer Straße. Von den figurenreichen Bildern sind einige – ich greife nur das heraus, wo die Juden vor dem Rabbi-Mausoleum beten – mir wieder sehr sympathisch geworden. Im ganzen aber möchte ich doch sagen dürfen, daß die Bilder mit den großen Aufgaben, auf denen hundert Figuren und Figürchen (und vielleicht noch mehr) richtig gruppiert werden sollen, in ihrer Wirkung auf meine Sinne hinter den einfacheren, figurenärmeren zurückbleiben. Wobei mir immer einfällt, was die gute Fanny Lewald mal zu mir sagte: »Wenn es sein kann, laß ich immer nur zwei Menschen sprechen, auch drei, auch vier; aber darüber hinaus gehe ich nur im äußersten Notfall.« Das hat damals einen großen Eindruck auf mich gemacht. Solche Bemerkungen aus der Metiererfahrung heraus sind immer wichtig, und ich habe meine eigene Schreiberei wesentlich danach gemodelt. Ich glaube, daß es bei den andern Künsten ebenso liegt. Natürlich läßt sich's nicht immer tun, und ein großes Fest oder eine Volksversammlung kann nicht aus vier Personen bestehen. Aber man soll, solange es geht, das Minderzählige nehmen. Wenn wir uns wiedersehen, sprechen wir über die Frage vielleicht. Unter ergebensten Empfehlungen an Frau Gemahlin in vorzüglicher Ergebenheit

Th. Fontane.

660. An Detlev von Liliencron

Berlin, d. 11. Mai 1889.
Potsdamer Str. 134c.

Hochgeehrter Herr Baron.

Gestern früh trafen die Gedichte ein, und meine Frau las mir gleich beim Frühstück ein halbes Dutzend kleiner Sachen vor, darunter das reizende, höchst originelle, höchst treffende »Der Handkuß«. Es entzückte mich. Heut habe ich den ganzen letzten Abschnitt: »In willkürlicher Betonung« gelesen und bin ganz erfüllt davon. Schilderungen wie: »Hör' ich nicht plötzlich vor mir« (S. 170), desgleichen in »Unter einer Buche« können sich sehen lassen. Noch höher aber steht das schöne Gedicht »An wen« und das eine und andre in dem Schlußgedicht »Schmetterlinge«. So beispielsweise »Über eine Wiege« (sehr schön) und »Hannibal, einäugig, auf dem Elephanten« (reizend). Alles in allem: trotzdem ich nicht wenig erwartete, sah ich meine Erwartungen übertroffen. Und doch habe ich ein Bedenken, sogar ein großes, ein Bedenken, das ich nicht den Mut haben würde, zu äußern, wenn nicht jede Silbe darin mich selber träfe. Man bleibt im Bann seiner Art und Persönlichkeit, kann aber kritisch doch drüber stehn und hinter sein Eigenstes und in manchen Stücken Bestes und

Talentvollstes doch ein ernstes Fragezeichen machen. Alles, was Sie schreiben, ist ungemein lebendig; aber diese Lebendigkeit steigert sich vielfach, so z. B. gleich in dem Widmungsgedicht und dann wieder in den Prosaschlußstücken der »Schmetterlinge«, zu einer nervösen Forscheté, die dem Eindruck voller reiner Kunst nicht günstig ist. Nun kann ich freilich nach an mir selbst und zwar bis auf diesen Tag immer wieder und wieder gemachter Erfahrung nur wiederholen: »man kann aus seiner Haut nicht heraus«, soll auch schließlich nicht. Es ist aber doch schon viel gewonnen, wenn man, den Fehler als solchen zugegeben (was ich hier nicht wissen kann), auf sich achtet. Zahlloses in meinen Sachen habe ich um einer gewissen Forscheté des Ausdrucks willen schließlich wieder fallen gelassen und beklage es nicht. Selbst bei den Sachen, die ihrer Natur nach auf diesen Ton gestellt sind und bis auf einen gewissen Grad mit ihm stehn und fallen, muß man immer noch vorsichtig sein. Was ist der Zauber der altenglischen Balladen? Ihre Simplizität. Ich entsinne mich noch, daß ich vor beinahe fünfzig Jahren die Chevy-Chase besser als Herder übersetzen wollte und mir auch einbildete, es sei mir gelungen. Jetzt bin ich sehr für Herder und erschrecke vor meinen famosen Vollreimen. Ich habe durch diese Bemerkungen hoffentlich nicht Anstoß gegeben, kann vielleicht sogar auf Ihre Zustimmung rechnen.

In vorzüglicher Ergebenheit

Th. Fontane.

661. An Wilhelm Hertz

Berlin 13. Mai 89.
Potsd. Str. 134. c.

Sehr geehrter Herr Hertz.

Ich bitte diesen Zeilen 20 Mark beischließen und dabei ein lebhaftes Bedauern aussprechen zu dürfen, daß meine Verhältnisse mir nicht gestatten, noch eine Null anzuhängen. Denn hier gilt es mal mit Lust und Liebe zu feiern, im Gegensatz zu solchen, deren Talent doch nicht groß genug ist, um die Unausstehlichkeit der Person vergessen zu machen. Bei Keller liegt es so, daß, wie's im Uebrigen auch liegen möge, der *Dichter* für alles aufkommt. Ich habe keine Zeile von ihm gelesen – mit Ausnahme seiner Verse, die mir wegen absoluten Mangels an Tonzauber fremd bleiben – die mich nicht erfreut bez. entzückt hätte. Beiläufig halte ich »Romeo und Julia« durchaus nicht für sein Bestes; so schön es ist, andres steht drüber. In vorzüglicher Ergebenheit

Th. Fontane.

662. An Martha Fontane

Berlin 13. Mai. 89. Potsd. Str. 134.c.

Meine liebe Mete.

Wir sind glücklich zu hören, wie glücklich Du bist. Ja das Höhere ist kein leerer Wahn, vielleicht auf keinem Gebiet, sicherlich auch nicht auf dem der gesellschaftlichen Form. Früher hatte man die hübsche Wendung ›schade, daß man N. N. gegenüber, nie das Gefühl der persönlichen Sicherheit hat.‹ Und da liegt es wirklich. Es ist etwas ungemein Angenehmes, auch körperlich Wohlthuendes, im Verkehr mit Menschen dies Sicherheitsgefühl zu haben. Die Zahl derer, die's einem gewähren, ist gewachsen, aber immer noch zu klein. Und grade dies ist so recht ein Culturmesser.

Ein Sonntag am Rhein! Ich sehe dann immer das schöne Bild von Gustav Spangenberg vor mir, das den Titel führt: ›Jungfrauen von Köln, dem Rhein Blumen streuend‹. Es ist vielleicht im Kölner Museum und jedenfalls sehenswerth. Es war seine erste Arbeit, noch vor dem Rattenfänger von Hameln, und nach der Seite der poetischen Stimmung hin, hat er nichts Schöneres mehr geschaffen. Er bleibt übrigens auch sonst noch eine der interessantesten modernen Kunsterscheinungen und zwar dadurch, daß sein Renommée nicht, wie das gewöhnlich geschieht, durch Fachgenossen und Kenner, sondern, im Gegensatz zu diesen, recht eigentlich durch die gebildeten Laien gemacht worden ist. Das Poetische hat den Sieg über die Mängel der Technik davon getragen. Bei Böcklin liegt es ähnlich. Aber doch nicht voll so. Dieser ist mehr der Abgott einer bestimmten ›Clique‹ von Gebildeten, als der Gebildeten überhaupt. Im Ganzen genommen gebe ich nur etwas auf *Fach*-Urtheil. Aber es kommen Ausnahmen vor. Wenn Du nach Köln kommen solltest, suche das Bild zu sehn, außerdem das alte Altarbild im Dom (thronende Maria) und im Museum, wenn ich nicht irre, ›Maria in der Rosenlaube‹. Das sind so Sachen, die einem bleiben; das Meiste geht rasch wieder in den Orkus.

Sonnabend war Rütli beim Senator. Es wurde viel darüber gesprochen, daß nun doch, trotz offizieller Nichtbeschickung der Pariser Ausstellung, so viele deutsche bez. Berliner Bilder auf der Ausstellung sein werden. Darunter auch Menzel. Er ist in mehreren konserv. Zeitung[en] aufgefordert worden, darüber eine Erklärung abzugeben, hat aber bis jetzt geschwiegen. Ich nehme an, daß er unschuldig ist und daß diese Einsendungen von Besitzern seiner Bilder herrühren. In der Debatte darüber, nahm dann Heyden das Wort und meinte: ›Liebermann (*der* Maler, der diese Dinge in die Hand genommen hat) habe ihm gesagt, er persönlich würde sich gehütet haben, so vorzugehn; was er gethan habe, sei nicht blos unter Genehmigung, sondern auf Wunsch von Geheimrath Jordan geschehn.‹ Heyden trug dies etwas verlegen vor, weil er eine scharfe, oder doch wenigstens eine spöttische Entgegnung von Zöllner fürchten mochte, diese blieb aber aus oder ging wenigstens über ein zweifelvolles Lächeln nicht hinaus, woraus ich den Schluß ziehe, Zöllner findet auch seinerseits alles so verfahren und unberechenbar, daß er das anscheinend Widersinnigste wenigstens für möglich hält. Dabei puffen sich die Kunstangelegenheiten immer mehr zu geradezu politischen Fragen auf und beschäftigen Hof, Minister, Gesellschaft in einer Weise, die mitunter an die Tage der Lola Montez erinnert. Du und die Geheimräthin werden nicht viel von dieser Größe wissen, aber der Geheimrath. Was damals die Lola Montez war, ist jetzt, natürlich mit Einschränkungen, Anton v. Werner. Seine bevorzugte Stellung ist so groß, daß die Minister mit ihm rechnen müssen und den Duckungsprozeß, zu dem sie nicht blos berechtigt sondern verpflichtet wären, unterlassen oder doch sehr modeln. Es heißt, er wolle *Kunst*-Minister werden, und ich bin ihm das Zugeständniß schuldig, daß er das Zeug dazu hat. Man hat ihn oft den kleinen Bismarck genannt und ihn mit dem jungen Napoleon von 1796 (dem er frappant ähnlich sieht) verglichen. In dem allem steckt 'was Wahres; er ist eine ganz eminente Persönlichkeit, Genie ist nicht das rechte Wort, dazu ist zu viel Calcül in ihm, aber er hat große Gaben der Rede, des Ausdrucks, des Haranguirens, noch viel mehr als des flott Malenkönnens und es ist ein Fehler von unsrem lieben Zöllner, daß er das nicht genug anerkennt und Correktheit, Dienstlichkeit, Aufrichtigkeit und Worthalten von ihm fordert, lauter Dinge, die Werner belacht oder als indifferent ansieht. Hervorragende Menschen sind höchst selten sittliche Größen und Biedermänner; in dem ganzen letzten Jahrhundert kenn ich nur zwei: den älteren Pitt und Washington. Die andern haben alle gemogelt und die gegenwärtigen mogeln erst recht.

Gestern um 10 1/2 fuhr ich, in großer Kumpanei, nach Meseberg, eine Stunde von Gransee. Wir waren 8 im Coupé: Stephany, Brugsch, Gentz, Gude Vater und Sohn, Landgerichtsdirektor Müller (ein Spezialkollege von Lessing) Oberst v. Alten und ich. Es war sehr nett, sowohl auf den Fahrten hin und zurück, wie an Ort und Stelle. Das Deckenbild mit der witzig unanständigen Inschrift (Anspielung auf den Prinzen Heinrich und seinen Mignon Major Kaphengst) wurde wieder bewundert und ein Diner genommen, das sich lediglich aus Produkten des Guts zusammensetzte, glücklicherweise mit Ausnahme des Weins. Vor Tisch anderthalbstündiger Spaziergang um den schönen See, nach Tisch anderthalb Stunden Kegel gespielt; ich habe heute davon eine etwas steife Hand; ›daher der lange Brief‹ würde Mama sagen, die von Wangenheims u. Frau v. Noville noch nicht zurück ist. Brugsch war sehr unterhaltend und erzählte von 150,000 Mann turkmenischer Reiterei, die, bei unsrem nächsten Kriege mit Rußland, die russische Armee begleiten und dann Deutschland überschwemmen würden. Oberst Alten lachte und sagte: ›die turkmenischen Reiter werden sich immer an die russische Armee anlehnen, also auch den *Rückzug* derselben mitmachen.‹ Dieser schien ihm fest zu stehn. Und er wird wohl Recht haben. Die andern Armeen scheitern immer an dem, was unser Theo so ruhmreich vertritt: Backofen, Brot, Verpflegung. In andern Ländern wirthschaftet die gemeine Bande immer in die eigne Tasche hinein, nur Menschen liefert sie, was nichts kostet; aber der hungernde Mensch ist nur ein Hinderniß, jedenfalls für den Sieg.

Eben kommt Mama nach Haus und findet es merkwürdig, daß ich schon wieder schreibe. Du wirst es hoffentlich milder beurtheilen. Empfiehl mich dem verehrten Paar. Wie immer Dein alter

Papa.

663. An Martha Fontane

Berlin 22. Mai. 89. Potsd. Str. 134. c.

Meine liebe Mete.

Die Hitze ist ganz unsinnig und nimmt mir mein Bestes: den leidlich klaren Kopf mit seinem hoffentlich nie bestraften Stolz des Nichtverrücktwerdenkönnens.

Ich schreibe auch eigentlich nur eines Punktes wegen. Du fürchtest immer, wir könnten das, was Dich jetzt so beglückt, für befriedigte Eitelkeit halten. Das ist nicht der Fall. Ja, was heißt Eitelkeit? Jeder ist ein Egoist und die Eitelkeit ist mindestens eine Cousine des Egoismus, vielleicht Schwester, ja vielleicht ist Beides so ziemlich dasselbe. Will man bis auf die letzten Wurzeln graben, so findet man immer sein Ich. Aber dies Ich, das so schlimm sein kann, es hat andrerseits auch sein Recht der Bethätigung und der Freude, wenn ihm 'mal sein Theil von Anerkennung zu theil wird. Es ist mit dem Egoismus des gebildeten, beständig auf sich achtenden Menschen vielfach nicht so schlimm, als die Pessimisten glauben, und daß wir uns trotzdem eines solchen Egoismus oft selbst bezichtigen und seiner schämen, hängt gar nicht mit *unsrem* Egoismus zusammen, sondern mit dem in unverschämter Breite heranmarschirenden Egoismus des andern, mit dem wir nun unausbleiblich zusammenstoßen. Artig wie wir sind, entschuldigen wir uns wegen dieses Zusammenstoßes, was der Unverschämtheitsfalstaff im für uns günstigsten Falle für selbstverständlich hinnimmt, ohne Ahnung davon, daß nur seine brutale Breite die Carambolage überhaupt veranlaßt hat. Bei Veits bist Du nun mit richtig gewachsenen Personen zusammen, die den linken oder rechten Ellenbogen einziehn, um nicht den, dem sie begegnen, zu treffen; sie empfinden das Vorhandensein einer andern, über das ganz gewöhnliche Niveau sich erhebenden Persönlichkeit nicht als einen Affront, sondern als eine Freude, weil sie die Klugheit und die Güte haben, erstlich überhaupt einen andern Menschen gelten zu lassen und zweitens feinschmeckerisch genug sind den Borstorffer von dem Rothenhähnchen oder die Melone von dem Povistkürbis zu unterscheiden. Es giebt einen schönen zweizeiligen Vers von Rückert, den ich früher öfter citirte, jetzt aber in seinem Wortlaut vergessen habe; er läuft darauf hinaus: ›... jeder weiß was er kann und soll, Und wenn er das erreicht, *dann* ist sein Glück erst voll.‹ In einer dementsprechenden Lage bist Du jetzt; Du weißt – und warum solltest Du's nicht wissen – daß Du Herz und Verstand auf dem rechten Fleck hast, und vielleicht zum ersten Mal in Deinem Leben, von Vater und Mutter abgesehn (namentlich von erstrem), wird Dir nun das Glück und die Freude zu theil, das an und in Dir bestätigt zu sehn, woran Du glaubtest und gelegentlich nur zweifeltest, wenn andre zu beharrlich ihre Fragezeichen machten. Denn auf die Dauer ist der Macht solcher Fragezeichen nicht zu widerstehn und man wird, nicht demüthig, das wäre etwas Schönes, sondern blos unmuthig und niedergedrückt. Also freue Dich ruhig weiter und schreibe es auch. Es giebt wenig Gegnerschaften im Leben, mit denen man so beharrlich zu kämpfen hat, wie mit der Neidhammelei. Davon kann ich ein Lied singen und in nichts habe ich meinen glücklich sanguinischen Charakter so sehr bewiesen, als in dem Leichtnehmen der Demüthigungen und Unterschätzungen. Nur vergessen habe ich sie nicht.

Für mich brechen nun große Tage an, resp. Nächte, denn das ›Bankett‹ beginnt erst um 10 Uhr, d. h. also um 11. Vor 4 Uhr früh werde ich nicht zu Hause sein. Sonnabend und Sonntag sollte ich dann mit der ›ornithologischen Gesellschaft‹ ins Schenkenländchen (Teupitz etc.) was ich abgelehnt habe, dafür aber Montag ins ›Ländchen Friesack‹. Die 5 Ländchen im Havelland heißen: Friesack, Bellin, Glin, Rhinow und Nußwinkel – für künftige feine Tisch-Unterhaltungen fast so fein wie Pol de Mont, doch ist letztrer noch um einen Grad feiner und ich hätte Dich wohl über ihn peroriren hören mögen. So kommt einem alles mal zu Nutz. Uebrigens weiß ich nicht ob er Mont oder Monts heißt. Empfiehl mich. Wie immer Dein alter

Papa.

664. An Julius Rodenberg

Berlin, 7. Juni 1889
Potsdamer Straße 134 c

Hochgeehrter Herr.

Ich wollte gleich nach unsrer neulichen Balkonunterredung schreiben, kam aber nicht dazu, weil ich ganz in Manuskriptablieferung meiner Gedichte steckte, die nun als dickes Buch bei W. Hertz erscheinen sollen. Ein Stück Leben oder ein ganzes.

Ihre Güte hat mir einen Platz für meinen Roman »Unwiederbringlich« in Ihrer »Rundschau« zugesagt, und ich habe den herzlichen und aufrichtigen Wunsch, in diesen ehrenvollen Platz einrücken zu können, aber 2erlei macht mir doch noch Sorge, so daß ich ganz ergebenst anfragen möchte:

1. bin ich – etwa wie wenn ich Gottfried Keller oder Ossip Schubin wäre – der Annahme meines Romans unter allen Umständen sicher, auch wenn Ihnen einiges mißfallen oder zu breit erscheinen sollte?

2. Darf ich auf ein Honorar von 450 Mark pro Rundschaubogen rechnen?

Was Punkt 2 angeht (der mir übrigens, so wichtig er ist, an Wichtigkeit hinter Punkt 1 zurücksteht), so bitte ich sagen zu dürfen, daß ich dabei meinen lebhaften Wunsch, in der »Rundschau« zu erscheinen, schon mit in Rechnung gezogen und in Folge davon von den mir seit etwa fünf Jahren bei Vossin, Universum, Gartenlaube bewilligten Romanhonoraren erhebliche Abzüge (bis zu einem guten Drittel) gemacht habe.

Bei der argen Geschäftlichkeit dieser Zeilen mag ich auf die Bredow-Kapitel, die mir wie Gemütlichkeiten, sagen wir wie Thyra Danebod neben Gorm Grymme, vorkommen, an dieser Stelle gar nicht erst eingehn und verspare mir ein Zurückkommen darauf auf einen spätren Brief.

In vorzügl. Ergebenheit

Th. Fontane

665. An Julius Rodenberg

Berlin, 9. Juni 1889
Potsdamer Straße 134 c

Hochgeehrter Herr.

Seien Sie herzlichst bedankt für Ihren liebenswürdigen Brief. Der meinige präsentierte sich Ihnen erst in seiner dritten Form, so schwer ist es, solche Sachen zur Sprache zu bringen; man möchte sich vor allen Weiterungen sichern und seine Mühe gut bezahlt sehn, muß aber doch andrerseits auch auf der Hut sein, alles zu vermeiden, was nach Prätension, lächerlichem Glauben an sich selbst und Renommisterei (die sonderbarerweise beim Geldpunkt am meisten hervortritt) schmecken könnte. Nochmals schönsten Dank. Ich bin mit allem einverstanden, ganz besonders auch damit, daß der coup d'œil de l'aigle über dem Ganzen sein wird, und das wird sich auch nicht ändern, wenn der Adler niederschießen und ein Lamm, drin doch vielleicht ein junger Wolf steckt, entführen und in unwirtbarer Schlucht verschwinden lassen sollte. Diese Worte bringen mich anscheinend in einen Widerspruch mit meinem vorigen Brief, aber wenn überhaupt, so doch nur halb. Eine Mutter zu sehn, die mit erfahrener Klugheit über dem Benehmen der Tochter wacht, ist ein Vergnügen und für die Tochter ein Glück, aber die strikteste Notwendigkeit der Überwachung und Mahnung (»sitz grade«) muß vorliegen, sonst ist es mit dem Glück und der Erfreulichkeit vorbei. Pardon, daß mich einen Augenblick die Furcht anwandelte, Sie könnten rigoröser sein als nötig. Ich weiß jetzt, daß dies nicht der Fall sein wird.

Aus der langen Reihe der Bredowkapitel schweben mir zunächst drei vor: Briesen, Senzke, Friesack.

In *Briesen* lebt jetzt, als Urgreis, der alte General v. Bredow, der an der Spitze der Salzwedler Ulanen, blau mit blau, und der Halberstädter Kürassiere, weiß mit schwefelgelb, den berühmten Todesritt von Mars la Tour machte, wobei mir gestattet sein mag, einen kleinen anekdotischen Hergang aus dem Palais Bismarck einzuschalten. Der bayrisch-katholische Abgeordnete Jörg, als er Bismarck zum ersten Mal in dem schwefelgelben Streifen seiner Kürassiere sah, soll, bei Bier und Reichshund, scherzhaft gesagt haben: »Durchlaucht, ich weiß, wo dies Schwefelgelb herkommt.«

In *Senzke* sieht es sehr anders aus als in Briesen. Der »alte Senzker« war eine scharfe, schneidige, zugleich burleske Figur im Stil von Geist v. Beeren und dem letzten Zieten und ging eine Wette ein, daß er mit einem chinesischen Schwein, das zum Überfluß Aurora hieß, das Rennpferd seines Gutsnachbarn im Wettlauf besiegen wolle. Seine Sorge dabei war nur die, daß das Schwein durch ein zugeströmtes vornehmes Publikum in seiner Unbefangenheit gestört werden könne, weshalb der Pastor mit Frau und Tochter, die letztren beiden rot aufgeputzt, bei den täglichen Proben mitwirken und »vornehmes Publikum« spielen mußten. Und so glückte denn alles. Der Senzker gewann die Wette. Die Rennbahn wird noch gezeigt.

Und drittens *Friesack.* Wir haben neulich an der Hand eines auf der Burg wohnenden Baumeisters die Baulinien der alten Burg ziemlich genau wieder festgestellt und dabei zuletzt 2 Friesacker vernommen, Achtzigjährige, die bei der letzten Öffnung der dann 1842 zugeschütteten Krypt zugegen waren. Der Dialog, der sich, bei der Gelegenheit, zwischen dem alten Grafen, den beiden 80jährigen und mir entspann, war erhaben. Auch dies ist ein Stoff. Sollte mich nun gar noch der Graf – wie er mir fest versprochen hat – zu Wiederausgrabung der zugeschütteten, jetzt von einem Garten überdeckten Krypt einladen und sollten wir bei der Gelegenheit Hasso v. Bredow (Quitzowzeit), dessen Schenkelknochen um Handsbreit länger waren als die gewöhnlicher Menschen, wieder auffinden, so wäre das für einen Buddler meines Schlages der reine Zucker.

Aber ich verschieße mein bestes Pulver, und nachher ist es nichts. Die Fettaugen sind dann runter.

In vorzüglicher Ergebenheit

Th. Fontane

Noch eine Nachschrift. Jede Redaktion erschrickt freilich vor Gedichten, aber in einer Art von gutem Gewissen frage ich *doch* an, ob ich Ihnen nicht 4 Balladen auf einen Hümpel schicken darf? Sie heißen:

Nordische Königsnamen. (Ein humoristisches Einleitungsgedicht zu der ganzen 8 oder 10 Nummern umfassenden Gruppe: Nordische Balladen).

Olaf Kragebeen (Krähenfuß).

Swend Gabelbart.

Admiral Herluf Trolles Begräbnis.

Das letztre stammt aus dem Roman, der, durch Ihre Güte, für die »Rundschau« bestimmt ist. Sämtliche 4 Gedichte sind ohne besondre Gedanken und noch mehr ohne Gefühlstiefe, nach der Seite des Virtuosen, des balladesk Sprachlichen hin aber habe ich nichts Besseres gemacht. Darf ich sie Ihnen schicken? Das Handwerk, der Schneddredin feiern in diesen Sachen einen kleinen Triumph. Und auch *das* ist nicht verächtlich.

Th. F.

666. An Julius Rodenberg

Berlin, 11. Juni 1889
Potsdamer Straße 134c

Hochgeehrter Herr.

Es war ein schwacher, ziemlich hoffnungsloser Versuch, und ich finde nur zu begreiflich, daß er gescheitert. Es muß furchtbar sein, wenn dann die lyrischen Geschwader anrücken, immer unter Berufung auf den voraufgegangenen Kollegen, »mit dem es doch nur mau stand«. Und mit wem stünd es in den Augen eines Rivalen anders? Ich muß es als Trost und Abschlagszahlung nehmen, daß Freund Dominik – von dem ein Brief gleichzeitig mit dem Ihrigen eintraf – ein andres meiner neuen Gedichte, das den Titel führt »Herr v. Ribbeck auf Ribbeck im Havelland« (auch so anfängt und schließt), in seiner in 151000 Exemplaren erscheinenden Herbstprobenummer in die Welt schleudern will. Es ist ein gutes Gedicht, was Sie vielleicht schon dem Titel abfühlen.

Von den Bredows sollen Sie die wunderschönsten Stücke kriegen. Aber ich kann den Braten nicht anschneiden, wo er sozusagen dem Ochsen noch auf dem Leibe sitzt. Man kann in Bildern nicht bescheidner sein. Verzettle ich mich vorher, so wird das Buch, das doch schließlich die Hauptsache bleibt, schlecht. Ich will also erst alles fertigmachen und dann aussuchen und verteilen. Das dauert aber noch lange. Denn mit Beginn des Oktobers geh ich zunächst an die Korrektur des für Sie bestimmten Romans.

Übrigens muß ich Ihnen doch noch eine kleine Bredow-Geschichte erzählen. Eins der Bredow-Güter – dicht bei Goerne gelegen, wo Gräfin Adele Bredow-Görne hauste, deren Zusendungen Sie schwerlich entgangen sein werden – heißt Kleeßen, und dies Kleeßen hat einen See, natürlich den Kleeßner See. Der ist nun ein eigentümlich feines Ding. Alle sonstigen Seen des Havellandes sind Sumpf und Moor, und nur der Kleeßner See hat Sand und Kalk (wie der Limfjord), so daß sein Wasser durchsichtig ist und man bis auf den Grund sehen kann. In diesen See senden nun die sumpfigen Nachbargewässer dann und wann etwas von ihrem Fischreichtum, Aale, Schleie, Bleie, sämtlich moorig, weil sie bis dahin unter schmutzigen Moorverhältnissen gelebt haben. Kaum aber in den Kleeßener See getreten, beginnt das Purgatorium, der Reinigungs- und Veredlungsakt all dieser Rowdies und Kommißknüppel, und eh ein halb Jahr um ist, ist aus dem Moor-Aal ein Edel-Aal geworden, der 4fach höher im Preise steht und sein geläutertes Leben, wenn nicht bei Hofe, so doch niedrigstens bei Borchardt oder Dressel beschließt. Ich habe in Kleeßen ein Stück von solchem Aal gegessen, an dem nichts Gemeines mehr war, ausgenommen seine kolossale Dicke. Denn das Edle muß auch immer schlank sein. Bismarck z. B. konnte nicht edel werden.

Mit der Bitte, diesen kleinen deutschen Aufsatz antwortlos hinnehmen zu wollen, denn ich möchte Sie nicht gern, bloß zu meinem Behagen, in eine Korrespondenz verwickeln,

in vorzüglicher Ergebenheit

Th. Fontane.

Ich hoffe, den Roman im Mai k. J. abliefern zu können, und würde ganz zufrieden sein, wenn am 1. Oktober 90 der Abdruck seinen Anfang nähme.

667. An Marie Sternheim

Berlin, den 15. Juni 1889.

Gnädigste Frau!

Gestatten Sie mir, den Geburtstagsbrief meiner Frau mit herzlichsten Glückwünschen auch meinerseits zu begleiten. Obenan steht bei diesen Zeitläuften der Wunsch, daß Ihnen vom Gebirge her etwas kühlere Lüfte wehen mögen, als uns vom Kanal und Tempelhofer Felde her. Seit Wochen empfinden wir wieder die Wahrheit des Goetheschen Spruches: »Nichts ist schwerer zu ertragen, als eine Reihe von schönen Tagen.« Und sonnige Tage gelten nun mal als schön, wahrscheinlich noch aus Tagen her, wo das gewöhnliche Kleid norddeutscher Landschaft die Nebelwolke war. – Den Schah sind wir nun auch wieder los, nachdem er noch am letzten Tage im Admiralsbade mit Rosenöl abgerieben ist. In Temperatursachen wird er keinen rechten Unterschied zwischen Teheran und Schloß Bellevue bemerkt haben, desto mehr in den zwei Artikeln, mit denen man ihn hier am meisten regaliert hat, in Rosen und Teppichen. Hätte ich das Arrangement gehabt, ich hätte bloß Tannenreiser streuen lassen, um nicht in die schwere Doppelkonkurrenz einzutreten. – Nach Nürnberg hin hatte ich zum 13. einen Gruß gerichtet, hoffentlich unter richtiger Adresse. Mit der Bitte, mich allen Angehörigen des Hauses angelegentlichst empfehlen zu wollen, gnädigste Frau, in vorzüglicher Ergebung

Th. Fontane.

668. An Carl Robert Lessing

Berlin, d. 22. Juni 1889.
Potsdamer Str. 134 c.

Hochgeehrter Herr Direktor.

Die Ferien rücken heran – von Ihnen gewiß sehnlich erwartet – und was geschäftlich für Herbst und Vorwinter geordnet werden muß, muß heute schon zur Sprache kommen. Es läuft bei mir darauf hinaus, daß ich meinen nun neunzehn Jahre lang innegehabten Parkettplatz No. 23 mit Beginn des neuen Jahres aufgeben möchte.

Blick' ich auf diese neunzehn Jahre mit ihrer langen Reihe von Vorzügen und Annehmlichkeiten zurück, so starrt mich dies Demissionsgesuch fast wie Undank an. Aber es sind lediglich die nun vor der Tür stehenden siebzig Jahre, die mich zu drücken beginnen und mir die Rückzugssehnsucht eingeben.

Wenn sich's nach einer Ihrerseits mit Stephany, sagen wir im Herbst, zu nehmenden Rücksprache vielleicht ermöglichen sollte, mich als einen Scharwerker für gelegentliche Flick- und Aushilfearbeit bei der Zeitung zu belassen, so würde mir das *sehr* erwünscht sein. Denn ein Abstrich von achthundert Talern ist doch stark genug, um in meinem Hausbudget einigermaßen schmerzlich empfunden zu werden. Und was die »freie Kunst« abwirft, ist immer unsicher.

Ich soll so bald wie möglich nach Kissingen und bitte, nach meiner Rückkehr im September wegen des letzterwähnten Punktes (Verbleib unter irgendeinem Titel beziehungsweise Vorwand) noch einmal anfragen zu dürfen.

Mit der Bitte, mich Frau Gemahlin angelegentlichst empfehlen zu wollen, in vorzüglicher Ergebenheit

Th. Fontane.

669. An Friedrich Stephany

Berlin, 24. Juni 1889

Hochgeehrter Herr und Freund.

Nur ein paar Worte, die bloß eine Meldung, aber keine Störung sind. Ich habe vorgestern an Lessing geschrieben und ihm mitgeteilt, daß ich mit dem Eintritt in mein 70. Lebensjahr meinen 19 Jahre lang innegehabten Parquetplatz No. 23 gern aufgeben, aber – wenn irgend möglich – in einer fixierten Stellung bei der Zeitung verbleiben möchte. Darauf hat er mir heute sehr gütig und liebenswürdig geantwortet, daß er letztres auch wünsche und, nach Beratung mit Ihnen, auch für durchführbar halte. Kommt es nun brieflich oder mündlich zu solcher Beratung, so bitte ich Sie freundlich, ein gutes Wort für mich haben zu wollen. Sehr leicht – wir haben schon darüber gesprochen – ist die Sache *nicht*, und sie wird nur leicht und namentlich auch am vorteilhaftesten für die Zeitung und für mich, wenn man über die ganze Sache lächelt und unter 4 Augen ausspricht: »Es ist eigentlich ganz egal, ob er für das Geld was tut oder nicht.« Greift diese leichte, noble, wohlwollende Anschauung Platz, so werde ich ganz gewiß was tun und in dem erquicklichen, die Brust nicht beengenden Gefühle, »es kommt gar nicht darauf an«, gelegentlich auch was *Gutes* tun. Ich habe nun mal zeitlebens keinen Druck ertragen können, geh aber bis diesen Tag noch immer mit Lust und Freude im Geschirr, wenn man bloß vom Bock her schnalzt und mit der Peitsche die Bremsen fortjagt. Wären nicht – ich habe einen ganz freien Sinn, bin aber freilich nicht »freisinnig« – die verdammten politischen Unterschiede, so wäre ich wundervoll als Leitartikelschreiber zu verwenden, was Sie vielleicht nicht glauben, was aber doch wahr ist. Denn eigentlich interessiert mich nur alles Historische und gibt mir die Kraft und Wärme der Darstellung.

Das Papier geht zu Ende. Von Ihren Fährlichkeiten, und daß es nahe daran war, Sie telegraphisch wieder heim berufen zu sehn, ähnlich wie im vorigen Jahr, davon habe ich gehört und in meiner Seele geschaudert. Denn es gibt keine erholungsbedürftigere Gruppe von Personen als die Chefredakteure. Mit der Bitte, mich Frau Gemahlin empfehlen zu wollen, in vorzügl. Ergebenheit

Ihr Th. Fontane.

670. An Emilie Fontane

Kissingen, d. 2. Juli 1889, bei Gottfr. Will.

Liebe Frau.

Um vier Uhr singt eine Tiroler Familie, Entree 1 Mark, und diesen Kunstgenuß will ich mir gönnen; ich war übrigens auch schon 'mal im Theater, es kostet aber 3 Mark, was doch zu teuer. Um 4 Uhr also Hinterlacher oder Hinterwalder, jedenfalls ist es ein Name mit einem Hintern, was auch nur in der Ordnung ist; denn ich habe den Haupttiroler schon heute vormittag gesehn und bin über all' seine Drallheiten orientiert. Jetzt ist es 3 Uhr 20 Minuten, ich darf also nicht zu breit werden.

Mein Tag ist nunmehr gut eingeteilt. Aber die Langeweile ist kolossal und wäre noch kolossaler, wenn ich nicht das Menschenbeobachten zu einer mir lieben, unterhaltlichen und lehrreichen Kunst ausgebildet hätte. Ja, es steckt 'was von Genuß drin, von einer ganz feinen Sinnlichkeit, wie sie der künstlerisch beanlagte Mensch immer hat und haben muß, so lange er als Künstler sieht und empfindet. Die Toiletten, ihre Schönheit und Sonderbarkeit, interessieren mich gleichermaßen, und am meisten die Frauengesichter, aus denen man lange, schreckliche Romane herauslesen kann, schrecklich durch Schuld und schrecklich durch Sühne. Mitunter sieht auch ein Gesicht nach Buße aus, nach Reue nie. Nichts ist seltener als Reue; jeder ist schließlich mit seinem Tun zufrieden und würd' es, wenn es ginge, wieder so machen.

Man quatscht immer von der »kleinen Welt«, ich selbst an der Spitze. Und dann sieht man diesen Satz doch wieder glänzend widerlegt. In Norderney, bei meiner zweiten Anwesenheit, kannte ich unter den 10000 Menschen keinen einzigen, und hier, unter den gegenwärtig versammelten 6000 auch keinen. Ich kenne doch drei Dutzend Maler und Bildhauer, zwei Dutzend Geheimräte, ebensoviele Stabsoffiziere, Rittergutsbesitzer, Professoren und Direktoren, Juristen, Schriftsteller, Schauspieler und Zeitungsmenschen – aber keine Katze ist hier zu sehn.

Heute wirst Du nun Deine Ottilie los; ich beglückwünsche dich dazu, sie wird aber auch froh sein. Du hast alles in einem falschen Lichte gesehn und ihr Motive unterschoben, die gar nicht da waren. Sie war nichts als eine grenzenlos verwöhnte Krabbe, die weiter verwöhnt sein wollte. Sie wollte »pet«

sein und man sollte ihr sagen: »nun, Ottilichen, nun kommen Sie 'mal her, wir wollen das so machen; es braucht ja nicht gleich zu glücken, aber Sie sind ein liebes, kleines Balg; kommen Sie her, Töchterchen.« Da war sie nun furchtbar schlecht bei uns angekommen, denn so gut und rücksichtsvoll die Mädchen bei uns im allgemeinen behandelt werden, so quietscht diese Behandlung doch von Nüchternheit und Langerweile. Sie paßte nicht für uns, aber wir auch nicht für sie.

Ich erwarte Dich Donnerstag, übereile aber nichts und vor allem äschre Dich nicht ab.

Wie immer Dein

Alter.

671. An Mathilde von Rohr

Kissingen 7. Juli 89. bei Gottfried Will.

Gnädigstes Fräulein.

Auch meine herzlichsten Glückwünsche zum 9. sollen nicht fehlen: unsre Tage stehen in Gottes Hand, aber welches Maß an Tagen Ihnen auch beschieden sein möge, das Eine lassen Sie mich wünschen, daß Ihnen diese Tage glücklich und wenn nicht glücklich so doch ohne Beschwerde vergehen mögen. Zunächst wird der schöne Sommer Ihnen gesundheitlich wohlthun und Freundschaft und Liebe werden Ihnen, durch Sommer und Winter hin, zur Seite stehn.

Uns geht es hier gut. Anfangs war es einsam; aus der Welt-Judenschaft (alle Nationen) die hier versammelt ist, kannte ich Niemand, seit meine Frau aber hier ist, hat sich auch Verkehr eingestellt: Familie Krigar-Menzel, Frau Dr. Karl Frenzel, ein Oberst Rohne (Bekanntschaft von Wangenheims her) und flüchtig sogar ein Baron Gleichen aus Weimar, Enkel Schillers. Heute begegneten wir auch Fräulein Clara Meyer (K. Schauspielhaus) auf der Promenade und sehr wahrscheinlich werden sich im Laufe der Zeit noch andre Bekannte finden. Die Kur bekommt mir sehr gut, besonders seitdem ich von dem unsinnig starken Kaffee Abschied genommen habe. Dank für Ihre letzte Karte. Unter herzlichen Empfehlungen an Frl. v. Bülow, Ihr treu ergebenster

Th. Fontane.

672. An Moritz Lazarus

Kissingen, 8. Juli 1889

Teuerster Leibniz.

Diese Zeilen sollen uns entschuldigen, daß wir, trotz Anmeldung, an Schönfeld vorübergeflitzt sind. Wie gewöhnlich kam alles anders als geplant: wir sind einzeln gereist, ich 8 Tage früher als meine Frau, und Leipzig wurde gar nicht berührt; an Halle vorüber ging es in 10 Stunden direkt nach Kissingen, ich Donnerstag, den 27. Juni, meine Frau Donnerstag, den 4. Juli. Nur eine Woche Unterschied, und doch waren unsre Reiseschicksale sehr verschieden: ich aß wundervoll, zwischen Groß-Heringen und Dietendorf, im Speisewagen, meine Frau, die sich auf eben diese Wagen verlassen hatte, mußte 10 Stunden hungern, weil der Menschenandrang so groß war, daß der Speisewagen nicht für die Hälfte der Futtersuchenden Platz hatte. Natürlich auch die Coupés überfüllt. Ich ärgre mich schwer darüber, nicht kleinlich persönlich – denn man kommt über das Unbequeme darin leicht weg –, aber in meiner Eigenschaft als geeichter preußisch-deutscher Patriot. Ewig nehmen wir das Maul voll, ewig bilden wir uns ein, »daß alles bei uns am besten sei«, und in Wahrheit ist alles am schlechtesten. Amerikaner müssen über diese primitiven Zustände lachen. Und so ist es mit allem. Die schofelsten, d. h. die gleichgültigsten Toiletten, die man hier sieht, stammen alle aus Berlin; was schön, reich, chic ist, fängt erst bei den Wienern und Engländern und vor allem bei den Polen und Russen an. Und fast das gleiche läßt sich – natürlich mit Ausnahmen – von den Menschen sagen. Welche inferiore Rolle spielt die »Berliner Madamm«, nicht einmal unsre reichen Jüdinnen können sich, auch nur annähernd, neben ihren Kolleginnen aus Odessa, Petersburg, Wilna, Lodz etc. behaupten. – Wir essen heute mit Krigar-Menzels (*sie* mit einem Brunnenkoller) und Frau Dr. Karl Frenzel zusammen. Die Rüstungszeit ist da; so denn mit herzlichen Wünschen für Ihrer aller Wohl, in aufrichtiger Ergebenheit

Ihr Th. Fontane.

673. An Otto Fontane

Kissingen, d. 20. Juli 1889.

Mein lieber kleiner Otto.

Du wirst nun schon zwei Jahre und trittst mehr und mehr in die Welt. Als ich Dich vor einem halben Jahre kennen lernte, krochst Du noch, so rasch geht jetzt die Entwicklung. Inzwischen bist Du auch operiert worden und hast Dich demgemäß verbessert; das Fontaineliche ist nicht immer gut, auch wenn man Fontane heißt. Richte Dich mehr nach Deinem großen Namensvetter Otto, der »an sich zu halten weiß«. Vor allem aber richte Dich nach Deinem Vater und werde ein ebenso guter Mensch. Von Deiner Mutter aber nimm den frohen Sinn und von Tante Mete die Kunst des Vortrags und die Philosophie. Du wirst dann für Dich und andre ein glückliches Leben führen.

Lebe wohl und grüße die Mitglieder Deines Hauses.

Dein alter Großpapa.

674. An Emilie Fontane

Bayreuth, d. 27. Juli 1889, abends 7 1/2 Uhr.
Gasthaus zur Post.

Liebe Frau.

Es wäre hier alles ganz gut, aber die Gerüche sind fürchterlich. Wenn ich sie in ihrer Zusammensetzung erkennen könnte, möchte es gehn, aber in dem Undefinierbaren liegt etwas Schreckliches. Mir zur Seite, wenn auch zwei Etagen tiefer, ist eine Gänsehürde – diese habe ich im Verdacht, die Hauptsünderin zu sein; allgemein Sonnabendsches – es wird alles gescheuert – mischt sich ein. Der Bahnhofsportier schickte mich durch eine Duenna hier herüber und ich bin ein bißchen das Opfer einer Kleinen Leut- und Unter der Hand-Verschwörung. Jetzt habe ich es: es sind die gewaschenen Wolldecken, die meinen alten Ingrimm gegen blankets usw. nur noch steigern.

Die Stadt und das Leben hier sind hochinteressant: vergorene Residenz, malerisches Drecknest und dazwischen das denkbar feinste und intelligenteste Publikum. Engländer aller Arten und Grade, sehr vornehme und daneben kolossale Karikaturen. Bierkneipen und Hotels 1. Ranges, in deren einem »zum Reichsadler« (mit einem alten malerischen Brunnen in Front) ich eben gegessen habe. Nach den Anstrengungen des heutigen Tages mußte ich mir etwas gönnen, und die Gerüche hier verlangen Balancierung, sonst werde ich krank.

Ich freue mich, daß ich hier bin, sehe aber ein, daß die ganze Geschichte doch nur für Lords und Bankiers inszeniert ist. So daß man eigentlich nicht hineingehört. Wer mit keinem Tonnengewölbekoffer ankommt, ist von vornherein unter durch. Zwei Tage wird es aber gehen. Alvari habe ich eben gesehn, viel England und Amerika um sich her. Grüße die Kissinger. Wie immer

Dein Alter.

Ich schreibe morgen nicht, es bleibt also bei diesem ersten und letzten Briefe.

Eben habe ich die letzten drei Fremdenlisten gekauft und durchgesehen: zwei Drittel sind Engländer und Amerikaner; Amerikaner noch mehr als Engländer, viele aus Denver, wo die zweite Hälfte meines schlesischen Romans spielt.

675. An Emilie Fontane

Bayreuth, d. 28. Juli 1889, Sonntag abend 9 Uhr.

Liebe Frau.

Ich mache mir den Spaß, noch 'mal zu schreiben und vermute, daß diese Zeilen noch rechtzeitig bei Dir eintreffen werden. Denn bis *Mitternacht* ist die Post auf.

Es ist jetzt 9 Uhr, und wenn ich bedenke, daß frühestens nach abermals einer Stunde »Parsifal« zu Ende ist, so weiß ich nicht, wie ich diese Äonen innerhalb des Theaters hätte erleben wollen. Die Ouverture habe ich gehört und im Hinausgehen noch einen glimpse von der ersten Szene gehabt; dann bin ich langsam nach Hause geschlendert (ziemlich weit) und habe gelesen, dann bin ich in die Stadt gegangen und habe erst bei einem Konditor in der Nähe der großen Brücke (gegenüber der Kaserne) und dann bei dem vielgenannten Sammet zum zweiten Male Kaffee getrunken, weil ich doch 'was tun mußte. Dann wieder nach Hause, wo ich zwei Briefe schrieb. Diese Briefe brachte ich zur Post und ging wieder eine halbe Stunde spazieren. Dann las ich, wieder zu Hause angekommen, eine ganze Stunde und habe eben auf meinem Zimmer mein Abendbrot und meinen Tee zu mir genommen und – Parsifal ist trotzdem noch lange nicht aus. Die 1500, die heute drin waren, müssen wundervoll gesund sein, oder 750 davon haben nach drei Tagen – denn es regnet und ist hundekalt – Katarrh, Brechdurchfall, Magenerkältung und Rheumatismus. Der passionierte Mensch hält alles aus; ich meinerseits bin doch fast traurig, auf Reisen (und vielleicht auch sonst) immer ein Schwächling gewesen zu sein. – Graf Schwerin aus Wolfshagen, der große Franzose von der Trimburg, ist auch hier. In der Fremdenliste steht hinter Wolfshagen, das in der Uckermark liegt, (Steiermark), was sich unglaublich komisch ausnimmt. Ich sehe ordentlich die Gemsböcke springen.

Jetzt ist es 9 Uhr 20, aber Parsifal spielt noch immer. Die Eßzelte sind im Freien; es muß einige Erfrorene geben, sonst ist keine Raison mehr in der Welt.

Wie immer Dein

Alter.

676. An Martha Fontane

Berlin, 13. Aug. 89.
Potsd. Str. 134.c.

Meine liebe Mete.

Lange habe ich nicht von mir hören lassen und ich schwiege auch heute wohl noch, wenn nicht Tante Witte über Dein Befinden geschrieben und uns mitgetheilt hätte, daß Deine seelische Verfassung immer noch ziemlich mau sei. Das klingt nicht gut und Mama hat sich bis zu Thränen verstiegen, was ich nur halb in der Ordnung finde, höchstens halb. Schließlich ist *alles* zum Weinen, das Heitre (warum sind sie nur so heiter?) erst recht und der christliche Liederdichter, der anfing »ich bin ein rechtes Sündenaas«, woran sich dann ähnliche Betrachtungen anreihten, hatte mit seinem Anfang und seinen Fortsetzungen vollkommen recht. Aber in der Regel sieht man die Dinge weniger schwarz an, oder legt sich das Schlimme zum Besseren zurecht und weint nur wenn es ganz »doll« kommt oder einem allerschmerzlichst und zum Aufschrein auf die Nägel brennt. Und *so*, find' ich, liegt es *nicht* mit Dir, daß von einem »ganz doll« die Rede sein könnte. Du bist eine nervenkranke Dame, etwas nicht sehr Erfreuliches, womit man sich aber einleben kann und muß. Ich bin zeitlebens ein nervenkranker Mann gewesen und es hat auch gehen müssen und *ist* gegangen. Man muß die Kunst lernen und ausbilden, mit halber und viertel Dampfkraft zu arbeiten und muß sich daran gewöhnen, immer nur stunden- oder tageweis Dispositionen über sich zu haben. Ist man erst darauf eingefuchst, so lernt man diese guten Stunden ausnutzen und schafft durch weise Oekonomie schließlich dasselbe zusammen, wie die Kraftmeier und Schlagadodros [im MS: Schlagadodrogs]. Ich denke, so wird es auch mit Dir sein. Aller Abattuschaft zum Trotz, hast Du schon ein gut Stück in Deinem Leben geleistet und wirst es ferner; es braucht ja nicht jeder um 3 Uhr früh aufzustehn und 15 Stunden Steine zu klopfen, man kann sich auch anderweitig im Leben nützlich machen, mancher blos dadurch daß er *da* ist, durch Freundschaft, Treue, Liebenswürdigkeit, – alles ohne Anstrengung, ja am schönsten dann, wenn man das alles *ohne* Anstrengung leistet. Und indem ich dies alles als eine lange Standrede gegen Mama und ihre Thränen halte, spreche ich Dir selber vielleicht einen kleinen Trost in's Herz. So lange man lebt, hofft man und *darf* auch hoffen; es kommt immer anders und wenn sich unsre sehnsuchtsvollen Wünsche nicht immer erfüllen (oder eigentlich nie) so erweisen sich auch unsre Befürchtungen als ungerechtfertigt. Es wird schon alles wieder werden, nicht zum Heldisch-Gesundheitlichen aber doch zum momentan Glücklichen hin. Und viel mehr darf keiner verlangen. So schön Bonn war, so ist es mir doch vollkommen klar, daß dieses heiße Nest in diesem unerträglich heißen Sommer nichts sonderlich Gesundes für Dich war; es wird auch, trotz des fließenden Rheins, an Malaria nicht gefehlt haben; wo Sonne auf *Uferränder* fällt, ist sie immer. Wir sind Beide für Krummhübel – nur nicht »Villa« Schiller – geschaffen. Immer Kopf oben. 1000 Grüße Dein alter

Papa.

Ich war heute schon draußen in Lichterfelde. – Mama will morgen hinaus. Der Epheu wächst jetzt gut und der schöne schwarze Stein mit Gold – der Einigen anfangs nicht »monumental« genug war – hat bereits mehrfach Nacheiferung gefunden. Es ist auch sicherlich das Beste, wenn man nicht ein Mausoleum bauen läßt mit dem beständigen Zuruf (eine Hauptgeschichte von Richard Lucae) »nur *fest*«. Die schöne

Dame – Frau des reichen Banquier Wagner (Wagnersche Galerie) fürchtete nämlich, er könne wiederkommen und wollte dies nach Möglichkeit hindern. Daher »nur fest«.

677. An Guido Weiß

Berlin, 14. August 1889

Hochgeehrter Herr Doktor.

Der Empfang Ihres Briefes, wie der gleichzeitig eintreffenden Zeitung, war mir eine große Freude. Haben Sie herzlichen Dank für jedes Wort. Daß es so ist, wie es ist, ist gerade das Beste und mir Wohltuendste. Wenn man so mit Lob eingekocht vor sich steht, wie Aal in Aspik, und es bibbert alles nur so, jeden Augenblick bereit zu zerfließen, wird mir immer himmelangst, und das Vergnügen ist nicht groß; *so* viel aber, so literarhistorisch ruhig seinen Platz (und welchen Platz!) angewiesen zu erhalten, das tut unendlich wohl.

Unendlich wohl tut es überhaupt, ganz abgesehen von der eigenen werten Person – einer Entäußerung, deren ich fähig bin –, dergleichen zu lesen. Überall ein Drüberstehen, eine erquickliche Selbständigkeit der Anschauung (die selbst das Parteiprogramm längst siegreich überwunden hat) und als Resultat davon die Gerechtigkeit gegen Freund und Feind, der wirkliche historische Sinn, die Fähigkeit, alle diese Strebungen hüben und drüben zu begreifen. Mit einem Wort: *die Reife*, die so wenige haben. Wenn ich mir da meine jungen Freunde ansehe, die Brahm, die Schlenther und andre, von denen ich außerordentlich eingenommen bin, und zwar nicht bloß redensartlich, sondern wirklich, aber – *eines* haben sie nicht: die Reife. Wie könnten sie sonst so ibsensch sein. Ich bin auch scharf Ibsenianer, aber Ibsenianer mit 70, die andern mit 35 und – unverheiratet. Daher das Eingehen auf den Ibsenschen Eheblödsinn.

Ich muß doch noch etwas mehr schreiben, selbst bei der Gewißheit, auf den 2. Bogen hinüber zu müssen. Aber man ist so selten in der Lage – und ich spreche damit gewiß nur aus, was Sie selbst ein lebelang schmerzlich empfunden haben werden –, man ist so selten in der Lage, mal zu einem Manne, ja ich muß das Wort wiederholen, von »Reife«, von Erkenntnis, von historischem Sinn sprechen zu dürfen. Unser

Lebens- und namentlich unser Gesellschaftsweg ist ja mit Quatschköpfen gepflastert. Die meisten – unglaubliches Resultat unserer höheren Geheimratsbildung – wissen gar nichts, wissen nicht, wo der Tanganjika-See liegt (dafür verzapfen sie ein paar alte Hegelsche Phrasen), wissen zwischen Scheffel und Wolff nicht zu unterscheiden und halten Stinde für einen bedeutenden Schriftsteller, weil ihm der »Fürst« – zu dessen schwärmerischen Verehrern ich trotz alledem und alledem, sogar trotz Geffcken-Prozeß, gehöre – einen schmeichelhaften Brief geschrieben hat.

Aber zurück zu Ihrem Essay. Er enthält eine ganze Welt von Weisheit; nur wer in all diesen Dingen und Fragen (Pardon für die Renommisterei) *so* zu Hause ist wie ich, kann da folgen und würdigen. Man muß Berlin und Mark und Wedding und Voigtland und die Biers und die Fischers und Kleist und Wilibald Alexis und Franz Ziegler und Niendorf kennen, um zu wissen, wie treffend das alles ist. Aber wer darf sich dessen rühmen? Ich gehe die größte Wette ein, wir beide sind die einzig Lebenden, die in dieser Welt überhaupt noch zu Hause sind. Was weiß Lindau, für den ich übrigens ein Tendre, eine Schwäche habe, von Wilib. Alexis oder Ziegler? Da beide weder lebende Theaterdirektoren noch angesehene Tageskritiker sind, haben sie nicht das geringste Interesse für ihn. Wie vorzüglich ist Ihre Charakteristik von Wilibald Alexis. Ziegler kommt vielleicht ein bißchen zu gut weg; in erster Reihe war er doch ein kolossaler Schlauberger (auch echt märkisch). Nur 2erlei möchte ich doch noch sagen dürfen: der märkische Adel, den ich weiß Gott nicht überschätze, aber er ist in seinem Tun und seiner Lebenstüchtigkeit doch hoch interessant; auch der sogenannte »gemeine Mann« ist hoch interessant und voll Mut, Charakter und Freisinn (Tyrann für andre), das Bürgervolk erbärmlich und der Bourgeois 3mal erbärmlich. Und zum Schlusse noch eins: Berlin ist eine miserabel langweilige Stadt, und wenn man eben von Kissingen kommt und unter den Tausenden, die sich dort tummelten, auch die kolossal unbedeutenden Berliner Trivialgestalten gesehen hat, so ist man wahrhaftig nicht in der Laune, Ihnen zu widersprechen. Aber eine in Ihrem Aufsatz vorkommende Stelle, die darauf hinausläuft, daß, nach einer zurechtgemachten Annahme, »die Hohenzollern das alles und noch viel andres gemacht hätten«, dies ist doch richtig, und Berlin (auch örtlich), im Hinblick auf die Hohenzollern und im Zusammenhange mit ihnen angesehen, ist eine historisch interessante Stadt. Mit anderen Worten, das *Städtische der Stadt* ist eigentlich öd und langweilig, nur erst die neuste Zeit hat hier gebessert, aber alles, was die Hohenzollern geschaffen und mit ihrem Tun und ihrem Geiste durchdrungen haben, ist hoch interessant: das Berliner Schloß, alt und neu, das Potsdamer Sanssouci, das Marmorpalais, das Neue Palais, das Charlottenburger Schloß – welche Welt! welche Gestalten, welche Erinnerungen. Es hat nur alles noch nicht seinen Geschichtsschreiber gefunden. *Ich* könnte es, aber ich werde 70, und nun ist Spiel und Tanz vorbei. Nochmals herzlichen Dank.

Ihr

aufrichtig ergebenster

Th. Fontane

678. An Karl Zöllner

Berlin 19. Aug. 89. Potsd. Str. 134. c.

Theuerster Chevalier.

Als ich noch in Kissingen war und mit ›Hannchen‹ über Zöllners plauderte, die alle so nett gewesen seien, hatte sich mein Brief an Dich schon sehr nett gestaltet, nun ist aber eine Art Ueberfutterung eingetreten und ich fürchte, daß mein Brief, statt wohlgestaltet aufzutreten, mit einem Puckel hinten und vorne auftreten wird. Nimm blos die Menzel-Krigar-Frage, die durch Mitanwesenheit des guten etwas steifleinenen Grunow vom Gewerbemuseum und unter Mitwirkung des halb wie Simson halb wie Paulus Cassel wirkenden Geh.Reg.R. Klix, gefürchteten Angedenkens (Gott sei Dank, daß ich keinen Jungen mehr auf der Schulbank habe) keineswegs vereinfacht wurde. Die Menzelei war vergleichsweise von einer hervorragenden Liebenswürdigkeit und es wäre schändlich, wenn ich hier mäkeln und nörgeln wollte, fiel doch ein Abglanz von ihm auch auf mich, der ich gewürdigt wurde, halbe Stunden lang und länger mich mit dem kleinen Mann und der großen Berühmtheit auf der Promenade herumzuzieren. Dennoch bleibt das bestehn: es ist ein Haus, das jede Gemüthlichkeit ausschließt, da sie – ganz abgesehn von den Gefahren, denen man selber preisgegeben ist – untereinander auf einem beständigen Kriegsfuß leben, so daß man ihr Haus immer nur betritt wie einen eben überfrorenen Strom, der einen vielleicht tragen aber vielleicht auch verschlingen kann. Und ich bin nun mal für festen Boden unter den Füßen. Außer Menzels waren von bekannteren Berliner Persönlichkeiten noch da: Frl. Clara Meyer (das ewig schöne Clärchen) und ihre Schwester, beide natürlich im Victoria-Hôtel in dem auch Hofschauspieler Sauer und Frau sich einquartiert hatten. Mit dem guten Sauer nun, den ich früher schlecht behandelt (was mir jetzt leid thut) schlossen wir Freundschaft, noch mehr mit seiner Frau, einer famosen, racevollen Ungarin, die trotz ihrer 48 Jahr und 2 mal en suite gehabter Blinddarm-Entzündung, noch immer den Teufel im Leibe hatte und unter Schmerzen und Aengsten – denn jeden Augenblick kann die Geschichte wiederkommen – ihrem Uebermuth die Zügel schießen ließ. Es ist doch ein Genuß, solchen Menschen zu sehn, dem die Schwärmer und Raketen immer aus den Augen fahren. Ich bin nun mal nicht für ›Milchsuppen‹, vielleicht weil ich mir selber schon zu viel auf dem Gebiete frommer Denkungsart leiste. Du kannst Dir denken daß das ›schöne Clärchen‹ ein bevorzugtes Gesprächsthema zwischen Sauer's und uns war und als ich mich mal erkundigte, wie's denn eigentlich mit ihren Liebschaften stünde, sagte er mit dem ganzen Tiefton des schwedischen Hauptmanns: ›Ein Schlachten war's, nicht eine Schlacht zu nennen‹ und setzte dann wehmüthig hinzu: ›Die nicht gerechnet, die der Fluß verschlang.‹ Du kannst Dir denken, wie mich das amüsirte.

Und da ich nun mal beim Ulk und Anekdotenerzählen bin, noch eine, die mir – schon auf der Hinreise nach Kissingen – ein alter Stuttgarter Professor (aber geborner Preuße) zum Besten gab. Die armen Würtemberger hatten Anno 66 bei Tauberbischofsheim enorme Verluste gehabt und zogen sich vor Goebens siegreicher Division zurück. In einem schwäbischen Dorfe stellten sie die Gewehre zusammen und der Dorfpfarrer trat an den Unteroffizier heran und sagte: ›Nu, Leut', was werd't Ihr nu mache?‹ ›Nu, wir retirire jetzt auf die Baiern.‹ ›Gut, gut; und wenn Ihr die Baiern nu habt?‹ ›Dann retirire wir zesamme.‹ Es ist unmöglich den 66er Mainfeldzug in einer kürzeren Form zu geben.

Von Kissingen aus war ich auch auf 3 Tage in Bayreuth, um Parsifal und Tristan und Isolde zu hören. Sonnabend Nachmittag kam ich an und fiel aus einem Hôtel und Kaffehaus ins andre, was sehr interessant war. So international, daß die Promenade von Kissingen blos wie Zoologischer Garten daneben wirkte. Sonntag Parsifal, Anfang 4 Uhr. Zwischen 3 und 4 natürlich Wolkenbruch; für zwei Mark, trotzdem ich ganz nahe wohnte, hinausgefahren. Mit aufgekrempten Hosen hinein, alles naß, klamm, kalt; Geruch von aufgehängter Wäsche. 1500 Menschen drin, jeder Platz besetzt. Mir wird so sonderbar. Alle Thüren geschlossen. In diesem Augenblicke wird es stockduster, nur noch durch die Gardine fällt ein schwacher Lichtschimmer, genau wie in Macbeth, wenn König Duncan ermordet wird. Und nun geht ein Tubablasen los, als wären es die Posaunen des Letzten Gerichts. Mir wird immer sonderbarer und als die Ouvertüre zu Ende geht, fühle ich deutlich ›noch 3 Minuten und Du fällst ohnmächtig oder todt vom Sitz.‹ Also wieder 'raus. Ich war der Letzte gewesen, der sich an 40 Personen vorbei bis auf seinen Platz, natürlich neben der ›Strippe‹, durchgedrängt hatte und das war jetzt kaum 10 Minuten. Und nun wieder ebenso zurück. Ich war halb ohnmächtig, aber ich that so, als ob ich's *ganz* wäre, denn die Sache genirte mich aufs äußerste. Gott sei Dank, wurde mir auf mein Pochen die Thür geöffnet und als ich draußen war, erfüllte mich Preis und Dank. Nur das Dankgefühl des Thürhüters konnte mit dem meinigen vielleicht rivalisiren, denn er kriegte nun mein Billet, das er sofort für 15 Mark oder auch noch theurer (denn es wurden ganz unsinnige Preise bezahlt) an Draußenwartende verkaufen konnte. Mein Tristan-Billet schickte ich am andern Morgen zurück und vermachte den Betrag einer ›frommen Stiftung‹. Ich hätte diese lächerliche Großmuths- oder Anstandskomödie nicht aufgeführt, wenn ich nicht ein *drittes*, von mir bestelltes Billet, gleich beim Einkauf am Tage vorher zurückgegeben hätte, worauf der Kassenbeamte sehr liebenswürdig einging. Diese Scene nun zu wiederholen, war mir doch gegen die Ehre. Ich hebe dies eigens hervor, damit ich nicht alberner erscheine als nöthig. Die ganze Geschichte – außerdem eine Strapatze – hatte grade 100 Mark gekostet und doch bedaure ich nichts; Bayreuth inmitten seiner Wagner-Saison und seines Wagner-Cults gesehn zu haben, ist mir so viel werth. – Hier muß ich nun aber stop sagen, trotzdem noch viel vorliegt. Zum Beispiel eine Reise nach Mecklenburg, von der ich erst seit 2 Tagen zurück bin; ich war 1 Tag bei meiner guten alten Rohr in Dobbertin und 1 Tag bei meiner auch von mir geschätzten Frau v. Below in Ludwigslust.

Die Rohr ist 79, die Below 76, es heißt da also ›was Du thun willst, thue bald‹. Ludwigslust hat sich in 40 Jahren sehr verändert, worauf mir Ludwigslust wohl antworten wird: ›Du Dich auch.‹ Und ich habe auch nichts dagegen. Auf baldiges Wiedersehn. Wir immer Dein alter

Noel.

679. An Georg Friedlaender

Berlin 20. Aug. 89.
Potsd. Str. 134. c.

Hochgeehrter Herr.

Werden Sie diese Zeilen noch in Schmiedeberg finden oder schon auf dem Eyffelthurm? Wo auch immer, sie sollen Ihnen meinen herzlichen Dank aussprechen für Ihren lieben Brief vom 3. d., den ich noch, kurz vor Thoresschluß, in Kissingen erhielt. Wie liebenswürdig, mich auf den Guido Weiß'schen Artikel aufmerksam zu machen, von dem ich – wenn nicht ein Zufall gewaltet hätte – bis dahin ohne all und jede Kenntniß gewesen wäre. Denken Sie, keine 24 Stunden vor Eintreffen ihres Briefes, sitzt meine Frau auf der Kissinger Promenade im Gespräch mit dem Hofschauspieler Sauer von hier und seiner interessanten Frau, einer Ungarin. Auf derselben Bank mit ihnen auch noch eine schöne junge Frau, die bald an dem Gespräch theilnimmt und an meine Frau die Worte richtet: »Fontane soll auch hier sein; kennen Sie ihn? können Sie ihn mir zeigen?« Nun, die Antwort versteht sich von selbst; und wer war die Fragerin? eine Frau Dr. Stern aus Frankfurt a. M., einzige Tochter von Guido Weiß. Diese sprach dann auch von dem Artikel. Aber wo stand er? wo war er zu finden? Kurzum, ich mußte von hier aus an Guido Weiß schreiben, der mir die betr. Nummer der *Frankf.* Zeitung geschickt hat. Natürlich habe ich mich sehr darüber gefreut, vor allem deshalb, weil einen der ganze Rest des Artikels belehrt, daß man es mit einem klugen Mann zu thun hat, der das ganze Gebiet beherrscht. – Wir waren bis zum 6. in Kissingen und flitzten dann in einem Tage hierher; ich hatte genug vom reisen und sehnte mich nach ausschlafen und grünen Kartoffeln und Hammelcotelett. Es war sehr hübsch in K. aber 5 1/2 Woche ist über und über genug; das »Internationale« (Russen und Rumänier) kriegt man satt und Juden giebt es hier auch. Neunzehntel waren Juden und das letzte Zehntel oft so schwach ausgestattet – an Toilette gewiß und meist auch an Physiognomieen – daß ich mehr als einmal zu meiner Frau gesagt habe: »schade, daß das 10. Zehntel nicht auch Juden sind.«

Das große Ereigniß für mich in K. war nicht die Kaiserin und auch nicht Rakoczi oder Pandur, sondern eine Reise nach Bayreuth: strapaziös und sehr theuer (jedes Theater-Billet 20 Mark) und das alles – um nichts zu sehn und zu hören. Ich konnte es in dem geschlossenen, mit 1500 nassen Menschen (vorher Wolkenbruch) angefüllten Raume nicht aushalten, wartete nicht einmal den Schluß der Parsifal-Ouvertüre ab und machte, daß ich wieder 'raus kam, froh, daß ich überhaupt heraus kommen konnte. Ich bedarf durchaus des Gefühls einer gesicherten Rückzugslinie, – in dem geschlossenen Scheunen-Tempel aber saß ich wie als Kind in einer zugeschlagenen Apfelkiste. Hundert Mark waren futsch. Trotzdem thut mir die Reise nicht leid; die Beobachtung dieses Welttreibens – es war ein Hochgenuß die Fremdenliste zu lesen – hat mich aufs Höchste interessirt; aus New-York oder Boston war gar nichts; Siam, Shanhai, Bombay, Colorado, Nebraska, Minnesota, *das* waren die Namen, die wirkten.

Und nun noch ein Wort über das *Rindfleisch*-Buch. Ausgezeichnetes Buch, aber allerdings etwas zu viel Rindfleisch. Toujours Rindfleisch ist nun zwar besser als toujours perdrix, aber es kann einem doch auch 'mal zu viel werden. Da habe ich eben, in der heutigen Vossin, einen vorzüglichen Artikel über Büchsel gelesen. So eine Art Büchsel war Rindfleisch auch. Ganz famoser Knopp, klug, charaktervoll, ideal und doch auch wieder (und dies das Beste) schlicht und schön menschlich. Sie sehen, ich lasse es an Lob nicht fehlen. Aber dieser deutschnationale Standpunkt, wie er sich da giebt, hat doch was Bornirtes. Die Gambetta-Zeit von 70/71 ist eine große Zeit; was daran schwach und vielleicht auch eitel und verwerflich war, liegt auf der Hand, aber es mischt sich, gerade auch im Einzelnen, so viel erhaben Opferfreudiges ein, daß man solche deutsch-chauvinistische Sprache nicht führen darf. Vorzüglich sind seine Ausfälle gegen die Welfen. Die militärische Kritik, die er übt, geht weit weit über Ihre Harmlosigkeiten hinaus, aber – *er* ist todt und Sie leben. Das macht denn doch einen Unterschied. Außerdem (Sie können das auch noch wieder an Bismarck sehn) sind solche Urtheile, wie »der Oberst stand *verblüfft* da«, oder so was ähnliches, immer die schlimmsten, weil sie den alten Schafskopp v. W. in seiner schwächsten Gestalt zeigen. Der Herausgeber hätte einige ähnliche Intimitäten weglassen müssen; da muß ja die patente kleine adlige Badearzt- und Medizinalrathstochter noch nachträglich ganz roth bei werden. Tausend Grüße. Wie immer Ihr treu ergebenster

Th. F.

680. An Martha Fontane

Berlin 28. Aug. 89.
Potsd. Str. 134.c.

Meine liebe Mete.

Deine Briefe sind uns immer eine Freude, besonders wenn sie leidlich Gutes über Dein Befinden melden; der heutige war es mir noch im Speziellen, weil ich wegen meines deutschen Aufsatzes »der Dichter und der ›Ort‹« doch meine Bedenken hatte. Nicht aesthetische und noch weniger moralische, sondern so zu sagen »Erfolgbedenken«; man schreibt doch dergleichen nur, um dem Empfänger eine kl. Freude damit zu machen, mit solcher Freude steht es aber schwach, wenn der Eintreffemoment kein glücklicher ist und das fürchtete ich fast nach Lesung Deiner vorgestrigen Karte, die von Wohlbefinden nicht viel wissen wollte. Wohl mir, daß sich meine Befürchtung nicht bestätigt hat. Du sprichst von »a romance in blank verse« und so was war mein Brief auch, insoweit ich meine 2tägige Situation in eine humoristisch höhere Sphäre zu heben suchte, sonst aber darf ich inhaltlich versichern: es ist alles die reine Wahrheit, auch keine Spur übertrieben, Zugabe ist nur das nachträgliche sich Drüberstellen, die Selbstpersiflage; – die beständige Verlegenheit, mein Angstgefühl und in Folge davon die große Nervenanstrengung sind wirklich so gewesen, wie ich sie geschildert habe. Das alles ist zum Lachen, aber doch wirklich auch zum Weinen; es ist dieselbe Macht der *Vorstellung*, dasselbe krankhafte Vorherrschen des Phantasie-Einflusses, den Du (leider gesteigert) nur zu gut kennst und wovon ich vor 4 Wochen in Bayreuth ebenfalls eine glänzende Probe gegeben habe.

Und da wären wir denn bei der Hauptsache: bei Deiner Krankheit, Deinen Zuständen. Denn es ist dieselbe Couleur in grün. Was sich nun herausstellt, habe ich es Dir nicht immer gesagt? Du dachtest dann, der Alte will es von sich abschütteln, will es sich bequem machen. Es war aber nicht so. Natürlich konnte ich gegen die Kur in Bonn nichts haben, preise es auch, daß sie stattgefunden hat, denn sie hat nun Dich und Andre belehrt, daß die Hauptsache ganz wo anders liegt. Du bist hochgradig nervös (was etwas ganz andres und viel weniger Schlimmes ist, als »nervenkrank«) und mußt neben einzelnen Vorzügen, die daraus erwachsen und die vieleicht auch nicht ganz gering sind, die Nachtheile tragen lernen. Zu Zeiten mag dies riesig schwer sein und fast unmöglich erscheinen, es ist aber doch schon eine Hülfe, wenn man sich, auf 50fache Erfahrung gestützt, sagen kann: das sind Anfälle, schwere, schreckliche, aber sie gehen vorüber wie Zahnweh, wie Zahnweh, das einen auch rasend machen kann. Du mußt Dich damit setzen und ohne zuviel darüber nachzudenken, was umgekehrt eine große Gefahr ist, einfach ausprobiren, was zu thun ist, um den Sturm, wenn er kommt, nach Möglichkeit zu brechen. Mama, bei der nicht bildlich von Sturm zu sprechen ist, sondern von einem wirklichen Blasius, hat sich in beinah virtuoser Weise damit eingerichtet: sie setzt sich ans Fenster, sieht dem Unwetter ins Gesicht, strickt, ißt nichts und trinkt eine Flasche Moselwein. Solche Hausmittel mußt Du auch ausfindig machen, worin wir Dir, wie Du weißt, gern an die Hand gehn; Du kannst Einsamkeit suchen und Menschen suchen, Du kannst zu Mama ins Bett kriechen und kannst zu Tante Witte reisen, Du kannst Aethertropfen nehmen oder einen halben Schinken aufessen, Du kannst stumm sein oder perorieren, drei Stunden spatzieren gehn oder mit Frau Sternheim frühstücken, – das eine oder andre dieser Mittel pflegt immer zu helfen, nicht viel, aber ein bischen, und das bischen ist oft schon genug, einen unleidlichen Zustand in einen ertragbaren umzuwandeln. Ergebung und sich ausstudiren, philosophische Betrachtung und Pflichtgefühl und Bildung und Liebe, die, während man an andre denkt, vom eigenen Ich abzieht, das sind keine Radikalmittel, aber – Hülfsmittel. »Und das Leben besteht aus Hülfskonstruktionen«, sagte Richard Lucae.

Gestern war Tante Jenny hier, fünf Stunden nach der Uhr

von Shrewsbury, von 5 bis 10. Von 5 bis 7 hielt ich Stand, dann las ich in meinem Zimmer Zeitungen von 7 bis 8 1/2 und von 8 1/2 bis 10 war dann wieder Schlußsitzung beim Thee. Sie war von so glänzender Beredtsamkeit, daß mir die 3 1/2 Stunden, die ich mit »auf dem Plan« war, nicht lang geworden ist [sic!]. Zwei Stunden erzählte sie von alten Zeiten aus Swinemünde, dann anderthalb Stunden von Karlsbad, Friedrichsroda, Badbekanntschaften, von ihrem Vicar of Wakefield (der immer schlecht wegkommt und als Kommißknüppel über die Szene schreitet) von Kurt und seiner Geliebten und seinem Pferdesport, auch von Paul der nun doch wohl nach Amerika eingepackt werden wird und von Max in Woldenberg, mit dem es auch nicht gut stehen soll. Natürlich alles nur ich, ich, ich, und jenes erweiterte »ich«, das sich »Familie« nennt und noch bedrücklicher wirkt, als das einfache »ich«, dem man, weil man selber ein »ich« ist, schon ein bischen was zu gute hält. Aber die Vortragsweise war so virtuos, so reiz- und lebensvoll, so menschlich ächt, so muthig, so phrasenlos, daß ich doch ein Gefühl der Bewunderung nicht unterdrücken konnte. Vom Standpunkt höhrer Moral, landläufiger Bildung und feinerer Sitte, muß ich dies alles verwerfen, ja schrecklich finden, vom Standpunkt des Künstlers und Novellisten aus, den lebendige Gestalten entzücken, war's der reine Zucker. Nichts öde, langweilig, alles quietschte nur so. Nur darf man sie nicht unterbrechen, dann ist der Zauber gebrochen.

Heute Nachmittag traf ich beide Jennys, Mutter und Tochter, vor Blankensteins oder der furchtbaren Schasse Thür, und als dritte im Bunde: Minna v. Klöden, Minna Krause, meine alte Liebe vor nun 52 Jahren und noch länger. Denn es ging mir ähnlich wie Lepel, der, auf die Frage wann er zuerst geliebt habe, wehmüthig antwortete: in meinem 4. Jahr. Anno 37 kam Minna Krause mit ihrer noch schönen, höchstens 36 Jahre alten Mutter (denn sie hatte sich mit 15 Jahren verheirathet) aus dem »Oberon« und ich stand im Vorflur des Opernhauses und wartete auf Beide; Minna trug einen schottischen Mantel, eine Boa von Fé und einen eleganten weißen Atlashut, sah auch noch verklärt aus durch »O, Huon, mein Gatte«, – nun, kurz heraus, jeder Zoll eine Prinzessin, eine Fee in Fé, vielleicht auch eine Schlange in Boa, was nur den Reiz steigerte, – heute sah ich eine alte Backebeere, mit unglaublich wenig Zähnen und unglaublich viel Runzeln. Ich freute mich aber doch. Dabei nannte sie mich mit der größten Unbefangenheit »Du«, was mich gradezu rührte, denn man bleibt ein Schaf. Und nun lebe wohl, grüße Tante Anna und das junge Volk. Dein alter Papa.

681. An Paul Ackermann

Berlin 8 Sept.89.
Potsdm. St. 134.c.

Sehr geehrter Herr.

Durch einen Zufall wurde auf meinem Riesenschreibtisch (ein altes Erbstück von einem längst verstorbenen Sammler) das G. Hauptmannsche Stück verpackt u. verschoben, so daß ich es am Freitag Abend erst wieder entdeckte. Ich machte mich gleich an die Lectüre, las an demselben Abend auch den 1. Akt u. gestern (Sonnabend) den Rest. Ich war ganz benommen u. ich kann Ihnen nur gratuliren, etwas so hervorragendes edirt zu haben. Von »erfreulich« ist freilich keine Rede, auch erschrecke ich, wenn ich mir vorstelle »das soll nun die Literatur der nächsten Epoche sein«; die Literatur hat im Letzten andre Aufgaben. Aber um zu diesen andren Aufgaben zu kommen u. doch nicht in Melchthals Apostrophe an das Auge u. das Licht zu verfallen, dazu sind Durchgangsstufen nöthig. Und dies ist eine davon. Der Herr Verf. ist an eine Aufgabe herangetreten, die er – was die Wenigsten, die Berühmtheiten mit eingerechnet, von sich sagen können – vollständig beherrschte, der er gewachsen war. Er kennt das was er schildern wollte u. auf gleicher Höhe wie seine Beobachtungsgabe, steht seine Kraft der Darstellung. Vor allem der kurze 2. Akt ist ganz Nummer eins. All dies erschöpft aber mein Lob noch keineswegs. Das Leben scharf beobachten u. das Beobachtete kraftvoll darstellen, das können zwar nicht sehr viele, aber doch eine ganze Menge; was aber diese glücklichen Beobachter u. Darsteller *nicht* können, oder doch nur ganz ganz selten können das ist: ein Kunstwerk herstellen. Meist nicht mal einen Roman, noch seltener natürlich ein Drama. Dies ist nur ganz Wenigen geglückt. Und die *Kunst* mit der G. Hauptmann vorgegangen ist, die Composition, die Consequenz in Durchführung des Gedankens, die Knappheit des Ausdrucks, die Klarheit so daß kein nebuloser Rest bleibt das ist *das* was ich an dieser Arbeit am höchsten stelle. Halte ich Umschau so steht das Stück Ibsens »Wildente« am nächsten; es geht aber alles klarer auf, man weiß mehr, woran man ist u. kommt dadurch unter eine stärkere Wirkung. Ueberhaupt mit dem ganzen Ibsen verglichen, den ich übrigens sehr hoch stelle, hat das Stück eine *Natürlichkeit* voraus, die der norwegische Dichter zwar anstrebt, aber unter Raffinirtheiten, Pußlichkeiten u. siebenfach auszulegenden Orakelsprüchen oft einbüßt. Was dem Dichter vielleicht das Angenehmste zu hören sein wird: ich halte es nicht für unmöglich daß sein Stück, wie es da ist, mit Haut und Haaren aufgeführt werden kann, u. möchte mich, wenn sich solche Aufführung ermöglichen sollte für einen großen Erfolg verbürgen.

Ihr Dichter wird vielleicht ein Lebenlang warten können, eh ihm – u. noch dazu von einem auf dem Aussterbe-Etat stehenden alten Herrn – je wieder so viel u. so unbedingt Anerkennendes (was zu tadeln ist verschwindet) gesagt werden wird. Denn nichts ist seltner als eine Kritik, die nicht mit der Linken wieder nimmt, was sie mit der Rechten gab. G. Hauptmann kann auch im Weiteren auf mich zählen, u. ich will wenn er es wünscht sein Stück an Brahm empfehlen. Hilft es vielleicht oder wahrscheinlich auch nichts, so kommt es doch in einem tonangebenden Kreise ernsthaft zur Sprache. – Nur eins noch: wenn G. Hauptmann, was ich nicht wissen kann, nach diesem meinem Briefe Lust haben sollte, sich mit mir persönlich in Verbindung zu setzen, so bitte ich Sie dringend dies zu hindern. Ich verfolge aus meinem hochgelegenen Thurmnest alles sehr aufmerksam u. sehr liebevoll, u. gedenke, so lang es irgend geht u. die Kräfte reichen, dabei zu verharren, aber ich kann aus meinem Thurmnest nicht in die Arena niedersteigen u. mich an den Streitigkeiten, Verherrlichungen u. Todtmachungen des Tages betheiligen. Und dies ist unausbleiblich, sobald ich zu Jenen, denen jetzt der Kampf obliegt in *irgendwelche persönliche Beziehung* trete. Ein gelegentlicher Brief, das allenfalls geht. Hochachtungsvoll ergebenst

Th. Fontane.

682. An Martha Fontane

Berlin 9. Sept. 89.

Meine liebe Mete.

Wir erwarteten schon gestern (Sonntag) eine Karte, heut einen Brief. Aber es war nichts. Hoffentlich geht es Dir gut. Ich denke mir, daß die Ruhe Dir gut thun wird; Jugend in ihrem naiven Anspruch an Glück und Leben und in vollkommner Ignorirung der Thatsache, daß auch noch andre auf dieser Erde rumkrabbeln, ist etwas Vergnügliches wenn man selber schon vergnüglich ist, sonst nicht. Mit Lise wirst Du Dich ja nun ›aussprechen‹ können und gruppenweise vorgehn: die Bonn- die Münster-, die Warnemünder-Gruppe. Von Münster, d. h. von irgend einer einsamen Försterei her, wo Otting jetzt zum Cherusker heranwächst, hatten wir gestern einen Brief von Martha III., allerdings Nummer III. als Briefleistung. Nichts klappt und paßt, so daß man sagen kann ›geschrieben unter Ausschluß der Folgerichtigkeit‹. Du weißt, wie wenig Gewicht ich auf solche Dinge lege, wenn aber jemand ganz trivialer Durchschnittsmensch ist, muß er als Oberpostdirektorstochter und Assessor-Frau (und nun bald ›Räthin‹, so nehm ich an) wenigstens gebildet sein. Aeußerlich haben und hatten beide Jungens ganz gut gewählt, aber im Erkennen des ›Feineren‹ haben beide schlecht bestanden; Theo, fürchte ich, eigentlich noch schlechter als George. Denn in unsrer weißen Pastellschwiegertochter hier unten, stecken einige gute, nicht verächtliche Züge. Heute war ich in Lichterfelde draußen; ich vermeide aber jetzt den Anblick von maison rouge und fahre mit Pferdebahn und Dampfbahn (letztre von Schöneberg aus) bis Steglitz, von wo aus ich dann quer über Feld gehe. Der Weg immer entzückend, so farblos und steril alles aussieht, aber der Aufenthalt auf dem Kirchhof selten erbaulich, – immer sind gräßliche Menschen da, heute eine Lichterfelder Commißfamilie, die das Gräberbegießen wie einen Sport trieb, wie etwas Feines, das sich *so* nicht jeder erlauben kann; das Weibervolk, eine dicke Alte und eine junge Zierlise, wieder entsetzlich. ›Da frage nur bei edlen Frauen an‹ oder so ähnlich im Tasso, wenn ich nicht irre; ob Goethe das wohl geschrieben hätte, wenn er sein Leben unter Berliner Madamms zugebracht hätte. – Gestern Abend hatten wir Besuch von Zoellner (nur *er; sie* hat Logirbesuch) Frau Geh.R. Lübke und der Eichler. Es war toll genug. Wenn ich mir dann aber denke, Geheimräthin und geadelt, dann kriege ich doch wieder das Lachen. Noch mit 75 ganz Hofschlächtermeistertochter aus der Mittelstraße; eigentlich genau so wie unsre Mathilde, mit der sie den Namen gemein hat. Die Eichler dagegen hat sich 'rausgemausert, ganz natürlich geblieben und doch etwas Feines. Wie weitab ist doch die Menschheit, und speziell die märkische, vom Ideal. Alles Menschen, Manieren, Anschauungen, wie aus einer Ackerstadt. Und dann heißt es mal wieder: ›hier sei es au fond noch am Besten‹ was auch in Vielem zutreffen mag. Na, dann mag ich die andern nicht sehn. Grüße die theuren Mengels, groß und klein, und danke Lisen, daß sie zu meinem 70ten kommen will. Eine Leistung! Wie immer Dein alter

Papa.

683. An Martha Fontane

Berlin 10. Sept. 89.
Potsd. Str. 134 c.

Meine liebe Mete.

Heute früh kam Dein Brief, der uns eine *große* Freude war; die Alte war mir rührend dabei und kam immer wieder darauf zurück. Ich weiß nicht, ob sie Dir gleich geschrieben und ihre Freude ausgesprochen hat, bezweifle es aber, da sie heute Renntag hat, nicht in dem schrecklichen Sinne von »ich muß immer rennen« (eine Lokomotion, die leider, seit Jahr und Tag, auch nicht bei ihr ausgeschlossen ist) sondern ganz einfach und anständig im Sinne von »umherrennen«. Sie war heute Mittag bei Sauer's, wo sie *ihn* recht elend fand (Herzgeschichte) und ist in diesem Augenblicke bei Frau Stephany. Dabei hat sie heute Vormittag eine kurze Begegnung mit der Geheimräthin Herrlich, (die Feder sträubt sich immer) und gleich danach mit Marthachen II. gehabt. Wenn ich mir nun zusammenrechne, was vom Sonntag an im Gespräch mit Frau v. Wangenheim und der Lübke, dann heute mit Frau Sauer und Frau Stephany, desgleichen mit der Herrlich und Marthachen II. an Wendungen über Männer und Ehe verzapft worden ist, so fehlen nur noch meine zwei Schwestern, Tante Jenny und Tante Lise, um einen Hochgenuß für Götter herzustellen.

Aber spreche ich lieber von Deiner Krankheit, d. h. von Deiner Gesundheit. Ich werde, als Doktor, doch noch bei Dir zu Ehren kommen. Was predige ich Dir seit Jahr und Tag? Mete, so heißt es (und ich muß es wiederholen, trotzdem Du meine Weisheitssätze besser vortragen kannst, als ich selbst) Mete, Du bist gesund und hast blos leidige Nerven. Das kann unter Umständen schrecklich sein, ist aber, bei sonst »guter Konstitution« (siehe den 23jährigen Großvater) und glücklichem d.h. *melancholiefreiem Temperament*, nie hoffnungslos. Deshalb nicht, weil der bekannte Satz von Lord Bryon »ich legte mich unberühmt zu Bett und stand berühmt wieder auf«, bei derartig Nervenafficirten dahin zu modeln ist: »ich legte mich krank zu Bett und stand gesund wieder auf.« Das heißt, am andern Morgen, – sonst ist es kein Kunststück und können andre auch. Einem Menschenkinde wie Dir, ist immer wieder beizukommen, und wenn ein bestimmtes Etwas eintritt oder beim Suchen glücklich gefunden wird, so »fällt es plötzlich von einem ab«. Dies »Etwas« kann das Mannichfachste sein: ein Beefsteak ein Glas Château d'Yquem, eine wundervolle Birne, ein Brief, ein heitres Gedicht, ein Witz, ein Lachen, vor allem ein Luftwechsel, ein liebes Gesicht, ein Glück. Das Allerletzte ist selten (14 Tage im Leben) aber das Andre giebt es alles noch und Du bist zur Zeit im gleichzeitigen Besitz mehrerer der aufgezählten Posten. Freu Dich derselben und erfreue uns durch Deine Wiederkehr. Herzlichste Grüße Allen. Wie immer Dein alter

Papa.

684. An Gerhart Hauptmann

Berlin 12. Sept. 89.
Potsd. Str. 134. c.

Hochgeehrter Herr.

Ergebensten Dank für Ihre freundlichen Zeilen. Ich habe gleich an Brahm geschrieben, der mir, als Direkteur der »Freien Bühne«, der Mann der Situation zu sein scheint. Vielleicht ist ihm, seitens der Verlagshandlung, das Drama schon zugegangen, wo nicht, so veranlassen Sie's wohl. Von meinem Exemplar wollte ich mich nicht gerne trennen.

Und nun noch eins. Sie sprechen an einer Stelle von einem »prinzipiellen Gegner.« Haben Sie's aufs *Politische* bezogen, so ist das halb richtig, aber doch auch nur halb, haben Sie's auf *Kunst*richtung bezogen, so trifft das Gegentheil zu. Die realistische Schule hat nicht einzig und *allein* Recht, aber sie hat so gut Recht wie die ihr entgegengesetzte. Daß ich dem Lebens- und Wahrheitsvollen, dem Phrasenlosen und Ungeschminkten in der Kunst, dem Muth der Meinung und des Ausdrucks, so zugethan bin, *das* ist es, was mich in Ihrer Arbeit über das Sozialpolitische ganz hinweg sehen läßt. Vielleicht könnte ich dies nicht, wenn Ihr Stück in dem altherkömmlichen Sinne ein »Tendenzstück« wäre, wo einem ein beliebiger, meist sehr lederner und sehr anfechtbarer Satz aufs Brot gestrichen wurde, aber solches Tendenzstück ist Ihr Stück nicht, auch dann noch nicht, wenn Sie's selbst dafür ausgeben. Das kommt sehr oft im literarischen Leben vor, daß die eingeborne Kunst des Künstlers mächtiger ist, als der Wille des Künstlers, die Natur siegt über Plan und Dogma. Als Gottfr. Keller kathol. Legenden ridikülisiren wollte, schrieb er, im Gegensatz zu sich selbst, eine Reihe schönster katholischer Legenden. Ihr Stück mag in Ihren Augen vor allem ein *soziales* Drama sein, in meinen Augen ist es ein Drama, ein Stück Leben, und das bedeutet mehr.

In vorzügl. Ergebenheit

Th. Fontane.

685. An Gerhart Hauptmann

Berlin 13. Sept. 89.
Potsd. Str. 134. c.

Hochgeehrter Herr.

Schönsten Dank. Ich verrreise morgen auf 8 Tage (auf's Land; aber in kein Kohlen- und Schnapsrevier, vielmehr unter sehr altmodische, gute brave Edelleute) bin also eine Woche lang aus der Welt. Und da beeile ich mich denn, Ihnen, noch kurz vor Aufbruch, die Worte mitzutheilen, die mir Brahm eben geschrieben.

> ».... Ich bin ganz und gar, in allem und jedem, Ihrer Meinung, sowohl als Mensch schlechthin, wie als *»Freier-Bühnen*-Mensch. Eine Anzeige des Stückes, die ich für die *»Nation«* geschrieben, lasse ich Ihnen morgen als gedruckten Beweis unsrer erfreulichen Uebereinstimmung zugehn.«

Sie sehen, es steht alles gut, so gut es stehen kann. Daß es zu einer Aufführung kommt, glaube ich nicht, so bestimmt ich glaube, daß *Brahm persönlich* diesen Wunsch haben wird. Es ist aber schon was, daß 2 Menschen, wie Brahm und ich, sich mit der Sache tragen und die Aufführung solcher Stücke (vorausgesetzt, daß sie so gut sind) nur für eine Frage der Zeit ansehn.

Das »so gut sind«, ist freilich das Entscheidende und da steckt es auch, weshalb meine Hinneigung zur realistischen Richtung von diesem und jenem bezweifelt werden mag. Nicht alles was sich für »realistisch« giebt, ist realistisch; es giebt auch eine realistische Phrase so gewiß es eine romantische Realität giebt. Es giebt für mich überhaupt keine andren Richtungen als die von gut und schlecht, von Talent und Nicht-Talent. Ihr hochachtungsvoll ergebenster

Th. Fontane.

686. An Martha Fontane

Berlin 14. Sept. 89. Potsd. Str. 134. c

Meine liebe Mete.

Schon gestern Abend wollte ich Dir einen kl. Brief stiften, kam aber nicht dazu, weil ich anderweitig eine große Correspondenz hatte, darunter ein Brief an einen Herrn Gerhart Hauptmann, der ein fabelhaftes Stück geschrieben hat: ›Vor Sonnenaufgang, soziales Drama, 5 Akte.‹ Ich war ganz benommen davon. Mama natürlich wieder in Angst, ich ginge zu weit, ich engagirte mich ungebührlich; Durchgänger, Hitzkopf, ›*Jüngling*‹; nachdem nun aber gestern eine Karte von Brahm eingetroffen ist, der ganz meine Anschauungen theilt, hat sie sich einigermaßen beruhigt. Ich allein kann nie Recht haben, es muß immer erst bestätigt werden, und wenn es durch Müller oder Schultze wäre. Dieser Hauptmann, ein wirklicher Hauptmann der schwarzen Realisten-Bande, welche letztre wirklich was von den Schillerschen Räubern hat und auch dafür angesehen wird, ist ein völlig entphraster Ibsen, mit andern Worten ist das *wirklich*, was Ibsen blos will, aber nicht kann, weil er in seinen neben der realistischen Tendenz herlaufenden Nebentendenzen – die freilich in den letzten Stücken zur Haupttendenz geworden sind – mehr oder weniger verrückt ist und in zugespitzter Entwicklung dieser Verrücktheit ganz ins Phrasenhafte verfällt. Nicht in die Phrasenhaftigkeit des Worts, aber in die des Gefühls, der Anschauung. Von all diesem ist Hauptmann ganz frei; er giebt das Leben, wie es ist, in seinem vollen Graus; er thut nichts zu, aber er zieht auch nichts ab, und erreicht dadurch eine kolossale Wirkung. Dabei (und das ist der Hauptwitz und der Hauptgrund meiner Bewunderung) spricht sich in *dem*, was dem Laien einfach als abgeschriebenes Leben erscheint, ein Maß von Kunst aus, wie's nicht größer gedacht werden kann. Denn 5füßige Jamben, gerammt voll von Sentenzen, können zwar auch sehr schön sein, sind aber weitab davon, das Höchste in der Kunst zu repräsentiren. Im Gegentheil, es ist etwas verhältnismäßig Leichtes, und läßt sich *lernen*. Höheren Werth aber hat nur das, was man persönlich räthselhaft empfangen hat, und was kein andrer mit einem theilt. Betreffs Ibsens muß ich doch noch eine gute Bemerkung anfügen, die Emil Rittershaus (der mich gestern auf 2 1/2 Stunde besuchte) über Ibsen machte. ›Haben Sie nicht bemerkt‹ sagte er ›daß Ibsen ganz wie ein Apotheker wirkt; er ist den Apotheker nicht losgeworden und das spukt nun in seinen Stücken, seinen Problemen und Tendenzen, und auch in seiner Conversation. Er ist immer ein kleiner Apotheker, der abwartet und dribbelt und auf der Lauer liegt.‹ Es ist vollkommen richtig und ich mußte laut lachen, schon um hinter der großen Lache meine eigne Angst zu verbergen.

Ich will nun heut Abend 7 1/4 zu den Bredows, diesmal zu den doppelten, zu den Bredow-Bredows. Wie lange ich bleibe, weiß ich nicht, es kann eine Woche dauern, aber wohl kaum; wenn ich zurückkomme, finde ich Dich wohl schon vor, worüber ich mich sehr freun würde.

Grüße das verehrte Mengelsche Paar angelegentlichst und genieße noch die ächten frischen Herbstestage, die gestern begonnen haben. Wie immer Dein alter

Papa

687. An Wilhelm Hertz

Berlin 18. Sept. 89.
Potsd. Str. 134.c.

Sehr geehrter Herr Hertz.

Darf ich mir von Ihrer Güte ein Exemplar von »Fünf Schlösser« und ebenso eins von »Grete Minde« erbitten? Beide gebunden. Ich möchte sie als kl. Aufmerksamkeit an meine neuen Bredow-Freunde schicken, wo ich 2 Tage war, und zwar nichts fand und nichts erlebte, aber doch angenehm plauderte und gut dinirte.

Heute früh hatten wir einen Brief aus Dobbertin von dem guten Fräulein v. Bülow, die uns den am 16. erfolgten Tod unsrer lieben alten Rohr meldete. Daß ich sie vor 4 Wochen noch mal besucht habe, ist mir nun eine Freude; sie hatte das Pulver nicht erfunden, war aber ein rechter Beweis dafür, daß es darauf auch gar nicht ankommt. Ich war von ihrem guten Herzen, ihrem bon sens, und ihrem Muth, wenns galt Farbe zu bekennen, überaus eingenommen, und das kleine Häuflein der Guten ist nun um eine Prachtnummer ärmer. Ich glaube, daß Sie meine Gefühle für dies Musterstück einer märkischen alten adligen Dame (zu deren Vollkommenheit auch ganz bestimmte Schwächen gehören) in allem getheilt haben.

In vorzügl. Ergebenheit

Th. Fontane.

688. An Friedrich Stephany

Berlin, 30. September 1889

Hochgeehrter Herr und Freund.

Herzlichen Dank für Ihre freundlichen Zeilen, die ich jetzt erst lese (2 Uhr), wo meine Frau in einer Droschke 1. Klasse nach der Druckerei fliegt und doch natürlich zu spät kommt. Ich konnte es nicht eher bezwingen, trotzdem ich, mit Ausnahme der letzten 30 Zeilen, gleich gestern alles geschrieben und heute bloß korrigiert habe. Aber eben dies Korrigieren ist ein Hundevergnügen, und zumal wenn sich's um ein so heißes Eisen handelt wie »Gespenster«, Ibsen etc. Ihnen gegenüber kann ich mich in der Ibsen-Frage ganz kurz fassen, seine Wirkung ist groß und berechtigt, er hat neue Typen und neue Aufgaben geschaffen, es fängt wirklich ein neues Leben mit ihm an, und das Alte wirkt abgestanden, langweilig. Aber indem ich dies kolossale Lob ehrlich ausspreche, muß ich doch zugleich hinzusetzen, alles, was da von Lebensanschauungen und Doktrinen mit drunterläuft, ist der reine Unsinn, so daß ein alter Kerl wie ich bloß drüber lachen kann. Neulich war Rittershaus bei mir, der das Pulver nicht erfunden hat. Aber eines war doch sehr gut. Er sagte: »Sehen Sie, dieser Ibsen, man kann nicht drei Seiten lesen, ohne zu merken, daß er Apotheker war.« Wie mir dabei zumute wurde, können Sie sich denken; im Hause des Gehenkten spricht man nicht vom Strick. Aber trotz dieses Angstgefühls, trotzdem ich mir die Frage vorlegen mußte, »wie steht es denn mit dir? merkt man es auch?«, trotz alledem fand ich es vorzüglich. Überall der kleine, kluge, verrückte Apotheker, der sich, weltabgeschieden, in eine furchtbare Frage einbohrt. Man muß unverheiratet sein, wie unsre jungen Freunde, um auf diesen Zopf von Ehe, freier Liebe, Selbstbestimmung, Verantwortlichkeit etc. etc. anzubeißen. Alles verrückt und manches auch noch *sehr* unangenehm, wie z. B. in »Rosmersholm«, was, glaub ich, der kleine Brahm ganz besonders schön findet. Ich, in meiner Eigenschaft als Zwischen-zwei-Stühlen-Sitzer, bin schlimm dran. Keinem kann ich's recht machen.

Ihr Th. F.

689. An Heinrich Kruse

Berlin, 9. Okt. 89.
Potsd. Str. 134. c.

Hochgeehrter Herr Doktor.

Ergebensten Dank. Ich habe mich gleich dahinter gemacht, meine Freude erneuert, und ein paar Zeilen für die Vossin geschrieben, die Freund Stephany hoffentlich bringt. Ich bezweifle nicht, daß Sie noch vielen anderen mit dem reizenden Buch eine Weihnachtsfreude machen werden. – Ich war 6 Wochen in Baiern und machte dann, daß ich nach Hause kam. Länger kann ich es ohne mein eigenes Futter draußen in der Welt nicht aushalten. Table d'hote schrecklich und nicht Table d'hote zum Weinen.

In vorzügl. Ergebenheit

Th. Fontane.

690. An Friedrich Stephany

Berlin, 10. Oktober 1889

Hochgeehrter Herr und Freund.

Natürlich schreibe ich über meinen alten Liedtcke, für den ich, wie Sie, ein großes Tendre habe, aber freilich mehr für den Menschen als für den Künstler. Nur wenn seine Persönlichkeit paßte, war er unwiderstehlich. Sollte das, was ich in sehr warmer, weil überzeugter und herzlicher Weise schreiben werde, nach der Seite künstlerischer Anerkennung hin nicht genügen, so schreibt vielleicht O. F. Gensichen noch einen regelrechten Liedtcke-Artikel. Ich glaube, daß dieser alte Theatersuitier das am besten kann.

Und nun Gerhart Hauptmann, der neue Räuberhauptmann, neben dem Ibsen bloß ein Cadet. Ja, ich bin auch sehr von ihm eingenommen, werde mich aber sehr manierlich ausdrücken und allen Radau vermeiden, was ich auch kann, ja muß, weil ich durchaus nicht so stehe, daß ich wünschen könnte, die nächste Generation mit lauter Gerhart Hauptmannschen Schnapstragödien oder dem Ähnlichen beglückt zu sehn. Es steckt nur in all diesen neuen Stücken was drin, was die alten nicht haben und sie verhältnismäßig dürftig und oft tot erscheinen läßt. Der Realismus wird ganz falsch aufgefaßt, wenn man von ihm annimmt, er sei mit der Häßlichkeit ein für allemal vermählt; er wird erst ganz echt sein, wenn er sich umgekehrt mit der Schönheit vermählt und das nebenherlaufende Häßliche, das nun mal zum Leben gehört, verklärt hat. Wie und wodurch? das ist seine Sache zu finden; der beste Weg ist der des Humors. Übrigens haben wir in Shakespeare längst die Vollendung des Realismus. Er wird nur in seiner Größe nicht ausschließlich daraufhin angesehn.

Und nun möcht ich mir noch ein Wort erlauben. In 7 Wochen, wenn ich zurücktrete, heißt es »après moi le déluge«; mit mir ließ sich über diese Punkte doch noch reden. Sind Sie nun, was ich voll zu würdigen weiß, totaliter gegen die neue Richtung, die immer mehr aufkommt, und wissen Sie sich in dieser Abneigung mit Lessing einig, so würde ich doch sehn, irgendeinen famosen Kerl von der Gegenpartei zu fassen, irgendeinen Optimisten oder Idealisten, und in die Hände dieses Mannes würde ich dann die Schauspielhauskritik legen. Ich bin überzeugt, daß sich unter den Privatdozenten in Jena, Halle, Tübingen, vielleicht auch hier in Berlin, solche Leute finden lassen. Und gelänge es Ihnen, und hätten Sie das Glück, einen Mann ausfindig zu machen – die Geldfrage kann bei der Wichtigkeit der Sache gar keine Rolle spielen –, in dem sich Wissen, Mut, Darstellungskraft und Überzeugungstreue vereinigt finden, so könnte die Wirkung eines solchen Mannes, der dann mit Flammenzungen predigen müßte, eine geradezu sensationelle sein. Bleibt dieser Mann aber aus, so würde ich die Geschichte ruhig laufen lassen und warten, bis der Sturm sich bricht. In Ergebenheit

Th. F.

691. An Theodor Fontane (Sohn)

Berlin, 19. Okt. 89.

Mein lieber alter Theo.

Seit dem Sommer habe ich nicht geschrieben, und überblicke ich die zwischenliegende Zeit, so liegt das »Urland deutscher Siege« (so ungefähr war Albedylls Ausdruck) vor mir. Divisionen hüben und drüben, Zeltlager, Verpflegungskolonnen und Bäckereien, und dazwischen jagt, hoch zu Roß, ein Schimmelreiter, der, noch umleuchtet von der Freude, seinen Kaiser gesehen zu haben, in eine halbrevolutionäre Bäckerbande einbricht und den Gehorsam wiederherstellt und mit dem Gehorsam das, woran alles hängt: das Brot. Knesebeck, der spätere Feldmarschall, machte dadurch Karrière, daß er in der Rheinkampagne den Mut gehabt hatte, einen Graben, über den die Artillerie nicht weg konnte, mit einem Brottransport, den er führte, zu füllen; vielleicht erwächst auch Dir aus dem Brot das Glück, um so mehr, als Du's nicht opfertest (was immer mißlich bleibt), sondern schufst. Im übrigen hat mir der ganze Vorfall, der viele seinesgleichen hat, wieder gezeigt, wie kipplich alles steht und wie sehr wir des Glückes und der Siege bedürfen, um über die Fährlichkeiten, die von allen Seiten, und zwar im eigenen Lager drohen, leidlich hinwegzukommen. Alles ist verdemokratisiert, verwelft, verkatholisiert oder ganz allgemein vergrätzt und verärgert und gehorcht nur, weil jeder im Geiste die Kanonen aufgefahren sieht, die Kreis schließen und hineinkartätschen. Aber eines Tages fehlen auch *die*, mit denen man Kreis schließen kann, und dann ist es vorbei. Man braucht kein Schwarzseher zu sein, um solche Zeiten vor sich aufsteigen zu sehen, und ich habe nur den einen Trost in der Seele: es kommt immer ganz anders. Wie Louis Schneider mal eine Zusammenstellung gemacht hat, um mit Hilfe von Zeitungsausschnitten aus der Zeit von 1780 bis 1870 zu beweisen, »daß in *jedem* Jahre gesagt worden sei, so schlecht war das Theater noch nie«, so könnte man auch Zitate zusammenstellen, um zu beweisen, daß es in jedem Jahre geheißen hat: »im nächsten geht die Welt unter, oder doch beinahe«. Irgendeine Sünd- oder Sintflut ist immer vor der Tür, aber dabei leben die Menschen vergnüglich weiter und backen Hochzeitskuchen.

An solchem Hochzeitskuchen nimmt auch Friedel heute teil; die Schwester seines Freundes E. wurde heute nachmittag getraut und Mama war natürlich in der Kirche. Solche Paare werden immer in der Jerusalemer Kirche getraut, und die Traurede hub an: »Es ist ein kühner und heldenmütiger Schritt, den Sie vorhaben..« Wahr, aber ungewöhnlich.

Wir leben sehr unruhig, namentlich ich, Gesellschaften, Besuche von außerhalb und vor allem viel Theater. Darunter auch Aufführungen auf der sogenannten »Freien Bühne«, die vom kleinen *Brahm* geleitet wird. Morgen wieder, mittags von 12 bis 2, ein Realissimus von Drama, das wütende Kämpfe im Geleite haben wird; ich als Gonfaloniere der »Neuen« in vorderster Reihe. Was man nicht alles erlebt.

Wie immer Dein

alter Papa.

692. An Friedrich Stephany

Berlin, 22. Oktober 1889

Hochgeehrter Herr und Freund.

Gestern abend, nachdem ich die 2. Hälfte meiner Kritik abgeliefert hatte, habe ich mir noch den Genuß gemacht, in einer Zeitungsbude die sämtlichen Abendzeitungen zu kaufen, um mich dann daheim in die Meinungen der Kollegenschaft zu vertiefen. Es war mir sehr genußreich; mir steckt von dem »alten Berliner« (aus den 30er Jahren her) gerade noch genug im Geblüt, um mich über gute Witze, selbst wenn ich sie verwerfen muß, zu amüsieren, und so habe ich mich über Lindau und Landau und über den Unbekannten im Kleinen Journal herzlich amüsiert, ja, selbst über Frenzel, der, wenn er wütend ist, mitunter auch einen sehr guten schneidigen Witz hat. Aber – und das ist der Grund, warum ich schreibe – alle diese Kritiken, die, mit Ausnahme der Frenzelschen, gar keine Kritiken sind, sind so gewiß auf dem Holzwege, wie ich hier sitze und eine Feder mit breitem Spalt in der Hand halte. Das alles sind Schimpfereien und Ulkereien, als Ulke zum Teil sehr gut, aber, auf das Eigentlichste hin angesehn, oberflächlich und böswillig, entweder ohne jedes wahre Kunstverständnis geschrieben oder unter Zurückdrängung aller besseren Einsicht. Es ist lächerlich, diesen jungen Kerl (Hauptmann) so mit der landläufigen Phrase, daß er auch ein bißchen Talent habe, abspeisen zu wollen. Das ist gar nichts, »ein bißchen Talent« hat jeder, das kann man von jedem dritten Menschen sagen, Hauptmann hat ein sehr großes, ein seltenes Talent, vor allem aber, und das muß ich immer wieder betonen – und *darf* es betonen, weil ich von den Dingen, die hier in Frage kommen, wirklich mehr verstehe als die andern –, vor allem spricht sich in seinem Stück ein stupendes Maß von *Kunst* aus, von Urteil und Einsicht in alles, was zur Technik und zum Aufbau eines Dramas gehört. Möglich, daß er die blinde Henne war, die das Korn zufällig fand und aufpickte, möglich, aber nicht wahrscheinlich. Bezwingen Sie, nach Möglichkeit, Ihre persönliche Abneigung gegen die Richtung (Gefühle respektiere ich durchaus), aber lassen Sie mich, als »alten Knopp«, die festeste Überzeugung aussprechen, daß hinter einem Manne, der so was schreiben kann, mehr steckt als hinter der andern Blase, die alle bloß nach der »Tantieme« schielen.

Ihr Th. F.

693. An Maximilian Harden

Berlin 7. Novb. 89.
Potsd. Str. 134. c.

Hochgeehrter Herr.

Seien Sie herzlichst bedankt für so viel freundliche Worte, der freundlichen Absichten ganz zu geschweigen. Die »Gedichte« werden in etwa vier, fünf Tagen erscheinen und so wie sie da sind, erhalten Sie sie. Diesen Zeilen schließe ich einen Aufsatz bei, den Freund Wilh. Lübke (der Kunstprofessor) in der Augsb. Allg. Zeitg über meine Erzählungskünste veröffentlichte. Sie werden nicht viel davon brauchen können, aber doch Einiges aus dem Eingang. Es hat mal biographisch Ausführlicheres in der Leipz. Illustr. Zeitg, im Daheim und in einer märkischen Zeitung, die schon wieder das Zeitliche gesegnet, gestanden, aber wo solche Blätter hernehmen? Das ist die reine Emin Pascha-Expedition, bei der man, wenn nicht den Kopf, so doch den Verstand verliert. Außerdem war alles recht schwach, leb- und lieblos, oder voll falscher Liebe, was noch schlechter ist, als gar keine. Wenn ich todt bin, und es findet sich wer, der mich der Nachwelt überliefern will, so geben ihm die Vorreden zu meinen verschiednen Büchern, zum Theil die Bücher selbst – weil sie wie »Kriegsgefangen«, »Aus den Tagen der Okkupation«, »Ein Sommer in London«, »Jenseit des Tweed« etc. Erlebtes enthalten – das beste Material an die Hand. Aber das hilft *Ihnen* heute nichts und die Stunde mit ihren Forderungen hat Recht. Ich glaube, wenn Sie den Artikel im Brockhausschen Convers. Lexikon als rothen Faden nehmen und dann Einiges wie z. B. den Balladenbarden, den Alten Fritz-, Zieten-, Kaiser Friedrich- und Bismarcksänger, den Wandrer durch die Mark, den Schlachtenbummler mit ekligen Gefahrn im Gefolge, vielleicht auch ein bischen den »Realisten« und Kritiker in der guten alten Vossin, etwas weiter ausführen, so erfreuen Sie mich und Andre durch einen wundervollen Artikel.

In vorzügl. Ergebenheit

Th. Fontane.

694. An Karl Emil Franzos

Berlin 7. Novb. 89.
Potsd. Str. 134.c.

Hochgeehrter Herr Doktor.

Ergebensten Dank für Ihre freundlichen Zeilen. Sobald die »Gedichte« da sind, spätestens in einer Woche, säume ich nicht, dieselben in Ihre Hände gelangen zu lassen, unter Hervorhebung solcher, die noch nicht in Blättern erschienen. Eins darunter, das ich für gelungen halte, heißt »Zeus in Mission« und war zu Bismarcks 70. Geburtstag bestimmt, wurd' aber nicht fertig, weil ich (Lindau hatte damals eine Art Bismarckgedicht-Concurrenz veranstaltet) wegen Betheiligung an dieser Concurrenz das »eigentliche«, das selbständig geplante zurückschieben mußte. Dieser »Zeus in Mission« findet vielleicht Ihren Beifall, jedenfalls präsentirt er sich in Bälde.

In vorzügl. Ergebenheit

Th. Fontane.

695. An Georg Friedlaender

Berlin 11. Novb. 89.
Potsd. Str. 134.c.

Hochgeehrter Herr.

Herzlichen Dank für Ihren lieben, wundervollen Brief, der so niederdrückend und so erhebend wirkt. Denn ich kann nicht zugeben, daß ein Einblick in die Misere, das sich Ueberzeugen von der Unzulänglichkeit und günstigstenfalls von der Mittelmäßigkeit der Menschen, in gut organisirter Natur *auf die Dauer* unglücklich mache. Ganz im Gegentheil. Je besser man seine Pappenheimer kennen lernt, je mehr man sieht, wie dumm alles liegt, oft sogar innerhalb des Metiers, sicher aber wenn es über das Metier hinaus geht, – je mehr man sich mit dieser Erkenntniß durchdringt, je heitrer wird man, aller Aerger fällt fort und man resignirt sich dahin: »nach Lage der Sache geht es einem eigentlich noch sehr gut«, denn das natürliche Resultat aller dieser Schofelinskischaften müßte Verzweiflung oder Vereinsamung oder unausgesetzte Fehde sein. Und doch lebt man und hat glückliche Stunden mit allerlei Freuden und Auszeichnungen, die man weder nach der Beschaffenheit der Menschen, noch auch nach der kritischen Stellung, die man diesen gegenüber einnimmt, für möglich halten sollte. Jeder nimmt die Beispiele aus dem, was ihm zunächst liegt, ich also aus der literarischen Welt. Sie erzählen in Ihrem Briefe ein paar kostbare Geschichten von Kollege Großpietsch und Frau, und demnächst von »Oberförsters«, wo die Frau auch wieder dem Manne den Rang abläuft. Nun, auf diese Geschichten berufe ich mich; dergleichen erlebt man beständig, auch hier, auch in »höchsten« und »gebildetsten« Häusern, namentlich wenn sie wohl noch gar kirchlich sind. Und ich darf Ihnen versichern, wenn ich dann nach Hause komme und überschlage, was ich da eben gehört habe, so erscheinen mir die kleinen Erfolge meines liter. Lebens noch gradezu als ein Wunder. Ich habe, ein paar über den Neid erhabene Kollegen abgerechnet, in meinem langen Leben nicht 50, vielleicht nicht 15 Personen kennen gelernt, denen gegenüber ich das Gefühl gehabt hätte: ihnen dichterisch und literarisch *wirklich* etwas gewesen zu sein. Im Kreise meiner Freunde hier (oder gar Verwandten) ist nicht einer; jeder hält sich die Dinge grundsätzlich und ängstlich vom Leibe, und vergegenwärtige ich mir das alles, so habe ich allerdings Ursach, über den Verkauf von lumpigen 1000 Exemplaren erstaunt zu sein, denn 100 ist eigentlich auch schon zu viel. Und mehr als 100 werden auch wirklich aus dem Herzen heraus *nicht* gekauft, das andre ist Zufall, Reclame, Schwindel. Aber daß der Zufall einem über das eigentlich Richtige hinaus so wohl will, das ist doch so zu sagen etwas Schönes, wofür man sich in Heiterkeit bei eben diesem Zufall bedanken muß. Also noch einmal: das Lebens-Resultat, so schlecht es ist, ist immer noch besser, als es eigentlich sein dürfte. Manchen mag diese Betrachtung quälen, mich quält sie nicht, vielmehr freue ich mich, daß, nach einem unerforschlichen Rathschluß, schließlich noch so viel Gnade für Recht ergeht. Zudem (und dies ist so wichtig und eigentlich ausschlaggebend) fehlt in all dem Dümmlichen jeder animus injuriandi; kann ich einer Dame böse sein, die von der Familie Douglas höchstens den Grafen Douglas (in der Nähe von Halle) kennt, der vorigen Winter die lange Kaiserrede hielt? – Ich habe selbstsüchtigerweise bis hierher blos von literarischen Dingen, das heißt also versteckt von mir selber gesprochen; aber wie's literarisch liegt, so liegt es *überall*, zum Theil noch schlimmer, weil der Sinn für das Poetische doch vielfach angeboren in den Seelen der Menschen lebt, während der Sinn für die bildenden Künste bei nicht allzu vielen und der für die Architektur bei nur ganz vereinzelten zu finden ist. Welchen entsetzlichen Quatsch müssen die Baumeister mit anhören. Und die Musiker! Wenn man ihnen von der musikalischen Volksseele erzählt, so kriegen sie das Lachen und wahrscheinlich mit Recht. Ein riesiges Quantum von Unausreichendheit auf *jedem* Gebiet erfüllt die Welt, eine Thatsache die jeder zugiebt (sich selbst mit eingeschlossen) der wir aber alle noch lange nicht genug Rechnung tragen. Wir »rechnen« noch mit der Menschheit; Beifall, Zustimmung, Ehren bedeuten uns immer noch 'was, als wäre damit was gethan; das ist aber falsch und unklug, wir müssen vielmehr unsre Seele mit dem Glauben an die Nichtigkeit dieser Dinge ganz erfüllen und unser Glück einzig und allein in der Arbeit, in dem uns Bethätigen unser selbst finden.

Herzliche Freude hatte ich an allem, was Sie mir über Grävenitzens, will sagen über Ihre jetzt günstigere Meinung hinsichtlich des alten Paares geschrieben haben. Beide sind der Theilnahme bedürftig, er, weil es zu Ende geht, und sie, weil sie den Gefährten durch ein Leben hin, nun bald nicht mehr zur Seite haben wird. So darf ich denn sagen, ich gönne ihnen Beiden jedes freundliche und anerkennende Wort; ich persönlich aber, bei aller Würdigung kleiner gesellschaftlicher Vorzüge, die ich ihm und ihr gern lassen will, kann mich doch für derartige Personen nicht erwärmen. Es ist zu viel Coulisse, zu viel Haberei und Thuerei dabei. Er ist unerlaubt unbedeutend; solche Menschen sollte es im *Staats*leben gar nicht geben. Und werden solche Exemplare geboren, so müssen sie von Jugend an in eine Art »Altentheil« gesetzt und abgefüttert werden; es hat aber etwas Aergerliches und Provocirendes, solchen guten alten Herrn, durch bloße Gesinnungsgeschicklichkeit bis fast zu 80 Jahren hinauf künstlich am Leben gehalten zu sehn, am *politischen* Leben. Das geht nicht. Diese Armseligkeitszeiten liegen hinter uns. Und diesselbe Null (Null und zugleich unsichrer Passagier) die er auf politischem Gebiete war, war er auf jedem, und was er in Kunst und Literatur zusammenquatschte, ist auf keine Kuhhaut zu schreiben. Er mußte in der Priegnitz seinen Kohl bauen oder eine Schmetterlingssammlung anlegen, aber in Reichstag und Reichsgericht gehörte er nicht hinein und er saß da auch nicht von Gottes- oder Königs- sondern blos von Juliens Gnaden; – *sie* machte alles. Und das ist schrecklich. Aber nun genug für heut.

Die Frey-Geschichte wird wohl mit dem neuen Jahr in der »Gartenlaube« anfangen oder doch nicht viel später, wenigstens habe ich in voriger Woche schon die Korrekturfahnen in Händen gehabt. Leider wird mir die Geschichte sehr gekürzt und hier und da auch wohl verunstaltet werden; aber dagegen ist nichts zu machen und so gräme ich mich nicht weiter darüber. In herzlicher Ergebenheit, unter 1000 Grüßen und Empfehlungen

Ihr
Th. Fontane.

696. An die Redaktion der »Gartenlaube«

Berlin 15. Novmb. 89.
Potsd. Str. 134.c.

Hochgeehrte Herrn.

Ergebensten Dank für den Roman in seiner Urform, wie für die freundlichen Zeilen, womit Sie die Fahnensendung begleitet haben.

Was die vorzunehmenden Kürzungen und Aenderungen angeht, so wiederhole ich meine ganz ergebenste Bitte, frei schalten zu wollen, ohne mir die Sache noch 'mal vorzulegen. Von einer nachträglichen, auch nur stillen Klage meinerseits kann gar keine Rede sein; es muß doch schließlich immer was heraus kommen, was, so weit der Urstoff es ermöglicht, 300,000 Abonnenten, oder wie viel ihrer sein mögen, ein Genüge thut, und aus der Schüssel, aus der 300,000 Deutsche essen, ess' ich ruhig mit. Ich bin so alt, daß ich von nichts tiefer überzeugt bin, als von der Wackligkeit des Urtheils, also auch des eignen, vielleicht das eigne in erster Reihe, und so kenne ich denn, was diese Dinge angeht, kein Härmen und Grämen. Außerdem bin ich von dem immer Wiederlesen derselben Geschichte (da reichen keine 20 mal) schon ganz drehig. – Aber einen *Wunsch,* der den Blaustift vielleicht hier und da in seiner todbringenden Schnelle hemmt, möchte ich am Schlusse aussprechen dürfen. Die Kürzungen werden wohl meist das Mittelstück der 2. Hälfte treffen und wirklich ist da vieles zu breit gerathen; ans Herz gewachsen sind mir in all diesen Kapiteln der 2. Hälfte nur zwei Gegenüberstellungen:

der Gegensatz zwischen L'Hermite und Lehnert, die Beide ihren Mord auf der Seele haben, und

der Gegensatz zwischen Martin Kaulbars und Lehnert, als spezifischer Schlesier und 3 mal geaichter Märker.

Diese Gegensätze haben eine Bedeutung und sind auch, glaub ich, wirkungsvoll.

Außerdem, wenn's sein kann, räumen Sie unter den französischen Brocken nicht *zu* sehr auf. Vieles wird ohnehin fallen und nimmt dann die Brocken mit in den Orkus; an ein paar Stellen sind sie aber doch von Wichtigkeit, so da wo L'Hermite, auf Lehnerts Fragen, in zwei, drei französ: Worten immer knapp die Antwort giebt. Wird das übersetzt, so ist der Effekt weg. Da haben Sie meine kleinen Wünsche; aber diese Wünsche heben von dem Eingangs Gesagten nichts auf und wenn sie *nicht* erfüllt werden können, so findet sich unschweren Herzens darein Ihr hochachtungsvoll

ergebenster

Th. Fontane.

697. An Friedrich Stephany

Berlin, 20. November 1889

Hochgeehrter Herr und Freund.

Darf ich Ihnen in Beifolgendem einiges kritisches Kleinzeug unterbreiten, mit dem Extrawunsche, das Obenaufliegende: ein Blatt über *v. Heyden* und eins über *Lübke*, die sich schon wochenlang wundern, womöglich in dieser Woche noch bringen zu wollen. Es sind ja nur ein paar Zeilen. Das andre kann lagernd reifen.

Was ich Ihnen in einem langen Schreibebriefe am Montag geschrieben, wird Sie vielleicht überrascht haben, wenn es Ihnen nicht gar als der Ausdruck der Gereiztheit oder Verstimmtheit gegen einzelne gute Freunde erschienen ist. Aber nichts von dem allem. Ich erwarte keine Liebe, ich will einsam begraben sein, ich will auch keine Kränze haben und verzichte auf den ganzen Klimbim, ich will nur, solange ich atme, einfach sagen dürfen, wie ich die Dinge ansehe. Man lebt sich selbst, man stirbt sich selbst; man ist den Menschen gar nichts (ihnen höchstens im Wege), und wenn sich 3 Ausnahmen finden, so steht es auch mit diesen mau genug. Wir hatten ein altes Dienstmädchen, altes originelles Berliner Gewächs, das 16 Jahr in unsrem Hause war und all die Kinder hat wachsen und – gehen sehn, *die* wird trauern, wenn ich selber gehe, das andre ist alles nichts. Und nun gar bei dem Vorspiel, das 70. Geburtstag heißt! Haben Sie schon erlebt, wenn man nicht zufällig ein humaner rationalistischer Konsistorialrat ist, wo dann die alten Konfirmandinnen kommen, daß jemand dabei »mit Liebe« behandelt oder auch nur angekuckt worden ist? Ich nicht. Ich will es auch nicht ändern, es amüsiert mich auch bloß, daß es so ist, wie es ist, ich will nur nicht ein feierliches Gesicht schneiden, aus dem man den Schluß ziehen könnte, ich *glaubte* an all dergleichen. Ich glaube *nicht* dran. Und deshalb widersteht es mir, irgendwen bei dieser Gelegenheit zu inkommodieren. Die Freiwilligen bin ich artig genug zu respektieren, aber auch nur einen noch durch zufällige Namensnennung heranzukratzen, dazu kann ich mich nicht entschließen.

In vorzügl. Ergebenheit

Th. Fontane

698. An Siegfried Samosch

Berlin 3 Dezb. 89.
Potsd. Str. 134. c.

Hochgeehrter Herr.

Meinem Danke vorauf muß ich Ihnen doch meinen ehrlichsten Respekt vor Ihrem guten Muth und Ihrer Ueberwindungskraft bezeugen. Das kann ich Ihnen leider nicht nachmachen; wenn ich Schmerzen habe und einer Operation entgegengehe, so kann ich überhaupt nichts leisten, am wenigsten aber kann ich einen Band »Gedichte« besprechen und *so* liebenswürdig besprechen. Herzlichsten Dank! Wenn diese Zeilen in Ihre Hände kommen, liegt Schmerz und Schnitt hoffentlich hinter Ihnen; das nächste Stadium, das in Watte gepackt werden, entspricht schon mehr meinen Neigungen.

Ueber Ihres Chefredakteurs Buch, dessen Titel Vertrauen erweckt, schreibe ich im neuen Jahr, wenn sich die Wasser, die mich jetzt umthürmen, einigermaßen verlaufen haben werden.

Ihnen von ganzem Herzen eine rasche Genesung wünschend, in vorzügl. Ergebenheit

Th. Fontane.

699. An Paul Heyse

Berlin 10. Dezb. 89.
Potsd. Str. 134. c.

Mein lieber Paul.

Den Band meiner »Gedichte«, den ich gleichzeitig zur Post gebe, nimm freundlich an. Er kommt etwas spät, was in der Annahme seinen Grund hat, Freund W. Hertz habe den Band, mit dem bekannten eingelegten Blättchen, schon vor Wochen in Deine Hände gelangen lassen. Aber wenn dem auch so sein sollte, nachträglich, und von Tage zu Tage mehr, beschleicht mich doch das Gefühl, daß ich mich selber hätte melden müssen. Und da bin ich denn nun. Ein paar von den neuen Sachen: die kleinen Gedichte auf Kaiser Friedrich, das auf Menzel zu seinem 70. Geburtstag und die Schlußballade »Herr von Ribbeck auf Ribbeck«, flößen Dir vielleicht ein kleines Interesse ein und zeigen mich Dir noch in meiner Gestalt vor dem Sündenfall.

Daß dieser da ist, erschwert die Auseinandersetzung über allerlei Fragen. Es gab Zeiten während des Krieges mit Oestreich und bei Beginn des Kulturkampfs, wo ich mit meiner lieben katholischen Freundin Frau v. Wangenheim nicht mehr unbefangen reden konnte, und während der Antisemitenzeit wiederholte sich das im Verkehr mit befreundeten jüdischen Familien. Und so jetzt wieder (und fast gesteigert, was man bei literarischen Dingen kaum glauben sollte) in der neuen brennenden Frage. Es nützt einem nichts, daß man zu den versöhnlich Gestimmten gehört, »wer nicht für mich ist, ist wider mich«. Merkwürdiges kommt vor. So schrieb mir der mir im Uebrigen so wohlgesinnte W. Lübke gestern, »er könne mir nicht zugeben, daß es mit den Klassikern (er nennt eigens auch noch Shakespeare) vorbei sei«. Als ob ich solchen Unsinn jemals in die Welt hineingeschrieben hätte! Nur das ist wahr, wenn »Iphigenie« gegeben wird, will niemand so recht ins Theater. Das liegt aber nicht am Stück und nicht am Publikum, sondern einfach daran, daß jeder zu Haus, beim Lesen, einen unendlich größren Genuß hat, als bei der Aufführung, wo die Hälfte verklingt und das, was bleibt, nur den Unverstand der Schauspielerin beweist.

In 3 Wochen ziehe ich mich nun aus dieser Theaterwelt zurück und bin froh, aus allem Streit heraus zu sein. Ueber die »Freie Bühne«, weil ich mal angefangen, muß ich vielleicht noch ein paarmal schreiben.

Am 4. Januar will man mir ein Fest geben; ich wollte, es läge hinter mir, denn ich passe dazu wie der Esel zum Lautenschlagen.

Empfiehl mich Deiner hochverehrten Frau; meine Damen grüßen Dich in alter Liebe und Verehrung.

Wie immer Dein alter

Th. Fontane.

700. An Karl Zöllner

Berlin 11. Dezb. 89. Potsd. Str. 134c.

Theuerstes Geburtstagskind.

Einen in mehr als einer Beziehung ereignißreichen Tag – unter anderm bestieg ich den Lübkeschen Sentis* – beschließe

* die arme Dame lag krank im Bett und ich sprach nur ihre ›Kammerzofe‹. Alles merkwürdig.

ich mit diesen Zeilen, die Dir morgen, mit unter den Ersten, meine und unser aller Glückwünsche bringen sollen. Mündlich, wenn wir nicht Contreordre erhalten, wiederholen wir sie beim Lichten zwischen 6 und 7. Zugleich nimm die ›Gedichte‹, die mit diesen Zeilen gemeinschaftlich in den Postkasten gehn, freundlich an, laß sie aber eingepackt, damit ich sie bei nächster Rütli-Begegnung oder vielleicht auch erst zu Beginn der nächsten Woche gegen ein gebundenes Exemplar bequem umtauschen kann. W. Hertz, wie er mir heute schrieb, hat nämlich keine gebundenen Exemplare mehr und die Buchbinder (jetzt übermäßig beschäftigt) lassen jeden im Stich. Dominik war eben dritthalb Stunden bei mir und mir schwirrt der Kopf von den Portraitskizzen, die er gab: Lindau, Heiberg, Wolzogen, Liliencron, Lubliner u. viele andre. Gott, wie sieht es in der Welt aus und wie froh bin ich, mein Leben im Mauseloch verbracht zu haben. 1000 herzliche Grüße. Wie immer Dein

Noel.

701. An Wilhelm Hertz

Berlin 11. Dezb. 89.
Potsd. Str. 134. c.

Sehr geehrter Herr Hertz.

Das beständige Bitten fängt an mich zu geniren und so werden Sie mir gütigst verzeihn, wenn ich meinem heutigen Gesuch um »5 gebundene« den ungefähren Betrag beischließe. Ich habe nun schon wenigstens 45 Exemplare weggegeben und wiewohl es mit der Sache ganz so steht, wie ich in meinem vorigen Briefe schrieb, so steht mir doch andrerseits ebenso fest, daß die Ueberreichung jedes einzelnen Exemplars, eine durch die Verhältnisse gebotene Nothwendigkeit war. Am 8. ein Exemplar an Menzel (Geburtstag) am 9. an Tante Lise, am 10. an Heyse, am 12., morgen, eins an Zöllner. Auch Geburtstag. So läppert sich's weiter. Heyse hat vielleicht schon ein Exemplar aus Ihrer Hand erhalten, es kam mir aber doch sonderbar und fremdthuerisch vor, mich nicht auch meinerseits einzustellen. Gestern habe ich ihm nun geschrieben. Es war nicht leicht, weil er, aller seiner Wohlwollendheit unerachtet, in mir einen Abtrünnigen sieht, einen Freischärler innerhalb jener Rotte Kora, die ihm seit Jahr und Tag vielleicht das Leben, jedenfalls aber die Laune verdirbt. Und doch kann ich's nicht ändern. »Vor Sonnenaufgang« mit dem Hopslabaer und Kahl-Wilhelm, der in Strümpfen über den Zaun klettert, interessirt mich mehr als Prinzessin Sascha. Heyse kann und will sich nicht darin finden, daß sich in 50 Jahren der Geschmack ändert, wobei es ganz gleichgültig ist, ob der Wechsel nach der guten oder schlechten Seite hin liegt. Scribe zog sich in seine Villa zurück und schrieb kein Stück mehr, als er sah, daß Augier der Mann der Situation geworden war; er reflektirte nicht darüber und ließ die Thatsache einfach als solche gelten.

In vorzügl. Ergebenheit

Th. Fontane.

Es wäre mir lieb, ich kriegte die Bücher heut noch, weil ich das für Zöllner bestimmte Exemplar gern heut Abend noch zur Post geben möchte.

702. An Maximilian Harden

Berlin 17. Dezb. 89.
Potsd. Str. 134. c.

Hochgeehrter Herr.

Heute früh endlich hat Ehlermann geschickt.

Unter Umständen ist auch ein Dank nicht ganz leicht, weil man dem Dank einen Ausdruck geben möchte, der einigermaßen der Gabe entspricht. Aber ich kriege die richtige Pegelhöhe nicht heraus, was mehr an Ihnen, als an mir liegt. Warum haben Sie's *so* gut gemacht! Jeder liest gern was Schmeichelhaftes über sich, aber ich darf versichern, daß mein Kunstgefühl sich noch mehr freute, als meine Eitelkeit. *So* famos finde ich es. Welche Gabe der Anordnung, der Führung, des richtigen Citirens, – eine Gabe die so Wenige haben. Daß ich als Alter Fritz-Grenadier an den Schluß gestellt werde, ist sublim und hat mich am meisten entzückt. Auch was Sie über meine Abstammung sagen; ich bin Märker, aber noch mehr Gascogner. Nochmals herzlichsten Dank. Empfehlen Sie mich Ihrer Frau Gemahlin, der Frau mit den gütigsten Augen von der Welt. In vorzügl. Ergebenheit

Th. Fontane.

703. An Karl Emil Franzos

Berlin 17. Dezb. 89.
Potsd. Str. 134. c.

Hochgeehrter Herr.

Ehlermann hat mir heute früh einige Exemplare des Dezemberheftes geschickt und wenn ich M. Harden für einen so famosen Artikel zu danken habe, so doch nicht weniger Ihnen, der Sie den Artikel veranlaßt und zu seiner Abfassung den rechten Mann gefunden haben.

Das Lob des Gelobten bedeutet in der Regel nicht viel, ich darf aber sagen, daß meine künstlerische Freude meiner Eitelkeitsfreude mindestens die Wage hielt. Ein merkwürdiges Talent, solche Dinge so glücklich anzufassen. Man kann fast sagen, er schreibt so wie er aussieht, knapp, klug, nervös.

Nochmals besten Dank.

In vorzügl. Ergebenheit

Th. Fontane.

704. An Pol de Mont

Berlin 17. Dezemb. 89.
Potsdamerstraße 134. c.

Hochgeehrter Herr Professor.

Der Empfang Ihrer Karte war mir eine große Freude. Ihrem gütigst darin ausgesprochenen Wunsche beeile ich mich nachzukommen.

Das Buch hat ein ganz andres Ansehn gewonnen, äußerlich gewiß, aber auch seinem Inhalte nach. Etwa ein Drittel ist neu. Die neu hinzugekommenen Lyrica folgen hinter einander fort von Seite 32 bis 57, die neuen Balladen sind an den verschiedensten Stellen einrangirt. In der Abtheilung »Nordisches« ist das Meiste neu und hierauf möchte ich Ihre freundliche Aufmerksamkeit zunächst hinlenken. Es ist das Gebiet, auf dem Sie ja selber ein so hervorragender und den Ton so sicher treffender Meister-Spezialist sind. Ich glaube von diesen neuen nordischen Balladen sagen zu dürfen, sie sind *»virtuos«* behandelt, ein Wort, das noch mehr Tadel als eitles Selbstlob umschließt. Weiterhin, in der »Brück am Tay«, »John Maynard«, auch in den zwei Walter Scott-Gedichten, in den »Alte Fritz-Grenadieren«, »Märkischen Reimen«, den 4 Gedichten auf Kaiser Friedrich und endlich in »Herr von Ribbeck auf

Ribbeck im Havelland« (am Schluß der märkisch-preußischen Abtheilung) habe ich den Versuch gemacht, mehr oder weniger moderne Stoffe, zum Theil allermodernste, in die Balladenbehandlung hineinzuziehn. Auch unter dem »Gelegentlichen« ist vieles neu.

Die Hauptsache bleibt mir immer, wie Sie, hochgeehrter Herr Professor, der Sie für Balladenstil und Balladenton ein so feines Ohr haben, in Ihrem Urtheil sich zu dieser Frage stellen werden. Hab' ich es in »Admiral Herluf Trolle's Begräbniß« getroffen oder nicht getroffen und sind Sie einverstanden – und zwar nicht nur im Prinzip, sondern auch in der Spezialausführung – mit der balladesken Behandlung so vieler aus der Tageschronik oder dem neusten Zeitungsblatt entnommener Stoffe? Haben Sie Bedenken dagegen, so verschweigen Sie mir diese Bedenken nicht. *Urtheil*, auch tadelndes, wenn aus einer liebenswürdigen Seele heraus, steht mir höher als Lob. Vielleicht darf ich solchem Urtheil, zu dem niemand berufener ist als Sie, entgegensehn.

In vorzüglicher Ergebenheit

Th. Fontane.

705. An Paul Schlenther

Berlin, d. 18. Dezember 1889.
Potsdamer Str. 134c.

Hochgeehrter Herr.

Wenn es möglich ist, bin ich an »Schicksalswege« *noch* unschuldiger. Übrigens fand ich die Kritik ganz ausreichend. Ich fürchte, ich habe oft viel schwächere geschrieben. Einer von L. P. zufällig erhaltenen Karte nach wäre Stephany selbst der Verfasser. Doch glaube ich fest, daß sich Pietsch das bloß ausgedacht hat.

Heute traf ich Fulda unterwegs. Es war mir rührend, ihn gegen die kritischen Spötter eifern und voll Schwärmerei für Svavas Keuschheitsforderung plädieren zu hören. Ich bin eigentlich ganz seiner Meinung, nehme es aber nicht so ernsthaft, weil es doch nichts hilft. Die männliche Schweinigelei hat noch eine lange Zukunft.

Wenn ich am 31. Dezember nicht »revierkrank« bin, gehe ich, weil ich mit nichts Besserem abschließen kann, in »Turandot«. Erstlich liebe ich es. Außerdem war es eins der ersten

Stücke, die ich vor sechsundfünfzig Jahren, als ich 1833 nach Berlin kam, im Königstädtschen Theater sah. Kalaf Herr Schwanfelder, außerdem eine Frau Laddey, wahrscheinlich auch Beckmann und Genée, Vater des jetzigen. In vorzüglicher Ergebenheit

Th. Fontane.

706. An Adolf Glaser

Berlin 22. Dezb. 89.
Potsd. Str. 134. c.

Hochgeehrter Herr.

Auch Ihnen habe ich, wie dem Herrn Verfasser, für den Artikel über mich zu danken, Ihnen doppelt, weil Sie nicht blos die Anregung dazu gaben, die doch schließlich die Hauptsache bleibt, (den Artikel kriegt man dann schon) sondern auch weil Sie das in Superlativen auftretende Lob, das Sie innerlich gewiß beanstandet, unbeanstandet durchgelassen haben. Der zu Feiernde – mir schwebt noch Liedtckes Abgang von der Bühne vor – rafft seinen Lorbeer immer als selbstverständlich ein, während der unbefangene Rest der Menschheit die Kränze meistens etwas zu dick und groß findet. So werden auch Sie über Kurt Steinfeldts wohlgemeinte »Wagenräder« hier und da gelächelt haben. Daß hinter diesen Worten kein Undank gegen den Herrn Verf. lauert, brauche ich wohl nicht erst zu versichern. Ganz im Gegentheil. Unsrem Publikum gegenüber muß alles mit dem Pedal gespielt werden.

Daß sich die Sache mit meinem Wilh. Gentz-Aufsatz zerschlagen hat, beklage ich ganz aufrichtig. Als mein Brief fort war, stand es gleich in mir fest: »lautet die Antwort ja, so setzt du selbst dein Honorargesuch von 400 auf 300 herab und bittest, als Gegengabe, nur um den Abdruck bestimmter Gentz'scher Briefe.« Das hat sich nun leider alles anders gemacht und ich bin dadurch nicht blos um die Repräsentation einer erhabenen Rolle, sondern auch um die Freude gekommen, den Aufsatz da erscheinen zu sehn, wo er sowohl nach traditionell inhaltlicher Beschaffenheit des Blattes, wie auch mit Rücksicht auf die geplanten Illustrationen am besten hingepaßt hätte. Nun will ich ihn Freund Dominik bringen. Mir sehr angenehm; aber besser wäre besser gewesen.

In vorzüglicher Ergebenheit Ihr

Th. Fontane.

707. An Ludwig Pietsch

Berlin 24. Dezb. 89.
Potsd. Str. 134. c.

Theuerster Pietsch.

Haben Sie morgen einen schönen Tag und einen frohen, festglänzenden Abend und die 364 andern springen dann nach. Gut Beispiel hilft. Ihre Kraft und Elastizität giebt Ihnen die Gewähr dafür. Bei mir liegt es leider minder gut, ich bin matt und müde bis zum Zusammenklappen und erschrecke wenn ich der mir bevorstehenden Feste gedenke. Sagen Sie das aber niemand, es macht einen so häßlichen Eindruck.

Daß Sie diesmal die Brüsseler Kinder und Enkel um sich haben, wird Ihnen den Tag doppelt werth und schön machen. Empfehlen Sie mich allerseits. Wie immer in aufrichtiger Ergebenheit Ihr

Th. Fontane.

708. An Maximilian Harden

Berlin 28. Dzb. 89.
Potsd. Str. 134. c.

Hochgeehrter Herr.

Du mußt es »dreimal sagen«, – nämlich das Wort Dank. Erst, schon etwas zurück, für den »alten Fontane«, dann für den Dichter in der D. Dichtung und nun für »Fontane« pur sang. Es war ein so kalter heller Tag wie heute, als ich vor 10 Jahren und länger in Malchow einzog und Ihre Güte beschwor mir den eigenthümlich poetischen Tag wieder herauf und verschönt ihn durch so viel Schmuck von Ihrer Hand und Zuthat. In meiner Freude drüber kann ich selbst dem Malchower Schulmeister Indemnität ertheilen. Ich schriebe gern noch ein paar Worte mehr, aber schon diese haben mich fieberroth gemacht, denn ich bin recht krank und elend (liege meist zu Bett) und sehe, wenn mit Freude, doch auch mit Bangen auf die nächsten Tage. In vorzüglicher Ergebenheit

Th. Fontane.

NACHBEMERKUNG

Der vorliegende dritte Band (HF IV, 3) der Abteilung »Briefe« unserer Fontane-Ausgabe, der den Zeitraum von Januar 1879 bis Dezember 1889 umfaßt, folgt in Auswahl und Wiedergabe der Briefe editorischen Prinzipien, über die dem Leser in den vorangegangenen Bänden bereits Mitteilung gemacht worden ist (vgl. besonders HF IV, 1, S. 715 ff., ergänzend HF IV, 2, S. 649 ff.). Wiederholt sei lediglich der Hinweis, daß die Briefe nach bereits gedruckten Quellen in der Gestalt ihrer jeweiligen Druckvorlage erscheinen; in allen Fällen, in denen die Handschriften vorlagen, in einem wort- und buchstabengetreuen Abdruck des Originals. Die damit zwangsläufig verbundene Uneinheitlichkeit wurde bewußt in Kauf genommen. Mutmaßliche Druckfehler und die wenigen Fälle offensichtlicher Verschreibung wurden durch [!] kenntlich gemacht.

Von den 708 in diesem Band gedruckten Briefen sind 45 hier erstmals veröffentlicht worden; 102 andere, die bisher nur in orthographisch normalisierten, fehlerhaften oder unvollständigen Drucken vorlagen, erscheinen hier nach der Handschrift wiederhergestellt.

Die Fertigstellung auch dieses Bandes wäre nicht möglich gewesen ohne die den Herausgebern vielfach zuteil gewordene Hilfe und Unterstützung durch Institute und Verlage, Wissenschaftler und Fontane-Liebhaber. Ihnen allen sei hier gedankt, namentlich wiederum Charlotte Dickmann (Berlin), Gotthard Erler (Berlin), Peter Goldammer (Weimar), Joachim Schobeß (Potsdam), Werner Volke (Marbach) und Bernhard Zeller (Marbach).

Für die freundliche Genehmigung zum teils erstmaligen Abdruck nach der Handschrift danken Herausgeber und Verlag: *Renate Grumach, Berlin* (Hs Grumach); dem *Deutschen Literaturarchiv Marbach/Neckar* (Hs Ma); dem *Landesarchiv Berlin* (Hs La); der *Staatsbibliothek Preußischer Kulturbesitz Berlin* (Hs PK); der *Landesbibliothek Kiel* (Hs LBK); der *Bayerischen Staatsbibliothek München* (Hs Stabi München); der *Universitätsbibliothek Basel Sammlung Geigý-Hagenbach* (Hs Basel); der *Stadt- und Landesbibliothek Dortmund* (Hs Do); den *Nationalen Forschungs- und Gedenkstätten der klassischen deut-*

schen Literatur Weimar (Hs Weimar); dem *Theodor-Fontane-Archiv Potsdam* (Hs FAP); der *Stadtbibliothek Wuppertal* (Hs Wu); der *Zentralbibliothek Zürich* (Hs ZBZ); der *Wiener Stadt- und Landesbibliothek* (Hs Wien); der *Bibliotheca Bodmeriana Cologny-Genève* (Hs Bo); dem *Archief en Museum voor het Vlaamse Cultuurleven, Antwerpen* (Hs Aw); der *Bibliothek der Humboldt-Universität Berlin* (Hs HUB); der British *Library London* für Überlassung maschinenschriftlicher Briefabschriften (BL) sowie privaten, ungenannt bleiben wollenden Handschriftenbesitzern (Hs pr). Für die Genehmigung zum Abdruck nach der Hs sei ferner gedankt: Irmgard Suckstorff, Göttingen (Hs Suckstorff, Brief Nr. 567), und Hans Eberhard Goldschmidt, Wien (Hs Goldschmidt, Brief Nr. 638).

Für die freundliche Genehmigung zur Faksimilierung einiger der zur Verfügung gestellten Handschriften danken Herausgeber und Verlag: *Renate Grumach, Berlin* (Brief Nr. 115, S. 121 f.); dem *Deutschen Literaturarchiv Marbach/Neckar* (Brief Nr. 9, S. 13 f.; Nr. 238, S. 249 f.); der *Landesbibliothek Kiel* (Brief Nr. 449, S. 417 f.); dem *Landesarchiv Berlin* (Brief Nr. 325, S. 355 f.); der *Staatsbibliothek Preußischer Kulturbesitz Berlin* (Brief Nr. 80, S. 83 f.); der *Stadt- und Landesbibliothek Dortmund* (Brief Nr. 48, S. 51 f.); der *Bayerischen Staatsbibliothek München* (Brief Nr. 403, S. 429 f.); dem *Archief Antwerpen* (Brief Nr. 494, S. 521 f.).

Für die freundliche Genehmigung zum Abdruck bereits veröffentlichter, aber noch geschützter Briefe danken Herausgeber und Verlag: dem *Ullstein-Propyläen Verlag,* Berlin (BSJ); der *Bibliothek der Humboldt-Universität Berlin* (Krueger); dem *Aufbau Verlag,* Berlin und Weimar (FH); dem *Theodor-Fontane-Archiv Potsdam* (Qu 20, 51, 57, 60, 64, 67, 69, 70, 75, 79, 83); der *Berliner Handpresse* (BA); dem *Deutschen Literaturarchiv Marbach/Neckar* (FHe); dem *Alfred Kröner Verlag,* Stuttgart (Qu 33); dem *Max Niemeyer Verlag,* Stuttgart (Qu 56); dem *Metzler Verlag,* Stuttgart (Qu 59); der *Nymphenburger Verlagsbuchhandlung,* München (Qu 63, 65).

(Zur Auflösung der Siglen s. ›Benutzte Literatur‹, S. 749 ff.; zum Nachweis der Satzvorlagen der einzelnen Briefe s. ›Inhaltsverzeichnis‹, S. 758 ff.).

Mai 1980 Die Herausgeber

BENUTZTE LITERATUR

1. Briefsammlungen an mehrere Adressaten

Fa I/II Theodor Fontanes Briefe an seine Familie. Hrsg. von K. E. O. Fritsch. 1. u. 2. Band. Berlin 1904

Fr I/II Briefe Theodor Fontanes. Zweite Sammlung. Hrsg. von O. Pniower und P. Schlenther. 1. u. 2. Band. Berlin 1910

HD Theodor Fontane. Heiteres Darüberstehen. Familienbriefe. Neue Folge. Hrsg. von F. Fontane. Berlin 1937

LA I/II Theodor Fontane. Briefe an die Freunde. Letzte Auslese, 2 Bände. Hrsg. von F. Fontane und H. Fricke. Berlin 1943

BE I/II Fontanes Briefe in zwei Bänden. Ausgew. und erl. von G. Erler. Berlin und Weimar 1968

BSJ I–IV Theodor Fontane Briefe I–IV. Hrsg. von K. Schreinert. Zu Ende geführt und mit einem Nachwort versehen von Ch. Jolles. Berlin 1968–71

BKe Neunundachtzig bisher ungedruckte Briefe und Handschriften von Theodor Fontane. Hrsg. und mit Anmerkungen versehen von R. v. Kehler. Berlin 1936

FeW Theodor Fontanes Engere Welt. Aus dem Nachlaß hrsg. von M. Krammer. Berlin 1920

BA Theodor Fontane. Briefe aus den Jahren 1856–1898. Hrsg. von Chr. Andree. Berlin 1975

Krueger Fontane-Autographen der Universitätsbibliothek Berlin. Ein Verzeichnis. Im Anhang: Zwanzig wenig bekannte Briefe Fontanes. Bearbeitet und kommentiert von Joachim Krueger. Berlin 1973

2. Briefsammlungen an einen Adressaten

FL I/II Theodor Fontane und Bernhard von Lepel. Ein Freundschafts-Briefwechsel. Hrsg. von J. Petersen. 2 Bände. München 1940

FH Der Briefwechsel zwischen Theodor Fontane und Paul Heyse. Hrsg. von G. Erler. Berlin und Weimar 1972

FHe Theodor Fontane. Briefe an Wilhelm und Hans Hertz (1859–1898). Hrsg. von K. Schreinert. Vollendet und mit einer Einführung versehen von G. Hay. Stuttgart 1972

FK Theodor Fontane. Briefe an Hermann Kletke. In Verbindung mit dem Deutschen Literaturarchiv Marbach a. N. hrsg. von H. Nürnberger. München 1969

FR Theodor Fontane. Briefe an Julius Rodenberg. Eine Dokumentation. Hrsg. von H.-H. Reuter. Berlin und Weimar 1969

FFr Theodor Fontane. Briefe an Georg Friedlaender. Hrsg. und erl. von Kurt Schreinert. Heidelberg 1954

3. Einzelveröffentlichungen

Die hier nicht aufgeführten Quellen beziehen sich lediglich auf Band 1 und 2 dieser Ausgabe (s. dort S. 719 f. und S. 653 ff.).

Qu 10 Lohrer, Liselotte: Fontane und Cotta (Briefe Fontanes an Hermann Hauff und Georg von Cotta). In: Festgabe für Eduard Berend. Weimar 1959. S. 439–466

Qu 20 Theodor Fontane. Unveröffentlichte Briefe an den Verlag Brockhaus. Mitgeteilt von Chr. Schultze. In: Fontane Blätter. Band 2. Heft 7 (1972). S. 457 ff.

Qu 23 Dichter über ihre Dichtungen. Band 12/I u. II: Theodor Fontane. Hrsg. von R. Brinkmann in Zusammenarbeit mit W. Wiethölter. München 1973

Qu 25 Fricke, Hermann: Theodor Fontane privat. Acht Familienbriefe. In: »Der Bär von Berlin«. Jahrbuch des Vereins für die Geschichte Berlins. 1959. S. 69 ff.

Qu 27 Neuendorff-Fürstenau, Jutta: Briefe Theodor Fontanes an Friedrich Wilhelm Holtze. In: Jahrbuch der deutschen Schillergesellschaft. 4. Jahrgang 1960. S. 358 ff.

Qu 32 Theodor Fontane an Paul Lindau. Mitgeteilt von Paul Alfred Merbach. In: Deutsche Rundschau. Band 210 (Januar 1927), S. 239 ff. und Band 211 (April 1927), S. 56 ff.

Qu 33 Kurth-Voigt, Lieselotte E.: Briefe Theodor Fontanes an Ludwig Pietsch. In: Jahrbuch der deutschen Schillergesellschaft. 21. Jahrgang 1977. S. 31 ff.

Qu 46 Theodor Fontane. Unveröffentlichte Aufzeichnungen und Briefe. Mitgeteilt von H.-H. Reuter. In: Sinn und Form Band 13. Heft 5–6. 1961. S. 729 ff.

Qu 49 Von Zelter bis Fontane. Berliner Briefe, mitgeteilt von Otto Pniower. In: Beiträge zur Literatur- und Theatergeschichte. Ludwig Geiger zum 70. Geburtstage 5. Juni 1918 als Festgabe dargebracht. Berlin 1919

Qu 50 Ungedruckte Briefe von Theodor Fontane. In: Mitteilungen für die Geschichte Berlins. 1919. Sonderteil »Fontane«, S. 16

Qu 51 Theodor Fontanes Briefe an Ludwig Pietsch. Eingeleitet

und kommentiert von Christa Schultze. In: Fontane Blätter. Band 2. Heft 1 (1969). S. 10 ff.
Qu 52 Süddeutsche Apothekerzeitung. Stuttgart 6. 3. 1946
Qu 53 Theodor Fontane. Plaudereien über Theater. 20 Jahre Königliches Schauspielhaus (1870–1890). Berlin 1926
Qu 54 Theodor Fontane an Gustav Karpeles. Unveröffentlichte Briefe. In: Vossische Zeitung vom 3. Oktober 1926. Nr. 232
Qu 55 In memoriam Detlev Liliencron, eingeleitet und herausgegeben von H. W. Rath. Frankfurt a. M. o. J.
Qu 56 Meyer-Camberg, Ernst: Ungedrucktes von Theodor Fontane. In: Jahrbuch des Freien Deutschen Hochstifts 1972, Tübingen 1972. S. 369 ff.
Qu 57 Hellge, Manfred: Fontane und der Verleger Wilhelm Friedrich. In: Fontane Blätter. Band 3. Heft 1 (1973). S. 9 ff.
Qu 58 Spiero, Heinrich: Fontane. Wittenberg 1928
Qu 59 Bonwit, Marianne: Einige späte Briefe von Theodor Fontane an Fritz Mauthner und an den Pegnesischen Blumenorden. In: Deutsche Vierteljahrsschrift für Literaturwissenschaft und Geistesgeschichte. 46. Jahrgang 1972. Heft 3. S. 469 ff.
Qu 60 Schultze, Christa: Zur Entstehungsgeschichte von Theodor Fontanes Aufzeichnungen über Paul und Rudolf Lindau (mit einem unveröffentlichten Entwurf Fontanes und unbekannten Briefen). In: Fontane Blätter. Band 4. Heft 1 (1977). S. 27 ff.
Qu 61 Schreinert, Kurt: Theodor Fontane über Wilhelm Raabe. In: Jahrbuch der Raabe-Gesellschaft 1962. Braunschweig o. J. S. 182 ff.
Qu 62 Wichmann, Hermann: Frohes und Ernstes aus meinem Leben. Als Manuskript gedruckt. Leipzig 1898.
Qu 63 Fontane, Theodor. Sämtliche Werke, Band XXIII/2. (Aufsätze zur bildenden Kunst. Zweiter Teil) München 1970
Qu 64 Vier Briefe Fontanes an seine Tochter Mete. Herausgegeben und kommentiert von Charlotte Jolles. In: Fontane Blätter. Band 4. Heft 1 (1977). S. 19 ff.
Qu 65 Fontane, Theodor. Sämtliche Werke, Band XXI/1. (Literarische Essays und Studien. Erster Teil) München 1963
Qu 66 Theodor Fontane, Briefe an Otto Brahm, Paul und Paula Schlenther. Mitgeteilt von Otto Pniower. In: Neue Rundschau. Jahrgang 21 (1910). S. 1371 ff.
Qu 67 Hay, Gerhard: Fontane als Kritiker Heinrich Seidels. Zu unveröffentlichten Briefen Fontanes. In: Fontane Blätter. Band 2. Heft 8 (1973). S. 563 ff.

Qu 68 Ungedruckte Briefe Theodor Fontanes. In: Märkische Zeitung. Beilage vom 10. Dezember 1932

Qu 69 Theodor Fontane. Drei literaturtheoretische Entwürfe. Herausgegeben und erläutert von Joachim Krueger. In: Fontane Blätter. Band 2. Heft 6 (1972). S. 377 ff.

Qu 70 Theodor Fontane. Drei unveröffentlichte Briefe an Friedrich Witte. Mitgeteilt und kommentiert von Gotthard Erler. In: Fontane Blätter. Band 4. Heft 5 (1979). S. 349 ff.

Qu 71 Unveröffentlichte Briefe an Moritz Lazarus. In: Theodor Fontane. Aus meiner Werkstatt. Bln. 1950. S. 90 ff.

Qu 72 Theodor Fontane. Unveröffentlichte Briefe an den Sohn Friedrich. In: Fontane Blätter. Band 1. Heft 6 (1968). S. 237 ff.

Qu 73 Der Autographensammler. Eutin/Holstein. Hrsg. J. A. Stargardt. Mai 52. Nr. 165

Qu 74 Meyer, Paul: Erinnerungen an Theodor Fontane. 1819 bis 1898. Aus dem Nachlaß seines Freundes und Testamentvollstreckers Paul Meyer. Berlin 1936

Qu 75 Theodor Fontane. Unveröffentlichte Briefe an Pol de Mont. Ein Beitrag zu Fontanes Theorie der Ballade. Mitgeteilt von Jean Gomez. In: Fontane Blätter. Band 2. Heft 7 (1972). S. 465 ff.

Qu 76 Unveröffentlichte Fontane-Briefe. In: Die Bücherschau. III. Jahrgang (1912/1913). 1. Heft. S. 1 ff.

Qu 77 Brahm, Otto: Theodor Fontane. Literarisches und Persönliches. In: Neue Deutsche Rundschau. 1899. S. 42 ff.

Qu 78 Handbuch für Autographensammler. Hrsg. von Eugen Wolbe. Berlin 1923. S. 562

Qu 79 Theodor Fontane. Ein unveröffentlichter Brief an den Brandenburger Verleger Wiesike. Herausgegeben und kommentiert von Günter Mangelsdorf. In: Fontane Blätter. Band 3. Heft 7 (1976). S. 481 ff.

Qu 80 Aus Briefen Fontanes an Maximilian Harden. Mitgeteilt von Hans Pflug. In: Merkur. Deutsche Zeitschrift für europäisches Denken. Jahrgang 10 (1956). Heft 11. S. 1091 ff.

Qu 81 Einige unbekannte Fontane-Briefe. Mitgeteilt von Joachim Krueger. In: Marginalien. Blätter der Pirckheimer-Gesellschaft. Heft 5/6. September 1959. S. 27 ff.

Qu 82 Ungedruckte Fontane-Briefe. Von Pfarrer Dr. Nagel-Kriele. In: Neue Preußische (Kreuz-) Zeitung vom 20. Oktober 1918

Qu 83 Erler, Gotthard: Fontane und Hauptmann. In: Fontane Blätter. Band 2. Heft 6 (1972). S. 393 ff.

Qu 84 Theodor Fontane. Briefe an seine Frau. In: Das Tagebuch. Jahrgang 1 (1920). S. 1304
Qu 85 Der Bär. Illustrierte Wochenschrift. 6. Jg. 1880. S. 442
Qu 86 Theodor Fontane. Brief an seinen Sohn. In: Das Tagebuch. Jahrgang 1 (1920). S. 1371 f.

VERZEICHNIS DER BRIEFEMPFÄNGER

(Die Zahlen bezeichnen die Briefnummern)

INHALTSVERZEICHNIS

(Die Siglen der Satzvorlagen stehen in Klammern; zur Auflösung der Siglen s. ›Benutzte Literatur‹, S. 749 ff. sowie ›Nachbemerkung‹, S. 747 f. Erstveröffentlichungen und erstmals nach den Handschriften gedruckte Briefe sind kursiv gesetzt. Wenn die hier nach der Handschrift gedruckten Briefe bereits publiziert sind, ist auch das Siglum für den Erstdruck bzw. für den noch geschützten Druck angegeben.)